磨铁经典第四辑·发光的女性

将来有一天，女性不再用她的弱点去爱，
而是用她的力量去爱。

飘
（上）

[美]
玛格丽特 · 米切尔
Margaret Mitchell
_ 著

梅静 _ 译

Gone with the Wind

江苏凤凰文艺出版社
JIANGSU PHOENIX LITERATURE AND ART PUBLISHING

图书在版编目（CIP）数据

飘：全2册/（美）玛格丽特·米切尔（Margaret Mitchell）著；梅静译.— 南京：江苏凤凰文艺出版社，2023.5（2025.10重印）
ISBN 978-7-5594-7561-9

Ⅰ.①飘… Ⅱ.①玛… ②梅… Ⅲ.①长篇小说－美国－现代 Ⅳ.① I712.45

中国国家版本馆 CIP 数据核字 (2023) 第 050630 号

飘（全2册）

[美] 玛格丽特·米切尔（Margaret Mitchell）著　　梅静 译

责任编辑	周颖若
特约编辑	张雪帆　张凤涵
装帧设计	艾　藤　王雪纯
责任印制	刘　巍
出版发行	江苏凤凰文艺出版社
	南京市中央路165号，邮编：210009
网　　址	http://www.jswenyi.com
印　　刷	河北鹏润印刷有限公司
开　　本	787mm × 1092mm　1/32
印　　张	38.5
字　　数	910千字
版　　次	2023年5月第1版
印　　次	2025年10月第13次印刷
书　　号	ISBN 978－7－5594－7561－9
定　　价	142.00元（全2册）

目 录

第一卷

第一章

斯嘉丽·奥哈拉并不美，但男人们若像塔尔顿家那对孪生兄弟一样为她的魅力着迷，便意识不到这点了。她母亲是法国沿海地区的贵族后裔，父亲是面色红润的爱尔兰人。她的脸既有母亲的娇柔精致，也有父亲的深邃粗犷。这种融合虽不甚协调，却也自有迷人之处：下巴尖尖，颌骨宽宽。淡绿色的眼睛不带一丝褐色。浓密的睫毛又黑又直，眼梢微翘。两道又黑又浓的眉毛斜斜上挑，衬着木兰般白净的肌肤，格外显眼。这样的肌肤，南方姑娘们都会十分珍视，万分小心地用遮阳帽、面纱和手套保护起来，免得被佐治亚的烈日晒黑。

一八六一年四月，一个阳光明媚的下午，斯嘉丽在斯图尔特·塔尔顿和布伦特·塔尔顿的陪伴下，坐在父亲塔拉庄园凉爽的门廊下方，那模样宛如画中美人。身上那条绿色的麦斯林纱碎花裙被圈撑撑着，十二码长的裙幅如波浪般荡漾开来，与父亲刚从亚特兰大买回来的绿色搓纹革平跟鞋正好相配。她的腰围只有十七英寸，是方圆三县里最纤细的。这条裙子把她的腰身衬得更加纤细，而紧身巴斯克衫衬得年仅十六岁的她胸部丰满。不过，无论散开的长裙多么朴实，梳得光滑的发髻多么端庄，交叠在腿上的白皙小手多么安静，她的本性仍难以掩藏。她脸上虽是一副拘谨甜美的神色，那双绿眸却躁动、执拗、生气勃勃，与她端庄的淑女仪态极不相称。虽然举止源自母亲的谆谆教诲和黑嬷嬷的严厉管教，那双眼睛却属于她自己。

兄弟俩一左一右，慵懒地斜靠在她两边的椅子上，手里各端了个插着薄荷叶的高壁玻璃杯，有说有笑地聊着。阳光透过杯子，晒得他们眯起了眼。两双穿着齐膝高靴的长腿随意交叠着，小腿都因骑马而鼓鼓的。他们今年十九岁，身高六英尺两英寸，骨架高大，肌肉发达，脸庞晒得黝黑，头发深赭色，眼睛神采飞扬、傲气十足。两人穿着相同的蓝上衣和暗黄色马裤，活像两颗一模一样、难以区分的棉桃。

屋外，夕阳斜斜地照着院子，把一片新绿中簇簇饱满的白色山茱萸映得闪闪发亮。兄弟俩的马拴在车道上。那是两匹高头大马，毛色跟主人们的头发一样红。马腿周围聚了一圈活蹦乱跳、专猎负鼠的瘦猎狗。斯图尔特和布伦特走到哪儿，这群狗就跟到哪儿。不远处，一只黑点达尔马提亚狗把头搭在爪子上，派头十足，无比耐心地等着哥儿俩回家吃晚饭。

猎狗、马和兄弟俩之间似乎有种比朝夕相处更深厚的亲密感。它们都是健康又蠢笨的幼兽，毛发油亮、体态优雅、意气风发。兄弟俩也像那两匹马一样精神抖擞。不仅精神抖擞，还十分危险。不过，面对知道如何驾驭他们的人，两人倒是温顺和气。

门廊上的这三人虽然都出生在舒适安逸的庄园主家庭，从小就有人悉心伺候，面上却并不显得懒散娇柔。他们跟常年在户外的乡下人一样，精力充沛、活泼敏捷，鲜少为书中那些枯燥之事烦心。北佐治亚的克莱顿县新建不久，用奥古斯塔、萨凡纳和查尔斯顿的标准来衡量，还显得有些粗野。在南部更文雅古老的地区，那些人都很瞧不起内地佐治亚州的人。但在佐治亚北部，不通文墨并不丢脸。男人们棉花种得好、马骑得好、枪法高超、舞步轻快、对女士优雅殷勤、喝起酒来像个绅士才最关键，其他事都不要紧。

上述技艺，兄弟俩样样精通。但读起书来，他们的一窍不通也远近闻名。虽然他们家钱多、马多、奴隶多，县里谁家都比不过，两人肚中的墨水却比邻近大部分赶马车的穷人还少。

正因如此，这个四月的下午，斯图尔特和布伦特才会在塔拉庄园的门廊上无所事事。他们刚被佐治亚大学开除。两年以来，这已是第四所将他们除名的学校。因为不愿待在不欢迎弟弟们的学校，两个哥哥——汤姆和博伊德也回来了。斯图尔特和布伦特把最近这次开除事件当作笑话看。斯嘉丽自从去年离开费耶特维尔女子学校，就再也不愿翻开一本书，所以也跟兄弟俩一样，觉得此事很有趣。

“我就知道你俩不在乎被开除，汤姆也是。”她说，“但博伊德呢？他一心想接受教育，你俩却接连把他从弗吉尼亚大学、阿拉巴马大学、南卡罗来纳大学和佐治亚大学拖出来。照这情形，他永远别想完成学业。”

“噢，他可以去帕马利法官在费耶特维尔的事务所学法律，”布伦特满不在乎地答道，“再说，这也没什么大不了的。反正这学期结束前，我们都得回家。”

“为什么？”

“战争呀，傻瓜！随时可能开打，你不会以为，打起仗来，还会有谁留在大学吧？”

“你们明明知道，根本不会有什么战争，”斯嘉丽不耐烦地道，“说说罢了。阿希礼·威尔克斯和他爸上周才跟我爸说，我方驻华盛顿专员要就南部邦联问题，跟林肯先生达成一……一项友好协议。总之，北佬太害怕，不敢跟我们开战。不会有什么战争的，这事我都听腻了。”

“不会有什么战争的！”兄弟俩气得大声嚷嚷，就跟受了骗似的。

“唉，宝贝儿，仗肯定是要打的，”斯图尔特说，“北佬或许怕了我们，但前天博勒加德将军用大炮把他们轰出萨姆特要塞后，他们肯定要开战，否则就在世人面前成了懦夫。唉，南部邦联——”

斯嘉丽噘起嘴，满脸不耐烦。

“你们要再说一次‘打仗’，我就进屋，还要把门关上。除了‘脱离联邦[1]’，我这辈子最烦的两个字就是‘打仗’。爸爸早上谈打仗，中午谈打仗，晚上还谈打仗。来看望他的所有绅士也都嚷嚷什么萨姆特要塞啊，州权啊，亚伯拉罕·林肯啊，真是烦得我想放声尖叫！小伙子们要么聊这些，要么就聊他们的老骑兵连。就因为他们别的什么都不聊，所以今年春天的聚会才都那么无趣。我真高兴佐治亚州要过了圣诞节才脱离联邦，不然，圣诞聚会也毁了。你们要再说一声‘打仗’，我就进屋。”

斯嘉丽可不是闹着玩，任何不以她为主要话题的聊天，她都无法忍受太久。不过，她说话间不仅面带笑容，还刻意加深酒窝，把乌黑挺直的睫毛扇得跟蝴蝶翅膀一样轻快。兄弟俩果然如她所料地着了迷，忙不迭地为惹她心烦道歉。她对战争没兴趣，非但没遭两人轻视，反而更受他们看重。战争是男人的事，跟女人无关。兄弟俩认为，斯嘉丽如此态度，恰是其富有女性特质的明证。

如无特殊说明，本书注释均为译者注。

1　19 世纪 60 年代初，美国南方十一个州为反对林肯解放黑奴的政策，相继脱离联邦（the Union），转而成立美利坚联盟国（the Confederate States of America），又称“南部邦联”。

哄得兄弟俩不再谈战争那个无聊的话题后，斯嘉丽又兴冲冲地聊起他们当前的境况来。

“又被开除，你们的妈妈怎么说？”

想起三个月前，他们被弗吉尼亚大学赶回家时妈妈的反应，兄弟俩就显得有些不自在了。

“呃，”斯图尔特说，“她还没机会说什么。还没起床，汤姆和我们就溜出来了。汤姆去了方丹家，我俩上这儿来了。”

“你们昨晚到家时，她也没说什么吗？”

“我们昨晚运气好，快到家时，妈妈上个月在肯塔基买的牡马刚好送到，家里闹翻了天。那头大畜生在路上就咬掉马夫一块肉，还把妈妈派去琼斯伯勒接火车的两个黑奴踩了。斯嘉丽，它可真是匹高头大马，你一定要叫你爸立刻过去瞧瞧。就在我们到家前，那匹马不仅差点踢倒马厩，还把妈妈那匹叫‘草莓’的老牡马弄得半死不活。我们到家后，妈妈正好在外面马厩里。她拿了袋糖，才渐渐把那匹马哄好。几个黑奴挤作一团，惊恐万状地瞪大了眼睛，妈妈却像对待人一样，不停地跟那匹马说话。马也一直在吃她手里的糖。要说对付马，真没比我妈更在行的。她一看到我们就说：‘老天，你们四个怎么又回家了？真是比埃及的瘟疫[1]还糟糕！’这时，那匹马喷着响鼻，用后腿立了起来，所以妈妈连忙说，‘赶紧出去！你们没看见这大宝贝又受惊了吗！我明早再找你们四个算账！’所以，我们赶紧上床睡觉，今天也没等她来抓，一早就溜了，只留下博伊德对付她。”

“你们说，她会打博伊德吗？”斯嘉丽跟县里其他人一样，向来都不习惯小个子的塔尔顿太太整治成年儿子们的方式。如果觉

1　指《圣经》中《出埃及记》第 9 章第 1—7 节记载的一次畜疫之灾。

得有必要，她还会用马鞭抽打他们的背。

比阿特丽斯·塔尔顿是个忙碌的女人，不仅管着一个大棉花种植园、上百名黑奴、八个儿女，还经营着全州最大的养马场。她脾气火暴，很容易被四个经常起冲突的儿子惹得心烦不已。虽然谁都不准鞭打马和黑奴，她却觉得时不时抽儿子们一顿并无坏处。

“她当然不会揍博伊德。博伊德最大，又比兄弟们矮，所以她从没揍过他。”斯图尔特说，很得意自己有六英尺两英寸高，“所以，我们才把他留在家里跟她解释啊。老天哪，妈妈真不该再打我们了。我们都十九了，汤姆也二十一了，她还当我们是六岁小孩。”

“明天威尔克斯家有烤肉宴，你们的妈妈会骑新马去吗？”

“她倒是想这么做，但爸爸说新马太危险。而且，无论如何，几个姐妹也不会让她这么去的。她们说，就算要参加宴会，她也至少得像一回淑女，坐马车去。”

“明天别下雨，”斯嘉丽说，“这周几乎天天下雨，再没有比户外烤肉变成室内野餐更糟的了。”

“噢，明天准晴，还会跟六月一样热。”斯图尔特说，“瞧瞧落日，我从没见过比那更红的。看落日，往往就能预测天气。”

三人极目远眺，越过杰拉尔德·奥哈拉无垠的新垦棉田，望向红彤彤的天际。此刻，夕阳正落向弗林特河对岸的群山，映出一片绯红，温暖的四月天渐渐消退，透出丝丝宜人的凉意。

这年春天来得早。下了一场温暖的阵雨，大片粉红桃花和星星点点的雪白山茱萸便骤然绽放，把幽暗的河沼和远处的群山点缀得花团锦簇。春耕已近尾声，夕阳血红的余晖也把佐治亚红土地上新开出的犁沟映得更红了。湿润的泥土饥肠辘辘、嗷嗷待哺，等着播下棉花种子。犁沟的沙顶粉粉的，畦沟两侧的阴影处却既有朱红，也有绯红，还有紫红。庄园白粉砖墙的大屋就像一片狂暴红海中的小岛。大海波涛汹涌，变化无穷，时而呈螺旋形，时而呈弧线，时而又变成月牙状。但只有碰到粉色浪尖裂成碎浪的瞬间，这些波涛才会骤然凝固。跟佐治亚中部平原的黄土地或沿海种植园里的黑色沃土不同，为了避免沃土被冲到下方河底，佐治亚连绵起伏的山麓小丘被挖出的无数条犁沟都是弯弯曲曲的，并非又直又长。

这是片红得耀眼的土地，雨后更是红得像血，旱时如砖尘遍地，是世上最好的棉花田；这是片欢乐的土地，有白色的房屋、宁静的耕地、缓缓流淌的黄色小河；这是一片反差强烈的土地，有最灿烂的阳光，也有最幽暗的阴凉。种植园里的空地和数英里棉花田冲着温暖的太阳微笑，平和又满足。田野四周耸立着一片片原始森林，哪怕在最炎热的午后，林中也幽暗、凉爽、神秘，带着几分不祥。沙沙作响的松树仿佛已耐心地等待了很久，用轻柔的叹息威胁道："小心！小心！你们曾经属于我们，现在我们也能将你们收回。"

门廊上的三人听到马蹄声、挽具链子的叮当声，以及黑奴们快活的尖笑声。看来，是干农活的人和骡子从田里回来了。屋里飘出斯嘉丽母亲埃伦·奥哈拉轻柔的声音。她正在叫那个替她拎钥匙篮的黑人女孩。只听一个尖细的童音应道"来了，太太"，随即便传来有人出门，走向屋后烟熏室的脚步声。埃伦要去那儿给收工回来的人分发食物。塔拉庄园的男仆兼管家波尔克正在摆晚餐桌，瓷器和银器叮叮当当的碰撞声也传了过来。

听到最后那串响动，兄弟俩意识到该回家了。但他们不想面对母亲，便在塔拉庄园的门廊上磨磨蹭蹭，时刻盼着斯嘉丽留他们吃晚饭。

“哎，斯嘉丽，聊聊明天的事吧。”布伦特说，“不能因为我们不在，不知道烤肉宴和舞会，明晚就不能跳个尽兴吧。你还没答应他们，对吧？”

“呃，我答应了呀！我怎么知道你们都会回家？总不能冒着当壁花的危险等你俩吧。”

“你当壁花！”兄弟俩哈哈大笑。

“听着，亲爱的。你得跟我跳第一支华尔兹，跟斯图[1]跳最后一支，还得跟我俩共进晚餐。和上次舞会一样，我们还坐在楼梯台阶上，让金西嬷嬷再给我们算算命。”

“我才不喜欢金西嬷嬷算的命。要知道，她说我会嫁给一个头发乌黑，还留着黑色长胡子的男人。我才不喜欢黑头发绅士。”

“你喜欢红头发的，对吧，亲爱的？”布伦特咧嘴笑了，“好啦，快答应所有华尔兹都跟我俩跳，晚餐也跟我俩一起吃。”

“你要是答应，我们就告诉你一个秘密。”斯图尔特说。

“什么秘密？”斯嘉丽嚷道，立刻像孩子似的来了劲。

“就是我们昨天在亚特兰大听说的那个秘密吗，斯图？要知道，如果是，我们已经答应过不说的。”

“嗯，是佩蒂[2]小姐告诉我们的。”

“哪位小姐？”

“就是阿希礼·威尔克斯的远亲，住在亚特兰大的佩蒂帕特·汉密尔顿小姐——查尔斯和玫兰妮·汉密尔顿的姑妈。”

“我的确知道，但我这辈子都没见过比她更傻的老太婆。”

“呃，昨天，我们在亚特兰大等回家的火车时，她的马车正好

1 斯图尔特的昵称。

2 佩蒂帕特的昵称。

经过车站，她便停下来跟我们聊了会儿天。据说，明晚威尔克斯家的舞会上要宣布一桩婚讯。”

“噢，那事我知道——”斯嘉丽失望地说，“就是她那个蠢侄子查理[1]·汉密尔顿跟霍尼·威尔克斯呗。哪怕男方对此不冷不热，大家也早就知道他俩迟早会结婚。”

“你觉得他傻？”布伦特问，“去年圣诞节，你不还任由他在你身边团团转吗？”

“他要闹哄哄地围着我转，我有什么办法？”斯嘉丽无所谓地耸耸肩，“我觉得他真是太娘娘腔。”

“不过，明天要宣布婚约的可不是他，”斯图尔特得意扬扬地道，“是阿希礼和查理的妹妹玫兰妮小姐！”

斯嘉丽脸色几乎没变，嘴唇却白了，就像一个突然受到重大打击，一时间惊讶得还不明白怎么回事的人一样。她如此镇定地盯着斯图尔特，让这向来不善分析的小伙理所当然地认为：她只是吃惊，并觉得非常有趣而已。

“佩蒂小姐告诉我们，他们本打算等到明年再宣布，但玫兰妮小姐身体不太好，加上到处都在说要打仗，所以双方家里的人都觉得最好尽快成婚。因此，明天晚餐时就会宣布这个消息。好啦，斯嘉丽，秘密已经告诉你了，你一定得答应跟我们共进晚餐。”

“那是当然。”斯嘉丽机械地应道。

“还有全部的华尔兹。”

“嗯，全部。”

“你真好！我敢打赌，其他小伙一定会气疯的。”

“让他们疯好啦，”布伦特说，“那些人我俩就能对付。斯嘉丽，

---

1 查尔斯的昵称。

上午的烤肉宴，也跟我们坐在一起吧。”

“什么？”

斯图尔特又求了一遍。

“当然。”

兄弟俩虽快活地对视了一下，却也有些惊讶。虽然自认为是斯嘉丽偏爱的追求者，但他们之前可从没这么容易就受到青睐。通常，他们求了又求，她都不肯痛痛快快地表示赞同或拒绝。他俩若闷闷不乐，她就哈哈大笑；他俩若生气，她就越来越冷淡。此刻，她却真的答应明日陪他们一整天——烤肉宴时可以坐她旁边，只陪他们跳华尔兹（一定要让明天的所有舞蹈都是华尔兹！），就连晚餐后的休息时间，也属于他们。若真如此，那被大学开除也值了！

成功让两人心中充满新的激情，也让他们越发不想走。两人大谈烤肉宴、舞会、阿希礼·威尔克斯和玫兰妮·汉密尔顿，不仅互相打岔、开玩笑、笑话他们，还肆无忌惮地暗示想留下来吃晚饭。过了一会儿，兄弟俩才发现斯嘉丽几乎不再说话，气氛不知怎的就变了。他们虽不知个中缘由，却明白这天下午的喜悦时光已经结束。尽管斯嘉丽一句也没答错，她却似乎根本不在意他们在说什么。这无法理解的情绪让兄弟俩既困惑，又气恼。两人又赖了一会儿，才看看表，不情不愿地起身。

新垦地那头，太阳已经落得很低。河对岸高大的林木隐隐现出黑色轮廓。家燕飞掠过庭院，鸡、鸭和火鸡摇摇摆摆、趾高气扬地从田野各处回来了。

斯图尔特大喊一声：“吉姆斯！”片刻后，一个与他们年龄相仿、个子高高的黑男孩气喘吁吁地从屋角跑了出来，朝拴马处奔去。吉姆斯是他俩的贴身男仆，跟那些狗一样，走到哪儿都随侍左右。他是兄弟俩幼时的玩伴，在两人十岁生日时正式成为他们的仆人。一看到吉姆斯，塔尔顿家的猎狗们立刻从红土中爬起来，站好等候主人。兄弟俩向斯嘉丽鞠了躬，又跟她握了手，还说他们明日一早就去威尔克斯家等她。然后，两人便领着吉姆斯匆匆走下小径，跳上马，一边顺着雪松大道疾驰，一边挥舞着帽子，转身冲她高声喊话。

尘土飞扬的大道上，一行人刚转弯离开塔拉庄园那些人的视野，布伦特就在一丛山茱萸下勒住马。斯图尔特跟着停下。那黑人小伙也在两人几步后停了下来。几匹马感觉到缰绳松了，纷纷伸长脖子去啃柔嫩的青草。耐心的猎犬又趴在软软的红土地上，充满渴望地盯着愈加深浓的暮色中盘旋飞舞的家燕。布伦特那张单纯的宽脸现出困惑之色，还略带几分怒意。

“嘿，”他说，“你不觉得，她好像要留我们吃晚饭吗？”

“我本来以为她会呢，”斯图尔特说，“我一直在等她开口，可她就是不表态。你觉得是怎么回事？”

“不明白。但我觉得，她其实是有可能留我们的。毕竟，这是我们回家的第一天，她那么久没见到我们，我们也有很多话跟她说。”

“我觉得，咱俩刚到那会儿，她还挺开心的。”

“我也觉得。”

“可大约半小时后，她便沉默下去，就跟头疼犯了似的。”

“我也注意到了，但当时没在意。你觉得她怎么啦？”

“不知道。是不是我们说了什么惹她生气的话？”

两人琢磨了一会儿。

“想不出来。再说，斯嘉丽要是生气，每个人都知道。她可不会像别的女孩那样闷在心里。”

“是啊。我就喜欢她这点，生气时不会冷冰冰的讨人嫌，肯定会说出来。但肯定是我们说了什么，或做了什么，才让她突然不说话了，露出那副闷闷不乐的样子。我发誓，咱俩刚到那会儿，她不仅很高兴，还打算留我们吃晚饭。”

“不会是因为我们被开除的事吧？”

“见鬼，不可能！别傻了。我们说起这事时，她笑得那么开心。再说，斯嘉丽也并不比我俩更重视读书。”

布伦特在马鞍上转过身，大声喊那个黑小伙。

“吉姆斯！”

“什么事，先生？”

“我们跟斯嘉丽小姐说的那些话，你都听到了吧？”

“没，没，布伦特先生！您想呀，我怎么敢偷听白人讲话？”

“偷听，天哪！你们这些黑鬼什么事都知道。哼，骗子！我亲眼看到你侧身绕到门廊拐角，蹲在墙边的茉莉花丛里。好啦，我们说了什么惹斯嘉丽小姐生气或伤心的话，你到底听没听见？”

主人既然求助，吉姆斯便不再装傻，皱起黑黑的额头：“没有啊。我没觉得你们说了什么会惹她生气的话。依我看，她见到你们挺高兴，也很想念你们，叽叽喳喳，跟鸟儿一样快乐。直到你们说阿希礼先生要跟玫兰妮·汉密尔顿小姐结婚了，她才安静下来，变得像只看到头顶有老鹰盘旋的小鸟一样。”

兄弟俩相视点头，却还是不理解。

“吉姆斯说得对，但我还是不明白，”斯图尔特说，“天哪！对她而言，阿希礼算什么，就是个朋友而已嘛。她又不迷恋他。她迷恋的是咱俩。”

布伦特点头表示赞同。

“但你想过没有，”他说，“阿希礼或许没有告诉她自己明晚会宣布婚讯。作为老朋友，他却没有在宣告众人前，先把这个消息告诉她？能不能先知道这些事，姑娘们可看得很重。”

“呃，或许吧。但就算他没告诉她明天宣布又怎么了？本来就打算保密，这样才算惊喜嘛。再说，男人有权为自己的婚事保密，不是吗？玫兰[1]小姐的姑妈要是没把它透露给我们，我们也不知道啊。不过，斯嘉丽肯定知道，他迟早会娶玫兰妮小姐。毕竟，我们都知道好几年了啊。威尔克斯和汉密尔顿两家向来表亲通婚，人人都知道，他总有一天会娶她，就像霍尼·威尔克斯也要嫁给玫兰小姐的哥哥查尔斯一样。”

“唉，我放弃。但她都不留我们吃晚饭，真伤心。我实在不想回家听妈妈数落我们被开除。反正又不是头一回被开除了。”

“说不定，博伊德这会儿已经把她哄好了。要知道，那小淘气鬼嘴巴多会说啊。他总能把妈哄得心平气和。”

“嗯，但博伊德即使能办到，也得花时间。他得拐弯抹角地绕来绕去，把妈说糊涂了，让她不得不放弃，叫他留点力气以后当律师。不过，他现在多半还没来得及开头。我打赌，妈肯定还在为那匹新马兴奋不已，甚至要到坐下来吃晚饭，看见博伊德，她才会想起我们回家的事，而吃晚饭时，她一定会越想越气，火冒三丈。博伊德得十点后才有机会告诉她，你我被校长那般训斥后，继续留在学校，谁都会脸上无光。而直到半夜，博伊德才能说得她转变想法，把火都撒到校长头上，问他干吗不一枪崩了校长。所以，半夜之前，我们不能回家。”

兄弟俩闷闷不乐地看着彼此。野马、开枪闹事、邻居发火之类的事他们都不怕，就怕红发母亲劈头盖脸的数落，也怕她操起马鞭抽他们的屁股。

1　玫兰妮的昵称。

“哎，听着，”布伦特说，“咱们去威尔克斯家吧。阿希礼和姑娘们肯定乐意留我们吃晚饭。”

斯图尔特看上去有些不安。

“不，还是别去了。他们肯定忙着准备明天的烤肉宴，再说……”

“噢，我忘了，”布伦特急忙道，“嗯，不能去那儿。”

两人冲马吆喝几声，默默地赶了会儿路，斯图尔特黝黑的脸尴尬地变红了。直到去年夏天，斯图尔特都在双方家庭和全县人民的赞同下，追求英迪亚·威尔克斯。大家都觉得，对他而言，冷静从容的英迪亚·威尔克斯或许能起到安定作用。无论如何，大家都热切地希望如此。斯图尔特本可结下这门亲，布伦特却不满意。虽然喜欢英迪亚，布伦特却觉得她过于平淡柔顺，他自己绝不会爱上她，所以无法在这事上与斯图亚特达成共识。这是兄弟俩第一次意趣不投。兄弟竟关注自己眼中平平无奇的姑娘，让布伦特很是不忿。

然后，去年夏天在琼斯伯勒橡树林的一次政治集会上，他俩突然注意到斯嘉丽·奥哈拉。虽然打小就认识那姑娘，也认为骑马上树几乎跟自己一样好的她，向来都是最讨人喜欢的玩伴，但直到那一刻，他们才惊讶地发现她已经长大，成了全世界最迷人的姑娘。

两人第一次注意到，她那双绿眸多么灵动，笑起来时那对酒窝多么深，那手足多么小巧，而那腰身多么纤细。他们机灵的俏皮话逗得她连声欢笑。想到她已将他们视为一对出色的兄弟，两人就更加殷勤卖力，使出浑身解数。

对兄弟俩而言，那真是他们一生中值得纪念的日子。所以，后来再提起此事，两人总会纳闷以前怎么没注意到斯嘉丽的魅力。

他们永远都找不到正确答案。原来，斯嘉丽那天是故意引他们注意的。她生来就无法忍受哪个男人会不爱自己，反而去爱别的女人。一看到英迪亚·威尔克斯跟斯图尔特说话，她那掠夺的天性就受不了了。吸引斯图尔特不够，布伦特也不放过，于是她干脆把两人一并拿捏了。

如今，兄弟俩都爱上了她。英迪亚·威尔克斯和莱蒂·芒罗（布伦特曾漫不经心地追求过她）都被抛到脑后。兄弟俩都没问过，斯嘉丽若接受他们当中的一个，失败的那个该怎么办。反正船到桥头自然直。现在，再次对同一个姑娘意见一致，兄弟俩已相当满意，因为他们并不嫉妒彼此。这种情况让邻居们很感兴趣，却让他们那个并不喜欢斯嘉丽的妈妈恼火不已。

“那狡猾的丫头要是看上你们当中的哪一个，就是他活该，”她说，“或者，说不定她两个都要，那你们就只能搬去犹他州。就看那些摩门教徒收不收留你们吧——我表示怀疑……我只担心，你们迟早会为那个两面三刀的绿眼小妖精争风吃醋，冲对方开枪。不过，真闹成那样或许也不错。”

那次集会后，斯图尔特每次见到英迪亚都不舒服。倒不是英迪亚责骂过他。甚至那姑娘觉察出他突然变了心，也不曾从眼神或举止中流露分毫。她实在太过淑女。但斯图尔特自觉对她有愧，跟她待在一起就不自在。他知道他已经让英迪亚爱上自己，也明白她仍爱着自己。内心深处，他觉得自己这么做的确非绅士所为。他依然很喜欢她，并因为她冷静良好的教养、丰富的学识和具有的其他种种优秀品质而敬重她。但是，见鬼，跟斯嘉丽明媚又善变的魅力相比，她真是太呆板无趣、一成不变。跟英迪亚在一起，他总能胸有成竹；跟斯嘉丽在一起，他却毫无头绪。这点虽足以令男人心烦意乱，却自有其魅力。

“呃，我们去凯德·卡尔弗特家吃晚饭吧。斯嘉丽说凯瑟琳从查尔斯顿回家了。关于萨姆特要塞，说不定她能带回些我们都没听过的消息。”

“凯瑟琳才不知道。我跟你打赌，两美元赌一美元，她连要塞就在港口外都不知道，更不知道那里头满是北佬，只是现在已经被我们轰跑了。她只知道自己参加过的舞会和招惹了多少追求者吧。”

“嘿，去听听她胡说八道也很有趣啊，反正得找个地方，躲到老妈上床睡觉为止。”

“见鬼！我喜欢凯瑟琳，她很有趣。听她聊聊卡罗·雷特和查尔斯顿的其他人也不错。但我绝对无法忍受跟她那个北佬后妈同桌吃饭。”

“斯图尔特，别太为难她了，她心眼还是好的。”

“我不会为难她。我可怜她，但我无法喜欢自己可怜的人。她忙里忙外，拼命讨好，想让人舒服自在，说的、做的却偏偏适得其反。我真是烦死她了！她觉得南方人生性野蛮，甚至还把这话告诉咱妈。她害怕南方人。我们每次去，她都一副吓得要死的模样。我总觉得，她就像只蹲在椅子上的母鸡，瘦骨嶙峋，晶亮的眼里满是茫然和恐惧。她似乎随时做好准备，任谁有点动静，就立刻扑棱着翅膀咯咯乱叫。”

“欸，你不能怪她。你的确开枪打中了凯德的腿。”

“呃，我当时喝醉了，否则才不会开枪。”斯图尔特说，“凯德倒不记仇。凯瑟琳、雷福德和卡尔弗特先生也没记仇。只有那个北佬后妈鬼哭狼嚎地说我是未开化的野蛮人，还说体面人生活在野蛮的南方人中间不安全。”

“哎呀，你就别怪她了。她不过是个北佬，不怎么懂礼貌。再说，你的确开枪打中了她的继子。”

“哼，见鬼！那也不能成为侮辱我的理由啊！你还是妈妈的亲生儿子，可托尼·方丹上次开枪打中你的腿，咱妈发火了吗？没有，她只是派人把老方丹医生请来包扎伤口，还问医生枪法精湛的托尼怎么失了准头，莫不是喝醉了酒。你还记得托尼当时有多生气吧？”

兄弟俩放声大笑。

“妈可真是个榜样！”布伦特由衷地赞道，“她总能在人前把事办漂亮，绝不会让人难堪。”

“嗯。但我们今晚回到家，她很可能会当着爸和几个女孩的面，让我俩难堪。”斯图尔特沮丧地说，“听着，布伦特。我猜，咱俩多半去不成欧洲啦。要知道，妈妈说过，我们如果再被大学开除，游学旅行就别想了。”

“去他的！我们又不在乎，对吧？欧洲有什么好看的？我敢打赌，那些老外想在我们面前显摆的，佐治亚全都有。我敢说，他们的马没我们的快，姑娘也没我们这儿的漂亮。而且，他们那儿的黑麦威士忌肯定没法跟咱爸的比。”

“阿希礼·威尔克斯说，欧洲有无数美景和音乐。阿希礼喜欢欧洲，总是谈起那儿。”

“欸，威尔克斯一家都那样，就喜欢音乐、书本和风景。妈妈说，因为他家爷爷来自弗吉尼亚。弗吉尼亚人向来喜欢那类东西。

“随他们去吧。我只要有好马骑、好酒喝、好姑娘追，再来个坏妞开开心，谁要去欧洲都不关我的事……游学旅行没了又怎样？我们眼下若真在欧洲，打起仗来怎么办？都来不及赶回家。相比去欧洲，我宁愿上战场。”

“我也是，随时都行……听着，布伦特！我知道咱们应该去哪儿吃晚饭了。穿过沼泽，去埃布尔·温德家吧。我们还可以告诉他，咱们四兄弟又回来了，随时可以参加操练。”

“好主意！”布伦特热切地嚷道，“我们还能听到骑兵连的所有消息，并弄清楚他们的军服最终定了什么颜色。”

“要是佐阿夫兵那样的，打死我也不参军。穿那种宽松下垂的红裤子，跟个娘们似的。我觉得，那种裤子就跟女人的红法兰绒衬裤差不多。”

“少爷们想去温德先生家？要是真去了，可吃不上晚饭。”吉姆斯说，“他家的厨子死了，还没买新的。现在就是个女人在做饭，其他黑小子告诉我，她简直是全州最蹩脚的厨子。”

“天哪，他们干吗不另外买个厨子？”

“那种白垃圾怎么买得起更多黑奴？他家的奴隶从没超过四个。”

吉姆斯声音里带着不加掩饰的鄙夷。因为塔尔顿家有上百个黑奴，所以他就跟所有大庄园里的黑奴一样，认为自己社会地位稳固，根本瞧不起那些只有几个奴隶的小农场主。

“看我不打掉你一层皮，”斯图尔特恶狠狠地嚷道，“竟敢说埃布尔·温德先生是‘白垃圾’。他的确穷，但绝不是垃圾；任何人，无论黑人还是白人，谁要敢说他坏话，我都不答应。全县没有比他更好的人，要不骑兵连怎么会选他做少尉？”

“这个我可一直都没弄明白，”主人的威胁并未影响到吉姆斯，“我觉得，他们应该从富人里挑军官，而不是从白垃圾里挑。”

“他不是白垃圾！你是要拿他跟斯莱特里家那种名副其实的白垃圾比吗？埃布尔只是不富有。他是小农场主，并非大种植园主。士兵们觉得他够好，推选他当少尉，那任何黑小子都不能肆意诋毁他。骑兵连自有公断。”

三个月前，佐治亚退出联邦那天，骑兵连正式成立。从那以后，入伍的新兵们就一直盼着打仗，却无法得偿所愿。

虽然提出的建议不少，这支队伍却还未定名。跟确定军服颜色和款式一样，大家对取名这事也各执己见，互不相让。什么“克莱顿野猫”、“吞火魔术师”、“北佐治亚轻骑兵”、“佐阿夫兵”、“内陆步枪队”（哪怕这支骑兵连配备的是手枪、马刀和单刃猎刀，并没有步枪）、“克莱顿灰衣连”、“血与怒喝者”、“雷霆硬汉”，都各有拥趸。未定名前，每个人都管这支队伍叫“骑兵连”。尽管最后定下了响亮的名称，自始至终，大家还是最爱叫它“骑兵连”。

军官都由连队成员推选，因为除了几个参加过墨西哥战争和塞米诺尔战争的老兵，县里再没人打过仗。而且，哪怕是老兵，大家若不喜欢、不信任，也无法被推选为领头人。尽管人人都喜欢塔尔顿家的四兄弟和方丹家的三兄弟，却都不愿推选他们。因为塔尔顿兄弟太容易喝醉，又爱玩闹；方丹兄弟性子又太急，脾气躁。于是，阿希礼·威尔克斯当选上尉，因为他是全县最出色的骑手，头脑也很冷静。大家指望他能多多少少维持一些秩序。雷福德·卡尔弗特当选中尉，因为每个人都喜欢他。而埃布尔·温德则当选少尉，他父亲原是在沼泽上捕猎的，他自己现在成了小农场主。

埃布尔是个精明又严肃的大块头，目不识丁，却心地和善，比其他小伙大一些，在女人面前也很有礼貌。骑兵连里几乎没有谄上欺下之事。很多人的父亲和祖父都是从小农场主逐渐富裕起来的。何况埃布尔在骑兵连中枪法第一，七十五码外就能射中松鼠的眼睛，是个名副其实的神枪手。而且，他熟知各种野外生存技巧，什么雨中生火、追踪动物、寻找水源，样样在行。大家都佩服有真本事的人，而且都喜欢他，所以才让他当军官。他庄重地承担起这份荣誉，没有丝毫不合宜的自负，仿佛这只是他应尽的义务。然而，虽然种植园主们不介意，其女眷和奴隶们却无法忽视他并非绅士出身的事实。

最初，骑兵连只征募种植园主的儿子，算是一支士绅队伍。每人自备马匹、武器、装备、军服和贴身仆从。但在克莱顿这样的新县，富有的种植园主毕竟不多，为充实兵力，势必得招募小农场主、边远蛮荒林区的猎人、沼泽捕兽者或车夫[1]家的子弟。极少数情况下，甚至连穷苦白人也招，只要他们处于本阶级的平均水准以上。

和富有的邻居们一样，一旦开战，后面这些年轻人也巴不得去打北佬。然而，经费这个敏感问题又随之而来。小农场主几乎都没马，干农活全靠骡子。就是骡子也没有多余的，鲜有哪家能超过四头。就算骑兵连接受骡子，他们也舍不得让骡子上战场，更何况连队肯定不收。至于穷苦白人，能拥有一头骡子的都认为自己境况颇佳。而边远蛮荒林区的猎人和沼泽捕兽者们既没马，也没骡子，全靠地里的收成和沼泽里捕获的猎物过活。他们通常以物易物，一年到头连五美元现金都很难见到，根本买不起马和军服。然而，跟富有的种植园主们一样，他们穷归穷，也傲气十足，绝不接受富邻居们的任何施舍。因此，既要照顾所有人的情绪，又要建起一支充实的队伍，斯嘉丽的父亲、约翰·威尔克斯、巴克·芒罗、吉姆·塔尔顿、休·卡尔弗特（其实，除了安格斯·麦金托什）……县里所有大种植园主都慷慨解囊，捐钱装备连里的马匹和人员。结果，每个大种植园主都同意出钱装备自己的儿子和若干其他人。如此安排，倒可以让那些不太富裕的成员既得到马匹和军服，又不会觉得尊严受损。

骑兵连每周在琼斯伯勒集合操练两次，祈祷战争快点打响。

1　也称“赶马车人”，常指美国南方的贫苦白人，含有贬义。

马匹还没配齐，但已经有马的人，还是在县政府大楼后的田野搞起他们想象中的骑兵演习。他们从客厅墙上摘下独立战争时期的马刀奋力挥舞，声嘶力竭地叫喊，掀起漫天尘土。还没马的则坐在布拉德小店前的路缘石上，一边嚼着烟草聊天，一边看有马的人操练。或者，他们也会去比试枪法。没必要教他们打枪，大多数南方人从小就玩枪，打猎更是让人人都成了神枪手。

从种植园主家到沼泽地小屋，形形色色的火器汇聚到一起。有初次越过阿勒格尼山脉时，用来打松鼠的新式长枪；有在一八一二年战争、塞米诺尔战争和墨西哥战争中用过的前装枪；还有镶银的决斗手枪、大口径短筒小手枪、双筒猎枪以及英国制造、枪托都是用光亮好木料的新式来复枪。

操练往往都会在琼斯伯勒的几家酒馆结束。黄昏时分，打架斗殴层出不穷，军官们等不到北佬打来，就得忙着处理伤员。正是在此类斗殴中，斯图尔特·塔尔顿开枪打伤了凯德·卡尔弗特，托尼·方丹打伤了布伦特。骑兵连组建时，兄弟俩刚被弗吉尼亚大学开除回家，所以便满腔热情地参了军。但两个月前的那次枪击事件后，妈妈把他们打发进州立大学，还勒令两人老实待在学校。在校期间，他们十分怀念充满激情的操练，觉得只要能骑着马呐喊、能跟朋友们开枪射击，不上学也没关系。

“好吧，那我们就抄近道去埃布尔家。”布伦特建议道，“我们从奥哈拉先生家的河床和方丹家的牧场穿过去，一会儿就到了。”

“除了负鼠和青菜，肯定没别的东西可吃。”吉姆斯争辩道。

“你什么都别想吃，”斯图尔特咧嘴一笑，“因为你要回家告诉妈妈，我们不回去吃晚饭。”

“不，我不去！”吉姆斯惊叫道，“不，我不去！我才不想为你们做的事挨她的揍，这可一点也不好玩。她一来就会问我你们怎么又被开除了，然后会说我为什么今晚没把你们带回家让她揍。接着，她准会像见到六月鳃金龟的鸭子一样向我扑来。她肯定会把一切都怪到我头上。你们要是不带我去温德先生家，我就在林子里待一夜，没准儿还会被巡逻队抓走。比阿特丽斯小姐正在气头上，我宁愿被巡逻队抓走，也好过落入她手中。”

兄弟俩看着这个已经下定决心的黑小子，觉得又困惑又气恼。

“这小子竟蠢到宁愿被巡逻队抓去，要是果真如此，老妈又多了个能唠叨好几周的话题。我发誓，黑鬼就是更麻烦。有时我都想，废奴主义者的观点很正确。”

“唉，让吉姆斯面对我们都不愿面对的局面，的确不对。就带上他吧。但是，听好了，你这个冒失的黑傻瓜，要是敢在温德家的黑奴们面前摆架子，暗示我们顿顿都有烤鸡肉和火腿，他家却只有兔子和负鼠，我就……我就告诉老妈去。而且，以后上战场也不带你。”

“摆架子？在那帮穷黑鬼面前摆架子？绝对不会，我可是讲礼貌的。比阿特丽斯小姐不是像教育你们一样，也教育我要懂礼貌吗？”

“她可没把我们三个教好。”斯图尔特说，“走吧，继续赶路。”

他勒着自己那匹大红马退了几步，然后一夹马刺，那马便轻松跃起，跳过圆木劈成的篱笆栅栏，落在了杰拉尔德·奥哈拉种植园柔软的泥土地上。布伦特的马紧随其后。接着，吉姆斯也紧紧攥着马鞍和马鬃跳了过去。虽然很不想跳栅栏，但为了跟上两位主人，比这更高的栅栏他也跳过。

越来越浓的暮色中，他们择路穿过红色犁沟，下坡到了河床处。布伦特冲兄弟嚷道：“喂，斯图！你难道真的不觉得，斯嘉丽原本是要留我们吃晚饭的？”

“我一直都这么以为，”斯图尔特嚷道，“你觉得为何……”

第二章

斯嘉丽站在塔拉庄园的门廊上，目送兄弟俩离开。直到马蹄声完全消失，她才梦游般地走回椅子旁。她觉得脸颊发僵，似有什么痛楚。嘴倒是真酸了，因为怕被兄弟俩看穿心事，她一直扯着嘴角强撑笑容。她疲惫地坐下，蜷起一条腿，心难受得发胀，胀得似乎要从胸口跳出来。心怦怦跳着，还时而怪异地轻轻抽动一下。她双手冰凉，生出一种大祸临头之感，整张脸上都是痛苦和困惑。一个被娇纵惯了、向来有求必应的孩子，第一次碰到不顺心的事，的确会有这般困惑。

阿希礼要娶玫兰妮·汉密尔顿！

噢，不可能！兄弟俩一定弄错了。他们在跟她开玩笑呢。阿希礼不会，不会爱上她。玫兰妮那种小耗子一样的人，谁都不会爱她的。斯嘉丽轻蔑地回想起玫兰妮孩童般的身材，那张严肃的心形脸普通得几乎毫无特色。而且，阿希礼好几个月没见过她了。自从去年在十二橡树园举办完家庭聚会，他顶多去过亚特兰大两次。不，阿希礼不会爱上玫兰妮。因为——噢，她绝不会错！因为，他爱的是她啊！她，斯嘉丽，才是他心中所爱。这点她一清二楚！

斯嘉丽听见嬷嬷沉重的脚步把过道地板踩得微微晃动，连忙放下腿，努力摆出更平静的神情。绝不能让嬷嬷怀疑出了什么事。嬷嬷觉得，奥哈拉家的人从肉体到灵魂都属于她，他们的秘密就是她的秘密。哪怕一丝可疑之处，都足以令她像寻血猎犬般不屈不挠地追踪到底。凭借以往的经验，斯嘉丽知道，若无法立刻满足嬷嬷的好奇心，她肯定会去问埃伦。然后，斯嘉丽就得向母亲交代一切，或者编个合情合理的谎言。

嬷嬷从过道里出来了。这是位身宽体胖的老太太，一双小眼睛敏锐机灵，活像大象的眼睛。她是地道的非洲人，皮肤黑得发亮，全身心都献给了奥哈拉家。她是埃伦的左膀右臂，令三位小姐深感绝望，也令屋里其他仆人恐惧不已。尽管是黑人，她的行事标准和自尊心却跟主人们一样高，或者说甚至更高。她在埃伦的母亲——索朗热·罗比亚尔的卧室中长大。索朗热是个优雅淡漠、鼻梁高挺的法国女人。无论是自己的孩子，还是仆人，一旦逾矩，她都绝不姑息。嬷嬷原是埃伦的奶妈，埃伦从萨凡纳嫁到内地，她也跟了过来。嬷嬷疼爱谁，就会管教谁。因为爱斯嘉丽，也很以她为傲，所以嬷嬷无时无刻不在管束着她。

“两位少爷走了吗？斯嘉丽小姐，你怎么不留他们吃晚饭？我都吩咐波尔克多准备两副刀叉啦。你的礼貌呢？”

“噢，他们老聊打仗，我听腻了，实在不想晚饭时继续听。尤其爸爸还会插进来，大叫大嚷地讨论什么林肯先生。”

“我和埃伦小姐费尽心血地教导你，你却跟庄稼汉一样没礼貌。怎么披肩也不裹上！夜风可一直在往里灌哪！我说过多少遍啦，光着肩膀吹夜风会发烧的！斯嘉丽小姐，赶紧进屋吧。”

斯嘉丽故作淡定地转过身，庆幸嬷嬷只顾着念叨披肩，没注意到她的脸。

"不，我想坐在这儿看夕阳。太美了。你帮我把披肩拿来吧。求你了，嬷嬷，我想坐在这儿等爸爸回来。"

"听声音，你好像感冒了。"嬷嬷怀疑地道。

"欸，我没有。"斯嘉丽不耐烦地说，"快去把我的披肩拿来。"

嬷嬷一摇一摆地走回过道，斯嘉丽听见她站在楼梯井，轻声唤楼上的女仆。

"喂，罗莎！把斯嘉丽小姐的披肩给我扔下来。"然后，声音变大了些，"这没良心的黑鬼，一点都不中用。唉，还是得我上楼去拿。"

斯嘉丽听见楼梯嘎吱作响，轻轻站了起来。嬷嬷回来，肯定又要接着数落她待客不周。斯嘉丽觉得，心碎之际还得听这种鸡毛蒜皮的唠叨，真让人受不了。她犹豫不决地站在原地，不知该躲到哪儿，直到心痛稍微平息些。这时，她突然想起件事，顿时升起一线希望。爸爸这天下午骑马去了威尔克斯家的庄园——十二橡树园买管家波尔克的老婆迪尔西。迪尔西是十二橡树园的女仆总管和接生婆。六个月前，波尔克跟她成婚后，就日缠夜缠，求主人把迪尔西买回来，好让他俩能住在同一个庄园里。这天下午，杰拉尔德被缠得没法，只得动身去谈迪尔西的身价。

斯嘉丽想，父亲肯定知道那个糟糕的消息是真是假。哪怕这天下午他真没听到什么，也可能会注意到，或感觉到威尔克斯家有什么令人兴奋的事。如果能在晚饭前私下见见父亲，说不定就能找出真相。没准儿，那只是兄弟俩的一个可恶玩笑。

杰拉尔德快回来了。若想单独见他，她只能去转入大路的车道口等着。她悄悄走下台阶，小心地回头看了看，确定嬷嬷没在楼上窗口瞅她。没看到那张裹着雪白头巾的大黑脸透过翻飞的窗帘窥探，露出不赞同的神情，斯嘉丽才大胆地提起绿花裙子，飞快地沿小径朝车道奔去。虽然穿了双有缎带花边的轻便舞鞋，但她还是能跑多快，就跑多快。

砾石车道两旁，茂密的雪松枝叶交错，形成一道穹顶，把长长的林荫大道变成了一条幽暗的隧道。一跑到虬枝盘结的雪松下，斯嘉丽就知道自己安全了，不用怕被屋里的人看见，这才放慢脚步。她气喘吁吁，因为束腰勒得太紧，实在跑不了多远。不过，她还是尽可能快地往前走，很快便抵达车道尽头，来到主路上。可她并未停下，直到拐过一个弯，确信有一丛树木挡住屋里人的视线，才终于止住脚步。

斯嘉丽满脸通红，气喘吁吁地坐在一截树桩上等父亲。虽然已经过了他该回家的时间，她却很高兴他回来晚了，因为这样正好可以喘口气，让自己的脸色平静些，免得引他起疑。她时刻盼望着听到父亲的马蹄声，看到他以平时那种玩命的速度冲上山坡。但时间一分一秒地过去，杰拉尔德还是没回来。斯嘉丽望向大路那头，痛楚又涌上心头。

“噢，不可能吧！”她想，“他怎么还不回来？”

因为早晨下过雨，眼前蜿蜒的道路已经变得一片血红。斯嘉丽看着这条路，思绪也随之飘下山坡，飘到缓缓流淌的弗林特河，接着穿过杂草丛生的湿软河底，爬上对面山坡，就到了阿希礼居住的十二橡树园。这条路的全部意义就在于此——它通向阿希礼，通向那座带白色廊柱、仿佛希腊神庙般占据坡顶的漂亮屋子。

“噢，阿希礼！阿希礼！”斯嘉丽想着想着，心越跳越快。

听完塔尔顿兄弟的那些闲话，她心里一直沉重又凄凉，既困惑，又担心会大难临头。此刻，这些感觉却被积蓄了两年的狂热取代。

想想也怪，长大前，她从未觉得自己对阿希礼多着迷。小时候，她看着他来来去去，却从未动过心。两年前，阿希礼完成在欧洲的三年游历，到家后没多久，便登门造访。从那日起，她便爱上了他。事情就这么简单。

当时，她就站在前门廊上。他从那条长长的林荫大道骑马而来，一身灰色绒面呢外套，宽宽的黑领结将褶边衬衫衬得格外漂亮。即便现在，她依然记得他衣服上的每个细节，记得他的靴子有多闪亮，记得领带夹上的徽章刻着美杜莎头像，以及他看见她时，立刻摘下头上的巴拿马草帽，拿在手里的样子。他跳下马，把缰绳扔给一个黑人小孩，站在原地仰望着她。那双慵懒的灰眸睁得大大的，满是笑意。阳光灿烂，照在那头金发上，仿佛给他戴了顶银光闪闪的帽子。他说："斯嘉丽，你都长大啦。"接着，他便轻快地走上台阶，吻了她的手。还有他的声音！她永远忘不了听到他的声音时，自己心怦怦跳的感觉。仿佛第一次听到般，那声音缓慢而洪亮，真是悦耳极了。

从那一刻起，她就想得到他，就如想要东西吃、要马骑、要柔软的床睡觉般简单自然，不需要任何理由。

两年来，他陪着她在县里到处跑，参加舞会、以吃油炸鱼为主的野餐、各种聚餐，还有观摩法院开庭日。虽然从不如塔尔顿兄弟或凯德·卡尔弗特来得勤，也不如更年轻的方丹兄弟缠得紧，但阿希礼每周都会来塔拉庄园。

没错，他从未向她示爱，那双清澈的灰眸也从未如斯嘉丽熟知的其他男人一样，燃起炽热的光。但是——但是——她知道他爱她。绝对错不了。比理性更强烈的直觉和源自经验的认知告诉她，他爱她。那双眼睛不再慵懒或遥远时，她分明常常令他吃惊。而他充满渴望与忧伤地望着她时，则会让她困惑不解。她真的知道他爱她。他为何不说呢？真让人弄不明白。不过，他身上还有太多她不明白的东西。

他总是谦恭有礼，却也冷淡疏离。谁都猜不透他在想什么，斯嘉丽更猜不透。在一个人人都有什么就说什么的地方，阿希礼的内敛的确令人恼火。跟其他年轻小伙一样，县里常见的消遣，诸如打猎、赌博、跳舞、谈论政治等，他也样样精通。甚至，他还是全县最出色的骑手。但跟其他所有人不同，这些愉快的活动并非他生活的目的。所有人里，只有他对书本和音乐感兴趣，也只有他热爱写诗。

噢，金发灰眸的他为何如此英俊，却又那般谦恭有礼、冷淡疏离？他为何总热衷于谈论欧洲、书籍、音乐、诗歌之类无聊透顶，让她根本不感兴趣，却又那般想听的东西？夜复一夜，斯嘉丽跟他一起在半明半暗的前门廊坐过一会儿后，入睡时总会焦躁不安地辗转反侧，数小时难以成眠。她只能自我安慰：他下次来看望自己时，肯定会求婚。可他来了一次又一次，除了她心中的那份狂热愈演愈烈，其他方面依然毫无结果。

她爱他，想拥有他，却不懂他。她单纯直率，就如吹过塔拉庄园的风、绕过塔拉庄园的黄色河流，到死都无法理解复杂的事物。如今，她却要面对一个性格复杂的人。这可是生平头一遭。

阿希礼家的人世代都喜欢把闲暇时光用于思考，而非行动。他们尽情编织五光十色、脱离现实的梦。阿希礼会进入一个比佐治亚更美丽的内心世界，然后不情不愿地返回现实。他观察旁人，对他们既不喜欢，也不厌恶。他观察生活，无喜又无悲。无论宇宙，还是自己的处境，他都接受它们最本真的模样，然后耸耸肩，便又回到音乐、书籍和更美好的世界。

斯嘉丽不明白，她对他的心如此陌生，为何还会为他着迷。他这份神秘就像一扇无锁又无匙的门，激起她的好奇心。他身上那些她无法理解的东西，只会让她更爱他。而他古怪又克制的追求方式，也只会更坚定她想将他据为己有的决心。她毫不怀疑，他总有一天会向自己求婚，因为她太年轻、太娇惯，从未尝过败绩。此刻，这个可怕的消息犹如晴天霹雳——阿希礼要娶玫兰妮！怎么可能！

唉，就是上周的一天，他们在暮色中从费尔霍尔骑马回来时，他还说："斯嘉丽，我想告诉你一件非常重要的事，却又不知怎么说。"

她故作娇羞地垂下眼，心因狂喜而怦怦直跳，想着那个幸福的时刻总算来了。可他随即又说："不是现在！我们快到家了，时间不够。噢，斯嘉丽，我真是个胆小鬼！"说完，他一夹马刺，就跟她飞奔上山，朝塔拉庄园而去。

斯嘉丽坐在树桩上，回想那些曾令她如此开心的话，突然觉出另一种含义，一种可怕的含义。说不定，他当时就是想告诉她这则订婚消息！

噢，父亲要是回来就好了！这样悬着心，她真是再也受不了了。她又焦急地望向大路那头，结果却再次失望。

此刻，太阳已经落到地平线下，天边的红霞渐渐褪成粉色。头顶的天空也从蔚蓝缓缓变为知更鸟鸟蛋般的蓝绿色。乡间的暮色带着仿佛超越尘世的静谧，在她周围悄然降临。暮色迷蒙，笼盖四野。红色的犁沟和那条仿佛被划开的红土路失去了神奇的血色，变成普通的褐色土地。大路对面的牧场上，马、骡子和奶牛都安静地站着，脑袋越过篱笆横木，等着被赶回畜栏吃晚饭。它们不喜欢牧场溪边那些灌木丛投下的暗影，不住地冲斯嘉丽抽动耳朵，仿佛渴望有人相伴。

河边沼泽地的高大松树在阳光下本是无比温暖的绿色，到了这奇异暮色中，却被柔和的天空衬得黑乎乎的，活像一排挤得密不透风的巨人，正将那缓缓流淌的黄色河水藏入脚下。河对岸的山坡上，威尔克斯家高高的白色烟囱也渐渐融入周围浓密橡树的黑影里。只有远方点点晚餐桌上的灯火，表明那儿还有一所房子。温暖柔和的春意带着新垦田地和所有新生绿植蓬勃生长的香甜潮气，将她渐渐包围。

夕阳、春日和新生的绿植，斯嘉丽都不稀奇。她就像接受呼吸的空气与喝下的水一般，随意接受了它们的美。因为除了女人的脸、马、丝绸裙等实实在在的东西，她从未意识到其他事物的美。然而，宁静暮色中，塔拉庄园这片精心照料的土地，却给她纷乱的思绪带来几分平静。她热爱这片土地，就像爱母亲灯下祈祷的面容一般。然而，她却并未意识到这点。

蜿蜒宁静的大路上，依然不见杰拉尔德的身影。要是再等一会儿，嬷嬷肯定会寻过来，将她骂回屋。可就在她盯着黑乎乎的大路望眼欲穿之际，山下牧场突然传来马蹄声，接着便见马群、牛群惊恐地四下散开。杰拉尔德·奥哈拉正全速穿过田野，朝家奔来。

他骑着膘肥体壮的长腿猎马，远远看去，就像个孩子骑了匹过于高大的马。长长的白发在脑后翻飞，他挥舞鞭子，一路吆喝着催马前行。

虽然满心焦急，斯嘉丽仍无比骄傲地看着父亲，因为杰拉尔德的确是个杰出的骑手。

“真不明白，他怎么一喝点酒便要去跳栅栏。”她想，“而且，去年秋天，他就是在这儿摔破了膝盖。本以为他会吸取教训，尤其他还对妈妈发过誓，保证再也不跳了呢。”

斯嘉丽并不畏惧父亲，反而觉得他比姐妹们更像自己的同龄人。瞒着妻子跳篱笆让他感受到一种孩子般的骄傲和带着负疚感的愉悦，就跟斯嘉丽与嬷嬷斗智斗勇时得到的那种快乐一样。她站起来看他。

大马奔到篱笆栅栏前，抖擞精神，如小鸟般轻而易举地跃了过去。骑手热烈欢呼，鞭子在空中挥得啪啪直响，白色鬈发在脑后乱飞。杰拉尔德没看见树影中的女儿，在大路上勒住缰绳，赞许地拍着马脖子。

“全县的马都比不上你，全州也一样。”杰拉尔德骄傲地冲自己的马说道。虽然已在美国待了三十九年，他仍带着浓重的米斯郡[1]口音。然后，他匆匆捋顺头发，整理好皱巴巴的衬衫和已经歪到一只耳后的领结。斯嘉丽知道，这番匆忙打扮，只为在妻子面前装出一副绅士模样，表明自己拜访完邻居后，庄重安稳地骑马归来。她也知道，此刻正是展开话题，却不必担心会泄露自己真实意图的好时机。

她放声大笑。杰拉尔德果然吓了一跳，接着便认出她，红通通的脸上顿时现出既窘迫，又略带挑衅的神情。因为膝盖僵硬，他艰难地跳下马，飞快地把缰绳挽到手臂上，迈着沉重的步子朝她走来。

“咳，小姐，”他捏了捏她的脸蛋，“所以说，就跟你妹妹苏埃伦上周监视我一样，你也是来暗中盯梢，打算去妈妈那儿告状的？”

他低沉沙哑的声音虽有怒意，却也带着几分讨好，斯嘉丽调皮地啧啧几声，伸手拉正他的领结。父亲喷到她脸上的气息浓烈，是波旁威士忌混合了些许薄荷的味道。他身上还有嚼烟、上过油

1 爱尔兰共和国东部伦斯特省一郡。

的皮革和马的味道。这些气味混合到一起，不仅总让斯嘉丽想起父亲，也让她本能地喜欢有这股味道的其他男人。

“不，爸，我可不是苏埃伦那种搬弄是非的人。”她向他保证，接着退后几步，端详起他重新整理过的着装，一副很有见地的模样。

杰拉尔德个头不高，也就五英尺出头。但他腰圆脖子粗，坐下后，陌生人一看还以为他是个大块头。粗壮的身体由结实的短腿支撑。那双腿总是套着最棒的皮靴，张得大大的，像个神气活现的小男孩。大多数矮子认真起来，都难免让人觉得有点滑稽，但谷场上的矮脚鸡是备受尊重的，杰拉尔德也如此。谁都不曾冒失地认为杰拉尔德是个滑稽的小矮子。

他已年过花甲，一头银色鬈发，精明的脸却没有一丝皱纹。锐利的蓝眼睛虽小，却满是年轻人的无忧无虑。这说明除了考虑在打扑克时抓多少张牌，他从不琢磨更抽象的问题。那是张地道的爱尔兰人脸：圆圆的，面色红润，短鼻阔嘴，一副好斗模样。

暴躁易怒的外表下，杰拉尔德·奥哈拉有颗无比柔软的心。他看不得哪个奴隶噘着嘴挨骂，哪怕那人十分该骂；他也听不得小猫叫或孩子哭。不过，他最怕被人识破这个弱点。殊不知，无论是谁，跟他相处不到五分钟，都会发现此人心地善良。如果知道这点，他的虚荣心肯定会大受伤害，因为他喜欢认为自己声嘶力竭地发号施令时，人人都会颤抖着服从。他从未想过，庄园里的人其实只服从一个声音——他妻子埃伦轻柔的声音。他永远无法洞悉这个秘密，因为上至埃伦，下到最蠢笨的农工，人人都缄默不语、善意共谋，始终让他相信他的话就是规矩。

相比其他人，生为长女的斯嘉丽更不在意他的脾气和咆哮。杰拉尔德也知道，三个儿子相继躺入家族墓地后，他再也不会有儿子，于是便慢慢习惯了像对待男孩一样对待这个女儿。这让斯嘉丽再高兴不过。她比妹妹们更像父亲，因为教名卡罗琳·艾琳的卡伦娇弱纤细、喜欢空想；而教名苏珊·埃莉诺的苏埃伦则最以自己优雅的淑女风范为傲。

此外，一个相互制约的协议也将斯嘉丽和父亲绑到一起。杰拉尔德若撞见她不肯多走半英里路到大门，偏要翻栅栏，或跟某个追求者在前门台阶上坐到太晚，他可以当面严厉批评，却不得向埃伦或嬷嬷透露半句。斯嘉丽若发现他跟太太严肃保证后，仍骑马跳栅栏，或照常从县里的流言蜚语中听到他打扑克输了多少钱，也一定会克制自己，在晚餐桌上缄口不提，绝不会像苏埃伦那样故作天真地说出来。斯嘉丽和父亲都向对方郑重保证，此类事件绝不会传到埃伦耳朵里，因为那只会伤害她。埃伦的柔情，他们可是说什么都不愿伤害的。

渐渐隐没的天光中，斯嘉丽看着父亲，不知怎的，突然觉得有他在身边就很安心。他身上有某种生气勃勃、粗糙率直的东西吸引着她。作为最没有分析头脑的人，她意识不到自己之所以被吸引，是因为她也或多或少具备同样的特质。但十六年来，埃伦和嬷嬷费尽心血，都想将这种特质抹去。

“这下，你总算像模像样了，”她说，“除非自吹自擂，否则谁也不会怀疑你又捣了鬼。但我真觉得，去年摔破膝盖后，你还跳同一道栅栏……”

“哎呀，哪儿该跳，哪儿不该跳，我还用不着自己女儿教训，”他嚷嚷着，又捏了捏她的脸颊，“反正是我自己的脖子，不是吗？再说，小姐，你怎么披肩都不裹上就出来了？”

见父亲又用老伎俩回避令他不快的话题，斯嘉丽轻轻挽住他的胳膊，说：“我在等你呀。没想到你回来得这么晚。我就想知道，你到底把迪尔西买下来没有。”

“买下了，但那价钱可真是要了我的命。把她和她那小闺女普利西都买回来了。虽然约翰·威尔克斯差点想白送，但我可不能让别人说杰拉尔德·奥哈拉在交易中打友情牌。我叫他收下三千美元，当那两人的卖身钱。”

“天哪，爸爸，三千美元！你没必要买普利西呀！”

“怎么，我已经到了被自己女儿评头论足的时候啦？”杰拉尔德慷慨激昂地嚷道，“普利西是个讨人喜欢的小家伙，所以……”

“我知道她，又狡猾，又蠢笨。”斯嘉丽平静地继续道，丝毫不在意他的大叫大嚷，“你买下她，只是因为迪尔西求你买。”

杰拉尔德顿时泄了气，一脸尴尬。每次做了好事被拆穿，他都这副模样。父亲如此不善掩饰，斯嘉丽不由得放声大笑。

“咳，是又怎样？如果迪尔西成天闷闷不乐地想念孩子，买下她有什么用？好啦，我再也不让这儿的黑小子娶外面的女人啦。太贵了。来吧，小姐，我们进屋吃晚饭。”

暮色渐浓，天空褪去最后一抹绿色，微微寒意取代了柔和的春色。斯嘉丽却还在踯躅，寻思该怎样提起阿希礼的话题，才能不让杰拉尔德起疑。这事可真难办，因为斯嘉丽生来便不擅随机应变。杰拉尔德跟她太像，每次都能识破她那些小花招，正如她拆穿他的把戏一样。而且，他每次拆穿谁，几乎都不讲究技巧。

“十二橡树园的人都好吗？”

“差不多跟平常一样。凯德·卡尔弗特也在。办好迪尔西的事后，我俩在走廊上喝了几杯香甜热酒。凯德刚从亚特兰大回来，那儿乱糟糟的，大家都在谈论战争和……”

斯嘉丽叹了口气。杰拉尔德一旦聊起战争和脱离联邦，不唠叨几个小时肯定停不下来。她赶紧打岔，换了个话题。

“他们提明天的烤肉宴了吗？”

“嗯，提过。那位小姐——叫什么来着？就是阿希礼的表妹，去年来过这儿的那个小可爱。噢，对了，玫兰妮·汉密尔顿小姐，就是这个名字。她和哥哥查尔斯已经从亚特兰大来了，还——”

“噢，她真的来了？”

“嗯，真是个甜美安静的姑娘，只字不提自己的事，女人就该这样。走吧，女儿，别磨蹭啦。你妈妈该到处找我们了。”

这消息让斯嘉丽的心沉了下来。她还存着一线希望，盼着玫兰妮·汉密尔顿被什么事绊住，留在她该待的亚特兰大。此刻，甚至连父亲也赞美玫兰妮生性甜美安静，跟自己大不相同，斯嘉丽再也忍不住地开口了。

“阿希礼也在吗？”

“嗯。”杰拉尔德松开女儿的胳膊，转过身，目光犀利地盯着她的脸，“你跑这儿来等我，就是为了问这个吧？干吗拐弯抹角，不直接问？”

斯嘉丽不知道该说什么，只觉心中恼火，脸也渐渐红了。

“好啦，说吧。”

她还是什么也不说。要是女儿能使劲摇晃父亲，让他闭嘴就好了。

“他在，还跟其他几个姐妹一样，诚心诚意地问起你，说他们都希望你明天一定要去参加烤肉宴，别被什么事耽搁了。我保证你肯定会去。”他狡猾地道，“好啦，女儿，你跟阿希礼到底怎么回事？”

“什么事都没有。”她断然否定，拉起他的胳膊，“爸爸，进屋吧。”

“哟，现在你倒是想进去啦，”他说，“但不把你弄明白，我可不走。让我想想，你最近的确不对劲哪。他一直在戏弄你？向你求婚了？”

“没有。”她立刻应道。

“他的确不会。”杰拉尔德道。

斯嘉丽顿时火冒三丈，杰拉尔德却摆摆手，让她平静下来。

“嘘，小姐！今天下午，约翰·威尔克斯跟我说阿希礼要娶玫兰妮小姐，他还让我千万保守秘密。这事明天才会宣布。”

斯嘉丽的手从他的臂弯滑落。原来，这事是真的！

心口剧痛，犹如被野兽的尖牙狠狠咬了一口。此时，她感觉到父亲正盯着自己，那目光带了些怜悯，也有几分懊恼，因为他遇到了一个不知如何解决的难题。虽然爱斯嘉丽，但她若非要让他解决那些幼稚的问题，他又会不快。埃伦知道所有答案。斯嘉丽应该向她诉苦才对。

“你这不是在丢自己以及我们全家人的脸吗？”他又像激动时那样，声嘶力竭地吼道，“明明全县的男人都随你挑，你却偏偏要追逐一个不爱你的男人！”

愤怒和受伤的骄傲，竟驱走了些许痛楚。

“我没追着他跑。就——就是觉得有点吃惊罢了。”

“撒谎！”杰拉尔德凝视着她那张备受挫折的脸，突然温言细语地加了一句，“抱歉，女儿。但你毕竟还小，好男人多的是。”

“妈妈嫁给你时才十五岁，我已经十六了。”斯嘉丽闷闷地道。

“你妈妈不同，”杰拉尔德说，“她从不像你这么反复无常。好啦，女儿，振作起来，下周带你去查尔斯顿看望厄拉利姨妈。萨姆特要塞的事在那儿都闹翻天啦，不出一周，你就会忘掉阿希礼。”

“他还当我是小孩，”斯嘉丽想着，又悲伤，又愤怒，一时间竟说不出话，“以为只要拿件新玩具来晃一晃，我就能忘掉伤痛。”

“好啦，别跟我犟嘴，”杰拉尔德警告道，“但凡有点脑子，你早该嫁给斯图尔特或布伦特·塔尔顿。好好想想吧，女儿。嫁给双胞胎中的任何一个，两家种植园便能合二为一。吉姆·塔尔顿和我就在两家交界处给你盖座大房子，就在那一大片松林和……”

“能不能别再把我当小孩！”斯嘉丽嚷道，“我不想去查尔斯顿，也不想嫁给双胞胎。我只要——”她想住口，却已经来不及。

杰拉尔德的声音出奇地平静，一字一句地开了口，仿佛这些话都来自他鲜少使用的思想宝库。

“你只想要阿希礼，却偏偏要不到。如果他想娶你，哪怕我跟约翰·威尔克斯交情这么好，我真答应了也会心有不安。”见女儿一脸惊讶，他继续道，“我想要自己的女儿幸福。你若嫁给他，可幸福不了。”

“噢，我会的，我会幸福的！”

“不会的，女儿。只有相似的人结合，才能得到幸福。”

斯嘉丽突然心生恶意，很想大喊一句：“可你就很幸福。你和妈妈一点也不像。”然而，她还是忍住了，怕太过放肆，父亲会给她一巴掌。

“我们和威尔克斯家的人不同。”他字斟句酌，说得很慢，“威尔克斯家的人跟邻居们也不像，跟我认识的任何一家人都不像。他们真是群怪人，最好还是表亲通婚，把那些怪毛病都传给自家人吧。”

“唉，爸，阿希礼不是——”

“嘘，丫头！我可没说那少年坏话，因为我喜欢他。而我说‘怪’，并不是‘疯狂’之意。他的怪异跟卡尔弗特家那种为了赌匹马，什么都能押上的怪异不同；跟每代都会出一两个酒鬼的塔尔顿家不同；跟方丹家那些粗野暴躁、稍感被轻视就要杀人的小畜生也不同。当然，他那种怪异很好理解。但若非上帝保佑，我杰拉尔德·奥哈拉也会有那些毛病！我倒不是说你若嫁给阿希礼，他会跟哪个女人私奔，或动手打你。他要真打，说不定你还能幸福些，因为你至少明白那是怎么回事。可他怪就怪在其他地方，让人根本捉摸不透。我虽然喜欢他，但他说的话，我十有八九都听不懂。好啦，丫头，跟我说实话，他要唠叨起书、诗歌、音乐和油画之类的蠢东西，你真能听懂？”

“噢，爸爸，”斯嘉丽不耐烦地嚷道，“我要是嫁给他，一定都改。”

“噢，你会改变，那现在试试？”杰拉尔德恼火地瞪了她一眼，“你对天下的男人知之甚少，更别提阿希礼了。哪个妻子，也无法改变丈夫分毫，记住这点。至于改变威尔克斯家的人——女儿，想都别想！一家人都那样，向来都那样，很可能也会一直那样。我告诉你，他们生来就奇怪。瞧那副急急忙忙往纽约和波士顿赶的样子，又是听歌剧，又是看油画。还从北佬手里一箱一箱地买法文书和德文书。他们成天坐在那儿看书、做梦，还不如跟普通人一样打打猎、玩玩扑克呢。”

“论骑马，全县谁都比不过阿希礼。”父亲把阿希礼说得如此娇弱，斯嘉丽大为光火，“或许除了他爸，没人比得上他。至于打扑克，上周在琼斯伯勒，你不刚输给阿希礼两百美元吗？”

“卡尔弗特家的小子又在胡说八道了，”杰拉尔德无可奈何地道，“不然你怎么会知道具体数目。阿希礼的确能跟我这种马骑得最好，牌也打得最棒的人在一起。丫头！我不否认，他喝起酒来甚至能把塔尔顿家的人喝趴下。虽然他所有事都在行，但就是心不在焉。所以，我才说他怪。”

斯嘉丽一声不吭，心直往下沉。最后这点她辩无可辩，因为杰拉尔德说得对。这些娱乐消遣的事阿希礼虽然很在行，却总是心不在焉。其他人如痴如醉的东西，他不过是礼貌性地表示出些许兴趣而已。

杰拉尔德明白她沉默的原因，拍拍她的胳膊，得意地道："好啦，斯嘉丽！你得承认，我没说错吧。嫁个阿希礼那样的丈夫干什么？威尔克斯家的人全都疯疯癫癫的。"接着，他又哄道，"刚才我提起塔尔顿兄弟，也没有非要把他们推给你的意思。他们虽然不错，但你若喜欢凯德·卡尔弗特，咳，我也没问题。卡尔弗特家都是好人，每个人都是，虽说那家老头子娶了个北佬。我死后——嘘，亲爱的，听我说完！我就把塔拉庄园留给你和凯德——"

"就算把凯德放在银盘上端给我，我也不要，"斯嘉丽气呼呼地嚷道，"求你别再把他推给我！我不想要塔拉庄园，也不想要什么老种植园。种植园一文不值，要是……"

她正想说"要是得不到自己想要的人"，杰拉尔德已经气得大声咆哮。她竟如此轻慢自己送出的礼物。要知道，除了埃伦，这可是他最看重的东西。

"斯嘉丽·奥哈拉，你敢站在这儿，跟我说塔拉庄园这片土地一文不值？"

斯嘉丽倔强地点点头。她的心太痛，已经顾不上是否会惹怒父亲。

"土地是世上最有价值的东西，"他吼道，又粗又短的胳膊愤怒地胡乱挥舞着，"因为这是唯一能流传下去的东西，你给我好好记住！土地是唯一值得为之卖力、战斗，甚至拼命的东西。"

"噢，爸爸，"她厌恶地反驳道，"你说起话来真像个爱尔兰人。”

“我为此羞愧过吗？不，我反倒引以为荣呢。小姐，别忘了，你也是半个爱尔兰人！对任何有爱尔兰血统的人来说，他们生活的土地就是他们的母亲。此时此刻，我真为你羞愧。我把除老家米斯郡以外，全天下最美的一块地送给你，你什么反应？竟嗤之以鼻！”

杰拉尔德正准备痛痛快快地发泄一通怒气，看到斯嘉丽悲伤的脸，又忍住了。

“好啦，你还小，将来自然会爱上。只要是爱尔兰人，就没法摆脱这种情感。你还是个孩子，又在为情郎操心。等再大一些，你会明白……好啦，赶紧决定是选凯德、双胞胎，还是埃文·芒罗家的哪个小子。到时候，看我如何风风光光地把你嫁出去。”

“噢，爸爸！”

这会儿，杰拉尔德已经烦透了这个话题，也认为要他解决这个问题着实令人恼火。他觉得很委屈，不是已经把全县最棒的小伙和塔拉庄园都给斯嘉丽了吗，她怎么还一副愁眉苦脸的样子？杰拉尔德还希望女儿能用鼓掌和亲吻来迎接这些礼物呢。

“好啦，小姐，别再噘着嘴。不管你嫁给谁，只要他合你的意，是个骄傲又绅士的南方人就行。对女人来说，结婚后才有爱情。”

“噢，爸爸，这都是多老的观念啦！”

“很好的观念啊！东奔西跑，为了爱情结婚这种美国人才会干的事，不就跟仆人和北佬一样吗！父母为女儿选择的婚姻，才是最好的婚姻。因为，你这样的傻丫头，怎么分得清好男人和无赖？就瞧瞧威尔克斯家。他们为何代代兴旺发达、门庭不衰？还不是因为如长辈所愿，与跟自己相似的表亲结合。”

"噢！"斯嘉丽不禁大叫出声。杰拉尔德的话让她明白了可怕而必然的事实，心中顿时涌起一股新的痛楚。杰拉尔德看着她垂着头，不安地挪动着双脚。

"你没哭吧？"他问，笨拙地摸摸她的下巴，想捧起她的脸。而他自己的脸，也因同情皱了起来。

"没有！"她猛地扭过头，激动地嚷道。

"撒谎。不过，我为你骄傲。丫头，很高兴你还有自尊心。希望明天的烤肉宴上，你也能保持这份骄傲。我可不想让县里其他人说闲话，嘲笑你为了一个只肯跟你做朋友的男人伤心欲绝。"

"他心里有我，"斯嘉丽悲伤地想，"噢，他想我的时候可多了！我知道，我看得出来。只要再多点时间，我一定能让他开口——噢，要是威尔克斯家的人别老觉得他们应该跟表亲结婚就好了。"

杰拉尔德挽起她的胳膊。

"现在，我们进屋吃晚饭，这些事就你我知道，别拿去烦你妈妈了。你也不想让她操心吧。女儿，擤擤鼻子。"

斯嘉丽用她的破手帕擤了擤鼻子，两人手挽着手，沿着黑乎乎的车道往上走，那匹马缓缓跟在后头。快到屋子时，斯嘉丽正想再说点什么，就瞧见妈妈站在门廊的阴影下。她戴着帽子和手套、裹着披肩。嬷嬷站在她身后，脸上阴云密布，手里拎着埃伦给奴隶们看病时，常用的那个黑皮包。嬷嬷的嘴唇本就厚，还往下耷拉着，生气起来，下嘴唇更是比平时拉长一倍。这会儿，那嘴唇就拉得老长。斯嘉丽知道，嬷嬷肯定又在为什么不如意的事生气。

"奥哈拉先生，"埃伦一看到两人沿着车道而来，立马唤道（哪怕已经结婚十七年，生养了六个孩子，埃伦仍讲究规矩），"奥哈拉先生，斯莱特里家有人生病。埃米刚出生的孩子快不行了，必须赶紧受洗。我正准备跟嬷嬷过去，看能不能帮上什么忙。”

她询问式地提高声音，仿佛在等杰拉尔德同意。其实这不过是一种礼貌的表示，对于杰拉尔德却很受用。

“天哪！”杰拉尔德咆哮道，“那帮白垃圾为何老在晚饭时间找你？亚特兰大那边都在讨论打仗，我正想告诉你那事呢！去吧，奥哈拉太太。外面有麻烦，你要不去帮忙，晚上都睡不踏实。”

“她晚上向来睡不踏实，都忙着去照顾那些完全可以自理的黑鬼和白垃圾了。”嬷嬷兀自嘟囔着走下台阶，朝等在车道边的马车而去。

“亲爱的，吃饭时就坐我的位置吧。”埃伦伸出一只戴着手套的手，拍了拍斯嘉丽的脸颊。

尽管强忍泪水，被妈妈一碰，斯嘉丽仍激动不已。妈妈的碰触似乎有魔力，她窸窸窣窣的绸裙里，马鞭草香囊也散发出淡淡的香味。对斯嘉丽来说，埃伦·奥哈拉身上有种惊人的魅力。她就像常驻屋中的奇迹，令人敬畏、着迷，又让人倍觉安慰。

杰拉尔德把妻子扶进马车，吩咐车夫一路小心。托比已经为杰拉尔德家赶了二十年马车，听到主人指挥他如何干老本行，气得一声不吭地噘起嘴。车开了，嬷嬷坐在车夫旁边，两人刚好构成一幅完美的“非洲人噘嘴生气图”。

“我要是不为斯莱特里那帮垃圾做那么多事，他们就得花钱去别处想办法，”杰拉尔德气呼呼地想，“也早把那几亩可怜巴巴的沼泽洼地卖给我，搬出本县了。”说到这儿，他突然灵光一闪，想到个切实可行的恶作剧。“快，女儿，咱们去告诉波尔克我没买到迪尔西，反倒把他卖给约翰·威尔克斯了。”

他把缰绳扔给站在旁边的一个黑小孩，就开始上台阶，完全忘了斯嘉丽正难过，一心想着捉弄自己的贴身男仆。斯嘉丽跟在他后面，脚步沉重地迈上台阶。她想：自己跟阿希礼配成一对，总不会比爸妈更奇怪。和往常一样，她又开始纳闷，吵闹又迟钝的父亲，怎么会娶到母亲那样的女人。因为两人无论出身、教养，还是思维习惯，都有天壤之别。

第三章

埃伦·奥哈拉三十二岁，照当时的标准，已经算是中年人了。她生了六个孩子，但其中夭折了三个。埃伦个子高挑，站在暴躁的小个子丈夫身旁还高出一个头，但在摇曳的裙撑下款款而行，就并不显得太高了。光滑细腻、圆润纤长的脖子从塔夫绸紧身连衣裙中露出来，因头发的重量而微微后仰。她秀发浓密，用发网在脑后绾了一个发髻。她母亲是法国人，外祖父和外祖母一七九一年大革命时从外逃至海地。母亲给了埃伦微微上挑的黑眼睛、乌黑浓密的睫毛和一头黑发。身为拿破仑士兵的父亲则给了她挺直的长鼻子和方正的下巴。不过，线条柔和的双颊让埃伦的下巴并不显生硬。但她脸上那种骄傲却不傲慢的神情，和蔼、忧郁、毫无幽默感的神态，则完全源自生活。

如果眼里能多些光彩，微笑里能有点回应他人的暖意，或轻柔的声音让家人和仆从们感受到些许自然流露的意味，她就是位惊艳的美人。她说话带佐治亚沿海口音，柔和而模糊，元音流畅，辅音轻柔，还带着极轻微的法国腔。无论差遣仆人，还是斥责孩子，这声音都从不提高。但在塔拉庄园，她的命令却立刻有人服从。她丈夫气势汹汹的咆哮，反而会被悄悄忽视。

从斯嘉丽能记事起，母亲就总是这样。无论夸赞还是责备，她的声音都柔和甜美。不管乱糟糟的家里出了什么紧急情况，她总能沉着稳重地应对自如。她总是情绪稳定，背脊挺直，甚至三个幼子夭折时，也不改分毫。斯嘉丽从未见母亲坐下时，靠过哪张椅子的椅背，也从没见她手里不拿点针线活就坐下来。只有吃饭时间、照顾病人或整理种植园账目时，她才会放下活计。陪客人时，她做精美的刺绣；其他时候，她则忙着给杰拉尔德做有褶裥饰边的衬衫、给女儿做裙子或给奴隶们做衣裳。斯嘉丽想象不出母亲手上不戴金顶针，或绸裙窸窣的身边没有那个黑人小姑娘跟着是什么情景。那女孩生来的唯一职责，就是替埃伦拆掉疏缝所用的线，或者在她为了监督下人烹饪、洗涤和给种植园的人大批量做衣服而四处走动时，把红木针线盒从这个房间捧到另一个房间。

母亲向来庄重温和，斯嘉丽从未见过她惊慌失措的样子。无论白天，还是黑夜，她浑身上下总是整整齐齐。埃伦每次去参加舞会或接待客人，甚至去琼斯伯勒观摩开庭日，都得由两名侍女和嬷嬷伺候着打扮两小时，才会满意。但碰到紧急情况，她梳妆打扮起来又能快得惊人。

斯嘉丽的房间就在母亲房间对面，中间隔了条走廊。自婴儿时期起，她便熟悉了天快亮时，黑奴赤足跑过硬木地板，匆匆叩响母亲房门的声音。接着，惊恐的黑奴便压低声音，悄声汇报本区那一长排白棚屋里又有谁病了、谁生孩子了或谁去世了。小时候，斯嘉丽常常爬到门口，透过极窄的门缝向外窥探，看着埃伦从黑乎乎的房间出来，听到屋里杰拉尔德规律而平静的鼾声。高举的蜡烛洒下摇曳的微光，母亲挽着医药箱，头发梳得平顺整齐，巴斯克衫上的扣子也全都扣好了。

临去前，母亲会坚定却体贴地耳语几声，然后才踮着脚穿过走廊。“嘘，小点声。别把奥哈拉先生吵醒啦。他们还不至于病得快死了吧。”这样的话总让斯嘉丽倍感安慰。

没错，悄悄爬回床上，知道埃伦夜里出诊，一切正常，真让人高兴。

老方丹医生和小方丹医生都出诊在外，无法帮忙时，埃伦忙了一宿接生和救命的活，清晨仍会照常料理早餐。虽然黑眸里满是倦意，她的声音和举止却不会露出丝毫疲态。她的庄重温婉下，是令全家人敬畏的坚强品质。虽然杰拉尔德和几个女孩都如此，杰拉尔德却死也不愿承认这点。

有时，斯嘉丽会在夜里溜进母亲房间，去吻这位高个儿女士的脸颊。她仰望那张嘴，发现上嘴唇太短、太娇嫩，觉得那真是张太容易被外界伤害的嘴。每每此时，她不禁纳闷，那张嘴曾因女孩咯咯的傻笑弯起过吗？在长夜里向闺密吐露过秘密吗？不，不可能。母亲定然始终如一，她是力量支柱，是智慧源泉，是能解开所有难题的人。

但斯嘉丽错了。因为很多年前，跟那座迷人的海滨城市里所有十五岁的女孩一样，萨凡纳的埃伦·罗比亚尔也曾咯咯傻笑，也曾在漫漫长夜与朋友们窃窃私语，互诉衷肠。只有一个秘密，她从未告诉过别人。就在那一年，比她大二十八岁的杰拉尔德·奥哈拉闯入她的生活。也是那一年，青春和她那位黑眼睛的表哥——菲利普·罗比亚尔离开了她的生活。当时，双眼闪亮、狂放不羁的菲利普永远离开萨凡纳时，也将埃伦心中的光带走了，只给那个娶了她的矮个儿罗圈腿爱尔兰人，留下一具温柔的躯壳。

但对杰拉尔德来说，这些就够了。真的娶到埃伦，这份难以置信的幸运已经让他喜出望外。而且，就算她身上少了什么，他也从不惦记。精明如他，当然知道一个既无家世，又无钱财的爱尔兰人，竟能娶到沿海最富裕显赫家庭的小姐，无异于碰到奇迹。毕竟，杰拉尔德只是个白手起家的人。

杰拉尔德二十一岁从爱尔兰到美国。比他先到和后到的还有很多或好或坏的爱尔兰人。跟那些人一样，他也只有穿在身上的那套衣服、买船票剩下的两先令，以及要他项上人头的悬赏通缉。他觉得，相比自己犯下的罪行，这份赏格未免大了些。在爱尔兰那种鬼地方，还没有一个奥伦治会会员值得英国政府或魔鬼本身出一百英镑。但若加上一个英国在外地主的收租人的性命，政府就觉得相当值了。所以，杰拉尔德·奥哈拉此时立刻的确应该出走。没错，杰拉尔德的确骂过那收租人“奥伦治杂种”，但以他所见，即便如此，那人也无权用口哨吹《博伊恩河》开头的几小节来侮辱他。

博伊恩河之战虽已过去百年，但对奥哈拉家及其邻居们来说，还仿佛是昨天的事。他们的希望与梦想，土地与财富，都随着一片尘土而去。一位斯图尔特亲王也在那片尘土的包裹下仓皇出逃，只剩奥兰治的威廉和他手下佩戴奥兰治帽章的可恶士兵。斯图尔特王朝的爱尔兰信徒们，都被那些士兵砍倒在地。

出于这个以及其他种种原因，杰拉尔德的家人并不觉得他吵这场架会带来什么致命后果，但事实上，指控还是造成了严重影响。多年来，因为被怀疑从事反政府活动，奥哈拉一家始终不受英国警察待见。而杰拉尔德，也不是奥哈拉家第一个天还没亮就离开爱尔兰的人。他有两个哥哥，一个叫詹姆斯，一个叫安德鲁。他对两人的印象已经相当模糊，只记得他们都是沉默寡言的小伙子，常利用夜晚的零碎时间，来来去去地干些神秘勾当，或者一消失就是好几个星期，常让母亲焦急万分。很多年前，埋在奥哈拉家猪圈的一小批来复枪被发现后，两兄弟就去了美国。如今，他们已是萨凡纳的成功商人。每每提起自己那两个大儿子，母亲都要插一句："只有亲爱的上帝才知道那地方在哪儿。"但这次，年轻的杰拉尔德就被送往此地。

离家前，母亲在他脸上匆匆一吻，又冲他耳边热情地说了几句天主教祝福。父亲的临别告诫则是："记住你是谁，不能拿别人的东西。"五个高大的哥哥羡慕地跟他告别，但脸上都带着略显优越的微笑。因为在强壮的一家人中，杰拉尔德是最小、最矮的一个。

他的五个哥哥和父亲膀大腰圆，身高都超过六英尺，只有二十一岁的小杰拉尔德知道，睿智的上帝只允许他长到五英尺四英寸半。杰拉尔德这种人从不会懊恼自己身高不够，也不觉得个子矮会阻碍他获得自己想要的任何东西。更确切地说，正是这份矮小精干，造就了如今的杰拉尔德。因为他早早便明白，矮小者必须吃苦耐劳，以便在高大者中间活下来。而杰拉尔德，正是一个吃苦耐劳的人。

他那些高个儿哥哥都沉默寡言，身上早已没有家族昔日的荣光。他们心头压着难以言说的仇恨，只能在心情痛苦时才会流露出来。杰拉尔德若也高大强壮，定会如奥哈拉家的其他成员一样，沉默又隐秘地加入一系列反政府活动。但照母亲爱怜的描述，杰拉尔德是个"高谈阔论、蠢笨鲁莽"的人。他脾气暴躁，动不动就挥拳头，几乎谁都能一眼看出他好勇斗狠的天性。他大摇大摆地走在高大的奥哈拉兄弟中间，活像谷场上一群高大的科钦公鸡中，出现了一只神气活现的矮脚鸡。爱他的哥哥们手足情深地逗弄他，就为听他哇哇大叫。只有在必须教育弟弟安分些时，他们才挥舞着大拳头捶他几下。

哪怕杰拉尔德到美国时所受教育并不多，他对此也没什么自知之明。就算有人指出这点，他也不在乎。母亲教过他读书写字。他字迹工整，擅长算术，但所知的书本知识，也就到此为止。他唯一懂得的拉丁语，是做弥撒时的应答词；至于历史，他只知道爱尔兰受过的重重苦难。除了摩尔的诗，他再不知其他诗歌。说到音乐，也只知爱尔兰世代相传的民歌。虽然十分敬重比他有学问的人，他却从不觉得自己有何欠缺。哪怕最愚昧的爱尔兰乡巴佬，只要强壮肯干，都能在这个新国家发大财，那他要那些学问干吗?

詹姆斯和安德鲁把弟弟带进他们在萨凡纳的店铺时，也不觉得他缺乏教育有什么值得遗憾的。他字迹清晰、算账准确，还有讨价还价时的那份精明，足以让两位哥哥器重。年轻的杰拉尔德若真有文学修养和良好的音乐鉴赏能力，说不定反而会令哥哥们嗤之以鼻。十九世纪初，美国对爱尔兰人还是很客气的。詹姆斯和安德鲁起初靠大篷车从萨凡纳拉货到佐治亚州内陆城镇过活，有钱后开了自己的店铺。杰拉尔德也跟着他们逐渐发迹。

杰拉尔德喜欢南方，很快就自诩南方人。虽然很多跟南方和南方人有关的东西他永远无法理解，但出于天性，对于能理解的观点和习俗，他都全心全意地接受了。比如，扑克、赛马、激烈地讨论政治、决斗、州权、咒骂北佬、维护奴隶制和崇尚棉花种植、蔑视白垃圾，以及要对女性格外殷勤。他甚至学会了嚼烟草。喝威士忌倒不用学，因为他生来就会。

但杰拉尔德还是杰拉尔德，哪怕生活习惯和思想观念变了，行事作风却没变，就算想变也变不了。他羡慕那些种植大米和棉花的富裕种植园主，欣赏他们那种慢条斯理的优雅做派。那些人骑着纯种马，从他们遍布青苔的王国驶入萨凡纳。同样优雅的女士们坐在后面的马车里，奴隶们则坐篷车。但杰拉尔德永远也学不会那份优雅。虽然觉得他们慵懒含糊的口音十分悦耳，他却怎么也改不掉自己那口干脆利落的爱尔兰土腔。杰拉尔德喜欢他们处理要事时的优雅从容，能为一张牌赌上一笔财产、一座种植园或一个奴隶，输了也满不在乎，谈笑风生地签单赔偿，丝毫不比撒一把硬币给黑人小孩更麻烦。但杰拉尔德尝过贫穷的滋味，永远学不会好脾气或体面优雅地输钱。沿海的佐治亚人生性快乐，说话柔声细语，脾气火暴，反复无常得可爱。杰拉尔德喜欢他们。然而，这位爱尔兰小伙充满活泼躁动的生命力，刚刚从一个风又湿又冷、沼泽多雾、不会滋生热病的国家而来，自然跟这些生活在亚热带气候和瘴气沼泽中的慵懒绅士不同。

杰拉尔德从他们身上学习他觉得有用的东西，剩下的概不考虑。他发现，扑克是南方所有习俗中最有用的，只要会打扑克、喝威士忌就行。他人生中最珍视的三样东西，贴身男仆与种植园这两样都源自扑克和威士忌。至于妻子，他只能将其视作上帝的神秘恩赐。

贴身男仆叫波尔克，黑得发亮，举止庄严，懂全套裁缝手艺，是杰拉尔德有一次打通宵扑克时，从圣西蒙斯岛的一个种植园主手里赢回来的。跟杰拉尔德一样，那人也喜欢在打扑克时用大赌注吓退对手，但喝起新奥尔良朗姆酒来，就要略逊一筹。虽然波尔克的前主人后来愿意出双倍价钱把他买回去，杰拉尔德却死活不肯。因为，这是他拥有的第一个奴隶，还是“沿海最棒的贴身男仆”。杰拉尔德一心想当奴隶主和拥有地产的绅士，这是他向心中所愿迈出的第一步。

他下定决心，绝不像詹姆斯和安德鲁一样，白天做生意，晚上还要在烛光下应付长串长串的数字。跟哥哥们不同，他已经深切意识到“生意人”在社会上的名声并不好。杰拉尔德想当种植园主。在同胞曾拥有和追寻的土地上当过佃农，让这个心中有热望的爱尔兰人期待有朝一日，能看到自己的田地绿油油地在眼前铺展开来。坚定地怀着这唯一的目标，他渴望拥有自己的房屋、种植园、马和奴隶。身处这个新的国家，他已不用经历在故土时，想要田产之人得面临的两重危险——一是耗光所有收成的税收，二是随时可能被没收。但随着时间流逝，他发现有此抱负，与将之实现毕竟是两码事。佐治亚沿海地区被牢牢掌控在壁垒森严的贵族阶层手里，要从中赢得一块地，简直是痴心妄想。

后来，在命运和打牌手气的共同作用下，他终于获得那座被他命名为塔拉的种植园。与此同时，他也离开沿海，搬到北佐治亚的高地。

那年春天，有天晚上很热。杰拉尔德在萨凡纳的一间酒馆听到旁边一个生客的谈话，顿时竖起了耳朵。那人是萨凡纳本地人，刚在内地待了十二年返乡。杰拉尔德来美国的前一年，印第安人把佐治亚州中部的一大片土地转让给了美国。州政府发行土地彩票，以分配那片土地。此人便是中奖者之一。于是，他北上建起一座种植园，但如今房子失火烧毁，他厌倦了那“倒霉之地”，很乐意将其出手。

杰拉尔德一心想拥有自己的种植园，从未放弃这个念头。于是，他托人介绍洽谈。听到对方说州北部挤满了从北卡罗来纳州、南卡罗来纳州和弗吉尼亚州来的新人，他的兴趣更浓了。杰拉尔德在萨凡纳住的时间已经够久，很清楚沿海的人认为州内其他地区都是蛮荒林区，每一处灌木丛后都潜伏着印第安人。为奥哈拉兄弟的商店办事时，他曾去过萨凡纳河上游一百英里处的奥古斯塔，也曾足够深入内地，去过那座城市西面的一些古镇。他知道，那儿跟沿海一带一样，已有不少人定居。但据那位生客描述，他的种植园位于萨凡纳西北二百五十英里外的内陆地区，距查特胡奇河南端不远。杰拉尔德知道，那条河以北的区域仍掌握在彻罗基人[1]手中。因此，听到生客嘲笑那儿仍有印第安人作乱的传言，并说起在那片新兴乡野上，城镇正如何快速兴旺，种植园如何繁盛时，杰拉尔德不禁大吃一惊。

一小时后，谈话渐渐变少。杰拉尔德提议打牌，这诡计与他单纯闪亮的蓝眼睛极不相称。夜渐渐深了，酒过数巡后，除了杰拉尔德和那位生客还在赌，局上的其他人都陆续撒了手。生客押上所有筹码，外加种植园的地契。杰拉尔德也押上所有筹码，随后又把自己的钱包放在了最上面。哪怕钱包里装的是奥哈拉兄弟商店的钱，杰拉尔德也不会良心不安，在第二天早晨做弥撒时为此忏悔。他知道自己想要什么，也会在需要时，以最直截了当的方式付诸行动。而且，他坚信命运和手中那四张两点的纸牌，从不考虑万一对面有更厉害的牌，自己该如何偿还输掉的钱。

“你未必捡到便宜，我很高兴再也不必为那地方缴税。”对方看着手上的幺点牌，叹了口气，叫人去取笔墨，“大房子一年前烧掉了，地里也长起灌木和小松树。不过，那些都是你的啦。”

当天晚上，波尔克服侍杰拉尔德上床睡觉时，杰拉尔德严肃地对他说：“除非早就戒掉了爱尔兰私酿威士忌，否则千万别一边打牌，一边喝威士忌。”这个贴身男仆出于对新主人的敬仰，也说起爱尔兰土腔。但他那混杂了南方乡村黑人方言和米斯郡腔调的必要回答，除了他俩，谁都听不懂。

1　北美印第安人。

浑浊的弗林特河在两岸一排排松树和爬满藤蔓的黑栎间静静流淌，仿佛一条弯弯的臂膀，从两侧环抱住杰拉尔德那片新土地。杰拉尔德站在曾建有房屋的小土墩上。对他来说，这道高高的绿色屏障显然就是一个可喜明证，仿佛他亲手筑起的篱笆，明明白白地宣示着他的所有权。站在被毁建筑焦黑的地基上，杰拉尔德俯视那条通向大道的林荫路，开心得不住咒骂。这喜悦如此之深，真是连感谢上苍都不够。这两排幽暗的树是他的，那片荒芜的草坪也是他的。星星点点地开满白花的小木兰树下，野草已及腰。那些尚未开垦的田地零零星星地长出了小松树和林下灌丛，绵延起伏的红土向四面八方伸展开去。如今，这一切都属于杰拉尔德·奥哈拉。因为他那喝不醉的爱尔兰头脑和敢将全副家当押在一手牌上的勇气，这一切都是他的了。

杰拉尔德闭上眼睛，在一片寂静的未垦荒地中，觉得自己回家了。脚下的这片土地上，将建起一座白色粉刷的砖房。大道对面要竖起新栅栏，围住膘肥体壮的牲口和纯种马。顺着山坡延绵到丰饶河谷的红土地，都会种上棉花。阳光下，大片大片的棉花就像鸭绒般洁白耀眼。奥哈拉家即将再次崛起。

杰拉尔德靠自己那点赌本、从两个不甚热情的哥哥那儿借到的一笔钱，以及抵押地的一笔钱买下了第一批干农活的奴隶。他来到塔拉庄园，在仅有四间房的监工屋里住下，过起了单身汉的寂寞生活，直到塔拉庄园的白房子建好。

他清理田地，种上棉花，又向詹姆斯和安德鲁借了些钱，添了更多奴隶。奥哈拉家族向来抱团，无论贫富都紧密团结。如此同甘共苦并非出自多么深厚的亲情，而是艰难的岁月让他们明白：一个家族要生存下去，就得结成统一战线，一致对外。再说，他们借钱给杰拉尔德，过几年不仅能拿回本金，还有利息。渐渐地，种植园越来越大，杰拉尔德也买下了更多邻近的土地。终于，梦中的白房子变成现实。

房子是黑奴建的。整个建筑笨拙地趴在坡顶，俯瞰那片延绵至下方河流的绿色牧场。杰拉尔德非常满意，因为房子虽为新建，看起来却像多年的老宅。一棵棵粗壮的古老橡树将屋子紧紧围住，繁茂的枝叶在屋顶撑起一片浓荫。昔日，不知有多少印第安人从那枝叶下走过。除去野草的草坪已经长出密密的红花草和狗牙草，杰拉尔德悉心照料，定要把草坪维护好。从雪松林荫道至黑奴居住区的那排白色木屋，塔拉庄园处处透着结实、稳固和耐久之气。杰拉尔德每次策马拐过大路，看见绿枝掩映下的自家屋顶，心里都充满自豪，回回有种相见如初之感。

一切都是他的成就，都得归功于这位矮小精明、固执暴躁的杰拉尔德。杰拉尔德跟县里所有邻居都相处和睦，只有两家除外。一是从左侧跟他家接壤的麦金托什家，二是斯莱特里家。斯莱特里家的地只有区区三英里，沿河流和约翰·威尔克斯庄园间的沼泽洼地，伸展到他家右侧。

麦金托什家是北爱尔兰的苏格兰移民后裔，也是奥伦治会会员。哪怕具备天主教历书上的所有高尚品质，这样的世系在杰拉尔德眼中也永远没有翻身之日。没错，他们已经在佐治亚州住了七十年，此前还有一代人在卡罗来纳州生活。但踏上美国海岸的第一批麦金托什移民来自阿尔斯特，便足以让杰拉尔德无法释怀。

麦金托什家的人都缄默又倔强，不与外人来往，只跟在卡罗来纳州的亲戚通婚。不喜欢他们的不只杰拉尔德一人，县里那些友善、合群的邻居也不太能容忍缺乏相同品质的人。关于这家人同情废奴主义者的谣言，也没能让他们更受欢迎。其实，老安格斯非但从未解放过一个黑奴，反而违法乱纪，犯下不可饶恕的罪行，将自己的几名黑奴卖给过路的奴隶贩子，任其带到路易斯安那州的甘蔗田。尽管如此，之前的谣言还是照样流传。

“毫无疑问，那家伙就是个废奴主义者。”杰拉尔德对约翰·威尔克斯说，“但对奥伦治会会员来说，原则一旦对上苏格兰人的吝啬，就不管用了。”

斯莱特里家则完全是另外一回事。安格斯·麦金托什家还能因执拗独立，勉强得到几个邻居的尊敬，身为穷苦白人的斯莱特里家，却连这点尊敬也得不到。尽管杰拉尔德和约翰·威尔克斯一再出价购买他家那几英亩地，得过且过、牢骚满腹的老斯莱特里却说什么也不肯卖。他妻子一头乱发，苍白憔悴，生了一堆沉闷胆怯的孩子。而且，孩子的数量还有规律地逐年增长。汤姆·斯莱特里没有奴隶，他和两个大儿子隔一阵就会到自家那几英亩棉花地干干活，妻子和几个小一些的孩子则负责照料所谓的菜园。但不知怎的，棉花总是歉收。因为斯莱特里太太接连不断的生产，菜园种出的东西几乎从来都不够家里人吃。

经常可见汤姆·斯莱特里在邻居的门廊上磨蹭，不是讨棉籽下种，就是求一片熏咸肉“熬过一顿”。斯莱特里觉出邻居们礼貌背后的轻蔑，于是用自己仅剩的那点精力仇恨他们。他尤其痛恨“富人家里那些傲慢的黑奴”。县里家养的黑奴自认比白垃圾优越，那些人的公然蔑视刺痛了他，安稳的生活又让他嫉妒不已。和他悲惨的生活相比，那些黑奴吃得好，穿得好，病了、老了还有人照料。他们以主人的好名声为荣，大多还很骄傲自己归上等人所有。可他呢，却被所有人瞧不起。

汤姆·斯莱特里本可以三倍的价格，将自己的田卖给县里任何一个种植园主。他们都觉得，花钱把这个不顺眼的家伙赶出本地很值。但他偏偏待得心满意足，靠每年一包棉花的收入和邻居们的施舍艰难度日。

杰拉尔德跟县里其他人都处得不错，有些还相当亲密。威尔克斯家、卡尔弗特家、塔尔顿家和方丹家，无论谁看见白色大马驮着那个笑嘻嘻的小个子驰上自家车道，都会微笑着招呼下人端出高脚杯，倒上一杯波旁威士忌，再加一匙糖和一片碾碎的薄荷。杰拉尔德很讨人喜欢，孩子、黑奴和狗一眼就看出他虽然嗓门大、脾气坏，但心地善良，耳根子软，随时愿意打开钱包帮助他人。很快，邻居们也发现了这点。

他每次来动静都不小，猎狗汪汪叫，黑人小孩嚷嚷着冲出来迎接，争先恐后地替他牵马，在他善意的打趣下不好意思地咧嘴傻笑。白人小孩则吵着要坐到他膝上让他颠着玩。他就趁机向大人们痛斥北佬政客的无耻行径。朋友的女儿们会向他诉说自己的恋爱秘密，邻居的儿子们害怕向父亲交代赌债，却发现他是个患难之交。

“这么说，你这坏小子都欠债一个月啦？”他会大声嚷嚷，“天哪，怎么不早点跟我借？”

大家都知道他态度粗鲁，并不生气。听到这话的小伙，也只会不好意思地咧嘴一笑，回道：“呃，先生，我不想麻烦你，但我爸……”

“你爸是好人，这点没的说。他就是严厉了点。钱拿好，这事以后就别提了。”

种植园主的太太们最后才被他收服。杰拉尔德曾称威尔克斯太太是个“最具沉默天赋的贵妇人”。但有天晚上，杰拉尔德骑马驶上车道后，这位太太却对丈夫说：“他虽然说话粗鲁，却是个绅士。”直到此刻，杰拉尔德才算真正成功了。

杰拉尔德并不知道，其实他花了将近十年才实现这个目标。

因为他压根没想到，邻居们起初都抱着不以为然的态度。他还以为自己一踏上塔拉这块土地，就毫无疑问地属于这里了。

杰拉尔德四十三岁那年，体格粗壮、面色红润的他看起来已经像体育画报上狩猎的乡绅。他不由得觉得：塔拉庄园固然可亲，县里的人坦率好客，但这些还不够。他想要个妻子。

塔拉庄园急需一位主妇。胖厨娘原本是在庭院里干活的黑奴，不得已才提拔到厨房，开饭从来不准时。打扫房间的女仆之前在地里干活，不仅任由家具积灰，还似乎永远都没现成的干净亚麻被单，所以一有客人来就手忙脚乱。波尔克是家里唯一受过教育的黑奴，虽然总管着其他仆人，但跟杰拉尔德过了几年无忧无虑的日子，也变得懒散粗心起来。作为贴身男仆，他把杰拉尔德的卧室收拾得井井有条；作为司膳总管，他却只把三顿饭安排得体面又气派，其他方面就听之任之了。

黑奴们凭借非洲人向来准确的本能，看出杰拉尔德只是嗓门大，不会动真格，于是都厚颜无耻地占他便宜。虽然总能听见他威胁要把奴隶们卖到南方，或者要狠狠地抽他们一顿鞭子，但塔拉庄园从未卖出一个奴隶，挨鞭子的事也只出现过一次。那是因为杰拉尔德出门打了一整天猎后，竟没人来刷洗他的爱马。

杰拉尔德敏锐的蓝眼睛注意到邻居家都井井有条，也看到头发梳得平顺光滑、衣裙窸窣的太太们如何轻松自如地管理仆人。他完全不知道这些女人从早忙到晚，要监督下人做饭、看孩子和缝补洗衣，根本脱不开身。他只看到表面上的成效，并深受触动。

一天早晨，他正在换衣服，准备去城里参加开庭日时，波尔克取来他最喜欢的那件有褶裥饰边的衬衫。被女仆笨手笨脚地缝补过一番后，除了他的贴身男仆，这衣服谁都穿不了了。此时此刻，他才感受到娶妻的迫切。

“杰拉尔德先生，”波尔克见他发火，赶紧千恩万谢地收好衬衫，“您需要一位妻子，有一屋子黑奴可以使唤的妻子。”

杰拉尔德嘴里责骂波尔克，心里却知道他说得对。他想有个妻子，还想有孩子。要是不赶紧，或许就太迟了。但他不能随便娶一个，不能像卡尔弗特先生那样，娶个北佬家庭教师来管教几个没了妈的孩子。他的妻子必须是淑女，出身良好的淑女，既要有威尔克斯太太的优雅气质，也要具备她那样的管家能力，打理好塔拉庄园。

但要跟本县的人家结亲，有两大难处。第一，这儿到了适婚年龄的女孩太少。第二点更难，虽然杰拉尔德在此已经住了差不多十年，却仍是个“新人”，还是个外国人。没人清楚他的家庭情况。虽说佐治亚州内地的社交圈不像沿海贵族社会那般固若金汤，但谁家也不愿把女儿嫁给一个连自己祖父身份都说不清的男人。

杰拉尔德知道，不管那些跟他一起打猎、喝酒和谈论政治的男人多喜欢他，也不会有谁愿意把女儿嫁给他。他也不想让别人在饭桌上说三道四，说哪位父亲又无比遗憾地拒绝了杰拉尔德·奥哈拉求娶自己的女儿。明白这点，并没有让杰拉尔德觉得他在邻居面前低人一等。任何东西也无法让杰拉尔德觉得自己在什么方面不如别人。这一切全怪县里那个古怪的习俗：女儿只能嫁给在南方居住了二十二年以上，拥有土地、奴隶，并且只沉溺于当下流行恶习的人。

“收拾收拾，咱们去萨凡纳。”他对波尔克说，“要是再听你说一声‘嘘’或‘嗯’，我就把你卖了，因为这些话我自己都不怎么说。”

詹姆斯和安德鲁本可在婚姻这个话题上提些建议，他们那些老友的女儿中，或许也有既能符合杰拉尔德要求，又觉得能接受他做丈夫的姑娘。詹姆斯和安德鲁听完他的话后，却并没给出多少鼓励。他们在萨凡纳没有可求助的亲戚，因为他们来美国前就结了婚，两人那些老友的女儿也早就结了婚，各有儿女。

“你既没钱，也并非出身大户人家。”詹姆斯说。

“我已经赚了钱，自己就能成为大户人家，所以不想随随便便娶个女人。”

“你倒是雄心勃勃啊。”安德鲁冷冷地道。

然而，他们还是为杰拉尔德尽了最大努力。詹姆斯和安德鲁都老了，在萨凡纳还算颇有声望，朋友也不少。一个月里，他们带着杰拉尔德跑了一家又一家，去吃晚饭、跳舞、野餐。

“我只看上了一个人。”最后，杰拉尔德说，“我到这儿时，她都还没出生。”

“你看上了谁？”

“埃伦·罗比亚尔小姐。”杰拉尔德努力说得漫不经心，因为这位眼梢微挑的黑眸姑娘早就不只是被他看上眼而已。尽管作为一个十五岁的姑娘，身上那种神秘的倦怠感甚是奇怪，但她还是迷住了他。而且，她眼中挥之不去的绝望也触动了他的心，让他对她比对这世上的任何人都温柔。

“可你老得能当她爸了！”

“我还在盛年！”杰拉尔德被刺痛，大声嚷道。

詹姆斯轻声道：“杰里[1]，在萨凡纳，没有哪个姑娘比她更难娶。她爸出身罗比亚尔家族，那些法国人就像路西法[2]一样骄傲。而她妈妈也是位名门淑女。愿主保佑那位夫人安息。”

“我不管，”杰拉尔德激动万分，“再说，她妈妈已经死了，罗

1　杰拉尔德的昵称。

2　早期基督教教父著作中对堕落以前的撒旦的称呼。

比亚尔那老头很喜欢我。”

“喜欢你这个人，但不见得喜欢你当他女婿。”

“再说，那姑娘也不会要你，”安德鲁插嘴道，“她爱上了表哥菲利普·罗比亚尔，都一年啦。那人是个花花公子，虽然全家成天劝她放弃，她还是不听。”

“那人这个月去路易斯安那了。”杰拉尔德说。

“你怎么知道的？”

“我就是知道。”杰拉尔德不想说这么宝贵的消息来自波尔克，也不想说菲利普动身去西部是他家里人的意思，“而且，我也不认为她爱他已经爱到无法忘却的地步。十五岁还太小，不怎么懂爱情为何物。”

“他们宁愿要那个危险的表哥，也不会要你。”

于是，和其他人一样，詹姆斯和安德鲁听说皮埃尔·罗比亚尔的女儿要下嫁本州北部来的小个子爱尔兰人时，都大吃一惊。萨凡纳的人都在背后窃窃私语，推测菲利普·罗比亚尔为何会去西部。然而，闲话终究没能讨论出任何答案。罗比亚尔最可爱的女儿为何会跟一个大嗓门、红脸膛、刚及她耳朵高的小矮子结婚，对所有人来说都是个谜。

杰拉尔德自己都不明白事情怎么就成了。他只知道，奇迹就这么发生了。埃伦脸色苍白，却十分镇静地伸出一只手，轻轻放在他胳膊上，说：“奥哈拉先生，我要嫁给你。”直到此时，杰拉尔德才生平第一次，觉得自己卑微到了极点。

对于内情，大吃一惊的罗比亚尔家虽略知一二，但整件事的来龙去脉，只有埃伦和她的嬷嬷清楚。头天晚上，埃伦像个心碎的孩子般哭了整整一宿。但早晨起来后，她已成为一个下定决心的女人。

那天，嬷嬷怀着不祥的预感给小姐带回一个小邮包。邮包从新奥尔良寄来，上面的字迹陌生，里面有一张埃伦的小像。埃伦一声惊呼，就把照片扔到了地上。此外，还有四封她写给菲利普·罗比亚尔的亲笔信和新奥尔良一位牧师写来的短信。牧师的信宣布：她表哥在一次酒吧的斗殴中送了命。

“他们把他赶走了，爸爸、保利娜和厄拉利把他赶走了。是他们把他赶走了。我恨他们。我恨他们所有人。我再也不想见到他们。我要离开。我要去再也见不到他们的地方、见不到这座城市的地方。我也不想再见到任何会让我想起——想起他的人。”

天快亮时，跟黑发小姐抱头痛哭的嬷嬷抗议道：“不过，亲爱的，你不能那么做。”

“我偏要。他是个好人。我要那么做，否则就去查尔斯顿的修道院。”

正是进修道院的威胁，让困惑又悲痛的皮埃尔·罗比亚尔最终点头同意。尽管出身天主教家庭，他却是个忠实的长老会教义信徒。因此，一想到女儿要去当修女，就觉得那还不如让她嫁给杰拉尔德·奥哈拉。毕竟，那个男人除了门第欠缺，其他的也没什么不好。

于是，埃伦离开罗比亚尔家，抛弃萨凡纳，从此一去不返。她跟着已到中年的丈夫，带着嬷嬷和二十个“在屋里干活的黑奴”，动身前往塔拉。

第二年，他们的第一个孩子出生，以杰拉尔德母亲的名字，取名为凯蒂·斯嘉丽。杰拉尔德有些失望，因为他想要个儿子。但看到自己黑头发的小女儿，他还是高兴得请塔拉庄园所有黑奴喝了朗姆酒，自己也纵情狂欢，喝得酩酊大醉。

就算埃伦后悔自己一时冲动嫁给了杰拉尔德，也没人知道。杰拉尔德当然不知道，反而每次看到她，心中都骄傲不已。一离开萨凡纳那座优雅礼貌的海滨城市，埃伦就把那里的一切往事都抛诸脑后了。从抵达北佐治亚的那一刻起，这儿便成了她的家。

她离开了父亲的家。那是一座刷成粉色的法国殖民地式建筑，线条流畅优美，宛如女人的身体，也像张满帆的大船。整幢建筑优雅地拔地而起，有螺旋形的楼梯，也有如花边般精美的雕花铁栏杆，朦胧而华美，优雅却疏离。

她不仅离开了那座优雅的府邸，也离开了那之后的整个文明世界。她发现自己来到一个完全陌生的世界，差异之大，仿佛跨越了一个大陆似的。

佐治亚州北部崎岖不平，居民吃苦耐劳。蓝岭山脉脚下的高原，无论她往哪个方向看，入目都是连绵起伏的红色山丘。巨大的花岗岩露出地面，到处都耸立着细长又灰暗的松树。在海边长大的她见惯了海岛上美丽的密林，遍布全岛的灰色苔藓，纠缠交错的青藤，亚热带阳光下热浪滚滚、绵延不绝的白色沙滩，以及点缀着棵棵美洲蒲葵和棕榈树、平坦辽阔的沙地，再看眼前，一切似乎都野性十足，荒凉粗犷。

此处夏天酷热难耐，冬天寒冷刺骨，居民们身上那股充满活力的样子让她十分惊奇。他们都是善良的人，慷慨有礼、具备诸多优秀品质，却刚毅、强壮、易怒。她已远离的那些海滨之人哪怕面对决斗和世仇，都可能漫不经心，并很为自己这份心性骄傲。北佐治亚人身上却有股暴烈气息。在海边，生活温和而芳醇；这里却朝气蓬勃，焕然一新。

埃伦在萨凡纳认识的那些人仿佛都是一个模子刻出来的，所持观点和遵从的传统都极其相似。但在这里，什么样的人都有。

到北佐治亚州定居的人来自很多不同地方，比如，佐治亚州其他区域，南、北卡罗来纳州，弗吉尼亚州，欧洲和北美。有的跟杰拉尔德一样，是来发家致富的新人；有的跟埃伦一样出身世家，因为再也无法容忍老家的生活，所以远走他乡，寻求一处庇护所；还有很多人只因血管里还躁动着先辈们那种充满开拓精神的血液，便毫无缘由地迁徙了。

这些来自不同地区，背景各异的人让全县生活变得无拘无束。埃伦并不习惯这种不拘礼仪的生活，觉得新鲜极了。凭借本能，她就知道沿海的人在各种情况下的应对方式，却完全不知道佐治亚北部的这些人会采取何种行动。

当时，席卷南方的繁荣势头也推进了此地诸多事物的发展进程。全世界都亟须棉花，而县里这片新垦的肥沃土地盛产棉花。棉花掌控着本地经济脉搏，播种和收割就是这片红土地心脏的舒张与收缩。财富顺着弯弯曲曲的犁沟而来，当地人也随之变得傲慢自大。这份傲气建立在大片绿色的棉株和羊毛般轻白柔软的棉桃上。棉花既然能让这一代人富起来，势必能让下一代人更富有！

对明日的笃定让当地人充满生活热情。埃伦永远也不明白他们为何能那般尽情享受生活。足够的钱和奴隶让他们有足够的时间玩乐。人们似乎永远不会忙得无法放下工作，参加一场炸鱼野餐、一次狩猎或一场赛马。而且，几乎每周都会举行烤肉宴或舞会。

埃伦从来不想，也不能真正融入其中。她将大部分自己留在了萨凡纳。然而，她尊重他们，并渐渐学会钦佩他们的坦率和真诚。这些人几乎没有沉默寡言的，评价他人也向来实事求是。

渐渐地，埃伦成为县里最受欢迎的邻居。她是个节俭温和的主妇，一个善良的母亲和忠诚的妻子。原本打算奉献给教会的悲痛和无私，如今都献给了孩子、家庭，以及那个将她带离萨凡纳、帮她抛下过去的回忆，并从未问过任何问题的男人。

在嬷嬷看来，一岁的斯嘉丽已经比同龄女孩更健康活泼。此时，埃伦的第二个孩子出生了，取名苏珊·埃莉诺。不过，大家通常叫她苏埃伦。后来，卡伦也出生了，并在列入家用《圣经》时，用了卡罗琳·艾琳这个名字。接下来的三个男孩都在学会走路前就夭折了。他们葬在大宅百码外的墓地里，虬枝交错的雪松下，三块石碑都刻着相同的名字："小杰拉尔德·奥哈拉"。

从埃伦到塔拉庄园的第一天起，这里就在发生变化。尽管只有十五岁，她却已经准备好担起庄园女主人的责任。婚前，女人最要紧的是甜美、温柔、漂亮、会打扮。但婚后，女人就得料理家务，管好全家上百号黑人和白人。她们都受过这方面的训练。

和任何家教良好的年轻小姐一样，埃伦也受过这种婚前教育。而且，她还有嬷嬷。嬷嬷能让最得过且过的黑奴打起精神。埃伦不仅很快把杰拉尔德的家管理得井井有条、优雅体面，还给塔拉庄园带来了一种前所未有的美。

房子修建时没有经过任何建筑设计，很多房间都是依据当时当地的便利，之后加盖的。但经过埃伦的一番料理，竟生出一种魅力，弥补了缺乏设计造成的遗憾。从大路到宅邸的雪松林荫道不仅投下一片清凉幽暗的树荫，还将其他绿树衬得更加明亮。若缺了这样一条雪松林荫道，任何佐治亚州种植园主的家都算不上完整。阳台上肆意生长的紫藤将白色砖墙衬得格外显眼，门边的丛丛粉色紫薇和院中的白木兰连成一片，遮掉了屋子不少难看的线条。

春夏两季，草坪上的狗牙草和红花草绿如翡翠，十分诱人。

原本只在屋后溜达的一群群火鸡和白鹅，也难忍诱惑地赶了过来。养得久一些的家禽受绿草、香甜茉莉花苞和百日草的诱惑，不断带头溜进前院。为防止它们破坏草坪，一个黑人小哨兵受命驻扎在前门廊。小黑奴坐在台阶上，拿一块破毛巾当武器，堪称塔拉庄园一景。不过，小哨兵并不开心，因为他不能冲进家禽群，只能用毛巾驱赶，嘘几声了事。

埃伦派了很多黑孩子干这差事，所以它成了塔拉庄园男黑奴们的第一个职位。等到年满十岁，他们才会被分派给种植园的鞋匠老爹学手艺，或派给修车工兼木匠——阿莫斯、牛倌菲利普或赶骡子的小厮科菲。如果这些事都做不好，就下地干活。在黑奴们看来，走到最后一步，也等于彻底失去了所有社会地位。

埃伦的生活既不轻松，也不快乐。但她并不指望活得轻松，如果不快乐，那也是女人的命。这是男人的世界，她早已接受这点。财产是男人的，女人不过帮着管理。女人管理得好，还得夸坐享其成的男人聪明。手上扎了一根刺，男人就咆哮得像头公牛；女人生孩子都得忍住呻吟，唯恐打扰到男人。男人说话粗声粗气，经常喝得酩酊大醉。女人不仅要原谅他们言语有失，还得毫无怨言地伺候醉汉上床歇息。男人粗鲁直率，女人却要一直温和有礼、宽容大量。

她从小遵循淑女的教养原则长大，由此学会如何在挑起重担的同时，保持迷人的魅力。她也有意把三个女儿培养成高尚的淑女。两个小女儿还算培养得成功。因为苏埃伦一心想变得迷人，专心又顺从地听取妈妈的教诲。卡伦因为生性羞怯，也很容易引导。但斯嘉丽不愧是杰拉尔德的女儿，那条通往淑女的路真是走得异常艰难。

让嬷嬷气愤的是，斯嘉丽不愿跟故作庄重的妹妹或威尔克斯家教养良好的女孩们玩，反而与庄园里的黑孩子和邻居家的男孩们混在一起，爬树、扔石头的本事也跟那些浑小子一样棒。嬷嬷眼看埃伦的女儿竟表现出这样的性格，深感不安，时常叮嘱她“要像个小姐”。但埃伦对此更宽容，眼光也更长远。她知道儿时的伴侣会变成今后的情郎，而女孩的首要职责，无非是结婚。她告诉自己，这孩子就是精力旺盛，还有时间教她迷住男人的技巧和风度。

埃伦和嬷嬷齐心协力地朝这个目标努力。渐渐长大的斯嘉丽在这方面倒算得上是个好学生，但其他方面就几乎毫无长进。尽管换了一个又一个家庭教师，还在附近的费耶特维尔女子学校上了两年学，她受到的教育仍很粗浅。但论跳舞，全县再没有哪个姑娘能跳得比她更优雅。她知道如何微笑才能让酒窝轻轻颤动；知道如何走内八字，才能带动宽大的裙摆，摇曳生姿；也知道怎样仰望一个男人的脸，然后垂下眼帘，扑闪睫毛，让自己显出因心中柔情而轻颤的模样。最重要的是，她知道如何在男人面前摆出孩子般甜美温和的脸，以掩饰自己敏锐聪慧的一面。

埃伦轻言细语地劝告，嬷嬷吹毛求疵地指责。两人劳神费力，只为向她反复灌输能成为贤妻的优秀品质。

“亲爱的，你一定要更温柔，更端庄，”埃伦对女儿说，“绝不能打断绅士们说话，哪怕你觉得自己比他们更懂。男人不喜欢冒失的姑娘。”

“姑娘别皱着眉、翘着下巴，只会说‘我要’或‘我不要’。这样的姑娘，多半都找不到丈夫。”嬷嬷沮丧地预言道，“姑娘就该低眉顺眼地说‘好的，先生，我知道了’或者‘嗯，先生，就按你说的办’。”

两人同心协力，教给她淑女该知道的一切，她却只学会了表面的优雅。至于这些品质应该激发的内在优雅，她要么从未学到，要么就是不明白为什么要学。学到外在已经让她大受欢迎，而这也正是她想要的。杰拉尔德夸口说她是方圆五县里最漂亮的姑娘。这话也有点道理，因为附近几乎所有小伙都向她求过婚，还有不少求婚者大老远从亚特兰大和萨凡纳赶来。

多亏嬷嬷和埃伦，十六岁时，斯嘉丽出落得甜美可爱，令人着迷。但事实上，她任性执拗、爱慕虚荣、野性难驯。她跟爱尔兰父亲一样冲动易怒，母亲无私而宽容的天性却只学到点皮毛。因为斯嘉丽总把最好的一面展示给母亲，所以埃伦始终没能充分意识到，她的无私宽容都只是虚妄的表象。在母亲面前，斯嘉丽从不胡作非为，反而收敛脾气，极尽温顺。母亲责备的一瞥，都能让她羞愧落泪。

不过，嬷嬷非但对她不抱幻想，还时刻留意着戳穿她的伪装。嬷嬷的眼睛比埃伦更敏锐，斯嘉丽完全想不起这辈子有哪件事能长久地瞒过嬷嬷。

斯嘉丽如此活泼开朗、妩媚迷人，两位慈爱的良师倒是不担忧。这些正是南方女人引以为傲的品质。她们担心杰拉尔德把固执冲动的性格遗传给她，有时生怕她还没找到如意郎君，这些坏品性就瞒不住了。但斯嘉丽想嫁人，而且还想嫁给阿希礼。如果故作庄重、柔顺单纯能吸引男人，她很乐意假装拥有这些品质。男人们为何喜欢这些她不懂，只知道如此伪装行得通。她向来没兴趣研究个中原因，因为她对任何人的心理都一无所知，甚至包括自己的。她只知道，若如此这般地说了、做了，男人必会如此这般地予以回应。一切就像套用数学公式，一点也不难。斯嘉丽在学校时，就觉得数学是最容易的科目。

若说斯嘉丽不懂男人的心理，那对于更不感兴趣的女人心理，她就更不懂了。她从未有过女性朋友，也从没因此而感到遗憾。对她来说，所有女人，包括两个妹妹在内，都是她天然的敌人，与她追逐着同一种猎物——男人。

除母亲之外，所有女人皆为敌。

埃伦·奥哈拉不一样。在斯嘉丽眼里，她是有别于其他人、类似圣人的存在。小时候，斯嘉丽分不清母亲和圣母玛利亚。如今大了，她依然觉得没理由改变这种看法。对她来说，埃伦代表只有天堂或一位母亲才能给予的绝对安全。她知道自己的母亲是正义、真理、温柔慈爱和无穷智慧的化身，是一位伟大的女性。

斯嘉丽很想成为母亲那样的人。唯一的困难在于：要想公正、诚实和无私，就得失去人生大半乐趣，肯定也会错过不少情人。生命短暂，怎可错过那般乐事。等她哪天嫁给了阿希礼，等老了，等有时间这么做时再说。虽然很想成为埃伦那样的人，但是……还是到时候再说吧。

第四章

这天晚餐，斯嘉丽虽代替母亲主持桌上各项事宜，内心却因阿希礼和玫兰妮订婚的可怕消息翻腾不已。她盼望母亲从斯莱特里家回来，因为母亲不在，她就觉得失落孤独。她斯嘉丽如此需要母亲的时刻，斯莱特里家和他们那些没完没了的病痛凭什么将埃伦叫走？

这顿饭吃得沉闷又沮丧，但杰拉尔德低沉的声音一直在她耳边喋喋不休，终于让她再也忍不下去。他已经完全忘了两人傍晚的那番对话，自顾自地说着萨姆特要塞的最新消息，还时不时就捶一下桌子，或挥舞胳膊。杰拉尔德早已习惯主导饭桌上的谈话，斯嘉丽平时都只顾想自己的事，很少听他说话。今晚，不管多么紧张地倾听外面是否有埃伦归来的马车声，她都无法忽视父亲的声音。

斯嘉丽当然不打算把这沉甸甸的心事告诉母亲。要是知道自己的一个女儿想要一个已经与他人订婚的男人，埃伦肯定会震惊又伤心。但生平第一次遇到如此悲剧，她急需母亲的安慰。只要有埃伦在身边，她就觉得安全。因为只要埃伦在，再糟糕的事都能好起来。

一听到车道上传来吱吱呀呀的车轮声，斯嘉丽立刻站了起来。可她随即又坐下了，因为声音已经绕过屋子，朝后院而去。不是埃伦，因为她总是在前门台阶那儿下车。然后，昏暗的庭院传来黑奴们兴奋的说话声和尖厉的笑声。斯嘉丽望向窗外，看见刚刚离开屋子的波尔克高举着一支明亮的松枝火把。有几个人从运货马车上下来，但看不清是谁。笑声和说话声在黑沉沉的夜空中起起落落。那些声音快活亲切、无忧无虑。有的轻柔舒缓，似从喉间发出；有的高亢尖厉，悦耳动听。接着，就听有人拖着脚上了后门廊的台阶，跨进通向主屋的走廊，最后停在餐厅外的过道上。一阵短暂的低语后，波尔克走了进来。他一扫往日的严肃，转着眼珠，露出一口亮晃晃的白牙。

“杰拉尔德先生，”他使劲喘着气，满脸都是新郎的得意劲，“您新买的女奴到了。”

“新买的女奴？我没买什么女奴啊。”杰拉尔德佯装不知，瞪着眼睛大声道。

“不，您买了，杰拉尔德先生！没错！她这会儿就在外面，想跟您说说话。”波尔克咯咯直笑，兴奋得直搓手。

“好吧，把新娘带进来。”杰拉尔德道。波尔克转身招呼过道上的妻子进屋。这个刚从威尔克斯庄园来的女人，就要成为塔拉庄园的一分子了。她走了进来，十二岁的女儿跟在后面，局促不安地贴着母亲的腿，几乎被她宽大的印花裙遮完了。

迪尔西个子很高，腰背挺直，说她三十到六十岁之间都行，因为那张呆板的古铜色脸庞一条皱纹都没有。看相貌可见明显的印第安人特征，黑人血统反倒不明显。她的皮肤红彤彤的，额头又窄又高，颧骨突出。虽是鹰钩鼻，但鼻头扁平。嘴唇肥厚，是典型的黑人嘴唇。种种特征表明，她的确是两个种族的混血儿。

她泰然自若，走起路来甚至比嬷嬷更神气。因为嬷嬷的神气是后天学来的，迪尔西的神气却是与生俱来。

迪尔西说起话来字斟句酌，声音不像大多数黑奴那样模糊不清。

“各位小姐，晚上好。杰拉尔德先生，打扰您了，很抱歉。但我想过来再跟您道个谢，谢谢您把我和孩子都买了下来。或许有很多先生都愿意买下我，却不愿也买下普利西。这下我就不用伤心了，谢谢您。我一定好好干活，向您证明我不是忘恩负义之人。”

“唔……呃。”被人当众说穿自己做下的好事，杰拉尔德尴尬地清了清喉咙。

迪尔西转向斯嘉丽，眼角堆起笑意：“斯嘉丽小姐，波尔克都跟我说啦，是您劝杰拉尔德买下我的。所以，我就让普利西给您当贴身丫头吧。”

她伸手把小丫头拽到身前。普利西是个棕褐色的小家伙，两条皮包骨头的腿就跟鸟腿似的。无数小辫子用细绳仔细扎起，一根根直挺挺地翘在头上。锐利的眼睛什么都明白，样样没落下，脸上却故意装得傻里傻气。

“谢谢你，迪尔西，”斯嘉丽应道，“但嬷嬷恐怕有意见，我打小就是她服侍的。”

“嬷嬷越来越老啦，”迪尔西语调平静，嬷嬷要是听见准会发火，“她是个好嬷嬷，但您这样的年轻小姐需要一个好丫头才是。我的普利西已经给英迪亚小姐当过一年女仆，既会针线活，也会梳头，干得跟大人一样好呢。”

普利西被母亲捅了一下，突然行了个屈膝礼，还冲斯嘉丽咧嘴一笑。斯嘉丽不由得也冲她笑了笑。

真是个机灵的小丫头，斯嘉丽想着，大声道："谢谢你，迪尔西。这事等妈妈回来再定吧。"

"谢谢小姐，那我就跟您道晚安了。"说完，迪尔西转身带着孩子出了房间，波尔克殷勤地随侍左右。

晚餐桌上的东西收拾干净后，杰拉尔德又开始演讲，却讲得连自己都不怎么满意，听众就更不用说了。他声如雷鸣地预言战争就在眼前，诸如"南方人是否还要继续忍受北佬的侮辱"之类的口头质问，也只能得到家人不耐烦地应一声"是的，爸爸"或"不，爸爸"。卡伦坐在大灯下的跪垫上，着迷地读着爱情小说。看到书中的姑娘在情人死后当了修女，她还感同身受地默默流泪，并津津有味地想象自己戴上白色贴头帽的场景。苏埃伦一边在那个她咯咯笑着称为"嫁妆箱"的东西上刺绣，一边琢磨明天的烤肉宴上，能不能把斯图尔特·塔尔顿从姐姐身边拉走。她要用自己有，姐姐却没有的女性魅力迷住他。而斯嘉丽呢，早已被阿希礼弄得心乱如麻。

父亲明知道她正在伤心，怎么还没完没了地谈萨姆特要塞和北佬？和很多少不更事的年轻人一样，斯嘉丽也纳闷：人们怎能如此自私，对她的痛苦视若无睹？她如此心碎，地球怎么还能照常转动？

她心中似已刮过一场龙卷风，他们坐着的餐厅却如此宁静，与平常毫无二致，真奇怪啊。厚重的红木桌和餐具柜、一大堆银具、光亮地板上那些鲜艳的碎毡小地毯都在老地方，仿佛什么事也没发生过一样。这是个友好而舒适的房间，斯嘉丽通常都很享受晚餐后家人聚在这里的宁静时光。但今晚，她讨厌眼前这幅场景。要不是怕父亲那些大声嚷嚷的问题，她早就开溜，顺着幽暗的走廊溜进埃伦的小账房，在那张旧沙发上痛哭一场。

整幢房子里，斯嘉丽最喜欢那间账房。每天早晨，埃伦都会坐在高高的写字台前记录庄园账目，听监工乔纳斯·威尔克森的汇报。那儿也是全家消磨时光的好去处。埃伦的鹅毛笔在账本上沙沙作响时，杰拉尔德就坐在旧摇椅里，姑娘们则窝在那张破旧得没法摆在前屋，垫子都塌陷的沙发上。此时此刻，斯嘉丽就很想去那儿，想单独跟埃伦待在一起，好把头搁在母亲膝上，静静地哭一场。母亲难道永远都不回来了吗?

这时，车轮刺耳地碾过砾石车道，埃伦轻柔遣散车夫的声音飘进屋里。所有人都热切地抬起头，只见她飞快地走进屋，裙撑摇摆，一脸疲惫和哀伤。一股带着柠檬味的马鞭草香囊气息也随之而来。她衣服上似乎向来都有这种淡淡的香味，让斯嘉丽一闻到，就能联想起母亲。嬷嬷在几步外跟着，手里拎着皮包，下唇拉得老长，眉头紧锁。她摇摇摆摆地走着，嘴里嘟嘟囔囔，要说她声音高，旁人又听不清；要说她声音低，她又明确表达出了完全不赞同的态度。

“回来得这么晚，真抱歉。”埃伦从疲惫的肩头扯下彩格呢披巾，递给斯嘉丽，还顺便拍了拍她的脸。

杰拉尔德一见她进来，顿时喜笑颜开，像中了魔法一般。

“小家伙受洗了吗？”他问。

“嗯，但也死了。可怜的小家伙，”埃伦说，“我原本担心埃米也会死，但现在觉得她还是能挺下去的。”

姑娘们惊诧地转向她，一脸疑问。杰拉尔德则达观地摇了摇头。

“那可怜的小孩死了或许更好，毫无疑问，没爹的……”

“时候不早了，我们还是赶紧做晚祷吧。”埃伦如此自然地插嘴，若非斯嘉丽深知母亲的性情，肯定觉察不到她是有意打断。

弄清谁才是埃米·斯莱特里孩子的父亲虽然很有趣，但斯嘉丽知道，要想从母亲口中得知真相绝无可能。斯嘉丽怀疑是乔纳斯·威尔克森，因为她经常看见他黄昏时跟埃米沿着大路散步。乔纳斯是个北佬单身汉。而他既然当了监工，就再也接触不了县里的社交活动。除了斯莱特里那种下等人，没有哪个体面家庭会跟他来往。因为在教育方面高出斯莱特里家几筹，无论跟埃米在暮色中散了多少次步，他也不愿娶她。

斯嘉丽叹了口气，因为她实在很好奇。母亲眼皮子底下发生了多少事啊，她却仿佛注意不到，只当什么事都没发生一样。埃伦会自动忽视所有她认为不得体的事，也曾试着教导斯嘉丽这么做，却收效甚微。

埃伦停在壁炉架旁，去拿一直放在小嵌花盒子里的那串念珠。这时，嬷嬷语气坚定地大声道："埃伦小姐，你还是先吃晚饭再祷告吧。"

"谢谢，嬷嬷，但我不饿。"

"我亲自给你做饭，你一定得吃。"说完，嬷嬷便皱起眉，气鼓鼓地穿过走廊，朝厨房而去。"波尔克！"她大喊道，"叫厨子把火拨旺些，埃伦小姐回来了。"

地板被她的重量压得颤动不已。她在前厅自言自语的声音越来越响，饭厅里的一家人听得一清二楚。

"说过多少回了呀，为那些白垃圾做事一点好处都没有。全是些得过且过、忘恩负义、不可救药的家伙。埃伦小姐真没必要累个半死，去照顾那些不值一提的家伙。他们就该自己买几个黑奴伺候。我早说过……"

她顺着那条通向厨房、只有顶棚的露天走廊走远了，声音也渐渐消失。嬷嬷总有自己的办法，让主子们明白她对所有事的看法。她知道黑奴兀自咕哝时，上等白人哪怕偷听一点，也有失身份。她知道要维持这份尊严，他们必须装聋作哑，哪怕她就在隔壁房间大叫大嚷。利用好这点，她可以免于责骂，又能让别人清楚她对任何事的确切看法。

波尔克端着盘子、银餐具和餐巾进来了。十岁的小黑奴杰克紧随其后，他一只手忙着系白亚麻上衣的扣子，另一只手拿了个蝇拍。拍子是由一根缠着细报纸条、比他还高的芦苇秆做成的。埃伦有个漂亮的孔雀毛掸子，但只在特殊场合才用。而且，因为波尔克、厨娘和嬷嬷都固执地认为孔雀毛不吉利，所以要用那掸子，还得经历一场家庭争斗呢。

埃伦刚在杰拉尔德拉过来的一把椅子上坐下，四个声音就一齐向她袭来。

“妈妈，我的新舞裙花边松了，明晚我去十二橡树园要穿的，能帮我缝一下吗？求求你了。”

“妈妈，斯嘉丽的新裙子比我的漂亮，我穿粉色就像个丑八怪。为什么不能让她穿我那条粉色的，我穿她那条绿色的？她穿粉色挺合适。”

“妈妈，明晚我能待到舞会散场吗？我都十三岁啦……”

“奥哈拉太太，你信不信——嘘，姑娘们，别吵啦，不然我要拿鞭子抽人了！凯德·卡尔弗特今早去了亚特兰大，他说——你们能不能安静点，我连自己的声音都听不见了！他说，那儿完全乱了套，所有人都在谈论打仗、军事训练、组织军队。他还说查尔斯顿也传来消息，说他们再也受不了北佬的侮辱了。”

面对这片吵嚷，埃伦疲惫的嘴角牵起一抹微笑，本着为妻之道，先回复了丈夫的话。

“如果查尔斯顿的好人都这么想，那我们肯定很快也会这么想。”她说。埃伦有个根深蒂固的观念，认为除了萨凡纳，全大陆就数那个海港小城的人最有教养。查尔斯顿的人也大多赞同这个观点。

“不行，卡伦，明年吧，亲爱的。到时候，你就能待到舞会散场，也能穿大人的裙子。到时候，我这粉红脸蛋的小宝贝就能玩个痛快啦！别噘嘴，亲爱的。记住这点，你就可以参加烤肉宴，并且能一直待到晚餐结束。至于舞会，得满了十四岁才行。”

“斯嘉丽，把你的裙子给我吧，祷告后我就给你缝花边。”

“苏埃伦，你这腔调我可不喜欢。你的粉裙很可爱，很衬你的肤色。斯嘉丽那条跟她也很配。不过，明晚你可以戴我那条石榴石项链。”

苏埃伦站在母亲身后，得意扬扬地冲斯嘉丽皱了皱鼻子，因为后者也正打算讨那串项链。斯嘉丽冲妹妹吐了吐舌头。苏埃伦真是个讨厌的妹妹，成天哭哭啼啼，还自私自利。要不是埃伦管得严，斯嘉丽早不知给她多少耳光了。

“好啦，奥哈拉先生，关于查尔斯顿，卡尔弗特先生还说了什么？”

斯嘉丽知道母亲根本不关心战争和政治，认为那些都是男人的事，还没哪个女人能聪明到操心这种事。但可以发表意见让杰拉尔德很高兴，而丈夫的愉悦，向来是埃伦十分留意的事。

杰拉尔德高谈阔论之际，嬷嬷把一盘盘饭菜端到了女主人面前。一盘金黄的饼干、一盘炸鸡胸肉，还有一盘切开的番薯，黄澄澄地冒着热气，不断滴出融化的黄油。嬷嬷揪了小杰克一把，后者赶紧走到埃伦身后，慢吞吞地把那根纸条掸子挥来挥去。嬷嬷站在桌旁，盯着埃伦将一叉又一叉食物从盘子送进自己嘴里，仿佛一看到她有任何疲态，就要把吃食硬塞进她喉咙似的。埃伦虽然一直在吃，但斯嘉丽看得出，她已经累得食不知味，只是看到嬷嬷不肯让步的脸，才被迫继续吃。

盘子都空了，杰拉尔德才讲到一半，正在说北佬偷偷摸摸的窃贼行径，既想解放黑奴，又不愿为他们的自由花一个子儿。这时，埃伦站了起来。

“要开始做祷告了吗？”他不情愿地问道。

“嗯，已经很晚了。呀，都十点啦！”钟正好喀喀地轻声报了时，“卡伦早就该睡觉了。波尔克，请把灯准备好。嬷嬷，把我的祈祷书拿来。”

在嬷嬷沙哑的轻声催促下，杰克把掸子放在角落，撤走了盘子。与此同时，嬷嬷则在餐具柜抽屉里翻找埃伦那本破旧的祈祷书。波尔克踮起脚，抓住灯链上的环，慢慢往下拉，直到灯光将桌面照得一片明亮，天花板隐没在阴影里。埃伦整了整裙子，跪倒在地，翻开祈祷书摊在面前的桌上，双手交叉，按在书上。杰拉尔德跪在她旁边，斯嘉丽和苏埃伦还是选了桌对面的老地方，叠起宽大的衬裙垫在膝下，也好减轻点跪在硬地板上的疼痛。卡伦年纪小，没法舒舒服服地跪在桌前，就面朝一张椅子跪着，双肘撑在座位上。她喜欢这个姿势，因为一做祷告她就想睡觉，采用这种姿势不容易被母亲发现。

家仆们都拖着步子，窸窸窣窣地涌进走廊，在门边跪下。嬷嬷大声哼哼着跪下去，波尔克跪得笔直，女仆罗莎和蒂娜展开鲜艳的印花棉布，跪得特别优雅。厨娘裹着雪白头巾，显得又黄又瘦。杰克睡得昏昏沉沉，但仍未忘记尽可能离嬷嬷远一些，免得被她掐。他们的黑眼睛里都闪着期待的光芒，因为跟白人主子们一起祷告，是一天中的大事之一。虽然听不懂连祷文里那些古老华丽、带着东方意向的语句，他们心里还是会产生几分满足感。

于是，众人不由自主地摇晃着身子，齐声唱和：“主啊，发发慈悲吧。主啊，可怜可怜我们吧。”

埃伦闭上眼，开始祷告，声音时高时低，令人觉得安宁又抚慰。当她感谢上帝保佑娘家、夫家和黑奴们健康幸福时，大家都在那圈黄色的灯光中垂下了头。

为塔拉庄园的所有人——包括父亲、母亲、姐妹们、三个夭折的孩子和所有“炼狱中的可怜灵魂”祈祷后，埃伦纤长的手指捻着念珠，开始念《玫瑰经》。仿佛柔风拂过，黑人和白人都嗡嗡地应答起来：“圣母玛利亚，圣母啊，为我们这些罪人祈祷吧。现在，以及我们临终之时，为我们祈祷吧。”

斯嘉丽虽然正伤心，还在痛苦地强忍泪水，但此时此刻，她还是像往常一样，深深地感到安静平和。白天的失望和对明日的畏惧都消失了，只留下希望。因为宗教向来只是她挂在嘴上的东西，所以带来这份慰藉的并非她对上帝的虔诚之心，而是因为看见母亲安详的脸仰望上帝、圣徒和天使，听见母亲为所爱之人祈祷。斯嘉丽坚信，埃伦与上天打交道时，上天一定能听到。

埃伦祷告完，轮到杰拉尔德了。祈祷时，他总是找不到念珠，只得偷偷摸摸地数指头凑数。听着父亲低沉单调的声音，斯嘉丽尽管知道该好好反省，还是不由自主地开始走神。埃伦已经教导过她，一天终了，她有责任彻底反省自身、承认种种过错，祈求上帝宽恕并赐予力量，以便永不再犯。但斯嘉丽反省的，却是自己的心。

斯嘉丽垂下头，埋在交叠的双手上，不让母亲看见自己的脸。她的思绪又悲伤地回到阿希礼身上。他明明爱着自己，怎么能计划着娶玫兰妮？他怎么能故意伤她的心？

这时，一个崭新的念头如彗星般掠过脑海。

“呀，阿希礼不知道我爱他！”这突如其来的念头惊得她险些放声大叫。思维骤然停滞，仿佛令人窒息地麻痹了好一会儿，才继续飞速向前。

“他怎么会知道？我在他面前一直装得那般拘谨、淑女，一副千万别碰我的模样，他很可能觉得我只是把他当朋友。没错，这就是他从未开口的原因！他以为自己的爱毫无指望，所以才会显得那般……”

她飞快地想起有好几次，他都以那种奇怪的神态看着自己。一双向来最擅长掩饰情绪的灰眸睁得老大，赤裸裸地透出痛苦绝望之色。

“他一定心都碎了，以为我爱着布伦特、斯图尔特或凯德。而且，他很可能觉得既然娶不到我，不如让家人开心，娶了玫兰妮。但如果他知道我真的爱他……”

变化无常的心绪顿时从最深重的绝望转为兴高采烈。原来，这就是阿希礼沉默寡言、行为古怪的原因。他不知道！虚荣心促使她越发一厢情愿地笃定事实就是如此。只要知道她爱他，他就会忙不迭地到她身边来。她只需要……

“噢！”她欣喜若狂，用手指按着低垂的额头，“我真是个笨蛋，现在才想到这点！一定要想办法让他知道。只要知道我爱他，他就不会娶玫兰妮！他怎么会娶她！”

她猛然一惊，意识到杰拉尔德已经做完祷告，母亲的眼睛正落在自己身上。她赶紧开始祈祷，机械地拨着念珠，声音里饱含的激情却让嬷嬷睁开眼，探究地瞥了过来。她祷告完，就轮到苏埃伦，然后是卡伦。但在此期间，她的心一直被那个迷人的新念头牵引着，飞速向前。

哪怕现在，也为时未晚！男方或女方在婚礼祭坛上还跟第三方私奔的丑闻，本县可太常见了。况且，阿希礼甚至还没宣布婚讯！没错，时间还多的是！

阿希礼和玫兰妮之间若没有爱情，只有很久以前许下的一个承诺，那他为何不能违背承诺，转而娶她呢？只要他知道她斯嘉丽爱着他，就一定会这么做。她必须想办法让他知道。必须想个办法！届时……

斯嘉丽突然从美梦中惊醒，因为忘了应答，母亲正责备地看着她。她连忙继续祷告，但也睁开眼，飞快地四下扫了一圈。那些跪着的身影、柔和的灯光、黑奴们摇晃着投下的暗影，甚至一小时前还让她厌烦不已的各种熟悉物什，此刻都染上她的情绪色彩，似乎整个房间都重新可爱起来。此情此景，她永生难忘！

“最忠诚的圣母啊。”母亲吟诵道。开始念圣母连祷文了，埃伦柔和低沉地赞颂圣母的品质，斯嘉丽顺从地回应：“为我们祈祷吧。”

斯嘉丽自小就觉得，此时与其说是在崇敬圣母，不如说是在崇敬埃伦。虽然这样的念头或许渎圣，但每次念到“病人的健康”“智慧的源泉”“罪人的庇护”和“神秘的玫瑰”等古老颂词，闭上眼睛的斯嘉丽总能看到埃伦仰起的脸，而非圣母玛利亚。这些词语之所以美丽，完全是因为它们描绘的正是埃伦。但今晚，因为内心的兴奋，斯嘉丽发现整场仪式中，那些轻声吐露的词语和喃喃的回应，都有了一种她从未感受过的非凡之美。她心中对上帝充满感激，感谢他为自己指出一条路——一条能让她摆脱痛苦，径直投入阿希礼怀抱的路。

随着最后一声“阿门”落下，众人起身，动作难免都有几分僵硬。嬷嬷还是由蒂娜和罗莎合力才搀起来的。波尔克从壁炉架取下一根长长的纸捻，凑到灯火上点燃，便进了走廊。旋梯对面立着个胡桃木餐具柜。那柜子大得没法放进餐厅。宽阔的柜顶摆了几盏灯和一长排插在烛台里的蜡烛。波尔克点燃一盏灯和三根蜡烛，然后摆出皇家寝宫第一内侍的庄严气派，就像要引导国王和王后回宫就寝般，把灯高高地举过头顶，领着一行人走上楼梯。埃伦挽着杰拉尔德的胳膊，跟在波尔克后面。姑娘们则各执一根蜡烛，随他们一起上楼。

斯嘉丽走进自己的房间，把蜡烛放在高高的五斗柜上，便在黑乎乎的壁橱里翻找需要缝补的舞衣。她把衣服搭在胳膊上，轻轻穿过走廊。父母卧室的门微微敞着，她刚要敲门，埃伦低沉却严厉的声音便传入耳中。

“奥哈拉先生，你必须辞退乔纳斯·威尔克森。”

杰拉尔德顿时炸了：“那我上哪儿去找个不会骗我的监工？”

“必须立马辞了他，明天早上就辞。大个儿萨姆就是个好工头，雇到新监工前，先让他管着。”

“啊哈，”杰拉尔德的声音响起，“我明白了！原来乔纳斯就是孩子他爹……”

“一定得辞了他。”

“这么说，他就是埃米·斯莱特里孩子的爸爸，”斯嘉丽心想，“噢，哼，一个北佬跟个白垃圾家的女儿，还能干出什么好事？”

斯嘉丽谨慎地等了一会儿，待杰拉尔德激动的声音完全消失，才敲开房门，把裙子递给妈妈。

斯嘉丽脱掉衣服，吹灭烛火时，已经想好明日计划的每个细节。那是个简单的计划，因为跟一心专注目标的杰拉尔德一样，她眼里也只看得见目标，只会考虑最直接的步骤，达成目的。首先，她要像杰拉尔德吩咐的那样“傲气十足”，从抵达十二橡树园的那一刻起，就要成为最快活、精神最饱满的人。谁都不会怀疑她曾为阿希礼和玫兰妮沮丧消沉。她会跟在场的所有男人调情。虽然这对阿希礼来说很残忍，但也能让他更思慕她。任何到了适婚年龄的男人，她都不会放过：从苏埃伦的追求者——姜黄胡子的老弗兰克·肯尼迪，到玫兰妮那个羞怯安静、动不动就脸红的哥哥查尔斯·汉密尔顿。男人们会像围着蜂巢的蜜蜂一样，在她身边打转。阿希礼也会从玫兰妮身边被吸引过来，加入这个圈子。届时，她就想办法撇开众人，跟他单独待几分钟。但愿一切顺利，否则事情就难办了。可阿希礼要是不主动，便只能由她主动。

等两人终于独处，阿希礼肯定对先前其他男人围着她的情景记忆犹新，也会再次感受到他们中的每个人都想要她，从而又流露出悲伤绝望的眼神。然后，她会向他表明，尽管如此受欢迎，这世间男子她却只爱他一个。这样，他定会重新快活起来。等她羞怯又甜美地承认这份感情，定会让他千百倍地珍视自己。当然，她一定要表现得很淑女，哪怕做梦，也不能冒失地说出她爱他——绝对不行。不过，以怎样的态度告诉他只是小事，根本不用操心。她之前早就应付过这种场面，现在不过再来一次罢了。

躺在床上，沐浴着朦胧的月光，斯嘉丽想象着整个场景。她看见他明白自己的真心爱恋后，脸上的惊讶和幸福。她还听见他的求婚。

自然，届时她得说无法嫁给一个已经跟其他姑娘有婚约的男人，但他会执意相求，并最终说服她。然后，两人决定当天下午就逃去琼斯伯勒，而且……

呀，说不定明晚此时，她就是阿希礼·威尔克斯太太啦！

她从床上坐起来，抱住膝盖久久地沉浸在变成阿希礼·威尔克斯太太的喜悦中。成为阿希礼的新娘！然后，一丝凉意突然涌上心头。事情若不这样发展怎么办？阿希礼要是不求她跟自己私奔怎么办？她断然排除了这个想法。

“现在可不能那么想，”她坚定地说，“如果现在就那么想，我一定会心烦意乱。他要是爱我，事情就没理由不朝我想要的方向发展。我知道，他是爱我的！”

她扬起下巴，月光中，那双黑睫毛下的淡色眼眸闪闪发亮。埃伦从未告诉过她，愿望和实现愿望是两回事。生活也没教过她捷足未必能先登的道理。她躺在银色的月影中，勇气高涨地制订着一个十六岁少女的计划。对这个年龄的姑娘来说，生活是那般美好，失败绝无可能。一条漂亮的裙子和一张清秀的面容，就是足以征服命运的武器。

第五章

上午十点。这是个温暖的四月天。金灿灿的阳光穿过大窗上的蓝窗帘，明媚地涌入斯嘉丽的房间。奶白色的墙壁闪闪发光，红木家具泛着葡萄酒般深红的色泽。地板如玻璃般晶亮，铺着碎毡小地毯之处明媚鲜艳。

空气中已有夏天的气息。一股猛烈的热浪袭来，第一次预示了佐治亚的夏天即将到来。盎然的春意尽管不情不愿，也只能渐渐消退。一股芬芳柔和的暖意涌入房内，还带来了很多醇和馥郁的花香、新长成的树木香和刚翻耕过的潮湿红土香。透过窗户，斯嘉丽看见砾石车道旁的两排水仙开得正艳，大片大片金黄的茉莉仿佛圈环裙般，端庄地将地面铺得花团锦簇。嘲鸫和松鸦未解宿仇，又开始争夺她窗下的那棵木兰树。一时间鸟鸣不休，松鸦叫得尖声刺耳，嘲鸫嚷得甜蜜哀伤。

通常，碰到这样一个明媚的早晨，斯嘉丽都会走到窗边，胳膊撑在宽宽的窗台上，陶醉于塔拉庄园的芬芳和声响中。但今天，她无暇去看太阳或蔚蓝的天空，心里只匆匆掠过一个念头："谢天谢地，没有下雨。"床上放着一个大纸箱，箱子里便是那条镶着淡褐色花边的苹果绿波纹绸裙。裙子叠得整整齐齐，早已准备好被带去十二橡树园，只等舞会前换上。但斯嘉丽一瞥见它就耸了耸肩。如果计划成功，她今晚都不用穿这条裙子。早在舞会开始之前，她和阿希礼就起程前往琼斯伯勒结婚了。麻烦的是，她该穿什么去参加烤肉宴呢？

穿什么最能体现她的魅力，最令阿希礼无法抗拒？从八点起，她就一直在试衣服，试一件丢一件。此刻，她穿着花边衬裤、亚麻紧身胸衣和镶了三条波浪形花边的亚麻衬裙，沮丧又恼火地站在那里。地上、床上、椅子上，到处都是被她扔掉的鲜艳衣裳和缎带。

这条带粉色长腰带的玫瑰色蝉翼纱裙本来挺合适，但去年玫兰妮到十二橡树园做客时，她就已经穿它了。玫兰妮肯定没忘，说不定还会没眼力见地提起这事。那件膨袖、带公主式花边领的黑色邦巴辛毛葛裙极衬她白皙的皮肤，可就是有些老气。斯嘉丽焦急地盯着镜中那张十六岁的脸，仿佛想找到皱纹或下巴肌肉松弛的迹象。当着青春甜美的玫兰妮，她绝不能显得太庄重老气。淡紫色条纹麦斯林纱裙镶上宽宽的网眼花边，漂亮是漂亮，就是跟她不配。给身段纤细、表情淡漠的卡伦穿，倒非常合适。但斯嘉丽觉得，自己若穿上那条裙子，看上去准像个女学生。站在沉静如水的玫兰妮旁边，绝不能像个女学生。绿格子的塔夫绸裙满是荷叶边，每条荷叶边上还镶入了一条绿色天鹅绒缎带，真是再合适不过的选择。事实上，这也是她最喜欢的一条裙子，因为它能将她的眼睛衬得更深邃，就跟翡翠一般。然而，紧身胸衣正面有块明显的油渍。虽然可以别枚胸针，但玫兰妮若眼尖怎么办？余下几条五颜六色的棉布裙，斯嘉丽又觉得它们配那样的场合不够隆重。还有几条舞会裙和她昨天下午穿的那条绿色麦斯林纱碎花裙。但碎花裙只是件日礼服，不适合烤肉宴。因为它只有小小的膨袖，领口也开得低，倒可作为舞裙。除此之外，再无其他选择。毕竟，她对自己的脖子、胳膊和胸脯没什么好难为情的，哪怕一大早就这么露不太合适。

斯嘉丽站在镜子前，转来转去地看侧影，觉得自己的身段绝不可能丢人。脖子虽短，却很圆；胳膊丰满迷人，被胸衣托高的双乳十分漂亮。她从不需要像大多数十六岁的姑娘那样，为了让身段显得更丰满、更有曲线美，往紧身胸衣里缝一行又一行细细的丝褶裥。斯嘉丽很高兴自己继承了埃伦纤细小巧的手足，原本还希望能继承埃伦的身高，但她对自己目前的身高也相当满意。她拉起衬裙，遗憾地打量着衬裤下丰满匀称的腿。这双腿多美呀，甚至得到了费耶特维尔女子学校的姑娘们一致认可呢。不能露出来，真可惜。至于腰身——不论费耶特维尔女子学校、琼斯伯勒，还是方圆三县，谁都没有如此纤细的腰。

一想到腰，她立刻又想起一个现实问题。那条绿麦斯林纱裙的腰身是十七英寸，嬷嬷却按邦巴辛毛葛裙的大小，给她束成了十八英寸。得让嬷嬷再束紧些才行。她推开门侧耳细听，听见楼下走廊传来嬷嬷沉重的脚步声，便不耐烦地大声唤了起来。因为，斯嘉丽知道埃伦正在烟熏室给厨娘分派当天的吃食，所以扯开嗓子喊也不会受罚。

“有人还以为我会飞吧。”嬷嬷咕哝着爬上楼，进门时都还直喘粗气，一脸想跟人吵架，并乐意奉陪的架势。那双黑色大手端着个托盘，盘里装着热气腾腾的食物：两大块浇了黄油的番薯、一沓滴着糖浆的荞麦饼，还有一大片浸在肉汁里的火腿。斯嘉丽本就有些恼火，看到嬷嬷手里的东西，顿时变得非要争斗一场才行。试衣服试得太兴奋，她都忘了嬷嬷有条铁律——奥哈拉家的姑娘出门赴宴，一定得先在家填饱肚子，以便在宴会上再也吃不下任何点心。

“没用的，我不吃，你直接端回厨房吧。”

嬷嬷把托盘放在桌上，双手叉腰，摆好架势。

“不吃也得吃！上次烤肉宴发生了什么事，我可没忘。那回我病得厉害，没端吃的就让你走了。这些东西你都得吃完。”

“我不吃！好啦，赶紧过来，再帮我把腰束紧些。已经迟啦，我都听见马车绕到前门了。”

嬷嬷换上哄孩子的口气。

“好啦，斯嘉丽小姐，你乖乖的，过来吃点儿。卡伦小姐和苏埃伦小姐都吃完了。”

“她们吃她们的，”斯嘉丽轻蔑地说，“胆小如鼠的家伙。我就是不吃！别再让我看到盘子。上回我吃了整整一盘东西才去卡尔弗特家。结果，他们大老远从萨凡纳带冰回来做冰激凌，我却只吃得下一勺。今天我要玩个痛快，也要吃个痛快。”

听到这番离经叛道的妄言，嬷嬷气得皱起眉头。在她心里，年轻小姐该做什么，不该做什么是黑白分明、绝无中间地带的两回事。苏埃伦和卡伦早就是她有力双手中，任意拿捏的两团黏土，对她的告诫无不留心遵从。教导斯嘉丽，让她明白大多数心血来潮的念头都有失淑女风范，却总免不了一番争斗。嬷嬷对斯嘉丽的每场胜利都来之不易，还得使些白人不懂的花招。

“就算你不在乎别人怎么议论这个家，但我在乎……”嬷嬷嘟囔道，“宴会上若有人说你没教养，我可受不了。跟你说过多少回啦，女人要吃得很少，才算得上淑女。我不能放你去威尔克斯先生家像个农夫一样胡吃海塞。”

“妈妈就是淑女，可她也吃啊。”斯嘉丽顶嘴道。

“等你结婚了，你也能吃。”嬷嬷反驳，“埃伦小姐像你这么大时，出门从不吃东西。你保利娜姨妈和厄拉利姨妈也不吃。她们一直这样坚持到了结婚。贪吃的年轻小姐多半都找不到丈夫。”

“我不信。你生病那回，我事先没吃东西就去了烤肉宴。阿希礼·威尔克斯还说，他喜欢看到姑娘有好胃口呢。”

嬷嬷深感不祥地摇了摇头。

“绅士们嘴上说的和心里想的是两回事。我可不觉得阿希礼先生有向你求婚的打算。”

斯嘉丽顿时沉下脸，正想尖锐地顶几句嘴，却又忍住了。嬷嬷一针见血，她无可辩驳。见斯嘉丽仍一副顽固不化的模样，嬷嬷端起托盘，拿出黑人不动声色的狡诈，转换策略，叹着气朝门口走去。

“好吧，刚才厨娘装盘时，我就跟她说，‘看一位小姐怎么吃东西，就知道她是不是淑女’。我还说，‘我从没见过哪位白人小姐，吃得比玫兰妮·汉密尔顿小姐更少。就是上次她去拜访阿希礼先生那回——哦，是拜访英迪亚小姐’。”

斯嘉丽怀疑地瞪了她一眼，但嬷嬷那张阔脸满是无辜，以及为斯嘉丽不如玫兰妮·汉密尔顿小姐而遗憾的神情。

“那把盘子放下吧，过来再替我束紧点。”斯嘉丽恼火地说，“弄完后我努力吃点儿。要是现在吃，恐怕束得不够紧。”

嬷嬷暗自得意地放下盘子。

“我们的小宝贝要穿哪件？”

“那件。”斯嘉丽指着那条蓬松的绿麦斯林纱碎花裙。嬷嬷立刻极力反对。

“不，你不能穿那件。它可不适合早上穿。下午三点前，胸口都不能露出来。而且，那条裙子既没领又没袖，你肯定会晒出雀斑，就是那种好似天生的雀斑。去年你去萨凡纳，在海滩上晒出一身雀斑，我用酪乳给你洗了整整一个冬天才退呢。那事我可没忘。我这就告诉你妈妈去。”

“我穿好衣服前，你要是敢跟她说一个字，我就一口都不吃。”斯嘉丽冷冷地说，“一旦穿好，妈妈就算让我回去换也来不及了。”

知道自己被看穿，嬷嬷认命地叹了口气。两害相权取其轻，与其让她在烤肉宴上狼吞虎咽，还不如让她穿日礼服参加早上的活动。

“找个什么东西抓着，使劲吸气。”嬷嬷命令道。

斯嘉丽依言打起精神，牢牢抓住一根床柱。嬷嬷使劲地又拉又拽，看着鲸须带下的腰越来越细，不由得露出得意又宠溺的眼神。

“谁都没有我家宝贝这样的腰身，”她赞许地说，“给苏埃伦束腰，每次束到差点二十英寸时，她就要晕倒了。”

“呸！”斯嘉丽喘着气，费劲地说，“我这辈子还没晕过呢。”

“呃，你要是偶尔晕一下也没关系。”嬷嬷建议道，“斯嘉丽小姐，你有时也太粗鲁了。我一定要告诉你，看见蛇、老鼠之类的东西，你不晕倒可不合适啊。我倒不是让你在家晕，是说跟众人待在外面时。而且，我不是还跟你说过……”

“噢，快点，别唠叨啦。就算不尖叫或晕倒，我也能找到丈夫。天哪，胸衣真紧！把裙子穿上吧。”

嬷嬷小心翼翼地把十二码料子做成的那条绿色麦斯林纱碎花裙套到巨大的衬裙上，接着又扣好了低领紧身胸衣的背扣。

“太阳下别忘了裹好披肩，哪怕热也别摘帽子。”嬷嬷吩咐道，“不然，等你回来，就跟老斯莱特里小姐一样黑了。好啦，赶紧吃吧，亲爱的，但别吃太快。重新打扮可太麻烦了。”

斯嘉丽顺从地坐到托盘前，心想要是吃了东西，还有没有办法呼吸。嬷嬷从脸盆架上扯过一张大毛巾，仔仔细细地围到她脖子上，白色下摆则铺在腿上。因为喜欢，斯嘉丽先吃火腿，但也只能勉强咽下去。

“我要是已经结婚就好了，”她愤愤不平地说着，厌恶地向番薯发动进攻，“总要装模作样，永远不能做想做的事，真是烦透了。我讨厌非要装得胃口极小；明明想跑，偏偏得慢慢走；明明跳两天舞都不会累，却非要说跳一场华尔兹就头晕；有些愚蠢的男人见识还不及我一半，我还得对他说‘你真了不起！’烦死了！我还讨厌装作什么都不懂，一定要听男人来说，好让他们觉得自己很了不起……我一口也吃不下啦。”

“吃块热饼。”嬷嬷无动于衷。

“女孩为什么非要装傻，才能找到丈夫？”

“我想，估计是因为绅士们不知道自己想要什么，他们只是自以为明白。满足这种自以为是，不仅能省下很多麻烦，也不会再有什么老小姐。他们以为自己想要胆小如鼠、胃口小、见识少的姑娘。一位绅士若怀疑一个女人比自己还有见识，肯定不会娶她为妻。”

“那男人婚后发现妻子其实很有见识，会很吃惊吗？”

“呃，那也晚了，毕竟已经结婚了嘛。再说，绅士们其实也希望自己的妻子有见识。”

“总有一天，我要想干什么就干什么，想说什么就说什么。别人喜不喜欢，我才不在乎。”

“不，不行，”嬷嬷正色道，“只要我还有一口气就不行。亲爱的，把这些饼吃了吧，蘸着肉汁吃。”

“依我看，北佬的女儿们就不用装傻。去年在萨拉托加时，我看到好多姑娘都很有见识，当着男人的面也一样。”

嬷嬷轻蔑地哼了一声。

“北佬的女儿们！没错，小姐，她们或许真的想说什么就说什么，但在萨拉托加，我可没见到多少人向她们求婚。”

“但北佬也得结婚啊。”斯嘉丽争辩道，“他们又不是自己长出来的。他们也得结婚生子。有那么多北佬呢。”

“那些男人娶她们不过是为了钱。”嬷嬷坚定地说。

斯嘉丽把荞麦饼在肉汁里泡了泡，才放入口中。或许，嬷嬷的话也有一定道理。肯定有什么道理，因为埃伦也说过同样的话，只是用词更委婉些而已。事实上，她那些女友的母亲都教导自己的女儿，很有必要装出一副无依无靠、小鸟依人、天真无邪的样子。说实话，要养成并保持住这种姿态，见识少了还真不行。过去，她的确太莽撞，不仅跟阿希礼争辩过几次，还直言不讳地说出了自己的想法。或许正因如此，再加上她喜欢散步和骑马这类有益健康的娱乐活动，阿希礼才转而投向柔弱的玫兰妮。她如果能改变策略——但阿希礼若屈从于女人预先策划的伎俩，她就不可能像现在这般敬重他。任何蠢得只为一声傻笑、一次晕倒和一句“噢，你真了不起”便沉迷的男人，都不值得拥有。可是，男人似乎就喜欢这套呢。

若说过去她对阿希礼用错了策略——呃，反正已经过去了，算啦。“今天，我要换一套策略，一套正确的策略。”她想要他，而且只剩几个小时可以争取了。如果晕倒或假装晕倒有用，那她就晕倒。如果傻笑、卖弄风情或没头没脑有用，她很乐意卖弄卖弄，甚至还能装得比凯瑟琳·卡尔弗特更傻。如果必须采取大胆的行动，她也会做，一切就看今天了！

没人告诉过斯嘉丽，她个性虽强得惊人，却比她可能采用的任何假面更迷人。若真有人这么说，她会高兴，却不会相信。她所处的那个文明世界也不会相信。因为那个世界十分轻视女人的天性，程度可谓空前绝后。

马车载着斯嘉丽，沿红土路朝威尔克斯庄园而去。母亲和嬷嬷都不去，她不由得生出一种内疚的快感。烤肉宴上不会有人故意扬眉或噘起下唇干涉她的行动计划。当然，苏埃伦明天肯定有话可说，但若一切都按斯嘉丽希望的方式发展，那她和阿希礼订婚或私奔的事，定会让全家人激动得顾不上生气。没错，她很高兴埃伦不得不留在家里。这天早晨，灌足白兰地的杰拉尔德辞退了乔纳斯·威尔克森。埃伦留在塔拉庄园，要赶在此人离开前清查一遍账目。在小办事房跟母亲吻别时，母亲就坐在那张大写字台前。写字台上摆着塞满各种文件的鸽笼式分类架。乔纳斯·威尔克森手拿帽子站在旁边，土黄的面皮绷得死紧，几乎按捺不住满腔怒火。就因为玩女人这种小事，他便被如此粗鲁地辞退，丢了全县最好的监工岗位。他一遍又一遍地跟杰拉尔德解释，说埃米·斯莱特里跟十几个男人有染，那些人中的任何一个，都可能是孩子的父亲。虽然杰拉尔德赞同这种说法，但并不能改变埃伦对此事下的定论。乔纳斯恨所有南方人，恨他们那副冷淡却有礼的样子，也恨他们瞧不起他的社会地位。这种蔑视如此明显，表面的客套根本掩盖不住。他尤其痛恨埃伦·奥哈拉，认为她就是自己所恨之人的典型。

嬷嬷是庄园的女仆总管，留在家里帮埃伦，所以由迪尔西抱着装有姑娘们舞裙的长盒子，坐在车夫托比旁边。杰拉尔德骑着大猎马，跟在马车旁。他喝了白兰地，浑身暖洋洋的，能如此迅速地摆脱威尔克森那件令人不快的事，他也非常高兴。他把责任推到埃伦头上，压根想不到她错过烤肉宴、错过与朋友们相聚的机会有多失望。因为这是个晴好的春日，他的田地里一派美景，鸟儿们都在歌唱，他觉得自己那样年轻、那样贪玩，哪儿顾得上想其他任何人。他时不时还张口就唱，唱《矮背车上的佩格》、其他爱尔兰小调或哀悼罗伯特·埃米特的那首较忧伤的挽歌《她已远离年轻英雄的长眠之地》。

杰拉尔德很高兴，一想到可以大声谈论一整天北佬和战争，就兴奋不已。看到三个漂亮女儿穿着鲜艳的圈环裙，打着可笑的花边小阳伞，他也得意极了。他早已将头天跟斯嘉丽那些谈话抛诸脑后，只觉得她真漂亮，简直是爸爸的骄傲，那双眼睛也跟爱尔兰的青山一样绿。最后一个念头更是让他得意，因为其中颇有几分诗意。于是，他又殷勤地扯开嗓子，为女儿们唱起微微有些走调的《披上绿衣》。

斯嘉丽就像母亲看到自己得意忘形的小儿子一样，爱怜又轻蔑地盯着父亲，心里清楚日落时分，他肯定会酩酊大醉。天黑回家时，他也会像往常一样，跳过十二橡树园和塔拉庄园之间的每道栅栏。她希望，愿上帝慈悲，也愿那马耳聪目明，别摔断他的脖子才好。他肯定不屑过桥，偏要策马蹚水过河，大叫大嚷着冲回家，最后由波尔克扶到账房的沙发上睡觉。遇到这种场合，波尔克总会拎着灯，在前厅熬夜等候。

杰拉尔德会毁了这套新的灰绒面呢套装。但到了早晨，他不仅会破口大骂，还要事无巨细地告诉埃伦马如何在黑暗中跌下了桥。如此明显的谎话谁都骗不了，但大家都会接受。于是，他又会觉得自己非常聪明。

爸真是个自私可爱、不负责任的宝贝。斯嘉丽这么想着，不由得对他升起一股爱意。今天早晨，她真是兴奋又快活，觉得全世界，连同杰拉尔德在内都很可爱。她知道自己很漂亮。不用等今天过完，阿希礼就一定是她的了。阳光和煦，佐治亚明媚的春光尽在眼前。沿途黑莓丛已用最柔嫩的新绿，遮盖住冬雨冲刷出来的道道鲜红沟壑。从红土中裸露出来的巨大花岗石披上朵朵金樱子，周围则绕着颜色最淡的野生紫罗兰。河上方的山林里，山茱萸开出晶莹的白花，仿佛仍留恋青葱草木的残雪。多花海棠竞相怒放，争着从娇嫩的白色开成最深的粉色。阳光透过松针，洒下斑驳的光影，野忍冬在树下织出一张绯红、橘红和玫瑰红的三色地毯。微风吹来一阵淡淡的野生灌木香，整个世界秀色可餐。

“我到死都忘不了今天有多美，”斯嘉丽想，“或许，这将是我的结婚日。”

斯嘉丽激动地畅想：今天下午或月色明媚的晚上，她就要跟阿希礼纵马驰骋，穿过这片繁花似锦、草木青葱的美景，直奔琼斯伯勒找位牧师。当然，日后她还会在亚特兰大请位牧师再结一次婚，但那就是该埃伦和杰拉尔德去操心的事了。埃伦听到女儿跟另一位姑娘的未婚夫私奔了，肯定会羞愧得脸色煞白。一想到这儿，她不禁有些瑟缩。但她知道，埃伦若看到她幸福，肯定会原谅她。杰拉尔德虽然会咆哮叱责，从昨天说的那些话来看，也会不情愿把女儿嫁给阿希礼，但自家能跟威尔克斯家结亲，他终究还是说不出地高兴。

“不过，这事还是等我结婚后再操心吧。”这么想着，她便抛开了所有烦恼。

在这暖阳下，这春日中，当十二橡树园的烟囱渐渐从河对岸的山头显现，除了心跳不已的欢愉，还能有什么别的感觉！

“我要一辈子都住在那儿，还将看到五十或者更多个这样的春天。我要告诉儿女和孙儿孙女们今年春天有多美，比他们见过的任何春天更可爱。”最后这段想法让她开心极了，不由得也跟着唱起《披上绿衣》的最后一段副歌，并赢得杰拉尔德的大声喝彩。

“真不明白今天早上你为何这么开心。”苏埃伦气鼓鼓地说。因为她依然认为自己若穿上斯嘉丽那条绿绸舞裙，会比姐姐漂亮得多。斯嘉丽怎么老是那般自私，不肯把衣服、帽子借给她？妈妈为何总是护着她，还说什么绿色不适合她苏埃伦？“你跟我一样清楚，阿希礼的婚事今晚便会宣布。爸爸今天早晨就是这么说的。我知道，你都喜欢他好几个月了。”

“你也就只知道这些了。”斯嘉丽吐吐舌头，拒绝失去好心情。等到了明早这时候，再来看这位苏小姐会有多吃惊吧！

“苏茜，瞎说什么呀，”卡伦震惊地反对道，“斯嘉丽喜欢的是布伦特。”

斯嘉丽绿眸带笑地转向妹妹，奇怪她怎么如此可爱。全家都知道卡伦那颗十三岁的少女心全系在布伦特·塔尔顿身上，布伦特却丝毫无意，只当她是斯嘉丽的小妹妹。埃伦不在场时，奥哈拉们都喜欢拿布伦特来打趣卡伦。

“亲爱的，我压根不喜欢布伦特。”斯嘉丽开心极了，乐得慷慨，“而且，他也一点都不喜欢我。嘿，他在等你长大呢！”

卡伦圆圆的笑脸顿时红了，又开心又将信将疑。

“噢，斯嘉丽，真的吗？”

“斯嘉丽，要知道，妈妈说过，卡伦还太小，不应该想追求者的事，你怎么能给她灌输这种念头？”

“哼，想告状尽管去，看我在不在乎，”斯嘉丽反唇相讥，“你就想拦着妹妹，因为你知道再过一两年，她就比你漂亮了。”

“你们今天说话都客气点，否则我可要拿鞭子抽人啦。”杰拉尔德警告道，“车轮声！我听到的是车轮声吗？准是塔尔顿家或方丹家的。”

他们驶近一条岔道。这条岔道沿着米莫萨与费尔希尔方向，顺着林木繁茂的山坡延伸而下。层层屏障般的林木后，马蹄和车轮声越来越清晰，女人们快活的争辩声也传了过来。杰拉尔德驾马先行一步，然后示意托比在岔道口停住马车。

“是塔尔顿家的几位女眷，”他大声对女儿们说，红润的脸喜笑颜开，因为除了埃伦，全县他最喜欢的夫人，就数这位红头发的塔尔顿太太，“而且，驾车的就是她。啊，这女人真是个驯马好手！那双手既可轻如羽毛，又能结实如生牛皮，还漂亮得让人恨不得亲上一口。可惜，你们谁都没有那样一双手。”他慈爱却责备地瞥了眼女儿们，又补了一句，“卡伦一看到那可怜的畜生就害怕，苏埃伦抓起缰绳，手就跟熨斗似的，还有你这个小丫头……”

“好啦，不管怎么说，我从没被马摔下来过。”斯嘉丽气鼓鼓地嚷道，“塔尔顿太太每次打猎都会摔下马。”

“然后像男人一样摔断锁骨。”杰拉尔德说，“既没晕，也不大惊小怪。好啦，别说了，她过来了。”

随着塔尔顿家的马车驶近，杰拉尔德当即在马镫上站起身，脱帽致意。车上的姑娘们都穿着鲜艳的裙子，撑着阳伞，脸上的面纱随风飘扬。正如杰拉尔德所说，坐在驭者座上的果然是塔尔顿太太。四个女儿和她们的嬷嬷们，以及几个装着舞衣的长纸盒把车厢挤得满满当当，根本没有车夫的位置。再说，比阿特丽斯·塔尔顿只要胳膊没被吊腕带吊着，就不会让任何人握缰绳，不管黑人，还是白人，通通不行。她身材娇小，骨骼纤细，皮肤白得好似脸上的所有血色都被火红的头发吸走了。因此，那头发才显得如此光亮润泽。然而，她其实非常健康，精力无穷，生了八个孩子，个个像她一样满头红发、生气勃勃。她把孩子们教养得非常成功。县里人都说，这是因为她养孩子就如养马一样，既有慈爱的纵容，也有严格的纪律。塔尔顿太太的座右铭是：“严加管教，但不挫其精神。”

塔尔顿太太爱马，开口闭口都是马。她懂马，驭马的本事比县里任何男人都强。山上那座布局凌乱的房子被八个孩子挤得满满当当，从围场到前屋的草坪也被小马们挤得满满当当。她每次在种植园里四处走动，身后总跟着一群马驹、儿女和猎狗。她信任马，总说它们通人性，尤其是那匹名叫内莉的红牝马。如果到每日遛马时家务太忙，她就会把糖碗放到某个黑小子手上，说："给内莉吃一把，告诉它我过会儿便来。"

除非特殊场合，其他时候她总是一身骑马装。因为无论骑不骑马，她都想骑。有此期待，自然养成了一起床就穿骑马装的习惯。每天早晨，无论下雨还是天晴，内莉都会被套上马鞍，在屋前走来走去，等待塔尔顿太太从家务中抽出一小时来骑它。可费尔希尔庄园很不好管理，她很难抽出空来。所以，内莉多半都是一小时又一小时地独自转悠，比阿特丽斯·塔尔顿则成天心不在焉地把骑装下摆搭在胳膊上，露出下方六英寸高的锃亮马靴。

今天，她穿了条暗黑色绸裙，裙里衬着过时的窄裙箍，看上去仍像穿着骑马装。因为这身衣服严格按照骑马装式样裁剪，而她头上那顶小黑帽插了根长长的黑羽毛，遮住一只闪亮的褐色眼睛，跟她平时打猎时戴的那顶破帽子一模一样。

看到杰拉尔德，她一扬马鞭，勒住那对飞奔的红马。后面车厢里的四个姑娘都探出身子，大声嚷嚷着打招呼，把马都惊得腾起了身。这情景要是被哪个偶然路过的人看到，还以为塔尔顿家和奥哈拉家多年未见呢。其实，他们两天前才见过。但塔尔顿家热情好客，喜欢邻居，尤其喜欢奥哈拉家的姑娘。不过，他们喜欢的是苏埃伦和卡伦。除了没头脑的凯瑟琳·卡尔弗特，县里没哪个姑娘会真心喜欢斯嘉丽。

夏天，县里几乎每周都会举办一次烤肉宴和舞会。但对极会享乐的红发塔尔顿一家来说，每次烤肉宴和每场舞会，都能让他们兴奋得犹如第一次参加。丰满漂亮的四姐妹挤在马车里，裙箍压着裙箍，荷叶边压着荷叶边，阳伞挤着阳伞，在她们意大利麦秆缏式宽边草帽上碰来撞去。草帽上缀了一圈玫瑰，黑色天鹅绒帽带随风飞舞。露出帽子的虽都是红发，颜色却深浅不一：赫蒂的是淡红，卡米拉的是带金色的草莓红，兰达的是铜赭色，小贝齐的则是胡萝卜红。

“真是群漂亮姑娘呀，太太。”杰拉尔德殷勤地说，在马车旁勒住了马，“不过，要赶上她们的妈妈，可还差得远呢。”

塔尔顿太太红褐色的眼珠一转，吸了吸下唇，用这样一个鬼脸表示感谢。姑娘们却嚷了起来：“妈，你要再这么挤眉弄眼的，我们可要告诉爸爸啦！”“我发誓，奥哈拉先生，只要身边出现您这样英俊的男士，她从来不给我们半点机会！”

听了这番俏皮话，斯嘉丽虽跟其他人一样哈哈大笑，心里却一如既往地震惊：塔尔顿家的姑娘怎么如此放肆，她们真当妈妈跟自己差不多大，还不到十六岁吗！在斯嘉丽看来，这样跟自己的母亲说话，光是想想都觉得是种亵渎。不过——不过——塔尔顿家的姑娘们跟母亲的那种关系倒是愉快又融洽。她们既会评论、责骂或取笑母亲，也会由衷地敬爱她。不，斯嘉丽赶紧忠诚地告诫自己：相比埃伦，她并非更喜欢塔尔顿太太那样的母亲。不过，如果能跟母亲一起玩闹，倒也有趣。她知道，哪怕有这样的想法，也是对埃伦的不敬，于是不免心中愧疚。她还知道，马车里那四个一头浓密红发的脑袋瓜肯定从未有过此类烦恼。每每觉得自己跟邻居们不同，斯嘉丽都会心烦困惑。

斯嘉丽虽然脑子转得快，却不善分析。但她隐隐觉得，塔尔顿家的姑娘们虽如马驹般难以驯服，如交尾期的野兔般又疯又野，却生来就有一副无忧无虑的单纯心思。她们的父母都是佐治亚人，而且是佐治亚州北部人，离开拓者仅隔一代。他们对自己和周围的环境都充满信心。跟威尔克斯家一样，塔尔顿家的人也生来就知道自己要干什么，尽管两家的处事方式大不相同。他们也没有斯嘉丽经常会有的矛盾心理。因为身上混合了两种血统：一种是柔声细语、养尊处优的海滨贵族血统，一种是精明朴实的爱尔兰农民血统，所以斯嘉丽心中常常矛盾得厉害。一方面，她想把母亲当作偶像一样尊敬崇拜；另一方面，她也想揉乱她的头发，跟她开玩笑。斯嘉丽明白，她只能二者选其一。正是这种矛盾情绪让她既想在男孩面前表现得像个优雅有教养的淑女，又想当一个被人吻几下也无所谓的野丫头。

“埃伦今天早晨去哪儿了？”塔尔顿太太问。

“她辞退了我们的监工，留在家里跟他查账。塔尔顿先生和你家的几个儿子呢？”

“噢，他们几小时前就骑马去十二橡树园了——去尝潘趣酒够不够味。我敢说，他们应该不会从现在一直喝到明天早晨吧！我要叫约翰·威尔克斯留他们过夜，哪怕让他们睡马厩都成。五个喝醉的男人，我可受不了。我顶多能应付三个，但是——”

杰拉尔德连忙插嘴，换了个话题。他都能感觉到自己的女儿们在身后偷笑了。她们肯定想起了去年秋天他从威尔克斯家的烤肉宴回来时，那副酩酊大醉的模样。

“塔尔顿太太，你今天怎么没骑马？哎呀，少了内莉，你都不像你了。没错，你就是个斯藤托耳[1]。”

---

1 特洛伊战争中的希腊传令官，其声音极洪亮，可抵 50 人。

“斯藤托耳？你这蠢汉！”塔尔顿太太学着他的爱尔兰土腔道，“你说的是森托尔[1]吧？斯藤托耳可是个声如铜锣的男人。”

“管他是斯藤托耳还是森托尔，无所谓，”杰拉尔德毫不在意自己说错了话，“而且，太太，你催促起猎狗来，不也声如铜锣吗？”

“妈，你的确如此。”赫蒂说，“我早就告诉过你，每次看到狐狸，你都嚷得跟个科曼切人似的。”

“但也没嬷嬷要给你洗耳朵时，你叫得那么响，”塔尔顿太太回嘴道，“你都十六岁啦！哦，至于我今天为何没骑马，因为内莉早上生小马了。”

“是吗？！”杰拉尔德颇感兴趣地嚷道，眼里闪着爱尔兰人对马的热情。斯嘉丽再次惊诧母亲和塔尔顿太太的不同。对埃伦来说，牝马从不生马驹，母牛也从不产犊，甚至连母鸡都不下蛋。埃伦完全不提这种事，塔尔顿太太却毫不顾忌。

“生了一匹小牝马吧？”

“不，是匹小牡马，腿有两码长呢。奥哈拉先生，你一定要来瞧瞧，它真是匹塔尔顿家的马，跟赫蒂的鬈发一样红。”

“而且，看起来也很像赫蒂。”卡米拉说。可这姑娘随即便尖叫着钻进一片翻滚的裙子、衬裤和翻来滚去的帽子中。因为生了张长脸的赫蒂一听这话，就开始拧她。

“我的几匹小牝马今天早上都兴高采烈的，”塔尔顿太太说，“今天早晨听说了阿希礼和他那个亚特兰大小表妹的喜讯后，她们就高兴得手舞足蹈。那姑娘叫什么名字来着？玫兰妮？愿上帝保佑她，她真是个甜美的小家伙，但我就是记不住她的名字和模样。

1　希腊神话中半人半马的怪物，在英语中喻指“杰出的骑手”。

我们的厨娘是威尔克斯管家的老婆。那管家昨晚带来了这个消息，厨娘告诉我们，今晚会宣布订婚。虽然我不明白为什么，但这消息让姑娘们兴奋极了。好几年前，大家就知道阿希礼如果不娶梅肯伯尔家的表妹，便会娶她。这跟霍尼·威尔克斯要嫁给玫兰妮的哥哥查尔斯一样。奥哈拉先生，你说，威尔克斯家的人不跟家族里的人通婚，是不是犯法啊？因为如果——”

后面那些嬉笑着说出的话，斯嘉丽全都没听到。因为刹那间，太阳仿佛躲进了阴冷的云后，世界陷入阴暗，万物失去颜色。新出的绿叶失去生气，山茱萸苍白暗淡，刚才还粉嫩娇艳的多花海棠也失去了颜色，变得令人沮丧。斯嘉丽的手指抠入马车坐垫，一时间阳伞也摇晃起来。知道阿希礼要订婚是一回事，但听到别人如此随意地大肆谈论，就是另外一回事。但随后，勇气再次涌上心头，太阳又出来了，景色也重新焕发光彩。她知道阿希礼爱她。这点毋庸置疑。要是今晚没有订婚的消息，反而出现私奔事件，塔尔顿太太该多吃惊啊！想到这儿，斯嘉丽笑了。塔尔顿太太肯定会告诉邻居：斯嘉丽那个鬼丫头居然一直坐在那儿，听玫兰妮长，玫兰妮短，自己却早就跟阿希礼——这些想法不禁让斯嘉丽笑出了酒窝。赫蒂一直密切关注着妈妈这番话会引起怎样的效果，但见斯嘉丽这副模样，不由得眉头微皱，跌回座位。

“奥哈拉先生，不管你怎么说，”塔尔顿太太强调道，“表亲通婚完全是错的。阿希礼娶汉密尔顿家的姑娘已经够糟，可霍尼还要嫁给那个面色苍白的查尔斯·汉密尔顿……”

“霍尼要是不嫁给查尔斯，就永远也嫁不出去啦。”兰达仗着自己受欢迎，毫不留情地说，“除了他，她从未有过别的追求者。虽说两人订了婚，但查尔斯什么时候跟她亲热过？斯嘉丽，你还记得去年圣诞节，查尔斯是怎么追着你跑的吧……”

“小姐，嘴别太毒。”她母亲说，“表亲不应该通婚，哪怕是远房表亲，会影响血统的。这跟马还不一样。你可以让一匹牝马与它的兄弟配种，也可以让一匹种马跟它的女儿配种，只要熟悉血统，这么做都能产下好马驹。但换成人就不行了，虽有好血统，却无好精力，你……”

“哎呀，太太，这点我可要跟你唱反调！你能举出比威尔克斯家更好的人吗？打布赖恩·博鲁小时候起，他们家就一直表亲通婚。”

“是时候停止这么干啦，因为弊端已经开始显现。呃，阿希礼那么帅，倒还看不出什么，可他——瞧瞧威尔克斯家那两个面色苍白、无精打采的姑娘，可怜哪！当然，她们都是好姑娘，就是太苍白了。瞧瞧小玫兰妮小姐，骨瘦如柴，娇弱得一阵风都能吹跑，一点精神都没有，还毫无主见，只会说‘不，夫人！’‘好的，夫人’。你明白我的意思了吗？那个家族需要新鲜血液，像我这些红发女儿或你家斯嘉丽那样充满活力的优良血液。哎，别误会。威尔克斯家照他们那种方式处事，也都是好人。你知道的，我还是挺喜欢他们的。但老实说，他们也生得太多，太近亲通婚了吧？他们在干燥、结实的路上或许还走得了，但记住我的话，我才不信威尔克斯家的人到了泥地还跑得动。我相信，他们的精力已经耗尽，恐怕应付不了紧急情况。只能生活在晴天的家族呀！我宁愿要一匹无论什么天气都能跑的大马！而且，内部通婚让他们跟这一带的人都不同，成天只会弹钢琴或一头钻进书里。我完全相信，阿希礼宁愿看书，都不愿打猎！没错，奥哈拉先生，我真的相信这点。瞧瞧那家人的身板儿。太瘦了！他们需要的是强有力的‘牝马’和‘种马’……”

“啊……呃……嗯。”杰拉尔德突然内疚地意识到：他虽然觉得这番对话很有意思，十分对胃口，但对埃伦来说就大不一样了。事实上，埃伦若知道自己的女儿们听了如此露骨的话，肯定再也无法安生。但塔尔顿太太仍跟往常一样，只要聊起传宗接代之类自己最喜欢的话题，对象是马也好，是人也罢，就再难听进其他任何意见。

“我知道自己在说什么，因为我就有几个表兄妹也是这么结亲的。我向你保证，他们的孩子全都像牛蛙似的鼓着一双眼睛，可怜哪。家里希望我也嫁给一位远方表兄时，我像马驹似的拼命反抗，说：‘不行，妈妈。我不嫁。我的孩子都会得飞节内肿和肺气肿[1]的。’听到我说什么飞节内肿，妈妈都晕过去了。但我还是寸步不让，奶奶也支持我。你瞧，奶奶其实也懂不少养马的知识，她说我没错。而且，她还帮我跟塔尔顿先生私奔。瞧瞧我的孩子们！高大健康，没一个病秧子或小矮子，尽管博伊德只有五英尺十英寸。但威尔克斯家的……”

“太太，你不想换个话题吗？”杰拉尔德连忙打断她，因为他已经注意到卡伦的一脸困惑和苏埃伦那副无比好奇的模样，生怕她们会向埃伦提出一些尴尬的问题，暴露他这个监护人有多不合格。他也高兴地注意到，好在斯嘉丽那丫头似乎在想什么别的事，倒显得十分淑女。

赫蒂·塔尔顿替他解了围。

“天哪，妈，赶紧走吧！”她不耐烦地嚷道，“晒死人了，我都能听见脖子上在冒雀斑啦！”

“再等一下，太太，”杰拉尔德说，“把马卖给骑兵连的事，你决定好了吗？现在，仗随时都可能打起来，弟兄们都想快点把这

---

1 “飞节内肿”和“肺气肿”都是马会得的病。

事定下来。这是克莱顿县的骑兵连，所以我们想配克莱顿县的马。可是你，你真固执呀，到现在都不肯把好马卖给我们。”

“仗说不定也打不起来。”塔尔顿太太敷衍道，心里已经完全抛开威尔克斯家古怪的通婚习惯了。

“怎么，太太，你不能……”

“妈，”赫蒂又插嘴道，“你和奥哈拉先生就不能去十二橡树园再聊马吗？”

“说得对，赫蒂小姐，”杰拉尔德道，“我只耽搁你们一分钟。我们马上就去十二橡树园。那儿的每个男人，无论老少，都想听马的事呢。啊，但看到你母亲这样漂亮的太太，谈到马却如此小气，我可真伤心！哎，塔尔顿太太，你的爱国心哪儿去了？难道对你来说，南部邦联毫无意义吗？”

“妈，”小贝齐嚷道，“兰达坐到我裙子上，把我的裙子都弄皱啦！”

“哎呀，贝齐，把兰达推开不就成了……好了，听我说，杰拉尔德·奥哈拉，”塔尔顿太太目光灼灼地反驳道，“别拿南部邦联来压我！我觉得，邦联对你我来说同样重要。我有四个儿子在军队，你却一个都没有。儿子们能照顾自己，可马不行。如果把马给认识的人骑，比如，骑惯了良种马的绅士们，哪怕白送我也乐意。不，我片刻都不会犹豫。但要是把我那些漂亮宝贝给只会骑骡子的粗汉和赶马车的人摆布，绝对不行，先生！一想到它们浑身鞍伤，无法得到细心照料，我就要做噩梦。你认为我会舍得让愚蠢的笨蛋骑我那些娇嫩的宝贝，任他们把马口勒出条条痕迹，把马抽得无精打采、垂头丧气？光想想，我都浑身起鸡皮疙瘩！不行，奥哈拉先生，你要我的马虽是一片好意，但你最好还是去亚特兰大买些羸弱老马，给你那些庄稼汉骑吧。反正他们也分不出好坏。”

“妈，我们还不能走吗？”卡米拉也不耐烦地催促起来，“你明明非常清楚，到头来还是得把你那些宝贝给他们。只要爸和几个兄弟说一通邦联需要之类的话，你就会哭着任它们被牵走。”

塔尔顿太太咧嘴一笑，抖了抖缰绳。

“我才不会。”她挥鞭轻抽了一下马，马车便飞快地出发了。

“是个好女人。”杰拉尔德说着，戴上帽子，又回到自家马车旁，“走吧，托比。我们会把她磨得精疲力竭，交出那些马的。当然，她说得对。完全没错。不绅士的人不配骑马，就该去当步兵。但可惜的是，本县的庄园主子弟哪儿够整编成一个骑兵连，你说是不是，丫头？”

“爸，请你要么骑在我们后面，要么骑在前面。你扬起那么多尘土，呛死啦。”斯嘉丽觉得自己再也忍受不了这样的谈话，谈得她都分了心。她急于整理好思绪，想在抵达十二橡树园之前拿出最动人的样子。杰拉尔德顺从地踢了下马刺，在一片红色尘土中，追着塔尔顿家的马车而去，好继续大谈马经。

第六章

过了河，马车开始爬山。十二橡树园还未映入眼帘，斯嘉丽就看见一缕青烟懒懒地缭绕在高高的树顶，闻到燃烧的山核桃木和烤猪肉、羊肉的香味。

烤肉的坑昨晚就燃起小火，此刻一条条长槽里都是玫瑰红色的余烬。上方，炙叉上的肉翻来转去，肉汁滴落，掉在炭上滋滋作响。斯嘉丽知道，微风送来的这股香味出自大宅后方那片大橡树林。约翰·威尔克斯向来在那儿举办烤肉宴。通向玫瑰园的缓坡上有片舒适的林荫地，那儿比卡尔弗特家经常举办烤肉宴之地舒服得多。卡尔弗特太太不喜欢烤肉宴，说烤肉味会留在屋里好多天不散。于是，她总是把客人请到离主宅四分之一英里远的一块平地烧烤。那儿毫无遮挡，客人们都热得难受。不过，约翰·威尔克斯的好客全州有名，他也是真懂如何举办烤肉宴。

那些带长支架的野餐桌总是铺上威尔克斯家最好的亚麻布，摆在最浓密的树荫下。桌子两旁会放好条凳，林中空地上也会散放些从屋里搬来的椅子、踏脚凳、坐垫，供不喜欢条凳的人坐。烤肉的长坑会跟客人们拉开足够长的距离，以免烟味熏人。坑上烤肉，几口巨大的铁锅也飘出阵阵香气——是不伦瑞克炖肉和鲜美多汁的烤肉酱。威尔克斯先生每次至少安排一打黑奴端着盘子跑来跑去地伺候客人。谷仓后也往往还有一处烤肉坑，供屋里的用人、车夫和客人们的女仆使用。他们在那儿尽情享用锄头玉米饼、番薯和油炸猪小肠。这种猪内脏做的菜黑人最爱吃。若恰合时宜，还有足以让他们吃到饱的西瓜。

一阵阵鲜脆猪肉的香味传来，斯嘉丽大加赞赏地皱起鼻子，希望肉烤好时，她能有点胃口。但事实上，她吃得太饱，腰又束得太紧，生怕自己随时会打嗝。真要那样就糟了，因为只有老头和老太婆才敢不顾他人非议，随意打嗝。

马车爬上山坡。那座完美匀称的白色大宅便出现在她眼前：高高的廊柱、宽敞的阳台、平坦的屋顶，美得如同一位深知自己魅力无边的姑娘，不吝亲切和蔼地对待所有人。斯嘉丽爱十二橡树园，甚至超过爱塔拉庄园，因为它有一种庄重的美，一种醇厚的庄严之感。杰拉尔德的房子就没有这些特质。

弯弯曲曲的宽阔车道上已经挤满美国驯马和马车。客人们纷纷下车、下马，跟朋友们打招呼。咧嘴直笑的黑奴们向来遇到宴会就兴奋不已。这会儿，他们正忙着把牲口牵到谷仓旁的空地卸鞍解辔。一群群孩子——有白人小孩，也有黑人小孩——在一片新绿的草坪上跑啊叫啊，一边“跳房子”、捉迷藏，一边争相夸口自己要吃下多少多少东西。从屋前通到屋后的宽阔走廊上挤满了人。奥哈拉家的马车停在前门台阶时，斯嘉丽看见穿着圈环裙、明亮如蝴蝶的姑娘们正在通往二楼的楼梯上来来回回，时而搂着彼此的腰，时而靠在精美的楼梯栏杆上，冲下方走廊上的年轻小伙们又叫又笑。

透过敞开的落地窗，斯嘉丽瞥见年纪稍大的太太们都一身深色绸衣，端庄严肃地坐在客厅，一边摇着扇子，一边聊着孩子、病痛，谁结了婚，以及为什么结婚之类的话题。威尔克斯家的男管家汤姆手捧银盘，急匆匆地在走廊上来来回回，不停地鞠躬微笑，为那些穿着浅黄褐色和灰色裤子、上好亚麻褶裥饰边衬衫的小伙奉上高脚杯。

阳光明媚的前阳台挤满宾客。斯嘉丽想：是啊，全县的人都来了。塔尔顿家的四兄弟和他们的父亲倚在高高的廊柱上，双胞胎斯图尔特和布伦特照例肩并着肩，形影不离。博伊德和汤姆跟父亲詹姆斯·塔尔顿站在一起。卡尔弗特先生紧挨在他那个北佬妻子身边，后者虽已在佐治亚生活了十五年，却仍一副与任何地方都格格不入的样子。因为惋惜，人人都对她极尽礼貌客气，却也忘不了她因为做了卡尔弗特先生那几个孩子的家庭教师，加重了在出身上的过错。卡尔弗特家的两个儿子雷福德和凯德跟盛装打扮的金发妹妹凯瑟琳站在一块，一起打趣黑脸膛的乔·方丹和他那位漂亮的未婚妻萨莉·芒罗。亚历克斯·方丹和托尼·方丹凑在迪米特·芒罗耳边说悄悄话，逗得她咯咯直笑。有些家庭远道而来，比如，有的来自十英里外的洛夫乔伊，有的来自费耶特维尔和琼斯伯勒，甚至还有几家来自亚特兰大和梅肯。整座大宅似乎要被人群挤爆了，交谈声、大笑声、轻笑声和女人们的尖叫此起彼伏，一刻也没停歇。

约翰·威尔克斯站在门廊台阶上，一头银发、身板挺直，周身散发着一种宁静和蔼的迷人气息。他的殷勤好客也如佐治亚夏天永不衰减的阳光般温暖。霍尼[1]·威尔克斯站在他身边。因为上至父亲，下到在田里干活的黑奴，她都一视同仁地以“亲爱的”相称，所以大伙才叫她“霍尼”。此时迎接抵达的宾客，她却烦躁

1 英文为Honey，与“亲爱的”同音。

不安，只会咯咯傻笑。

霍尼那种紧张兮兮、显然想讨好每个男人的模样，跟她父亲的镇静形成鲜明对比。斯嘉丽想："塔尔顿太太刚才说的那番话终究还是有些道理啊。威尔克斯家的男人长得果然很有家族特征。约翰·威尔克斯和阿希礼灰眸上浓密的深金色睫毛，到了霍尼和她姐姐英迪亚脸上，就稀疏暗淡多了。霍尼睫毛稀少，怪模怪样得好似兔子；英迪亚则只能用'平淡'二字来形容。"

虽然到处都没见着英迪亚，但斯嘉丽知道，她多半在厨房给仆人们下最后的指示。斯嘉丽想："可怜的英迪亚，自母亲去世后，她管家操了那么多心，忙得除了斯图尔特·塔尔顿，根本没机会找别的追求者。不过，斯图尔特要是觉得我比她漂亮，那可不是我的错。"

约翰·威尔克斯走下台阶，冲斯嘉丽伸出胳膊。斯嘉丽走下马车时，瞧见苏埃伦一脸傻笑，知道她肯定是在人群中看到了弗兰克·肯尼迪。

"哼，他简直就是个穿着裤子的老娘们。我怎么可能找不到比他更好的追求者！"斯嘉丽轻蔑地想着，踩到地上，冲约翰·威尔克斯微笑致谢。

弗兰克·肯尼迪匆匆赶到马车旁扶苏埃伦。看妹妹那副趾高气扬的模样，斯嘉丽真恨不得给她一巴掌。弗兰克·肯尼迪或许是县里土地最多的人，估计心眼也挺好，但这些有什么用？他都四十岁了，身体瘦弱、神经紧张，长着几根稀稀拉拉的姜黄色胡子，行为处事活像个挑剔的老处女。然而，想起自己的计划，斯嘉丽还是压下轻蔑，粲然一笑，算是打了招呼。结果，他惊得立时顿住，胳膊已经伸向苏埃伦，眼睛却惊喜交加地瞪着斯嘉丽。

斯嘉丽嘴上跟约翰·威尔克斯开心地聊着天，眼睛却在人群中寻找阿希礼。然而，他并不在门廊上。接着，十几个声音都向她打起招呼，斯图尔特和布伦特·塔尔顿朝她走来。芒罗家的姑娘们也赶过来赞美她的裙子。很快，她便成为各种声音的中心。为了让他人听清自己的话，大家都在提高音量。可阿希礼在哪儿？玫兰妮和查尔斯呢？她尽量隐蔽地四下打量，朝下方大厅欢笑的人群中望去。

她就这么一边谈笑，一边飞快地扫视屋里和院子。突然，目光瞥到一个陌生人。那人独自站在大厅，冷淡傲慢地盯着她，顿时令她心情复杂：一方面为自己的女性魅力吸引住一位男士而喜悦，另一方面又因裙子领口太低而尴尬。那人看上去很老气，至少有三十五岁，个子很高，身材魁梧。斯嘉丽觉得，她从未见过哪个男人肩膀那么宽、肌肉那么发达，发达得几乎不像绅士。两人目光相撞的瞬间，他笑了，剪得极短的黑髭下，是一口野兽般的白牙。他的脸很黑，跟海盗一样黑。他的眼睛也很黑，目光肆无忌惮，活像正在掂量要凿沉哪艘大帆船，或要抢走哪个少女的海盗。冲她微笑时，那张脸上尽是无所顾忌的淡漠，嘴边则流露出几分愤世嫉俗的诙谐。斯嘉丽倒抽一口凉气，觉得被这样打量理应有被冒犯之感。可她懊恼的是：自己偏偏没有这种感觉。虽然不知那人是谁，但不可否认，那张黝黑的脸庞肯定出自高贵的血统。薄薄的鹰钩鼻、丰满的红唇、高额头和宽眼距，都能表明这点。

斯嘉丽移开目光，并未回以微笑。那人也转过身，因为有人在大喊："瑞德！瑞德·巴特勒！快来见见佐治亚心肠最硬的姑娘！"

瑞德·巴特勒？这名字听起来有些耳熟，似乎跟哪桩有趣的丑闻有关。但斯嘉丽满脑子都是阿希礼，便未深想。

“我得上楼梳梳头。”她对斯图尔特和布伦特说。这两人正想把她从人群中解救出来，“你俩就在这儿等着，别跟其他姑娘跑了，不然我可要发火。”

斯嘉丽看得出，她要是今天跟别人调情，斯图尔特那儿肯定不好对付。他一直在喝酒，还一脸想找架打的神情，凭经验就能知道这意味着有麻烦。她在走廊上停留片刻，跟几个朋友说了会儿话，还跟从屋后出来的英迪亚打了招呼。英迪亚头发蓬乱，额头上都是细小的汗珠。可怜的英迪亚！头发和睫毛颜色浅已经够糟了，偏偏下巴还突出，说明此人性格固执，尚未到二十岁，就活得像个待价而沽的老处女。斯嘉丽估计，英迪亚多半非常痛恨自己从她身边抢走了斯图尔特。很多人都说她仍爱着他，但威尔克斯家的人在想什么，真是谁都说不清。要说她真心存怨愤，却又从不显露分毫，仍稍显疏离、客气有礼地对待斯嘉丽，和以往毫无差别。

斯嘉丽愉快地跟她聊了一会儿，就开始朝宽阔的楼梯上走。走着走着，有人怯怯地在身后唤她的名字。她回头一看，原来是查尔斯·汉密尔顿。他是个漂亮小伙，白皙的额头上蓬着一堆柔软的棕色鬈发，深棕色的眼睛如柯利牧羊犬般清澈温柔。他衣着考究，暗黄色裤子配黑色上衣，褶裥衬衫系着最宽、最时髦的黑领结。因为在女孩面前向来腼腆，见斯嘉丽转过身，他脸上还悄悄浮起一层淡淡的红晕。和大多数害羞的男人一样，他非常喜欢斯嘉丽这种轻盈活泼、总是无拘无束的姑娘。从前，斯嘉丽顶多敷衍地跟他客气一下，所以今天这般灿烂的笑容和伸出的两只手，几乎让他激动得喘不过气。

“呀，查尔斯·汉密尔顿，是你这个漂亮的老兄啊！我敢说，你一路从亚特兰大赶来，就是为了伤害我可怜的心吧！”

查尔斯激动得结结巴巴，握着她温暖的小手，望向那双灵动的绿眸。姑娘们跟其他小伙就是这么说话的，他却从未感受过。他真想不通姑娘们为何总当他是弟弟，虽然亲切友善，却从不挑逗他。他一直希望姑娘们能跟自己打情骂俏，就像对待那些没他英俊，家产也不如他的男人一样。但真破天荒遇到这么一回，他又不知该说什么，只能为自己的木讷尴尬痛苦，等到之后躺在床上难以入眠时，再来后悔自己本应使出种种讨好手段。然而，他很少能得到第二次机会，因为姑娘们试过一两回后，就弃他而去了。

甚至面对霍尼这个跟他已有默契，就等他来年继承家产后成婚的姑娘，他也胆怯又沉默。有时，他还会生出一种颇为小气的念头，认为霍尼的轻浮和占有欲对他并无益处，因为她对男人那般热情，估计无论谁给机会，她都会趋之若鹜吧。查尔斯对日后要娶她一点也不兴奋，因为钟爱的书本让他相信：热恋之人心中必有狂热的激情，霍尼却无法激起他这种情感。他一直渴望有个美丽勇敢、热情奔放的姑娘爱上自己。

此刻，斯嘉丽·奥哈拉不就打趣他，说他在伤她的心吗！

他很想说点什么，却又说不出口，只能默默祝福她。因为她一张嘴就说个不停，倒让他不必开口了。真是想不到居然会有这等好事！

“好啦，你就在这儿等我回来，因为我想跟你一起吃烤肉。可别跟其他姑娘调情，我会很吃醋哦。”瞧那故作庄重的绿眼睛上，乌黑灵动的睫毛忽闪忽闪，还有一边一个酒窝的脸蛋，以及，那两片红唇竟然吐出这般令人难以置信的话呀！

“不会的。”他终于喘过气，做梦都想不到：她其实觉得他那样子就像只待宰的牛犊。

斯嘉丽用折扇轻拍了拍他的胳膊，便转身继续上楼。她的目光也再次落到那个名叫瑞德·巴特勒的男人身上。后者独自站在离查尔斯几英尺远的地方，显然偷听到了这场谈话，因为他仰头冲她咧嘴而笑，模样坏得好似一只公猫。他也再次上下打量了她一番，目光中没有半点她习惯的尊敬。

“见鬼！”斯嘉丽暗自嘀咕了一句杰拉尔德最爱骂的粗话，“他就像……就像知道我不穿内衣是什么样似的。”然后，她一甩头，径直上楼了。

放包裹的卧室里，她看到凯瑟琳·卡尔弗特正对着镜子打扮，还一个劲地咬嘴唇，想让它们显得更红润些。腰带上别了几朵新鲜玫瑰，跟她的脸颊很配。那双矢车菊般的蓝眼睛跳动着兴奋的光芒。

“凯瑟琳，”斯嘉丽边说，边试着把自己的紧身胸衣拉高些，“楼下那个叫巴特勒的讨厌家伙是谁？”

“亲爱的，你这都不知道？”凯瑟琳一面兴奋地压低声音，一面还警惕地盯着隔壁房间，因为迪尔西正在那儿跟威尔克斯家的嬷嬷说闲话，“家里来了这么个家伙，真不知道威尔克斯先生会作何感想。不过，那家伙去琼斯伯勒拜访肯尼迪先生，好像是商量买棉花的事。因为不好撇下客人自己走掉，所以肯尼迪先生当然只好带他一起来了。”

“他怎么回事？”

“亲爱的，他不受欢迎啊！”

“不是吧？”

“是啊！”

斯嘉丽默默消化着这些话。因为她从没跟不受欢迎的人处在同一屋檐下，所以感觉还挺刺激的。

“他干什么啦？”

“噢，斯嘉丽，他名声糟透了。他叫瑞德·巴特勒，来自查尔斯顿。他家也是当地名流，但家里人甚至连话都不跟他说了。卡罗·瑞德去年夏天跟我说过他的事。虽然跟他家不是亲戚，但他的事卡罗都知道，每个人都知道。因为一些很糟糕的事，他被西点军校开除了。想想看！那些事糟糕到卡罗都不便打听。后来又出了件事，他甩掉了一个姑娘，死活不肯娶人家。”

“快跟我说说！”

“亲爱的，你真什么都不知道？卡罗去年夏天就把那事全告诉我了。她妈妈要知道她连这种事都晓得，肯定会气死。总之，这位巴特勒先生带了个查尔斯顿的姑娘坐马车兜风。虽然不知道是谁，但我猜，应该不是什么好人家的姑娘，否则也不会傍晚还跟他出去，身边连个年长女伴都没有。亲爱的，他们几乎在外面待了一夜，最后还步行回家，说马跑了，车摔坏了，两人在林子里迷了路。你猜怎么着……”

“猜不到，快说。”斯嘉丽极感兴趣地说，巴不得结局糟得不能再糟。

“他说他没……呃……没对她做什么，所以不明白为何应该娶她。女方的哥哥当然要找他决斗，巴特勒先生说宁死也不娶一个蠢货。于是，两人真决斗了一场，之后巴特勒先生被迫离开查尔斯顿。如今，谁也不肯收留他了。”凯瑟琳得意扬扬地说完。这时，迪尔西也正巧回屋来查看自己照管的礼服。

“她怀孕了吗？”斯嘉丽冲凯瑟琳耳语道。

凯瑟琳拼命摇头，低声应道：“可她还是被毁了。”

“阿希礼要是能毁了我就好了。”斯嘉丽突然想，“他这样的绅士，肯定会娶我的。”但不知为何，瑞德·巴特勒拒绝娶那个傻姑娘，又不由得让她心生敬意。

斯嘉丽坐在红木软垫凳上，待在屋后一棵大橡树的浓荫下。裙子上的荷叶边和褶裥饰边在身周起起伏伏，露出两英寸绿色仿搓纹革浅口便鞋。若要当淑女，便只能露这么多。她手里捧着盘几乎未动的食物，身边围着七位彬彬有礼的绅士。烤肉宴已经达到高潮，温暖的空气里满是欢声笑语、银器与瓷器的碰撞声、烤肉和馥郁肉汁浓烈的香气。偶尔微风转向，长烤肉坑腾起的烟雾飘过人群，女士们就会佯装惊恐地一边尖叫，一边使劲挥舞棕榈扇。

大多数年轻女士都跟同伴坐在面朝桌子的长条凳上。但斯嘉丽发现一个姑娘只能身侧各坐一位男士，便选择坐远些，也好尽可能多聚集几位男士。

已婚妇女坐在凉亭里，她们的深色衣裙在周围的五颜六色和欢乐气氛中显得端庄稳重。主妇无论年龄大小，向来都会坐在一起，远离那些天真烂漫的姑娘、献殷勤的男人和欢笑声。因为，在南方，只要结了婚，就不再是美人。上到仗着年纪大，公然打起嗝来的方丹老太太，下至年仅十七的艾丽斯·芒罗（她正在努力忍受初次怀孕带来的恶心感），全都凑在一起，没完没了地讨论家谱和生产之类的话题，把这种聚会变得趣味无穷，又极具教育意义。

斯嘉丽轻蔑地瞥了她们几眼，觉得那些人真像一群胖乌鸦。已婚妇女真是毫无乐趣。她从未想过，自己若嫁给阿希礼，也会被自动归入凉亭和前门廊那些身着暗色绸裙的端庄主妇中，跟她们一样端庄乏味，再也不属于快活有趣的阵营。和大多数姑娘一样，她的想象力止于圣坛，不会更进一步。而且，她现在很不高兴，更没心思考虑那种抽象的问题。

她垂眼盯着盘子，拿起一片脆饼干，讲究地咬了一小口，一副优雅又没胃口、嬷嬷见了肯定会赞许的模样。尽管周围满是献殷勤的小伙，她却从未像此刻这般难受。她不明白昨晚的计划怎么会失败，至少关于阿希礼的部分已经全完了。虽然成功吸引了很多别的追求者，阿希礼却不在其中。昨天下午的恐惧再次席卷而来，让她的心跳一会儿快，一会儿慢，脸色也红一阵，白一阵。

阿希礼并未试图加入她周围那个圈子。事实上，她到这儿之后，还没能单独跟他说上一句话，甚至从初见打完招呼后，她便再没跟他说过话。她走进后花园时，阿希礼虽然上前表示欢迎，但当时玫兰妮正挽着他的胳膊。这个玫兰妮，还不及他肩膀高。

玫兰妮身材娇小，一副弱不禁风的样子，活像个偷穿了母亲大圈环裙的孩子。瞧那双大得过分、几乎透着惊恐的褐色眼睛，就更加深了这种印象。她有一头黑色鬈发，却一丝不乱地束在发网里。那团黑乎乎的头发，加上额前长长的美人尖，显得整张脸更似心形。因为双颊的颧骨分得太开，下巴也太尖，所以她的脸虽然甜美羞怯，却显得相当普通，而且她也没有能吸引男人的那套女性花招，让观者忘记这副长相的平庸。看起来，她就如泥土般单纯，如面包般称心，如泉水般清澈。尽管外貌平庸、身材矮小，她举手投足间却有种娴静端庄之感，显得异常动人，看着也远不止十七岁的样子。

她穿着灰色蝉翼纱裙，系了条樱桃红缎带，波浪起伏的裙裾遮掩了孩子般未完全发育的身体。而那顶垂着樱桃红长飘带的帽子，则将她奶白色的肌肤衬得莹润光泽。一对带长金流苏的耳坠沉甸甸地垂在整齐的发髻下，在一双棕眸旁晃荡。那双眼睛宛如冬日林中波光粼粼的平静湖面上，两片微光闪烁的黄叶。

玫兰妮微笑着欢迎斯嘉丽，带着怯怯的欢喜，称赞她的绿裙子很漂亮。因为实在想单独跟阿希礼谈话，斯嘉丽甚至不知该如何礼貌地回应。从那一刻起，阿希礼就远离其他客人，坐在玫兰妮脚边的凳子上，静静地跟她说话，脸上挂着慵懒温暾的笑容。斯嘉丽最爱他这种笑容。更糟糕的是，阿希礼一笑，玫兰妮眼中似乎也亮起点点光芒。即便斯嘉丽，也要承认她几乎算得上美丽。玫兰妮望着阿希礼时，她那张平庸的脸都被内心的火焰点亮了。如果心中的爱意能显现在脸上，那此刻就真的显现在玫兰妮·汉密尔顿的脸上了。

斯嘉丽努力不去看那两人，却怎么也做不到。每看一眼，她就更起劲地跟身边的骑士们嬉笑玩闹，口没遮拦地什么都敢说。她还在众人的恭维下拼命摇头，直摇得耳环不停晃悠。她说了好多遍"胡扯"，说他们谁都没一句真话，并发誓无论男人说什么，她都不信。然而，阿希礼似乎完全不在意她，只仰头望着玫兰妮，继续聊天。玫兰妮俯视着他，那神情分明在说她是属于他的。

于是，斯嘉丽痛苦极了。

在外人眼里，这样一个姑娘绝无理由痛苦。毫无疑问，她是烤肉宴上的美人，是众人关注的焦点。她在男人们中间引起的轰动，加上其他姑娘心中的妒火，换在其他任何时候，都会让她心花怒放。

查尔斯·汉密尔顿被斯嘉丽的关注激起勇气，始终牢牢守在她右侧，面对塔尔顿兄弟的联合推挤，也寸步不让。他一只手拿着斯嘉丽的扇子，另一只手端着自己那盘一口未动的烤肉，根本不理会霍尼投来的目光，害得霍尼泫然欲泣。凯德优雅地倚在斯嘉丽左侧，一边拉拉她的裙子寻求关注，一边愠怒地仰面瞪着斯图尔特。他跟这对双胞胎已经势如水火，双方都说了不少难听的话。弗兰克·肯尼迪就像有只小鸡要照顾的母鸡，一通瞎忙，来来回回地从橡树树荫下跑到桌边，为斯嘉丽取来各种精美的食物，仿佛那儿没有十几个专供差遣的仆人似的。最后，苏埃伦终于忍无可忍，不顾淑女风范地怒瞪斯嘉丽。小卡伦也要哭了，因为虽然这天上午斯嘉丽说了不少鼓励的话，布伦特却只对她说了句“你好，小妹”，拉了拉她的发带，便一心讨好斯嘉丽去了。他平常对她那么好，那份无意间流露出的尊敬，都让她觉得自己是个大人了。卡伦还偷偷梦想过有朝一日，她定将绾起发髻，换上长裙，将他视作真正的情郎。现在看来，他似乎已经属于斯嘉丽。方丹家那两个皮肤黝黑的小子虽然变了心，芒罗家的姑娘们却强忍怒火，并未发作。不过，托尼和亚历克斯站在圈外，想伺机挤掉别人，抢占斯嘉丽旁边的位置，终于让她们忍无可忍、恼怒不已。

她们冲赫蒂·塔尔顿微妙地扬了扬眉，表达了对斯嘉丽所作所为的不满。一个词形容斯嘉丽——“荡妇”。三个姑娘同时撑开花边阳伞，说她们已经吃饱了，谢谢，然后用手指轻轻点了点身边男士的胳膊，甜甜地嚷着要去看玫瑰园、泉水和凉亭。对在场的任何女士或旁观的任何男士来说，这种有序的战略性撤退都算不上失败。

看到三个拜倒在她魅力之下的男人被拉走，陪几个姑娘去参观她们自小就熟悉的地标式建筑，斯嘉丽不由得咯咯直笑。她敏锐地瞅了眼阿希礼，想看看他是否注意到此事。然而，他正微笑着仰望玫兰妮，抓着她的腰带两端把玩。斯嘉丽顿时心痛如绞，恨不得掐住玫兰妮那象牙色的肌肤，一直掐到鲜血淋漓才痛快。

斯嘉丽的目光从玫兰妮身上移开，就看到瑞德·巴特勒正盯着自己。他并未待在人群中，而是站在一旁跟约翰·威尔克斯聊天。他在观察她，见她发现，还公然笑了起来。斯嘉丽隐隐不安，觉得在场能明白自己狂喜背后真实心情的人，唯有他一个。于是，他便以此嘲讽打趣她。所以，要是能掐他一顿也好啊。

“只要能熬过这场烤肉宴，熬到下午，”斯嘉丽想，“所有女孩都会上楼小憩，好为晚上养足精神，我就留在楼下，找机会跟阿希礼说话。我有多受欢迎，他当然注意到了。”她又生出一个自我安慰的念头，“他当然得照顾玫兰妮，毕竟是表妹啊。再说，她一点也不受欢迎，若还没有他的关照，就只能当壁花了。”

这么一想，她又有了勇气，于是更卖力地在查尔斯身上下功夫。后者那双褐色的眼睛热切地俯视着她。对查尔斯来说，这真是绝妙的一天，美得就像一场梦，所以他当然毫不费力地爱上了斯嘉丽。在这全新的情感面前，霍尼已经淡成一抹暗影。霍尼不过是只尖声叽喳的麻雀，斯嘉丽却是闪闪发光的蜂鸟。她逗弄他、喜欢他、问他各种问题，又自己一一解答，所以他无须一言，就能显得非常聪明。斯嘉丽如此明显的偏爱让其他小伙既困惑，又恼怒，因为他们知道查尔斯害羞得连两个连贯的词都说不出来，但出于礼貌，他们又不得不强压不断升腾的怒火。每个人都在生闷气，要不是阿希礼，斯嘉丽真可谓大获全胜。

当最后一叉猪肉、鸡肉和羊肉都下了肚，斯嘉丽只盼着英迪亚快点起身，提议女士们去屋里休息。已是午后两点，温暖的太阳就在头顶。但英迪亚为烤肉宴整整忙了三天，精疲力竭，此刻乐得坐在凉亭里，跟一位来自费耶特维尔的聋老头大声说话。

众人都生出一股懒懒的倦意，黑奴们闲散地走来走去，收拾长桌上的残羹剩菜。欢声笑语越来越少，三五成群的人纷纷静默下来。所有人都在等待女主人宣布上午的野宴结束。棕榈扇越摇越慢，几位绅士吃得太饱，已经在热气中打起盹儿。烤肉宴结束了，日头当空，大家都想趁此放松放松。

午宴和晚会之间的这段空闲期，大家似乎都安静平和。只有年轻小伙，仍保持着不久前众人所有的那种充沛精力。小伙子们在人群间走来走去，拖着柔和的嗓音，如纯种牡马般英俊危险。午后的倦怠虽然俘获了所有人，但潜伏的脾性也可能骤然暴起，迅速发展成毁天灭地的怒火。无论男女，都狂野而美丽，愉悦的外表下潜藏着一丝暴烈。他们被驯化的部分，只有一点点而已。

又过了一会儿，天气越来越热，斯嘉丽和其他人再次看向英迪亚。谈话声渐渐消失。一片寂静里，林中的每个人突然听见杰拉尔德愤怒的土腔传了过来。他站得离野餐桌稍远，正跟约翰·威尔克斯吵得厉害。

“见鬼，老兄！向北佬乞求和平解决吗？我们都已经在萨姆特要塞冲那些无赖开火了，还能和平？南方应该用武器表明：我们不是好欺辱的！而且，我们脱离联邦靠的不是他们的仁慈，而是凭自己的力量！”

“噢，天哪！”斯嘉丽想，“被他搞砸了。这下，我们都得在这儿坐到半夜。”

昏昏欲睡的人群顿时没了倦意，空中似有电流划过。男人们纷纷从条凳和椅子上跳起来，拼命挥舞手臂，争先恐后地提高嗓门，以压过别人的声音。整个上午都没人谈政治或即将发生的战争，因为怕女士们心烦，威尔克斯先生专门提出这项要求。可现在，杰拉尔德咆哮着吼出“萨姆特要塞”这几个字后，每个男人立马忘了主人的告诫。

“我们当然要打……”“北佬贼——”“不出一个月我们就能打败他们……”“哼，一个南方人就能收拾二十个北佬……”“给他们点教训，让他们短时间内都忘不了……”“和平？他们都不让我们和平……”“不行，瞧瞧林肯先生是怎么侮辱我方委员的！”“没错，拖他们几星期……说什么保证从萨姆特要塞撤兵！”“他们想打，我们就打到他们吐……”所有人中，数杰拉尔德声音最大。斯嘉丽就听到一遍又一遍震耳欲聋的“天哪！州权！”杰拉尔德倒痛快了，可苦了他女儿啊。

脱离联邦，打仗……这些词翻来覆去地说，斯嘉丽早就听厌了。但此时此刻，她简直是痛恨它们，因为这意味着男人们会一直站在那儿，慷慨激昂地争辩几个小时。而她，再无堵到阿希礼的机会。当然不会有什么战争，这点男人们都知道。他们就是喜欢聊这个，而且喜欢发表意见。

查尔斯·汉密尔顿并没有跟其他人一样站起，结果发现斯嘉丽身边几乎只剩下自己。于是，他凑得更近了些，凭着那新生的爱意，大着胆子开始低声表白。

“奥哈拉小姐……我……我已经决定，如果真打仗，我就去南卡罗来纳参军。据说韦德·汉普顿先生正在那儿组织骑兵队。我当然想追随他。他为人极好，是我爸最好的朋友。”

斯嘉丽想：“我要怎么做？为他欢呼三声吗？”看查尔斯的表情，他似乎在向她袒露心中的秘密。她不知道该说什么，于是只好望着他，纳闷男人为何如此愚蠢，竟会以为女人对这种事感兴趣。查尔斯却把她这表情误以为震惊之下的赞许，于是继续大胆地飞快说道：“我要是去了——你——你会难过吗，奥哈拉小姐？”

“那我定会每晚都哭湿枕头。”斯嘉丽不过一句戏言，查尔斯却乐得脸都红了。他小心翼翼地伸出一只手探进斯嘉丽的裙褶，握住她藏在里面的手，紧紧捏了一把，为自己的大胆和她的沉默欣喜不已。

"你会为我祈祷吗？"

"真是个笨蛋！"斯嘉丽愤愤地想，偷偷四下瞥了一眼，希望有人能替她解围，结束这场对话。

"你会吗？"

"噢，会，会的，汉密尔顿先生。每晚至少念一遍《玫瑰经》！"

查尔斯飞快地左右看看，深吸一口气，紧张地收紧腹部肌肉。现下几乎只有他们两人，天赐良机啊！就算以后再遇到这种千载难逢的好机会，他或许也不会有此等勇气了。

"奥哈拉小姐，我必须告诉你一件事。我——我爱你。"

"啊？"斯嘉丽心不在焉地应了声，目光正努力穿过争论的人群，看阿希礼是否仍坐在玫兰妮脚边说话。

"没错！"查尔斯嘀咕道，对她既未大笑，也未尖叫或晕倒而狂喜不已。他一直以为，年轻姑娘遇到这种情况，都会有上述反应，"我爱你！你是最——最——"他生平第一次，发现自己的口齿竟这般伶俐，"你是我见过最漂亮、最甜美、最温柔的姑娘，你待人最亲切，我全心全意地爱着你。虽然不敢奢望你会爱上我这样的人，但亲爱的奥哈拉小姐，你若能给我哪怕一丝鼓励，我愿做任何事，只要能得到你的爱。我愿——"

查尔斯突然住了口，因为他想不出任何困难到足以向斯嘉丽证明自己一腔深情的事，于是干脆说道："我想跟你结婚。"

"结婚"二字顿时让斯嘉丽回过神。她还一直想着跟阿希礼结婚呢，这下再也掩饰不住心中的恼火，瞪向查尔斯。这牛犊一样的傻小子干吗偏要挑今天表白？她正愁得快发疯了！她望着那双充满渴求的褐色眼眸，却完全看不到一个羞怯男孩初次爱恋的美，看不到对已成真的理想的倾慕之情，也看不到他胸中如火焰般熊熊燃烧的狂喜和柔情。过去，也有不少男人曾向斯嘉丽求过婚。那些人比查尔斯·汉密尔顿有吸引力得多，也有手腕得多，绝不会在她心中想着更重要之事的烤肉宴上求婚。她只看到一个二十岁的男孩，脸红得像甜菜，整个人都傻气十足。真想告诉他他有多傻。埃伦曾就此类紧急情况，教导过她该如何回应。受习惯影响，她垂下眼帘，竟喃喃地将那些话说了出来：“汉密尔顿先生，承蒙厚爱，你竟想娶我为妻。但事发突然，我实在不知道该说什么才好。”

这可是个既能抚慰男人虚荣心，又能继续钓着他们的利落法子。查尔斯果然上了钩，仿佛从没见过这种诱饵似的，一口就咬住不放。

“我愿永远等下去。除非你相当确定，否则我不会采取行动。求求你，奥哈拉小姐，请告诉我，我还有希望。”

“呃。”斯嘉丽嘟囔了一声，锐利的目光注意到阿希礼并未起身参与战争讨论，而是抬头冲玫兰妮微笑。如果这个紧握自己双手的笨蛋肯安静一会儿，她或许就能听清那两人在说什么了。玫兰妮对他说了什么，竟让他满眼的兴致盎然？

她竭力倾听，查尔斯的话还是让她什么也听不清。

“噢，安静！”她冲他嘘了一声，还掐了他的手一下，却连看都没看他一眼。

如此冷遇让查尔斯一惊，他先是有些羞惭，接着看到她牢牢盯着自己的妹妹，便笑了起来。原来，她是担心有人听到他的话啊。她自然会尴尬害羞，唯恐两人的对话被他人听了去。查尔斯顿时生出一种从未有过的男子气概，因为他这辈子还是头一次让姑娘感到难为情。这种激动人心的感觉真醉人。他努力摆出一副满不在乎的随意表情，也小心翼翼地捏了下斯嘉丽，以表明他见过足够多的世面，明白她的意思，也接受她的责备。

斯嘉丽却甚至没感觉到他那一掐，因为她清晰地听见玫兰妮甜美地道：“说到萨克雷先生的作品，我恐怕不能同意你的观点。他愤世嫉俗，应该不是狄更斯先生那样的绅士。”声音甜美是她最大的魅力之一。

跟男人说这种事，真够傻的。斯嘉丽松了口气，差点咯咯地笑出声来。哼，她就是个卖弄学问的书呆子。人人都知道男人会怎么看待这种书呆子……引发并保持住男人的兴趣，就是聊跟他有关的事，然后慢慢把话题引到自己身上，再也别绕开。如果玫兰妮一直说“你真棒！”或“你怎么会想到这种事？如果试着去想这些，我的小脑瓜肯定会炸掉”，斯嘉丽或许还有理由心生警惕，可她倒好，冲脚边的男人说话，都跟在教堂里一样严肃。看来前途一片光明，斯嘉丽不由得容光焕发，满眼欣喜地转向查尔斯，绽放出由衷的微笑。查尔斯觉得她显然也对自己有情，心花怒放之下，竟一把抓起她的扇子，热情地扇个不停，把她的头发都弄乱了。

“阿希礼，你还没发表意见支持我们呢。”吉姆·塔尔顿从大叫大嚷的人群中转过脸。阿希礼道了声歉，站起身来。看到他那慵懒的姿态如此优雅，金色的头发和八字须被阳光照得那般闪亮，斯嘉丽觉得：在场的人，谁都没他英俊啊。就连那些上了年纪的人，也停下来听他说话。

“噢，先生们，佐治亚如果开战，我一定参加。不然，我干吗加入骑兵连？”这么说着，他那双灰色的眼睛都睁大了，困倦的神情被斯嘉丽从未见过的激情取代，“但是，跟爸爸一样，我希望北佬能跟我们和平解决，这样就不会发生战争——”他微笑着举起一只手，因为方丹和塔尔顿家的几个小伙子又七嘴八舌地嚷了起来，“嗯，没错，我知道我们遭受了侮辱和欺骗——但易地而处，若换成北佬要脱离联邦，我们会怎么做？估计差不多吧。我们也不会喜欢这种事。”

“他又来了，”斯嘉丽想，“总要设身处地为别人着想。”在她看来，争论中，肯定只有一方正确。有时，阿希礼真是令人费解。

“我们别太头脑发热，别挑起战争。这世上大多数苦痛，都源自战争。等打完仗，谁都不明白那是怎么回事了。”

斯嘉丽嗤之以鼻。幸亏阿希礼素有勇敢的名声，令他无懈可击，否则就要麻烦了。她正这么想着，阿希礼周围已经响起一片激烈愤慨的反对之声。

凉亭里，那个费耶特维尔来的耳背老头推了英迪亚一把。

“怎么回事？他们在说什么？”

“战争！”英迪亚把手窝成杯状，凑到他耳边大声道，“他们想跟北佬开战！”

“开战，是吗？”他一边嚷着，一边四下摸索拐杖，费劲地从椅子上站了起来，简直是拿出了多年未见的旺盛精力，“我来跟你们讲讲战争。我打过仗。”因为家里女人拦着，麦克雷先生很少有机会聊战争。

他步伐僵硬地冲进人群，挥舞着拐杖大叫大嚷。因为耳聋听不见周围的声音，他很快便无可争辩地独霸全场。

“你们这群好斗的愣头青，听我说。别净想着打仗。我打过仗，我知道那是怎么回事。我参加过西米诺尔战争，也傻乎乎地参加过墨西哥战争。你们都不知道战争意味着什么。以为是骑在骏马上，看着姑娘冲自己扔鲜花，然后就凯旋了吗？不，先生们，不！战争意味着挨饿，在潮湿的地方睡觉，惹上麻疹和肺炎。就算不得麻疹、肺炎，也会拉肚子。没错，先生们，战争对肚子有什么坏处——不过是痢疾之类的呗……”

女士们都羞红了脸。如方丹老太太和她那令人尴尬的响嗝一样，麦克雷先生就爱提曾经那个大家都想忘掉的粗鄙年代。

“快去把你外公拉回来。”老头的一个女儿冲近旁一个丫头悄声道。接着，她又对身边那些激动不安的主妇说，“他真是一天比一天糟糕。你们信不信，今天早晨，他还对玛丽说——玛丽只有十六岁。”他说：“喂，小姐……”那女儿的声音越来越低，终于变成了悄悄话。而那孙女，则溜出去试着把麦克雷先生劝回树荫下的座位。

所有在树下转悠的那些人，是姑娘都兴奋地微笑着，是小伙都激烈地交谈着，只有一个人显得镇定自若。斯嘉丽的目光转向瑞德·巴特勒，他倚在一棵树上，双手深深地插在裤兜里。威尔克斯先生走后，他便独自站着，任谈话愈演愈烈，也不发一言。剪得极短的黑胡须下，红唇微微撇了撇，那双黑眸里闪过一丝顽皮的轻蔑之意——那种轻蔑，好似他在听孩子们吹牛一样。斯嘉丽想，真是张令人不快的笑脸。瑞德静静地听着，直到斯图尔特·塔尔顿红发蓬乱、双眼放光地再次嚷嚷：“哼，我们一个月就能打败他们！绅士向来比暴民会打仗。一个月——哼，一场仗就……”

“先生们——”瑞德·巴特勒语调平缓，用那口与生俱来的查尔斯顿腔，慢悠悠地开口了。他仍靠在树上没动，双手也没有从兜里拿出来，“我可以说句话吗？”

无论态度还是眼神，都透着一股轻蔑之意。从某种角度来说，他表面的彬彬有礼将众人那副举止都嘲讽了一番。

大家转向他，拿出对待外人的礼貌，同意了他的请求。“有哪位先生想过，梅森狄克森线以南连一家火炮厂都没有？有人想过南方的铸铁厂有多少吗？毛纺厂、棉纺厂或制革厂又有多少？你们想过，我们连一艘军舰都没有，北佬舰队一星期就能封锁港口，让我们无法将棉花卖到国外吗？不过——当然——这些问题先生们肯定已经想过了。”

“怎么，他把这些小伙都当成笨蛋啦？”斯嘉丽愤愤地想，热血直往脸上涌。

生出这种看法的显然不只她一个，因为有好几个小伙子都开始跃跃欲试。约翰·威尔克斯不动声色地迅速回到自己之前的位置，紧挨着发言者，似乎要告诉在场的所有人：这位是他的客人，而且，眼下还有女士们在呢。

“我们大多数南方人的毛病，”瑞德·巴特勒继续道，“不是游历得不够，就是纵然游历颇多，受益却不够。啊，各位先生当然都游历颇丰。但你们瞧见了什么呢？欧洲、纽约、费城……当然，还有女士去过萨拉托加。”他冲凉亭里的那些人微微躬了躬身，“你们见过饭店、博物馆、舞会和赌场，回来后就坚信哪儿都比不上我们南方。至于我，虽然生在查尔斯顿，最近几年却都住在北方。”他咧嘴一笑，露出满口白牙，仿佛意识到在场的每个人都明白他为何不住在查尔斯顿，并且毫不在意众人知道这点，“我见过很多你们没见过的事。成千上万的移民为了食物和区区几美元，都很乐意跟北佬开战。我还见过工厂、铸造厂、造船厂、铁矿、煤矿……这些东西我们都没有。唉，我们只有棉花、奴隶和一身傲气。不消一个月，他们就能打败我们。”

气氛顿时紧张起来，一时间鸦雀无声。瑞德·巴特勒从上衣口袋掏出一张上好的亚麻手帕，懒洋洋地掸了掸袖子上的灰尘。然后，人群中响起一片不祥的低喃声，凉亭也传来嗡嗡声，好似哪儿的蜂窝被捅了。即便感觉到愤怒的热血仍在脸上燃烧，斯嘉丽那务实的头脑依然闪过一个念头：这男人说得对，听上去很符合常识。嗯，她的确从未见过一所工厂，也不知道有谁见过。但就算他说得对，这番话也毫无绅士风度。更何况眼下还在宴会上，大家正玩得痛快呢。

斯图尔特·塔尔顿皱着眉头走上前，布伦特紧随其后。塔尔顿兄弟当然很守规矩，就算被狠狠挑衅，也不会在烤肉宴上大吵大闹。同样，所有女眷亦兴奋又愉悦，因为她们也极少真正目睹吵架场面，往往都只能听别人转述而已。

“先生，”斯图尔特厉声道，“你这话什么意思？”

瑞德礼貌地看着他，眼里满是嘲讽。

“我的意思是，”他应道，“拿破仑——你应该听过这个人吧？他有次说：‘上帝站在最强大的军队那边！’”然后，他转向约翰·威尔克斯，真诚而礼貌地说，“先生，你答应让我瞧瞧藏书室的。现在能带我去看看吗？今天下午我恐怕要早点返回琼斯伯勒，那儿还有点事要处理。”

他转过身，面向人群，咔嗒一声并拢脚跟，像个舞蹈家似的鞠了一躬。对于一个如此强壮的人来说，这一躬优雅无比，却也傲慢至极，仿佛抽在人脸上的一记耳光。然后，他便跟约翰·威尔克斯穿过草坪走了。只见那黑脑袋高高扬起，令人不快的笑声一阵阵地传回桌旁的人群里。

一片惊愕的沉默后，嗡嗡声再次响起。英迪亚疲惫地从凉亭中的座位上站起，朝气鼓鼓的斯图尔特·塔尔顿走去。虽然听不见她说了什么，但她凝望着斯图尔特阴沉的脸时，那种眼神让斯嘉丽有点良心不安。玫兰妮看着阿希礼时，也会流露出那样的眼神，只是斯图尔特看不见而已。原来，英迪亚真的爱他。斯嘉丽突然觉得：一年前的那场政治集会上，自己若没有那般露骨地挑逗斯图尔特，他或许早就跟英迪亚完婚了。但转念一想，她又打消了这份内疚。毕竟，其他姑娘留不住自己的男人，可不是她的错。

斯图尔特终于低下头，勉强冲英迪亚笑了笑，还点了下头。英迪亚估计恳求他别追上去找巴特勒先生的麻烦吧。随着客人们起身抖落膝上的面包屑，树下也响起一片礼貌的骚动。已婚妇人们招呼奶妈和小孩，聚齐儿女好动身回家。姑娘们则三五成群、有说有笑地朝屋里走去，准备到楼上聊聊天，睡个午觉。

除了塔尔顿太太，所有女眷都出了后院，把橡树下的树荫和凉亭留给了男人们。杰拉尔德、卡尔弗特和其他几个人把她留住，非要她答复卖马给骑兵连的事。

阿希礼慢悠悠地从斯嘉丽和查尔斯所坐之处走过，脸上挂着若有所思，又兴味十足的笑容。

"真是个傲慢的讨厌鬼，不是吗？"他看着巴特勒的背影道，"看上去真像博尔亚斯家的人[1]。"

斯嘉丽头脑飞转，还是想不起县里、亚特兰大或萨凡纳有姓博尔亚斯的人家。

"没听说过这家人。是他的亲戚吗？他们是谁？"

查尔斯脸上闪过一丝怪异的神情，不可置信和羞耻的感觉跟爱情奋力斗争。最后，还是爱情占了上风。他觉得，姑娘只要甜美、温柔、漂亮就够了，没受什么教育也无损于她的魅力。于是，他赶紧回答："博尔亚斯是意大利人。"

"噢，"斯嘉丽顿时没了兴趣，"外国人哪。"

她冲阿希礼甜甜一笑，但不知怎的，对方却没看向她，反而

1　15 世纪意大利豪门望族。

盯着查尔斯，露出既理解，又有一丝怜悯的神情。

斯嘉丽站在楼梯平台上，透过栏杆，小心翼翼地朝楼下大厅张望。那儿空荡荡的。楼上卧室不断传来嗡嗡的低语，声音此起彼伏，间或夹杂着尖锐的笑声。“呀，你不是说真的吧！”“那他怎么说？”姑娘们在六间大卧室的床上和沙发上休息。她们脱掉裙子，松开胸衣，头发披散在背后。乡下有午睡的习惯，尤其那种一大清早就开始，直到舞会才达到高潮的全天宴会，午睡更是必不可少。姑娘们说说笑笑半小时后，仆人们便会来拉下百叶窗。半明半暗的温暖氛围中，聊天渐渐变成低语，最后归于沉寂，只剩下轻柔又规律的呼吸声。

斯嘉丽确定玫兰妮已经跟霍尼和赫蒂·塔尔顿上床躺下了，才溜进走廊，朝楼下走去。透过楼梯平台上的窗户，她看见男人们坐在凉亭里，端着高脚杯喝酒。她知道，他们会在那儿坐到傍晚。她扫视了一圈人群，却没看见阿希礼，于是侧耳细听，竟真听到了他的声音。如她所愿，阿希礼仍在前面车道上，跟那些先走的太太和孩子告别。

斯嘉丽的心都要跳到喉咙了。她疾步下楼。要是遇到威尔克斯先生怎么办？其他姑娘都在睡美容觉，她能为偷偷在屋里乱转找什么理由呢？哼，反正这个险非冒不可。

走到最后一级台阶时，她听见餐厅里的仆人们正在管家的命令下忙活，搬走桌椅，为舞会做准备。穿过宽敞的走廊，是开着门的藏书室。她悄无声息地溜了进去。就在这儿等吧。等阿希礼跟所有客人道完别，返回屋里时，她便叫住他。

藏书室里半明半暗，因为要挡住阳光，百叶窗都被放下来了。四壁高耸的昏暗房间里，黑压压的全是书，真令人丧气。她可不会选这样的地方幽会。见到大量的书，跟见到热爱读书的人一样，都令她沮丧。只除了一个人——阿希礼。柔和灰暗的光线中，厚重的家具耸立在她眼前：有为高大的威尔克斯家男人特制、带厚坐垫和宽扶手的高背椅；也有给姑娘们特制、带天鹅绒踏脚垫的软天鹅绒矮椅。长房间尽头的壁炉前，摆了一张七条腿的沙发。那是阿希礼最喜欢的座位。那张沙发后背高耸，活像头睡着的巨兽。

斯嘉丽掩上门，只留下一条缝，然后努力平缓心跳。她拼命回忆昨晚打算对阿希礼说的话，却什么也想不起来。她是想起了什么，却又忘了吗？或者她只是准备让阿希礼对她说点什么？什么都想不起来。突然，一阵冰冷的恐惧袭来。耳中若没有如雷的心跳，她兴许还能想起该说什么，但听到他说完最后一声告别，走进前方走廊时，急促的心跳声反而又加快了。

她只想得起一点——她爱他。她爱他的一切，从那高高昂起的金色头颅，到优雅的长靴。她爱他的笑声，哪怕那笑声令她不解；她爱他的沉默，哪怕那沉默令她迷惑。噢，他要是立刻进来，将她一把搂进怀里就好了。那样的话，她就什么都不用说了。他必须爱她。“如果我向上帝祈祷的话……”她紧紧闭上双眼，急促而含混地兀自低喃，“万福玛利亚，你充满圣宠……”

“呀，斯嘉丽！”阿希礼的声音骤然闯进她耳中的轰鸣中，让她彻底变得不知所措。他站在走廊上，透过半开的门打量着她，脸上浮现出一个疑惑的微笑。

“你在躲谁？查尔斯，还是塔尔顿兄弟？”

斯嘉丽大口大口地吸气。这么说，他已经注意到有多少男人围在她身边了！阿希礼双眼晶亮地站在那儿，完全没发现她有多激动，那模样真是说不出的可爱。虽然说不出话，她却伸出一只手，将他拉进了房间。他进来了，困惑却饶有兴趣地进来了。她很紧张，眼里有着他从未见过的光彩。哪怕光线昏暗，他也看得出她脸颊绯红。他下意识地关上门，拉起她的手。

“怎么了？”他几乎耳语地问。

一碰到他的手，她就开始颤抖。像她梦想的那样，一切都要发生了。脑中闪过无数支离破碎的念头，她却无法抓住任何一个，好凑出一句话来。她只会哆嗦，仰头望着他的脸，纳闷他怎么不说话。

“怎么了？”他又问了一遍，“是要告诉我一个秘密吗？”

她突然就说得出话了，也突然把埃伦多年的教诲忘了个精光。杰拉尔德直率的爱尔兰血统促使她脱口而出。

“没错——一个秘密。我爱你。”

顿时一片静默，气氛似乎凝重得让两人都停止了呼吸。然后，幸福与骄傲袭遍全身，她再也不颤抖了。之前为何不这么做？这不比平日里学的那套淑女规范容易多了？于是，她开始搜索他的目光。

那双眼里满是惊愕、怀疑，还有——有什么？没错，杰拉尔德有天看见心爱的猎马摔断了腿，让他只得忍痛打死它时，也是这样的眼神。她怎么会想起那件事？真是个愚蠢的念头。阿希礼的神情为何如此古怪？他怎么一句话也不说？然后，他仿佛戴上一张训练有素的面具，殷勤地笑了。

“你今天俘获了每个男人的心，还不够吗？”他用平素那种半是玩笑、半是宠溺的口吻道，“还想一个不漏呀？嘿，要知道，我的心可一直都在你身上，你不是早就成功了吗？”

不对劲——全错了！她的计划可不是这样的。无数念头在脑中疯狂打转，总算有一个变得明晰。出于某些原因，不知怎的，阿希礼的表现似乎在说：他以为她只是在跟自己调情。但他其实知道事实并非如此。她知道，他什么都明白。

“阿希礼——阿希礼——告诉我，你必须——噢，别再逗我了！你的心真的属于我吗？噢，天哪，我爱……”

他赶紧捂住她的嘴，假面消失了。

“斯嘉丽，千万别说这种话，说不得，你就是闹着玩的。以后，你会痛恨自己说过这些话，也会痛恨我听见了它们。”

她猛地扭开头，一股热流顿时涌遍全身。

“我永远不会恨你，我说了我爱你。我知道，你肯定也喜欢我，因为——”她突然顿住，因为她从未见过谁的脸色如此痛苦，“阿希礼，你喜欢……你是喜欢我的，不是吗？”

“嗯，”他麻木地说，“我喜欢。”

他要说讨厌她，她或许都没这么害怕。她扯着他的袖子，一句话也说不出来。

“斯嘉丽，”他说，“我们走吧，把这些话都忘了。”

“不，”她喃喃道，“我忘不掉。你什么意思？你难道不想……娶我吗？”

他答道：“我要娶玫兰妮。”

不知怎的，她发现自己已经坐在一张天鹅绒矮椅上，阿希礼则待在她脚边的踏脚垫上，紧握着她的双手。他在说话——说些毫无意义的话。斯嘉丽脑中一片空白，刚刚还汹涌澎湃的念头，此刻全都不见了。而他说的话，就像落在玻璃上的雨水，什么痕迹都没留下。他声音温柔，语速很快，充满怜悯，就像父亲对受伤的孩子说话一样，只是她一句话也听不进去。

玫兰妮的名字让她猛然惊醒，她望向阿希礼那双清澈的灰眸。她看到了他眼中那一直令她困惑的疏离，也看到了几分自我厌恶。

“爸爸今晚就会宣布订婚的消息，我们很快便会结婚。我本该告诉你，但我以为你早就知道了。我以为每个人都知道——知道很多年了。我做梦也没想过——你有那么多追求者。我还以为是斯图尔特——”

生命、感觉和理解力又开始回到她体内。

“可你刚刚才说过喜欢我。”

他温暖的手捏痛了她。

“亲爱的，一定要让我说出伤害你的话吗？”

她的沉默逼他继续往下说。

“亲爱的，我要怎么做才能让你明白这些事呢？你还太年轻，做事向来欠考虑，你不知道婚姻意味着什么。”

“我知道我爱你。”

“像我们这样大不相同的两个人，要想婚姻美满，光有爱情还不够。斯嘉丽，你想得到一个男人的一切，他的身体、心、灵魂和思想。要是得不到，你就会痛苦。我无法将自己都给你，或给其他任何人。我也不想占据你所有的思想和灵魂。你会受伤，继而恨我。很恨很恨！你会恨我读的书和我爱的音乐，因为它们将我从你身边夺走，哪怕只是夺走片刻工夫。而且我——我或许——”

“你爱她吗？”

“她像我，有一部分血统跟我相同，我们理解彼此。斯嘉丽！斯嘉丽！我真的无法让你明白，除非两个人相似，否则就无法维系婚姻吗？”

别人也说过：“必须跟志趣相投的人结婚，否则就无法幸福。”这话是谁说的？她仿佛一百万年前就听过了，但仍旧不懂。

“可你说过你喜欢我。”

“我不该这么说。”

脑中有什么地方慢慢腾起一股火，狂怒眼看着就要毁掉一切。

“够了，说这话可真够无赖的——”

他的脸白了。

“既然要娶玫兰妮，我还这么说，的确很无赖。我对不起你，更对不起玫兰妮。我不该说那些话，因为我知道你无法理解。我怎能忍住不喜欢你——对于生活，你拥有我不具备的所有热情。你可以热烈地爱、热烈地恨，我却做不到。你为何能像火、像风、像一切狂野之物那般自然粗犷，我却——”

她想到玫兰妮，似乎突然看见了她那双安静悠远的褐色眼眸，想起她戴着黑色花边手套的文静小手，也想起了她那温柔的缄默。火气又腾地上来了，那是促使杰拉尔德杀人的火气，也是促使其他爱尔兰祖先为非作歹、丢掉性命的火气。罗比亚尔家素来教养良好，无论发生什么事，都能默默忍受。但此时此刻，她身上的这种教养荡然无存。

“为什么不说出来！你这个懦夫，你害怕娶我，宁肯跟那个愚蠢的小笨蛋过日子！她除了‘是’或‘不是’，还会说什么别的？将来还要生一堆跟她一样，说话拐弯抹角的小孩！为何——”

“不准这么说玫兰妮！”

“不准？见鬼去吧！你算什么东西，敢来告诉我准不准？懦夫，浑蛋，你——你让我相信你会娶我……”

“公平点，”他哀求道，“我没有……”

虽然知道他的话没错，但她还是不想管什么公平不公平。他从未跨过友谊的界限。一想到这点，她心中又生出新的怒火，这是自尊心和女性虚荣心受损后，生出的怒火。她追求他，却被他拒绝。他宁愿选择玫兰妮那样脸色苍白的傻丫头，也不要她。噢，她要是听埃伦和嬷嬷的规劝，永不，永不泄露她喜欢他的心思，就不会受这等奇耻大辱！

她猛地站起来，双拳紧握。他也站了起来，就那么俯视着她，满脸都是无言的痛苦。一个人被迫面对痛苦的现实时，就是这副表情。

“我到死都会恨你，你这个无赖——你卑鄙——卑鄙——”她想用什么词来着？她已经想不出更恶毒的词了。

“斯嘉丽——求求你——”

他冲她伸出一只手，她却用尽全力，给了他一巴掌。安静的房间里，清脆的巴掌声犹如一记鞭鸣。怒气顿时烟消云散，她心里只剩一片悲凉。

红红的掌印清晰地印在他苍白疲惫的脸上。他什么也没说，却拉起她那只绵软无力的手，放到唇边吻了一下。然后，没等她再开口，他走了，还轻轻带上了门。

她又一屁股坐下，怒火让她双膝发软。他走了，那张挨了一耳光的脸，她至死难忘。

听到轻柔低沉的脚步声渐渐消失在长长的走廊里，她才意识到这一系列行为造成的严重后果。她永远失去他了。从今往后，他会恨她，一看到她，就会想起她在压根没有得到任何鼓励的情况下，还向自己投怀送抱。

“我简直跟霍尼·威尔克斯一样糟糕。”斯嘉丽突然生出这样的念头，还想起每个人如何轻蔑地嘲笑霍尼的鲁莽。她自己就笑得比任何人都欢。斯嘉丽仿佛看见霍尼扭扭捏捏的丑态，听见她挽着小伙们的胳膊吃吃傻笑。想到这儿，斯嘉丽又怒从中来，生自己的气，生阿希礼的气，生全世界的气。这份备受挫折和屈辱的十六岁爱情让她怒火中烧，不仅恨自己，也恨其他人。然而，这份爱里，真正的柔情只有一点点，大部分都是对自己魅力的扬扬得意和沾沾自喜。现在，她失败了。但比失败更强烈的感觉是恐惧，怕自己沦为众人笑柄的恐惧。她有没有比霍尼更惹人注目？大家都在笑话她吧？想到这儿，她不禁开始浑身颤抖。

她一只手垂到旁边的小桌上，摸到一个小小的陶瓷玫瑰花钵，钵上那两个陶瓷小天使还在得意地冲她笑。屋里实在太安静，几乎让她想用尖叫来打破这沉寂。必须得做点什么，不然真要发疯了。她一把抓起花钵，恶狠狠地朝房间那头的壁炉扔去。花钵险险擦过沙发的高靠背，啪的一声砸在大理石壁炉架上，成了碎片。

"这样，"一个声音从沙发深处传来，"可太过分了。"

斯嘉丽从未如此惊慌过，嘴巴干得一个字都说不出来。她抓住椅背，双膝发软。只见瑞德·巴特勒从沙发上站起来，冲她鞠了一躬，彬彬有礼得堪称夸张。

"被迫听了这么一场争吵，午觉都没睡够，怎么现下还要有生命危险啊？"

是真人，不是鬼魂。可是，天哪，他什么都听到了！她振作精神，端起架势。

"先生，你既然在，就该让人知道。"

"是吗？"他一口白牙闪闪发光，放肆的黑眼睛笑望着她，"但你才是闯入者。我必须等肯尼迪先生，但感觉我在后院似乎不太受欢迎，所以只能体贴地挪到这儿来，省得讨人嫌。我还以为在这儿不会被打扰，可是，哎呀！"他耸耸肩，轻声笑了。

一想到这个粗俗无礼的男人什么都听到了，斯嘉丽忍不住又来了火气。此刻，她真是宁死都不愿再提那些话。

"偷听——"她怒气冲冲地开口道。

"偷听，往往能听到非常有趣且极具启发性的事。"他咧嘴笑了，"根据长期的偷听经验，我——"

“先生，”她说，“你真不是个绅士！”

“形容得非常贴切，”他无所谓地道，“而你，小姐，也不是什么淑女。”他似乎觉得她很有趣，又轻笑了一声，“无论是谁，说了和做了我刚才无意中听到的那些话和事，都不再是淑女。但我很少觉得淑女们有何魅力。我知道她们在想什么，但她们不敢说出心中所想，要么是因为从来没这个勇气，要么就是缺乏教养，所以迟早会惹人生厌。但是你，亲爱的奥哈拉小姐，倒是难得的勇气可嘉。你的精神很值得敬佩哪，我向你脱帽致敬。我倒是不明白，那位优雅的威尔克斯先生有何魅力，能吸引你这种天性火暴的姑娘。他真该跪下来感谢上帝，有你这么一个——他怎么说的来着？——一个‘对生活充满热情’的姑娘。然而，他却是个胆小的可怜虫……”

“你连给他擦靴子都不配！”斯嘉丽愤怒地吼道。

“但你不是要恨他一辈子吗！”瑞德坐回沙发。斯嘉丽听见他在笑。

要是能杀了他，她一定动手。然而，她只能竭力端起架子，走出房间，再砰的一声带上那扇沉重的门。

斯嘉丽飞快地朝楼上走去。因为走得太快，爬上楼梯平台时，她觉得自己简直快晕倒了，赶紧停住脚步，紧紧抓住栏杆。愤怒和屈辱，加上吃力，怦怦直跳的心仿佛都要从紧身胸衣里蹦出来。她试着深呼吸，但嬷嬷束的腰实在太紧。要真被人发现自己晕倒在楼梯平台上，大家会怎么想啊？噢，阿希礼、那个名叫巴特勒的坏男人，以及那些满心嫉妒的姑娘，肯定什么事都想得出来！生平第一次，斯嘉丽希望自己也像其他姑娘一样，身上带了嗅盐。然而，她连香料嗅瓶都未有过，向来以从不头晕为傲。此时此刻，她绝不能晕倒！

渐渐地，恶心的感觉开始消散。要不了多久，她就会恢复正常。然后，她便悄悄溜进英迪亚卧室旁边的小梳妆室，解开胸衣，爬上床，躺在睡着的姑娘们身旁。她努力平复心跳，缓和面色，因为她知道自己此刻看起来肯定像个疯女人。随便哪个姑娘醒着，大家都会知道出问题了。绝对不能让任何人知道发生了什么事。

从楼梯平台宽阔的凸窗望出去，斯嘉丽看见男人们仍懒洋洋地躺在椅子里，待在树下和凉亭中。真嫉妒他们啊！做个男人多好，永远不用经受她刚刚经历的那些痛苦。她就那么双眼冒火、头昏脑涨地站在那儿看着那些男人。突然，前面车道响起急促的马蹄声、石子飞溅声，还有一个声音激动地向一个黑奴问着什么。接着，又是石子飞溅声，一个男人骑着马从她面前疾驰而过，奔过草坪，朝树下慵懒的人群而去。

是某个迟到的客人吗？可他为何纵马穿过英迪亚引以为傲的草坪？虽然认不出那是谁，但那男人跳下马鞍，攥住约翰·威尔克斯的胳膊时，斯嘉丽看得出他整个人都很激动。众人将高脚杯和棕榈扇往桌上或地上一扔，就把他团团围住。尽管隔着一段距离，斯嘉丽仍听到一片嘈杂声，有提问的，也有大喊大叫的。她能感觉到男人们那种嫉妒兴奋的紧张情绪。然后，就听到斯图尔特·塔尔顿的声音盖过喧哗声，狂喜地放声大吼："哟——嗬——哟。"那模样就跟到了猎场似的。斯嘉丽也第一次听到了南方反抗者们的呐喊，只是当时她并不知道那是什么意思。

只见塔尔顿家的四兄弟冲出人群，方丹家的小伙们紧随其后。几个人冲向马厩，边跑边喊："吉姆斯！吉姆斯！备马！"

"准是谁家着火了。"斯嘉丽想。管他着没着火，赶紧回卧室，别被发现了才是正事。

这会儿，心情已经平静多了。她踮着脚上楼，走入静悄悄的过道。

整座房子都笼罩在一片浓郁而温暖的倦意中，仿佛它也跟姑娘们一样，舒舒服服地睡着了，并且要一直睡到晚上，才会在音乐和烛光中，一下子释放出所有的美。斯嘉丽小心翼翼地推开梳妆室的门，溜了进去。对面那扇门直通卧室，斯嘉丽的手还捏着球形把手没放开，就听到霍尼·威尔克斯的声音透过门缝传了过来。霍尼的声音压得很低，几乎在说悄悄话。

“我觉得，作为姑娘家，斯嘉丽今天真是太放荡了。”

斯嘉丽的心又开始狂跳起来，让她不由自主地按住胸口，仿佛挤压能令其屈服一样。“偷听，往往能听到非常有趣且极具启发性的事。”真是段嘲讽人的回忆，她应该再溜出去吗？或者索性现身，让霍尼下不来台？但另一个声音让她不由得顿住了。听到玫兰妮的声音，就算来一队骡子，也别想把她拉走。

“噢，霍尼，别这么说！太不友好了。她只是精力充沛、活泼开朗而已。我倒觉得，她是最迷人的姑娘。”

“哼，”斯嘉丽的指甲都抠进了巴斯克衫里，“那拐弯抹角的傻丫头竟在为我说好话，谁稀罕！”

比起霍尼明目张胆的刁钻刻薄，玫兰妮那番话更难入耳。斯嘉丽从不相信任何女人，认为除了妈妈，其他人的动机都是自私的。玫兰妮知道自己已经将阿希礼牢牢抓在手中，所以才摆出这副大方模样。斯嘉丽觉得，这不过是玫兰妮的手段罢了，在夸耀自己胜利的同时，还能让人觉得她甜美厚道。跟男人们谈论其他姑娘时，斯嘉丽就常耍这套把戏。那些蠢男人没有哪次不上当，都会觉得她既甜美，又无私。

“喂，姑娘们，”霍尼酸溜溜地提高音量，“你们准是瞎了。”

“嘘，霍尼，”萨莉·芒罗压低声音，“满屋子的人都要听到啦。”

霍尼把声音压得更低了些，却没有住嘴。

“嗯，她怎么挑逗每个上钩的男人，你们瞧不见？甚至连她妹妹的情人肯尼迪先生都不放过呢。我可从没见过这种人！而且，她肯定也在追求查尔斯。”霍尼难为情地咯咯笑道，“而且，你们知道的，我和查尔斯——”

“真的？”几个声音兴奋地悄声道。

“呃，姑娘们，谁都没说啊——还没呢！”

又是一阵咯咯的笑声。床垫弹簧吱呀作响，有人紧紧抱住了霍尼。玫兰妮嘀咕了几句，说很高兴霍尼就要当她嫂子了。

“哼，斯嘉丽若要当我嫂子，那我可不开心。因为她真是我见过最放荡的货色。”赫蒂·塔尔顿愤愤不平的声音传了过来，“但她就像跟斯图尔特已经订了婚似的。布伦特虽然说她对自己压根不感兴趣，但他肯定也为她疯狂。”

“你要是问我，”霍尼神秘又郑重地说，“她在乎的只有一个人——阿希礼。”

低语声越来越激烈，有的提问，有的插嘴，斯嘉丽浑身发冷，觉得既惊恐，又屈辱。霍尼虽然应对男人时是个傻瓜，看其他同性，却保有女性的那份直觉。斯嘉丽真是低估了这点。与眼前的场景相比，刚才在藏书室从阿希礼和瑞德·巴特勒那儿受到的羞辱和伤害，不过是小小的刺痛罢了。可以相信男人肯定管得住自己的嘴，哪怕巴特勒先生那样的男人也不例外。但霍尼·威尔克斯那张嘴堪比在田里乱吠的猎狗，不到六点，这事就会传遍全县。杰拉尔德昨晚才说过，不愿让县里人嘲笑自家女儿呢。可现在，大家会怎么笑话她呀！黏糊糊的汗从腋下渗出，顺着肋骨往下淌。

玫兰妮从容温和的声音带着些许责备之意，盖过了其他人的声音。

“霍尼，你知道事情不是那样的。别这么刻薄。”

“就是这么回事，玫兰妮。只要你别老在一无是处的人身上找优点，就会看出来。我真高兴事情就是这样。她活该。斯嘉丽·奥哈拉向来只会惹是生非，老想勾引其他姑娘的情人。你非常清楚，她明明不想要斯图亚特，还是从英迪亚手中抢走了他。今天，她还试图抢走肯尼迪先生、阿希礼和查尔斯——”

“我得回家！”斯嘉丽想，“必须立刻回家！”

要是有魔法将她安全送回塔拉庄园就好了。要是能只跟埃伦在一起就好了。哪怕只是看着她，拉着她的裙子哭泣，靠在她膝上把所有事情都讲出来也行。再多听一个字，她都要冲进去，把霍尼那头乱糟糟的浅色头发一大把一大把地揪下来，还要啐玫兰妮·汉密尔顿一口，让对方明白她才不稀罕她发慈悲。但她今天的表现已经够粗俗，粗俗得简直跟白垃圾一样——麻烦就在于此啊。

她用双手紧紧按住裙子，不发出任何窸窣之声，然后像只动物般偷偷摸摸地退了出来。“回家，”这么想着，她飞快地穿过走廊、跑过一扇扇紧闭的门和安静的房间，“我必须立刻回家！”

走到前门廊时，心中却突然升起一个新的念头——她不能回家！不能逃跑！她得坚持到底，承受姑娘们的所有恶意，忍下自己的百般屈辱和心碎神伤。逃跑只会给旁人留下更多攻击的借口。

紧握的拳头重重砸在身旁高高的白柱子上，如果能成为力士参孙就好了，那样的话，她一定要推倒十二橡树园，把所有人都压死在屋里。她要让他们后悔，要给他们点厉害瞧瞧。虽然不知道如何施以颜色，但既然被伤害了，她就要加倍奉还。

一时间，她甚至忘了阿希礼也是其他人中的一员。他不再是那个沉寂平静、被她深爱的高个小伙，而是威尔克斯家、十二橡树园和本县的一分子——因为被众人嘲笑，所以她恨他们所有人。对十六岁的女孩来说，虚荣心比爱情更有力。此时此刻，她炽热的心中除了恨，再无其他。

“我不回家，”她想，“我要待在这儿，让他们后悔。我也绝不会告诉妈妈。不，谁都不能说。”她振奋精神，打算回屋重新上楼，去另一间卧室。

刚转过身，她便瞧见查尔斯从长走廊的另一头进了屋。看见她，他赶紧迎上来。他头发蓬乱，脸激动得通红。

“你知道是什么事了吗？”人还没走近，他便嚷开了，“你听说了吗，保罗·威尔逊刚刚骑马从琼斯伯勒带来的消息？”

他走到她面前，气喘吁吁地停下脚步。她却什么也没说，只定定地看着他。

“林肯先生已经召集人手、征兵——我是说志愿兵。招了七万五千人呢！”

又是林肯先生！男人们就不能聊点真正要紧的事吗？她心都碎了，名声几乎毁于一旦，这傻子竟还指望她对林肯先生的胡闹表示激动？

查尔斯盯着她。她面如白纸，细长的绿眼睛如翡翠般闪闪发光。他还从没见过哪个女孩脸上出现这样的怒火，也没见过谁的眼睛能如此闪亮。

“我真笨，”他说，“说话应该更温和些才对。我忘了淑女们有多娇嫩了。对不起，让你这般不适。你不会晕倒吧？我去倒杯水过来吧？”

“不用了。”她勉强挤出一丝苦笑。

"我们坐到长凳上去，好吗？"他边问，边去挽她的胳膊。

她点点头，他小心翼翼地搀着她走下前门台阶，穿过草坪，朝前院最大的那棵橡树而去。树下有张铁质长凳。"女人真温柔娇弱，"他想，"才提了一下战争之类的艰苦事，她们就要晕倒了。"想到这儿，他不禁觉得自己充满男子气概，扶她落座时便愈加温柔。她看起来真奇怪，那张白皙的脸上有种野性的美，让他的心怦怦直跳。难道是想到他可能上战场，她心烦意乱了？不，这种想法未免太自负。可她为何如此奇怪地盯着自己呢？拨弄花边手绢时，她的手为何颤抖？还有那乌黑浓密的睫毛，正因羞怯和爱恋颤动不已。他读过的爱情小说里，陷入爱河的姑娘们就是这样。

他清了三次嗓子，都没说出话来。他垂下眼，因为对方那双绿眸太过锐利，目光几乎将他完全穿透。

"他有很多钱。"斯嘉丽头脑飞转，闪过一个念头和一个计划，"没有父母惹我心烦，本人还住在亚特兰大。我要是立马跟他结婚，就能让阿希礼明白我压根不在乎他，不过跟他调调情而已。这正好还能要了霍尼的命。她再也别想找到另一个情人，每个人都会把她笑话死。而且，玫兰妮那么爱查尔斯，肯定也会受伤。只不过，如此一来，斯图尔特和布伦特也会伤心……"她不明白自己为何想伤害那对双胞胎，估计是因为他们的姐妹太刁钻刻薄吧。"等我坐着上好的马车，带着大堆漂亮衣服回来做客，还有了一幢属于自己的房子时，他们心里都不会好过。而且，他们永远永远都别想再笑话我。"

"当然，这意味着真要打起来了。"查尔斯尴尬地努力了好几回，才终于开口道，"但斯嘉丽小姐，千万别烦恼，这仗顶多一个月就结束，我们定会打得他们鬼哭狼嚎！没错，就是鬼哭狼嚎！我绝不能错过。因为骑兵连要去琼斯伯勒集合，今晚的舞会恐怕开不成了。塔尔顿家兄弟已经去通知大家。我想，女士们肯定会很遗憾。”

因为想不出更恰当的词，她只“哦”了一声。但这样也足够了。

她渐渐冷静下来，思路也厘清了。所有情感似乎都蒙上一层冰霜，她以后再也无法对任何事生出热情，何不接受这个漂亮、腼腆的小伙？他是不是跟其他人一样好，她都无所谓。不，哪怕活到九十岁，她都再也不会对任何事上心。

“现在，我还无法确定是加入韦德·汉普顿先生的南卡罗来纳军团，还是亚特兰大城防队。”

她又“哦”了一声。两人四目相对，她颤动的睫毛顿时令他溃不成军。“斯嘉丽小姐，你愿意等我吗？要是知道你在等我，一直等到我们把他们打得丢盔弃甲，那——那我简直跟上天堂一样幸福！”他屏息凝神地等待她的回答，看着她微微上翘的嘴角，第一次注意到那儿的暗影，心想不知亲上去是什么滋味？斯嘉丽黏腻汗湿的手滑入他掌中。

“我不想等。”她的眼睛全被睫毛遮住了。

他坐在那儿，攥着她的手，嘴巴张得老大。斯嘉丽从睫毛下偷瞄，觉得他真像只插在鱼叉上的青蛙。他结巴了好几次，嘴巴闭上又张开，张开又闭上，脸再次涨得通红。

“难道……你爱我？”

她什么也没说，却垂首盯着膝盖。查尔斯又陷入狂喜和尴尬交织的情绪中。或许，男人不该问姑娘这种问题。或许，她回答这种问题有失淑女风范。查尔斯从未鼓起勇气处理这种场面，这下更是茫然无措，不知该怎么办才好。他想大喊大叫、想唱歌、想亲吻她，想在草坪上蹦跳雀跃，不管黑人白人，想逢人就说她爱他。可他只是紧握着她的手，直握得她手上的戒指都陷进了肉里。

“斯嘉丽小姐，你会尽快嫁给我吗？”

“嗯。”她抚弄着裙褶说。

“我们可以跟玫兰妮一起举行婚——”

“不行。”斯嘉丽飞快地说，一双闪闪发光的眼睛恶狠狠地瞪了他一眼。查尔斯知道自己又犯错了。姑娘当然都想拥有自己的婚礼，而非与他人共享荣光。宽恕了他如此大错，她真好。只要天黑了，他就有勇气在暗处亲吻她的手，说些渴望已久的话。

“我什么时候可以去跟你父亲提？”

“越快越好。”她说。真希望他赶紧放开捏在她戒指上的手，别等着她开口。

查尔斯一跃而起。一时间，斯嘉丽还以为他要不顾身份，手舞足蹈起来呢。他容光焕发地俯视着她，一颗干净而单纯的心在目光中展露无遗。以前，从未有哪个男人如此看过她，以后也不会再有了。但在斯嘉丽古怪又超脱的眼光里，他不过一头小牛犊而已。

“我现在就去找你父亲。”他笑容满面地说，“我等不及了，你能等我一会儿吗——亲爱的？”这样的昵称虽然好不容易才出口，但叫过一次后，他便乐得一叫再叫。

“好。”她说，“我就在这儿等。这儿又凉爽又舒适。”

查尔斯穿过草坪，绕过屋子，不见了，只留下斯嘉丽独自坐在沙沙作响的橡树下。不断有男人骑着马从马厩出来，后面跟着紧紧相随的黑奴。芒罗家的几个小伙挥舞着帽子疾驰而过，方丹家和卡尔弗特家的小伙子们也大喊大叫着朝大路奔去。塔尔顿家的四兄弟从她面前驶过草坪，布伦特还嚷道：“妈妈要给我们马啦！哟——嗬——哟！”草皮翻飞，他们都走了，又只剩下她一个人。

那座白房子在她面前竖起高高的圆柱，仿佛也要庄严而淡漠地离她远去。如今，它永远不会成为她的房子了。阿希礼不会将她当成新娘抱进去。噢，阿希礼，阿希礼！我做了什么？内心深处，在受伤的骄傲和冷漠的实用主义之下，有什么东西在痛苦地翻腾着。一种成人的情感诞生，这种情况比她的虚荣或执拗的自私更强烈。她爱阿希礼，她知道自己爱他。看着查尔斯消失在蜿蜒的砾石路上，她感到了前所未有的忧虑。

第七章

不到两周，斯嘉丽便做了人妻。又过了不到两个月，她成了寡妇。如此仓促轻率地为自己套上的婚姻枷锁，就这样迅速地解除了。然而，她再也无法像未婚时那般无忧无虑地自由生活。不仅刚新婚就守寡，更丧气的是，她很快便发现自己怀孕了。

在后来的岁月里，每每回想一八六一年四月末的那些日子，斯嘉丽都想不起多少细节。时间和各种事件交互重叠，乱成一团，如噩梦般既不真实，又无道理。直到死去的那天，关于这些日子的回忆都有不少空白点。接受查尔斯的求婚和举行婚礼的场景，更是模糊一片。两周！放在和平时代，这么短的订婚期绝无可能。按规矩，这一期限应该是一年，或者至少也得有六个月。然而，南方已被战争点燃，凡事都如劲风般呼啸向前，慢条斯理的昔日做派，早就一去不返。埃伦绞着手提议推迟婚礼，以便斯嘉丽好好仔细考虑考虑。面对母亲的哀求，斯嘉丽却面露愠色、充耳不闻。她要结婚！而且要尽快，两周内就结。

得知阿希礼的婚礼从秋天提到五月一日，以便他能尽快响应征召，跟营队开拔，斯嘉丽就决定比他提前一天办婚礼。虽然埃伦表示反对，查尔斯却给出了强有力的新理由——他已经等不及要去南卡罗来纳州，加入韦德·汉普顿的军团。杰拉尔德偏偏也站在小两口这边，不仅为战争的狂热激动不已，还很高兴斯嘉丽结了一门这么好的亲事。都快开战了，他还在这对年轻恋人中间作梗算老几？终于，心烦意乱的埃伦还是跟南方其他母亲一样让了步。他们悠闲的生活已经天翻地覆。他们的哀求、祈祷和建议也毫无用处，压根抵挡不住那股席卷一切的强大力量。

南方沉醉在一片激情和兴奋中。每个人都知道一场战斗就能结束战争。每个年轻人都赶着去参军，生怕战争就要结束了。他们也同样着急地跟心上人成婚，好在婚后直奔弗吉尼亚，给北佬迎头痛击。县里举行了几十场战时婚礼，几乎没有离别之苦，因为人人都太忙、太激动，根本顾不上严肃思考，也顾不上流眼泪。女士们忙着做军装、织袜子、卷绷带；男人们则忙着操练和射击。每天都有满载军士的火车经过琼斯伯勒，北上前往亚特兰大和弗吉尼亚。有些分队穿着艳丽的绯红色军装，有些是浅蓝色，还有些是优选上层民兵连的绿色军装。部分较小的军团穿土布衣，戴浣熊毛皮帽。其他没穿军装的则一身绒面呢和上好亚麻布衣裳。大家都操练得半生不熟，装备也不齐，却个个兴奋异常，大叫大嚷得像是要外出野餐。县里的小伙们看到这些人，顿时恐慌起来，生怕他们还没到弗吉尼亚，仗就打完了。于是，骑兵连出发前的准备工作越发迅速起来。

斯嘉丽的婚礼也在这片混乱中紧锣密鼓地准备着。几乎还没回过神，她便穿戴上埃伦当年的婚纱和头纱，挽着父亲的胳膊，走下塔拉庄园宽阔的楼梯，面对一屋子宾客了。事后想起简直恍若梦境：四壁亮起数百支蜡烛，母亲充满慈爱的脸带着一丝困惑，翕动的嘴唇默默祈祷女儿能幸福。杰拉尔德满脸通红，既因为喝了白兰地，也因为女儿嫁了个又有钱，又有名望的世家子弟。阿希礼呢，则挽着玫兰妮，站在最下面的一级台阶上。

看到阿希礼的表情，斯嘉丽想："这不是真的。不是真的。这就是一场噩梦。我会醒来，发现一切都只是个噩梦。现在别想了，不然肯定会当着所有人的面尖叫起来。我现在不能想了。待会儿再想吧，等受得了时再想——等看不到他的眼睛时再想。"

一切都太像身处梦中。穿过两旁都是微笑宾客的走廊、查尔斯绯红的脸、结结巴巴的声音，以及她异常清晰，却也无比冷漠的回答。还有之后的种种祝贺、亲吻、祝酒和跳舞……所有的一切都像在做梦。甚至阿希礼落在她脸颊上的亲吻和玫兰妮那句柔声低语"现在，我们真成姑嫂了"，都不像真的。就连查尔斯的胖姑妈——佩蒂帕特·汉密尔顿小姐激动得昏厥过去，引起不小的骚动，也带着噩梦的色彩。

但跳舞和祝酒终会结束。黎明将至，所有来自亚特兰大的客人都挤进塔拉庄园和监工屋，有的睡床，有的睡沙发，有的就铺块垫子睡在地上。邻居们也纷纷回家休息，准备参加第二天十二橡树园的婚礼。这时，那如梦的恍惚状态才在现实面前，如水晶般化为碎片。现实就是：查尔斯穿着睡衣，面红耳赤地走出斯嘉丽的梳妆室，不敢去看高高拉起的被单后，她那张惊恐的脸。

她当然知道结了婚的人要睡在同一张床上，但在那之前，她却从未想过这件事。这事放在父母身上就显得很自然，但她从没把它套用到自己身上。自从上次那场烤肉宴以来，她还是头一次意识到她为自己招来了什么样的事。一想到这个并非真心想嫁的陌生男人就要爬上自己的床，她就怎么也受不了。更何况，她还正在为自己的草率行为悔恨、为永远失去阿希礼而心痛。查尔斯犹犹豫豫地接近床榻之际，就听见她粗哑地低喝道："你要是敢靠近，我就大声尖叫！我会叫的！我会的！竭尽全力地放声大叫！

走开！你敢碰我！”

于是，查尔斯·汉密尔顿就在屋角的一张扶手椅上度过了自己的新婚之夜。因为明白，或者说以为自己明白新娘的羞怯矜持，他并没有多不开心。他愿意等待，直到她消除恐惧。只是——只是——他一边叹气，一边扭动身子，想找个舒服的姿势。只是——他很快就要上战场了呀。

斯嘉丽的婚礼虽如梦魇，但阿希礼的婚礼甚至更糟糕。斯嘉丽婚后第二天穿的礼服是一条苹果绿长裙。她站在十二橡树园点起数百支蜡烛的客厅里，周围挤来挤去的仍是头天晚上的那批客人。她看见玫兰妮·汉密尔顿那张平凡的小脸因为变成玫兰妮·威尔克斯而容光焕发，变得美丽起来。现在，真的永远失去阿希礼了。她的阿希礼。不，那再也不是她的阿希礼。他曾经是她的吗？她脑中已一团乱麻，整个人疲惫不堪，困惑不已。他曾说过爱她，但到底是什么拆散了他俩？她要是还记得就好了。虽然嫁给查尔斯让她成功压下了县里的流言蜚语，但如今看来，这么做又有何意义？曾经似乎无比重要的事，现在看来都一文不值。重要的只有阿希礼。如今，他已不在，自己也嫁了个不仅不爱，还非常鄙视的男人。

噢，这些事真让人后悔啊。虽然从前常听人们说“拿自己出气只会损人不利己”，但直到现在，她才体会到这话的真实含义，明白它不仅仅是个比喻而已。纵然心中渴望摆脱查尔斯，平平安安地返回塔拉庄园，再做回未嫁的姑娘，她仍知道这一切只能怪自己。埃伦设法阻止过她，她就是不听。

于是，她在阿希礼的婚礼上发疯般地跳了一夜舞，呆板地说话、微笑，更似毫不关己地纳闷那些人为何这么蠢，竟以为她是个幸福的新娘，完全看不出她心都碎了。唉，谢天谢地，他们看不出！

那天晚上，嬷嬷帮她脱掉衣服离开后，查尔斯腼腆地从梳妆室钻了出来。他正琢磨着自己是否又要在马鬃椅上过一夜，斯嘉丽突然就哭了起来。她哭啊，哭啊，直哭到查尔斯爬上床，躺在她身边，努力安慰她。她一直哭到眼泪流干，才终于靠在他肩头，静静啜泣。

如果没有战争，这两对新婚夫妇还要四处拜访，在县里忙活一周。大家也会趁他们出发去萨拉托加或白萨尔弗度蜜月前，举行各种舞会和烤肉宴，表达祝福。婚后一周，查尔斯便出发投奔韦德·汉普顿上校了。两周后，阿希礼和骑兵连离去，留下全县人黯然神伤。

那两周里，斯嘉丽从未单独见过阿希礼，也没能在私下里跟他说上一句话。甚至可怕的离别时刻，他在去火车站的途中顺路到塔拉庄园，她也没找到机会跟他单独聊聊。玫兰妮戴着帽子，披着披巾，挽着他的胳膊，一副平静庄重的新少妇气派。塔拉庄园的男女老幼，无论黑人白人，都出来给即将上前线的阿希礼送行。

玫兰妮说："阿希礼，你一定要亲亲斯嘉丽，她现在是我嫂子了。"于是，阿希礼弯下腰，用凉凉的嘴唇碰了碰斯嘉丽的面颊。他的脸绷得紧紧的，一点也不自然。斯嘉丽并未从这一吻中感到任何喜悦，反倒因玫兰妮的这番怂恿郁闷不已。临别时，玫兰妮的拥抱也险些把她闷死。

"你会来亚特兰大看望我和佩蒂帕特姑妈的，对吧？噢，亲爱的，我们真希望你能来！真想多了解了解查利的妻子呀。"

五周过去了。在此期间，查利从南卡罗来纳寄来了一封封羞涩腼腆、心醉神迷、爱意满满的信，倾诉着自己的爱恋，谈论着战争结束后对未来的计划，说要为了她成为英雄，还表达了对司令官韦德·汉普顿的崇敬。第七周，汉普顿上校亲自发来一封电报，接着又寄来一封亲切庄严的吊唁信。查尔斯死了。上校本打算早点发电报，但查尔斯以为自己得的只是小病，不想让家人担心。这不幸的小伙以为赢得了爱情，结果却受了骗，一心想在战场上获得荣光的崇高愿望也落了空。他死得并不光荣，到南卡罗来纳军营不久，连北佬的影都没见着，就患麻疹并发肺炎，一命呜呼了。

到了预产期，查尔斯的遗腹子出生了。因为当时流行以父亲指挥官的名字命名，所以这孩子就叫韦德·汉普顿·汉密尔顿。怀孕的消息让斯嘉丽哭得几近绝望，恨不得死掉才好。但她孕期没遭什么罪，分娩顺顺利利，产后恢复也无比迅速。嬷嬷私下也对她说过生儿育女稀松平常，女人就该多吃些苦。因为并不想要这个孩子，所以她厌恶他的到来。哪怕现在孩子已出世，看上去也似乎不是她的孩子，不是从她身上掉下来的一块肉。

虽然产下韦德后，身体的复原速度快得简直有失体面，她却在精神方面仍恍恍惚惚，萎靡不振。尽管种植园里的所有人都想方设法帮她振作精神，她仍消沉沮丧。埃伦愁眉不展地走来走去，杰拉尔德不仅比平时更爱骂人，还总从琼斯伯勒给她带回各种没用的礼物。就连老方丹医生，也在开出含硫黄、糖浆和草药的补剂，却没能让她提起精神后，承认他也不清楚这是怎么回事了。他偷偷告诉埃伦，说斯嘉丽是因为心碎才一会儿烦躁不安，一会儿没精打采。但斯嘉丽若真想说，肯定会告诉他们事情远比想象中更复杂。她之所以缄默不语，全是因为做了母亲的百无聊赖和困惑迷茫。而阿希礼的离去，更让她愁苦不堪。

这份厌倦尖锐而持久。骑兵连开赴战场后，县里再没有任何娱乐或社交生活。有趣的小伙们都走了——塔尔顿家的四兄弟、卡尔弗特兄弟俩、方丹家的和芒罗家的都走了，每个来自琼斯伯勒、费耶特维尔和洛夫乔伊的迷人小伙都走了。只留下老头、残废和女人，整日忙着为军队编织缝纫，种植更多棉花和玉米，养更多猪、羊和奶牛。除了苏埃伦那个中年情郎弗兰克·肯尼迪带来的军需队每月来征收一次补给，其他时候县里连一个真正的男人都见不着。军需队的那些男人也没什么劲，而且斯嘉丽一看到弗兰克那副胆怯的求爱方式就恼火，最后甚至连表面的客气都难以维持，只盼他早日跟苏埃伦完婚。

就算军需队的人变得更有趣，对她的处境也没有丝毫帮助。她是个寡妇，心已经死了。至少，每个人都觉得她的心已死，并期待她做出相应表现。这点让她很生气，因为无论怎么努力，她都只想得起答应嫁给查尔斯时，对方脸上那副濒死牛犊的傻样。甚至这幅画面，也开始渐渐消逝。但她是个寡妇，必须注意自己的行为举止。未婚姑娘的乐趣，跟她再无半点关系。她得庄重而淡漠。埃伦自从有一次看见弗兰克的副官在花园里为斯嘉丽荡秋千，逗得她又叫又笑，就没少长篇大论地强调这点。埃伦无比沮丧地告诉她一个寡妇有多容易招惹非议。寡妇的一举一动，得比任何主妇谨慎一倍。

斯嘉丽乖乖听着母亲的柔声教诲，心里却在想："只有天知道，做人家太太已经毫无乐趣，做寡妇或许还不如死了好。"

寡妇必须穿极其难看、连一条点缀镶边都不能有的黑裙子。寡妇身上不能有花、缎带、花边。除了缟玛瑙丧服胸针或亡夫头发编成的项链，寡妇也不能佩戴任何首饰。帽子上黑绉纱必须拖到膝盖，守寡三年后才能缩短到齐肩的长度。寡妇再也不能快活地跟人聊天，也不能放声大笑。哪怕微笑，也只能是悲戚哀伤的笑。而且，最可怕的是，跟绅士们在一起时，她们绝不能表露出半点感兴趣的样子。如果哪位缺乏教养的绅士表示对她有意，她就必须字斟句酌、无比庄重地提起亡夫，将对方彻底吓退。噢，没错，斯嘉丽沮丧地想：有些寡妇最后的确再婚了，但那时她们都已人老珠黄。然而，周围邻居众目睽睽，只有天知道她们如何成功再嫁。通常来说，哪怕再婚，她们也只能嫁给那些糟糕透顶，不仅有座大种植园要打理，还有十几个拖油瓶要照顾的老鳏夫。

结婚已经够糟，但守寡——唉，这辈子都完了！那些人还说查尔斯死了，小韦德·汉普顿就是她的一个慰藉。真够蠢的。他们多蠢哪，竟说她如今的生活有盼头了！人人都说有了爱人的遗腹子多么甜蜜幸福，她自然不会去纠正那些人的谬误，但心里其实压根没那么想。她对韦德几乎毫无兴趣，有时甚至想不起他是自己的亲生骨肉。

每天早晨醒来，昏昏沉沉间，她都觉得自己又成了斯嘉丽·奥哈拉。明媚的阳光落在窗外的木兰花上，嘲鸫啁啾，煎熏肉的香味钻进鼻孔。她又是那个无忧无虑的少女了。然后，她就会听到因饥饿而烦躁啼哭的声音。那声音总——总会让她在吃惊的同时纳闷："唉，屋里怎么有个小孩！"接着，她才想起那是自己的孩子。这一切真令人困惑哪。

还有阿希礼！噢，最重要的阿希礼！生平第一次，她恨塔拉庄园，恨那条长长的、顺着山坡直通河边的红土路，也恨那些长满绿棉花的红土地。每一英尺土地、每一棵树、每一条溪流、每一条小路和马道，都让她想起他。他属于另一个女人了，还上了战场。但他的灵魂仍徘徊在暮色中的大路上，那双困倦的灰眸仍从门廊的阴影里笑看着她。每次听见十二橡树园通往河边的那条路上传来马蹄声，她都会甜蜜地想起——阿希礼！

哪怕过去爱过，现在的她也痛恨十二橡树园。虽然恨那儿，但她又总被吸引过去，因为去了能听到约翰·威尔克斯和姑娘们谈论他，也能听到他们念他从弗吉尼亚寄来的信。纵然听了伤心，她也非听不可。她不喜欢倔强的英迪亚和愚蠢又嘴碎的霍尼。尽管知道两人也同样讨厌她，她却偏偏没法远离她们。每次从十二橡树园回来，她都会闷闷不乐地躺在床上，不肯起来吃晚饭。

拒不吃饭让埃伦和嬷嬷最焦心。嬷嬷端来一盘盘诱人的佳肴，哄她说现下成了寡妇，可以想吃多少就吃多少。然而，斯嘉丽就是没胃口。

方丹医生严肃地告诉埃伦，伤心往往会让一个女人越来越虚弱，最终憔悴致死。埃伦脸都吓白了，因为她早就在担心此事。

“医生，没有别的办法了吗？”

“最好给她换个环境。”医生说。他真是巴不得快点摆脱如此难伺候的病人。

于是，斯嘉丽兴致不高地带着孩子出发了，先去萨凡纳看望奥哈拉和罗比亚尔家的亲戚，然后去查尔斯顿拜访埃伦的姐姐保利娜和厄拉利。但她比埃伦预料的早一个月返回塔拉庄园，却并未说明理由。萨凡纳的亲戚都很友好，但詹姆斯夫妇和安德鲁夫妇都上了年纪，就爱安静地坐着，聊斯嘉丽毫无兴趣的往事。罗比亚尔家也一样。在斯嘉丽看来，查尔斯顿的情况也很可怕。

保利娜姨妈和丈夫所住的种植园靠近河边，比塔拉庄园偏僻得多。姨父是个小老头，客气冷淡，有种老年人的漠然姿态。离他们最近的邻居住在二十英里外，得沿着一条条幽暗的小路，穿过寂静丛林间的柏树沼泽和橡树林才能到。那些弗吉尼亚栎树上的灰色苔藓如帷幔般飘来荡去，总让斯嘉丽不寒而栗，想起杰拉尔德讲过的那些在微光闪烁的灰雾中，四处游荡的爱尔兰鬼魂。

白天除了编织，再无其他可做之事；晚上，也只能听听凯里姨父读布尔沃·利顿那些富有教育意义的作品。

厄拉利幽居在查尔斯顿炮台附近，躲在四壁高墙的深宅大院里，没有任何乐趣。斯嘉丽看惯了连绵起伏的红色山岗，觉得在那儿待着简直像坐牢。和保利娜姨妈家比，这儿虽然多了些社交，斯嘉丽却一点也不喜欢来访的客人。那些人都摆着架子，讲究传统、重视门第。斯嘉丽非常清楚，他们认为她的父母门不当户不对，纳闷罗比亚尔家的人怎么会嫁给新来的爱尔兰人。斯嘉丽感觉到厄拉利姨妈在背后为自己辩护。这让她大为光火，因为她跟父亲一样，压根不在乎门第。她为杰拉尔德骄傲，因为他仅凭精明的爱尔兰头脑，就赤手空拳挣下了一份家业。

至于查尔斯顿人，他们竟把萨姆特要塞一役归功于自己！天哪，那些人难道不明白，就算没有他们傻乎乎地开枪挑起战争，也会有别的傻瓜这么干吗？斯嘉丽早已习惯佐治亚高地人轻快的嗓音，低地人平淡缓慢的声音似乎影响到了她。要是再听到有人把“巴掌”念成“巴——掌”，把“房子”念成“房——子”，把“不会”说成“不会啊——”，把“爸妈”喊成“爸爸妈妈”，她觉得自己就要放声尖叫了。恼火至极下，她在一次正式拜会中故意模仿杰拉尔德的爱尔兰土腔，弄得姨妈不甚苦恼。之后，她便回了塔拉庄园。与其被查尔斯顿口音折磨，还不如忍受对阿希礼的思念之苦。

埃伦日夜忙碌，想把塔拉庄园的产量翻一番，以支持南部邦联。看到大女儿苍白消瘦、牙尖嘴利地从查尔斯顿回到家，她不由得大惊失色。她知道心碎的滋味，夜夜躺在鼾声大作的杰拉尔德身边，拼命琢磨如何才能减轻斯嘉丽的痛苦。查尔斯的姑妈佩蒂帕特小姐曾来过几封信，催促她允许斯嘉丽去亚特兰大长住。

此刻，埃伦第一次认真思考这事。

佩蒂帕特小姐在信中说："我跟玫兰妮两个人住在一座大房子里，没有男人保护。如今，亲爱的查尔斯也去了。当然，我哥哥亨利还在，但他不跟我们同住。不过，斯嘉丽或许已经跟你说过亨利的事，我就体贴一些，不在此多写了。如果斯嘉丽能过来同住，玫兰和我都会感觉轻松、安全很多。三个孤寂的女人待在一起，总比两个强。而且，亲爱的斯嘉丽或许也能像玫兰一样，去当地医院照料我们勇敢的小伙子们，借此减少几分忧伤……啊，当然，玫兰和我也非常想见见亲爱的小宝宝……"

于是，斯嘉丽又把丧服塞回箱子，带上韦德·汉密尔顿和他的小保姆普利西，出发前往亚特兰大。她满脑子都是埃伦和嬷嬷千叮咛万嘱咐的行为规范，兜里则揣着杰拉尔德给的一百南部邦联钞票。她并不怎么想去亚特兰大，觉得佩蒂姑妈是全世界最蠢的老太婆。而一想到要跟阿希礼的妻子生活在同一屋檐下，更令她厌恶不已。然而，充满回忆的县里已经住不下去，任何能改变环境的机会都是受欢迎的。

第二卷

第八章

一八六二年五月的一天早晨，斯嘉丽乘火车北上。她想，虽然不喜欢佩蒂帕特小姐和玫兰妮，但在亚特兰大，总不会像查尔斯顿和萨凡纳那般乏味。上次去亚特兰大还是战争开始前的冬天，她怀着些许好奇，不由得想看看那座城市变成什么样了。

因为小时候就听杰拉尔德说，她跟亚特兰大同岁，所以相比其他地方，这座城市向来令她更感兴趣。长大一些后，她发现杰拉尔德稍微夸大了事实。因为觉得些许夸张能让故事更好听，所以他早已习惯如此。不过，亚特兰大只比她年长九岁。跟她听说过的任何其他城市相比，亚特兰大仍年轻得惊人。萨凡纳和查尔斯顿就有一份年岁带来的庄严感，一个已经进入第二个百年，另一个即将进入第三个百年。在斯嘉丽年轻的眼里，它们就像两个坐在太阳下，安详摇扇的老祖母。但亚特兰大跟她处于同一个时代，不仅带着年轻人的粗野莽撞，也跟她一样固执冲动。

杰拉尔德跟她讲的故事基于一个事实：她跟亚特兰大于同一年得名。斯嘉丽出生前九年，那座城市先后被称作特米诺斯和马撒斯维尔，直到斯嘉丽出生那年，才更名为亚特兰大。

杰拉尔德刚搬到北佐治亚时，根本没有亚特兰大，甚至连一两个小村庄都没有，满目尽是连绵不绝的荒地。但第二年，即一八三六年，政府就批准修建一条铁路。铁路将穿过彻罗基人新割让的那片土地，通向西北。确定无疑的是，这条计划中的铁路终点在田纳西州和西部。但起点在佐治亚何处，却有些拿不定主意。直到一年后，一位工程师在红土地上打下一根桩杆，才算确定了这条铁路的南端，而亚特兰大的前身特米诺斯，也于此刻得名。

当时，北佐治亚没有铁路，别处的铁路也很少。但杰拉尔德娶埃伦之前的那些年里，塔拉庄园以北二十五英里的一处小定居点渐渐发展成村庄，铁轨也慢慢朝北推进。然后，铁路建设时代就真的来临了。从老城奥古斯塔开始，第二条铁路贯穿全州，向西伸展。第三条铁路从老城萨凡纳开始，先通到佐治亚腹地梅肯，然后向北穿过杰拉尔德居住的县，在亚特兰大与另两条铁路接轨，让萨凡纳港口有了一条通往西部的交通干线。在亚特兰大这个年轻的交通枢纽，又建起第四条铁路，通向西南的蒙哥马利和莫比尔。

因铁路而生的亚特兰大，也随着铁路的发展而发展。四条线路建成后，亚特兰大就此四通八达，不仅与西部、南部和太平洋沿岸地区相连，还经奥古斯塔，连接了北部和东部。从此，亚特兰大成为连接东西南北的要冲，昔日的小村庄顿时充满生机。

到斯嘉丽十七岁时，不过年长几岁的亚特兰大已经从地里插着的一根桩杆，发展成拥有一万人口的繁荣小城，俨然就是全州瞩目的中心。那些更古老、更安静的城市则总用母鸡孵出小鸭子的感觉来看待这座熙熙攘攘的新城。这个地方为何跟佐治亚的其他城镇如此不同？它为何发展如此迅速？总之，它们会认为除了几条铁路和一群闯劲十足的人，它也没什么可取之处。

到这个先后被称为特米诺斯、马撒斯维尔和亚特兰大的地方定居之人，都是有闯劲的。他们个个骚动不安、精力充沛，被这座以铁路枢纽为中心、通往四面八方的城市吸引，从佐治亚更古老之地或更远的州而来。他们热情高涨地赶来，在火车站附近的五条烂泥红土路周围建起一座座店铺。他们在怀特霍尔街、华盛顿街和高岗上那条被无数代印第安人用莫卡辛鞋踩出来的所谓“桃树街”上，建起漂亮的住宅。他们为这里骄傲，为它的发展骄傲，也为促使其发展的自己骄傲。那些老城镇爱怎么叫亚特兰大就怎么叫吧。亚特兰大才不在乎。

斯嘉丽向来喜欢亚特兰大，她喜欢的理由，恰好是萨凡纳、奥古斯塔和梅肯指摘亚特兰大之处。和她一样，这座城市是个新旧集合体。二者发生冲突时，任性执拗、精力充沛的新事物往往都会占上风。而且，对于这座城市，出于一些私人原因，她兴奋不已。毕竟，它跟她同一年诞生，或者说至少跟她同一年得名。

***

头天晚上还狂风暴雨，但斯嘉丽抵达亚特兰大这天，暖阳竟已普照大地，勇敢无畏地试图将那已成蜿蜒河道的红土路晒干。火车站附近的空地上，稀软的地面被川流不息的往来车辆碾轧、搅动，简直成了个猪打滚的大泥坑。到处都有车辆深陷车辙，动弹不得。络绎不绝的军用马车和救护车艰难驶来，又挣扎着离去，从火车上装卸补给和伤员，把泥地弄得更烂，也让局面变得更糟糕。车夫们破口大骂，骡子横冲直撞，泥浆能飞溅到数码之外。

斯嘉丽站在火车下层踏板上，苍白纤细的身子裹在一条黑丧服里，飘飞的绉纱几乎垂到脚跟。她犹豫不决，不愿弄脏鞋子和裙边，便四下张望，在一片喧闹混乱的大车、轻便马车和载客马车里，寻找佩蒂帕特小姐。然而，哪儿都没见着那个脸颊粉粉的胖太太。但斯嘉丽正找得焦急时，一个身形瘦削、头发灰白的黑人老头捏着帽子，庄重地穿过泥地，朝她走来。

“这位是斯嘉丽小姐，对吧？我是彼得，佩蒂帕特小姐的车夫。”斯嘉丽正要提起裙摆下车，就听他严肃地命令道，“别踩在泥地上。您怎么跟佩蒂帕特小姐一样糟糕，像孩子似的不怕弄湿脚。让我来抱您吧。”

尽管看起来年迈体弱，他还是毫不费力就抱起了斯嘉丽。见普利西抱着孩子站在车厢连廊上，他又停住脚步：“那孩子是您的保姆吗？斯嘉丽小姐，要照顾查尔斯先生的独苗，她可太小了啊！不过，这事我们回头再说。丫头，跟上我，千万别把孩子摔地上啦。”

斯嘉丽温顺地任由他将自己抱向马车，也乖乖听着他专横地批评她和普利西。他们穿过泥地，普利西嘟着嘴，踩着泥浆艰难地跟在他们后面。这时，斯嘉丽想起查尔斯那些关于彼得大叔的话。

“他跟随父亲参加过墨西哥战争的所有战役，在他受伤时悉心照料。事实上，他救了父亲的命。玫兰妮跟我其实也是彼得大叔带大的。因为父母去世时，我们都还非常小。佩蒂姑妈当时跟她哥哥，也就是亨利伯父吵了架，所以就来跟我们同住，并照料我们。佩蒂姑妈简直是最没用的人，活像个甜美可爱的大孩子。彼得大叔也把她当孩子看。她无论遇到什么事都拿不定主意，彼得大叔只得替她做主。我十五岁时，是彼得大叔决定要多给我些零用钱。亨利伯父想让我在大学拿学位时，是彼得大叔坚持让我去哈佛大学念完高年级课程。玫兰多大能束发、参加舞会，也是彼得大叔说了算。他还会告诉佩蒂姑妈哪天太冷或太湿，不宜出门访客。甚至佩蒂姑妈什么时候应该围上围巾，也是听他的……他是我见过最聪明，也最忠心耿耿的黑人老头。唯一麻烦的是：我们仨从身体到灵魂都归他管，而他也非常清楚这点。”

彼得爬上驭者座，拿起马鞭时，斯嘉丽才明白查尔斯的这番话果然没错。

“佩蒂小姐身子不太舒服，所以没来接您。她怕您见怪，但我说她和玫兰小姐犯不着溅一身泥巴，毁了新裙子，我会跟您解释清楚。斯嘉丽小姐，最好还是您抱孩子吧。那黑丫头会摔着他的。”

斯嘉丽看了眼普利西，叹了口气。这丫头的确不是最合适的保姆人选。这个瘦骨嶙峋的黑丫头最近才改善形象，从穿短裙、梳翘头小辫变成了穿印花棉布长裙，然后陶醉地裹上浆过的白头巾。要不是突发战事，塔拉庄园忙着应付军需，埃伦没法让出嬷嬷、迪尔西，甚至罗莎或蒂娜，普利西绝无可能这么小就升到如此高位。在此之前，普利西从未走出十二橡树园或塔拉庄园一英里以外，这次不仅乘火车出行，还升任保姆，那小小的黑脑瓜几乎都要承受不住。从琼斯伯勒到亚特兰大的二十英里路程中，她始终兴奋得不得了，害得斯嘉丽一路上只能自己抱孩子。此刻，见到这么多房子和人，普利西更是忘乎所以，身子扭来扭去，又蹦又跳地指指点点，颠得孩子哇哇大哭。

斯嘉丽真想念老嬷嬷胖胖的胳膊。任何小孩，只要被嬷嬷抱起，都会立刻停止哭泣。可嬷嬷在塔拉庄园，斯嘉丽眼下真是束手无策。从普利西手里接过小韦德也没用。跟被普利西抱着时一样，孩子在她怀里照样会号啕大哭，不仅会拉她帽子的缎带，还肯定会弄皱她的裙子。于是，斯嘉丽假装没听到彼得大叔的建议。

马车左摇右晃地驶出车站周围那片泥地时，斯嘉丽恼火地想：“或许过段时间，我就知道如何对付小孩了，但我永远也不爱逗他们玩。”眼看韦德哭得脸都发紫了，斯嘉丽才气冲冲地喝道：“普利西，把你兜里的糖奶头给他。随便什么都行，能哄得他不哭就成。我知道他饿了，但现在我也毫无办法。”

普利西掏出早晨嬷嬷给她的糖奶头，孩子立刻就不哭了。重新安静下来，又看到些新景象，斯嘉丽总算提起一点精神。彼得大叔终于驾着马车出了泥地，驶上桃树街。数月来，她第一次生出兴致勃勃之感。这座城市发展得真快啊！距上次来这儿还不到一年，真没想到，小小的亚特兰大，竟发生如此大的变化！

过去的一年里，她太沉浸于自身悲痛，一提到战争就心烦，所以完全不知道自开打的那一刻起，亚特兰大就变了。和平时期，让这座城市成为商业中心的那几条铁路，在战时又赋予了它极其重大的战略意义。因为远离前线，亚特兰大和它的这几条铁路，就为南部邦联的两支军队提供了联系纽带。这两支军队一支在弗吉尼亚，另一支在田纳西和西部。亚特兰大也让两支军队与提供补给的南方腹地相连。现在，为了满足战争所需，该城已经成为制造中心、医疗基地以及南部为前线军队提供食物和给养的主要供应地之一。

斯嘉丽四下打量，努力寻找那个给她留下深刻记忆的小城，结果却一无所获。她现在看到的这座城市，仿佛一夜之间就从婴儿变成了忙碌的巨人。而且，它居然还在不停地长高、长大。

亚特兰大就像蜂巢般忙忙碌碌，骄傲地意识到自己对南部邦联的重要性，夜以继日地努力奋进，誓要把一片农业区转变为工业城市。战前，马里兰州以南，棉纺厂、毛纺厂、兵工厂和机械加工厂寥寥无几。这样一个事实，还让所有南方人自豪不已。毕竟，南方出的是政治家、军人、种植园主、医生、律师和诗人，当然不出工程师或技工。那些低贱的工作，就让北佬们去干吧。可如今，南部邦联的港口被北佬的炮舰阻截，只有一点点突破封锁线的物资偷偷从欧洲运进来。因此，南方只能拼命加紧生产军用物资以供己用。北方能呼唤全世界为他们提供补给和士兵，成千上万的爱尔兰人和德国人在重金诱惑下，纷纷涌入联邦军。而南方呢，只能靠自己。

在亚特兰大，机械厂拖拖拉拉地生产着能制造军用物资的机器。之所以说它们拖拉，是因为南方几乎没有能仿造的机器。几乎每副齿轮的制造，都得依赖突破封锁线、从英国而来的图纸。如今，亚特兰大街上满是陌生面孔。一年前，市民们哪怕听到西部口音都会竖起耳朵。如今，突破封锁线来制造机器，为南部邦联生产军火的欧洲人就算说外国话，也无人在意了。来的都是技艺熟练的人，离开他们，南部邦联就很难造出手枪、步枪、加农炮和火药。

工厂日夜开工，通过铁路干线，源源不断地向前线的两个战区输入军用物资。人们几乎都能感觉到城市心脏的脉动。随时都有列车咆哮着进出城市。新建工厂排出的煤烟，大片大片地落到白色的房屋上。夜里，市民们早已入睡，炉膛却依然烧得通红，铁锤仍当当作响。一年前的空地上，如今已有工厂在那儿制造挽具、马鞍、鞋；兵工厂制造步枪和加农炮；轧钢厂和铸造厂生产铁轨和货车车厢，以替换被北佬毁掉的那些。此外，还有各种工厂生产马刺、辔头、搭扣、帐篷、纽扣、手枪和刺刀。铸造厂已经开始觉得生铁短缺，因为能突破封锁线送进来的很少，几乎算是没有。而亚拉巴马州的矿工都上了前线，差不多所有铁矿都停了工。现在，亚特兰大的草坪上再也见不到铁质的栅栏、凉亭和门，甚至连铁塑像都不见踪影。那些东西早就被送进轧钢厂的熔化炉了。

桃树街和附近的几条街道上，沿路都是各种军事部门的总部。军需部、通信部、军邮部、铁道运输部和宪兵司令部，每间办公室都挤满了穿军装的人。城郊建了马匹补给站，马和骡子在一个个大畜栏里成群结队地乱打转。各条小街沿途都是医院。听完彼得大叔的介绍，斯嘉丽觉得亚特兰大肯定已经成了伤病城，因为这儿的综合性医院、传染病院和疗养院真是数不胜数。每天，开到五星区的列车都会卸下更多伤病员。

小镇早已不见，眼前是迅速发展的城市。它带着无穷的精力和十足的活力，熙熙攘攘、忙忙碌碌。刚离开田园悠闲安静的生活，如此繁忙的景象几乎让斯嘉丽喘不过气。但她喜欢这儿。这地方有种令人兴奋的氛围，让她精神高涨。她仿佛感觉到城市心脏越来越快的跳动，与自己的脉搏正合拍。

马车踏过一个又一个泥坑，缓慢地行驶在城中主干道上。斯嘉丽趁此饶有兴趣地观察着一幢幢新建筑和一张张新面孔。街道上挤满了穿军装的人。他们身上的肩章代表着各种军阶和不同的服役部门。狭窄的街道上挤满各种车辆——普通马车、四轮单马轻便马车、救护车，还有带篷的军用大车。骡子在车辙间挣扎着前行，就听得军用大车上那浑身脏污的车夫在不停咒骂；身着灰军装的传令兵在各总部间传递命令和电讯，军用大车飞驰而过，溅起一路泥浆。康复的伤员拄着拐杖，一瘸一拐地走着。通常，他们身侧都各有一位忧心忡忡的女士搀扶。操练场上传来军号声、鼓声和响亮的口令声。新兵在成为士兵前，都在那儿接受训练。顺着彼得大叔马鞭所指，斯嘉丽看到一队垂头丧气、穿着蓝军装的北军，吓得心都提到了嗓子眼。这是她第一次看到北佬的军装。

那些人将在一班上了刺刀的邦联士兵押送下，乘火车前往战俘集中营。

自那天烤肉宴以来，这是斯嘉丽头一回真正觉得快乐，她想：“噢，我会喜欢这儿的！这里充满活力，真是太刺激了！”

其实，这座城市甚至比她感受到的更有活力，因为新开的酒吧就有几十家。一大群妓女随军队涌入城中。妓院里全是莺莺燕燕，令教会人士惊恐万分。所有酒店、家庭旅馆和私宅都挤满来城中几大医院看望受伤亲属的客人。每周都有宴会、舞会和义卖会。战时婚礼更是数不胜数。休假的新郎们一身缀着金穗带的漂亮灰军装，新娘则穿着突破封锁线运来的华服。走廊上挂的是十字交叉的军刀，用来祝酒的香槟也是偷运来的。此外，挥泪告别自是少不了。夜里，绿树成行的街道上响起舞步声。各家客厅传来叮叮咚咚的钢琴声，女高音和前来做客的士兵们唱起哀婉动听的《军号吹响停战曲》和《来信虽到却太迟》。哪怕从未真正经历过伤痛的人，也会被这些悲凄的民谣牵动柔肠、潸然泪下。

马车沿着街道，驶过一个个泥坑。一路上，斯嘉丽问题不断，彼得用鞭子指指点点，挨个作答，骄傲地炫耀着自己的见识。

“那是军火库。没错，夫人，枪之类的东西就放在那儿。不，夫人，那些不是商店，是封锁线办事处。天哪，斯嘉丽小姐，您难道不知道封锁线办事处是什么？来我们邦联买棉花的外国人就待在那儿。他们把买到的棉花装上船，从查尔斯顿和威尔明顿运走，再用船把火药运给我们。不，夫人，我说不准他们是哪国人。佩蒂小姐说他们是英国人，但谁都听不懂他们的话。嗯，夫人，这浓烟和煤灰把佩蒂小姐的丝质窗帘都毁了。都是从铸造厂和轧钢厂刮过来的。它们弄出的那些噪声哪，晚上真是吵得人睡不着觉！不，夫人，我不能停下来让您四处看看。我跟佩蒂小姐保证过，要直接将您带回家……斯嘉丽小姐，注意礼貌啊，梅里韦瑟太太和埃尔辛太太在冲您点头打招呼呢。”

斯嘉丽隐约记得是有那么两位小姐，从亚特兰大赶到塔拉庄园参加她的婚礼。而且，她们还是佩蒂帕特小姐最好的朋友。于是，斯嘉丽赶紧转向彼得大叔所指方向，点头回礼。那两人正坐在绸缎店外的一辆马车里，店主和两个伙计抱着几匹棉布给她们看。梅里韦瑟太太是个高大结实的女人，紧身胸衣束得太紧，胸脯像船头一样鼓了起来。铁灰色的头发加了一排棕色卷刘海。但那刘海真是颇为神气，完全不屑与其他头发相融。她圆圆的脸浓妆艳抹，带着温厚的精明，看得出是个惯于发号施令的人。埃尔辛太太年轻些，纤细娇弱，当年也是个美人，至今风韵犹存，自有股矜贵骄傲之气。

这两位太太，加上另一位怀廷太太，就构成了亚特兰大的三大台柱。她们分别管理着各自所属的三间教堂、牧师、唱诗班和堂区居民们。

她们组织义卖会、主持缝纫会，在舞会和野餐会上做未婚少女们的年长女伴。她们知道谁与谁相配，谁与谁不合适，也知道谁偷偷喝酒了，谁就要生孩子了，以及什么时候生。她们对佐治亚、南卡罗来纳和弗吉尼亚这三州的名门望族家谱了如指掌。但因为相信只有这三州能出名人，她们就不关心其他州的相关情况了。几位太太知道什么样的行为才算端庄得体，什么样的不算。任何时候对此有意见，她们都会立刻表达出来——梅里韦瑟太太嗓门最大，埃尔辛太太态度优雅、语调缓慢，总是越说声音越轻；怀廷太太则苦着脸悄声低语，似乎很讨厌提起这种事。三位太太彼此厌恶、互相猜忌，严重程度不亚于古罗马前三巨头。但或许是出于相同的原因，她们又结成了紧密的联盟。

“我跟佩蒂说了，你得去我的医院。”梅里韦瑟太太笑容满面地大声道，“你可别再答应埃尔辛太太和怀廷太太哦！”

“不会的。”斯嘉丽虽然完全不知道梅里韦瑟太太在说什么，但受到欢迎、被人需要，还是让她心头暖洋洋的，“但愿不久后还能见到您。”

马车又奋力行驶了一段距离。见到两位太太抱着两筐绷带，小心翼翼地踏着垫脚石穿过泥泞的街道，马车便暂时停了下来，让她们先过。这时，人行道上一个衣着艳丽的身影引起斯嘉丽的注意。那条裙子真晃眼呀，简直不适合穿上街。那是个高挑又漂亮的女人，裙子外披了条佩斯利涡旋纹花呢披巾，披巾上的流苏一直垂到脚跟。那女人有张勇敢无畏的脸，一头红发红得都不像真的了。斯嘉丽还是头一回见到一个肯定“对头发做了什么”的女人，一时间竟看入了神。

“彼得大叔，那是谁？”斯嘉丽低声问。

“不认识。”

“你肯定认识，我看出来了。她是谁？”

“她叫贝尔·沃特林。”彼得大叔噘起下嘴唇。

斯嘉丽立刻发现，他既没称“小姐”，也没用“太太”。

“她是谁？”

“斯嘉丽小姐，”彼得大叔挥鞭抽了下受惊的马，生气地道，“佩蒂小姐可不喜欢你问这些不相干的事。城里的一大群人都不值一提。”

“天哪！”挨了训的斯嘉丽不作声了，心想，“那肯定是个坏女人！”

她还从没见过坏女人，于是扭过头盯着那人的背影，直到她消失在人群中。

如今，商店和战时新建的房屋越来越远，中间隔着大片大片的空地。终于离开商业区，住宅区映入眼帘。斯嘉丽就像再见老友般，将其一一认了出来：莱登家的房子庄严气派；邦内尔家的有白色小圆柱和绿色百叶窗；那所被一圈矮树篱围得严严实实、乔治王朝时期风格的红砖房是麦克卢尔家。因为门廊、花园和人行道上不断有太太小姐跟斯嘉丽打招呼，马车越驶越慢。有的人是点头之交，有些她隐约记得，但大部分完全不认识。佩蒂帕特小姐肯定宣扬过她要来。小韦德不得不被一次又一次地举起，好让那些竟敢踩着软泥走到自家停车台上的女士惊叹一番。她们都嚷嚷着要斯嘉丽务必加入她们的编织缝纫会和医院护理会，千万别答应别人。斯嘉丽只好左一句、右一句地胡乱应承下来。

马车驶过一座布局凌乱、带绿色护壁板的房子时，一个守在前门台阶上的黑丫头嚷道："她来啦。"米德医生、他妻子和十三岁的小菲尔走出来，大声打起招呼。斯嘉丽想起他们也来参加过自己的婚礼。米德太太登上自家停车台，伸长脖子看孩子。医生却不顾泥泞，艰难地走到马车边。他又高又瘦，留一把尖尖的铁灰色胡须。衣服挂在瘦削的身体上，活像是被飓风吹来的。亚特兰大将他视为一切力量和智慧的源泉，他从众人的信任中吸收点什么，也不足为奇。虽然喜欢发表些神谕式的言论，也有些自负，但他仍算得上全城最慈悲的人。

跟斯嘉丽握了手，又戳了戳韦德的小肚皮，夸了他几句后，医生便声称佩蒂帕特姑妈已经发誓应允，斯嘉丽只会加入米德太太的卷绷带会，别的医院或组织一概不去。

"噢，天哪，但我已经答应了无数位太太啦！"斯嘉丽说。

"我敢说，准是梅里韦瑟太太！"米德太太气鼓鼓地嚷道，"那讨厌的女人！她肯定每趟列车都去接人！"

“因为压根不明白那些都是怎么回事，所以我就答应了。”斯嘉丽坦白道，“医院护理会到底是什么呀？”

她的无知让医生夫妇略感惊讶。

“不过，你一直被关在乡下，当然不知道。”米德太太为她辩解，“我们在各个医院都有护理会，会提供时间不等的护理服务。我们照顾伤员，协助医生，做绷带和衣服。等伤员恢复到能出院的程度，就把他们接回自己家中调养，直到他们痊愈返回部队为止。我们也会照顾一些穷困伤员的妻儿老小。嗯，有些人简直是赤贫。米德医生就在我们协会工作的那个教区医院，人人都夸他了不起，而且……”

“哎呀，哎呀，米德太太，”医生深情地说，“别在外人面前吹嘘我啦。你不让我随军，我能做的事实在少得可怜。”

“不让？”她气呼呼地嚷道，“我？是全城的人不让你去啊！唉，斯嘉丽，一听说他准备去弗吉尼亚当军医，全城的太太小姐们就签了份联名书，请求他留下。城里当然不能少了你。”

“好啦，好啦，米德太太。”这番赞美显然让医生倍感舒适，“或许，有个儿子在前线，暂时也够了吧。”

“明年我也要去！”小菲尔嚷道，激动地又蹦又跳，“去当个小鼓手。我正在学打鼓呢。你要听听吗？我去拿鼓。”

“不，现在别去。”米德太太把他拉得更近了些，脸上突然现出紧张的神情，“亲爱的，明年可不行。或许后年吧。”

“可到时候仗都打完啦！”他挣脱母亲，任性地嚷道，“你答应过的！”

夫妇俩在儿子头顶交换了一个眼神。斯嘉丽看出，因为达西·米德在弗吉尼亚，所以他们想把留在身边的小儿子抓得更紧些。

彼得大叔清了清喉咙。

“我出来时，佩蒂小姐就不太舒服。如果不赶紧回去，她没准儿会晕倒啊。”

“再见，我下午再过去。”米德太太大声道，“替我跟帕蒂说，你要是不加入我那个会，她就要更不舒服啦。”

马车连溜带滑地在泥泞的道路上前行，斯嘉丽仰靠在坐垫上，笑了。数月来，这是她第一次感觉这么好。熙攘匆忙的亚特兰大蕴藏着一股充满活力的刺激感，令人非常惬意，也非常兴奋，真是比查尔斯顿郊外那座孤零零的种植园好多了，那儿只有鳄鱼的咆哮能打破夜晚的寂静。亚特兰大比查尔斯顿好——在查尔斯顿，她只能躲在高墙后的花园里做梦。亚特兰大也比萨凡纳好——萨凡纳虽然有蒲葵成行的宽阔街道，顺着大街流淌而过的却是一条浑浊泥泞的河。没错，眼下，亚特兰大甚至比塔拉庄园还好，哪怕塔拉庄园也很可爱。

纵然街道狭窄泥泞，又位于连绵起伏的红色山丘间，这座城市却蕴含着某种活力，某种原始而粗犷的东西。埃伦和嬷嬷虽赋予斯嘉丽优雅的外表，她的内心却跟这座城市一样原始粗犷。因此，她被亚特兰大吸引，突然觉得自己应该属于这儿，而非安宁静谧的古城或黄水河边的沙洲浅滩。

此时，居民区已经越来越远。斯嘉丽探出身去，看见佩蒂帕特小姐那座红砖石板屋顶的住宅。那几乎是城北最后一座房子。再往前，桃树街就在大树掩映下越变越窄，弯弯曲曲地没入安静浓密的树林。整洁的板条栅栏刚刚刷成白色。被栅栏围起来的前院零星可见本季最后一批长寿花。两个穿黑衣的女人站在前门台阶上。她们身后是个高大的黄皮肤女人。女人把两只手都藏到了围裙下，正咧嘴大笑着，露出一口雪白的牙齿。圆滚滚的佩蒂帕特小姐兴奋地摇晃着小脚，一只手按在丰满的胸口，以平复跳动不已的心。斯嘉丽看见玫兰妮站在她身边，心中顿生反感。要说亚特兰大有何不足，那就是这个身着一身丧服、如苍蝇般讨厌的娇小女人。她那头浓密的黑鬈发梳成光滑整洁的发髻，俨然一副主妇做派。那张瓜子脸上也漾起表示欢迎和快乐的可爱笑容。

***

一个南方人若不嫌麻烦地收拾行装，去二十英里外的地方做客，那拜会时间很少短于一个月，往往还会长得多。南方人做客与做东一样热心，亲戚来过圣诞，一住就住到来年七月的事并不鲜见。新婚夫妇按照惯例进行蜜月旅行，若在哪家住得舒服，甚至会一直住到生下他们的第二个孩子。年长的叔叔婶婶们到晚辈家吃主日大餐，很可能就留下不走了，甚至若干年后就地入土为安。来客根本不会造成什么困扰，因为房子够大，仆人成群。在那片丰饶的土地上，多几张吃饭的嘴不过小事一桩。人人都出门做客：有度蜜月的新婚夫妇、炫耀新生宝宝的年轻母亲，也有要养伤的、丧了亲的，以及被着急的父母赶出门，免得所嫁非人的姑娘们。到了危险年龄，却还没订婚对象的姑娘，父母也会让其换个地方，希望女儿能在亲戚的指引下，寻到合宜的婚事。客人们给节奏缓慢的南方生活带来了活力和多样性，所以总是受欢迎的。

因此，斯嘉丽这次来亚特兰大，根本没想过自己要待多久。如果此行和在萨凡纳、查尔斯顿的经历一样乏味，那她一个月后就回家。如果待得开心，她就一直住下去。可她才刚到，佩蒂姑妈和玫兰妮就开始一个劲地游说，劝她长长久久地住下来。两人把一切可能的理由都搬了出来：因为爱她，所以她们需要她。她们很孤单。住在这座大房子里，夜里经常会害怕。她那么勇敢，一定能给她们勇气。她还这么迷人，肯定能让她们从悲伤中恢复过来。如今，查尔斯去了，她和儿子理应跟他的亲戚住在一起。再说，按照查尔斯的遗嘱，她现在也是这座房子的半个主人。最后，邦联正需人手缝纫、编织、卷绷带和护理伤员。

查尔斯的伯父亨利·汉密尔顿是个单身汉，就住在附近的亚特兰大旅馆。他也认真地跟她提过此事。亨利伯父是个大腹便便的老绅士，个头不高、性情暴躁。他面色红润，一头蓬乱的银色长发，最不耐烦女人胆怯和自夸。正因如此，他跟妹妹佩蒂帕特几乎无话可说。兄妹俩从小性格迥异，后来因为反对妹妹教养查尔斯的方式，他们变得更加疏远。用亨利的话来说，妹妹"硬把一个军人的儿子教成了该死的娘娘腔！"多年前，亨利就曾大肆羞辱过妹妹。如今，佩蒂小姐从不说起他，哪怕要提，也是异常小心地悄悄嘟囔几句。陌生人瞧见佩蒂小姐讳莫如深的样子，还以为那位诚实的老律师是个杀人犯呢。事情是这样的：有一天，佩蒂想从自己名下支取五百美元，投资一座压根不存在的金矿。作为财产受托人的亨利断然拒绝，言辞激烈地骂她还不如一只六月鳃金龟有见识。而且，只要跟她纠缠超过五分钟，他就烦躁不已。从那天起，彼得大叔每月驾车送她去哥哥办公室领家用钱时，她才会正式见他一面。短暂的见面后，那天剩下的时间，佩蒂总是吸着嗅盐，躺在床上流眼泪。玫兰妮和查尔斯跟伯父关系很好，经常提出要帮佩蒂摆脱这项折磨，佩蒂却总是幼稚地拒绝。亨利就是她要受的难，她必须忍住。查尔斯和玫兰妮只能推测：她从这偶尔的刺激中得到了无穷乐趣。在她受庇护的生活中，这也是唯一的刺激。

亨利伯父一见斯嘉丽就喜欢，他说虽然装出一副傻样，但她还是有几分见识的。他不仅是佩蒂和玫兰妮的财产受托人，查尔斯留给斯嘉丽的那部分财产，也由他托管。成了富裕的少奶奶，斯嘉丽当然喜出望外。因为查尔斯不仅把佩蒂姑妈的半座房子给了她，还留了田产和城里的地产。而且，车站附近铁路沿线的几家商铺和货栈也是遗产的一部分，开战以来，那些东西的价值已经翻了三番。亨利伯父就是在向她交代这些财产时，提出要她在亚特兰大长住的事。

"等韦德·汉普顿成年，他就是个富裕的青年，"亨利说，"照亚特兰大目前的发展势头，二十年后，他的财产价值能翻十倍。孩子的财产在这儿，他也该在这儿长大，如此才能学会料理这些产业。当然，还有佩蒂和玫兰妮的财产，也得由他照管。用不了多久，他就是汉密尔顿家唯一的男人了，因为我不可能永远不死。"

彼得大叔理所当然地认为斯嘉丽就是来长住的。查尔斯唯一的儿子要在他监管不到的地方长大，这对他来说简直无法想象。斯嘉丽把种种理由听在耳中，却什么也没说。不知道自己是否喜欢亚特兰大，也不知道跟姻亲们长期住在一起是否合得来，她才不会轻易表态。她也知道，这事还要征得杰拉尔德和埃伦的同意。再说，如今离开塔拉庄园，她可是想念得紧。她想念那些红土地，想念迅速生长的绿棉花，以及晨曦或黄昏时分的甜美静谧。杰拉尔德曾说："对土地的热爱已经融入她的血液。"生平第一次，她隐隐体会到了这句话的含义。

于是，眼下一切关于做客时间的问题，她都巧妙地避而不谈，同时又轻而易举地融入了僻静的桃树街尽头，那座红砖房里的生活。

跟查尔斯的至亲们一起生活，又亲眼见到他出生的家，斯嘉丽才算对这个在如此短的时间内，就让她先后做了妻子、寡妇和母亲的小伙有了更多了解。他为何如此腼腆、单纯、理想主义，如今都一目了然。就算查尔斯曾遗传父亲严厉、无畏、暴躁的军人脾性，这些特质也在幼时文雅端庄的淑女环境中消磨殆尽了。他真挚地爱着孩子气的佩蒂姑妈，对玫兰妮也比一般兄弟更亲密。而这两个女人的甜美天真，又偏偏天下少有。

六十年前，佩蒂帕特姑妈受洗时取名萨拉·简·汉密尔顿。但很久以前，宠爱女儿的父亲看到她那不得安宁的小脚总是啪嗒啪嗒、步伐轻快地跑来跑去时，就给她取了“佩蒂帕特”这个小名。从那之后，再没人叫过她别的名字。有了小名后的数年间，她变了不少，其实早与那名字不相称。昔日蹦蹦跳跳、行动敏捷的小女孩，如今只剩一双无法充分支撑起体重的小脚。她越来越喜欢漫无目的、快快活活地闲聊。她矮胖结实、面色红润、一头银发，常常因为胸衣束得太紧而微微喘气。因为一双小脚硬要塞进更小的鞋里，所以她连一个街区都走不完。一碰到什么激动的事，她那颗心就怦怦直跳，还不害臊娇惯自己，一有点什么刺激就晕倒。人人都知道她晕倒往往只是娇贵女人的故作姿态而已，却也因为喜欢她，忍着什么都不说。大家都喜欢她，把她当小孩一样宠着。除了哥哥亨利，谁都不跟她较真儿。

天下诸事，她最喜欢闲聊，甚至比吃喝更喜欢。说起别人的闲事，她能一连扯上好几个小时，但都是出于好心，不含丝毫恶意。虽然记不住人名、地名，还经常把亚特兰大这出戏的演员跟另一出戏里的弄混，但没人会傻到将她的话当真，所以也不会有人受其误导。谁都不会跟她讲真正骇人听闻或丑恶可耻的事，因为尽管已是年过花甲的老姑娘，她未婚女子的状态也得受到保护。

朋友们都好心地联合起来，始终当她是个需要保护和宠溺的老小孩。

玫兰妮在不少方面都很像姑妈：羞羞答答、突然脸红、谦逊谨慎，但她的确有判断力。“我承认，多多少少还是有点。”斯嘉丽不情愿地想。跟佩蒂姑妈一样，玫兰妮也生了张受人庇护的娃娃脸，除了纯朴、仁慈、真实和爱，其他一概不知，眼中从未有过艰苦或罪恶。因为一向快活，她也希望周围的每个人快活，或者至少也要对自己满意。

因此，她总是能看到别人的长处，并亲切地给予赞美。仆人再笨，她也能找出几分忠诚善良之处；姑娘再丑，她也能发现其形体优雅或品格高尚；男人再无能、再乏味，她也宁愿认为他有变好的可能，不会只着眼其现状。

正因为这些美德都是宽厚心灵的自然流露，诚恳又真挚，所以人人都围着她转。毕竟，自己做梦都发现不了的优点，她却能发现。如此魅力，谁抵挡得住？虽然缺乏能套住男人心的执拗和自私让她追求者甚少，但要说全城谁的女性朋友和男性朋友最多，非她莫属。

其实，玫兰妮不过做了所有南方姑娘被教导过的事——让周围的人舒适又满意。正是这种女性间愉快的共谋，才让南方社会如此惬意。女人们知道：无论在什么地方，只有男人心满意足、顺心顺意、虚荣心安全无虞，女人才有可能舒心快意。因此，从出生到入土，女人一辈子都在竭力讨男人欢心。而心满意足的男人，也会殷勤备至、满心爱慕地回报女人。其实，男人愿意给女人世间一切，就是无法容忍女人太聪明。斯嘉丽施展的也是玫兰妮这种魅力，只是技巧更高明、表现更无懈可击。两个女人之间的区别在于：玫兰妮那些亲切奉承的话是为了讨人开心，哪怕这种开心不过片刻欢愉。若非推进个人目的，斯嘉丽绝不会这么做。

查尔斯最爱这两人。她们给他的影响，却并不能让他变得更坚强，也不能让他懂得严酷的滋味或认清现实。将他养大的那个家，就像鸟巢般轻柔温暖。和塔拉庄园相比，这儿真是安静、老式又文雅。斯嘉丽觉得：这房子急需混合了白兰地、烟草和望加锡头油的男人味。此外，它还需要粗哑的嗓音和不时响起的咒骂声，需要枪、胡须、马鞍、辔头，以及脚边的猎狗。她想念只要埃伦转过身，塔拉庄园就会响起的争吵声——嬷嬷跟波尔克吵、罗莎跟蒂娜拌嘴、她自己跟苏埃伦言辞激烈地争论不休，以及杰拉尔德声嘶力竭的恐吓。在这样一个家里长大，难怪查尔斯成了娘娘腔。这儿从来没有令人激动的事，谁都不会提高嗓门说话，每个人都温顺地听取他人建议，结果就是厨房里那个花白头发的“黑暴君”独断专行。斯嘉丽本想逃离嬷嬷的监督后能少受些约束，到头来却悲哀地发现彼得大叔定下的淑女规范比嬷嬷的还严格，对查尔斯少爷的遗孀更是加倍苛刻。

在这样的家庭里，斯嘉丽竟不知不觉间恢复了往日的状态。她只有十七岁，身体健康、精力充沛，查尔斯家的人也在拼尽全力让她开心。就算有些许欠缺，那也不是他们的错。因为每次提起阿希礼牵动的心痛，谁也没法帮她消除。而且，玫兰妮偏偏经常提起他！但玫兰妮和佩蒂都以为斯嘉丽是悲伤难抑，还不知疲倦地设法安慰。为了转移斯嘉丽的注意力，她们把自己的烦心事抛到一边，逐一过问她的饮食、午睡时间和乘车出游等诸多事宜，不仅大肆称赞她勇敢无畏的精神、美好的身段、小巧的手脚和白皙的皮肤，还时时把这些话挂在嘴边，又是爱抚，又是拥抱，又是亲吻，以强调她们心中的爱意。

斯嘉丽并不喜欢那些爱抚，却很享受她们的赞美。在塔拉庄园，从来没人对她说过这么多动听的话。事实上，嬷嬷反而时常挫她傲气。小韦德再也不是恼人的累赘，因为全家上下，无论黑人白人，加上左邻右舍，所有人都对他极尽宠溺，总是争先恐后地抢着抱他。玫兰妮尤其爱他，哪怕他大哭大闹，也觉得他无比可爱，并且不光这么想，还会说出来，末了再加一句："噢，心肝宝贝哟！你要是我生的就好了！"

有时，斯嘉丽会觉得很难掩饰自己的感觉。因为她依然认为佩蒂姑妈是最愚蠢的老小姐，一看到她那副含含糊糊和自吹自擂的样子，就气得受不了。她也不喜欢玫兰妮，这种嫉妒而起的厌恶感与日俱增。玫兰妮满面笑容，骄傲而深情地大声朗读阿希礼的来信时，她甚至不得不突然走出房间。但总的说来，在这种环境下生活已经足够快乐。亚特兰大比萨凡纳、查尔斯顿或塔拉庄园有趣。这儿有那么多新奇的战时岗位，让斯嘉丽几乎没时间想心事或生闷气。但有些时候，比如，吹灭蜡烛，把脑袋搁到枕头上时，她还是会叹着气思忖："阿希礼要是没结婚就好了！要是不用去那个讨厌的医院做护理就好了！噢，要是能有几个追求者就好了！"

虽然很快就开始厌恶护理工作，斯嘉丽还是摆脱不掉这份职责，因为她同时参加了米德太太和梅里韦瑟太太的护理会。这意味着每周有四个上午，她都得拿毛巾裹住头发，用一条热烘烘的围裙从脖子围到脚跟，在闷热发臭的医院里干活。无论老少，亚特兰大所有已婚妇女都要做看护。斯嘉丽觉得，她们的满腔热情真是几近疯狂。她们理所当然地认为斯嘉丽也沉浸在爱国热情中，若发现她其实对战争没多少兴趣，肯定会大吃一惊。除了时刻忧心阿希礼的生命安全，斯嘉丽其实压根不关心战争。至于护理工作，这不过是她不知道如何才能摆脱的差事而已。

护理工作当然一点也不浪漫，对斯嘉丽来说，就是跟呻吟、胡话、死亡和臭气打交道。医院里满是一脸络腮胡，浑身虱子，又脏又臭的男人。他们身上的味道和可怕的伤口，基督徒见了都得反胃。医院里那股坏疽的恶臭味，离门老远就钻进她的鼻孔。一股恶心的甜味始终黏在她手上和头发上，甚至还钻进她梦中，经久不散。苍蝇和蚊蚋成群结队地在病房里嗡嗡地盘旋，把那些伤员折磨得时而破口大骂，时而低声呜咽。斯嘉丽一边挠着被蚊子叮出的包，一边摇蒲葵扇，直摇到肩膀酸痛，巴不得这些伤员都死了才好。

然而，玫兰妮似乎并不在意那些味道、伤口或伤员们的裸露。一个最胆小羞怯的女人竟不怕这些，倒让斯嘉丽颇感惊奇。有时，米德医生清除腐肉，玫兰妮就一脸煞白地端着盘子和器械站在旁边。一次这样的手术后，斯嘉丽发现她用毛巾捂着嘴，在放织品的壁橱里默默呕吐。但只要在伤员看得到的地方，她总是温柔体贴，充满同情。医院里的那些男人都叫她慈悲天使。斯嘉丽虽然也很喜欢这个头衔，但要想获此称号，就得去碰满身虱子的伤员；把手指探进昏迷病人的喉咙，看他们有没有被咽下的烟草块堵了喉咙；还得包扎断肢，从发炎的伤口里挑出蛆虫；等等。不，她不喜欢护理工作！

若允许她对康复的伤员施展魅力，这事或许还能好受些。因为很多伤员不仅迷人，还出身良好。可惜她是寡妇，没法这么做。不让城里的小姐们做护理工作，就是怕某些场面不适合入姑娘家的眼，所以只让她们照料康复期的伤员。斯嘉丽沮丧地看着那些既无婚约，又非寡妇的姑娘在伤员堆里取得巨大进展，甚至最其貌不扬的姑娘，也毫不费力地定了亲。

除了病危和伤重的男人，斯嘉丽完全置身女性的世界。这点真恼人，因为她既不喜欢，也不信任同性。更糟糕的是，同性还总是惹她厌倦。但每周有三个下午，她都得参加玫兰妮朋友们的缝纫会和卷绷带协会。与会的姑娘们都认识查尔斯，所以对斯嘉丽很好，也很照顾她，尤其范妮·埃尔辛和梅贝尔·梅里韦瑟这两位城中富孀的女儿。但她们态度恭敬，仿佛她已人老珠黄似的。而且，她们总是聊跳舞啊，情人啊，听得斯嘉丽又妒又恨，妒她们的快乐，恨让自己无缘这一切的寡妇身份。唉，她比范妮和梅贝尔漂亮三倍！噢，生活真不公平！她的心依然鲜活，但人人都觉得那颗心已经死了，这多不公平啊！她的心就在弗吉尼亚，跟阿希礼在一起呢！

不过，抛开这些困扰，亚特兰大还是令她非常满意。于是，一周又一周过去，她的做客时间也随之越变越长。

第九章

一个仲夏的早晨，斯嘉丽坐在卧室床边，闷闷不乐地看着一辆辆篷车和马车满载姑娘、士兵和年长女伴，喜气洋洋地驶出桃树街，去林子里采摘饰品，以装点当晚为医院举办的义卖会。树荫下的红土路光影交错，穿过拱形树顶洒下的阳光依旧明媚刺目。无数马蹄扬起一小团一小团的红色尘土。打头的那辆篷车上坐着四个壮硕的黑奴。他们带着斧头，要去砍常青树，还要扯些藤蔓下来。车尾盖着餐巾的柳条大篮和橡树条筐堆得高高的。橡树条筐里装着午饭和十几个西瓜。其中两个黑人小伙还带了班卓琴和口琴，这会儿正精神饱满地演奏《骑手基恩，要想快活就当兵去》。马车队快活地跟在这辆篷车后。姑娘们穿着凉爽的花棉裙，身披薄纱，戴着帽子和连指手套保护皮肤，头上还撑着小阳伞。一片欢笑声中，年长女士们微笑不语，安静地听着各车之间的呼喊和玩笑。出院的康复期伤员们挤在敦实的年长女伴和苗条的姑娘们中间，任由后者大惊小怪地为他们手忙脚乱。军官们坐在马背上，慢吞吞地跟在马车旁边。一时间，车轮嘎吱、马刺叮当、金穗带闪闪发光、阳伞摇来晃去、扇子沙沙作响，黑奴们放声歌唱。每个人都坐车离开了桃树街，去收集青枝绿叶、野餐、切西瓜。斯嘉丽郁闷地想："每个人都去了，除了我。"

车队经过时，所有人都挥手跟她打招呼，虽然努力优雅回应，但要做到真难啊。一丝钝痛从心底泛起，慢慢涌上喉咙，哽在喉头，很快就会化成眼泪。除了她、佩蒂帕特、玫兰和城中其他不幸服丧的人，每个人都去野餐了。但玫兰和佩蒂帕特似乎毫不在意，甚至压根没想过要去。但斯嘉丽想过，她想去，非常非常想。

这简直不公平。为了准备这次义卖，她比城中任何姑娘都勤奋两倍：织袜子、婴儿帽、阿富汗披肩和无指手套，用梭织法编织了好多码花边，给不少陶瓷接发盘和胡须杯上色。此外，她还绣了半打沙发靠垫套子。每个套子都得绣上邦联旗，虽然旗帜上的星星绣得有些歪，有些几乎绣成了圆形，还有些绣出六个角，甚至七个角，但整体效果挺不错。昨天，她还在用作军械库的旧谷仓里干到精疲力竭，顶着灰尘给墙边的一溜货摊挂黄、粉、绿三色干酪包[1]布旗。在妇女医院护理会的监督下，这真是件毫无乐趣的苦差事。围着梅里韦瑟太太、埃尔辛太太和怀廷太太转，被她们呼来喝去，像黑奴一样使唤，绝对不好玩。而且，还得听她们吹嘘自家女儿有多受欢迎。最糟的是，帮佩蒂帕特和厨娘做有奖销售的多层蛋糕时，她的手指还被烫起两个泡。

现在，像农场黑奴似的辛苦一场后，眼看着好玩的事就要开始，她却只能黯然退场。噢，就因为死了丈夫，隔壁房间有个大哭大闹的婴儿，她就被排除在一切玩乐之外，真是太不公平。一年多前，她还在跳舞，也能穿鲜艳的衣裙（而非如今这身黑丧服），并且差不多已经跟三个小伙私订终身。如今，她才十七岁，还有好多舞没跳呢。噢，不公平！生活随那些灰军装、叮当作响

1　一种薄纱织物，原作包干酪、黄油等之用，现也用以制作衣服、窗帘等。

的马刺、印花蝉翼纱裙和班卓琴声，沿着下方那条火热的夏日林荫道从她面前走过。对自己最熟悉的那些伤员，她努力克制微笑的冲动，挥手也尽量不挥得太热情。然而，酒窝真是很难藏住。她明明并未心死呀，也很难装出心如死灰的样子。

点头和挥手骤然停止，因为佩蒂帕特走了进来。虽然依旧因爬楼梯而气喘吁吁，她还是一把将斯嘉丽从窗边拽开。

"亲爱的，你疯了吗？竟从卧室窗口冲男人挥手？斯嘉丽，我简直大吃一惊！你妈妈会怎么说啊？"

"呃，他们又不知道这是我的卧室。"

"但他们会有此怀疑，那还不是一样糟糕。亲爱的，不准再做这种事。每个人都会议论你，说你放荡。至少，梅里韦瑟太太知道这是你的卧室。"

"那坏脾气的老太婆，多半还会告诉所有小伙吧！"

"嘘，亲爱的！多莉·梅里韦瑟是我最好的朋友。"

"哼，她也是个坏脾气的老太婆。噢，抱歉，姑妈，别哭呀！我忘了这是我卧室的窗口，以后再也不会了——我——我只是想目送他们过去。我也好想去。"

"亲爱的！"

"唉，我真的想去。老是坐在家里真是烦死啦！"

"斯嘉丽，答应我，千万别再说这种话。大家会议论的。他们会说你不尊重可怜的查理——"

"噢，姑妈，别哭了！"

"噢，我把你也惹哭了。"佩蒂帕特一边满意地哭着，一边在裙子口袋里掏手帕。

之前那丝钝痛终于冲出喉咙，让她放声大哭。不过，她并非如佩蒂帕特所想，哭可怜的查理，而是在哭车轮声和欢笑声渐渐消失了。玫兰妮窸窸窣窣地从自己房间出来，忧心忡忡地皱着眉。她手里拿着刷子，平日整齐的黑发因为没有套上发网，大量蓬松的鬈发波浪般披散在脸旁。

“亲爱的！怎么啦？”

“查理！”佩蒂帕特抽噎道，任由自己沉浸在悲伤中，把头埋进玫兰的肩窝。

“噢，”一听到哥哥的名字，玫兰的嘴唇就颤抖了，“亲爱的，勇敢点，别哭。噢，斯嘉丽！”

斯嘉丽已经扑倒在床上，拿出最大的声音，肆意哭泣。她哭自己失去的青春，哭无缘再体会的青春乐趣。从前想要什么，一哭便能到手。可她知道，如今再怎么哭也无济于事。她就怀着这种孩子般的愤怒和绝望，把脑袋埋进枕头，一边哭，一边用双脚踢着带流苏的床罩。

“我还不如死了好。”她哭得无比激动。之前还悲痛欲绝，说哭就哭的佩蒂帕特立刻收住眼泪，玫兰也冲到床边安慰嫂子。

“亲爱的，别哭了！想想查理有多爱你，你就会好受些了！再想想你亲爱的宝宝。”

被误解的愤慨，加上种种享乐都被剥夺的凄凉，憋得斯嘉丽一句话也说不出来。幸亏如此，不然她很可能像杰拉尔德一样，口没遮拦地说出实情。玫兰妮拍拍她的肩膀，佩蒂帕特踮着脚，吃力地在房间里走来走去，拉下百叶窗。

“别拉！”斯嘉丽从枕头上抬起红肿的脸，吼道，“我还没死呢，你不用拉下百叶窗——不过，我或许还不如死了。噢，走开，让我一个人待着！”

她又把脑袋埋进枕头。后面的两人低声商量了一会儿，便踮着脚出去了。她听见两人下楼时，玫兰妮压低声音对佩蒂帕特说：

"佩蒂姑妈，你以后还是别在她面前提查尔斯了。这话哪次不伤她的心啊。真可怜，她又露出那种奇怪的表情。我知道，她在强忍着不哭出来。我们绝不能让她更难过。"

斯嘉丽憋了一肚子气，踢着床罩，就想找句最难听的话骂骂。

"该死！"她终于大骂出声，心里多少舒坦了些。玫兰妮才十八岁，怎么就甘心待在家里，从不出去找乐子，还为了哥哥披黑纱？生活正伴着叮当作响的马刺声远去，玫兰妮却似乎不知道，或者说不关心。

"可她就是个呆头呆脑的家伙，"斯嘉丽捶着枕头想，"因为从没像我一样受欢迎，所以她当然不会怀念我怀念的那些东西。而且——而且，她已经有阿希礼了，我——我却谁都没有！"想到这个新烦恼，她再次放声大哭。

斯嘉丽一直待在房间里，闷闷不乐地熬到下午。看见野餐的人返回，车上高高地堆起松枝、藤蔓和蕨草，她也高兴不起来了。众人再次冲她挥手时，快活的脸上都带着倦意。她只闷闷地回礼，生活早无希望，的确不值得活下去。

斯嘉丽万万没想到，午后小憩时分，梅里韦瑟太太和埃尔辛太太乘车到访，竟给她带来了解脱。玫兰妮、佩蒂帕特姑妈和斯嘉丽都没想到此时会有访客，匆匆扣好巴斯克衫，抚平头发，下楼来到客厅。

"邦内尔太太的几个孩子出麻疹了。"梅里韦瑟太太劈头盖脸地道，言语间分明认为出了这样的事，邦内尔太太难辞其咎。

"麦克卢尔家的几个姑娘都被叫去弗吉尼亚了。"埃尔辛太太的声音越说越轻，她懒洋洋地摇着扇子，似乎不管这件事，还是别的任何事，都没什么大不了的，"达拉斯·麦克卢尔受伤了。"

"真可怕！"几位女主人异口同声地嚷道，"可怜的达拉斯是……”

“没有。只是打穿了肩膀。”梅里韦瑟太太赶紧道，“但这事出得太不凑巧。几个姑娘北上去接他回家。但是，天哪，我们可没工夫在这儿闲聊，得赶紧回军械库把一切布置好。佩蒂，我们需要你和玫兰今晚顶邦内尔太太和麦克卢尔家那几个姑娘的班。”

“噢，可是，多莉，我们不能去。”

“别跟我说不行，佩蒂帕特·汉密尔顿。”梅里韦瑟太太中气十足地道，“我们需要你盯着管茶点的那几个黑奴。那本是邦内尔太太的活。玫兰，你负责麦克卢尔家那几个姑娘的摊位。”

“噢，我们不能——可怜的查理才刚去世—……”

“我理解你们的心情。但为了我们的目标，再大的牺牲也不为过。”埃尔辛太太柔声细语地插嘴道，就这样把事情定了下来。

“噢，我们倒是乐意帮忙，但——你们干吗不找几个甜美漂亮的姑娘照看货摊？”

梅里韦瑟太太无比响亮地哼了一声。

“真不知道现在的年轻人怎么了，一点责任心都没有。那些不守摊的姑娘哪，找到的借口多得你数都数不清。噢，她们骗不了我！不就是怕守摊妨碍她们巴结军官吗。她们害怕站在柜台后，展现不出新裙子。真希望那个穿越封锁线的家伙——他叫什么来着？”

“巴特勒船长。”埃尔辛太太提醒道。

“希望他多运些医疗物资，少弄点带裙撑的裙子和花边来。如果今天必须见到一条裙子，那之后我还得见到二十条他弄进来的裙子。巴特勒船长——这名字我真是听腻了。好啦，佩蒂，没时间跟你争，你一定要来。每个人都会理解。再说，待在里屋，也没人瞧得见你。玫兰也不会显眼。麦克卢尔家那几个可怜姑娘的摊位在尽头，布置得也不是太漂亮，所以不会有人注意到你们。”

“我觉得，我们应该去。”斯嘉丽压抑住自己的渴望，稳住脸上真诚又单纯的表情，“至少，我们还能为医院做点事。”

来访的两位太太压根没提过她的名字，这下全转过头，目光锐利地盯着她。就算再走投无路，两人也没想过要一个守寡还不到一年的女人在社交场合抛头露面。斯嘉丽睁大眼睛，一派天真地忍受着她们的注视。

“呃……”玫兰无助地叹了一声。在丧期出席社交活动真是闻所未闻，真叫她不知所措。

“斯嘉丽说得对。”梅里韦瑟太太见她们有软化迹象，连忙起身，拉正裙撑，“你俩——你们仨都得来。行啦，佩蒂，别再找借口。想想医院多需要钱买新床和新药吧。你们为查理献身的目标出力，他一定会高兴的。”

“呃，”佩蒂帕特遇到比自己个性更强的人时，向来无法抗拒，“只要你觉得大家会理解就行。”

“太棒了！棒极了！真是好得不像真的！”斯嘉丽满心雀跃地溜进本该由麦克卢尔家那几个姑娘照看的摊位。这个摊位挂着粉红色和黄色的帷帘，并不十分显眼。她真的到义卖会上来了！幽居一年，又是戴黑纱，又是压低声音说话，几乎无聊到发疯的一年哪！她真到义卖会上来了，亚特兰大有史以来最大的一场义卖会。她看到了人群、各色灯光，听到了音乐，还目睹了著名的巴特勒船长突破封锁线，刚刚运进来的可爱花边、褶边和长裙。

货摊柜台后有很多小凳子。她一屁股坐到其中的一张上，来回扫视长长的大厅。今天下午以前，这儿还是个光秃难看的操练室呢。要布置成眼下这般漂亮的样子，那些太太小姐不知花了多少力气。这儿可真好看。斯嘉丽想：亚特兰大的每根蜡烛和每个烛台，今晚肯定都聚集到这间大厅里来了。银烛台伸出十二条亮闪闪的手臂；瓷烛台的底座上簇拥着迷人的小雕像；黄铜旧烛台挺拔庄严，插满各种尺寸和颜色的蜡烛，散发出宾州杨梅的香味。沿墙摆了一排的枪架上、一张张装饰着鲜花的长桌上、货摊的柜台上，甚至窗户敞开的窗台上，处处烛光摇曳。而阵阵温暖的夏风，正好把它们吹得更加明亮。

大厅中央，天花板上垂下几根生锈的铁链。链子上挂了盏又大又丑的吊灯。现在，盘绕其上的常春藤和野生葡萄藤让它完全变了样。但在烛火的烘烤下，这些藤蔓已有些枯萎。沿墙立着香味浓烈的松枝，几个角落更是搭起漂亮的凉亭，给年长女伴和老太太们坐。到处都挂着长串长串优雅的常春藤、葡萄藤和菝葜藤。有的藤蔓做成花环挂在墙上，有的如帷帘般垂在窗前，有的弯成扇形，摆在盖着各色鲜亮干酪包布的摊位上。一片葱绿中，到处都是邦联旗和彩旗。邦联旗上的星星在红蓝两色背景的衬托下，更是格外璀璨。

为乐师们升高的舞台尤其有艺术性。台子完全隐在青枝绿叶和闪闪发光的彩旗中。斯嘉丽知道，城里所有盆栽和桶栽植物都被搬来了：锦紫苏、天竺葵、绣球花、欧洲夹竹桃、秋海棠……甚至埃尔辛太太那四盆珍贵的橡胶，也光荣地占据了舞台四角。

舞台对面的大厅尽头，女士们都黯然失色。因为这面墙上挂着戴维斯总统、佐治亚州自己的“小亚历克”，以及邦联副总统斯蒂芬斯的巨幅画像。画像上方是一面大旗，下方的一张张长桌上是从城中各花园搜刮来的花花草草：蕨类植物；一排排或绯红，或黄，或白的玫瑰；叶片如刀鞘般神气的金色剑兰；大团大团五颜六色的旱金莲；从花丛中伸出深紫和浅黄色头状花序、身姿挺拔的蜀葵。蜡烛在花丛中如圣坛之火般燃烧着。画像上的两张面孔就俯视着这样的场景。在如此重要的关头执掌大权的两人，长相真是迥异啊：戴维斯双颊扁平，眼神冷漠得犹如苦行僧，骄傲的薄唇紧紧抿着；斯蒂芬斯一双幽深炽热的眼眸深深嵌在脸上。那是一张只知疾苦，并用幽默和热情战胜过疾苦的脸。这两张脸，都深受人民爱戴。

负责整场义卖会的几位老太太委员窸窸窣窣，如全帆齐备的大船般，神气活现地走进大厅，把来迟的年轻主妇和咯咯直笑的姑娘们赶进各自的货摊，然后又飞快地穿过一道又一道门，去查看后面那些摆放茶点的屋子。佩蒂姑妈气喘吁吁地跟在她们后面。

黑人乐师爬上舞台，一个个都咧嘴笑着，胖胖的脸颊上已经汗珠闪烁。他们开始郑重其事地调整小提琴，用琴弓又是拉又是敲。从亚特兰大还叫马撒斯维尔时起，每场义卖会、舞会和婚礼的管弦乐队，就都由梅里韦瑟太太的马车夫老利瓦伊指挥。此刻，他敲了敲琴弓，叫所有人做好准备。除了管理义卖会的太太们，到场的人还不多。但大家的目光都集中在老利瓦伊身上。接着，小提琴、低音提琴、手风琴、班卓琴一齐奏响舒缓的《洛雷娜》。这曲子的确很慢，不适合跳舞。等各摊位卖完货，才会开始跳舞。甜美忧伤的华尔兹传入斯嘉丽耳中，让她的心越跳越快：

洛雷娜，时光漫漫流逝，
白雪再覆草地，
太阳远落天际，洛雷娜……

一二三，一二三，欠身摇摆——三，转身——二三。多么美妙的华尔兹！斯嘉丽微微探出手，闭上眼，随着悲伤又缠绵的旋律摆动着身体。这哀婉的曲调和洛雷娜失去的爱情，与她自身激动的情感交织在一起，顿时令她喉头哽咽。

接着，仿佛被华尔兹乐曲唤醒，下方融融月色中的街道突然飘来种种声响：马蹄嗒嗒、车轮辘辘、温暖甜美的空气中笑声不断，还有黑奴们抢夺拴马位置时，从尖细轻柔的争辩发展到高声吵闹。楼梯上一片骚乱：轻松快活的笑声、姑娘们清脆的嗓音、年长女伴们低沉的声音，还有姑娘们认出下午才分开的朋友时，快活的问候和高兴的尖叫声。

大厅顿时活跃起来。姑娘们穿着蝴蝶般鲜艳的长裙飘进大厅。裙摆大大地撑起，可以瞥见裙下的花边衬裤。上身露出浑圆雪白的小肩膀；荷叶边隐隐现出一点点柔美的小胸脯；蕾丝披肩随意地搭在胳膊上；洒金扇、彩绘扇、天鹅毛扇或孔雀羽扇都用细细的丝绒缎带系在手腕上，摇来晃去的。黑发姑娘们绾起乌黑油亮的头发，沉甸甸的发髻让她们的脑袋也微微后仰，显得神气又俏皮。金发姑娘们任由浓密的金色鬈发散在颈边，让带流苏的金色耳坠随鬈发一起跳动。花边、丝绸、穗带和缎带全都是突破封锁线而来，所以更显珍贵，穿起来也愈加自豪。这些华服增添的骄傲，也是对北佬的额外蔑视。

其实，城里的鲜花并未全数献给两位邦联领袖。最小、最香的那些，都装饰在姑娘们身上呢。香水月季别在粉红的耳后，栀子花和玫瑰花苞编成小花环，套在瀑布般披散而下的鬈发上。有些花端庄地别在缎带上——过不了今夜，它们就会被当作珍贵的纪念品，进入那些灰军装的胸袋里。

人群中有很多穿军装的，不少人斯嘉丽都认识。有些是在医院的病床上认识的，有些则是在街上或操练场上相识的。这些军装真是华丽灿烂：纽扣闪闪发光，袖口和领口盘绕着炫目的金色穗带，裤子根据所属的不同部门，分别镶上红、黄、蓝三色条纹织物，把灰军服衬得完美极了。绯红和金色的饰带来回摆动，闪闪发亮的军刀一下下地拍在锃亮的长靴上，靴刺相碰，也叮当作响。

这些人真帅呀，斯嘉丽不由得骄傲地暗暗赞赏。军人们冲朋友打招呼、挥手，还躬身亲吻老太太的手。哪怕蓄着一排黄髭或一大把浓密的黑须和棕须，或者胳膊仍挂在吊带里，头上还包着雪白的绷带，与被太阳晒黑的脸形成鲜明对比，他们依然那般年轻、帅气、英勇不羁。有些人拄着拐杖，姑娘们便一脸骄傲，无比体贴地放慢脚步，以配合这些护花使者仿佛单脚跳跃的步子！所有军人中，有一位穿得格外艳俗醒目，宛如一只立在鸦群中的热带鸟，把姑娘们鲜艳的华服都比了下去。原来，是个路易斯安那的义勇军士兵。他穿着宽松的蓝白条纹裤，浅黄色绑腿式长统靴和红色紧身短上衣，一条胳膊挂在黑绸吊带里，整个人皮肤黝黑，咧嘴直笑的模样活像只小猴子。他叫勒内·皮卡德，是梅里韦瑟太太特别中意的追求者。整个医院的人肯定都到场了，至少每个走得动的人都来了。从这儿到梅肯之间所有铁路、邮政、医院和军需部门的人也来了。女士们该多高兴呀！今晚，医院肯定能筹到一大笔钱。

下方街上传来一阵鼓声、沉重的脚步声和马车夫们响亮的赞美声。号声响起，一个低沉的声音发出队伍解散的号令。不一会儿，身着鲜艳军装的地方志愿军和民兵们便把狭窄的楼梯踩得直摇晃。他们涌进大厅，又是鞠躬，又是行礼，又是握手。志愿军里有些小伙为能参军而骄傲不已，并承诺若仗能打到明年这时候，自己肯定会去弗吉尼亚。一身军装、大步进场的白胡子老头们一面自豪儿子上了前线，一面希望自己能再年轻些。民兵团里有很多中年人和年纪更大的人，也有一些适龄青年。但后者倒不如那些年老或年少的喜气洋洋。这时，人们已经轻声议论开了，问他们为何没有跟李将军上前线。

他们怎能全挤进会场！几分钟前，这儿似乎还是片很大的场地，现在却满满当当，因夏夜里混合了香袋、科隆香水、头油和燃烧的月桂烛的味道而躁动，也因繁花而芬芳。老旧的操练场地板被无数双脚踩踏，扬起薄薄的灰尘。一片吵嚷声中，几乎什么也听不见。仿佛被这快活而振奋的场景感染，老利瓦伊停止演奏到一半的《洛雷娜》，突然用力敲了几下琴弓，然后全力一拉，乐队便立时奏响《美丽的蓝旗》。

上百个声音同时响起，引吭高歌，唱得就像在欢呼。地方志愿军的号手爬上舞台，正好赶上大合唱开始。令人震颤的高亢号音盖过大合唱，让露在外面的胳膊起了一层鸡皮疙瘩，整个脊背也蹿过一股深切悲凉之感。

万岁！万岁！
南方的权利万岁！
美丽的一星蓝旗
万岁！

众人呼啦啦地继续唱第二节，斯嘉丽也跟着一起唱。突然，玫兰妮甜美的女高音从身后传来，清晰真切，如号声般激动人心。她转过身，看见玫兰双手紧扣胸前，闭着眼站在那儿，细碎的泪珠涌出眼角。乐曲终了时，她冲斯嘉丽古怪一笑，一边用手帕拭了拭泪，一边轻轻噘了噘嘴，以示歉意。

“我太高兴了，”她轻声道，“也太为这些军人骄傲，所以忍不住哭了。”

她眼中流露出一种深沉到近乎疯狂的光芒，一时间竟点亮了那张平庸的小脸，让它显得美丽起来。

一曲歌毕，所有女士脸上都露出这样的神情。无论是粉嫩的脸，还是布满皱纹的脸，全都挂着骄傲的泪珠，唇角含笑，眼里闪着炽热的光芒。她们纷纷望向自己的男人，姑娘看着情郎，母亲看着儿子，妻子看着丈夫。完全受到保护，被全心全意地爱着，并且自己也千百倍地回应了这份爱的女人，哪怕再平凡，也会焕发出炫目的美。

她们爱自己的男人，相信他们，至死不渝。当那道坚实的灰色防线挡住北佬，灾难怎么可能还降临到她们头上？创世以来，可曾有过如此英勇无畏、殷勤温柔的男人？这般正义合理的目标，除了绝对的胜利，还会有什么别的结局？她们像爱自己的男人一样，爱着那个目标。她们用自己的双手和心灵为之服务，整日谈论它，想着它，梦着它——如有必要，她们甚至可以为之牺牲自己的男人，并像男人们高举战旗一样，骄傲地承受这份损失。

这是她们心中的骄傲和最深沉的热爱，也是邦联事业的高潮，因为最终的胜利就在眼前。“石壁”将军杰克逊在河谷战役中的胜利和北佬们在里士满附近“七日战役”中的接连惨败，已令局势清清楚楚。有了李将军和杰克逊将军这样的将领，还能有别的结局吗？再打一次胜仗，北佬就会跪下来祈求和平，男人们也会骑着马回来，处处都将是亲吻和欢笑。再打一场胜仗，战争就结束了！

当然，有些人家里会有空着无人坐的椅子，会有再也见不到父亲的婴儿。孤寂的弗吉尼亚溪边和田纳西宁静的群山中，也会多出不少无碑的坟墓。然而，对那般伟大的目标来说，这些代价难道很大吗？虽然茶、糖和女士们想要的绸缎都很难弄到，但这些都是以后能被当成笑话来讲的东西。再说，总有闯劲十足的勇士突破封锁线，从北佬不满的鼻子下把这些东西运进来，让此时拥有它们的人更加激动。很快，拉斐尔·塞姆斯和邦联海军就会收拾掉北佬的炮艇，届时港口便能大开。而且，英国也会来协助邦联打赢战争，因为英国的磨坊已经停产，就等着南方的棉花开工。同为贵族，英国贵族们自然同情邦联，反对那些贪财的北佬。

于是，女人们窸窸窣窣地甩动绸裙，满心骄傲地笑看着自己的男人。她们知道，从危险和死亡中夺来的爱情往往伴随着奇特的刺激感，因此加倍甜蜜。

斯嘉丽乍看到这群人，心还因为久未参加集会的激动而狂跳不已。但看到周围那一张张果敢刚毅的脸，她又似乎明白了什么，欢喜也开始消散。在场的每个女人都燃起一种她无法体会的热情。这种热情让她既困惑，又沮丧。不知怎的，大厅似乎没那么漂亮，姑娘们也没那么时髦了。而因为那个伟大的目标，每张脸上闪耀的狂热忠诚之光——啊，明明很愚蠢！

瞬间的明悟令她不由得张大了嘴。原来，她并不能分享这些女人强烈的自豪感，也无法甘愿为了那个伟大的目标，牺牲自我和自己拥有的一切。不等恐惧让她生出“不，不！绝不能这么想！这种念头有错，是罪过”的想法，她就知道：其他人狂热谈论的伟大目标，在自己眼中毫无意义。在她看来，这个目标似乎并不神圣。战争并非什么崇高之事，不过是毫无意义地杀人、劳民伤财、让奢侈品变得更难买的麻烦事而已。她知道，自己已经厌倦没完没了的编织、卷绷带和会磨粗指甲的刮绒布。而且，噢，她也烦死医院了！那令人作呕的坏疽味、永无休止的呻吟都让她疲惫、厌倦、无比憎恶。而那些濒死伤员凹陷的脸，也让她惊恐不已。

脑海中闪过如此不忠又不敬的念头，她偷偷环顾了一下四周，生怕有人看出她脸上就清清楚楚地写着这些想法。噢，怎么就不能跟这些女人感同身受呢！她们全心全意、无比真挚地献身于那个伟大的目标，真的言行一致。万一有人怀疑她——不，绝不能让别人知道！哪怕对那个伟大目标毫无感觉，她也得继续装出一副狂热又自豪的模样，扮演好邦联军官寡妇的角色，勇敢地承受悲伤，将心埋进坟墓；只要有助于实现最终目标，那丈夫的死就算不得什么。

噢，她为何跟这些充满深情的女人大相径庭？她永远无法像她们一样，如此无私地爱着任何人或事。这感觉真孤独呀。从前，无论是身体还是精神，她都从未感到孤独。起初，她还想把这些感觉压下去，但天性使然，终究无法自欺欺人。于是，义卖会继续，她和玫兰妮在各自摊位上招待客人时，脑子也没闲着，一直试图为自己辩解。而辩解这种事，她倒是很少犯难。

其他女人谈起爱国和伟大目标，只显得愚蠢可笑、歇斯底里。男人们满口生死存亡和州权之类的言论，几乎也跟前者一样。只有她，斯嘉丽·奥哈拉，具有爱尔兰人的清醒头脑。她才不会为了追求那个伟大目标变成傻瓜，但也不会承认内心的真实情感，让自己出丑。她足够清醒，完全能切合实际地处理眼前的形势，谁都别想洞悉她的真实感受。义卖会的这些人若知道她心中所想，不知该有多吃惊！她要是突然爬上乐池，宣称应该结束战争，让每个人都能回家种棉花、举办宴会、重新找情人，再次拥有很多淡绿色衣裙，肯定会让众人无比震惊。

自我辩解虽然令她短暂地振奋起来，但四下一看，这个会场仍令她生厌。正如梅里韦瑟太太所说，麦克卢尔家那几个姑娘的货摊并不显眼，很久都没人光顾这个角落。斯嘉丽无所事事，只得嫉妒地望着欢乐的人群。玫兰妮虽觉出她情绪低落，却只当她在思念查尔斯，所以并未找她说话，反而自顾自地忙着重新布置摊位上的货物，把东西摆得更吸引人。斯嘉丽闷闷不乐地坐在那儿环视大厅，甚至戴维斯先生和斯蒂芬斯先生画像下的那堆鲜花，也让她觉得讨厌。

“看起来真像个祭坛，”她嗤之以鼻，“瞧瞧众人对他俩的态度，简直当他们是圣父和圣子了！”猛然发现自己的不敬，她连忙画了个十字忏悔，及时克制住了自己。

“嗯，的确如此呀，”她跟良心争辩，“人人都把他俩当成圣人，可他们是人不是神，而且还是很不好看的人。”

斯蒂芬斯先生因为终身残疾，对自己的长相的确无可奈何。可戴维斯先生——斯嘉丽仰头看向那张多彩浮雕般干净骄傲的脸。她最恼火的是他那把山羊胡。男人应该要么把脸刮干净，要么就留八字须或络腮胡。

“看那一小把胡子，估计他也就这点能耐了。”斯嘉丽这么想着，完全没看见担起新国家的重任后，那张脸上坚毅冷峻、充满智慧的神情。

不，她现在很不高兴。刚到人群中时，她的确高兴过一阵子。现在，仅仅到场已经不够。虽然在义卖会上，她却并未真正参与进去。没人注意到她。现场的单身女士中，只有她没有追求者。她这辈子早已习惯成为舞台的中心。不公平！她才十七岁，双脚轻踏地板，多想蹦跳起舞呀。她才十七岁，却已经有个躺在奥克兰公墓的丈夫，一个睡在佩蒂帕特姑妈家摇篮里的娃娃。每个人都认为她应该知足。与现场的任何姑娘相比，她的胸更白、腰更细、脚更纤小，可这些有什么用？她不如躺在查尔斯身边，竖块“某某爱妻”的墓碑好。

她不是姑娘，没法跳舞和调情；她也不是太太，能跟其他太太坐在一起，品评那些跳舞和调情的姑娘。而且，她也没老到可以当寡妇。寡妇应该是上了年纪，老得不想再跳舞、调情和引人仰慕的人。可她才十七岁，就要端庄拘谨地坐在这儿，尽力维持寡妇的尊严和礼仪，真不公平。英俊的男人来到货摊前，她也得压低声音，谦恭地垂下眼帘，真是太不公平了！

在亚特兰大，每个姑娘都有三层男人围着。甚至相貌最普通的，也神气得跟最漂亮的美人似的。而且，噢，最可恨的是，她们都穿着漂亮衣裙，非常漂亮的衣裙！

斯嘉丽却只能像黑乌鸦一样坐在这儿，一身袖子长到手腕、扣子扣到下巴的黑塔夫绸裙，连一点花边或穗带都没有。除了埃伦给的那个缟玛瑙丧服胸针，身上再无其他珠宝。她眼巴巴地看着那些讨厌的姑娘挽着英俊男士的胳膊，在厅中走来走去。都怪查尔斯·汉密尔顿，得什么麻疹！他甚至不是英勇地战死沙场，害她连吹嘘的资格都没有。

她叛逆地把手肘撑在柜台上，看着人群，完全不顾嬷嬷曾经的反复告诫——“撑胳膊肘会让皮肤起皱变丑。”就算它们变丑了，又有什么关系？她或许永远都没展示胳膊肘的机会了。斯嘉丽贪婪地看着从眼前飘过的衣裙：配玫瑰花蕾花环的奶黄色波纹绸裙，镶了十八条细黑天鹅绒荷叶边的粉缎裙，裙摆足有十码、波状花边如泡沫一般的婴儿蓝塔夫绸裙。还有裸露的胸脯和诱人的鲜花。

梅贝尔·梅里韦瑟挽着那个义勇军士兵的胳膊，朝隔壁摊位走来。她那身苹果绿塔夫绸裙撑得老大，衬得腰身都快看不见了。满裙子的米色尚蒂伊细花花边刚从查尔斯顿的封港舰而来，瞧梅里韦瑟那副招摇过市的轻佻样儿，仿佛突破封锁线的是她，而非那位著名的巴特勒船长。

“我要是穿上那条裙子，该多好看呀。”斯嘉丽心中妒意翻腾，“她那腰粗得跟奶牛腰似的。那种绿正适合我，能让我的眼睛看起来——金发碧眼的女人，怎么穿这种颜色？她的皮肤简直跟陈奶酪一样绿。想想看，我永远也没法穿那种颜色了，哪怕丧期结束也不行。不，就算设法再婚，也穿不成了。以后，我只能穿讨厌的灰色、棕黄色和淡紫色衣裳。”

短短一刹那，她便把所有不公之事都想了一遍。寻欢作乐、穿漂亮衣服、跳舞、调情，一生中能做这些事的时间太短了！只有几年，短短几年！然后就得嫁人，穿颜色灰暗的裙子，生儿育女，失去腰身。舞会上，只能跟其他稳重的主妇坐在角落里，要跳舞也得跟丈夫或只会踩你脚的老绅士们跳。若不守这些规矩，就会被其他主妇议论，不仅自己声名尽毁，还会连累家人蒙羞。整个少女时期都在学如何吸引人，如何抓住男人的心，这样的本事却只能用一两年。想起埃伦和嬷嬷对自己的训练，斯嘉丽知道那是一套全面又有效的方案，只要乖乖遵循，苦心定不会白费。

跟老太太们在一起，就得甜美单纯，尽量显得头脑简单。因为老太太都精明诡诈，像猫一样满心提防地盯着姑娘们，只要后者有任何言行不当之处，就立刻扑上去。跟老绅士们在一起，姑娘就要显得骄横、调皮，再带点不算出格的轻佻，好挑起那些老蠢货的虚荣心，让他们觉得自己又年轻气盛、蠢蠢欲动了。然后，他们会捏捏你的脸颊，喊你“小妖精”。当然，这种场合你得满脸通红，否则他们不仅会更加肆无忌惮地动手动脚，还要跟自己的儿子说你轻佻放荡。

跟年轻姑娘和少妇们待在一起，你就得嘴巴抹蜜，哪怕一天见十次，也要次次亲吻。无论多么厌恶，你也得伸手搂住她们的腰，并让她们搂着你。你要一视同仁地夸赞她们的衣裙和宝宝，打趣打趣她们的追求者，恭维恭维她们的丈夫，还要谦虚地咯咯笑着否定她们的称赞，说相比之下自己真是毫无魅力。还有，最重要的一点是：在她们说出真实想法前，千万不能说出自己对任何事情的真实感想。

务必远离别人的丈夫，哪怕他们是被你抛弃的旧情郎。无论他们多迷人，你都得敬而远之。如果对年轻丈夫们太好，他们的妻子便会说你放荡，让你落得个坏名声，永远别想有自己的情人。

不过，跟年轻的单身汉在一起嘛——啊，那可就是另外一回事了！你尽可以温柔地冲他们笑，等他们飞奔而来探明究竟时，你可以拒不回答，反而笑得更欢，让他们一直围在你身边使劲琢磨。你可以暗送秋波，应承几件激动人心的事，让他们绞尽脑汁想跟你独处。等到真就只有你俩时，你要在他试图吻你时装得非常受伤、非常生气。可以让他为自己的卑鄙行径道歉，再无比甜美地原谅他，勾得他还想再来吻你。偶尔，你也可以真让他吻一下，但切记别太频繁（这点并非埃伦和嬷嬷所教，但她无师自通，屡试不爽）。吻过后，你得哭，声明你也不知是怎么回事，然后说他再也不会尊重你。于是，他肯定会拭干你的泪，通常还会求婚，以示他真的非常尊重你。接着，还有很多——噢，真是有太多事可以对单身汉做。这些她全知道：斜斜地抛个媚眼；扇子掩面微微一笑；扭动屁股，让裙子摆起来；眼泪；欢笑；奉承；甜美的同情。噢，这些把戏向来奏效——对阿希礼却不灵。

不，学会全套花招，只用这么短时间就再也不用，似乎并不合适。要是永远不用嫁人，一直都穿着可爱的淡绿色长裙，始终有英俊的男士追求就好了。然而，这样的日子过久了，便会成为英迪亚·威尔克斯那样的老姑娘。任谁见了，都自鸣得意地喊一声“可怜虫”，多讨厌啊。不，就算永远无法得到更多乐趣，还是嫁人更好。这样，至少能保住自尊。

噢，生活真是一团糟！她真傻啊，那么多人，为何偏偏要嫁查尔斯，十六岁就断送了自己的一生？

人群纷纷向墙边退去，打断了她激愤又无望的幻想。女士们小心翼翼地扶着裙撑，免得不经意间的碰撞翻起裙摆，让露出的衬裤超出适宜范畴。斯嘉丽踮起脚尖，越过人群，看见那个民兵团团长登上了舞台。他大声喊了几句口令，半个连的人立刻排成一列。他们生气勃勃地操练了一会儿，直练得额头冒汗，引来观众们阵阵喝彩和掌声。斯嘉丽也随众人礼貌性地鼓了鼓掌。解散后，士兵们纷纷涌向卖潘趣酒和柠檬汁的摊位。斯嘉丽转向玫兰妮，觉得自己最好还是尽快装出一副关心大业的样子。

“他们看起来真不错，不是吗？”她说。

玫兰妮正忙着收拾柜台上的针织品。

“他们中的大多数人若穿上灰军装，到弗吉尼亚去，肯定会更不错。”她应道，并未放低声音。

几个民兵团成员骄傲的母亲就站在附近，恰好听到了这番评论。吉南太太的脸顿时一阵红一阵白，因为她二十五岁的儿子威利就在团里。

斯嘉丽吓了一大跳，万万没想到这话竟出自玫兰之口。

“哎呀，玫兰！”

“斯嘉丽，你知道这就是事实。我没说那些小男孩和老绅士。但很多民兵完全扛得起步枪。此时此刻，他们就该上前线。”

“可是——可是——”斯嘉丽还从未琢磨过这事，“总得有人留守家园——”威利·吉南是怎么跟她解释自己为何留在亚特兰大的？“总得有人留守家园，保卫本州不被侵略。”

“现在没人侵略我们，今后也不会有。”玫兰看着那群民兵，冷冷地说，“阻止侵略者的最好方法，就是去弗吉尼亚，击退那儿的北佬。至于说民兵留在这儿是要防止黑人造反——哈，如此愚蠢的话，我真是头一回听到。我们的人民为何会造反？不过是懦夫找的好借口罢了。我敢说，要是全州的民兵都去弗吉尼亚，我们定能在一个月内打败北佬。就是这样。”

“哎呀，玫兰！”斯嘉丽惊叫一声，眼睛都瞪大了。

玫兰温柔的眼睛闪着怒火，说道：“我丈夫可不怕上前线，你丈夫也没怕。我宁愿他们都死在那儿，也好过待在家里。噢，亲爱的，对不起，我这话太欠考虑，太残忍了！”

她动情地抚摩着斯嘉丽的胳膊，斯嘉丽却只是瞪着她。斯嘉丽想的不是死去的查尔斯，而是阿希礼啊。阿希礼要是也死了怎么办？这时，米德医生朝她们的摊位走来，斯嘉丽赶紧转过身去，下意识地笑了笑。

“好啊，姑娘们，”他打着招呼，“你们能来真是太好了。我知道，你们今晚出来，定是做出了很大牺牲。但这都是为了伟大的目标。而且，我要告诉你们一个秘密。为了今晚给医院多筹些钱，我想出一个惊人的好点子。只是，恐怕某些女士会非常震惊。”

他停下脚步，扯着灰色山羊胡嘿嘿直笑。

“噢，什么？快说说！”

“我又想了想，还是让你们猜猜吧。不过，要是教会的人为此把我赶出城，你们这些姑娘可要支持我呀。这可都是为了医院。你们待会儿就知道了。以前还从未有人做过这种事。”

他得意扬扬地朝角落里的一群年长女伴走去。两个姑娘转向彼此，正要讨论是什么秘密，就见两位老绅士朝摊位走来，嚷嚷着要买十英里长的梭结花边。唉，算了，有老绅士上门，总好过无人光顾。斯嘉丽这么想着，一边量花边，一边故作害羞地任由他们摸下巴。两个自诩风流的老家伙又朝卖柠檬汁的摊位走去，把位置让给了别的顾客。瞧，梅贝尔·梅里韦瑟真是笑声不断，范妮·埃尔辛也咯咯直笑。怀廷家的几个姑娘妙语连珠，逗得人多开心。难怪自己摊位的顾客就是没别人的多——玫兰只会像店主一样，默默把没用的东西卖给那些买了之后也不可能用得上的男人。而斯嘉丽呢，也学着玫兰的样子行事。

每个货摊前都围了一群人，姑娘们叽叽喳喳，男人们买这买那，唯独她俩的摊位冷冷清清。偶尔几个上前攀谈的，不是说曾跟阿希礼是大学同窗（他真是个出色的士兵），就是语气崇敬地说起查尔斯，感叹他的死真是亚特兰大的一大损失。

接着，欢快的《约翰尼·布克，帮帮黑人！》舞曲突然响起，斯嘉丽差点尖叫出声。好想跳舞呀，太想跳舞了。她望向舞池对面，一只脚合着音乐打拍子，绿眸里满是渴望，仿佛就要噼里啪啦地燃烧起来。对面有个男人刚进来，正站在门边打量众人。他立刻认出斯嘉丽，不由得仔细打量起她愠怒又叛逆的脸上，那双斜睨着众人的眼睛。随后，读懂那双眼里任何男人都能领会的邀请之意时，他咧嘴笑了。

此人一身绒面呢黑衣，个子很高，比身边的几位军官高出很多。他肩膀很宽，但越往下越窄，于是不仅腰细，锃亮皮靴里的一双脚更是小得滑稽。一身极黑的衣服配上带褶裥饰边的精致衬衫，裤子利落地扎在高帮靴里。这身打扮跟他的体格和相貌极不相称，因为虽然穿得像个花花公子，身体却充满力量。而周身慵懒优雅的气质里，也潜藏着危险的气息。他头发乌黑，八字须修得又短又齐，和周围蓄时髦长须的骑兵一比，简直像个外国人。看起来，他就像个纵情声色、恬不知耻的男人，事实也的确如此。此人自命不凡，周身都是一股令人不快的倨傲气。他盯着斯嘉丽，大胆的眼里尽是不怀好意的神色。看到最后，斯嘉丽感觉到他的注视，也朝他看来。

虽然觉得这人面熟，斯嘉丽一时间却想不起他是谁。但几个月来，他是第一个对她表现出兴趣的男人，于是她冲他嫣然一笑。他鞠了一躬，她也稍稍回了个屈膝礼。然后，他挺直身子，迈着印第安人一样的轻快步伐，朝她走来。她这才惊得捂住了嘴，因为她想起来这是谁了。

晴天霹雳！她呆立当场，看着他穿过人群而来。接着，她不假思索地转过身，一心想奔回放茶点的房间，裙子却被货摊上的一根钉子钩住了。她死命一拉，裙子破了，可他也转眼间到了她跟前。

“让我来吧，”说着，他便俯身去解那条荷叶边，“奥哈拉小姐，我都没敢奢望你还记得我。”

他的声音出奇悦耳，正是绅士柔和顿挫的嗓音，响亮中带着查尔斯顿人那种平稳和缓的尾调。

她恳求地仰望着他，脸因回想起上次见面的情景而羞得绯红。她这辈子都没见过如此黑的眼睛。不仅如此，这双眼里还闪动着幸灾乐祸的光芒。全世界那么多人，怎么偏偏碰上他？这可怕的家伙曾目睹她跟阿希礼的那一幕。如今回想起来，当时的情景还能让她做噩梦。这讨厌的恶棍毁姑娘名声，也不受好人欢迎。可卑鄙的男人还理由充足地说她不是淑女呢。

听到他的声音，玫兰妮转过身来。斯嘉丽生平第一次感谢上帝，给了她这么一个小姑子。

“啊，这是——这是瑞德·巴特勒先生，对吗？”玫兰妮微微一笑，伸出手去，“我见过你——”

“在你订婚的大喜日子见过，”他接过话题，俯身吻了吻她的手，“谢谢你还记得我。”

“巴特勒先生，你大老远从查尔斯顿跑这儿来干吗？”

“为了生意上的一件麻烦事，威尔克斯太太。从现在起，我就要在你们的城市进进出出了。我发现，仅把货物运进来可不够，还得想法把它们卖掉。”

“运进来——”玫兰先是皱了皱眉，接着又一下子开心地笑了，“啊，你——你肯定就是大名鼎鼎的巴特勒船长，穿越封锁线的勇士。我们经常听说你。哎呀，这儿的每个姑娘都穿着你运进来的裙子。斯嘉丽，你都不激动吗，亲爱的？头晕了？快坐下吧。”

斯嘉丽一屁股坐到凳子上。她呼吸那般急促，真担心胸衣系带会绷开。噢，怎么遇到如此可怕的事！她从没想过还会再见到这个男人。他从柜台上拿起她的黑扇子，关切地为她扇了起来。兴许太过关切，他面色严肃，那双眼睛却转个不停。

“这儿真是太热，”他说，“难怪奥哈拉小姐都要晕倒了。我陪你去窗边好吗？”

“不用了。”斯嘉丽说，声音粗鲁得让玫兰目瞪口呆。

“她不是奥哈拉小姐了，”玫兰说，“她是汉密尔顿太太，我嫂子。”玫兰爱怜地瞥了她一眼。看着巴特勒船长那张海盗般黝黑的脸，斯嘉丽觉得他的表情真是令人窒息。

“对两位迷人的女士来说，肯定都大有裨益吧。”他微微鞠了一躬。虽然所有男人都会说这种漂亮话，但他说起来，却让斯嘉丽觉得是反话。

“想必，你们的丈夫今晚也出席了这场盛会吧？跟老朋友叙叙旧，可是一大乐事。”

“我丈夫在弗吉尼亚。”玫兰骄傲地仰起头，“但查尔斯——”

她的声音哽咽了。

“他死在了军营里。”斯嘉丽漠然道，几乎咬牙切齿。这家伙永远不走了吗？玫兰吃惊地看向她，船长做了个自责的手势。

“亲爱的太太们——我真不像话！请务必原谅我。但也请允许一个陌生人宽慰一句：为国捐躯，虽死犹生。”

玫兰妮泪光闪烁地冲他微微一笑，斯嘉丽却怒火中烧，无法发泄的恨意啃噬着五脏六腑。他又说了句客套话。虽是句任何绅士在这种场合都会讲的客套话，从他嘴里说出来，却完全不是那个意思。他在嘲笑她。他知道她根本不爱查尔斯。玫兰真是个大傻瓜，竟看不出这个男人的真面目。斯嘉丽惊恐地想：噢，上帝啊，求求您，千万别让任何人听出他的言外之意。他会把知道的事说出去吗？他当然不是绅士，既然不是，谁说得准他会干出什么事。对于这种人，根本没有评判标准。她抬头看他，发现他耷拉着嘴角，一副假惺惺的样子。就连为她打扇，也是假惺惺的。

“我很好，”斯嘉丽尖酸刻薄地说，“不必把我的头发吹得乱七八糟。”

“斯嘉丽，亲爱的！巴特勒船长，你可得原谅她。她——一听到有人提可怜的查尔斯，她就受不了。说到底，我们今晚或许就不该来这儿。你瞧，我们还在服丧期。看这欢乐的氛围和音乐，可怜的孩子，她太紧张了。”

“我非常理解。”他努力装出一副严肃的样子，但转头探究地望向玫兰妮，看到她那双甜美的眼睛满是忧伤时，立刻换了副表情，黝黑的脸勉强露出温和与尊重之色，“威尔克斯太太，你真是个勇敢的小女人。”

“一句都没提到我！”斯嘉丽愤愤不平地想。玫兰则困惑地笑笑，应道：“天哪，不，巴特勒船长！医院护理会让我们来照管摊位，只是因为临到头——拿个枕套？这个就很可爱，上面还有一面旗帜呢。”

玫兰妮转向三名光顾货摊的骑兵，一时间还觉得巴特勒船长真是个大好人。然后，她便看见自己的裙子与摊位外的痰盂只隔了一条干酪包布。要是能换块更厚实的布就好了。因为，那些满嘴烟草色唾液的骑兵吐起痰来，可没他们使长马枪的准头。随着越来越多的顾客涌过来，她就把船长、斯嘉丽和痰盂都抛到脑后了。

斯嘉丽坐在凳子上，自顾自地默默扇着扇子，连头都不敢抬。但愿巴特勒船长赶紧回自己那艘船的甲板上去。

“你丈夫去世很久了？”

“噢，是的，很久了。快一年了。”

“那可真是千古了。”

斯嘉丽虽然不太确定“千古”为何意，但他的声音里分明带着诱惑之意，所以她并未吭声。

“你们结婚也很久了吗？请原谅如此冒昧的问题，但我已经离开这儿很久了。”

“两个月。”斯嘉丽不情愿地答道。

“真是个悲剧。”他语调轻松地继续道。

“噢，真讨厌。”斯嘉丽内心翻腾，“换了其他任何人，我都可以冷下脸，叫他立刻滚蛋。可这人知道阿希礼的事，也知道我根本不爱查尔斯。我真是被他缚住了手脚。”她一言不发，仍低头盯着扇子。

“这是你第一次在社交场合露面吧？”

“我知道，这看起来的确很怪异，”她慌忙解释，“原本该麦克卢尔家的姑娘负责这个摊位，可她们被叫走了。找不到其他人顶替，所以玫兰妮和我才——”

“为了那个伟大的目标，再大的牺牲也不为过。”

呀，这不是埃尔辛太太说过的话吗，但她说这话的味道，跟他的可不一样。愤怒的言语眼看着就要脱口而出，却还是被她生生咽了回去。毕竟，她出现在这儿并非为了什么伟大目标，就是在家坐腻了而已。

“我向来觉得，”他若有所思地说，“让女人披上黑纱，足不出户地了却余生，不准参加正常的娱乐活动，简直跟印度的‘殉夫自焚’一样野蛮。”

“沙发[1]？”

他哈哈大笑，她却为自己的无知红了脸。怎么尽用她听不懂的词，真讨厌！

“在印度，男人死后并非土葬，而是火葬。按规矩，他的妻子也得爬上火葬柴堆，一起被火化。”

“太可怕了！他们为何要这么做？警察不管吗？”

“当然不管。不自焚的妻子，就会被社会唾弃。所有印度主妇都会指指点点，骂她没教养。你要是今晚一袭红衣带头跳起里尔舞，角落里那些知名太太也会议论你。依我看，‘殉夫自焚’可比我们迷人的南方活埋寡妇的风俗仁慈得多。”

“你竟敢说我被活埋了！”

“女性把束缚自身的锁链抓得真牢啊！你觉得印度的习俗野蛮，但邦联若不需要你，你今晚敢出现在这儿吗？”

这类争论总让斯嘉丽困惑。因为隐隐觉得这些话暗藏真理，所以她更加困惑。不过，现在该立刻把他驳得哑口无言才是。

---

1 “殉夫自焚（suttee）”为印度旧时寡妇与丈夫尸体俱焚的习俗，此处原文跟“沙发（settee）”发音类似，因此斯嘉丽误解了。

“我当然不会来。不然我就——呃，太不尊重——那看起来就像我并不爱——”

他一脸兴味，眼带嘲讽地等她把话说完，她却住了嘴。他知道她并不爱查尔斯，所以不会让她故作伤感，礼貌得体地表达看法。他根本不是绅士，跟这样一个男人打交道真是太可怕了。哪怕知道一个女人在说谎，绅士也会装出信以为真的模样。这才是南方的骑士精神。绅士总是遵守规矩，言语得体，让女士轻松自如。这个男人却似乎毫不在意那套规矩，显然喜欢说些谁都不愿意提的事。

“我正屏息凝神地等着呢。”

“你真可恶！”她无助地叹道，垂下眼帘。

他倾身越过柜台，把嘴凑到她耳旁，就像个偶尔出现在雅典娜大会堂戏剧舞台的恶棍，喑哑地说：“别怕，美人！你那些罪恶的秘密，我保证不说出去！”

“噢，”她气急败坏地低声道，“你怎么敢说这种话！”

“我只是想让你放心。那你要我说什么？‘跟了我吧，美人。不然，我就把一切都抖出来’？”

她不情愿地看向他，发现那双眼睛竟似小男孩般调皮。她一下子就笑了。不管怎么说，这场面着实可笑。他也笑了，声音大得让角落里的几位年长女伴都看了过来。瞧见查尔斯·汉密尔顿的遗孀竟跟一个完全陌生的人如此有说有笑，她们立马不以为然地议论开了。

米德医生登上舞台，展开双臂示意大家安静。鼓声响起，众人也纷纷发出“嘘”声。

“我们得衷心感谢这些迷人的女士。正是她们的爱国精神和孜孜不倦的努力，才让这场义卖会如此成功。”他开口道，“而且，也是她们将这个粗陋的大厅变成可爱的庭院，变成四处可见豆蔻少女的美丽花园。”

每个人都赞许地鼓起掌来。

“女士们已竭尽全力，不仅付出时间，也付出了辛勤的劳动。货摊上这些美丽的货物都是我们迷人的南方女士亲手所制，因此加倍美丽。”

又是一轮欢呼赞叹声。瑞德·巴特勒一直漫不经心地倚在斯嘉丽身边的柜台上，此时小声道：“真像头自命不凡的山羊，不是吗？”

听到他对亚特兰大最受爱戴的公民如此不敬，斯嘉丽先是害怕，继而吃惊，不由得责备地瞪着他。但看医生下巴上那把晃得厉害的灰白胡须，的确像头山羊。于是，她好不容易才忍住没笑出声来。

“但仅有这些还不够。护理会的善良女士们用冷静的双手抚平了许多因痛苦而紧锁的眉头，也从死神手中夺回了无数勇士的生命。这些勇士为了我们最伟大的目标光荣负伤。善良的女士们知道我们的需求，我就不在此一一列举了。我们得有更多的钱，以便从英国采购药品。今晚，我们也请来了那位英勇无畏的船长。一年来，是他数次成功闯过封锁线，运来我们所需的药品。今后，他还将不断往返，运来更多所需药品。他就是瑞德·巴特勒船长！”

虽然事出突然，但那位专闯封锁线的勇士还是优雅地鞠了一躬——太优雅了，斯嘉丽纳闷他究竟是何意。因为对在场众人的不屑之意如此强烈，所以他几乎谦恭得过分。见他鞠躬，场内爆发出一阵热烈的掌声，角落里的那帮太太也伸长了脖子。原来，查尔斯·汉密尔顿的遗孀勾搭的是他呀！可怜的查尔斯，去世还不到一年呢！

“我们需要更多钱，所以我只能向大家开口了。”医生继续道，“我请求大家做出牺牲。但跟我们那些穿灰军装的勇士正在做出的牺牲相比，这种牺牲微不足道，几乎小得可笑。女士们，我想要你们的珠宝。是我想要你们的珠宝吗？不，是邦联想要你们的珠宝，邦联需要，我知道，谁都不会舍不得。一颗宝石在美丽的手腕上闪耀，多美丽！金胸针戴在满腔爱国热情的女士们胸前，多漂亮！然而，牺牲比印度所有黄金、宝石美丽得多。黄金会熔掉，宝石将售出，换来的钱可以买药品和其他医疗物资。女士们，两位英勇的伤员将提着篮子从你们中间走过，请——”然而，他剩下的话，都淹没在了雷鸣般的掌声和欢呼声中。

斯嘉丽的第一反应居然是幸亏在服丧，没戴罗比亚尔外婆那副贵重耳环和沉甸甸的金项链，也没戴黑珐琅金手镯和石榴石胸针。她看见那位小个子义勇军士兵没受伤的那条胳膊挎了个橡木条篮子，在她这一侧的人群中走来走去。女士们不论老少，都哈哈笑着，迫切地取下手镯、从耳洞里摘下耳环，还尖叫着装痛。有的互相帮忙，解开绷紧的项链搭扣或取下胸针。金器相撞的叮当声虽然不大，却一声接着一声。还有人在喊“等——等！这就解下来。给！”梅贝尔·梅里韦瑟从肘弯拔下一对漂亮的臂镯。范妮·埃尔辛边嚷嚷“妈妈，可以吗？”边扯下鬈发上那根镶着芥子珠的粗金钗。每往篮子里扔进一样捐献物，都会引来掌声和欢呼声。

这时，那个咧嘴直笑的小个子挎着沉甸甸的篮子，朝她们的摊位走来了。经过瑞德·巴特勒身边，一个漂亮的金质雪茄烟盒被随手扔进篮里。那人走到斯嘉丽跟前，把篮子放到了柜台上。

斯嘉丽摇摇头，双手大开，表示她没什么东西可捐。作为全场唯一一个没有任何捐赠的人，感觉真尴尬。然后，她瞧见自己那枚闪闪发亮的结婚金戒。

困惑间，她努力回想查尔斯的脸，回想他把这枚戒指套到她手上时的神情。然而，记忆已经模糊。以前，每次想起他，心头都会蹿起一股火，于是回忆也就跟着模糊了。查尔斯——她的余生因他而断送，她也因他变成了老太婆。

她猛地抓住戒指，用力往外拔，却扯不动。那个义勇军士兵走向玫兰妮。

“等等！”斯嘉丽喊道，“我有东西给你！”戒指终于取下来了。篮子里已经堆满项链、表、戒指、别针和手镯之类的东西。她正要把戒指放上去，忽然与瑞德·巴特勒目光相触。他嘴唇微弯，勾起一个浅浅的笑容。她挑衅地将戒指扔在了那堆东西上。

“噢，亲爱的！”玫兰喃喃着，攥住她的胳膊，目光里满是爱意与骄傲，“你真勇敢，真是个勇敢的姑娘！请——等一等，皮卡德中尉！我也有东西要给你！”

她也用力拔起自己的婚戒。斯嘉丽知道，那戒指自从阿希礼为她戴上后，便再没离过她的手。也只有斯嘉丽知道，那枚戒指对她而言有多重要。玫兰妮费劲地取下戒指，又在小小的手心紧握片刻，她终于轻轻地将它放在那堆珠宝上。两个姑娘并肩而立，目送那位义勇军士兵朝角落里的年长太太们走去。斯嘉丽一脸桀骜，玫兰妮则一副比流泪更凄苦的模样。两人的表情，都落入身旁那个男人眼中。

“若非你勇敢地这么做，我也不会有这样的勇气。”玫兰边说，边搂住斯嘉丽的腰，还温柔地紧了紧。一时间，斯嘉丽真想甩开她，声嘶力竭地大喊一声“老天哪！”——杰拉尔德怒火中烧时，就会这么竭尽全力地来一嗓子。然而，她又看到瑞德·巴特勒的眼睛，只得挤出一个苦笑。玫兰总是曲解她的用意，真气人。不过，这样或许还是比让她猜出真相好得多。

“多漂亮的举动，”瑞德·巴特勒柔声道，“正是你们这种牺牲，鼓舞了我们那些穿灰军装的勇敢小伙。”

激动的话已经涌到嘴边，斯嘉丽好不容易才忍住。他说的每句话都暗带嘲讽。瞧瞧这家伙倚在柜台上的样子，真讨厌！可他身上偏偏又有种撩人的东西，热乎乎的，充满生气，宛如电流。在爱尔兰血液的刺激下，她愤而迎上他那双黑眸，誓要压下他的嚣张气焰。他洞悉她的秘密，因此占了上风。这点令她非常气愤。她要扭转局面，想办法压他一头才是。真想直接说出对他的看法，但她硬是忍住了。嬷嬷常说：“要想多抓苍蝇，糖永远比醋管用。”她一定要抓住这只苍蝇，他休想再摆布她。

“谢谢，”她甜甜地应道，故意曲解他的嘲讽，“能得巴特勒船长这等名人夸奖，真是不胜荣幸。”

他仰头大笑。“简直是狗叫！”斯嘉丽愤愤地想，又红了脸。

“干吗不实话实说？”他压低声音。募捐的喧哗吵嚷声中，这话只入了她的耳朵，“干吗不说，我就是个该死的恶棍，根本不是绅士，我要是不立刻滚蛋，你就会请一个穿灰军装的小伙把我赶出去？”

本想牙尖嘴利地回应几句，她还是以极大的毅力忍住了。“呀，巴特勒船长！您说到哪儿去了！就像大家不知道您有多出名、多勇敢似的，您真是一位——一位——”

“我对你很失望。”他说。

“失望？”

“是啊。第一次见面的重要时刻，我还以为自己终于碰到一位既美貌，又勇敢的姑娘。现在，我看你不过徒有美貌而已。”

“你想说我是胆小鬼？”她气得发疯。

“没错。你缺乏说实话的勇气。第一次见到你，我还想：这姑娘真是万里挑一，不像其他小傻瓜，妈妈说什么就信什么，完全不顾自己的感受，用一大堆甜言蜜语，掩盖所有情绪、愿望和心碎的小事。我还以为奥哈拉小姐胆识过人，知道自己想要什么，并且不怕说出来——也不怕摔花瓶。”

“噢，”满腔怒火终于冲口而出，“那我现在就索性把心里话都说了吧。你要是还有半点教养，就绝不会走到这儿来跟我搭讪。你早就知道，我压根不想再见到你！可你不是绅士，只是个没教养的下流痞！别以为有几条能跑过北佬的破小船，就有权到这儿来嘲笑那些英勇的男士和为伟大目标牺牲的女士……”

“好啦，好啦……”他咧嘴一笑，恳求道，“开头说得很好，的确吐露了心声，但别跟我谈什么目标。那东西我都听腻了，我敢打赌，你也一样……”

“呃，你怎么——”一开口她便觉察到自己的失控，赶紧闭嘴，恼怒自己落入了他的圈套。

“我站在门口，你还没瞧见我，我就已经开始观察你，”他说，“我也观察别的姑娘。看起来，她们的脸都像是同一个模子刻出来的。你的却不同。你脸上的表情很好懂。你心不在焉，我打赌，你想的肯定不是我们的目标或医院。你满脸都写着‘好想跳舞’‘好想痛痛快快玩乐一番，可惜却不能’。因此，你气得发疯。说实话，我没猜错吧？”

“巴特勒船长，我跟你没什么好说的了。”她尽量端庄地道，竭力维持早已七零八落的尊严，“别仗着是‘闯过封锁线的勇士’，就侮辱女士。”

“闯过封锁线的勇士！笑话。把我赶走前，请允许我再耽误一点你的宝贵时间吧。我可不愿让如此迷人的爱国姑娘误解，以为我是在为邦联的伟大目标做贡献。”

“我可不想听你吹牛。”

“闯封锁线是我的生意，我靠这个赚钱。这事要是赚不到钱，我立马就会撒手不干。你怎么看？”

“我觉得你就是个唯利是图的恶棍——跟北佬一模一样。”

“完全正确。”他咧嘴笑了，“那些北佬还会帮我赚钱呢。喏，上个月我径直开入纽约港，装了一船货。”

“什么？！”斯嘉丽不禁大感兴趣，兴奋地嚷道，“他们难道没用大炮轰你？”

“可怜的天真丫头！当然不会。只要能把货卖给邦联，由此赚到钱，北方有很多坚定的爱国者都求之不得呢。我把船开进纽约，从北佬公司进货。当然，这些都是私下交易。买完就走。纽约要是有一星半点危险，我就去拿骚。这些北方的爱国人士早就为我把火药、炮弹、带裙撑的裙子运到那儿去了。我去拿骚比去英国还方便。有时，虽然把货运到查尔斯顿或威尔明顿有点难，但一丁点黄金能起到多大作用，肯定能让你大吃一惊。”

“噢，我知道北佬坏，但没想到……”

“北佬就是往外卖点联邦的东西，正正当当地赚些钱，何必吹毛求疵？再过一百年也没关系。反正结果都是一个样。他们知道邦联总归会败，干吗不趁机赚点钱？”

“打败——我们？”

“当然。”

“你能走开吗？还是非得要我叫来马车回家，才能摆脱你？”

“真是个暴脾气的南方小妞！”说着，他又咧嘴一笑，然后鞠了个躬，从容而去，留下她满腔怒火没处发，气得胸口一起一伏。失望的情绪在胸中燃烧，她却弄不明白这是怎么回事，只感觉自己像个看着幻想破灭的孩子。他竟敢抹黑那些突破封锁线的勇士！他竟敢说邦联会败！真该把他枪毙了——当叛徒枪毙。她扫了眼会场，看着那一张张熟悉的脸都流露出必胜的信念，那般勇敢、那般忠诚。不知怎的，她心中却升起一丝凉意。被打败？这些人？怎么可能，当然不会！绝无可能，这种念头简直大逆不道。

“你俩在嘀咕什么呢？”顾客散开后，玫兰妮转向斯嘉丽，“我想看不见都难，梅里韦瑟太太一直盯着你呢。亲爱的，你知道她那张嘴有多能说。”

“噢，那人真讨厌——就是个没教养的乡巴佬，”斯嘉丽说，“至于梅里韦瑟那个老太婆，让她说好了。为了她装傻瓜，我真是受够啦。”

“哎呀，斯嘉丽！”玫兰妮震惊地叫道。

“嘘——嘘，”斯嘉丽说，“米德医生又有事要宣布了。”

医生一提高嗓门，人群就再次安静了下来。他首先向自愿捐出珠宝的女士们表达了感谢。

“现在，女士们先生们，我有一项惊人的提议。这一创举或许会让你们中的某些人震惊，但请诸位记住，这一切都是为了医院，为了躺在医院里的伤员们。”

每个人都满怀期待地往前挤，猜测庄重的医生会提出什么令人震惊的提议。

“舞会即将开始，第一支曲子当然是弗吉尼亚里尔舞，继而是华尔兹，之后是波尔卡舞、肖蒂什轮舞和玛祖卡舞。所有舞蹈均由一小段弗吉尼亚里尔舞开头。我很清楚上流人士都想来竞争领跳弗吉尼亚里尔舞，所以——”医生抹了把额头，冲屋角那群年长女伴揶揄地瞥了一眼，他太太就坐在其中，“先生们，要想跟自己选中的女士跳第一支弗吉尼亚里尔舞，就得出钱竞价。我来当拍卖人，收入全归医院。”

摇动的扇子顿时停住，大厅响起兴奋的低语声。年长女伴们聚集的角落一片混乱。米德太太尽管极不赞成这种做法，表面上还是急切地支持丈夫，因此陷入很不利的境地。埃尔辛太太、梅里韦瑟太太和怀廷太太都气得满脸通红。地方志愿军却突然欢呼起来，引得其他军人纷纷应和。姑娘们也拍起手，兴奋地直跳脚。

“你不觉得——这就像——就像奴隶拍卖会吗？”玫兰妮悄声道，不确定地盯着严阵以待的医生。在此之前，他在她眼里一直都是十全十美的。

斯嘉丽虽然没说什么，眼睛却闪闪发光，心也隐隐作痛。她要不是寡妇就好了。她若还是从前那个斯嘉丽·奥哈拉，就能穿上苹果绿长裙，胸前飘着深绿色缎带，黑发间插上晚香玉，领跳那支弗吉尼亚里尔舞。没错，一定能行！准有十几个男人争着要她，抢着付钱给医生。唉，此刻她却只能坐在这儿当壁花，看范妮或梅贝尔作为亚特兰大的美人，领跳那支舞！

小个子义勇军士兵明显带着克里奥耳人腔的声音盖过喧闹声：“我能不能——出二十美元，请梅贝尔·梅里韦瑟先跳？”

梅贝尔绯红着脸倒在范妮肩头。两个姑娘把脸埋进对方颈窝，咯咯笑个不停。这时，又有别的声音响起，以不同价格喊出其他姑娘的名字。米德医生不顾角落里妇女医院护理会愤慨的嘀咕，又露出了笑容。

起初，梅里韦瑟太太还冷漠地大声宣布，她女儿梅贝尔绝不参加这样的活动，但随着梅贝尔成为被点名次数最多，开价也随之涨到七十五美元的姑娘，她抗议的次数也渐渐减少了。斯嘉丽双肘撑在柜台上，几乎是怒瞪着那群在舞台周围哈哈大笑、推来搡去、手里满是邦联纸币的人。

这下，他们都要跳舞了——除了她和那些老太太。这下，人人都将玩个痛快，除了她。她瞧见瑞德·巴特勒就站在医生下方。她还没来得及换个表情，就撞上了他的目光。他顿时一边嘴角往下一撇，一条眉毛往上一抬。她也立刻抬起下巴，转过脸不再看他。突然，她听到有人叫自己的名字——那明显带着查尔斯顿腔的声音压过了呼喊其他名字的喧嚷声。

“查尔斯·汉密尔顿太太——一百五十美元——金币支付。”

这价钱和这名字顿时令全场鸦雀无声。斯嘉丽大惊失色，无法动弹分毫。她双手托腮地坐在那儿，惊讶地睁大眼睛。每个人都转头看向她。她瞧见医生从舞台上俯下身，冲瑞德·巴特勒低语了几句，或许是在告诉他她在服丧期，不能下场吧。她看见瑞德懒洋洋地耸了耸肩。

“能不能……另挑位美人？”医生问。

“不能。”瑞德的话清楚明白。他漫不经心地扫了眼人群，“就汉密尔顿太太。”

“我说了这不可能，”医生恼火地道，“汉密尔顿太太不会愿……”

斯嘉丽听到一个声音。起初，她还没听出那是自己的声音。

“不，我愿意！”

她一跃而起。心跳得那样快，她真怕自己站不稳。之所以激动得心脏狂跳，是因为她不仅又成为全场瞩目的中心，还是当下最受欢迎的姑娘。噢，最棒的是，她马上又能跳舞啦。

“噢，不在乎！管他们说什么！”她喃喃道，一股甜美的狂热感席卷全身。她头一甩，冲出货摊，一边脚跟如响板般敲击着地面，一边唰地把黑绸扇完全展开。一瞬间，她看到玫兰妮不可置信的脸，也看到那些年长女伴的神情，还有气鼓鼓的姑娘们和热烈赞同的士兵们。

然后，她就到了舞池里。瑞德·巴特勒穿过人群，朝她走来。脸上那嘲讽的微笑真是讨厌，可她不在乎——哪怕来的是亚伯拉罕·林肯本人，她也不在乎。她又要跳舞了。她又要带头跳弗吉尼亚里尔舞了。她冲他微微行了个屈膝礼，粲然一笑。他一只手按在胸口的褶边上，也鞠了一躬。惊骇不已的利瓦伊连忙圆场，大声喊道："快找好舞伴，开始跳弗吉尼亚里尔舞吧！"

乐队立刻奏响最精彩的弗吉尼亚里尔舞舞曲——《迪克西》。

"巴特勒船长，你竟敢让我如此惹人注目！"

"可是，亲爱的汉密尔顿太太，你就想惹人注目，这不是明摆着的事吗！"

"你怎么能当着所有人的面喊我的名字？"

"你可以拒绝。"

"可是——我应该为了那个伟大目标——我——你出那么多钱，我还怎能考虑自己。别笑啦，人人都在看我们呢。"

"让他们看吧。别跟我瞎扯什么伟大目标。你想跳舞，我就给你这个机会。这段进行曲，是这首舞曲的最后一段花步了吧？"

"是啊——说真的，我得停下来，去坐着了。"

"为什么？我踩你的脚了吗？"

"没有——但他们会议论我的。"

"你真的在意——打心眼里在意？"

"呃——"

"你又没犯罪，对吧？干吗不跟我跳华尔兹？"

“但妈妈要是知道……”

“还被妈妈拴在围裙带上呢？”

“噢，就属你嘴最毒。美德从你口中说出来，都变成了愚蠢至极的事。”

“但美德本就愚蠢。你怕别人说闲话？”

“不——但是——唉，我们还是别谈这个了吧。谢天谢地，华尔兹开始了。弗吉尼亚里尔舞总是让我上气不接下气。”

“别回避我的问题。其他女人说了什么，你真的在意吗？”

“噢，你若非要逼我说——不！但姑娘家应该在意的。只是今晚，我不管了。”

“太棒了！你总算开始独立思考，而非让别人为你思考。智慧由此开始。”

“噢，但是——”

“等你引起的闲话跟我一样多，你就会明白这些根本没关系。想想看，查尔斯顿没一家人会欢迎我。哪怕我为那个正义又神圣的目标做出贡献，他们也不肯解除禁令。”

“真可怕！”

“噢，一点也不可怕。等你失去名声，才会知道这是多大的负担，也才会明白何谓真正的自由。”

“你说话真难听！”

“难听却真实。只要始终有足够的勇气或金钱，就不需要名声。”

“钱买不到一切。”

“这话是别人跟你说的吧，你自己可想不出这种陈词滥调。钱买不到什么？”

“噢，呃，我不知道。总归买不到幸福或爱情吧。”

“通常来说，买得到。就算买不到这些，也能买到最好的替代品。”

“巴特勒船长，你有那么多钱吗？”

“汉密尔顿太太，这个问题可真没教养，让我很吃惊哪。不过，的确如此。作为一个从小就被剥夺继承权的人，我混得相当好。而且，我肯定能在封锁线上捞到一百万。”

“噢，不可能！”

“噢，当然会！大多数人都没意识到，破坏文明和建设文明一样，都能赚大钱。”

“你这番话是什么意思？”

“你的家庭、我的家庭，以及今晚在场的每个人，都是在把荒野改造成文明世界的过程中赚的钱。这便是帝国建设。然而，帝国毁灭期间，赚得更多。”

“你说的帝国是什么啊？”

“帝国就是我们生活的地方啊。就是南方——邦联——棉花王国。它正在我们脚下崩塌，只是大多数傻瓜看不见，无法趁机占便宜。我正在靠这场毁灭赚大钱呢。”

“所以，你真觉得我们会战败？”

“是啊，干吗当鸵鸟？”

“噢，天哪，聊这种事真烦人。巴特勒船长，你就不能说点好听的吗？”

“我要是说‘你的眼睛就像对金鱼缸，里面盛满最清澈的绿水。等鱼儿像现在这样浮上水面，你就变得无比迷人’这样的话，你听了高兴吗？”

“噢，我不爱听……那音乐真美妙，不是吗？噢，我可以跳一辈子华尔兹！真没想到，我竟如此想念它！”

“我还从没搂过比你更漂亮的舞伴呢。”

“巴特勒船长，别把我搂这么紧。每个人都看着呢。”

“要是没人看，你会在意吗？”

“巴特勒船长，你忘乎所以了吧？”

“一刻也没有。搂着你，我怎么会？这是什么曲子？新的吧？”

“嗯，真好听，不是吗？是我们从北佬那儿学来的。”

“曲名叫什么？”

“《这残酷的战争结束时》。”

“歌词是什么样的？唱给我听听。”

亲爱的，你还记得
我们最后的那次相会吗？
你跪在我脚边，
说你深爱着我。
噢，一身灰军装的你，
多么骄傲地站在我面前。
你向我和祖国发誓，
永不堕落。
我悲伤、孤寂，
叹息、落泪，
都是白费！
这残酷的战争结束时
但愿我们还能相会！

“原歌词当然是‘蓝军装’，但我们改成了‘灰军装’……噢，巴特勒船长，你的华尔兹跳得真好。要知道，大多数身材高大的男人都跳不好。想想看，估计很多年后，我才能再跳舞吧。”

“几分钟后就行。下一支弗吉尼亚里尔舞，我还邀请你——下一支，再下一支，都邀请你。”

“噢，不，我不能再跳了！你不准再邀请我！我的名声都要毁完了。”

“反正已经所剩无几，何妨再跳一支？等我跳完五六支，说不定会给其他小子一个机会。但最后一支舞，你必须跟我跳。”

“噢，好吧。我知道我疯了，但管他的。不管谁说什么，我都不在乎。我烦死整日坐在家里。我要跳舞，一直跳舞——”

“而且再也不穿黑衣服了？我讨厌丧服。”

“噢，我不能脱掉丧服。巴特勒船长，不准把我搂这么紧。你要再这样，我可要发火了。”

“你发火时美极了。我就要再紧紧搂一下你——喏——瞧瞧你会不会真发火。那天在十二橡树园，你发火摔东西的样子，不知道有多迷人呢。”

“噢，求求你——就不能忘掉那事吗？”

“不行，那可是我最珍视的回忆之一。一位娇生惯养的南方美人，大发她的爱尔兰脾气。要知道，你的确很有爱尔兰人的气质。”

“噢，天哪，音乐结束了。佩蒂帕特姑妈从里屋出来啦。我就知道，一定是梅里韦瑟太太报的信。噢，看在上帝的分上，我们去那边，看看窗子外面吧。我可不想这会儿就被她抓住。她眼睛都瞪得跟茶碟一样大啦。”

第十章

第二天早晨吃蛋奶烘饼时，佩蒂帕特眼泪汪汪，玫兰妮一声不吭，斯嘉丽则一脸挑衅。

“我才不在乎他们怎么说。我敢打赌，我筹到的钱比在场的任何姑娘都多，也比我们卖出的所有破旧玩意儿都多。”

“噢，亲爱的，钱有什么关系？”佩蒂帕特绞着手，“我简直不敢相信自己的眼睛，可怜的查尔斯去世还不到一年……那可恶的巴特勒船长，竟让你如此惹人注目。斯嘉丽，他真是个坏蛋，大坏蛋！怀廷太太的表妹科尔曼太太，她丈夫就是查尔斯顿人。科尔曼太太跟我提过巴特勒，说他家境不错，但本人完全是害群之马。噢，巴特勒家怎么会出他这样的人？查尔斯顿没哪家欢迎他。这人名声真是糟透了，还惹出一件事……好像跟一个姑娘有关……具体什么事，就连科尔曼太太也说不清。”

“噢，我不相信他那么坏，”玫兰柔声道，“他看起来就像个完美的绅士。想想看，闯过封锁线，多勇敢哪……”

“他才不勇敢，”斯嘉丽边唱反调，边往蛋奶烘饼上倒了半罐糖浆，“他只是为了赚钱。他就是这么跟我说的。他才不关心邦联，还说我们会战败。不过，他舞倒是跳得极好。”

两位听众吓得一时间什么话都说不出来。

“我在家里都待腻了，不想再待下去。我昨晚那事大家要是想议论，就议论去吧。反正也没名声了，别人说什么都无所谓啦。”

她压根没想起，这原是瑞德·巴特勒的观点。它就这样适时出现，与她的想法不谋而合。

“噢！你妈妈要是听到那些闲话，该怎么想？她又会如何看待我？”

一想到埃伦得知女儿这些丑事的惊骇，斯嘉丽心头一寒，顿觉内疚。但又一想，亚特兰大与塔拉庄园相隔二十五英里，有什么好怕的！佩蒂小姐肯定不会告诉埃伦，那只会让她这个年长女伴脸上无光。只要佩蒂不嘴碎，自己就不会有事。

“我想……”佩蒂说，“虽然很不情愿，但我想，最好还是写封信给亨利说说这事……他是家里唯一的男人，让他去骂骂那个巴特勒船长吧。噢，天哪，要是查尔斯还活着就好了……斯嘉丽，你再也不准跟那个男人说话，再也不准。”

玫兰妮一直静静地坐着，双手搁在膝上，盘子里的蛋奶烘饼都放凉了。她起身走到斯嘉丽身后，伸出胳膊，搂住她的脖子。

“亲爱的，”她说，“别难过。我明白，昨晚你做了件勇敢的事，帮了医院大忙。谁敢说你半句闲话，我都要他好看……佩蒂姑妈，别哭了。斯嘉丽哪儿也去不了，真是太苦了。她还只是个孩子呀。”玫兰妮抚弄着斯嘉丽的黑发，“我们若偶尔外出参加一些聚会，说不定都会好过些。一直待在家里悲伤，或许真的太自私了。战时不比平日。一想起城中的士兵远离家乡，晚上都没什么朋友可探望……还有医院那些已经康复得可以下床，却还没好到可以返回军队的士兵……唉，我们真自私。我们应该像其他人一样，立刻请三个康复期的伤员到家里来调养，每周日再请几个士兵来吃晚饭。好啦，斯嘉丽，别发愁了。等大家明白过来，就不会有人说闲话。我们都知道，你爱查尔斯。”

斯嘉丽才不愁，反而头发上玫兰妮柔软的手，让她烦不胜烦。她很想脑袋一甩，说：“噢，别瞎扯了！”这是因为，昨晚地方志愿军、民兵和医院里的伤员抢着跟她跳舞的情景，还暖暖地留在心里。全世界这么多人，她最不想要的保护者就是玫兰妮。如果那帮老太婆非要瞎咋呼，她一个人也能应付，谢谢。哼，离了她们，她照样过活。世上多的是帅气军官，她才不管那些老太婆说了什么闲话呢。

佩蒂帕特正在玫兰妮的安慰下擦着眼泪，普利西拿着一封厚厚的信走了进来。

“玫兰小姐，你的信。是个黑小子送来的。”

“给我的？”玫兰纳闷地拆开信封。

斯嘉丽一门心思吃蛋奶烘饼，所以什么都没在意，直到听见玫兰的哭声才抬起头，看到佩蒂帕特姑妈一只手捂着胸口。

“阿希礼死了！”佩蒂帕特姑妈一声尖叫，脑袋往后一仰，两条胳膊就无力地垂了下去。

“噢，天哪！”斯嘉丽也大叫一声，浑身的血液瞬间冰冷。

“不是！不是！”玫兰妮大声道，“快，斯嘉丽，快把她的嗅盐拿来！来了，来了，亲爱的，感觉好点了吗？深呼吸。不，不是阿希礼。真抱歉，吓到你了。我是因为太高兴才哭的。”她突然张开紧握的拳头，把某个东西贴到唇边，说了句“我真高兴”，便又哭了起来。

斯嘉丽飞快地瞥了一眼，瞧见那是枚宽边金戒指。

“读读吧，”玫兰指着地上的信说，“噢，他人真好，太讨人喜欢了！”

斯嘉丽困惑地捡起那张纸，只见上面用又粗又黑的字迹写道：“邦联或许需要男人们抛头颅洒热血，却并不需要女人的心头血。亲爱的太太，请收下我对您勇气的敬意，并不要以为自己未做任何牺牲。因为，这枚戒指是以十倍价钱赎回的。瑞德·巴特勒船长。”

玫兰妮把戒指套进手指，深情地左看右看。

“我告诉过你他是个绅士，不是吗？”她转向佩蒂帕特，泪水涟涟的脸上绽开灿烂的笑容，“只有体贴又高雅的绅士，才会想到我有多伤心——那我捐出金项链，代替这枚戒指吧。佩蒂帕特姑妈，你必须给他写封短信，请他周日来吃晚饭，我好当面感谢。”

一片兴奋中，谁也没想起巴特勒船长似乎没把斯嘉丽的戒指也赎回来。可斯嘉丽想到了，并大为光火。她知道巴特勒船长如此豪爽的举动，并非出于人品高尚。他不过是想受邀进入佩蒂帕特家，也笃定如何才能得到这一邀请。

“听说你最近的行为，我深感不安。”埃伦在信中写道。斯嘉丽眉头紧皱，坐在桌边读信。真是坏事传千里。还在查尔斯顿和萨凡纳时，她就常听说相比南方其他地区，亚特兰大的人更爱搬弄是非、管他人闲事。这下，她真的信了。义卖会周一举行，今天才周四。是哪个老太婆给埃伦写了信？一时间，她怀疑是佩蒂帕特，但随即就打消了这个念头。可怜的佩蒂帕特生怕因斯嘉丽的冒失举动受到指责，那双穿三号鞋的脚一直颤抖不已，怎么会写信通知埃伦自己没尽到年长女伴的职责？估计是梅里韦瑟太太干的吧。

“真难相信你竟忘了自己的身份和教养，鉴于你是热心帮助医院，我暂且不计较你在服丧期间抛头露面的失仪行为。你怎么敢跳舞，还是跟巴特勒船长那样的男人跳！我可听过不少关于他的事（谁没听说过？）。而且，保利娜上周才给我写信，说他名声很坏，连查尔斯顿的家人都不接受他。当然，心碎的母亲除外。他就是个彻头彻尾的坏蛋，会利用你的年轻无知，让你惹人注目、当众出丑，也让你的家人蒙羞。佩蒂帕特小姐怎能如此失职，不好好管束你？”

斯嘉丽看了眼桌子对面的姑妈。老小姐已经认出埃伦的笔迹，害怕地噘起胖胖的小嘴，活像个希望能用眼泪来逃避责骂的小孩。

“你这么快就忘了自身教养，真叫我心碎。我本想立刻叫你回家，但这事还是由你父亲决定吧。他周五会去亚特兰大，跟巴特勒船长面谈，并护送你回家。尽管我已经恳求过一番，但他恐怕还是会对你很严厉。但愿你只是因为年轻和思虑不周，才做出如此鲁莽的事。没有人比我更渴望为那个伟大目标尽力，但愿我的女儿们也能如此，但辱没……”

信里类似的话很多，斯嘉丽却没看完。生平第一次，她被彻底吓坏了，此刻再不敢不顾后果、目空一切。她觉得自己既年幼，又内疚，跟十岁那年在桌上冲苏埃伦扔黄油饼干时一样。想想看，温柔的母亲如此严厉地斥责她，父亲即将进城跟巴特勒船长面谈。事情真是越来越严重了。杰拉尔德肯定会非常严厉，这回，她休想靠坐在爸爸膝上撒娇卖乖逃过责罚。

“不……不是坏消息吧？”佩蒂帕特颤抖着声音问。

“爸爸明天来，会像鸭子扑六月鳃金龟一样收拾我。”斯嘉丽悲伤地说。

“普利西，把我的嗅盐拿来。”佩蒂帕特心跳得厉害，饭才吃了一半就把椅子往后一推，“我……我头晕。”

“就在你的裙兜里。”普利西说。她一直在斯嘉丽背后打转，欣赏这幕精彩的好戏。杰拉尔德先生发脾气的样子向来好看，只要不是把火往她这个卷毛头上撒。佩蒂从裙兜里摸出嗅盐，把小瓶子凑到鼻子前。

“你们都得帮我，绝不能让我跟他单独相处，一分钟都不行，”斯嘉丽大声道，“他很喜欢你俩。只要你们跟我在一起，他就不会冲我没完没了地唠叨。”

“我不行，”佩蒂帕特有气无力地说，站起身来，“我……我不舒服。我得躺下。明天我要躺一整天。请务必向他表达我的歉意。”

“胆小鬼！”斯嘉丽想，怒气冲冲地瞪着她。

一想到要面对奥哈拉先生那张咄咄逼人的脸，玫兰就吓得面色发白，但她还是振作精神，挺身而出。“我……我会帮你解释的，你这么做都是为了医院。他肯定能理解。”

“不，他不能，”斯嘉丽说，“噢，要是像妈妈说的那样，我非这样有失体面地返回塔拉庄园，那我还不如死了好。”

“噢，你不能回家，”佩蒂帕特嚷道，又哭了起来，“你要是走了，我只得……没错，只得被迫请求亨利跟我们同住。可你知道的，我就是没法跟亨利一起生活。城里那么多陌生人，要是晚上只有我和玫兰在家，那我真会担心死。你这么勇敢，有你在，哪怕家里一个男人都没有，我也不介意！”

“噢，不能让他把你带回塔拉庄园！”玫兰也一副快要哭出来的神情，“这儿已经是你的家。要是没了你，我们该怎么办？”

“如果知道我对你的真实想法，你肯定巴不得我不在。”斯嘉丽烦躁地想，真希望是别人，而非玫兰妮来帮自己抵挡杰拉尔德的怒火。被一个自己如此讨厌的人保护，多恶心啊。

“不然，我们就别邀请巴特勒船长了吧……”佩蒂帕特开口道。

“噢，那可不行！多失礼呀！”玫兰喊道，倍感苦恼。

“扶我去床上吧。我要生病了，”佩蒂帕特哼哼道，“噢，斯嘉丽，你怎么给我惹出这种事呀？”

第二天下午，杰拉尔德来了。佩蒂帕特果然称病卧床。她从紧闭的房门后传了不少消息出来，向他表达歉意，却还是让两个心惊胆战的姑娘招待他吃晚饭。虽然吻了斯嘉丽，也一脸赞许地捏了捏玫兰妮的面颊，叫她“玫兰小亲戚”，但他的沉默始终给人一种不祥的预感。斯嘉丽宁愿他大吼大叫，痛痛快快地骂自己一顿。玫兰妮则信守诺言，像个窸窸窣窣的小影子一样跟在斯嘉丽身边，杰拉尔德那么讲究的绅士，总归还是没当着她的面斥责女儿。斯嘉丽不得不承认，玫兰妮的确应付得不错，一副若无其事的模样，甚至晚饭一开始，就成功诱使杰拉尔德跟大家聊起天来。

“县里的所有事我都想听听。”玫兰妮满面笑容地望着他，“英迪亚和霍尼真不爱写信。我知道，那儿发生的每件事，您肯定都了如指掌。跟我们讲讲乔·方丹的婚礼吧。”

杰拉尔德被奉承得来了兴致，说那场婚礼办得安安静静。“跟你俩的不一样，因为乔只有几天假期。芒罗家的小萨莉倒是很漂亮。不，我不记得她穿的什么衣服了，但我听说，她连婚后第二天穿的裙子都没有。”

“她竟然连婚后第二天穿的裙子都没有！”两个姑娘愤愤不平地惊呼道。

“是啊，因为她根本没有经历婚后第二天。”杰拉尔德解释道，随即哈哈大笑，忘了有些话不宜当着女士的面说。见他笑了，斯嘉丽的情绪也高涨起来，对玫兰妮的高招感激不已。

“第二天，乔就回弗吉尼亚了。”杰拉尔德连忙补充道，“婚礼后没有走亲访友，也没举办舞会。塔尔顿家那对双胞胎回来了。”

“这事我们听说了。他俩伤好了吗？”

“他们伤得都不重。斯图尔特伤在膝盖，布伦特的肩膀被米尼弹穿了个洞。你们也听说了吧。表彰英勇事迹的报道里都提了他俩的名字，这事你们已经知道了吧？”

“不知道！跟我们说说吧！”

“两人都疯得很，我看，他们估计都有爱尔兰血统。”杰拉尔德得意地说，“他们如何立的功，我不记得了。但布伦特现在已经升到中尉。”

听到他们的英勇事迹，斯嘉丽很高兴，颇有几分与有荣焉之感。哪个男人一旦追求过她，她就觉得对方永远都属于自己，所以，他的功劳自然有她一份。

“我还有个消息，你俩肯定感兴趣。”杰拉尔德道，“他们都说，斯图又去十二橡树园求婚啦。”

“霍尼还是英迪亚？”玫兰激动地问，斯嘉丽却气得直瞪眼。

“噢，当然是英迪亚小姐。我家这小妞冲他抛媚眼前，他不是已经被英迪亚抓牢了吗？”

“噢。”玫兰应了声。杰拉尔德这般口没遮拦，让她有些尴尬。

“不仅如此，现在，布伦特那小子也成日在塔拉庄园闲逛。”

斯嘉丽说不出话了。曾经的追求者就这么变了心，简直是对她的侮辱。尤其她还记得当初告诉兄弟俩自己要嫁给查尔斯时，他们表现得多么愤怒。斯图尔特甚至威胁要开枪打死查尔斯，要么就打死斯嘉丽、他自己，或干脆三个人一起打死。当时的情景，多令人激动啊！

“苏埃伦？”玫兰问，突然露出一个高兴的笑容，“可我还以为肯尼迪先生——”

“噢，他？”杰拉尔德说，“弗兰克·肯尼迪仍态度暧昧，胆子也小得不得了。他要是还不开口，我过几天就去问问他到底打算怎么办。不，布伦特追求的是我家小女儿。”

“卡伦？”

“她还是个孩子啊！”斯嘉丽厉声道。她总算说得出话来了。

“小姐，她只比你结婚时小两岁，”杰拉尔德反驳道，“你是不满旧情人转而追求你妹妹吧？”

玫兰听不惯如此直白的话，不由得红了脸，于是示意彼得把番薯派端上来。她拼命寻找其他没那么私人，却能转移奥哈拉先生注意力的话题，好让他想不起此行目的。然而，她实在想不出什么别的了。好在杰拉尔德也不再需要刺激，只要有听众就成。他聊起军需部门贪赃枉法，月月增加需求，说杰斐逊·戴维斯狡诈愚蠢，还说那些禁不住赏钱诱惑加入北军的爱尔兰人有多么无赖。

红酒上桌后，两个姑娘就想起身离开。杰拉尔德眉头紧锁地瞪了女儿一眼，命她单独留下来一会儿。斯嘉丽绝望地瞥了玫兰妮一眼，后者无计可施地绞着手帕，最后只得出去，还随手轻轻带上了推拉门。

“怎么啦，小姐？”杰拉尔德给自己斟了杯波尔图葡萄酒，“干得漂亮啊！才当了几天寡妇，就又想嫁人啦？”

“爸，别那么大声，仆人们……”

“他们早就知道了，毫无疑问。人人都知道我们家丢人现眼。你可怜的妈妈因此卧病在床，我也抬不起头来。真丢人。不，丫头，这回哭鼻子也不管用。”见斯嘉丽眨巴着眼睛，嘴也噘了起来，他连忙略带惊慌地道，“我还不了解你吗！就算正在给丈夫守灵，你也能跟别人调情。别哭啦。行，今晚我就不多说什么了，因为还要去会会那位了不得的巴特勒船长。他竟然如此轻贱我女儿的名声。但明天早晨——好啦，别哭了。哭对你又没什么用，一点用都没有。我决定了，明天就把你带回塔拉庄园，省得再给全家人丢脸。别哭啦，宝贝儿。瞧瞧我给你带了什么！多漂亮的礼物，不是吗？瞧瞧，瞧瞧呀！我可是个忙人，大老远地跑来，别再给我添麻烦了呀。别哭啦！”

温暖的暗夜中，玫兰妮和佩蒂帕特已经睡着好几个小时了，斯嘉丽却还醒着。她心情沉重，惶恐不安。生活刚刚重新开始，就要离开亚特兰大，回家面对埃伦！她宁愿死，也不想面对母亲。如果此时此刻死掉就好了，那样每个人都会后悔，不该对她恶意满满。她在热烘烘的枕头上辗转反侧，直到听见安静的街道远远传来一阵噪声。尽管模糊不清，那声音听起来却意外地熟悉。她溜下床，来到窗边。繁星点点的幽暗夜空下，绿荫如盖的街道隐没在一片柔和的黑暗里。那噪声越来越近，有车轮的声音，也有沉重而缓慢的马蹄声和人声。她突然咧嘴笑了，因为一个带浓重爱尔兰土腔和威士忌味的声音在高唱《矮背马车上的佩格》。她听出来了。这或许不是琼斯伯勒的开庭日，但杰拉尔德回家时就是这副样子。

她看见一辆四轮单马轻便马车停在屋前，车身巨大的黑影中，几个模糊的人影下了车。有人陪着他呢。两个身影站在大门口，她听见门闩“咔嗒”一响，杰拉尔德的声音便清晰地传来。

“现在，我给你唱《哀悼罗伯特·埃米特》。小伙子，你该学学这首歌。我来教你。”

“十分乐意。”他的同伴应道，拉长的平淡声音里似乎藏了丝笑意，“但不是现在，奥哈拉先生。”

“噢，天哪，是那讨厌的巴特勒！”斯嘉丽想。她先是生气，随即又精神一振。至少，他俩没开枪决斗。而且，这么晚了还以这种方式一同回来，他们肯定相处得很愉快。

“我要唱啦，你好好听着，不然我就一枪崩了你这个奥伦治会会员。”

“我不是奥伦治会会员，我是查尔斯顿人。”

“那也没好到哪儿去，反而更糟。我有两个小姨子住在查尔斯顿，那儿的情况我知道。”

“他是要让左邻右舍都听到吗？”斯嘉丽惊恐地想，伸手去拿晨衣。可她又能做什么？都夜里这时候了，她不可能下楼把爸爸从街上拽进屋。

仍在门口磨蹭的杰拉尔德脑袋一扬，突然毫无预警地用浑厚的男低音，吼起那首哀歌。斯嘉丽双肘撑在窗台上，侧耳倾听，不自觉地咧嘴笑了。爸爸要是不跑调，这应该是首很动听的歌。这也是她最喜欢的歌之一。没过一会儿，她也跟着哼起开头那几句美丽而哀伤的歌词：

年轻英雄的长眠之地离她很远，
挚友亲朋们围在她身边叹息不已。

歌声未停，她听见佩蒂帕特和玫兰的房间传来动静。可怜的人哪，肯定很烦躁。她们还不习惯杰拉尔德这种精力充沛的男人。

一曲终了，两个身影交叠成一个，沿着小径登上台阶。随后，是一阵谨慎的敲门声。

“看来，我得下楼一趟，”斯嘉丽想，“他毕竟是我爸。可怜的佩蒂肯定死也不会下去。”而且，她也不想让仆人们瞧见杰拉尔德现在的样子。如果让彼得试着伺候他就寝，他说不定还会蛮横无理。只有波尔克知道怎么对付他。

她扣紧晨衣领口，点亮床边的蜡烛，匆匆走下幽暗的楼梯，来到前厅。把蜡烛插进烛台后，她便打开了门。摇曳的烛光中，她看见连褶裥饰边都一丝不乱的瑞德·巴特勒正扶着自己矮壮的父亲。那首“哀歌”显然已是杰拉尔德的绝唱。此刻，他整个人都倚在同伴的胳膊上，帽子掉了，卷曲的长发乱得像蓬白马鬃，领结歪到耳朵下，衬衫胸口上酒渍斑斑。

“我想，这位是你父亲吧？”巴特勒船长说，黝黑的脸上，那双眼里满是戏谑。他只瞥了一眼，就看出她衣冠不整。那目光仿佛已经穿透晨衣。

“扶他进来吧。”她只说了这么一句，既为自己的衣衫窘迫不堪，也愤怒杰拉尔德竟将她置于如此境地，害她被这个男人嘲笑。

瑞德把杰拉尔德往前一推。“要我帮你把他送上楼吗？你弄不动他，他可重了。”

如此大胆的提议惊得她不由得张大了嘴。要是让巴特勒船长上楼，天知道缩在床上的佩蒂帕特和玫兰会怎么想。

“天哪，不行！就这儿吧，扶到客厅沙发上。”

“你是想说‘殉夫自焚’吗？”

“谢谢，麻烦你说话礼貌些。放这儿。好了，让他躺下吧。”

“要把他的靴子脱掉吗？”

“不用，他以前这么睡过。”

不小心说漏嘴，她真恨不得咬掉自己的舌头，因为他把杰拉尔德的腿架好时，已经轻笑出声。

“好了，请你离开吧。”

他走进昏暗的门厅，捡起掉在门槛上的帽子。

“周日晚餐桌上见。”说完，他便出去了，还悄无声息地带上了门。

五点半，仆人们还没从后院进来准备早餐，斯嘉丽就起床了。她溜下楼，来到安静的楼下。杰拉尔德也醒了，正坐在沙发上，双手揪着圆圆的脑袋，仿佛要把它捏碎似的。斯嘉丽进来时，他抬眼偷瞄，哪知眼睛一动脑袋就疼得厉害，顿时忍不住呻吟了几声。

“哎哟！”

“爸，瞧瞧你干的好事，”她愤怒地低声道，“那个点才回家，还唱歌吵醒所有邻居。”

“我唱歌了？”

“唱了！把‘挽歌’唱得震天响呢。”

“我一点都记不得了。”

“邻居们到死都忘不了，佩蒂帕特小姐和玫兰妮也一样。”

“天哪，”杰拉尔德呻吟着，动了动舌苔颇厚的舌头，舔了圈干燥的嘴唇，“牌局开始后的事，我几乎全记不清了。”

“牌局？”

“巴特勒那个花花公子吹牛说他打扑克天下无敌……”

“你输了多少？”

“什么话，我当然赢了。喝一两杯，有助牌运。”

“看看你的钱包。”

杰拉尔德从衣服里掏出钱包打开，每个动作似乎都很痛苦。钱包是空的。他可怜巴巴地盯着钱包，一脸困惑。

“五百美元呢，”他说，“这笔钱本来打算给奥哈拉太太买点偷运进来的东西呀。现在，连回塔拉的路费也没了。”

斯嘉丽气呼呼地盯着空空的钱包，心中起意，很快想出一个点子。

“在这城里，我是再也抬不起头了，”她开口道，“你让我们所有人蒙羞了。”

“闭嘴，丫头。你看不出我头都要炸了吗？”

“醉醺醺地跟巴特勒船长那样的人回家，声嘶力竭地唱歌，唱得每个人都听见，还把钱输个精光。”

“那家伙打牌太精，真不是个绅士。他——”

“妈妈要是听说这事，该怎么想？”

他立刻抬头看向她，脸上满是痛苦和担忧之色。

“你不会告诉你妈妈，让她难过吧？一个字都别提，好吗？”

斯嘉丽噘起嘴，一声不吭。

“她那么温柔，想想看，这事得让她多伤心哪。”

“爸，你昨晚还说我让全家蒙羞呢。我只不过为了那些士兵，可怜巴巴地跳了会儿舞。噢，想想我又要哭了。”

“哎呀，别哭啊，”杰拉尔德恳求道，“我这可怜的脑袋真受不了啦，马上就要炸了。”

“而且，你还说我……”

“好啦，丫头，好啦，你可怜的老父亲就说了这么几句话，你别再为此伤心了。他有口无心，什么都不懂！当然，你是个心善的好姑娘，真的。”

“那你还想带我回家丢人现眼。”

“啊，亲爱的，不会的。我逗你呢。你不会跟妈妈说钱的事吧，开支已经让她够着急的了。”

“不提。”斯嘉丽很坦率，“只要你让我待在这儿，告诉妈妈没什么事，都是那些老太婆搬弄是非，我就不提。”

杰拉尔德忧伤地看着女儿。

“你这是不折不扣的敲诈。”

“昨晚的事，也是不折不扣的丑闻。”

“好吧，”他又哄开了，“我们把这些事都忘了。你说，佩蒂帕特那样美丽善良的女士，家里会有白兰地吗？还得再来一口，才能醒酒啊……”

斯嘉丽转过身，蹑手蹑脚地穿过安静的走廊，去餐厅拿白兰地。佩蒂帕特每次心跳得要晕倒，或像是要晕倒时，都会啜上一口。私下里，她和玫兰都管那叫“头晕瓶”。她满脸得意，没有半点不孝顺父亲的愧疚之色。这下，就算再有爱管闲事的人给埃伦写信，也会有谎言给她抚慰。现在，她也可以继续留在亚特兰大，几乎爱做什么就做什么，因为佩蒂帕特真是个软弱的家伙。她打开酒柜，把酒瓶和杯子抱在胸前站了一会儿。

她仿佛看见一长串美景：在流水潺潺的桃树溪边野餐、在石山上举办烤肉宴、招待会和舞会，还有午后的舞会、乘车出游和周日晚上自助晚餐会。所有活动她都要参加，还要成为每场的中心，让男人们都围着她转。只要在医院稍微为男人尽点力，他们就很容易坠入情网。现在，她已经没那么介意医院。男人一生病，就很容易被打动。他们活像塔拉庄园熟透的桃子，轻轻一摇，便会落入聪明的姑娘手里。

她拿着那瓶能令人重新振奋起来的酒，朝父亲走去。谢天谢地，奥哈拉家那颗著名的脑袋没能挺住昨晚的那场较量。接着，她又突然起了疑心：这一切不会跟瑞德·巴特勒有关吧？

第十一章

第二周的某天下午，斯嘉丽又累又气地从医院回到家。累是因为站了一上午，气则是因为她坐在一个士兵床边替他包扎手臂时，被梅里韦瑟太太十分严厉地训了一顿。佩蒂姑妈和玫兰妮已经戴上最好的帽子，跟韦德和普利西站在门廊上，准备外出做每周的例行拜访。斯嘉丽抱歉地告了假，说无法奉陪，就上楼回自己房间了。

马车的车轮声完全消失后，她知道那家人已经走远，于是悄悄溜到玫兰妮的房间外，打开门锁，走了进去。这个小小的房间规矩整齐、纤尘不染。四点的阳光斜斜地照进来，一室的温暖静谧。光洁的地板除了几块鲜艳的碎呢地毯，再无其他东西。雪白的墙上也没有装饰品，只有一角被玫兰妮布置成了神龛。

那儿挂着一面南部邦联旗，旗下是一把当年玫兰妮父亲参加墨西哥战争时佩带过的镀金军刀。查尔斯此次上战场，便带走了这把军刀。查尔斯的肩带和手枪带也挂在那儿，手枪皮套里还装着他的左轮手枪。军刀和手枪之间是张查尔斯的达盖尔银版照片。照片里的他一身灰军装，显得相当拘谨，但也非常骄傲。那双棕色的大眼睛闪闪发亮，炯炯有神的目光似乎都要射到镜框外。不过，他嘴唇上倒挂着一抹腼腆的微笑。

斯嘉丽连瞥都没瞥那照片一眼，毫不犹豫地穿过房间，直奔窄床。床边有个四四方方的红木小信盒。她从信盒里拿出一捆蓝缎带扎好的信，都是阿希礼写给玫兰妮的。最上面的一封今早才送到，她便打开了那一封。

第一次偷看这些信时，斯嘉丽的良心很是不安，也非常怕被发现，打开信封的手都颤抖不已。但一次又一次地偷看后，她那向来不怎么严格的荣誉感渐渐麻木，连怕被发现的恐惧也消失了。偶尔，她也会心情沉重地想："妈妈要是知道了，会说什么？"她知道，埃伦宁愿看到她死，也不愿见她做出如此丢脸的丑事。起初，这让斯嘉丽很苦恼，因为她仍想处处都跟妈妈一样。但想读信的诱惑实在太大，她只能把埃伦抛到脑后。如今，她已经越来越擅长抛开不愉快的念头，学会对自己说："眼下先不想这些讨厌的事，明天再说吧。"通常，真到了第二天，那个念头要么不再出现，要么就已经因为延迟而转淡，变得没那么讨厌了。因此，偷看阿希礼来信的事，并未让她太过良心不安。

玫兰妮对这些信向来大方，常会大声给佩蒂姑妈和斯嘉丽念几段。可折磨斯嘉丽，促使她非要偷偷摸摸去读妹夫来信的，正是她没念的那些。斯嘉丽想知道，阿希礼婚后是否真的开始爱妻子，哪怕是假装的，她也想弄明白。他会亲昵地称呼她吗？字里行间会表达怎样的感情？会热烈到什么程度？

斯嘉丽小心翼翼地展开信纸。

阿希礼细小工整的笔迹映入眼帘。"亲爱的妻……"她松了口气，总算还没叫玫兰妮"亲爱的"或"宝贝"。

"亲爱的妻，你来信说心中惶恐，担心我没有向你袒露心声。

你问我这些天在想什么……”

“天哪！”斯嘉丽深感愧疚地想，“没有袒露心声。玫兰竟能看透他的心思？或者我的心思？她怀疑他跟我——”

她吓得双手颤抖，但把信拿近了些，读到下一段，就放下心来。

“亲爱的妻，我要真对你有任何隐瞒，也只是因为不想增加你肩上的负担，让你既要担心我的人身安全，还要挂念我内心的焦虑。但你如此了解我，我无法对你隐瞒任何东西。别担心，我没受伤，也没生病，每天都能吃饱，偶尔还有床睡。作为一名士兵，还能有什么别的要求呢？但玫兰妮，我的确忧心忡忡，这就跟你讲讲吧——

“入夏以来的很多个夜晚，我经常失眠。往往全营的人都睡着很久了，我还仰望着星空，一遍又一遍地问自己：‘阿希礼·威尔克斯，你为何在此？你为何而战？’

“当然不是为了名誉和光荣。战争是肮脏的勾当，我讨厌肮脏。我不是个士兵，不想从炮口里追寻虚幻的名声。然而，我还是到了战场——我这个生来只会读书的乡绅哪。玫兰妮，军号无法激起我的热血，战鼓也无法加快我的脚步。我已看得十分透彻：我们被骗了，被我们南方人自己的傲慢骗了。我们相信一个南方人就能打败十几个北佬，相信棉花大王能统治全世界。那些身居高位、备受尊敬和崇拜的大人物用花言巧语、流行口号骗了我们。他们散布偏见和仇恨，用‘棉花大王’‘奴隶制’‘州权’和‘该死的北佬’把我们引入歧途。

“因此，当我躺在毯子上仰望星空，自问‘为何而战’时，我想起州权、棉花、黑奴，以及我们从小就被教育要憎恨的北佬。但我知道，这些都不是让我战斗的理由。我反而看到了十二橡树园，想起月光如何穿过那些白色廊柱，斜斜地照进来；想起那些美得不似凡物的木兰花在月下盛开，还有攀缘月季如何在最热的午后，依然为侧廊投下一片阴凉。我还看见妈妈在那儿做针线活，就像我小时候一样。我听见黑奴们在暮色中穿过田野回家，虽然劳累，仍唱着歌准备吃晚饭。还有水桶下到凉爽的井底时，辘轳转动的声音。从大路到河边会经过很多棉田，一路都是风景。暮色中，还能看见下方洼地腾起的雾气。正是因为这些，我这个不爱死亡、痛苦和荣光，也不痛恨任何人的家伙，才会来到这里。或者，这就是所谓的爱国心，也是爱家庭和家乡的表现吧。但玫兰妮，或许还有更深刻的意义。玫兰妮，以上种种，只是我冒着生命危险来保卫的那样东西的象征罢了。因为，我其实在为旧时代而战，为我无比热爱的旧式生活而战。然而，无论战争如何结束，胜也好，败也罢，恐怕旧时的一切都一去不复返了。

“就算我们战胜，建立起梦中的棉花王国，我们依然败了。因为我们都会变成另外一种人，平静的旧日时光结束了。全世界都会吵吵嚷嚷地上门来买棉花，我们可以漫天要价。恐怕，届时我们也会跟北佬一样，变得唯利是图、贪得无厌，推崇我们如今嗤之以鼻的商业主义。如果我们战败，玫兰妮，如果我们战败怎么办？

“我不怕危险、被俘、受伤，甚至不怕死亡——如果非死不可的话。但我怕一旦这场战争结束，旧日时光也会一去不返。我属于过去，不属于眼下这个杀人的疯狂年代，就算努力尝试，恐怕也无法适应未来。亲爱的，你也不适合，因为你跟我拥有相同的血脉。未来不知会如何，但它不可能如过去那般美丽舒心。

“我躺在那儿，看着附近熟睡的弟兄们，心里琢磨：不知那对双胞胎、亚历克斯或凯德会不会跟我有相同的看法。不知他们是否明白，早在打响第一枪起，那个伟大的目标就已注定失败。因为，所谓的伟大目标，其实就是我们昔日的生活方式。如今，它早已远去。但我不认为他们会考虑这些。他们真幸运。

“向你求婚时，我并未想到这点。我以为十二橡树园的日子仍会那般安宁、惬意、永远不变地持续下去。玫兰妮，我们很像，都喜欢安静。我原以为未来还有很多平静无波的日子，可以让我俩好好看书、听音乐和做梦。但没想到会像现在这样！万万没想到！这一切竟落到我们头上，旧时代分崩离析，眼下尽是血淋淋的杀戮和仇恨！玫兰妮，什么州权、奴隶、棉花——通通不值得啊。我们正在经历，以及或许会经历的一切，都不值得付出这样的代价。因为如果北佬击败我们，未来将可怕得难以想象。亲爱的，他们或许真会击败我们。

“我或许不该写这些，甚至想都不该想。但你问我心里在想什么，而且我的确害怕战败。你还记得我们宣布订婚那天，一个叫巴特勒的人在烤肉宴上说的话吗？他操查尔斯顿口音，那番评论南方人无知的话，差点引起争斗。你还记得他说我们几乎没有铸造厂、工厂、兵工厂、机械制造厂，缺少磨坊和轮船时，双胞胎兄弟就想开枪打死他吗？你还记得他说北佬的舰队会将我们严密封锁起来，我们再也没法用船只将棉花运出去吗？他说得对。如今，我们用独立战争期间的滑膛枪对战北佬的新式来复枪。很快，封锁线就会变得更紧，到时候连医药物资都运不进来。我们应该多留心巴特勒那种愤世嫉俗，但了解真实情况的人，而非只凭感觉就夸夸其谈的政治家们。其实，巴特勒只是说南方除了棉花和傲慢，再无任何东西来开展这场战争。棉花已经一文不值，现在我们只剩他口中的傲慢了。不过，我要把这种傲慢称为举世无双的勇气，如果……”

但斯嘉丽没有读完，就小心翼翼地把信折好，塞回了信封。写得真无聊，简直看不下去。而且，信中的语调和那些关于战败的蠢话，也隐隐让她沮丧。毕竟，她偷看玫兰妮的信，并非为了了解阿希礼令人费解又无聊乏味的念头。他以前坐在塔拉庄园门廊上时，已经跟她说得够多了。

她只想知道，他有没有给妻子写热烈激情的信。迄今为止，还没有。她已经读完小信盒里的每封信，没有哪封不像是哥哥写给妹妹的。这些信或温柔亲切，或幽默诙谐，或东拉西扯，但就是不像爱人之间的通信。斯嘉丽收到过太多热烈的情书，只消一眼，就能看出一封信里有没有真情实感。这些信嘛，的确没那种调调。跟往常偷看完信一样，斯嘉丽依旧沾沾自喜，因为感觉到阿希礼肯定还爱着自己。她也照例暗暗嘲笑玫兰妮，笑她竟没意识到阿希礼对她只是朋友之情。玫兰妮显然没有察觉到丈夫的信缺了什么东西，因为她从未收到过其他男人的情书来作对比。

“他为何写这么蠢的信？”斯嘉丽想，“要是我的丈夫给我写这种蠢话，我不骂他一顿才怪！哼，就连查尔斯的信，都比这些强。”

她按住一沓信的边缘，倒着翻了一遍，看着日期回忆其中的内容。那些信跟达西·米德写给父母、可怜的达拉斯·麦克卢尔写给两位老姑娘姐姐——费思小姐和霍普小姐的信不一样，并没有关于露宿和冲锋的精彩描述。米德家和麦克卢尔家的人会骄傲地将来信读给所有邻居听，引得斯嘉丽经常暗暗为玫兰妮羞愧。因为，她从未从阿希礼那儿收到这种能在缝纫会上大声朗读的信。

阿希礼写信给玫兰妮，似乎总在故意回避战争，一心想在两人周围画一个永恒的魔圈，将萨姆特要塞事件之后的事都挡在圈外。他似乎在努力让自己相信根本没有战争，信中尽是他跟玫兰妮读过的书、唱过的歌、认识的老友和他游学旅行中去过的那些地方。字里行间满是对重返十二橡树园的渴望。他一页又一页地写打猎；写在结霜的深秋，策马穿过星空下静谧的林间小道；也写烤肉宴、炸鱼、宁静的月夜和安静迷人的老宅。

她想起刚才那封信里的两句话："但没想到会像现在这样！万万没想到！"这好似一个痛苦灵魂发出的呐喊。他无法面对，却不得不面对某事。斯嘉丽困惑了。阿希礼既不怕受伤，也不怕死亡，那他到底在怕什么？不擅分析的她，面对这个复杂的问题，只好冥思苦想。

战争扰乱了他的心境——他不喜欢被任何事打扰……比如，我……虽然爱我，他却不娶我，因为……因为怕我打扰他的思考方式和生活方式。不，也不能说他在害怕。阿希礼不是胆小鬼。不然，表彰英勇事迹的报道就不会有他的名字。斯隆上校也不会写信给玫兰，夸他带队冲锋的英勇表现。一旦下定决心做某事，他就会比任何人更勇敢、更坚定。可是——他就像活在自己的世界里，而非外部世界，简直算得上讨厌入世。噢，真是弄不明白！要是前几年搞懂这点，他一定早就娶我了。

她把信按在胸口，站了一会儿，痴痴地想念着阿希礼。从第一天爱上他起，她对他的感情就没变过。十四岁的那天，她站在塔拉庄园的门廊上，看着阿希礼满面笑容地策马而来。朝阳下，他的头发银光闪闪，她心中顿时涌起那股情感，令她一句话都说不出来。这份爱，仍是年轻姑娘对一个男人的仰慕之情。她读不懂这个男人。她不具备，却无比艳羡的品质，这个男人都有。他仍是姑娘梦中的理想骑士。在梦中，姑娘也别无所求，只希望他能回应这份爱，给她一个吻而已。

读完这些信，她觉得至少他爱她——斯嘉丽，这点绝对错不了，哪怕他已经娶了玫兰妮。只要确定这点，她就几乎别无所求。她依然年轻，依然初心未改。查尔斯若以笨拙而窘迫的亲密关系开发出她心底的激情，她对阿希礼的梦就不会仅止于一个吻。然而，那些跟查尔斯独处的月夜既未触动她的情感，也没让她成熟起来。查尔斯没能唤醒她的情欲，也没能让她懂得何谓温存，何谓肉体或精神上的真正亲密。

对她而言，情欲就是屈从于男人莫名其妙的疯狂。女人之间不会分享这种感受。其过程痛苦又尴尬，还会不可避免地带来更痛苦的事——生育。婚姻就是这样，她倒并不意外。婚礼前，埃伦就暗示过：对于婚姻，女人必须端庄又坚韧地承受。守寡以来，其他主妇的窃窃私语也进一步证实了这点。斯嘉丽很高兴情欲和婚姻一同结束了。

婚姻虽然结束，爱情却没有。因为她对阿希礼的爱是另外一回事，跟情欲或婚姻无关。那是一种神圣的、美得令人惊叹的东西，是长久以来的被迫沉默中，悄然而生的情绪。而时常重温的回忆和希望，也滋养了这份感情。

她叹了口气，小心系好那捆信上的缎带，第一千次琢磨起那个问题：阿希礼身上到底有什么东西，让她百思不得其解？虽然很想琢磨出一个令人满意的答案，但最后仍跟往常一样——她那单纯的脑子就得不出任何结论。她把信放回信盒，盖上盖子。然后，她皱起眉，因为想起刚才读到的那封信里，后面的部分提到了巴特勒船长。那个无赖一年前说的话，阿希礼竟然记得，多奇怪啊。不管巴特勒船长舞跳得多棒，他也是个不折不扣的无赖。

除了无赖，还有谁会在义卖会上那样说南部邦联?

她穿过房间走到镜前，得意地拍了拍光滑的头发。每次看到自己雪白的皮肤和斜斜上挑的绿眸，她就来精神。她笑了，带出一对酒窝。想起阿希礼向来喜欢这对酒窝，她快活地欣赏起自己的容貌，将巴特勒船长抛到了脑后。爱着另一个女人的丈夫、偷看人家的信，她没有半点良心不安，仍尽情欣赏着自己的年轻和魅力，并再次确定阿希礼的爱。

她心情愉快地打开门，顺着昏暗的螺旋楼梯往下走，走到一半，便开始唱《这残酷的战争结束时》。

第十二章

战争仍在继续，虽然大多数时候都是捷报，但人们已经不再说“只要再赢一场，战争就能结束”，也不再说北佬都是胆小鬼。如今，显然人人都很明白：北佬才不是胆小鬼，一场胜仗也绝对无法征服他们。不过，南部邦联的摩根将军和福里斯特将军在田纳西打的几场胜仗和第二次布尔溪战役的胜利，都是值得大肆夸耀、堪比剥下北佬头皮挂起来的光荣事迹。不过，这些胜利还是付出了沉重的代价。大量伤病员涌入亚特兰大的医院和居民家中，穿上丧服的女人越来越多，奥克兰公墓里一排又一排相似的阵亡士兵墓也每天都在增加。

邦联货币急剧贬值，于是食品衣服价格暴涨。军需部门持续不断的大量征粮，终于影响到了亚特兰大市民们的餐桌。白面稀缺、贵得离谱，因此玉米面包普遍取代了饼干、面包卷和蛋奶烘饼。肉店里几乎没有牛肉，少得可怜的羊肉也只有富人才吃得起。好在猪肉依然充足，鸡肉和各色蔬菜也还不缺。

北佬对南部邦联各港口的封锁更加严密，茶叶、咖啡、丝绸、鲸骨裙撑、科隆香水、时尚杂志和书籍之类的奢侈品既稀少，又昂贵。甚至最便宜的棉质品也价格飞涨，女士们只得遗憾地用旧衣服将就一季。积灰多年的织机又从阁楼上搬下来，几乎每家客厅都能见到手工纺织的布匹。士兵、女人、孩子、黑人……大家都开始穿土布衣裳。邦联的灰军装几乎绝迹，取而代之的是淡棕色土布军装。

医院已经开始发愁奎宁、甘汞、鸦片、氯仿和碘短缺。亚麻绷带和棉绷带如今已经珍贵得用过也舍不得丢。在医院做看护的太太们都会把一篮篮血污的绷带带回家，洗烫后再带到医院，给其他伤员用。

但对刚摆脱寡居束缚的斯嘉丽来说，只觉得这段战时光阴既快活，又兴奋。甚至衣食短缺她都没觉得苦恼，反而很开心自己又能抛头露面。

回想过去日复一日的乏味生活，她觉得现在的生活节奏真像一下子加快了千百倍。每个黎明，都会开启一场激动人心的冒险。一天中，她总会新结识几个男人。这些人会提出拜访请求，称赞她如何如何美丽，声称为她而战，哪怕付出生命也荣幸之至。虽然到死都会爱着阿希礼，但这并不能阻止她引诱别的男人向她求婚。

接连不断的战火让社交生活日渐随意。各种不拘礼节的现象让老人们大为震惊。母亲们发现陌生男子登门拜访自己的女儿，既不带介绍信，也说不清自己的身世背景。尤其看到女儿跟这些男人手牵着手，更是让母亲们惊恐不已。比如，梅里韦瑟太太婚前从未吻过丈夫，看到梅贝尔竟跟那个名叫勒内·皮卡德的义勇军士兵接吻，简直不敢相信自己的眼睛。而梅贝尔的不以为耻，让她越发震惊。哪怕勒内立刻求了婚，也没能让她好受些。梅里韦瑟太太觉得南方的道德体系即将全面崩溃。她常常把这话挂在嘴上，其他母亲也深表赞同，并一致认为这都是战争惹的祸。

但估计一周或一个月就会牺牲的男人们可没法等上一年，再来恳求直呼姑娘的名字（芳名后当然会带上“小姐”二字）。他们也不能按照战前的常规礼节，经历漫长的求婚过程，反而更有可能三四个月就求婚。非常清楚应该拒绝绅士头三次求婚的姑娘们，也往往对方一开口，便匆匆应允了。

不拘礼节的现象让斯嘉丽觉得战争非常有趣。除了脏兮兮的护理工作和枯燥的卷绷带活计，就算一直打仗也无所谓。现在，她已经能泰然忍受医院里的一切，因为那儿简直是个绝佳的猎男场所。无助的伤兵们轻而易举地为她的魅力折服。只要给他们换换绷带、洗洗脸、拍拍枕头、摇摇扇，他们就能坠入爱河。噢，枯燥乏味地过了一年，如今真如置身天堂哪！

斯嘉丽又成为出嫁前的那个斯嘉丽了。她仿佛从未嫁给查尔斯，从未被他的死亡震惊，也没生过韦德。战争、婚姻和生育还未触动她内心深处的任何一根弦，便过去了。她丝毫未变。虽然有个孩子，但红砖房里的其他人将孩子照料得那样好，她几乎快把他忘了。无论脑里，还是心中，她又是从前那个斯嘉丽·奥哈拉——全县首屈一指的美人。她的想法和行为也跟旧时一样，但活动范围大大增加。不顾佩蒂姑妈那些朋友的反对，她变得跟婚前一样，参加派对、跳舞、跟士兵骑马和调情。除了仍穿着丧服，姑娘时期做过的一切，她全干了个遍。她知道，这将是压垮佩蒂帕特和玫兰妮的最后一根稻草。做寡妇也跟做姑娘时一样迷人，只要顺心顺意，她便快活无比；只要没人添麻烦，她就热心助人，为自己的容貌和讨人喜欢骄傲不已。

几周前她还愁眉苦脸，现在又欢欢喜喜了。阿希礼已经娶了玫兰妮，如今又身处危险之中，她此时能得到的最大快乐，也莫过于追求者众多，以及那些人再三保证她魅力十足的话了。但不知怎的，阿希礼身在远方时，他已经属于别人的事实也变得更易忍受。亚特兰大和弗吉尼亚相隔数百英里，似乎让阿希礼有时既属于玫兰妮，也属于她。

一八六二年秋就这样匆匆地过去了。成日里，她不是做护理，就是跳舞、骑马和卷绷带，有时也回塔拉庄园小住。但这几次回娘家的经历都令人失望。在亚特兰大时，她便盼着能跟母亲安安静静地畅谈一番。回去后，却几乎找不到这样的机会。根本没时间坐在埃伦身边陪她做针线活；没机会闻闻母亲裙袂窸窣间，柠檬马鞭草香囊淡淡的香气；也没法让她柔软的双手轻轻爱抚自己的脸颊。

埃伦现在心事重重，人也瘦了，每天从早忙到晚。直到全种植园的人都入睡很久，她才休息。邦联军需部门的征税一个月比一个月重，她的任务便是让塔拉庄园出产更多东西。甚至杰拉尔德也忙了起来，这可是多年来的头一遭。因为找不到监工顶乔纳斯·威尔克森的空缺，他只好亲自骑马去地里巡查。看埃伦每天忙得连个晚安吻都没时间，杰拉尔德又成天在地里，斯嘉丽觉得塔拉庄园真是无聊透了。甚至两个妹妹，也有了放不下的心事。苏埃伦如今已经跟弗兰克·肯尼迪非正式地订了婚，唱起《这残酷的战争结束时》的那股傲慢劲，几乎让斯嘉丽受不了。卡伦太沉醉于布伦特·塔尔顿编织的美梦里，跟她待在一起也很无趣。

虽然斯嘉丽每次都高高兴兴地回家，但佩蒂和玫兰妮照例来信求她回去时，她也不会觉得难过。每每此时，埃伦倒会唉声叹气，为长女和唯一外孙的离开而沮丧。

“但既然亚特兰大的护理工作需要你，我就不能自私地将你留在这里。”她说，“只是……只是，亲爱的，我似乎都没找出时间跟你聊聊，没再好好将你当成我的小姑娘疼一疼，你就要走了。”

“我永远是你的小姑娘。”斯嘉丽总会一边说，一边将头埋进母亲怀里，并因愧疚而自责。她没告诉母亲，吸引她返回亚特兰大的是舞会和众多追求者，并非为邦联服务。如今，她向母亲隐瞒了很多事，尤其瑞德·巴特勒常常到佩蒂帕特姑妈家登门造访的事，她更是半点不敢透露。

义卖会后的几个月里，瑞德只要进城，必登门拜访，然后用自己的马车带斯嘉丽出门兜风，陪她去跳舞、逛义卖会，还会在医院外等着，好送她回家。虽然不再怕他泄露自己的秘密，但她内心深处仍潜藏着一段令人不安的回忆：他曾见过她最糟糕的样子，知道关于阿希礼的一切真相。能在每次被他激怒时管住嘴，也正是出于这个原因。而他呢，又常常激怒她。

他已经三十五六岁，比她的任何追求者都大。她能游刃有余地对付同龄的追求者，却无法控制和摆布他，在他面前简直犹如无助的孩子。他总是一副不知吃惊为何物的样子，倒是觉得很多事情都挺有趣。尤其她被气得哑口无言时，更是天底下最有趣的事。她常常被他炉火纯青的引逗技巧激得勃然大怒，因为虽然遗传了埃伦那张会让人产生甜美错觉的脸，她骨子里却是杰拉尔德的爱尔兰脾气。在此之前，除非在埃伦面前，否则她根本不用控制自己的脾气。如今，她却因为害怕他那副咧嘴而笑的狡黠模样，被迫强忍住想出口的话。他要是也发发火就好了，她便不会觉得自己的处境如此不利。

经历了数次争论，却鲜占上风后，她总赌咒发誓地说此人非常讨厌、毫无教养、根本不是绅士，她再也不要跟他有半点瓜葛。但他迟早会回到亚特兰大，然后再次打着看望佩蒂姑妈的幌子登门拜访，却极尽殷勤地给斯嘉丽献上一盒从拿骚带来的夹心软糖。要不就在音乐会上抢先占个她身边的位置，或在舞会上请她跳舞。

通常，她都会觉得如此满不在乎、厚颜无耻的样子很有趣，便哈哈笑着宽恕了他上次的无礼，直到下次再斗气。

尽管有种种恼人之处，她还是越来越期待他的拜访。他身上有种令人兴奋的东西，一种她分析不透，也从未在其他男人身上见过的东西。他高大优雅的身材令人屏息，一进屋就给人一种来自肉体的强烈冲击。那双满含傲慢、冷漠和讥诮的黑眸仿佛在向她发出挑战，看她是否能将他治得服服帖帖。

“我简直像是已经爱上他了！”她困惑地想，“可我并不爱他啊，真搞不懂这是怎么回事。”

然而，兴奋的感觉一直都在。他每次登门，身上那股十足的阳刚之气都会让佩蒂姑妈温文尔雅的家显得狭小暗淡、略显过时。对于他的出现，斯嘉丽并非屋里唯一行为反常、态度勉强的人。因为，佩蒂姑妈见到他也会心慌意乱、激动不已。

其实，佩蒂知道埃伦反对瑞德去看她的女儿，也知道不能不顾查尔斯顿上流社会拒不接受他的禁令，但她还是抵挡不住他的精心恭维和吻手礼，就像苍蝇见了蜜罐无法不动心一样。况且，他经常从拿骚给她带回一些小礼物，还保证是特意冒着生命危险，突破封锁线为她买的——整板的别针、缝衣针、纽扣、绕在线轴上的丝线和发夹。如今，这些小“奢侈品”几乎绝迹，女士们只能戴手削的木头发夹，用布包橡果做纽扣。所以，佩蒂实在没那么坚强的意志拒绝它们。她还像小孩似的喜欢“惊喜包裹”，忍不住想拆开他的礼物。而一旦拆开，又怎么好意思拒绝。既然收了礼，她当然没法鼓足勇气，告诉他“以他的名声，拜访三位没有男性保护者的女士实在不合适”。瑞德·巴特勒每次登门，佩蒂姑妈都觉得自己需要一个男性保护者。

“真搞不懂他到底是个什么样的人，”她会无助地叹口气，“但是——唉，依我看，他若能打心眼里尊重女性，应该就是位心善又迷人的男士。”

自从婚戒失而复得，玫兰妮就觉得瑞德是个非常高雅体贴的绅士，所以不免为这样的评论吃惊。瑞德对她向来礼貌有加，她在他面前却有些胆怯。但这大多还是因为在任何并非年幼就相识的男人面前，她都腼腆羞怯。私下里，她其实很为他惋惜。他若知道这点，肯定会忍俊不禁。玫兰妮觉得，定是情场失意才毁了他的生活，让他变得如此冷酷无情。其实，他需要的不过是好女人的爱。在庇护下长大的玫兰妮从未见识过邪恶，因此也不相信世间有恶。听到关于瑞德和那个查尔斯顿姑娘的流言蜚语时，她大为震惊，但并不相信。所以，她非但没有背弃他，反而在羞怯之余待他更亲切和善，并愤愤不平地认为他受到了极不公正的对待。

斯嘉丽默默赞同佩蒂姑妈的看法，也觉得或许除了玫兰妮，他压根不尊重任何女人。每次他从上到下打量她时，她都觉得自己就跟没穿衣服似的。他倒没说过什么，若真说了，她还能狠狠斥责几句。令人不快的，是他黝黑脸膛上的那双眼睛。放肆又傲慢的目光，仿佛全天下的女人都是他的私产，可任意享用。只有跟玫兰妮在一起时，他才会收起那副嘴脸。他望向玫兰妮的眼神，从未有过冰冷的品评之态和半点讥诮嘲讽。跟玫兰妮说起话来，他的口气也会格外谦恭有礼，一副急于为之效劳的模样。

一天下午，玫兰妮和佩蒂都去睡午觉了。斯嘉丽单独跟瑞德在一起，便气鼓鼓地问：“真不明白，你对她怎么比对我好得多。”

她已经盯着瑞德看了一个小时。玫兰妮绾编织要用的毛线，他就替她绷线。玫兰妮唠唠叨叨、无比骄傲地讲述阿希礼和他的升迁，瑞德始终一副神秘莫测的冷淡表情。斯嘉丽知道，瑞德并不欣赏阿希礼，也压根不在乎他荣升少校。然而，他不仅礼貌回复，还喃喃赞了几句阿希礼真勇敢。

斯嘉丽气愤地想：可我一提阿希礼的名字，他就眉毛一挑，露出那副了然的可恶笑容！

“我比她漂亮得多，”她继续道，“真不明白你为何对她更好。”

“我能说，你这是在嫉妒吗？”

“呸，胡扯！”

“你又让我希望破灭。我要是真对威尔克斯太太‘更好’，那也是因为她当之无愧。她这般真诚又无私的人，我真没见到几个。不过，你估计没发现这些优秀品质。而且，她虽然年轻，却是我认识的极少数高贵女士之一。”

“那你的意思是说，我不算高贵的女士？”

“我们初会时，就已经在这点上达成共识了吧。你当然不是高贵的女士。”

“噢，你这无礼又讨厌的家伙，竟然又提那件事！我不过就是发了点小孩脾气，你怎么老揪着不放？那都是多久以前的事啦，我已经长大了！要不是你一直唠唠叨叨，暗示不停，我都忘得一干二净啦！”

“我可不觉得你是小孩脾气，也不相信你有什么改变。要是不顺心，你现在照样能扔花瓶。不过，你如今事事顺心，所以才用不着摔碎那些小摆设。”

“噢，你真是——我要是个男人就好了！那我就能向你发起挑战，把你——”

“那吃苦头丢小命的可是你。我能在五十码外把一枚十分银币射穿。最好还是抓牢你自己的武器吧，就是酒窝、花瓶之类的东西。”

“你简直是个无赖。”

“你以为这么骂一句我就会暴怒吗？抱歉，让你失望了。你骂得对，我干吗生气。我的确是个无赖，当无赖有什么不好？这是个自由的国家，任何人想当无赖都可以当。亲爱的夫人，只有你这种明明心跟我一样黑，却拼命遮掩的虚伪之辈，被戳穿真面目时才会暴跳如雷。”

他笑得气定神闲，还故意拖长调子说话，简直让她无计可施。如此软硬不吃的家伙，她真是生平仅见。嘲笑、冷淡、辱骂……诸多手段用尽，还是铩羽而归。因为无论她说什么，对方都不会有半点羞赧。根据她的经验，撒谎者定会坚称自己很诚实，胆小者会辩驳其实他很勇敢，没教养的人会自诩绅士，粗鄙者反倒极重名誉。瑞德却不然，不仅样样承认，还哈哈笑着激她继续说。

这几个月里，他来来去去，来不报信，去也不道别。斯嘉丽始终没弄明白他到底来亚特兰大干什么，因为其他跑封锁线的商人都觉得没必要大老远从海岸跑到内地。他们只要把货卸在威尔明顿或查尔斯顿，商人和投机倒把者就会从南方各地蜂拥而至，在拍卖会上抢购那些偷运来的货物。他这么一趟又一趟地跑来若是为了专程看她，她倒是能开心一场，但哪怕虚荣心再膨胀，她也觉得这事绝对不可能。哪怕他向她求过一次爱、对其他簇拥着她的男人流露出妒忌之意、试图来握她的手、向她讨一张照片或一条手帕留作纪念，她都会扬扬得意地认为他已经为自己的魅力倾倒。可他始终没有半点倾心于人的模样，真讨厌！最可恨的是，她试图俘获他的种种手段，似乎都被他一一识破。

他每次到亚特兰大，太太小姐们都会激动一番。敢闯封锁线已经够浪漫，更别说他还那般声名败坏、绝对不该接近，真叫人心痒痒的。

他的名声真是糟透了！亚特兰大的主妇们每聚在一起说次闲

话，他的名声就会更坏一分。而在年轻姑娘们眼里，这只会让他更有魅力。大多数姑娘都很天真，只听说他“跟女人在一起时很随便”，但到底怎么“随便”，就不得而知了。她们还听人窃窃私语，说姑娘家跟他在一起都不安全。尽管声名狼藉，但自打他出现在亚特兰大，就从未吻过任何一个未嫁小姐的手。然而，这一点也只不过让他显得更神秘、更引人兴奋罢了。

在亚特兰大，除了军队里的英雄们，就属他被议论得最多。他是如何因为醉酒和“女人的事”被西点军校开除的，人人一清二楚。坏了一个查尔斯顿姑娘的名声，还打死了人家哥哥的可怕丑闻，更是尽人皆知。有人跟查尔斯顿的朋友通信，又进一步得知他父亲是位可爱的老绅士，意志坚定，极有骨气。瑞德二十岁那年，便被父亲赶出家门，不仅一个子儿也没捞到，甚至写在家用《圣经》上的名字都被划掉了。从那以后，瑞德便四处游历，一八四九年随淘金热到过加利福尼亚，随后又去了南美和古巴。不过，据说他在那些地方也没干什么好事，不仅因女人陷入争端、闹出几次枪击事件，还给中美洲的革命者运过军火。亚特兰大的人听说，最糟糕的是，他甚至当过职业赌徒。

在佐治亚州，几乎每个家庭都有一个男性成员或亲戚赌博。这些人不仅输钱，还输房子、土地和奴隶。但瑞德的情况跟他们都不同。一个男人哪怕输成穷光蛋，也可以做绅士。但一个职业赌徒，只能是社会弃儿。

若非战争打乱了一切，若非他本人正在为邦联政府效力，瑞德·巴特勒永远别想被亚特兰大社会接受。但现在，哪怕最狭隘古板的人，也觉得爱国心在呼吁他们变得更宽容一些。更感性的人则认为巴特勒家的害群之马已经幡然悔悟，正痛改前非，努力将功补过。因此，那些太太都觉得自己责无旁贷，理应通融一二，尤其对方还是个如此勇于突破封锁线的人。现在，所有人都知道邦联的命运不仅仰赖前线战士，也得靠这些在封锁线上往来的船只躲避北佬舰队的技巧。

有谣传说，巴特勒船长是南方最棒的舵手之一，因为他胆大鲁莽，向来什么都不怕。在查尔斯顿长大，他熟知卡罗来纳沿海港口的每条水湾、小港、浅滩和暗礁，也对威尔明顿周围的海域了如指掌。他从未丢过一艘船，甚至从未被迫放弃过一船货。战争初期，他攒够钱买了条小快船，从一众无名之辈中脱颖而出。如今，偷运一船货物可获利二十倍，他也拥有了四艘船。他出大价钱雇用好舵手，让他们趁夜驾船溜出查尔斯顿和威尔明顿，把棉花运往拿骚、英国和加拿大。英国的棉纺厂已停产，工人们都快饿死了。任何能智胜北佬舰队，闯过封锁线的人，都可以在利物浦坐地起价。无论为邦联运出棉花，还是把南方急缺的军用物资运进来，瑞德的船都格外幸运。没错，女士们觉得这样一位勇士，以前无论犯下多少过错，也可以被原谅。

他是个闯劲十足的人，走到哪儿都引人注目。他花钱大手大脚，骑一匹黑色烈马，身上永远是时髦的成衣。光是那衣着就够惹眼了，因为现在士兵们的军装都又旧又破，平民就算穿出最好的衣服，也看得出精心修补过的痕迹。斯嘉丽觉得，她还从没见过谁的裤子比他的更优雅。他穿浅黄褐色的彩格呢裤，西装背心也格外漂亮。尤其那件白色波纹绸的，上面还绣着小小的粉红玫瑰花蕾。衣服虽价值不菲，他却一副满不在乎的神气，于是越显优雅贵气。

只要他有意散发魅力，几乎没几个女人抵挡得住。最终，就连梅里韦瑟太太都放下心来，请他周日到家里吃饭。

梅贝尔·梅里韦瑟打算与那位小个子义勇军士兵结婚，等他下次休假时就举行婚礼。梅贝尔每次一想到这事就哭，因为她一心想穿白缎裙结婚。可邦联眼下根本找不到白缎，想借也无处可借。因为，这些年绸缎做的新娘礼服，全捐出去做军旗了。一腔爱国热情的梅里韦瑟太太叱责女儿，说对一个邦联的新娘来说，土布礼服就很合适。但责骂无用，梅贝尔还是想要绸缎礼服。为了那个伟大的目标，她说没有发夹、纽扣、漂亮鞋子、糖果茶点都没关系，甚至还以此为荣，但她就是想要绸缎礼服。

瑞德从玫兰妮那儿听说此事后，从英国买了好几码亮闪闪的白缎，外加一块蕾丝面纱，全当结婚礼物送给了梅贝尔。他那种送礼方式，让对方甚至没法提付钱的事。梅贝尔欣喜若狂，简直恨不得亲他一口。梅里韦瑟太太知道这份礼有多么贵重，而且送的又是衣服，收下的确太不合适。然而，她又想不出拒绝的理由，因为瑞德连最华丽的辞藻都用上了，说什么打扮我方勇士的新娘，用再好的衣服都不为过。梅里韦瑟太太邀请他到家里吃饭，并自以为做出如此让步，已足够抵偿这份礼物。

他不仅给梅贝尔带来缎子，还就礼服裁剪提出了绝佳建议。根据巴黎这一季的流行时尚，裙箍要更宽大，裙子则要短一些。取消褶裥饰边，收拢做出一圈扇形裙摆，以便露出里面镶了花边的衬裙。他还说，如今巴黎街头已经看不到衬裤，所以估计衬裤已经“过时”。后来，梅里韦瑟太太对埃尔辛太太说，她若稍微附和几句，他估计连巴黎女人时下穿什么样的内裤都要说出来。

若非阳刚气十足，就凭他对女人裙子、帽子和发式那股如数家珍的劲儿，任谁都会将其列入娘娘腔之流。女士们总觉得拿时尚方面的问题叨扰他有点奇怪，却又忍不住提问。她们就如因海难被困的水手，早与时尚界隔绝多时。几乎没有时装书能突破封锁线，谁知道法国女士们是否已经开始流行剃光头、戴浣熊毛皮帽了呢。因此，瑞德对裙褶式样的相关记忆，就是《戈迪妇女杂志》的最佳替代品。他能够，也愿意关注女士们最喜爱的这些细节。每次从海外回来，他都会被太太小姐们团团围住，不是说今年的帽子变得更小、戴得更高、要遮住大半个头顶、帽檐不插鲜花改插羽毛，就是说法国皇后晚装已经不梳发髻，而是将头发几乎都盘上头顶，露出双耳，以及晚礼服的领口低得吓人。

尽管从前名声不好，如今也隐有传闻，说他不仅做封锁线上的生意，还投机倒卖粮食，但数月来，他真是全城最受欢迎，也最浪漫的人。不喜欢他的人说，他每到亚特兰大一次，粮价就要涨五美元。但即便有这样的流言蜚语在私下传播，只要他认为值得，还是可以保护自己广受欢迎的地位，可他偏不。跟那帮死脑筋的爱国公民打了一段时间交道，赢得他们的尊重和勉勉强强的喜爱后，他的执拗劲似乎又上来了，非要有意冒犯他们，向他们表明自己之前的表现不过是伪装。而现在，这种伪装已经让他觉得没什么意思。

他似乎对南方的每个人和每件事都一律心生鄙夷，对邦联的轻蔑更是毫不掩饰。他对邦联的评论让亚特兰大人先是困惑不解，继而冷眼旁观，最后终于勃然大怒。甚至一八六二年还没过完，不等进入一八六三年，男人们向他鞠躬时便已开始故意冷淡。女人们则一看到他出现在聚会上，就赶紧把女儿往自己身边拉。

他不仅有意冒犯亚特兰大真挚赤诚的忠心，还极力败坏自己的形象。善意的人夸他突破封锁线真勇敢时，他满不在乎地回答其实自己每次遇到危险都怕得要死，跟前线那些勇敢的小伙无甚区别。人人都知道，邦联士兵没一个胆小鬼，所以他这话听来真是格外恼人。虽然说起士兵们，他总称“我们勇敢的小伙”或“我们穿灰军装的英雄”，可那怪声怪气的腔调，真是极尽侮辱之能事。

胆大的年轻小姐们有意挑逗，感谢他为她们冒险时，他就鞠个躬，说若能赚到同样多的钱，他也会为北佬的女人做同样的事。

自从斯嘉丽来到亚特兰大，在那晚的义卖会上遇到他，他跟她说话便是这种嘲讽的腔调。但现在，他跟每个人说话，都隐隐带上了这种口吻。若有人夸他为邦联效力，他都无一例外地回复：闯封锁线不过是生意而已。辨认出那些手持政府合同的人后，他就说：要是跟政府做生意也能赚到这么多钱，他当然不会冒险闯封锁线，只消将劣质布匹、粗砂糖、霉面粉和烂皮革卖给邦联就行了。

他的大多数评论都让人无言以对，因此一切都变得更糟。公众原本早就对那些手握政府合同的人颇有微词。前线士兵的来信经常抱怨鞋子穿一星期就坏，火药点不燃，挽具一使劲就拉断，肉腐烂变质，面粉里满是象虫。亚特兰大人以为把这些东西卖给政府的合约商肯定是亚拉巴马人、弗吉尼亚人或田纳西人，绝对不是佐治亚人。因为，佐治亚有些合约商不是出自最有名望的家族吗？不是他们首先向医院基金捐钱，并资助烈士遗孤吗？不是他们先为“迪克西”喝彩，慷慨激昂地宣称要北佬的命吗？当时，那些靠政府合同牟取暴利的人还未引起众怒。因此，瑞德的话只是成了他缺乏教养的证据而已。

他不仅影射那些身居高位的人贪污受贿，还诋毁前线战士缺乏勇气，由此得罪了全城市民。不过，他以戏弄这些体面的市民为乐，就想让对方陷入尴尬境地。周围无论谁自高自大、虚伪矫饰、总把爱国挂在嘴上炫耀，他都忍不住要戳穿对方，就跟小男孩忍不住要拿针戳破气球一样。爱炫耀的，他自有法子挫其傲气；愚昧无知与偏执狭隘之人，他也有办法让其原形毕露。而且，他做起这些事来向来不露痕迹，面上谦恭有礼，一副饶有兴趣的模样。对方往往还没弄明白怎么回事，就已经把什么话都说出来了，言毕才明白自己浮夸又过分，着实有几分荒唐可笑。

早在城里人接受他的那几个月，斯嘉丽就对他不抱任何幻想。她知道，他精心设计的殷勤举止和华丽的言辞都毫无诚意。她知道，他扮演勇闯封锁线的爱国志士，不过是觉得有趣罢了。有时，她觉得他与自己一起长大的那些同县小伙没什么两样——跟塔尔顿家那对野性难驯的双胞胎兄弟一样热衷恶作剧，跟方丹家那几个一肚子坏水的家伙一样爱捉弄人，也跟卡尔弗特兄弟一样，整晚不睡地设计骗局。但也有不同之处，瑞德的轻佻快活之下，似乎有着某种恶意。这种恶意潜藏在看似温文尔雅，实则粗暴野蛮的表象下，几乎算得上阴险邪恶。

虽然很清楚他的虚伪，她仍非常希望他扮演这个突破封锁线的勇士角色。首先，相比之前的情况，这会让她与他的交往变得容易很多。因此，他拿下假面，故意跟亚特兰大人的好意作对，真是让她恼怒至极。她之所以生气，一是这么做显得很蠢，二是对他的某些严厉批评，直接落到了她头上。

埃尔辛太太举办了一场为康复期伤员募捐银币的音乐会。瑞德就是在这场音乐会上为自己签下了“永久放逐书”。那天下午，埃尔辛家挤满休假的士兵、医院里的人、地方志愿军成员、民兵、主妇、寡妇和年轻小姐们。屋里的每张椅子上都坐着人，甚至长长的螺旋楼梯上都满是客人。埃尔辛家的管家端着个雕花大玻璃缸站在门口。缸里的银币倒空两次，足以说明募捐很成功。如今，一美元的银币，抵得上六十块邦联纸币呢。

每个自诩有才的姑娘都唱了歌或弹了琴，静态造型剧更是引来满场赞许的掌声。斯嘉丽扬扬自得，因为她先跟玫兰妮合作了一曲动人的二重唱——《当露珠落在花瓣上》，接着又应观众要求唱了首更轻快活泼的《噢，天哪，女士们，别管斯蒂芬啦！》，最后，她更是被选中在最后一场造型剧中，出演代表联邦精神的那个角色。

她看起来非常迷人，一身朴素的白色干酪包布希腊长袍，系着红蓝腰带，一只手擎着星条旗，另一只手拿着查理父子都用过的那把金柄军刀，将其授予跪在面前的亚拉巴马人凯里·阿什伯恩上尉。

演完造型剧后，她忍不住去搜寻瑞德的目光，看他是否欣赏自己的美丽形象。结果，她气愤地瞧见他正在跟人争论，估计压根没注意到她。从他周围那些人的脸色来看，斯嘉丽知道，众人都被他激怒了。

她朝他们走去。一群人聚在一起，有时也会出现奇怪的冷场时刻，她便碰巧遇到了这种时刻。只听一身民兵装束的威利·吉南清晰明白地道："先生，您的意思是说，英雄们舍命追求的那个伟大目标并不神圣。我的理解没错吧？"

"你要是被火车轧死了，你的死应该不会让铁路公司变得神圣，对吧？"瑞德问道。听那口气，他真在虚心求教似的。

"先生，"威利的声音都在颤抖了，"要不是我们都在屋里……"

"是啊，不然接下来会发生什么，我想想都会发抖呢。"瑞德说，"毕竟，阁下的勇敢众人皆知。"

威利满脸通红，所有谈话戛然而止。人人都尴尬不已。威利身强体壮，正值参军年纪，结果却没上前线。当然，他是母亲的独子。再说，也得有人待在民兵团保卫本州啊。不过，瑞德提到勇敢时，几个康复期的军官还是不客气地窃笑起来。

"噢，他干吗不闭嘴！"斯嘉丽愤愤地想，"整场聚会都要被他毁了！"

米德医生愤怒地皱起眉。

“年轻人，你或许觉得什么东西都不神圣，”他一副平日里发表演讲的口吻，“但对南方爱国的先生、女士们来说，很多东西都是神圣的。保卫我们的土地不被篡夺者侵占，这种自由是神圣的；州权也是神圣的，还有……”

瑞德一脸懒洋洋的表情，轻声细语，口气几近腻烦。

“所有战争都是神圣的，”他说，“对于那些非要打仗的人来说，通通如此。如果发动战争的人都不能将其神圣化，那谁还会蠢到去打仗？不过，无论演说家如何冲参战的傻瓜们喊口号，无论他们把战争目的标榜得多高尚，真实动机其实都只有一个。那就是——钱。所有战争都是为了抢夺金钱，可惜几乎没人明白这点。他们耳朵里全是军号声、战鼓声，以及后方那些演说家的漂亮话。集结口号有时是‘从异教徒手里夺回基督之墓’，有时是‘打倒教皇主义’，有时是‘为了自由’，还有些时候是‘为了棉花、奴隶制和州权’。”

“教皇跟打仗有什么关系？”斯嘉丽想，“还有，干吗扯到基督之墓？”

她匆匆赶向愤怒的人群，却看到瑞德颇有绅士风度地鞠了一躬，就穿过人群朝门口走去。她刚想去追，却被埃尔辛太太一把拽住裙摆。

“让他走吧，”气氛紧张的静室里，她的声音异常清晰，“让他走。他就是个叛徒、一个投机商！他就是条我们捂在怀里的毒蛇！”

瑞德站在门厅，帽子捏在手里。听到这句故意说给自己听的话，他转过身，打量了众人片刻，接着目光锐利地瞥了眼埃尔辛太太扁平的胸脯，突然咧嘴一笑，然后鞠了一躬，出门了。

梅里韦瑟太太乘佩蒂姑妈的马车回家。四位女士刚坐定，她就嚷嚷开了。

“好啦，佩蒂帕特·汉密尔顿，这下你满意了吧！”

“满意什么？”佩蒂惊恐地大声道。

“包庇那个讨厌的巴特勒啊。”

佩蒂帕特顿时被这番指责弄得慌了神，一时间都没想起梅里韦瑟太太也把瑞德·巴特勒请回家招待了好几次。斯嘉丽和玫兰妮虽然想起这茬，却碍于礼敬长辈，忍着没提，只低头猛瞅戴着连指手套的手。

“他不仅侮辱了我们大家，也侮辱了邦联。”梅里韦瑟太太说。镶了金银线的闪亮饰边下，肥硕的胸脯剧烈起伏着，“竟说我们是为了钱打仗！竟说领袖欺骗了我们！应该把他关进监狱。没错，他就该进去。我要跟米德医生说说这事。梅里韦瑟先生若还活着，定会好好收拾他！好了，佩蒂·汉密尔顿，听我说。再也不准那个坏蛋踏进你家的门！”

“哦。”佩蒂无助地嘟囔道，一副恨不得死了才好的表情。她满眼哀求地望向两个姑娘，她们却仍低垂着视线。于是，她又心怀希望地瞅向彼得大叔挺直的脊背，希望他能转过身，像以前常做的那样，插一句“得啦，多莉小姐，就放过佩蒂小姐吧”。她知道他在专心听，一个字也没落下。然而，彼得一动不动。可怜的佩蒂明白，他打心眼里反感瑞德·巴特勒。于是，她叹了口气，说：“呃，多莉，你要是认为……”

“我当然这么认为，”梅里韦瑟太太斩钉截铁地说，“真不明白，一开始你怎么就鬼迷心窍地接受了他。从今天下午起，城里再不会有任何一个体面的家庭将他迎进门。拿出点魄力来，绝不能让他再进你家的门。”

她眼神锐利地转向姑娘们，继续道："希望你俩也记住我的话。因为你们也有错，竟对他那般客气。礼貌但坚决地告诉他：他和他那些不忠不义的言论，你家都很不欢迎！"

此时，斯嘉丽已经怒火中烧，就像被陌生人粗暴地扯了缰绳，随时都会扬蹄的马。可她不敢说话，唯恐梅里韦瑟太太再给母亲去信。这个险可冒不得。

"死肥婆！"无处发泄的怒火憋得斯嘉丽满脸通红，"惯会指挥人！知道我对你的真实看法吗？要是能直接说出来就好了。"

"我活到这么大岁数，从没想过竟有人如此诋毁我们的伟大目标。"梅里韦瑟太太越说越激动，已经到了义愤填膺的地步，"胆敢认为我们的目标不正义、不神圣，无论是谁，都该被绞死！你俩绝对不准再跟他说话，可别让我听到这种事。天哪，玫兰，你怎么了？"

玫兰妮脸色煞白，双眼圆睁。

"我要跟他说话，"她低声道，"我不会对他无礼，也不会禁止他上门。"

梅里韦瑟太太如遭重击，一下子泄了气。佩蒂姑妈张着肥厚的大嘴，彼得大叔也转身瞪向她。

"唉，我怎么没胆子这么说？"斯嘉丽想，心里又是嫉妒，又是敬佩，"那胆小鬼竟能鼓起勇气，反抗老梅里韦瑟太太？"

玫兰妮虽然双手颤抖，却飞快地继续往下说，仿佛生怕有什么耽搁，就再也不敢说了似的。

"我不能因为他说了那番话就对他无礼。当然，他那般大声地当众说出来，是太欠考虑……但……但阿希礼也是这么想的。一个跟我丈夫想法一致的男人，我不能不让他登门。那样不公平。"

梅里韦瑟太太总算缓过气，立刻反驳道："玫兰·汉密尔顿，我这辈子都没听过如此谎言！威尔克斯家绝不会出胆小鬼……”

“我没说阿希礼是胆小鬼，”玫兰妮的眼中闪起怒火，“我说他跟巴特勒船长看法一致，只是表达方式不同而已。但愿他不会在音乐会上说这种事。不过，他倒是写信告诉过我。”

斯嘉丽顿觉良心不安，努力回想阿希礼到底在信中写了什么，让玫兰妮能说出这样一番话。然而，大部分信她读完便忘了。所以，玫兰妮这就是一时犯糊涂了吧。

“阿希礼在信中说我们不该跟北佬开战。我们上了政客和演说家的当。那些人只会喊口号，还一肚子偏见。”玫兰妮飞快地道，“他说，我们将要为这场战争付出的代价，任何东西都弥补不了。他还说，这事毫无荣耀可言，只有苦难和污秽。”

“噢，原来是那封信，”斯嘉丽想，“他是这意思吗？”

“我不信，”梅里韦瑟太太断然道，“你误解了他的意思。”

“我从不会误解阿希礼，”玫兰妮虽然嘴唇仍在颤抖，语气却很平静，“我非常了解他。他跟巴特勒船长看法一致。只不过，他不会用那般无礼的方式表达出来。”

“拿阿希礼·威尔克斯这样的好人跟巴特勒船长那种恶棍相比，你真该感到羞愧！依我看，你大概也觉得我们的目标一文不值！”

“我……我也不知道自己是怎么想的，”玫兰妮迟疑地开口道。她的火已经消了，这会儿已经开始为自己的直言不讳惊慌失措，“我……我跟阿希礼一样，愿意为那个伟大目标牺牲。但……我想说……我的意思是……还是让男人去思考吧，因为他们更聪明。”

“这种话我真是闻所未闻，”梅里韦瑟太太哼了一声，“停车，彼得大叔，你的车都要驶过我家啦！”

彼得大叔只顾着听身后的谈话，马车果然已经过了梅里韦瑟太太家的停车台。于是，他只好把马往回赶。梅里韦瑟太太跳下车，帽子上的缎带抖得犹如暴风雨中的船帆。

“你会后悔的。”她说。彼得大叔一甩鞭子，马又跑了起来。

“让佩蒂小姐这么紧张，两位年轻小姐真该感到羞愧。”他责备道。

“我还好呀。”佩蒂应道。这就怪了，平时比这小的刺激，她都经常晕过去，“玫兰，亲爱的，我知道你是为了我才这么做。说真的，有人能杀杀多莉的威风，我还挺高兴。她实在太霸道了。你哪儿来的勇气呀？不过，你那么说阿希礼合适吗？”

“可这都是实话，”玫兰妮轻声哭了起来，“而且，他这么想，我并不觉得羞愧。虽然认为战争大错特错，他却愿意为之战斗、为之献身。比起为心中认定的正义而战，他需要的勇气多得多。”

“天哪，玫兰小姐，别在桃树街上哭，”彼得大叔一边催马快跑，一边哼哼道，“人们会说闲话的。等到家再哭啊。”

斯嘉丽什么也没说，甚至连玫兰妮塞进她掌心寻求安慰的手都没捏一下。她读阿希礼来信的目的只有一个——让自己相信他依然爱她。现在，玫兰妮却给那些信赋予了新的含义。而她斯嘉丽，却几乎完全没看出来。阿希礼这么完美的人，竟跟瑞德·巴特勒那种恶棍看法一致，真是让她震惊不已。她想：“他们都看出这场战争的真相，阿希礼愿意为之赴死，瑞德却不干。看来，还是瑞德有见识。”她顿了片刻，接着吓了一跳，自己怎能如此看待阿希礼。“虽然他俩都看出讨厌的事实，但瑞德不仅敢于正视真相，还要不惧众怒地大谈特谈。阿希礼呢，却几乎不敢面对它。”

这可真叫人困惑呀。

第十三章

在梅里韦瑟太太的再三怂恿下，米德医生终于采取行动，给报社写了封信。虽然信中并未指名道姓，但那意思一清二楚。编辑觉出此信的社会效应，便将其登在第二版上。鉴于报纸头两版向来是刊登广告之地（那些广告可谓五花八门：有卖奴隶、骡子、犁或棺材的，有房屋租售信息，还有各种治疗性病、堕胎或壮阳的药），所以这可真是个惊人的壮举。

米德医生的信算是开了群情激奋的先河。在此之后，南方各地声讨不断。投机者、奸商和手持政府合同的人都成了众矢之的。此时，查尔斯顿港已几乎被北佬炮艇封死，威尔明顿就成了进行封锁线贸易的主要港口，各种丑闻层出不穷：蜂拥而至的投机商带着现金一船一船地囤货，坐等涨价。而价格总是不断上涨。因为必需品越来越短缺，所以物价一个月高过一个月。百姓要么不买，要么就按投机商的价格买。穷人和家境一般的人日子过得越来越艰难。随着物价上涨，邦联货币快速贬值，人们反而对奢侈品升起强烈渴望。突破封锁线的商人本来的任务是运进生活必需品，只能顺带做一点奢侈品生意。可现在，他们的船里全是高价奢侈品，邦联急需的物资却排除在外。人们用现有的钱狂买奢侈品，唯恐明日价格更高，手上的钱更不值钱。

更糟糕的是，威尔明顿到里士满只有一条铁路。在中间站等待运输的数千桶面粉和数千箱熏肉腐败变质。而投机商只要登陆威尔明顿，总能在两天内把他们的葡萄酒、塔夫绸和咖啡运到里士满。

从前私下流传的谣言，如今也成了公开讨论的话题。据说，瑞德·巴特勒不仅经营着四艘船，以前所未有的高价卖出货物，还收购其他船只的货，囤积居奇。有人说，他是某个联合组织的头目，身家已逾百万。还有人说，那个组织把总部设在威尔明顿，为的就是收购进港的封锁线物资。该组织在威尔明顿和里士满有几十个仓库，仓库里堆满等着涨价的食物和衣物。士兵和百姓们都手头拮据，所以自然对他和他那些投机倒把的同行越来越怨愤。

“勇闯封锁线的人中，不乏英勇又爱国的邦联海军。”医生的最后一封信这样写道，“为了邦联的生存，这些无私的人甘愿拿自己的生命和财产冒险。所有对南方忠心耿耿的人，都会将他们铭记在心。他们若从这些冒险中谋取些微小利，谁也不会心存怨怼。他们都是无私的绅士，深受我们尊敬。对于他们，我没什么要说的。

“然而，还有一些披着勇士外衣的无赖，完全为了一己私利闯封锁线。我呼吁身处困境、为最正义目标而战的邦联民众同仇敌忾，赶走那些贪得无厌的家伙。我们的士兵因奎宁短缺而奄奄一息时，他们运进来的却是绸缎和花边。我们的英雄因吗啡不足而痛苦挣扎时，他们往船上装的却是茶叶和红酒。我憎恶这些吸血鬼！追随罗伯特·李的勇士们，正在被他们吸血！这些人败坏了勇闯封锁线的英雄之名，为所有爱国志士不齿。前线战士们光着脚冲锋陷阵，怎能容忍我们中间还有这些皮鞋锃亮的食腐者？战士们在营火旁瑟瑟发抖地啃发霉的熏肉，怎能容忍那些家伙就着香槟大嚼斯特拉斯堡馅饼？我呼吁每位忠诚的邦联拥护者行动起来，将他们赶走。”

亚特兰大人读到这封信，就如接到神谕。他们都忠于邦联，于是忙不迭地驱逐瑞德。

所有在一八六二年接受过瑞德的家庭，到一八六三年仍继续接待他的，只剩佩蒂帕特小姐一家。而且，若非玫兰妮，他或许连这家的门也进不去了。每次到城里，佩蒂姑妈都焦虑不安。尽管非常清楚允许他登门会引来朋友们怎样的非议，她仍没勇气直言他不受欢迎。瑞德每次到亚特兰大，佩蒂姑妈都会噘起胖嘟嘟的嘴，对姑娘们说她们只在门口会会他，绝不让他进来。但他每次上门，不仅会带小礼物，还会夸她美丽又迷人，让她完全招架不住。

“我都不知道该怎么办了，”她连连叫苦，“他就是看着我……我就快吓死了。要是不让他进门，不知道名声已经坏到这种地步的人会做出什么事来。你们说，他会打我吗……或者……或者……噢，天哪，查理要是还活着就好了！斯嘉丽，你必须告诉他别再来了……好好跟他说。噢，天哪！依我看，他登门就是你撺掇的。全城的人都这么说。你妈妈要是知道这事，不知道会怎么说我呢。玫兰，你也不能再对他那么客气。冷淡疏离点，他会明白的。噢，玫兰，我是不是该给亨利写封短信，让他去跟巴特勒船长谈谈？”

“不，我才不要。”玫兰妮说，“我也不会对他无礼。我觉得，人们就像群无头鸡，对待巴特勒船长的方式轻率又失措。他肯定不是米德医生和梅里韦瑟太太口中的那种坏人。他不会囤积粮食，让人们挨饿。他甚至给过我一百美元，让我捐给孤儿呢！他肯定跟我们一样忠诚又爱国，就是骄傲得不愿为自己辩解而已。要知道，男人一旦生气起来可固执得很。”

佩蒂姑妈对男人一无所知，无论他们是生气还是出了什么别的事，她都什么也不知道。于是，她只得无助地摆了摆胖胖的小手。至于斯嘉丽，她早就接受了玫兰妮“见谁都是优点”的习惯做法。玫兰妮的确是个傻瓜，这点任谁也没法纠正。

斯嘉丽知道瑞德并不爱国，但她宁死也不愿承认这点，她才不会在意这种事呢。收下他从拿骚带回、女士接了也不会失礼的小礼物，才是她最在乎的事。物价这么高，要是不让他上门，她得上哪儿去找针、夹心软糖和发夹之类的东西？嗯，还是把责任推给佩蒂姑妈安心些。毕竟，她才是一家之主、年长女伴和道德仲裁人。斯嘉丽知道，对瑞德的来访，全城的人都在说三道四。那些人还会说她的闲话。但她也知道，在亚特兰大人眼里，玫兰妮·威尔克斯永远不会出错。只要有玫兰妮护着，瑞德的来访就依然体面正当。

不过，瑞德如果能放弃他那些异端邪说，日子肯定能更好过些。至少跟他走在桃树街上时，她再也不用因旁人故意不理睬他而尴尬。

“就算你是这么想的，也不必说出来呀，”她责备道，“随你怎么想，但只要不说出来，一切都会好得多。”

“这就是你的处事之道，对吗，绿眼睛的伪君子？斯嘉丽啊，斯嘉丽！我还以为你能更勇敢些，还想着爱尔兰人想什么就说什么，信奉‘人各争先，落后遭殃’呢。说实话，有时你是不是憋得都快爆炸啦？”

“呃……是啊。”斯嘉丽勉强承认，“人们谈论那个伟大目标时，我真的快烦死了。从早晨到中午，再从中午到晚上，成天说个没完。可是，天哪，瑞德·巴特勒，我要是承认这点，谁都不会再跟我说话，小伙子们也不会跟我跳舞了。”

“啊，是啊，有人不惜一切代价都要跳舞。我敬佩你的自制力，我可忍不住。无论披上浪漫和爱国的伪装多么便利，我也不愿意。在封锁线赌上全副身家的笨蛋已经够多了。等战争结束，这些爱国者都会变成穷光蛋。无论是他们的爱国主义记录，还是穷鬼名册，都无须我去凑数添光彩。让他们尽情享受头顶的光环吧。我说句真心话：那是他们应得的。而且，再过一两年，除了头顶的光环，他们也剩不下什么别的了。”

“你这人真龌龊。明知道英国和法国就要来帮我们，还说这种话。而且……”

“哎，斯嘉丽！你肯定是看报纸了吧！真叫我吃惊。别看啦。那玩意儿只会让女人的脑子更糊涂。离我上次去英国还不到一个月呢，实话告诉你，英国绝不会帮助邦联。英国人从不会在劣势方身上下注。英国之所以是英国，原因就在于此。而且，那个坐在王位上的德国胖女人[1]十分虔诚，压根不赞成奴隶制度。至于法国，那个效仿拿破仑的懦夫[2]正忙着在墨西哥建立亲法政权，哪儿有空来操心我们。其实，他很欢迎这场战争。因为它让我们忙得没空去驱赶墨西哥的法军……不，斯嘉丽，海外援助的说法不过是报纸为了维持南方士气，瞎编出来的玩意儿。邦联注定失败。如今，它就像一头靠驼峰活着的骆驼。但就算最大的驼峰，也有养分耗尽的时候。闯封锁线的行当我打算再干六个月就收手，再干下去风险太高。届时，我便把船卖给某个以为能偷越封锁线的

1　指英国女王维多利亚一世。维多利亚从小在德国长大，其母是德国公主。因此，本书作者才称其为“德国女人”。

2　指拿破仑三世。

英国蠢蛋。不过，船卖不卖得掉我都无所谓。反正我已经赚够钱了。通通存在英国的银行里，全是金币，一张不值钱的本地纸币都没有。”

听起来，他的话一如既往地可信。其他人或许会说这番话实属变节背信之言，斯嘉丽却觉得他说得很有道理，句句属实。她知道自己这么想大错特错，她应该感到震惊和愤怒才对。可她既不震惊也不愤怒，但也能装装样子，好显得更可敬、更淑女一些。

“巴特勒船长，我看米德医生信上那些话写得真对。你唯一的弥补之法，就是卖掉船后应募参军。你可是西点军校出身，而且……”

“你就像个正在发表征兵演说的浸礼会牧师。我要是不想自我救赎呢？干吗为将我驱逐在外的制度打仗？眼看着它分崩离析我才高兴呢。”

“我从没听过什么制度不制度的。”她气恼地说。

“没听过？跟曾经的我一样，你也是其中的一分子。我打赌，你也跟我一样，不喜欢它。哼，我怎么成了巴特勒家的害群之马？原因就在于此——我没有遵从查尔斯顿的规矩，也无法遵从。查尔斯顿就是南方的缩影，只是这儿的冲突更尖锐而已。那是个多么乏味的地方，不知道你有没有意识到。一个人必须做那么多事，就因为‘历来如此’。而又有那么多并无害处的事不能做，原因也是‘历来如此’。太多愚蠢又无意义的事让我恼怒不已。没娶那个年轻小姐的事，不过是让我忍无可忍的最后一击罢了。那事你多半已经听说过了吧。我干吗要娶个乏味的笨蛋，就因为一个意外让我没在天黑前把她送回家？而我既然枪法更准，干吗要被她那个极端的哥哥开枪打死？当然，我要是个绅士，就该让他打死，也好抹掉巴特勒家族徽章上的一个污点。但是——我想活着。

因此，我就活下来了，还过得很不错……每每想起我哥，想想他活在查尔斯顿那帮自以为神圣不可侵犯的老太婆中间，对她们毕恭毕敬；想起他那个平庸无趣的妻子；想起他只有在圣塞西莉亚节才能参加舞会，周围永远都是没完没了的稻田……我就知道，与那个制度决裂会得到何种补偿。斯嘉丽，南方人的生活方式就跟中世纪的封建制度一样过时。真没想到它竟能维持到现在。它注定消亡，也正在消亡。你还想让我听米德医生那种演说家的话，去相信我们的目标是正义、神圣的？你还想让我一听到战鼓就热血沸腾，抓起一杆滑膛枪，便冲到弗吉尼亚为罗伯特主子[1]流血吗？你当我傻啊？被人打了，还要去吻那根打我的鞭子，我可不擅长这种事。现在，南方和我扯平了。从前，南方抛弃了我，想把我饿死。可我没死，还在南方的垂死挣扎中赚够了钱。这足以弥补我被剥夺的继承权。”

“你真是卑鄙无耻、唯利是图。”斯嘉丽不假思索地脱口而出。跟其他任何与己无关的对话一样，他说的大多数话，她也听过就忘，并不入心。但有一部分，她还是会觉得有道理。好人的生活中，也有很多蠢事。虽然不得不假装心如止水，但她的心根本没死。在义卖会上跳舞便惹得所有人震惊不已，更别提她每次说了或做了什么与其他小姐稍有不同的事，人们就要气呼呼地扬起眉毛。然而，听到他攻击自己最反感的传统，她还是觉得刺耳。在佯装客气的人群中生活久了，乍听到有人将自己的真实想法说出来，难免不安。

“唯利是图？不，我只是有远见。不过，或许‘有远见’跟‘唯利是图’就是同义词。至少，那些不像我一样有远见的人，

1　指罗伯特·李将军。

会把‘有远见’说成‘唯利是图’。任何忠诚的南方志士，只要一八六一年时有一千美元现金，就能干出我这番事业。只可惜，‘唯利是图’到足以抓住机会的人真少哪！比如，萨姆特要塞陷落，但封锁线还没建立起来时，我以超低价买了几千包棉花运到英国。它们现在还存放在利物浦的仓库里。我才不卖。等到英国棉纺厂急需棉花，能任我开价时再卖。届时就算一磅卖一美元，我都不会吃惊。”

“一磅一美元，那大象都能上树啦！”

“我相信能涨到这个价。现在，棉花已经72美分一磅了。等这场战争结束，我就是大富翁啰。斯嘉丽，这都是因为我有远见——不好意思，应该说，都是因为我唯利是图啊。之前便告诉过你，有两个时期可以赚大钱：一是建国初期，二就是国家败亡之时。建设期来钱慢，垮台期却能捞快钱。记住我的话，没准儿你哪天就用上了。”

“好建议我自然感激不尽，”斯嘉丽极力挖苦道，“但我才不需要你的建议。你当我爸是乞丐吗？我要多少钱他都给得起。再说，我还有查尔斯留下的财产呢。”

“我觉得，法国贵族们爬上死囚押送车前，估计也是这么想的。”

瑞德经常提醒斯嘉丽，既然所有社交活动都参加，那还一身丧服就很不协调。他喜欢鲜艳的颜色，斯嘉丽的丧服和从帽子一直垂到脚跟的黑纱，让他觉得既好笑又难受。可她偏要穿那些单调的丧服，还要戴上黑纱。因为她知道若不多穿几年再脱，现在便换上鲜亮的衣服，城里人的闲话肯定更多。而且，她要怎么跟母亲解释？

瑞德直率地说黑纱让她看起来像只乌鸦，丧服则让她显老了十岁。如此不殷勤的话让她赶紧冲到镜子前，瞧瞧自己是不是真的像二十八，而非十八。

“我想，你还以为你能更骄傲些，不穿得跟梅里韦瑟太太一样呢！”他讽刺道，“我也以为你的品位会更好些，不至于成天戴着黑纱，展现其实从未有过的悲伤。跟你打个赌。两个月内，我定要摘掉你这帽子和黑纱，换上巴黎最时髦的帽子。”

“是吗？不行，别再说这个啦。”一听到他提查尔斯，斯嘉丽就来气。瑞德此刻正准备动身去威尔明顿，从那儿再出趟国，于是咧嘴一笑，走了。

几周后一个阳光明媚的夏日清晨，他抱着一个包装亮丽的帽盒，又登门了。发现斯嘉丽独自在家后，他打开帽盒，剥开几层薄绸，就是一顶引来斯嘉丽惊叫的女帽。“噢，多漂亮啊！”她一边赞叹，一边伸出手去。这么久没见过新服饰，更不用说亲手摸到了。于是，它似乎成了她生平见过最可爱的帽子。深绿色的塔夫绸帽，配浅绿色波纹绸衬里。系在下巴上的缎带也是淡绿色，足有她手掌那么宽。而且，帽檐上还有根做工精致的绿色鸵鸟毛，真是神气极了。

“戴上吧。”瑞德笑着说。

她立刻冲到房间那头的镜子前把帽子往头上一按，撩起头发露出耳环，然后才把帽带系好。

“怎么样？”她嚷嚷着，单脚着地转了一圈给他看，同时还不忘仰起头，好让那跟羽毛也跟着动一动。不过，甚至无须他用眼神表示赞美，她就知道自己很美。她看上去迷人又俏皮，帽子淡绿色的内衬也将那双绿宝石般的眼睛衬得更深邃、更闪亮。

“噢，瑞德，这帽子是谁的？我买了。把手头的钱都给你，我也愿意。”

“是你的。”他说，“除了你，还有谁戴得了这种绿？你难道不觉得，我牢牢记住了你眼睛的颜色？”

“这真是你为我定做的？”

“是啊。而且，瞧瞧盒上那句法文——‘和平街’，明白了吧？”

其实，斯嘉丽压根不明白那是什么意思，只顾冲着镜子微笑。此时此刻，她对什么都无所谓了，只晓得两年来第一次戴上漂亮帽子的自己无比迷人。有了这顶帽子，还有什么事是她办不到的！忽然，她的笑容消失了。

“不喜欢？”

“噢，这简直是我梦寐以求——噢，但一想到要往这么漂亮的绿帽子上罩黑纱，还要把这根羽毛染黑，我就烦死了。”

他立刻走到她身旁，灵巧的手指解开她下巴上的大蝴蝶结。不一会儿，帽子便回到了盒子里。

“你干吗？你说过这是我的。”

“但并不是给你改作丧帽的。我还是另外找位既有绿眼睛，也能欣赏我品位的女士吧。”

“噢，不行！要是得不到它，我会死的！噢，求你了，瑞德，别这么小气！给我吧。”

“拿去改得跟你其他帽子一样丑吗？不行。”

她死死抓住盒子不放。要把这顶让她显得如此年轻可爱的帽子给其他姑娘？噢，绝不！突然，她想起佩蒂和玫兰妮惊恐的模样，也想起埃伦会说的话，不由得哆嗦起来。然而，到底还是虚荣心占了上风。

“我不改，我保证。好啦，给我吧。”

他嘲讽地微微一笑，把盒子给她，看着她又把帽子戴上，得意扬扬地自我欣赏。

“多少钱？”她脸一沉，突然问道，“我只有五十美元了，但下个月……”

“用邦联货币的话，它值两千。”见她愁眉苦脸的样子，他咧嘴笑了。

“噢，天哪……呃，那我先给你五十美元，等我拿……”

“不要钱，”他说，“这是件礼物。”

斯嘉丽惊讶地张大嘴。接受男人礼物这种事，可得仔细划线，谨慎行事。

“亲爱的，糖果和鲜花，”埃伦曾一次又一次地说，“一位淑女能从绅士手中接受的礼物，或许仅限于诗集、相册或一小瓶花露水。任何贵重的礼物都不能收，绝对不能收，未婚夫送的也不行。珠宝、衣服，哪怕手套或手帕都不行。一旦收下这种礼物，男人就知道你不是淑女，继而开始放肆。”

“噢，天哪，”斯嘉丽先瞅瞅镜中的自己，又望向瑞德那张难以读懂的脸，心想，“不能直接说我不要。太漂亮了。我……我简直宁愿他放肆一回，只要别太过分就行。”想到这儿，她不禁吓了一跳，并为自己竟生出这种念头红了脸。

“我……这五十美元一定要给你……”

“给我，我就把它扔进排水沟。或者，拿着钱给你的灵魂做几场弥撒吧。我相信，你的灵魂是该做做弥撒了。”

她勉强笑了笑，但一看到绿帽檐下的笑颜，她立刻下定了决心。

“你到底想让我做什么？”

“我在用上好的礼物诱惑你，磨光你那些少女思想，让你完全落入我的掌控。”他说，“亲爱的，绅士给的礼物，只能收糖果和鲜花。”他学得惟妙惟肖，逗得她也咯咯笑了起来。

“瑞德·巴特勒，你真是个聪明又黑心的坏蛋。你非常清楚，这顶帽子漂亮得令人难以拒绝。”

他在用眼神嘲笑她，即使那双眼睛也在赞赏她的美貌。

“当然，你也可以跟佩蒂小姐说，你给了我一张塔夫绸和绿波纹绸的式样。帽子的设计图也是你画的，而且我还另敲了你五十美元。”

“不，我要说一百美元，那她便会逢人就讲。如此一来，城里人人都会眼红心热，说我出手大方。但瑞德，你以后不准再给我这么贵的东西。多谢你的好意，但我真的不能再收别的了。”

“真的吗？只要我高兴，只要看到能增添你魅力的东西，我就要把它当作礼物送给你。我还要带些深绿色波纹绸给你做裙子，好配这顶帽子。而且，我还得提醒你一句：我可没什么好意。我要用这些帽子、手镯之类的东西拉你下水。请时刻记住，我从不无缘无故地做什么事，也从不一味付出，不求回报。我总能得到报酬。”

他的黑眼睛在她脸上逡巡，最后落到她的唇上。斯嘉丽垂下眼，浑身紧张。正如埃伦所说，他果然要开始放肆了。他要吻她，或者试图吻她。心慌意乱之际，她也拿不准他到底会干什么。要是拒绝，他或许会一把扯下她头上的帽子，拿去送给别的姑娘。要是允许他轻啄一下，他或许会再带其他漂亮礼物来，就为能再亲芳泽。男人非常看重亲吻，天知道为什么。很多时候，仅仅一吻，他们便会彻底爱上一个姑娘。如果那姑娘够聪明，吻过一次后就再也不让对方得逞，男人往往还会出尽洋相，可笑至极。要是能让瑞德·巴特勒爱上她，哀求她再给一个吻或再笑一笑，那该多激动人心啊。好，她就让他吻一次吧。

可他并没有要吻她的意思。她从睫毛下斜瞥了他一眼，喃喃地鼓励道：“你向来都会得到报酬，对吧？那……你想从我这儿得到什么？”

“等等看。”

“哼，你要是认为一顶帽子就能让我嫁给你，那可想错了。”她大着胆子说，还调皮地扬了扬脑袋，弄得那根羽毛也跟着上下跳动。

他那口白牙在小胡子下闪了闪。

“夫人，你太自以为是啦。我不想娶您，也不想娶其他任何人。我这人不结婚。”

“真的吗？！”她惊叫道，反而决定该让他放肆一下，“我连吻都不愿意吻你。”

“那干吗一直那样滑稽地噘着嘴？”

“噢！”瞥了眼镜子，发现自己果然噘着红唇，一副等待被吻的样子，她又“噢”地惊叫一声，顿时来了气，跺着脚道，“真没见过你这么可怕的人，我再也不想看到你！”

“你要真这么想，就该踩帽子。天哪，好大的脾气！这样子倒很配你。你多半也很清楚吧。来，斯嘉丽，踩帽子，你到底如何看待我和我的礼物，让我瞧瞧吧。”

“你敢碰它。”她抓着帽带上的蝴蝶结就往后退，他追上来，轻笑着握住她的手。

“噢，斯嘉丽，你真年轻，真叫我心疼哪，”他说，“那如你所愿，我就吻你一下吧。”他漫不经心地俯下身，八字须蹭了蹭她的脸蛋，“好啦，这下你是不是觉得该给我一巴掌，以维持体面？”

她仍桀骜不驯地翘着嘴，抬头望向他的眼睛，瞧见黑眸深处那十足的兴味，不由得笑了起来。他可真逗！这家伙真爱戏弄人，太可气了！要是不想娶她，甚至不想吻她，那他想要什么？如果不爱她，干吗频频来访，还送她礼物？

“这样好多了，”他说，“斯嘉丽，我只会对你产生不良影响，你要是还有点理智，且办得到的话，就该把我赶走。我可是很难摆脱掉的。不过，我对你只有坏处。”

“是吗？”

“你看不出来？自从在那场义卖会上遇到，你的举止就让人震惊。对此，我应该负主要责任。谁怂恿你跳舞的？谁逼你承认：其实，你觉得我们光荣的目标既不光荣，也不神圣？谁激得你接受：男人都是傻瓜，竟为夸夸其谈的原则赴死？谁害得你招来那堆老太婆的闲话？谁让你提前几年就脱掉丧服？最后，又是谁诱得你收下一件淑女一旦接受，就有失身份的礼物？”

“巴特勒船长，你也太高看自己了。我的所作所为才没那么可耻。而且，没有你的帮助，我也会做那些事。”

“我表示怀疑，”他突然沉下脸，平静地道，“若没有我，你还是查尔斯·汉密尔顿的伤心遗孀，因照顾伤员的善举而名声颇佳。可最后……”

她却没在听，又开始喜滋滋地照镜子，觉得今天下午就能戴着这顶帽子去医院，给疗养中的军官们送花。

她并未意识到，瑞德的最后几句话很有道理。她也没看出当自己的少女时代早该结束时，是瑞德为她撬开守寡的牢笼，让她得以如女王般凌驾于一众未婚姑娘之上。她同样没明白在他的影响下，她已经远远偏离埃伦的教导。这是一种渐进的变化，蔑视这个小小的习俗，似乎跟蔑视另一个习俗毫无关系，也跟瑞德不相关。她并未意识到：在他的鼓励下，母亲对“得体”下达的许多最严厉的训谕，她都一一漠视，并忘了身为淑女应当恪守的种种规矩。

她只知道那顶帽子是自己生平所见最好看的一顶，还不用花一分钱。不管瑞德承不承认，他一定已经爱上她。毫无疑问，她定会设法让他承认这点。

第二天，斯嘉丽拿着梳子站在镜前，含了满嘴的发夹，试图做个梅贝尔口中的新发型。梅贝尔刚从里士满探望丈夫回来，说这个发型叫“猫儿、大鼠和小鼠”，简直风靡州府。不过，梳起来挺麻烦，要先把头发从中间分开，然后每边梳起大小不一的三个发卷。最靠近中间的一绺最大，充当“猫儿”。“猫儿”和“大鼠”比较容易梳稳，“小鼠”总是从发夹中间滑落，着实气人。不过，她非梳好不可，因为瑞德要过来吃晚饭。那家伙向来留心新款的衣服或发型，总会品评一番。

正费劲折腾浓密又顽固的鬈发，累得额头都渗出汗珠之际，她忽然听见有人脚步轻快地跑过楼下大厅，知道准是玫兰妮从医院回来了。又听见玫兰妮一步两级台阶地飞奔上楼，她拿着发夹的手不禁顿在空中。准是出了什么事，因为玫兰妮向来如孀居贵妇般端庄稳重。她连忙走到门口，把门打开。玫兰妮随即便满脸通红、神情惊惶地冲了进来，看起来活像个做错事的孩子。

她脸上挂着泪，帽子落到脑后，帽带挂在脖子上，裙子的圈撑剧烈地摆动着。她手里似乎攥着什么东西，还带进一股浓重的廉价香水味。

“噢，斯嘉丽！”她嚷嚷着关上门，一屁股坐在床上，“姑妈回来了吗？还没回来呀？噢，谢天谢地！斯嘉丽，我简直快羞死了！斯嘉丽，我差点晕过去。彼得大叔还威胁说要告诉佩蒂姑妈！”

“告诉姑妈什么？”

“我跟那位……那位小姐……不，太太……”玫兰妮用手帕连连冲自己滚烫的脸颊扇风，“跟那个叫贝尔·沃特林的红发女人说话了。”

“天哪，玫兰！”斯嘉丽大叫道，震惊得只会瞪眼了。

贝尔·沃特林就是她第一天抵达亚特兰大，在街上看到的那个红发女人。到目前为止，她无疑是城中最臭名昭著的女人。虽然众多妓女跟随士兵涌进亚特兰大，贝尔仍以火红的头发和艳丽俗气、时髦过头的穿着脱颖而出。她很少在桃树街或其他环境不错的街区出现，哪怕出现，附近其他体面女士也会匆匆穿过大街，离她远远的。可玫兰妮竟跟她说话了。难怪彼得大叔大为光火。

“要是被佩蒂姑妈知道，我就死定了！她肯定会哭哭啼啼地告诉城里每个人，我可真丢脸，”玫兰妮抽噎着，“可这不是我的错。我……我正准备躲开她的呀。可那太无礼了！斯嘉丽，我……我其实很为她难过。你说，我这么想是不是不对？”

但这种关乎道德的事，斯嘉丽压根不在乎。跟大多数天真又有教养的年轻姑娘一样，她也对妓女无比好奇。

“她想干吗？她说起话来什么样？”

“噢，她语法糟糕透了，但我看得出来，她在尽力表现得优雅些，可怜的人呀。我走出医院，没见到彼得大叔赶车来接，就决定步行回家。经过埃默森家庭院时，她正好躲在树篱后。噢，谢天谢地，埃默森一家去梅肯了。她说：‘威尔克斯太太，求求你跟我说会儿话吧。’我不知道她从何得知我的名字，但我知道自己应该尽力跑开。可斯嘉丽，她看起来那般伤心……呃，还那样哀求我。她穿了条黑裙子，头上也戴着黑帽子，没化妆，要不是那头红发，看起来还真挺正派的。没等我应声，她就说：‘我知道自己不该跟你说话，但我找过埃尔辛太太那个老孔雀。她把我赶出了医院。'”

“她真叫她老孔雀？”斯嘉丽乐得哈哈大笑。

“哎，别笑呀。这又不好笑。看起来，那位小姐……那个女人想为医院做点什么。你想象得到吗？每天早晨，她都提出可以当看护。埃尔辛太太当然差点被吓死，下令把她赶出了医院。然后，她说：‘我也想做点什么。难道我不是邦联的一分子，跟您不一样？’斯嘉丽，她想帮忙的样子真的感动了我。要知道，想为那个伟大目标出一份力，她就不算彻头彻尾的坏人。你觉得，我这么想会不会很坏？”

“天哪，玫兰，谁在乎你坏不坏？她还说什么啦？”

“她说她一直在观察去医院的那些太太，觉得我有……有张和善的脸，所以才叫住了我。她有一些钱，想让我拿去捐给医院，并且不告诉任何人这钱是打哪儿来的。她说，埃尔辛太太如果知道这些钱的来历，肯定不会用。那是笔什么样的钱呀！一想到这个，我都要晕了！我太心烦意乱，光想着赶紧离开，于是说了几句诸如‘噢，好的，当然，你真好’之类的傻话。她笑着回了句‘您真是个好基督徒’，就把这条脏兮兮的手帕塞到了我手里。呃，你闻到这香水味了吧？”

玫兰妮掏出一条男人的手帕。那打了结的帕子污渍斑斑，带着股浓烈的香水味，里面包了些硬币。

“她正向我道谢，还说每周都要带些钱给我时，彼得大叔赶车前来，看见了我！”玫兰泪如泉涌，一头栽到枕头上，“斯嘉丽，他瞧见谁跟我在一起时，竟然吼我！我这辈子还没被人吼过呢。而且，他还喊了句‘立刻上车！’我当然就上车了。他骂了我一路，根本不给我解释的机会，还说要告诉佩蒂姑妈。斯嘉丽，下楼去求求他，求他别告诉姑妈吧。他或许会听你的。哪怕我就是看了那女人一眼，姑妈要是知道了，也会气死的。求你了，好吗？”

“好吧，我去。不过，咱们先瞧瞧这儿有多少钱吧。感觉还挺沉。”

她解开手帕，一把金币滚到床上。

“斯嘉丽，有五十美元呢！还是金币！”玫兰妮嚷道。数清这些亮闪闪的金币，她显然被吓到了，“告诉我，你觉得把这种……这种来路的钱用在……呃……用在小伙子们身上合适吗？你觉得，上帝会理解她想帮忙的心，不介意这钱是否已经脏了吗？我一想到医院还需要多少东西……”

但斯嘉丽已经没在听。她盯着那条脏手帕，心里满是屈辱和愤怒。帕子一角用花押字绣着几个字母：“R.K.B.”，她最上层的抽屉里就有这样一条帕子。她的那条昨天才找瑞德·巴特勒借来，用来包两人采摘的野花花茎。她还打算他今晚来吃晚饭时，把帕子还给他呢。

这么说，瑞德竟跟沃特林那种坏女人厮混，还给了她钱。这笔打算捐给医院的钱原来是这么来的。从封锁线上捞的金币啊。想想看，瑞德跟这种女人鬼混完，还有胆来直面一位正派女士！她竟相信他爱着自己！这件事证明，他绝对不爱她。

在她看来，坏女人和与她们有关的一切都神秘又讨厌。她知道男人为了什么目的光顾那些女人。而那种目的，淑女提都不该提。就算要提，也得压低声音，或间接委婉地提。她一直以为，只有平凡粗鄙的男人才会去找那种女人。在此之前，她从未想过好男人也会做这种事。所谓好男人，就是在富裕家庭遇见、跟她共舞过的那些人。这事简直为她打开一片新思路，让她惊骇不已。

或许，所有男人都会干这种事！强迫自己的妻子忍受如此有伤风化的行径已经够坏的了，他们竟还真的去找那种下贱女子，花钱去那种地方睡觉！噢，男人都太坏了，瑞德·巴特勒更是其中最坏的一个。

她要把这条手帕甩到他脸上，把他赶出去，再也不跟他说话。然而，不，她当然不能这么做。她竟知道世上有这种坏女人，还知道他去找过这种女人。绝不能让他知道她已经了解这两件事。一位淑女永远不该知道这种事。

“噢，”她气呼呼地想，“我要不是淑女，定要跟那坏蛋摊牌！”

她把手帕揉成一团，捏在手里下了楼，去厨房找彼得大叔。经过炉子时，她顺手把帕子丢进火里，无奈又愤怒地看着它燃烧起来。

第十四章

一八六三年夏天来临之际，南方人又个个充满希望。尽管物资匮乏、生活艰难，尽管粮食投机商之类的祸害分子依然存在，尽管如今几乎每个家庭都受到死亡、疾病和痛苦的影响，南方人不仅又在说“再打一场胜仗，战争就会结束”，还比去年夏天更乐观笃定。北佬的确难对付，但他们终将被打败。

对亚特兰大和整个南方而言，一八六二年的圣诞节都是个愉快的圣诞节。邦联在弗雷德里克斯堡战役中大胜，北佬伤亡过万。那年圣诞期间，人人欢欣鼓舞，欣慰战局出现转机。那些淡棕色土布军装的南方士兵已久经沙场，南方将领们也证明了自己的英勇不凡。每个人都知道，只要春天重新开战，北佬就会被彻底击溃。

春天来临，战事又起。到了五月，邦联又在钱斯勒斯维尔战役中大获全胜。南方一片兴高采烈。

大后方，一支联邦骑兵突击佐治亚，结果反被击溃。人们至今说起仍哈哈大笑着互拍肩背：“没错，先生！老内森·贝德福德·福里斯特一追上来，他们就完啦！”四月末，斯特莱特上校率领一千八百名联邦骑兵突袭佐治亚，企图攻占亚特兰大北面六十多英里外的罗姆镇。他们野心勃勃，打算先切断亚特兰大和田纳西之间那条极为重要的铁路线，然后向南攻入亚特兰大，把集中在这个邦联中心城市的工厂和军需物资全部摧毁。

若非福里斯特将军，这一大胆出击定会让南方损失惨重。这位将军带去的兵力虽然只有敌方的三分之一，但个个骁勇善战，都是一等一的骑手！敌军甚至还未到罗姆镇，将军就率兵追击、昼夜骚扰，终于将其全部俘获！

胜利的消息几乎跟钱斯勒斯维尔战役的捷报同时传到亚特兰大，全城人民欢欣鼓舞、笑声不断。钱斯勒斯维尔大捷或许更重要，但斯特莱特突击队被俘却让北佬颜面尽失。

"没错，先生，他们最好还是别跟老福里斯特胡来。"亚特兰大人一遍又一遍地讲述此事时，总会欣喜地来上这么一句。

邦联时来运转、势头正旺，众人也跟着兴高采烈、喜气洋洋。没错，在格兰特的率领下，北佬五月中就包围了维克斯堡；没错，"石壁"将军杰克逊在钱斯勒斯维尔重伤不治，让南方蒙受了巨大损失；没错，T.R.R. 科布将军在弗雷德里克斯堡阵亡，让佐治亚失去了一个最勇敢、最杰出的儿子。然而，北佬再也承受不起弗雷德里克斯堡与钱斯勒斯维尔战役这样的失败，所以他们只能投降。届时，这场残酷的战争就结束了。

七月初，先是谣传，继而就有报道证实：李将军正向宾夕法尼亚挺进。那儿可是敌军的地盘！李将军要逼对方决战！这就是最后一战了！

亚特兰大人欣喜若狂、群情激奋，人人都复仇心切。这下，可要让那些北佬尝尝战火烧到自家门前的滋味。这下，也该让他们尝尝失去沃土、牛羊马匹被抢、房屋被烧、老人和青年被关进监狱、女人和孩子忍饥挨饿的滋味了。

人人都知道北佬在密苏里、肯塔基、田纳西和弗吉尼亚干的那些事。就连小孩，都能又恨又怕地细数北佬在所占之地犯下的罪行。亚特兰大已经满是田纳西东部逃来的难民。城里到处都能听到他们亲口讲述自己的苦难经历。在那几个区域，同情邦联的人只占少数，所以跟其他处于边界线上的州一样，他们遭受了更为严重的战争创伤。邻里间互相告发，兄弟自相残杀。这些难民嚷嚷着恨不得看着宾夕法尼亚烧成一片火海。甚至最温和慈悲的老太太，也挂着残忍的笑容。

但消息一点点传来，李将军下达命令，严禁在宾夕法尼亚抢夺私人财产，抢劫者一律处死，军队征用的所有物品都必须付钱。如此一来，就全靠将军平素的威望保住民心了。在如此富庶的州，还不准士兵们去粮仓放纵一下？李将军到底在想什么啊？我们的士兵饥肠辘辘，急需鞋子、衣服和马呀！

达西·米德匆匆捎回一封信，成了七月初亚特兰大仅有的第一手消息。于是，信被竞相传阅，人人都越看越气愤。

“爸，你能不能想办法给我弄双靴子？我已经打了两周光脚，能领到新鞋的希望渺茫。要不是脚太大，我本可以跟其他小伙一样，从北佬尸体上扒双鞋子下来，但没哪个北佬的脚像我这般大。你要是能弄到靴子，千万别邮寄，肯定半路就会被人偷走。不过，我不怪小偷。叫菲尔坐火车送来吧。眼下我们即将北上，具体到哪儿还不清楚。确定位置后，我会尽快给你写信。如今我们在马里兰，大家都说要去宾夕法尼亚……

“爸，对待北佬，就该以眼还眼以牙还牙，可将军不让。我觉得，哪怕会挨枪子儿，我也想痛痛快快去烧了北佬的房子。爸，我们今天开拔，穿越一大片玉米地。你肯定没见过那么大的玉米地，地里的玉米长势喜人，比我们家乡的那些好多了。呃，说实话，我们偷吃了些玉米。大伙儿都饿坏了，反正将军不知道，就不会为此心烦。但嫩玉米下肚可没好事。弟兄们本就在拉肚子，这下更是雪上加霜。甚至拖着一条伤腿走路，也比拉肚子时行军容易。爸，想办法给我弄双靴子吧。我现在是上尉了。一个上尉哪怕没有新军装或新肩章，也该有双靴子啊。”

可军队已经抵达宾夕法尼亚——这才是最重要的事。再胜一场，战争就结束了。届时，达西·米德想要多少双靴子都没问题。士兵们都会昂首阔步地回家，每个人都会像从前一样幸福。米德太太想到参军的儿子终于要回家，从此再也不离开，眼睛都湿了。

七月三日，北边却突然没有电报过来了。直到四日中午，才有断断续续、混乱不清的电报流入亚特兰大的司令部。宾夕法尼亚附近一个名叫葛底斯堡的小镇爆发了一场大战，李将军投入了全部兵力。消息并不确切，来得也很慢。因为在敌军地盘开战，所以消息都先到马里兰，再到里士满，最后才抵达亚特兰大。

人们越来越忧心，恐惧的情绪慢慢传遍全城。情况不明比什么都糟糕。有儿子在前线的家庭拼命祈祷，但愿孩子不在宾夕法尼亚。但那些确定自家亲人跟达西·米德同属一团的，就咬牙宣称有幸参加这场彻底打垮北佬的战役，是他们的光荣。

佩蒂姑妈家里，三个女人面面相觑，脸上都带着掩饰不住的恐惧。阿希礼就在达西那个团。

第五天，噩耗传来，但并非来自北方，而是来自西方。被长时间猛烈围攻的维克斯堡失陷。于是，从圣路易斯到新奥尔良，整个密西西比河沿线都落入北佬之手。邦联被截成两半。若换成其他任何时候，如此灾难性的消息都会让亚特兰大人惊恐交加。

可现在，他们根本无心顾及维克斯堡，满脑子都是李将军在宾夕法尼亚的大决战。只要李将军能在东边取得胜利，维克斯堡失守就算不上大灾难。那儿还有费城、纽约和华盛顿呢。拿下这几座城市北方便会瘫痪，足以抵消密西西比河上的失败。

时间一小时一小时地过去，灾难的阴云笼罩在城市上方，炽热的太阳似乎都暗淡了下来。人们抬头望向天空，才吃惊地发现这原来是个清澈蔚蓝的大晴天，并非乌云密布，一片昏沉。到处都有聚在一起的女人。门廊上、街边，甚至路中间……她们挤作一团，互相说着没有消息就是好消息，努力安慰彼此，拼命摆出一副勇敢的模样。然而，可怕的谣言仿佛疾驰的蝙蝠，在安静的街道上下翻飞。有的说李将军已经阵亡，有的说那场仗已经败了，也有的说大批伤亡名单正不断传来。尽管大家都在努力不去相信，四邻八舍的人还是按捺不住心中的恐慌，纷纷涌向市中心、报社和司令部讨要消息。他们什么消息都想听，哪怕是坏消息。

火车站挤满了人。大家都希望进站的火车能带来新消息。邮局、备受困扰的司令部和大门紧闭的报社前，也人满为患。人群静得出奇，规模却越来越大。没人说话。偶尔有个老头颤抖着声音打听消息，仍旧只得到一样的回答："北方还没传来新电报，战斗仍在继续。"人们听了这样的回复非但没有议论纷纷，反而更加沉默。越来越多的女士步行或乘车前来，聚在人群外围。拥挤不堪的人群产生阵阵热气，人们来回踱步扬起片片灰尘，空气让人越来越窒息。女人们虽没说话，苍白的脸上却写满无声的祈求。这祈求比任何号哭更雄辩有力。

城里几乎家家都有亲人参加这次大战：儿子、兄弟、父亲、情人或丈夫。人人都在等消息，唯恐亲人的死讯传回家中。他们等待死讯，却不想收到战败的消息。哪怕此时此刻，亲人已经躺在宾夕法尼亚烈日炙烤的草地上，奄奄一息；哪怕南方士兵正如冰雹下的庄稼般成片倒下，他们为之战斗的伟大目标也永远不会倒。即便成千上万的士兵捐躯沙场，也会有无数身穿灰军装、高喊着反抗口号的新兵如种下的龙牙般，涌出来接替前人的位置。没人知道这些新兵将从何而来。人们只知道，就像天堂始终有位既正直，又要求信徒绝对忠实的上帝一样，李将军定能创造奇迹，弗吉尼亚军队不可战胜。

斯嘉丽、玫兰妮和佩蒂小姐坐在《每日观察家》报社门前。马车的车篷已经掀到背后，她们各自打着阳伞，待在车上。斯嘉丽的手抖得厉害，头上的阳伞也跟着晃动不已。佩蒂激动万分，圆脸上的鼻子如兔子般抖个不停。玫兰妮却如石雕似的一动不动，一双黑眼睛随着时间的流逝越睁越大。两个小时里，她只在从手提网兜里掏出小嗅盐瓶递给姑妈时，说了一句话。用那般不留情面的口吻跟姑妈说话，对她来说还真是生平第一次。

“拿着，姑妈，要是头晕就闻闻。提醒你一句，若非晕不可，那只能让彼得大叔送你回家，得不到消息我绝对不走，也不会让斯嘉丽走。”

斯嘉丽无意离开。并不想去得不到阿希礼最新消息的地方。不，就算佩蒂小姐死了，她也不会离开这儿。阿希礼正在某处打仗，也许就快死了。报社是她唯一能得知真相之处。

她环顾人群，认出不少朋友和邻居。米德太太歪戴着帽子，挽着十五岁的菲尔。麦克卢尔姐妹哆嗦着上嘴唇，想遮住龅牙。埃尔辛太太站得如斯巴达母亲般挺直，但从发髻上散落的几绺白发暴露了她内心的不安。范妮·埃尔辛脸色惨白（她急成这样，肯定不是为了弟弟休。那她是有个情人在前线，只是大家都不知道？）。梅里韦瑟太太坐在马车上，不断拍着梅贝尔的手。梅贝尔的肚子已经很大了，就算用披巾仔细裹住全身，出现在公共场合也有失体统。她为何如此焦虑？没人听说路易斯安那的军队去了宾夕法尼亚啊。说不定，她那个毛发浓密的小个子义勇军士兵这会儿正安全地待在里士满。

人群外围忽然传来一阵骚动，那些站着的人纷纷让路。只见瑞德·巴特勒骑着马，小心翼翼地朝佩蒂姑妈的马车而来。斯嘉丽想：他可真有勇气，这时候还敢来。凭他还没穿上军装，在场的暴民就能把他撕得粉碎。等他再走近些，她发现自己就想第一个撕了他。这人怎么敢骑那么漂亮的马，穿那么闪亮的靴子和上好的白色亚麻套装，油光水滑、气色绝佳，还叼着昂贵的雪茄？而阿希礼和其他小伙却光着脚，汗流浃背、饥肠辘辘、拉着肚子跟北佬作战！

他缓缓穿过人群，众人纷纷投来怨恨的目光。老头吹着胡子低声咆哮，无所畏惧的梅里韦瑟太太在马车上微微坐直身子，清清楚楚地喊了句："投机商！"她那口气，简直把这个词变成了最难听、最恶毒的咒骂。他却压根不理会任何事，只冲玫兰和佩蒂姑妈举起帽子，然后策马来到斯嘉丽身边，俯身低语道："你难道不觉得，此刻该让米德医生来场老掉牙的演讲吗？就说胜利像一只尖啸的老鹰，栖在我方旗帜上。"

斯嘉丽正焦虑得浑身紧张，顿时如被激怒的猫般猛地转向他。眼看着就要吐出一连串愤怒的咒骂，却被他一个手势制止了。

"我来是为了告诉几位夫人，"他大声道，"我刚去过司令部，第一批伤亡名单已经到了。"

周围听到这话的人立刻骚动起来，纷纷起身，准备掉头冲上怀特霍尔街，朝司令部而去。

“别去！”他在马鞍上站起身，高举着手喊道，“名单已经送到两家报社，正在印刷。大家原地等待吧！”

“噢，巴特勒船长，”玫兰双眼含泪地转向他，“你能来告诉我们这个消息真是太好了！名单什么时候能贴出来？”

“夫人，随时可能贴出来。消息半小时前就送到司令部了。负责此事的少校担心打听消息的人群把办公室挤破，所以想等印好再公布。啊！瞧！”

报社的侧窗开了，伸出一只手。那只手里捏着一沓窄窄的长条校样。校样墨迹未干，密密麻麻地印满名字。人们全都冲上去抢，有的纸一把就被撕成两半。拿到校样的拼命退出来看，后面的人则一边嚷着“让我过去”，一边奋力往前挤。

瑞德翻身下马，把缰绳朝彼得大叔一扔，喊了句“拉好马”。然后，就见他高过人群的结实肩膀一路蛮横地推搡而去，不一会儿便捏着半打纸回来了。他丢给玫兰妮一份名单，其余的则分给马车附近的其他女士——麦克卢尔姐妹、米德太太、梅里韦瑟太太和埃尔辛太太。

“玫兰，快！”斯嘉丽嚷道。她的心都快提到嗓子眼，玫兰手抖得厉害，根本看不清名单，她真是恼火至极。

“给你吧。”玫兰低声说。斯嘉丽一把抢过名单。先看 W 打头的名字。W 在哪儿？噢，在下面，还都开始变模糊了。“怀特，”她颤抖着声音念道，“威尔肯斯……温……泽布伦……噢，玫兰，没有他的名字！没有他的名字！噢，看在上帝的分上，姑妈！玫兰，快拿嗅盐瓶！玫兰，把她扶起来。”

玫兰开心得当众哭泣。她扶稳佩蒂小姐摇来晃去的脑袋，把嗅盐瓶凑到她鼻子下面。斯嘉丽则从另一边撑住这位胖老太，心里乐得唱起了歌。阿希礼还活着，甚至连伤都没有。感谢上帝让他平安无事！这多么——

她听到一声低低的呻吟，回头一看，只见范妮·埃尔辛垂下脑袋，倒在母亲胸口，那张伤亡名单已经落在马车踏板上。埃尔辛太太搂住女儿，薄唇颤抖，却平静地吩咐车夫：“快，回家。”斯嘉丽飞快地瞥了眼名单。没有休·埃尔辛。范妮肯定有个情人，而那人现在死了。

人群默默为埃尔辛家的马车让开路，个个面带同情。麦克卢尔姐妹那辆小马拉的藤编车紧随其后。驾车的费思小姐脸僵硬得像块石头，嘴唇头一次完全包住龅牙。霍普小姐直挺挺地坐在她旁边，面如死灰。两位小姐看上去就如老妪。弟弟达拉斯是两位小姐的心头肉，也是她们在这世上唯一的亲人。达拉斯牺牲了。

“玫兰！玫兰！”梅贝尔欣喜地喊道，“勒内没事！阿希礼也没事！噢，感谢上帝！”披巾已从她肩上滑落，大肚子再也藏不住，但她和梅里韦瑟太太都不在意，“啊，米德太太！勒内……”她口气突然变了，“玫兰，你看！米德太太，对不起！达西不会是……”

米德太太垂目盯着衣服下摆，听见有人叫自己也没抬头。不过，看她身旁小菲尔的脸色，就什么都明白了。

“妈，好啦，好啦。”菲尔无助地嘟囔着。米德太太抬起头，正对上玫兰妮的目光。

“这下，他不需要靴子了。”她说。

“噢，亲爱的！”玫兰一声惊呼，反倒先哭了起来。她把佩蒂姑妈推到斯嘉丽肩上，手忙脚乱地下了马车，朝医生太太而去。

“妈，你还有我呢。”一脸愁苦的菲尔努力安慰身旁脸色煞白的母亲，“你要是允许，我立马去杀掉那些北佬……”

米德太太一把攥住他的胳膊，一副永远不会再松开的样子。

“不！”她仿佛被人掐住了喉咙，哽咽得说不出话来。

“菲尔·米德，闭嘴！”玫兰妮不满地嘘道，爬上车，坐在米德太太身边，搂住了她，“你也被一枪打死，就能帮到你妈妈了？真是从没听过如此愚蠢的话。赶车送我们回家，快！”

菲尔拉起缰绳时，她转向斯嘉丽。

“把姑妈送回家，然后赶紧来米德太太这儿。巴特勒船长，你能给医生捎个信儿吗？他还在医院。”

马车穿过渐渐散开的人群。有些女人喜极而泣，但大多数还震惊得呆若木鸡，没能从沉重的打击中回过神来。斯嘉丽低头扫视那张模糊的名单，飞快地寻找朋友们的名字。既然阿希礼平安无事，她就可以想想其他人了。噢，这名单可真长啊！亚特兰大损失惨重，整个佐治亚也损失惨重哪。

天哪！“卡尔弗特——雷福德中尉。”雷福！她突然想起很久以前的一天，他俩一起离家出走，却因为饥饿和怕黑，黄昏时又决定回家。

“方丹——约瑟夫·K，二等兵。”那坏脾气的小乔！萨莉刚生产，人都还没恢复过来呢！

“芒罗——拉斐特，上尉。”拉斐特跟凯瑟琳·卡尔弗特都订婚了。可怜的凯瑟琳！双重打击啊！既失去了哥哥，也没了爱人。但萨莉的损失更大，哥哥没了，丈夫也没了。

噢，太可怕了。她几乎不敢再看下去。佩蒂姑妈靠在她肩头又是吸气，又是叹息。斯嘉丽不怎么礼貌地把她推到马车一角，接着往下看。

当然，当然……名单上肯定不会有“塔尔顿”家的三个名字。或许……或许那个匆匆忙忙的印刷工打错名字了。可是，不。他们都在上面。“塔尔顿——布伦特，中尉。”“塔尔顿——斯图尔特，下士。”“塔尔顿——托马斯，二等兵。”博伊德在开战的第一年就牺牲了，天晓得他葬在弗吉尼亚的什么地方。塔尔顿兄弟全死了。汤姆和那对懒洋洋的长腿双胞胎生前最爱说闲话，开荒唐透顶的玩笑。博伊德跳起舞来就像舞蹈教师一样优雅，嘴巴却跟大黄蜂一样厉害。

她再也读不下去。不知道名单上还有多少一起长大、跟她跳过舞、调过情或接过吻的小伙。要是能哭出来，让那掐住喉咙的“铁爪”松开些就好了。

“斯嘉丽，我很难过。”瑞德说。她抬头看向他，都忘了他还在这儿，“你很多朋友都在上面吧？”

她点点头，努力挤出一句话：“全县几乎每家都有……所有……塔尔顿家的三兄弟都在上面。”

他面色平静，几近沮丧，眼中没有一丝嘲讽。

“还没完，”他说，“这只是第一批名单，不是全部。明天还会有张更长的名单。”他压低声音，免得让旁边马车上的人听见，“斯嘉丽，李将军肯定已经战败。我在司令部听说，他已经退进马里兰州。”

她抬眼惊恐地看向他，却不是害怕李将军打了败仗。明天还有更长的伤亡名单！明天。一开始没看到阿希礼的名字，光顾着高兴了，她哪儿想到还有明天。明天。是啊，他或许现在已经死了，而她要明天，或许一周后才能知道。

“噢，瑞德，为什么非要打仗？当初让北佬们为黑奴赎身不是更好？或者，就算我们放黑奴自由，也比现在这样强。”

“斯嘉丽，关键不在黑奴。他们不过是借口罢了。男人爱打仗，所以总会有战争。女人虽然不爱，但男人们爱呀——没错，那份爱胜过了对女人的爱。”

他一扯嘴角，又挂上平日里那种笑容，脸上再无半点严肃之色。他扬起巴拿马宽边草帽。

“再见。我要去找米德医生了。由我告知他儿子的死讯可真讽刺。不过，眼下他应该意识不到这点。只是日后回想，竟让一个投机商来转达一名英雄的死讯，他多半会愤恨不已。”

斯嘉丽给佩蒂小姐喝了杯棕榈酒，就把她送上了床，让普利西和厨娘照顾她，自己去了同一条街的米德家。米德太太由菲尔陪着，在楼上等丈夫回来；玫兰妮则坐在客厅，一边低声跟一群前来慰问的邻居交谈，一边又缝又剪地忙着针线活，修改埃尔辛太太借给米德太太的一件丧服。屋里已经满是自制黑染料煮染衣物的刺鼻气味。厨房里，厨子一边在大锅中翻搅米德太太的衣服，一边抽噎。

“她怎么样了？”斯嘉丽柔声问道。

“一滴眼泪也没流，”玫兰妮说，“女人哭不出来的时候才可怕。我不知道男人遇事不哭是怎么挺住的，或许，他们比女人更强壮、更勇敢吧。她说要亲自去宾夕法尼亚把他带回家。医生不能离开医院。”

“那她怎么受得了！菲尔为何不一起去？”

“她怕他一离开她的视线，便去参军。就他的年纪而言，他这块头真不小！再说，军队现在十六岁的人都要。”

因为不想目睹医生回家后的情景，邻居们陆续离开了，只剩斯嘉丽和玫兰妮在客厅缝缝补补。玫兰妮一脸悲伤，虽然眼泪止不住地落在手里的布料上，情绪却还算镇静。她显然没想到战争或许仍未结束，阿希礼随时可能丧命。斯嘉丽心慌意乱，还没想好要不要把瑞德的话告诉玫兰妮，让她多少抚慰一下自己的痛苦。

最后，她还是决定缄口不言。如果让玫兰妮觉得她太担心阿希礼就糟了。谢天谢地，今天上午包括玫兰和佩蒂在内的所有人都忧心忡忡，根本没注意到她的举止。

静静地缝补了一会儿，外面传来响动。她们透过窗帘张望，瞧见米德医生从马上下来。他耷拉双肩，低垂着头，花白的胡子扇子般散在胸前。他慢慢走进屋，放下帽子和包，默默地吻了吻两位姑娘，就疲惫地上楼去了。过了一会儿，长手长脚的菲尔，局促不安地下来了。两个姑娘用目光示意他过来同坐，他却走到前门廊，双手托腮，坐到了最高的一级台阶上。

玫兰叹了口气。

“他正在气头上，因为父母不让他去打北佬。十五岁！噢，斯嘉丽，能有这样一个儿子真好啊！”

“好让他去送死吗？”斯嘉丽不耐烦地回了句，想起了达西。

“有一个儿子，哪怕他被打死，也比没有儿子强。”玫兰妮哽咽道，“斯嘉丽，你不会明白的，因为你已经有小韦德，可——噢，斯嘉丽，我太想要个孩子了！我知道，你肯定觉得这话我不敢说出口，但这就是真的，每个女人都想要孩子。”

斯嘉丽忍了又忍，才没嗤之以鼻。

“上帝若觉得阿希礼应该被——带走，我想我受得住。即使他死了，我也宁愿跟着一起死，但上帝会给我力量，让我承受这一切。可他要是死了，却没有留下一个孩子来安慰我，我就受不了啦。噢，斯嘉丽，你真幸运啊，虽然失去查理，却有他的儿子。阿希礼如果走了，我将一无所有。斯嘉丽，对不起，但有时候，我真是非常羡慕你……”

“羡慕……我？”斯嘉丽一声惊呼，顿觉内疚。

“因为你有儿子，而我没有。有时，我甚至把韦德当成自己的孩子。没有孩子真痛苦。”

“胡说八道！”斯嘉丽松了口气，飞快地瞥了她一眼：这红着脸低头做针线活的姑娘真纤弱。玫兰妮就算想要孩子，这样的身板也不行。她比一个十二岁的孩子高不了多少，屁股跟孩子一样窄，胸也平得很。一想到玫兰妮也会有孩子，斯嘉丽心生反感，联想起很多她无法容忍的念头。玫兰妮要是跟阿希礼生下一个孩子，那就好比从斯嘉丽身上夺走了什么东西似的。

“请原谅我这么说韦德。你知道我有多么爱他。你不会生我的气，对吧？”

“别傻了。”斯嘉丽不耐烦地道，“去门廊上安慰安慰菲尔吧，他在哭呢。”

第十五章

被赶回弗吉尼亚的南军在拉皮丹河扎营过冬。葛底斯堡战役的失败让全军疲惫不堪、弹尽粮绝。圣诞将至，阿希礼回家休假。两年来第一次见到他，斯嘉丽激动得连自己都惊诧。站在十二橡树园的客厅里目睹他娶玫兰妮时，她还以为再也不会如那刻般心碎地深爱着他。但现在，她才明白在那个早已逝去的夜晚，当时的自己就好似一个被宠坏的孩子没得到想要的玩具。如今，她的感情被长久以来的渴望和被迫缄默的压抑磨得更加强烈。

阿希礼·威尔克斯穿着打着补丁的褪色军装，一头金发也被夏日的骄阳烤得宛如被漂白的亚麻丝。他再也不是战前那个无忧无虑、眼神慵懒、令她爱得死去活来的小伙了。如今的他带给她的悸动，比之前强烈一千倍。从前的他白皙修长，如今的他一身古铜色肌肤，身材精瘦结实。嘴边垂着的两撇骑兵式金色长须，则彻底成就了他完美的军人形象。

虽一身旧军装，他却军姿挺拔、站得笔直。手枪插在破旧的皮套里，已有磨损的刀鞘轻快地拍打着长筒靴，逐渐暗淡的马刺仍旧隐隐发光。这便是南部邦联的阿希礼·威尔克斯少校。他现在已经习惯发号施令，身上有种自信又威严的平静气息，嘴边也开始生出凌厉的线条。从前方正宽厚的肩膀和明亮清冷的眼眸，如今都多了种新奇、怪异之感。过去的他闲适懒散，如今的他却如潜行的猫儿般警醒，每根神经都跟小提琴上的弦一样时刻紧绷着。他眼里带着挥之不去的倦意和困扰，晒黑的皮肤紧紧绷在骨骼匀称的脸上。他仍是她心中那个英俊的阿希礼，却又跟以往大不相同。

斯嘉丽本想去塔拉过圣诞，但阿希礼的电报一来，她就说什么也不肯走了。甚至失望的埃伦亲自下命令，也没能让她离开亚特兰大。要是阿希礼有意回十二橡树园，她肯定即刻赶回塔拉庄园，好离他近一些。可他已经写信给家人，让他们来亚特兰大团聚。而且，威尔克斯先生、霍尼和英迪亚都进城了。两年未见，她难道还能回塔拉，错过见面机会？错过那令她心跳加快的声音、错过他并未忘记她的眼神？绝对不行！就算全世界所有母亲下令，她也绝不离开。

圣诞节前四天，阿希礼和一群也休假的同县小伙回来了。葛底斯堡战役后，县里青壮年的数量真是大大减少，令人痛心。凯德·卡尔弗特回来了——他骨瘦如柴、面容憔悴，还咳个不停；芒罗家的两兄弟也回来了——这是他们一八六一年以来获得的第一个假期，所以两人都兴奋不已，嘴里说个没完；方丹家的亚历克斯和托尼喝得酩酊大醉，一路喧闹不已、争吵不休。一行人还得等两小时，才能换乘到车。因为没喝醉的人得想方设法拦着方丹家的两兄弟，免得他们互相动手或跟车站里的其他陌生人打架，阿希礼便把他们全带到佩蒂帕特姑妈家来了。

一见两兄弟如奓毛斗鸡般抢着去吻开心又激动的佩蒂姑妈，凯德就恨恨地说："你以为他们在弗吉尼亚打够了吗？没有！从我们到里士满起，他们就一直喝得烂醉，不断寻衅滋事。要不是阿希礼会说话，他俩早去监狱过圣诞节了。”

但斯嘉丽几乎一个字也没听进去。又跟阿希礼同处一室，她真是欣喜若狂。这两年里，她见到别的男人，怎么还会觉得他们不错、英俊或令人激动？阿希礼尚在人世，她怎么能容忍他们向自己求爱？阿希礼又回家了，离她不过一张客厅地毯的距离。他就坐在沙发上，一边是玫兰，一边是英迪亚，肩上趴着霍尼。斯嘉丽每看他一眼，都要使出全身力气，才能把幸福的眼泪逼回去。她要是也有权坐在他身边，挽着他的胳膊就好了！她要是也能隔几分钟便拍拍他的袖子，确定他真的在那儿就好了。或者握住他的手，用他的手帕擦掉自己脸上开心的泪水也行。因为，玫兰妮就正在做这些事，一点也不害臊。玫兰妮已经开心得忘了羞怯和矜持，只顾挽着丈夫的胳膊，用眼神、微笑和泪水公开表示自己的爱慕之情。斯嘉丽也开心得顾不上愤恨或嫉妒，阿希礼终于回家了！

斯嘉丽时不时抬手摸摸刚才被他吻过的脸颊，一想起他嘴唇带来的战栗，她就冲他微微一笑。他吻的第一个人当然不是她。玫兰一头扎进他怀里，抽抽搭搭地哭个不停，一副再也不愿放开的架势。随后拥抱他的是英迪亚和霍尼，几乎算是从玫兰妮怀中将他硬扯了过去。然后，他吻了父亲，给了老人一个庄重又亲切的拥抱，显示出深沉强烈的父子情。接下来吻的是佩蒂姑妈。后者那双不顶用的小脚一直兴奋地上蹦下跳。最后，他终于转向被几个小伙围着亲吻的斯嘉丽，说了句“噢，斯嘉丽！你这漂亮的小家伙！”然后在她脸上亲了一下。

被吻了这么一下，斯嘉丽原本准备好的欢迎词全不翼而飞。好几个小时后，她才想起他吻的并非她的唇。于是，她开始热烈地畅想若两人独处，他会不会俯下高大的身躯，将她拉得踮起脚尖，久久地拥在怀中。想象这些事如此快乐，她便认定他准会这么做。还有整整一周呢，一切都来得及。她定要设法跟他独处，还要对他说："还记得过去我俩时常策马走过的秘密小道吗？还记得我俩坐在塔拉庄园的台阶上，你背起那首诗，月亮有多美吗？（天哪，那首诗到底叫什么来着？）还记得有天下午我扭了脚，你在暮色中将我抱回家吗？"

"还记得吗？"噢，她还有好多好多能用这句话开头的回忆。无数珍贵的回忆，都能让她重温与他共度的美好时光。曾经，他们就像两个无忧无虑的孩子，在县里四处闲逛。还有很多事，也能让她想起玫兰妮·汉密尔顿插进来之前的岁月。而且，等到两人独处时，她或许能从他的眼神里看出某种复苏的情感、某种对她的眷恋。这种眷恋让他虽身为人夫，囿于对玫兰妮的感情，却依然在意她、对她如烤肉宴当日那般热烈如初，也让他将真心话说出口。她从未想过若阿希礼明白无误地表达爱意，他俩该怎么办。只要知道他仍在意，就足够了……没错，她可以等，可以任由玫兰妮快活地攥着他的胳膊哭泣。她总会等到机会的。毕竟，玫兰妮那样的女孩懂什么叫爱情？

"亲爱的，你这模样简直像个流浪汉。"迎接亲人回家的第一波激动情绪平复后，玫兰妮说，"谁给你补的军装，怎么打蓝色补丁呀？"

"我还觉得自己挺帅气呢，"阿希礼自我打量一番后道，"只需拿我跟那边的几个叫花子兵比一比，你就会觉得我更好啦。军装是莫斯补的。对于一个战前压根没摸过针的人来说，我觉得他这手艺已经相当不错。蓝补丁嘛……我们其实别无选择。要么让裤子到处都是破洞，要么就从被俘北佬的军装上弄下几块布。要说我这流浪汉模样，你真该感谢上苍你丈夫没光着脚回来。我的旧靴子上周彻底坏了，要不是走运打死两个北佬侦察兵，我就只能往脚上绑麻袋啦。其中一个北佬的靴子，我穿着再合适不过呢。”

他伸直长腿，让大家欣赏那双伤痕累累的高筒靴。

“另一个侦察兵的靴子就不合脚。”凯德说，“小两号，我的脚现在都还疼呢。不过，我总算体面地回家了。”

“那个自私鬼却不肯把靴子让给我俩，”托尼说，“我们方丹家的贵族小脚，穿起来很合适。真见鬼，居然就穿这么一双粗革高帮劳动靴去见妈妈。换了战前，我家黑奴要穿这种鞋她都是不让的。”

“别担心，”亚历克斯瞥了眼凯德的靴子，“等上了回家的火车，我们就把那双靴子扒下来。我倒不怕见妈妈，但我……这副脚指头都露在外面的样子，我可不想让迪米特·芒罗瞧见。”

“哎，这是我的靴子。我先要的。”托尼怒视着弟弟道。方丹家的两兄弟出了名地爱吵，玫兰妮顿时慌了神，赶紧开口相劝，息事宁人。

“我本来留了一脸胡子，要给姑娘们看看的。”阿希礼遗憾地摸着脸。上面那几道剃刀刮出的伤痕还未完全愈合，“真是把漂亮的胡子。要我说，杰布·斯图尔特和内森·贝德福德·福里斯特的胡子都没我的帅气。但我们刚到里士满，那俩无赖就——”他指向方丹兄弟，“决定刮胡子，还说我也该刮。我就这么被按倒刮了胡子，脑袋没被一起剃掉真是奇迹。幸亏埃文和凯德插手，我才保住这两撇八字须。”

“卑鄙小人！威尔克斯太太，你还应该感谢我呢。要不然，你肯定认不出他，根本不会让他进家门。”亚历克斯说，“是他说服宪兵纠察队别把我俩关进监狱。我们这么做，不过是聊表谢意罢了。只要你一句话，我们立马为你把他那两撇八字须也剃啦。”

“噢，不用了，谢谢！”玫兰妮赶紧道，同时惊恐地攥住阿希礼。看起来，那俩皮肤黝黑的小个子真像什么事都干得出来，“我觉得挺好看的。”

阿希礼在寒风中坐上佩蒂姑妈的马车，送几个小伙子去车站。玫兰妮抓着斯嘉丽的胳膊道：“他的军装真是难看死了，不是吗？我做的上衣能成为惊喜吧？唉，要是料子够多，再做条裤子就好了！”

给阿希礼做的那件上衣，斯嘉丽想起来就心痛。她多么希望将它作为圣诞礼物送给阿希礼的人是自己，而非玫兰妮啊！如今，做军装的灰色毛料几乎比红宝石还贵重。阿希礼身上穿的也是普通土布衣。现在，哪怕灰胡桃木色的土布，也不多了。很多士兵就穿北佬战俘的军装，只不过用胡桃壳做成的染料染成深棕色。玫兰妮却撞大运地弄到足够做出一件上衣的灰绒面呢。虽然当上衣着实短了点，但好歹是件上衣。她在医院看护一个查尔斯顿的小伙。那人死后，她剪下他的一绺头发，连同他口袋里的一点遗物，一起寄给了对方的母亲。她还写了慰问信，信中描述了小伙子临终前的情形，却只字未提他弥留之际的痛苦。两个女人通过几次信，对方得知玫兰妮的丈夫在前线后，就把原本为儿子准备的灰呢布和几颗铜纽扣寄来了。真是块漂亮的好料子啊，又厚实，又暖和，还泛着隐隐的光泽。肯定是突破封锁线偷运过来的货，也肯定非常贵。此刻，料子便在裁缝手里。玫兰妮一直在催他，希望能赶在圣诞节早晨把衣服做好。斯嘉丽虽恨不得不惜一切代价凑齐整套军装，但亚特兰大就是找不到所需的料子。

她也为阿希礼准备了圣诞礼物，但跟玫兰妮的灰上衣相比，就黯然失色了。那是个法兰绒做的小针线盒。里面有一整板瑞德从拿骚给她带回的珍贵缝衣针、三块她自己的亚麻手帕（也来自瑞德）、两卷线和一把小剪刀。可她想送些更私人的东西，一件妻子有可能送给丈夫的东西，比如，一件衬衣、一双手套或一顶帽子。噢，没错，一定要弄顶帽子。阿希礼头上那种小平顶军便帽太滑稽了，她向来讨厌那种帽子。可“石壁”将军杰克逊就是不喜欢阔边毡帽，偏就爱平顶军便帽，有什么办法？可就算他的偏爱，也不能让那种帽子显得更气派啊。不过，亚特兰大现在只能弄到粗制滥造、比他那顶滑稽军便帽更古怪的羊毛帽。

想起帽子，她便想起了瑞德·巴特勒。他有那么多帽子：夏天戴巴拿马宽边草帽、正式场合戴高顶大礼帽，还有狩猎帽以及棕黄色、黑色和蓝色的阔边毡帽。他要那么多帽子干吗？而她心爱的阿希礼冒着雨策马行军时，却只能任由雨水顺着帽檐从脑后灌进衣领。

“一定要把瑞德那顶新的黑毡帽弄到手。”她打定主意，“给帽檐镶条灰缎带，再把阿希礼的饰环缝上去，帽子就会很好看了。”

可她又犹豫起来。不找个合理的解释，恐怕很难弄到那顶帽子。总不能直接告诉瑞德她想拿来送给阿希礼吧？他肯定会像往常一样挑起眉毛，断然拒绝。每次她一提阿希礼的名字，他都是那副讨厌的模样。那便编个惹人同情的故事，就说医院里有个伤员需要帽子，瑞德完全不必知道真相。

那天，斯嘉丽一下午都在琢磨如何跟阿希礼独处，哪怕几分钟也行。可玫兰妮一直在他身边，英迪亚和霍尼那双没睫毛的淡色眼眸，也热切地跟着他在屋里打转。甚至那位显然很为儿子骄傲的约翰·威尔克斯，也没机会安静地跟他聊一聊。

晚饭时也一样，所有人都在向他打听战争的事。战争！谁要关心这事？斯嘉丽觉得，阿希礼其实也并不怎么在意这事。她从未见过他如此健谈。他滔滔不绝，时常放声大笑，也完全主导着谈话，但又似乎没说什么实际内容。他给众人讲笑话、说朋友们的趣事，快活地介绍种种临时代用品，轻描淡写地带过忍饥挨饿和冒雨长途行军的艰苦经历，详细讲述了李将军从葛底斯堡撤退，骑马从他们身旁经过时，还问他们："先生们，你们是佐治亚的部队吧？嗯，少了你们佐治亚人可不行！"

斯嘉丽觉得，他之所以聊得如此热烈，就是为了阻止大家提出他不愿回答的问题。后来，斯嘉丽发现他父亲困惑地看了他好久。瞧见他在父亲的注视下目光闪烁，继而垂下眼帘，斯嘉丽生出一丝担忧和怀疑，不知他心里到底藏了什么事。但这种想法转瞬即逝，因为她满心喜悦，就盼着跟他独处，哪儿还有余力顾及其他？

等到围坐炉边的众人都开始打哈欠，这份喜悦也到了尽头。威尔克斯先生和姑娘们告辞回旅店。然后，由彼得大叔照明，领阿希礼、玫兰妮、佩蒂帕特和她上楼时，斯嘉丽才心头一凉。直到几人站在二楼过道里，斯嘉丽才意识到阿希礼并不属于她。在此之前，哪怕整整一下午都没能跟他单独说上一句话，她都认为阿希礼属于自己，且只属于自己。可现在，说完"晚安"，她却发现玫兰妮突然面色绯红，整个人都在颤抖。虽然盯着地毯，似乎正在努力对抗某种骇人的情绪，玫兰妮却好像又羞又喜。阿希礼打开卧室门时，她甚至头也没抬，就飞快地钻了进去。阿希礼匆匆道了声晚安，也没看斯嘉丽一眼。

门在两人身后关上，只剩斯嘉丽目瞪口呆地立在原地，心头骤然一片凄凉。阿希礼不再属于她了。他是玫兰妮的。而且，玫兰妮只要活着，就能跟阿希礼一同进屋，然后关上门——把世间剩下的一切都关在外面。

现在，阿希礼又要走了，回弗吉尼亚去。他又要冒着冻雨长途行军、饿着肚子露宿雪地；又要拿那一头金发的脑袋和值得骄傲的颀长身躯冒险，经历各种艰难困苦。或许，他转眼便会丢掉性命，好似一只被人随意踩死的蚂蚁。过去的一周如微光闪烁的梦境，时时刻刻都洋溢着幸福。此刻，这一切都过去了。

那一周快得就像一场梦，梦里充满松枝和圣诞树的香味，还有闪闪发亮的小蜡烛和各种镶着闪光金属线的手工织物。那场梦里，每分钟都如心跳般短暂快速。真是令人喘不过气的一周啊！斯嘉丽心中始终有什么东西，让她既痛苦又欢愉，她每分钟都忙个不停，以便留下可供日后回味的记忆。哪怕他离开了，前方漫长的岁月里，她也有能在闲暇时光细细研究的往事，亦能从中得到些许安慰。于是，她跳舞、唱歌、哈哈大笑，为阿希礼拿这拿那，预先推测他的需要。他笑，她便陪着笑；他说话，她就安静聆听；无论他去哪儿，她的目光都紧紧相随，好把那挺拔身躯的每根线条都深深刻入脑海。他的每一次扬眉、每一次牵动嘴角，她也要牢记在心。因为，一周匆匆而逝，战争却永无尽头。

阿希礼在楼上跟玫兰妮话别，斯嘉丽就捧着要送他的临别礼物，坐在客厅的长沙发上等。她祈祷上苍让他一个人下楼，以便自己能跟他独处一会儿。虽然竖起耳朵听楼上的动静，屋里却静得出奇，甚至她的呼吸声，似乎都变得响亮起来。佩蒂帕特姑妈正在自己屋里抚枕痛哭，因为半小时前，阿希礼跟她道了别。玫兰妮的卧室房门紧闭，门后既无喃喃低语声，也没有啜泣声。斯嘉丽觉得他似乎已经在里头待了好几个小时。他跟妻子话别的每一分钟都让斯嘉丽愤恨不已。因为时间过得多快呀，他眼看着就要动身了。

斯嘉丽开始回想一周来自己想对他说，却始终没有机会说出口的话。此刻，她觉得这些话或许永远都没机会说了。有些不过是唠唠叨叨的傻话，比如："阿希礼，一定要小心些呀！""千万别弄湿脚，你太容易感冒了。""别忘了在衬衫胸前垫张报纸，报纸挡风最管用啦。"但她也有些别的、更重要的事想说。更重要的是，她想听他说。或者哪怕他不愿开口，她也想从他眼中读出一些东西。

想说的话太多太多，却没有时间了！玫兰妮若跟到门口，送他上车，那仅剩的几分钟也会被夺走。过去的这周，自己怎么就没抓到机会呢？可玫兰妮一直在他身边，充满爱意地望着他。从早到晚，屋里总有朋友、邻居和亲戚，阿希礼始终不是一个人。而到了晚上，卧室门一关，他就跟玫兰妮独处了。过去的这些天里，他并未向斯嘉丽透露任何心意，给她的每个眼神、说出的每句话，以及其他所有表现，都只传达出兄妹、朋友，或一生挚友间的那种感情。她不能让他走，他这一走，或许就是永别。她必须弄清他是否还爱着自己。如果是，哪怕他死了，她也能从这份隐秘的爱恋中汲取安慰，直到生命的尽头。

仿佛足足等了一辈子，她终于听见楼上卧室响起靴子声，门开了，又关上。她听见他下楼来了。一个人！谢天谢地！玫兰妮肯定是受不了离别的伤痛，出不了门。这下，终于有几分钟与他独处的宝贵时光了。

他慢慢走下楼，靴子上的马刺叮当作响，还隐隐传来军刀拍在高筒靴上的声音。走进客厅时，他眼里满是忧伤和沮丧。虽然努力微笑，那张脸却仍苍白憔悴，仿佛体内有处伤口正在汩汩淌血。见他进来，斯嘉丽起身，骄傲地认为他便是她生平见过最帅气的军人，并且就属于自己。他长长的手枪皮套和腰带闪闪发亮，银色的马刺和刀鞘也微光闪烁。彼得大叔可真下了番功夫，好好打磨呢。他的新上衣不太合身，因为裁缝赶得急，有几条线缝歪了。可惜如此光鲜亮丽的新上衣只能配打着补丁的淡棕色长裤和伤痕累累的靴子。不过，就算他一身银铠，在斯嘉丽眼里，也不会比现在更像个杰出的骑士。

“阿希礼，”她突然哀求道，“我能送你上火车吗？”

“还是不了吧。爸爸和几个妹妹都会去。而且，之后再忆起，我宁愿记得你是在这儿跟我告别，而非在车站瑟瑟发抖。要记的事已经够多啦。”

她立刻放弃了之前的计划。英迪亚和霍尼都不喜欢她。要是送别时她俩都在场，那她哪儿还有机会说悄悄话。

“那我不去了。”她说，“瞧，阿希礼！我还有件礼物要送给你。”

现在，是时候把它送给他了。她有些害羞地打开包裹。里面是条长长的黄腰带，用厚厚的中国丝绸做成，还镶了两条密密的流苏。几个月前，瑞德·巴特勒从哈瓦那给她带回一条黄披肩。那条披肩颇为艳丽，还用品红和蓝色丝线绣了不少花鸟。过去的一星期里，她耐心地拆掉所有刺绣，剪开那块方绸缎，一点点地拼成长腰带。

“斯嘉丽，它可真漂亮！你做的？那我可要更珍惜些。亲爱的，快给我系上吧。看到我的新上衣和新腰带，弟兄们肯定要眼红死。”

她把漂亮的腰带围到他的细腰上，盖住皮带，系了个同心结。就算玫兰妮给了他新上衣，但这条腰带是她的礼物，是她送他戴着上战场的秘密奖赏，好让他每次看到它，都能睹物思人。她后退几步，骄傲地打量他，觉得哪怕杰布·斯图尔特系上自己最招摇的腰带、插上羽毛，也不可能跟她的骑士一样风度翩翩。

“很漂亮。”他抚弄着流苏，再次夸赞道，“但我知道，你这是剪了条裙子或披肩做的吧。斯嘉丽，你真不该这么做。这年头，漂亮东西可太难得了。”

“噢，阿希礼，我——”

她差点脱口而出“只要你愿意，我把心掏出来给你都行”，但她终究还是忍住了，只道：“我愿意为你做任何事！”

“真的吗？”他脸上的阴郁稍微消散了一些，“斯嘉丽，那就为我做件事吧。你要是答应，我在外也能安心点。”

“什么事？”她开心地问道，做好了无论什么大事都一口应承的准备。

“斯嘉丽，你能为我照顾玫兰妮吗？”

“照顾玫兰？”

她失望地沉下心来。她如此渴望应承某件美妙的大事，他最后的请求却是这个！真气人哪。这是她跟阿希礼的独处时光，只能是她的。玫兰妮虽然不在场，她那苍白的影子却仍夹在两人中间。他怎么能在他俩话别时，提起那人的名字？他怎能要求自己做这种事？

阿希礼并未注意到斯嘉丽脸上的失望之色。和往常一样，他的眼睛虽看着她，却又穿透了她，看向别的东西，根本没有停驻在她身上。

“嗯，多留心留心，照顾一下她。她都不知道自己有多虚弱，又要当看护，还要做针线，会累垮的。她那么温柔、那么胆小，除了佩蒂帕特姑妈、亨利伯父和你，再没别的近亲。虽然梅肯还有伯尔一家，但他们都是第三代表亲了。斯嘉丽，你知道佩蒂姑妈就跟个孩子一样，而亨利伯父已经老了。玫兰妮非常爱你，不仅因为你是查尔斯的妻子，还——呃，她就是爱你这个人，简直把你当亲姐妹。斯嘉丽，一想到我若被杀，她从此无人可依，我就常常做噩梦。你能答应吗？”

她甚至没听见最后一句请求，那句不吉利的“我若被杀”，已经让她惊恐万状。

她每天都看伤亡名单，提心吊胆地看，知道他若出了什么事，那就是世界末日。但她心中一直有种感觉：哪怕邦联全军覆没，阿希礼也会幸免于难。现在，他却把那些可怕的字眼都说了出来！她起了一身鸡皮疙瘩，陷入深深的恐惧中。这种用迷信引起的恐惧，根本无法靠理智克服。她的爱尔兰血统足以让她相信预感，尤其是与死亡有关的预感。从阿希礼那双大睁着的灰眸里，她看到了深沉的忧伤，并只能得出如下解释：这个男人已经感到死神冰冷的手落在自己肩上，也听到了狺女[1]的号哭。

“不准说这种话！甚至想都不能想。说死多晦气！噢，快祷告几句！”

“你替我祷告吧，再点上几根蜡烛。”听出她声音里的惊慌和恐惧，他反倒笑了。

她却什么也答不上来，因为心中已经现出一幅可怕图景：阿希礼躺在弗吉尼亚的雪地里，生息全无，离她那般遥远。这时，阿希礼仍在说话，声音里的忧伤、无奈之意让她越发恐惧。终于，最后一丝愤怒和失望也消失了。

“斯嘉丽，正因如此，我才提出这个要求。我不知道自己会出什么事，谁都不知道自己会出什么事。但大限来临之际，我肯定远在他乡。就算活着，我也远得照顾不到玫兰妮。”

“大……大限？”

“战争到头——以及世界末日。”

---

1 爱尔兰和苏格兰民间传说中，以哀号预报死讯的女妖。

“但阿希礼，你不会认为北佬会打败我们吧？整整一周，你不是都在说李将军有多厉害吗……”

“跟所有休假的士兵一样，我撒了一周的谎。干吗提前吓唬玫兰妮和佩蒂姑妈，让她们担惊受怕？没错，斯嘉丽，我觉得北佬会打败咱们。葛底斯堡战役就是末日的开端。不过，后方的人还不明白这点，也没意识到我们的处境。但——斯嘉丽，弗吉尼亚的雪已经很厚了，我们有些弟兄却只能打光脚。看到他们冻伤的脚只能裹点破布和旧麻袋，再看看那一个个留在雪地里的血脚印，我却有一双完好的靴子……唉，每每此时，我便觉得自己也该丢掉靴子，光着脚才对。”

“噢，阿希礼，答应我，千万别把靴子丢了！”

“每次看到这种事，再看看北佬们……我就知道，一切都完了。唉，斯嘉丽，北佬正从欧洲招兵买马，一招就是成千上万人哪！我们最近抓到的俘虏，大部分连英语都不会说。他们都是讲盖尔语的德国人、波兰人和爱尔兰野蛮人。但我们的人死一个就少一个，鞋子也是破一双就少一双。斯嘉丽，我们被困住啦。我们如何能对抗全世界的人？”

斯嘉丽的思绪全乱了：邦联垮了就垮了吧。全世界都可以完蛋，但你绝对不能死！你若死了，我也活不成！

“斯嘉丽，我刚才说过的这些话，你千万别告诉任何人。我不想搞得人心惶惶。亲爱的，要不是想请你照顾玫兰妮，我也不会说这些话来吓唬你。她太虚弱、太娇柔，你却如此坚强。无论我出什么事，一想到你俩在一起，我就放心了。你会答应我的，对吗？”

“噢，好吧！”她大声应承道。那一刻，看见死亡离他如此之近，她什么都肯答应，“阿希礼，阿希礼！我不想让你走！我实在鼓不起这个勇气呀！”

“你必须勇敢。”他的声音也发生了些微变化，听起来更响亮、更深沉，语速也更快，仿佛被心中的某种力量驱使，“你必须勇敢，不然我怎么扛得下去？”

她欣喜地快速扫视他的脸，不知这话是否意味着他也不忍与她分手，甚至也跟她一样心碎。虽然脸色仍跟告别玫兰妮下楼时一样憔悴，他的眼神却让斯嘉丽看不出什么东西。他俯下身，双手捧起她的脸，轻轻吻了下她的额头。

“斯嘉丽！斯嘉丽！你多优秀、多坚强、多善良啊！还这么美，不仅脸蛋美，亲爱的，你的身体、思想、灵魂……一切都美。”

“噢，阿希礼，”她快活地低喃，为他的话和他的吻激动不已，“除了你，谁都不能……”

“我想，我或许比大多数人更了解你。我能看到深藏在你身上的美，其他人不是太粗心，就是太匆忙，全都没注意。”

他住了嘴，也不再捧着她的脸，但眼睛仍凝视着她的眼睛。她等了一会儿，屏息凝神地等他继续说下去，迫切地等待他说出那三个奇妙的字。他却没说。她颤抖着嘴唇，疯狂地在他脸上搜寻，终于明白他的话已经说完了。

第二次希望破灭，简直让她难以承受。她孩子般地轻轻“啊”了一声，颓然坐下，泪水刺痛了眼睛。然后，车道上传来一个不祥的声音。那声音就在窗外，顿时让她更加深刻地意识到阿希礼即将离去。异教徒听见波涛拍打卡戎的船舷声，心情都不会比她更凄凉。彼得大叔已经裹着被子赶来马车，要送阿希礼去火车站了。

阿希礼声音极轻地说了声“再见”，抓起桌上她从瑞德那儿骗来的毛毡帽，走进幽暗的过道。他握着门把手，又回头深深地看了她一眼。这一眼如此绝望，仿佛要将她脸上和身上的每个细节都刻进心里带走。斯嘉丽泪眼蒙眬地望着他的脸，喉头哽咽，像被人扼住般疼。她知道他要走了，远离自己的照顾、远离这座天堂般安全的房子。他就要走出她的生活，或许一去不复返！可他还没说出她那般渴望的几个字呀！时间如推动水车的水流般匆匆而逝，现在，一切都太迟了。她跌跌撞撞地穿过客厅，追到走廊，一把抓住他的腰带。

“吻我一下，”她低声道，“跟我吻别吧。”

他轻轻揽住她，低头凑到她脸旁。嘴唇刚碰到她的唇，就被她死死拽住脖子。在那无法度量的刹那，他也狠狠搂住她的身子。然后，她感到他浑身肌肉一紧，随即飞快地把帽子扔到地板上，就抬起手，把她的胳膊从自己脖子上拉了下来。

“不，斯嘉丽，别这样。”他声音虽低，却紧紧攥着她交叠的手腕，都把她捏痛了。

“我爱你，”她哽咽着道，“一直都爱。我从未爱过其他任何人，嫁给查理只——只是为了让你难过。噢，阿希礼，我太爱你了，真恨不得一步一步走到弗吉尼亚，只为能待在你身边！我愿意为你做饭、擦靴子、刷马——阿希礼，说‘你也爱我’吧！往后余生，我就靠这句话活下去了！”

他突然弯下腰去捡帽子，她只来得及瞥了眼他的脸。她还从未见过这般愁苦的脸——淡漠之色荡然无存，整张脸上都写着他对她的爱，以及知道她也爱着自己时的欣喜。但与此同时，还有羞愧和绝望与这两种感情激烈对抗。

“再见。”他哑声道。

门咔嗒一声开了，一股冷风灌进屋里，吹得窗帘上下翻飞。斯嘉丽瑟瑟发抖地目送他跑下人行道，朝马车而去。军刀在冬日暗淡的阳光下闪闪发光，腰带上的流苏快活地随风起舞。

第十六章

一八六四年的一月和二月过去了。这两个月始终凄风苦雨，一派阴郁绝望之气。葛底斯堡战役和维克斯堡战役失利后，南军的中部战线也相继崩塌。苦战后，如今田纳西州几乎全落入联邦军队手里。纵然遭受如此重大的挫折，南方的士气仍在。诚然，坚定的决心已经取代之前乐观的希望，但人们还是在不幸中看到一线希望。比如，头一年九月，在田纳西连连大捷的北佬试图乘胜追击，攻入佐治亚，却被南军坚决击退了。

这是首次在佐治亚的土地上打硬仗，战场是州最西北角的奇克莫加。北佬先攻下奇克莫加，接着经山隘进入佐治亚，却被打了回去，伤亡惨重。

南方之所以能在奇克莫加大获全胜，亚特兰大及其铁路线发挥了重大作用。朗斯特里特将军的部队能火速赶到战场，靠的就是从弗吉尼亚经亚特兰大，继而北上田纳西的铁路线。数百英里铁路线全部疏通，东南地区所有可用车辆也集结起来，用于输送军队。

亚特兰大人看着一列又一列火车接连不断地驶过城市：客车、货车和平板车，都装满吵吵嚷嚷的士兵。他们没饭吃、没觉睡、没马骑，没有救护车队或补给车队，也顾不上休息，一跳下火车就投入战斗。于是，北佬便被赶出佐治亚，退回田纳西了。

这是开战以来，南军取得的最大胜利。一想到是本城铁路促成了这次胜利，亚特兰大人就骄傲又满足。

不过，南方正需要奇克莫加大捷的消息来鼓舞士气，以熬过寒冬。如今，没人再否认北佬也骁勇善战。而且，他们终究还是出了几个好将军。比如，“屠夫”格兰特——为了胜利，杀多少人他都不在乎，可他偏偏总能打胜仗。谢里登的名字也让南方人胆战心惊。舍曼被人提起的次数也越来越多。此人在田纳西和西部的一系列战役中打响名头，坚决狠辣的形象越来越鲜明。

当然，他们谁都比不上李将军。南方人依然坚信李将军及其军队，从未动摇最终获胜的信心。可战争已经拖得太久，死了太多人、伤了太多人，很多人落下终身残疾，成为孤儿寡妇的也不少。前方还有更多漫长艰苦的战斗，这意味着还会有更多人死亡、受伤，成为孤儿寡妇。

更糟的是，百姓们对高层领导人隐隐地生出了一些怀疑。很多报纸公开谴责戴维斯总统本人及其领导作战的方式。邦联内阁存在分歧，戴维斯总统和手下将军们也意见不一。货币急剧贬值，军服军鞋供应不足，各种军需品和药品更是短缺。铁路方面，火车需要更换新车厢，被北佬破坏的铁轨也亟须修复。前线将领们请求补充兵力，参军的新兵却越来越少。最糟糕的是，某些州的州长拒绝外派本州民兵和地方部队。佐治亚州的布朗州长便是其中之一。各州的地方部队里身强力壮的士兵成千上万，但政府无论如何恳求，都无济于事。

随着新一轮的货币贬值，物价再次飞涨。牛肉、猪肉和黄油都卖到三十五美元一磅，面粉一千四百美元一桶，苏打一百美元一磅，茶五百美元一磅。奇缺的御寒衣物就算能碰到，也贵得根本买不起。于是，亚特兰大的女士们就用布片给旧衣服缝衬里，再往里垫些报纸挡风。鞋的价格从两百美元到八百美元不等，具体取决于鞋子是“纸板”做的，还是真皮做的。如今，女士们都用旧羊毛披肩和剪下来的地毯做高帮鞋，鞋跟则用木头做。

事实上，北方已将南方团团围住，但很多人还没意识到这点。北佬的炮艇在各港口的封锁网都已收紧，现在几乎没有船只能闯过封锁线。

南方一直靠出售棉花和买进自己不生产的东西为生，现在却不能卖也不能买。杰拉尔德·奥哈拉这三年收上来的棉花都堆在塔拉庄园轧棉房旁边的棚屋里，几乎无法换来任何好处。这些棉花若能运到利物浦，能赚回十五万美元，但这事根本没指望。原本富裕的杰拉尔德，如今却要琢磨如何养活家人和黑奴，让大家熬过这个寒冬。

整个南方，大多数棉花种植园主都陷入了同样的困境。封锁线越收越紧，南方这些经济作物根本没法运进英国市场，也无法像往年一样，用卖棉花的钱买回生活必需品。以农业为主的南方与工业化的北方开战，如今需要的东西着实不少。而在和平时期，谁会想到要囤积这些？

对投机商和牟利者来说，这可是天赐良机。而趁机占便宜的，大有人在。随着食品和衣物日益短缺、价格越来越高，公众对投机商的抗议声也越来越大。一八六四年年初，任何报纸一打开，都能看到言辞激烈的社论将投机商斥为兀鹫和吸血蛭，呼吁政府采取雷霆手段，严厉制裁。政府因为也受诸多事务烦扰，虽为此竭尽全力，却收效甚微。

其中，人们最痛恨的莫过于瑞德·巴特勒。突破封锁线变得太过危险时，他便卖掉了自己那些船，如今早已公开搞起粮食投机生意。他的种种劣迹从里士满和威尔明顿传回亚特兰大后，往日接纳过他的那些人都羞愧难当。

尽管有诸多艰苦与磨难，战争期间，亚特兰大原有的一万人口仍翻了一番。甚至北佬的封锁，也提高了亚特兰大的声望。自古以来，无论在商业上，还是在其他方面，南方向来都是沿海城市占主导地位。但现在，港口封闭，加之很多港口城市被占领或围困，南方只能自己救自己了。南方要想赢得战争，只能靠内地，所以亚特兰大便成了决定事态的中心城市。虽然城里的居民们也跟邦联其他各地的人一样，受尽苦楚，饱尝贫困、疾病和死亡的滋味，战争给这座城市带来的好处仍多于坏处。亚特兰大作为邦联的心脏，仍强劲有力地跳动着，用一条条铁路“动脉”，源源不断地输出士兵、军火和给养。

***

从前，斯嘉丽肯定会因为寒碜的衣着和打着补丁的鞋牢骚满腹，现在，她却一点也不在乎。毕竟，她珍视的那个人不在这儿，根本看不到她的模样。这两个月，她过得比前几年都开心。双臂搂住阿希礼脖子时，她不是感受到了他的心跳吗？她不是已经看见他脸上胜过任何表白的绝望表情了吗？他爱她。现在，她对此深信不疑，甚至因此快活得对玫兰妮都更加友善。如今，她还有些可怜她，并隐隐轻视她的盲目和愚蠢。

“等这场战争结束！”她想，“等它一结束，就……”

有时，她想着想着，也会突然生出一丝惧意：“就怎么样呢？”不过，她立马又能把这个念头抛开。不管怎样，战争结束时，一切都会尘埃落定。阿希礼如果爱她，便无法再跟玫兰妮生活下去。

可届时，离婚也很不同寻常。埃伦和杰拉尔德都是坚定的天主教徒，绝不准她嫁给一个离过婚的男人。那意味着背离自己的宗教！斯嘉丽考虑再三，决定在信仰和阿希礼之间，选择阿希礼。可是，噢，那该是桩多大的丑闻哪！离过婚的人不仅不容于教会，也被社会摒弃。谁都不会欢迎离过婚的人。但为了阿希礼，哪怕这种险，她也敢冒。她愿意为阿希礼牺牲一切。

不管怎样，战争结束时，那事总能解决。阿希礼那么爱她，肯定能想出办法。她会让他想出办法的。日子一天天过去，她越来越坚信他的爱，更相信北佬被彻底打垮时，他肯定能圆满解决一切。当然，他是说过北佬会“打败”他们。斯嘉丽觉得这是他在犯糊涂，是疲惫不堪、心烦意乱之际的信口胡说。不过，她才不管北佬是胜是负，重要的是战争快点结束，那样阿希礼才能回来。

后来，三月的雨夹雪让所有人都出不了门时，可怕的打击从天而降。玫兰妮眼里闪着喜悦的光，骄傲又羞涩地微低着头，告诉斯嘉丽她就要有孩子了。

“米德医生说，预产期在八月底或九月初。”她道，“我还以为——但直到今天，我才完全确定。噢，斯嘉丽，这太棒了，不是吗？我多么羡慕你有韦德，多想也有个孩子呀。从前，我真怕自己一个也生不出来，亲爱的，现在我恨不得生上一打呢！”

斯嘉丽当时正在梳头，准备上床睡觉。听到玫兰妮这番话，她立时顿住，梳子悬在半空。

“天哪！”她惊呼出声，一时间完全回不过神。接着，脑海中突然跳出玫兰妮紧闭的卧室门，刀割般的疼痛划过心头。那疼痛如此强烈，仿佛阿希礼是她的丈夫，却干出不忠于她的事。一个孩子。阿希礼的孩子。噢，他怎么能这样！他爱的是她，不是玫兰妮啊！

“我就知道你会吃惊，”玫兰妮继续上气不接下气地说个不停，“太棒了，不是吗？噢，斯嘉丽，我都不知道该怎么给阿希礼写信了！就算直接告诉他，也不会太难为情。或者……要么……哎，不然什么都不说，让他自己慢慢发现好啦。要知道……”

“天哪！”斯嘉丽都快哭了。梳子落地，她一把抓住梳妆台的大理石台面，才撑住身子。

“亲爱的，别这样！要知道，生孩子也不是多么糟糕的事。你自己不也这么说过吗？千万别为我担心，这么忧心我，你真好。当然，米德医生是说我……我……”玫兰妮脸红了，“太窄了，但或许也不会有什么麻烦……斯嘉丽，你发现怀上韦德时，有写信告诉查尔斯吗？还是让你妈妈或奥哈拉先生写的信？噢，天哪，要是我也有妈妈来做这事就好了！我就是不知道该怎么办——”

“闭嘴！”斯嘉丽怒喝道，“别说啦！”

“噢，斯嘉丽，我太蠢了！真对不起。我想，所有快乐的人都是自私的。我就是一时间忘了查尔斯……”

“闭嘴！”斯嘉丽又喊了一声，竭力控制自己的表情，平复情绪。绝对，绝对不能让玫兰妮看出端倪，对她起疑。

玫兰妮为人最是乖巧机敏，这会儿已经为自己的残忍蓄起泪水。可怜的查尔斯死后好几个月，韦德才出世。她怎能让斯嘉丽回想起那般痛苦的往事？她怎能如此粗心大意？

“亲爱的，我帮你脱衣服吧。”她恭顺地说，“再给你揉揉脑袋。”

“离我远点。”斯嘉丽绷着脸道。玫兰妮顿时自责地哭了出来，飞快地退出房间，留下斯嘉丽欲哭无泪地坐在床上。斯嘉丽只觉骄傲受挫，幻想破灭，也为自己没有同床共枕的伴侣心生妒意。

她觉得，自己再也无法跟一个怀着阿希礼孩子的女人住在同一屋檐下。她应该回塔拉庄园，应该回家，回到属于她的地方去。她不知道再看见玫兰妮时，如何才能不让对方从自己脸上瞧出端倪。第二天早晨一起床，她就打定主意，早餐后立刻收拾行李。可大家围坐桌旁时，斯嘉丽却阴沉着脸，一声不吭。佩蒂一脸困惑，玫兰妮则满面愁容。这时，来了封电报。

是阿希礼的贴身男仆莫斯发给玫兰妮的。

“我到处都找过了，还是找不到他。是否立刻回家？”

虽然都不明白这是什么意思，但三个女人面面相觑，惊恐地瞪大了眼睛。斯嘉丽更是把回家的事忘得一干二净。她们早饭都没吃完，便乘马车去城里给阿希礼的长官发电报。可她们刚踏进电报局，就收到了长官发来的电报。

“威尔克斯少校三日前执行侦察任务时失踪。特此奉告，深表遗憾。一有消息，会再告知。”

归途一片凄凉。佩蒂姑妈用手帕捂着脸哭泣不止，玫兰妮脸色煞白、坐得笔直。斯嘉丽则瘫在马车一角，呆若木鸡。一进门，斯嘉丽便跌跌撞撞地回楼上卧室，抓起桌上的念珠，跪下打算祈祷。然而，她却一句祷词也念不出来，只觉自己坠入了恐惧的深渊，认为上帝已经因为她的罪行而不再理睬她。她爱上了有妇之夫，还想将他从妻子身边抢过来。因此，上帝要杀了他，以示对她的惩罚。她想祈祷，却不敢抬头仰望天堂。她想哭，却一滴泪也流不出来。汹涌的热泪在心口沸腾，却就是不肯流出来。

门开了，玫兰妮走了进来。她那张心形的脸仿佛刚从白纸上剪下来。在周围黑发的衬托下，一双眼睛睁得老大，活像个在黑暗中迷了路、惊恐不已的孩子。

“斯嘉丽，”她伸出双手，“你一定要原谅我昨天说的那些话。因为你——如今，我只有你了。噢，斯嘉丽，我知道，心爱的他已经死了！”

不知不觉间，她就躺进了斯嘉丽的怀里，小小的胸膛因啜泣而上下起伏。两人一起躺在床上，紧紧抱着对方。斯嘉丽也在哭，脸紧贴着玫兰妮的脸。泪水打湿了彼此的脸。虽哭得肝肠寸断，但总比哭不出来好受些。阿希礼死了——死了。斯嘉丽想：“我用爱杀死了他！”这么想着，新的泪水又涌了出来。不知怎的，玫兰妮竟从她的眼泪中得到安慰，于是把她的脖子搂得更紧。

“至少，”玫兰妮喃喃道，“至少……我有了他的孩子。”

“而我，”斯嘉丽此刻已经悲痛得顾不上嫉妒这种不重要的情绪，“我什么也没有……一无所有……除了还记得他跟我道别时的神情，其他什么都没有。”

在头批伤亡名单中，他们的名字列在“失踪——相信已阵亡”一栏下。玫兰妮给斯隆上校发了十几封电报，才总算收到一封回信。信中深表同情地解释说：阿希礼带了一个班的人骑马外出侦察，至今未归。另有消息说，北佬战线上曾爆发一场小规模战斗。悲痛欲绝的莫斯冒死寻找阿希礼的遗体，却一无所获。此时此刻，玫兰妮反倒出奇地冷静，给莫斯电汇了一笔钱，命他回家。

当阿希礼的名字出现在伤亡名单“失踪——相信已被俘”一栏下，悲伤的一家人才欢喜地燃起一丝希望。几乎谁都没法将玫兰妮拖出电报局。她每趟火车都不落下，就盼着能收到信。她现在身体并不好，怀孕带来了很多不适反应，她却不遵从米德医生的叮嘱，拒绝卧床休息。一股狂热的力量令她仿佛着了魔，怎么都平静不下来。晚上，斯嘉丽上床很久了，还能听见她在隔壁房间走来走去。

一天下午，她由惊慌失措的彼得大叔赶着车从城里送回来，一同护送的还有瑞德·巴特勒。原来，她在电报局晕倒了。刚好路过的瑞德目睹了当时的混乱场面，便将她护送回家。他把她抱进楼上卧室，垫好枕头，让她靠在床上。一家人惊慌失措，连忙跑上跑下地拿热砖、毯子和威士忌。

“威尔克斯太太，”瑞德突然问道，“你怀孕了，是吧？”

要不是玫兰妮当时那般虚弱、难受和伤心，这个问题肯定会让她崩溃。哪怕跟女性朋友在一起，她也不好意思提自己怀孕的事，而每次去米德医生那儿做检查，更是折磨人的经历。一个男人，尤其还是瑞德·巴特勒，竟问出这样的问题，简直令人难以置信。但虚弱又可怜地躺在床上的她，也只能点点头。点过头后，她又觉得情况似乎不是太糟，因为他看起来如此温和，一片关切。

“那你就更要照顾好自己。成天这样东奔西跑、忧心忡忡，不仅帮不了自己，或许还对孩子有害。威尔克斯太太，如果你允许，我可以利用我在华盛顿的关系，打听打听威尔克斯先生的情况。他如果被俘，名字便会出现在联邦名单上。如果没有……呃，最糟糕的情况，莫过于什么都无法确定嘛。不过，你必须先答应我，一定要好好保重。否则，上帝在上，我绝不插手你的事。”

“噢，你真是太好了，”玫兰妮大声道，“人们怎能那般诋毁你？”话一出口，她便觉得不妥，又想到自己竟跟一个男人讨论怀孕的事，顿时惊恐交加，无力地哭了起来。斯嘉丽用法兰绒裹了块热砖，飞奔上楼，就见瑞德正在拍玫兰妮的手。

他说到做到。大家都不知道他究竟哪儿来的门路，也不敢问，就怕会牵扯出他或许与北佬过从甚密之类的事。不到一个月，瑞德便来了消息。刚听说时，全家人都欣喜若狂，但随即又忧心忡忡、焦虑不已。

阿希礼没死！他受伤被俘，记录显示目前被关在伊利诺伊州罗克艾兰的一个战俘营。在起初的欢愉中，大家都只想到他还活着。但冷静下来后，他们才你看看我，我看看你，异口同声地说了句“罗克艾兰！”那口气仿佛在说“进了地狱！”因为，罗克艾兰在南方人心中可谓臭名昭著，就像安德森维尔在北佬看来声名狼藉一样。有亲人被关在罗克艾兰的南方人，听到这个名字无不胆战心惊。

林肯拒绝交换俘虏，认为供养和看守联邦战俘能增加邦联的负担，从而加速战争结束。因此，佐治亚的安德森维尔关押着数千名北军战俘。邦联本就给养不足，自己的伤病员都没药没绷带，哪儿还顾得上战俘。于是，只能给战俘吃前线士兵吃的肥猪肉和干豌豆。这样的饮食让北佬像苍蝇一样大批死亡，有时一天便死掉上百人。得知消息的北方人勃然大怒，更加苛刻地对待邦联战俘，而罗克艾兰就是条件最差的战俘营。那儿食物短缺，三人共用一条毯子，天花、肺炎和伤寒肆虐，简直堪称传染病院。送进罗克艾兰的战俘，四分之三都没法活着出来。

阿希礼就被关在那个可怕的地方！虽然还活着，但他受伤了，还进了罗克艾兰。他被送进去时，伊利诺伊州肯定已积起厚厚的雪。瑞德打听到消息时，他会不会已经伤重不治？会不会已经感染天花？还是被肺炎折磨得神志不清，却连条毯子也没有？

“噢，巴特勒船长，难道没有办法……你能利用关系，将他换回来吗？”玫兰妮哭喊道。

“仁慈又公正的林肯先生据说为比克斯比太太的五个儿子痛哭流涕，却不愿为数千北军掉一滴泪。”瑞德撇着嘴说，“就算他们全死了，他也不在乎。命令已经下达。不交换。我——之前我没告诉你……威尔克斯太太，你丈夫本有个机会可以出来，但他拒绝了。”

“噢，不！”玫兰妮难以置信地惊呼道。

“嗯，千真万确。北佬在征兵打边境上的印第安人，就从邦联战俘里招。任何愿意宣誓效忠，应征攻打印第安人的战俘，服役满两年就能获释，并被送到西部。威尔克斯先生拒绝了。”

“噢，他怎么能这样？”斯嘉丽嚷道，“干吗不宣誓，然后一出监狱就逃跑，尽快赶回家？”

玫兰妮像个小小的复仇女神似的，转向斯嘉丽。

“你怎么能提议让他去做那种事？背叛邦联，发那种可耻的誓言，然后又对北佬违誓！我宁愿他死在罗克艾兰，也不想听到他曾发过那样的誓。他要是死在监狱，我会为他骄傲。但他要是做出那种事，我就再也不见他，再也不见！当然，他拒绝了。”

斯嘉丽送瑞德出门时，愤愤不平地问：“如果是你，难道不会应征加入北佬军队，先保全性命，再伺机开溜？”

“当然会。”瑞德说，八字须下的牙齿都露了出来。

“那阿希礼为何不这么干？”

“他是绅士嘛。”瑞德说。斯嘉丽纳闷：如此体面的词，怎么被他一说，就满是讥讽不屑之意？

第三卷

第十七章

一八六四年五月，天气又热又干，花蕾还没开就萎了。舍曼将军手下那些北佬又冲进佐治亚，攻到了亚特兰大西北部一百英里外的多尔顿。有谣言称，佐治亚和田纳西边界附近将爆发激战。北佬正在大量集结，准备进攻西部至亚特兰大的铁路线，即连通亚特兰大、田纳西和西部的那条。去年秋天，南方军队就是靠该线路迅速增兵，才获得奇克莫加大捷。

但基本上，多尔顿即将到来的大战并没有让亚特兰大人恐慌。北佬集结兵力之地离奇克莫加战场东南部仅数英里之遥。既然他们之前试图突破山隘未得逞，那再来一次，也定会被击退。

亚特兰大乃至所有佐治亚州人都知道：本州对邦联至关重要。因此，乔·约翰斯顿将军绝不会让北佬在州边界以内待多久。因为邦联实在依赖佐治亚的正常运转，所以乔将军及其军队甚至不会允许一个北佬闯入多尔顿以南。尚未遭受战争蹂躏的佐治亚是邦联的大粮仓、机械加工厂和货栈。军队需要的大量火药、武器都在此制造，大部分棉花和羊毛制品，也出自这里。亚特兰大与多尔顿之间的罗姆镇有铸造厂和其他工业，埃托瓦和阿来图纳有里士满南部最大的钢铁厂。而亚特兰大不仅有制造手枪、马鞍、帐篷和弹药的厂，也有南方规模最大的轧钢厂、为主要铁路干线服务的工厂和数家大型医院。邦联赖以生存的命脉是四条铁路线，亚特兰大则是这几条铁路线交会的枢纽站。

因此，没人特别担心。毕竟，多尔顿都快靠近田纳西边界线，离这儿还远着呢。田纳西已经打了三年仗，人们早已习惯将其视为一个遥远的战场，几乎跟弗吉尼亚或密西西比河一样远。况且，老乔将军和他的士兵们就在北佬和亚特兰大之间，每个人都知道，除了李将军本人，再无比约翰斯顿将军更出色的将领。而现在，“石壁”将军杰克逊已经不在了。

一个温暖的五月黄昏，米德医生坐在佩蒂姑妈家的阳台上，总结百姓们对此事的看法。他说亚特兰大没什么好怕的，因为约翰斯顿将军据守群山之中，就如竖起一道铜墙铁壁。听众们虽坐在摇椅里，于渐渐暗淡的暮色中轻轻晃动，看着当季第一批萤火虫在暮光中穿梭，却都各怀心事，情绪凝重。米德太太一只手搭在菲尔胳膊上，希望医生的话没错。战火若再烧近点，菲尔就不得不上前线了。他如今十六岁，已加入地方志愿军。葛底斯堡战役以来，范妮·埃尔辛就一直面色苍白、眼窝深陷，始终在竭力回避那令她痛苦不堪的画面。过去的几个月里，那幅画面一次又一次地划过她疲惫的心，已经留下一道深深的伤痕：大雨中，奄奄一息的达拉斯·麦克卢尔中尉躺在颠簸的牛车上，踏上漫长而可怕的撤退之路，往马里兰而去。

凯里·阿什伯恩上尉那条没用的胳膊又开始疼了。而追求斯嘉丽毫无进展，让他更加懊丧。阿希礼·威尔克斯被俘的消息传来后，他俩的关系就变成了这样。不过，他当然不会把这两件事联系到一起。斯嘉丽和玫兰妮仍一如既往地想着阿希礼。没有要紧事，或不用分神与他人说话时，她们都在想阿希礼。斯嘉丽的想法苦涩又悲伤，觉得他肯定死了，不然怎么听不到半点消息？玫兰妮压下一波又一波恐惧，不断告诉自己："他没事，我知道——他若死了，我一定感觉得到。"瑞德·巴特勒懒洋洋地坐在阴影里，穿着精致皮靴的长腿随意交叠着，黝黑的脸上毫无表情，令人费解。韦德小手里抓着一根剔得干干净净的叉骨[1]，在他怀里睡得香甜。每次瑞德登门拜访，斯嘉丽都会允许韦德晚睡。因为那腼腆的孩子很喜欢他。说来也怪，瑞德也非常喜欢韦德。通常，有韦德在，斯嘉丽都觉得烦。但那孩子一到瑞德怀里，总会变得很乖。至于佩蒂姑妈，因为晚饭吃的那只公鸡实在太老，这会儿正在紧张地忍着不打嗝。

那个令佩蒂姑妈遗憾的决定是她今早下的。鸡窝里的母鸡们早就被杀掉吃了，佩蒂姑妈觉得最好在那"老族长"老死，或因思念昔日妻妾郁郁而终之前，把它也宰掉。因为，一连数日，老公鸡都垂头丧气地在空鸡场上转悠，连打鸣的精神都没了。彼得大叔拧断鸡脖子后，佩蒂姑妈想到众多好友已经数周不知鸡肉味，若自己一家人独享美味，岂能心安？于是，她提议请朋友们吃晚饭。已怀孕五个月，好几周不曾出门，也没接待过客人的玫兰妮听到这个提议，大吃一惊。但佩蒂姑妈这次非常坚决，认为一家人享用鸡肉未免太自私。反正玫兰妮胸那么平，她只需再把裙箍提高点，就没人能看出任何端倪。

"噢，但姑妈，我不想见客人，阿希礼还……"

"别说得好似阿希礼已经……已经去了一样。"佩蒂姑妈的声音颤抖起来。其实，她已经在心里认定阿希礼死了，"他跟你一样，活得好好的。见见客人，对你有好处。而且，我还要请范妮·埃

1　又称"如愿骨"，两人食禽肉后同执叉骨一起折断，得较长一端者即表示可如愿以偿。

尔辛。埃尔辛太太曾央求我想法子让范妮振作起来。让她见见客人……”

“噢，但姑妈，可怜的达拉斯刚去没几天，就这样强迫她，太残忍了吧……”

“好啦，玫兰，你再跟我争，我可要气哭了。我说什么也是你姑妈，我知道该怎么做。这客请定了！”

就这样，佩蒂姑妈请了几位客人。但最后一刻，来了位她不想请的不速之客。烤公鸡的香味满室飘香时，刚从一场神秘之旅归来的瑞德·巴特勒敲响了她家房门。他夹着一大盒花边纸包着的夹心软糖，对她是满嘴语带双关的奉承话。佩蒂姑妈虽然知道米德医生和太太对他什么看法，也知道范妮有多讨厌不穿军装的男人，还是毫无办法，只得请他留下来。米德夫妇和埃尔辛母女若在街上碰到巴特勒，肯定不会搭理他，但在朋友家里，他们当然也只能以礼相待。况且，柔弱的玫兰妮如今对他的维护之意变得更加坚决。自从巴特勒出面为她打听到阿希礼的消息，玫兰妮便宣布：只要他活着，不管旁人如何议论，她家的大门都永远向他敞开。

佩蒂姑妈见瑞德举止得体，总算放下心来。瑞德那般体谅、尊重范妮，甚至引出她的微笑，这顿饭当然也就吃得顺心顺意。真是顿丰盛的筵席。凯里·阿什伯恩还带了点茶叶来。茶叶是他押送北佬去安德森维尔的路上，从一个俘虏的烟丝袋里搜出来的。于是，在场的每个人都分到一杯带着淡淡烟草味的茶。此外，人人都分到一小块老鸡肉、适量辅以洋葱调味的玉米粉佐料、一碗干豌豆、大量米饭和肉汁。只不过，因为缺面粉，所以肉汁稀薄。甜点是番薯派和瑞德带来的夹心软糖。瑞德拿出地道的哈瓦那雪茄，供绅士们边喝黑莓酒边抽时，大家终于一致同意，这就是一场名副其实的卢卡拉斯[1]式盛宴。

等绅士们也来到前门廊，加入女士中间，话题又转到了战争上。现在的谈话总会转向战争，不是以战争开头，就是以战争结束。谈话有时令人丧气，也常令人开心，但聊来聊去都是战争。战时恋情、战时婚姻、医院和前线的死亡消息、扎营、打仗和行军中的各种事件。英勇、怯懦、幽默、悲伤、丧失、希望。总有希望，一直都有。尽管去年夏天连吃败仗，人们依旧保持着坚定的希望，毫不动摇。

凯里·阿什伯恩上尉说自己提出从亚特兰大调入多尔顿的申请已经得到批准。女士们纷纷关切地看着他那条僵硬的胳膊，心里为他骄傲，嘴上却说着不让他走，否则谁来当她们的护花使者？

年轻的凯里听到这些，显得既困惑，又开心。毕竟，米德太太、玫兰妮、佩蒂姑妈和范妮这些女人，可都是有身份的主妇和老小姐。同时，他也希望斯嘉丽说的是真心话。

“嗨，他很快就会回来，”医生伸出一条胳膊，揽住凯里的肩膀，“只需一场小仗，那些北佬就得仓皇逃散，滚回田纳西。而一旦到了那儿，他们便等着被福里斯特将军收拾吧。女士们不必担心北佬会打过来，因为约翰斯顿将军和他的军队依旧如铜墙铁壁般，驻守在山里呢。没错，就是铜墙铁壁。”他很喜欢自己挑的这几个词，又重复了一遍，“舍曼永远打不过来，他休想撼动老乔。”

女士们微笑赞同。哪怕医生最随意的一句话，也会被她们视为不容置疑的真理。毕竟，这种事男人比女人懂得多，他若说约翰斯顿将军是铜墙铁壁，那就准没错。只有瑞德开了口。晚饭后他一直没吭声，只坐在暮色里听他们聊战争，始终撇着嘴，抱着

1　古罗马大将，喜好举办豪华筵席。

倚在他肩头熟睡的孩子。

“有谣言说，舍曼的援军已到，他现在手下有十多万人，是不是啊？”

医生只简单地应了一句。自从进门后发现席间还有个他极其讨厌的人，医生就很不高兴。只不过，看在佩蒂帕特小姐的面子上，又想到自己毕竟是客人，他才忍着嫌恶，没表现得太明显。

“是又怎样，先生？”医生的回复短促清脆。

“我想，阿什伯恩上尉刚刚才说过，约翰斯顿将军手下只有四万人。这还是算上了先前溜号，看到最后一次胜利又归队的逃兵们。”

“先生，”米德太太气愤地道，“邦联的军队里可没有逃兵。”

“抱歉，”瑞德故作谦恭，实则不无嘲讽地说，“我指的是那几千名休假后忘记归队，以及养了半年伤，还待在家里干老本行或忙着春耕的人。”

他双眼放光，米德太太恼怒地直咬嘴唇。斯嘉丽见她那副一败涂地的模样，真想咯咯笑出声。瑞德可真是一击即中啊。当时，的确有数百人藏在沼泽和山里，免得被宪兵纠察队抓回军中。他们声称那是一场“富人开战，却由穷人拼命”的战争，他们已经受够了。但还有一种人，比那些逃兵数量更多。虽然也被列入逃兵名册，但第二种人并没有永远不回军队的念头。他们都是白白等了三年，还没轮到休假，却不断收到家信的人。那些家信错字连篇，写的无非就是以下内容：“我们好饿。”“长官把猪崽也收走了，我们几个月没收到你的钱了，就靠干豌豆活命啦。”

这种齐声抱怨往往愈演愈烈：“我们饿死了！你老婆、你孩子、你爹妈，都在挨饿。仗什么时候才能打完？你啥时候回家啊？我们好饿，饿死啦！”但迅速减员的军队驳回休假申请后，这些士兵便私自回家耕地、播种、修房屋、筑栅栏。审时度势的军官们见大战在即时，便写信命这些人归队，之前种种，既往不咎。通常，只要看到家里的吃食还能勉强撑几个月，他们都会回去。“耕种休假”尽管不作“临阵脱逃”论处，却也同样削弱了军队的战斗力。

见局面难堪，一时间都没人说话，米德医生连忙出来打圆场。他口气冷淡地道：“巴特勒船长，我军与北佬军队在人数上的差异有何关系？一个邦联士兵，顶得上一打北佬。”

女士们点头附和。这点每个人都知道。

“战争初期，这话倒是不错，”瑞德说，“或许现在这么说也没错，只要邦联的士兵枪里还有子弹，脚上还有鞋子，肚子里也还有食物。是吧，阿什伯恩上尉？”

他的声音依旧轻柔，甚至不无谦卑。但凯里·阿什伯恩一脸不悦，因为他显然也讨厌瑞德，所以乐意站在医生这边。但他不能撒谎。之所以废了条胳膊还申请调去前线，就是因为他意识到了形势严峻。而普通老百姓，对此还浑然未觉。很多其他人，装上木腿的、瞎了一只眼的、手指被炸飞的、断了条胳膊的……这些本已转入军需部门、医院、邮政和铁路系统的人，都悄悄回到原属部队。他们知道：老乔需要每一个人。

他没吭声，米德医生却勃然大怒：“我们的士兵之前也没鞋穿、没饭吃，不一样胜了吗？他们还会继续战斗，照样打胜仗！我告诉你，约翰斯顿将军不可撼动！自古以来，对遭受侵略的人民来说，群山要塞都是他们避难和防御的坚固堡垒。想想——想想塞莫皮莱[1]！”

1　希腊东部一多岩石平原，古时曾是一山口。公元前480年，斯巴达人在此抵御波斯大军，最终全部牺牲。

斯嘉丽纵使想破脑袋，也没弄懂塞莫皮莱是什么意思。

“他们在塞莫皮莱全军覆没，不是吗，医生？”瑞德勾起唇角，强忍笑意。

“年轻人，你是存心要侮辱我们吗？”

“医生！请原谅！别误会啊！我只是虚心求教。古代史我可没记住多少。”

“如有必要，我们的士兵也会战到最后一人。但在那之前，他们绝不会允许北佬踏入佐治亚半步，”医生厉声道，“但情况绝不至于如此。只需一场小仗，他们就能将北佬赶出佐治亚。”

佩蒂帕特姑妈连忙起身，叫斯嘉丽为大家弹首钢琴曲，顺便唱支歌。她已经看出这场谈话迅速升温，眼看着双方便要大动干戈。就知道留瑞德吃饭，准会惹出麻烦。无论他什么时候出现，都会出乱子。但他到底是如何挑起火的，她从没弄清过。天哪！天哪！斯嘉丽从这男人身上看出什么了？亲爱的玫兰干吗老护着他？

斯嘉丽乖乖走进客厅。前门廊安静下来。但静默中，仍有股直指瑞德的怒火。约翰斯顿将军及其军队战无不胜，怎会有人不全心全意地相信这点？信念是一项神圣的职责。那些奸诈不忠之徒就算没有这份信念，至少也该知趣地闭上嘴。

斯嘉丽弹了几个和弦，唱了起来。她的歌声从客厅传来，甜美又哀伤。唱的是首流行歌：

一间四壁洁白的病房里，
躺着被刺刀和炮弹打得
已死和垂死之人。
一天，抬进谁的心上人。

那是谁的心上人呀！如此年轻、如此英勇！
那苍白好看的脸上，
仍有少年的光彩。
只可惜，黄土就要将他掩埋。

“金色鬈发湿漉漉地纠缠在一起。”斯嘉丽正用不怎么完美的女高音哀哀戚戚地唱着，范妮突然半起身，哽咽着轻声道：“唱首别的吧！”

琴声戛然而止，斯嘉丽吃了一惊，尴尬极了。她连忙换了首《灰军装》，可一想起这首也令人心碎，便在一个不协和的和弦后，停了下来。琴声再次中断，她彻底茫然了。所有歌都是死亡、分离和悲伤啊。

瑞德迅速起身，把韦德放到范妮膝上，自己则进了客厅。

“弹《我的肯塔基老家》吧。”他温和地建议道。斯嘉丽感激地弹了起来，边弹边唱。瑞德悦耳的男低音响起，两人唱到第二小节，门廊上的听众才觉得呼吸顺畅了些。但天知道，这首歌也并非多么愉快。

纵然疲惫，还是挑着这重担再走几天吧！
无论如何，它也不会减轻分毫！
再担几天吧，我们就能步履蹒跚地踏上大路！
对我的肯塔基老家，道一声“晚安”。

事实证明，米德医生的预言没错。约翰斯顿的确如铜墙铁壁般，屹立于多尔顿以北一百英里外的群山中。他严防死守、奋力拼杀，彻底粉碎了舍曼穿越山谷进入亚特兰大的企图。最终，北佬只得撤退，回去另做部署。既然无法正面攻破邦联防线，他们便趁着夜色，绕山路做半弧形包抄，想突袭约翰斯顿后方，并在多尔顿以南十五英里的雷萨卡切断铁路线。

眼看这两条宝贵的铁路线陷入危机，邦联军队立刻放弃死守的散兵壕，星夜抄近路急行军，直奔雷萨卡。等北佬从群山中涌出时，南军早已挖好壕沟，在筑起的胸墙后严阵以待。排炮森严、刺刀闪亮。如此阵仗，比起多尔顿的部署也不遑多让。

当多尔顿下来的伤员带来老乔撤到雷萨卡的消息时，他们混乱不清的描述多少让亚特兰大人有些惊慌不安。

西北的天空仿佛出现一小片阴云，预示着夏天的第一场暴风雨即将到来。将军到底在想什么，竟让北佬深入佐治亚十八英里？群山就是天然的堡垒，甚至米德医生都这么说。老乔干吗不把北佬挡在山外？

约翰斯顿在雷萨卡殊死奋战，再次击退北佬，但舍曼故技重施，又让大部队绕了个半弧形路线，从侧翼包抄，渡过乌斯塔诺拉河，再次企图捣毁邦联后方的铁路线。南军再次奉命集结，迅速抛下红土地上的战壕，赶去保卫铁路。虽然饥肠辘辘（总是吃不饱）、缺乏睡眠，被行军和战斗折腾得精疲力竭，他们还是开始了又一次急行军，沿着山谷一路往下，抢在北佬前赶到雷萨卡以南六英里处的卡尔洪小镇，挖好战壕，准备再次迎敌。一场激烈的小规模战斗后，北佬再次被击退。邦联士兵们疲惫地抱着枪就躺下，希望能稍事休息。然而，没法休息。舍曼毫不留情地步步紧逼，指挥军队绕了个更大的弧线，迫使他们再次撤退，赶去保卫后方的铁路。

邦联士兵们边行军边打瞌睡，大部分时候疲惫得几乎什么都不想了。但一开始思考，他们还是对老乔深信不疑。虽然知道自己在撤退，但他们明白我方未败，只是兵力不够，在坚守战壕的同时，击退舍曼的侧翼包抄。每次跟北佬正面交锋，他们总能打败对方。虽然并不清楚这次要退到哪儿去，但对士兵们而言，只要老乔知道自己在做什么，就足够了。乔将军部署的撤退极其高明，几乎没造成什么伤亡，但一路上杀掉和俘虏的北佬却不少。他们只损失了一辆马车和四杆枪，后方铁路也很安全。舍曼所有正面攻击、骑兵冲锋和侧翼包围，都未能染指铁路线。

铁路。那蜿蜒细长的铁路依然是他们的。它穿过阳光明媚的山谷，通向亚特兰大。士兵们躺下睡觉，依然能借助星光，看到那条隐隐发光的铁路。而那些倒地迎接死亡的，也要用困惑的双眼，最后再瞧瞧烈日下散发着阵阵热浪的闪亮铁路。

军队沿着山谷撤退时，碰到一群比他们更早撤退的难民。那群人中有种植园主，也有赶马车的穷人；有富人，也有穷人；有黑人，也有白人；有女人，也有小孩；有年迈的、垂危的、残废的、受伤的，也有怀孕多时的。各色人等，全挤到通往亚特兰大的这条路上。他们有的坐火车，有的骑马，有的坐马车，车上箱笼杂货堆得老高。这批走在军队前方五英里处的难民在雷萨卡、卡尔洪小镇和金斯敦都停了下来。每次停留，他们都想听到北佬被赶回去的消息，以便重返家园。然而，烈日下的那条路上却没有折返的足迹。南军所过之处，尽是空荡荡的宅院、被遗弃的农场和房门半开的孤寂棚屋。偶尔会有个孤零零的女人领着几个惊慌的黑奴到路边欢迎士兵，为干渴的他们拎来一桶桶清水。他们也会为伤员包扎，将死去的人葬入自家坟地。但阳光照耀下的山谷大多荒无人烟，焦干的田地里，庄稼再无人照管。

约翰斯顿在卡尔洪小镇又被侧翼包抄，只得带兵退向阿代尔斯维尔，在那儿激战了一小场，然后退向卡斯维尔，继而朝南撤。

此时，敌军已经从多尔顿向前推进五十五英里。南军且战且退，退到十五英里外的纽霍普堂，终于挖起战壕，决定死守在此。北军则像一条无情的蓝色巨蟒，盘着身子，恶狠狠地攻过来，受伤后又缩回去，但总会再次扑上来。纽霍普堂之役一连打了十一天，北佬数次血腥进攻，均被击退。再次遭到侧翼包抄的约翰斯顿只能带着越来越少的兵力，又退了几英里。

邦联军队在纽霍普堂伤亡惨重，火车载着伤员，一车又一车地运进亚特兰大。举城震惊。人们从未见过这么多伤员，甚至奇克莫加之役后，都没这么多。医院里人满为患，伤员们只好躺在空仓库地上和货栈的棉花包上。每间旅店、家庭旅馆和私宅都挤满伤兵。佩蒂姑妈家也分到了伤员。但她提出抗议，说玫兰妮情况微妙，看到可怕的场面或许会早产。这时候还往屋里塞陌生男人，非常不合适。但玫兰妮只是把裙箍又挪高了些，遮住越来越大的肚子，就让伤兵住进了这所砖房。之后便是没完没了地做饭、搀扶伤员、帮他们翻身、为他们打扇。还有没完没了地洗绷带、卷绑带和挑拣棉绒。无数个热烘烘的夜晚，隔壁屋里说胡话的男人们吵得她们无法安眠。终于，这座拥挤不堪的城市再也无法接纳更多人，之后的伤员只能送去梅肯和奥古斯塔的医院。

潮水般退下来的伤员带回互相矛盾的消息，本就拥挤的城市继续涌进惊恐的难民，亚特兰大一片骚乱。地平线上的那团小云迅速变大，聚起，黑压压、阴沉沉的，似乎还从中吹出一股冷风。

虽然大家依旧坚信邦联军队战无不胜，但每个人，至少每位普通市民，都对将军失去了信心。纽霍普堂离亚特兰大只有三十五英里。仅仅三周，将军就被北佬打退了六十五英里！他干吗不顶住北佬，反而一退再退？他真是个笨蛋，简直比笨蛋还蠢。地方志愿军和州民兵团那些胡子花白的老兵安安稳稳地待在亚特兰大，却坚称若换成他们去打，定能胜得更漂亮。他们还在桌布上画地图，证明自己的论点没错。约翰斯顿将军的兵力越来越少，只能继续后撤，并迫切请求布朗州长支援。然而，州内的军队却有足够的理由高枕无忧。毕竟，州长连杰斐逊·戴维斯的命令都能一口回绝，干吗要对约翰斯顿将军让步？

打一仗，撤退！再打，继续退！二十五天以来，邦联军队几乎天天都在打仗，如今已经退了七十英里。纽霍普堂已经丢了，只留下一段狂乱而模糊的记忆：酷热、尘土、饥饿、疲惫，在满是红色车辙的土路上迈着沉重的步伐，踏着烂泥撤退，挖壕沟，开战——又撤退，挖壕沟，开战。纽霍普堂仿佛已成前世噩梦，大尚蒂也一样。南军在大尚蒂掉头，跟北佬打了一场恶仗。虽然对方尸横遍野，地上放眼望去一片蓝色，但总有更多北佬扑来。他们的新兵源源不断。那条邪恶的蓝色曲线总会绕向邦联后方，朝铁路线而去——朝亚特兰大而去！

疲惫少眠的南军从大尚蒂沿路撤进玛丽埃塔小镇附近的肯纳索山，在那儿排出一条十英里长的弧形防线。他们在陡峭的山壁上挖战壕，在各个高点架起排炮。汗流浃背的士兵骂骂咧咧地把沉重的排炮拖上陡坡，因为骡子根本上不去。信使和伤兵继续进入亚特兰大，给惊恐的市民们带去稳定人心的消息。肯纳索山的高地固若金汤，附近的派恩芒廷山和劳斯特山也筑起了防御工事，坚不可摧。北佬绝对无法撼动老乔的阵地。因为山顶上部署的排炮足以覆盖方圆数英里，所以他们也别想从侧翼包抄。亚特兰大总算可以松口气了。然而——

然而，肯纳索山离亚特兰大只有二十二英里！第一批肯纳索山伤兵进城的那天早晨，梅里韦瑟太太的马车七点就停在了佩蒂姑妈家门口。这么早可真是前所未有。黑奴利瓦伊大叔上楼传话，请斯嘉丽立刻穿戴整齐，到医院去。范妮·埃尔辛和邦内尔家的几个姑娘也一大早就被叫醒，此刻正在后座上打哈欠。埃尔辛家的黑嬷嬷一脸怒气地坐在驭者座上，膝上搁着一篮子洗干净的绷带。斯嘉丽只得不情不愿地起身。她昨晚在地方志愿军举办的舞会上一直跳到天亮，双脚还软着呢。普利西帮她扣好去医院工作时穿的那件最旧、最破的印花棉布罩衣时，她一直在暗骂梅里韦瑟太太效率太高、不知疲惫，也骂那群伤兵和整个南部邦联。胡乱灌了几口难以下咽的用烤玉米和干番薯煮的汤，权当咖啡，她便下楼跟几个姑娘一起走了。

斯嘉丽讨厌这样的护理工作。今天就得告诉梅里韦瑟太太，埃伦写信叫她回家一趟。这办法真有效，因为那可敬的夫人卷起袖子，系着大围裙的壮硕身子转过来，狠狠瞪了她一眼，道："斯嘉丽·汉密尔顿，别再让我听到这种蠢话。我今天就给你妈妈写信，告诉她我们有多需要你。我想，她肯定能理解，会让你留下的。好啦，赶紧穿上围裙，去米德医生那儿。他需要有人帮着包扎。"

"噢，天哪，"斯嘉丽郁闷地想，"这下麻烦了。妈妈一定会让我待在这儿。可再闻这些臭气，我真要活不下去了！我如果是个老太婆多好，那样就能欺负年轻姑娘，而不用被人欺负，还能让梅里韦瑟这种老婆子见鬼去！"

没错，她讨厌医院，讨厌这里的恶臭、虱子，以及一具具疼痛又肮脏的身体。就算曾对护理工作有过什么新鲜感和浪漫幻想，那也是一年前的事了。而且，这些在撤退中受伤的男人也没有早先的那些有吸引力。他们不仅对她毫无兴趣，还只会一味追问："仗打得怎么样了？""老乔现在在干吗？""老乔真是个聪明的家伙。"她并不觉得老乔是个聪明的家伙。北佬已经深入佐治亚八十英里，不就是他干的好事？不，那些伤员一点吸引力都没有。而且，其中的很多人都快死了，或悄无声息地迅速死掉。他们在到亚特兰大接受医生治疗前就已染上败血症、坏疽、伤寒和肺炎。他们仅剩的那点力气，根本不足以抵抗这些疾病。

天气炎热，苍蝇成群结队地从敞开的窗户外涌进来。慵懒肥硕的苍蝇比疼痛先一步摧垮了伤员的精神。一股股恶臭和一阵又一阵痛叫在斯嘉丽四周此起彼伏。她端了个盆子，跟着米德医生走来走去，刚浆洗过的衣服全被汗水打湿了。

噢，站在医生旁边，看着他明晃晃的手术刀切入腐肉，她真是忍不住想吐！噢，听到手术室里传来截肢伤员的惨叫，真是太恐怖！那一张张面色苍白、血肉模糊的脸，真是让人难过又无助。伤员们紧张地等待医生到来，在满室尖叫声中，等待那几句可怕的话："抱歉，孩子，但这只手必须截掉。嗯，嗯，我知道，但你瞧，看见那些红痕了吧？必须截掉。"

眼下氯仿麻醉药奇缺，只会用在最难做的截肢手术上。鸦片也很珍贵，只用来减轻垂死之人的痛苦，而不再给活人镇痛。奎宁和碘酒压根没有。没错，斯嘉丽烦透了这一切。今早，她真希望自己也能像玫兰妮一样，可以借怀孕避开这一切。如今，若想不当护理，估计怀孕是唯一能被大众接受的理由。

临近中午，斯嘉丽趁梅里韦瑟太太忙着替一个又高又瘦、不识字的丑陋山民写信时，脱掉围裙，溜出了医院。她觉得自己再也受不了了。真是一副强加于人的重担。她知道，午间列车一到，又会有新的伤员涌进医院，干不完的活会让她一直忙到傍晚，而且很可能连饭都没的吃。

斯嘉丽急匆匆地穿过两条短街区，到了桃树街。虽然紧身胸衣的带子收得很紧，她还是尽可能深深呼吸着没有臭味的空气。

她站在街角，不确定接下来该去哪儿，虽觉得没脸回佩蒂姑妈家，却也下定决心绝不回医院。就在这时，瑞德·巴特勒驾车经过。

“你怎么跟个捡破烂的小孩一样啊！”他盯着她那身缝补过的淡紫色印花棉布裙说。裙子上满是汗渍和东一块西一块，多半是从盆里溅出来的水渍。斯嘉丽又窘又气，顿时火冒三丈。他干吗老注意女人的衣裳？又为何如此无礼，非要就她目前这副邋遢样子点评几句？

“你说的话我一句都不想听。赶紧下来扶我上车，把我送到没人瞧见的地方。就算被绞死，我也不回医院了！天哪，这场战争又不是我挑起的，凭什么让我累死累活，而且……”

“真是我们光荣事业的叛徒呀！”

“别锅子嫌壶黑啦。快扶我进去。随便你去哪儿都行。快，现在就带我兜兜风。”

瑞德旋身下了马车，斯嘉丽突然觉得：看到一个全须全尾、没瞎眼断腿、没痛苦得面色苍白或被疟疾害得浑身蜡黄，反而营养充足、身体健康的男人，感觉真好呀。而且，他还穿得那么好。外套和裤子显然是同一种料子做的，非常合身，既没有松松垮垮，也没有紧到妨碍活动。衣服都是新的，并非破破烂烂，露出脏兮兮的皮肉和毛茸茸的腿。当其他人都焦虑发愁、心事重重、一脸严肃时，他却仿佛对这世上的一切都满不在乎。眼下，仅此一点，就足够惊人了。他棕色的脸庞一派泰然自若，扶她上马车时，那线条如女人般鲜明的红唇漫不经心地勾起一抹微笑，真是相当性感。

瑞德也上了车，就坐在她旁边。裁剪合宜的衣服下，那魁梧身体上的肌肉不住鼓动着。斯嘉丽一如既往地感受到了他强健体魄的冲击力。她看着他有力的肩膀把衣服绷得紧紧的，既有几分迷醉，又有些许惊惶不安。他的身体那般强壮结实，跟机敏的头脑一样出色。他有种安闲、优雅的力量，仿佛一头黑豹，既能慵懒地在阳光下舒展四肢，也能敏捷地骤然跃起、果断出击。

“你这个小骗子，”他边说，边喝马起步，“跟那些当兵的跳一晚上舞，又是送玫瑰，又是送缎带，还告诉他们你多么愿意为了那个伟大目标去死。可一要你为几个伤员绑绷带、捉虱子，你就迫不及待地溜了。”

“你就不能聊点别的，再把车赶快点吗？要是撞见梅里韦瑟老爷子刚好从店里出来，回头跟那老太婆——我是说梅里韦瑟太太一说，我又要倒霉了。”

他轻轻抽了那牝马一鞭，马儿欢快地小跑起来，穿过五角广场，也穿过将城市一分为二的铁路线。满载伤兵的列车已经到站，抬担架的人正顶着烈日来回奔忙，把伤员抬进救护车和有篷的军用车。斯嘉丽看着他们，非但没有一丝内疚，反倒为自己的成功逃脱长舒了一口气。

“那家老医院烦死人了，我真是受够啦！”她边说，边抚平翻腾的裙袂，又把下巴上的帽带系紧了些，“送进来的伤兵一天比一天多。都是约翰斯顿将军的错。他在多尔顿要是能顶住，北佬也不——”

“傻丫头，可他的确顶住了北佬啊。他要一直守在多尔顿，舍曼就会从侧翼包抄，两面夹击，将他全歼。那样的话，他就失去铁路线了。约翰斯顿的战斗目的，就是要保住铁路线啊。”

“噢，好吧。”斯嘉丽对军事战略一窍不通，“反正就是他的错。他应该做点什么才对。我觉得该撤他的职，干吗老撤退，不奋起作战？”

“你怎么跟其他人一样，非要他去干不可能做到的事，否则就嚷嚷着要‘砍他的头’？他在多尔顿时还是救世的耶稣，怎么六周后退到肯纳索山，就成了叛徒犹大？没错，如果能把北佬打退二十英里，他又是耶稣了。丫头，舍曼的兵力是约翰斯顿的两倍，他可以用两个人来拼我们一个英勇的小伙，约翰斯顿却一个也损失不起。他急需增援，结果却得到了什么？‘乔·布朗州长的宝贝兵’，他们顶个屁用！”

“民兵团真的要出动啦？地方志愿军也去吗？我还没听说呢，你怎么知道的？”

“谣言都满天飞了。据说，消息来自今早从米利奇维尔开来的那列车。民兵团和地方志愿军都要被派去增援约翰斯顿将军。没错，布朗州长的宝贝兵们总算要闻闻火药味了。我估计，他们大部分人都会相当吃惊。他们肯定从未想过真的参战。对此，州长几乎算是打过包票。哈，这不是跟他们开了个大玩笑吗？州长连杰斐逊·戴维斯总统的命令都敢违抗，拒绝派兵去弗吉尼亚，说需要留着他们保卫本州，所以他们还以为自己进了避弹室呢。谁知道仗真打到自家后院，真得要他们保卫本州了。”

“噢，你怎么还笑得出来，真没良心！想想地方志愿军里的老绅士和小家伙们！唉，小菲尔·米德、梅里韦瑟老爹和亨利·汉密尔顿伯父都得上战场了。”

“我说的不是小家伙和参加过墨西哥战争的老兵，而是威利·吉南那种年轻勇士。他们不是挺喜欢穿着漂亮军装、挥舞军刀——”

“还有你！”

“亲爱的，这话可伤不到我分毫！我既不穿军装，也不舞军刀，邦联的命运跟我毫无关系。再说，就算进了地方志愿军或任何别的部队，我也不会死在战场上。在西点军校学的那些东西，足够我用一辈子了……好吧，祝老乔好运。李将军忙着在弗吉尼亚对付北佬，没法给他任何支援。因此，佐治亚的州武装就是约翰斯顿唯一的援军。他是个伟大的战略家，每次都能抢在北佬之前占据有利位置，理应得到更好的支援。但若想保住铁路线，他只能节节后退。记住我的话：要是被逼出群山，上了平地，他就要被宰啦。”

“逼到这儿吗？”斯嘉丽嚷道，“你非常清楚，北佬绝不可能深入此地！”

“肯纳索山离这儿就二十二英里，我跟你打赌——”

“瑞德，快看街那边！有一群人！不是当兵的，究竟是……呀，是黑人！”

街上扬起一大片红色尘土。尘土飞扬中，传来众多坚实的脚步声和一百多个黑人同唱赞美诗的声音。他们嗓音低沉，唱得漫不经心。瑞德把车停在路缘，斯嘉丽好奇地看向那群汗流浃背的黑人。他们在一名军官和一小队佩戴工兵团徽章的士兵带领下，扛镐带铲地走着。

“这到底是要干什么……”斯嘉丽又开口发问。

然后，她的目光落到前排一个唱歌的黑大个身上。他几乎有六英尺半高，简直是个巨人。他黑得发亮，身姿轻巧优雅，活像一头充满力量的野兽。他领着众人高唱《去吧，摩西》，露出的那口牙真是白得亮眼。除了塔拉庄园的工头大个儿萨姆，天底下哪儿还找得到这么高、声音这么洪亮的黑人。不过，萨姆大老远地从家里跑这儿来干吗？尤其，他如今可是塔拉庄园唯一的监工和杰拉尔德的得力助手。

斯嘉丽从座位上半欠起身，想看得更仔细些，那巨人已经瞧见她，黑脸膛立刻乐开了花。他停住脚步，扔掉铁铲，就朝她跑来，边跑还边冲离他最近的那个黑奴嚷嚷：“天哪！是斯嘉丽小姐！嗨，你看，以利亚！使徒！先知！那是斯嘉丽小姐！”

队伍里顿时一片骚乱。大家咧嘴笑着，迟疑地停住脚步。大个儿萨姆领着另外三个大块头黑人横穿马路，朝马车跑来。那名带队军官恼火不已，急忙大叫：“归队，你们几个！我命令你们回来，否则我就——呀，是汉密尔顿太太啊。早上好，夫人。您也早上好，先生。你们干吗在这儿煽动叛乱呀？天知道这帮家伙今早给我惹了多少麻烦，我简直受够了！”

“噢，兰德尔上尉，别骂他们啦！这几个都是我家的人。这是我们的工头大个儿萨姆，这是以利亚、使徒和先知。他们都是塔拉庄园的人，当然要跟我说说话。伙计们，你们还好吗？”

她一一跟他们握手，白白的小手落进他们的大黑掌中，就跟消失了一样。四人既为这次见面欢欣雀跃，也为让同伴们看到自家这位漂亮小姐骄傲不已。

“你们大老远从塔拉跑这儿来干吗？肯定是逃出来的吧！不知道巡逻队肯定会把你们抓回去吗？”

几人被这番打趣逗得哈哈大笑。

“逃跑？”大个儿萨姆说，“不，小姐，我们才不是逃出来的，是被他们选中带来的。因为我们是塔拉个头最高、力气最大的啊。”他骄傲地露出一口白牙，“他们特意挑中我，就是因为我歌唱得好呀。没错，小姐，是弗兰克·肯尼迪先生亲自挑的咱们。”

“但大个儿萨姆，挑你们来干吗呢？”

“天哪，斯嘉丽小姐！你还没听说吗？我们是来挖沟的。等北佬来时，好让白人老爷们躲在里面啊。”

听到有人如此天真地解释散兵壕，兰德尔上尉和马车上的两位几乎要忍不住笑起来。

“杰拉尔德先生见他们要带我走，差点发脾气。说庄园没了我可不行。但埃伦小姐说：‘肯尼迪先生，带他走吧。邦联比我们更需要大个儿萨姆。’她给了我一美元，让我听白人老爷的话。所以，我们就上这儿来了。”

“兰德尔上尉，这是怎么回事呀？”

“噢，很简单。我们要加强亚特兰大的防御工事，把散兵壕延长数英里，但将军无法从前线调派人手过来。所以，我们就从乡下征一批最强壮的黑小伙。”

“可是——”

斯嘉丽心头生出一丝冰冷的恐惧。还要挖数英里散兵壕！为什么需要更多？过去的一年里，距市中心一英里外的地方，已经筑起一圈带炮台的巨大多面堡。这些堡垒跟一英里又一英里的散兵壕相连，早已将整座城市团团围住。为何还要挖散兵壕？

“可是——我们不是已经有防御工事了吗？为何还要加强啊？已经建好的都可能用不上呢。将军当然不会让——”

“现今的防御工事距市区只有一英里，”兰德尔上尉简略地说，“太近了，既让人不放心，也不安全。新散兵壕会远一些。要知道，若再后撤，我们的士兵就得退进亚特兰大了。”

最后一句话一出口，他就后悔了，因为斯嘉丽小姐惊恐地瞪大了眼睛。

“不过，当然不会再退。”他赶紧补了一句，“肯纳索山防线坚不可摧。所有山头都架了大炮，控制着下面所有道路，北佬绝对过不去。”

但斯嘉丽看到瑞德慵懒地扫了他一眼，他就在那锐利的目光中垂下了眼睛。她害怕了，想起瑞德的话：“要是被逼出群山，上了平地，他就要被宰啦。”

“噢，上尉，你觉得——”

“哦，当然不会！你一刻也不用为此担心。老乔只是想多加防备而已。我们挖更多散兵壕，也只是出于这个原因……但现在我真得走了。跟你们聊天真开心……伙计们，向你们的女主人道别吧。我们得走啦。”

“再见，伙计们。你们要是生病、受伤或有麻烦了，一定要告诉我。我就住在下面的桃树街，几乎是城里的最后一幢房子。等等——”她在手提网兜里摸索了一番，“噢，亲爱的，我一分钱都没带。瑞德，给我几张小票子。给，大个儿萨姆，给你和几个兄弟买点烟草。好好干，听兰德尔上尉的话。”

散乱的队伍重新排列整齐，再次出发。随着他们前进的脚步，路上又扬起一团红尘。大个儿萨姆接着唱了起来：

去吧，摩西！去遥远的埃及！
告诉法老，
放我们的人离开！

“瑞德，兰德尔上尉在骗我。男人都这样，向女人隐瞒真相，就怕我们会晕倒。他是不是在撒谎？噢，瑞德，如果真没危险，干吗还要挖新胸墙？军队真那么缺人，都得用黑奴了？”

瑞德吆喝牝马起步。

“军队非常缺人。不然干吗调地方志愿军过去？至于壕沟嘛，若真被包围，防御工事还是有点用的。将军准备最后死守在这儿了。”

“围城！噢，掉转马头。我要回家，我要回塔拉，马上回去。”

“干吗这么苦恼？”

"围城啊！天哪，围城！我听过这种事！爸爸就被围过一次，或者，是他爸被围过，爸爸对我说——"

"哪次包围？"

"克伦威尔打败爱尔兰人，包围德罗赫达那次。爸爸说，他们什么吃的都没有，好多人饿死在街上。最后，他们把所有猫、老鼠，甚至蟑螂之类的东西全吃了。投降前，据说都开始人吃人了！不过，我也不知道该不该相信这种话。克伦威尔拿下那座城后，所有女人都被——围城！天哪！"

"真没见过你这么没文化的蠢丫头。围困德罗赫达是十六世纪的事，奥哈拉先生那会儿还没出生呢。况且，舍曼也不是克伦威尔。"

"嗯，可他更坏！他们说——"

"至于爱尔兰人在被困期间吃的那些珍馐美味——就我个人而言，与其吃酒店最近供应的那些膳食，不如来只美味多汁的老鼠。我想，我还是回里士满得了。只要有钱，那儿好吃的很多。"见她那一脸惊恐的表情，他眼里满是嘲讽。

自己竟露出惊惧之色，斯嘉丽恼火地嚷道："真不明白你干吗老停在这儿不走！你满脑子就是吃喝、享乐之类的事。"

"除此之外，我用什么打发时间能更惬意——"他说，"至于我为何赖在这儿不走——嗯，我是读了不少包围、攻击城市的书，却从未亲眼见过。所以，我打算留在这儿瞧瞧。我是平民，所以不会受到什么伤害。再说，我也想体验体验。斯嘉丽，永远别放过新体验，能长见识哦。"

"我见识够多了。"

"多不多或许只有你最清楚，但我还是该说……这话或许有失恭敬。我留在这儿，说不定能在围城时营救你。我还从没救过落难的姑娘呢。这也是新体验。”

虽然知道他在打趣自己，但她也从那些话中觉出了几分认真的意思。她头一扬：“我才不需要你救。我能照顾好自己，谢谢。”

“别这么说，斯嘉丽！你要是高兴，这话在心里想想可以，但永远永远别对一个男人说出口。北方女孩就有这毛病。她们本该是最迷人的姑娘，却偏偏老爱跟你说‘谢谢，我能照顾好自己’。通常来说，她们倒没撒谎。上帝保佑她们。于是，男人们也真由着她们自己照顾自己了。”

“你有完没完哪。”斯嘉丽冷冷地道。竟将她跟北佬比，还有比这更侮辱人的吗？“我坚信，你那些围城的说辞都是胡扯。你知道的，北佬永远到不了亚特兰大。”

“我跟你打赌，不出一个月，他们就能打进来。我用一盒夹心软糖跟你赌……”他乌黑的眼睛看向她的唇，“一个吻。”

片刻前，斯嘉丽还满心恐惧，害怕北佬入侵。但一听到“吻”这个词，她顿时什么都不怕了。这才是她熟悉的话题，比谈军事行动有趣多了。她忍了又忍，才没开心地笑起来。瑞德自给她那顶绿色软帽以来，就再没更进一步，做出任何称得上示爱的行为。无论她如何努力，都没能诱得他说出什么知心话。可现在，她没有下饵，他却谈起“吻”来了。

“我对这种私人谈话不感兴趣，”斯嘉丽皱起眉，冷冷地道，“再说，吻你，我还不如吻一头猪。”

“这跟品位无关，我向来听说爱尔兰人偏爱猪，还真会把它们养在床下呢。但是，斯嘉丽，你非常需要亲吻。你的问题就在这儿。所有情郎都太尊重你，天知道为什么。或者，他们是因为太怕你，所以才无法正确对待你。结果，你就养成了这副令人难以忍受的傲慢劲。应该有深谙如何接吻的人来吻吻你啦。”

谈话并未向她希望的方向发展。只要跟他在一起，就永远不会如她所愿。和往常一样，这场谈话也成了一场她一败涂地的决斗。

“你估计觉得自己就是那位合适人选吧？”她强忍怒火，讽刺地问道。

“噢，当然，如果我不怕麻烦的话。”他漫不经心地说，“人们都说我吻技高超呢。”

“噢，”发现对方丝毫不为自己的魅力所动，她气急败坏地开口道，“呀，你……”然而，她又立刻困惑地垂下眼帘。他在笑，可那双黑眼睛深处却倏地有亮光闪过，就像腾起了一簇细细的小火苗。

“当然，你可能一直在纳闷，我送你帽子那天轻吻了你一下后，怎么就没下文了……”

“我从来没有……”

“斯嘉丽，那你就不是个好姑娘。听你这么说，我也很遗憾。真正的好姑娘都会纳闷男人为何不试着吻她们。虽然知道不该如此期许，也知道若真被男人吻了，自己必须摆出一副被侮辱了的样子，但她们还是希望男人们试着……好吧，亲爱的，振作起来。总有一天，我还会吻你，你也会喜欢的。但不是现在。所以，我恳请你，别这么没耐心。”

她知道他在戏弄自己。和往常一样，他的戏弄让她怒火中烧。他说的话总是有太多真相。哼，不跟他说了。他要一直这般无礼，对她过于随便，她一定要他好看。

“巴特勒船长，请掉转马头好吗？我想回医院了。”

“真的吗？伺候伤兵的天使？这么说，虱子和污水比跟我聊天更好？好吧，绝不能妨碍这样一双愿意为我们伟大目标效力的手。”他掉转马头，朝五角广场而去。

“至于我为何没有进一步的行动，”他温和地继续道，仿佛她压根没宣布谈话已经结束，“我在等你再长大点。你瞧，我现在吻你根本没多大乐趣。对于享乐，我可自私得很。我向来不喜欢吻小孩。”

眼角余光瞥见她生闷气气得胸脯都在上下起伏，他强忍着才没咧嘴笑开。

“而且，”他继续柔声道，“我还在等你忘掉那位可敬的阿希礼·威尔克斯斯呢。”

听他提起阿希礼的名字，她心中顿时一阵痛楚，热泪刺痛了眼皮。忘掉？她永远忘不掉阿希礼，哪怕他死去一千年，她也忘不掉他。她想到受伤的阿希礼奄奄一息地躺在遥远的北佬监狱，身上连条毯子都没有，也没有爱他的人握着他的手，就不由得痛恨起坐在自己身旁的这个男人。这个男人吃饱喝足，拉长声调慢条斯理说话的样子，不过是在掩盖满心的嘲讽。

她气得完全说不出话。马车就在两人的沉默中，静静地行驶着。

“现在，你跟阿希礼之间的事，我基本全明白了。”瑞德继续道，“从在十二橡树园撞见你有失文雅的那幕起，我就开始留心观察，又发现了不少事。噢，比如，你还对他充满女学生的浪漫情怀，而他也在其高尚天性允许的范围内，给予了你回报。威尔克斯太太对你俩之间的事一无所知，你们真是把她耍得团团转哪。我基本什么都清楚了，只对一件事还心存好奇。那位可敬的阿希礼有没有做出危及其不朽灵魂的事，跟你接吻呢？”

斯嘉丽面无表情地扭过头，一声不吭。

“啊，很好，看来他吻过你了。应该是这次休假回来的事？现在他很可能已经死了，你就将这个吻珍藏在心底吧。但我可以肯定，你终将忘掉它。等你忘掉他的吻，我再……”

她愤怒地转过来。

“你——你滚远点！”她浑身都绷紧了，一双绿眼睛里满是怒火，“让我下车，否则我就跳啦。我再也不要跟你说话！”

他停下车，但还没来得及下去扶她，她就纵身一跃。裙子圈撑被车轮钩住，衬裙和宽松长裤顿时都显露在五角广场那些人眼前。瑞德连忙倾身替她解开。她一言不发地断然离开，连头都没回一下。瑞德轻轻一笑，打马离去。

第十八章

开战以来，亚特兰大第一次听见枪炮声。清晨，城市的喧嚣还未响起，肯纳索山便隐隐传来低低的隆隆声。那声音遥远而模糊，仿佛夏日雷鸣。偶尔，也会传来几声足以听清的响动，甚至能盖过正午的车马往来声。人们努力不去听，照样聊天、欢笑、忙各自的事，仿佛北佬不在二十二英里之外。然而，人们无论在忙什么，都忍不住去听，一直听，一直听。每天都有上百回，心就那么骤然狂跳起来。隆隆声是不是更响了？抑或那只是他们的幻想？约翰逊将军这次挡得住吗？他能行吗？

恐慌就在表象之下。撤退开始以来，人们的神经一天比一天紧绷，已经濒临崩溃边缘。没人谈论恐惧。这个话题虽然成了禁忌，人们绷紧的神经却另外找到了宣泄方式。人们大声批评将军，公众情绪异常亢奋。舍曼已经打到亚特兰大门口，邦联军队若再退一次，就可能进城了。

给我们一个不会撤退的将军！给我们一个会奋起作战的人！

“乔·布朗州长的宝贝”——州民兵团和地方志愿军就在远方隆隆的炮声中行出亚特兰大，去包围约翰斯顿后方查特胡奇河上的桥梁和渡口。这是一个多云的阴天。队伍走出五角广场，转上通向玛丽埃塔小镇的路时，天下起了毛毛雨。全城百姓都出来送行。桃树街两旁店铺的木架凉棚下，挤挤挨挨地站满奋力鼓舞士气的人。

斯嘉丽和梅贝尔·梅里韦瑟·皮卡德获准离开医院，为士兵们送行。因为亨利·汉密尔顿大叔和梅里韦瑟老爹都在地方志愿军里，两位姑娘跟米德太太挤在人群中，踮着脚，想看得更清楚些。斯嘉丽虽然和大多南方人一样，只相信最乐观、最令人安慰的消息，但看到大杂烩一样的队伍走过，她还是不由得心底生寒。形势肯定已经十分危急，否则断不会出动这帮老的老、小的小，本该钻防空洞的乌合之众。队伍中当然也有年轻力壮的人。他们穿着鲜艳的民兵团军官服，头上羽毛摆动，腰间饰带飘飘。但队伍里也有很多老头和少年。看到他们，斯嘉丽又同情又担忧，心都揪紧了。有些须发花白的人比她父亲年纪还大，却要在细雨中跟上鼓笛乐队的节奏，努力走得精神抖擞。梅里韦瑟老爹把梅里韦瑟太太最好的彩格呢披巾裹在肩上挡雨。他走在第一排，看见两个姑娘时，还咧嘴冲她们打招呼。她们挥舞着手帕，也快活地冲他高喊“再见”。梅贝尔攥着斯嘉丽的胳膊，低声道：“噢，可怜的老家伙！一场大风暴就能要了他的命！他那腰痛的毛病……”

亨利·汉密尔顿大叔走在梅里韦瑟老爹后面那排。他竖起黑色长外套的衣领，遮住耳朵。他腰带上别了两把墨西哥战争期间用过的手枪，手里拎了个毛毡包。同他年纪相仿的贴身男仆举着一把伞，跟在他身边。跟这些老头并肩而行的还有不少孩子，看起来没一个满了十六岁。很多人都是逃学参的军。还有些穿着学院制服的军校学生三五成群地走在一起。他们戴着紧巴巴的灰色军帽，帽子上的黑公鸡羽毛已经被雨水打湿。交叉着系在他们胸前的干净白帆布带，也被雨水打湿了。菲尔·米德也在队伍中。

他骄傲地佩着已故兄长的军刀和马枪，帽子故意神气地歪向一边。儿子经过时，米德太太努力挤出一个微笑，冲他挥手致意。可他一走过，她便脑袋一歪，在斯嘉丽肩上靠了好一会儿，仿佛突然间全身都没了力气。

很多人根本没有武器。因为邦联已经没有枪支或弹药能发给他们。这些人只能希望从杀死或俘获的北佬身上弄到武器装备自身。很多人靴子里插着单刃猎刀，手里握着又长又粗、带铁质尖头的杆子，即被称为“乔·布朗矛”的东西。幸运的人能在肩上斜挎一把老式燧发滑膛枪，腰间挂着牛角制火药筒。

约翰斯顿在撤退中损失了一万人，急需一万多新兵补缺。斯嘉丽害怕地想：“可他得到的就是这些人！”炮兵部队隆隆而过，溅起的泥水都飞到围观人群身上了。斯嘉丽突然瞧见一个黑奴骑着骡子，紧挨着一门大炮走。他很年轻，皮肤跟马鞍一个色，神情严肃。斯嘉丽一看到他，就立刻嚷了起来：“是莫斯！阿希礼的莫斯！他在这儿干吗？”她从人群中挤到路缘上，放声大喊：“莫斯！停下！”

年轻人看见她，拉住缰绳，高兴地笑着，准备跳下骡背。他身后一个浑身湿透的中士吼道：“小子，坐好了！你要敢下去，我就毙了你！赶到山里还得花一段时间呢。”

“噢，就一会儿，中士！莫斯，你不用下来！你到底在这儿干什么啊？”

“再去打仗啊，斯嘉丽小姐。不过，这次是跟老约翰先生去，不是跟阿希礼先生。”

“威尔克斯先生！”斯嘉丽目瞪口呆。威尔克斯先生都快七十了！“他在哪儿？”

“后面，跟在最后一门炮旁边，斯嘉丽小姐。很后面！”

“抱歉，太太。小子，赶紧走！”

斯嘉丽在齐脚踝深的泥地里站了一会儿，看着一门又一门大炮摇摇晃晃地驶过。“噢，不！”她想，“不行。他太老了，而且也跟阿希礼一样，根本不喜欢战争！”她朝路缘上退了几步，仔细查看经过的每一张脸。最后一门大炮和拖带火炮的前车吱吱呀呀、泥浆四溅地过来了。她终于看到他，修长、挺拔，银色长发湿漉漉地贴着脖子，他从容地骑在一匹紫红色牝马上。牝马在泥坑间择路而行，优雅得宛如一位穿着缎面裙的贵妇。呀，那马不是内莉吗！塔尔顿太太的内莉！比阿特丽斯·塔尔顿的心肝宝贝！

威尔克斯先生看见站在泥地里的斯嘉丽，微笑着拉住缰绳，下马朝她走来。

“斯嘉丽，我正想见你呢。我替你家人捎了很多消息过来。不过，现在没时间了。你瞧，我们今天早上才集合，立刻就被催着出发。”

“噢，威尔克斯先生！”斯嘉丽绝望地握住他的手，大声道，“别去！干吗非要您去？”

“啊，这么说，你觉得我太老啦！”他笑了。那就是阿希礼的微笑，只不过出现在一张老一些的脸上，“或许，我老得不能行军，但骑马射击还成。塔尔顿太太真好，还把内莉借给我，让我有匹好马可骑。但愿内莉别出什么事。它要是有个三长两短，我可没脸回去见塔尔顿太太。内莉是她最后一匹马了。”他爽朗的大笑声打消了斯嘉丽的恐惧，“你妈、你爸和两个妹妹很好，都托我向你问好呢。你爸今天差点跟我们一起来！”

“噢，爸爸可不能来！”斯嘉丽惊恐地嚷道，“爸爸不能来！他不会上战场的，对吧？”

“嗯，他不会。他那僵硬的膝盖根本走不了远路，但他还是一心要骑马跟我们走。你妈说他要是能跳过草场上那道篱笆，就同意他走。因为她说，在军队骑马，会遇到很多难行的路。你爸还以为那很容易，但——说出来你都不信！他的马一跑到篱笆前，就突然停住，你爸便从它头顶摔了出去！他没摔断脖子真是奇迹！你知道他的倔脾气吧！那人立刻爬起来，又试了一次。哈，斯嘉丽，他当着奥哈拉太太的面连摔三次，才被波尔克扶上床。他恼火不已，非赌咒发誓地说你妈肯定‘悄悄跟那畜生咬耳朵了’。他只是没法再服役，斯嘉丽，你没必要因此感到羞愧。毕竟，总得有人留在家中，为军队种庄稼嘛。”

斯嘉丽才不羞愧，反而大大松了口气。

“我已经把英迪亚和霍尼送去梅肯，跟伯尔一家同住。十二橡树园就交给奥哈拉先生，请他像照看塔拉那样，照看一下……亲爱的，我得走了。让我再亲亲你漂亮的脸蛋吧。”

斯嘉丽噘起嘴，喉头哽咽。她很喜欢威尔克斯先生。很久以前，她还希望自己能当他的儿媳妇呢。

“一定要把这个吻带给佩蒂帕特，这一个带给玫兰妮。”他边说，边又轻轻吻了她两下，“玫兰妮怎么样了？”

“她很好。”

“啊！”他虽看着她，目光却像曾经的阿希礼一样，穿透了她，那双超然的灰眸似乎望进了另一个世界，“我本想瞧瞧我大孙子的。再见，亲爱的。”

他跨上内莉，一只手拿着帽子，银发淋着雨，缓缓而去。斯嘉丽再次跟梅贝尔和米德太太站在一起，才突然明白他最后一句话的含义。她赶紧迷信地画了个十字，还试图祈祷一下。他在说死亡，就跟阿希礼之前一样。现在阿希礼——谁都不该提死这回事！这不是引得天意如此吗！三个女人冒着雨，默默地返回医院，在路上，斯嘉丽一直在祈祷："别让他也死掉，上帝。别让他和阿希礼死掉！"

五月初到六月中，南军从多尔顿一步步撤进肯纳索山。炎热多雨的六月过去了，舍曼没能把邦联军队从陡峭滑溜的山坡上赶走，人们心中再次燃起希望。大家心情愉快了些，说起约翰斯顿将军也友善了不少。随着湿润的六月转入雨水更多的七月，邦联军死守壕沟作战，仍成功牵制住了舍曼的军队。亚特兰大一片欢腾，被希望冲昏了头脑，就跟灌了满脑子香槟一般。万岁！万岁！我们挡住他们啦！一时间，宴会、舞会盛行，前线的人无论何时进城过夜，都有人请他们吃饭跳舞。鉴于女孩人数是男士的十倍，男士们顿时变得抢手，大家都争着跟他们跳舞。

亚特兰大挤满游客、难民、住院伤兵们的家属、驻山士兵们的妻子和母亲（她们想离得近些，万一亲人受伤，也好照顾）。此外，乡下的漂亮姑娘们也纷纷涌进城，因为现在只有十六岁以下和六十岁以上的男人才留在乡下。佩蒂姑妈对最后这群人很不以为然，觉得她们来亚特兰大没别的原因，就是想找丈夫。如此伤风败俗的事都做出来了，真不知道这世界会变成什么样。斯嘉丽虽然也不赞同村姑进城，却并不担心那些十六七岁的丫头会跟自己竞争，哪怕娇嫩的脸蛋和灿烂的笑容能让人忘了她们改了又改的衣裳和补了又补的鞋。多亏瑞德·巴特勒用自己的最后一艘船给斯嘉丽带了些料子回来，她的衣着比大多数人的更漂亮，也更新。但她毕竟已经十九，而且一天比一天老，男人们就爱追着那些傻乎乎的小妞跑。

斯嘉丽觉得，一个有小孩的寡妇，终究比不过漂亮又轻佻的少女。但在这些激动人心的日子里，兼具寡妇和母亲身份的她，过得比以往任何时候都轻松。白天在医院尽责，晚上奔赴各种宴会，让她几乎见不到韦德。有时，甚至很长一段时间内，她都想不起自己还有个孩子。

温暖湿润的夏日夜晚，亚特兰大各家各户都敞开大门，欢迎保卫城市的士兵们。从华盛顿街到桃树街，所有大宅都灯火通明，招待爬出散兵壕，浑身是泥的战士们。班卓琴声、小提琴声、舞步交错的嚓嚓声和轻笑声在夜空中传得很远很远。人们围在钢琴边，放声高唱悲伤的《来信虽到却太迟》。衣衫破烂的勇士们含情脉脉地望着躲在火鸡尾羽扇后大笑的姑娘，恳求她们别再等，免得为时太晚。其实，没有哪个姑娘等得了。在狂欢和兴奋席卷全城时，有情人匆匆完婚。约翰斯顿将敌军挡在肯纳索山的那个月里，举办了太多场婚礼。红着脸的幸福新娘从十几个朋友那儿东拼西凑，飞快地借来一身华服；新郎配在身上的军刀，一下下地拍着打了补丁的膝盖。真是有太多激动人心的场面、太多宴会、太多令人震颤的事！万岁！约翰斯顿将北佬挡在二十二英里之外了！

***

没错，肯纳索山防线坚不可摧。打了二十五天仗，甚至舍曼将军也确信这点。因为，他损失惨重。于是，他放弃正面强攻，再次采取侧面包抄战术，让队伍绕成一个大圈，试图插入邦联军和亚特兰大之间。这招又奏效了。约翰斯顿被迫放弃成功固守的高地，以保后方。他在那场战斗中损失了三分之一兵力，剩下的人疲惫不堪、步履艰难地冒雨穿过田野，向查特胡奇河撤退。此时的邦联军队已经不指望增援，而已在北佬掌控下的田纳西南部至前线的铁路线，却每天都在为舍曼输入援兵和给养。于是，邦联军队只能穿过泥泞的田野，向亚特兰大撤退。

原以为坚不可摧的阵地失守，全城再次一片恐慌。放肆狂欢了二十五天，人人都互相保证阵地失守的情况再也不可能发生。然而，现在竟然真的发生了！不过，将军当然能将北佬挡在河对岸。但是，天哪，那条河离城仅七英里！

然而，舍曼又采取侧翼包抄，从他们上游过了河。于是，疲惫的邦联军只得被迫匆匆蹚过那条黄水河，挡在入侵者和亚特兰大之间。他们在城北桃树溪谷匆匆挖出几条浅壕沟。亚特兰大人惊恐万分。

开战，撤退！开战，撤退！每一次撤退，都让北佬离亚特兰大更近一步。桃树溪离城仅五英里！将军到底在想什么？

“给我们一个能坚守奋战的男人！”这样的呼喊甚至传到了里士满。里士满人明白，亚特兰大一旦陷落，这场仗就输了。军队跨过查特胡奇河后，约翰斯顿将军被撤职，其手下将领——胡德将军接替了他的职位。全城人民这才稍微松了口气。胡德将军不会撤退。这个高大的肯塔基州人长须飘飘，目光炯炯，绝不会撤退！他向来以勇猛顽强著称，一定能将北佬从桃树溪赶走。没错，北佬将退到河对岸，一路退回多尔顿。然而，军队里却有人高呼：“把老乔还给我们！”因为他们从多尔顿起，就疲惫不堪地追随着约翰斯顿将军。百姓们不知道的各种艰难险阻，他们都很清楚。

舍曼才不会等胡德做好应战准备。换将第二天，这位北佬将军就发动攻击，迅速占领亚特兰大六英里外的迪凯特小镇，从那儿切断了亚特兰大通向奥古斯塔、查尔斯顿、威尔明顿和弗吉尼亚的铁路线。舍曼此举可谓给邦联一重击。是时候采取行动了！亚特兰大，人人高喊反击！

于是，一个酷热的七月下午，亚特兰大人如愿以偿。胡德将军不甘死守防御，拉出散兵壕里的士兵，不顾北佬兵力比己方多出一倍多，在桃树溪向其发动猛攻。

亚特兰大人胆战心惊地祈祷胡德能击退北佬。尽管战场离市中心还有五英里，但隆隆的炮声和数千支步枪齐发的爆裂声，仍清晰得就像从隔壁街区传来的一样。人们不仅能听到炮声，还能看见硝烟如低垂的云团，在树梢翻滚。然而，几小时过去了，谁都不知道战况到底如何。

傍晚时分，才由最初负伤下阵的伤兵带回第一批消息。可那些消息并不确切，不仅自相矛盾，还骇人听闻。伤员们七零八落地陆续回城，有的独自而行，有的三五成群，轻伤的扶着一瘸一拐和踉踉跄跄的。很快，他们便形成一股不间断的人流，艰难地朝医院而去。硝烟加上尘土和汗水，让伤兵个个面如黑鬼。伤口没有包扎，流出的血开始变干，苍蝇成群结队地扑了上来。

伤兵从北面进城，佩蒂姑妈家就是他们最先抵达的几户人家之一。他们一个接一个地走来，跌跌撞撞地进了大门，就一屁股坐在草坪上，哑着嗓子嚷嚷：“水！”

整个火辣辣的下午，佩蒂姑妈带着全家的黑人和白人，把一桶又一桶水拎到太阳下，一勺勺地分给他们喝。众人还给伤兵包扎伤口，直到绷带，甚至床单和毛巾都撕碎用光。佩蒂姑妈完全忘了自己见血就晕的毛病。她脚小，又穿了双更小的鞋，却也一直干到双脚浮肿，再也站不稳为止。玫兰妮亦顾不得矜持，挺着大肚子，跟普利西、厨娘和斯嘉丽并肩忙碌，一张脸绷得跟伤员们一样紧。最后，她终究还是坚持不住，晕倒了。因为所有床、椅子和沙发都用来安置伤兵，众人只能把她扶到餐桌上躺下。

一片忙乱中，谁都没想起小韦德。小家伙独自蹲在前门廊的栏杆后，像只惊恐的笼中兔，一边啜着大拇指打嗝，一边害怕地睁大双眼，透过栏杆向草坪张望。斯嘉丽有次瞥见他，立马喝道："韦德·汉密尔顿，去后院玩！"可韦德被眼前这片疯狂的景象吓呆了，骇得根本无法乖乖听话。

草坪上躺满了人，不是累得再也走不动的，就是伤重体虚、无法动弹的。彼得大叔将他们弄上马车，一趟又一趟地送去医院，直把老马累得大汗淋漓。米德太太和梅里韦瑟太太也派出自己的马车帮忙。装了满车伤兵，马车上的弹簧都被压扁了。

漫长而炎热的夏日黄昏中，一辆辆救护车和满是泥污的帆布篷军需车顺着大路，吱吱呀呀地从战场上驶来。然后是军医队征用的农家马车和牛车，甚至还有私人马车。车队满载受伤和垂死的人，沿着崎岖不平的道路，颠簸着从佩蒂姑妈门前驶过。鲜血滴滴答答，落入红色的尘土中。看到拎着水桶、拿着长柄勺的女人，车队停下，伤员们或高喊，或低喃，说的都是："水！"

斯嘉丽扶住那一个个摇摇晃晃的脑袋，让那些干渴的嘴巴能喝到几口水。接着，她又把一桶桶水泼到满是灰尘、正发着烧的身体和未包扎的伤口上，好让那些人能享受片刻的清凉。她还踮起脚，一勺又一勺地给救护车的车夫们送水，每送一个，都提心吊胆地问："有消息吗？有消息吗？"

得到的回答全是："夫人，还不知道呢，没那么快。"

夜幕降临，天气依旧闷热。空气凝滞，黑人们点燃一个个明亮的松明火把，空气随之变得更热。灰尘堵住了斯嘉丽的鼻子，也让她嘴唇发干。早晨还干干净净、浆洗一新的淡紫色平纹布裙，现在已血迹斑斑，满是尘土和汗水。看来，这一切正如阿希礼在信中所写：战争毫无荣耀可言，只有苦难和污秽。

疲惫之下，眼前的一切似乎都蒙上了一层梦魇般的虚幻。不可能是真的——若是真的，那这世界就疯了。可如果不是真实的，那她为何会站在这儿，站在佩蒂姑妈安静的前院里，在摇曳的火光中，往这些垂死的男人身上泼水？伤员中的很多人都曾向她献过殷勤，一看到她就努力挤出笑容。沿着这条尘土飞扬的大路颠簸而来的很多人，她都非常熟悉。此刻，不少人正在她面前奄奄一息，血糊糊的脸上扑满蚊虫。她曾跟他们跳舞、欢笑，为他们弹琴唱歌。她逗弄他们、安慰他们，对他们也有些许爱意。

她在一辆堆满伤兵的牛车上发现了凯里·阿什伯恩。他被压在最下面，头上中了一枪，几乎只剩最后一口气。但要把他解救出来，就得先挪走其他六个伤兵。于是，她只得任由他这么被拉去医院。后来，斯嘉丽听说，凯里还没等到医生来看一眼就断了气。没人知道他到底被埋在哪儿了。那个月埋了太多人。在奥克兰公墓匆匆挖个浅坑，就算一个墓。没能剪一绺凯里的头发寄给他在亚拉巴马的母亲，让玫兰妮非常难过。

炎热的夜渐渐深了。斯嘉丽和佩蒂姑妈累得腰酸背痛，膝盖发软，仍逢人便问："有消息吗？有消息吗？"

一个小时又一个小时过去，过了好久，她们终于得到答复。然而，那消息让两人脸色煞白、面面相觑。

"我们败了。""只能撤退。""对方比我们多好几千人哪。""北佬在迪凯特小镇附近截断了惠勒的骑兵，我们得去支援。""我们的士兵很快就会全部撤进城。"

斯嘉丽和佩蒂紧紧攥着彼此的胳膊，支撑着不让自己倒下。

"北……北佬要进来了？"

"是的，夫人。他们就要打过来了，但绝对进不了城。""别担心，小姐，他们无法攻下亚特兰大。""不，太太，我们绕城修了一百英里胸墙呢。""我亲耳听老乔说：'我能永远守住亚特兰大。'"

“可我们现在已经没有老乔了，只有——”“闭嘴，笨蛋！你想吓坏这些夫人吗？”“太太，北佬永远别想占领此处。”“女士们，干吗不去梅肯或其他更安全的地方？你们没亲戚在那儿吗？”“北佬虽然打不下亚特兰大，但只要在攻城，总归对女士们的健康不利。”“炮会轰得很猛烈。”

第二天，下了一场雨。热气蒸腾中，数千名打了败仗的士兵涌入亚特兰大。经过七十六天的战斗和撤退，他们又累又饿，早已精疲力竭。战马饿得皮包骨头，大炮和双轮弹药车只用零碎的绳头和生牛皮带子拴住，就套在马身上。不过，他们并不像乱糟糟的乌合之众，溃不成军。虽然衣服烂了，他们仍队列整齐，走得井然有序、意气昂扬。破碎的红色战旗，也在雨中飘扬。士兵们已经跟老乔学会了如何撤退，明白撤退跟进攻一样，都是伟大的战略壮举。这支胡子拉碴、衣衫褴褛的队伍在《马里兰！我的马里兰》的军乐声中，朝桃树街而来。全城人都出门相迎。无论胜败，这些毕竟是己方士兵。

州民兵团几天前才开赴战场。他们原本光鲜亮丽的新军装变得又脏又乱，几乎再难跟饱经战火的老兵们区分开来。他们的眼神变了。三年来，这些人始终在为自己不上前线辩解。如今，他们也放弃了后方的安全，转而投入艰苦的战斗。其中的不少人，还用安逸的生活交换无情的死亡。现在，他们也是老兵了，纵然服役时间短，但也是老兵——表现优异的老兵。他们在人群中寻找自己的朋友，骄傲而大胆地看向朋友们。此时此刻，他们也能高高地昂起头了！

地方志愿军的老头和少年们走过来了。老头们累得几乎抬不起脚，少年们个个面露疲惫，仿佛过早遭遇成人问题的小孩一般。斯嘉丽看到菲尔·米德，差点没认出他——尘土和硝烟糊得一张脸黑如锅底。那张脸上的神情，也因紧张和疲惫显得很不自然。亨利伯父一瘸一拐地过去了。下着雨，他却没戴帽子，找张旧油布挖了个洞，往脑袋上一套就完事。梅里韦瑟老爹坐在炮架上，光脚裹了些破布条。然而，斯嘉丽找来找去，也不见约翰·威尔克斯的身影。

不过，约翰斯顿的那些老兵仍步伐坚定、毫无疲态。他们不仅三年来一直如此，现下也仍有精力冲漂亮姑娘们挥手，见到没穿军装的男人也会粗鲁地挖苦几句。士兵们要赶往环城堑壕——那些可不是匆匆挖掘的浅沟，而是齐胸高、有沙袋和尖木桩加固的土木工事。环城堑壕绵延数英里，深长的红沟旁立着一个个红土墩，等着士兵们进驻。

人群冲军队欢呼，仿佛在欢迎凯旋的将士。虽然每个人都心怀恐惧，但他们现在已经知道真相，明白最坏的事已经发生，战火真的烧到了家门口。城里的气氛变了，没有恐慌，也没有歇斯底里。心里无论想什么，面上都不显分毫。人人一副轻松快活的模样，哪怕这份快活属实勉强。在将士们面前，大家都努力表现得勇敢又自信，人人都重复老乔卸职前说过的那句话："我能永远守住亚特兰大。"

现在，见胡德也被迫撤退，很多人便跟士兵们一样，希望老乔回来。然而，他们都忍着没说出口，只用老乔的话给自己打气："我能永远守住亚特兰大！"

胡德并没用约翰斯顿将军的谨慎战术，反而一会儿从东面攻击北佬，一会儿又换到西面。舍曼则围着城市打转，活像个在寻找对手破绽的摔跤手。胡德也没有一直待在散兵壕里等北佬进攻，而是勇猛出击，恶狠狠地扑向他们。短短几天，双方就在亚特兰大和埃兹拉教堂附近大战了两场。相较之下，桃树街之战只能算一场小冲突。

然而，北佬不断发动新的攻击。虽然损失惨重，但他们承受得起。北佬的炮弹接连不断地轰入亚特兰大，把百姓炸死在家中、掀翻屋顶、在大街上砸出一个又一个巨坑。市民们尽量躲避，藏进地窖、地洞或铁路切口处挖出来的浅隧道里。亚特兰大成了一座围城。

胡德将军接任指挥后，短短十一天损失的兵力，几乎就跟约翰斯顿将军在七十四天的战斗和撤退中损失的兵力相当。而且，此时的亚特兰大三面受敌。

如今，从亚特兰大到田纳西的铁路已全部落入舍曼手中。他的军队已跨过向东去的铁路，并切断了从西南方通向亚拉巴马的铁路。目前，只有通向南方梅肯和萨凡纳的那条线还通车。亚特兰大城内挤满士兵、伤员和难民。仅仅一条铁路线，根本无法满足这座受袭城市的迫切需求。但只要这条铁路线还在，亚特兰大就能继续坚守。

斯嘉丽在明白这条铁路线有多么重要，舍曼将如何猛攻夺取，以及胡德将如何誓死守卫后，不由得惊恐万分。因为这条铁路线会穿过县里，也穿过琼斯伯勒。塔拉庄园离琼斯伯勒只有五英里！虽然跟亚特兰大这尖叫连连的人间地狱相比，塔拉就像座安全的避难所，可是，它离琼斯伯勒只有五英里！

亚特兰大战役打响的第一天，斯嘉丽就和不少女士坐在商店的平屋顶上，撑着小阳伞观战。但第一批炮弹落到街上，她们便逃进了地窖。当天晚上，大批老弱妇幼便开始向梅肯撤离。那晚上了火车的人，还有不少从多尔顿就跟着约翰斯顿逃难，已经换过五六处的人。和刚抵达亚特兰大时相比，他们的行囊轻了很多。大多数人只拎了个旅行包，再用扎染印花大手帕包点午餐。到处可见惊恐的仆人提着刚开始逃难时抢救出来的银壶、银叉和一两幅家族人物肖像画。

梅里韦瑟太太和埃尔辛太太不肯走，一是医院需要她们，二是两人也骄傲地宣称不怕北佬，说就算那些人，也别想把她们赶出自己的家门。但梅贝尔带着小宝宝，和范妮·埃尔辛一起去梅肯了。米德太太婚后第一次拒绝丈夫的命令，没有乘火车逃难，说米德医生需要她。况且，菲尔还在壕壕里，她想留在附近，以防万一……

不过，怀廷太太和斯嘉丽认识的很多太太都走了。佩蒂姑妈是第一批谴责老乔撤退策略的人，如今却也是第一批打包好行李的家伙。她说自己神经衰弱，受不了噪声，担心爆炸声一响她就晕了，来不及躲进地窖。不，她不是害怕。那张小婴儿般的嘴虽然想努力弯出一个勇敢的弧度，但还是失败了。她要去梅肯跟表亲老伯尔太太待在一起，并叫两个姑娘同去。

斯嘉丽不想去梅肯。虽然害怕炮弹，但相比去梅肯，她宁愿待在亚特兰大。因为，她打心眼里讨厌伯尔太太。多年前，那老太婆在威尔克斯家的一次派对上撞见斯嘉丽跟她儿子威利接吻，就说她"放荡"。不，斯嘉丽对佩蒂姑妈说她要回塔拉，让玫兰跟她去梅肯。

一听这话，玫兰妮顿时惊恐又伤心地哭了起来。佩蒂姑妈连忙去请米德医生。玫兰妮一把抓住斯嘉丽的手，央求道："亲爱的，别回塔拉，别离开我！没有你，我会很孤单的。噢，斯嘉丽，孩子出生时，你若不在我身边，我宁愿死掉算了！没错，没错，佩蒂姑妈会陪着我，她人也很好。可她毕竟没生过孩子。而且，有时候她让我很紧张，紧张得恨不能放声尖叫。亲爱的，别抛弃我。你一直都像妹妹般陪着我，而且……”她无力地一笑，“你答应过阿希礼要照顾我。他说，他拜托过你的。”

斯嘉丽低头盯着她，惊诧不已。她对这女人的厌恶几乎到了掩藏不住的地步，她为何还如此喜欢自己？玫兰真那么傻，猜不出她偷偷爱着阿希礼？数月来，她备受煎熬地等待着阿希礼的消息，自己这份心思早已泄露了上百回。可玫兰妮什么都没看出来。对于所爱之人，玫兰妮只看到对方身上的优点……没错，自己的确答应阿希礼要照顾玫兰妮。噢，阿希礼！阿希礼！你肯定已经死了吧，死了好几个月了！现在，对你许下的承诺，却将我攥住不放！

“好吧，”斯嘉丽不耐烦地说，“我的确答应过他，不能说话不算话。但我才不去梅肯，跟那讨厌的‘老猫’待在一起。不出五分钟，我准会扑上去挖掉她的眼珠子。我要回家，你可以跟我一起去塔拉。妈妈肯定会非常欢迎你。”

“噢，我愿意！你妈妈人那么好。但你知道的，如果孩子出生时不能陪在近旁，姑妈一定受不了。塔拉离战场太近，姑妈想要安全，多半不肯去。”

米德医生上气不接下气地赶来了。佩蒂姑妈如此心急火燎地召唤，他还以为玫兰妮至少出了类似早产的大事，见此结果不由得有些生气，连声抱怨了好几句。弄清原委后，他斩钉截铁，几句话便下了定论：“玫兰小姐，你现在绝对不能去梅肯。你要是换地方，出了事我可不负责。火车上太挤，又存在变数。如果那趟车需要改运伤员、士兵和供应物资，随时可能让乘客下车，滞留林中等待。你这身体状况……”

“可我要是跟斯嘉丽去塔拉——”

“我说了，你哪儿也别去。去塔拉跟去梅肯是同一列车，有什么区别？再说，虽然谁都不知道北佬现在到哪儿了，但哪儿都有他们。甚至连你坐的车，都有可能被截。就算平安抵达琼斯伯勒，还得坐马车颠簸五英里，才能到塔拉庄园。你一个孕妇，如何受得了这一路的行程？而且，老方丹医生随军后，县里一个医生都没了。”

“但还有接生婆呀……”

“我说的是医生，”他粗鲁地应道，目光下意识地扫过玫兰妮瘦小的身躯，“你不能出门，很可能有危险。你不想把孩子生在火车或马车上，对吧？”

这种医生的直言不讳，让几位女士尴尬得红了脸，闭口不言。

“你就待在这儿，我才照料得到。而且，你必须卧床，别再为了进地窖，就楼上楼下地跑。哪怕炮弹落到窗外，也别动！毕竟，这儿也不怎么危险。我们很快就能把北佬打回去……好啦，佩蒂小姐，你立刻去梅肯，两位小姐留在这儿。”

“连个年长女伴都没有？”佩蒂姑妈惊骇地嚷道。

“她们都是当太太的人啦，”医生不耐烦地说，“而且，米德太太离这儿只有两座房子。玫兰小姐现在这情况，反正也不会再接待男客人。天哪，佩蒂小姐！现在在打仗，谁还管什么礼节规矩。我们得为玫兰小姐着想。”

他咚咚咚地出了房间，在前门廊上等斯嘉丽。

“斯嘉丽小姐，我就有话直说了吧，”他扯着灰白的胡须，开口道，“你倒像个有常识的年轻女士，所以不用因为我的话脸红了。我不想再听到‘玫兰小姐要出门’这种话。我很怀疑她是否受得住舟车劳顿。生产环境再好，她也会有困难。要知道，她盆骨窄，生产中很可能需要用产钳。所以，我不希望任何无知的黑人接生婆来瞎折腾她。她那样的女人本不应该生孩子，但——总之，你去收拾好佩蒂小姐的行李，送她去梅肯吧。她那么害怕，会把玫兰小姐弄得心神不宁，这样反而不好。而你，小姐，”他目光锐利地盯着她，“也别再让我听到‘要回家’之类的话。你就陪玫兰小姐待在这儿，直到孩子出生。你不会害怕的，对吧？”

“噢，不怕！”斯嘉丽口气坚决地撒了个谎。

“真是个勇敢的姑娘。无论你需要怎样的年长女伴，米德太太都能办到。佩蒂小姐若想带走仆人，我会派老贝齐过来给你们做饭。要不了多久啦。再过五周，孩子应该就出生了。不过，这成天炮火不断的，头胎的情况也很难说清，没准儿随时都可能生。”

于是，佩蒂帕特姑妈带着彼得大叔和厨娘，痛哭流涕地走了。出于一时高涨的爱国心，她把马车和马捐给医院，但捐完就后悔，于是落下更多眼泪。虽然炮声不断，可如今屋里只剩斯嘉丽、玫兰妮、韦德和普利西，还是安静了许多。

第十九章

围城初期，北佬到处炮轰城防工事时，斯嘉丽吓得瑟瑟发抖，只能无助地用双手捂住耳朵，时刻担心一命呜呼。每次听到炮弹尖啸而来，她就冲进玫兰妮的房间，扑到床上。两人紧紧搂在一起，脑袋埋在枕头下，连声惊叫。普利西和韦德则匆匆躲入地窖，蹲在蛛网遍布的暗处。普利西扯着嗓子尖声大叫，韦德则打着嗝抽噎不止。

死神在头顶尖叫，人却埋在羽毛枕下透不过气。斯嘉丽暗暗诅咒玫兰妮：都怪她，自己才没法去楼下更安全的地方。但医生不让玫兰妮走动，斯嘉丽只能留下来陪她，一边害怕被炸得粉身碎骨，一边担心玫兰妮随时可能生产。而一想到后面这事，斯嘉丽就能惊出一身黏腻的冷汗。孩子若真发动了，她怎么办？炮弹如四月春雨般密集，她宁愿让玫兰妮死掉，也不想跑出去找医生。她也知道，就算打死普利西，那丫头也不敢冒这个险。如果玫兰妮真要生了，她该怎么办？

一天晚上，和普利西为玫兰妮准备晚饭时，她低声说起这事。说来也怪，普利西几句话就打消了她的担心。

“斯嘉丽小姐，如果玫兰妮小姐要生了，找不到医生也没事。

别担心，我应付得来。生产的事我都懂。我妈不就是接生婆？她从小就教我怎么做接生婆呢！这事你交给我就好啦。”

知道身边有个经验丰富的人，斯嘉丽放松多了。不过，她还是盼着这场煎熬能快点结束。她太想逃离这些不断爆炸的炸弹，太想回到安宁的塔拉庄园。每天晚上，她都祈祷孩子来日出生，好让她兑现完承诺，离开亚特兰大。塔拉看起来多安全啊，也离这一切苦难无比遥远。

斯嘉丽想家、想妈妈，生平第一次如此强烈地想念。如果埃伦就在身边，无论发生什么，她都不会怕。每天晚上，听了一整天震耳欲聋的炮弹呼啸声，她上床前都下定决心，第二天一早就告诉玫兰妮自己再也受不了亚特兰大，非回家不可。让玫兰妮去跟米德太太住吧。然而，一躺到床上，眼前就浮现出最后一次见到阿希礼时，他那副内心痛苦，却还挂着笑容的模样。当时，他对她说：“你会照顾玫兰妮的，对吧？你如此坚强……答应我吧。”她答应了。如今，阿希礼却不知埋骨何处。无论他在哪儿，肯定一直都看着她，要她信守承诺。无论生死，不管付出多大代价，她都不能对他食言。于是，她就这样一天天地留了下来。

埃伦数次来信，求斯嘉丽回家。斯嘉丽在回信中极力淡化被围困的危险，还解释了玫兰妮的困境，保证孩子一出生就回去。埃伦很看重亲戚关系，血亲姻亲都一样，所以只得回信，勉强同意她留下。不过，她要求立刻将韦德和普利西送回家。对此，普利西当然非常赞同。现在，一有什么突如其来的响动，这傻丫头就吓得牙齿打战，一天大部分时间都蹲在地窖里。若非米德太太派来古板执拗的老贝齐，她们估计别想吃上一顿好饭。

斯嘉丽也跟母亲一样，急着想把韦德送出亚特兰大。但她倒不是担心孩子的安全，而是心烦他那副成天惊恐万分的模样。炮轰期间，韦德吓得一句话都说不出来，可炮声停了，他还是攥着斯嘉丽的裙子，吓得连哭都不会了。夜里，他不敢上床睡觉、害怕黑暗，也怕在睡梦中被北佬抓走。一整晚，他紧张的低泣声简直让斯嘉丽忍无可忍。虽然暗地里也跟孩子一样怕，但有他那张紧张又憔悴的面孔时刻提醒她这点，她还是恼火不已。没错，塔拉才是韦德该待的地方。普利西应该把他带去那儿，然后立刻赶回来接生。

但斯嘉丽还没来得及打发两人动身回家，就传来北佬南下，沿着亚特兰大和琼斯伯勒之间的那条铁路，发动小规模战斗的消息。要是韦德和普利西坐的那趟车被北佬拦截……一想到这儿，斯嘉丽和玫兰妮的脸色瞬间白了。因为，人人都知道：北佬对无助的孩子，甚至比对妇女还残暴。于是，斯嘉丽到底还是不敢送孩子回家，韦德只得继续留在亚特兰大。这胆战心惊的孩子就像个沉默的小幽灵，“啪嗒啪嗒”绝望地跟着妈妈四处走，小手紧紧攥着她的裙子，一刻不敢松开。

炎热的七月就在围困中一天天地过完了。白天，炮声隆隆；夜晚，则是一片阴沉又不祥的死寂。城里的人渐渐适应了这种情况。最坏的事已经发生，那还有什么好怕的？先前，人们害怕被围困，现在真被围了，似乎也没多糟。生活不仅能继续，还几乎跟平常差不多。纵然知道自己坐在火山口上，但只要火山不喷发，他们也没什么可做的。所以，现在干吗还要操心？而且，不管怎么说，这火山或许根本不会喷发。瞧瞧，胡德将军不正把北佬挡在城外吗！再瞧瞧，骑兵不也牢牢守住了通往梅肯的铁路吗！舍曼休想夺走它！

然而，人们就算面上不在乎落下的炮弹和日渐短缺的口粮，也不顾仅半英里外的北佬，依旧无比信任散兵壕里那些衣衫破烂的南军，但心里其实非常没底，完全不知道第二天会发生什么。担心、焦虑、悲伤、饥饿，加上时起时落的希望，把亚特兰大人佯装出来的那层皮磨得越来越薄。

朋友们勇敢的脸，加上人类“忍受无法改变之事”的天性，让斯嘉丽渐渐有了勇气。虽然听到爆炸声还是会吓一跳，但她已不再尖叫着往玫兰妮枕头下钻。现在，她能深吸一口气，无力地说：“那一下真近，不是吗？”

她没之前那么害怕，还因为这样的日子宛如一场梦。梦太可怕，就不像真的了。她斯嘉丽·奥哈拉的日子怎会陷入如此困境，时时刻刻都面临死亡的威胁？平静安宁的生活，不可能转眼就天翻地覆了啊。

这一切太不真实，荒诞而虚幻。黎明时还湛蓝柔和的天空，怎么就被大炮的硝烟玷污？瞧那一团团污浊之物，就如雷云般低垂在城市上方。温暖的正午原本花香馥郁，到处都是大片大片的忍冬和攀缘月季，怎么突然就变得混乱恐怖？炮弹呼啸着落到街上，如末日霹雳般轰然炸开，无数弹片飞出几百码，把人畜炸得粉碎。

慵懒又平静的午休再也没有了。就算喧嚣的战斗可能时断时续，桃树街却始终吵吵嚷嚷。炮车、救护车轰隆隆地驶过；散兵壕里爬出来的伤兵蹒跚而行；时而有军团接到命令，从城市这头的壕沟快步跑向另一头战事吃紧的防御工事。信使在街上闷头朝司令部冲，仿佛邦联的命运全扛在他们肩上。

炎热的夏夜虽然会带来几分宁静，却是一种不祥的宁静。夜晚一片静谧时，那真是太静了。雨蛙、美洲大螽斯和昏昏欲睡的嘲鸫仿佛都吓得不敢再发声，纷纷退出了平时的夏夜大合唱。最后的防线上，时不时就传来滑膛枪的啪啪声，打破这深沉的静谧。

深夜，灯火熄灭、玫兰妮早已睡熟、城里一片死寂时，斯嘉丽却清醒地躺在床上。这种时候，她常常听见前门“咔嗒”一声，接着便传来一阵轻柔又急促的敲击声。

站在幽暗门廊上的，总是些身份不明、看不清面目的士兵。有时，黑暗中会传来好几个声音；有时，阴影里只会响起一个文雅的声音：“夫人，打扰您了，非常抱歉！但是，能给我和我的马一点水吗？”有时，是山地人粗浊的声音；有时，是最南端怀尔格拉斯乡下鼻音浓重的古怪腔调；偶尔，也会有沿海居民那种慵懒绵长的口音，一下子就抓住了她的心，让她想起埃伦。

“小姐，我本想把这个同伴送去医院，但他看样子挨不了那么远，你能收留他一下吗？”

“夫人，我什么都能吃，给个纯玉米面包都行啊。”

“太太，抱歉打扰了，但是——我能在你的门廊上过一夜吗？我看到了玫瑰，还闻到忍冬的香味。这儿太有家的感觉了，所以我斗胆……”

不，这些夜晚都不是真的！它们就是一场噩梦，那些兵也是梦中的一部分，不是没有身体，就是没有脸，只有疲惫的声音，在温暖的黑暗中冲她说话。打水、给吃的，在前门廊上放枕头、包扎伤口、扶住那些濒死的肮脏头颅……不，这些事怎么会发生在她身上！

七月下旬的一个夜晚，亨利·汉密尔顿前来敲门。如今，他的雨伞和旅行包没了，大肚腩也瘪了。从前粉红的胖脸就像斗牛犬颈部的垂皮般耷拉下来，一头白色长发也脏得不成样子。几乎赤裸的双脚爬满虱子。虽然饥肠辘辘，但他的暴脾气一点也没改。

他嘴里虽然说着“我这样的老傻瓜都要扛枪上阵，真是场愚蠢的战争”，但姑娘们都觉得亨利伯父很乐在其中。和年轻人一样，他也是被需要的人，也在做着一个年轻人能做的事。而且，他还高兴地对姑娘们说，自己能赶上年轻人，这点就比梅里韦瑟老爹强。梅里韦瑟老爹腰疼得厉害，上尉想让他退伍，他却不肯回家，反而直言不讳地说宁肯挨上尉的骂，也不愿受儿媳悉心照料。毕竟，儿媳成天唠叨个没完，不是叫他戒烟，就是劝他每天洗胡子。

亨利伯父没多久就走了，因为他只有四个小时的假。而从胸墙到这儿，来回就得花掉两小时。

“姑娘们，得有段时间见不着你们咯。”他坐在玫兰妮的卧室，斯嘉丽打来一盆凉水。他舒服地在水盆里扭着起泡的脚，说，“我们连明天一早就要出发。”

“去哪儿？”玫兰妮吓了一跳，攥住他的胳膊问。

“别碰我，”亨利伯父烦躁地说，“我身上全是虱子。要是没有虱子和痢疾，打仗倒像是一场野餐。去哪儿啊？呃，还没说。但我已经猜到了！要是我没猜错，应该是去南方，朝琼斯伯勒进发。一早就走！”

“噢，为何要去琼斯伯勒？”

“因为那儿有场大战哪，小姐。北佬会竭力夺取那条铁路。他们一旦得手，亚特兰大就完了。”

“噢，亨利伯父，你觉得，他们会成功吗？”

“姑娘们，别胡说！当然不会！有我在，他们怎么可能得逞？”亨利伯父冲她们惊恐的脸咧嘴一笑，随即又严肃起来，“姑娘们，那将是场硬仗。我们非赢不可。要知道，除了通向梅肯的那条铁路，其他铁路都已被北佬占领。但他们得到的还不止这些。你们或许还不知道，除了麦克多诺大道，其他每条大道，包括车道和马道，也都落入北佬手中。亚特兰大就像被装进口袋，口袋的拉绳就是琼斯伯勒。北佬若夺下那儿的铁路，就能拉紧这条绳子，我们就成瓮中之鳖啦。所以，绝不能让他们夺走那条铁路……姑娘们，我得离开一段时间了，今天就是来跟你们道别的，也顺便确定一下斯嘉丽还在你身边，玫兰。”

亨利伯父在碎呢地毯上擦干脚，重新穿上那双破鞋时，痛苦地哼哼了几声。

“我必须出发啦，”他说，“得走五英里路呢。斯嘉丽，给我弄点午饭，我带走。什么都行。”

他吻别玫兰妮，下楼去了厨房。斯嘉丽正把一个纯玉米面包和几个苹果包进一张餐巾里。

“亨利伯父，真……真有那么严重了？”

“严重？天哪，当然是真的！别傻啦。我们已经濒于绝境。”

“你觉得，他们会打到塔拉吗？”

“怎么……”亨利伯父有些恼火这种不顾大局，只想得到个人私事的妇人之见。可回头看到她那张惊恐悲伤的脸，他又心软了。

“他们当然打不到那儿去。塔拉离铁路还有五英里，北佬想要的只是那条铁路。小姐，你真是跟六月鳃金龟一样蠢。”他突然打住，“我今晚走这么远的路过来，不是只为跟你们道别的。我还有个坏消息要告诉玫兰，但话到嘴边，又不忍心说了。所以，还是由你转告吧。”

“阿希礼不会——你没听到什么消息说……他……死了吧？”

“我一直站在散兵壕里，烂泥没到屁股，怎么听得到阿希礼的消息？”老绅士恼火地问，“不是他，是他爸。约翰·威尔克斯死了。”

斯嘉丽一屁股坐了下去，手上的午餐才包了一半。

“我专程来告诉玫兰——但说不出口。你得告诉她，把这些东西也交给她。”

他从口袋里掏出一块沉甸甸的金表。表链上还挂着几枚印章、一幅过世多年的威尔克斯太太小像和一对大袖扣。斯嘉丽在约翰·威尔克斯手上见过这块表不下千次，此时再看到，算是彻底明白：阿希礼的父亲真的死了。她震惊得既哭不出来，也说不出话。亨利伯父烦躁地咳嗽了几声，转开眼不看她，生怕自己瞧见眼泪也会难过。

“他很勇敢，斯嘉丽。就这么跟玫兰说。告诉玫兰，让她给威尔克斯先生的女儿们写信。他虽年迈，却是个好兵。是一枚炮弹。那颗炮弹刚好落在他和马身上。那马都被炸成……可怜的马呀，我亲手开枪了结了它。真是匹上好的小牝马啊。你最好也给塔尔顿太太写封信，把这事告诉她。她可宝贝那匹马了。孩子，把我的午饭包起来吧，我得走了。好啦，亲爱的，别太难过。一个老头能干着年轻人的事死去，还有比这更好的死法吗？”

“噢，他不应该死！他就不该上战场。他应该好好活着，看着孙子孙女们长大，然后平静安详地死在床上。噢，他干吗要去打仗？他本就不赞成脱离联邦，也痛恨战争，还……”

“我们很多人都这么想，但又能怎样？”亨利伯父气呼呼地擤了擤鼻子，“我都这把年纪了，你以为我喜欢当北佬步兵的靶子啊？但现在，绅士别无选择。孩子，跟我吻别吧，别担心我，我会平安撑过这场战争的。”

斯嘉丽吻了吻他，听着他下楼，走进黑暗，又听到前门门闩“咔嗒”一声响。她看着手中的遗物，呆呆地站了一会儿，然后上楼告诉玫兰妮这个消息。

七月底，坏消息传来。不出亨利伯父所料，北佬果然掉头扑向琼斯伯勒。他们虽然在琼斯伯勒以南四英里处切断了铁路线，却被邦联骑兵击退。而工程兵顶着烈日挥汗如雨，抢修好了线路。

斯嘉丽心急如焚。她等了三天，越等越害怕。然后，杰拉尔德终于寄来一封平安信，说敌军没有打到塔拉，还说他们虽然能听到交战声，却没看到北佬。

信中，杰拉尔德大肆夸赞我军如何将北佬从铁路沿线击退的过程，说得仿佛是他单枪匹马立下此等功劳。他用了整整三页写我军的英勇事迹，末尾才寥寥几笔，提到卡伦生病的事。奥哈拉太太说她得了伤寒，但病得不重，斯嘉丽不必担心。不过，此时绝对不能回家，哪怕铁路线安全了也不行。奥哈拉太太现在也很高兴，说还好亚特兰大刚刚被围困时，斯嘉丽和韦德没回家。奥哈拉太太说，斯嘉丽必须去教堂念点《玫瑰经》，祈祷卡伦早日康复。

最后这句话让斯嘉丽良心很不安，因为她已经几个月没去过教堂了。放在以前，她准会把这种懈怠视为不可饶恕的大罪。但现在，不知怎的，她觉得远离教堂似乎也没有从前那般罪孽深重。不过，她还是遵从母亲的吩咐，回房间匆匆念了遍《玫瑰经》。但起身后，她并没有像往常祈祷完一样，感到安慰。尽管数百万人每天都在向上帝祈祷，可这段时间以来，她还是觉得上帝已经不再留意自己、邦联或南方。

那天晚上，斯嘉丽怀揣着杰拉尔德的来信，坐在前门廊上。她时不时就摸一摸怀中的信，这让她觉得塔拉庄园和埃伦仿佛离自己更近了几分。客厅窗户里透出的灯光，在覆满藤蔓的幽暗门廊投下奇异的金色光影。纠缠盘绕的黄色攀缘月季和忍冬在她周围筑起一道芬芳的花墙。夜静极了。日落后，连一声枪响都没听到，整个世界似乎都已远去。斯嘉丽孤独又痛苦地在摇椅里前后晃悠着。读完塔拉庄园的来信后，她就希望能有个人做伴。谁都行，哪怕梅里韦瑟太太，只要能陪陪她就行。可梅里韦瑟太太在医院值夜班，米德太太在家为前线归来的菲尔做大餐。玫兰妮已经睡着了。就连碰巧登门的客人都别指望。最近这周，没有一个人上门。因为所有还走得动的人不是在散兵壕，就是去琼斯伯勒附近乡下追击北佬了。

斯嘉丽很少如此孤独，她很不喜欢这种感觉。独处时，她就得思考。如今，能想到的事都不怎么愉快。和其他每个人一样，她也养成了回忆过去和追思逝者的习惯。

今晚的亚特兰大真静啊，静得她一闭上眼，就能回到塔拉宁静的乡野。生活并未改变，也不会改变。可她知道，县里的生活再也无法跟从前一样。她想起塔尔顿家的四兄弟——红发双胞胎、汤姆和博伊德，顿时喉头发紧、悲从中来。唉，斯图尔特或布伦特原本可能成为她丈夫的。可现在，等战争结束，她返回塔拉生活，却再也听不到他们狂野地大喊着，沿着雪松大道冲上来了。还有舞跳得那样好的雷福德·卡尔弗特，再也不会选她做自己的舞伴。至于芒罗兄弟、小个子的乔·方丹和……

“噢，阿希礼！”她哽咽着，用双手捂住了脸，“我永远适应不了没有你的世界！”

前门“咔嗒”一声响，斯嘉丽连忙抬起头，伸手抹了把湿润的眼睛。她起身一看，瑞德·巴特勒攥着他那顶宽边巴拿马草帽，沿着小道而来。自从那天在五角广场骤然跳下马车，她就再没见过他。当时，她便表达过再也不想看到他的意愿。可现在，她很高兴有人能说说话，并让她不再想阿希礼。于是，她匆匆抹去之前那段不愉快的回忆。显然，他也忘了，或假装忘了两人之前那场小争吵，自顾自地在她脚边最高一级台阶上坐下，绝口不提上次的事。

“看来，你没有去梅肯避难哪！我听说佩蒂小姐退到那儿，还以为你肯定也走了，所以看到屋里有灯光，便过来瞧瞧。你怎么还在这儿？”

“陪玫兰妮啊。瞧，她……她现在没法逃难。”

“活见鬼！”她借着灯光，看到他皱起了眉头，“你不是要跟我说，威尔克斯太太还在这儿吧？真是从没听过如此愚蠢的行为。她这种情况，留在这儿多危险！”

斯嘉丽没吭声，觉得有点尴尬。玫兰妮的情况，怎么好跟一个男人讨论？瑞德一个单身汉，居然知道现在的情况对玫兰妮来说很危险，也让她觉得尴尬。

“你怎么不想想，我也可能受伤啊！真是太不殷勤了。”她讥讽道。

瑞德眨了几下眼，觉得有趣。

“我愿随时护你周全，不让北佬伤你分毫。”

“这算是恭维吗？”她不确定地说。

“不算，”他应道，“你什么时候才能不把男人的随口一说当成恭维？”

“快死的时候。”她微笑作答，心想就算瑞德不恭维自己，也总会有其他男人前仆后继。

“虚荣，虚荣哪，”他说，“不过，你对此至少够坦白。”

他打开雪茄盒，拿出一根黑雪茄，凑到鼻子下闻了闻，然后划燃火柴，仰靠在一根廊柱上，双手抱膝，默默抽了会儿烟。斯嘉丽继续在摇椅里晃来晃去。夜温暖而静谧，黑暗笼罩着两人。在攀缘月季和忍冬丛中筑巢的嘲鸫从酣睡中醒来，羞怯又清脆地叫了几声，随即仿佛重新思虑了一番，复又沉默下去。

突然，门廊暗影里传来瑞德低沉而轻柔的笑声。

“这么说，你陪着威尔克斯太太！此等怪事，我倒真没见过！”

“这有什么奇怪的。”她立刻警觉起来，不安地应道。

“不奇怪吗？那你看问题可就不太客观了。凭我的印象，你向来忍受不了威尔克斯太太，觉得她愚蠢又低能，对她那腔爱国热情也厌烦不已。你几乎从不放过任何贬低她的机会，如今却如此无私地留下，在炮火中陪着她，我自然会觉得很奇怪哪。好啦，你为何这么做？”

“因为她是查尔斯的妹妹，就跟我妹妹一样。”斯嘉丽虽然脸越来越烫，仍竭力摆出一副端庄的模样。

“你该说，因为她是阿希礼·威尔克斯遗孀吧。”

斯嘉丽猛地站起身，极力克制心中怒火。

“我差点就要原谅你上次的粗鲁行为，但现在我不打算原谅你了。要不是我难受得很，今天压根不会让你踏上门廊——”

“坐下，顺顺毛、消消气，”他换了种口气，还伸手把她拉回摇椅里，“为什么难受？”

“噢，我今天收到一封塔拉寄来的信。北佬离我家很近，小妹得了伤寒，还……还有……就算我很想回家，能够回家，妈妈也不让我回，怕我也被传染。噢，天哪，我好想回家！”

“嗨，别为这事哭啦，”他的声音更温和了，“哪怕北佬打进来，你待在这儿，也比待在塔拉安全得多。北佬不会伤害你，但伤寒会。”

“北佬不会伤害我？这种谎话你怎么说得出口？”

“亲爱的姑娘，北佬又不是恶魔。他们跟你想象的不一样，既不生角，也不长蹄。他们跟南方人差不多——顶多礼仪方面差点。当然，口音也很难听。”

“可是，北佬不会——”

“强奸你吗？我想不会。不过，他们当然很想那么干。”

“你再口出秽言，我就进屋去啦。”她嚷道，庆幸阴影遮住了自己绯红的脸。

“说实话，你心里是不是这么想的？”

“噢，当然不是！”

“哼，肯定是！别因为我看穿了你的心思就恼羞成怒。我们这些娇生惯养、心地纯洁的南方姑娘，都会这么想，都会一直担心这事。我打赌，就算梅里韦瑟太太那种继承了亡夫遗产的寡妇……”

斯嘉丽忍着没出声，想起这段恼人的日子里，主妇们只要三三两两地聚在一起，就会嘀咕这些事。不过，据说只有弗吉尼亚、田纳西或路易斯安那才会碰到，家附近倒是从没出过这种事。她们说北佬会强奸妇女，用刺刀捅穿小孩的肚子，把老人活活烧死在屋里，等等。虽然没人在大街上嚷嚷，但大家都知道这些事是真的。瑞德若还识情理，就该知道这些都是并非儿戏的真事，不能肆意讨论。

斯嘉丽听见他咯咯轻笑。有时，他真是可恶。事实上，大多数时候，他都很可恶。一个能洞悉女人心思，明白她们所谈之事的男人，真是太可怕。这会让姑娘觉得自己被扒光了一样。而且，男人绝不会从好女人身上学到这些本领。斯嘉丽很气他看透了自己的心思。她更愿意相信自己在男人面前是个谜，但她很清楚，她在瑞德眼中就跟玻璃一样透明。

“说到这些事，”他继续道，“屋里有保护人或年长女伴吗？是可敬的梅里韦瑟太太，还是米德太太？她俩看我的眼神，向来都跟知道我没安好心似的。”

“米德太太通常晚上过来，”斯嘉丽应道，很高兴能换个话题，“但她今晚来不了。她儿子菲尔回来了。”

"那我运气真好，"他柔声道，"碰见你独自一人。"

他声音里的某样东西让她乐得心跳加快，脸也红了。男人用这种口吻说话，通常接下来就会求爱。噢，多有趣！他若说爱她，她定要狠狠折磨、报复一番，把三年来他对自己的那些讽刺挖苦通通还回去。她定会让他苦追而不得，甚至要把那天他瞧见自己扇阿希礼耳光的奇耻大辱也一并洗刷。之后，她才甜甜地说只能做他妹妹，大获全胜地结束两人之间的这场战斗。她越想越开心，不由得兴奋地笑出了声。

"别笑啦。"他牵起她的一只手，翻过来，吻了一下掌心。温暖的唇一碰到她，一股仿佛带了电的勃勃生机顿时传过来，震颤着爱抚她全身。他的唇移向她的手腕。她知道，他肯定从跳动的脉搏感觉到了自己心跳加速。她试图抽回手，完全没料到这股变幻莫测的温暖感觉，竟让她想双手插入他的头发，继而吻上他的唇。

她困惑地告诉自己：她并不爱他啊，她爱的是阿希礼。但如何解释这股令双手颤抖、让心口发凉的感觉？

他轻轻笑了起来。

"别缩手呀！我不会伤害你！"

"伤害我？瑞德·巴特勒，我才不怕你。任何穿皮鞋的男人，我都不怕！"她嚷道，气得声音和双手都在颤抖。

"情绪值得敬佩，但你还是小声点吧，威尔克斯太太会听见的。冷静！"听起来，她的气急败坏似乎让他很高兴。

"斯嘉丽，你是喜欢我的，不是吗？"

这倒还像句她意料之中的话。

"嗯，有时候是的，"她小心翼翼地回答，"你行为举止没那么像流氓的时候。"

他又笑了，拉起她的手，贴到自己结实的脸庞上。

“我想，正因为我是流氓，你才会喜欢我。深受庇护的生活，让你几乎见不到彻头彻尾的流氓。因此，我的与众不同，对你有种奇异的吸引力。”

她没料到话题会转到这上面来，再次试图抽回手，却没成功。

“不是的！我喜欢正人君子，就是永远都不失谦谦风度的男人。”

“你想说的是随时能被你欺负的男人吧。不过是个定义问题，不重要。”

他又吻了吻她的掌心。她颈后皮肤再次蹿过一阵酥麻。

“但你的确喜欢我。斯嘉丽，你能爱我吗？”

“啊！”她得意地想，“这下我可逮住他啦！”于是，她故意冷冰冰地应道：“当然不行。除非——除非你好好改改行为举止。”

“那些我可不打算改。这么说，你不能爱我？这倒很合我意。因为我很喜欢你，但也不爱你。你若两次爱而不得，岂不是太悲惨，是吧，亲爱的？我能叫你‘亲爱的’吗，汉密尔顿太太？没关系，不论你喜不喜欢，我都要这么叫。但为了礼貌起见，总归是要问一声的。”

“你不爱我？”

“说实话，不爱。你希望我爱你？”

“别太放肆！”

“你希望过！哎呀，真是有负厚望！我应该爱你，因为你很迷人，还有不少没用的才能。但很多女士都迷人，也跟你一样，没用的本事样样精通。不，我不爱你。但我真的非常喜欢你——喜欢你伸缩自如的良心，喜欢你几乎从不费力掩饰的自私，喜欢你精明的实用主义。最后这点，恐怕就来自你那不太遥远的爱尔兰农民祖先吧。”

农民！他怎么可以侮辱她！斯嘉丽气得语无伦次。

“别打岔，”他捏捏她的手，央求道，“我之所以喜欢你，是因为我身上也有类似特质。人以群分嘛。我知道你仍珍视那个神圣庄严、呆头呆脑、说不定已经入土半年的威尔克斯先生。但你心里也必须留点位置给我。斯嘉丽，别挣扎啦！我正在向你声明呢。第一次在十二橡树园的大厅里看到你，瞧见你把那可怜的查尔斯·汉密尔顿迷得神魂颠倒，我就想要你了呢。我想要你，甚过其他任何女人。而我等你的时间，也比等其他任何女人都久。”

最后几句话惊得她气都喘不上来了。他虽然面上总调侃她，心里其实是爱她的。这人就是太口是心非，怕她笑话，才不敢坦白说出来。好吧，她这就教教他该怎么办。

“你在向我求婚吗？”

他松开她的手，放声大笑，惊得她直往椅子里缩。

“天哪，不！我难道没告诉你，我不结婚吗？”

“可是——可是——那……”

他站起身，一只手按在胸口，冲她滑稽地鞠了一躬。

“亲爱的，”他轻声道，“我欣赏你的聪明才智，所以就不率先哄诱，但求你能做我的情人。”

情人！

斯嘉丽在心中喊出这两个字，觉得自己深受侮辱。但最初的惊讶中，她感受到的不是侮辱，而是满腔愤怒。他竟把她当成大傻瓜。提出这样的要求，而非她期待的正式求婚，分明就是把她当傻瓜。愤怒、受到伤害的虚荣心和失望，让她心乱如麻。甚至还没想出该如何站在道德制高点厉声谴责，她就脱口而出：“情人！除了为你生出一窝崽子，还能得到什么好处？”

意识到自己说了什么，她惊得瞠目结舌。瑞德哈哈大笑，直笑得喘不过气，却还一直盯着坐在暗影里的她。斯嘉丽用手帕紧紧捂住嘴，活像个遭受重大打击的哑巴。

“正因如此，我才喜欢你！我认识的女人里，只有你如此坦白，既讲求实际，又不会用罪孽、道德之类的套话掩盖事实。换作其他任何女人，多半都会晕倒，然后请我出去。”

斯嘉丽猛地跳起来，羞得满脸通红。她怎能说出那样的话！她——埃伦教养长大的女儿，怎能坐在那儿听完这些污言秽语，还给出那般伤风败俗的回答？她应该尖叫，应该晕倒，应该一声不吭、冷若冰霜地转身离开门廊。可现在，一切都太迟了！

“我也会请你出去！”她嚷道，完全不在乎玫兰妮、米德一家或街坊邻居会不会听见，“出去！你怎么敢对我说这种话！我到底做了什么，竟激得你……生出这种念头……出去，再也别来了！这次我可是认真的。别再拿些针啊线啊，或丝带之类的小玩意儿登门，就觉得我会原谅你。我……我要告诉爸爸，他肯定会宰了你！”

瑞德拿起帽子，鞠了一躬。借着灯光，她看到他咧嘴一笑，露出胡子下的牙齿。他竟然毫不羞愧，反而觉得她的话有趣，还饶有兴趣地留意着她。

噢，他太讨厌了！她猛地转过身，大步朝屋里走去。虽然很想一把重重地关上门，奈何门钩太沉，她费了好大劲，累得气喘吁吁，还是没取下来。

“需要帮忙吗？”瑞德问。

斯嘉丽觉得若再多待一分钟，血管都得爆炸，于是径直往楼上冲。刚上楼，她就听见瑞德热心地替她关上了门。

第二十章

炎热喧嚣的八月渐进尾声时，炮声突然停了。骤然而来的寂静，让全城陷入一片恐慌。邻居们在街上遇到，都面面相觑、焦虑不安，不知道接下来又会发生什么事。喧嚣了这么多天，此刻虽然安静下来，紧张的神经却并未舒缓，反而变得更加紧张。没人知道北佬的炮弹为何平息，己方军队也没传来什么新消息。人们只知道己方大部分人马都撤出了环城胸墙，出发去南方保卫铁路了。就算双方还在交战，也没人知道战场到底在哪儿，或战况如何。

如今，消息都靠口口相传。围城以后，因为纸张、油墨和人手欠缺，各家报纸纷纷停止发行。最离奇荒诞的流言不知从哪儿冒出来，转眼就传遍全城。于是，充满焦虑的静默中，人群涌向胡德将军的司令部问消息；或围在邮局和火车站，希望能获得一点消息——一点好消息。人人都希望：舍曼那些大炮的沉寂意味着北佬已经开始撤军，而邦联军队正一路将其赶回多尔顿。然而，没有消息传来。电报线没动静；仅存的那条从南方而来的铁路线，没有驶来一辆车；邮政也中断了。

秋天带着尘土和令人透不过气的闷热悄然而至，让这突然安静下来的城市显得越发窒息。疲惫而焦躁的人们，心情也更加烦闷和沉重。斯嘉丽虽发疯般地想得到塔拉的消息，却仍装出一副勇敢的样子。围城以来，这样的日子似乎已持续了千万年。斯嘉丽觉得，如今这不祥的寂静降临之前，自己仿佛已在炮声中过了一辈子。其实，围城至今不过三十天，只有三十天！这三十天中，城市被红土散兵壕围绕，单调沉闷的炮声一刻未歇。尘土飞扬的大街上，长长的救护车队和牛车队滴着血，朝医院而去。操劳过度的掩埋队拉出余温尚存的尸体，扔木头般丢进那不计其数的浅坑。仅仅三十天！

而北佬开始从多尔顿向南进攻，也不过四个月之前的事！仅仅四个月！斯嘉丽回想四个月前的那天，简直有种恍如隔世之感。噢，不！当然不只四个月，肯定已过了一辈子！

四个月前！唉，四个月前，对她来说，多尔顿、雷萨卡、肯纳索山只不过是铁路沿线的地名而已。如今，它们却成了约翰斯顿将军一路退向亚特兰大期间，那些绝望而徒劳的战役名。如今，桃树溪、迪凯特镇、埃兹拉教堂、乌托溪也不再是愉悦之地的美好名字。斯嘉丽再想起来，亦不会觉得它们是好友如织的宁静乡村。曾经，她在那些绿草如茵、流水潺潺的松软河岸上，跟英俊的军官们野餐。如今，那些地方也沦为了战场。她坐过的柔软草地已被沉重的炮车轮子碾得稀碎，被短兵相接的士兵狠狠践踏，也被那些痛苦翻滚的身体压平……如今，缓缓流淌的溪水更红了，比佐治亚红土能赋予它们的颜色更红。据说，北佬跨过桃树溪后，溪水一片猩红。桃树溪、埃兹拉教堂和乌托溪不再是单纯的地名，它们所指之处，是友人埋骨之地；是灌木丛生、密林遍布下，那些未掩埋的尸体慢慢腐烂之地。这四处亚特兰大侧边防线，也是舍曼试图攻破，而胡德的军队顽强抵抗、将其击退之地。

终于，消息从南方传到这座人心惶惶的城市。消息令人惊惶，对斯嘉丽尤其如此。舍曼将军又开始进攻亚特兰大的第四侧防线，向琼斯伯勒的那条铁路开战。这回，在那儿集结的北佬可不是打小规模战斗的小队或骑兵分队，而是主力大军。数千名邦联士兵退下城防线，赶去抗敌。因此，城里才会突然安静下来。

“干吗攻打琼斯伯勒？”斯嘉丽一想到塔拉离那地方有多近，就惊惶不已，“他们干吗非得打琼斯伯勒？就不能换个地方攻占铁路吗？”

她已经整整一周没有塔拉的消息。杰拉尔德最近一次寄来的那封短信，让她更加恐惧。卡伦病情恶化，已到了相当严重的地步。如今，邮件往来可能需要数日，卡伦到底是死是活，她一时也无从知晓。噢，要是围城之初就回家该多好，管他什么玫兰妮不玫兰妮！

虽然很多亚特兰大人都知道琼斯伯勒开战了，战况如何却无人知晓。最荒诞的谣言折磨着全城百姓。终于，一名从琼斯伯勒来的信使带来抚慰人心的消息——北佬被击退了。不过，北佬也一度攻入琼斯伯勒，并在撤退时烧了火车站、切断电报线，还毁了三英里长的铁轨。工程兵虽发疯般抢修，铁路要恢复正常仍需一定时日。因为北佬撬起枕木，堆成一堆，然后把铁轨架在火堆上烧得又红又烫，盘到电线杆上，弄得那些电线杆活像一个个巨大的瓶塞钻。如今，要想更换任何铁制品都不容易，所以换铁轨真是无比艰难。

不，北佬还没有攻占塔拉。给胡德将军送来急件的那名信使向斯嘉丽肯定了这点。那场大战后，他正要动身前往亚特兰大时，在琼斯伯勒见到了杰拉尔德。后者恳求他带封信给斯嘉丽。

可是，爸爸在琼斯伯勒干什么？年轻的信使一脸为难，不知该如何作答。原来，杰拉尔德上那儿去，是想找名军医带回塔拉庄园。

斯嘉丽站在阳光下的前门廊上，感谢那个年轻人费心带信时，感觉双膝阵阵发软。如果埃伦的医术都无济于事，得让杰拉尔德去找医生，那卡伦肯定已经病危！信使旋风般离开了，带起一小片红色尘土。斯嘉丽颤抖着手指，撕开杰拉尔德的来信。邦联如今严重缺纸，杰拉尔德只能在她上一封信的行间写回信，所以读起来十分费劲。

“亲爱的女儿，你妈和两个妹妹都得了伤寒。她们病得很重，但我们还是得抱乐观的态度。你妈病倒后，就吩咐我给你写信，让你千万别回来，以免你和韦德也被传染。你妈要我告诉你她爱你，还叫你为她祈祷。”

“为她祈祷！”斯嘉丽飞奔上楼，冲进自己的房间，跪在床边，以前所未有的虔诚祈祷起来。但她此刻念的并非正式的《玫瑰经》，而是一遍又一遍地重复：“圣母啊，求您别让她死！只要您别让她死，我保证今后一定做个大好人！求您了，别让她死！”

接下来的一周，斯嘉丽就像只受伤的动物，有气无力地在屋里四处转悠。她时刻都在等待消息，一听到马蹄声就想起身去看，夜里一有士兵敲门，她就冲下黑乎乎的楼梯。然而，塔拉没有传来任何消息。她和家仿佛隔了一个大洲，而非仅仅二十五英里尘土路。

邮件依旧不通。没人知道邦联军队在哪儿，或北佬在干什么。大家只知道，南北两军就在亚特兰大和琼斯伯勒之间的某个地方。整整一周，塔拉没有传来只言片语。

斯嘉丽已经在亚特兰大的医院见过太多伤寒病人，明白对这种可怕的疾病而言，一周意味着什么。埃伦病了，或许正生命垂危，可她斯嘉丽只能无助地待在亚特兰大照料孕妇。她和娘家之间，还隔着两支大军。埃伦病了——或许就快死了。可埃伦不能病啊！她从未生过病。这种事想想都觉得难以置信，简直让斯嘉丽对生活失去了最基本的安全感。其他每个人都生过病，但埃伦绝不可能。她总是照料病人，是让他们康复的那个人。她不可能生病。斯嘉丽想回家，她想念塔拉庄园，就像受惊的孩子发疯般地想去唯一所知的避难所一样。

家！那是一座结构散漫的白房子。窗户上挂着的白色窗帘迎风飘扬。草坪中，茂密的红花草引来蜜蜂奔忙。小黑奴坐在前门台阶，驱赶跑进花坛的鸭子和火鸡。那儿有宁静的红土地，绵延数英里的棉花田在阳光下一片雪白！家啊！

要是在围城之初，人人都逃难时回家就好了！她本可以带走玫兰妮，那样的话，到如今也平平安安地过了好几个星期了。

“噢，该死的玫兰妮！”斯嘉丽不下千次地想着，“她为何不能跟佩蒂姑妈去梅肯？她该去那儿，跟她的亲戚们，而不是跟我待在一起。我跟她非亲非故，她干吗赖着我不放？她若去了梅肯，我就能回家看妈妈了。要不是这孩子，甚至现在——甚至此时此刻，哪怕有北佬，我也能冒险回家。说不定，胡德将军能派个人护送我回去呢。胡德将军是好人，我肯定能让他派个护卫举起休战白旗，带我穿越前线。可是，我必须等这孩子出生！噢，妈妈！妈妈！千万别死……这孩子怎么还不生？今天我得去找米德医生，问问他是否有催生的法子。那样我才能回家——如果能有人护送的话。米德医生说玫兰妮不好生。天哪！她如果死了怎么办？玫兰妮死了。玫兰妮死了。那阿希礼……不，我不能这么想，这么想不好。但阿希礼……不，我不能这么想……无论如何，阿希礼或许早就死了。但他让我许诺照顾玫兰妮。可——我若没照顾她，她死了，而阿希礼还活着……不，我不能这么想。太罪恶了。我已经向上帝保证，只要他让妈妈活着，我就要做个好人。噢，孩子快点生出来就好了。我要是能离开这儿就好了——回家，或者去其他任何地方，只要别待在这儿就好。”

曾经，斯嘉丽很喜欢亚特兰大，如今却恨透了眼前这片不祥的死寂。亚特兰大不再是那个她深深爱着、给她带来无限欢娱的城市。它已经变成好似瘟疫侵袭的可怕之地。围城的喧嚣过后，它变得如此安静，安静得可怕。之前，人们还能从炮击的喧嚣声和危险中寻找刺激，可随后而来的这片死寂，却只剩下恐惧。城市里似乎到处都有鬼魂出没，那些鬼魂就是恐惧、迟疑不定和回忆。人人愁眉苦脸，斯嘉丽看到的少数士兵都一副精疲力竭的模样，跟知道已输掉比赛，却还强迫自己跑完最后一圈的参赛者一样。

八月的最后一天，有谣言说自亚特兰大之战以来最激烈的一场战斗，已在南面某处打响。谣言传得相当可信，亚特兰大人都在等战况，甚至连开玩笑的兴致都没了。现在，人人都知道了士兵们两周前就知道的事——亚特兰大已濒于绝境，梅肯的铁路线若失守，亚特兰大也完了。

九月一日早晨，斯嘉丽带着一种窒息般的恐惧醒来。昨晚睡觉时，她便有了这种感觉。她睡意昏沉地想：“昨晚睡觉前，我在担心什么来着？噢，对了，战斗。昨天，有个地方打起来了！噢，谁赢了？”她匆匆坐起来，揉着眼睛，昨日的忧愁再次爬上心头。

哪怕才大清早，空气也又闷又热。可想而知，中午肯定是明晃晃的蓝天和无情的烈日。外面的大路很安静，没有马车吱吱呀呀地驶过，也不见士兵迈着沉重的步伐，扬起红色尘土。邻居家的厨房并未传来黑厨娘懒洋洋的声音，一点准备早餐的快活声响都没有。因为，除了米德太太和梅里韦瑟太太，其他所有邻居都去梅肯避难了。然而，剩下的这两家也听不到任何动静。沿街往前一些的商业区静悄悄的，很多店铺和办公处都锁着，还钉了木板。主人们都扛起步枪，去乡下某处打仗了。

这种怪异的寂静已经持续一周，但斯嘉丽觉得，今早甚至静得更不祥。她一改往日赖床伸懒腰的习惯，匆匆爬起来走到窗边，想瞧瞧是否能见到某个邻居，或其他鼓舞人心的事。然而，路上空荡荡的。她注意到枝头的树叶虽依然深绿，却已变干，还蒙上了一层厚厚的红土。而前院的那些花因为缺乏照料，也垂头丧气地蔫了。

她站在窗前朝外张望，忽然听到远方隐隐传来一声闷响。那声音就像暴风雨来临前，天边响起的雷声。

“下雨了。”她立马生出这个念头。然后，那颗乡下长大的脑袋又加了一句：“我们正缺雨呢。”刹那间，她突然醒悟过来：“雨？不！不是雨！是大炮！”

她心跳加快，从窗口探出身去，竖起耳朵捕捉远方的轰鸣，想辨别出它到底来自哪个方向。可那声音太远，一时间真判断不出来。“上帝啊，让它来自玛丽埃塔吧！”她祈祷，“或者迪凯特、桃树溪也成。但千万别是南方！千万别是南方！”她紧紧抓住窗台，更使劲地听。远方的隆隆声似乎变大了些。的确是从南方传来。

炮声在南方！南方有琼斯伯勒和塔拉庄园——还有埃伦。

现在，此时此刻，北佬说不定已经在塔拉了！她再次倾听，可耳朵里全是血气上涌的脉搏声，远方的炮声根本模糊不清。不，他们不可能已经到达琼斯伯勒。如果真到了那么远的地方，声音应该更轻微、更模糊。但他们肯定至少已经又向琼斯伯勒推进了十英里，或许已经到了拉夫雷迪小镇附近。然而，从拉夫雷迪到琼斯伯勒，只有十英里左右的路程。

南方响起炮声，或许也算为亚特兰大的陷落敲响了丧钟。但对忧心母亲安危的斯嘉丽来说，南方开战仅仅意味着仗打到了塔拉庄园附近。她绞着双手走来走去，第一次充分意识到南军可能会败。想到舍曼那数千人的大军离塔拉那么近，她才清晰地感受到战争的可怕。从前，无论是围城时震碎窗玻璃的炮声，还是缺衣少穿，抑或一排排看不到尽头的垂死伤兵，都没让她生出这般苦痛之感。舍曼的军队离塔拉只有区区几英里！就算北佬可能被击退，他们的溃逃之路也是向着塔拉去的。杰拉尔德根本不可能带着三个生病的女人逃难。

噢，如果此刻在塔拉的是她，而非北佬就好了。她光着脚，在屋里走来走去，睡衣老往腿上贴。而她越走，便越觉得大事不妙。她想回家，想待在埃伦身边。

楼下厨房传来瓷器的叮当声，是普利西在准备早餐。然而，还是没有米德太太家贝齐的声音。普利西尖细而悲伤的声音唱了起来："这沉重的负担，还要再挑几天……"歌声让斯嘉丽烦躁不已，歌词暗含的悲伤之意更是令她恐惧。于是，她裹上晨衣，啪嗒啪嗒地穿过走廊，来到后面楼梯，大喝一声："普利西，别唱啦！"

楼下传来一声闷闷不乐的"知道了，小姐"。斯嘉丽深吸了口气，突然羞愧起来。

"贝齐呢？"

"不知道，她还没来。"

斯嘉丽走到玫兰妮房门前，把门推开一条缝，朝里张望。洒满阳光的屋内，玫兰妮穿着睡衣躺在床上。她闭着眼，眼圈发青，那张瓜子脸有些浮肿，纤细的身体变形得厉害，看上去很是可怕。斯嘉丽恶毒地想，阿希礼要是能看到她现在这副模样就好了。玫兰妮真是比她见过的所有孕妇都丑。

“进来吧。”玫兰妮艰难地转向斯嘉丽这边，邀请道，“太阳一出来我就醒了，之后一直在想心事。斯嘉丽，我想求你件事。”

斯嘉丽走进房间，坐在阳光刺眼的床边。

玫兰妮伸出手拉住斯嘉丽，温柔而充满信任地紧紧握住。

“亲爱的，”她说，“那炮声真让我难过。是向着琼斯伯勒去的，对吧？”

斯嘉丽“嗯”了一声。这念头又起，她的心跳再次加速。

“我知道你有多焦虑，也知道要不是因为我，你上周收到母亲生病的消息，就回家了，不是吗？”

“嗯。”斯嘉丽很不礼貌地回答。

“斯嘉丽，亲爱的。你一直对我这么好，再也没有比你更甜美、更勇敢的姐妹了。所以，我很爱你。真抱歉，拖累你了。”

斯嘉丽瞪着她，心想：“爱我？真的吗？真是个蠢货。”

“斯嘉丽，我躺在这儿一直在想，想请你帮我一个忙。”她的手握得更紧了，“我如果死了，你能收养我的孩子吗？”

玫兰妮睁大眼睛，目光温柔又热切。

“可以吗？”

斯嘉丽猛地抽回手，仿佛整个人都陷入恐惧之中，声音也随之变粗了。

“噢，别傻了，玫兰。你不会死。每个女人生头胎时，都以为自己会死。我也这么想过。”

“不，你没有。你从不惧怕任何事，这么说不过是想给我打气。我不怕死，但很怕撇下这个孩子，如果阿希礼已经——斯嘉丽，答应我，如果我死了，你会收养我的孩子。这样，我就不怕了。佩蒂帕特姑妈已经老得没法再养大一个孩子。霍尼和英迪亚人虽好，但——我希望由你来抚养我的孩子。答应我吧，斯嘉丽。如果是个男孩，把他养成阿希礼那样；如果是个女孩——亲爱的，我希望她长大能像你。”

“天哪！”斯嘉丽大叫一声，从床边跳起，“如今的情况不够糟吗？你还一个劲地说死啊死的。”

“对不起，亲爱的。但请答应我吧。我想，应该就是今天了。我肯定，就是今天。请答应我吧。”

“噢，好吧，我答应。”斯嘉丽说，困惑地低头看着她。

玫兰妮真这么傻，看不出自己喜欢阿希礼？或者，她其实什么都知道，并觉得她斯嘉丽会因为这份爱，悉心照料阿希礼的孩子？斯嘉丽突然很想大声问出这些问题，但玫兰妮拉起她的手贴到自己脸上，让她话到嘴边又咽了回去。玫兰妮的眼神恢复平静。

“玫兰，你为何觉得是今天？”

“黎明起我就开始感觉到阵痛，但痛得不太厉害。”

“真的吗？哎呀，干吗不叫我？我这就派普利西去请米德医生。”

“不，先别去，斯嘉丽。你知道他有多忙。大家都忙得很。给他捎个信就行，就说我们今天说不定什么时候会需要他。再派人跟米德太太说一声，请她过来陪我吧。她知道什么时候叫人去请米德医生。”

“噢，别那么无私啦。你现在跟医院里的任何人一样需要医生。我这就派人去请米德医生。”

“不，别去。有时，生孩子需要一整天呢。可怜的士兵们那么需要医生的时候，我怎么能让他在这儿枯坐几个小时。派人把米德太太请来就好，她知道该怎么做。”

“那好吧。”斯嘉丽说。

第二十一章

把玫兰妮的早餐端上楼后，斯嘉丽便差普利西去请米德太太，自己则坐下来，跟韦德一起吃早餐。然而，她生平第一次胃口全无。玫兰妮即将临盆，听到炮声又让人不自觉地紧张，哪儿还吃得下饭？心跳也变得古怪，正常跳动几分钟后，就怦怦狂跳一阵，声音之大、速度之快，让她几欲呕吐。浓稠的牛奶玉米片粥仿佛胶水一样黏在喉咙里，一向用来代替咖啡的烤玉米加甘薯粉，也从未像此刻这般难以下咽。没有糖或奶油，这东西简直跟胆汁一样苦。用来充作“甜味剂”的芦黍糖浆根本无济于事，所以她喝了一口，就把杯子推开了。哪怕没有其他理由，仅凭没有加糖和浓奶油的咖啡喝，就够她痛恨北佬了。

韦德比平常安静，也没跟往日早晨一样，抱怨讨厌的牛奶玉米片粥难喝。他默默咽下斯嘉丽喂来的每一勺粥，就着水大口大口地吞下肚。他那双柔和的棕色眼眸睁得又圆又大，始终追随着妈妈的每个动作，目光中那种孩子般的困惑，仿佛已经跟她掩饰不住的恐惧完成了交流。韦德吃完饭后，斯嘉丽让他去后院玩。看着儿子摇摇摆摆地穿过满是杂草的草坪，进了游戏室，斯嘉丽总算松了一大口气。

她站起身，犹豫不决地走到楼梯脚。应该上楼陪玫兰妮坐坐，分散一下她的注意力，别去想即将到来的折磨。然而，斯嘉丽又不太想去。玫兰妮干吗早不生晚不生，偏偏挑在今天生！还非要这时候讨论生死！

她在最下面的一级台阶上坐下，努力平复心情，禁不住又开始琢磨昨日的战况如何，以及今天打得怎么样了。几英里外就有一场大战，自己却对战况一无所知，这种感觉真奇怪啊！跟那天桃树溪之战相比，亚特兰大这片被遗弃的城北区域，真是静得出奇！佩蒂姑妈的房子是城北最后一座，战场远在南面某处。眼下既不见有增援部队火速赶去，也没有救护车和伤病队伍蹒跚而回。她很想知道，此类场景是否正在南面上演。谢天谢地，她不在那儿。城北桃树溪一带，除了米德家和梅里韦瑟家，其他人都已外出逃难。要是他们没走就好了！她觉得好孤单、好凄凉啊。彼得要是还在自己身边多好啊，这样他就能去司令部打听打听消息。要不是玫兰妮，她此刻就能亲自进城。可米德太太不来，她就不能走。米德太太怎么还不来？普利西到底去哪儿了？

斯嘉丽起身，走到屋外的前门廊上，不耐烦地张望。但米德家在一处背阴的街角，她什么也看不见。过了好久，普利西终于出现。那丫头慢悠悠地独自走着，仿佛还有一整天的时间容她磨蹭。她边走边左右晃动裙摆，还频频回头，欣赏自己这副身姿。

“你简直跟一月的糖浆一样慢。”普利西开门时，斯嘉丽厉声喝道，“米德太太怎么说？她什么时候过来？”

“她不在。”普利西说。

“去哪儿了？什么时候回家？”

“呃，小姐，”普利西快活地拖长调子，以加强她这条消息的重要性，“厨子说，米德太太一大早就得到菲尔少爷中枪的消息，立刻坐马车走啦。她还带上了老塔尔博特和贝齐一起去接菲尔少爷回家。伙夫说，少爷伤得很重，米德太太今天估计来不了啦。”

斯嘉丽瞪着她，恨不得抓住她使劲摇晃。黑鬼们总是很骄傲自己能带回坏消息。

“好啦，别跟个傻瓜似的杵在那儿。去梅里韦瑟太太家，把她或她家嬷嬷请来。快，马上去！”

“斯嘉丽小姐，她们不在家。回来的路上，我顺道去了一趟，想跟她家嬷嬷待一会儿。但她们都走了，房子上着锁。估计全去医院了吧。”

“难怪你去了这么久！派你去哪儿，能不能别顺路找人‘待一会儿’，就直接去——”

斯嘉丽没再说下去，反而开始苦苦思索。留在城中的朋友，还有谁能帮上忙？埃尔辛太太。虽然这些日子以来埃尔辛太太着实不喜欢自己，但她向来喜欢玫兰妮啊。

“去埃尔辛太太家，详细解释清楚一切，请她到这儿来。普利西，听着，玫兰小姐要生孩子了，她或许随时需要你。赶紧去，然后直接回来！”

“好的，小姐。”普利西转过身，蜗牛般慢悠悠地走了。

“你这慢性子，动作快点！”

“好的，小姐。”

普利西稍微加快了点步子，斯嘉丽转身进屋。上楼去见玫兰妮之前，她又犹豫了一番。她得向玫兰妮解释米德太太为何没来，而菲尔重伤的事也可能令玫兰妮心烦意乱。唉，她还是撒个谎算了。

斯嘉丽走进玫兰妮的房间，看到盘子里的早餐根本动都没动。玫兰妮侧身躺着，脸色煞白。

“米德太太去医院了，”斯嘉丽说，“但埃尔辛太太马上就来。很疼吗？”

“不是很疼，”玫兰妮撒谎，“斯嘉丽，你生韦德用了多长时间？”

“没用多久，”斯嘉丽佯装轻松地应道，“我是在院子里发动的，差点来不及进屋呢。嬷嬷说，生那么快真丢人，简直跟黑奴一样。”

“我倒希望自己也能像黑奴一样。”玫兰妮努力挤出一个微笑，但那张脸立刻又因疼痛而扭曲。

斯嘉丽低头看了眼玫兰妮窄小的臀部，虽然知道情况不容乐观，却还是安慰道：“噢，真的没那么糟糕。”

“噢，我知道。但我恐怕是个胆小鬼。埃……埃尔辛太太马上就来吗？”

“嗯，马上就来。”斯嘉丽说，“我下去端些清水给你擦一擦。今天太热了。”

她借打水尽量拖延着时间，每隔两分钟，就跑到前门看普利西回来没。始终没瞧见那丫头的身影，斯嘉丽只得返身上楼，替玫兰妮擦拭汗湿的身体，梳理长长的黑发。

一个小时后，斯嘉丽终于听到街上传来黑奴那拖沓的脚步声，朝窗外一看，瞧见普利西慢悠悠地回来了。她还跟之前一样摆弄着裙裾，摇头晃脑、搔首弄姿，仿佛周围有一大群兴致高昂的观众。

“这小娼妇，我迟早要狠狠抽她一顿。”斯嘉丽恶狠狠地想着，匆匆下楼去迎她。

“埃尔辛太太在医院。她家厨娘说早班列车送了一大群伤兵来。厨娘还在煮汤，要给他们送过去呢。”

“别管她说什么了。”斯嘉丽打断道，一颗心直往下沉，“换条干净围裙，去趟医院。我写张便条，你带去给米德医生。如果他不在那儿，就给琼斯或别的医生。这次你要是不赶紧回来，我就剥了你的皮。”

“是，小姐。”

“再随便向哪位先生打听下战斗情况。他们要是不知道，就去火车站问送伤兵回来的机工。问问他们，是不是琼斯伯勒或那附近在打仗。”

“天哪，斯嘉丽小姐！”普利西那张黑脸蛋顿时惊恐万分，“北佬已经打到塔拉了，是吗？”

“我不知道，所以才叫你去打听消息啊。”

“天哪，斯嘉丽小姐！他们会把我妈怎么样？”

普利西突然号啕大哭起来，声音大得让斯嘉丽更心烦了。

“别哭啦！玫兰妮小姐会听到的。立刻去换围裙，快！”

被催着加快速度的普利西匆匆朝后屋走去，斯嘉丽则拿出杰拉尔德上次寄来的那封信，在空白处匆匆写了几行字。屋里能找到的纸，也就这封信了。她开始折信，要把自己的留言叠到最上面。看到杰拉尔德那句“你妈……伤寒……千万别回来……”，她差点就哭了。要不是玫兰妮，她立马动身回家，哪怕要一步一步走回去，也立马出发。

普利西攥着信，快步离开。斯嘉丽回到楼上，拼命琢磨怎么撒谎，才能合理地解释埃尔辛太太为何没来。然而，玫兰妮什么都没问，只是平静温柔地躺着。看到她那副样子，斯嘉丽也感到片刻安宁。

斯嘉丽坐下来，努力说些无关紧要的事，但北佬或许会胜利的念头无情地刺激着她的神经。她想到埃伦奄奄一息，北佬就要进入亚特兰大，烧掉一切，杀光所有人。自始至终，远方沉闷的炮响从未停歇，伴随着一股又一股恐惧，钻入她耳中。终于，她再也说不下去，只盯着窗外闷热沉寂的街道和树上沾满尘灰、一动不动的叶子。玫兰妮也默不作声，只不过，那张平静的脸时不时就因疼痛而扭曲。

每次阵痛后，玫兰妮都说："不算太糟，真的。"斯嘉丽知道她在撒谎。她宁愿听到一声响亮的尖叫，也好过这种沉默的隐忍。她知道自己应该为玫兰妮难过，但不知怎的，她就是生不出半分同情。她的思绪已被自身的痛苦撕碎。有一次，她锐利地盯着那张因痛变形的脸，纳闷全天下那么多人，为何此时此刻，待在这儿陪着玫兰妮的会是她。她跟这个女人毫无共同之处。她恨玫兰妮，很乐意看到她死。呃，说不定这愿望能实现，不出今天就能实现。想到这儿，一阵冰冷又迷信的恐惧袭遍全身。咒别人死可是要倒霉的。嬷嬷说过，"害人反害己"。她赶紧默默祈祷玫兰妮别死，接着又热切地聊起天，却连自己说了什么都不知道。终于，玫兰妮伸出一只热烘烘的手，扣住她的手腕。

"亲爱的，别费神聊天了。我知道你有多焦虑。真抱歉，给你添了这么多麻烦。"

斯嘉丽再次沉默，却坐不住了。如果医生或普利西都不能及时赶到，她该怎么办？她走到窗边，看看下方街道，又走回来坐下。随后再次起身，到房间另一侧朝窗外张望。

一个小时过去了，又一个小时过去了。中午时分，烈日高悬，没有一丝风吹动满是尘土的树叶。此刻，玫兰妮的阵痛更厉害了，长发已浸透，睡衣被一片片汗渍粘在身上。斯嘉丽用海绵默默替她擦脸，内心却被恐惧啃噬着。天哪，医生要是还没来，孩子就出生了怎么办？她该怎么办？她对接生可是一窍不通。数周以来，她担心的正是眼下这种紧急情况。如果真没医生来得了，只能指望普利西能应付过来了。普利西很懂接生，还反复说过好几次。但普利西在哪儿？她怎么还不回来？医生为什么还不来？斯嘉丽再次走到窗边，朝外张望，还使劲听了听，突然怀疑是远方的炮声停了，抑或那只是她的幻想。如果炮声真的更远，那就意味着战斗离琼斯伯勒更近，也意味着……

终于，斯嘉丽看到普利西沿着大街快步走来。她探出窗外。普利西瞧见她，张嘴就要嚷。看到那张小黑脸上的惊恐表情，斯嘉丽担心她喊出什么坏消息吓到玫兰妮，赶紧把手指竖在唇上示意，然后离开了窗口。

“我再去打点凉水来。”斯嘉丽俯视着玫兰妮那双乌青的眼睛，努力挤出一个微笑，便匆匆出了房间，并仔细关好了门。

普利西坐在门厅里最后一级楼梯上喘气。

“斯嘉丽小姐，他们在琼斯伯勒打起来啦！大家都说我们的人要败了。噢，天哪，斯嘉丽小姐！妈妈和波尔克怎么办？噢，天哪，斯嘉丽小姐！北佬要是打到这儿，我们该怎么办？噢，天哪——”

斯嘉丽赶紧伸出一只手，捂住她肥厚的嘴唇。

“看在上帝的分上，别出声！”

是啊，北佬要是打到这儿，她们会怎样？塔拉庄园会怎样？斯嘉丽坚定地把这念头抛诸脑后，努力先专注眼前更紧迫的问题。若再琢磨那些事，她也会像普利西一样尖叫号哭起来。

“米德医生在哪儿？他什么时候来？”

“斯嘉丽小姐，我压根没瞧见他。”

“什么？！”

“没错，小姐。他不在医院，梅里韦瑟太太和埃尔辛太太也不在。一位先生告诉我，医生在车棚，跟刚从琼斯伯勒来的伤兵们待在一起。可斯嘉丽小姐，我不敢去车棚——那儿的人快死了。我害怕死人……”

“其他医生呢？”

“斯嘉丽小姐，天哪，我几乎找不到一个人肯看您写的便条。医院里的所有人都忙疯了。一个医生还骂我：‘滚开！别再拿什么生孩子的事来烦我，这儿已经有这么多人都快死了，找个婆子帮你！’然后，我照你的吩咐四处打听消息，他们都说琼斯伯勒在打仗，我……”

“你是说，米德医生在车站？”

“是的，小姐，他——”

“好吧，仔细听好。我这就去找米德医生，你坐在玫兰妮小姐旁边，她吩咐什么，你便做什么。你要是敢透露一句哪儿在打仗，我保证把你卖到南方去。也不准说其他医生来不了。听到了吗？”

“听到了，小姐。”

“擦擦眼睛，打罐清水上楼，替她擦擦身子。告诉她，我去找米德医生了。”

“斯嘉丽小姐，她要生了吗？”

“我不知道。恐怕是，但我也不懂。你该懂的啊。上楼去。”

斯嘉丽从螺形托脚小桌抓起宽边草帽，一把扣到头上，然后下意识地对着镜子拢了拢散乱的头发，其实压根没看自己的样子。一阵阵冰冷的恐惧从心口荡开，向外扩散，直至触摸脸庞，她才发现指尖也冷了。然而，身上其他地方却在出汗。她匆匆出门，走到烈日下。刺目的阳光晃得人睁不开眼，她沿着桃树溪走得飞快，太阳穴热得突突直跳。她能听到远处此起彼伏的各种呼喊声。看到莱登家的房子时，因为胸衣束得太紧，她已经开始喘气，却不敢放慢脚步。前方的喧闹声越来越响。

从莱登家走到五角广场的那段路乱成一团，活像捅了蚂蚁窝。黑奴们一脸惊恐地满街乱窜。各家门廊上，无人照看的白人小孩放声大哭。街上全是满载伤兵的军用车和救护车，还有一辆辆行李箱和各种家具堆得老高的马车。男人们骑着马从小路上冲出来，乱糟糟地直奔胡德司令部而去。邦内尔家门口，老阿莫斯抓着马笼头，骨碌碌地转着眼珠，跟斯嘉丽打招呼。

“你还没走啊，斯嘉丽小姐？我们马上就走啦。老小姐正在打包行李呢。”

“走？去哪儿？”

“天知道，小姐。反正得走。北佬就快来啦！”

斯嘉丽继续赶路，甚至没顾得上说声“再见”。北佬就要来了！走到韦斯利教堂，她才停下来喘气，等待狂乱的心跳平复。如若不然，她非晕倒不可。抓住一根路灯柱，倚着它站定后，她看见一名军官策马从五角广场飞奔而来，不由得一时冲动，跑到马路中央，冲他挥手。

“噢，停一下！请停一下！”

那人猛地拉出缰绳，马骤然停步，扬起前蹄连连后退。军官虽满脸疲惫和焦急，还是唰地摘下灰色破军帽。

“夫人，有事吗？”

“快告诉我，是真的吗？北佬真的要来了？”

“恐怕是的。”

“你知道？”

“是的，夫人，我知道。半小时前，琼斯伯勒战场刚给司令部发来急报。”

“琼斯伯勒？你确定？”

“确定。夫人，还说那些漂亮话有何用？消息是哈迪将军发来的，说：‘我已战败，正全线撤退。’”

“噢，天哪！”

军官面无表情地俯视着斯嘉丽，黑脸膛上满是疲惫。他重新拢好缰绳，戴上帽子。

“噢，先生，请再等一下。我们该怎么办？”

“夫人，这我可说不好。军队很快就会撤离亚特兰大。”

“军队撤离，把我们留给北佬？”

“恐怕是的。”

军官一夹马刺，马顿如弹簧般跳起，疾驰而去。斯嘉丽站在路中央，脚踝上粘了一层厚厚的红土。

北佬要来了。军队要走了。北佬要来了。她该怎么办？该往哪儿跑？不，她不能跑。玫兰妮还躺在床上待产。噢，女人为何要生孩子？要不是玫兰妮，她早就带着韦德和普利西躲进树林，北佬永远别想找到他们。可她不能将玫兰妮带进树林。不，现在不行。噢，她要是早点生孩子就好了，哪怕昨天也行啊。或许，他们还能弄到一辆救护车，把她带到什么地方藏起来。但现在——她必须找到米德医生，让他跟自己回家。或许，他能让孩子快点生下来。

她提起裙子就跑，那脚步声仿佛始终和着一个节拍：“北佬要来了！北佬要来了！”五角广场上满是闷头瞎跑的人，到处都是满载伤员的大车、救护车、牛车和马车。人群中，喧嚣声如拍岸巨浪，一波又一波地涌来。

然后，她看到一幕并不协调的怪异景象：一群女人扛着火腿，从铁路那边走来；小孩拎着一桶桶糖蜜，跌跌撞撞、脚步飞快地跟在她们身旁，糖蜜滴滴答答地洒了一路；少年扛着一袋袋玉米和土豆；一个老头用独轮车推着一小桶面粉，吃力地跟着队伍走。男女老少、黑人白人，都一脸紧张，带着成包、成袋、成箱的食物匆匆赶路。一年来，斯嘉丽第一次看到这么多食物。突然，人群为一辆歪歪斜斜的马车让出一条道。文雅娇弱的埃尔辛太太一只手拉着缰绳，另一只手拿着马鞭，驾车而来。她站在那辆维多利亚马车的车前座上，脸色苍白，没戴帽子，长长的银发在身后飘飞。看她那挥鞭驾车的模样，简直像个复仇女神。她家的黑嬷嬷梅利莎坐在后座上，被颠得左摇右晃。她一只手抓着块油腻腻的熏咸肉，另一只手配合双脚，努力护着堆在周围的箱子和口袋。一个装干豌豆的袋子破了，豌豆撒了一地。斯嘉丽尖声喊她，声音却被喧嚣的人群淹没。那辆马车发疯般地飞驰而过。

一时间，斯嘉丽还没明白这是怎么回事，但旋即便想起军需仓库就在铁路边。看来，是军队开仓放粮，让百姓赶在北佬来之前，尽量多挽回些物资。

斯嘉丽飞快地挤过人群，甩下了五角广场空地上歇斯底里的乌合之众，沿着通向车站的那条小街，用最快的速度赶路。透过胡乱停放的救护车和一团团尘土，她看见医生们和担架工动作飞快，又是弯腰，又是抬人。谢天谢地，很快就能找到米德医生了。然而，转过亚特兰大旅馆，整个车站和铁路线都映入眼帘时，她却突然惊恐地停住了脚步。

无情的烈日下，成百上千的伤兵肩并着肩、头挨着脚地躺在人行道上和铁轨两侧。伤兵一排又一排，似没有尽头般一直延伸进车棚。有些人僵硬地躺着，但仍有很多在烈日下痛苦地扭动着身子，呻吟不止。处处都有成群结队的苍蝇绕着伤员飞，嗡嗡叫着在他们脸上爬来爬去。处处都是鲜血和脏绷带。担架工一抬起伤兵，就会有人呻吟，也有人痛得尖声咒骂。汗味、血腥味、没洗澡的身体发出的臭味和粪便的味道随着热气一阵阵地涌来，熏得斯嘉丽几欲作呕。救护人员急急忙忙地在躺着的伤员中往来，经常踩到他们。伤兵们实在挨得太近，被踩的也只能木然地仰头望天，等着轮到自己被抬走。

斯嘉丽退了几步，一只手捂住嘴，觉得自己就快吐了。不能再往前走！她在医院见过伤兵。桃树溪战役后，她也在佩蒂姑妈的草坪上见过伤兵。然而，眼前的场景依旧前所未见。她从没见过这么多流着血的恶臭身体遭受烈日的炙烤。这简直是充斥着痛苦、恶臭和喧嚣的地狱。快！快！快！北佬就要来了！北佬就要来了！

斯嘉丽挺起肩膀，走进人堆，边走边紧张地在站着的人中寻找米德医生。可她发现自己根本没法找，因为一不留神，就会踩到某个可怜的士兵。她提起裙子，在伤员中仔细地择路而行，朝一名正在指挥几个担架工的人走去。

一路走着，始终有热烘烘的手在拽她的裙摆，有嘶哑的声音哀求："夫人——水！求求您了，夫人，给点水吧！看在上帝的分上，给点水吧！"

斯嘉丽汗流如注，边走边把裙子从那些紧紧攥着的手中抽回。如果踩到其中的哪个，她定要尖叫着晕倒不可。她跨过一个个已经死掉的人，也跨过一个个还活着的人。有些人目光呆滞、双手按在肚子上，干涸的血将破烂军服和伤口粘到了一起。有些人的胡子被血凝得硬邦邦的，还有些人下巴都被击碎了。但那破碎牙床间传出的声音，肯定是："水！水！"

如果不能尽快找到米德医生，她肯定会歇斯底里地尖叫起来。她看向车棚下的那群人，用尽全力放声大喊："米德医生！米德医生在吗？"

其中一人走出来，朝她张望。正是米德医生。他没穿外套，袖子一直卷到肩膀，衬衫和裤子都跟屠夫的一样红。就连那把铁灰色胡子，也沾上了血迹。他一脸疲惫，但从那张脸上，也能看出他心中全是无能为力的怒火和炽热的同情。那是一张满面尘土的灰脸，汗水在面颊上留下一道道长长的沟壑。然而，他喊她时，那声音依旧平静坚定。

“谢天谢地，你来了。我正需要人手。”

一时间，斯嘉丽只是困惑地瞪着他，沮丧地松开抓在手里的裙子。裙裾落在一个伤兵脏兮兮的脸上，那人虚弱地努力转动着脑袋，想从那令人窒息的重重褶层里挣脱开去。医生这话什么意思？救护车扬起的干燥尘土扑面而来，呛得她透不过气。一股股腐烂的气味也如臭水般，直往她鼻孔里钻。

“快，孩子！快过来。”

她又拎起裙摆，用最快的速度跨过一排排伤兵，朝医生赶去。她一只手拽住医生的胳膊，感觉到那条胳膊已经累得开始颤抖。然而，医生脸上依旧不见半分虚弱之色。

“噢，医生！”她嚷道，“你一定得来。玫兰妮要生了。”

医生看着斯嘉丽，仿佛没听懂她的话。斯嘉丽脚边，一个枕着水壶的伤兵闻言反倒同情地咧嘴一笑，快活地说：“他们会处理的。”

斯嘉丽甚至没低头去看那人，只摇晃着医生的胳膊。

“是玫兰妮。孩子。医生，你一定得去。她——她——”虽然眼下已不是讲究体面的时候，但当着数百名陌生男人的面，那话还是很难说出口。

“阵痛越来越厉害了。求你啦，医生！”

“孩子？天哪！”医生如遭雷击，脸庞顿时因憎恶和怒气而扭曲。但这怒火并非冲着斯嘉丽或其他任何人，而是气愤这个竟发生此等事的世界，“你疯了吗？我离不开这些人。他们都快死了，成百上千人。我不能因为一个该死的孩子，就离开他们。找个女人帮你。去找我太太。”

斯嘉丽张开嘴，正要告诉他米德太太为何去不了，随即又猛然闭上嘴。他还不知道自己的儿子受伤了！他若知道了，还会待在这儿吗？但某种感觉告诉她，就算知道菲尔快死了，他也会坚守岗位，帮助多数人，而非一个人。

“不，你一定得去，医生。你说过，她不好生——”唉，站在这个呻吟声不绝于耳、地狱般酷热的地方，扯着嗓子说这些可怕又粗鲁的话的人，真是她斯嘉丽吗？“你要是不去，她会死的！”

医生粗鲁地甩开她的手，仿佛没听见，或没听懂她说了什么话似的。

“死？没错，他们都会死，这些人都会死。没有绷带、药膏、奎宁，也没有氯仿。噢，天哪，给我点吗啡吧！一点就行，给那些伤势最重的人用一点！给我点氯仿吧。该死的北佬！该死的北佬！”

“让他们下地狱去，医生！”躺在地上的那个男人说，牙齿在胡子下闪了闪。

斯嘉丽开始发抖，恐惧的泪水在眼中闪烁。医生不跟她走。玫兰妮会死。她曾经希望她死掉。医生不去。

“看在上帝的分上，医生！求你了！”

米德医生咬着嘴唇，下巴僵硬，脸色再次平静下来。

“孩子，我尽力。我无法保证，但我尽力。等我们把这些人安顿好。北佬就要来了，军队即将撤出城去。我不知道他们会如何处置伤员。没有火车了，梅肯线已被占领……但我会尽力试试。

赶紧走吧。别烦我。接生没什么大不了的，把脐带扎好就成……”

一个勤务兵碰了碰医生的胳膊，他转过身，又开始激动地指着这个那个伤员，下达各种指令。斯嘉丽脚边的那个男人同情地望着她。斯嘉丽只能转身走了，因为医生已经把她忘了。

斯嘉丽在伤兵中择路而行，匆匆回到桃树街。医生没来。她得自己应付这事了。谢天谢地，接生的事普利西都懂。斯嘉丽热得头疼，也感觉紧身胸衣已被汗水湿透，黏糊糊地粘在身上。她脑袋发麻，双腿也麻了，仿佛身处梦魇，想跑却跑不动。一想起回家的路，她就觉得那漫长得好似没有尽头。

然后，脑中又一次次地回荡起“北佬要来了！”她的心重新跳了起来，四肢仿佛重获新生。她匆忙挤进五角广场的人群。此时人更多了，狭窄的人行道被挤得水泄不通，她只能被迫走街心。一队又一队士兵满身尘灰、疲惫不堪地走过。看那长长的队伍，似乎有好几千人。他们胡子拉碴、蓬头垢面，肩上挂着枪，迈着行军的便步，飞快地过去了。炮车隆隆跟上，赶车的挥舞着生牛皮鞭，抽打着瘦弱的骡子。军需车盖着破帆布，沿着一条条车辙，摇摇晃晃地开过。没完没了的骑兵队掀起呛人的尘土，也过去了。之前，斯嘉丽还从未见过这么多士兵。撤退！撤退！军队正向城外撤退。

急速行进的队伍又将她推回人行道。她闻到一股浓烈的廉价玉米威士忌味。迪凯特街附近乱糟糟的人群里，有不少衣着艳丽花哨、脸上涂脂抹粉的女人，营造出一种极不和谐的节日气氛。那些女人大部分都喝醉了，被她们挽住手臂的士兵更醉。斯嘉丽瞥见一头红色鬈发，定睛一瞧，原来是贝尔·沃特林那妖精。她紧紧攥着一个脚步踉跄的独臂士兵，醉得尖声大笑。

斯嘉丽又推又搡地挤过人群，走到五角广场那头的一个路口，才总算没那么挤了。她拎起裙摆，再次加快步伐。到达韦斯利教堂时，她已经上气不接下气，还头晕目眩，有点想吐。紧身胸衣简直快把肋骨勒断。她一屁股坐在教堂台阶上，双手捂头，直到稍微缓过气来。要是能深吸一口气，一直吸进肚子里就好了！要是心能别这么怦怦乱跳、乱敲乱蹦就好了。要是这个疯狂之地有人能帮帮她就好了。

唉，她这辈子还没遇到过非得亲自动手的事呢。一直有人伺候她、照料她、庇护她、保护她、宠溺她。落到眼下这种境地，简直难以置信。一个能帮上忙的朋友或邻居都没有。她向来有不少朋友、邻居和能干的黑奴乐意为她效劳。现在，最最需要帮助的时候，却一个帮手都没有。她竟陷入如此孤立无援、担惊受怕、远离家乡的境地，简直难以置信。

家！只要能回家，管他北佬不北佬。回家，哪怕埃伦还病着。她太想看到埃伦那张甜美的脸，想让嬷嬷有力的胳膊搂住自己。

斯嘉丽晕乎乎地站起身，继续朝前走。快到家时，她看到韦德挂在前门上晃荡。一看到妈妈，小家伙顿时皱起脸，哭着举起一根瘀青的脏手指。

“疼！”他抽噎着，“疼！”

“嘘！嘘！闭嘴！不然我可要揍你了。去后院玩泥饼去，不准乱跑。”

“韦德饿了。”他抽噎着，把那根受伤的手指塞进嘴里。

“我不管。赶紧去后院——”

她抬起头，瞧见普利西正从楼上窗户探出身来，满脸惊恐和担忧。但一看到女主人，那张脸顿时如释重负。斯嘉丽招呼她下楼，自己也跟着进了屋。门厅真凉快呀。她解下帽子，往桌上一扔，抬起前臂擦了把湿漉漉的额头。这时，她听到楼上的房门开了，门里传来一阵无比痛苦，又十分压抑的低吟声。同时，普利西三步并作两步地跑下楼来。

“医生到了吗？”

“没有，他来不了。”

“天哪，斯嘉丽小姐！玫兰小姐的情况很糟糕！”

“医生来不了。没人能来。你来接生，我帮你。”

普利西顿时张大了嘴，抖着舌头，一句话也说不出来。她斜睨着斯嘉丽，双脚划拉着地板，细瘦的身子扭来扭去。

“别跟个傻子似的！”斯嘉丽嚷道，为她愚蠢的表情大为光火，“怎么了？”

普利西一步步地朝楼梯退去。

“天哪，斯嘉丽小姐——”她转着眼珠，眼里满是惊恐和羞愧。

“怎么了？”

“天哪，斯嘉丽小姐！我们必须请个医生。我——我——斯嘉丽小姐，我根本不会接生。妈妈给人接生时，从来不让我待在旁边。”

斯嘉丽惊恐地呼出一口长气，几乎把肺里的空气都排空了，才勃然大怒。普利西想从她身边溜走，俯身一冲，却被斯嘉丽一把抓住。

“你这个撒谎的黑鬼——什么意思？之前一直说很懂接生，到底怎么回事？快说！”她抓着她猛摇，直摇得那满头鬈发的脑袋跟喝醉酒般乱晃悠。

“我撒谎了，斯嘉丽小姐！我也不知道自己为什么要撒谎。我只见过一次接生，之后妈妈就不让我看了。”

斯嘉丽怒瞪着普利西，吓得她直往后缩，想伺机逃脱。一时间，斯嘉丽的脑子还拒绝接受这个事实，但终于反应过来普利西也不比自己更会接生，她顿时怒不可遏。虽然这辈子都没打过黑奴，此刻她却抡起疲惫的手臂，使出全力，狠狠甩了那小黑脸一巴掌。普利西放声尖叫，但更多是出于害怕，而非疼痛。然后，这丫头就开始上蹿下跳，扭着身子想挣脱斯嘉丽的钳制。

普利西尖叫时，二楼上的呻吟声停了。片刻后，玫兰妮虚弱而颤抖的声音传来："斯嘉丽？是你吗？请上来一下！求你了！"

斯嘉丽松开普利西的胳膊。小丫头一屁股坐在楼梯上，抽抽搭搭地哭了起来。斯嘉丽站了一会儿，抬头往上看，低低的呻吟又响了起来。她站在那儿，觉得自己脖子上似被压了一副沉重的轭架，只要一迈步，立刻就能感受到这负荷有多重。

她努力回想生韦德时，妈妈和嬷嬷为她做的每件事。但仁慈的阵痛几乎模糊了一切，让人如堕雾中。终于，她还是想起几件事，于是迅速用权威十足的口吻，给普利西下达命令。

"炉子生上火，烧壶开水。把能找到的毛巾和那团细绳都带上。把剪刀拿来。别告诉我你找不到这些东西。全找齐后，赶紧拿上来。快点！"

她一把拽起普利西，推向厨房。然后，她也挺直肩膀，朝楼上走去。要告诉玫兰妮，只能由她和普利西来接生，真是件很难开口的事啊。

第二十二章

再也不会有一个下午，像今天这样漫长、炎热、满是慵懒又傲慢的苍蝇。虽然斯嘉丽一直在摇大蒲扇，累得胳膊酸痛，苍蝇还是一群又一群地往玫兰妮身上扑。但她的一切努力似乎都白费了，因为刚把玫兰妮汗湿的脸上的苍蝇挥开，它们又爬上了她湿冷黏腻的腿脚，让她虚弱地连连轻唤："请帮帮忙！在我脚上！"

房间里半明半暗，斯嘉丽为了挡住热气和阳光，拉下了百叶窗。阳光透过百叶窗上的小孔和边缘，星星点点地漏进来。屋子热得像个烤炉，斯嘉丽被汗湿透的衣服始终未干，反倒变得越来越湿、越来越黏。普利西蹲在角落，也汗流浃背，浑身散发着难闻的气味。斯嘉丽真想把她赶出去，却又担心这丫头一旦离开自己的视线，肯定溜之大吉。玫兰妮躺在床上，身下的床单既有一块块黑乎乎的汗渍，也有斯嘉丽留下的水渍。她不停地扭动着身子，一会儿向左，一会儿向右，周而复始，片刻不歇。

有时，她挣扎着坐起来，但随即便躺倒，又开始痛苦地扭来扭去。起初，她还咬紧牙关忍着不喊出来，结果把嘴唇都咬破了。斯嘉丽的神经也跟那破掉的嘴唇一样痛，终于忍不住嘶哑着嗓子说："玫兰，看在上帝的分上，别逞强啦。如果想叫，就叫出来吧。除了我们，这儿没人能听到你的叫喊。”

午后，玫兰妮就算想逞强，也忍不住呻吟起来，有时还会放声尖叫。她每次尖叫，斯嘉丽就双手捂住耳朵，扭过身去，巴不得自己死了才好。干什么都好过无助地目睹这种疼痛，干什么都好过待在这儿，等待那个这么长时间还生不下来的孩子。等啊，等啊，说不定都等到北佬抵达五角广场了。

斯嘉丽多希望自己当初多听听那些主妇聊生孩子的悄悄话啊。她要是听了就好了！要是从前对那些话题更感兴趣些，她就能知道玫兰妮的分娩时间到底算不算长。她只模糊地记得，佩蒂姑妈说过一个朋友生了两天，最后孩子没生下来，自己也死了。玫兰妮会不会也生两天？但玫兰妮太娇弱，这样的疼痛，她挨不到两天。孩子要再不快点出生，她会死的。如果阿希礼还活着，自己有什么脸见他，告诉他玫兰妮的死讯？尤其，她已经答应要照顾玫兰妮了啊！

起初，疼得厉害时，玫兰妮还会握住斯嘉丽的手。但她攥得实在太用力，简直快把斯嘉丽的骨头捏碎。这样过了一小时，斯嘉丽的双手又青又肿，几乎不能弯曲。于是，斯嘉丽把两条长毛巾系在一起，绑到床脚，然后把打了结的一头塞进玫兰妮手中。玫兰妮简直把它当成了生命线，时而拉紧，时而松开，时而来回撕扯。整个下午，她的声音就跟陷阱中濒死动物发出的声音一样。偶尔，她也会松开毛巾，虚弱地揉揉手，无比痛苦地望向斯嘉丽。

“跟我说说话。请跟我说说话吧。”她每次这般低喃，斯嘉丽都会赶紧胡诌些东西，直到她再次攥住毛巾结，又开始扭动身子。

昏暗的房间里热浪滚滚，满是痛苦和嗡嗡乱飞的苍蝇。时间过得真慢哪！斯嘉丽几乎都记不清早晨发生的事了，只觉得自己仿佛已在这令人汗流浃背的昏暗蒸笼里待了一辈子。玫兰妮每次尖叫，她也很想跟着叫。但她只能咬紧嘴唇，直到怒不可遏，才能克制住自己不歇斯底里地发作出来。

一次，韦德踮着脚尖上楼来，站在门外呜咽。

“韦德饿了！”斯嘉丽刚朝他走去，玫兰妮就低声道：“别离开我。求你。有你在这儿，我还能挺得住。”

于是，斯嘉丽派普利西下楼，把早餐的牛奶玉米片粥弄热喂他。至于自己，她觉得经历了这个下午，真是再也不想吃东西了。

壁炉上的钟停了，所以斯嘉丽无法知道确切时间。但屋里热度降了，漏进来的细碎光点也越来越淡。于是，她拉开百叶窗，吃惊地发现已到傍晚，宛如绯红大球的太阳也远远地落到天边。不知怎的，她还以为灼人的炎热正午会永远持续下去呢。

她迫切地想知道城里的情况。军队全撤离了吗？北佬来了吗？邦联军队会一点都不反抗就撤走吗？然后，她心下一沉，想起邦联军队人数那么少，而舍曼的兵却那么多。双方力量真悬殊啊！舍曼！魔鬼撒旦都没他可怕。但现在没时间考虑这些了，玫兰妮又在喊着要水、要冷毛巾敷额头、要打扇、要人把她脸上的苍蝇赶走。

暮色降临，普利西像个黑幽灵般，匆匆点燃一盏灯。玫兰妮更虚弱了。她开始说胡话般，一遍又一遍地呼唤阿希礼。终于，这烦人的单调呼喊让斯嘉丽恨不得用枕头捂住她的嘴。或许，医生还是会来的吧。他要是能快点来就好了！斯嘉丽心中又燃起希望，于是转向普利西，命她赶紧去米德家，看看医生或米德太太在不在。

“医生如果不在，就问米德太太或厨娘该怎么办。求她们快过来！”

普利西啪嗒啪嗒地跑了。斯嘉丽看着她匆匆沿街跑开，真是做梦也没想到这没用的丫头能跑那么快。过了好久，普利西才独自回来。

“医生整天都不在家，据说他有可能跟着军队走了。斯嘉丽小姐，菲尔少爷死了。”

“死了？”

“是的，小姐。”普利西得意扬扬地宣布这一重大消息，“他家的车夫塔尔博特告诉我的。菲尔少爷中了枪——”

“别管这事了。”

“我也没见到米德太太。厨娘说，米德太太在给菲尔少爷梳洗，得在北佬到这儿前把他下葬。厨娘说，如果玫兰妮小姐疼得太厉害，就往她床下放把刀，把疼痛切成两半。”

斯嘉丽一听这“好主意”，就又想给她一巴掌。但玫兰妮睁着一双大眼睛，轻声问：“亲爱的——是北佬要来了吗？”

“没有的事，”斯嘉丽坚定地说，“普利西胡扯呢。”

“嗯，小姐，我胡扯的。”普利西赶紧附和。

“他们要来了。”玫兰妮并不上当，把脸埋进枕头。闷闷的声音从枕头里传出来。

“我可怜的孩子，我可怜的孩子啊。”过了好一会儿，她又说，“噢，斯嘉丽，你不能继续待在这儿了。你得走，带上韦德走。”

玫兰妮说的这些，正是斯嘉丽一直琢磨的东西。但真听到有人说出来，斯嘉丽却大为光火、羞愧难当，仿佛自己隐秘的怯懦，全明明白白地写在了脸上。

“别傻了。我不怕。你知道的，我不会离开你。”

“你走不走都一样，反正我就快死了。”说着，她又呻吟起来。

***

斯嘉丽慢慢走下昏暗的楼梯，仿佛老妪般攥着栏杆，摸索着一步一步地走，生怕自己会掉下去。双腿仿佛灌了铅，因疲惫和紧张颤抖不已。浑身被又冰又黏的汗浸透，冷得她直打哆嗦。她虚弱地走到前门廊，在最高的一级台阶上坐下，仰靠在一根廊柱上。然后，她伸出一只颤抖的手，解开紧身巴斯克衫的扣子，露出半截胸脯。夜沉浸在一片温暖而柔和的黑暗中。她躺在那儿凝望夜色，茫然得犹如一头牛。

一切都过去了。玫兰妮没死，普利西正给那个声如猫咪的小男孩洗平生的第一个澡。玫兰妮睡着了。经历了那噩梦般的痛苦尖叫和成事不足，败事有余的接生过程，她怎么还睡得着？她为何没死？斯嘉丽知道，如果自己被这么折腾一通，肯定活不下来。可一切结束后，玫兰妮甚至还低喃了声“谢谢”。她实在太虚弱，斯嘉丽不得不俯身凑近，才听到那句话。话一说完，玫兰妮就睡着了。她怎么还睡得着？斯嘉丽忘了，生完韦德后，她也很快睡了过去。她什么都忘了，脑子一片空白，世界也一片空白。这没完没了的一天之前，生命根本不存在；这天过后，生命也不存在。天地间只剩这炎热的沉沉夜色，只剩她疲惫粗哑的呼吸声，只剩汗水从腋窝淌到腰间，又从臀部淌到膝盖，黏腻、湿滑、冰冷。

斯嘉丽听到自己平稳响亮的呼吸声变成猛烈而短暂的抽噎。但双眼干涩灼痛，仿佛再也流不出泪来。她吃力而缓慢地撑起身子，把沉重的裙裾拉到大腿以上。一时间，她觉得既暖又冷，又黏糊。但夜风吹到腿上的感觉，又沁凉舒爽。她模模糊糊地想，要是佩蒂姑妈看到自己摊开手脚坐在前门廊，这副撩起裙裾露出衬裤的模样，不知道会说什么。但无论她说什么，她都不在乎，时间已经停滞，这会儿或许刚过黄昏，也可能已经午夜。她不知道，也不在乎。

她听见楼上有脚步声，暗骂“该死的普利西”。然后，她便不由自主地闭上眼，昏昏欲睡。黑暗中，也不知这么迷迷糊糊地过了多久，她突然发现普利西就在自己身旁，快活地喋喋不休。

“斯嘉丽小姐，我们干得真不错！呀，妈妈估计都不会比我们更强呢。”

斯嘉丽从阴影里瞪着普利西，累得没力气抱怨、斥责，或数落她的种种过错——这丫头明明对接生一窍不通，却还要吹牛夸口；到紧急关头，她就惊慌失措、笨手笨脚、效率全无，不仅放错剪刀、把水溅到床上，还失手摔了新生儿。结果，她此刻又自吹自擂上了！

而北佬呢，竟然还想解放黑奴！没错，黑奴们会欢迎那些北佬的。

斯嘉丽默默地靠在廊柱上，普利西察觉到她情绪低落，便踮起脚尖，缩进门廊的黑暗中。过了好一会儿，斯嘉丽总算呼吸平稳，思绪也安定下来。这时，她听到路上隐约传来说话声，北边还传来不少脚步声。是士兵！斯嘉丽慢慢坐起身，虽然知道黑暗中谁都看不见自己，但还是放下裙裾。当一排排模糊不清的士兵影子般从门前经过，斯嘉丽冲他们喊道：“噢，请等一下！”

一个影子离开队伍，来到门前。

“你们要走啦？要撇下我们啦？”

那影子似乎摘下了帽子。接着，一个平静的声音从黑暗中传来。

“是的，夫人，我们要走了。我们刚从离这儿以北一英里的胸墙退出来。我们是最后一批。”

“你们——军队真的在撤退？”

“是的，夫人。要知道，北佬就要来了。”

北佬就要来了！她竟忘了这事。喉头突然发紧，让她再也说不出话来。那影子离开了，重新汇入其他影子。纷杂的脚步声渐渐远去，消失在黑暗里。“北佬就要来了！北佬就要来了！”这是士兵脚步声踏出的节奏，也是她骤然狂跳的心敲出的鼓点。北佬就要来了！

“北佬就要来了！”普利西号哭着缩到斯嘉丽身旁，“噢，斯嘉丽小姐，那些人会把我们通通杀掉！他们会把刺刀戳进我们的肚子。”

“噢，闭嘴！”这些事光想想就够可怕，哪受得了有人颤抖着声音把它们说出来。斯嘉丽心里又升起一阵恐惧。她该怎么办？该如何逃脱？还能向谁求助？每个朋友都抛弃她了。

突然，她想起瑞德·巴特勒，平静立马驱散恐惧。早上像只没头鸡一样到处乱窜时，她怎么就没想起他呢？虽然讨厌这人，可他强壮、聪明，又不怕北佬。他还在城里。她当然还在生他的气。毕竟，他上次见面时说了些不可饶恕的话，惹得她火冒三丈。但眼下这种时候，她可以不予计较。瑞德有马，还有马车。噢，怎么之前没想到他呢！他可以把他们全带走，离开这倒霉地，远离北佬。他能把他们带到别处，别的任何地方都行。

斯嘉丽转向普利西，心急火燎地说：“你知道巴特勒船长住的地方吗？就是亚特兰大旅馆。”

“知道，小姐，但——”

“那好，立刻去那儿，用最快的速度跑过去，告诉他我需要他。我要他尽快赶着马和马车过来，或者弄辆救护车也行。把孩子的事也告诉他，就说我要他带我们出城。快，立刻就去。

赶紧！”

她坐直身子，推了普利西一把，催她加快速度。

“天哪，小姐！外面那么黑，我可不敢跑出去！要是被北佬抓住怎么办？”

“你只要跑得够快，就能赶上那些士兵。他们不会让北佬抓住你的。快去！”

“我害怕！要是巴特勒船长不在旅馆怎么办？”

“那就问问他在哪儿。你连这点脑子都没有吗？他如果不在旅馆，就去迪凯特街的酒吧找，去贝尔·沃特林的窑子瞧瞧。到处找！蠢货，你难道看不出来，要是再不快点找到他，我们铁定就要落到北佬手中了吗？”

“斯嘉丽小姐，我要是敢去酒吧或窑子，妈妈肯定会用棉花秆抽我。”

斯嘉丽站起身。

“哼，你要是不去，我就先揍你一顿。站在外面街上喊他，这都不会吗？或者找个人问问他在不在里头。快去。”

普利西仍在磨蹭，双脚来回划拉着，嘴里嘟囔个不停。斯嘉丽又推了她一把，害她差点一个倒栽葱，摔下前门台阶。

“你去不去？！再不走，我就把你卖到河下游，让你再也见不到妈妈，也见不到其他认识的人。我要把你卖到田里去干活。快去！”

“天哪，斯嘉丽小姐——”

但女主人坚决地推了她一把，普利西只得走下台阶。前门“咔嗒”一声，斯嘉丽的喊声再次响起：“快跑啊，蠢货！”

她听到普利西“啪嗒啪嗒”地跑开了，脚步声渐渐消失在松软的土地上。

第二十三章

普利西走后，斯嘉丽疲惫地走到楼下门厅，点亮一盏灯。屋里闷热难当，四周的墙壁仿佛吸收了正午的所有热气。此时，她已经清醒了些，感觉肚子有点饿，这才想起从昨晚到现在，自己只吃了一勺牛奶玉米片粥。于是，她提起灯，走进厨房。炉子里的火已经灭了，但屋里依旧热得透不过气。她在长柄平底煎锅里找到半块硬邦邦的玉米面包，一边狼吞虎咽地啃，一边四下寻找别的吃食。罐里还有点牛奶玉米片粥，她抄起一个大烹饪勺就开始喝，都等不及拿个盘子盛出来。粥太淡了，可她饿得顾不上找盐。一连喝了满满四勺，实在热得受不了，她才一只手提灯，另一只手抓着剩下的玉米饼，走回门厅。

她知道自己应该上楼，坐在玫兰妮身边。因为若是出了什么问题，现在的玫兰妮根本虚弱得没力气叫唤。可她已经在那个房间熬过那么多噩梦般的时辰，一想到要再回去，她就厌恶不已。就算玫兰妮快死了，她也不想再回去。真是再也不想看到那个房间。她把灯放到窗边的烛台上，返身回到前门廊。尽管黑夜仍沉浸在一片暖烘烘的热气中，这儿还是凉快多了。她在台阶上那圈淡淡的灯光里坐下，继续啃玉米面包。

吃完面包，她觉得恢复了些力气，但刺骨的恐惧也再次席卷而来。虽然能听到街上远远传来一阵嗡嗡声，但她并不知道那意味着什么，只知道声音时起时落，却分辨不出是什么声音。她紧张地倾着身子，侧耳细听，很快就感觉肌肉拉得酸疼。此时此刻，相比其他任何事，她更想听到马蹄声，想看到瑞德那双漫不经心、自信十足的眼睛嘲笑她的恐惧。瑞德会把他们带去别处。去哪儿她不知道，也不在乎。

她坐在那儿，竖起耳朵听城里动静时，树梢突然亮起淡淡的红光。真奇怪！她看着那红光越来越亮，黑沉沉的天空泛起粉红，接着变成深红。突然，她看到一条巨大的火舌从树梢腾起，直冲天际。她一下子跳了起来，心跳如鼓，快得令人几欲呕吐。

北佬来了！她知道他们来了，还正在放火烧城。起火的似乎是市中心东面。她惊恐地看到火舌越蹿越高，红光迅速扩散。整个街区肯定都烧起来了。飘来的微风都是热烘烘的，还带着一股烟味。

斯嘉丽飞奔上楼，冲进自己的房间，从窗户探出身去，想看得更清楚些。天空已是一片可怕的火红，一股股浓烟盘旋升起，汇成滚滚烟云，在火焰上方翻腾。烟味更浓了。一时间，各种念头一齐蹦了出来：这火很快就会烧到桃树街吧？还有多久，北佬就会朝她冲来？该往哪儿逃？怎么办？地狱里的所有魔鬼似乎都在耳边尖叫，她的脑子在混乱和惊恐中疯狂转动，快得几乎让人忍受不住。于是，她只得紧紧攥着窗台，撑住摇摇欲坠的身体。

“得想想，”她反复告诫自己，“一定得好好想想。”

可思绪仿佛受惊的蜂鸟，冲入脑中，又瞬间溜走。她趴在窗台上，突然听到一声震耳欲聋的爆炸，那动静比之前听过的炮声还响。夜空被巨大的火焰撕裂。然后，爆炸声接二连三地响起。

大地震颤，头上的窗玻璃先是一阵摇晃，随即便碎落在她周围。

世界变成一片充满喧嚣和烈焰的地狱，惊天动地的爆炸一声接着一声。无数火星直冲云霄，又穿过层层血色烟云，徐徐落下。虽然隔壁房间隐隐传来虚弱的呼喊，但她并未理会。现在哪儿还有时间管玫兰妮。现在什么都管不了了，恐惧如眼中迅速蔓延的火焰，卷过体内所有血管。她就像个惊恐万分的孩子，想把头埋进妈妈的膝盖，再也不看这可怕的场景。如果在家该多好！如果能跟妈妈待在一起多好！

在这震颤神经的声音中，斯嘉丽还听到一个声音，那是一种三步并作两步，在恐惧中飞奔上楼的声音。此外，她还听到一种类似迷途猎犬的声音。普利西闯进门来，冲到斯嘉丽面前，一把攥住她的胳膊，简直像要把她的肉掐下几块。

“北佬——”斯嘉丽嚷道。

“不是的，小姐，是我们的人！”普利西上气不接下气地大声道，指甲在斯嘉丽手臂上掐得更深了，“他们在烧铸造厂、军需仓库和货栈。天哪，斯嘉丽小姐，他们还点着了七十节车厢的炮弹和火药。天哪，我们都要被烧死了！”

她又尖声大叫起来，并更用力地掐斯嘉丽。斯嘉丽痛得大叫一声，愤怒地甩开她的手。

北佬还没来！还有时间逃跑！惊魂未定的斯嘉丽重新鼓起勇气。

“我要再不克制住自己，”她想，“肯定也会像只烫伤的猫一样放声尖叫。”而看到普利西那副可怜的惊恐模样，反倒让她镇静下来。斯嘉丽抓住普利西的肩膀，使劲摇晃。

“闭嘴！别叫啦！好好说。北佬还没来呢，蠢货！你见到巴特勒船长了吗？他怎么说？会来吗？”

普利西停止尖叫，但还是止不住牙齿打战。

“嗯，小姐，我总算找到他了。按你的吩咐，我在一间酒吧找到的。他——”

“别管在哪儿找到的，他来不来？你告诉他要带上马了吗？”

“天哪，斯嘉丽小姐，他说我们的人把他的马和马车都弄去当救护车了。”

“天哪！”

“但他要来——”

“他怎么说？”

普利西总算喘过气，也能稍微控制住自己了，但那双眼睛仍滴溜儿乱转。

“呃，按照你的吩咐，我在一间酒吧找到了他。我站在外面大喊一通，他就出来了。他瞧见我，我刚要说话，我们的人就把迪凯特街上的货栈炸了。他说了句赶紧走，拽起我就跑。我们一直跑到五角广场，他才问：‘怎么了？快说！’我就照你的吩咐，说：‘巴特勒船长，快带上你的马和马车跟我走。玫兰小姐生了。斯嘉丽小姐等不及要出城。’他问你要去哪儿，我说：‘我不知道，但先生，你肯定会在北佬赶到之前走，斯嘉丽小姐也想跟你一起走。’他哈哈大笑，然后就说他的马已经被拉走了。”

斯嘉丽心下一沉，觉得最后一丝希望也破灭了。她真傻，怎么没想到撤退的大军肯定会带走城里剩下的所有车马？一时间，她呆若木鸡，竟没听见普利西说了什么。但她很快又打起精神，听普利西把话说完。

“后来，他又说：‘告诉斯嘉丽小姐放宽心。我会为她偷一匹马来，就去军队偷，哪怕他们只剩最后一匹。’他还说：‘我以前就偷过马。告诉斯嘉丽小姐，哪怕挨枪子儿，我也会为她偷一匹回来。’然后，他又哈哈大笑，催我赶紧回家。我正准备走，就听到轰隆隆的爆炸声！那声炸响吓得我差点栽了个跟头，可他说没关系，那只是我们的人在炸军火库，免得那些东西落入北佬手中——”

“他会来吗？他会带匹马来？”

“他是这么说的。”

斯嘉丽长舒一口气，总算轻松了些。只要还有法子，瑞德·巴特勒一定能弄匹马来。瑞德可是个聪明的男人。只要他将他们带出这混乱之地，她就原谅他以前的一切。逃走！跟瑞德在一起，她就什么都不怕。瑞德会保护他们。谢天谢地，还有瑞德！既然安全即将获得保障，她就得做点实际的事了。

“叫醒韦德，替他穿上衣服，再给我们每个人打包几件衣服，装进小箱子。别告诉玫兰妮小姐我们要走了。现在先别说。找几条厚毛巾，把宝宝包起来。别忘了，他的衣服也要带几件。”

普利西仍紧紧攥着斯嘉丽的裙子，除了翻白眼，什么反应都没有。斯嘉丽推了她一把，才让她松开手。

“快！”斯嘉丽嚷道，普利西顿时兔子似的跑开了。

斯嘉丽知道，自己应该进屋，平复玫兰妮的恐惧。玫兰妮肯定被雷鸣般接连不断的巨响和漫天火光吓坏了。那景象、那声音，不啻世界末日。

可斯嘉丽还无法鼓起勇气，重新走进那个房间，于是冲下楼，想把佩蒂帕特姑妈逃去梅肯时留下的瓷器和小银器收拾起来。可进了餐厅后，双手就抖得厉害，害她一连三个盘子都没拿稳，掉在地上摔碎了。她冲到门廊听动静，然后又跑回餐厅，银器也叮叮当当地掉了一地。她拿什么就掉什么，匆忙间，还在地毯上滑了一跤，重重摔在地上。不过，她一骨碌就爬了起来，甚至压根没觉得疼。听到普利西在楼上像只野兽般跑来跑去，她就气不打一处来，因为她自己也这样瞎蹿。

斯嘉丽第十二次跑到外面门廊。但这次，她决定不再回去，徒劳无功地打包东西。她坐了下来。现在根本没办法收拾任何东西，也根本没办法干任何事，只能心跳如鼓地坐下来等瑞德。等啊，等啊，仿佛都过了好几个小时了。终于，路上远远传来没上油的车轴“吱吱呀呀”的响声和沉重缓慢的马蹄声。他为何不快点？为何不让马跑起来？

声音越来越近。斯嘉丽一下子跳起来，大喊瑞德的名字。然后，她便隐隐瞧见他从一辆小型运货马车上下来，接着听到门“咔嗒”响了一声。他朝她走过来了，清清楚楚地出现在灯光下。他穿得温雅自信，就像要去参加舞会似的：一身做工考究的白色亚麻外套和裤子、灰色波纹绸绣花背心，衬衫胸口还有少许褶裥饰边。宽边巴拿马草帽神气地斜扣在头上，皮带间还插着两把象牙手柄长筒决斗手枪。而他的外套口袋沉甸甸的，满是子弹。

他迈着野蛮人一样的轻快步伐，矫健地沿着小径而来，优雅的脑袋昂得犹如一位异教徒王子。今晚让斯嘉丽惊恐万分的危险，却令他迷醉。那张黝黑的脸上，有种精心掩藏起来的凶狠，斯嘉丽若能机智地觉察出这份冷酷无情，定会感到害怕。

他那双黑眼睛快活地闪烁着，仿佛觉得这震天动地的响声和可怕的火光不过是吓唬小孩的东西。他走上台阶，斯嘉丽立刻摇摇晃晃地迎了过去。她脸色惨白，一双绿眸似在冒火。

“晚上好呀，”瑞德拖长声调，唰地摘下帽子，“天气不错呀。我听说，你打算出门？”

“你要是再开玩笑，我就永远不理你了。”她颤抖着声音道。

“你该不会要告诉我，你已经吓破胆了吧！”他佯装吃惊，那微微一笑的模样，让斯嘉丽真恨不得把他从陡峭的台阶上推下去。

“对，没错！我就快吓死了！你要是有一丁点上帝给山羊的头脑，也该知道害怕。但我们没时间聊天了。必须马上离开这儿。”

“愿意效劳，夫人。但你打算去哪儿？我到这儿来纯属好奇，就想看看你想去哪儿。四周都是北佬，东南西北都去不了。只有一条出城的路还没被北佬占领，但我军正从那条路撤退。而且，它也畅通不了多久。史蒂夫·李将军的骑兵正在拉夫雷迪打后卫战，尽力保证道路畅通，好让军队撤退。你要是跟着军队走麦克多诺大道，他们就会抢走你的马。这匹马虽然不太好，但我可费了好大力气才偷来。所以，你到底打算去哪儿？”

斯嘉丽浑身颤抖地站在那儿听他说话，却几乎什么都没听进去。但听到这个问题，她突然知道自己要去哪儿了。其实，这悲惨的一天里，她一直知道自己要去哪儿。她只想去一个地方。

“我想回家。”她说。

“回家？你是指塔拉庄园？”

“嗯，没错！去塔拉！噢，瑞德，我们必须赶紧！”

他一副看疯子的表情望着她。

“塔拉？天哪，斯嘉丽！琼斯伯勒打了一整天啦，你不知道？拉夫雷迪前后十英里都在交战，就连琼斯伯勒街上都打起来了。塔拉现在可能到处都是北佬，全县估计也是。没人知道北佬具体在哪儿，但他们就在那附近。你不能回家！不能硬穿北佬大军吧！”

“我就要回家！”斯嘉丽嚷道，“一定要回！必须要回！”

“你这小傻瓜，”他的声音又急又粗，“你不能走那条路。哪怕碰不到北佬，林子里也满是两军中的掉队者和开小差的士兵。而且，我军还有很多人正在从琼斯伯勒撤退。他们抢夺你的马，可跟北佬一样快。你唯一的机会，就是跟在撤退的部队后，沿着麦克多诺大道走，祈祷他们在黑暗中看不到你。你不能去塔拉。就算回去了，也很有可能发现它已被烧成一片废墟。我不会让你回家的，那太疯狂。”

“我就要回家！”斯嘉丽大叫大嚷，声音高得都成了尖叫，“我就要回家！你拦不住我！我就要回家！我要妈妈！你要是敢拦我，我就杀了你！我要回家！”

长时间的紧张终于将她压垮，恐惧和歇斯底里的眼泪滚滚而下。她捶打着瑞德的胸膛，再次放声尖叫：“我要回家！要回家！哪怕一步一步地走，我也要回家！”

突然间，她已被他揽在怀里，湿漉漉的脸颊贴在那浆洗过的衬衫褶裥上，不断捶打的双手也搁在他身上不动了。瑞德的双手温柔地轻抚着她凌乱的发，声音也变柔和了。那声音如此温柔、如此平静，不带一丝嘲讽，简直不像瑞德·巴特勒的声音，倒像个友善又强壮的陌生人发出来的。这人身上有股白兰地、烟草和马的气味，让人闻着倍感安慰。因为，这味道让她想起了杰拉尔德。

“好啦，好啦，亲爱的，”他柔声哄道，“别哭啦。我勇敢的小姑娘，你会回家的，会回去的。别哭啦。”

斯嘉丽感觉到有什么东西拂过自己的头发，隐隐猜测是不是他的唇。他多温柔哪，还给人无限慰藉，她真想永远待在他怀里。有如此强壮的手臂抱着自己，什么东西都别想伤害到她。

他在口袋里摸索了一阵，掏出一张手帕，替她擦眼睛。

“好啦，乖，擤擤鼻子，”他命令道，眼里闪过一抹笑意，“告诉我要做什么。我们得赶紧了。”

斯嘉丽乖乖擤了鼻子，身子依旧瑟瑟发抖，想不出该吩咐他做什么。瞧见她颤抖着嘴唇，无助地仰头望向自己的模样，瑞德只得自己发号施令。

“威尔克斯太太刚生产？这时候挪动她很危险，更别提要在那般摇晃的运货马车里颠簸二十五英里了。最好还是把她留给米德太太。”

“米德太太不在家。我不能扔下她。”

“很好，那就让她上车吧。那个头脑简单的小女仆在哪儿？”

“在楼上收拾箱子。”

“箱子？那车可装不下任何箱子。车厢很小，装你们三个都很勉强。而且，那轮子不用多使劲，随时都可能掉下来。去喊她一声，就说带床屋里最小的羽毛褥子，垫在车厢里。”

斯嘉丽还是动弹不得。瑞德用力捏了捏她的胳膊，仿佛把自己周身的活力注了一部分到她体内。她要是也能像他一样冷静从容就好了！他把她推进门厅，可她仍站在那儿，无助地望着他。他嘴一撇，嘲讽道：“这就是那位向我保证，既不怕上帝，也不怕男人的年轻女英雄吗？”

他突然放声大笑，松开了她的胳膊。斯嘉丽被刺痛了，怒瞪着他，心里真是恼恨至极。

“我才不怕。”她说。

“不，你怕。你马上就要昏倒啦，我可没带嗅盐。”

因为无能为力，想不出还能采取什么行动，斯嘉丽气得直跺脚。最后，她一言不发地拎起灯，朝楼上走去。瑞德紧随其后，她始终能听到他在兀自轻笑。那笑声让她挺直了腰板。她走进韦德的育儿室，发现他坐在普利西怀中，衣服穿了一半，正静静地打嗝。普利西在抽抽搭搭地哭。韦德床上的羽毛褥子倒是挺小。于是，斯嘉丽叫普利西把那床褥子拖下楼，垫到车上。普利西放下孩子，遵命照办。韦德也跟着她下楼，并觉得这一切很好玩，嗝也不打了。

“来吧。”斯嘉丽转向玫兰妮的房门，瑞德把帽子拿在手里，跟了上去。

玫兰妮静静地躺在床上，被单一直拉到下巴。虽然脸色死一般惨白，但她那双眼窝凹陷、眼圈发黑的眸子，却平静安详。在自己的卧室看到瑞德，她一点也不惊讶，反而觉得这仿佛是很理所当然的事。她虚弱地努力微笑，但那笑容还没抵达嘴角，就消失不见了。

“我们要回家，回塔拉。”斯嘉丽飞快地解释，“北佬就要来了。瑞德带我们走。玫兰，这是唯一的出路。”

玫兰妮虚弱地努力点了点头，指向宝宝。斯嘉丽抱起婴儿，用一条厚毛巾将他匆匆包了起来。瑞德走到床边。

“我尽量不伤到你。”他轻声道，用被单裹住她，“试试看，能用胳膊勾住我的脖子吗？”

玫兰妮试了试，但双臂无力地垂了下来。瑞德俯身，一条胳膊伸到她肩膀下，另一条托住她的膝弯，轻轻将她抱了起来。玫兰妮虽然没叫出声，但斯嘉丽瞧见她咬住了嘴唇，脸色也更白了。斯嘉丽高举起灯照路，瑞德刚迈步朝门口走，玫兰妮就虚弱地指向一面墙。

“怎么了？”瑞德柔声问道。

“求你，”玫兰妮低声说着，努力抬手指了指，“查尔斯。”

瑞德低头看着她，还以为她在说胡话，但斯嘉丽听明白了，立刻来了气。她知道，玫兰妮想要查尔斯的那张达盖尔银版照片。照片就挂在那面墙上，在查尔斯的军刀和手枪下面。

“求求你，”玫兰妮又轻声道，“还有军刀。”

“噢，好吧。”斯嘉丽先替瑞德照明，等他小心翼翼地下了楼，才回楼上取军刀和手枪带。要拿着这些东西，还得抱着孩子、拎着灯，真够棘手的。玫兰妮就是这样，人都快死了，北佬都紧跟在后了，她还毫不在意，操心的全是查尔斯的东西。

斯嘉丽拿下那张达盖尔银版照片时，瞥了眼查尔斯的脸。他那双棕色的大眼睛对上她的，让她不由得愣了一下，好奇地看向照片。这个男人曾是她的丈夫，曾跟她同床共枕好几晚，还给了她一个有着同样温柔棕眸的孩子。然而，她几乎已经把他忘了。

怀中的婴儿挥舞着小小的拳头，小猫一样轻轻叫唤起来。她低头看向他，第一次意识到这是阿希礼的孩子。突然间，她用身上剩下的全部力量，希望这是她的孩子，她和阿希礼的孩子。

普利西“咚咚咚”地上楼来了，斯嘉丽把孩子交给她。两人匆匆下楼，灯在墙上投下模糊的影子。走到门厅，斯嘉丽瞧见一顶帽子，便一把抓来戴到头上，系好下巴下方的缎带。这是玫兰妮的黑色丧帽，其实并不适合斯嘉丽的脑袋。然而，她不记得自己的帽子放哪儿去了。

斯嘉丽出了屋子，拎着灯走下前门台阶，尽量不让军刀撞上自己的腿。玫兰妮直挺挺地躺在车厢后部，旁边是韦德和毛巾包裹着的婴儿。普利西爬上车，将婴儿抱在怀里。

马车很小，周围的挡板也很矮。轮子内倾，似乎转一圈就会掉下来。斯嘉丽瞥了眼马，心头一沉。那马又小又瘦，没精打采地站在那儿，脑袋几乎垂到两条前腿中间。它不仅背上满是马具磨出的伤痕，呼吸起来也不像健康的马。

“这马不怎么样，是吧？”瑞德咧嘴笑道，“一副很快就要死在车轴下的样子。但它已经是我能找到的最好的马啦。哪天我一定好好添油加醋地跟你讲讲我是在哪儿，以及如何偷到它的。而且，我还差点挨了枪子儿呢。只有对你的一片痴心，才能让我在事业如此如日中天之时，转而去当偷马贼——偷的还是这样一匹马。来，我扶你上车。”

瑞德接过她手里的灯，放在地上。前座不过一条横跨车厢的窄木板，瑞德将斯嘉丽整个抱起，一转身就放到了板子上。斯嘉丽整理着周围宽大的裙摆，暗自思忖：要是能做个瑞德这样强壮的男人，该多好啊！有瑞德在身旁，她什么都不怕，既不怕大火和爆炸声，也不怕北佬。

瑞德上车坐到她身旁，拿起了缰绳。

“噢，等一下！”斯嘉丽嚷道，“我忘了锁前门。”

他哈哈大笑，一甩缰绳，打在马背上。

“你笑什么？”

“笑你啊！竟想把北佬锁在外面。”他说。马慢悠悠地勉强起步了。人行道上的那盏灯还亮着，投下一个小小的黄色光圈。随着他们渐行渐远，那光圈也越来越小，越来越小。

出了桃树街，瑞德就赶着这慢吞吞的马向西行。摇摇晃晃的车猛地一震，转入一条满是车辙的小路。突如其来的颠簸让玫兰妮不由得闷哼出声。黑乎乎的树木在头顶交织缠绕，两旁隐隐可见幽暗寂静的房屋，屋前的白色栅栏微光闪烁，仿佛一排排墓碑。狭窄的小路就像一条昏暗的隧道，但天上可怕的红光仍旧透过浓密的枝叶投下幢幢黑影，犹如你追我赶的疯狂鬼怪。烟味越来越浓，叫嚷声、军队运输重车闷闷的辘辘声、士兵们坚实的脚步声，都随着灼热的微风从市中心飘来。瑞德猛地拽过马头，转向另一条街时，又传来一声震耳欲聋的爆炸。随即，就见烈焰带着浓烟，直冲西边天际。

“肯定是在炸最后一车弹药，”瑞德平静地说，“这帮蠢货，干吗不早上再炸啊！时间还有的是。唉，这下我们可惨了。我本想从市中心绕过去，或许就能避开大火和迪凯特街上那帮喝醉酒的暴民，平平安安地从西南角出城。可现在，我们只能从某处穿过玛丽埃塔街。我要是没猜错的话，刚才那场爆炸应该就在玛丽埃塔街附近。”

“我——我们非得穿过大火区域吗？”斯嘉丽颤抖着问。

“如果动作快点，或许不用。”瑞德说完，突然跳下马车，钻进一座黑乎乎的庭院。他带着一小截树枝回来了，接着便用它毫不留情地抽打那匹马满是擦伤的背。马笨拙拖沓地小跑起来，气喘吁吁、十分吃力。马车颠簸前行，车里的人就像铁锅里的爆米花般东摇西晃。小宝宝放声大哭，普利西和韦德被车厢挡板撞得四处瘀青，大喊大叫，玫兰妮却一声没吭。

离玛丽埃塔街越近，两旁的树就越稀疏。建筑物上腾起的火焰把街道和房屋照得比白天时更亮，房屋投下的恐怖黑影扭来扭去，犹如大风中沉船上疯狂翻飞的破帆。

斯嘉丽牙齿打战，但因为太害怕，她对此竟毫无所觉。虽然火焰的热度已经扑到他们脸上，她还是冷得发抖。这就是地狱，她已深陷其中。要是还能控制颤抖不已的膝盖，她肯定会跳下马车，顺着来时那条昏暗小路，一路尖叫着逃回佩蒂姑妈家躲起来。她缩得离瑞德更近，攥着他的胳膊，哆嗦着望向他，希望他能说点什么安慰安慰自己。沐浴在邪恶的猩红火光中，他昏暗的侧影如古钱币上的头像般清晰分明，显得那样美丽、残忍、颓废。感受到她的碰触，他转过头，眼里闪烁的光芒，跟那火光一样吓人。在斯嘉丽看来，他似乎欢欣雀跃，又蔑视一切，仿佛对面前的景象开心不已，也好像很欢迎他们即将靠近的地狱。

“听着，”瑞德一只手按在皮带间的一把长筒决斗手枪上，说，“无论是谁，黑人也好，白人也罢，只要想从你那边爬上马车抢马，先给他一枪，我们再盘问。但看在上帝的分上，千万别失手打中马。”

“我——我有手枪。”她低声道，抓紧了膝上的武器，但心里其实非常肯定，若真到了生死关头，自己肯定不敢扣扳机。

“你有枪？哪儿来的？”

“查尔斯的。”

“查尔斯？”

“嗯，查尔斯——我丈夫。”

“亲爱的，你真有过丈夫吗？”瑞德悄声问道，轻轻地笑了。

他就不能正经点吗！就不能一门心思快快赶路吗！

“那你以为我儿子是怎么来的？”斯嘉丽恨恨地嚷道。

“噢，没有丈夫，也有其他办法啊——”

“你能不能闭嘴，快点赶路？”

眼看着就要到玛丽埃塔街了，他却突然拉住缰绳。车停在一间尚未烧着的货栈旁，隐没于阴影中。

“快！”斯嘉丽脑中只有这一个字。快！快！

“有士兵。”他说。

一小队士兵穿过着火的房屋。他们虽迈着行军的便步，却个个疲惫不堪，胡乱背着枪，垂着头，累得根本无法加快速度，也懒得在乎左右两边掉落的木头和周围的滚滚浓烟。他们都衣衫褴褛，已经没有能辨识军官和士兵的标志，只偶尔能看到一顶破军帽的帽檐上还别着枚带“C.S.A[1]”字样的花环状帽徽。很多人都光

1　代表南部邦联军。

着脚，有的头上或胳膊上还裹着脏兮兮的绷带。他们无比沉默地走过去了，谁都没往左右看。要不是那坚定的行军便步，他们还真像一群鬼魂。

“好好瞧瞧他们，”瑞德嘲弄地说，“这样，日后就好对孙子孙女们说，你见过这光荣大业后卫部队的大撤退。”

斯嘉丽突然开始恨他，恨意如此强烈，甚至压过了内心的恐惧，令其显得卑微又渺小。她知道，自己和后面车厢里那些人的安全都得靠他，也只能靠他，但她恨他嘲笑那些衣衫褴褛的士兵。她想起死去的查尔斯和或许已经死去的阿希礼，以及所有可能正躺在浅冢里慢慢腐烂的年轻士兵。生前的他们穿着灰军服，也是那般勇敢无畏啊！斯嘉丽忘了，自己也曾把他们当傻瓜。她说不出话，却狠狠瞪着他，眼里满是仇恨和厌恶。

最后几排士兵走过来了，末排那个枪托拖在地上的小个子士兵摇晃了几下身子，猛地站住脚，呆呆地望着前面的同伴。那张肮脏的脸疲惫不堪、神情木然，显得他活像个梦游者。他个头几乎跟斯嘉丽一样小，矮得跟身上那杆枪差不多高。那张满面污垢的脸，连胡子都没长。斯嘉丽突然冒出一个不相干的念头：这家伙顶多十六岁，肯定是地方志愿军，要么就是逃出学校的学生。

她看着看着，那男孩却慢慢弯了膝盖，倒在土路上。最后一排立刻有两人默默出列，朝身后的男孩走去。其中一个又高又瘦，一把黑胡子长至腰间。他一声不吭地把自己和男孩的枪递给另一个人，然后俯下身，变戏法般轻松地将孩子背了起来。接着，他跟在撤退的队伍后慢慢前行，肩膀因身上的重量而弯曲。虚弱的男孩像个被大人逗恼的小孩，尖声大叫：“放我下去，该死的！让我下去！我能走！”

大胡子什么也没说，沉重而缓慢地走着，直到转过街角，消失不见。

瑞德一动不动地坐着，手里的缰绳也放松了。他看着那队士兵远去，黝黑的脸上渐渐露出古怪忧郁的神色。突然，旁边传来一阵木料垮塌声，斯嘉丽看到一条细长的火舌蹿过货栈屋顶。而他们的马车，就停在这间货栈的阴影里。很快，各色火焰如三角矛旗和战旗般，耀武扬威地直冲云霄。浓烟灼痛了她的鼻子，韦德和普利西开始咳嗽，小宝宝也低低地打起喷嚏。

“噢，瑞德，看在上帝的分上，你疯了吗？快走！快走啊！”

瑞德没应声，却操起树枝，狠抽了一下马背，抽得那畜生朝前一冲。接着，马便竭尽全力地跑了起来，拉着车左摇右晃地穿过玛丽埃塔街。前方是条火焰隧道，路两旁的房屋都在熊熊燃烧。就是这条并不长的窄街，一直通向铁路轨道。他们的马车一头扎了进去。一片比十几个太阳更炫目的火焰晃得他们眼花缭乱，灼热的温度炙烤着他们的皮肤，咆哮声、噼啪声和爆裂坍塌声一波又一波地传来，令人痛苦难当。仿佛要在这烈焰中永受煎熬时，他们又突然回到了半明半暗的夜色里。

马车冲过大街，颠簸着越过铁路。瑞德一路上都在机械地挥舞着树枝，坚毅冷峻的脸上却又透着几分心不在焉，仿佛已经忘了自己身在何处。宽阔的肩膀前倾，下巴翘起，脑中想的似乎也不是什么愉快的事。大火烤得他满头满脸汗水涔涔，他却擦也不擦。

他们驶入一条又一条小街，从这条窄路转向另一条窄路。终于，斯嘉丽完全失去了方向，而咆哮的火焰，也渐渐消失在他们身后。瑞德还是一言不发，只是有节奏地抽打着马背。此刻，天际的红光渐渐暗淡下去，道路越来越黑，甚是吓人。斯嘉丽很想听他说说话，说什么都行，哪怕是嘲笑和挖苦。然而，他什么也没说。

但无论他说不说，斯嘉丽依旧感谢上帝。因为有他在身旁，就是一大慰藉。身边有个男人真好，她可以紧紧挨着他，感受他坚实强壮的臂膀，知道他挡在自己和那不可名状的恐怖之间，哪怕他只是瞪着眼坐在那儿。

“噢，瑞德，”斯嘉丽喃喃着，抱紧他的胳膊，“要是没有你，我们该怎么办？真高兴你没有参军！”

他转头看了她一眼。这一眼让她松开他的胳膊，身子也缩了回去。此刻，他眼中没有嘲弄之色，那赤裸裸的目光里有愤怒，还有几分困惑。他撇了撇嘴，就把头转回去了。车子颠簸着行驶了好长时间，除了婴儿微弱的啼哭声和普利西吸鼻子的声音，他们一句话也没说。后来，斯嘉丽实在受不了普利西的抽噎，转身狠狠捏了她一把，掐得普利西放声尖叫了一通，才吓得再也不敢出声。

终于，瑞德打马向右拐，不一会儿，车子驶上一条更宽阔平坦的路。房屋昏暗的轮廓越来越远，两旁的树林连绵不绝，仿佛两道若隐若现的墙。

“我们已经出城，正在前往拉夫雷迪的大路上。”瑞德边说，边拉缰绳。

“快点。别停！”

“让马喘口气。”他转向她，慢悠悠地问，“斯嘉丽，你还是打定主意，要做这件疯狂的事吗？”

“什么事？”

“你还想一路奔回塔拉？这简直是自杀。史蒂夫·李的骑兵和北佬军队就在你跟塔拉之间。”

噢，天哪！好不容易才挺过这可怕的一天，他不肯送她回家了吗？

“噢，是的！是的！瑞德，我们赶紧走吧。这马不累。”

“等一会儿。不能从这条路去琼斯伯勒。不能沿着铁路线走。他们整天都在拉夫雷迪南面来回交战。你知道其他路吗？马车走的小路或小径，只要别穿越拉夫雷迪或琼斯伯勒就行。”

“噢，知道。”斯嘉丽松了口气，大声应道，“如果能到拉夫雷迪附近，我知道一条路，绕行数英里，就可以避开琼斯伯勒大道。爸爸和我过去经常骑马走那条路。它能通到麦金托什家附近，那儿离塔拉只有一英里。”

“很好，那你或许可以平安通过拉夫雷迪。史蒂夫·李将军今天下午还在那儿掩护军队撤退，北佬估计还没到那儿。如果史蒂夫·李的士兵不抢马，你应该可以从那儿穿过去。”

“我——我能从那儿穿过去？”

“嗯，你。”他口气生硬。

“可瑞德——你——你难道不带我们过去？”

“不，我就在这儿跟你们分手。”

斯嘉丽狂乱地环顾四周，看看身后青灰色的天，看看两旁如监狱高墙般围着他们的幽暗树木，又看看马车后座那几个惊慌失措的人，最后望向瑞德。她疯了吗？还是听错了？

此刻，瑞德咧嘴笑了。微光中，她瞧见一口白牙，以及他眼中那惯常的嘲讽之色。

“跟我们分手？你——你要去哪儿？”

“我要走了，亲爱的姑娘。我要去参军。”

斯嘉丽宽慰又恼火地叹了口气。都这时候了，他干吗还开玩笑？瑞德参军？毕竟，他不是说过，那些听了几声战鼓，或听了几句演说家的豪言壮语就上前线送命的是傻瓜吗？他不是说过傻瓜才送命，聪明人要赚钱吗？

“噢，再这样吓唬我，我掐死你！咱们快走吧。”

“亲爱的，我不是开玩笑。斯嘉丽，你竟无法理解我英勇的牺牲精神，我真伤心哪。你的爱国心去哪儿了？你对我们伟大目标的热爱去哪儿了？现在，你有机会对我说‘不成功便成仁’了。不过，你得说快点，因为出发上战场之前，我还有一番英勇宣言。”

他拉长的声调听在她耳中，真是讽刺意味十足。他在嘲笑她，但不知怎的，她觉得他也在自我嘲讽。他刚才在说什么？爱国心？不成功便成仁？英勇宣言？他不可能是认真的吧。难以置信，他竟如此漫不经心地说要把她留在这条黑乎乎的路上，让她跟一个或许就快死了的女人、一个新生儿、一个愚蠢的黑丫头和一个惊恐的小孩待在一起，还要让她领着这些人，穿过数英里满是掉队士兵、北佬、大火，以及天知道还有什么东西的战场。

六岁那年，斯嘉丽有次摔下树，直接跌趴在了地上。她至今还记得一时间无法呼吸的难受感觉。此刻，看着瑞德，那种感觉又回来了——呼吸困难、目瞪口呆、恶心想吐。

“瑞德，你在开玩笑吧！”

她一把抓住他的胳膊，惊恐的泪水扑簌簌地落到自己手腕上。瑞德抬起她的手，轻轻一吻。

“亲爱的，你难道想自私到底，只考虑自己的宝贵生命，不管英勇的邦联了？想想看，最后关头我的加入，对邦联军队是多大的鼓舞啊！”他的声音里有种不怀好意的温柔。

“噢，瑞德，”斯嘉丽恸哭，“你怎么能这样对我？你为什么要离开我？”

“为什么？”他快活地笑了，“因为，我们南方人身上或许都有某种藏不住的冲动吧。或许——或许因为我觉得羞愧了。谁知道呢！”

“羞愧？你是该羞愧至死。竟把我们丢在这儿，孤零零的，无依无靠……”

“亲爱的斯嘉丽！你并非无依无靠。任何像你一样自私又坚决的人，永远不会无依无靠。北佬要是抓到你，才该祈求上帝保佑。”

他突然跳下车，在斯嘉丽迷惑不解的目光中，绕到她身边。

“下来。”他命令道。

斯嘉丽瞪着他。他粗暴地把手伸到她腋下，将她抱到自己身侧，接着又紧紧抓着她，把她拽离马车好几步。斯嘉丽感觉便鞋里的尘土和沙砾把脚硌疼了。仍旧炎热的夜色仿佛梦境般，将她包裹在其中。

“我并不要求你理解或原谅。你理不理解、原不原谅，我他妈都不在乎。因为做出这种蠢事，我都永远无法理解或原谅自己。发现身上还有这么强烈的堂吉诃德式精神，我也很恼火。但我们美丽的南方需要每一个人。勇敢的布朗州长不就说过这话吗？没关系，反正我这就上战场。”他突然哈哈大笑，如此响亮而放肆的笑声，连黑乎乎的林子都发出了回响。

“‘亲爱的，若非我更爱荣誉，我也不会如此爱你[1]。’这句诗真鼓舞人心，不是吗？此时此刻，它肯定比我能想到的任何话更合适。虽然上个月的那天晚上，我在门廊上跟你说了那番话，但斯嘉丽，我真的很爱你。”

他拉长调子的声音很抚慰人心。他的双手抚过她光裸的手臂，

1　引自英国诗人理查德·洛夫莱斯（Richard Lovelace, 1618—1657）的《出征前致卢卡斯塔》（*To Lucasta, on Going to the Wars*）。

多么温暖有力的手啊。“我爱你，斯嘉丽，因为我们如此相似。亲爱的，我们都是叛徒，是自私自利的浑蛋。只要自己平安舒适，哪怕世界即将毁灭，我们也不会在乎。”

黑暗中，他还在不停地说，斯嘉丽虽听见了，却一句都没入耳。她正疲惫地努力接受这个他将留她独自面对北佬的严酷事实。她脑海中只有一句话：“他要离开我了。他要离开我了。”然而，她的情绪却没有半点波动。

然后，瑞德抱住了斯嘉丽的腰和肩膀。她感觉到他坚实的大腿肌肉贴在自己身上，感觉到他外套扣子压进自己的胸脯。一股暖流席卷全身，这是一种既令人困惑，又让她心生恐惧的感觉，让她一时间忘了自己身在何处、何时、何种境地。她觉得自己就像个破布做的娃娃，温暖、虚弱、无依无靠，而他支撑着自己的双臂，多么舒适惬意啊。

“对我上个月说的那件事，你还是不愿改变主意吗？没有什么能比危险和死亡更刺激。斯嘉丽，拿出点爱国心吧。想想看，如何让一个士兵带着美好的回忆慨然赴死？”

此刻，他开始吻她了，小胡子轻轻扎着她的嘴。他滚烫的双唇慢慢吻着她，从容得好似他还有一整晚的时间。查尔斯从未这样吻过她。塔尔顿和卡尔弗特兄弟的吻，也从没让她如现在这般一会儿浑身发热，一会儿周身犯冷，一会儿又战栗不已。他压得她身子后仰，双唇吻上她的喉咙，继而一路向下，直到她紧身巴斯克衫上的多彩浮雕宝石。

“亲爱的，”他喃喃着，“亲爱的。”

斯嘉丽隐约看到黑暗中的马车，听见韦德尖厉响亮的喊声。

“妈妈！韦德害怕！”

冷静的理智骤然回到恍惚模糊的头脑中，让她记起一时间忘记的事——她也害怕。瑞德就要离开她，撇下她，这该死的无赖！而最可恶的是，他还有胆站在大路上，用如此无耻的提议来侮辱她。愤怒和憎恶涌遍全身，让她挺直脊背，身子一扭，挣开他的怀抱。

“噢，你这个无赖！”她大叫道，同时脑子飞转，努力想找出更恶劣的词骂他，就像曾经听杰拉尔德骂林肯先生、麦金托什一家和倔骡子一样。然而，她就是怎么都想不出来。“你这个卑鄙、懦弱、龌龊的臭东西！”因为想不出更打击人的话，她抽回胳膊，用尽剩余的力气，狠狠甩了他一巴掌。瑞德后退一步，连忙伸手捂脸。

“哎哟。”他轻轻叫了一声。一时间，两人就那样面对面地站在黑暗中。斯嘉丽听到他沉重的呼吸，自己也开始大口喘气，仿佛刚刚拼命奔跑过似的。

“他们是对的！每个人都是对的！你不是绅士！”

“我亲爱的姑娘，”瑞德说，“你这话还远远不够啊。”

她知道他在笑。这念头深深刺激了她。

“走吧！立刻就走！赶紧滚。我再也不想见到你。希望炮弹就落到你头上，把你炸得粉碎，我——”

“不用费劲说下去了，你的意思我基本都懂了。等我躺上国家的祭坛，希望你会良心不安。”

她听见他大笑着转过身，朝马车走去。她看见他站在车旁，也听到他说话的声音，口气变得谦恭有礼，一如每次跟玫兰妮说话那样。

“威尔克斯太太？”

普利西惊恐的声音从马车里传来。

“天哪，巴特勒船长！玫兰小姐早就晕过去了。”

“她还没死吧？还有呼吸吗？”

“嗯，有呼吸。”

“晕过去或许对她更好。若还醒着，我真怀疑她是否能挺过所有疼痛。普利西，好好照顾她。这张一美元的钞票给你。以后别再那么傻啦。”

“嗯，谢谢你，先生。”

“再见，斯嘉丽。”

斯嘉丽知道他转过身面向自己，可她并未回应。怨恨让她一句话也说不出来。他的脚把路上的鹅卵石踩得咯吱作响。她看着他宽阔的肩膀在黑暗中若隐若现。他走了。脚步声响了一会儿，便渐渐消失了。斯嘉丽慢慢走回马车，膝盖止不住地颤抖。

他为何要走？为何要走进黑暗、走进战争、走进那已经失败的伟大目标、走进那疯狂的世界？这个好色贪杯，享受美食、软床，追求亚麻细布和上好皮革的瑞德为何要走？他不是痛恨南方，也嘲笑为了南方而战的傻瓜们吗？现在，他却穿着锃亮的皮靴，踏上那条痛苦之路，忍饥挨饿、不知疲倦地大步向前。伤痛、疲惫和心碎，如无数嗥叫的狼一样等待着他。那条路的尽头，便是死亡。他不需要去的啊。他安全、富裕，日子过得舒舒服服。可他还是走了，将她孤零零地留在这漆黑的夜里。而回家的路上，还有北佬的军队！

此刻，她想起所有要用来骂他的恶毒字眼，却为时已晚。她将脑袋靠在马儿垂下的脖子上，哭了。

第二十四章

清晨，耀眼的阳光从头顶的枝叶间洒下来，唤醒了斯嘉丽。因为蜷着身子睡了一夜，她只觉浑身僵硬，一时间竟没想起身在何处。阳光晒得她睁不开眼，身下硬邦邦的车板硌得腰背难受不已，腿上还沉甸甸地压着什么东西。斯嘉丽努力坐起来，发现原来是躺下睡觉的韦德把脑袋枕在了她膝上。玫兰妮有只光脚丫几乎伸到她脸上。车座下，普利西像只黑猫般蜷着身子，将小宝宝夹在自己和韦德中间。

然后，斯嘉丽想起了一切。她猛地坐起身，匆匆环顾四周。谢天谢地，没有北佬！夜里，他们的藏身之地没被发现。此刻，斯嘉丽什么都想起来了。瑞德的脚步声渐渐消失后，那段摸黑驾车的行程简直宛如噩梦：长夜似乎没有尽头，黑漆漆的路上满是令他们颠簸不已的车辙和卵石。马车时不时就滑进路两边的深沟，全凭她和普利西在惊恐下爆发出的疯狂力气，才一次又一次地将车推出来。斯嘉丽还浑身打战地想起：每次听到有士兵靠近，无论是敌是友，她都会把马赶进田里或林子中（尽管它并不愿意配合），唯恐一声咳嗽、一个喷嚏或韦德打个嗝，就将他们所有人暴露给行军的士兵。

噢，那条路多黑啊！经过的士兵宛如幽灵，全都一声不吭，只听得到软土路上沉闷的脚步声、马笼头微弱的咔嗒声和拉紧皮带的咯吱声！噢，有段时间实在太可怕，那病恹恹的马突然死活不走了！黑暗中，骑兵和轻型加农炮炮车隆隆而过，他们只能屏息坐在车里。那些人离得多近哪，近得她几乎伸手都能碰到他们，近得她都能闻到士兵身上的汗臭味！

最后，终于快到拉夫雷迪时，他们看见几堆亮着的营火。那是史蒂夫·李最后一批等待撤退命令的后卫部队。斯嘉丽绕着一片犁过的田地走了一英里，才终于看不见营火。然后，她便在黑暗中迷了路，怎么都找不到那条无比熟悉的小车道，急得直哭。后来，总算找到那条路了，马又跪在地上一动不动，任凭她和普利西如何拽笼头，都不肯起来。

于是，斯嘉丽只好卸下挽具，大汗淋漓、疲惫不堪地爬上后面的车厢，伸直酸疼的腿。合眼前，她隐约记得似乎听到玫兰妮虚弱的声音满含歉意地恳求："斯嘉丽，能不能请你给我点水喝？"

她想说"没水"，但话还没出口，她就睡着了。

现在已是早晨，万籁俱寂、宁静安详。绿意葱茏间，阳光洒下点点金斑。目力所及之处，一个士兵都没有。斯嘉丽又饿又渴，浑身酸痛、手脚发麻。真没想到，离了亚麻床单和最柔软的羽绒被褥就睡不好觉的斯嘉丽·奥哈拉，竟跟农场黑奴般，在这硬邦邦的木板上过了一夜。

阳光下，斯嘉丽眨着眼，目光落到玫兰妮身上，惊恐地倒抽了一口凉气。玫兰妮脸色煞白、一动不动地躺在那儿，肯定已经死了。她看起来真像个死人，像个死掉的老太婆。那张受尽折磨的脸上，散落着几绺凌乱纠结的黑发。接着，斯嘉丽看到她一起一伏的清浅呼吸，这才知道玫兰妮熬过了昨晚。

斯嘉丽手搭凉棚，看了看四周。显然，他们是在某户人家前院的几棵树下过的夜。因为，眼前的雪松大道下，就蜿蜒伸展出一条沙石车道。

“呀，这不是马洛里家吗！”一想到朋友和即将得到的帮助，她的心就快活得怦怦直跳。

然而，种植园里一片死寂。灌木丛和草坪上的青草被马蹄、车轮和人脚疯狂地来回踩踏，早已支离破碎，最后连泥土都翻了起来。她看向房子，却没看到记忆中那座非常熟悉、外墙带白色楔形板的老房子，入目只有一长排焦黑的矩形花岗岩基石和两座高高的烟囱。烟囱由被烟熏黑的砖块砌成，一直伸入一片静立树木烧焦的枝叶间。

斯嘉丽颤抖着深吸了口气。塔拉庄园会不会也变成了这样？会不会也已被夷为平地，一片死寂？

“现在绝不能想这些，”她匆匆告诫自己，“绝不能让自己想这些。要是再想下去，我又要害怕了。”然而，心跳还是不由自主地加快，每一下都宛如雷鸣，“回家！快！回家！赶快！”

他们必须立刻出发，向家奔去。但得先找些吃食和水，尤其是水。斯嘉丽推醒普利西，后者转着眼珠，四下张望。

“天哪，斯嘉丽小姐，我还以为再次醒来，就到了应许之地[1]呢。”

“你离那儿还远着呢。”斯嘉丽边说，边努力理顺凌乱的头发。她的脸湿漉漉的，身上也被汗水浸透，觉得自己又脏又乱又黏，几乎都要散发出臭味了。和衣睡觉，衣服也被压得皱巴巴的。有

1　犹太教经书《塔纳赫》中，上帝耶和华应许将中东从尼罗河至幼发拉底河的土地赐给犹太人。

生以来，她还从未如此疲惫不堪、浑身酸痛。她都不知道自己身上竟然也有肌肉。而经过昨晚那并不寻常的劳累，此刻她每动一下，都会感受到一阵尖锐的疼痛。

她低头看向玫兰妮，发现后者的黑眼睛已经睁开了。那是双病人的眼睛，亮得像在发烧，此外还眼袋浮肿、眼圈乌青。她张开干裂的唇，轻声哀求道："水。"

"普利西，起来。"斯嘉丽命令道，"我们去井边打些水来。"

"可斯嘉丽小姐，那边一定有鬼。万一有人死在那儿呢？"

"你要是再不下车，我就让你变成鬼！"斯嘉丽没心思跟她争辩，跛着脚下了车。

然后，她想起了马。天哪！马要是在夜里死了怎么办？她卸下挽具时，它就一副快死的模样。斯嘉丽连忙绕过车厢，看到马侧身躺在那儿。它若真死了，她一定诅咒上帝，然后也去死。《圣经》里就有人干过这种事，诅咒上帝，然后自己也死掉。她现在很能感同身受。不过，马还活着，虽然呼吸沉重、眼睛病恹恹地半闭着，但它还活着。嗯，给点水，对它应该也有帮助。

普利西不情不愿地爬下车，嘟嘟囔囔、畏畏缩缩地跟着斯嘉丽上了大路。废墟后，一排粉刷成白色的黑人棚屋早已无人居住，如今就静静地立在浓密的树荫下。她们在棚屋和被熏黑的石头基石间找到一口井。井篷还在，水桶则远在井下。两人合力把绳子往上绞，当一桶清凉闪亮的水从黑洞洞的井中出现时，斯嘉丽立刻倾斜桶身，凑上去大口大口地喝起来，溅了自己一身水。

她喝啊，喝啊，普利西终于等急了："哎呀，斯嘉丽小姐，我也渴了。"于是，斯嘉丽这才想起其他人也需要水。

"解开绳子，把桶拎到车边，给他们也喝点。剩下的喂马。你说，玫兰妮小姐是不是应该喂奶了？小宝宝饿了吧？"

“天哪，斯嘉丽小姐，玫兰小姐没奶——以后也不会有。”

“你怎么知道？”

“这种情况我见得多啦。”

“别跟我摆谱。昨天接生时，你几乎一窍不通。好啦，快走。我去找点吃的。”

斯嘉丽徒劳无功地找了很久，终于在一座果园发现几个苹果。在她之前，已经有士兵来过，所以树上已经没有苹果。她在地上找到的大多都烂了。她捡了些最好的兜在裙子里，便穿过软泥地往回走，一路上有不少小石子钻进便鞋。她昨晚怎么没穿双结实点的鞋？怎么没戴上遮阳帽？干吗不买点吃的？她真像个傻瓜。不过，当然了，她本以为瑞德会安排好这些事。

瑞德！她朝地上啐了口唾沫。这名字真恶心。她恨死他了！那家伙真卑鄙啊！而她竟站在路上，任由他亲吻，还差点喜欢上那感觉。她昨晚肯定疯了。那家伙多卑鄙啊！

回来后，她给几人分了些苹果，剩下的就扔在了车厢后部。此时，马已经站了起来，但喝了水也没有多振奋。日光下，马看起来比昨晚更糟糕——髋骨像老母牛般凸起，一根根肋骨就像块搓衣板，背上伤痕累累。斯嘉丽套挽具时，几乎不敢碰它。把嚼子塞进马嘴时，她才发现它几乎已经没有牙了。还真是“老掉牙”啊！既然偷马，瑞德干吗不偷匹好的？

斯嘉丽爬上车座，扬起山核桃木树枝，抽了下马背。马喘着气动了起来。斯嘉丽把它赶上她熟悉的那条路后，发现马走得实在太慢，她不费吹灰之力，也能比它快。噢，要是没有玫兰妮、韦德、小宝宝和普利西拖累该多好！那样的话，她就能健步如飞地走回家！哼，她一定会跑回家，每跑一步，都离塔拉更近、离妈妈更近。

他们离家顶多不过十五英里，但以这老马的速度，估计还得花一整天。因为，她还得时不时停下来，让它休息。一整天！斯嘉丽看了眼前方耀眼的红土路，上面满是炮车和救护车留下的深车辙。还得好几个小时，她才能知道塔拉庄园是否还在，埃伦是否还在。还得好几个小时，她才能结束这段九月烈日下的旅程。

她回头瞧了眼玫兰妮。阳光下，玫兰妮病恹恹的眼睛闭了起来。斯嘉丽解开帽带，把自己的遮阳帽抛给了普利西。

“把这个盖在她脸上，免得太阳照到眼睛。”毫无遮挡的脑袋感觉到炙热的阳光，她想：“等过完这天，我肯定会晒得满脸雀斑，就跟珍珠鸡下的蛋一样。”

她这辈子还从未不戴帽子或面纱，直接暴露在阳光下，也从未不戴手套保护自己那双有小圆窝的白皙双手。但此时此刻，她却顶着烈日，赶着一辆病马拉的破车，大汗淋漓，又脏又饿，除了以蜗牛般的速度穿越这片荒地，再无其他办法可想。短短几周前，她还那般安稳舒服！不久前，她还跟其他所有人一样，认为亚特兰大永远不会陷落，佐治亚绝不会被入侵。可四个月前西北方的那片小小乌云，竟真的化为一场大风暴，接着又变成呼啸的龙卷风，卷过她的世界，将她卷出安乐窝，摔在这片鬼影幢幢的死寂荒地。

塔拉还在吗？或者说，它会不会也被这席卷佐治亚的狂风刮跑了？

斯嘉丽又抽了那疲惫的老马一下，想催它赶紧走。来回摆动的车轮似喝醉酒般，颠得他们东摇西晃。

空气中一片死寂。傍晚的阳光下，每一片曾经无比熟悉的田野和树林都苍翠而宁静，但这异乎寻常的宁静让斯嘉丽心生恐惧。

那天，他们经过的每一座弹痕累累的空房子、看到的每一个守着焦黑废墟的荒凉烟囱，都让斯嘉丽的恐惧更添一分。从昨夜到现在，他们还没见到一个活人，或一只活着的动物。没错，沿路都是倒在地上、浑身肿胀、爬满苍蝇的死人、死马和死骡子，一个活物都没有。远处没有牛叫、没有小鸟啁啾，也没有风拂过树梢。打破这死寂的，只有疲惫的老马“啪嗒啪嗒”的脚步声和玫兰妮新生儿子虚弱的啼哭声。

乡村好似中了某种可怕的魔法。斯嘉丽不寒而栗地想：或者更糟，它就好比一位母亲在经历了死亡的痛苦折磨后，那张熟悉而亲切的脸终于变得美丽而平静。斯嘉丽觉得，曾经熟悉的树林，如今肯定满是鬼魂。琼斯伯勒附近的战斗，可死了几千人呢。那些人的魂魄就在树林里。夕阳斜照在一动不动的树叶上，使树叶闪着令人恐惧的光。无论朋友，还是敌人，都睁着沾满鲜血和红土、呆滞而可怕的眼睛，盯着坐在摇晃马车上的她。

“妈妈！妈妈！”她喃喃着。要是能快些回到埃伦身边就好了！她只愿上帝降下奇迹，让塔拉庄园还在！她只愿能赶着马车穿过那条长长的林荫道，走进屋里，看到妈妈温和友善的面庞，让那双柔软、能干的手再次驱走她的恐惧！她只愿能攥着埃伦的裙裾，将脸埋进去。妈妈知道该怎么办。她不会让玫兰妮和她的孩子死掉。只需轻轻地嘘几声，她就能赶走所有鬼魂和恐惧。可是，妈妈病了，或许就快死了。

斯嘉丽抽了下老马有气无力的屁股。他们必须再快点！他们已经在这没有尽头的路上慢悠悠地跋涉了一整天，这天多漫长，多炎热啊！天很快就要黑了，他们又要孤零零地待在荒地。这意味着死亡啊！斯嘉丽用起泡的双手更紧地拽起缰绳，狠狠抽打马背。每动一下，她那酸痛不已的胳膊都火烧火燎地疼。

要是能回到塔拉和埃伦温柔的怀抱就好了。要是能卸下重担就好了。这担子太沉重，她年轻的肩膀真是无法承受啊！垂死的产妇、越来越虚弱的婴儿、自己饥肠辘辘的小儿子，还有一个受惊的黑奴。他们全都在她身上汲取力量、指望她的引导，全都将她挺直的脊背视为勇气的象征。然而，她没有勇气，仅有的力量也早已耗光。

无论抽打，还是拉缰绳，精疲力竭的马都没有任何回应，仍旧拖着脚蹒跚而行，踩到小石子就趔趄，身子摇摇晃晃，仿佛随时都会跪倒。然而，暮色降临时，他们终于踏上这漫长旅程的最后一段路。马车拐了个弯，出了那条小车道，转上主路。离塔拉只有一英里了！

从这儿往前看，隐隐可见一大排山梅花篱笆。这意味着从那儿开始，便是麦金托什家的产业。又往前走了点，斯嘉丽在一条橡树大道前勒住缰绳。这条主路伸出去的橡树大道，通向老安格斯·麦金托什的大宅。她透过越来越浓的暮色，朝两排古树间望去。一片黑暗。大宅或黑人棚屋都没有半点亮光。黑暗中，她极目远眺，隐隐辨出在这可怕的一天里渐渐熟悉的景象——两座高高的烟囱如巨大的墓碑，耸立在已成废墟的二楼，黑洞洞的破窗仿佛一只只呆滞的盲眼，弄脏了墙壁。

“有人吗！”她竭尽全力大喊，“有人吗！”

普利西惊恐万状地抓住她。斯嘉丽转头一看，发现这丫头都开始翻白眼了。

“斯嘉丽小姐，别喊啦！求你别喊啦！”她颤抖着声音喃喃道，“谁知道回应我们的是什么东西！”

“天哪！”斯嘉丽顿时一哆嗦，“天哪，她说得对，谁知道回应我们的是什么东西！”

她一抖缰绳，催马前行。麦金托什大宅的情况，让她最后一丝希望化为泡影。这天经过的所有种植园，都被焚烧殆尽、沦为废墟，再也无人居住。塔拉庄园也在这条路上，是军队所经之途，距此近半英里。塔拉肯定也被夷为平地了！她只能找到烧黑的砖块，看着星光照在没有屋顶的墙壁上。埃伦和杰拉尔德走了，妹妹们走了，嬷嬷走了，黑奴们也走了。天知道他们去了哪儿。到处都是这可怕的死寂。

她干吗要违背常识干蠢事？还拉上了玫兰妮和新生儿？就算死在亚特兰大，也比顶着烈日，在颠簸的马车里煎熬一整天，最后死在一片死寂的塔拉废墟上好吧？

然而，阿希礼把玫兰妮托付给她。"好好照顾她。"噢，那个美丽又心碎的日子，他在永远离开前跟她吻别！"你会照顾她的，对吗？答应我！"她答应了。干吗要被这个承诺束缚？如今阿希礼已经不在，这个承诺更是加倍束缚。即使筋疲力尽，她仍痛恨玫兰妮，痛恨那婴儿打破寂静的哭声。那哭声宛如小猫在叫，越来越微弱。可她已经许下承诺，现在，他们都归她管，甚至韦德和普利西，也归她管。只要还有力气、还能呼吸，她就得拼命为之奋斗。她本可以将他们留在亚特兰大，把玫兰妮送进医院，再也不管。但若真那么做了，无论今世还是来生，她都无法面对阿希礼，没脸告诉他自己撇下了他的妻儿，任其在陌生人中死去。

噢，阿希礼！今夜，她带着他的妻儿在这条鬼影幢幢的大路上艰苦跋涉时，他又在哪儿？他还活着吗？躺在罗克艾兰铁栅后的他，会想起自己吗？他会不会几个月前就得天花死了，如今正跟其他数百名邦联士兵一起，在某条长壕沟里渐渐腐烂？

附近的灌木丛突然传来一声响动，让斯嘉丽紧绷的神经差点断掉。普利西放声尖叫，一下子扑倒在车板上，把婴儿压在身下。

玫兰妮虚弱地动了动，伸出双手去摸索宝宝。韦德捂住眼睛，瑟瑟发抖，吓得哭都不敢哭。接着，旁边的灌木丛被一双沉重的蹄子分开，一声低沉响亮的牛叫灌入他们耳中。

“原来是头奶牛啊。”斯嘉丽粗着嗓子，惊魂未定地说，“普利西，别跟个傻子似的。你压到宝宝，也把玫兰小姐和韦德吓坏啦！”

“是鬼。”普利西把脸埋在车板上，哼哼唧唧地说。

斯嘉丽不慌不忙地转过身，扬起树枝，就冲普利西背上抽了一下。她已精疲力竭、虚弱不堪，恐惧之下，简直无法容忍其他任何人的怯懦。

“蠢货，赶紧起来，”斯嘉丽嚷道，“不然，我就打你打到这根树枝被折断。”

普利西号啕大哭着抬起头，瞥向马车旁。果然是头奶牛。那红白相间的家伙睁着一双惊恐的大眼睛，站在那儿看着他们。它张开嘴，又低低地叫唤了一声，仿佛很痛苦。

“它受伤了吗？这叫声听起来不正常啊。”

“依我看，它是胀奶了，需要有人赶紧给挤挤。”普利西总算镇定了些，“这多半是麦金托什家的奶牛，被黑奴们赶进林子，才没落入北佬手中。”

“我们带它一起走，”斯嘉丽当即决定，“如此一来，宝宝就有奶喝了。”

“斯嘉丽小姐，我们怎么带上它呀？我们不能带着一头奶牛上路啊。母牛要是最近没挤过奶，也没什么用。它一定是乳房都要胀破了，才这么哞哞叫。”

“既然你这么懂，那就把衬裙脱下来撕成条，把它拴在车后。”

“斯嘉丽小姐，要知道，我都一个月没穿过衬裙啦。就算穿了，我也不会把它用在牛身上啊。我见了牛就怕。”

斯嘉丽放下缰绳，撩起自己的裙子。裙下的蕾丝花边衬裙，已是她最后一件完整漂亮的衣服。她解开腰带，把衬裙脱下来，双手揉搓那轻柔的亚麻褶边。这是瑞德最后一次穿越封锁线，从拿骚给她带回来的。她花了一星期，才做出这条衬裙。此刻，她却坚决地抓起褶边就撕，还放进嘴里咬，终于弄开一道口子，撕下一根长布条。她死命地咬，双手一起撕，衬裙终于变成一堆布条。然后，她又把布条一根根地系起来，直弄得起泡的双手流出血，手指也累得不住颤抖。

“把这个拴到它角上。”斯嘉丽命令道，普利西却畏缩不前。

“斯嘉丽小姐，我怕奶牛。我从没管过牛，我不是下地干活的黑奴，是屋里的使唤丫头。”

“你这蠢黑鬼，爸爸那天犯的最大错误，就是把你买下来，”斯嘉丽累得已经发不出火，慢吞吞地说，“我这胳膊要是有劲了，非抽死你不可。”

然后，她想起自己刚才说了“黑鬼”这个词。妈妈可不喜欢这词啊！

普利西眼珠直转，先瞥了眼女主人板着的脸，然后瞧了瞧痛苦哀叫的奶牛。二者相比，斯嘉丽的危险性似乎更低。于是，普利西攥着马车边缘，一动不动。

斯嘉丽僵硬地爬下车座，每动一下，酸痛的肌肉都被拉得生疼。怕牛的不只是普利西，她也向来都怕。甚至最温顺的奶牛，在她看来也凶狠万分。但此刻那么多令她害怕的大事一起涌来，如此小事，根本没工夫去怕了。幸好这头奶牛性情温顺，疼痛难忍间，还要寻求人类的陪伴和帮助。斯嘉丽把烂衬裙做的布条套上牛角时，它没做出任何威胁性的动作。斯嘉丽把绳子另一头拴在车后，正准备转身回车座，一股巨大的疲惫袭来，让她头晕目眩，身子左右摇晃。她赶紧抓住车厢侧边，才没摔倒。

玫兰妮睁开眼，看到斯嘉丽站在身边，轻声问："亲爱的——我们到家了吗？"

家！听到这个字，斯嘉丽顿时热泪盈眶。家。玫兰妮还不知道家早就没了。在这疯狂而荒凉的世界，他们早已孤立无援。

"还没有。"斯嘉丽哽咽了，仍尽量温柔地道，"但我们会到的，就快到了。我刚刚找到一头奶牛。你和宝宝马上就有奶喝了。"

"可怜的孩子。"玫兰妮喃喃道，冲孩子伸出一只手，却虚弱得没够着。

重新爬上马车用尽了斯嘉丽仅有的力气，但她终究还是上了车，拉起缰绳。马垂头丧气地站在那儿，拒绝迈步。斯嘉丽毫不留情地抽了它一下，但愿上帝原谅她伤害一头如此疲惫的动物。上帝若不原谅，她也只能深表遗憾。毕竟，塔拉就在前面，离这儿仅四分之一英里。届时这马若想套着车轭就倒下去，她也由它。

马终于慢慢起步，车子咿咿呀呀地响着，母牛每走一步，都哀哀地低叫一声。那痛苦的声音刺激着斯嘉丽的神经，让她简直想停车解开它。塔拉若此刻空无一人，带头奶牛回去有何用？她又不会挤奶。就算她会，谁要去碰那家伙胀痛的乳房，也多会被踢上一脚。然而，既然已经得到一头奶牛，或许还是留着更好。毕竟，除此之外，她在这世上几乎已经一无所有。

终于到达一处缓坡下，斯嘉丽不禁泪眼婆娑。因为，只要爬上这道坡，就是塔拉庄园了！接着，她的心猛地一沉。这老迈的家伙肯定爬不上去。从前，她骑着灵活矫健的牝马飞驰而上时，这道坡是多么平缓哪！但此时此刻，它怎么显得如此陡峭？拉着沉重的马车，那畜生肯定上不去。

斯嘉丽疲惫地下车，抓住辔头。

“普利西，下来！”她命令道，“带上韦德，要么抱着他，要么让他自己走。把宝宝交给玫兰妮小姐。”

韦德抽抽搭搭地哭了起来，斯嘉丽只依稀听出几个字：“黑……黑……韦德怕怕！”

“斯嘉丽小姐，我走不了。脚上都是泡，鞋也磨破了，韦德和我也不太重呀……”

“下来！趁我还没来拖，自己下来！等我动手，我就把你留在这儿，让你一个人待在这黑乎乎的地方。快点，立刻下来！”

普利西呜咽着，瞥了眼路两旁黑乎乎的树林。要是离开马车的庇护，那些树肯定会伸过来抓自己的吧。不过，她还是把宝宝放在玫兰妮身边，爬下车，伸手把韦德抱了出来。小男孩仍在抽噎，直往自己保姆身上缩。

“让他闭嘴，我真是受不了啦。”斯嘉丽说完，拉起辔头，就拖着不情不愿的老马往前走，“韦德，要做个小男子汉，别哭啦，不然我可要过来抽你嘴巴了。”

斯嘉丽义无反顾地转过脚跟，沿着黑漆漆的路往前走，边走边恨恨地想：“上帝干吗要造出孩子？全是些哭哭啼啼、没用又烦人的家伙，不仅总要人照顾，还总是碍手碍脚。”筋疲力尽之下，斯嘉丽实在顾不上那受惊的孩子，对他只有厌倦，直纳闷干吗生下他，也不解自己为何要嫁给查尔斯·汉密尔顿。于是，韦德只得拽着普利西的手，吸着鼻子跟在她身边一路小跑。

“斯嘉丽小姐。”普利西攥着女主人的胳膊，小声道，“我们还是别回塔拉了吧。他们不在那儿了，都走了。说不定都死了——妈妈和大家都死了。”

这话正中斯嘉丽内心所想，顿时令她勃然大怒，一把甩开普利西攥着她的手。

“把韦德给我牵，你就坐在这儿别动好啦！”

“不，小姐！不行！”

“那就闭嘴！”

马走得真慢啊，边走还边淌口水，全滴到了她手上。她想起曾经跟瑞德合唱过的一首歌，不过只记得这一句：“还是挑着这重担再走几天吧……”

“只需再挑几步，”这句话在她脑中嗡嗡回响，一遍又一遍，“只需挑着这重担，再走几步。”

然后，他们便爬上了坡顶。前方就是塔拉庄园的橡树林，黑压压地直冲暗沉天际。斯嘉丽急忙张望，看那儿是否有灯光。没有。

“他们走了！”斯嘉丽胸中仿佛压了个冰冷的铅块，“走了！”

她掉转马头，转入车道。头顶雪松枝叶交织，将他们笼入午夜的黑暗。斯嘉丽极目远眺，朝这长长的黑暗隧道尽头望去，她看到前方——真的看到了吗？还是疲惫的眼睛在跟自己开玩笑？前方那模模糊糊的东西，是塔拉庄园白色的砖墙吗？家！家！亲爱的白墙、窗帘翻飞的窗户、宽阔的阳台——它们不都在前方，就在那片阴影中吗？还是麦金托什家那种惨状，被黑夜仁慈地掩盖了起来？

车道似乎有数英里长，虽然被斯嘉丽固执地硬拉着，马还是越走越慢。斯嘉丽目光热切地在黑暗中搜寻着，屋顶似乎还完好无损，真的吗？这可能吗？不，不可能。战争不会放过任何东西，哪怕是屹立五百年的塔拉庄园。战争肯定不会放过塔拉！

然后，朦胧的轮廓逐渐有了形体。斯嘉丽拉着马越走越快。

白墙真的从黑暗中显露出来。没有被硝烟玷污。塔拉庄园逃过一劫！家！斯嘉丽扔掉辔头，跑完最后几步，迫不及待地冲上前，紧紧抱住那墙壁。接着，她看见前门阳台出现一个模糊的人影，那影子就站在台阶顶端。塔拉庄园没被遗弃。家里还有人！

喜悦的呐喊从喉头升起，却并未叫出口。屋子太暗、太静，那影子既不动，也不喊她。怎么回事？出什么事了？塔拉庄园虽然完好无损，却也跟备受摧残的乡野一样，笼罩在一片怪异的死寂中。然后，那影子动了，僵硬又缓慢地走下台阶。

"爸？"她沙哑地轻唤了一声，几乎怀疑那到底是不是他，"是我——凯蒂·斯嘉丽。我回来了。"

杰拉尔德拖着僵硬的腿朝她走来，安静得像个梦游者。他走近，一脸茫然地盯着她，仿佛她只是梦境的一部分。他伸出一只手，放在她肩上。斯嘉丽感觉到那只手在颤抖，抖得好似他刚从噩梦中醒来，还没有完全清醒。

"女儿，"他努力挤出两个字，"女儿。"

然后，他又沉默了。

唉——他就是这样的老头！斯嘉丽想。

杰拉尔德的肩膀已经垮了。斯嘉丽虽然看不清他的脸，但还是发现杰拉尔德那种躁动不安的活力不见了。那双盯着自己的眼睛，几乎跟小韦德一样，又惊又惧。他只是一个被打垮的小老头了。

对未知的恐惧猛地蹿出黑暗，一下子攫住斯嘉丽，让她只能呆立当场，也瞪视着杰拉尔德。问题虽如潮水般涌来，却一个都问不出口。

车厢里又传来微弱的哭声。杰拉尔德似乎在努力强打起精神。

"是玫兰妮和她的宝宝，"斯嘉丽飞快地低声道，"她很虚弱，我把她带回来了。”

杰拉尔德垂下手，挺直肩膀。他慢慢朝车旁走去，昔日塔拉庄园热情迎客的老主人，如今却如幽灵鬼魅般，说出的话，也好似从模糊记忆中挖出来的一般。

“玫兰妮侄女！”

玫兰妮的声音模糊不清。

“玫兰妮侄女，这儿就是你家。十二橡树园被烧啦。你得跟我们待在一起。”

想起玫兰妮已经受了这么久的苦，斯嘉丽立刻行动起来。她再次回到现实世界，必须立刻将玫兰妮和她的孩子挪到柔软的床上，再把一切该做的琐事都做了。

“得有人抱抱她，她走不动。”

随着一阵脚步声，前厅闪出一个黑影。原来是波尔克跑了下来。

“斯嘉丽小姐！斯嘉丽小姐！”他边跑边喊。

斯嘉丽一把抓住他的胳膊。波尔克就是塔拉庄园的顶梁柱，跟那些砖头和凉爽的走廊一样亲切！斯嘉丽感觉到他的眼泪一串串地落到自己手上。他笨拙地拍着她，大声道：“真高兴你回来了！真——”

普利西也哭了，语无伦次地嘟囔道：“波尔克！波尔克，亲爱的！”被大人们的软弱感染，小韦德大起胆子，也抽噎着说：“韦德渴了！”

斯嘉丽立刻招呼他们都来帮忙。

“玫兰妮小姐和她的宝宝都在车里。波尔克，你必须非常小心地把她抱上楼，安顿在后面的那个房间。普利西，你抱宝宝。韦德，进屋去，找人给你点水喝。波尔克，妈妈在吗？告诉她，我想见她。”

她毋庸置疑的声音激励了波尔克，后者立刻走向马车，在后面摸索起来。他半抬半拽地把玫兰妮从羽毛褥子上抱了起来。因为已经在褥子上躺了那么多个小时，玫兰妮痛苦地呜咽了一声。接着，她就躺在了波尔克强壮的臂弯里，脑袋像小孩般垂在他肩上。普利西一只手抱着小宝宝，另一只手牵起韦德，跟着他们踏上宽阔的台阶，没入黑乎乎的走廊。

斯嘉丽伸出还在流血的手指，急切地去摸爸爸的手。

“爸，她们好起来了吗？”

“姑娘们正在康复。”

沉默，这片沉默中似有某个可怕得无法用言语形容的念头。斯嘉丽无法……无法将其宣之于口。她咽了口唾沫，接着又咽了一口，喉咙却仿佛突然干得要粘在一起。难道这就是塔拉庄园一片死寂的原因？仿佛是回答她心中的疑问，杰拉尔德开口了。

“你妈妈——”他刚开口，又顿住。

“妈妈——”

“你妈妈昨天死了。”

斯嘉丽紧紧抱着爸爸的胳膊，摸索着踏进又宽又黑的门厅。哪怕这儿一片漆黑，她也对它了如指掌。她避开高背椅、空枪架、带凸出爪形脚的老餐具柜，感觉自己在本能的驱使下，朝屋后那间小账房走去。埃伦总是坐在里头，没完没了地算账。等她走进那间屋子，妈妈肯定还会坐在写字台前。见她进来，她定会抬起头，放好羽毛笔，带着一身甜美的香气和窸窣的裙撑，起身迎接自己疲惫的女儿。埃伦不可能死，哪怕爸爸这么说，像只会一句话的鹦鹉般，一遍又一遍地说：“她昨天死了——她昨天死了——

她昨天死了。”

真奇怪，此时此刻，她竟无动于衷，只觉得累，累得仿佛被沉重的铁链拴住手脚。她还觉得饿，饿得双膝打战。待会儿再想妈妈吧。现在她必须先把妈妈放在一边，否则不是像杰拉尔德般蠢得只会嘟囔一句话，就是跟韦德一样，惹人厌地哭个不停。

波尔克从宽敞昏暗的楼梯下来，如挨冻的动物奔向火源般，急匆匆地赶到斯嘉丽面前。

“灯呢？”斯嘉丽问，“波尔克，屋里为何这么黑？弄些蜡烛来。”

“斯嘉丽小姐，蜡烛都被他们拿走了，只剩下一支。我们都只在夜里找东西时用用，也快用完了。嬷嬷照料卡伦小姐和苏埃伦小姐，都只能拿破布条浸在一碟熏肉油里，点燃当灯用。”

“把剩下的那截蜡烛拿来。”斯嘉丽命令道，“拿到妈妈的——小账房。”

波尔克啪嗒啪嗒地朝餐厅跑去，斯嘉丽则一路摸索着，进了那间漆黑的小房间，一屁股坐在沙发上。她依旧挽着爸爸的胳膊。那条曲在她臂弯里的胳膊显得那般无助、充满哀求和信任，就如很小的孩子和很老的老人那样。

“他是个老头，一个疲惫的老头。”斯嘉丽又一次这么想着，隐约间纳闷自己为何对此无动于衷。

波尔克端着一个小圆碟进来了。高举的碟子里立着一根燃了一半的蜡烛。摇曳的灯光也随之涌进房间。黑乎乎的“洞穴”恢复生气：他们身下那张已经塌陷的老沙发，前部文件架都快高到天花板的写字台，写字台前妈妈那张精美的雕花椅，鸽笼式分类架里，仍放着各种有妈妈清秀笔迹的文件。还有破旧的地毯——一切如旧，都是老样子，唯独缺了埃伦。带着淡淡柠檬味的马鞭草香囊的埃伦不见了，那目光甜美、眼梢微翘的眸子，再也看不见了。斯嘉丽觉得心隐隐作痛，仿佛因重创而麻木的神经正在挣扎着恢复知觉。现在不行！她还有一辈子的时间心痛，但现在不行！上帝啊，求求您，现在不行！

她看向杰拉尔德那张淡灰色的脸，生平第一次发现他没刮胡子。那张向来红润的脸庞，此刻满是银色胡楂。波尔克把蜡烛放进烛台，走到她身边。斯嘉丽觉得，他若是条狗，定会将口鼻搁到自己膝上，哀哀叫着，求她摸摸他的脑袋。

“波尔克，屋里还剩多少黑人？”

“斯嘉丽小姐，有些没出息的黑鬼跑了，有的跟了北佬，还有……”

“还剩多少？”

“斯嘉丽小姐，就剩我和嬷嬷了。嬷嬷成天照料两位小姐。还有迪尔西，她现在也陪着小姐们。斯嘉丽小姐，就剩我们三个了。”

我们三个？可从前有一百个呢。斯嘉丽努力伸直酸痛的脖子，昂起头。她知道，说话声音必须保持平稳。她吃惊地发现，自己的语气竟冷静自然得仿佛从未有过什么战争。仿佛挥挥手，她就能立刻招来十个家仆。

“波尔克，我饿死了。有东西吃吗？”

“没有，全被他们卷走了。”

“可不是还有菜园吗？”

“他们把马放了进去。”

“连山上的番薯也没了？”

他肥厚的嘴唇顿时扯出一抹算得上愉快的笑容。

“斯嘉丽小姐，我倒是把番薯忘了。它们估计还在。该死的北佬从没见过番薯，他们还以为那是什么东西的根……”

“月亮就快出来了。你赶紧去给我们挖几个来，烤熟。还有玉米粉吗？干豆？鸡？”

“没了，都没了。在这儿没吃完的鸡，都被他们绑在马鞍上带走了。”

“他们——他们——他们——‘他们’干的那些事，还有完没完？烧杀抢掠还不够？非得让无依无靠的女人、小孩和黑奴留在被他们抛弃的乡野，活活饿死吗？”

“斯嘉丽小姐，我还有几个嬷嬷藏在地窖里的苹果。我们今天吃的就是苹果。”

“先把它们拿来，再去挖番薯。还有，波尔克，我——我好晕。地窖里还有红酒吗？黑莓酒也行。”

“噢，斯嘉丽小姐，他们可是一来就先奔地窖的呀。”

饥饿、睡眠不足、精疲力竭和沉重的打击一齐涌来，斯嘉丽顿觉恶心，连忙抓住手下的玫瑰花雕。

“没有红酒。”她木然地说，想起地窖里那一排排好似无穷无尽的酒瓶，突然回忆起了什么。

“波尔克，爸爸埋在斯卡珀农葡萄架下的那个橡木桶还在吗？里头有玉米威士忌呀。”

黑脸膛上又闪过一抹微笑，一抹带着喜悦和敬意的微笑。

“斯嘉丽小姐，你真是最聪明的人！啊，我竟把那桶酒忘得一干二净。但斯嘉丽小姐，威士忌可不好。它埋在那儿才不过一年，不管怎么说，也不适合太太小姐们哪。”

黑奴多傻啊，自己从不思考任何东西，总要别人告知。而北佬竟然还要解放他们！

“它很适合我这位太太，也适合爸爸。快点，波尔克，把它挖出来，再给我们拿两个杯子，拿点薄荷和糖，我要做冰镇薄荷酒。”

波尔克面露责备之意。

“斯嘉丽小姐，要知道，塔拉庄园早就没有糖啦。薄荷也早被他们的马啃光，杯子也被砸完了。”

“他要是再说一句‘他们’，我非尖叫起来不可。真是忍不住了！”斯嘉丽这么想着，大声道：“哎呀，那快去挖威士忌，快去。我们就喝纯的。”见他转身，斯嘉丽又道，“等等，波尔克。要做的事实在太多，我都想不过来了……噢，对了，我带回一匹马和一头奶牛，那头牛亟须挤奶。把马具卸下来，喂它喝点水。叫嬷嬷去照料那头牛，告诉她无论如何，都要把它养好。玫兰妮小姐的宝宝如果再没东西吃，就要饿死了，还有……”

“玫兰小姐她……没有……？”波尔克小心翼翼地没再说下去。

“玫兰妮小姐没奶。”天哪，妈妈要是听到这话，准会晕过去！

“呃，斯嘉丽小姐，迪尔西能喂玫兰小姐的宝宝。我这老婆刚生了个孩子，她奶多，足够喂饱两个娃娃。”

娃娃，娃娃，娃娃。上帝干吗要造出那么多娃娃？不对，他们才不是上帝造的，是愚蠢的人类造的。

“是呀，是个黑乎乎的大胖小子。他——”

“告诉迪尔西，别管我那两个妹妹了。我去照顾她们。让她去喂玫兰妮小姐的孩子，再看有什么能为玫兰妮小姐做的。叫嬷嬷去照料奶牛，再把那匹可怜的马牵进马厩。”

“斯嘉丽小姐，没有马厩了，被他们拆下来当柴烧啦。”

“别总告诉我‘他们’干了什么！叫迪尔西去照料玫兰妮母

子。你，波尔克，去把那桶威士忌挖出来，再去弄些番薯。”

“但斯嘉丽小姐，我没有灯，挖不了呀。”

“你就不会点根木头吗？”

“可是……没木头了，全被……”

“想点办法嘛……我不管了。你必须把那些东西挖出来，而且要快。好啦，赶紧去！”

听到斯嘉丽声音都粗了，波尔克赶紧出了房间。于是，屋里只剩斯嘉丽和杰拉尔德。斯嘉丽轻轻拍了拍爸爸的腿，发现曾经骑马练出来的鼓胀肌肉，如今都萎缩得不成样子了。她一定要做点什么，让爸爸摆脱这种木然状态。可是，她不能问妈妈的事。那事得之后再说，等她承受得住时再说。

“他们怎么没把塔拉烧了？”

杰拉尔德盯着她看了一会儿，仿佛并未听到她在说什么。她又问了一遍。

“为什么——”他笨嘴拙舌地道，“他们把这儿当司令部了。”

“北佬……用这幢房子？”

斯嘉丽顿时觉得心爱的家被玷污了。这房子多神圣哪，因为埃伦曾住在这里。而那些——那些人……竟敢进来。

“是啊，女儿。他们来之前，我们就瞧见河对岸十二橡树园腾起浓烟。但霍尼小姐、英迪亚小姐和她们家的几个黑奴都逃去梅肯了，所以我们倒不担心他们。但我们没能去梅肯。姑娘们病了——你妈妈……总之，我们走不了。家里的黑奴跑了……逃哪儿去了，我也不知道。他们偷了马车和骡子。嬷嬷、迪尔西和波尔克……他们没走。你两个妹妹、你妈妈……我们没法带她们走。”

“没错，没错。”绝不能让他提起妈妈。聊其他任何事都行，哪怕聊舍曼将军曾用过这个房间。他用过妈妈的小账房，把这儿当成自己的司令部。其他任何事都行。

“北佬向琼斯伯勒进发，想切断铁路线。他们就从河边的那条路北上，成千上万的人哪，还有成千上万的大炮和马。我在前门廊上碰到他们。”

“噢，小个子的杰拉尔德真勇敢！”斯嘉丽满心自豪。杰拉尔德站在塔拉庄园的台阶上迎接敌人，仿佛他就率领着一支大军，而非要独自面对一支军队。

“他们叫我滚，说要烧了这地方。我说要烧就把我一起烧了。我们绝不离开——姑娘们……还有你妈妈……”

“然后呢？”他怎么老提埃伦？

“我告诉他们屋里有病人，伤寒病人，一旦挪动就是死。他们要烧，就连我们一块烧好了。反正我不走——绝不离开塔拉……”

他茫然地看着四壁，声音渐渐消失。斯嘉丽明白了。爸爸身后有无数爱尔兰祖先，那些人宁为几英亩薄地奋战到底，也绝不抛弃他们生活、耕种、恋爱和繁衍后代的家园。

“我说，他们可以烧房子，连同三个垂死的女人一起烧。但我们不走。那年轻军官倒是……倒是个绅士。”

“北佬还有绅士？怎么可能啊，爸！”

“是个绅士。他骑马走了，很快带回一名上尉军医。医生给两个姑娘……还有你妈妈看了病。”

“你让一个该死的北佬进她们的房间？”

“他有鸦片，我们没有。他救活了你的妹妹们。当时，苏埃伦已经开始大出血。那医生心肠好，也知道该怎么办。他报告说屋里的确有人病了，那些北佬才没有放火烧房子。他们搬了进来，那位将军和他的部下们，都挤了进来。除了有病人的那间房，其他房间都被他们占了。那些士兵……”

他又停了下来，仿佛累得无法再说下去。那满是胡茬、皮肉松弛的下巴重重垂到胸前。他努了把力，再次开口。

“他们在房子周围扎营，棉花地、玉米地，到处是人。牧场都变成了一片蓝色。那天晚上，点起的营火足有一千堆。他们拆掉篱笆，拿来烧火做饭。后来，谷仓、马厩和熏房也被拆了。他们杀掉奶牛、猪和鸡——甚至包括我的火鸡。”杰拉尔德心爱的火鸡们哪，就这么没了，“他们什么都抢，连画也不放过——还有家具、瓷器……”

“银器呢？”

“波尔克和嬷嬷把银器藏起来了……放在井里了吧……但我记不清了。”杰拉尔德的声音透着烦躁，“然后，他们就在这儿——就在塔拉庄园指挥战争。太吵了。好多人，有骑马往来的，也有跺着脚到处走的。后来，琼斯伯勒响起炮声——简直跟打雷一样响，就连病重的姑娘们都听见了。她们一遍又一遍地念叨：‘爸，让那雷别打了吧。’”

“那——妈妈呢？她知道家里有北佬吗？”

“她——一直什么都不知道。”

“感谢上帝。”斯嘉丽说。妈妈没遭这份罪。她一直不知道，不知道敌人就在楼下房间，也未曾听见琼斯伯勒的枪炮声，不知道自己放在心上的土地，已被北佬踩在脚下。

“因为一直在楼上陪你妈妈和你那两个妹妹，我也几乎见不到他们。我见得最多的，就是那个年轻军医。斯嘉丽，他真的很好，非常和善。照料了一整天伤员，还会来陪她们坐坐。他甚至还留了些药，告诉我军队走后，两位小姐能康复，但你妈妈——她太虚弱……恐怕挺不过去。他说，她的力气都被自己耗光了……”

一片沉默。斯嘉丽仿佛看到了妈妈如何度过最后那段日子。她虽瘦弱，却是塔拉的支柱，照料病人、操持家务、废寝忘食，只为让其他人能吃好睡好。

"然后，他们就走了。然后，他们就走了啊。"

他沉默了好一会儿，接着开始摸索她的手。

"你回来了，我真高兴。"只有这么简简单单的一句话。

后门廊传来一阵刮擦声。可怜的波尔克，四十年的训练早已根深蒂固，哪怕在这种时候，也没忘记一定要把鞋子擦干净才能进门。他小心翼翼地端着两个葫芦进来了，但人还没到，浓郁的酒气已扑鼻而来。

"斯嘉丽小姐，被我弄洒不少，往葫芦勺里灌酒可真难。"

"没关系，波尔克，谢谢你。"斯嘉丽从他手里接过湿漉漉的长柄葫芦，浓烈的酒气顿时令她不悦地皱起鼻子。

"爸，喝吧。"她把这装着威士忌的古怪容器塞进他手里，又从波尔克手中接过另一个装着水的长柄葫芦。杰拉尔德像个孩子般，顺从地举起葫芦，响亮地喝了好几口。斯嘉丽又把水递给杰拉尔德，他却摇了摇头。

她拿过父亲手中的威士忌，端到自己嘴边时，瞧见他盯着自己，眼中似乎有反对之意。

"我知道，小姐太太不该喝烈酒，"斯嘉丽单刀直入地说，"但今天我不是小姐太太。爸，晚上还有活要干呢。"

她把葫芦一歪，深吸一口气，飞快地灌起酒来。热辣辣的酒液从喉咙一直烧到胃里，呛得她眼泪都出来了。她又喝了一口，再次举起葫芦。

"凯蒂·斯嘉丽，够啦。你喝不来烈酒。它们会让你摇摇晃晃的！"杰拉尔德嚷道。自回来以后，这还是她第一次听到他带着命令的口吻说话。

“摇摇晃晃？”斯嘉丽难听地笑了几声，“摇摇晃晃？我巴不得能喝醉呢。要是醉了，就能把这一切通通忘光。”

她继续喝酒，一股暖意缓缓淌过血管，悄悄流遍全身，最后连指尖都震颤起来。这感觉多幸福呀，真像燃起了一把温火。它甚至穿透她冰封的心，让她浑身又有了力量。看到杰拉尔德困惑而受伤的脸，她又拍了拍他的膝盖，努力挤出一抹他曾经非常喜欢的娇憨笑容。

“爸，它怎么可能让我摇摇晃晃？我可是你的女儿，怎可能没继承克莱顿县最坚强的脑瓜？”

看着女儿那张疲惫的脸，杰拉尔德几乎要笑起来。威士忌也让他振奋了一些。斯嘉丽又把葫芦递还给他。

“再喝一口吧，然后我就送你上楼睡觉。”

她突然顿住，呀，这不是她对韦德说话的口气吗？怎么能用这种口气跟爸爸说话！多不敬哪！然而，杰拉尔德却听进去了。

“没错，送你上床睡觉，”她又口气轻松地补充道，“再喝一口——或者把葫芦里的酒全喝了，然后就让你睡觉。你需要睡觉，就让凯蒂·斯嘉丽待在这儿，你什么都不用担心了。喝吧。”

杰拉尔德又乖乖喝了几口，然后在她的搀扶下站起身。

“波尔克……”

波尔克一只手拿葫芦，另一只手搀住杰拉尔德的胳膊。斯嘉丽端起燃烧的蜡烛，三人慢慢穿过黑乎乎的门厅，踏上盘旋的楼梯，朝杰拉尔德的房间走去。

苏埃伦和卡伦同睡一张床。她们翻来覆去，嘟嘟囔囔。床边，布条捻成的灯芯浸在熏肉油里点亮，成了屋里唯一的光源，也散发出一种难闻的气味。斯嘉丽第一次推门进到那个窗户紧闭的房间，病房的气味、药味和熏肉油的臭味就差点把她熏晕。虽然医生或许说过病人吹风会致命，但要她坐在这儿，若没有新鲜空气，她可活不下去。斯嘉丽推开三扇窗，把橡树和泥土的气味放进来。但这门窗紧闭的房间已经积聚了好几周令人作呕的气味，这点新鲜空气，哪儿能立马将其驱散。

卡伦和苏埃伦消瘦苍白、时睡时醒，一醒来就睁着大眼睛，盯着高高的四柱床。昔日那些美好快活的日子，她们也曾躺在这张床上说悄悄话。房间一角还有张空床，是埃伦从萨凡纳带来的狭窄单人床。床是法兰西帝国时代风格的，床头和床脚都带螺旋花纹。埃伦生病时，就躺在那张床上。

斯嘉丽坐在两个妹妹身边，傻傻地看着她俩。刚才空腹喝下的威士忌，此刻开始捉弄她了。有时，两个妹妹似乎又远又小，她们说话的声音也断断续续，仿佛嗡嗡叫的小虫。有时，妹妹们又显得很大，快如闪电般朝她扑来。她好累，疲惫仿佛深入骨髓。她能躺下去，连睡好几天。

要是能躺下睡一觉，醒来就能感觉到妈妈轻摇着自己的胳膊说，“斯嘉丽，很晚啦，不准这么懒”，那该多好！然而，妈妈再也不会那么做了。埃伦要是还活着该多好。要是能有个比自己更年长、更睿智、更不知疲倦的人，让她可以求助该多好！如此一来，她就能将脑袋搁在对方膝上，也能把自己身上的重担卸到她肩上！

门被轻轻推开，迪尔西进来了。她怀里抱着玫兰妮的宝宝，手里还拎着酒葫芦。在冒着烟的摇曳灯光中，她似乎比斯嘉丽最后一次见她时瘦了些。那张脸上，印第安人的特征更加明显：高高的颧骨更突出，鹰钩鼻更尖，红铜色的皮肤更亮了。她身上那件褪了色的印花棉布裙敞到腰际，露出红铜色的大乳房。玫兰妮的宝宝紧紧依偎在她胸前，玫瑰花蕾般的苍白小嘴贪婪地吮吸着黑黑的乳头。吮着吮着，那双攥紧的小拳头还抵在那柔软的肌肤上，就跟猫咪偎在妈妈毛茸茸的温暖肚皮上一样。

斯嘉丽摇摇晃晃地站起身，伸出一只手，拉住迪尔西的胳膊。

“迪尔西，你能留下来，真是太好了。”

“斯嘉丽小姐，你爸爸如此好心地买下我和小普利西，你妈妈也对我这么好，我怎能跟那些废物黑鬼跑掉？”

“坐吧，迪尔西。宝宝吃得还好吧？玫兰妮小姐怎么样了？”

“孩子没事，就是饿了。喂饱一个饥饿的婴儿，我还是没问题的。玫兰妮小姐也没事，死不了。别担心，斯嘉丽小姐。她这样的我见过太多，有黑人，也有白人。她估计就是累了，心情紧张，又担心这孩子。我已经让她安静下来，还喂她喝了点葫芦里的酒。现在，她已经睡着了。”

所以，全家人都喝了玉米威士忌！斯嘉丽不由得生出一个歇斯底里的想法：是不是最好让小韦德也喝点，说不定他就不打嗝了？玫兰妮不会死。等阿希礼回来——如果他还能回来的话……不，她还是以后再来想这事吧。现在要考虑的事情实在太多——以后再想吧！要弄清楚或要下决定的事太多了！这些事要是能永远拖下去该多好！突然，外面传来一阵有节奏的嘎吱声。这声音打破沉寂，也吓了她一跳。

“是嬷嬷在打水，要给两位小姐擦身子。她们洗澡洗得可勤啦。”迪尔西边解释，边把葫芦放到桌上，插在药瓶和一个玻璃杯之间。

斯嘉丽突然放声大笑。如果连打小就听惯了的井辘轳声都怕，那她的神经肯定已经崩溃。迪尔西盯着哈哈大笑的她，脸上始终神情庄重。但斯嘉丽觉得，迪尔西什么都明白。她再次倒进椅子。要是能脱掉紧身胸衣就好了，衣领简直让人喘不过气。满是沙子和砾石的便鞋也想脱了，她脚上到处都是泡。

随着卷起的绳子，井辘轳继续传来缓慢的嘎吱声。每响一声，水桶就更接近井口一分。很快，嬷嬷就要到她这儿来了——埃伦的嬷嬷，她的嬷嬷。斯嘉丽默默坐着，心中一无所求。小宝宝已经喝饱了奶，但一失去亲切的奶头，就呜呜地哭了起来。迪尔西也没说话，默默引着宝宝重新含住奶头，让他在自己怀里安静下来。斯嘉丽则在倾听嬷嬷的脚步声。她拖着脚，缓缓穿过了后院。夜真静哪！最微小的声音，在她耳中也宛若雷鸣。

嬷嬷笨重的身子朝门口走来时，楼上过道仿佛都在摇晃。然后，嬷嬷进来了。她的双肩被两个沉重的木桶拖得直往下坠，温和的黑脸庞写满忧伤，就跟猴子脸上那种令人费解的忧伤一样。

看到斯嘉丽，她的眼睛顿时亮了，咧嘴一笑，露出闪亮的白牙。她放下水桶，斯嘉丽立刻冲了过去，把头埋进那宽阔松弛的胸口。有多少黑人和白人的脑袋，曾依偎在这胸膛上啊！斯嘉丽想，这是让人觉得安稳的地方，也是不变的昔日时光所在之地。然而，嬷嬷的第一句话，就打破了这幻象。

“嬷嬷的孩子回来了！噢，斯嘉丽小姐，埃伦小姐已经进了坟墓，我们该怎么办？噢，斯嘉丽小姐，我还不如跟她一块死了才好！没有埃伦小姐，我真的应付不来啦。现在，我真是什么都没啦，只剩痛苦和烦恼。只有沉闷乏味的重担，亲爱的，只有沉闷乏味的重担哪。”

斯嘉丽的脑袋紧紧依偎在嬷嬷胸膛上。嬷嬷的最后两句话引起了她的注意。“沉闷乏味的重担。”那天下午，这句话在她脑中嗡嗡作响，单调地重复了一遍又一遍，简直让她烦透了。此时此刻，她总算想起那首歌的另外几句词，心情也跟着格外沉重：

纵然疲惫，还是挑着这重担再走几天吧！
无论如何，它也不会减轻分毫！
再担几天吧，我们就能步履蹒跚地踏上大路……

“没关系，就算它‘不会减轻分毫’……”斯嘉丽疲惫地琢磨着这一句。她的担子永远不会减轻了吗？回到塔拉，并不意味着可以休息，而是要挑起更多担子吗？她挣开嬷嬷的怀抱，伸手拍了拍那张满是皱纹的黑脸庞。

“宝贝儿，你的手怎么啦？”嬷嬷抓起那双满是水泡和血块的小手，惊骇又责备地盯着它们，“斯嘉丽小姐，我跟你说过多少遍啦，仅凭一双手，就能看出一个人是不是淑女。瞧瞧你，脸也晒黑了！”

可怜的嬷嬷，哪怕战争和死亡刚从头顶掠过，也要讲究这种微不足道的小事。下一刻，她就该唠叨双手起水泡和脸上长雀斑的小姐，八成永远都找不到丈夫吧。于是，斯嘉丽赶紧先发制人，扯开话题。

“嬷嬷，跟我说说妈妈吧。我不忍心让爸爸来讲。”

嬷嬷一边俯身拎水桶，一边落下泪来。她默默地把水拎到床边，掀开被单，开始脱苏埃伦和卡伦的睡衣。斯嘉丽借着昏暗的灯光仔细打量两个妹妹：卡伦的睡衣虽干净，却已破破烂烂。苏埃伦则裹了件旧便服，一件镶着厚厚爱尔兰花边的褐色亚麻服。嬷嬷边用旧围裙剩下的一块碎布擦拭姑娘们骨瘦如柴的身体，边默默流泪。

“斯嘉丽小姐，都怪该死的斯莱特里一家。就是那些没用又下贱的白垃圾，害死了埃伦小姐。我跟她说过多少回了，别去管那些白垃圾，但埃伦小姐就是太热情，心也软，谁来求都不拒绝。”

“斯莱特里一家？”斯嘉丽困惑不解，“跟他们有什么关系？”

“就是他们先害了那种病，”嬷嬷用破布条指了指两个光着身子的姑娘，水都滴到了濡湿的床单上，“老斯莱特里的女儿埃米先病了。斯莱特里夫人就急急忙忙地来找埃伦小姐。这女人一遇到麻烦就来，她怎么不自己照料女儿？埃伦小姐已经够忙啦，还得去瞧她家埃米。埃伦小姐自己的身体都不好。斯嘉丽小姐，你妈妈身子不好已经很长时间，我们种的东西都供应军队，家里也没什么吃的。埃伦小姐吃得简直跟小鸟一样少啊。我跟她说了多少遍别去管那些白垃圾，可她就是不听。唉，埃米就快好时，卡伦病倒了。没错，伤寒顺着大路传过来，先扑倒了卡伦小姐，接着便是苏埃伦小姐。于是，埃伦小姐又开始照顾她俩。

“路上一直在打仗，北佬就在河对岸，我们根本不知道会发生什么事。每天夜里，都有干农活的黑奴逃跑，我都快急疯了。但埃伦小姐依旧十分镇静，只发愁两位小姐的病，因为我们弄不到药，什么都弄不到。有天晚上，我给两位小姐擦了大概十遍身子后，埃伦小姐说：‘嬷嬷，要是能出卖灵魂，我真想把自己的卖了，也好换些冰来给姑娘们敷敷脑袋。’

“她不让杰拉尔德先生进屋，也不让罗莎或蒂娜进来。除了我，谁都不能进，因为我以前得过伤寒。斯嘉丽小姐，后来，她自己也染上了这病。我一下子就看出她没救了。”

嬷嬷直起身，拉起围裙，擦了擦泪如泉涌的眼睛。

“斯嘉丽小姐，她很快就不行了。就连那个好心的北佬军医，也一点办法都没有。她什么都不知道，我叫她，跟她说话，可她连我也不认识了。”

“她——她有没有提过我……叫过我吗？”

“没有，亲爱的。她又成了萨凡纳那个小姑娘，谁的名字都没叫过。”

迪尔西动了动，把睡着的宝宝横放在膝上。

“不，小姐，她叫过。她叫过一个人的名字。”

“闭嘴，你这印第安黑鬼！”嬷嬷转过身，恶狠狠地威胁迪尔西。

“嘘，嬷嬷！迪尔西，她叫谁了？是爸爸吗？”

“不是，小姐。不是你爸。那天晚上，棉花被烧掉了……”

“棉花烧掉了……哎呀，快告诉我是谁！”

“是的，小姐，棉花被烧掉了。北佬把棚里的棉花滚到后院，大喊着‘瞧瞧佐治亚最大的篝火！’就把它们都点着了。”

攒了三年的棉花呀——十五万美元，全烧没了！

“火光冲天，照得这地方跟白天一样亮。我们真怕房子也跟着烧起来。屋里非常亮，亮得地上掉根针都能看见。火光照进窗户，把埃伦小姐照醒了。她一下子从床上坐起来，身子挺得笔直，还一遍又一遍地大喊：‘菲利普！菲利普！’我从没听过那个名字，但她喊的就是这个名字。”

嬷嬷仿佛石化般站在那儿，怒瞪着迪尔西。斯嘉丽垂下头，双手托腮。菲利普——这人是谁？妈妈为何临死前都还在喊他？

从亚特兰大到塔拉庄园的漫长旅途终于结束，可这本该结束于埃伦怀抱中的旅途，真正的终点却是一面空荡荡的墙。斯嘉丽再也不能像孩子般，安然地躺在父亲的屋檐下，也不能让母亲的爱如鸭绒被一样将自己裹起来。如今，她再没有能求助的安全港湾。无论如何转弯、迂回，都避不开这条即将面对的死胡同。没有一个人的肩膀，能让她卸下自己身上的重担。父亲年迈糊涂、妹妹们缠绵病榻、玫兰妮娇柔虚弱、孩子们无依无靠。而那几个黑奴，都怀着单纯的信念仰望着她，紧紧拽着她的衣裙，深信埃伦的女儿肯定也能跟埃伦一样，会一直庇护他们。

窗外，月亮缓缓升起。淡淡的月光下，塔拉庄园展现在她眼前。黑奴们跑了，大片大片的田地荒了，谷仓也被毁了。塔拉仿佛一具在她眼前淌血的身体，或者说，它就跟她的身体一样，正慢慢地流着血。这便是路的尽头——颤颤巍巍的老人、病人，一张张饥饿的嘴，一双双扯着她裙裾，无依无靠的手。这条路的尽头一无所有，只剩斯嘉丽·奥哈拉·汉密尔顿——一个带着个小娃娃、年仅十九岁的寡妇。

这一切她该怎么应付？在梅肯的佩蒂姑妈和伯尔一家可以接走玫兰妮和她的宝宝。妹妹们若能康复，或许不管外婆家乐不乐意，至少能接受她们。至于她和杰拉尔德，可以去投奔詹姆斯和安德鲁伯伯。

她看着眼前那两个翻来覆去的瘦削身影。她们身上的被单已经被水弄得又黑又湿。她不喜欢苏埃伦，此时此刻，更是突然清楚地意识到，自己从未喜欢过她。她也没多喜欢卡伦——任何弱者，她都不可能喜欢。但她们是她的同胞姐妹，是塔拉庄园的一部分。不，不能让她们像穷亲戚般，靠姨妈过活。让奥哈拉家的人当穷亲戚，靠别人的施舍和宽容过活！噢，绝对不行。

真的没法逃出这条死胡同吗？疲惫的大脑转得真慢。她举起双手去摸脑袋，可这动作也累人得很，因为空气仿佛变成了水，得奋力摆动双臂才行。她拿起玻璃杯和药瓶之间的葫芦，朝里张望。只剩底部的一点威士忌了吧，但光线太暗，到底剩了多少，她也说不清。奇怪的是，这会儿她又不觉得那浓烈的酒气刺鼻了。

她慢慢喝了起来。这回，酒不再烧人，只有一种麻木而温暖的感觉。

她放下空葫芦，四下瞧了瞧。这些都是一场梦吧：烟雾缭绕的昏暗房间；骨瘦如柴的妹妹；蹲伏在床边、膀大腰圆的嬷嬷；仿佛青铜雕像般的迪尔西，以及那个依偎在她深色胸脯上，睡得正香的小粉团子——这些都是一场梦！她终会醒来，闻到厨房里煎熏肉的味道，听到黑奴们粗嗄的笑声和大车吱吱呀呀驶向田间的声音，感觉到埃伦的手温柔而坚定地落在自己身上。

然后，她发现她回到了自己的房间，躺在自己床上。淡淡的月光刺破黑暗，嬷嬷和迪尔西正在替她脱衣服。折磨人的紧身胸衣终于不再勒疼腰身，她可以平静地深吸一口气，一直吸进肺里、吸进肚皮了！她感觉长筒袜被轻轻剥去，听到嬷嬷一边洗着她起泡的脚，一边喃喃地说着什么安慰的话。水真清凉呀！像孩子般躺在柔软的床上，真舒服呀！她叹了口气，全身都放松下来。过了一会儿，或许已经过了一年，也可能只过了一秒钟，房间里只剩下她一人。月华如水，淌过那张床，屋里也变得更加明亮。

她不知道自己醉了，因疲惫和威士忌而醉。她只知道自己已经离开疲惫的身体，飘浮在其上某个没有痛苦，也没有疲惫之地。此时此刻，映入大脑的一切事物，都异乎寻常地清晰。

她正以一种全新的眼光看待事物。她的少女时代，已被撇在返回塔拉的漫漫旅途中。她再也不是一块极具可塑性的黏土，甘愿让每一段新经历留下痕迹。这是不可预测，又仿佛已持续千年的一天。就在这天中的某个时刻，她这块黏土变硬了。今晚将是她最后一次被人当孩子般照料。现在，她是个女人了。青春，已一去不复返。

不，她不能、不会，也不愿投奔杰拉尔德或埃伦的家人。奥哈拉家的人不接受施舍。奥哈拉家的人能自己照顾自己。她的担子，她会自己挑。所谓担子，就得由足够强壮的肩膀来挑。她俯视下方的身体，丝毫不为这种视角感到奇怪。既然现在已经经历了最糟糕的事，那她这副肩膀肯定已结实到能挑起任何重担。她不能抛弃塔拉庄园。这片红土地虽然一直属于她，但她更属于这片红土地。她的根已经深深扎进这血红的土壤，跟棉花一样，从中汲取着生命的养分。她要留在塔拉、要保住塔拉，要想方设法地养活爸爸和两个妹妹、玫兰妮，以及阿希礼的孩子和黑奴们。明天——噢，明天！明天，她就套上牛轭。明天有那么多事要做！要去十二橡树园和麦金托什家，瞧瞧那些荒芜的园子里有没有剩下什么东西。要去河边沼泽地搜寻一番，瞧瞧有没有走失的猪和鸡。还要带上埃伦的珠宝去琼斯伯勒和洛夫乔伊，一定还有人留在那儿，愿意卖些吃的给她吧。明天——明天——脑子宛如一个缓缓停摆的钟，嘀嗒嘀嗒，越走越慢，但这清晰的幻象仍在继续。

那些从小经常听到，早已听腻、听烦却始终半懂不懂的家族故事，突然变得显而易见。身无分文的杰拉尔德建起塔拉庄园；埃伦克服了不可思议的忧愁，终究还是站了起来；外公罗比亚尔从拿破仑王朝的覆灭中幸存下来，在富饶的佐治亚海滨重振家业；外曾祖父普鲁多姆曾在海地幽暗的丛林开创一个小小的王国，虽然之后失去了它，但有生之年终归还是名满萨凡纳。斯嘉丽还有一些先祖，曾与爱尔兰义勇军一起为爱尔兰的自由而战，最终被送上绞刑架。奥哈拉家族也不乏为了自己的理想而战，在博伊恩河流尽最后一滴血的勇士。

先辈们都遭遇过毁灭性的灾难，却并未被摧毁。帝国的覆灭、造反奴隶的砍刀、战争、叛乱、放逐和吵架，都没把他们击垮。

厄运或许能断其头，却无法摧其志。他们没有痛哭哀号，反而奋起抗争。哪怕终究难逃一死，他们也是力竭而亡、至死不屈。先辈之血在斯嘉丽血管中流淌，他们幽暗的灵魂，仿佛也在这月华皎洁的房间里悄然移动。斯嘉丽就算看到这些亲人，也不会觉得奇怪。因为他们接受了最悲惨的命运，却亲手将其打造成最美好的样子。塔拉庄园就是她的命运、她的战场，她必须取胜！

她困倦地侧过身，大脑渐渐沉入一片黑暗。先辈们真的在这儿默默鼓励她，还是她不过身处梦中？

“不管你们在不在这儿，”她昏昏欲睡地嘟囔道，“晚安——谢谢你们。”

第二十五章

长途跋涉，又在马车上颠簸了那么久，第二天清晨，斯嘉丽就觉得浑身僵硬，酸痛不已。她的脸被太阳晒得绯红、手掌起泡破皮、舌苔肥厚、喉咙干得仿佛被火烤过，喝再多水都无法止渴。她觉得脑袋发胀，连转一下眼珠，都疼得皱眉蹙额。胃里有种早孕时的恶心感，让她完全受不了早餐桌上热气腾腾的番薯，闻一下都不行。杰拉尔德本该告诉她，这是第一次喝烈酒后的正常反应，但他完全没注意到女儿的不适。他坐在桌首，全然一副白发苍苍的老头模样：褪色的双眼茫然地紧盯大门，微微歪着脑袋，想听到埃伦衬裙的窸窣声，也想闻到那柠檬马鞭草香囊的气味。

见斯嘉丽坐下，他嘟囔道："我们等等奥哈拉太太，她迟到了。"斯嘉丽抬起涨痛的头，惊疑不定地看向他，却不经意地撞上嬷嬷哀求的眼神。嬷嬷站在杰拉尔德椅子后。斯嘉丽摇摇晃晃地起身，伸出一只手按住喉咙，借着清晨的阳光俯视父亲。杰拉尔德也茫然地望向她，不仅双手发抖，脑袋也在微微颤动。

直到此时，斯嘉丽才明白自己从前有多依赖杰拉尔德发号施令，有多指望他告诉自己必须做什么，可现在——怎么回事？他昨晚不还好好的吗？虽然不像往日那般夸夸其谈、活力满满，但至少还能条理清晰地讲述事情经过。现在，他却连埃伦已死都不记得了。北佬踏足和埃伦之死的双重打击，让他糊涂了。斯嘉丽刚想开口说话，就见嬷嬷一边拼命摇头，一边拉起围裙擦她那双发红的眼睛。

“噢，爸是糊涂了吗？”斯嘉丽想，涨痛的脑袋都要因这新增的压力爆裂开来，“不，没有，他只是被这一切弄昏了头脑，就跟生病一样。他会好起来的，他必须好起来。他若不好起来，我怎么办？现在还是别想这事了，现在，我不想他、妈妈，或任何可怕的事。不，等我受得住了再来想吧。还有很多其他事需要考虑，其他想想还有用的事。现在想了也没用的事，还是先不想了。”

斯嘉丽什么也没吃，便出了餐厅。她走到后门廊上，发现波尔克正光着脚在台阶上剥花生。他穿着自己最好的男仆制服。只不过，如今这衣服也破破烂烂了。斯嘉丽感觉脑袋嗡嗡作响、阵阵抽痛，明亮的阳光也刺得眼睛疼。她尽量言简意赅，完全抛弃了妈妈平时教导的对待黑奴的礼仪。因为此时此刻，哪怕站直身子，都需要不少毅力。

她的问题生硬无礼，开口就是一连串不容置疑的命令，波尔克顿时迷惑不解地挑起眉毛。埃伦小姐无论跟谁说话，都不会如此简慢。哪怕逮到他们偷小母鸡和西瓜，也不例外。斯嘉丽又问起田地、菜园和牲口的情况，那双绿眼睛闪着波尔克从未见过的冷峻光芒。

“是的，小姐，那匹马死了，就倒在我拴着它的地方，鼻子还搁在它打翻的那个水桶里。不，小姐，母牛没死。你不知道吗？它昨晚才生了头犊子，所以才叫得那么大声。”

“你女儿普利西以后肯定是个能干的接生婆，”斯嘉丽讥讽道，“她说，奶牛之所以哞哞叫，是需要人挤奶呢。”

“呃，斯嘉丽小姐，普利西可没打算给奶牛接生，”波尔克圆滑地说，“而且，好事也没必要争吵。因为下了牛犊，母牛就有很多奶。两位小姐可不愁奶喝啦。那位北佬医生说，她们需要多喝奶。”

“好吧，继续说。家里还剩下什么牲口吗？”

“没了，小姐。本来还剩了头老母猪和一窝猪崽。但北佬来的那天，我就把它们赶进沼泽了。天知道还能不能找回来。那头老母猪可坏着呢。”

“我们会找到的。你和普利西现在就去找。”

波尔克又惊又怒。

“斯嘉丽小姐，那可不关我的事，我是管家的黑人。”

斯嘉丽觉得自己眼珠子后仿佛有个小恶魔。那家伙拿了把滚烫的钳子，不停地在那儿又拨又戳。

“你俩要么去把那头母猪抓回来，要么就像那些下地干活的人一样，滚出这里。”

波尔克伤心地流下泪来。噢，要是埃伦小姐还在就好了！她向来精细入微，深知下地奴隶跟管家奴隶间的天壤之别。

“滚出这里，斯嘉丽小姐？你让我滚哪儿去呀，斯嘉丽小姐？”

“我不知道，也管不着。但无论是谁，要是待在塔拉却不干活，都可以去投奔北佬。你也可以把这话说给其他人听。”

“是，小姐。”

“波尔克，玉米和棉花怎么样了？”

“玉米？天哪，斯嘉丽小姐，他们在玉米地里放马，还把马吃剩或没踩烂的玉米都带走了。他们的炮车和大马车直接从棉花地里开过去。除了溪谷底部那几英亩没被他们发现的棉花田，其余棉花全毁了。不过，溪谷那儿的棉花都不值得折腾，顶多能收回来三包。”

三包。塔拉向来一收就是好几十包啊！想到这儿，斯嘉丽头更疼了。三包，那岂不是跟得过且过的斯莱特里家差不多？更糟糕的是，还得缴税。邦联政府允许用棉花替代税金，但三包棉花，连缴税都不够！但对她和邦联来说，缴不缴税都没关系了。因为下地干活的黑奴都跑了，根本没人摘棉花。

“好吧，这事现在也别想了，”她对自己说，“反正，税收从来都不是女人的事。这种事应该让爸爸去管。但爸爸——现在，我还是别想爸爸了。邦联别想要税收啦。眼下，我们得赶紧找到吃的东西。”

“波尔克，你们有谁去过十二橡树园或麦金托什家吗？他们的菜园里还有没有剩下什么东西？”

“没去过，小姐！谁都没离开过塔拉。北佬会抓人的。”

“那我让迪尔西去麦金托什家瞧瞧。她说不定能在那儿找到什么。我自己就去十二橡树园吧。”

“跟谁一起去，孩子？”

“我一个人去。嬷嬷得留下来照顾妹妹们，杰拉尔德先生又不能——”

波尔克顿时心急火燎地嚷嚷开了。十二橡树园说不定有北佬，也可能有下流的黑奴。绝不能让她一个人去。

“够啦，波尔克。叫迪尔西赶紧出发。你和普利西去找那头母猪和它的猪崽。”斯嘉丽几句话吩咐完，转身就走。

嬷嬷那顶挂在后门廊的旧遮阳帽虽然褪色了，但还是很干净。斯嘉丽摘下来戴在自己头上，不禁想起从前那顶带弯弯翠羽的绿色遮阳帽。那还是瑞德从巴黎给她买回来的呢，真是恍如隔世哪！她拎起一个橡木条编的大篮子，走下后门台阶。每走一步，脑袋似乎都要震一下，直震得似乎从颅顶往下，整条脊椎都要裂开。

通向河边的那条红土路被太阳晒得滚烫，路两旁都是已经毁坏的棉花田。途中，一棵能遮阴的树都没有。阳光径直穿透嬷嬷的帽子，仿佛这是顶薄纱帽，而非厚棉布拼缀而成的帽子。尘土飞扬，直往她鼻子和喉咙里钻，让她觉得要是张嘴说话，说不定口腔黏膜都会裂开。因为曾有马拉着沉重的枪炮驶过，不仅路面满是深深的车辙，两旁的红土沟也被车轮碾出深沟。骑兵和步兵被炮兵挤出这条狭窄的小路，便从田里走，把绿油油的棉花苗全踩进了土里。路上、田里，到处都是皮带搭扣、挽具上的碎皮块、被马蹄和双轮弹药车车轮轧扁的水壶、扣子、蓝军帽、带血的碎布片等行军时会丢弃的东西。

斯嘉丽走过一片雪松林和一堵矮砖墙。这道墙是家族墓地的标志。里面的三个矮土堆，埋着她的三个小弟弟。她努力不去想它们旁边新添的那座新坟。噢，埃伦！她艰难地走下土冈，走过一片灰烬和一截又粗又短的烟囱。这儿原来是斯莱特里家。她恶狠狠地想：真希望他们全家也被一起烧成灰。埃米真是龌龊下贱，竟跟她家的监工生下个小杂种。要不是这女人，埃伦就不会死。

一颗尖利的石子划破脚上的水泡，疼得她直叫唤。她在这儿干吗？斯嘉丽·奥哈拉，县里的美人、塔拉庄园引以为傲的宠儿，为何几乎光着脚，在这崎岖小道上艰难跋涉？她这双小脚生来是跳舞，不是蹒跚而行的；她这双小巧精致的便鞋是要躲在亮丽的丝绸裙下，大胆朝外张望，而非用来收集尖利石子和尘土的。她生来就是给人宠、让人服侍的，现在却浑身难受、衣衫破烂，被饥饿驱使着去邻居家的菜园找食物。

长长的山坡尽头，便是那条河。那些虬枝交缠、垂于河面的大树多凉爽、多安静呀！她坐在低低的河岸上，脱掉破破烂烂的鞋袜，把火烧火燎的双脚浸入清凉的河水中。要是能在这儿坐上一整天该多好！这儿看不到塔拉庄园里那一双双无助的眼睛，只有树叶的沙沙声和河水缓缓流淌的汩汩声，打破此间静谧。然而，她还是不情愿地穿上鞋袜，沿着树荫下满是青苔的松软河岸，艰难前行。桥虽然被北佬烧了，但她知道再往前走一百码，一处河面较窄之地，还横了座独木桥。她小心翼翼地走过独木桥，顶着烈日，步履艰难地朝半英里外的十二橡树园而去。

从印第安人时代起，那儿就矗立着十二棵大橡树了。但一场大火后，橡树的叶子烧黄了，枝干也一片焦枯。约翰·威尔克斯大宅的废墟，就躺在它们的怀抱中。昔日高踞坡顶、带白色圆柱、那般庄严的宏伟大宅，如今成了一片烧焦的废墟。从前的地窖成了个深坑，只有焦黑的基石和两根大烟囱，表明这儿曾经有座大宅。一根烧了一半的长圆柱倒在草坪上，把茉莉花丛压得稀烂。

斯嘉丽坐在那根圆柱上，看着眼前的景象，难受得没法再往前走。她从未见过如此荒凉的景象。威尔克斯家的骄傲，如今就在她脚边的这片尘土中。这座友善殷勤、曾经总是随时欢迎她的大宅，这座她曾渴望成为其女主人的大宅，竟落得如此下场。她曾在这儿跳舞、用餐、与人调情，也曾在这儿嫉妒又伤心地看着玫兰妮仰头冲阿希礼微笑。也是在这儿的清凉树荫下，她答应嫁给查尔斯·汉密尔顿时，被后者欣喜若狂地捏住小手。

“噢，阿希礼，”她想，“希望你已经死了！因为我实在不忍心让你看到这一切。”

阿希礼在这儿娶到自己的新娘，但他的儿子和孙子却永远无法将他们的新娘带到这座宅子了。她曾经如此热爱、如此盼望着能来操持的宅子，再也不会有男婚女嫁、生儿育女之事。这座宅子已经死了，对斯嘉丽来说，仿佛威尔克斯家的所有人也葬身在这片灰烬中。

“现在不想这事。现在我受不了，以后再想吧。”她大声说着，转开目光。

为了找菜园，她一瘸一拐地绕着废墟走，经过威尔克斯家姑娘们精心打理、如今却已被蹂躏殆尽的玫瑰花坛，接着依次穿过已化为灰烬的后院、熏房、谷仓和鸡舍。菜园周围的篱笆横木已被拆毁，曾经那一排排整整齐齐的绿色蔬菜也跟塔拉的一样，命运悲惨。柔软的泥土伤痕累累，满是马蹄印和沉重的车轮印，菜全被踩得稀烂，陷进土里。她在这儿一无所获。

她往回穿过院子，顺着一条路，朝下方那排安静的粉白棚屋走去，边走边喊：“有人吗？”然而，没人回应，连一声狗叫都没有。显然，威尔克斯家的黑奴也跑了，要不就是投奔北佬了。她知道每个黑奴都有一片小菜地，于是一边朝棚屋走，一边希望那些小菜地能幸免于难。

搜寻总算有了回报，芜菁和卷心菜虽然因缺水而蔫头蔫脑，但还活着；蔓生的利马豆和四季豆虽然发黄，但还能吃。可她实在太累，就算看到这些，也高兴不起来了。她坐在犁沟上，颤抖着双手挖了起来，慢慢也装了一篮子。虽然没有熏猪肉跟菜一起煮，塔拉的人们今晚也能美餐一顿了。或许，能让迪尔西拿些点灯用的熏肉油调调味。一定别忘了叫迪尔西改用松枝照明，把油省下来炒菜。

她在一间棚屋后的台阶旁发现一小排萝卜，顿时感觉饿得慌。辛辣刺激的萝卜，正对她此刻的胃口。几乎等不及用裙子擦掉萝卜上的泥，她就一口咬掉半个，忙不迭地往肚里吞。可那萝卜又老又粗，辣得她眼泪都出来了。刚咽下一块，空荡荡的胃便开始翻江倒海。她立刻倒在松软的泥地上，有气无力地吐了。

棚屋里散发出淡淡的黑人气味，让她更觉恶心。可她无力抗拒，只能继续痛苦地干呕，感觉周围的棚屋和树木都在飞快地旋转。

过了好久，她才虚弱地趴在地上。脸贴着泥土，感觉就跟枕着柔软舒适的羽毛枕一般，思绪也跟着轻飘飘地东游西荡起来。她，斯嘉丽·奥哈拉，竟然趴在一间黑人棚屋后，在一片废墟中难受恶心得动弹不得。而这世上竟无人知道，也无人在乎。哪怕有人知道，也不会有谁来关心她吧。每个人都一大堆麻烦，谁还顾得上操心她。而这一切就发生在她——斯嘉丽·奥哈拉身上！从前，她甚至连袜子掉在地板上都不会捡，鞋带松了也不会系哪！斯嘉丽从小到大，但凡头疼脑热，或发脾气使性子的时候，哪回不是被人百般迁就、悉心照料？

她趴在地上，虚弱得根本无法抵抗纷至沓来的记忆和担忧。这些东西仿佛等待分尸的红头美洲鹫，在她周围盘旋。她再也没有力气说："以后再来想妈妈、爸爸、阿希礼和这片废墟——嗯，等我承受得住了再想。"虽然现在仍承受不住，但不管她愿不愿意，她还是在想他们。这些念头在头顶盘旋，时而猛地俯冲下来，用锋利的爪子和尖利的喙撕咬她的思绪。她一动不动地趴在那儿，脸贴着泥土，任由太阳热辣辣地照在背上。她回想起很多事，也想起很多已经死去的人，想起那一去不复返的生活。而展望未来，只觉艰险重重、一片黑暗。

等到终于爬起来，她又看了眼十二橡树园焦黑的废墟，然后高高地昂起头。然而，青春、美貌和本可存在的温柔，都永远地从那张脸上消失了。过去的已经过去；死掉的人，无法复生。慵懒奢华的旧时光一去不返，永不再现。斯嘉丽挎上沉甸甸的篮子时，便下定决心，想好了未来该过怎样的生活。

没有回头路，她只能勇往直前。

今后五十年里，南方将有无数目光愁苦的女人回首往事，怀念逝去的旧时光和死去的男人，打开伤心又徒劳的回忆，并因为这些回忆，怀着苦涩的骄傲，在贫困中煎熬。然而，斯嘉丽绝不回头。

她最后看了眼焦黑的石头，仿佛又瞧见十二橡树园如往日那般堂皇、骄傲地矗立在面前。曾经，那宅子就是一个阶层和一种生活方式的象征啊！然后，她便沿着来路下山，往塔拉而去。沉甸甸的篮子简直要勒进肉里。

饥饿又在啃咬她空荡荡的胃，她大喊道："上帝做证，上帝做证，北佬绝对无法打败我。我会挺过去。等这一切过去，我永远不会再挨饿。不，我的亲人朋友们也不会再挨饿。上帝做证，就算要我去偷、去杀人，我也绝不再挨饿。"

之后的一段时间里，塔拉庄园就像《鲁滨逊漂流记》里的那座荒岛，无比安静、与世隔绝。虽然外面的世界就在几英里外，塔拉与琼斯伯勒、费耶特维尔、洛夫乔伊，甚至与相邻的种植园间，都好似隔着千里波涛。老马死了，意味着唯一的交通工具也没了。他们既没时间，也没力气在那累人的红土路上走几英里。

有时，劳累至极地干完一天的活，为吃食拼命挣扎，没完没了地照顾三个身体不适的女人后，斯嘉丽发现自己还是会竖起耳朵，寻找那些熟悉的声音——棚屋里黑人小孩们尖细的欢笑声；从田里咿咿呀呀驶回的马车声；杰拉尔德骑着牡马，轰隆隆奔过草场的马蹄声；车道上嘎吱嘎吱的车轮声，以及午后顺道来访的邻居们欢快的聊天声。然而，她什么也没听到。大路上静悄悄的，空无一人。没有一片扬起的红色尘土，表明有客人来访。塔拉就是位于连绵起伏的苍翠群山和红色田地间的孤岛。

世上的某个地方，还有家庭安安稳稳地在屋檐下吃饭睡觉。世上的某个地方，还有姑娘如几周前的她一样，穿着改过三次的裙子，一边快活地调情，一边唱《这残酷的战争结束时》。世上的某个地方，战争爆发、炮声隆隆，城市被烧毁，士兵们躺在医院，于令人作呕的甜腻臭气中走向毁灭。世上的某个地方，一支光脚大军穿着脏兮兮的土布衣服，行军、打仗、睡觉、饿肚子，在希望破灭的疲惫中萎靡不振。佐治亚的某些群山中，漫山遍野全是穿蓝色军装的北佬。他们不仅自己营养充足，骑的马也皮毛油亮，肚里全是玉米。

塔拉之外的世界，也有战争。但在这座种植园里，战争和世界都不存在。只有精疲力竭之时，这些必须奋力抛开的记忆才会涌现出来。肚皮空空或半饥半饱时，外部世界就会变得遥远又渺茫。这种时候，生活中只剩下两件事：食物，以及如何才能弄到食物。

食物！食物！肚皮为何比脑子记忆力强？斯嘉丽可以赶走心痛，却赶不走饥饿。每天早晨，记忆还未让她想起战争和饥饿时，她就已经在半梦半醒前昏昏欲睡地蜷起身子，渴望煎熏咸肉和烤面包卷的香味。每天早晨，她都那般努力地去闻食物飘香，闻着闻着，便醒了。

塔拉的餐桌上虽然有苹果、番薯、花生和牛奶，但就连这简单的吃食，也总是不够。一日三餐看到这些东西，斯嘉丽的思绪总会立刻回到从前，想起昔日那些饭菜，想起烛光明亮的餐桌和空气中美食的香味。

那时候，他们多不在乎食物，多奢靡浪费啊！面包卷、玉米松饼、软烤小圆饼和蛋奶烘饼、滴滴答答的黄油，这些一顿饭里全都有。火腿在桌子这头，炸鸡在桌子那头。锅里，漂着一层油的五彩浓汤满是羽衣甘蓝；四季豆在闪亮的花瓷盆里堆得老高。炸南瓜、炖秋葵，还有胡萝卜泡奶油，那汁液简直浓得能切出块。餐后甜点有三样，好让每个人都能随心挑选：巧克力夹心蛋糕、香草牛奶冻和掼甜奶油的重糖重油蛋糕。一想起那些美味佳肴，面对死亡和战争都没哭过的斯嘉丽，都忍不住要落下泪来。同时，这种回忆也让一直被饥饿啃噬的肚皮咕咕作响，难受得直犯恶心。过去，这个十九岁姑娘的正常胃口总要受嬷嬷限制。如今，她却因为之前闻所未闻，又没完没了的艰苦劳动，胃口大了四倍。

在塔拉，为食量发愁的不止她一个。无论走到哪儿，她都能看到饥饿的脸，有白人的，也有黑人的。很快，伤寒痊愈的卡伦和苏埃伦就要有无法被满足的饥饿感。小韦德都开始哼哼唧唧地哀叫连连："韦德不喜欢吃番薯，韦德饿！"

其他人怨声载道。

"斯嘉丽小姐，除非吃饱，不然我可没法喂这两个孩子了。"

"斯嘉丽小姐，要是再不多吃点东西，我可劈不动柴啊。"

"女儿，我们非得老吃番薯吗？"

只有玫兰妮从不抱怨。她的脸越来越瘦、越来越白，就算在梦中，也会疼得直抽搐。

"斯嘉丽，我不饿。把我这份牛奶给迪尔西吧。她还得喂两个孩子呢。病人从来都不饿。"

她这份温柔的刚毅，比其他人唠叨不休的抱怨更令斯嘉丽生气。面对后者，斯嘉丽可以大吼大叫、挖苦讽刺，她也的确这样令他们闭嘴。但面对玫兰妮的无私，她就毫无办法、一筹莫展、恼火至极。如今，杰拉尔德、黑奴和韦德都黏着玫兰妮，因为她就算身体虚弱，也温和亲切、富有同情心。而这些天来，斯嘉丽身上可没这两样东西。

韦德尤其喜欢赖在玫兰妮的房间。韦德有些不对劲，但到底是哪儿不对劲，斯嘉丽还没时间去弄清楚。她信了嬷嬷的话，认定小男孩肚子里有蛔虫，便把干药草和树皮混在一起喂他吃了。过去，埃伦给黑人小孩打虫，就常用这方子。然而，这驱虫药让孩子更加苍白。这些天来，斯嘉丽几乎忘了韦德也是一个人，只当他是又一个要操心的包袱，又一张要吃饭的嘴。总有一天，等度过眼前这紧要关头，她会陪他玩，会给他讲故事、教他认字母。可现在，她没时间，也没心情。因为这孩子似乎总在她最疲惫、最焦虑的时候碍手碍脚，所以她经常声色俱厉地训斥他。

但孩子一挨骂，就立刻惊恐地瞪圆眼睛，那副迟钝又害怕的蠢样，简直让斯嘉丽恼火不已。她没有意识到，这孩子经历的恐惧，即便成年人也承受不住。恐惧跟韦德如影随形，震颤着他的灵魂，让他在夜里尖叫着惊醒。任何突如其来的噪声或严厉喝骂，都会令他瑟瑟发抖。因为在他看来，噪声和喝骂肯定跟北佬脱不了干系。而他怕北佬，胜于普利西口中的鬼怪。

围城的隆隆声响起之前，韦德的生活一直快乐、平和、安静。哪怕妈妈几乎不关心自己，他感受到的，依然是人们的宠爱和关怀，直到那天夜里突然从梦中惊醒，他便看到火光冲天，听到震耳欲聋的爆炸。也是那天晚上和第二天，他第一次挨妈妈的耳光，也第一次被她厉声喝骂。桃树街砖房里的快活日子，他此前唯一熟悉的生活，就在那晚烟消云散。当时留下的创伤，此生都难以愈合。逃离亚特兰大的一路上，他什么都弄不清楚，只知道北佬在后面追。直到现在，他依然活在恐惧中，认为北佬一旦抓住他，就会把他剁成碎片。斯嘉丽每次扬声骂人，他都模模糊糊地想起第一次挨骂时的恐怖场景，于是吓得浑身无力。如今，他已经把北佬和厉声呵斥永远联系在一起，所以很怕妈妈。

斯嘉丽终于发现孩子在躲自己。虽然有干不完的活，但极少数得空时候，她还是会想起此事，并倍觉心烦。这种情况，甚至比让他整天跟在身后更烦。孩子将玫兰妮的病床当作避难所，在那儿安静地玩玫兰妮教的游戏，或听她讲故事，也让斯嘉丽很生气。韦德非常喜欢“姑姑”，因为她声音温柔，总是面带微笑，还从来不会说“嘘，韦德！你吵得我头疼”或“韦德，看在上帝的分上，别再烦人啦！”

斯嘉丽既没时间，也没意愿疼儿子，看到玫兰妮疼他，又嫉妒不已。一天，看到他在玫兰妮床上倒立，结果摔到玫兰妮身上时，斯嘉丽立马扇了他一耳光。

“姑妈还病着呢，你就没别的好玩了，非要这样摇晃她？立刻去外面院子里玩，不准再进来。”

但玫兰妮伸出一条无力的胳膊，把哭哭啼啼的孩子拉到身边。

“好啦，好啦，韦德。你不是有意的，对吧？斯嘉丽，他没烦我。就让他待在这儿，由我来照顾吧。康复之前，这也是我唯一能做的事了。你就算不管他，都忙不过来。”

“别犯傻，玫兰，”斯嘉丽直截了当地说，“要让韦德这么摔到肚皮上，你可好不起来。好啦，韦德，要是再让我看到你上姑姑的床，我定要好好收拾你一顿。别抽鼻子啦，怎么老是抽鼻子？该做个小男子汉了！”

韦德哭着跑下楼躲了起来。玫兰妮咬着唇，眼里也涌出泪。嬷嬷站在走廊上，看到这幕，气得皱起眉头，直喘粗气。但这些天来，谁都不敢跟斯嘉丽顶嘴。大家都怕她那张利嘴，怕这个与之前判若两人的斯嘉丽。

如今，统治塔拉的就是斯嘉丽。和其他突然手握大权的人一样，斯嘉丽所有横行霸道的天性都展露无遗。这倒不是说她本质严酷，她只是太害怕、太没自信，又唯恐其他人看出她的无能，拒不服从，才如此苛刻无情。再说，冲别人大吼大叫，知道他们害怕自己，既能带来一番快意，又能舒缓紧绷的神经。她知道自己的性格在变，并没有对这般事实视而不见。有时，自己简短失礼的命令让波尔克噘起下唇，或者气得嬷嬷直嘟囔"有人近日来真不得了啊"，她也会纳闷从前的好教养到底去哪儿了。埃伦煞费苦心，一点一滴灌输给她的礼仪和温柔，怎么像树上的叶子般，随着秋天的第一阵冷风簌簌掉落？

埃伦曾反复叮嘱："对下人，尤其对黑奴，态度要坚定，但语气得温柔。"可她若温柔，黑奴们就能整天坐在厨房里，没完没了地聊过去的好日子，说那时候，管家的黑奴才不用下地干活。

"要关爱和抚育妹妹们，和善地对待受苦之人，"埃伦曾说，"还要体贴处于悲伤和麻烦中的人。"

现在，她无法关爱两个妹妹。她们只是她肩上死沉死沉的负担。至于抚育，她难道没有为她们洗澡、梳头、提供吃食，甚至不惜每天步行好几英里，就为给她们找点蔬菜回来吗？就算可怕的奶牛每次冲她摇晃犄角时，她都吓得一颗心跳到嗓子眼，她不还是在学着挤牛奶吗？至于和善，那是浪费时间。若太和善，她们很可能还要在床上多赖些日子。而她希望两人能尽快站起来，也好多四只手帮自己做事。

两人康复得很慢，一直虚弱地躺在床上。她们不省人事期间，世界已变了样。北佬来了、黑奴跑了、妈妈死了。她们简直接受不了这三桩难以置信的事，有时甚至认为自己肯定还神志不清，肯定不可能出这种事。而斯嘉丽的大变样，肯定也不是真的。斯嘉丽每次靠在床脚，说计划让两人康复后干什么活时，她们都会像看鬼怪一样看着她。她们完全无法理解，为何家里已经没有一百个黑奴干活，竟要奥哈拉家的小姐亲自动手。

“可是，姐姐，”卡伦甜美又天真的脸上满是惊愕，“我不能劈柴！否则这双手就完啦！”

“看看我的手。”斯嘉丽扯出一个吓人的微笑，把满是水泡和老茧的手伸到她面前。

“你这样对我和妹妹说话，真可恶！”苏埃伦嚷道，“你在撒谎，就是想吓唬我们。妈妈如果在这儿，肯定不准你这么跟我们说话！还劈柴，哼！”

苏埃伦虚弱又厌恶地看着姐姐，觉得斯嘉丽就是故意使坏才这么说。她差点死掉，没了妈妈，又孤单又害怕，正想有人疼爱和悉心照料呀。可斯嘉丽呢，只会天天站在床脚盯着她俩，那双眼梢微翘的绿眼睛闪着从未有过的讨厌光芒，一边估量着她们的恢复情况，一边说什么铺床、做饭、提水和劈柴的事。而且，说那些可怕的事，她似乎还挺乐在其中。

斯嘉丽的确乐在其中。她欺负黑奴、伤害妹妹们的感情，不仅因为自己太焦虑、紧张和疲惫，还因为这么做能帮助她忘掉自己的痛苦——她痛苦地发现，妈妈之前教导的那套生活之道，全是错的。

妈妈教导的一切如今竟无半点价值，斯嘉丽真是既心痛又困惑。斯嘉丽从未想过，埃伦怎么预料得到教导女儿的那套文明有崩塌的一天？她将女儿们调教得如此优秀、让她们在社交圈拥有自己的地位。可她又怎么想得到，那个圈子竟会消失得无影无踪？斯嘉丽也没想过，埃伦教导她要温柔优雅、正直亲切、诚实谦虚，说女人只要学会这些就能过上好日子时，是以为未来数年中，生活也会如她从前那般平顺安宁。

斯嘉丽绝望地想："没用，全没用，她教我的一切都没用！如今，仁慈体贴能给我带来什么好处？温柔和蔼有什么价值？还不如让我跟黑奴一样，学会如何耕地或摘棉花呢。噢，妈妈，你全错了啊！"

她并未停下来好好想想，埃伦那个秩序井然的世界已经随风而逝，被一个残酷的世界取而代之。新世界的所有标准和价值观都变了。她只看到，或以为自己看到妈妈错了，于是飞快地改变自身，以适应这个她还没准备好的世界。

唯一没变的，是她对塔拉的感情。每次疲惫不堪地从田里回来，看到这座结构散漫的白房子，她心里无不涨满爱与回家的喜悦。每次从窗口眺望绿色的牧场、红色的田地和虬枝交缠、高大浓密的沼泽林地，她都会觉得这一切美极了。其他一切都在变，她对这片土地的热爱却从未改变。她爱这连绵起伏的缓坡，爱这时而血红，时而深红、砖红或朱红的美丽红土地。这片土地多神奇啊，还会长出缀着点点白色马勃菌的绿色灌木。世上再没有什么地方，能像这儿一样。

看着塔拉，她多少也能明白一点为何要打仗。瑞德说人们打仗是为了钱，他错了。不，人们打仗是为了争夺精耕细作的广袤田地、草刈得短粗齐整的绿色牧场、缓缓流淌的黄色河流，以及木兰丛中凉爽的白色房屋。只有这些，才值得他们为之开战。这些红色的土地属于他们，也将属于他们的子孙。这些红土地将为他们，以及他们的子子孙孙产出棉花。

如今，留给她的只有一座惨遭蹂躏的塔拉庄园。妈妈和阿希礼不在了，杰拉尔德受惊后老态龙钟、糊里糊涂。钱、黑奴、安全和地位，一夜之间化为乌有。斯嘉丽恍如隔世般，想起那场跟爸爸谈论土地的对话。当初的她多年轻、多愚蠢哪，爸爸说土地是世上唯一值得为之战斗的东西时，她竟没领会那话的意思。

“因为这是唯一能流传下去的东西……土地是唯一值得为之卖力、战斗，甚至拼命的东西。”

没错，塔拉值得人们为之而战。斯嘉丽已经毫不犹豫地投入这场战斗中。谁也别想从她手中抢走塔拉。谁都不能让她和她的家人颠沛流离、接受亲戚的施舍。哪怕让这里的每个人都累断脊梁骨，她也要守住塔拉。

第二十六章

斯嘉丽从亚特兰大回来已有两周，脚上最大的水泡开始化脓，脚也越来越肿，最后连鞋子都穿不上，只能踮着脚跟一瘸一拐地走路。看着发炎的脚趾，她简直绝望至极。如果跟士兵们一样伤口生坏疽，附近又找不到医生，她会不会死掉啊？眼下的生活虽然艰苦，但她还不想死。她若死了，谁来照管塔拉？

刚到家时，斯嘉丽还希望杰拉尔德能恢复往日精神，主持家事。但两周过去，这个希望终究还是破灭了。现在，她明白无论自己乐不乐意，整个种植园和上上下下所有人，都交到了她这双缺乏经验的手上。杰拉尔德仍安安静静地坐着，一副恍若梦中的模样，漠然得吓人。他十分温和，塔拉的大小事务一概不管，对斯嘉丽的请教，每次不是一句“女儿，你觉得怎么处理最好，就怎么处理吧”，就是更糟的“丫头，跟你妈商量去”。

他再也好不了了。斯嘉丽一想明白，就平静地接受了这个事实。杰拉尔德将一直这样等待埃伦，始终竖起耳朵，倾听有没有她的动静，至死方休。杰拉尔德处在某个朦胧的生死边界，那儿的时间静止了，埃伦也始终在隔壁房间。埃伦死时，就带走了他活着的主要动力，也带走了他的蓬勃自信、无礼放肆和无尽活力。

杰拉尔德·奥哈拉这出热闹磅礴的人生大戏，都是演给埃伦看的。如今，帷幕永远落下，脚灯暗了，观众突然消失，目瞪口呆的老演员却还待在空荡荡的舞台上，等待别人提词。

那天早晨，屋里静悄悄的，因为除了斯嘉丽、韦德和三个生病的女人，其他大人都去沼泽地寻那头母猪了。就连杰拉尔德也振奋起些许精神，一只手扶着波尔克的胳膊，另一只手拿了卷绳子，脚步笨重地穿行于犁过的田地间。苏埃伦和卡伦哭着睡着了。她们一天至少哭两回，一想起埃伦，悲伤又软弱的泪水就顺着凹陷的双颊往下淌。玫兰妮这天第一次靠着枕头坐起来。她盖了条打着补丁的被单，坐在两个宝宝中间，一只手搂着一个毛茸茸的淡黄色脑袋，另一只手也同样温柔地揽着迪尔西那一头黑色鬈发的儿子。韦德坐在床角，听她讲童话故事。

塔拉如此安静，斯嘉丽简直受不了。因为，这让她无比清晰地想起从亚特兰大逃回家的那天，一路上荒凉乡野死一般的寂静。哪怕那头母牛和牛犊，也好几个小时一声不吭。窗外没有鸟儿啁啾，就连往日吵吵嚷嚷、已在木兰丛中繁衍数代的嘲鸫，今天也不唱歌了。斯嘉丽拉过一把矮椅，坐到卧室窗边。她把裙子卷过膝盖，下巴枕着胳膊，趴在窗台上眺望前门车道、草坪和路对面那片空荡荡的绿色牧场。旁边的地板上放了桶井水，她时不时就把起泡的脚伸进去，龇牙咧嘴地忍受那一阵阵刺痛。

她下巴抵在胳膊上，越想越烦。正是最需要力气的时候，这根脚指头却发炎了。那帮蠢货永远抓不到母猪。就连猪崽，他们都花了整整一周，一只接一只地抓回来。现在已经过了两周，母猪却还在外面逍遥自在。斯嘉丽知道，自己若跟他们一起去沼泽地，裙子往膝上一扎，拿起绳子和套索，保准立刻就能抓住那家伙。

可就算抓住它，又能怎样？把它和那些猪崽都吃掉后，该怎么办？生活总要继续，口腹之欲也是啊。冬天即将来临，马上就要没吃的了。甚至邻居菜园里那点可怜巴巴的剩菜，也快没了。他们必须弄到干豌豆、高粱、玉米粉和大米，还有——还有——噢，还有很多东西。他们需要明年春天要播的玉米种和棉花种，还需要新衣服。可去哪儿才能弄到这些东西？她拿什么付账？

她已经偷偷搜过杰拉尔德的口袋和钱柜，只找到几捆邦联发行的债券和三千邦联现钞。她不无讽刺地想，这些估计够大家吃一顿丰盛的午餐。如今，邦联货币一文不值。但她就算有钱买到吃的，又怎么拖得回塔拉？上帝为何让那匹老马死掉？如果瑞德偷来的那可怜畜生还活着，他们面对的整个世界都将不同。噢，那些毛光水滑、在牧场上撅蹄子的骡子，那些拉车的漂亮大马，她的小牝马，两个妹妹的矮种马，还有杰拉尔德那匹跑起来能踢翻草皮的大牡马——噢，剩下一匹该多好，就算是最倔的骡子也好啊！

不过，没关系——等脚好了，她立马步行去琼斯伯勒。那将是她有生以来最长的一次步行，但她会走到的。哪怕全城都被北佬烧光，她也肯定能在附近找到一个人，让他告诉她上哪儿能弄到吃的。眼前浮现出韦德那张消瘦的脸，她想起他老是嚷嚷不喜欢番薯，想吃火鸡腿、米饭和肉汤。

前院明媚的阳光突然暗淡，泪眼蒙眬间，树木也一片模糊。斯嘉丽把头伏在胳膊上，强忍哭泣。现在哭一点用也没有，只有想向身边的男人讨要什么好处时，哭才管用。她伏在那儿，使劲眨巴着眼睛，把眼泪逼回去，却突然被一阵马蹄声吓了一跳。但她依旧没抬头。两周以来的日日夜夜，这样的马蹄声她不知幻想了多少回，就如经常觉得又听见埃伦衣裙的窸窣声一样。心又开始怦怦直跳，每次遇到这种情况，不等断然喝自己一句“别傻啦”，她总会先乱心神。

然而，马蹄声竟相当自然地缓了下来，变成有节奏的踱步声，“咔嗒咔嗒”地从砾石路上传来。真是一匹马！塔尔顿家的，还是方丹家的？她飞快地抬头一看：原来，是个北佬骑兵。

她不由自主地躲到窗帘后，透过朦朦胧胧的帘布，怔怔地偷看来人，吓得倒吸了一口凉气。

那粗眉大眼的莽汉无精打采地坐在马鞍上，一把蓬乱的黑胡子散在敞开的蓝军服前。炫目的阳光下，紧挨在一起的小眼睛眯成一条线，从帽檐下打量着这座房子。他慢悠悠地下了马，把缰绳套在拴马桩上时，斯嘉丽总算喘过气。但这口气喘得又急又难受，仿佛肚子上刚刚挨了一拳。一个北佬！一个屁股上挂着长枪的北佬！可屋里除了她，只有三个生病的女人和小孩！

他懒洋洋地朝屋子走来，一只手按着枪套，珠子似的小眼睛东瞄西看。无数杂乱的景象仿佛万花筒般在斯嘉丽脑中乱转，全是佩蒂帕特姑妈轻声讲过的惨事：无人保护的妇女遇袭、有人被割断喉咙、房屋在垂死的女人头顶燃烧、孩子因哭闹被挑上刺刀……种种无法形容的恐怖暴行全浮现出来，且都跟一个名字密切相连——“北佬”。

惊恐之下，她第一个念头是躲进壁橱、钻到床下，或者从后面的楼梯飞奔下去，尖叫着冲向沼泽地。只要能逃离那人，干什么都行。然后，她听见那“北佬”谨慎地踏上前门台阶，偷偷摸摸地进了走廊，顿时明白逃生之路已被切断。恐惧让她浑身冰凉、无法动弹，只能听着楼下的脚步声从一个房间转到另一个房间。因为发现没人，那“北佬”的脚步声越来越响，胆子也越来越大。此时他在餐厅，再过一会儿就会走出来，进入厨房。

一想到厨房，斯嘉丽顿时怒火中烧，那般激烈的情绪宛如一把尖刀，狠狠插进心窝。恐惧被压倒一切的愤怒驱散。厨房！明火上还架着两口锅，一锅炖苹果，一锅杂烩菜。都是她费了好大力气，才从十二橡树园和麦金托什家的菜园弄来的。这两锅堪堪够两个人吃的东西，却要给九个饥肠辘辘的人充当午餐。一连几个小时，斯嘉丽一直都在抑制自己的食欲，等其他人回来再吃。所以，想到那点可怜的吃食就要落入北佬肚中，她便气得发抖。

他们都该死！像蝗虫一样从天而降，留下塔拉庄园的人慢慢饿死。现在，他们又回来了，还要把这么点可怜的食物也偷走。斯嘉丽空空如也的胃一阵痉挛。“我向上帝起誓，绝不让这个北佬再偷走任何东西！”

她偷偷脱掉破旧的鞋，光着脚，飞快地走到五斗橱前，甚至那根溃烂的脚趾也不觉得疼了。她悄无声息地拉开顶层抽屉，拿出那支从亚特兰大带来的手枪。这沉甸甸的武器为查尔斯生前所佩，却从未开过火。墙上，查尔斯的军刀下有个皮盒。她从盒子里摸出一个火帽，稳稳地装进枪膛，然后迅捷无声地跑过楼上走廊，一只手扶着栏杆，另一只手握着枪，紧贴裙褶下的大腿，开始下楼。

“什么人？”一个鼻音很重的声音喝道。斯嘉丽顿时停在楼梯中间，太阳穴突突直跳，声音响得让她几乎听不清那人在说什么。“站住，不然我开枪了！”那声音又说。

他站在餐厅门口，紧张地蜷着身子，一只手握枪，另一只手拿着个红木针线盒。盒子里有金顶针、金柄剪刀和小小的金顶金刚砂橡果。斯嘉丽觉得双脚冰凉，冷意一直蹿到膝盖，脸孔却被愤怒烧得滚烫。埃伦的针线盒竟在他手里。她想大喊，“放下它！放下它！你这肮脏的……”却一个字也喊不出来。她只能越过栏杆瞪着他，看着那张凶狠紧张的脸扯出一抹半是轻蔑、半是讨好的微笑。

“敢情这屋里还有人哪！”他边说，边把枪塞回枪套，穿过走廊，一直走到她正下方。“就你一个人吗，小妞？”

斯嘉丽闪电般地把自己的武器举过栏杆，瞄准那大胡子吃惊的脸。他甚至还没来得及摸枪，她就扣动了扳机。枪的后坐力让她晃了晃，一声爆炸的巨响震耳欲聋，刺激的火药味钻入鼻孔。那人砰的一声向后倒去，四仰八叉地摔进餐厅，动静大得家具都为之一震。针线盒从他手中滚落，里面的东西撒了一地。斯嘉丽几乎是无意识地跑下楼，站到他身边，凝视身下那张脸，看看胡子上方的部分变成了什么样：鼻子成了个血淋淋的窟窿，呆滞的眼睛被火药烧焦了。她看着看着，发现两股鲜血流过光亮的地板，一股从脸上流下，另一股则来自后脑。

没错，他死了。毫无疑问。她杀了个人。

一股烟袅袅升向天花板。殷红的血在她脚下漫延。她不知道在那儿站了多久，只觉得依旧炎热的夏日清晨，一切无关的声音和气味仿佛都被放大了：她犹如擂鼓的心跳声、木兰树叶子有些刺耳的沙沙声、远处沼泽里鸟儿的悲鸣，以及窗外的花香。

她杀了一个人！哪怕在狩猎期，她也向来留心不杀生。她无法忍受野猪在屠刀下的哀嚎和兔子在陷阱里的吱吱尖叫。杀人！她迟钝地想：“我杀了人。噢，这不可能是我干的！”她看到那只又粗又短、汗毛很长的手。那只手离针线盒好近啊。突然，她又恢复了活力，一种冷酷而凶残的喜悦流遍全身，真恨不得用脚跟踩进鼻子上那个窟窿，好好感受下热血沾上光脚的快意。她总算给塔拉庄园报了一次仇，也给埃伦报了仇。

楼上走廊传来一阵匆忙又踉跄的脚步声。然后，声音没了。

接着，更多声音响了起来。这回，多了种有气无力、拖着脚走路的声音，其间还夹杂着金属碰撞声。斯嘉丽又有了时间和现实的概念，抬头一看，瞧见玫兰妮站在楼梯顶。她穿着那件当睡衣的破烂衬衣，无力垂下的手上拎着查尔斯的军刀。玫兰妮一眼便看清了楼下的情景：一具穿蓝色军服的尸体四仰八叉地躺在血泊中，身旁有个针线盒。斯嘉丽光着脚，面如死灰地攥着一把长筒手枪。

沉默中，她与斯嘉丽四目相对，平日温婉的脸上，竟绽开一抹坚定而骄傲的微笑。那笑容里的喜悦，丝毫不亚于斯嘉丽胸中的激动。

“怎么——怎么——她跟我一样！她竟明白我的感受。”斯嘉丽想了好一会儿，“换成她，她也会这么做！”

斯嘉丽激动地抬起头，望向那个身体娇弱、站都站不稳的姑娘。这个她向来只有厌恶和鄙视，再无其他情感的女子，此刻竟令她生出一种钦佩和友好之感。这种感觉甚至动摇了她对阿希礼妻子的憎恨。在那明澈纯粹、没有任何狭隘情感干扰的一瞬间，她看出玫兰妮温柔的嗓音和天真的眼神后，是薄如钢刃，却坚不可摧的意志。她也感觉到，玫兰妮安静的血液里，藏着能挥舞旌旗、吹响号角的勇气。

“斯嘉丽！斯嘉丽！”苏埃伦和卡伦虚弱又惊恐的尖叫声从紧闭的房门后传来，听起来闷闷的。韦德也在尖声高喊“姑姑！姑姑！”玫兰妮连忙伸出一根手指竖在唇边，然后把军刀放在楼梯顶，艰难地穿过楼上走廊，推开了病房的门。

“别害怕啦，胆小鬼！”她快活地打趣道，“你们的姐姐想给查尔斯的手枪除除锈，不小心走了火，差点把她吓死！好啦，韦德·汉密尔顿，妈妈就是拿过你亲爱的爸爸的手枪，开了一枪！等你再大点，她也会让你开枪的。”

“真是个冷静的骗子！”斯嘉丽佩服地想，“我都没法反应那么快。但为何要撒谎？我刚才做的事，他们也应该知道。”

她又低头看了眼尸体，愤怒和恐惧消退后，此刻只剩满心厌恶，双膝也因此开始发抖。玫兰妮又拖着脚走回楼梯口，然后牙齿咬着苍白的下唇，开始扶着栏杆下楼。

“傻瓜，快回床上去，你不要命啦！”斯嘉丽吼道。但衣不遮体的玫兰妮还是艰难地来到楼下。

“斯嘉丽，”她低声道，“我们必须把他弄出去埋了。他很可能不是一个人，万一他们在这儿找到他……”她抓住斯嘉丽的胳膊，稳定身形。

“他肯定是一个人，”斯嘉丽说，“我从楼上窗户没看到其他人。他肯定是个逃兵。”

“就算他是一个人，也不能让其他人知道。黑奴们或许会说闲话，北佬就会来抓你。斯嘉丽，我们必须趁大家从沼泽地回来之前，把他藏好。”

被玫兰妮这么火急火燎地一催，斯嘉丽立刻开始绞尽脑汁地想办法。

“我可以把他埋在花园角落的棚架下，就在波尔克挖出威士忌酒桶的地方。那儿的土松。可是，我怎么才能把他弄过去？”

“我们一人抓住一条腿，把他拖过去。”玫兰妮坚定地说。

斯嘉丽虽然有些犹豫，却更钦佩玫兰妮了。

“你连只猫都拽不动，还是我来拖吧。”斯嘉丽粗声粗气地说，“你回床上去，别把自己的命送了。别试图帮我，否则我就亲自把你弄上楼。”

玫兰妮苍白的脸绽开一抹甜美又了然的微笑。“斯嘉丽，你真好。”说着，她还轻轻吻了下斯嘉丽的脸。不等斯嘉丽从惊讶中回过神，玫兰妮接着道，“你要是能把他拖出去，我就赶在大伙回来前，把……把地上这些东西拖干净。对了，斯嘉丽——”

“怎么了？”

“我们翻翻他的背包，算不算可耻？他说不定带着吃的。”

“这有什么可耻的。”斯嘉丽说，懊恼自己怎么没想到这点，“你翻背包，我搜口袋。”

斯嘉丽厌恶地弯腰解开那人的上衣扣子，开始逐一翻看每个口袋。

“天哪，”她拉出一个破布包着、鼓鼓囊囊的钱包，轻声道，“玫兰妮——玫兰，这里头肯定装满了钱！”

玫兰妮什么也没说，一屁股坐到地板上，背靠着墙。

“你看吧，”她声音发颤地道，“我有点虚脱。”

斯嘉丽扯掉破布，抖着手，打开皮夹。

“瞧，玫兰——快瞧！”

玫兰妮一看，眼睛都瞪大了。皮夹里乱糟糟地塞了一大把钞票，联邦政府的绿钞夹着邦联政府的钞票，中间还有一枚闪闪发光的十美元金币和两枚五美元金币。

“现在别数钱了。”见斯嘉丽开始点钞，玫兰妮赶紧说，“我们没时间啦——”

“玫兰妮，你明白吗，这些钱意味着我们有吃的了！”

“嗯，明白，亲爱的。我明白，但我们现在没时间啦。你快瞧瞧他别的口袋，我来搜背包。”

斯嘉丽真不想放下皮夹。眼前是多么光明的前景啊，那可是真正的钱！还有北佬的马和吃的！上帝果然存在，他真的给我们吃的了，虽然这给予的方式着实奇怪。斯嘉丽蹲坐在那儿，盯着皮夹笑。吃的！玫兰妮一把夺过她手中的皮夹——

“快点！”她说。

裤子口袋里除了一截蜡烛头、一把折刀、一小块烟草和一节绳头，其他什么都没有。玫兰妮从背包里掏出一小包咖啡，闻了又闻，仿佛那是最甜美的香水。然后，她掏出一小块压缩饼干，接着就变了脸色。因为，她又找到一个嵌着小姑娘相片的珍珠金相框、一枚石榴石胸针、两个带细金链子的宽边金手镯、一个金顶针、一个孩子用的小银杯、一把刺绣用的金剪刀、一枚独粒钻戒和一对坠着梨形钻石的耳环。两人哪怕再没经验，也看得出每颗钻石都不止一克拉。

“贼！”玫兰妮低声道，身子直往后缩，想离那一动不动的尸体远些，“斯嘉丽，这些东西肯定都是他偷来的。”

“当然，”斯嘉丽说，“他进来也是想从我们这儿再偷点。”

“真高兴你打死了他。”玫兰妮温柔的眼神变得严肃起来，“亲爱的，赶紧，快把他弄出去。”

斯嘉丽弯下腰，抓住死人那双靴子往外拖，却突然觉得他太重，而自己的力气太小。她要是挪不动他怎么办？她转身背对尸体，两边胳膊分别夹住一只沉重的靴子，借助自己身体的重量，奋力往前。尸体动了一下。她接着拖。刚才因兴奋忘记的脚疼，这会儿猛地蹿上来，痛得她咬紧牙关，连忙把身体重量挪到脚跟。她又拉又拽，额头汗水涔涔，就这样把尸体拖过走廊，留下一地殷红血迹。

“要是穿过院子时也这么流血，我们就藏不住了。”斯嘉丽喘着气说，“玫兰妮，把你的衬衣给我。得把他的脑袋包起来。”

玫兰妮苍白的脸顿时一片绯红。

“别傻啦，我又不会看你，”斯嘉丽道，“我要是有衬裙或宽松长裤，早就脱下来用了。”

玫兰妮背靠墙壁蹲下，从头上脱下那件破烂的亚麻衬衣，默默丢给斯嘉丽，然后竭力用两条胳膊环住身体。

“感谢上帝，我还没那么害羞。”斯嘉丽一边用这破布裹住那张稀烂的脸，一边这么想着。哪怕不去看，她也能感受到玫兰妮有多难为情。

她一瘸一拐地拖了一阵，终于把尸体拽过走廊。就要到后门廊时，她停下来，用手背抹了把额头上的汗，回头瞥了眼玫兰妮，看见她靠墙坐着，双手抱着细瘦的膝盖，遮住赤裸的胸脯。玫兰妮可真够傻的，这种时候还顾得上难为情。斯嘉丽越想越起火。正是这种总要故作正经的模样，才叫斯嘉丽看不起她。但斯嘉丽随即又羞愧起来。毕竟——玫兰妮毕竟刚生了孩子不久，就这般硬拖着身子从床上下来，还拎着她提都提不动的武器来帮自己。这需要勇气。斯嘉丽承认自己没有这种勇气。而在亚特兰大陷落的那个可怕夜晚，以及回家的漫长旅途中，玫兰妮都表现出这种虽柔韧如丝，却坚如薄钢的勇气。威尔克斯家的人都有这种不引人注意的勇气。斯嘉丽虽对此感到不解，却也勉强表示赞赏。

“回床上去，”斯嘉丽扭头说道，“再不回去，你会送命的。我把他埋了，就来清理这些污渍。”

“我拿块破地毯来擦吧。”玫兰妮一脸病容地盯着那摊血迹，小声说道。

“那好，没命了你看我在不在乎！万一我还没弄完就有人回来，想办法让他们待在屋里。至于那匹马，就说不知道从哪儿跑来的。”

玫兰妮在上午的阳光下瑟瑟发抖，捂住耳朵，不去听死人脑袋磕在门廊台阶上的“咚咚”声。那沉闷的重响一声接着一声，简直让人难受至极。

没人问马从何而来。最近刚打过仗，它显然是从战场上跑来的。对此，大家都很高兴。斯嘉丽在斯卡珀农葡萄棚架下挖了个浅坑，把那个北佬埋了进去。爬满粗葡萄藤的棚柱都快烂了，当天夜里，斯嘉丽抡起菜刀一通乱砍，棚架连带着葡萄藤散了一地，盖住坟堆。斯嘉丽后来始终未提重搭棚子的事，那几个黑奴哪怕知道了个中原委，也一直保持沉默。

之后几个累得无法入睡的漫漫长夜，也不见有鬼魂从浅坟中钻出来纠缠她。斯嘉丽每每想起此事，既不害怕，也不后悔。她只奇怪，哪怕是一个月前，她也断然做不出这种事。年轻貌美、一笑就有酒窝、耳环叮当作响的汉密尔顿太太几乎什么都不会，结果不仅把一个男人的脸打得稀烂，还匆匆挖了个坑把他埋了！认识她的人若知晓此事，还不得惊恐万状。想到这儿，斯嘉丽有些狰狞地笑了笑。

“我不想这事了，”她决定，“这事已经结束。做了就做了。我要不杀他，才是个傻瓜呢。我想——回家后，我的确有些变了，否则也干不出这事。”

她再没特意想过此事，但每每遇到不悦或棘手的问题，这个潜藏内心的念头都会给她力量：“我连人都杀过，当然不会被这事难住。”

斯嘉丽变了很多，多得连她自己都没意识到。从她趴在十二橡树园的黑奴菜地时起，她的心便生出一层壳，一层慢慢变厚的壳。

***

现在有了马，斯嘉丽可以亲自去看看邻居们的情况了。回家以来，她已经绝望地想了上千次：“县里只剩我们了吗？其他人都被烧死了呢，还是全逃到梅肯去了？”十二橡树园、麦金托什大宅和斯莱特里家棚屋化为废墟的景象还历历在目，让她几乎不敢去探寻真相。但知道最坏的结果，也好过胡思乱想。她决定先骑马去方丹家，不是因为他家离得最近，而是希望老方丹医生还在家。玫兰妮需要看医生。她并未如期恢复，那张苍白虚弱的脸让斯嘉丽害怕。

因此，脚刚好得能穿上鞋了，斯嘉丽就爬上北佬那匹马。她一只脚伸进收短的马镫，另一条腿曲起搁在前鞍桥，整个人的姿势跟坐女鞍差不多。然后，她便策马穿过田野，朝米莫萨而去，并在路上就先硬起心肠，做好将看到一片焦土的准备。

结果，她又惊又喜地发现那座已褪色的黄粉灰泥屋仍立在米莫萨的树林中，看上去还跟过去一样。方丹家的三个女人出门相迎，又是亲吻又是欢呼，让她感到幸福又温暖，快活得差点落下泪来。

但初见后的热情寒暄过去，几人走进餐厅坐下后，斯嘉丽又觉得一阵悲凉。因为米莫萨远离主路，所以北佬并未到这儿来。因此，方丹家的牲口和粮食都还在。但跟塔拉庄园和整片乡野一样，米莫萨也笼罩在怪异的寂静中。除了四个打理家务的女奴，其他奴隶一听说北佬要来，都吓跑了。如果萨莉那个刚脱掉尿布的小儿子乔也算男人的话，那除了他，偌大的房子里再无男丁，只剩下七十多岁的方丹奶奶，她那已经五十多岁却仍被唤作“少奶奶”的儿媳，以及刚满二十的萨莉。虽无人保护，离邻居们又远，但她们哪怕心里害怕，脸上也没表现出来。斯嘉丽想，萨莉和少奶奶估计太怕那位看似柔弱、实则不屈不挠的老太太，所以就算疑虑担忧，也不敢说出来。这位老太太眼睛尖，舌头更尖，斯嘉丽早就领教过她的厉害，所以也很怕她。

三个女人虽然没有血缘关系，年龄也很悬殊，但相似的灵魂和经历将她们紧紧联系在一起。三人都穿着家染丧服，憔悴又悲伤。虽然笑容和欢迎来客的话语后并无愠怒或抱怨，但还是能看出她们内心苦涩。因为她们的努力全跑了，钱也不值钱了。萨莉的丈夫乔战死在葛底斯堡。小方丹医生在维克斯堡死于痢疾，所以少奶奶也成了寡妇。亚历克斯和托尼在弗吉尼亚什么地方，谁也不知道这俩小伙是死是活。老方丹医生则跟着惠勒的骑兵走了。

“那老傻瓜都七十三了，还不服老。他身上到处犯风湿病哪，就跟猪浑身都是虱子一样。”老太太其实很为丈夫骄傲，眼里的光芒早已表明这些刻薄话当不得真。

“你们知道亚特兰大近况如何吗？”等她们都舒舒服服地坐下，斯嘉丽才问道，“我们在塔拉简直与世隔绝。”

“啊呀，孩子，”老太太照例主宰谈话，“我们跟你们一样，除了知道舍曼终究还是占领了那座城市，其他也一无所知。”

“这么说，他到底还是进了城。他现在在干吗？如今仗打到哪儿了？”

“我们三个女人孤零零地住在乡下，几周都收不到一封信，看不到一份报纸，怎么知道打仗的事？”老太太尖酸刻薄地说，“我家的一个黑奴跟另外一个黑奴闲聊，那人见过一个从琼斯伯勒回来的黑奴。除此之外，我们也没听到什么别的啦。他们说，北佬就蹲在亚特兰大休整人马。但这事是真是假，你我都只能自辨。被我们那么打上一场，他们可不得好好休息吗。”

“想想看，你一直在塔拉，我们竟然不知道！”少奶奶插嘴道，“噢，都怪我，竟没骑马过去瞧瞧！但几乎所有黑奴都跑了，这儿事情太多，我实在走不开哪。但还是应该抽时间过去一趟的，我真不是个好邻居。不过，我们当然以为北佬已经把塔拉庄园烧了，就像他们烧掉十二橡树园和麦金托什大宅一样。而你们全家，也早就逃去梅肯。斯嘉丽，我们做梦都没想到你竟然在家。”

“是啊，我们怎么想得到？奥哈拉先生的黑奴逃跑经过这儿时，一个个吓得眼珠都快掉出来了，全都跟我们说北佬要烧掉塔拉。”

“而且，我们还看见——”萨莉开口。

“哎，我正在说呢，”老太太不耐烦地打断道，“他们说，北佬就围着塔拉扎营，还说你们家的人正打算逃去梅肯。当天晚上，我们就看到塔拉火光冲天，足足烧了好几个小时。我家那些愚蠢的黑奴吓得全跑了。到底烧了什么啊？”

“我们所有的棉花，价值十五万美元呢。”斯嘉丽苦涩地说。

“幸亏烧掉的不是你家房子。”老太太下巴抵着拐杖说，“棉花没了还能种，房子没了可盖不了。顺便问一句，你们开始摘棉花了吗？”

“没有，”斯嘉丽说，“现在大部分棉花都毁了。估计剩下的不足三包，还远在溪谷底部那块田里，能顶什么用？我们所有下地干活的人全跑了，没人去摘。”

“天哪，我们所有下地干活的人全跑了，没人去摘！”老太太边模仿，边讽刺地瞥了斯嘉丽一眼，“小姐，你那双漂亮爪子怎么啦？还有你妹妹们的呢？”

“我？摘棉花？”斯嘉丽大惊失色，仿佛老太太是叫她去犯什么可憎的罪孽，“像个下地干活的黑奴一样？跟白垃圾一样？跟斯莱特里家那些女人一样？”

“白垃圾，真是的！你们这代人可真是娇气又华贵哪！我告诉你，小姐，年轻时，我爸的钱全没了。我就靠自己的双手，老老实实干活，什么活都干，包括下地劳作。我可一直干到爸爸攒够钱，又买了些黑奴为止。我锄过地、摘过棉花，如果需要，这些活我现在都能干。而且，看样子我真得去干啦。白垃圾，真是的！”

“哎呀，妈妈，”她儿媳唤道，并哀求地瞥向两个姑娘，催她们赶紧帮着顺顺老太太的气，“那都是多久之前的事了，现在已经完全不同，时代变啦。”

“但凡需要勤恳干活的时代，就没什么变化！”这位目光犀利的老太太继续道，压根不受安抚，“斯嘉丽，听你站在这儿说什么老实干活就让白垃圾异于好人，我可真为你妈妈害臊。‘亚当耕地、夏娃织布’的时候……”

斯嘉丽赶紧发问，以转换话题：“塔尔顿家和卡尔弗特家怎么样了？房子也被烧了吗？他们也逃去梅肯了吗？”

“北佬没去塔尔顿家。他们跟我们一样，也远离主路。但北佬去了卡尔弗特家，偷了他们所有的牲口和家禽，还把黑奴全拐跑了……”萨莉道。

老太太再次打断她。

“哈！他们向所有黑娘们许愿，说要给她们丝绸裙和金耳环——北佬尽干这种事。凯瑟琳·卡尔弗特说，有些骑兵离开时，还把那些黑蠢蛋拉上马鞍，就让她们坐在他们身后。哼，她们顶多生下些黑白混血。我可不觉得北佬的血统能改善这个种族。”

“哎呀，妈！”

“简，别这么一脸震惊的样子。我们都是结过婚的人了，不是吗？而且，天晓得，我们之前又不是没见过穆拉托人。”

“他们为何没烧掉卡尔弗特家的房子？”

“靠小卡尔弗特太太和她那个北佬监工希尔顿的口音救下来的。”虽然卡尔弗特先生的原配夫人已经去世二十年，老太太每次提起那位前家庭教师，还是管她叫“小卡尔弗特太太”。

“‘我们坚决同情联邦’，”老太太模仿道，声音简直是从那长鼻子里哼出来的，“凯瑟琳说，那两人赌咒发誓地宣称卡尔弗特全家都是北佬。其实，卡尔弗特先生已经战死荒野！雷福德死在葛底斯堡，而凯德还在弗吉尼亚的军队里呢！凯瑟琳羞愧难当，说她宁愿房子被烧掉，还说凯德回来若听说此事，肯定肺都要气炸。瞧瞧，男人若娶了北佬女人做老婆，就是这下场——没有骄傲、没有体面，永远只想着保全自己……斯嘉丽，北佬怎么没烧掉塔拉？”

斯嘉丽迟疑片刻，才开口回答。她知道对方接下来就该问：“你们大家怎么样？你亲爱的妈妈还好吗？”她知道自己无法告诉她们埃伦已经死了。她知道，如果说出那些话，甚至当着这几个富于同情心的女人想起这些事，她都会失声痛哭，直哭到肝肠寸断。她不能让自己哭，回家以来，她还没真正哭过。她知道，这道闸门一旦打开，她一点一滴积攒起来的勇气，顷刻间就会流失殆尽。但她局促不安地看着周围这几张友善的面孔时，也知道若隐瞒埃伦的死讯，方丹家的人永远不会原谅自己。老太太几乎看不起全县所有人，却尤爱埃伦。

“哎，快说呀，”老太太目光锐利地盯着她，“小姐，这事你难道不知？”

“呃，您瞧，仗打完第二天，我才到家，”斯嘉丽连忙道，“那时候，北佬都走了。爸——爸爸告诉我——因为苏埃伦和卡伦得了伤寒，病得厉害，没法挪动，所以北佬才没烧房子。”

“这可是我第一回听说北佬也会干人事。”老太太道，仿佛很遗憾听到入侵者做了好事，“姑娘们现在如何啦？”

“噢，她们好些了，好多了，几乎已经痊愈，但还很虚弱。”斯嘉丽回答。然后，眼看自己最害怕的问题已经到了老太太嘴边，她连忙转换话题。

“我……不知你们能不能借点吃的给我们？北佬就像群蝗虫，把我家洗劫一空。但如果你们也不够吃，直说就好……”

“让波尔克赶辆马车来，我们有的都分你们一半，米、面、火腿，还有几只鸡。”老太太说着，突然目光锐利地瞥了斯嘉丽一眼。

“噢，那太多了！真的，我——”

“别再说啦！我不想听。这不正是邻居该做的吗？”

“您真是太好了，我不能——但我现在得走了。家里的人该担心我了。”

老太太突然站起身，一把抓住斯嘉丽的胳膊。

“你俩就待在这儿，”她下完命令，就把斯嘉丽朝后门廊推，“我要跟这孩子说句悄悄话。斯嘉丽，扶我下楼梯。”

少奶奶和萨莉道了别，并保证很快去看望他们。虽然很好奇老太太要跟斯嘉丽说什么，但除非老人主动开口，否则她们永远别想知道。老太太是不好对付的呀。少奶奶冲萨莉耳语了几句，两人便回去干针线活了。

斯嘉丽牵着马笼头，心情郁闷地站在那儿。

“好啦，”老太太盯着她的脸说，“塔拉到底出了什么事？你在隐瞒什么？”

斯嘉丽抬头看向老人锐利的眼，知道自己可以忍住眼泪，说出真相了。因为在方丹老太太面前，没有她的明确示意，谁都不能哭。

“妈妈死了。”她直截了当地说。

抓着她胳膊的手渐渐收紧，直至把她捏痛。而那双黄眼睛上皱巴巴的眼皮，则眨巴了几下。

“北佬杀的？”

“得伤寒死的。就死在——我到家的前一天。”

“别再想这事！”老太太严肃地说，斯嘉丽看出她在极力克制，“你爸呢？”

“我爸——不太像他自己了。”

“什么意思？说清楚点。他病了？”

“那打击……让他变得很奇怪……他不是……”

“别告诉我他不是他自己。你是说，他精神失常了？”

听到有人如此直白地说出真相，反而让斯嘉丽松了口气。老太太没有表达同情真是太好了，不然她非哭出来不可。

“嗯，”她木然地说，“他糊涂了，行为恍惚，有时似乎都不记得妈妈已经死了。噢，奶奶，看着他一小时又一小时地坐在那儿，无比耐心地等待妈妈，我真难受啊。从前，他的耐心还不如小孩。但他若想起妈妈已经死了，情况就更糟糕。有时，他静静坐着，竖起耳朵听妈妈的动静。但等着等着，他又突然跳起来，脚步沉重地出门走向墓地。之后，他便拖着步子，满脸是泪地回来，一遍又一遍地念叨‘凯蒂·斯嘉丽，奥哈拉太太死了，你妈妈死了’，仿佛我是第一次听到这消息，真是念得我恨不得放声尖叫。有时，我深夜听到他叫妈妈的名字，下床去看他，便跟他说妈妈在下面棚屋照料生病的黑人。他闻言就开始抱怨，说她总是照料别人，把自己累到精疲力竭。他简直跟个孩子似的，要重新哄上床睡觉真是太难。噢，方丹医生如果在家就好了！他肯定能为爸爸做点什么。玫兰妮也需要医生。她生完孩子后，身体始终没恢复过来……”

“玫兰……孩子？她跟你们在一起？”

“嗯。”

“玫兰跟你们在一起干吗？她怎么没去梅肯，跟姑妈和自家亲戚待在一起？小姐，就算她是查尔斯的妹妹，我也从来不觉得你有多喜欢她。好啦，快跟我说说怎么回事。”

“奶奶，那可说来话长了。还是进屋坐下来说吧。”

“我站得住，”老太太斩钉截铁地说，“而且，你要是当着其他人的面说，她们肯定会哭天抢地，让你悔不当初。好啦，快说。”

斯嘉丽从围城和玫兰妮怀孕开始说，刚开始还结结巴巴，但在老人锐利目光的注视下，倒也越说越顺畅，还用了不少有力又可怕的词。一切仿佛又回到眼前，孩子出生那天的闷热难当，被恐惧折磨的痛苦，他们如何奋力出逃，又如何被瑞德抛弃。她说起夜里一片漆黑的荒野，说起那不知是敌是友的熊熊营火、在朝阳中撞入眼帘的破败烟囱、沿路的死人死马，还说起他们如何忍饥挨饿，在满目苍凉中害怕塔拉也被焚烧殆尽。

“我以为只要回家见到妈妈，她就能解决一切，让我卸下肩上的重担。回家路上，我以为自己已经经历了最糟糕的事，可得知妈妈去世时，我才知道什么叫最糟糕的事。”

斯嘉丽垂眼盯着地面，等老太太开口。可等了好久，对方仍一言不发。老太太是不是没理解她已陷入绝境？终于，苍老的声音响起，那声音很温和，斯嘉丽从未听过她如此温和地对任何人说话。

“孩子，对一个女人来说，面对最糟糕的事本身就已经十分不幸。因为从此以后，这个女人将无所畏惧。一个女人要是什么都不怕，那可太糟糕了。你觉得我不明白你这些话，不明白你经历的这些事？我太明白啦！我像你这么大时，正赶上米姆斯要塞大屠杀后的克里克人暴动——没错，”她的声音显得很遥远，“就是五十多年前，我跟你差不多大时的事。当时，我设法钻进灌木丛躲了起来，然后躺在那儿看着我们的房子被烧掉，看着印第安人剥掉兄弟姐妹的头皮。我只能躺在那儿，祈祷火光别暴露我的藏身之处。他们把妈妈拖出来，就在离我大约二十码的地方杀了她，剥下头皮。后来，时不时就有一个印第安人走回来，冲她的脑袋砍一斧头。我……妈妈向来宠我，我却躺在那儿目睹这一切。到了早晨，我就朝最近的白人殖民地逃，但那儿离我家也有三十英里。我走了三天，穿过沼泽、躲过不少印第安人，等终于抵达目的地，人们都以为我疯了……就是在那儿，我遇到了方丹医生。他照顾我……啊，唉，这都是五十年前的事啦。但从那以后，我就再也不怕任何人、任何事，因为天底下最糟糕的事，我已经经历过了。无所畏惧给我惹来很多麻烦，也让我失去了不少快乐。上帝有意让女人胆小怕事，一个女人如果什么都不怕，那多少有点违反常情……斯嘉丽，始终还是得怕点什么才好……就像始终都要爱着什么东西一样……”

老太太的声音越来越低。终于，她默默地站在那儿，眼中似看到了半个世纪前，令她害怕的那一天。斯嘉丽开始不耐烦，本以为老太太能理解自己，没准儿还能出出主意，解决些实际问题呢。但跟所有老人一样，她也只顾着讲你出生前的事。谁会对那些事感兴趣啊！斯嘉丽想，早知如此，就不该什么都和盘托出。

“好啦，回家吧，孩子，不然他们该担心你啦。”老太太突然道，“下午让波尔克赶辆车来……永远别想放下担子，因为你放不下的。这点我很清楚。”

***

那年夏天，小阳春一直持续到十一月。对塔拉的众人来说，那些温暖的日子真是明媚又灿烂。最困难的时期已经过去。现在有了马，出门不用步行，可以骑马了。早餐有煎鸡蛋，晚餐有煎火腿，再也不是千篇一律的番薯、花生和苹果干。有次过节，他们甚至还吃了只烤鸡。老母猪到底还是被抓了回来。如今，它正跟自己那群猪崽在屋子底下的猪圈里一边拱土，一边快活地直哼哼。有时，它们吱哇乱叫的声音大得让屋里的人天都没法聊。但那声音依旧令人高兴，因为这意味着天气转冷，屠宰时节即将到来，白人马上就能吃上新鲜猪肉，黑奴们也有猪下水可吃。这意味着，所有人冬天都有吃的了。

斯嘉丽去方丹家这趟受到的鼓舞，比她自己料想的还大。初回塔拉那几周里，可怕的失落感和孤寂感令她备受折磨，但知道邻居、老朋友和朋友们的老家都幸免于难，顿时驱散了这些负面情绪。而不在军队所经之途的方丹和塔尔顿家种植园，都无比慷慨地与塔拉分享他们为数不多的食物。县里向来有邻居互助的传统，所以他们都不肯收斯嘉丽钱，说若易地而处她也会这么做，还说等塔拉来年有了收成，再还也不迟。

如今，斯嘉丽有食物给家里人吃，有一匹马，还有从北佬逃兵身上搜出的钱和珠宝。眼下，最要紧的是给大家添置新衣。她知道若派波尔克去南边买很冒险，因为无论遇到北佬还是邦联军队，马都可能被抢走。但至少，她有可以买衣服的钱，也有了代步的马和马车，波尔克跑一趟，没准儿也不会被抓。没错，最糟糕的时候已经结束。

每天早晨醒来，看到淡蓝色的天空和温暖的太阳，斯嘉丽都会感谢上帝。因为，每一个好天气都意味着必须穿暖和衣服的日子又推迟了一天。而每个温暖的日子，也能看到种植园上唯一的储藏室——空荡荡的黑人棚屋堆起更多棉花。地里的棉花比她和波尔克估计的多，或许能收到四包。很快，这些棚屋就能装满了。

即便上次挨了方丹老太太的训斥，斯嘉丽也不打算亲自摘棉花。她，奥哈拉家的小姐，如今塔拉庄园的女主人，竟要亲自下地干活，这是多么不可思议的事！那她岂不是跟一头乱发的斯莱特里太太和埃米一样了？她本打算带着几个正在康复期的姑娘料理家务，让几个黑奴下地干活，结果却遭遇到比她等级观念更强烈的对抗。波尔克、嬷嬷和普利西一听要下地干活，顿时嚷嚷开了，反复重申他们是管家的奴隶，不是下地干活的粗人。嬷嬷闹得尤其厉害，激烈地宣称她甚至连庭院里的活都没干过，还说她出生在罗比亚尔大宅，而非黑人棚屋。她从小就在老太太的卧室长大，一直睡在她床脚的草垫上。只有迪尔西什么都没说，眼睛一眨不眨地盯着普利西，直瞧得后者浑身不自在。

斯嘉丽才不理会这些抗议，把他们全赶进了棉花地。但嬷嬷和波尔克手脚实在太慢，还抱怨连连。斯嘉丽只好让嬷嬷回厨房做饭，让波尔克拿着罗网去林子里布陷阱抓野兔和负鼠、去河边放线钓鱼。波尔克觉得摘棉花有失身份，却并不介意外出打猎和钓鱼。

接着，斯嘉丽试着打发两个妹妹和玫兰妮下地干活，结果也没好到哪儿去。玫兰妮虽摘得又快又干净，但心甘情愿地顶着烈日干了一小时后，便悄无声息地昏倒了，之后就得在床上躺一周。苏埃伦干得闷闷不乐，眼泪汪汪。她虽然也装晕，但斯嘉丽一葫芦凉水浇到她脸上，她立马就醒了过来，像只生气的猫般唾沫四溅。最后，她干脆断然拒绝下地。

“我才不要像个黑奴一样在田里干活！你不能强迫我。要是我们的朋友听说这事该怎么想？要是——要是肯尼迪先生知道了怎么办？噢，要是妈妈知道……”

“苏埃伦·奥哈拉，你敢再提一句妈妈，我就立马给你一巴掌，”斯嘉丽吼道，“妈妈干活比这儿的任何一个黑奴都更努力，你这架子十足的千金小姐难道不知？”

“她才没有！至少，她没下地干活。你也不能让我下地干活。我要找爸爸告状去，他不会让你这么逼我！”

“你敢拿我们这些麻烦去叨扰爸爸！”斯嘉丽心烦意乱，既生妹妹的气，又担心杰拉尔德的情况。

“大姐，我来帮你，”卡伦听话地插嘴道，“我可以把苏埃伦那份一起干了。她还没好全，不该出来晒太阳。”

斯嘉丽感激地说了句“宝贝儿，谢谢你”，但还是一脸担忧地看着小妹妹。卡伦向来如果园里被春风吹散的花儿一样细嫩粉白，如今那张甜美多思的脸虽已失了粉色，却有种花儿般的恬静。醒来发现埃伦已逝、斯嘉丽变成悍妇、世界天翻地覆、每天都有做不完的活时，她就变得沉默寡言，还有点茫然无措。卡伦生性娇弱，很难改变自身适应新环境。她就是无法理解发生的一切，像个梦游者般在塔拉转悠，别人吩咐什么就做什么。她看起来很脆弱，事实上也的确脆弱。但她乐意做事、顺从又体贴。没按斯嘉丽的吩咐干活时，她手里总是捏着念珠，口中念念有词，为妈妈和布伦特·塔尔顿祈祷。斯嘉丽从未料到卡伦听见布伦特的死讯竟如此难过，心头的伤至今未愈。在斯嘉丽眼中，卡伦仍是“小妹妹”，还年轻得无法领会真正的爱情。

斯嘉丽顶着日头站在棉花地里，腰因为不停俯身，都快累断了。她那双手也被干棉桃弄得粗糙不堪。若有个妹妹，既有苏埃伦的精力，又有卡伦的甜美性情，那该多好！卡伦摘棉花摘得卖力又认真。但干上一小时后，身体还没好到能摘棉花的人显然是她，而非苏埃伦。于是，斯嘉丽只好让卡伦也回屋。

结果，长长的棉花田里只剩下斯嘉丽、迪尔西和普利西。普利西懒懒散散、时快时慢地摘着，不是抱怨脚疼背疼，就是嚷嚷肚子疼，说什么浑身没劲之类的话。最后，她妈妈操起一根棉花秆就抽，直抽得她放声尖叫。从那之后，她才稍微卖力了些，但也小心翼翼地躲着妈妈，让她再也打不着自己。

迪尔西就像台机器，始终不知疲倦地默默干着。被棉花袋压得腰酸背痛的斯嘉丽心想：迪尔西真是个千金不换的好人。

“迪尔西，等重新过上好日子，我一定不会忘了你今日的功劳。你真是个大好人。”

那古铜色肌肤、身材高大的女人没有像其他黑人一样，受到表扬不是咧嘴而笑，就是局促不安地扭动身子。她面无表情地转向斯嘉丽，庄重地说：“谢谢你，小姐。但杰拉尔德先生和埃伦小姐对我很好。杰拉尔德先生买下了我的普利西，让我再也不用难过，我不会忘记这点的。我是半个印第安人，印第安人从来不会忘记别人的好。我真为普利西难过，她太没用。看来，这丫头就跟她那个黑鬼老爸一样，反复无常、不负责任。”

虽然找个帮手不容易，自己亲自动手也很累，但看到田里的棉花慢慢进了小屋，斯嘉丽的精神还是随之振奋起来。棉花能给人一种可靠又稳定的感觉。塔拉庄园就是靠棉花致富，甚至整个南方也是如此。斯嘉丽身上的南方人特质足以让她相信：塔拉庄园和整个南方，都将靠这片红色田地再度崛起。

她收获的这些棉花当然算不上多，但终究也能起点作用，比如，换些邦联钞票回来。这样，她就能省下那北佬皮夹里的联邦绿钞和金币，到迫不得已时再用。明年春天，她要试试让邦联政府把大个儿萨姆和另外几个被征召的种田黑奴放回来。如果不成，她就用北佬的钱从邻居那儿雇几个下地干活的人。明年春天，她要播种，大种特种……她直起疲惫的腰，眺望渐渐变成棕色的秋日田野，仿佛看到明年的棉花苗一英亩连着一英亩，已开始茁壮成长。

明年春天！或许，明年春天战争就结束了，好日子也回来了。不管邦联胜利与否，日子都会好起来。只要不受双方军队的侵袭，总会好过些。战争结束后，种植园里的人才能踏踏实实地生活。噢，战争快点结束就好了！那样，人们播下种子，才能盼望收成！

如今已经有了希望。仗不可能一直打下去。她有了一些棉花，有食物、马，还攒了一小笔钱。没错，最糟糕的时候已经结束！

第二十七章

十一月的一个中午，大家围坐在一起，吃着嬷嬷用玉米粉和干越橘做的最后一道甜点。嬷嬷还往里面加了些芦黍糖浆，增加甜味。空气凉凉的，这是今年的第一阵凉意。波尔克站在斯嘉丽椅后，喜滋滋地搓着手问："斯嘉丽小姐，是不是该杀猪啦？"

"你已经等不及要吃油炸猪小肠了吧？"斯嘉丽咧嘴一笑，"嗯，我也想尝尝新鲜猪肉的味道啦。要是再这么冷几天，我们就——"

玫兰妮勺子还在唇边，就插嘴道："亲爱的，听！有人来啦！"

"有人在喊呢。"波尔克担忧地说。

一阵清晰的马蹄声随着凉爽的秋风而来，急促得好似人受惊时怦怦的心跳声。一个女人尖声高喊："斯嘉丽！斯嘉丽！"

一时间，众人惊恐地面面相觑，然后才拉开椅子，跳起身来。那声音虽然因恐惧而变得尖厉，但他们还是听出来人是萨莉·方丹。仅仅一个小时前，她去琼斯伯勒路过这儿时，还停下来跟他们聊了几句。此刻，大家匆忙挤到前门，就见她骑着一匹大汗淋漓的马飞驰而来，头发在身后乱飞，遮阳帽也挂在缎带上摇来晃去。她没有拉缰绳，发疯般朝他们奔来，同时拼命冲来时的方向挥舞胳膊。

“北佬来了！我瞧见他们了！沿着大路来了！北佬——”

马眼看着就要跳上前门台阶，她才狠命一拉缰绳，掉转马头。马儿猛然转身，三次腾跃便穿过侧边草坪。然后，萨莉就像在狩猎场上一般，纵马跳过了那道四英尺高的篱笆。听见沉重的马蹄声穿过后院，沿着黑人棚屋间的那条狭窄小径而去，众人知道，她这是要抄近道穿越田地，返回米莫萨。

大家呆呆地站了一会儿。然后，苏埃伦和卡伦就攥着彼此的手，抽抽搭搭地哭了起来。小韦德仿佛脚底生根般站在那儿瑟瑟发抖，却连哭都哭不出来。从离开亚特兰大的那晚以来，他一直害怕的事终于发生——北佬要来抓他了。

“北佬？”杰拉尔德茫然地问，“但北佬不是已经来过这儿了吗？”

“天哪！”斯嘉丽失声惊叫，对上玫兰妮惊恐的目光。霎时间，眼前又浮现出在亚特兰大最后一晚的恐怖画面、乡间处处焚毁的房屋，还有各种强奸杀人的传闻。她仿佛又瞧见那个捏着埃伦的针线盒，站在厅里的北佬。她想："我要死了，我要死在这儿了。我还以为大家都熬过这关了。我要死了，真是再也承受不住了。”

然后，她的目光落在那匹已经套好鞍具、拴在那儿、就等着波尔克骑去塔尔顿家办事的马上。她的马！她唯一的一匹马！北佬会把它、奶牛和牛犊都抢走。还有母猪和它那些猪崽——噢，当初辛辛苦苦，费了多少时间，才抓到那头母猪和那些灵活敏捷的猪崽哪！方丹家给她的公鸡、孵蛋的母鸡和那些鸭子，都会被北佬抢走。食品柜里的苹果和山芋，还有面粉、大米和干豌豆，以及那个北佬士兵皮夹里的钱……那些人会把所有东西抢走，留下他们活活饿死。

“他们休想拿走这一切！”斯嘉丽大吼一声。众人都吃惊地扭过头来，生怕她被这消息吓昏了头，“我再也不会挨饿！他们休想拿走这一切！”

“怎么了，斯嘉丽？怎么了？”

“马！奶牛！猪！他们休想拿走这一切！我绝不会让他们拿走这一切！”

她唰地转过身，面向四个挤在门口，已一脸死灰的黑奴。

“沼泽。”她飞快地说道。

“什么沼泽？”

“河边的沼泽啊，你们这些笨蛋！把猪赶进沼泽。你们都去。快！波尔克，你和普利西钻到屋子下，把那些猪弄出来。苏埃伦，你和卡伦拿篮子装吃的，能装多少装多少，装好就进林子。嬷嬷，把银器再藏到井里去。对了，波尔克！波尔克，听着，别再这么杵在这儿啦！带上爸爸，走！别问我，去哪儿都行！爸，你跟波尔克走。嗯，这样才是好爸爸！”

哪怕是在异常激动的情况下，她也想到杰拉尔德若看到蓝军装，本就恍惚的脑子或许会变得更糟。她站在原地绞着手，小韦德攥着玫兰妮的裙子，惊恐地呜呜直哭。他的哭声让斯嘉丽更六神无主。

“斯嘉丽，我该怎么办？”在周围的恸哭声和匆忙的脚步声中，玫兰妮的声音显得很平静。虽然面如白纸，浑身发抖，她这般平静的声音还是让斯嘉丽镇定了几分。玫兰妮的问题也表明：所有人都在等斯嘉丽的指点和吩咐。

“奶牛和牛犊在老牧场，”斯嘉丽飞快地说，“骑上这匹马，把它们赶进沼泽地，再——”

没等斯嘉丽说完，玫兰妮突然甩开韦德的手，冲下前门台阶，朝马跑去，边跑边撩起宽大的裙摆。斯嘉丽只见两条细腿、裙裾和衬裤一闪，玫兰妮就跨上了马鞍，两只脚高悬在马镫之上。玫兰妮收起缰绳，两边后跟夹了下马腹。眼看着马就要一跃而起，她又猛地把它勒住。

“我的孩子！”她喊道，“噢，我的孩子！北佬会杀了他！把他给我！”

她一只手按在马鞍上，正准备滑下来，就听斯嘉丽尖叫道：“走！快走！去赶母牛！我会照看孩子！我叫你快走！我难道会任由他们夺走阿希礼的孩子吗？快走！”

玫兰虽绝望地回头扫了一眼，还是狠狠夹了下马腹。马沿着车道冲向牧场，踩得一路碎石飞溅。

斯嘉丽想：“真没想到，玫兰·汉密尔顿居然会骑马！”然后，她便赶紧进了屋。韦德抽抽搭搭地跟在后面，一边哭，一边伸手去抓她飘飞的裙摆。斯嘉丽三步并作两步地冲上台阶，就瞧见苏埃伦和卡伦挽着橡木条篮子朝食品柜跑。波尔克则不大温柔地拽着杰拉尔德的一条胳膊，把他往后门廊上拖。杰拉尔德嘟嘟囔囔地发着牢骚，孩子似的不肯走。

嬷嬷尖厉的嗓音从后院传来：“普利西！赶紧下去，把那些猪崽递给我！你明知道我胖得钻不下去！迪尔西，快来管管你这不中用的丫头——”

“我还以为把猪关在屋子底下，任谁都偷不走是个好主意呢。”斯嘉丽边想，边朝自己房间跑，“唉，我干吗不在沼泽地为它们盖个猪圈？”

她一把拉开顶层抽屉，在衣服里一通乱找，终于找到那个北佬的皮夹。接着，她飞快地取出藏在针线篮里的独粒钻戒和钻石耳环，塞进皮夹。但该把皮夹藏哪儿呢？塞进床垫？放到烟囱上？扔进井里？放入怀中？不，绝对不行！紧身胸衣可掩不住皮夹的轮廓，北佬要是瞧见，肯定会把她扒光了搜身。

“他们若真那么干，我可活不成了！”她狂乱地想着。

楼下，急促的脚步声和各种抽噎声乱成一团。即便几欲发狂，斯嘉丽还是希望玫兰妮能在自己身边。玫兰的声音多镇静啊！她打死北佬那天，玫兰多勇敢啊！玫兰比其他三人都管用。玫兰——玫兰刚才说什么来着？噢，对了，孩子！

斯嘉丽抓起皮夹，冲过走廊进了屋。小博还在矮矮的摇篮里睡觉呢。她一把将他揽进怀里。宝宝醒了，挥舞着小拳头，昏昏欲睡地流口水。

斯嘉丽听到苏埃伦在喊：“走吧，卡伦！走吧！够啦！噢，小妹，快点！”后院，一片惊慌失措的尖叫声和气呼呼的哼哼声。斯嘉丽跑到窗边，瞧见嬷嬷两边胳膊各夹着一只拼命挣扎的猪崽，摇摇摆摆地匆匆穿过棉花田。波尔克跟在她后面，也夹了两只猪崽，还不住地推着身前的杰拉尔德。杰拉尔德脚步笨重地穿过一条又一条犁沟，边走边挥舞拐杖。

斯嘉丽从窗口探出身子，放声大喊：“迪尔西，把母猪弄出来！让普利西把母猪赶出来。你可以赶着母猪从田里过。”

兜着一围裙银餐具的迪尔西抬起头，那张古铜色的脸上苦恼极了。她指着屋子底下说：“老母猪咬了普利西一口，把她堵在下头出不来啦。”

“这母猪可真能干。”斯嘉丽这么想着，匆匆返回自己卧室，找出手镯、胸针、相框和银杯。这些从北佬尸体上搜出来的东西，之前都藏在她的卧室里。可是，现在该把它们往哪儿藏呢？一只手抱着小博，另一只手拿着皮夹和这些小首饰，还真是很不方便。她把孩子放到床上。

孩子一离开她的怀抱，就哇哇大哭。斯嘉丽倒灵光一闪，有了主意。还有哪儿能比孩子的尿布更好藏东西？她飞快地把孩子翻过来，拉起他的衣服，把皮夹塞进宝宝屁股下的尿布里。如此折腾，宝宝当然哭得更大声，两条小腿拼命踢腾。斯嘉丽连忙绑好他腿间的三角形尿布。

“好啦，”她深吸了口气，“现在可以去沼泽啦！”

她一只手搂住尖叫不止的孩子，另一只手攥着那些首饰，冲过楼上走廊。接着，她骤然停步，惊恐得双膝发软。屋里好静啊！静得可怕！他们都走了，只剩下她一个啦？没有一个人等她吗？她可没有让他们将她独自撇下呀。这种时候，一个单身女人什么事都可能遇到。而且，北佬就要来了——

一个微弱的声音吓了她一跳。她倏地转过身，只见被她遗忘的儿子正蹲在栏杆边，惊恐的眼睛瞪得老大。他想说话，喉咙里却发不出任何声音。

“起来，韦德·汉密尔顿。”斯嘉丽立刻命令道，“起来自己走。妈妈现在没法抱你。”

韦德就像只受惊的小动物般跑到她跟前，一把抓住她宽大的裙摆，就把脸埋了进去。斯嘉丽能感觉到那双小手在裙褶间摸索她的腿。她开始朝楼下走，每一步都能感受到韦德那双手的拖拽，于是厉声道：“韦德，放开！放开我，自己走！”孩子却反而抓得更紧。

走到楼梯平台，楼下的一切顿时映入眼帘。所有亲切熟悉、她无比喜爱的家具似乎都在低语：“再见！再见！”喉头哽咽。小账房的门开着，那儿是以前埃伦辛勤工作的地方。她还能瞥见老写字台的一角。餐厅里，椅子拉扯得乱七八糟，盘里还有剩的东西。地板上是埃伦亲手染色和编织的地毯。罗比亚尔外婆的旧肖像画也还在。画上的她半裸着胸脯，头发梳得高高的，鼻翼很深，让她脸上永远挂着一抹知书识礼的嘲讽笑容。每样东西都是斯嘉丽早年记忆的一部分，深植于她心底。“再见！再见，斯嘉丽·奥哈拉！”

北佬会把它们烧了——全烧了！

这是她最后一次看到这个家。等到在树林或沼泽的掩护下回首，或许就只能看到浓烟缭绕的高烟囱和在火焰中坍塌的屋顶。

“我离不开你。”她这么想着，牙齿却吓得打战，“我不能离开你。爸也不能。他曾对北佬说‘要烧就把我一起烧了’，那就让他们把我也一起烧了吧。我也不能离开你。如今，我只有你了。”

主意已定，心中的恐惧也跟着少了几分。然而，斯嘉丽仍觉得胸口堵得慌，仿佛所有希望和恐惧都冻住了。她站在原地，听见大道上传来很多声音：有马蹄声、辔头叮当声、军刀在刀鞘里的碰撞声，然后是一声刺耳的大喝：“下马！”斯嘉丽弯腰凑向旁边的孩子，声音急迫，却异常温柔地说：“韦德，宝贝儿，放开我！快下楼去，穿过后院，往沼泽地里跑。嬷嬷和玫兰姑妈都在那儿。快跑，亲爱的，别怕。”

听到妈妈口气变了，男孩抬起头。斯嘉丽被他的目光吓了一跳，顿觉这孩子真跟落入陷阱的小兔一样。

“噢，天哪！”她祈祷着，“但愿他别抽筋！别——在北佬面前抽，绝不能让他们看出我们害怕。”可孩子只是把她的裙子攥得更紧。她清楚明白地道：“韦德，拿出点小男子汉的样来。他们不过是群该死的北佬罢了！”

然后，她走下楼梯，迎向那些人。

舍曼带着军队从亚特兰大出发，穿过佐治亚，向海边进发。他身后是浓烟滚滚的亚特兰大废墟，因为这些人开拔时，在城中四处放火。舍曼面前是三百英里几乎不设防的邦联领土，除了少数州民兵团成员，就只剩地方志愿军里的那些老头和少年。

佐治亚州土地肥沃，种植园星罗棋布，庇护着女人、孩子、老人和黑奴。北佬在一片八十英里宽的地区抢劫、放火。成百上千的房屋被大火包围，成百上千户人家回荡着北佬的脚步声。但对斯嘉丽而言，看着那些穿蓝军装的家伙涌入前厅，可不是一件波及全国的事。相反，它完全关乎个人，是对她和她一家的恶意行径。

斯嘉丽站在楼梯下，怀里抱着宝宝。韦德紧紧依偎在她身旁，脑袋藏进她裙裾之间。北佬涌进屋，粗暴地从她身边挤过，冲上楼把家具拖到前门廊，操起刺刀和匕首就往家具垫衬里戳，翻找可能藏在里面的贵重物品。楼上的北佬撕开床垫和羽毛褥子，弄得走廊里全是羽毛。部分羽毛还晃晃悠悠地飘下来，落到斯嘉丽头上。无助地站在那儿，看着他们大肆洗劫，又是偷，又是砸，斯嘉丽心中最后那点恐惧也被无处发泄的怒火压下去了。

带队的是个中士，罗圈腿、头发花白，嘴里嚼着一大块烟草。他率先走到斯嘉丽跟前，毫不在意地冲地板和她的裙子乱啐唾沫，并直截了当地说："太太，把你手上的东西给我吧。"

她都忘了手里还拿着小首饰。本来是打算把这些东西藏起来的呀。她笑了，心想但愿自己能笑得跟画上的罗比亚尔外婆一样讥讽意味十足。她把东西往地上一扔，看着随之而来的疯抢，心中几乎腾起一股快意。

"麻烦你把戒指和耳环也取下来。"

斯嘉丽把宝宝抱得更紧了些。孩子小脸朝下，涨得绯红，顿时尖着嗓子哭了起来。斯嘉丽摘下石榴石耳环——这是杰拉尔德送给埃伦的结婚礼物。然后，她又取下查尔斯送的蓝宝石订婚戒指。

“别扔，把它们递给我。”中士说着，伸出双手，“那帮杂种已经捞得够多啦。你还有什么？”他目光锐利地看向斯嘉丽的紧身胸衣。

斯嘉丽一阵眩晕，仿佛已经感到那双粗暴的手伸进自己怀中，摸索她的吊袜带。

“就这么多。但我想，按照你们的习惯，是不是还得把受害者扒光？”

“噢，我相信你。”中士和善地说，又啐了口唾沫，转身离开。斯嘉丽把孩子抱正，努力哄着，一只手就按在藏皮夹的尿布上。感谢上帝，玫兰妮生了个孩子，而这孩子还在用尿布。

楼上一片嘈杂，她听见沉重的靴子四处践踏的声音、家具被拖过地板时抗议的“尖叫”声、瓷器和镜子碎裂的声音，还有没找到贵重物品的咒骂声。院子里有人高喊：“砍掉它们的脑袋！别让它们跑啦！”接着是母鸡绝望的咯咯声，以及鸭子和鹅嘎嘎的叫声。一声枪响，痛苦而尖厉的叫声骤然停歇。是手枪！斯嘉丽心头一痛，明白母猪没了。该死的普利西！扔下母猪自己跑了。但愿那些猪崽还平安！但愿家人都已平安逃进沼泽地！但情况究竟如何，根本无从知晓。

斯嘉丽默默地站在过道上，任由北佬在周围吵吵嚷嚷、骂骂咧咧。韦德惊恐地攥着她的裙子。虽然能感觉到他贴着自己的身子不住颤抖，斯嘉丽还是说不出安慰的话。无论是哀求、抗议，还是愤怒，她都无法对那些北佬吐出半个字。她只能感谢上帝，幸好双膝还足以支撑她站在那儿，幸好脖子还足够有力，让她能高昂起头。但看着一队大胡子士兵咚咚咚地走下楼，手里满是各种偷来的东西，其中竟然还有查尔斯的军刀时，斯嘉丽忍不住大叫起来。

那是韦德的军刀。那是他爸爸和他爷爷的军刀。男孩去年生日时，斯嘉丽将这把刀给了他。当时，他们举行了一场相当隆重的仪式，玫兰妮还哭了，骄傲又伤心地哭了。她想起过往，一边吻韦德，一边叮嘱他长大后一定要成为爸爸和爷爷那样勇敢的军人。韦德也十分骄傲，常常爬上桌，轻轻拍拍那把悬在头上的军刀。斯嘉丽可以忍受自己的财物被带出这座屋子，却痛恨那些陌生的手碰那把刀，碰她儿子引以为傲之物。韦德听到妈妈的喊声，从裙裾间抬起头，也在大哭中找到了说话的勇气。他伸出一只手，放声大喊："那是我的！"

"你不能拿走它！"斯嘉丽飞快上前，也伸出一只手。

"啊哈？不能？"拿着军刀的小个子士兵咧嘴一笑，放肆地冲她说道，"哼，我能！这是反叛分子的军刀！"

"不——不是，它是把经历过墨西哥战争的军刀。你不能拿走它。那是我儿子的，是他爷爷传下来的！噢，上尉，"斯嘉丽转向那位中士，大声道，"请让他把刀还给我吧！"

中士一听自己连升三级，开心地走上前。

"鲍勃，把刀给我瞧瞧。"他说。

小个子骑兵不情愿地把刀递给他，说："刀柄还是纯金的。"

中士把玩着刀，把刀柄举到阳光下，查看上面刻的字。

"'献给威廉·R.汉密尔顿上校，'"他辨认着，"'您英勇善战！全队敬赠，布埃纳维斯塔，1847年。'"

"哟，太太，"中士道，"我也参加了布埃纳维斯塔之战。"

"是吗？"斯嘉丽冷冷地说。

"当然，我跟你说，那场仗打得可激烈了。我从没在战场上见过那般激烈的战斗。这么说，这把军刀是孩子爷爷的？"

"嗯。"

“好吧，它可以留下。”手帕里有一包珠宝首饰，中士已经很满意。

“可那刀柄是纯金的。”小个子骑兵坚持道。

“留给她，也好让她记住咱们。”中士咧嘴一笑。

斯嘉丽接过军刀，连“谢谢”都没说。物归原主而已，干吗要感谢这些小偷？她把刀紧贴在身上，那小个子骑兵还在跟中士争论不休。

“老天做证，我也要干点什么，让这些该死的反叛者记住我。”二等兵大吼一声，就朝后院走去。因为中士终于没了好脾气，叫他别再废话，赶紧滚蛋。斯嘉丽总算松了口气。他们没说要烧房子，也没赶她走，好方便点火。或许——或许……一群人从楼上和屋外慢悠悠地走进厅堂。

“找到什么了吗？”中士问。

“一头母猪，几只鸡鸭。”

“还有点玉米，少量番薯和豆子。肯定是我们刚才瞧见的那个疯婆子骑马给他们报信了。”

“真是个保罗·里维尔[1]啊，是吧？”

“中士，这儿没什么东西。你已经有了点收获。我们还是赶在消息传遍全县前，赶紧走吧。”

“熏房底下挖过了吗？他们经常把东西藏在那儿。”

“这儿没熏房。”

“黑人棚屋搜过了吗？”

“除了棉花，什么都没有。我们已经放火把它烧了。”

霎时间，斯嘉丽仿佛又看到在棉花田里顶着烈日干活的日子，

1　保罗·里维尔（1735—1818），美国独立战争时期的爱国者，银匠，因1775年4月18日连夜将英军即将入侵的消息骑马驰报波士顿居民，使民军得以做好迎战准备而闻名。

也再次感觉到可怕的腰酸背痛和肩膀磨得皮开肉绽的痛。全白费了。棉花没了。

“太太，你们这儿真没多少东西，是吧？”

“你们的军队已经来过了。”她冷冷地说。

“这倒是。我们九月来过这一带。”其中一人转着手里的东西，说道，“我都忘啦。”

斯嘉丽看见他拿着埃伦的金顶针。从前，她多少次看着埃伦做针线活，这顶针就在她上下翻飞的指尖闪闪发亮呀。睹物思人，想起妈妈那双戴着顶针的纤纤玉手，斯嘉丽心中真是涌起太多悲伤的回忆。如今，顶针落到这个陌生人满是老茧的脏手中，很快就会被带到北方，套上某个北佬女人的手指。那女人还会为戴上这偷来的东西骄傲不已吧。埃伦的顶针！

斯嘉丽垂下头，不让敌人看到她哭了。泪水慢慢滑落，掉在宝宝头上。泪眼蒙眬间，她看到那些人朝门口走去，也听见中士粗鲁地高声下令。他们要走了，塔拉安全了。但想起埃伦的痛，还是让她高兴不起来。军刀相撞的声音和马蹄声几乎没给她带来什么安慰，她仍旧站在原地，顿觉虚弱无力。北佬沿着大道走了，个个收获颇丰，身上满是偷来的东西：衣服、地毯、画像、母鸡、鸭子和母猪。

然后，她闻到一股烟味，于是转过身。但紧张后突然放松的她实在太虚弱，根本顾不上那些棉花了。透过餐厅开着的窗户，她看见黑人棚屋缓缓冒出烟来。棉花没了，税金没了，他们过冬的钱也没了。除了眼睁睁地看着，她也无能为力。因为从前见过棉花着火，所以她知道哪怕一帮男人帮着扑救，也很难扑灭。感谢上帝，那些棚屋离大宅还远！感谢上帝，今天没有风把火星刮到塔拉的屋顶上。

她猛地转过身，僵硬得仿佛一根指针，惊恐地朝走廊那头望去。那是一条带遮棚的走廊，尽头就是厨房。厨房在冒烟！

她连忙把孩子放在走廊和厨房之间，甩开韦德，将他一把推到了墙上。她冲进浓烟弥漫的厨房，呛得连连咳嗽、眼泪直流，只得立马退了出来。但她用裙子捂住鼻子，又冲了进去。

屋里很昏暗。因为本就只有一扇小窗，眼下又全是浓烟，她几乎什么都看不见，却能听到火焰燃烧的嗞嗞声和噼啪声。她拼命挥开面前的浓雾，眯起眼睛细看，这才发现有不少细小火舌正爬过地板，朝四壁而去。有人把开放式壁炉里燃烧的木柴扒拉出来，扔了一地。干燥易燃的松木地板吸进火舌，又如喷水般将其喷了出来。

斯嘉丽赶紧冲回餐厅，顺手扯起一块破地毯，砰砰撞倒两张椅子。

“我没法把它扑灭——永远都扑不灭，永远！噢，上帝啊，要是有人帮帮忙就好了！塔拉要没了——没了！噢，上帝，那小个子坏蛋说要留点纪念，原来就是这个！噢，要是把刀给他就好了！”

走廊里，她从儿子身边经过，发现他抱着军刀躺在角落里。虽然闭着眼睛，脸上的神情却既温和，又异常平静。

“天哪！他死了！他们把他吓死了！”斯嘉丽痛苦地想着，但还是从他身边过去，直奔总是放在厨房门边过道上的那桶饮用水。

她把地毯一头浸入水桶，然后深吸一口气，再次冲进浓烟滚滚的厨房，并砰地关上了门。她摇晃着、咳嗽着，用地毯不住拍打那一道道迅速蔓延的火舌，仿佛要永远这么煎熬下去。长裙两次着火，她都用双手拍灭了。头发烧焦了，披散在肩头，她都能闻到难闻的焦臭味。火焰蹿得飞快，总赶在她前头扑上墙壁，如猛蛇般扭动着身子四处腾跃逃窜。疲惫席卷全身，斯嘉丽知道：

没希望了。

接着，门突然开了，涌进来的气流让火焰又腾高了几分。门又砰地关上了。盘旋缭绕的烟雾中，几乎半盲的斯嘉丽看到玫兰妮一边狂踩火焰，一边拿了个又黑又重的东西拼命扑打。斯嘉丽看见玫兰妮摇摇晃晃，听到她连声咳嗽，刹那间还瞥到她脸色苍白，双眼也被烟雾呛得眯了起来。斯嘉丽看着她娇小的身子一会儿后仰，一会儿前倾，又见她使劲地上下挥舞毯子。两人肩并肩地奋力扑火，斯嘉丽总算看到一条条火舌渐渐变短。然后，玫兰妮突然转向斯嘉丽，大喊一声，用尽全力砸向她的肩膀。斯嘉丽在浓烟中倒下，没入黑暗。

再次睁开眼睛，斯嘉丽发现自己躺在后门廊上，脑袋舒舒服服地枕着玫兰妮的大腿，午后的阳光照着她的脸。她的双手、脸和肩膀都被烧伤，疼痛难忍。黑人棚屋仍不断冒出烟来，把那排屋子都笼罩在浓烟中。烧起来的棉花味道浓烈刺鼻。瞧见厨房飘出一缕缕烟，斯嘉丽顿时发疯般地要起来。

但玫兰妮一把拉住她，平静地说："亲爱的，躺着别动。火已经扑灭了。"

她舒了口气，闭眼静静地躺了一会儿，听见宝宝咯咯咽口水的声音和韦德那令人放下心来的打嗝声。原来他没死啊，感谢上帝！她睁开眼，抬头望向玫兰妮的脸。玫兰妮的鬈发微微烧焦，脸也被煤灰弄得黑乎乎的，但她在笑，那双眼睛也闪着兴奋的光芒。

"你看起来真像个黑鬼。"斯嘉丽嘟囔着，又把脑袋疲惫地埋进那柔软的"枕头"里。

"而你看起来就像滑稽说唱团里的滑稽插话演员。"玫兰妮温和地回敬道。

"你干吗打我？"

“亲爱的，你背上着火了。但我没想到你就那么晕了。但上帝知道，你今天遭受的这些，足以丢掉性命……我一把牲口平安送进林子，就急匆匆地往回赶。想到家里只剩你和宝宝，我简直要急死了。北……北佬伤害你了吗？”

“你要是想问他们有没有强奸我，没有。”斯嘉丽呻吟着，费力地坐起身。玫兰妮的腿虽然软和，躺在门廊上却很不舒服，“但他们把所有东西都偷走了，所有东西。我们什么都没了——咦，你干吗这么开心？”

“我们没有失去彼此，孩子们好好的，房子也还在。”玫兰妮快活地说，“如今，除此之外，谁还能指望什么别的呢……天哪，小博尿了！北佬估计连他剩下的尿布都偷走了吧。他——斯嘉丽，他尿布里究竟放了什么？”

玫兰妮突然惊恐地伸出一只手，往宝宝背后一摸，掏出皮夹。一时间，她就那么愣愣地盯着皮夹，仿佛从没见过它似的。然后，她放声大笑，笑得无比欢畅，却无半点歇斯底里之意。

“也只有你才想得出这种点子。”玫兰妮大声感叹道，张开胳膊搂住斯嘉丽的脖子，连连亲吻，“你真是我所有姐妹中，最经得起打击的一个！”

斯嘉丽任由她抱着，一是因为她累得实在没力气挣扎，二是这些赞美之词很是抚慰人心，还因为在烟雾弥漫的昏暗厨房里，她也对自己这位小姑子生出了更深的敬意和更亲密的友情。

“说句公道话，”斯嘉丽不情愿地想，“每次需要她时，她都在。”

第二十八章

一场令人难以忍受的严霜后，寒冷的天气骤然而至。冷风呼呼地从门槛灌进来，把已经松动的窗玻璃摇得哐当作响。最后一批叶子落下，树都变得光秃秃的了。只有松树还披着绿装，冷冽幽暗地立在苍白的天空下。满是车辙的红土路冻得跟燧石一样硬，饥饿乘着寒风，横扫佐治亚。

斯嘉丽苦涩地想起跟方丹奶奶的那场对话。那不过是两个月前的一天下午，此时看来却有恍如数年之感。她对老太太说，最糟糕的情况她或许都经历过了。这番当时出自真心的话，现在看来简直像小女生在吹牛。舍曼的军队第二次洗劫塔拉之前，她多少还有些食物和钱，有更幸运的邻居施以援手，还有些能帮助挺过寒冬的棉花。现在，棉花没了，食物没了，钱买不到吃的，也失去了用处。而之前那几家邻居，如今的处境比她更惨。她至少还有一头奶牛、一只牛犊、几只猪崽和一匹马。邻居们除了藏在林子和埋在地下的一点东西，再无其他。

塔尔顿家的费尔希尔庄园被烧得精光，塔尔顿太太和四个女儿只能住在监工屋里。芒罗家在洛夫乔伊附近的屋子也被夷为平地。米莫萨的木厢房被烧了。多亏正屋的灰泥墙厚实，加上方丹家的几个女人和黑奴们用湿毯子和被单疯狂扑救，才总算保住屋子。卡尔弗特家虽然靠北佬监工希尔顿说情再次保住房子，却连一头牲口、一只家禽、一根玉米都没剩下。

塔拉乃至全县，都要面临吃食问题。大多数家庭除了仅剩的一点番薯、花生和在林子里打到的野味，别无其他。可他们还是像从前日子顺遂时一样，人人都愿意与更不幸的朋友们分享。但没过多久，就再无可分享之物。

在塔拉，如果波尔克运气好，大家就能吃上野兔、负鼠和鲇鱼，其他时候，便只有少量牛奶、山核桃、烤橡果和番薯果腹。他们老是饿得慌。斯嘉丽觉得无论朝哪儿看，都能瞧见伸出的双手和哀求的目光。众人的样子几乎要把她逼疯，因为她也一样饥饿。

斯嘉丽下令宰掉牛犊，因为它实在喝了太多宝贵的牛奶。那天晚上，每个人都吃了不少新鲜小牛肉，全撑得难受。斯嘉丽知道自己应该宰头小猪，但还是一天又一天地往后拖，想把它们再养大些。那些猪崽实在太小，若现在就宰，他们也吃不到多少肉。如果再养一段时间，能多不少肉呢。每天晚上，她都跟玫兰妮争论是否能派波尔克带些绿背纸币，骑马去买些食物。然而，她们又怕马和钱都可能被抢走。谁也不知道北佬在哪儿，或许在千里之外，也可能只与他们相隔一条河。一次，绝望中的斯嘉丽想亲自骑马出去找吃的，但全家人都担心北佬，歇斯底里地大声反对，迫使她放弃了这个计划。

波尔克出门找吃的，有时走得远了，一宿都不回来。斯嘉丽从不过问他去了哪儿。有时，他能带回野味，有时是几根玉米、一包干豌豆。有次，他带了只公鸡回家，说是林子里找到的。全家人饱餐一顿，却都心中有愧。因为大家非常清楚，鸡是波尔克偷来的。豌豆和玉米也是他偷的。不久后的一天夜里，全家人都睡下很久了，波尔克才敲响斯嘉丽的房门。他局促不安地将自己一条挨了枪子儿的腿拿给斯嘉丽看。斯嘉丽替他包扎时，他尴尬地解释说自己到费耶特维尔后，在试图溜进一家鸡舍时被人发现了。斯嘉丽没问是谁家的鸡舍，只轻轻拍着波尔克的肩膀，眼里涌出了泪水。黑奴虽然有时惹人讨厌，又蠢又懒，但他们身上也有金钱都买不到的忠诚。只要觉得跟自己的白人主子是一家，他们就算冒生命危险，也要让家中的餐桌上有吃的。

若是以前，波尔克这种小偷小摸的行径可是很严重的，极有可能招来一顿鞭子。若是以前，斯嘉丽至少得狠狠训斥他一顿。“亲爱的，你要永远记得，”埃伦曾说，“上帝将这些黑奴交托给你，你就要为他们的身体健康和思想道德负责。你必须明白他们就像孩子，所以你也得像守护孩子般守护他们，并始终为他们做好榜样。”

但此刻，斯嘉丽将这番训诫抛之脑后。她不仅鼓励偷盗行为，或许鼓励的还是去偷境况比他们更惨的人家，并再也不会为此良心不安。其实，这事道不道德她并不怎么在乎。相比惩罚或斥责，她更遗憾他挨了枪子儿。

“波尔克，你得更小心些呀。我们不想失去你。要是离了你，我们该怎么办？你一直这么好、这么忠诚，等我们又有了钱，我一定要给你买块大金表，还要在上头刻一句《圣经》里的话：‘干得好，出色又忠诚的仆人。’”

波尔克被夸得笑开了花，小心翼翼地揉着自己那条已经包扎好的腿。

“斯嘉丽小姐，你这话听起来真不错，但我们什么时候才能有钱呢？”

“我不知道，波尔克。但我总会想办法弄来。”她有意瞥向他，却又似并未看他。那饱含苦涩的目光，让波尔克不自在地动了动，“总有一天，等战争结束，我要赚很多很多钱。等有了钱，我就再也不会挨饿受冻。我们都不会再挨饿受冻。我们会穿上好衣服，每天都吃炸鸡，还要……”

她突然住了嘴。因为塔拉有条她亲自制定并强制执行的最严规矩——谁都不能提过去吃得多好，也不能说若有机会，现在想吃什么。

波尔克悄悄溜出房间时，她仍闷闷不乐地凝望远方。在早已逝去，再不复返的过去，生活那般丰富多彩，也有无数错综复杂的问题。比如，怎样赢得阿希礼的爱，同时又让其他十几个追求者既不开心，又不甘放弃；犯了小错后要如何隐瞒，才能不让长辈们知晓；如何嘲笑或安慰嫉妒她的姑娘；该选什么风格和质地的裙子；要尝试各种发型……噢，太多了，要考虑的事太多太多！如今，生活却如此简单，重要的事只有三件——东西够吃不用挨饿、衣服够穿不必受冻，以及头上的屋顶不会漏得太厉害。

正是这段日子里，斯嘉丽开始不停地做噩梦。之后数年，那个梦一直缠着她不放。她总是做同一个梦，连细节都毫无变化。但每梦到一次，恐惧就加深一分，后来她甚至醒着时也担惊受怕，唯恐入睡后再做那个梦。第一次做那个梦的情景，她至今记忆犹新。

冷雨一连下了数日，屋里很潮湿，穿堂风吹得人直打哆嗦。壁炉里的木头受了潮，冒着烟，也不见散发出多少热气。从早餐起，除了牛奶，再没别的东西可吃。番薯吃光了，波尔克捕兽的陷阱和钓鱼的钓线都一无所获。要是再没吃的，明天就得杀一只猪崽了。黑人白人，全都绷着一张饥饿的脸盯着她，无声地祈求吃食。看来，必须冒着失去马的危险，派波尔克出去买点东西了。韦德偏偏这时候喉咙痛、发高烧，既请不到医生又找不到药，真是雪上加霜。

斯嘉丽守着儿子，后来实在又累又饿，打算上床打个盹，便把孩子托付给玫兰妮照料一会儿。然而，她双脚冰凉，辗转反侧，就是睡不着，恐惧和绝望沉甸甸地压在心头。她反复思量："我该怎么办？该去哪儿求助？这世上还有人帮得了我吗？"这世界怎么连安全都无法保障了？为何没有一个人、一个强壮又睿智的人来接下她身上的重担？她不是生来挑这副担子的人哪，她不知道该如何挑起这副担子。想着想着，她不安地睡着了。

她来到一片陌生乡野，这儿浓雾缭绕，伸手不见五指。脚下的大地摇晃不已。这是一片鬼怪出没之地，静得骇人。她迷了路，跟夜里迷路的孩子般惊恐万分。她又冷又饿，生怕周围的浓雾里潜藏着什么东西。她想尖叫，却发不出任何声音。雾中有东西伸出手指来扯她的裙子，想把她拖入脚下震颤不已的大地。那是无声又残酷的鬼爪啊！然后，她知道这片阴暗朦胧之处有个避难所，去那儿就能得到庇护、帮助和温暖。但它在哪儿？她能及时赶到，不被这些鬼爪拽住，扯入流沙般的地下吗？

突然，她跑了起来，发疯般穿过浓雾，呼喊着、尖叫着，挥舞着胳膊，想抓住什么，结果只抓到空气与湿漉漉的雾。那避难所在哪儿？虽然老躲着她，但它就藏在什么地方，要是能找到就好了！只要找到，她就安全了！但恐惧让她双腿发软，饥饿让她头脑发晕。她绝望地大吼一声，醒了过来，看到玫兰妮一边伸手想把她摇醒，一边满脸忧虑地俯视着她。

从此以后，斯嘉丽只要空着肚子上床睡觉，就会一遍又一遍地做这个梦。而肚子空空的时候实在太多。斯嘉丽惊恐万分，怕得甚至不敢睡觉。虽然一个劲地告诉自己这个梦没什么好怕的，除了身处雾中，再没什么别的东西，什么都没有，可一想到要落入那片大雾弥漫的乡野，她就怕得不行，于是开始跟玫兰妮同睡。只要她开始呻吟或抽搐，再次落入那个噩梦的钳制，玫兰妮就会把她弄醒。

压力之下，斯嘉丽日渐苍白消瘦。她的脸失去了圆润的美丽轮廓，颧骨变得越来越凸出，眼梢微翘的绿眸显得更大，让她看上去活像只潜行的饿猫。

“哪怕没有梦见那些东西，白天也像一场噩梦。”斯嘉丽绝望地想着，并开始从每天的口粮中省下一点，留到临睡前吃。

圣诞时，弗兰克·肯尼迪带了几个军需部的人，一路颠簸着来到塔拉，想为军队征集些粮草和军马，结果都是徒劳。一行人衣衫褴褛，看上去就像队流浪汉。他们骑的马也又跛又喘，显然已经糟糕得无法再继续服役。这些人也跟他们的马一样，是被前线淘汰的伤兵残兵。除了弗兰克，其他人不是少了条胳膊、瞎了只眼睛，就是关节僵硬。他们大多数都穿着从北佬俘虏身上扒下来的蓝军装，塔拉的人乍一看还吓了一跳，以为舍曼的人又回来了。

那晚，一行人留在种植园过夜，睡在客厅地板上。他们已经好几周没在屋里睡过觉，一直风餐露宿，不是睡在松针上，就是躺在坚硬的土地上，这会儿能舒展四肢躺在丝绒地毯上，真可谓是奢侈的享受。除了胡子脏点，衣服破点，他们仍是群教养良好的人，个个幽默风趣，又是聊天，又是开玩笑。他们也会恭维人，并且非常高兴不仅能在大房子里过平安夜，还能如昔日般，过节时身边有美丽女士相伴。他们拒绝严肃地讨论战争，净扯些无礼的瞎话，逗得姑娘们哈哈大笑。多日以来，这座被洗劫一空的大宅也首次有了轻松愉快的节日气氛。

“这几乎跟我们过去开家庭宴会差不多了，不是吗？”苏埃伦快活地冲斯嘉丽耳语道。又能在家中见到自己的追求者，苏埃伦简直乐开了花，眼睛始终不离弗兰克·肯尼迪。斯嘉丽惊讶地发现苏埃伦虽然病后一直很瘦，但此刻几乎算得上漂亮，不仅脸颊绯红，眼里也闪着柔光。

“她还真喜欢他呀。”斯嘉丽轻蔑地想，“要有了丈夫，她说不定真能通情达理起来，哪怕她丈夫是那个又老又斤斤计较的弗兰克。”

那晚，卡伦也振奋了些，眼里少了几分梦游般的神色。她发现其中一人认识布伦特·塔尔顿，并在塔尔顿阵亡当天还跟他在一起，便决定饭后要跟此人好好私下聊聊。

晚饭时，玫兰妮迫使自己一改往日羞怯，几乎算得上活泼大方。她跟一个独眼士兵有说有笑，就差没调情了。那士兵也加倍殷勤，以回报她的厚爱。斯嘉丽知道玫兰妮这么做，身心都得付出巨大努力，因为她面对男人向来羞怯难当。而且，她身子远未恢复，还硬说自己好了，干的活甚至比迪尔西还多。但斯嘉丽知道她还虚弱，每次一提什么东西就脸色发白，费劲干了什么活后，就会突然坐下去，仿佛双腿再也支撑不住身体。但今晚，她跟苏埃伦和卡伦一样，使尽浑身解数，就为让士兵们过一个快活的平安夜。只有斯嘉丽，并不因来了客人而高兴。

晚餐时，士兵们拿出各自的烤玉米和熏猪肉，嬷嬷又送上了干豌豆、炖干苹果和花生。难怪他们连连宣称这是数月来最丰盛的一顿饭。斯嘉丽看着他们吃，心里很不舒服。他们吃下的每一口食物，都让她吝惜不舍。同时，她也提心吊胆，生怕波尔克昨天才宰掉的一只猪崽被他们发现。此刻，猪崽就吊在配餐室里。斯嘉丽已经严厉警告过全家人，谁要是敢向客人提一句猪崽的事，或说起它那些平安待在沼泽地猪圈的兄弟姐妹，她就挖掉谁的眼珠子。那帮恶鬼一顿就能吃掉一只猪崽。而且，他们若知道还有活猪，非得把它们都征作军粮不可。斯嘉丽也很担心奶牛和马，后悔不该把它们拴在牧场边的林子里，没藏进沼泽。军需队若征走她的牲口，塔拉庄园很可能挺不过这个冬天。那些东西都是无可替代的呀。至于军队吃什么，她才不关心。就让军队自己养活自己吧，他们总能想到办法的。而她要养活自己这一家人，已经够难的了。

士兵们从背包里掏出“通条卷”当甜点。斯嘉丽还是第一次见到这种邦联军队食品，关于它的笑话简直跟虱子一样多。这种烤焦的螺旋形食品很像木头，士兵们怂恿斯嘉丽尝尝。她咬了一口，才发现被烟熏黑的表皮下，原来是没加盐的玉米面包。士兵们把自己分到的玉米面加水调好，能弄到盐时也会加一点。然后，他们便把面糊裹到枪的通条上，裹得厚厚的，放到营火上烤。这东西像冰糖一样硬，如锯末般毫无滋味。斯嘉丽只咬了一口，就匆匆塞还给他们，引得众人一阵哄笑。斯嘉丽与玫兰妮目光对视，看两人神色，分明都是相同的想法：“如果只吃这种东西，他们可怎么打仗？”

这顿饭吃得相当愉快，就连坐在首席、心不在焉的杰拉尔德，也在浑浑噩噩间唤起些许身为主人该有的礼仪，还扯出一抹捉摸不定的微笑。男人们聊天，女人们就微笑着恭维。不过，斯嘉丽突然转向肯尼迪，想问问佩蒂帕特小姐的情况。但一看到他脸上的表情，她竟忘了自己想说什么。

弗兰克的目光已经从苏埃伦身上移开，正在屋里四下打量，先瞧瞧杰拉尔德那双孩子般困惑的眼睛，然后看看没有地毯的地面，接着逐一打量那没有任何装饰品的壁炉，弹簧松了，垫衬也被北佬刺刀划破的沙发，餐具柜上方开裂的镜子，劫掠者来之前挂过画像，如今矩形印记仍未褪去的那块墙面，为数不多的几样餐具，姑娘们身上细细补缀过的旧衣裳，以及韦德身上那件用面粉袋做的苏格兰褶裥短裙。

弗兰克想起战前的塔拉庄园，脸上现出痛心之色，神情间隐含着某种疲惫又无力的愤怒。他爱苏埃伦，喜欢她的姐妹，敬重杰拉尔德，也真心喜爱这座种植园。舍曼的军队横扫佐治亚后，弗兰克骑马到州内各处征收补给时，也曾见过很多骇人的场面。然而，那些情景都不如塔拉此刻给他的感触深。他想为奥哈拉家，尤其是苏埃伦做点什么，可他什么都做不了。于是，他下意识地咂着嘴，同情地摇晃起满脸络腮胡子的脑袋，却正好撞上斯嘉丽的目光。看到后者骄傲又愤怒的眼神，他赶紧垂下眼帘，尴尬地看向自己的盘子。

姑娘们渴望得到消息。亚特兰大陷落后，邮政服务就停了。四个月来，她们完全不知道北佬到哪儿了、邦联军队情况如何，也不知道亚特兰大和老朋友们怎么样了。弗兰克因为工作跑遍全州，消息简直跟报纸一样灵通，或者甚至还能胜过报纸。因为从梅肯北部到亚特兰大，他几乎每个人都认识，要么就跟他们沾亲带故。所以，报纸向来忽略的私人趣闻，他多少还是能提供一些。为掩饰被斯嘉丽撞破的尴尬，弗兰克赶紧开始传达新闻。他告诉众人，邦联军队在舍曼离开亚特兰大后，重新占据该城。但这场胜利毫无价值，因为全城都被舍曼烧光了。

“但我离开那晚，亚特兰大不就烧了吗？”斯嘉丽不解地大声问道，“应该就是我们的人烧的！”

“噢，不，斯嘉丽小姐！”弗兰克震惊地嚷道，“我们从不烧自己的城市，何况城中还住着我们的百姓！你看到的，只是起火的军需仓库和物资。我们不想让那些东西落入北佬手中。我们还烧了铸造厂和弹药库，除此之外，再无其他。舍曼占领城市时，房屋和商店都完好无损，他还让自己那些兵住进去了呢。”

“那百姓怎么样了？他——他杀人了吗？”

“杀了一些，但不是枪杀的，”那个独眼士兵愤怒地说，“他的部队一进城，他就告诉市长让全城百姓撤离，一个活人也不让留。很多老人经不起奔波，不少病人也不宜挪动。还有些太太小姐——她们也不宜挪动。当时那场暴风雨真是史无前例地大呀，可舍曼还是把成百上千人赶出了城，扔在拉夫雷迪附近的林子里。然后，那家伙还捎信给胡德将军，叫他把百姓领走。结果，很多人受不住这种折磨，得肺炎死了。”

“噢，他干吗要那样？百姓又伤害不到他。”玫兰妮嚷道。

“他说他的人马要在城中休息。”弗兰克道，“他们休整到十一月中，接着便突然撤离，走时点了把火，把全城烧得精光。”

“噢，不会都烧光了吧！”姑娘们惊愕地大声问道。

那座她们熟悉的热闹城市，那座满是百姓和士兵的城市就这么完了，简直难以置信。树荫下那一座座漂亮的房子、那么多大商店和漂亮旅馆……肯定不可能全没了！玫兰妮那样子似乎随时都会落下泪来。那可是她出生的城市，是她唯一的家呀。斯嘉丽也心下一沉，因为除了塔拉，她最爱的就是亚特兰大。

“呃，差不多没了。”弗兰克看到她们的表情，不安地连忙找补，并努力摆出一副快活的神色，因为他可不想让女人难过。每次女士们不开心，他也不开心，还觉得甚是无助。他没勇气把最糟糕的情况告诉她们，还是由别人来说吧。

邦联军队重新进入亚特兰大时看到的悲惨景象，他一句都没敢说。大量焦黑的烟囱立在废墟上，烧了一半的垃圾和一堆堆坍塌下来的砖块堵住了街道，老树被火烧死，焦黑的枝干在寒风中倒了一地。弗兰克想起当时的场景让他多难受，想起邦联士兵见到城市废墟时的咒骂。他希望女士们永远不知道墓地被洗劫的惨事，她们若知道了，肯定一辈子都恢复不过来。查尔斯·汉密尔顿和玫兰妮的父母都葬在那儿。那座墓地的惨状，弗兰克如今想起来，仍觉得犹如噩梦。北佬士兵砸烂有拱顶的墓穴，挖开坟墓，搜寻陪葬的珠宝。他们打劫死人，卸下棺木上的金银名牌、银饰品和银把手。骸骨和尸体乱七八糟地扔在劈开的棺木里，就那么暴露在光天化日之下，真是可怜至极。

弗兰克也没法告诉她们猫狗的情况，因为女士向来宝贝宠物。既然主人都被那般粗暴地赶出了城，那数千只饥饿的小动物当然也无家可归。弗兰克也爱猫狗，所以看到它们的境遇，震惊丝毫不亚于目睹墓地的情景。动物们惊骇万分、饥寒交迫，变得跟林中兽般野性十足。强壮的攻击弱小的，弱小的等待更弱的断气，自己好拿尸体果腹。一片废墟的城市上方，红头美洲鹫叼起一具具美丽而不幸的小尸体，玷污了冬日天空。

弗兰克搜肠刮肚，想找些温和点的消息，也好让姑娘们心里好受些。

“有些房子还在，”他说，“建在开阔的空地，离其他房子还有段距离的那些都没着火。教堂和共济会会堂都在，还有几间店铺也还在。但商业区、铁路沿线和五角广场……唉，姑娘们，那部分全都被夷为平地了。”

“这么说，”斯嘉丽苦涩地嚷道，“查尔斯留给我的那间货栈，就是铁路边的那间……也没了？”

“如果靠近铁路，那就没了，但——”他突然笑了。之前怎么忘了这事？“振作起来，姑娘们！你们佩蒂姑妈的房子还在呢。虽然遭到一些破坏，但它还在。”

“噢，它是如何逃过一劫的？”

“呃，那是板岩屋顶的砖砌房。全亚特兰大，只有她家是板岩屋顶吧。我猜，估计正因为如此，火星落在上面才没烧起来。而且，它是城北最后一座房子，那边火势不怎么猛。当然，驻扎在屋里的北佬拆了不少东西，他们甚至把护墙板和红木楼梯扶手都拆下来当柴烧了。但是，没关系啦！房子大体上还好。上周我在梅肯见到佩蒂小姐时……”

“你见到她了？她怎么样？”

“很好。很好。我告诉她房子还在时，她立马决定回去。也就是说——如果那个老黑奴彼得让她回去的话。很多亚特兰大人都回去了，因为他们很担心梅肯也会出事。舍曼虽然没有占领梅肯，但人人都怕威尔逊的突击队很快就会到达。他可比舍曼更坏。”

“但如果房子都没了，他们回去岂不是太傻！住哪儿呢？”

“斯嘉丽小姐，他们住帐篷、棚屋和木屋，或者六七户人家挤在幸存的几座房子里。人们也在努力重建家园。好啦，斯嘉丽小姐，可别再说人们傻。你跟我一样了解亚特兰大人。他们是铁了心要待在那座城市，就像查尔斯顿人铁了心都不离开查尔斯顿一样。北佬和一场大火，根本无法将他们赶走。对不起，玫兰小姐，但我还是要说，对于这座城市，亚特兰大人简直跟骡子一样倔。不知为何，我总觉得亚特兰大是个莽撞又放肆的地方。但我生来就是个乡下人，一向不喜欢城市。而且，我跟你说，先回去的都是聪明人。最后一批回去的会发现自己的房子连一根木头，或一块砖石都不剩了。因为，人人都在满城搜罗材料，重建房屋。就在前天，我还看到梅里韦瑟太太、梅贝尔小姐和她们家那个黑奴老太婆推着辆独轮车，到处捡砖头呢。米德太太告诉我，等医生能回来帮忙时，她就盖一座木屋。她说自己刚到亚特兰大时就住的木屋，所以现在再住也没关系。当时，亚特兰大还叫‘马撒斯维尔’呢。当然，她不过是在开玩笑，但也能从中看出大伙的想法，不是吗？”

“我觉得大家都很有志气，”玫兰妮骄傲地说，“你说是吧，斯嘉丽？”

斯嘉丽点点头，为自己这第二故乡感到喜悦又骄傲。弗兰克说得没错，那就是个莽撞又放肆的地方，所以才让她如此喜爱。它不像老城那般迂腐守旧，而是跟她一样，有种生气勃勃的冲劲。“我就像亚特兰大，”斯嘉丽想，“北佬和一场大火，休想把我打倒。”

“斯嘉丽，如果佩蒂姑妈要回亚特兰大，我们最好也回去，跟她一起住。”玫兰妮开口，打断了她的思绪，“她一个人住会吓死的。”

“玫兰，这会儿我怎么能走？”斯嘉丽气愤地问，“你要这么着急走，那就走吧。我不拦你。”

“噢，亲爱的，我不是这个意思。”玫兰妮急得脸都红了，大声道，“我真欠考虑！你当然不能离开塔拉，我——我想，彼得大叔和厨娘肯定会照顾好姑妈的。”

“这儿可没人拦着你。”斯嘉丽不耐烦地甩出这句话。

“你知道我不会离开你的。”玫兰妮应道，“而且我——我离了你，也会吓死。”

“随便，反正别让我回亚特兰大。等那些人盖起几座房子，舍曼又会回来把它们烧掉。”

“他不会再回来了，”弗兰克虽努力克制，还是垂下了脸，“他已经横穿本州，朝海边而去。萨凡纳本周已被占领，据说北佬正在往南卡罗来纳进发。”

“萨凡纳被占领了！”

“是啊。唉，姑娘们，萨凡纳无论如何都守不住。那儿兵力不够，但每个双脚能动的都上了。知道吗，北佬刚向米利奇维尔进发，他们就召集了军校里的所有学员，不管年纪多小，通通征召。为补充新兵，甚至州立监狱都开了。没错，先生，他们不仅释放了每个愿意参战的犯人，还答应他们只要能活下来，就可获释。一想到那些年轻的军校学员跟小偷和杀人犯编在一支队伍里，我就毛骨悚然。”

“把犯人放出来害我们！”

“噢，斯嘉丽小姐，别担心。他们离这儿还远。再说，他们正在变成好士兵。我想，哪怕当过小偷，也不一定就做不了好兵，对吧？”

“我觉得这是个好主意。”玫兰妮柔声道。

“哼，我可不觉得。”斯嘉丽断然道，“乡下如今已经小偷横行，再加上北佬和……”她虽及时住嘴，男人们还是笑了起来。

“再加上北佬和咱们军需队。”他们把话补全，斯嘉丽羞红了脸。

“不过，胡德将军的部队在哪儿？”玫兰妮赶紧插嘴，“他肯定能守住萨凡纳的呀。”

“唉，玫兰妮小姐，”弗兰克吃了一惊，责备道，“胡德将军压根不在那一带。他一直在田纳西打仗，想把北佬引出佐治亚。”

“他这小算盘打得真不错！”斯嘉丽大声讽刺道，“他任由那些该死的北佬横穿本州，却只留下学生、罪犯和地方志愿军保护我们。”

“女儿，”杰拉尔德打起精神，“听听你这满嘴粗话，你妈妈会伤心的。”

“他们就是该死的北佬！”斯嘉丽激动地嚷道，“我从没想过用别的方式称呼他们。”

有人提起埃伦，大家都觉得别扭，谈话戛然而止。玫兰妮再次插嘴。

“你在梅肯时，见过威尔克斯家的英迪亚和霍尼姐妹吗？她俩——她俩有没有阿希礼的消息？”

“噢，玫兰妮小姐，你知道的，我要是有阿希礼的消息，肯定会立刻从梅肯骑马过来通知的呀。”弗兰克责备道，“没，她们什么消息都没，但——玫兰小姐，你不必担心阿希礼。虽然是有好一阵子没他的消息了，但关在监狱的人，哪儿能指望有什么消息传出来呢？而且，北佬的监狱也不比我们的糟。毕竟，他们那儿能吃饱饭，药和毯子也不缺。他们不像我们——我们自己都吃不饱，哪还顾得上俘虏。”

“噢，北佬的确物资充足。”玫兰妮愤恨道，“可他们不会把东西给俘虏呀。肯尼迪先生，你知道的，他们不会！你刚才那么说，不过是为了让我好受些罢了。你知道我们的士兵在那儿冻死、饿死、因为没医生和药而死。一切都因北佬痛恨我们！噢，要是能把这世上的北佬都杀光就好了！噢，我知道阿希礼已经——”

“闭嘴！”斯嘉丽喝道，心都差点跳到嗓子眼。只要没人说阿希礼死了，她就始终怀着一丝希望，认为他还活着。但她觉得，若有人说出那句话，阿希礼就真会在那一刻死去。

“欸，威尔克斯太太，你真不必担心丈夫。”那个独眼士兵安慰道，“第一次马纳萨斯之战后，我也被俘虏了，后来才在交换战俘时回来。之前在监狱时，他们给我们肥肉、炸鸡和热饼……”

“你肯定在撒谎。”玫兰妮扯出一抹浅笑。斯嘉丽第一次见她在男人面前如此有精神，“是吧？”

“可不是吗。”独眼士兵拍着大腿，哈哈大笑。

“大家若愿意去客厅，我就给你们唱几首圣诞颂歌。”玫兰妮很高兴能换个话题，“钢琴是北佬搬不走的东西之一。但苏埃伦，这东西是不是跑调跑得厉害？”

“相当厉害。”苏埃伦应道，快活地冲弗兰克展颜一笑。

众人都往客厅而去，弗兰克却落在后头，扯了扯斯嘉丽的袖子。

“能跟你单独聊聊吗？”

斯嘉丽顿时一惊，生怕他要问自己牲口的事，于是赶紧提起心来，准备撒谎。

等屋里的人都走光了，他们便站在炉火边。弗兰克在人前装出的那副快活模样不见了，斯嘉丽这才发现他看起来真像个老头。那张脸干瘪枯黄，就像塔拉草坪上被风吹得四处翻飞的落叶。姜黄色的胡须稀疏杂乱，还白了不少。他心不在焉地扒拉着胡子，又讨厌地清了清喉咙，才开口说话。

“斯嘉丽小姐，你母亲的事我很难过。”

“请别说这个。”

“而你爸——他变成这样，是不是从……”

“嗯……他……你也瞧见了，他不太正常。”

“他的确很重视她。”

“噢，肯尼迪先生，求你，我们别谈……”

“抱歉，斯嘉丽小姐，”他紧张地来回划拉着脚，“其实，我本想跟你爸商量此事。但现在，我看是没法谈了。”

“或许我可以帮你，肯尼迪先生。你瞧——这个家现在归我管。”

“呃，我……”弗兰克一开口，又开始紧张地揪胡子，“其实……呃，斯嘉丽小姐，我想跟你爸求娶苏埃伦小姐。”

“你是说，”斯嘉丽觉得既惊讶，又好笑，大声问道，“你一直没跟我爸提过亲？你都追了她多少年了呀！”

他红了脸，尴尬地笑了笑，那模样就跟害羞又窘迫的小伙一般。

“呃，我……我不知道她愿不愿意嫁给我。我可比她大得多，而且……有那么多帅气的小伙在塔拉周围转悠……”

“哼！”斯嘉丽想，“他们是围着我转，才不是围着她！”

“而且，我不知道她会不会要我。我从未问过她，但她肯定知道我的心意。我——我本该征求奥哈拉先生的同意，向他坦白一切。斯嘉丽小姐，我现在身无分文，但请原谅我提起往事，我从前倒是挺有钱的。但现在，除了这匹马和身上穿的衣服，我也没什么别的东西了。应征入伍后，我就卖掉了大部分田地，把所有钱都买了邦联债券。你知道的，债券如今一文不值，印刷债券的纸估计都比债券贵。不过，那些东西我现在也没有了。因为北佬烧掉我姐姐的房子时，债券也一起被烧掉了。我知道，一个子儿都没有，还敢求娶苏埃伦小姐着实冒昧，但——呃，事情已经这样了。我想，咱们也不知道这场战争究竟会演变成什么样。对我来说，世界末日也不过如此了，什么都无法确定……如果能跟苏埃伦小姐订婚，我想，无论对我，还是对她，都是一种莫大的安慰，也算是有了件能把握住的事。斯嘉丽小姐，无法照顾她之前，我不会提出结婚的。但我也不知道自己什么时候才有能力照顾好她。但如果真爱在你心里还有点分量，你就可以确信：苏埃伦小姐哪怕别的什么都没有，也会相当富足。”

他最后这句话说得朴素又庄重，斯嘉丽觉得有趣的同时，也不免为之触动。她真不明白，苏埃伦竟然也有人爱。在她眼中，这个妹妹就是自私自利、抱怨连连、固执乖僻的怪物。

“呀，肯尼迪先生，”斯嘉丽温和地说，“完全没问题。我可以跟爸爸说说。他向来看重你，也一直希望苏埃伦能嫁给你。”

“他现在还这么想吗？”弗兰克喜形于色，大声问道。

“当然。”斯嘉丽应道，心里却暗自好笑，因为她想起杰拉尔德经常在晚餐桌上冲苏埃伦粗鲁地嚷嚷：“小姐！你那位热情的追求者怎么还没求婚哪？要不要我去问问他什么意思呀？”

“我今晚就去问她。”弗兰克激动得脸都在抖，攥着斯嘉丽的手一个劲地摇晃，“斯嘉丽小姐，你真是太好了！”

“我叫她来找你。”斯嘉丽笑了笑，朝客厅走去。玫兰妮已经开始演奏。钢琴虽严重走调，但某些旋律还算悦耳。玫兰妮提高嗓门，正领着众人唱《听，报信天使在唱歌》。

“你说‘世界末日也不过如此’，是什么意思？”

“那我就坦白了吧，”弗兰克慢悠悠地道，“但千万别拿我说的这些去吓唬其他女士。这仗打不了多久啦。部队没有新的兵力补给，逃兵却越来越多——比军队愿意承认的数字更多。你瞧，知道家人在挨饿，当兵的哪儿还待得住。他们得回家，想办法养活家人哪。我不能怪他们，但这的确让军队的战力越来越弱。而且，军队没粮也打不成仗。可根本没有粮食啊。你瞧，我的工作就是征粮，所以这事我清楚。军队再次进驻亚特兰大后，我把这一带都跑遍了，弄到的粮食还不够喂饱一只松鸦。萨凡纳以南三百英里，也是同样的情况。人们都在挨饿，铁路线全被破坏，没有新枪支，弹药快用完了，也没有皮革做鞋子……所以，你瞧，这不就快到世界末日了吗。”

但在斯嘉丽心中，邦联暗淡的前途并不比粮食短缺更严重。本打算让波尔克赶着马车，用金币和联邦货币买些食物衣料回来，但若弗兰克所说是真的……

但梅肯还没陷落。那儿肯定有吃的。只要军需队安稳上路，哪怕要冒马被军队抢走的危险，她也得让波尔克去梅肯碰碰运气。这个险非冒不可。

“哎呀，肯尼迪先生，我们今晚还是别聊这些不开心的事啦。”她说，“你去妈妈的小账房坐坐，我叫苏埃伦去找你，你就能——呃，你们也好私下聊聊。”

弗兰克红着脸，笑呵呵地溜出房间，斯嘉丽目送他离去，心想：“真可惜，他不能立马娶走苏埃伦。不然，就可以少一张吃饭的嘴啦。”

第二十九章

第二年四月，重掌指挥权的约翰斯顿将军率领旧部残兵，在北卡罗来纳州投降，战争就此结束。不过，消息直到两周后才传到塔拉。种植园上要做的事实在太多，谁都没空四处转悠听八卦。邻居们也一样忙，大家彼此都不串门，消息传得很慢。

正值春耕最忙的时节，波尔克从梅肯带回的棉花种子和菜种都得种下地。虽然那次出门回来后波尔克几乎就没再起什么作用，但他很骄傲自己平安带回了满满一车衣料、种子、家禽、火腿、熏猪肉和玉米粉。他一遍又一遍地讲述自己如何穿过旁道僻径、乡间小路、人迹罕至之路、林间的崎岖老路和马道，才九死一生地返回塔拉。波尔克这一路整整走了五个星期，斯嘉丽也备受煎熬了五个星期。但他回来后，斯嘉丽并未责备他，反而很高兴他不仅差事办得相当成功，还剩下了不少钱。斯嘉丽非常怀疑，他之所以还剩这么多钱，多半是因为大部分家禽或吃食都不是买的。至于波尔克，他觉得沿路有唾手可得的鸡舍和熏房，还花女主人的钱，可就太丢人了。

既然有了些吃食，塔拉庄园的每个人便都忙着恢复往日的正常生活。每双手都有事做，很多很多事，没完没了的事。去年枯萎的棉花秆得拔掉，为今年的种子腾地方。那匹没犁惯地的倔马站在田里死活不动，得有人管管。菜园得除草、播种。柴火得劈，被北佬随意拆毁烧掉的数英里篱笆和围栏，也得重新修好。波尔克布下的捕兔陷阱每天得查看两次，河里的钓线也得换饵。床得有人铺，地得有人扫，饭得有人做，盘子也得有人洗。此外，还得喂猪、喂鸡、捡鸡蛋。得有人给奶牛挤奶，去沼泽地附近的牧场放牛，还得有人成天看着，免得牛被北佬或弗兰克·肯尼迪的人回来牵走。就连小韦德都有事干。每天早晨，他都会神气活现地拎个篮子，去捡小树枝和木片回来生火。

南方投降的消息是方丹家的小伙子带回来的。他们是第一批从战场上返乡的人。还有靴子的亚历克斯步行，光脚的托尼骑在没鞍的骡子上。在家时，托尼就总想方设法要得到最好的。经过四年日晒雨淋，兄弟俩都黑了、瘦了，腰板也更结实了。加上从战场上带回来的一把蓬乱黑须，他们看起来简直像生人。

因为着急回米莫萨的家，兄弟俩只在塔拉停留了片刻，亲亲姑娘们，告知了投降的消息。他们说“结束了，都结束了”，那模样似乎既不怎么在乎，也不想谈论战争。他们只想知道米莫萨有没有被烧掉。从亚特兰大一路南行，他们经过了很多朋友的家。那些地方如今只剩一座又一座烟囱，所以期望自己的家幸免于难，似乎太过奢望。因此，听到好消息时，两兄弟都松了口气。而听到斯嘉丽说萨莉如何策马狂奔，又如何干净利落地跳过塔拉的篱笆时，他们都乐得拍着腿哈哈大笑。

“她可真有胆量，”托尼说，“可惜运气不好，乔阵亡了。斯嘉丽，你那儿有可以嚼的烟草吗？”

“没，只有兔儿烟，爸爸放在玉米芯里抽的那种。”

“我还没沦落到那地步，”托尼说，“但估计迟早也只能抽那个。”

“迪米特·芒罗还好吗？”亚历克斯急切地问，但又露出些许尴尬神色。斯嘉丽这才隐隐想起，他似乎很喜欢萨莉这个妹妹。

“噢，还好。她现在跟姑妈一起住在费耶特维尔。她们在洛夫乔伊的房子被烧了。家中其他人住在梅肯。”

“他其实想问——迪米特有没有嫁给地方志愿军里的某位英勇上校？”托尼嘲讽道，亚历克斯立刻狠狠瞪了他一眼。

“她当然没嫁人。”斯嘉丽也乐了。

“说不定嫁了反而更好，”亚历克斯沮丧地说，“这见鬼的——不好意思，斯嘉丽。但堂堂男儿，黑奴和牲口都没了，口袋里一个子儿都没有，怎么向姑娘求婚？”

“你知道的，迪米特才不在乎这些。”斯嘉丽说。因为亚历克斯·方丹从没追求过她，所以斯嘉丽倒还能真心为迪米特说几句好话。

“该死——呀，再次致歉。我得赶紧改掉这骂骂咧咧的坏习惯，不然肯定会被奶奶抽的。我可不能让姑娘嫁给叫花子。就算她不在乎，我也在乎。”

斯嘉丽在前门廊跟两个小伙说话时，玫兰妮、苏埃伦和卡伦一听到投降的消息，都悄悄溜进了屋。兄弟俩告辞，横穿塔拉背后的田地回家，斯嘉丽才走进屋。一进来，她就听到姑娘们挤在埃伦小账房的沙发上，哭成一团。一切都完了，她们热爱并期冀着的美梦，带走了朋友、爱人和丈夫，让整个家一贫如洗的伟大目标，全完了。她们还以为，那伟大的目标永远不会落空呢。

但斯嘉丽没哭。她听到这消息的第一反应是：谢天谢地！不会有人来偷奶牛了。马也安全啦！现在，我们可以把井里的银器捞上来，每个人吃饭都能用上刀叉。现在，我也可以驾车去四处转转，找点吃食了。

真是松了口气哪！从此以后，她再也不用害怕马蹄声。半夜惊醒，她也不用屏住呼吸侧耳细听，努力分辨衔铁叮当、马蹄嘚嘚和北佬厉声高喝着下命令的声音到底是梦还是真。而且，最棒的是，塔拉安全了！从今往后，那个最可怕的噩梦永远不会成真。她也永远不用站在草坪上，眼睁睁地看着心爱的家腾起滚滚浓烟，听着屋顶在咆哮的烈焰中坍塌。

没错，伟大的目标虽然完了，但她向来觉得战争很愚蠢，还是和平更好。看见星条旗升起，她从不会热泪盈眶；听到《迪克西》[1]，她也不会背脊发凉。她并没有像其他人一样，觉得只要能实现那个伟大目标，就能靠狂热的信念忍受匮乏贫困、令人作呕的护理工作、围城的恐惧和近几个月来的饥饿。一切都过去了，一切都结束了，但她并不想为之哭泣。

一切都结束了！这场看似没有尽头、不请自来、不受欢迎的战争将她的生活一分为二，让她再难回到过去无忧无虑的日子。从前那个美丽动人的斯嘉丽脚蹬精致绿色摩洛哥浅口便鞋，身穿带薰衣草香味的荷叶边长裙。回忆那个姑娘，她不仅无动于衷，还怀疑那跟自己究竟是不是同一个人。斯嘉丽·奥哈拉——全县青年才俊都拜倒在她脚下、有上百名奴隶供她使唤。她有塔拉庄园的财富作后盾，有满心宠溺的父母急于满足她的任何愿望。那个斯嘉丽已被宠坏，无忧无虑，除了阿希礼的爱，万事称心如意。

过去迂回曲折的四年中，那个佩戴香囊、穿着舞鞋的姑娘不知在何处偷偷溜走了，只剩下一个瞪着双目光锐利的绿眼睛、锱铢必较、能动手干很多粗活的女人。浩劫过后，除了脚下无法摧

1　美国南北战争时期在南部各州流行的战歌，现仍流行。

毁的红土地，这个女人已一无所有。

斯嘉丽站在走廊上，听着姑娘们的抽噎，脑子却忙着想各种事情。

“我们还要多种些棉花，种很多很多。明天，我就打发波尔克去梅肯买种子。现在，北佬不会来烧棉花，我们的军队也不再需要棉花了。上帝啊！今年秋天，棉花总该堆到天上去了吧！”

她走进小账房，不理会沙发上那几个抽抽搭搭的姑娘，径直坐到写字台后，拿起一支羽毛笔，开始算手头的余钱还能再买多少棉花种子。

“战争结束了。”想着想着，她突然扔下羽毛笔，心中涌过一阵狂喜。战争结束了，阿希礼——阿希礼若还活着，就会回家！不知哀悼伟大目标落空的玫兰妮，有没有想到这点？

“很快，我们就会收到一封信——不，不是信。我们收不到信。但很快——噢，他总有办法通知我们的！”

然而，日子一天天过去，一连过了好几周，还是没有阿希礼的消息。南方的邮政服务还不稳定，乡下更是压根不通邮。偶尔，某个从亚特兰大来的过客会捎来佩蒂姑妈的信，说她眼泪汪汪地盼着姑娘们赶紧回去。然而，阿希礼一直杳无音信。

南军投降后，斯嘉丽和苏埃伦经常为用马起争执，积怨渐深。如今已没有碰到北佬的危险，苏埃伦就想去邻居家走走。她很孤独，很想念昔日快乐的社交生活，渴望拜访朋友，哪怕只是为了让自己确信全县其他地方的情况也跟塔拉一样糟。但斯嘉丽就是不同意。马是要干活的，比如，从林子里拉木头、耕地、让波尔克骑出去找吃食。星期天，马有权休息，去牧场吃吃草。苏埃伦若想串门，可以走着去。

去年之前，苏埃伦这辈子都不曾走超过一百码的路，所以对这个提议相当不满。于是，她待在家里牢骚不断，经常又叫又嚷：“噢，要是妈妈还在就好了！”这话让她挨了斯嘉丽一耳光。斯嘉丽早就想打她，这一巴掌着实不轻，直抽得她尖叫着倒在床上，搞得全家人一片惊慌。从那以后，至少在斯嘉丽面前，苏埃伦的抱怨少多了。

斯嘉丽说想让马休息，这话虽是真的，但她其实只说了一半，另一半是：南军投降后的第一个月，她就在全县走了一圈，虽不愿承认，但不少老朋友和老种植园的情况，其实都大大动摇了她的勇气。

多亏当时萨莉快马加鞭地回去报信，相比邻居而言，方丹家的情况算是最好的。方丹奶奶那天领着全家人扑火救房子，犯了心脏病，至今都未完全康复。老方丹医生截掉一条胳膊，也还在术后恢复中。亚历克斯和托尼刚开始笨手笨脚地犁地挥锄。斯嘉丽来时，他们倾身探过篱笆跟她握手，笑话她那摇摇晃晃的马车，黑眼睛里却尽是苦涩。因为笑话她的同时，他们也在笑话自己。斯嘉丽说想向他们买些玉米种子，他们答应了，接着就跟她讨论农场上的问题。他们有十二只鸡、两头奶牛、五头猪和一头从战场上带回来的骡子。有一头猪刚刚死了，他们担心其他的也保不住。听到昔日只会关心哪种领结最时髦的花花公子如此严肃地讨论这些，斯嘉丽也哈哈大笑。不过，她的笑亦透着苦涩。

米莫萨这家人热烈欢迎斯嘉丽的到来，坚持要把玉米种子送给她，拒不收钱。斯嘉丽把一张绿钞拍到桌上时，立马把急脾气的方丹人惹急了，说什么也不肯收。斯嘉丽拿了玉米种，偷偷把那张一美元的钞票塞进萨莉手中。与八个月前迎接刚回塔拉的斯嘉丽时相比，如今的萨莉简直判若两人。当时她虽面色苍白，神情忧伤，周身却仍有一股乐观劲。如今，这份乐观荡然无存，仿佛南军投降，也带走了她的全部希望。

“斯嘉丽，”萨莉攥紧钞票，低声道，“这一切有什么好处？我们为何要打仗？噢，我可怜的乔！噢，我可怜的孩子哪！”

“我不知道为何要打仗，我也不想知道。”斯嘉丽说，“我不感兴趣，从来都不感兴趣。打仗是男人的事，不是女人的。我现在只对如何才能让棉花大丰收感兴趣。好啦，这钱你收下，给小乔买件衣服吧。天哪，他该有件新衣服了。就算亚历克斯和托尼客气，我也不能白拿你家玉米呀。”

兄弟俩把她一路送到马车跟前，还坚持要扶她上车。虽然穿得破破烂烂，他们依旧彬彬有礼，也没丢了方丹家人那股快活劲。但斯嘉丽驱车离开米莫萨时，看到眼前这幅赤贫景象，依旧忍不住打哆嗦。她真是受够了这种穷困潦倒、节衣缩食的日子。要是能看到曾经丰衣足食的人不再为下一顿饭发愁，该多好啊！

斯嘉丽到访松树花庄园时，凯德·卡尔弗特也回来了。过去，斯嘉丽经常到这座老房子里跳舞，度过了不少快乐时光。如今再踏上台阶走进屋，她看到的却是一脸死气的凯德。他面容憔悴，咳嗽连连，腿上搭了条披巾，躺在安乐椅上晒太阳。但看到斯嘉丽，那张脸倒是立刻亮了起来。他努力起身迎接，说自己只是胸口积了点寒气，都是雨天在外露宿多了害的。不过，他也说自己很快就能好起来，到时候便能帮着干活了。

凯瑟琳·卡尔弗特听到动静，从屋里出来，一下子就越过哥哥的脑袋，与斯嘉丽四目相对。斯嘉丽从那双眼睛里读出了然和苦涩的绝望。凯德或许还不知道，但凯瑟琳心知肚明。松树花庄园杂草丛生，田里都冒出了一棵棵松树苗。屋子松松垮垮、凌乱不堪。凯瑟琳身形消瘦、神情紧张。

兄妹俩、他们那北佬继母、四个同父异母的小妹妹和北佬监工希尔顿，就住在这座安安静静，时有奇怪回声的屋子里。斯嘉丽向来不喜欢希尔顿，就跟不喜欢自家监工乔纳斯·威尔克森一样。而此刻看到希尔顿竟慢悠悠地上前，仿佛对待平辈般跟她打招呼，她就更不喜欢此人了。从前，他还跟威尔克森一样，既奴颜婢膝，又傲慢无礼，但现在，卡尔弗特先生和雷福德战死沙场，凯德又在生病，这家伙便彻底放下了奴颜。而第二任卡尔弗特太太从来不懂如何强制家中黑奴尊重主人，所以更不用指望她能约束好这个白人。

“希尔顿先生陪我们熬过了这段艰难日子，真是个大好人。”卡尔弗特太太紧张地说，还飞快地瞥了默不作声的继女几眼，“大好人哪。舍曼来了两次，两次都是他保住我家房子。这事你应该已经听说了吧。要是没有他，我真不知道全家人该怎么办了。我们没钱，凯德又——”

凯德苍白的脸顿时红了，凯瑟琳也垂下长睫毛遮住眼睛，同时咬紧了唇。斯嘉丽知道，必须承这北佬监工的情让他俩无可奈何地窝了一肚子火。卡尔弗特太太眼看着就要哭出来了。她怎么又犯错了？她怎么总是犯错呀？虽然已经在佐治亚住了二十年，她还是弄不懂南方人。她永远不知道什么话不能对继女继子说。其实无论她说什么、做什么，兄妹俩都异常客气。她默默发誓，总有一天要带上自己的孩子回北方，离开这些捉摸不定、固执倔强的南方人。

拜访完这两家后，斯嘉丽已经没了去塔尔顿家的兴趣。四兄弟都已阵亡，他们的房子也被烧了，一家人挤在监工小屋里，她真是不想去了。但苏埃伦和卡伦再三央求，玫兰妮也说不去拜访一下，欢迎塔尔顿先生从战场归来，不合邻居之情。于是，几人挑了个周日，便动身了。

这真是一次最糟糕的经历。

几人赶着车驶到塔尔顿家废墟时，就瞧见比阿特丽斯·塔尔顿一身旧女式骑装，腋下夹着根马鞭，坐在围场旁的栅栏顶上，闷闷不乐地盯着前方发呆。一个罗圈腿的小黑奴蹲在她身旁，看上去也跟女主人一样忧郁。这是从前替她驯马的黑奴，昔日满是欢快公驹和温顺牝马的围场，如今变得空空荡荡，只剩一头塔尔顿先生在南方投降后，从战场上骑回来的骡子。

“天哪，宝贝们都没了，我真不知道现在该怎么办。”塔尔顿太太边说，边爬下栅栏。陌生人听了这话，肯定会以为她在说四个阵亡的儿子，但姑娘们知道她说的是爱马，“我所有漂亮马儿都死了。噢，我可怜的内莉啊！就算只留下内莉也好哪！可这儿只剩这头该死的骡子了。一头该死的骡子！”她气呼呼地盯着那皮包骨头的牲口，不住唠叨，“这围场是用来养我那些纯种宝贝的呀，如今却养了头骡子。想想看，这对它们真是种侮辱。骡子全是杂种，是有违自然的畜生，养这种东西简直违反自然规则。”

吉姆·塔尔顿留了把浓密的大胡子，简直叫人认不出。他从监工屋里出来欢迎客人，一一亲吻了她们。他那四个红头发的女儿穿着打了补丁的裙子，也跟着鱼贯而出。十几条或黑或棕的猎狗听到生人的声音，汪汪叫着冲到门口，差点把姑娘们绊倒。全家人虽强颜欢笑，斯嘉丽却感到一种更冰冷的透骨凄凉。比起目睹米莫萨的悲惨或笼罩着松树花的那片死寂，这种感觉更让她难受。

塔尔顿一家非要留姑娘们吃晚饭，说他们这些天实在没什么客人，真想好好听听新闻。斯嘉丽其实并不想久留，因为这儿的气氛着实压抑，可玫兰妮和她那两个妹妹很想多待一会儿。于是，四人留下很克制地吃着主人家招待的熏猪肉和干豌豆。

大家嬉笑着打趣这过分克俭的饭菜，塔尔顿家的姑娘还咯咯笑着，说些临时拼凑，改制衣服的事，仿佛那些就是最有趣的笑话。玫兰妮就着她们的话题，也附和地讲起塔拉经历的种种磨难。她那副活泼欢快的模样，着实令斯嘉丽吃惊。斯嘉丽几乎没说什么话。少了人高马大的塔尔顿四兄弟，没有他们懒洋洋地抽烟打趣，屋子显得真空啊！而她都觉得屋里空荡荡，在邻居面前强颜欢笑的塔尔顿家人，又该作何感想？

席间，卡伦没怎么说话，但一吃完饭，她就溜到塔尔顿太太身旁耳语了几句。塔尔顿太太顿时脸色大变，本就勉强的笑容也收了起来。她伸手挽住卡伦纤细的腰肢，跟她走了出去。斯嘉丽觉得自己再也受不了屋里的气氛，也跟了出去。两人沿着小径穿过菜园，斯嘉丽看出她们这是要去墓地。算了，反正她现在也不能回屋，不然显得太没礼貌。但比阿特丽斯·塔尔顿都如此强装勇敢了，卡伦到底为何还要把她拽去儿子的墓地？

砖墙环绕的墓地里，雪松树下又多了两块大理石墓碑。刚立的碑非常新，甚至还没被雨水溅上半点红泥。

“这是我们上周才竖起来的，”塔尔顿太太骄傲地说，“是塔尔顿先生驾着马车，从梅肯买回来的。”

墓碑！肯定花了不少钱！斯嘉丽突然不像刚来时那般为塔尔顿家难过了。吃食这么贵、这么难得的时候，还将宝贵的钱浪费在墓碑上，这样的人家就不值得同情。而且，每块碑上都刻了好几行字。刻字越多，花的钱就越多呀。这家人肯定疯了！将三个儿子的遗体运回家，也得花钱哪。不过，他们没有找到博伊德的遗体，一点线索都没有。

布伦特和斯图尔特墓碑间的那块石碑上刻着：“生前同乐，死后不离。”

另外一块石碑上刻着博伊德和汤姆的名字，还有一行“Dulce et[1]”开头的拉丁文。但斯嘉丽在费耶特维尔女子学校时想方设法地逃掉了拉丁文课，所以她完全看不懂那句话是什么意思。

那么多钱哪，全花在墓碑上！他们真是群蠢货！斯嘉丽愤愤不平，仿佛是自己的钱被浪费了一般。

卡伦的眼睛却异常明亮。

“真可爱。”她指着第一块墓碑，小声说道。

“是啊。”塔尔顿太太的声音也很温柔，“我们都觉得这话很贴切——他们几乎同时牺牲。斯图尔特先倒下，布伦特举起了他丢下的旗帜。”

姑娘们驾车返回塔拉的一路上，斯嘉丽沉默了好久。她想着几家邻居的近况，不由自主地回忆起本县的昔日荣光。那时，所有大宅都宾客盈门、家财万贯。棚屋里住满黑奴，精心耕种的田地里满是长势喜人的棉花。

“再过一年，这些田里都能长出小松树了。”斯嘉丽看了眼四周的树林，打了个寒战，“没了黑奴，我们只能勉强过活。没有黑奴，谁都无法经营一座大种植园。那么多田无人耕种，很快就会变回林地。谁都种不了那么多棉花，我们该怎么办？乡下人会变成什么样？无论如何，城里人总归有办法，他们总能想方设法过下去。可我们乡下人就会倒退一百年，跟当年的拓荒者一样，住进小木屋，靠耕种几英亩薄田勉强度日。”

“不，”斯嘉丽坚定地想，“塔拉不会变成那样。哪怕要我亲自下地耕种，也不能让塔拉变成那样。就算全县、全州都变回林地，

---

1 出自罗马诗人贺拉斯的颂歌，整句为“Dulce et decorum est pro patria mori”，意为“为国捐躯，无上光荣”。

我也不会让塔拉跟着倒退。我才不会把钱浪费在墓碑上，也不会浪费时间为战败哭泣。我们总能想出办法的。我知道，只要男人没死光，我们就能想出办法。失去黑奴没什么，最糟的是失去男人，失去年轻小伙。”她又想起塔尔顿四兄弟和乔·方丹，想起雷福德·卡尔弗特、芒罗兄弟，以及在阵亡名单上看到的所有费耶特维尔和琼斯伯勒的小伙，“如果还有足够的男人活下来，我们就能想出办法，但——”

脑中突然又闪出一个念头——她要是想再婚怎么办？当然，她不是真的想再嫁人。嫁一次就够了。再说，她只想嫁给阿希礼。他若还活着，也是有妇之夫。还有谁会娶她？这念头真可怕。

“玫兰，”她说，“南方的姑娘们怎么办？”

“什么意思？”

“就是字面意思呀。她们怎么办？没人娶她们了。哎呀，玫兰，小伙子全死了，南方成百上千的姑娘都得当一辈子老姑娘啦。”

“也不会再有孩子。”玫兰妮补充道。对她来说，这才是最重要的事。

对坐在车厢后部的苏埃伦来说，这想法显然并不新鲜，所以她一下子就哭了起来。圣诞节后，她就再也没有弗兰克·肯尼迪的消息。不知是邮政不通的缘故，还是弗兰克不过是玩弄她的感情，之后便把她忘了，抑或他在战争结束前几天阵亡了！后者好歹比忘掉她更好，因为跟卡伦和英迪亚·威尔克斯一样有个死去的爱人，总归还能保有些许尊严。但一个被抛弃的未婚妻，就颜面无存了。

“噢，看在上帝的分上，闭嘴！”斯嘉丽喝道。

“噢，说得轻巧，”苏埃伦抽噎道，“你结过婚，还有个孩子，每个人都知道有男人想要你。可瞧瞧我！你太坏了，偏要在我忍不住的时候，还说什么老姑娘。你太讨厌了！”

“噢，闭嘴吧！你知道，我最讨厌谁成天大哭大叫。你非常清楚那个姜黄色胡子的老头没事，肯定会回来娶你。他还能有什么更好的见识。但要我说，我宁愿当老姑娘，也不嫁给他。”

车后安静了一会儿，卡伦心不在焉地安慰着姐姐，因为她的思绪也已飘远，满脑子都是三年前布伦特·塔尔顿在小道上跟她并肩骑马的情景，想得眼里尽是兴奋之光。

“啊，”玫兰妮悲伤地说，“所有好小伙都没了，南方会变成什么样？从前，我们还能利用他们的勇气、力量和头脑。斯嘉丽，我们这些有小男孩的人，一定要好好将他们养大，让他们成为跟阵亡将士们一样英勇的人。”

“永远不会有跟他们一样的人，”卡伦轻声道，“没人能取代他们。”

接下来的一路，寂静无声。

之后不久，一天黄昏，凯瑟琳·卡尔弗特来到塔拉。斯嘉丽从未见过那般凄惨的牲口，背上绑着主人的女鞍，耷拉着耳朵，走得一瘸一拐。凯瑟琳看起来也跟那骡子一样凄惨。她身上是褪了色、从前只有家中女仆才穿的方格条纹布裙，阔边遮阳女帽仅用一根麻线系在颌下。她骑着骡子来到前门廊，却并未下来。正在看夕阳的斯嘉丽和玫兰妮连忙走下台阶迎接。凯瑟琳跟斯嘉丽去她家那天看到的凯德一样，不仅苍白，还僵硬又脆弱，仿佛一开口，那张脸就会碎掉。但她腰板挺直，冲两人点头致意时，头也昂得高高的。

斯嘉丽突然想起威尔克斯家举办烤肉宴的那天，她和凯瑟琳曾凑在一起小声议论瑞德·巴特勒。那天，一身轻盈蝉翼纱蓝裙，腰带上别着芬芳玫瑰，精巧小脚上一双黑色天鹅绒轻便舞鞋的凯瑟琳多美呀！如今，这个僵着身子坐在骡子上的姑娘，再无半点昔日风采。

“谢谢，我就不下来了。”凯瑟琳说，“我就是过来告诉你们一声，我要结婚了。”

“什么？！”

“跟谁结婚？”

“卡西[1]，太棒了！”

“什么时候？”

“明天。”凯瑟琳平静地说。她的声音有些异样，让斯嘉丽和玫兰妮收起了热情的笑容，“我就是过来告诉你们一声，我明天要在琼斯伯勒结婚了。我不打算邀请大家来观礼。”

两人默默琢磨着这句话，困惑地抬头看向她。然后，玫兰妮开口了。

“亲爱的，新郎我们都认识吧？”

“嗯，”凯瑟琳简短地道，“是希尔顿先生。”

“希尔顿先生？”

“没错，我们的监工——希尔顿先生。”

斯嘉丽惊讶得连“啊”都说不出来，凯瑟琳突然低头盯着玫兰妮，粗着嗓子哑声道：“玫兰，我受不了你哭，你要是哭，我会死的！”

玫兰妮一言未发，只低垂着头，轻轻拍了拍凯瑟琳那只挂在马镫上的自制丑鞋。

“别拍我！这个我也受不了。”

1 凯瑟琳的昵称。

玫兰妮放下手，依然没有抬头。

“呃，我得走了。我只是过来告诉你们一声。”凯瑟琳又摆出那副惨白又脆弱的面孔，提起缰绳。

“凯德怎么样？”斯嘉丽问。她完全不知所措，不过随便找点话，也好打破这尴尬的沉默。

“他快死了。”凯瑟琳只说了这么一句，声音里似乎并无任何情感波动，“我这事若是能成，就能让他平静安慰地死去，不必担心自己死后谁来照顾我。要知道，我的继母明天就要带着她那几个孩子回北方，再也不回来。好啦，我得走了。”

玫兰妮抬起头，对上凯瑟琳冷硬的目光。玫兰妮的睫毛上挂着亮晶晶的泪珠，眼里充满理解。面对这样的注视，凯瑟琳像个强忍着不哭的勇敢小孩般，咧嘴挤出一个难看的微笑。斯嘉丽依旧困惑不已，想不通凯瑟琳·卡尔弗特怎么会嫁给监工。她可是一位富裕种植园主之女，是全县追求者数量仅次于自己的姑娘。

凯瑟琳俯下身，玫兰妮踮起脚，两人吻别。然后，凯瑟琳一扬马缰，老骡子便上路了。

玫兰妮目送她离去，泪水扑簌簌地落下。斯嘉丽呆呆地看着她，依旧困惑不解。

“玫兰，她疯了吗？要知道，她根本不爱他呀。”

“爱？噢，斯嘉丽，这么可怕的事连提都不要提！噢，可怜的凯瑟琳！可怜的凯德！”

“胡说八道！”斯嘉丽大声嚷道，开始生气。玫兰妮似乎总能比她更清楚状况，真可气！斯嘉丽觉得，凯瑟琳的困境虽令人吃惊，却还算不上灾难。嫁给一个北佬白垃圾固然不是件愉快的事，但一个姑娘总不能独自靠一座种植园过活，得有个丈夫帮忙经营才行。

“玫兰，就像我那天说的一样。姑娘们无人可嫁，却又总得嫁人。”

“噢，她们不是非嫁人不可！做个老姑娘又不丢人。瞧瞧佩蒂姑妈。噢，我宁愿看到凯瑟琳死掉！我知道，凯德也宁愿看着她死掉！卡尔弗特家完了。想想她的——她的孩子们会变成什么样。噢，斯嘉丽，让波尔克备马，你赶紧去把她追回来，叫她过来跟我们住！”

“天哪！”斯嘉丽大叫一声，震惊玫兰妮竟如此理所当然地奉上塔拉。斯嘉丽当然不想多喂养一张嘴。她刚想说这点，看到玫兰妮那张沮丧的脸，又生生打住了。

“玫兰，她不会来的，”斯嘉丽改口道，“你知道她不会来。她那么骄傲，会觉得这是施舍。”

“是啊，没错！”玫兰妮盯着那一小团消失在路上的红尘，心烦意乱地说。

“你也跟我同住好几个月了，”斯嘉丽看着小姑子，气呼呼地想，“怎么从不觉得自己在靠施舍过活呢？依我看，你恐怕永远都不会有此觉悟。你就是那种战争都无法改变的人，所思所想、行为举止还跟之前一样，仿佛什么事都没发生过一样。你还当我们家跟克罗伊斯[1]一样有钱，食物多得不知道该怎么办，招待几个客人也没什么大不了吧。看来，你这包袱我恐怕是要背一辈子了。不过，我才不想再加个凯瑟琳。”

1　吕底亚末代国王（公元前560—公元前546年在位），敛财成巨富，即位后完成父王征服爱奥尼亚大陆的大业，后试图阻止波斯势力的扩张，失败被捕，在波斯宫廷供职。

第三十章

和平后的那个温暖夏日，塔拉突然不再与世隔绝。此后接连数月，总有衣衫褴褛、胡子拉碴、走痛了脚又饥肠辘辘的人费劲地爬上红土坡，来到塔拉，在前门台阶的阴凉下休息，既讨吃食，又想借宿一宿。他们都是步行回家的邦联士兵。火车将约翰斯顿那些残余士兵从北卡罗来纳送到亚特兰大，就让他们在那儿下车，然后徒步回家。约翰斯顿的这些兵过去后，从弗吉尼亚军队里退下来的老兵又到了，接着是从西部军队回来的人。他们艰难地向南而行，走向也许早已不复存在的家、已经失散或死掉的亲人。大多数人都是步行，只有少数幸运儿骑着瘦骨嶙峋的马和骡子。投降协议虽然允许他们保留这些牲畜，但就连外行人都看得出，这些憔悴的家伙绝对走不到佛罗里达和南佐治亚那么远的地方。

回家！回家！士兵们心里只有这一个念头。有些人悲伤又沉默，有的欢欣鼓舞，不惧旅途艰难。但“一切都已结束，他们正往家赶”的念头，是支撑众人继续前行的唯一动力。几乎没人觉得痛苦，他们已将痛苦留给自己的女人和老人。他们打了一场漂亮仗，虽然战败，但现在也乐意在昔日敌人的旗帜下安居乐业。

回家！回家！他们再也无法谈论别的任何事，不谈战争，不谈伤痛，不谈被虏，也不谈未来。以后，他们或许会重温战事，把自己如何胡闹、突袭、猛攻、挨饿、急行军和受伤的事告诉儿孙们，但不是现在。他们有的缺了条胳膊，有的少了条腿，还有的瞎了一只眼。不少人身上都有伤，如果他们活到七十岁，这些伤口到了雨天就会痛。但这些事眼下都微不足道，今后才会变得重要。

年轻的、年老的、健谈的、寡言的、富裕的种植园主和面色灰黄的赶马车穷人，他们身上都有两样相同的东西——虱子和痢疾。邦联士兵们早已习惯这些害虫，根本不将其当回事，甚至当着女士们的面，也能浑不在意地又抓又挠。至于被女士们委婉称为“血痢”的痢疾，似乎没放过任何人。从士兵到将军，无一幸免。四年半饥半饱的日子，吃的全是粗糙的配给军粮，入口的东西不是生的，就是半腐烂的。这一切全在他们身上起了所用。因此，在塔拉歇脚的每个士兵，不是正在康复，就是病得厉害。

“全军上下就没一副好肠胃，”嬷嬷闷闷不乐地说，满头大汗地在火上熬黑莓根汁。这东西可是埃伦用来治疗痢疾的良药，“依我看，打败我军的不是北佬，而是他们自己的肚子。尽拉稀，怎么打得赢仗。”

嬷嬷喂每个人喝黑莓根汁，根本不问他们肠胃如何这种蠢问题。士兵们皱着脸，乖乖地挨个儿喝下她递来的汤剂，说不定心事也飘到了远方，想起那一张张严肃的黑面孔和一双双不容拒绝，同样举着汤匙喂药的黑手掌。

对于“借宿”一事，嬷嬷的态度也同样坚决。身上有虱子的士兵，一律不准进入塔拉。她会把他们赶进屋后浓密的灌木丛，叫他们脱掉军装，给每人一盆水和一块强碱皂洗澡。然后，她会给他们床单和毯子裹住光溜溜的身子，把他们的衣服扔进大锅里煮。几个姑娘为此跟她激烈争论了一番，说这么做让士兵们太难堪。嬷嬷说姑娘们若在自己身上发现虱子，才更难堪呢。

到了几乎天天都有士兵上门时，嬷嬷更是坚决反对他们进入卧室。她总是担心有虱子逃过自己的眼睛。斯嘉丽懒得跟她争论，索性把铺着厚天鹅绒地毯的客厅改成了一间寝室。嬷嬷认为让这些士兵睡在埃伦小姐的地毯上简直是亵渎了埃伦小姐，大叫大嚷着反对。但斯嘉丽态度坚决，总得让士兵们有地方可睡。于是，南方投降后的几个月下来，地毯厚实柔软的绒面开始磨损，尤其被鞋跟和靴刺不小心划到的地方，连底线厚实的经纱与纬纱都露出来了。

每遇到一个士兵，他们都急切地打听阿希礼的消息。苏埃伦则总是高傲地打听肯尼迪先生。但士兵们都没听说过他们，也不想谈论失踪的事。自己还活着就足够了，至于那成百上千无名坟冢里永远回不了家的人，他们才不想管。

每次失望后，全家人都竭力给玫兰妮鼓气，说阿希礼肯定不会死在监狱里。他若真死了，总会有某个北佬牧师来信通知。他当然会回家，只是监狱太远。天哪，坐火车都得好几天呢，如果阿希礼跟这些士兵一样，也得步行……可他干吗不写封信呢？唉，亲爱的，你也知道如今邮政的情况——就算已经通邮的地方，情况也很不确定，常有马虎丢件的事。但万一——万一他死在了回家路上呢？玫兰，要是那样，肯定也有个北佬女人写信告诉我们！……北佬女人！呸！……玫兰，北佬也有好女人。噢，真的，肯定有！上帝创造一个民族，不可能不造几个好女人。斯嘉丽，你还记得上回我们在萨拉托加碰到的那个北佬女人吗，她多好呀——斯嘉丽，快跟玫兰说说！

“好心？算了吧！”斯嘉丽回道，“她问我我养了多少条猎狗追捕黑奴！我同意玫兰的看法。无论男女，我可从没见过什么好心的北佬。但玫兰，你别哭啊！阿希礼会回家的。要走的路太长，或许——或许他没弄到靴子。”

想到阿希礼光着脚，斯嘉丽也快哭了。其他士兵穿得破破烂烂，脚上裹着麻袋片和破地毯，就由他们去好了，可阿希礼不能这样啊。他应该骑着高头大马回来，身上穿着漂亮军装，脚蹬闪亮军靴，帽子上还要插根羽毛。想到阿希礼竟沦落到跟这些士兵一样的境地，斯嘉丽真觉得丢脸至极。

六月的一个下午，大家都聚在后门廊上，迫切地看波尔克切开今年第一个半生不熟的西瓜时，前方砾石车道突然传来一阵马蹄声。普利西懒洋洋地朝前门走去，留下的其他人则开始热烈讨论如果来人是个士兵，是把西瓜藏起来，还是留到晚饭时招待客人。

玫兰和卡伦小声说应该分一份给当兵的客人，苏埃伦和嬷嬷则支持斯嘉丽，连声催促波尔克快把瓜藏起来。

“别傻啦，姑娘们！我们都不够吃，要是再来两三个饿鬼兵，我们就连一口都别想尝到啦。”斯嘉丽说。

波尔克紧紧抱着小西瓜，站在那儿不知如何是好时，众人就听到了普利西的大叫声。

“天哪！斯嘉丽小姐！玫兰小姐！快来呀！”

“是谁？”斯嘉丽从台阶上跳起，穿过走廊就往外冲。玫兰跑在她身旁，其他人紧随其后。

阿希礼！斯嘉丽想，噢，或许——

“是彼得大叔！佩蒂帕特小姐家的彼得大叔！”

所有人都跑到前门廊上，看着佩蒂姑妈家这位头发花白、身材高大的老霸王爬下驽马。那马生了条耗子一样的尾巴，身上搭了段破被子当鞍座。见到老朋友，彼得大叔那张向来庄严的黑脸膛也露出喜色。可眉头紧锁，嘴巴咧开的模样，让他看上去活像条老掉牙的快活猎狗。

大家都跑下台阶迎接他，黑人、白人都跟他握手，问东问西，但玫兰的声音最大。

“姑妈没生病，是吧？”

“没有。感谢上帝，她还好。”彼得先后狠狠瞪了玫兰和斯嘉丽一眼，才开口应道。两人顿时心生愧疚，却又不明白自己犯了什么错，“她身子还好，但很生你们这两位小姐的气。说实话，我也很生气！”

“怎么，彼得大叔，到底——”

“你们都不必为自己找借口。难道佩蒂小姐没有一封接一封地写信，叫你们回家吗？我看着她写信，又看到她收到回信就哭。你们总说这老农庄上事情太多，忙得回不去。”

“可是，彼得大叔——”

“佩蒂小姐害怕极了，你们怎能撇下她一个人担惊受怕？你们跟我一样清楚，她从没独自生活过。从梅肯回来后，她那双小脚可一直吓得发抖。她叫我明明白白地告诉你们，她实在不懂你们为何要在她如此需要帮助时，扔下她不管。”

“好啦，闭嘴！”嬷嬷尖刻地喝道。听见塔拉竟被人叫成“老农庄”，她可不高兴。瞧这在城市长大的无知黑鬼，竟不知道农庄和种植园的区别，“我们难道就不需要帮助啦？我们难道就不需要斯嘉丽小姐和玫兰妮小姐啦？佩蒂小姐需要帮助，干吗不去找她哥？”

彼得大叔咄咄逼人地瞪了她一眼。

“我们跟亨利先生早已断交。再说，大家都老了，没必要重归于好吧。”他又转向两个强忍笑意的姑娘，“撇下可怜的佩蒂小姐独自一人，你们这两位年轻小姐真该感到羞愧。她一半的朋友都死了，另一半又在梅肯。亚特兰大到处都是北佬士兵和被解放的黑奴。”

两位姑娘尽量严肃地接受责骂，但一想到佩蒂姑妈竟派彼得大叔上门斥责，还要把他们带回亚特兰大，就再也忍不住，终于扶着彼此的肩膀，放声大笑起来。波尔克、迪尔西和嬷嬷见这位瞧不起他们心爱塔拉的诋毁者碰壁，也跟着哈哈大笑。苏埃伦和卡伦咯咯笑个不停，甚至杰拉尔德脸上也隐隐现出笑意。除了彼得，每个人都在笑。于是，彼得越发生气，不断变换身子重心，一双八字形的脚颠来颠去。

“黑鬼，你怎么回事？”嬷嬷咧嘴一笑，嘲讽道，“老得连自家小姐都护不住了？”

彼得勃然大怒。

“老？我太老？不，太太！我当然能一如既往地保护佩蒂小姐。逃难去梅肯的一路上，不是我护着她吗？北佬打到梅肯时，她老是吓昏过去，难道不是我保护着？难道不是我弄来这匹马送她回亚特兰大，一路护着她和她爸留下的那些银器？”彼得身板挺得笔直，“我要说的不是保护不保护，而是别人会怎么看。”

“会怎么看？”

“别人瞧见佩蒂小姐独自生活，肯定会说闲话的呀。人们总说独居小姐的闲话。”彼得滔滔不绝地说着。大家都听出来了，他显然还当佩蒂帕特小姐是当年那个丰满迷人的十六岁姑娘，所以定要保护周全，不让他人乱嚼舌根，“我……我绝不让别人非议她。不，太太……我也不能让她因为想要人陪，就招房客进门。我对她说：‘你还有亲人呢。’可现在，她的亲人竟拒绝她。佩蒂小姐不过是个孩子罢了，而且——”

听到这儿，斯嘉丽和玫兰笑得更大声了，一屁股坐在台阶上。最后，玫兰终于擦掉欢乐的泪水，开口道：“可怜的彼得大叔！抱歉我笑成这样。但请原谅，斯嘉丽和我眼下都没法回去。这事千真万确。或许九月收完棉花后，我就可以回去了。姑妈打发你大老远地赶来，难道就是为了让这皮包骨头的家伙驮我们回家吗？”

听到这话，彼得顿时目瞪口呆，那张皱巴巴的黑脸膛也现出内疚和惊愕之色。他唰地收起凸出的下唇，动作简直跟乌龟把脑袋缩进壳里一样快。

“玫兰小姐，我真是老了，竟把她吩咐的要紧事忘了。我给你带了封信。佩蒂小姐不信任邮局或其他任何人，非让我亲自跑一趟——”

“一封信？给我的？谁寄的？”

“呃，是——佩蒂小姐对我说：‘彼得，你要温声细语地告诉玫兰小姐，就说——’”

玫兰从台阶上站起来，一只手按住心口。

“阿希礼！阿希礼！他死了！”

“没有，小姐！没有！”彼得连声叫嚷，简直就是在声嘶力竭地大叫。他边嚷，边掏破外套的胸袋，“他还活着！这封信就是他寄来的。他就要回来了。他——天哪！嬷嬷，快扶住她！让我——”

“你敢碰她，老笨蛋！”嬷嬷怒喝道，拼命搀住玫兰妮软绵绵的身子，不让她倒在地上，“你这虚伪的黑猿猴！还温声细语呢！喂，波尔克，抬住她的脚。卡伦小姐，扶好她的头。我们先把她抬到客厅沙发上躺着。”

除了斯嘉丽，每个人都围在晕倒的玫兰妮身边惊慌地大叫大嚷，引起一片喧哗。然后，他们打水的打水，拿枕头的拿枕头，转眼间，车道上就只剩下斯嘉丽和彼得大叔了。斯嘉丽仿佛脚底生了根。她刚才听到彼得大叔的话就立刻冲了过来，此刻却只能盯着老头，一动也不能动。彼得浑身无力地站在那儿，手里挥舞着一封信，老脸跟挨了妈妈训斥的孩子般可怜，之前的庄严神色荡然无存。

斯嘉丽好一会儿都说不出话，也无法动弹。然而，她脑中在咆哮："他没死，他要回家了！"这消息没让她觉得喜悦或兴奋，只让她呆若木鸡，动弹不得。彼得大叔的声音仿佛从很远的地方传来，令人觉得既悲伤，又安慰。

"这信是我们在梅肯的亲戚伯尔先生带给佩蒂姑妈的。威利先生跟阿希礼先生关在同一间牢房。威利先生搞到一匹马，所以很快就到了家。但阿希礼先生只能走路——"

斯嘉丽从他手里一把夺过信。是佩蒂小姐的笔迹。虽然写着致玫兰，她还是毫不犹豫地撕开了信封。佩蒂小姐封入的一张便条落到地上。那是张折起的纸，估计在脏口袋里装久了，所以也脏兮兮、皱巴巴的，侧边还有些破。上面是阿希礼的亲笔："劳烦萨拉·简·汉密尔顿小姐转交乔治·阿希礼·威尔克斯太太，她可能在亚特兰大、琼斯伯勒或十二橡树园。"

斯嘉丽颤抖着手指拆开信，读了起来：

"亲爱的，我就要回到你身边了……"

泪水顺着脸颊滚滚而下，让她再也读不下去，只觉得心胀得满满的，简直盛不下这巨大的喜悦。斯嘉丽攥着信，奔上门廊台阶，冲过走廊、穿过客厅。塔拉的所有人还在客厅手忙脚乱地照料人事不省的玫兰妮。斯嘉丽一路冲进埃伦的小账房，关门上锁，猛地扑倒在那张已经塌陷的旧沙发上，哭着、笑着，不断亲吻那封信。

“亲爱的，”她喃喃道，“我就要回到你身边了。”

***

根据常识，他们知道除非阿希礼长出翅膀，否则从伊利诺伊走到佐治亚，至少得花几周，甚至数月的时间。但一有士兵拐上塔拉的林荫道，大家都会禁不住地心脏狂跳。每个胡子拉碴、衣衫褴褛的人都可能是阿希礼。哪怕不是，那士兵也可能有阿希礼的消息，或带来了佩蒂姑妈有关阿希礼的信。只要听见脚步声，无论白人黑人，都会立刻冲到前门。只要一看见穿军装的，就足以让每个人从柴堆、牧场和棉花地飞奔而来。收到那封信后一个月，所有活几乎都停了。谁都不想错过阿希礼踏进家门的场面，尤其是斯嘉丽。既然自己都如此懒怠疏忽，她自然无法坚持要别人尽忠职守。

但熬过一个又一个星期，阿希礼始终没出现，也没有半点他的消息。塔拉又恢复了往日的生活。充满渴望的心，能承载的渴望之情也是有限的。斯嘉丽渐渐生出不安和惊惧，害怕他在路上出了什么事。罗克艾兰太远，出狱时他可能已经很虚弱，或正在生病。他身无分文，还要长途跋涉，穿过那些痛恨邦联的地区。若能知道他在哪儿，她立刻就寄钱过去，把所有钱寄过去，让全家人挨饿也无所谓，只要他能快点坐火车回来。

“亲爱的，我就要回到你身边了。”

刚看到这些字眼时，第一波喜悦让她觉得这些话只有一个意思：阿希礼就要回到她身边了。如今，更冷静地想一想，他是要回到玫兰妮身边了。这些天来，玫兰妮无论在屋里走到哪儿，都快活地哼着歌。有时，斯嘉丽甚至恨恨地想：玫兰妮在亚特兰大生孩子时，怎么就没死掉呢？那样该多完美哪。如此一来，经过一段体面的过渡期后，她就能嫁给阿希礼，也成为小博的好继母。每次生出这样的念头，她都不再急于向上帝祈祷，告诉他自己并非有意如此。如今，她已经不怕上帝了。

士兵们仍络绎不绝地来到塔拉，有独自一个人的，有两人同行的，也有十几个人一起来的，无不饥肠辘辘。斯嘉丽绝望地想，这还不如来次蝗灾呢。她再次咒骂好客的老传统。富足年代，这传统曾十分流行，它要求无论哪种客人上门，主人家都要不分贵贱，留其过夜，并且连人带马极尽地主之谊地款待一番。她知道，旧时代虽已一去不复返，但家里的其他成员并没有与时俱进，那些登门的士兵也没有。因此，每个士兵都备受欢迎，仿佛他就是全家期盼已久的客人。

随着士兵没完没了地到来，斯嘉丽的心渐渐硬了。他们吃掉的是塔拉所有人赖以生存的口粮、是斯嘉丽干到腰酸背痛才种出来的蔬菜、是她驾着车大老远买回来的东西。食物如此难买，那个北佬皮夹里的钱也不会取之不尽。如今，里头只剩几张绿钞和两枚金币了。她干吗要喂饱这帮饿鬼？战争已经结束。他们再也不需要士兵的保护。因此，她命令波尔克，如果有士兵上门，餐桌上的吃食绝不能多摆。这命令才执行了几天，斯嘉丽就发现玫兰妮竟哄得波尔克只往她盘子里放一点吃的，匀出来的那部分都分给了那些士兵。可从生下小博以来，她身子还一直虚着呢。

“玫兰妮，别再这样。”斯嘉丽责备道，“你自己都病歪歪的，再不多吃点，又该病倒，让人照料了。让那些士兵饿着吧，他们扛得住。四年都挺过来了，让他们再忍忍也不会怎么样。”

玫兰妮转向斯嘉丽，宁静安详的眸子第一次那般不加掩饰地真情流露。

“噢，斯嘉丽，别骂我！就随我吧。你不知道这么做让我多安慰。每次把自己的吃食分给某个可怜人，我都想或许北方大路上的某处，也有个女人正把自己的晚餐分给我的阿希礼，帮助他回到我身边！”

“我的阿希礼。”

“亲爱的，我就要回到你身边了……”

斯嘉丽默默地转身离开。从那以后，玫兰妮发现每次有客人上门，桌上的饭菜都多了起来，尽管他们吃下的每一口，都可能令斯嘉丽不满。

若遇到病得走不动的士兵，斯嘉丽只能没好气地留他们住下。偏偏这样的人还挺多。每留下一个病人，就意味着又要多添一张嘴。得有人照顾病人，意味着修篱笆、锄地、除草和耕地又少了一个人。一次，有个骑马去费耶特维尔的骑兵发现一个刚开始长出金色胡须的少年晕倒在路边，于是把他驮上马鞍，找到最近的一户人家——塔拉，把人往前门廊一放，就扬长而去了。姑娘们觉得这少年肯定是舍曼逼近米利奇维尔时，从军校征召的学员。但她们终究还是没弄清楚，因为少年还没醒过来就死了，他身上的口袋里找不出任何线索。

这少年样貌英俊，显然是个绅士。南方的某个地方，定有位太太正望着大路，琢磨他究竟在哪儿，何时才能回家，就跟满心热望、紧盯着每个踏上车道的大胡子士兵的斯嘉丽和玫兰妮一样。她们把这个军校学员葬在家族墓地，紧挨着奥哈拉家夭折的三个男孩。波尔克往墓里填土时，玫兰妮失声痛哭，不知是否也有陌生人正对阿希礼高大的身躯做同样的事。

有个叫威尔·本廷的士兵也跟那个无名少年一样，被另一个士兵驮在马鞍上送来塔拉。威尔得了肺炎。姑娘们把他抬上床时，真担心他不久后也会进坟墓，去跟那少年做伴。

威尔面色灰黄，就跟南佐治亚患疟疾的穷苦白人一样。他的头发略带些粉红，一双淡蓝色的眼睛哪怕在神志不清时，也显得温和又耐心。他有一条腿被齐膝截掉，装了条削得很粗糙的木腿。他们前不久才埋葬的那个少年一看就是个庄园主的儿子，威尔的身份也跟那少年一样显而易见——他是个贫苦白人。至于姑娘们如何看出这点的，她们自己也说不清。跟来到塔拉的很多绅士相比，威尔并没有更脏、毛发更重，或虱子更多。他神志不清时说的胡话，也没有比塔尔顿家的双胞胎更没文法。不过，姑娘们就跟一眼分辨出纯种马和劣等马一样，本能地断定威尔不是她们这个阶级的人。但知道这点，并不妨碍她们尽力挽救他的生命。

威尔在北佬的监狱待了一年，被弄得憔悴不堪。再拖着那条不怎么合适的木腿跋涉了那么远，他实在没力气与肺炎抗争了。一连数日，他都躺在床上呻吟，但仍挣扎着要起来投入战斗。但他一次也没叫过妈妈、妻子、姐妹或爱人的名字，这点让卡伦非常不安。

“一个人总该有些亲人哪，”她说，“听起来，他在这世上已是孤身一人。”

虽然瘦长又难看，他居然还挺顽强，竟在众人的悉心照料下活过来了。终于有一天，他那双淡蓝色的眼睛清晰地辨认出了周围的一切。他的目光落到坐在自己身旁的卡伦身上。卡伦正拨着念珠祈祷，清晨的阳光照下来，穿过她金色的秀发。

“这么说，我不是在做梦。”威尔声音平淡地道，“小姐，但愿我没给你添太多麻烦。”

他恢复得很慢，成天就静静地躺着看窗外的木兰树，几乎没给任何人添麻烦。卡伦喜欢他的平和、镇静，很多个炎热的下午都守在他身旁，默默地替他打扇。

这些日子以来，卡伦几乎一直没说什么话，就像个幽灵般轻盈地走来走去，做些力所能及的事。她经常祈祷，因为斯嘉丽若不敲门就进她的房间，总能看到她跪在床边。斯嘉丽觉得祈祷的时代早已过去，所以一见她这样就心烦。如果上帝认为理应如此严厉地惩罚他们，那肯定也不再需要他们的祈祷。对斯嘉丽来说，宗教向来是个讨价还价的过程。她向上帝承诺品行端正，不过是为了换取恩惠。但上帝一次又一次地食言，所以她觉得自己如今也不欠他什么。因此，斯嘉丽每次看到卡伦在该午睡或缝缝补补时跪着祈祷，就觉得妹妹在逃避她该尽的那份责任。

威尔·本廷能在椅子里坐起身后，一天下午，斯嘉丽便跟他谈起卡伦祈祷的事。威尔语调平淡地说："斯嘉丽小姐，由她去吧。祈祷能让她觉得安慰。"

"安慰？"

"嗯，她在为你妈妈和他祈祷。"

"哪个他？"

威尔那双淡蓝色的眼睛从浅棕色的睫毛下看着她，没有丝毫惊讶之色。似乎任何事都不能让他吃惊或兴奋。或许他已经见过太多意外，不会再被吓一跳。斯嘉丽连妹妹的心思都不了解，在他看来却不足为奇。同样，卡伦跟他这个陌生人聊天都能找到安慰，他也认为这再自然不过。

"她的爱人，那个在葛底斯堡阵亡，叫布伦特还是什么的人。"

"她的爱人？"斯嘉丽不耐烦地道，"她的爱人，她哪儿来的爱人！布伦特和他兄弟都是我的追求者。"

"嗯，她告诉我了。看来，全县大多数小伙都在追求你。但尽管如此，你拒绝布伦特后，他就去追求卡伦了。而他最后一次回来休假，两人还订了婚。卡伦说她只爱过布伦特，所以为他祈祷，这对她来说就是一种安慰。”

“哼，胡说八道！”斯嘉丽觉得嫉妒犹如一根针，扎在心上。

她好奇地打量着这个瘦长难看的小伙，看着他瘦削佝偻的肩膀，淡粉色的头发和那双平静、坚定的眼睛。这么说，她懒得弄清的家事，他都一清二楚。原来这就是卡伦恍惚度日，成天都在祈祷的原因。唉，她总能恢复过来的。很多姑娘的心上人都死了，她们也挺过来了。嗯，还有死丈夫的。至于她自己，当然早就把查尔斯忘了。她在亚特兰大时，还知道有个姑娘因为战争当了三次寡妇，但仍对男人有兴趣。她把这些通通告诉威尔，后者却摇了摇头。

“卡伦小姐不是这种人。”他断言道。

跟威尔说话是件很愉快的事。因为他话很少，却是个很能理解别人的倾听者。斯嘉丽把自己遇到的各种困难说给他听：除草、锄地、播种、给猪催肥、给奶牛配种等。威尔给出了很好的建议，因为他在南佐治亚有座小农场和两名黑奴。他知道自己的黑奴已被解放，也清楚农场如今荒草遍地，长出了松树苗。他唯一的亲人就是妹妹。但多年前，妹妹便随丈夫搬去了得克萨斯，因此他已孑然一身。但他似乎并不为这些事烦恼，只遗憾自己在弗吉尼亚失去了一条腿。

没错，辛苦劳作一天后，威尔就是斯嘉丽的安慰。这些天来，斯嘉丽整日都在听黑奴唠叨、听苏埃伦的抱怨和叫嚷，还有杰拉尔德没完没了地问埃伦去哪儿了。她什么都跟威尔说，甚至包括杀掉北佬的事。威尔简短地赞一声“干得漂亮”，也能让她骄傲得满脸放光。

终于，全家人都跑到威尔屋里倾诉麻烦。嬷嬷虽然一开始嫌弃他身份低，只有两个奴隶，后来还是跟众人一样，跑来找他倒苦水。

能在屋里蹒跚走动后，威尔便帮着编橡木条篮子、修被北佬毁坏的家具。他很会削木头。韦德总跟在他身边，因为他会给他削各种玩具。这些玩具，也成了小男孩唯一的玩具。有威尔在家里照管韦德和两个孩子，每个人出门干活都很放心。因为威尔照料起孩子来简直跟嬷嬷一样娴熟。那一黑一白两个婴儿若哭闹起来，最能安抚他们的，除了玫兰，就是威尔。

“斯嘉丽小姐，你们对我真是太好了，”威尔说，“我不过是个陌生人，跟你们非亲非故，却给你们带来这么多麻烦。你要不介意的话，我就留下来帮着干干活，报答一下你们的恩情吧。当然，你们救了我的命，这份恩情我估计一辈子也报不完。”

于是，他便留了下来。而塔拉的大部分担子，也在不知不觉间慢慢从斯嘉丽肩头移到了威尔·本廷瘦削的肩膀上。

九月，摘棉花的季节到了。一个阳光明媚的初秋下午，威尔·本廷坐在斯嘉丽脚边的前门台阶上，语调平淡，慢悠悠地说着在费耶特维尔附近用新轧棉机轧棉花有多贵。不过，那天他也在费耶特维尔听说只要把马和马车借给轧棉机主人两周，轧棉花的价格就能减掉四分之一。他还没敲定这笔买卖，想先跟斯嘉丽商量一下。

斯嘉丽看着威尔瘦长难看的身子倚在廊柱上，嘴里嚼着根稻草。毫无疑问，正如嬷嬷常说的那样，威尔是上帝的恩赐。斯嘉丽常想，要是没有他，塔拉该怎么熬过最后那几个月啊？他向来少言，从不显摆自己有什么才能，似乎对周围发生的一切都没多大兴趣，但他对塔拉庄园的所有人、所有事都了如指掌。而且，他会干活。一声不吭地干，干得耐心又出色。虽然只有一条腿，但他干起活来比波尔克还快。而且，他还能调动波尔克的干活热情，简直让斯嘉丽觉得不可思议。有次奶牛急腹痛，马也得了怪病，看起来似乎都要不行了。但威尔彻夜守护，硬是把它们救活了。而他精明的经商才能，也令斯嘉丽钦佩不已。他能早晨赶车出门，带上一两筐苹果、番薯和其他蔬菜，然后带着种子、布匹、面粉和其他生活必需品回来。斯嘉丽虽也擅长交易，但她承认：自己绝对换不回这么多东西。

威尔渐渐成了这个大家庭中的一员，夜里就睡在杰拉尔德卧室外那间小更衣室的帆布床上。他从不提离开塔拉的事，斯嘉丽也小心地不问，唯恐他真的会走。有时，斯嘉丽觉得若换了别人，或还有点魄力，就算家没了，他也该回去。但哪怕有这种念头，斯嘉丽仍热切地祈祷，但愿威尔永远留在这儿。家里有个男人，总归要方便很多。

斯嘉丽又想，卡伦就算还有一点感知力，也该明白威尔对她有意。威尔若向自己提出要娶卡伦，斯嘉丽肯定感激不尽。若在战前，威尔当然不是个合格的求婚者。虽然并非穷苦白人，但他压根不属于庄园主阶级。他只是个普通白人，一个小农民，没受过多少教育，说起话来常犯语法错误，也不懂奥哈拉家从前熟悉的那些绅士礼节。其实，斯嘉丽还琢磨过他到底算不算绅士，结论是不算。玫兰妮曾激烈地为他辩护，说任何像威尔那般好心、处处为他人着想的人，肯定出身良好。斯嘉丽知道，埃伦如果知道自己的女儿要嫁给这样一个男人，准会晕过去。但现在，斯嘉丽被现实所迫，早已远远背离埃伦的教诲。男人稀少，姑娘总得嫁人，而塔拉也需要一个男人。但卡伦越来越沉迷祈祷书，离现实世界越来越远，对待威尔也跟待波尔克一样，和善得跟亲兄妹一般。

“我为卡伦做了这么多，她若还懂感恩，就该嫁给威尔，让他别离开这儿。”斯嘉丽愤愤地想，“然而，她偏要成天失魂落魄地想念那个或许从未真心爱过她的傻小子。”

威尔就这样留在了塔拉。斯嘉丽不知道他为何不走，却很喜欢他有条不紊、坦诚直爽地跟自己打交道，觉得这种态度既令人愉快，又很有帮助。威尔虽然对迷迷糊糊的杰拉尔德恭恭敬敬，却把斯嘉丽视为真正的一家之主。

斯嘉丽同意把马借出去，哪怕这意味着全家得暂时没有交通工具。对此，苏埃伦应该怨言最大。因为她最大的乐趣，就是趁威尔赶车出门办事时，跟着去琼斯伯勒或费耶特维尔。每到此时，苏埃伦都会把家里最好的行头穿上，拜访老友，听县里的各种飞短流长，觉得自己又是昔日那个塔拉庄园的奥哈拉小姐。苏埃伦从不错过任何能离开种植园，在外人面前摆小姐谱的机会。毕竟，那些人可不知道她在家不仅得去菜园除草，还得铺床叠被。

“我们的摆谱小姐两周都没法出去闲逛，”斯嘉丽想，“我们也只能忍受她的唠叨和哭闹。”

玫兰妮抱着宝宝走上阳台，也跟大家待在一起。她往地上铺了块旧毯子，让小博在上面爬。自从收到阿希礼的信，玫兰妮成天不是满脸放光、开心不已地哼歌，就是焦急地期待盼望。但无论开心还是沮丧，她都太瘦、太苍白。虽然毫无怨言地干着分内的活，但她还是日渐衰弱。老方丹医生诊断她这应该是妇女病，并同意米德医生的看法，认为她根本不该生小博。而且，老方丹医生还直言不讳地说，若再生孩子，她一定会没命。

“我今天去了趟费耶特维尔，”威尔说，“发现一件很有趣的东西。我想你们女士肯定有兴趣，所以就把它带回来了。”他在裤子后袋摸索了一阵，掏出一个印花棉布钱包。这钱包是卡伦给他做的，里面还垫了树皮，好让钱包挺括起来。威尔从钱包里拿出一张邦联钞票。

“威尔，你要觉得邦联钞票有趣，我可不觉得。”斯嘉丽一看到那张钞票就火了，简慢地说，“这种东西，爸爸的箱子里现在就有三千。嬷嬷还追着我要，说要拿点去糊阁楼的墙，免得老吹风。我正打算给她一些呢。这样，它们也算好歹派上了点用场。”

“‘飞扬跋扈的恺撒大帝，死后也化为一抔黄土。[1]’”玫兰妮苦笑道，“斯嘉丽，别这样，还是留着给韦德吧。总有一天，他会为此骄傲的。”

“啊，我倒不知道什么飞扬跋扈的恺撒，”威尔耐心地道，“但玫兰小姐，我发现的这东西，跟你说要留给韦德的一样。是首诗，就贴在这张钞票背面。我知道斯嘉丽小姐不怎么喜欢诗，但这首她或许会感兴趣。”

他翻过钞票。钞票背面贴了条粗糙的牛皮纸，纸上用淡淡的自制墨水写了几行字。威尔清了清嗓子，缓慢又艰难地读了起来。

“题目叫《写在邦联钞票上》。”

无论陆地还是海洋，
它都一文不值，
但亲爱的朋友，留下它，
当作一个已逝国度的象征，
给后人看看吧。

---

1 摘自莎士比亚悲剧《哈姆雷特》第5幕第1场。

给那些愿意聆听的人看看，
跟他们讲讲这无用之物的故事，
它关乎爱国者们的自由之梦，
以及一个在风暴中陷落的国度。

“噢，真美！真感人！”玫兰妮大声道，“斯嘉丽，可千万别把这些钱拿给嬷嬷糊阁楼。它们不仅是纸，正如这首诗所说，还是‘一个已逝国度的象征’！”

“噢，玫兰，别这么多愁善感！纸就是纸，我们如今可正缺纸。再说，嬷嬷老抱怨阁楼上的裂缝，我都听得烦死啦。韦德长大后，我希望自己能给他一大堆绿钞，而非这些没用的邦联垃圾。”

她俩争论时，威尔一直用那张钞票逗弄小博。然后，他抬起头，手搭凉棚，望向车道那头。

“有人来了，”他在阳光下眯起眼，说，“又来了个当兵的。”

斯嘉丽顺着他的目光望去，又瞧见一幅熟悉的景象：一个胡子拉碴的男人沿着雪松下的大道缓缓而来。那人身上的衣服由蓝灰两种布拼缀而成。他疲惫地耷拉着脑袋，拖着脚慢慢走着。

“我还以为士兵都接待完了，”斯嘉丽说，“但愿这位别太饿。”

“他很饿。”威尔断言道。

玫兰妮站起身。

“最好叫迪尔西多准备一个盘子，”她说，“还得警告嬷嬷，给那可怜人脱衣服时悠着点……”

可她猛地顿住了。斯嘉丽转头看她，只见玫兰妮纤细的手捂着喉咙，仿佛疼痛至极地紧紧攥着那儿，斯嘉丽都能看到白皮肤下的血管在突突跳动。玫兰妮的脸色越来越苍白，褐色的眼睛瞪得老大。

她要晕了。斯嘉丽这么想着，连忙跳起来，抓住她的胳膊。

但转眼间，玫兰妮就甩开她的手，冲下了台阶。她跑过碎石小道，脚步轻快得犹如一只鸟。褪色的裙子在她身后翻飞，两条胳膊伸向前方。然后，斯嘉丽突然明白了，仿佛突遭重击般，一个趔趄，靠在一根廊柱上。那人抬起满是金色脏胡须的脸，站住不动了。他就那样望着大宅，仿佛累得再也无法迈出一步。玫兰语无伦次地扑进那冲她低下头的肮脏士兵怀里时，斯嘉丽的心先是狂跳，继而骤停，接着又开始猛烈地跳动起来。狂喜之下，斯嘉丽朝前跑了两步，但随即就被威尔紧紧抓住了裙摆。

“别打扰他们。”他平静地说。

“放开我，蠢货！放开我！那是阿希礼！”

他没有松手。

“他毕竟是她的丈夫，不是吗？”威尔平静地问。斯嘉丽俯视着他，心里既欢喜，又窝着火。在威尔那双平静眼眸的深处，斯嘉丽看到了理解和同情。

飘（下）

[美]
玛格丽特·米切尔
Margaret Mitchell
_著

梅静_译

Gone with the Wind

江苏凤凰文艺出版社
JIANGSU PHOENIX LITERATURE AND ART PUBLISHING

目 录

第四卷

第三十一章

一八六六年一月的一个寒冷的下午，斯嘉丽坐在小账房里，给佩蒂姑妈写信，第十次详细解释为何她、玫兰妮或阿希礼不能回亚特兰大跟她同住。斯嘉丽越写越不耐烦，因为她知道佩蒂姑妈肯定只读头几行，就会提笔回信，哀号连连："但我一个人住害怕！"

手冻僵了，她只得停下笔来搓搓手，又把两只脚往裹着的旧被褥里伸了伸。便鞋的鞋底已经磨破，勉强用几片地毯补一补，虽没让她光脚着地，但这样的鞋子几乎不怎么保暖。这天早晨，威尔骑马去琼斯伯勒钉蹄了。斯嘉丽气呼呼地想：马都有鞋穿，人却要像院中狗一样光着脚，真糟糕。

她提笔继续写，听到威尔从后门进来，又搁下了笔。她听到他那条木腿"咚咚咚"地走到账房外的走廊上便停住了。她等了一会儿，见他没进来，就喊了一声。威尔这才进屋。他站在那儿俯视着她，耳朵冻得通红，微红的头发乱七八糟，唇边挂着一抹滑稽的浅笑。

"斯嘉丽小姐，"他问，"你还有多少现金？"

"威尔，你打算为了钱娶我吗？"她有些不高兴地说。

“不是，小姐，但我就是想知道。”

她一脸探究地瞪着他。威尔看起来并不严肃，但他从来没严肃过。然而，她还是觉得有什么地方不对劲。

“我还有十美元金币，”她说，“那北佬的钱就剩这么点了。”

“唉，小姐，那恐怕不够。”

“不够做什么？”

“不够税金。”他说着，脚步笨重地走到炉火旁，俯身把冻得通红的手凑到火前。

“税金？”她重复道，“天哪，威尔！我们已经缴过税了啊。”

“是的，小姐。但他们说你没缴够。这是我今天在琼斯伯勒时听说的。”

“威尔，我不明白。你什么意思？”

“斯嘉丽小姐，你都已经够烦了，我当然不愿再给你添麻烦。但他们说，你还得补缴一大笔税金。他们把塔拉的税金定得比天还高——我敢说，比县里任何一家都高。”

“但我们已经缴过税，他们不能再讨一次吧。”

“斯嘉丽小姐，我很高兴你不常去琼斯伯勒。这些天来，那儿真不是女人该去的地方。但如果你去得勤，就会知道那儿如今是南方佬[1]、共和党和拎毯制手提包的投机家[2]当政。那些家伙能把人气得暴跳如雷。还有在街上横冲直撞，竟把白人挤下人行道的黑鬼……”

“但这些跟我们缴税有什么关系？”

“斯嘉丽小姐，我正要说呢。这些无赖出于某种原因，硬是提高了塔拉的税金，仿佛这儿一年能产上千包棉花。知道这消息

1 南北战争后，对支持联邦重建计划的南方白人的贬称。

2 指美国内战后重建时期到南方去投机的北方人。

后，我便去几处酒吧转了转，听旁人闲聊。结果，我发现如果你缴不出额外的税金，有人就想在县当局拍卖此处时，低价买下塔拉庄园。大家都很清楚你肯定缴不出。我还不知道谁想买下这儿。这消息我没打听出来。但我想，那个优柔寡断、娶了凯瑟琳小姐的希尔顿多半知道。因为我试着跟他打听时，他笑得很是不怀好意。”

威尔坐在沙发上，开始揉自己那半截断腿。这条腿天一冷就疼，木头假肢垫得也不好，很不舒服。斯嘉丽心慌意乱地看着他。哪怕给塔拉敲响丧钟，他依旧如此漫不经心。被县当局卖掉？那他们该去哪儿？让塔拉落入旁人手中！不，绝不可能！

她一心扑在塔拉的生产上，几乎没关注外界的事。如今琼斯伯勒和费耶特维尔要办的事有威尔和阿希礼料理，她更是很少离开种植园。就像战前对爸爸那些战争言论充耳不闻一样，晚饭后威尔和阿希礼就战后重建展开的讨论，她也几乎不听。

噢，她当然听说过那些为牟利加入共和党的南方佬，以及南方一投降，就把全部家当塞进毯制旅行手提包，蜂拥而至的北佬投机家。她还跟那个“自由人管理局”打过几次并不愉快的交道。她也听说了有些被解放的黑奴变得相当傲慢。但她这辈子还没见过傲慢的黑奴，所以对最后这点并不怎么相信。

但威尔和阿希礼还是商量着瞒下了她很多事。战争的苦难刚刚过去，更糟糕的重建之灾却紧随而至。但两个男人一致同意，若在家讨论局势，定要避开那些较为骇人的细节。就算斯嘉丽愿意费心听他们谈话，大多也是一只耳朵进，一只耳朵出。

她听阿希礼说，南方已经成为被征服之地，征服者的政策就是复仇。但这种话对斯嘉丽来说也毫无意义。政治是男人的事。她也听威尔说过，北佬就是不打算让南方重新站起来。斯嘉丽心想："哎呀，男人总爱为一些蠢事操心。"至于她，过去没被北佬打败，现在也不会。如今要做的就是拼命干活，别忧心北佬政府。毕竟，战争已经结束。

斯嘉丽没意识到游戏规则已经改变，诚实劳动再也得不到应有的报酬。如今，佐治亚差不多全处于军事管制下。到处都驻扎着北佬士兵，自由人管理局掌控一切，正在制定符合他们利益的规则。

这个由联邦政府组织的管理局旨在管理那些闲散又激动的前黑奴，把这些人成千上万地从种植园引到村庄和城市，供他们吃喝，由着他们东游西逛，唆使他们与前主人作对。杰拉尔德的前监工乔纳斯·威尔克森负责自由人管理局在当地的分局，凯瑟琳·卡尔弗特的丈夫希尔顿是他的助手。两人不遗余力地散布谣言，说南方人和民主党人正在静候良机，要让黑人重新沦为奴隶。黑人若想逃过此等厄运，就只能寻求自由人管理局与共和党的保护。

威尔克森和希尔顿还跟黑人说他们各方面都跟白人一样好。黑人和白人很快就能通婚。要不了多久，他们从前主人的产业也会被瓜分，每个黑人都能分到四十英亩地和一头骡子。他们不断编造各种白人残酷迫害黑人的案例，让这黑奴和奴隶主向来和平的区域，也开始滋生仇恨和怀疑。

自由人管理局不仅有士兵做后盾，军方也发布了很多自相矛盾的法令，以支配被征服者们的行为。人们很容易被逮捕，哪怕怠慢管理局官员，也会被抓起来。军方颁布的命令几乎涵盖一切：大到学校和公共卫生，小到外套上缝什么样的纽扣、商店卖什么东西等，事无巨细，无一例外。威尔克森和希尔顿有权干涉斯嘉丽进行的任何交易，并对她出售或交换的所有物品定价。

幸好斯嘉丽很少跟这两人打交道，因为威尔劝服她经营种植园，买卖之事就交由他打理。威尔用自己的温和方式解决了好几件棘手事，但对斯嘉丽只字未提。如有必要，威尔也能应付拎毯制手提包的投机家和北佬。但眼下这个问题实在太大，他束手无策。额外的税金和塔拉或许不保的事斯嘉丽必须知晓，而且得立刻知晓。

斯嘉丽目光灼灼地盯着威尔。

“噢，该死的北佬！”她嚷道，“打败我们、把我们变成乞丐还不够，他们还要放纵这些无赖欺负我们吗？”

战争结束，也早已宣布过和平，但北佬仍能抢劫她、让她挨饿、将她赶出家园。她真傻，还以为熬过这艰苦的几个月，开春就能苦尽甘来，一切正常。累死累活地干了一整年，满心希望又得往后延。威尔带回的这个毁灭性消息，无疑就是压垮她的最后一根稻草。

“噢，威尔，我还以为战争结束，我们所有的麻烦也到头了呢！”

“不，小姐。”威尔抬起下巴瘦长、双颊凹陷、土里土气的脸，目光坚定地看了她好半天，“我们的麻烦才刚刚开始。”

“他们想让我们补缴多少税？”

“三百美元。”

斯嘉丽目瞪口呆。三百美元！这简直跟叫她拿出三百万一样离谱。

“那——”她支支吾吾地说，“那——那我们得想办法弄到三百美元。”

“是的，小姐——就跟变出一条彩虹或一两个月亮一样。”

“噢，但威尔，他们不会卖掉塔拉吧，唉——”

他温和的淡蓝色眼眸透出的仇恨和苦涩之意，超出了斯嘉丽的预料。

“噢，他们不能？哼，他们当然能，还很乐意这么干！斯嘉丽小姐，请原谅，但这地方真成了不折不扣的地狱。那些拎毯制手提包的投机家和南方佬都有选举权，我们大多数民主党人却没有。本州任何一位民主党人，只要在一八六五年税簿上的金额超过两千美元，就没有选举权。如此一来，像你父亲、塔尔顿先生、麦克雷先生和方丹兄弟这样的人，都被排除在外。而且，在这场战争中有过上校或以上军衔的人，也没有选举权。斯嘉丽小姐，我敢打赌，本州的上校人数肯定比邦联其他任何州都多。上到法官，下至书记，凡在邦联政府任过职的，通通没有选举权。这种人林子里到处都是。事实上，北佬的那份特赦宣誓，就是要让战前有点身份、才能、地位或财富的人都丧失选举权。

“哼！我要是愿意发他们那该死的誓，倒是有选举权。一八六五年我压根没钱，当然也不是上校或其他有名望的人物。但我才不会去宣他们的誓，说什么也不去！北佬要是能端正行事，我早已宣誓，但现在不行了。联邦可以统治我的身体，却不能改变我的信仰。哪怕再也无法拥有选举权，我也不会宣他们那个誓。可希尔顿那种渣滓有选举权、乔纳斯·威尔克森那种无赖有选举权，斯莱特里家那种穷苦白人和马金托什家那种无足轻重的家伙也有选举权。如今，掌权的都是这些人。他们若想要你再多缴十几倍的税金，你也得照办。就像黑鬼杀了白人也不会被绞死，或者——”他突然尴尬地顿住了。两人都想到洛夫乔伊附近那座孤零零的农场上，那个单身白种女人遭遇的事……“那些黑鬼什么事都能对我们做，自由人管理局和士兵都会拿着枪杆子给他们撑腰。我们没有选举权，对此真是毫无办法。”

“选举权！”斯嘉丽嚷道，“选举权！威尔，选举权究竟跟这事有什么关系？我们不是在谈论税金吗……威尔，人人都知道塔拉是一座多么好的种植园。如果可以，我们就把它抵押了，先弄到足够的钱，把税缴了再说。”

“斯嘉丽小姐，你不傻啊，但有时候怎么也说傻话？谁有钱借给你，让你抵押这座种植园？除了那些想把塔拉从你手中夺走的投机家，还能有谁？人人都有地，但谁家的地都不景气。你根本无法将地抵押给任何人。”

“我还有从那北佬身上搜出来的钻石耳环，可以拿去卖掉。”

“斯嘉丽小姐，这儿谁还有钱买耳环？人们连买熏猪肉的钱都没了，更别提这种华而不实的东西。你要是有十美元金币，那我敢发誓，你已经比大多数人有钱啦。”

两人再次沉默，斯嘉丽感觉自己真像在拿脑袋撞石墙。过去的一年里，她撞过的石墙可真够多的呀。

“斯嘉丽小姐，我们该怎么办？”

“不知道。”斯嘉丽沮丧地说，觉得自己已经不在乎了。不过又是众多石墙中的一道而已，她突然觉得累极了，浑身的骨头都在疼。她干吗奋力挣扎，把自己弄得精疲力竭？每次奋力挣扎后，等待她的，似乎都是失败的嘲弄。

“不知道，”她说，“但别告诉爸爸。他可能会担心。”

“嗯，我不说。”

“你还跟其他人说过此事吗？”

“没有，我直接就来找你了。”

她想：“是啊，有了坏消息，每个人都会先来找我。”她真是烦透了。

“威尔克斯先生在哪儿？他或许能给点建议。”

威尔温和地望着她。她觉得，这人跟阿希礼到家的第一天一样，什么都知道。

“他在果园劈栅栏。我拴马时听到他的斧头声了。但他身上的钱，恐怕不会比我们的多。”

“我跟他谈谈这事，总是可以的吧？”她突然道，站起身，踢开了裹在脚踝上的破被褥。

威尔并不生气，只继续在火上搓着手。“斯嘉丽小姐，最好围上披巾，外面冷死了。”

可她并未照办，因为披巾放在楼上，而她急着要见阿希礼，把自己的麻烦都告诉他，实在等不及。

他若是一个人待着，她就太幸运了！自从他回来，她还从未私下跟他说过一句话。家里人总围在他身边，玫兰妮也总守着他，时不时就摸摸他的袖子，以确定他真的在自己身旁。过去的数月中，斯嘉丽一直以为阿希礼多半已不在人世，所以对玫兰妮的妒意也平息了。如今看到那些宣告主权的幸福举动，斯嘉丽的满腔妒火又燃了起来。现在，她已打定主意，就是要单独去见他。这回，谁都别想阻止她跟他单独谈话。

斯嘉丽从光秃秃的树枝下穿过果园，湿漉漉的野草弄湿了她的脚。她听见阿希礼的斧头声。他要把从沼泽拖回来的木头劈成木条。更换被北佬那般随意烧掉的围栏，是件艰苦又费时的事。斯嘉丽疲惫地想：每件事都艰苦又费时，她真是倦了，对一切都觉得疲倦、气愤又厌烦。阿希礼若是她丈夫，而非玫兰妮的丈夫就好了。那样，她就能走到他跟前，将头靠在他肩上大哭一场，也能把自己肩上的重担交给他，由他去想方设法地解决。

斯嘉丽绕过一丛石榴树。那些树光秃秃的枝丫在寒风中瑟瑟发抖。她看见阿希礼倚在斧头上，用手背抹了把额头。他穿着南方士兵的军裤和杰拉尔德的衬衫。从前日子好过时，这件衬衫只在开庭日或烤肉宴上才会穿。对如今的主人来说，这件有褶裥饰边的衬衫显然太短了。因为干活太热，阿希礼把外套挂在树枝上。斯嘉丽走上前时，他正站着休息。

看到阿希礼衣衫褴褛，手上还握着斧头，斯嘉丽心中顿时涌起一股爱意和对命运的怒意。她温雅自信、完美无缺的阿希礼呀，怎能穿得如此破烂？他那双手不是用来干活的，他身上应该穿细平布和上好亚麻布做的衣裳。上帝创造他，是打算让他坐在大宅里，跟合意的人聊天、弹钢琴，写些听来悦耳、实则不需要有任何含义的美丽句子的。

斯嘉丽可以容忍自己的孩子围麻布袋做的围裙，也不在乎姑娘们是否穿着脏兮兮的旧方格条纹裙。威尔干的活比任何农工都艰辛，她也无所谓。但阿希礼不行。他太好，对她来说太珍贵，所以不该做这些。她宁愿自己去劈木头，也不愿让他受这份罪。

“他们说，亚伯拉罕·林肯也是劈栅栏出身呢。”见斯嘉丽走来，阿希礼说，“想想看，我将来肯定前途无量哪！”

斯嘉丽皱起眉。他总爱把他们的苦难说得很轻松。在她看来，这都是极其严肃的事。有时，他那些评价几乎要把她惹火。

她直截了当地把威尔带回的消息告诉了他，三言两语就全交代清楚了。话一说完，她顿觉松了口气。他当然能帮上点忙。然而，他什么也没说，只是见她发抖，便取下自己的外套，披在她肩上。

“呃，”她终于开口，“你觉得，我们该上哪儿去弄钱？”

“是啊，”他说，“该上哪儿弄钱？”

“我在问你。”她火了。卸去重担的放松感顿时消散。就算帮不上忙，他也该说点安慰的话，哪怕是一句“噢，我很难过”也好呀。

他微微一笑。

“回来后的这几个月，只听过一个人真的有钱——瑞德·巴特勒。”他说。

一周前，佩蒂帕特姑妈曾给玫兰妮写了封信，说瑞德赶着一辆两匹骏马拉的马车、揣着满口袋的绿背纸币回亚特兰大了。但姑妈暗示说他的钱来路不正。按佩蒂姑妈和大多数亚特兰大人的说法，瑞德不知用了什么方法，从邦联金库弄走了好几百万美元。

“别提那家伙。”斯嘉丽不耐烦地道，“他就是个卑鄙小人。还是说说我们大家该怎么办吧。”

阿希礼放下斧头，看向一边。他的目光仿佛望着某处遥远的乡野，某处她无法企及之地。

“我想，”他说，“塔拉庄园上的我们不知道该怎么办，南方的每个人也不知道该怎么办呀。”

斯嘉丽简直想脱口而出：“让南方的每个人见鬼去吧！关键是我们怎么办？”但疲惫感前所未有地强烈，她终究还是什么都没说。阿希礼根本帮不上忙。

“看看一种文明崩塌时的结果，就知道我们最后会怎么样了。有头脑和勇气的人会挺过去，没有的那些被淘汰。目睹众神的黄昏，哪怕让人不舒服，至少也挺有趣。”

“什么？”

“众神的黄昏。不幸的是，我们南方人当真以为自己是神。”

“天哪，阿希礼·威尔克斯！别站在这儿跟我扯废话，眼看着我们就要被淘汰啦！”

她恼怒又疲惫的模样似乎触动了他，唤回了他游离的思绪。

他温柔地拉起她的手翻过来，看向上面的老茧。

“在我见过的手里，这是最美丽的一双。”他边说，边挨个儿吻了吻那两只手掌，“斯嘉丽，它们强壮，所以美丽。每一个老茧都是一块奖章，每一个水泡都是对你勇敢和无私的奖赏。这双手为我们，为你父亲、妹妹们、玫兰妮、小宝宝、黑奴和我而粗糙。亲爱的，我知道你在想什么，你在想，‘活人都有危险了，这个不切实际的傻瓜却站在我面前，胡扯什么死掉的天神’。你就是这么想的，对吧？”

斯嘉丽点点头，希望他能永远握住自己的手，可他放开了。

“你来找我，希望我能帮忙。唉，我帮不了。”

他苦涩地看向斧头和那排木头。

“我的家没了，从前那些被我视为理所当然的钱也没了。我所属的世界已经消逝，我在如今这个世界一无是处。斯嘉丽，我帮不了你，只能尽量优雅地学着成为一个笨拙的农夫。而这样根本不能帮你保住塔拉。别以为我不知道我们目前的窘境，我们都在靠你的施舍度日。噢，没错，斯嘉丽，靠你的施舍。你一片好心，为我和我家人所做的一切，我永远都偿还不清。我对这点的感受，一天比一天深。面对我们遭遇的困难，我每一天都更清晰地意识到自己有多无能。每一天，我都在可恶地逃避现实。这份逃避，让我更难面对新的现实。你明白我的意思吗？”

她点点头。虽然不是太清楚他在说什么，但她仍屏息凝神地听他说。这是他第一次在似乎离她很遥远的状态下，跟她倾诉自己的所思所想。她很兴奋，觉得自己仿佛就要窥破他的心思了。

“不愿正视赤裸裸的现实，是我不幸的根源。开战以前，于我而言，生活不过是幕布上的皮影戏，并不真切。可我就喜欢那样。我不喜欢事物的轮廓过于清晰，偏爱它们影影绰绰，带着些许朦胧。”

他顿住，淡淡一笑，身子随着灌进衬衫的冷风微微颤抖。

“斯嘉丽，换句话说，我是个懦夫。”

他说的皮影戏和朦胧轮廓之类的东西，她全都不懂。但最后这句话，她听明白了。她知道这不是真的。他并不怯懦。他修长身躯上的每一根线条，都显示出他家历代相传的英勇与豪侠气度。他在战场上的累累功勋，她全铭记在心。

“不，不是的！懦夫会在葛底斯堡战役中爬上大炮，重整士兵？将军本人会亲自给玫兰妮写信，夸奖一个懦夫吗？而且——”

“那不是勇敢，”他疲惫地说，“战斗跟香槟一样，让懦夫上头的速度，跟让英雄上头一样快。上了战场，任何傻瓜都能勇敢起来。因为若非如此，就会被杀。我说的是另外一码事。我这种怯懦，比第一次听到大炮轰鸣就跑糟糕得多。”

他说得很慢、很吃力，仿佛这些话让他痛苦。他就像个旁观者，伤心地听着自己说出这番话。若说话者换成其他任何男人，斯嘉丽都会认为这是一种故作谦逊、实则想博得称赞的宣言。但阿希礼说的似乎是真心话，而他的目光令她费解——没有恐惧、没有歉意，那目光中的意味，仿佛在说他要振作精神，去迎接某种不可避免，又势不可当的压力。寒风刮过她湿漉漉的脚踝，她又颤抖了一下，但与其说是因为风而瑟缩，不如说是被他这番话吓到了。

“可阿希礼，你在怕什么？”

“噢，一些莫可名状的东西吧。某些一旦说出来，就会显得十分愚蠢的东西。主要还是因为生活突然变得太真实、太私人、太切身。突然之间，就不得不去接触生活中各种简简单单的事实。我不介意站在泥地里劈木头，但我的确介意这事代表的含义。我所爱的昔日生活多美哪！可那份美丽已经荡然无存。我的确介意，且非常介意这点。斯嘉丽，战前的生活多美。它就像希腊艺术品那般富有魅力、完美匀称。或许，并非每个人都会这么想。现在我已明白这点。在十二橡树园的生活，有种真正的美。我属于那种生活，是其中的一部分。如今，旧生活一去不复返，我恐怕又与新生活格格不入。现在我明白了，昔日的生活就像在看一场皮影戏。那时，我避开了一切过于真实、充满生机、不朦胧模糊的人和事。我讨厌真实而富有活力的东西闯入我的生活。斯嘉丽，我也试图避开你。你太有活力、太真实，我却怯懦得更偏爱影子和幻梦。”

“可是——可是——玫兰呢？”

“玫兰妮是最温柔的梦，也是我幻梦的一部分。如果没有这场战争，我本可躲在十二橡树园，心满意足地做个生活的旁观者，直至进入坟墓，都不用参与其中。但战争来了，真实的生活便挤到我面前。你还记得吧，我第一次参加战斗是在布尔河[1]。我眼睁睁地看着儿时玩伴被炸成碎片，听到垂死的马儿尖声长嘶，感受到杀人后那种恶心又可怕的感觉。我看着那些被我开枪击中后的人连滚带爬，口吐鲜血。但斯嘉丽，那些还不是战争最糟糕的情况。最糟的是，战争让我不得不跟别人生活在一起。

“我这辈子都避免与人来往，为数不多的几个朋友都是精挑细选出来的。但战争让我明白，过去我创造了一个属于自己的小世界，那个世界里只有梦中人。战争让我明白什么是真正的人，却没教会我如何跟他们生活。恐怕，这点我永远也学不会。如今，为了养活妻儿，我知道自己必须在这个世界闯出一条路。这个世

1　美国内战打响第一场主要战役之地。

界里，满是与我毫无共同点的人。而你，斯嘉丽，却能攥住生活的双角，让它听你摆布。但这个世界哪儿还有适合我的位置？我跟你说，我害怕。”

听着他低沉洪亮、带着凄凉的声音，斯嘉丽却并不明白，只零零星星地捕捉到几个词，试图弄懂个中含义。可那些字眼仿佛野鸟般，嗖地从她手中飞走。有什么东西在驱使着阿希礼，那东西仿佛操起一根赶牛棍棒驱使着他，斯嘉丽却不明白那是什么。

“斯嘉丽，我不知道凄凉的现实是何时让我明白，自己这场个人皮影戏结束了。或许是在布尔河开战的头五分钟里，我目睹第一个被我打死的人倒地的那刻吧。但我知道皮影戏结束了，我再也不是个旁观者，不是了。突然间，我发现自己站到幕前，成了一个演员，不断做着各种姿势，各种毫无意义的姿势。我小小的内心世界不复存在，它被那些所思所想迥异于我、行为举止跟霍屯督人一样陌生的人占领了。他们污秽的双脚穿过我的世界，哪怕情况糟糕到无法承受时，我也再无避难之地。我在监狱里想：等战争结束，我就能回到昔日的生活，回到那些旧梦中，继续看皮影戏。可斯嘉丽，回不去了。我们如今要面对的情况比战时更糟、比我在监狱时更糟——对我来说，这简直比死还糟……所以，你瞧，斯嘉丽，我正在因为怯懦而受罚。”

“但阿希礼，”斯嘉丽听得困惑不已，仿佛在一片泥沼中挣扎，“你要是担心我们会挨饿，为——为什么——噢，阿希礼，我们总能想出办法的！我知道，我们一定能！”

一时间，他收回目光看向她。那双水晶般清透的灰色大眼中带着赞赏，但那目光随即又变得遥远起来。斯嘉丽心下一沉，知道他并没有想挨饿的事。每回跟彼此交谈，他们都像两个操不同语言的人。可她多爱他呀！当他如此刻般退缩时，仿佛温暖的太阳突然落下，将她遗弃在黄昏沁凉的寒露间。她想抓住他的肩膀，将他揽入怀中，让他明白自己是有血有肉的人，并非他所读之书里或梦中的什么东西。很久以前，他刚从欧洲回家，站在塔拉的台阶上冲她微笑的那刻，她真生出了与他合二为一之感。若能再次重温那种感觉，该多好啊。

"挨饿的滋味并不好受，"他说，"我挨过饿，所以我知道。但我并不怕挨饿。一去不复返的旧世界有种缓慢悠闲的美。我怕的是要面对一种失去那美丽的生活。"

斯嘉丽绝望地想，玫兰妮多半听得懂他在说什么。玫兰和他总是聊那些蠢事：诗歌、书籍、梦、月光和星尘。他不怕她担惊受怕的事，不怕饥肠辘辘、北风呼啸，也不怕大家被赶出塔拉。他害怕的东西她永远弄不懂，也想象不出。天哪，这破败的世界除了饥饿、寒冷和失去家园，还有什么好怕的？

可她还以为，只要仔细倾听，自己就能知道如何回答阿希礼呢。

"噢！"斯嘉丽声音里带着失望，仿佛一个打开漂亮包装，却发现盒子空空如也的孩子一样。听到她叹气，阿希礼惨然一笑，好似在道歉。

"斯嘉丽，原谅我说出这番话。因为你不知何谓恐惧，所以无法听懂我的话。你有一颗狮子般的心，却毫无想象力，这两种特质都让我羡慕。你永远不惧面对现实，也永远不会像我一样，想逃避它。"

"逃避！"

他说了这么多，仿佛只有这一个能让人听懂的词。阿希礼和她一样，也厌倦了挣扎，也想逃避。她的呼吸急促起来。

"噢，阿希礼，"她大声道，"你错了。我也想逃避，我早就烦透这一切！”

他不可置信地挑起眉，她却伸出一只手，热切地搭上他的胳膊。

“听我说，”她倒豆子般飞快地开口道，“我跟你说，我厌烦所有事，真是烦透了，烦得再也受不了。我为了食物和钱拼死拼活，我除草、锄地、摘棉花，甚至还得犁地。这种日子我真是一分钟都过不下去啦。我跟你说，阿希礼，南方完了！完了！北佬、获得自由的黑奴和拎毯制手提包的投机家占领了南方，什么都没留给我们。阿希礼，我们逃吧！”

他目光锐利地盯着她，低头仔细打量她那张烧得绯红的脸。

“没错，我们跑吧——把他们都丢下！我厌倦了为他人干活。会有人照料他们的。总有人管无法照料自己的人。噢，阿希礼，我们逃吧，就你和我。我们可以去墨西哥——墨西哥军队需要军官。我们在那儿会很幸福。阿希礼，我会照料你，我可以为你做任何事。你知道自己并不爱玫兰妮——”

他一脸愁容，刚想开口，却被她的又一轮滔滔不绝堵住了嘴。

“那天，你告诉过我，相比她，你更爱我。噢，你还记得那天吧！我知道你没变！我看得出来，你没变！刚才你还说，她就像个梦——噢，阿希礼，我们走吧！我可以让你很快活！而且，反正——”她恶毒地补充道，“玫兰妮也不能——方丹医生说了，她不能再生孩子，可我能为你——”

他紧紧抓住她的肩膀，把她攥疼了，她这才气喘吁吁地住了嘴。

“我们要忘掉那天在十二橡树园的事。”

“你觉得我能忘吗？你忘了吗？你说句实话，你真的不爱我吗？”

他深吸一口气，飞快地答道："对，我不爱你。"

"撒谎。"

"就算是谎言，"阿希礼的声音异常平静，"这事也不能再讨论了。"

"你是说——"

"你觉得就算我讨厌玫兰妮和孩子，我真能撇下他们一走了之？伤玫兰妮的心？留下他俩接受朋友们的接济？斯嘉丽，你疯了吗？你心里还有没有'忠诚'二字？你不能撇下你父亲和两个妹妹。他们是你的责任，就像玫兰妮和小博是我的责任一样。不管你累不累，他们都在这儿，你必须忍受。"

"我能撇下他们——我简直烦死他们，受够他们了——"

他冲她俯下身，一时间，她还激动地以为他要拥抱自己。可他只是拍拍她的胳膊，仿佛安慰孩子般说道："我知道你又累又烦，所以才会说出这些话。你扛起了三个男人的重担，但我会帮你——我不会总是这样笨拙——"

"你要帮我只有一个办法，"她麻木地说，"带我离开这儿，去别处重新开始。只有这样，我才有可能得到幸福。这儿没什么东西值得我们留恋。"

"是没什么，"他平静地说，"除了名誉——再无其他。"

她困惑又热切地望着他，仿佛生平第一次发现他新月般的睫毛好似饱满的金色麦穗，也第一次发现那光裸脖子上的头颅多么骄傲，以及哪怕穿着破衣烂衫，修长挺直的身体仍那般高贵庄严。四目相对，她眼里满是不加掩饰的祈求，他的眼神却如苍穹下的高山湖泊般遥远。

从那双眼里，她看到自己狂乱的梦和放肆的欲望破灭了。

心碎和疲惫席卷而来，她垂下头，掩面哭泣。他从未见过她哭，从未想到她这般坚强的女人也会掉眼泪，不由得生出柔情和悔意。他飞快奔到她跟前，将她一把揽进怀里，把那一头乌发的脑袋按在自己心口，柔声哄道："亲爱的！我勇敢的可人儿——别哭！你千万不能哭啊！"

这么一碰，他就觉得她在自己怀中起了变化。他搂着的这具苗条身体有种疯狂和魔力，那双绿眸，也热烈又温柔地望着自己。突然间，阿希礼觉得此刻不再是萧索的寒冬，春天又回来了，他遗忘大半的春天，那柔和宜人、绿叶沙沙如细语，一派安然悠闲、无忧无虑的春天又回来了。他的心又热了，再次腾起年轻人的热望。悲苦的日子烟消云散，他看到凑向自己的两片微微颤动的红唇，于是吻了上去。

斯嘉丽只觉耳里响起一阵奇异的嗡鸣，仿佛贴在很多海贝上。嗡鸣声中，她隐隐听见自己飞快的心跳声。身子仿佛都要融化在他怀中了。他们就这样紧紧搂在一起，久久不离。他疯狂地吻着她，好似永远都吻不够。

接着，阿希礼突然松了手。斯嘉丽顿觉一个人没法站稳，忙伸手抓住篱笆。她抬起那双燃烧着爱恋和胜利的眼瞅着他。

"你是爱我的！你是爱我的！说呀——快说！"

他的双手依旧搁在她肩上。她感觉到那双手在颤抖，她爱这颤抖，热切地倚向他，却被他推开了。他也盯着她，眼里没有半分悠远之色，只剩痛苦的挣扎和绝望。

"别！"他说，"别这样！你若再这样，我就要在此时此地占有你了。"

斯嘉丽粲然一笑，忘记了时间、地点和一切，只记得他的唇压在自己唇上的感觉。

突然，他开始使劲摇晃她，摇得她黑发散落肩头，仿佛对她，也对自己充满怒火。

“我们不能这样！”他说，“我告诉过你了，我们不能这样！”

他再摇一下，她的脖子仿佛就要断了。眼睛被头发遮住，她也被他的举动吓呆。她使劲挣脱开，狠狠瞪向他。他额头上满是细密的汗珠，双手痛苦地攥成拳，灰眸锐利地盯着她。

“都是我的错——你没错。这种事再也不会发生，因为我要带着玫兰妮和孩子离开。”

“离开？”她痛苦地嚷道，“噢，不！”

“没错，天哪！出了这种事，你觉得我还能留在这儿吗？这种事若再来一次——”

“可阿希礼，你不能走。你干吗要走？你是爱我的——”

“你想让我说出来？好吧，我说，我爱你。”

他突然恶狠狠地冲她俯下身，吓得她猛地往后一缩，靠在篱笆上。

“我爱你，爱你的勇气和倔强，爱你热情如火，也爱你冷酷无情。我有多爱你？爱到刚才差点摧毁你收留我和我家人的深情厚谊，爱到忘了我已拥有全世界最好的妻子——爱到险些在这泥地占有你，就像一个——”

她在一团乱麻的思绪中苦苦挣扎，感觉心仿佛被冰锤刺穿，又冷又痛。她结结巴巴地说：“你若这么想——干吗不带我走——其实，你并不爱我。”

“你真是永远都不懂我。”

两人都不说话了，就那么望着彼此。斯嘉丽突然打了个寒战，仿佛远行归来，发现正值寒冬，眼前是一片满是残梗的光秃田野。好冷！她看到阿希礼的脸又变回从前那副冷漠超然的样子。那张脸上也是一派寒冬之色，严酷得只剩伤痛和悔恨。

她本想转身离开，进屋躲起来，可她累得一步也挪不动。就连说话，也成了辛苦又疲惫的事。

“什么都不剩了，”最后，她开口道，“什么都没留给我。连爱都没了。没有值得奋斗的啦。你走了，塔拉也要没了。”

他久久凝视着她，然后俯身从地上抓起一小块红土。

“不，还有东西留着呢。”他说，脸上又浮现出一丝惯常的微笑，那笑容在自嘲，也在嘲笑她，“虽然你或许不知道，但有一样东西，你爱它胜过爱我。你还有塔拉。”

他拉起她一只软绵绵的手，将那块潮湿的泥土塞了进去，然后合上她的手掌。此时，他的双手已不再发烫，她的也一样。她盯着那块红土看了一会儿，觉得这东西毫无意义。她看向他，隐约觉得他的心仍是完整的。那颗心并没有被她热切的双手撕开，也不会被其他任何一双手撕开。

哪怕杀了他，他也绝不会离开玫兰妮；哪怕至死都仍在为斯嘉丽欲火中烧，他也绝不会占有她，而是努力与她保持距离。她再也无法穿透那层铠甲。诺言、礼节、忠诚和声誉，这一切他看得远比她重。

掌心的土凉凉的，她又朝它看了一眼。

“没错，”她说，“我还有这个。”

起初，这些话毫无意义，那块土也不过就是块红土而已。但塔拉周围如海洋般无边无际的红土地突然闯入她脑中。这土地多可爱啊！为了保住它，她曾多么艰苦地奋斗过啊！而若想今后也保住它，她还得继续奋斗。她又看了他一眼，纳闷火一样的激情怎么就如潮水般流失殆尽？她能思考，却没了感觉。无论对他，还是对塔拉，她都毫无感觉。因为，她所有的情感都枯竭了。

“你不需要走，”她清楚明白地道，“我不会让你们大家挨饿。

刚才，不过是我在勾引你，这种事以后不会再发生。”

她转过身，穿过高低不平的田野，朝大宅走去，边走边将头发在颈后绾成一个髻。阿希礼目送她远去，瞧见她细瘦的肩膀挺得笔直。那姿势深深印入他心底，比她曾经说过的任何话更刻骨铭心。

第三十二章

走上前门台阶时，斯嘉丽仍攥着那块红土。她小心地避开后门，因为嬷嬷眼尖，肯定看得出她很不对劲。斯嘉丽不想看到嬷嬷或其他任何人。此刻，她不觉得丢人，也不失望或痛苦，只觉双膝发软，心里空荡荡的。她把土攥得那样紧，直攥得它从指缝间挤出来。与此同时，她鹦鹉学舌般一遍又一遍地念叨着："我还有这个，没错，我还有这个。"

她一无所有，除了这片红土地，她真的一无所有了。而就在几分钟前，她还想如丢掉一块破手帕般抛弃它。此刻，这片土地又成了她的心头好。她沮丧地想：自己到底是发哪门子的疯，竟如此看轻它！阿希礼若让步，她就真的抛下家人朋友，头也不回地跟他一走了之吗？然而，即使心里空荡荡的，她也知道离开这些亲爱的红土丘陵、那一条条被常年冲刷的溪谷和枯瘦的黑松林，自己肯定会心碎，也会至死都苦苦思念它们。若将塔拉从她心里连根拔起，哪怕阿希礼，也无法填补心中的那片空白。阿希礼真聪明，真了解她啊！只需往她掌心塞一块湿乎乎的红土，就能让她恢复理智。

她站在走廊，正想关上门，忽听一阵马蹄声，便朝车道望去。

这时候来客人，真让人受不了。她要赶紧回屋，推说自己头疼。

但马车驶近，她却惊讶得不想躲了。那是辆新马车，漆得铮亮，马具也是新的，还到处点缀着光亮的铜片。肯定是陌生人。她认识的人中，没谁有钱置办得起如此堂皇簇新的马车。

她站在门口张望，一阵冷风袭来，吹得裙摆在湿漉漉的脚踝边飘来飘去。马车停在屋前，乔纳斯·威尔克森从车上下来。看到她家这位前监工驾着如此漂亮的马车，穿着这般豪华的厚重长大衣，斯嘉丽惊讶极了，一时间不敢相信自己的眼睛。威尔的确说过，自从在自由人管理局谋得新差事，乔纳斯就显得相当阔绰。威尔说，他赚了很多钱，不是骗黑人，就是骗政府，还没收大家的棉花，硬说那是邦联政府的。毫无疑问，在眼下这种艰难岁月，他那些钱肯定不是正当挣来的。

此刻，他从一辆华美的马车上下来，接着又搀下一个从头打扮到脚的女人。斯嘉丽只瞥了一眼，就觉得那裙子艳俗至极，但还是贪婪地将那女人仔细打量了一遍。她真是好久没见过时髦新衣了呀。哟！看来，今年不怎么流行宽裙撑。斯嘉丽边这么想着，边扫视那件红色彩格呢长外衣。瞧瞧那件黑色天鹅绒紧身上衣，真短哪！那帽子真精致！看来，无边呢帽已经过时，眼前这顶红色天鹅绒扁帽，真像往头上扣了个硬邦邦的薄煎饼。这顶帽子的帽带不像呢帽那般系在下巴上，而是系在脑后那一大团假发髻下。假发髻无论颜色，还是质地，都跟那女人的头发大不相同，斯嘉丽很难忽视。

女人一下车，就朝屋子瞧。斯嘉丽觉得那张扑了一层白粉的兔子脸似乎有些眼熟。

“呀，是埃米·斯莱特里！”斯嘉丽嚷道，惊讶得嗓门都提高了。

“是啊，是我。”埃米头一扬，扯出一抹讨好的微笑，朝台阶走来。

埃米·斯莱特里！那一头黄毛的脏婊子，她的私生子还是埃伦施的洗礼，她却把伤寒传染给埃伦，害她丢了性命。这打扮得花枝招展、粗俗肮脏、一文不值的白垃圾，竟如此神气活现、嬉皮笑脸地踏上塔拉的台阶，仿佛她就属于这儿似的。斯嘉丽一想到埃伦，空荡荡的心口顿时怒火中烧，气得浑身发抖。

“贱货，赶紧滚下去！”斯嘉丽吼道，“滚出这儿！快滚！”

埃米顿时下巴一沉，瞥了眼皱眉上前的乔纳斯。虽然生气，他仍努力摆出一副庄重派头。

“不准这么对我太太说话。”他说道。

“太太？”斯嘉丽哈哈大笑，笑声里满是尖锐的蔑视，“你早该讨她做老婆啦。你害死我妈后，谁给你那些小杂种施洗呀？”

埃米“啊”的一声惊叫，匆匆退下台阶。但乔纳斯粗暴地拽住她的胳膊，不让她逃回马车。

“我们特意登门拜访——友好拜访，”他吼道，“顺便跟老朋友谈笔小小的生意——”

“朋友？”斯嘉丽厉声喝道，“我们什么时候跟你们这种人成朋友了？斯莱特里一家人靠我们接济过日子，回报却是害死我妈。还有你——你——爸爸就是因为你跟埃米那野种才解雇你的，你心知肚明吧？这叫朋友？赶紧滚，别等我把本廷先生和威尔克斯先生叫出来。”

听到这话，埃米挣脱丈夫的钳制，就朝马车逃去。只见那带红流苏的鲜红漆皮靴一闪，人便已经爬进车里了。

这时，乔纳斯也跟斯嘉丽一样，气得浑身发抖。他那张灰黄色的脸涨得通红，活像只愤怒的公火鸡。

"还当自己高高在上，不可一世哪？哼，你什么事我不知道？我知道你连双鞋都没有。我还知道，你爸成白痴了——"

"滚！"

"噢，你得意不了多久啦。我知道你已经破产，也知道你甚至缴不起税。我来是想买下这儿——本想给你个好价钱呢。埃米很想住在这儿。但天哪，我现在一个子儿也不会给你！等你们这些趾高气扬的爱尔兰乡巴佬要卖房缴税金，就知道这片地方归谁管了。我要买下这里，连带家具全部买下，我要住进来！"

这么说，原来想要塔拉的是乔纳斯·威尔克森——乔纳斯和埃米曾在这座宅子里受过轻视，便想方设法地要住进来，以雪前耻。斯嘉丽恨得每根神经都在嗡鸣，就跟她冲那满脸胡子的北佬扣动扳机时一样恨。那把枪若此刻就在手中该多好。

"我定会赶在你们踏进门槛前，把这房子拆了！一块石头一块石头地拆，然后放火烧。我还要把每英亩田地都撒上盐。"斯嘉丽吼道，"滚，我叫你滚！快滚！"

乔纳斯怒瞪着她，又嘀咕了几句，才朝马车走去。他爬上车，坐在哭哭啼啼的妻子身旁，掉转马头。看着他们驾车离去，斯嘉丽真有种想啐一口的冲动。她从前真这么干过。虽然知道这举动粗俗又孩子气，但啐完心里总归好过些。刚才，真该当面啐的！

那该死的黑奴同情者竟敢跑到这儿来奚落她穷！那卑鄙小人哪儿是来出价买塔拉的，分明是拿此当借口，来当面炫耀他自己和埃米的。那些肮脏的无赖，满身虱子、一文不名的白垃圾，竟夸口要住进塔拉！

接着，斯嘉丽突然恐惧起来，怒意烟消云散。天哪！他们真会住进来！她没办法阻止他们买下塔拉，也没法阻止他们扣押所有镜子、桌子和床，以及埃伦那些闪闪发亮的桃花心木和红木家具。虽然家里的每样东西都被入侵的北佬折腾得伤痕累累，但在她眼里都无比珍贵。还有罗比亚尔家的银器。斯嘉丽激动地想："就算把这儿烧了，我也绝不让他们得逞！这是妈妈曾经走过的地板，埃米·斯莱特里休想踏上半步！"

她关上门，靠在上面，心里害怕极了，甚至比舍曼的士兵闯进家的那天还怕。那天，她能想到最糟糕的事，就是塔拉被烧掉。可这次的情况更糟——那帮下流粗俗的家伙要住进这座房子，还要向他们那些同样下流粗俗的朋友吹嘘自己如何赶走了高傲的奥哈拉一家。说不定，他们甚至会把黑鬼们请进来吃饭睡觉。威尔告诉过她，乔纳斯成天到处嚷嚷，说要跟黑鬼们平等相处、同桌吃饭，要去他们家做客，还要驾上自己的马车，揽住他们的肩膀，载着他们去兜风。

一想到塔拉最终可能遭遇的这份侮辱，她就心脏狂跳，几乎喘不过气。虽然努力思考这个难题，拼命想办法，但每次集中精神，她都会觉得愤怒和恐惧重新袭上心头。肯定有办法的，肯定能去哪儿找个有钱人借钱给她。钱既不会干枯，也不会被风吹走，总有人有钱。然后，她想起了阿希礼刚才的玩笑话："只听过一个人真的有钱——瑞德·巴特勒。"

瑞德·巴特勒。她飞快地走进客厅，关上门。百叶窗拉着，又到了冬日黄昏，周围一片昏暗。没人会到这儿来找她，她需要时间不受打扰地好好想想。刚才蹦出来的这个念头多么显而易见，她之前怎么就没想到？

"得从巴特勒那儿搞到钱。我要把钻石耳环卖给他。或者，我就找他借钱，拿耳环做抵押，日后再赎回来。"

她顿时大松一口气，浑身都没了力气。她会付清税金，然后当面嘲笑乔纳斯·威尔克森。但才高兴了一会儿，她突然想到一个严酷的事实。

“不光今年需要缴税金，明年、后年、我活着的每一年，都需要缴税金啊。如果这次缴清了，下次他们肯定会再提税金，直到把我赶走为止。我要是棉花有了好收成，他们也会征棉花税，让我到头来什么都得不到。他们也可能直接没收棉花，说它们都归邦联所有。北佬和那帮无赖狼狈为奸，想怎么对付我，就能怎么对付我。只要还有口气，我就得一辈子提心吊胆，提防他们要如何算计我。我这辈子都得担惊受怕，累死累活地拼命赚钱，到头来却还是一无所有，只能眼睁睁地看着自己的棉花被抢走……借三百美元缴税只是权宜之举。我得想办法彻底摆脱这困境。如此一来，我才能安心睡觉，不用担心明天、下个月、明年会出什么事。”

斯嘉丽有条不紊地仔细盘算着，渐渐生出一个冷静又合理的念头。她想到了瑞德，想起他那黝黑皮肤映衬下的一口闪亮白牙，想起那双爱抚她的嘲讽黑眸。她也想起亚特兰大那个炎热的夏夜，围城临近尾声之时，他坐在佩蒂姑妈家的门廊上，半隐在夏天幽暗的夜色中。她又感觉到他炽热的手捏着她的肩膀，说：“我想要你，甚过其他任何女人。而我等你的时间，也比等其他任何女人都久。”

“我要嫁给他，”斯嘉丽冷静地想，“然后，我就再也不用操心钱的事了。”

噢，这念头真好，简直比上天堂还甜美——再也不用为钱发愁，知道塔拉从此平安，一家人都衣食无忧，她再也不用在一堵又一堵石墙上撞得鼻青脸肿。

斯嘉丽觉得，自己老了好多。这天下午接二连三的事已经榨干她所有感觉。首先是吓人的缴税消息，接着是阿希礼，最后是她恨不能宰了乔纳斯·威尔克森的怒气。不，她什么情感都不剩了。倘若还有一丝感知能力，那肯定有某样东西会反对她刚才制订的这个计划。因为，她在这世上最痛恨的人就是瑞德。可她没有感觉了，只会思考最实际的东西。

“他把我们扔在路上那晚，我是对他说了些可怕的话，但我能让他通通忘掉。”斯嘉丽轻蔑地想，仍对自己的魅力相当自信，“只要在他面前装出一副讨巧卖乖的模样就行。我要让他觉得我一直爱他，那晚口不择言只是因为太心烦、太害怕。噢，男人太好骗，什么恭维话都信……拿下他之前，绝不能让他知道我们眼下处境艰难。噢，绝不能让他知道！哪怕只是怀疑我们穷，他也会知道我想要的是他的钱，而不是他这个人。他终归无从知晓，因为就连佩蒂姑妈都不知道情况有多糟。等我嫁给他，他想不帮我们都不行。总不能让妻子的家人挨饿吧。”

他的妻子——瑞德·巴特勒太太。冷静的思绪下腾起一丝憎恶。可这感觉只稍稍翻腾了一下，便平息下去了。斯嘉丽想起跟查尔斯度过的短暂蜜月，想起其间令她尴尬和厌恶的种种：他到处乱摸的手、笨拙的动作和那无法理解的激情……以及韦德·汉密尔顿。

“现在不想这些。等嫁给他之后，再来操心吧……”

等嫁给他之后。记忆敲响警钟，一阵寒意蹿过脊背。她又想起那晚在佩蒂姑妈的门廊上，想起她问他是否要向自己求婚时，他多么可恶地边笑边说：“我难道没告诉你，我不结婚吗？”

如果他还是不想结婚怎么办？要是无论她怎么施展魅力、使尽手段，他都不娶她怎么办？假如——噢，这念头真可怕！假如他已经彻底忘掉她，已经在追求别的女人了怎么办？

“我想要你，甚过其他任何女人……”

斯嘉丽握紧拳头，指甲掐进掌心。“他若忘了我，我就让他再想起来，让他重新想要我。”

就算他不想娶她，但只要仍想要她，就还有法子弄到钱。毕竟，他曾求过她做他的情妇。

灰暗的客厅中，三大束缚她灵魂的力量展开最终决斗：对埃伦的记忆、她接受的宗教教义和她对阿希礼的爱。她知道，哪怕妈妈在温暖遥远的天堂，若知晓自己脑中的念头，也定会惊骇万分。她知道，未婚通奸是弥天大罪。她也知道，既然自己还爱着阿希礼，这个计划就等于双重卖身。

但在她冷酷无情的心和被绝望驱使的情绪下，这一切都失去了效力。埃伦已死，死亡或许能原谅一切。教义禁止通奸，违者必受地狱之火的炙烤，但为了保住塔拉，让全家人不挨饿——若教会认为不能这么做，那就让他们去操心吧，她可不管了，至少现在不管。而阿希礼——反正阿希礼不想要她。不，他想要，她现在还记得那温柔嘴唇落在自己唇上的感觉。但他永远不会带她走。奇怪，她不觉得跟阿希礼私奔是什么罪过，但跟瑞德……

从亚特兰大陷落那晚开始的这段人生之旅，斯嘉丽终于在这冬日黄昏的暮色中走完了。刚出发时，她还是个被宠坏的自私姑娘，不谙世事、风华正茂、热情洋溢，很容易被生活所迷。此刻走到终点，这个姑娘已彻底变了样。饥饿、艰苦劳作、恐惧、持续不断的紧张、对战争和战后重建的恐惧，带走了她所有的热情、青春和温婉。她的心已经结起一层坚硬的外壳。在这看似没有尽头的岁月里，这层壳还在一点一点、一层一层地越变越厚。

但今天之前，仍有两大希望支撑着她。她希望战争结束，生活会渐渐恢复原貌；也希望阿希礼的回归能给生活带来某种意义。如今，这两个希望都落空了。乔纳斯·威尔克森踏上塔拉的前门车道，让她明白无论对她，还是对整个南方来说，战争永远都不会结束。最艰难的战斗和最残酷的报复，现在才刚刚开始。至于阿希礼，他已经被比任何监狱更结实的诺言永远禁锢。

同一天，和平的祈愿落空，阿希礼也让她失望。如此一来，仿佛她心上硬壳的最后一条缝隙被封住，最后一层壳也变硬了。她成了方丹奶奶反对的那种女人——一个见识过最糟糕的境况，从而无所畏惧的女人。她不怕生活、不怕妈妈、不怕失去爱情，也不怕公众舆论。只有饥饿和夜里那个饥饿导致的噩梦，能让她害怕。

如今，她终于硬起心肠，抛开所有旧日束缚，也甩掉了昔日的自己，顿觉浑身说不出的轻松自在。她已经做出决定，感谢上帝，她不害怕。反正已经没什么东西可失去了，主意已定！

若能哄得瑞德娶她，当然万事大吉。但若不能——哼，反正无论如何都要把钱弄回来。一时间，她竟客观又好奇地琢磨当情妇到底是什么感觉。瑞德会不会非让她留在亚特兰大？就像人们说他将那个叫沃特林的女人留在亚特兰大一样？若果真如此，那他可得付大价钱才行——得付出足够的钱，以补偿她离开塔拉的损失。斯嘉丽完全不了解男人隐秘的生活，所以根本不知道情妇会被如何安排。她会不会再有孩子？如果会，那就太可怕了。

“我现在不想这事，以后再想。”她把这不愉快的念头抛到脑后，以免动摇自己的决心。今晚她就告诉家人自己要去亚特兰大借钱，如有必要，也会试着把庄园抵押出去。现在，他们只需知道这些就够了。等最后那倒霉日子来临，他们再明白原来不是那回事也行。

想到即将采取行动，斯嘉丽昂起头，也挺直了肩膀。她知道这事不容易。从前是瑞德祈求她青睐，主动权在她手上。现在，她成了乞丐，一个没资格讲条件的乞丐。

“但我不能像个乞丐一样去见他，而要像个施恩的王后，绝不叫他看穿真相。”

斯嘉丽走到大穿衣镜前，昂起头，端详自己。在那有裂纹镀金镜框的镜子里，她看到一个陌生人。一年来，仿佛这是她头一次看清自己的模样。其实，她每天早晨都会瞥一眼镜子，看看自己的脸干不干净，头发整齐不整齐。但要做的事实在太多，她从未仔细打量过自己。可是，如今这个陌生人是谁？这个双颊凹陷、瘦骨嶙峋的女人不可能是斯嘉丽·奥哈拉！斯嘉丽·奥哈拉有张美丽动人、风情万种、勇敢活泼的脸。她此刻盯着的这张脸一点也不美，更没有半点记忆中的妩媚。这张脸苍白而紧张，眼梢微翘的绿眸之上，两道黑眉高高扬起，被白皙的皮肤一衬，宛如惊鸟之翅。这是张饱经风霜、疲惫不堪的脸。

“要想把他搞到手，我可不够漂亮！”这么想着，她又绝望起来，“我瘦了——噢，我瘦得可怕！”

她拍了拍脸颊，又忙不迭地去摸锁骨，感觉到它们已从紧身巴斯克衫里突了出来。而且，她的胸好小，几乎跟玫兰妮的一样小。得往胸口塞点褶裥饰边，让它们显得更大些才行。从前，她可是很瞧不起耍这种花招的姑娘。褶裥饰边！这东西叫她想起另一件事——衣裳。她看了眼自己的裙子，双手展开缝补过的裙褶。瑞德喜欢女人穿得又好又时髦。她满怀渴望地想起刚出丧期时，自己头次出门穿的那条荷叶边绿裙。当时，她还戴上了瑞德买给她的那顶插着羽毛的绿色软帽，赢得他不少赞誉。她也怀着又妒又恨的心情，想起埃米·斯莱特里的红色格子裙、流苏红顶靴和煎饼似的帽子。那身装扮虽艳俗，却簇新时髦，肯定能引人关注。噢，她现在多想引人关注哪，尤其是瑞德·巴特勒的关注！他若见到她一身旧衣裳，就会知道塔拉肯定出问题了。绝不能让他知道。

竟妄想顶着如此皮包骨头的脖子、饿猫般的眼睛和破旧裙子，去亚特兰大魅惑瑞德，她可真够傻的！当初她美貌正盛，衣着也最美时，都未能诱得他求婚，如今这副又丑又寒酸的模样，又怎能奢望？如果佩蒂姑妈所言非虚，他肯定是全亚特兰大最有钱的男人，很可能好女人也好，坏女人也罢，总之是漂亮女郎随意挑。斯嘉丽恨恨地想："哼，但我有样大多数漂亮女人都没有的东西——坚定的决心。如果能有条漂亮裙子——"

塔拉一条好裙子都没有，无不至少翻改补缀过两次。

"就这样吧。"她闷闷不乐地盯着地板，这么想着。她看到埃伦那苔藓绿的天鹅绒地毯被无数男人睡过后，已经破旧磨损，斑斑点点地烂了不少地方。看到地毯这副样子，她更沮丧了，因为塔拉不也一样破烂吗？昏暗的房间也令人抑郁。她走到窗边，推开窗框，打开百叶窗，让冬天落日最后的余晖照进屋内。然后，她关好窗户，脑袋倚在天鹅绒窗帘上，目光越过荒凉的牧场，朝苍松环绕的墓地望去。

面颊下的苔藓绿天鹅绒窗帘柔软又扎人，斯嘉丽猫儿般惬意地在上面蹭了又蹭。突然，她开始盯着窗帘，仔细打量。

片刻后，她跑到屋子那头，拖起一张沉甸甸的大理石面桌。那桌子的四个脚轮已经生锈，一路抗议地放声尖叫。她把桌子一直拖到窗下，撩起裙子爬了上去，踮脚去够笨重的窗帘杆。可她只能勉强够到，不耐烦地拉扯之下，竟把木头里的钉子也拉了出来。结果，窗帘和窗帘杆等所有东西，哗啦啦掉了一地。

客厅门仿佛中了魔法般，忽地打开了，现出嬷嬷那张大黑脸。那张脸上的每条皱纹，显然都透着热切的好奇和最深重的疑虑。

她很不以为然地盯着站在桌上、裙子撩过膝盖、正准备跳下地的斯嘉丽。后者脸上那种兴奋又得意的深情，顿时让嬷嬷起了疑心。

“你动埃伦小姐的窗帘干什么？”嬷嬷质问道。

“你在外面偷听？”斯嘉丽边问，边灵巧地跳到地上，拉起一段沉甸甸、灰扑扑的窗帘。

“还需要偷听吗？”嬷嬷立刻反驳，做好了大干一场的准备，“干吗动埃伦小姐的窗帘，还连杆子都拽下来了，地上可都是灰呀！埃伦小姐那么看重这些窗帘，我可不能让你如此糟蹋。”

斯嘉丽转过绿眸，看向嬷嬷。那双眼里一片狂喜。看起来，她又是旧日好时光里那个让嬷嬷唉声叹气的顽劣小姑娘了。

“嬷嬷，快去阁楼，把我那盒衣服纸样拿来。”她轻推了她一下，嚷道，“我要有新裙子啦。”

嬷嬷体重足有两百磅，催她去哪儿她都得发火，更别提是要爬阁楼了。嬷嬷开始怀疑是不是要发生什么可怕的事，一把夺过斯嘉丽手中的窗帘，搂在自己松弛下垂的大胸脯上，就像抓着什么神圣的遗物般。

“休想用埃伦小姐的窗帘做新裙子。只要我还有口气，你就别想！”

年轻的女主人脸上顿时闪过一抹执拗。从前，嬷嬷一见这表情，就管她叫“牛脾气”。不过，这表情一闪即逝，很快化为微笑，倒让嬷嬷难以招架了。但老太太并不上当，知道斯嘉丽小姐的微笑不过是想哄自己让步。而这事她主意已定，绝不妥协。

“嬷嬷，别这么小气。我去亚特兰大借钱，总得有条新裙子吧。”

“你需要什么新裙子！其他太太也没有新裙子呀！她们都穿旧的，穿得可自豪啦。埃伦小姐的孩子如果愿意穿旧裙子，那有什么不可以的？别人照样会尊重她，就跟她穿丝绸裙时一样。”

斯嘉丽又现出那牛脾气表情。天哪，这丫头怎么越大越像杰拉尔德先生，不像埃伦小姐！

“好啦，嬷嬷，你知道佩蒂姑妈已经写信来，说范妮·埃尔辛小姐这周六结婚。我当然得去参加婚礼，没新裙子怎么行。”

“依我看，你身上这条就不比范妮小姐的结婚礼服差。佩蒂小姐信上不也说了，她家现在很穷吗！”

“可我一定要有条新裙子！嬷嬷，你不知道我们多需要钱，税金——”

“嗯，小姐，税金的事我都知道，但——”

“你知道？”

“是呀，上帝让我长了耳朵。难道我听不见呀？尤其威尔先生说话，向来懒得关门。”

还有嬷嬷偷听不到的事吗？斯嘉丽纳闷能震得地板跟着晃的笨重身子，怎么一到偷听时，就能如此神不知鬼不觉呢？

“好吧，你若都听到了，那乔纳斯·威尔克森和埃米——”

“嗯，知道。”嬷嬷眼里全是怒火。

“好吧，嬷嬷，那就别倔得跟头驴似的。你看不出来，我需要去亚特兰大借钱缴税吗？我一定要弄些钱回来，一定！”斯嘉丽一只手握起小拳头，砸向另一只手的手心，“天哪，嬷嬷，人家要把我们通通赶走，到时候我们该去哪儿呀？害死妈妈的贱货埃米·斯莱特里都打定主意要住进这所房子，躺在妈妈睡过的床上了，你还要为妈妈的窗帘这种小事跟我争论吗？”

嬷嬷像头焦躁不安的大象般来回踮着脚，隐隐觉得自己要被说服了。

“不，小姐，我当然不能眼睁睁地瞧着那贱货进埃伦小姐的屋子，把我们赶出去……”她忽然责备地盯着斯嘉丽，“你到底要跟谁借钱，需要穿新裙子？”

“这个嘛……”斯嘉丽吃了一惊，道，“是我自己的事。”

嬷嬷目光锐利地盯着她。斯嘉丽小时候做错事找借口搪塞时，嬷嬷就总这么盯着她，似乎要看穿她的心思。斯嘉丽不情愿地垂下眼，第一次为自己非要做的这件事感到羞愧。

“所以，你需要一条崭新的漂亮裙子去借钱。这话听着可不太对。而且，你还不说要跟谁借。”

“我就是不说，”斯嘉丽气鼓鼓地道，“这是我的事。你到底给不给我窗帘，帮不帮我做裙子？”

“做，做！”嬷嬷柔声道。这突如其来的屈服反而令斯嘉丽起疑，“我帮你做。这帘子的缎面里衬可以做条衬裙，花边拆下来也够给衬裤镶边。”

嬷嬷把天鹅绒窗帘递还给斯嘉丽，脸上露出一抹心照不宣的微笑。

“斯嘉丽小姐，玫兰小姐会跟你一起去亚特兰大吧？”

“不，”斯嘉丽断然否定，突然意识到她要说什么了，“我一个人去。”

“原来你是这么打算的！”嬷嬷坚决地说，“但我要跟你和你的新裙子一起去。没错，小姐，一步都不离开你。”

斯嘉丽立刻想到去亚特兰大的途中或自己跟瑞德说话时，嬷嬷这个沉着脸的年长女伴像那又黑又大的三头刻耳柏洛斯[1]般站在背后的模样。她又扯出一个微笑，一只手按在嬷嬷胳膊上。

“好嬷嬷，想陪着我、帮助我，你真是太好了。可这儿的人离

1　守卫冥府入口，有三个头的猛犬。

了你，怎么活呀？要知道，塔拉全得靠你管着呀。”

“哼！”嬷嬷道，“斯嘉丽小姐，别拿好听的话来哄我。从给你垫第一块尿布起，我就知道你是怎么回事啦！我说了要跟你去亚特兰大，就非去不可。如果让你一个人去那到处都是北佬和自由黑鬼的地方，埃伦小姐躺在坟墓里都没法安心。”

“可我会住在佩蒂帕特姑妈家呀。”斯嘉丽急忙道。

“佩蒂帕特小姐是个好女人，但她以为自己什么都懂，其实不见得。”嬷嬷威严庄重地转过身，结束谈话，站在走廊开始嚷嚷，声音大得墙板、地板都在震动。

“普利西，丫头！赶紧去阁楼，把斯嘉丽小姐那盒衣服纸样拿来。再找把好用的剪刀。动作快点，可别一晚上都找不来。”

“糟糕，”斯嘉丽沮丧地想，“我很快就要被一条‘寻血犬’跟上了！”

吃过晚餐，桌子收拾干净后，斯嘉丽和嬷嬷在餐桌上摊开纸样，苏埃伦和卡伦忙着拆窗帘的缎面里衬，玫兰妮则拿了把干净毛刷，清理天鹅绒上的灰尘。杰拉尔德、威尔和阿希礼坐在屋里一边抽烟，一边笑看着女士们忙碌。斯嘉丽身上那股快活兴奋劲儿似乎也感染了所有人，但大家都搞不懂她在兴奋什么。斯嘉丽两颊泛红，眼里闪光，不住大笑。她的笑声让大家都很开心，因为他们已经好几个月没听到她笑得如此开怀。杰拉尔德尤其高兴，目光跟着斯嘉丽轻盈的身子在屋里转来转去，眼里的迷蒙之色也比平时少了些。女儿每次走到触手可及之处，他都要赞许地拍拍她。姑娘们都兴奋得像是要参加舞会般，又是拆，又是剪，仿佛是在为自己赶制晚礼服似的。

斯嘉丽要去亚特兰大借钱，如有必要，还得把塔拉抵押出去。

但抵押究竟是什么意思？斯嘉丽说，他们可以用明年收获的棉花还账，还完还有结余。她说得那般斩钉截铁，所以大家也想不出还有何可问的了。而问起要跟谁借钱时，她调皮地回了句“半路上截住管闲事的”，逗得众人哈哈大笑，纷纷打趣她是不是有个百万富翁朋友。

“肯定是瑞德·巴特勒船长。”玫兰妮俏皮地道，又引得众人一阵哄笑。这话多荒唐，谁不知道斯嘉丽最痛恨瑞德，提起此人，哪回不骂一句“卑鄙无耻的瑞德·巴特勒”？

可斯嘉丽没笑。阿希礼看见嬷嬷飞快地瞥了斯嘉丽一眼，眼里尽是防备时，也突然止住笑。

苏埃伦受相聚气氛影响，大方地拿出自己那个虽有些破旧，却依然漂亮的爱尔兰花边领。卡伦则非要让斯嘉丽穿她的便鞋去亚特兰大，因为塔拉上下，就数她这双鞋最像样。玫兰妮恳求嬷嬷留够天鹅绒碎片，让她补补自己那顶破软帽，还说如若不然，家里那只老公鸡就最好赶紧钻进沼泽，否则它那漂亮的古铜色和墨绿色尾羽就要不保了。这话又引得众人一阵大笑。

斯嘉丽看着众人翻飞的手指，听着他们的笑声，只能把苦涩和鄙夷深藏心底。

“他们根本不知道我、他们自己或整个南方在经历什么，还以为不管世事如何，就因为他们姓奥哈拉、威尔克斯、汉密尔顿，便不会遇到什么灾难，甚至那些黑人也这么想。噢。全是蠢货！他们永远弄不明白，还会抱着旧思想，如往常那般生活下去，不为任何事改变。玫兰虽能穿着破烂、下地摘棉花，甚至帮我杀掉一个男人，但她不会改变。她始终是羞涩、有教养的威尔克斯太太，一位完美的女士！阿希礼可以目睹死亡和战争，可以受伤、被关进监狱、几乎一无所有地回家，但他仍是从前那个十二橡树园的绅士。威尔不同，他知道事物的真相。不过，他本就是个没什么东西可失去的人。至于苏埃伦和卡伦——她们以为眼下的一切都是暂时的。因为觉得这一切很快都会结束，所以她们也不会改变自身，去适应新情况。这些人觉得上帝即将为了他们降下奇迹。不，上帝不会。此处唯一能盼来的奇迹，就是我要去瑞德·巴特勒身上找的奇迹……他们不会改变。或许，他们是不能改变。只有我变了——如果可以，我又何尝想变？”

最后，嬷嬷把几个男人赶出餐厅，关上门，好开始试衣。波尔克把杰拉尔德扶上楼睡觉，前厅便只留下阿希礼和威尔。两人默默地在灯光下待了会儿，威尔嚼着烟草，活像头平静的反刍动物。不过，他那张和善的脸，远远称不上平静。

“这是要去亚特兰大呀，”终于，他慢悠悠地说，“我不赞成，一点也不赞成。”

阿希礼飞快地瞥了威尔一眼，又看向别处，虽什么都没说，却暗暗思忖威尔是否也有他心中那份可怕的疑虑。不可能啊。威尔不知道今天下午在果园发生的事，更不会知道那事如何将斯嘉丽逼入绝境。威尔也没注意到有人提到瑞德·巴特勒时，嬷嬷的脸色。再说，威尔既不知道瑞德有钱，也不知道他声名狼藉。至少，阿希礼觉得他不可能知道这些事。但自从回到塔拉，阿希礼也渐渐发现威尔跟嬷嬷一样，似乎不需他人告知，就能预先料准很多事。空气中似乎有什么不祥之物，但究竟是什么，阿希礼既说不清，也无力将斯嘉丽解救出来。那天晚上，斯嘉丽没看他一眼，而她那般兴高采烈的欢快神情，简直令他害怕。而他疑心的事太过可怕，完全无法宣之于口。哪怕是真的，他也无法当面问她，否则就是对她的侮辱。他攥紧拳头。她忧心的所有事，他都无权过问。今天下午，他就被永久剥夺了这项权利。他帮不了她。

没人帮得了她。但想起嬷嬷裁剪天鹅绒窗帘时的坚定神情，他又有些安慰。无论斯嘉丽愿意与否，嬷嬷都会照顾她。

“全怪我，”阿希礼绝望地想，“是我把她逼到这一步的。”

他想起今天下午她转身离开时，那副挺起肩膀昂着头的倔强模样，顿时整颗心都扑到了她身上，既为自己的无力而痛苦，也为钦佩她而伤心。他知道，她的字典里肯定没有“英勇”二字，自己若对她说她是他见过最英勇的人，她定会目瞪口呆、一片茫然。每每想起她的英勇，他都会将很多真切美好的品质加诸她身上，她却完全无法理解这些。他知道，无论生活如何变化，她都能欣然接受；无论遇到何种困难，她都能以坚强的意志勇敢应对、绝不认输。哪怕看到失败已成定局，也会奋战到底。

但四年来，他见过其他不肯认输的人，见过英勇无畏、明知灾难已注定，还欣然前往的人。然而，等待他们的终归是失败。

他盯着前厅阴影下的威尔，心想自己从未见过斯嘉丽·奥哈拉这样英勇的人。她竟穿着用母亲天鹅绒窗帘改制的裙子，插上公鸡尾羽，就要出发去征服世界了。

第三十三章

次日下午，斯嘉丽和嬷嬷在亚特兰大刚迈下火车，就迎上一阵冷风。头顶深灰色的天空，滚滚乌云疾驰而过。城市被烧毁后，车站一直没有重修。两人在一片炭渣和烂泥中下了车，离车站焦黑的废墟还有数码之遥。斯嘉丽习惯性地四处寻找彼得大叔和佩蒂姑妈的马车，因为打仗这几年里，每次从塔拉回亚特兰大，他们都会来接。可随即她便嗤笑自己的健忘，她根本没告诉佩蒂姑妈自己要来，彼得大叔当然不会来接。而且，斯嘉丽记得，那老太太眼泪汪汪地来信说，南军投降后，彼得为了将她送回亚特兰大而在梅肯“弄到手”的那匹老驽马，已经死了。

斯嘉丽四下打量着车站周围这片坑坑洼洼、车辙遍地的空地，心想能不能碰到哪个老朋友或熟人驾车经过，也好顺道载她们去佩蒂姑妈家。可无论黑人还是白人，一个认识的都没有。如果佩蒂来信属实，从前的那些老朋友，很可能现在都没马车了。日子如此艰难，人要有吃有住都不容易，哪儿还养得起牲口。佩蒂姑妈的大多数朋友都跟她一样，近来出门都步行。

几辆马车在列车旁装货，还有几辆溅满泥浆的四轮单马轻便马车，拉着缰绳的无不是面貌粗野的生人。然而，载客的只有两辆。一辆是有篷马车，另一辆是敞篷车。敞篷车里坐了位衣着讲究的女士和一个北佬军官。看到那身军装，斯嘉丽猛抽了一口冷气。虽然佩蒂姑妈信中已经提过亚特兰大如今有驻军，大街上到处都是士兵，但乍看到蓝色军服，她还是吓了一跳。毕竟，要想起战争已经结束真难啊！谁知道这北佬会不会追她、打劫她或侮辱她。

车站四周比以往冷清了不少，她不由得想起一八六二年那天早晨，刚做寡妇的她披着黑纱来到亚特兰大时，心中真是厌烦至极。当时，这儿多拥挤呀，到处都是四轮运货马车、载客马车和救护车。车夫们骂骂咧咧、大叫大嚷，人们高声跟朋友问好打招呼。想起战时某些漫不经心的日子，斯嘉丽不由得叹了口气。再想到要一路走到佩蒂姑妈家，她又叹了口气。不过，她仍心存希望，觉得到了桃树街，没准儿就能碰到哪个熟人，载她们一程。

斯嘉丽正站在那儿东张西望，一个马鞍色皮肤的中年黑人驾着那辆有篷马车驶到她跟前，倚在车厢上问："太太，用车吗？二十五美分，去亚特兰大哪儿都行。"

嬷嬷恶狠狠地瞪了他一眼。

"一辆出租马车！"她咕哝道，"黑鬼，你知道我们是谁吗？"

嬷嬷虽是个乡下黑人，却并非一直住在乡下，所以知道正经女人若没有家中男人陪着，绝不会坐出租马车，尤其还是这种有篷的。就算有黑人女佣陪着，还是不合规矩。看到斯嘉丽满眼渴望地盯着那车，嬷嬷又气鼓鼓地瞪了她一眼。

"斯嘉丽小姐，离那车远点！一辆出租马车和一个被解放的黑鬼！哼，这组合可真不错。"

"我才不是刚解放的，"车夫激动地嚷道，"我是老塔尔博特小姐家的。我把小姐的车驾出来，不过是为了给家里挣点钱。"

“哪个塔尔博特小姐？”

“米利奇维尔家的苏珊娜·塔尔博特小姐。老主人战死后，我们就搬到这儿来了。”

“斯嘉丽小姐，你认识她吗？”

“不认识，”斯嘉丽遗憾地说，“米利奇维尔家的人，我认识的真没几个。”

“那我们就走路。”嬷嬷厉声喝道，“把车赶开，黑鬼！”

嬷嬷拎起装着斯嘉丽新天鹅绒连衣裙、软帽和睡衣的毯制手提包，又把一个扎染印花大手帕打的整齐包袱夹在腋下。包袱里装着她自己的东西。然后，她就护着斯嘉丽穿过湿漉漉的煤渣路，朝前走了。斯嘉丽虽然更想乘车，却不想跟嬷嬷争吵，便没再提此事。嬷嬷自从昨天下午逮到她拆天鹅绒窗帘，就一直警惕又怀疑地盯着她，弄得她很不自在。现在要逃过嬷嬷的陪伴着实不易，所以她决定不到万不得已，绝不能激起嬷嬷那好斗脾气。

两人沿着狭窄的人行道向桃树街走，看到亚特兰大如此荒凉，与记忆中的模样相去甚远，斯嘉丽真是又沮丧又悲伤。她们走过瑞德和亨利伯父住过的亚特兰大旅馆。曾经的高雅建筑，如今只剩框架和部分焦黑的墙壁。铁路沿线本有四分之一英里长装满军用物资的货栈，这些地方如今都没重建，只剩下长方形的地基躺在幽暗的天空下，显得分外凄凉。没了两旁建筑物的遮挡，又少了车棚，铁轨光秃秃的无遮无拦。这片废墟中某个如今已无法辨认的货栈，是查尔斯留给她的遗产。亨利伯父已经替她付了货栈去年该缴纳的税金。这笔钱早晚得还给人家，又是件烦心事。

两人转入桃树街，斯嘉丽朝五角广场望去，顿时惊叫出声。尽管弗兰克已经说过城市被夷为平地，但她真没料到竟毁得如此彻底。她觉得，自己如此热爱的城市应该依旧是鳞次栉比的建筑和漂亮房屋。但眼前的桃树街空荡得连一个旧标志都看不到，就像一个从未到过的陌生之地。战时，她乘车在这条泥土路上往来不下千次；围城期间，她也曾顶着上空呼啸的炮弹，惊恐万分地埋头冲过这里；撤退的那晚，纵然酷热难当、行色匆忙、痛苦不堪，她仍最后看了眼这条路。此时此刻，它却变得如此陌生，让斯嘉丽简直想大哭一场。

虽然舍曼军队退出这座被烧毁的城市，邦联军队返回后的一年中陆续新建了很多房屋，但五角广场周围仍十分空旷，污渍斑斑的破砖头躺在一片垃圾、枯死的野草和金色须芒草中。她从那些废墟中也认出了几座熟悉的建筑：昏暗的日光照在几面没有屋顶的砖墙上、玻璃已碎的窗户张着大嘴、几根烟囱孤孤单单地耸立着。偶尔，她也能欣喜地发现一间熟悉的店铺虽被炮火毁去一部分，如今却已修复，红色的新砖被满是煤灰的旧墙一衬，显得格外鲜亮。新店正面和新事务所的橱窗上，她看到一些受欢迎的熟人姓名，但更多的还是陌生姓名，尤其是那几十个招牌上的医生、律师和棉花商的名字。曾经，她几乎认识亚特兰大的每个人，如今却有这么多陌生姓名，真是令她沮丧不已。不过，看到一路上不断有新建筑拔地而起，她又振奋了些。

新房子有几十座，有些还有三层高！到处都在造新房子。斯嘉丽沿街望去，努力适应新的亚特兰大。她听到锤子和锯子的欢唱，看到高高升起的脚手架和工人们扛着一桶桶砖头爬上梯子。她望着这条自己如此热爱的街道，眼睛都有些湿润了。

她想："就算他们把你烧了、夷为平地，也不能真正打垮你。不能！你还会重新站起来，跟从前一样时髦、一样庞大！"

斯嘉丽沿着桃树街往前走，嬷嬷摇摇摆摆地跟在后头。路上依旧行人如织，跟战事最紧张时一样。这种复兴中的城市依旧拥挤繁忙，不禁让斯嘉丽热血沸腾。很久以前，她第一次拜访佩蒂姑妈，从而踏上此处时，也是这样的心情呀！在烂泥坑里颠簸前行的车，似乎还跟从前一样多，只是少了邦联的救护车。店铺前，木头凉棚下的马槽旁，照样拴着很多马和骡子。人行道上虽拥挤，斯嘉丽看到的面孔却跟头顶的招牌一样陌生。很多长相粗鲁的男人和衣着俗丽的女人，却都是生面孔。街上黑压压一片，到处都是四处闲荡的黑人。他们有些倚在墙上，有些坐在路缘，怀着天真的好奇，望向过往车辆，宛如孩童看马戏团游行一般。

“新放出来的乡下黑鬼，”嬷嬷嗤之以鼻，“一辈子都没见过像样的马车。瞧瞧那样儿，多粗鄙！”

斯嘉丽深有同感，那些人的确一脸粗鄙，因为他们都无礼地盯着她看。不过，又看到一队穿蓝军装的士兵后，斯嘉丽心头一惊，立刻忘了前面那些人。这座城市里满是北佬士兵——骑着马的，步行的，坐在军用马车里的，在街上闲逛的，还有摇摇晃晃从酒吧里出来的。

斯嘉丽攥着拳头想：我永远适应不了这帮家伙，永远！然后，她扭头嚷道：“嬷嬷，快点，赶紧离开这群人。”

“那我可要赶紧把这个挡道的黑鬼踢开！”嬷嬷大声应道，抡起手提包，就朝身前一个闲逛的黑人砸去，把这慢得令人讨厌的家伙推搡到了一边，“啊，斯嘉丽小姐，我讨厌这座城市，到处都是北佬和刚放出来的黑鬼！”

“那些没这么挤的地方会好点。等我们穿过五角广场，就没这么糟了。”

她们择路而行，踩着一个个滑溜溜的垫脚石穿过泥泞的迪凯特街，继续沿着桃树街往上。行人渐渐稀疏。走到韦斯利教堂时，斯嘉丽不禁想起一八六四年那天，她跑出来找米德医生，就是停在这儿喘气。故地重游，她看着教堂，突然大笑起来，笑得既突然，又恐怖。嬷嬷那双敏锐的老眼立刻看向她，目光中带着怀疑和询问。然而，她的好奇心并未得到满足。斯嘉丽鄙夷地想起自己那天怕得要死的模样。她怕得战战兢兢、浑身发软，既怕北佬，也怕玫兰妮临产。现在想来，她都纳闷自己为何如此害怕，就跟小孩怕巨大的响声一样。她可真幼稚，竟以为北佬、大火和战败就是平生最糟糕的经历！跟埃伦逝世、杰拉尔德糊涂、饥饿、寒冷、累断腰背的活、为不安全的生活噩梦连连相比，那一切简直微不足道。如今，面对入侵的军队多容易！要面对威胁到塔拉的危险，却那般困难！不，她再也不会怕任何东西，除了贫穷。

桃树街那头迎面驶来一辆有篷马车，斯嘉丽站到路缘，急切地张望是否是自己认识的人。因为，这儿离佩蒂姑妈家还有好几个街区。马车驶到她们身旁，斯嘉丽和嬷嬷倾身上前，斯嘉丽连笑容都准备好了。可透过车窗看到里面女人脑袋的一刹那，斯嘉丽差点失声惊呼。一顶上好毛皮帽下，是颗红得耀眼的脑袋。斯嘉丽后退一步，两人同时认出了对方。是贝尔·沃特林！斯嘉丽见她厌恶地翕动着鼻孔，然后，那张脸就看不见了。真是怪事，她看到的第一张熟悉面孔，竟然是贝尔！

“她是谁？”嬷嬷怀疑地问，“明明认识你，却连招呼都不打。我这辈子都没见过那种颜色的头发，就连在塔尔顿家，也没见过。看起来——啊，多半是染的！”

“是啊。”斯嘉丽只回了一句，走得更快了。

“你认识那个染头发的女人？我问你，她是谁？”

“城里的坏女人，”斯嘉丽不愿多说，“我向你保证，我不认识她，所以别问啦！”

“天哪！”嬷嬷低呼一声，无比好奇地目送马车远去，下巴都快掉下来了。自从二十多年前跟埃伦离开萨凡纳，她就再没见过一个职业妓女，真遗憾刚才没好好把贝尔看个仔细。

“她穿得真好，马车也不错，还有个车夫呢。”嬷嬷嘟囔着，“真不知上帝怎么想的，坏女人过得这么好，我们这些好人反而要挨饿，还几乎连鞋都穿不上。”

“上帝几年前就不管我们啦，”斯嘉丽愤怒地说，“别跟我说什么妈妈听了这话，在坟墓里都不得安生！”

斯嘉丽很想显得比贝尔更高贵、更正直，但她办不到。如果计划实施顺利，她或许就会跟贝尔一样，都靠同一个男人养活。虽然这事的确令她困窘不堪，但她一点也没后悔做出这个决定。“现在先不想这事。”她这样对自己说，又加快了脚步。

她们经过米德家。如今，那儿只剩两条石阶和一条无法通到任何地方的小径。怀廷家也成了一片平地，就连地基石和砖砌的烟囱都被人拆下来运走了，只剩满地车辙印。埃尔辛家的砖房还在，屋顶和二层都是新盖的。邦内尔家修补得很难看，屋顶连木瓦都没有，全是未加工的木板。虽然看起来破烂寒酸，但勉强还能住人。这两家的窗户后和门廊上都未见一人，倒让斯嘉丽开心不已。此刻，她不想跟任何人说话。

然后，佩蒂姑妈家的新板岩屋顶和红砖墙便映入眼帘。斯嘉丽的心怦怦直跳。上帝真好，没让它变得无法修复！彼得大叔一只手挎着菜篮，出了前院。一看到斯嘉丽和嬷嬷艰难地走来，那张黑脸膛顿时大张着嘴，扯出一个难以置信的笑容。

我要亲亲这个老迈的黑傻瓜，见到他真是太高兴啦！斯嘉丽这么想着，开心地嚷道：“彼得，快去拿姑妈的嗅盐瓶！我真的来啦！”

那天晚上，佩蒂姑妈的晚餐桌上又是万古不变的牛奶玉米片粥和干豌豆。斯嘉丽一边吃，一边暗暗发誓：等她又有了钱，餐桌上绝不出现这两样东西。无论得付出怎样的代价，她都会重新弄到钱，弄到比塔拉应缴税金更多的钱。总有一天，她要想办法弄到很多钱，就算得为此杀人也在所不惜。

餐厅昏黄的灯光下，斯嘉丽向佩蒂姑妈打听家里的经济情况，抱着一线希望，想从查尔斯家借到她需要的那笔钱。她问得很直白，佩蒂姑妈很高兴有个家人能说说话，所以并不觉得斯嘉丽有多唐突。她立刻泪流满面地细数起自己的悲惨遭遇，说不知怎么回事，她那些农场、城里的产业和钱都没了。至少哥哥亨利是这么说的。亨利甚至连她那些产业的税金都缴不起了。除了这座房子，她已经一无所有。但佩蒂姑妈忘了，其实房子也不是她的，而是玫兰妮和斯嘉丽的共同财产。亨利伯父只能勉强付清这座房子的税金，再每月给佩蒂一点生活费。虽然从哥哥那儿拿钱很丢脸，但佩蒂别无选择。

“亨利说他负担太重，税金又太高，实在不知该如何维持生计。不过，他很可能在撒谎。他肯定有很多钱，就是不愿多给我点。”

斯嘉丽知道亨利伯父没撒谎。他曾给斯嘉丽写过几封信，说明查尔斯的财产状况。斯嘉丽看得出，为保住这座房子和城里原来货栈的那片地产，这位老律师已经在拼命抗争，以便韦德和斯嘉丽还能在劫后有点什么。斯嘉丽知道，亨利伯父为她做出了巨大牺牲，那些地方的税金都是他在缴。

“他当然没钱，”斯嘉丽悻悻地想，“只有把他和佩蒂姑妈从名单上划掉啦。除了瑞德，无人可求。我一定要成功。但现在我不能想这事……得先引她聊聊瑞德，我再有意无意地提出请他明天来做客。”

斯嘉丽笑了，把佩蒂姑妈胖乎乎的手握在自己掌中。

“亲爱的姑妈，”她说，“别谈钱这种扫兴的事啦。把这些事抛到脑后，我们聊点开心的。老朋友们都有什么新消息，快跟我说说吧。梅里韦瑟太太和梅贝尔怎么样了？听说，梅贝尔那个小克里奥尔人平安回家了。埃尔辛一家和米德夫妇还好吧？”

话题一转，佩蒂帕特姑妈那张娃娃脸顿时亮了，不再抽抽搭搭地哭个没完。她细细描述老邻居们的情况，把他们做什么、穿什么、吃什么、想什么都一一道来。她惊恐万分地说勒内·皮卡德从战场上回来前，梅里韦瑟太太和梅贝尔为了维持生计，竟烤馅饼卖给北佬士兵。简直难以想象！有时，二十几个北佬挤在梅里韦瑟家后院，等着馅饼烤好。如今勒内回来了，也每天驾着老马车，去北佬军营卖蛋糕、馅饼和松脆饼干给士兵们。梅里韦瑟太太说，等再多挣些钱，她就去城里开一家面包店。佩蒂虽然不想说三道四，但毕竟——她说若换成自己，宁肯饿死，也不会跟北佬做这种买卖。佩蒂还说，每次在街上遇到北佬士兵，她都会鄙夷地瞪上一眼，然后立马过街，尽量表现得无礼至极。但她也说，若遇到下雨天，这么做就很不方便。斯嘉丽觉得：既然要向邦联表忠心，哪怕鞋子沾满泥浆，对佩蒂帕特姑妈来说也没什么大不了的吧。

北佬放火烧城时，米德太太和医生没了家。如今菲尔和达西都死了，他们既没钱，也没心思重新盖房子。米德太太说她再也不要家了，因为儿孙都没了，哪儿还能有家啊？他们非常孤独，已经搬去埃尔辛家，与他们同住。埃尔辛家倒是把屋子被毁的部分修好了。怀廷也去埃尔辛家借住了一间屋子。邦内尔太太也说要搬去埃尔辛家，还说若运气够好，她可以把自己的房子租给哪个拖家带口的北佬军官。

“可他们怎么挤得下？”斯嘉丽嚷道，“埃尔辛太太还有范妮和休呢……”

“埃尔辛太太和范妮睡客厅，休住阁楼。”佩蒂解释道。所有朋友的安排她都一清二楚，“亲爱的，我真不愿告诉你这个——但埃尔辛太太管他们叫‘房客’，”佩蒂压低声音，“他们其实都是房客。埃尔辛太太在开家庭旅馆呢！多可怕，不是吗？”

“我倒觉得这是个好主意，”斯嘉丽干脆地道，“我倒希望塔拉去年都是这种‘房客’，而非白吃白喝的家伙。那样的话，我们现在也不至于这么穷。”

“斯嘉丽，你怎么能说这种话？殷勤好客的塔拉庄园竟要向客人收钱，你可怜的妈妈若知道这事，在坟墓里都不得安生！埃尔辛太太当然也是不得已而为之，因为虽然她做得一手好针线，范妮给人画瓷器，休兜售柴火也能挣几个钱，但他们还是难以糊口。想想看，亲爱的休都得被迫兜售柴火！他本该成为一名优秀的律师！一想到咱们的小伙竟落到这种地步，我就忍不住要掉眼泪。”

斯嘉丽想起黄铜般耀眼的天空下，塔拉庄园那一排又一排的棉花；想起曾经腰酸背痛的劳作，以及自己那双缺乏经验、满是水泡的手握着锄柄的感觉。然后，她便觉得休·埃尔辛也不是特别值得同情了。尽管周围一片废墟，佩蒂这天真的老傻瓜却被庇护得这么好！

“如果他不喜欢沿街叫卖，干吗不当律师？还是说，亚特兰大没人打官司啦？”

“噢，天哪，是呀！官司多着呢。这些日子以来，几乎人人都在打官司。所有东西都烧了，分界线也没了，没人知道自己的产业从何开始，在哪儿结束。但就算有人打官司，律师也赚不到钱，因为眼下谁都没钱。所以，休还是继续沿街叫卖吧……噢，我差点忘了件事！我写信跟你说过了吗？范妮·埃尔辛明晚结婚，你当然得参加。埃尔辛太太要是知道你在城里，一定会非常高兴。但愿除了你身上这件，你还有别的衣裳可穿。亲爱的，不是说这件不好看，而是——呃，它看起来有点破旧啦。噢，你还有条漂亮裙子呀？我太高兴啦。这将是亚特兰大陷落以来，我们参加的第一场真正的婚礼。有蛋糕、美酒和舞会，但埃尔辛家那么穷，我真不知道他们如何置办起这些的。”

“范妮要嫁给谁？我还以为达拉斯·麦克卢尔在葛底斯堡战死后……”

“亲爱的，你可别责备范妮。你能为可怜的查尔斯守寡，但不见得人人都能哪。让我想想，那人叫什么来着？我就是记不住名字……叫汤姆什么的吧。我跟他母亲倒是很熟，我们一起上过拉格兰奇女子学校。她是拉格兰奇人，姓汤姆林森，而她母亲……让我想想……姓珀金斯，还是帕金斯来着？没错，是帕金斯！来自斯巴达。是个很不错的家族，但还是一样……呃，我知道自己不该这么说，但我就是不明白范妮怎么能嫁给他！”

“他是酗酒，还是……”

“天哪，没有！他性格完美，但下身受过伤——被炮弹炸伤了腿……所以——所以——呃，我真不想这么说，但他只能叉开腿走路啦。那样子真难看……呃，不怎么好看。总之，我就是不明白范妮干吗嫁给他。”

“姑娘们总得嫁人。”

“那可不一定！”佩蒂气鼓鼓地说，“我就没嫁人。”

“哎呀，亲爱的，我不是说你！人人都知道你有多受欢迎，现在也是！哎呀，那个老法官卡尔顿过去不就老对你眉目传情吗，直到我——”

“噢，斯嘉丽，闭嘴！那个老蠢货！”佩蒂咯咯笑着，又高兴起来，“但范妮毕竟那么受欢迎，她本可以嫁个更好的人，我才不信她爱那个叫汤姆什么的。我还觉得，她未必就忘了战死的达拉斯·麦克卢尔。但亲爱的，她不像你。你仍对亲爱的查理忠贞不贰，你要想再嫁，早就嫁几十次了。人人都说你是个没心肝的浪荡女人，玫兰却经常和我说你对查理有多忠诚。”

斯嘉丽略过这些并不怎么机智的安慰话，引着佩蒂姑妈一个朋友接着一个朋友地讲，其实心里迫不及待地想把话题转向瑞德。刚到没多久，她绝不能直接问起他，不然老太太很可能往不该想的地方想。如果瑞德拒绝娶她，佩蒂姑妈还有的是时间起疑。

佩蒂姑妈滔滔不绝地闲扯着，就像个有听众的孩子般高兴。她说，因为共和党的种种恶行，亚特兰大的情况糟透了。那些人没完没了地干坏事，最糟糕的，莫过于往那些可怜黑鬼的脑子里灌输各种思想。

“天哪，他们竟然想给黑鬼选举权！你听过比这更蠢的事吗？不过——我也不知道——但现在细细想来，我觉得彼得大叔比我见过的任何一个共和党人都更有头脑，也更懂礼貌。可彼得大叔太有教养，自然不会想要选举权。不过，这种看法已经把黑鬼们弄得糊里糊涂，何况他们中间还有些傲慢无礼之人。天黑后，走在街上都有生命危险。哪怕大白天，他们都会把女士从人行道往泥地上推。任何胆敢打抱不平的绅士，都会被抓起来——亲爱的，我跟你说过没，巴特勒船长进监狱啦？”

“瑞德·巴特勒？”

哪怕是如此惊人的消息，斯嘉丽也感激佩蒂姑妈主动提到他的名字，这样就省得她自己来提。

“是啊，千真万确！”佩蒂兴奋得脸颊绯红，身子也挺了起来，“他杀了个黑鬼，这会儿就在牢里呢！他们或许会绞死他！想想看，巴特勒船长要被绞死了！”

一时间，斯嘉丽气都喘不上来了，只顾瞪着眼前人。见自己的话效果如此惊人，胖老太太显然很高兴。

“案子虽然还没结，但的确有人杀了那个侮辱白人妇女的黑鬼。北佬们心烦意乱，因为近来很多傲慢的黑鬼被杀。米德医生说，他们虽然无法证明是巴特勒船长干的，却想杀一儆百。医生还说，北佬若真绞死瑞德，可算是他们干的第一桩好事，但我不知道……一周前，巴特勒船长还来过家里，送了我一只最可爱的鹌鹑作礼物。他还问起了你，说担心围城那会儿得罪了你，你永远都不会原谅他呢。”

“他要被关多久？”

“没人知道。或许关到被绞死。但北佬也可能找不到证据，证明是他杀了人。不过，北佬似乎不关心一个人有罪没罪，只要他们想，就能绞死任何人。他们正烦得厉害呢……”佩蒂压低声音，神秘兮兮地道，“他们在烦三 K 党。乡下有三 K 党吗？亲爱的，你们乡下肯定有，只是阿希礼不会跟女士们说这些。三 K 党成员是不能说这些的。他们大晚上装得跟鬼似的，骑着马到处转悠，专门找那些偷钱的投机家和傲慢的黑鬼。有时，他们就是吓唬吓唬那些人，警告他们快点离开亚特兰大。但有些时候，他们也会鞭笞那些人，”佩蒂轻声道，“有时还会杀了他们，把尸体抛到很显眼的地方，还在上面留一张三 K 党的卡片……北佬气急败坏，很想杀一儆百……但休・埃尔辛告诉我，他觉得北佬不会绞死巴特勒，因为他们觉得瑞德知道那笔钱在哪儿，就是不肯招。他们正在努力逼他招供。”

“钱？”

“你不知道？我没写信告诉你吗？天哪，塔拉消息也太不灵通啦！巴特勒船长驾着骏马拉的马车回来，兜里装满了钱，惹得全城议论纷纷。谁都想不明白，我们全都有了这顿没下顿，怎么一个总说邦联坏话的老投机商却这么有钱。人人都很想知道他如何弄到钱的，却没人有胆子去问。只有我问过！但他只是大笑着说：‘肯定不是光明正大挣的。’你知道的，要从他嘴里套句正经话有多难。”

“他的钱当然是跑封锁线捞的——”

“当然，亲爱的，有一部分是这样。但对那男人来说，封锁线上的收入不过沧海一粟。每个人——包括北佬——都相信他还有本属于邦联政府的几百万美元金币。他把那些钱藏起来了。”

“几百万美元——金币？”

“是啊，亲爱的。不然我们邦联的金币都去哪儿了？肯定是别人拿走了，巴特勒船长就是其中之一。北佬原以为戴维斯总统离开里士满时把钱带走了，但他们抓住那个可怜的家伙时，发现他几乎一个子儿也没有。国库里空空如也，人人都觉得是某些跑封锁线的家伙把钱弄走了，还对此守口如瓶。”

“几百万——金币！但怎么……”

“巴特勒船长不是为邦联政府从英国运了几千包棉花去拿骚吗？”佩蒂得意扬扬地问，“不只是他自己的棉花，还有政府的呢！你知道的，战时把棉花运进英国，那可是能漫天要价的！他是个为政府办事的自由商人，本该卖掉棉花，用那些钱买军火，再把军火给咱们带回来。唉，封锁线太紧，军火运不进来，买棉花的钱他怎么花也花不掉百分之一吧。于是，巴特勒船长和其他跑封锁线的商人就把那几百万美元存入了英国的银行，想等封锁线松些再说。当然啦，他们不会用邦联的名义开户，只能用自己的名字，钱现在都还在那儿……南方投降后，人人都在议论此事，强烈谴责那些跑封锁线的家伙。北佬因为巴特勒船长杀了那个黑鬼逮捕了他，他们也肯定听过此事，所以一直在逼他说出钱的下落。瞧，我们邦联的基金全落他手里啦——至少，北佬们是这么想的。但巴特勒船长说他什么都不知道……米德医生说无论如何，他们都该把他绞死。只不过，对一个小偷和投机商来说，绞刑真是太便宜他——天哪，你脸色怎么这么难看！头晕吗？跟你讲这些，让你不舒服了吧？我知道他曾经也是你的追求者，可我以为你们早就闹翻了呀。就我个人而言，我从来都不怎么欣赏他，因为这人毕竟太无赖……”

“他才不是我朋友，”斯嘉丽吃力地道，“围城时，我跟他吵了一架。就是你去梅肯之后的事。他……他如今关在哪儿？”

“广场附近的消防站里！”

“消防站？”

佩蒂姑妈咯咯地笑了起来。

“是呀，他在消防站。北佬现在把那儿当成了军事监狱。北佬在市政厅周围的广场上扎营，消防站就在附近那条街上。所以，巴特勒船长就关在那儿。斯嘉丽，我昨天听说了一件关于他的事，简直称得上最有趣的一件。我忘了是谁说的了。你知道巴特勒船长多爱打扮，那可是个真正的花花公子！但被关进消防站后，北佬就没准他洗过澡。他每天都吵着要洗澡，最后他们只得把他放出来，带到广场。广场上有条饮马的长水槽，全团的人都在那儿洗澡。他们说他也可以在那儿洗，结果他断然拒绝，说宁愿留着一身南方人的污垢，也不沾上半点北佬身上的脏东西，而且——”

斯嘉丽听着她快活地唠叨，却一句也没听进去。她心里只有两个念头：瑞德的钱甚至比她料想的更多；瑞德在监狱。他在监狱，说不定还会被绞死，这点让事态多少起了点变化，似乎变得更明朗了些。瑞德会不会被绞死，她才不关心。她太想要钱，想得要命，哪儿还管得着他的最终命运。再说，她也部分赞同米德医生的意见，绞刑真是太便宜他了。深更半夜将一个女人留在两军之间，自己跑去为注定落空的伟大目标而战，这样的男人活该被绞死……如果能想办法趁他在监狱时结婚，那几百万不就也是她的了！而他若被绞死，那些钱就归她独有。如果结不了婚，那就先找他借钱，并答应他一获释就结婚。或者，就答应——噢，答应什么都行！北佬若把他绞死，承诺兑现的那天便永远不会到来！

一想到北佬政府的友好干预就要让她再做一次寡妇，她的想象力顿时燃烧起来。几百万金币哪！她能修缮塔拉、雇人干活、种下一英里又一英里棉花。她还能有漂亮衣裳，想吃什么就吃什么，苏埃伦和卡伦也一样。韦德能有营养丰富的吃食，让他那张瘦小的脸长胖些。他也有暖和的衣服穿，有一位女家庭教师教导，将来还能进大学……不用光着脚丫长大，像赶马车的穷人那般愚昧无知。可以请个好医生照料爸爸。至于阿希礼——为他，她还有什么不能做的！

佩蒂姑妈的自说自话突然停了。只听她开口问道："怎么了，嬷嬷？"斯嘉丽这才从白日梦中醒来，瞧见嬷嬷站在门口。她双手揣在围裙底下，眼神锐利，满是警戒之色。不知嬷嬷站在那儿多久了，也不知道她到底听去多少，看到多少。瞧她那双精光四射的老眼，估计什么都听到、看到了。

"斯嘉丽小姐看起来累了，最好上床睡觉去。"

"我是累了。"斯嘉丽说着，起身迎向嬷嬷的目光，像个无助的孩子般看着她，"而且，我恐怕感冒了。佩蒂姑妈，我明天要是躺在床上，不陪你出去拜访客人，你会不会介意呀？我太想去参加范妮明晚的婚礼，其他朋友什么时候去拜访都行吧。如果感冒加重，我晚上就去不成啦。在床上躺一天，对我来说或许就是再好不过的治疗。”

嬷嬷摸了摸斯嘉丽的手，又瞧了瞧她的脸色，有些担心起来。她看起来的确不太好。胡思乱想的兴奋劲儿消退后，她脸色发白，身子也在颤抖。

“亲爱的，你手太冰啦。快上床，我给你端些黄樟茶，再拿块热砖发发汗。”

“我真是太粗心了！”胖老太太嚷着，从椅子上跳起来，连连拍打斯嘉丽的胳膊，“光顾着说话，都没注意到你。亲爱的，明天你就好好躺一天，休息休息，我们之后再聊——噢，天哪，不！我不能陪你。我已经答应明天去陪邦内尔太太。她和厨娘都病倒了，得的流感。嬷嬷，真高兴你在这儿。你明天上午可得跟我一起去，也好帮帮我。”

嬷嬷催促斯嘉丽爬上黑乎乎的楼梯，一路都在抱怨她手太冰、鞋子太薄。斯嘉丽心满意足，显得很听话。若能多打消点嬷嬷的疑虑，让她明早顺利出门，那一切就好办了。然后，她便可以去北佬监狱看瑞德。斯嘉丽正爬着楼梯，忽然隐隐传来一阵雷声。站在熟悉的楼梯平台上，她觉得，这声音多像围城时的炮声啊。她哆嗦了一下。对她来说，雷声永远意味着炮火和战争。

第三十四章

次日早晨，大风刮得乌云飞驰而过，刮得窗框咯咯作响，呻吟传遍屋子。太阳时而出现，时而隐没。斯嘉丽简短地祈祷了几句，感谢上帝昨晚的雨终于停了。夜里，她躺在床上听到雨声，还在想自己的天鹅绒裙子和新帽子肯定要完了呢。此时，能偶尔看到太阳展露笑脸，她顿时振奋起来，简直快躺不住了。但佩蒂姑妈、嬷嬷和彼得大叔出门去看望邦内尔太太前，她还是要装得虚弱无力，说话也得低沉沙哑。最后，前门总算砰地关上，除了在厨房哼歌的厨娘，家里只剩她一人。她立刻跳下床，从衣橱挂钩上取下新衣裳。

一觉醒来，她又有了精神，浑身也有劲了，还从冰冷坚硬的内心深处汲取了勇气。她就要跟一个男人斗智了！管他是谁，她都要尽最大努力！而且，斗争了这么多个月，经历了无数挫折，她明白自己终于要面对一个明确的对手了——一个她凭借自身努力有可能击败的对手。她越想越觉得轻松愉快、大有希望。

没人帮忙梳妆打扮的确很不容易，但她总算还是收拾停当，最后戴上了那顶饰有漂亮羽毛的女帽。她跑到佩蒂姑妈房间，对着穿衣镜整理了一番。她多漂亮呀！公鸡羽毛让她显得潇洒时髦；

暗绿色的天鹅绒帽子把她的眼睛衬得格外明亮，简直跟翡翠一般。裙子也无与伦比、明艳大气、雍容华贵！又有漂亮裙子穿真是太棒了。知道自己看起来美丽动人，感觉真是妙不可言。她不禁俯身吻了下镜中人，接着又笑自己真傻气。她围上埃伦的佩斯利涡旋纹花呢披肩。不过，这块方披肩已经褪色，跟苔藓绿的裙子极不相配，反而把她衬得有些寒酸了。她打开佩蒂姑妈的衣橱，拿出一条绒面呢黑斗篷和一件佩蒂姑妈只在周日才穿的薄秋装外套。她穿上外套，戴上从塔拉带来的钻石耳环，然后晃了晃脑袋，看效果如何。耳环发出悦耳的叮当声。她满意极了，心想跟瑞德在一起时，一定要多晃晃脑袋。跳动的耳环总能吸引男人，还能给姑娘平添几分活泼。

佩蒂姑妈除了胖手上的那双手套，便再没别的手套，真丢人！不戴手套哪儿像淑女。但自从离开亚特兰大，斯嘉丽就再没戴过手套。而在塔拉干了几个月粗活，她的手早已粗糙不堪，远称不上好看。没办法，只能拿走佩蒂姑妈那个海豹皮小手筒，把这双光裸的手藏起来吧。斯嘉丽觉得，如此一来，自己总算完美无缺，足够高雅！这下任谁看到她，都不会怀疑她又穷负担又重。

重要的是不能让瑞德起疑。必须让他觉得自己是出于满腔柔情才去探监的。

厨娘仍无忧无虑地在厨房放声高歌，斯嘉丽则踮着脚下楼出了门，避过所有邻居的目光，急匆匆地沿着贝克街朝前走，一直走到常春藤街一座被烧毁的房子前才停下来。她坐在这家人的停车台上，等待过路的载客马车或运货马车载她一程。流云飞驰，太阳时隐时现，照在大街上的阳光没有丝毫暖意。衬裤花边被风吹得上下翻飞，天气比料想的更冷。她裹紧佩蒂姑妈的薄斗篷，哆嗦着身子，越等越不耐烦。就在她准备不顾路程遥远，步行穿城去北佬营房时，一辆破旧的四轮运货马车映入眼帘。车子由一头懒懒散散的老骡子拉着，驾车的是个老太婆，褐色遮阳帽下是张饱经风霜的脸和一张沾满鼻烟的嘴唇。老太婆去的方向正是市政厅，却不情愿载斯嘉丽一程，显然不喜欢她身上的裙子、帽子和手筒。

“她多半觉得我是荡妇，”斯嘉丽想，“或许，她也没想错！”

她们终于抵达城市广场，隐隐可见市政厅高高的白色穹顶。斯嘉丽道了谢，爬下马车，目送那乡下老太婆驾车离去。然后，她小心地四下打量一番，确定没人注意自己，才又是掐脸颊，又是咬嘴唇，直到弄出些血色才罢手。她整了整帽子，抚平头发，环顾了一下广场。两层高的市政厅红砖房虽挺过了城市大火，却在灰色的天空下显得又破又乱。市政厅在广场中央，房子周围和广场上全是一排排临时搭建、肮脏不堪、溅满污泥的木头营房。到处都有闲逛的北佬士兵。斯嘉丽迟疑地看着他们，顿时勇气都少了许多。她要怎么在敌人的营地里找到瑞德?

她望向街那头的消防站，瞧见宽大的拱门紧闭，还插上了沉重的闩条。房子两侧各有一名哨兵来回巡逻。瑞德就在里面。但她该跟那些北佬士兵说什么？他们又会如何回答她？她挺起肩膀。既然杀掉一个北佬都不怕，那只是跟另一个北佬说说话，她也不该怕。

她小心翼翼地踩着泥泞大街上的垫脚石，朝前走去，直到被一个哨兵拦住。这人为了挡风，把蓝军装的扣子全扣上了。

“有什么事吗，太太？”他说话虽带了股奇怪的中西部口音，但口气还算礼貌尊敬。

“我想进去探望一个人——一个犯人。”

“呃，这我可说不好，”哨兵挠挠头，“这儿对探监管得很严，而且——”他住了嘴，突然看向她，“天哪，太太！你别哭啊！你去那边总部问问，我打赌，他们肯定会让你探监。”

斯嘉丽本就不想哭，闻言立刻冲他粲然一笑。于是，这人转向另一个缓缓踱步的哨兵：“喂，比尔，过来。”

那哨兵是个大块头，裹着蓝色军大衣，一脸凶恶的大黑胡子。他踏着烂泥走了过来。

“带这位太太去总部。”

斯嘉丽道过谢，跟着大块头哨兵走了。

“小心，别被这些垫脚石崴了脚，”士兵搀着她的胳膊，“你最好把裙子拎起来些，免得沾上泥。”

大胡子说话虽带着浓重的鼻音，却温和有礼，令人愉悦。他的手也坚实有力、恭敬有礼。哎呀，北佬一点也不坏嘛！

“这么冷的天，太太出门可不容易啊，”这位护送的哨兵道，“走了不少路吧？”

“噢，是啊，从城那头来的。”他友善的语气让斯嘉丽觉得很温暖。

“这种天气，太太真不该出门，”士兵语带责备地道，“到处都是流感呢。总部到了，太太——怎么了？”

“这房子——这房子就是你们的总部？”斯嘉丽仰望着这座面朝广场的可爱老楼，几乎要落下泪来。战时，她曾在这儿参加过多少场宴会呀。这儿曾是个欢乐而美丽的地方，现在——楼顶上却飘着一面联邦大旗。

“怎么了？”

“没什么——只是——只是——我认识过去住在这儿的人。”

“噢，那可太糟了。我猜，就算他们自己回来，也认不出这儿了，里面都破得不成样子啦。太太，你进去吧，找队长求求情。”

斯嘉丽朝楼上走去，边走边抚摩那些已经破损的白扶手。然后，她推开了正门。客厅里黑乎乎的，跟地窖一样冷。一名瑟瑟发抖的哨兵倚在一对关着的折叠门上。从前，那两扇门后就是餐厅。

“我要见队长。”

哨兵拉开门，斯嘉丽走了进去。她的心怦怦直跳，脸蛋绯红，有些羞窘，又有些兴奋。房间里有种久不通风的闭塞之气，夹杂着炉火、烟草、皮革、潮湿的毛料军装和多人没洗澡的体臭味。斯嘉丽觉得眼前真是一片混乱：四壁空空、墙纸残破，蓝大衣和软塌塌的帽子挂了一排。炉火熊熊，一张长桌上满是各种文件，一队穿黄铜扣蓝军装的军官坐在桌旁。

她咽了口唾沫，才鼓起勇气开口。绝不能让这些北佬看出她害怕，一定要摆出最漂亮、最自然的样子。

“请问哪位是队长？”

“我是。”一个敞着短上衣的胖子应道。

“我想见个犯人——瑞德·巴特勒船长。”

“又是找巴特勒的？这家伙还挺受欢迎哪。”队长哈哈笑着，摘下叼在嘴里的雪茄，“太太，你是他亲戚吗？”

“嗯，是他……他妹妹。”

胖子又笑了。

“他妹妹真多啊，昨天才来过一个。”

斯嘉丽脸红了。肯定是哪个跟瑞德鬼混的女人，说不定就是沃特林。这些北佬以为她也是那种人。难以忍受！哪怕为了塔拉，她也受不了这般侮辱，简直一分钟都待不下去了。她转身走到门口，刚愤怒地去拉门把手，另一个军官就飞快地走了过来。是个年轻小伙，胡子刮得很干净，还有双友善快活的眼睛。

“等等，太太。干吗不坐下烤烤火？我去瞧瞧能不能帮你一把。你叫什么名字？昨天来的那位——他不肯见。”

斯嘉丽在指定位置上坐好，怒瞪了那个令她困窘不堪的胖队长一眼，报上了姓名。那友好的年轻军官披上大衣出去了，其他人则挪到桌子那头，翻着文件小声交谈。斯嘉丽伸长腿，凑到炉边烤火，这才意识到脚有多冷。如果记得在鞋底破洞上垫张纸板就好了。不一会儿，门外传来低语声，其间还夹杂着瑞德的大笑声。门开了，一股冷风卷过屋内，瑞德出现在门口。他没戴帽子，肩上随意披了条长斗篷，整个人脏兮兮的，既没刮胡子，也没戴领结。他虽衣着不整，却仍风度翩翩，一看到斯嘉丽，那双黑眼睛就开心地亮了起来。

“斯嘉丽！”

瑞德一把拉起斯嘉丽的双手。和从前一样，某种炽热、兴奋和生机勃勃之气从他紧握的手中传来。没等她回过神，瑞德已经俯身吻了吻她的脸蛋，胡子弄得她痒酥酥的。感到她惊得想退，他又一把揽住她的肩膀，说：“我亲爱的小妹妹！”他低头冲她咧嘴就笑，仿佛很享受她那副无法抗拒自己爱抚的无助。见他还是为自己占到便宜就得意扬扬，斯嘉丽也忍不住反过来嘲笑他。真是个无赖！坐牢都死性不改。

胖队长叼着雪茄，跟那眼神快活的军官嘀咕了几句。

“真是不懂规矩。他应该待在消防站。你知道命令的啊。”

“噢，天哪，亨利！让这位太太去那空荡荡的地方，会把她冻僵的。”

“噢，好吧，好吧！出了事你担着。”

“先生们，我保证，”瑞德转向他们，却仍紧紧搂着斯嘉丽的肩膀，“我——妹妹可没带锯子、锉刀之类的东西助我越狱。”

众人哈哈大笑。斯嘉丽趁机飞快地扫了眼四周。天哪，她要当着六个北佬军官跟瑞德说话！他这犯人真有这么危险，非得时刻盯着？瞧见斯嘉丽紧张地扫视，那个友好的军官推开一扇门，冲两个二等兵简单吩咐了几句。那两人一见到他，立刻站了起来。随后，他们提起步枪，出门走进过道，并随手关上了门。

“你们要是愿意，就坐在这间值班室里聊吧，”年轻上尉说，“别想着破门而逃。外面有人守着呢。”

“斯嘉丽，你瞧，我这人多胆大妄为哪，”瑞德说，“谢谢你，上尉。你真是太好了！”

瑞德随随便便地鞠了一躬，就拽着斯嘉丽的胳膊把她拉起来，推着她走进那间脏兮兮的值班室。斯嘉丽已经想不起那房间什么样，只记得里面又小又暗，不是太暖和，斑驳的墙上钉着一份份手写的文件，椅子上的母牛皮坐垫上还有牛毛。

瑞德关上门，飞快走到她跟前，冲她俯下身来。斯嘉丽知道他想干什么，立马扭过头，却斜斜地抛了个媚眼。

“我现在还不能吻你吗？”

“可以吻额头，像个好哥哥那样。”她故作庄重地道。

“谢谢，那可不行。我宁可等一等，期待更好的东西。”他的目光找到她的唇，在上面流连了一会儿，“斯嘉丽，你能来看我真是太好了！自从我被关进来，你是第一个来探望的体面人。人真是进了监狱，才知朋友可贵呀。你什么时候进城的？”

“昨天下午。”

“那你今天上午就来了？哎呀，亲爱的，你真好。”他微笑着俯视她，那副由衷的快活模样，斯嘉丽还是第一次在这张脸上看到。斯嘉丽兴奋地暗暗偷笑，故作娇羞地低下头。

“我当然立马就来了。佩蒂姑妈昨晚跟我说起你的情况，我——我整夜都睡不着，一直在想这件可怕的事。瑞德，我真是太难过了！”

“是吗，斯嘉丽？”

他声音轻柔，带着几分颤抖，她仰头望向那张黝黑的脸，却没看到过去惯常的怀疑和嘲弄之色。被他这么直勾勾地盯着，她再次垂下头。这次是真有些困惑了。看来，事情进展得甚至比她期望的更好。

“能再见到你，听你说出这番话，进监狱也值了。他们报你的名字时，我简直不敢相信自己的耳朵。瞧，那晚我出于爱国热情，把你撇在拉夫雷迪附近，我从未奢望你的原谅。但你今天来看我，这是不是说你已经原谅我了？”

哪怕已经过了这么久，但一想起那晚，斯嘉丽还是立刻火气上涌。但她压下怒气，脑袋一扬，弄得耳环直摇晃。

“不，我还没原谅你。”她噘着嘴道。

“希望再次破灭。我以身报国，在富兰克林的大雪中光着脚打仗，得了最严重的痢疾，还吃了你听都没听过的苦！”

“我可不想听你——受了什么苦，”她仍噘着嘴，那双眼梢微翘的眼却含笑看着他，“我还在恼恨你那晚干下的好事，永远不会原谅你。在那种任何事都可能发生的情况下，把我孤零零地撇下不管。”

“可你也没遇到什么事呀。所以，瞧，你没辜负我的信任。我知道你能平安到家，老天有眼，定不会让任何北佬挡你的道！”

“瑞德，你到底为何要做这种傻事？明知我们败局已定，还在最后时刻参军。毕竟，你不是早说过，只有白痴才会去白白送死吗！”

“斯嘉丽，饶了我吧！一想到这事，我就羞愧难当。”

“你能为那样对我而羞愧，我倒是很高兴。”

“你误会了。扔下你不管，我没什么好羞愧的。我羞愧的是参军——每每想起自己穿着锃亮的靴子和白色亚麻衬衫，只带着一对决斗手枪就参了军……而在雪地里长途行军，靴子破了，没有大衣，也没吃的……真不明白我为何没开小差。全凭一股最纯粹的疯狂吧。但这是一种天生的疯狂，南方人永远无法容忍目标落空。嗨，别管我什么理由啦。只要能得到你的原谅，那就够了。”

“我还没原谅你，你就是个卑鄙小人！”不过，说到最后，她的声音听起来跟喊“亲爱的”差不多。

“别骗人啦，你已经原谅我了。年轻太太才不会仅仅出于好心，就敢穿过北佬的层层哨卡，来探望一个犯人。而且，她还穿着天鹅绒裙、戴着羽毛帽和海豹皮手筒。斯嘉丽，你真漂亮！谢天谢地，你既没穿得破破烂烂，也没一身丧服！我真是看腻了穿邋遢旧衣和成天披黑纱的女人。你这样真像巴黎和平街上的时髦女郎。亲爱的，转个圈，让我好好瞧瞧你。”

看来，他已经注意到自己身上的裙子。他可是瑞德，当然会注意到！斯嘉丽笑了，兴奋地踮起脚，展臂转了一圈，还故意微微翘起裙箍，好露出镶了花边的衬裤。他睁着那双黑眼睛，仍像从前那般无礼地从帽子到脚跟，细细打量了她一番。那仿佛在看裸体的放肆目光，总能让她起一身鸡皮疙瘩。

“看来你相当富足，也非常整洁体面，几乎称得上秀色可餐。要不是外面还有北佬——但亲爱的，你非常安全。坐下吧。我不会像上次那样占你便宜的。”他佯装悔恨地揉揉脸，“说实话，斯嘉丽，你难道不觉得，那晚你有点自私吗？想想我为你做的一切，冒着生命危险偷来一匹马——偷来那样一匹马！然后又匆匆奔赴前线，捍卫我们伟大的目标！我吃这么多苦，得到了什么？一通臭骂和一记重重的耳光。”

斯嘉丽坐了下来。谈话并未朝她希望的方向发展。刚看到她时，他似乎非常友善，由衷地高兴自己来了，几乎很像个正常人，而非她熟悉的那个固执坏蛋。

“你吃了什么苦，都要得到回报吗？”

“那当然！你应该知道，我是个极端自私的坏蛋。我给出的一切，都会期望得到回报。”

这话让她背脊一凉，但她立刻振作起来，又晃了晃耳环。

“噢，瑞德，你真没那么坏，只是爱炫耀罢了。”

“天哪，你居然变了！”他大笑着说，“怎么变成个基督徒啦？我一直在跟佩蒂帕特小姐打听你的情况，她可一点没说你身上有了女性的甜美温柔。斯嘉丽，再跟我聊聊你的事吧。上次分别后，你还好吗？”

被他激起的恼怒和愤恨在心中激烈翻腾，让她恨不能好好嘲讽几句。然而，她却嫣然一笑，现出酒窝。瑞德拉来一把椅子，挨着她坐下。她状似无意地倾身凑上去，一只手温柔地放在他胳膊上。

“噢，谢谢，我很好。现在，塔拉一切顺利。舍曼经过时，我们当然过了段苦日子。但他毕竟没烧房子，家中的黑奴也把大多数牲口赶进沼泽地保了下来。去年秋天，我们的棉花收成不错，有二十包呢。当然，这些没法跟塔拉往日的产量比，但我们地里缺人手。爸爸说，我们明年肯定能多收些。但瑞德，乡下如今真是太无聊啦！想想看，宴会没了，野餐会没了，人们见面只会聊生活艰难！天哪，我真是受够啦！上周，我终于再也受不了，爸爸说我得出门透透气。于是，我就到这儿做几件衣裳，然后再去查尔斯顿看望姨妈。若能参加舞会，那就太棒啦！”

她骄傲地想，自己说得真棒！既没表现得太阔绰，当然也没显得太穷。

“亲爱的，你穿上晚礼服很漂亮。真糟糕，这点你也知道！依我看，你之所以进城，是因为乡下的追求者都接触过了，所以才想跑远点，找些新的吧。”

斯嘉丽暗自庆幸：谢天谢地，瑞德最后几个月一直在国外，近日才刚返回亚特兰大。否则，他绝不会说出如此荒谬的话。她脑中匆匆掠过那些乡下的追求者：穿着破烂、痛苦不堪的小方丹们，贫困潦倒的芒罗兄弟，以及琼斯伯勒和费耶特维尔那些忙着耕地、劈篱笆和照料生病老牲口，早忘了舞会和调情寻乐之事的追求者。可她仍旧压下这些回忆，忸怩地咯咯笑着，仿佛在承认他说得对。

“噢，哎呀。”她抗议地嗔道。

“斯嘉丽，你真是个没心肝的家伙。不过，这或许也是你的魅力所在。”瑞德又像往常那样笑起来，一边的嘴角微微下撇。但斯嘉丽知道，他这是在赞美自己，“因为，你当然知道自己的魅力早已超出法律允许的范围，就算我这般无情的人，也感受到了。我常常想，究竟是你身上的什么东西，让我总这么惦记着你？我认识很多比你漂亮，当然也比你聪明、正直、善良的女人，但不知怎的，我就是总想起你。哪怕南方投降后的那几个月，我去了法国和英国，既看不见你，也听不到你的声音，还成天跟很多漂亮女士待在一起，我也是总想起你，想知道你在做什么。”

听到他竟然说别的女人比自己更漂亮、更聪明、更善良，斯嘉丽顿时来了火。但这瞬间的怒意转眼又被喜悦代替，因为他说她有魅力，还说一直惦记着她。如此看来，他并未忘记她！这样事情就好办些了。此刻，他表现得如此得体，在此等境况下还几乎像位绅士。好啦，她要做的就是把话题转到他身上，暗示自己也没忘记他，然后——

她轻轻捏了下他的胳膊，又笑出酒窝。

“噢，瑞德，你怎能这样打趣我这个乡下姑娘！我太清楚啦，那晚撇下我后，你肯定再没想起过我。身边全是漂亮的法国姑娘和英国姑娘，你还敢说想过我！但我大老远跑到这儿来，可不是听你说我的蠢话。我来是为——为了——”

“为了什么？”

“噢，瑞德，我担心死你了！害怕死了！他们什么时候才能放你离开这可怕的地方啊？”

他飞快抓住她仍搁在自己胳膊上的那只手，紧紧握着。

“谢谢你为我难过。但我什么时候能出去，还说不准。或许，等他们的绳子再放长些吧。”

“绳子？”

“是啊，我恐怕得套着绳索，才出得去。”

“他们真会绞死你？”

“要是能再找到点对我不利的证据，他们就会绞死我。”

“噢，瑞德！”斯嘉丽一只手按在心口，惊呼出声。

“你会难过吗？你若很难过，我就把你写进我的遗嘱。”

他那双黑眼睛毫无顾忌地笑看着她，还捏紧了她的手。

他的遗嘱！斯嘉丽赶紧垂下眼，生怕泄露心事。可惜，她还是不够快，因为瑞德目光一闪，突然好奇起来。

“照北佬们的说法，我应该好好立份遗嘱。如今，他们似乎对我的财产状况很感兴趣。每天都有一批不同的人来审问我，那些家伙净问蠢问题。谣言似乎说邦联政府有批神秘的金币被我卷走了。”

“呃——你真这么干啦？”

“真是个很有诱导性的问题哪！”

该死！他当然有钱。斯嘉丽兴奋异常，觉得要想再说甜言蜜语着实不易。

“瑞德，你被关在这儿，我真是太难过了。你觉得，自己真没办法出去了吗？”

“我的座右铭是‘Nihil desperandum[1]’。”

“什么意思？”

“迷人的小笨蛋，意思就是说：‘或许有法子’。”

斯嘉丽扑闪着浓密的睫毛，抬眼看他，随即又垂下眼帘。

“噢，你这么聪明，怎么可能被他们绞死！我知道，你肯定能想出好办法战胜他们，从这儿出去！等你出去了——”

“等我出去了，又怎么样？”他柔声问道，凑得更近了些。

“呃，我……”她装出一副脸红慌乱的模样。因为呼吸急促、心跳如鼓，脸红对她来说并非难事，“瑞德，我很抱歉……那晚在拉夫雷迪……对你……说了那样的话。你知道的，我……噢，我当时太害怕、太沮丧，你又那么……那么……”她低下头，瞧见他棕色的手紧紧按着自己的手，“而且……我当时以为我永远永远不会原谅你！但佩蒂姑妈昨天跟我说起你……说他们或许会把你绞死……我……我又突然……”她抬头飞快地瞥了他一眼，眼神里满是哀求和心碎的痛苦，“噢，瑞德，他们若绞死你，我也不活了！我受不了这个！你瞧，我——”因为再也承受不住他那炽热的目光，她再次颤抖着垂下眼皮。

“我马上就会哭出来了吧。”她困惑不解，又无比兴奋地想，

1　拉丁语，意为“没什么可绝望的”。

“我可以哭吗？哭出来会不会显得更自然？”

瑞德连忙道：“天哪，斯嘉丽，你该不是要说……”他两手那般用力，都把她捏痛了。

斯嘉丽使劲闭了闭眼，想挤出些眼泪，但同时又不忘微微仰起脸，以便他毫不费力地吻到自己。好啦，他的唇马上就要落到她的唇上。那是多么坚实又热切的双唇哪！她突然清晰地忆起曾被他吻得浑身瘫软的感觉。然而，他并未吻她。失望搅得她心烦意乱。她微微睁开眼，大着胆子瞥向他，就见那颗黑头颅凑了过来。在她的注视下，他抬起她的一只手吻了一下，接着拉起另一只，按在自己脸上贴了一会儿。如此温柔缱绻的举动，让原本期待热烈行径的她大吃一惊。真想知道他脸上是什么表情。可他低着头，根本看不见。

斯嘉丽连忙垂下眼，以免他突然抬头，看到自己脸上的表情。她知道，自己浑身洋溢着的这份胜利之色肯定会从眼睛流露出去。他马上就要向她求婚了——或者，至少会说爱她，然后……她透过睫毛打量他，看到他把她的手掌翻过来，掌心向上，眼看着立马就要吻上去。突然，他倒抽了一口凉气。她低头看向自己的手掌，仿佛一年中第一次真切地看到它一般，心头顿时涌起一阵冰凉的恐惧。这是谁的手？反正不是斯嘉丽·奥哈拉那白皙无瑕、柔弱无依还有小圆窝的手。这只手因劳作而粗糙不堪，不仅被太阳晒黑，还满是雀斑。指甲裂了、参差不齐；掌上结了厚厚的老茧，拇指上还有个没好全的水泡。上个月被滚油烫伤的红色伤疤，此刻显得那般丑陋刺眼。斯嘉丽惊恐地看着自己的手，立刻不假思索地攥起拳头。

瑞德还是没抬头。斯嘉丽依然看不见他的脸。他无情地掰开她的手，盯着它看了一会儿，又拿起她另一只手，放在一起，默默地低头打量。

“看着我，”终于，他抬起头，声音异常平静地道，“收起这副故作娇羞的表情。”

斯嘉丽不情愿地对上他的目光，满脸的反抗和烦闷之色。瑞德扬起黑眉，双眼放光。

“你在塔拉过得很好，是吧？卖棉花挣了不少钱吧，都能出来串门了！你这双手到底干了什么——耕地？”

她想把手抽回来，他却紧握不放，还用拇指抚过一个个老茧。

“这可不是一双淑女的手。”说着，他把手丢回她膝上。

“噢，闭嘴！”斯嘉丽嚷道。终于能发泄情绪，顿时让她觉得轻松不少，“我的手干了什么，关你什么事儿？”

“我真是个傻瓜，”斯嘉丽愤愤地想，“应该把佩蒂姑妈的手套借来，或者偷来也成。但我没想到自己的手这么糟糕啊。他当然会注意到。现在我发了脾气，或许一切都晚了。噢，他都要表白了，怎么偏偏在这时候出岔子！”

“你的手当然不关我的事。”瑞德冷冷地说，懒洋洋地往椅子上一靠，脸上尽是漠然。

看来，他不好对付。好吧，要是还想取胜，就算不乐意，她也得逆来顺受。或许，说点甜言蜜语能……

“这般甩掉我可怜的双手，你真粗鲁。就因为上周我没戴手套就去骑马，把手毁成这样——”

“骑马，胡扯！”他的语调依然平静，“你用那双手干活，像个黑鬼一样干活。你还有什么好说的吗？干吗跟我撒谎，说塔拉一切都好？”

“哎呀，瑞德——”

“我们还是实话实说吧。你究竟为什么来看我？我差点就被你这副卖弄风情的样子骗了，还以为你真在乎我，在为我难过呢。”

“噢，我真的难过！其实——”

“不，你没有。他们就算把我吊得比哈曼[1]还高，你也不会在乎。这点明明白白地写在脸上，就像你干过的苦活明明白白地写在你手上一样。你想从我这儿得到什么东西，而且如此迫不及待，所以才演了这么一出戏。想要什么，干吗不坦白说出来？那样，你弄到手的机会还大得多。毕竟，坦率是我珍视的女性美德。但你没有，反而非要跑来晃荡耳环，噘着嘴，像个想招揽恩客的妓女一样嬉笑讨好。”

最后一句他既没有提高音量，也没有特意强调，斯嘉丽却觉得挨了一鞭，绝望地明白他不可能向自己求婚了。他若如其他男人般，觉得虚荣心受到伤害，暴跳如雷，或大骂她一顿，她还有应对之法。可他死一般沉寂的声音令她害怕，让她彻底茫然无措，不知下一步该如何。虽然瑞德·巴特勒是个犯人，而北佬就在隔壁，但斯嘉丽还是突然觉得，千万不能冲撞了他这等危险人物。

“我看，我的记性真是越来越差了。我本该记得你跟我一样，无论做什么，都别有用心。好啦，汉密尔顿太太，我来猜猜，你究竟在打什么鬼主意。你不会错误地以为，我会向你求婚吧？”

斯嘉丽脸色绯红，一句话都答不上来。

“但你不会忘了我经常说的那句话吧——我不会结婚？”

不等她回答，他突然激烈地质问道：“你没忘吧？回答我。”

“我没忘。”斯嘉丽苦恼地应道。

“斯嘉丽，你真是个赌徒，”他嘲讽道，“以为我坐了牢，身边没女人，就会如鲑鱼般，一口咬上你放的饵。”

1　基督教《圣经》中的人物，波斯王亚哈随鲁的宰相，施阴谋欲杀绝犹太人，后阴谋败露，被悬于 75 英尺高的木架上绞死。

“你刚才不已经咬了吗？”斯嘉丽愤愤地暗想，“要不是我这双手……”

“好啦，大部分事实已经明了，除了你此行的理由。说吧，为什么想引我娶你？”

他声音温和，几乎还有些许逗弄之意。斯嘉丽又有了勇气，说不定还有转机。当然，想让他求婚是不可能了，但绝望之中，她也有些高兴。这阴晴不定的男人身上总有些令她害怕的东西，若真嫁他，也挺恐怖的。但她若能聪明点，好好利用一下他的同情心，勾起他些许回忆，应该也能借到一笔钱。于是，她摆出一副寻求和解的天真面孔。

“噢，瑞德，你能给我很大帮助——你要是能讨人喜欢些就好了。”

“讨人喜欢——这事我再乐意不过！”

“瑞德，看在老朋友的分上，我想请你帮个忙。”

“看来，满手老茧的太太这回要说真话啦。恐怕‘探望病人和囚犯’，都不是你此行目的吧。你想要什么？钱？”

她本想打打感情牌，迂回地提出此事，结果他问得如此直截了当，让她所有盘算都落了空。

“瑞德，别这么刻薄，”她哄道，“我的确需要一笔钱，想向你借三百美元。”

“终于真相大白。嘴里说着爱，心里想着钱。多真诚的女人哪！你真这么急用钱？”

“噢，是——呃，也不是太急，但我要用。”

“三百美元，这可是一大笔钱。你拿来干吗？”

“缴塔拉的税金。”

“所以，你想借点钱。嗯，既然你如此认真，那我也认真点。

你拿什么抵押？”

“什么？”

“抵押。我投资的保障。我当然不想白白丢掉这笔钱。”他语调平稳，几乎算得上柔声轻哄，她却并未在意。或许，最后一切都会好起来。

“我的耳环。”

“我对耳环不感兴趣。”

“那我把塔拉抵押给你。”

“我现在拿座农场干什么？”

“呃，你可以——可以——那是座上好的种植园哪。你不会有什么损失的。明年收了棉花，我就能还你钱。”

“我可没这么笃定。”他仰靠在椅子上，双手插兜，“棉花价格一直在跌。日子这么难过，钱多紧张哪。”

“噢，瑞德，别逗我了！你明明有几百万！”

他打量着她，眼中跳动着深深的恶意。

“这么说，一切顺利，你也不是太急用钱。那好，听到老朋友们都过得不错，我真高兴。”

“噢，瑞德，看在上帝的分上……”她绝望地开口，勇气和自制力都崩溃了。

“小声点。你不想让北佬听到吧？有没有人告诉过你，你有双猫一样的眼睛——暗夜里的猫？”

“瑞德，别这样！我什么都告诉你好啦。我真的急需钱用。我——我之前说的都是假话。一切都糟糕透了。爸爸他——他——他已神志失常。妈妈死后，他就再也帮不上我什么。他就像个孩子。我们连一个能下地种棉花的人都没有，却有那么多张嘴要养活，整整十三个人哪！还有税金——太高了。瑞德，我什么都告诉你。一年多来，我们差点饿死。噢，你不知道！你怎么可能知道！吃的永远不够，饿着肚子醒来，又饿着肚子睡觉的感觉太可怕。我们没有暖和的衣服，孩子们总是受冻生病，而且——”

“你身上这条漂亮裙子哪儿来的？”

“用妈妈的窗帘做的。”她急得顾不上撒谎掩饰这件丢脸的事，“我可以挨饿受冻，但现在——现在那些投机家提高了我们的税金。而且，这些钱得立刻补上。我只剩五美元金币，再无其他余钱。我一定要弄到钱缴税！你还不明白吗？我要是补不上税，我——我们就会失去塔拉。我们不能失去塔拉！我不能失去它！”

“你干吗不一开始就告诉我这些，非要来捕获我这多情的心。只要关乎漂亮女士，我哪次不心软？唉，斯嘉丽，别哭啊。你什么花招都用尽了，就剩这招。这招我可受不住。发现你想要的是我的钱，而非魅力十足的我，我的感情已经被失望撕扯得支离破碎啦。”

斯嘉丽想起，他自嘲和嘲笑别人时，往往就在讲大实话，于是赶紧抬头望向他。他感情真的受到伤害？他真的喜欢她？看到她手掌前的一刹那，他真的打算求婚了吗？还是如前两次般，提出那个可恶的建议？他若真喜欢她，她或许能让他平静下来。但那双扫视着她的黑眼睛并无爱意。他轻轻地笑了起来。

“你抵押的东西我可不喜欢，我又不是种植园主。还有什么别的可押吗？”

好吧，终于要使出最后一招了。来吧！她深吸一口气，坚定地迎向他的目光。因为要打起精神对付最害怕的事，她收起了所有风情媚态。

“我——还有我自己。”

“什么？”

她绷紧下巴，眼睛都变成了翡翠色。

“还记得围城期间，那晚在佩蒂姑妈的门廊上，你曾说——说想要我？”

瑞德随意地往椅子上一靠，盯着她紧张的脸，自己那张黝黑的脸却一副捉摸不定的神色。他眼中似乎闪烁着什么东西，但他还是一言未发。

“你说——说你对我的渴望，超过对其他任何女人。如果你还想要我，那现在就能如愿了。瑞德，你让我干什么都行，看在上帝的分上，给我开张支票吧！我说话算话。我发誓决不食言。如果你愿意，我可以立字为证。”

他一脸怪异地盯着她，仍旧一副高深莫测的模样。斯嘉丽虽急匆匆地往下说，却弄不清他究竟是有兴趣，还是心生反感。他要是说点什么就好了，说什么都行！斯嘉丽觉得自己的脸越来越烫。

“瑞德，我得尽快弄到钱。不然我们会被赶出去，我爸从前那个该死的监工将霸占塔拉，而且——”

“等等。你为何觉得我还想要你？你凭什么认为自己还值三百美元？大部分女人都不值这么高的价。”

斯嘉丽的脸一直红到发际线，她羞愤到了极点。

“为何非如此不可？种植园没了就没了，你可以跟佩蒂帕特小姐同住啊。那房子也有你一半。”

“天哪！”斯嘉丽嚷道，“你是傻子吗？我不能放弃塔拉。那是家，我绝不放弃。只要还有一口气，我就绝不放弃它！”

“爱尔兰人，”瑞德放平椅子，从裤兜里抽出手，“真是最要命的民族，过于看重太多错误的东西——比如土地。哪儿的地不是地，有何不同？斯嘉丽，既然你来找我谈交易，那咱们就把话挑明。我给你三百美元，你做我的情妇。”

“好的。”

最厌恶的字眼已经出口，斯嘉丽反而觉得轻松了些，心中再次燃起希望。他刚才说“我给你三百美元”时，眼中闪着恶魔一样的光，仿佛遇到了什么格外有趣的事一般。

“但以前我厚着脸皮跟你提起这事，你不仅让我滚，还臭骂了我一顿，说才不想生一窝小崽子。不，亲爱的，我不是要旧调重弹，只是纳闷你古怪的想法。你应承这事不是为了个人享乐，而是为了不受穷挨饿。这恰恰证明了我的观点：一切美德皆有价。”

“噢，瑞德，你还有完没完！你若想羞辱我，大可以继续，但把钱给我。”

此刻，斯嘉丽呼吸已经平顺很多。瑞德这种人自然会尽可能地折磨、羞辱她，以报复她之前的轻慢和刚才耍的那些花招。没关系，她能忍。她什么都能忍。为了塔拉，一切都值得。一时间，她仿佛又回到那个仲夏的午后——湛蓝的天空下，她睡思昏沉地躺在塔拉茂密的红花草草地上，仰望滚滚浓云，闻着白花的阵阵香气，听着蜜蜂忙碌又悦耳的嗡嗡声。静谧的午后，车马声越过一片片盘旋上升的红色田野，远远地传来。这一切值得付出代价，她甚至愿意付出更多。

斯嘉丽抬起头。

“你给不给我钱？”

瑞德一脸自得其乐的神情，待到开口，却是温和地吐出残酷字眼。

“不，不给。”他说。

听到这话，斯嘉丽一时间竟没反应过来。

“就算我想，也没法给。我现在身无分文，也没在亚特兰大存钱，一美元都没有。没错，我的确有些钱，但不在这儿。我现在不能说钱在哪儿，也不能说有多少。但我若开出支票，那些北佬肯定会像鸭子见到六月鳃金龟般扑上来，那我俩都别想拿到钱了。你懂吗？”

斯嘉丽气得脸都绿了，鼻子上的雀斑骤然凸显，扭曲的嘴简直跟杰拉尔德暴怒时一模一样。她猛地跳起来，语无伦次地大叫大嚷，惹得隔壁嗡嗡的说话声戛然而止。瑞德如豹子般扑到她跟前，一只手重重捂住她的嘴，另一条胳膊紧紧搂住她的腰。斯嘉丽发疯般挣扎，想咬他的手，踢他的腿，也想放声尖叫，发泄内心的怒气、绝望、仇恨和骄傲破碎的痛苦。她又是躬身，又是扭腰，试图挣脱他铁钳般的臂膀，一颗心都快炸了，差点就要被胸衣带子勒得喘不过气。瑞德紧紧抱着她，动作那般粗野，勒得她浑身都疼。而那只捂着她嘴的手，力道大得都掐进了下巴。瑞德黝黑的脸一阵阵发白，紧张地狠狠瞪着她，接着一把将她抱起，压在自己胸前，一屁股坐到椅子上，任由她在他腿上拼命挣扎。

“亲爱的，看在老天的分上，闭嘴！嘘！别嚷了。你要是再继续嚷嚷，他们立马就会冲进来。冷静些。你想让北佬看到你这副模样吗？”

她才不管谁会瞧见，只想立马宰了眼前这家伙。然而，一阵眩晕袭来。还被他捂着嘴，她快没法呼吸了。紧身胸衣也如一圈越收越紧的铁箍。紧紧抱住她的那两条胳膊令她又恨又怒，却只能无可奈何地浑身颤抖。然后，他的声音越来越细弱、越来越遥远；头上那张脸也开始在恶心的迷雾中打转。那迷雾越来越浓，越来越浓……终于，她看不见他，也看不到其他任何东西了。

等到头晕目眩地悠悠转醒，斯嘉丽只觉浑身虚软无力，脑子也混乱不清。她仰靠在椅背上，遮阳帽掉了，瑞德正拍着她的手腕，一双黑眼睛紧张地在她脸上打转。那位友好的年轻上尉倒了杯白兰地，想喂她喝几口，结果全洒到了她脖子上。另外几名军官在周围转来转去，打着手势交头接耳，根本帮不上什么忙。

“我——我这是晕倒了吧。”斯嘉丽说。听着自己的声音仿佛从很远的地方传来，简直吓了她一跳。

“把这个喝了。”瑞德接过杯子，凑到她唇边。现在她想起来了，愤怒地瞪向他。但她太虚弱，也累得没力气发火了。

“求你，就算是为了我吧。”

她喝了一大口，呛得连连咳嗽，但瑞德又把杯子递到她唇边。她又喝了一大口，顿觉热辣的酒液把整个喉咙都烧起来了。

“先生们，我想她这会儿好些了，”瑞德说，“但我还是要多谢各位。听到我要被处刑，她就受不了啦。”

这几个穿蓝军装的军官划拉着双脚，面露尴尬之色。他们清了清嗓子，便脚步沉重出去了。那位年轻上尉走到门口，停住脚步。

“还有什么我能做——”

“没有了，谢谢你。”

他出去了，顺手带上了门。

“再喝点。”瑞德说。

“不。”

“喝点。”

斯嘉丽又喝了一口，暖意开始蔓延全身，抖个不停的双腿也渐渐有了力气。她推开酒杯，想站起来，却被他按了回去。

“放开！我要走了！”

“现在不行，再等会儿，你很可能还会晕倒。”

“我宁愿晕在路上，也不想跟你待在一起。”

“无所谓，反正我不会让你晕在路上。”

“让我走。我恨你！”

听到这话，瑞德脸上又现出一抹淡淡的微笑。

“这才像你会说的话嘛，看来你定是好多了。”

斯嘉丽全身放松地躺了一会儿，想靠积聚怒气，让自己恢复点力气。但她太疲惫，疲惫得既不能恨，也没法太在意任何事。失败如铅块般压在心头。她赌上一切，却输得精光，最后连骄傲都没了。最后一丝希望破灭。塔拉完了，他们都完了。她闭着眼躺了好久，听着他在自己身旁沉重的呼吸，感受着白兰地慢慢淌过全身，似乎有了种温暖又有力的错觉。终于，她睁开眼，看向他的脸，怒火重燃。看着她斜挑的眉毛皱到一起，瑞德又露出熟悉的笑容。

“看来你好多了。瞧你这一脸怒气，我就知道了。”

“我当然好得很。瑞德·巴特勒，你简直是我见过最可恶、最讨厌的家伙！我一开口，你就非常清楚我要说什么，也明白自己没法给我钱，却还任由我说下去。你本可以别让我——”

“别让你说下去，然后错过这一切？那不可能。待在这儿几乎没什么趣事，我真是从没听过如此令人快意的事。”他突然嘲弄地大笑起来。听到这笑声，斯嘉丽顿时跳起来，抓起帽子。

瑞德一把按住她的肩膀。

“还没到时间。你真觉得恢复过来了，能好好谈谈啦？”

“放开我！”

“我看你是好得差不多了。那就回答我一句话，你是不是只盯上了我一个？”瑞德目光敏锐，警惕地留意着她脸上的每个变化。

“什么意思？”

“你这通把戏，是不是只打算用在我身上？”

“关你什么事？”

“关系大着呢。你还想钓其他男人吗？快说！”

“不想。”

“难以置信。无法想象，你竟没有五六个备选。我保证，肯定有人能接受你这个有趣的提议。所以，我想给你一点小小的建议。”

“我才不需要你的建议。”

“但我还是要说。目前，我似乎也只能给你这个建议了。听好，这可是个好建议。你若想从某个男人那儿得到什么，千万别像对我一样，什么都脱口而出。努力做得更含蓄、更诱惑些，结果会好很多。你从前精通此道，简直炉火纯青，可刚才你提出要拿自己……呃……做抵押时，那模样可跟铁钉一样僵硬。我记得过去跟人拿手枪决斗时，二十步开外的对手就是这种令人不悦的眼神。这可没法勾起男人胸中的热情。亲爱的，别这么对付男人。你忘了早年受过的那些训练啦？”

“不需要你来告诉我该怎么做。”斯嘉丽疲惫地戴上帽子，心想这家伙脖子都套进绞索了，怎么还能如此漫不经心地开玩笑。她甚至没注意到，他插在兜里的双手紧握成拳，仿佛在拼命忍受自己的无能为力。

“打起精神，”他看着她系好帽带，“你可以来观刑，感觉肯定会好很多。我从前欠你的，包括今天这笔，都能一笔勾销。而且，我还会将你的名字写进遗嘱。”

“谢谢，但或许没等他们绞死你，我就来不及付税金了。”她突然恶毒地开口回击，并且说的都是真心话。

第三十五章

斯嘉丽走出消防站时，正在下雨。天色灰蒙蒙的，一片暗淡。广场上的士兵都躲进棚屋避雨，街上空无一人，也没有一辆马车。她知道，自己得一路走回去了。

她步履艰难地朝前走着，白兰地的效力渐渐消退。冷风吹得她瑟瑟发抖，冰凉的雨针扎般打在脸上。佩蒂姑妈那件薄斗篷很快就被雨水浸透，黏糊糊地贴在身上。她知道，这条天鹅绒裙算是毁了。至于遮阳帽上那些公鸡尾羽，也湿答答地垂了下来。它们还长在前主人身上，随那公鸡在塔拉湿漉漉的谷场四处乱窜时，就已是这副模样。人行道上的砖也有破损，有时好长一段路上竟一块砖都没有。这些地方的泥足能没到脚踝，她一脚踩下去，便鞋就跟粘住了一般，甚至用力提脚都拔不出鞋。每一次，她都只能弯下腰把鞋扯出来，结果裙摆又拖进泥里。她拖着沉重的裙子麻木地赶路，连水坑也不避了。虽然能感觉到衬裙湿了，衬裤冷冰冰地贴在脚踝上，她却毫不在意这身原本下了重大赌注的衣裳，只觉得浑身冰凉、灰心又绝望。

说下那般豪言壮语，如今该如何回塔拉面对大家？如何开得了口说他们必须搬去——别处？她如何舍得下那一切：红土地、高大的松林、幽深湿软的沼泽滩地，以及雪松浓荫下，埃伦静谧的长眠之地？

她脚下打滑地艰难前行，对瑞德的恨意在胸中燃烧。他简直是个无赖！北佬若真绞死他就好了，这样她便再也不用见到他，也不会有人知道她丢过的脸和受过的耻辱。如果他想，当然能为她弄到钱。噢，被绞死真是太便宜那家伙！谢天谢地，他看不见她此刻这副衣裳湿透、头发凌乱、牙齿打战的模样。她肯定糟透了，而他若瞧见，定会哈哈大笑！

斯嘉丽在泥地上连溜带滑地朝前走着，时不时还喘着气地停下来拔鞋。路上目睹这一幕的黑人都放肆地咧嘴嘲笑她。这群黑猿猴，竟敢笑话她！竟敢笑话塔拉庄园的斯嘉丽·奥哈拉！她好想用鞭子抽他们，直抽到他们背上皮开肉绽，鲜血淋漓。北佬真是魔鬼，竟然会解放黑人，让他们肆意来嘲笑白人！

她沿着华盛顿街朝前走，路上的景象简直跟她的心情一样阴郁。这儿毫无桃树街上的繁忙欢欣，曾经林立的众多漂亮房屋，如今只零星重建起几座。烟熏火燎的地基和一根根孤零零的焦黑烟囱（如今，它们被称为“舍曼的哨兵”）令人沮丧地不断出现。杂草丛生的车道伸向往日的房屋。原先的草坪上铺了一层厚厚的枯草，停车台上仍刻着她无比熟悉的名字，拴马桩上再也不会套上缰绳。冷风冷雨、泥地秃树、寂静荒凉。她的脚好湿啊，可回家的路还这般漫长！

身后传来马蹄踩在水上的声音，斯嘉丽连忙往狭窄的人行道上躲，免得佩蒂帕特姑妈的斗篷溅上更多泥浆。一辆四轮单马轻便马车从后方缓缓驶来，她转头去看，决定若驾车的是个白人，就央求对方载自己一程。雨模糊了她的视线，但马车驶到她身旁时，她还是瞧见车夫透过从挡泥板一直扯到下巴的油布打量自己。

她觉得那张脸有些眼熟，便走到路上，想凑近瞧得更清楚些。那人尴尬地轻咳一声，便又惊又喜地喊了起来，那声音很熟悉。“哎呀，真是斯嘉丽小姐！”

“噢，肯尼迪先生！”斯嘉丽大声回应，踩着烂泥过街，倾身凑向泥泞的车轮，压根顾不上会不会把斗篷弄得更脏，“我这辈子真是见谁都没见到你这么开心呀！”

斯嘉丽这番真情实意的话乐得他脸都红了。他连忙冲车子另一边啐掉嘴中的烟液，然后敏捷地跳下来，热情地拉起斯嘉丽的手，掀起油布，扶她上了车。

“斯嘉丽小姐，你一个人在这儿干吗？难道不知如今这些地方很危险吗？你浑身都湿透了呀。给，快把这毯子裹在脚上。”

听着他老母鸡般喋喋不休地数落自己，斯嘉丽反而有了种被人照顾的奢侈感。有个男人大惊小怪、唠唠叨叨地斥责，哪怕只是弗兰克·肯尼迪这种婆婆妈妈的男人，也是件惬意之事。尤其刚被瑞德那般粗暴对待，眼下就更显抚慰舒坦。噢，离家这么远，还能见到一个老乡，真开心哪！斯嘉丽发现他穿得很好，马车也是新的。拉车的马看起来很年轻，也喂养得很好，弗兰克却显得比实际年龄老，也比他那次平安夜带人来塔拉时老。他身材瘦削、面色灰黄，一双湿乎乎的黄眼陷在松弛起皱的血肉里。姜黄色的胡须乱糟糟的，仿佛一直被他不停地扒拉，不仅比从前少了许多，还沾着烟液。但他看起来容光焕发、一脸喜色，跟斯嘉丽随处可见的那些忧伤、愁苦和疲惫的面孔大不相同。

“见到你真高兴，”弗兰克热情地说，“我都不知道你进城了。上周我还见过佩蒂帕特小姐，她没告诉我你要来。呃……塔拉……塔拉还有谁跟你一起来了吗？”

这愚蠢的老傻瓜，想着苏埃伦呢。

“没有。”斯嘉丽用那块暖和的旅行毛毯裹住脚，还努力往上拉，想把脖子也围住，“我一个人来的，事先没告诉佩蒂姑妈。”

弗兰克吆喝一声，马沉重而缓慢地起步了，在湿滑的路面上小心前行。

“塔拉的大家还好吧？”

“噢，嗯，还好。”

斯嘉丽觉得一定得说点什么才行，但实在找不到话说啊。心头沉甸甸的，满脑子挫败感，让她只想裹着温暖的毯子，靠在车座上对自己说：“现在我还是别想塔拉了。过会儿再想吧，等没那么难受了再想。”若能想办法让他聊点什么，一直聊到家门口，而她什么也不用说，只需时不时感叹几句“真好”“你真棒”之类的话就好了。

“肯尼迪先生，真没想到能碰上你。我知道自己曾经是个坏丫头，没跟老朋友们保持联系。但我不知道你也在亚特兰大。有人曾告诉我，你在玛丽埃塔。”

“我在玛丽埃塔做生意，买卖不少呢，”他说，“苏埃伦小姐没告诉你，我已经在亚特兰大定居了吗？她没跟你提过我的店？”

斯嘉丽隐约记起苏埃伦的确唠叨过弗兰克和一间铺子的事，但她从未留心苏埃伦说过的话。对她来说，知道弗兰克还活着，总有一天会接过苏埃伦这个包袱就够了。

“没，没提过，”斯嘉丽撒谎，“你还有间铺子啊？真能干！”

听到苏埃伦并未宣扬这个消息，他似乎有些受伤。但斯嘉丽的恭维又让他喜笑颜开。

“是啊，我开了间铺子，我觉得还不错。大家都说，我天生适合做买卖。”他开心地笑了，斯嘉丽向来讨厌这咯咯的傻笑声。

“真是个自负的老傻瓜。”她想。

“噢，肯尼迪先生，你无论做什么都能成功。但你怎么想到开一间铺子的？前年圣诞节遇见你时，你不是还说自己身无分文吗？”

弗兰克刺耳地清了清喉咙，扒拉了几下胡须，紧张又怯弱地笑了。

“呃，斯嘉丽小姐，这可说来话长。”

“谢天谢地！”斯嘉丽想，“这下他或许能一直讲到家门口了。”于是，她大声道：“快说吧！”

“你还记得我们上次去塔拉寻求补给吧？呃，在那之后不久，我就服役了，真的去打仗，不再管军需。斯嘉丽小姐，其实真没必要弄支军需队，因为我们几乎没法为军队征到什么东西。我想，一个强壮的男人还是要上战场才对。总之，我跟着骑兵打了一段时间仗，直到肩膀挨了颗小子弹。”

见他一脸骄傲，斯嘉丽连忙惊呼：“太可怕了！”

“噢，没多严重，就是点皮肉伤，”他满不在乎地说，“我被送到南边的一家医院。伤快好时，北佬突然打了过来。天哪，天哪，那场面可真激烈！我们没得到多少预警，凡是走得动的，都帮着把军需品和医疗设备搬到车站起运。我们刚装好一车，北佬就从城那头打了过来。我们只得尽快从另一边撤离。天哪，天哪，那场面真惨烈啊！坐在车顶，眼睁睁地看着北佬把那些被迫留在车站的物资烧掉。斯嘉丽小姐，我们堆在铁轨旁的物资足有半英里长，全被烧了呀。最后，我们只能‘两手空空’地逃了出来。”

“太可怕了！”

“是啊，没错，太可怕了。那时，我们的人已经回到亚特兰大，所以火车也开到了这儿。斯嘉丽小姐，那时战争已经快结束了——哎呀，有好多无人认领的瓷器、帆布床、床垫和毯子。我想，那些多半都是北佬的东西。根据投降条款，它们应该属于北佬，不是吗？”

“嗯。”斯嘉丽心不在焉地说。她现在已经暖和过来，有点昏昏欲睡。

“直到现在，我都不知道自己做得对不对，”他有些恼怒地道，“但我想，那些东西对北佬来说也没什么用，到头来很可能就被他们付之一炬。我们的人却是付出了真金白银，才置办起那一切。所以我想，它们仍该属于邦联或邦联的支持者们。你明白我的意思吗？”

“嗯。”

“斯嘉丽小姐，真高兴你同意我的看法。从某种程度上来说，我一直有些良心不安。很多人都对我说：‘噢，弗兰克，别琢磨啦。’可我就是办不到。我若觉得自己干了亏心事，就会始终抬不起头。你说，这事我做得对吗？”

“当然。”真不明白这老傻瓜在说什么，是为了什么事良心不安吧？弗兰克·肯尼迪都这把年纪了，早该学会别为无关紧要的事操心啊。可他怎么还一直紧张兮兮、大惊小怪，跟个老姑娘似的？

“你这样说我真高兴。南方投降时，我一无所有，全身上下大约只有十美元银币。你知道北佬在琼斯伯勒干了什么，我在那儿的房子和铺子都毁了。当时，我真不知道该怎么办才好。但我用那十美元给五角广场的一间旧铺子盖了个屋顶，然后把医疗设备搬进去卖。人人都需要床、瓷器和床垫。因为想着这些如今属于我的东西其实也是别人的，所以我卖得很便宜。但我还是赚到了钱，从而进了更多货，生意也越来越好。如果情况越来越好，我应该能赚到很多钱。”

听到“钱”字，斯嘉丽的脑子顿时清醒了，注意力也转到他身上。

“你说，你赚到了钱？”

见她感兴趣，弗兰克显然更骄傲了。从前，除了苏埃伦，哪个女人对他不是敷衍了事？此刻，昔日的大美人斯嘉丽竟肯认真听他讲话，多令人喜出望外！为了能在斯嘉丽到家前讲完自己的这段经历，他放慢了车速。

“斯嘉丽小姐，我不是百万富翁。若与曾经拥有过的财富相比，我如今的这些听起来也不算多。但今年我赚了一千美元。当然，一半用来进新货、修缮铺面和付房租了。但纯利润还是有五百美元。生意肯定会越来越好。明年我应该能净赚两千。如你所见，我当然知道怎么用这笔钱。我还有件事要做呢！”

一谈到钱，斯嘉丽顿时兴趣浓厚。她垂下又粗又浓的睫毛，凑得离他更近了些。

“肯尼迪先生，你这话是什么意思？”

他哈哈大笑，又扬鞭抽了一下马背。

“斯嘉丽小姐，说这些生意上的事，你估计都听烦了吧。你这样漂亮的小姐，哪儿用得着懂生意。”

老傻瓜。

“噢，我虽然对生意一窍不通，但我很感兴趣啊！你通通说了吧，遇到不懂的，你可以解释给我听呀。”

“好吧，我还想开间锯木厂。”

“什么？”

“一间伐木、刨木的厂子。桃树街那头有个叫约翰逊的家伙，急于出手这么一间厂子。他急需现钱，所以想把厂子卖给我，还愿意领周薪帮我经营。斯嘉丽小姐，这一带根本没剩下多少锯木厂，大部分都被北佬毁了。谁要有锯木厂，就等于有了一座金矿。现在的木材，可都是随你定价呀。北佬把这儿的房子烧掉那么多，人们根本不够住。看起来，他们真是发疯般地要重建哪。但木材不仅量不足，供货也不够快。如今，还有人不断涌入亚特兰大。失去黑奴、无法再继续种地的乡下人全来了，想把我们榨得更干净的北佬和投机家们也蜂拥而至。我跟你说，亚特兰大很快就会成为一座大城市。人们需要木材盖房子，所以我要尽快买下这间锯木厂。呃，再收回点款便买。明年这时候，我手头应该就宽裕多了。你……你应该知道我为何如此着急赚钱，对吧？”

他脸一红，又咯咯笑了起来。斯嘉丽厌恶地想：“这家伙满脑子全是苏埃伦呢。”

斯嘉丽琢磨了一会儿要不要找他借三百美元，但终究还是泄气地打消了这个念头。他肯定会局促不安、吞吞吐吐地找各种借口拒绝。他如此卖命地干活，不就是为了开春能娶到苏埃伦吗？若借钱给她，天知道婚礼还得拖到什么时候。就算她设法激起他的同情心和对未来家庭的责任感，让他答应借钱，苏埃伦多半也会唱反调。苏埃伦越来越忧心自己真成了个老姑娘，所以定会竭尽全力，反对任何会推迟婚期的事。

那成天唉声叹气、抱怨连连的丫头到底有什么好，让这老傻瓜如此着急给她一个安乐窝？苏埃伦不配拥有一个如此深情的丈夫，也不配享有店铺和锯木厂的利润。苏手头有点钱就一副不可一世的样子，绝不会为维持塔拉掏一美分。苏埃伦绝不会！只要有漂亮衣裳穿，能当上某人的“太太”，塔拉因为税金问题被易主也好，被烧成平地也罢，她才不会在乎，反而会庆幸自己终于摆脱了这地方吧。

想到苏埃伦未来衣食无忧，自己和塔拉却岌岌可危，斯嘉丽就怒火中烧，直怨命运不公。她连忙把脸扭向车外，看着泥泞的街道，以免弗兰克瞧见她脸上的表情。她即将失去一切，苏却——她突然做出一个决定。

苏埃伦不该得到弗兰克，以及他的店铺和锯木厂！

苏埃伦不配得到这些。这一切应该属于她。她想起塔拉，以及响尾蛇般恶毒的乔纳斯·威尔克森站在前门台阶上的那副嘴脸。生命之舟即将倾覆，她定要抓住最后一根稻草。瑞德虽然令她失望，但上帝又送来了弗兰克。

“可我如何才能得到他？”斯嘉丽攥紧拳头，茫然地盯着雨幕出神。“我能让他忘掉苏，尽快向我求婚吗？既然能让瑞德差点求婚，我也定能把弗兰克弄到手！”斯嘉丽动动眼皮，上下打量了一番弗兰克，“他的确不怎么好看，”斯嘉丽冷静地想，“牙齿太糟糕，口气难闻，老得都能当我爸了。而且，他紧张、怯懦、刻薄，男人能有的糟糕品性，他估计都齐全。但他至少是个绅士，我想，跟他过日子，总比跟瑞德好些。他当然更好对付。不管怎样，乞丐哪儿还能挑三拣四。”

至于他曾是苏埃伦的未婚夫，斯嘉丽才不会为这点良心不安。正是彻底的道德沦丧，才能驱使她到亚特兰大找瑞德，所以抢走妹妹的未婚夫，似乎就是眼下不值一提的小事而已。

既然升起新的希望，她背挺直了，也不觉得双脚又湿又冷，反而眯起眼，定定地看着弗兰克。直看到他有些惊慌，她才飞快垂下眼帘，想起瑞德的话：“我记得过去跟人拿手枪决斗时，二十步开外的对手就是这种令人不悦的眼神。这可没法勾起男人胸中的热情。”

“怎么了，斯嘉丽小姐？你冷吗？”

“是啊，”她无力地应道，接着羞怯地支支吾吾，“你介意——

介意我把手伸进你的大衣口袋吗？我手好冷呀，手筒都湿透了。”

“呃——呃——当然不介意！你没手套吗？天哪，天哪，我真是个笨蛋，磨磨蹭蹭只顾着说话，你肯定都要冻僵了，就想烤烤火呢。驾，萨莉！对了，斯嘉丽小姐，我光顾着说自己，都忘了问如此糟糕的天气，你跑这儿来干吗？”

“我刚才去了趟北佬的总部。”她不假思索地道。弗兰克一听，两道灰黄的眉毛顿时竖了起来。

“可斯嘉丽小姐！那些士兵——你为何——”

“圣母玛利亚，快让我编出个好理由吧！”她连忙祈祷。绝不能让弗兰克怀疑她曾见过瑞德。在弗兰克眼中，瑞德就是最坏的无赖。一个体面女人就连跟他说话都不安全。

“我去那儿——去那儿看看——有没有军官肯买点我的刺绣，带回家送妻子。我的刺绣活可好啦。”

弗兰克惊骇地往后一靠，既愤慨，又困惑。

“你去找北佬——可斯嘉丽小姐！你不该去的啊。这……这事你爸肯定不知道！佩蒂帕特小姐当然——”

“噢，你要是告诉佩蒂帕特姑妈，我就死了算啦！”斯嘉丽真急了，顿时流下泪来。她又冷又苦恼，哭真是再容易不过的事。这么做的效果甚是惊人。弗兰克又尴尬又无助，就算她突然把衣服脱了，他的状况也不会好到哪儿去。他啧啧几声，嘟囔了好几遍“天哪！天哪！”还冲她做了好几个徒劳无益的手势。他突然生出一个大胆的念头：是不是该把她的头按在自己肩上，好好拍拍她？可他从未对任何女人做过这种事，也不知道该怎么做。斯嘉丽·奥哈拉这般活泼漂亮的女人，竟坐在他的马车里哭。斯嘉丽·奥哈拉，这顶顶骄傲的人哪，竟试图向北佬兜售针线活。他的心都要烧起来了。

斯嘉丽抽抽搭搭地哭着，时不时说一两句话。他听出似乎是塔拉处境不妙。奥哈拉先生依旧“神志不清”，家里的吃食根本不够喂饱那么多张嘴。因此，她只得到亚特兰大来，努力为自己和儿子挣点钱。弗兰克又咂吧了一下嘴，接着突然发现她的头已经靠在自己肩上，顿时慌得手足无措。这当然不是他干的，但对方的头的确已经靠了上来。斯嘉丽正依偎在他单薄的胸膛上，无助地啜泣。对他来说，这真是一种兴奋又新奇的感觉。他怯怯地拍着她的肩膀，起初极为小心，见她并未制止，胆子便渐渐大了起来，拍得更用力了。真是个甜美无助、女人味十足的姑娘哪。试图靠针线活挣钱，她可真勇敢，也真傻气。但跟北佬做买卖——还是太过分了。

“斯嘉丽小姐，我不会告诉佩蒂帕特小姐，但你必须答应我，别再做这种事。想想看，你可是奥哈拉先生的女儿——”

她湿漉漉的绿眼睛可怜巴巴地瞅着他。

“但肯尼迪先生，我必须做点什么。我得照料可怜的儿子。现在，我们一大家子也没人管呀。”

“你真是个勇敢的小女人，”弗兰克断言，“但我不会让你做这种事。不然，全家都得羞愤致死。”

“那我该做什么呢？”她眼泪汪汪地瞅着他，仿佛认为他无所不知，此刻就等着他的指点了。

“呃，我现在也不知道。但我会想出办法。”

“噢，我就知道你会！弗兰克——你多聪明啊！”

她从未直呼过他的名字，这一叫真是令他又惊又喜。这可怜的姑娘多半太难过，连口误都没注意。他不由得对她生出无限柔情和强烈的保护欲。要是能为苏埃伦·奥哈拉的姐姐做点什么，他一定义不容辞。他掏出一张红色扎染印花大手帕递给她。斯嘉丽擦了擦眼睛，怯怯地笑了。

“我真是个小傻瓜。”她充满歉意地说，“请见谅。”

“你才不傻，你是个勇敢的小女人，一直在努力扛起重担。依我看，佩蒂帕特小姐恐怕帮不了你什么。听说她大部分财产都没了，亨利·汉密尔顿先生境况也糟糕。真希望我能给你一个家。但斯嘉丽小姐，请记住，苏埃伦小姐和我成婚后，我们家里永远有你和韦德·汉密尔顿的位置。”

时机到了！圣人和天使果然看护着她，竟赐予如此良机。她装出一副非常吃惊，又不无尴尬的表情，张嘴仿佛想说什么，却又突然闭上。

“今年春天我就是你妹夫了，别说你不知道这事啊！”他神经质地打趣道，随即便发现她满眼是泪，立刻紧张地问，“怎么啦？苏小姐没生病吧？”

“噢，没！没有！”

“定是出了什么事。你一定得告诉我。”

“噢，不行！我不知道！我以为，她肯定已经给你写过信了——噢，真丢人！”

“斯嘉丽小姐，到底怎么了？”

“噢，弗兰克，我本不想说这话，但我以为你肯定已经知道——她给你写过信……”

“写过什么信？”弗兰克声音都发颤了。

“噢，你这么好，她竟做出这种事！”

“她做了什么？”

“她没写信给你吗？噢，估计是太羞愧，没脸写吧。她是该羞愧！噢，我怎么有个如此丢人的妹妹！”

此时此刻，弗兰克连提问的勇气都没了，只面如死灰地坐在那儿，呆呆地盯着斯嘉丽，手中的缰绳都松了。

“她下个月就要嫁给托尼·方丹了。噢，弗兰克，我很抱歉。对不起，竟是我把这消息告诉了你。她怕自己真成老姑娘，不愿再等啦。”

弗兰克把斯嘉丽扶出马车时，嬷嬷已经站在前门廊上。她的头巾湿了，紧紧裹在身上的旧披肩也沾了不少雨点，显然已在屋外站了许久。嬷嬷那张满是皱纹的黑脸又气又忧，斯嘉丽从未见过她把嘴唇噘得如此高。嬷嬷飞快地瞥了弗兰克一眼，看清来人后，顿时变了脸色——变得高兴、困惑，又带些歉疚之意。她摇摇摆摆地朝弗兰克走来，开心地打招呼，跟他握手时，还咧嘴行了个屈膝礼。

“见到老乡真开心，”嬷嬷说，“你还好吧，弗兰克先生？哎呀，你气色真不错哪！早知斯嘉丽小姐是跟你出去，晓得她有人照顾，我就不用这么担心啦。回来后发现她不见了，一想到她独自在城里乱转，街上全是那些刚获自由的垃圾黑鬼，我就急得跟没头苍蝇似的。亲爱的，你要出去怎么都不跟我说一声呢？着凉了吧！”

斯嘉丽狡黠地冲弗兰克眨了眨眼。虽然刚刚才得知坏消息，弗兰克还是微微一笑，明白她这是在求自己保持沉默，跟她共守一个快乐的小秘密。

“嬷嬷，快去给我找几件干衣服。”斯嘉丽说，“再来点热茶。”

“天哪，你这新衣裳真是全毁啦，”嬷嬷抱怨道，“我得花多少时间，才能把它烘干刷净，让你今晚穿着它去参加婚礼啊。”

嬷嬷进了屋，斯嘉丽凑到弗兰克跟前耳语道：“今天你可一定要来吃晚饭。我们太孤单啦。饭后，我们还要去参加婚礼。你可得陪我们一起去！对了，求求你，苏埃伦的事——千万别告诉佩蒂姑妈。她一定会非常难过，而她若知道妹妹的事，我也会受不了——”

“噢，我不说！不说！”弗兰克急忙道，仿佛一想起这事就害怕似的。

“你今天对我真好，帮了我这么大的忙。我又有勇气啦。”分别时，斯嘉丽捏了捏他的手，一双眼冲他大送秋波。

等在门内的嬷嬷不可思议地看了她一眼，接着又气喘吁吁地跟着她上楼进了卧室。她默默地帮斯嘉丽脱掉湿衣服，一件件地搭在椅背上，然后把斯嘉丽推上了床。等到端来一杯热茶、拿来一块法兰绒布包好的热砖，嬷嬷才俯视着斯嘉丽，用近乎道歉的口气说：“乖乖，怎么不告诉嬷嬷你到底要干吗？这样，我也不用大老远地跟来亚特兰大。我都这么老了，还这么胖，跑来跑去真是吃不消啊。”过去，斯嘉丽也听过她这样说话。

“嬷嬷，你在说什么呀？”

“亲爱的，你就别糊弄我了。我还不了解你吗？刚才瞧见弗兰克先生和你那张脸，你的心思我就全懂啦，就像别人读《圣经》一样清楚明白。我还听到你跟他嘀咕苏埃伦小姐呢。要早知道你对弗兰克先生动了心思，我就待在家里不来啦。”

“哎呀，”斯嘉丽在毯子下舒舒服服地躺好，明白要想瞒过嬷嬷纯属白费心机，于是索性问道，“那你本来以为我盯上了谁？”

“孩子，我不知道。但你昨天那脸色，我可不喜欢。而且，我记得佩蒂帕特小姐曾写信给玫兰小姐，说巴特勒那无赖有很多钱。这种话我可不会忘。弗兰克先生虽然不好看，但他好歹是个绅士。”

斯嘉丽狠狠瞪了嬷嬷一眼，嬷嬷也平静地回瞪一眼，那目光似乎在说她什么都知道。

“呃，那你打算怎么办？跟苏埃伦告密吗？”

“我一定想方设法，帮你讨好肯尼迪先生。”嬷嬷边说，边为斯嘉丽掖好脖子周围的毯子。

嬷嬷在房间里来回瞎忙时，斯嘉丽就静静地躺着，为两人无须多说什么而大感欣慰。不需解释，也没有责备。嬷嬷心中了然，始终没吭一声。斯嘉丽觉得，嬷嬷比自己更坚定。那双浑浊的老眼无比睿智，看问题又深又准。她也跟野蛮人和小孩般直率，只要觉得自己的宝贝受到威胁，立马奋起反抗，才不管什么良心不良心。斯嘉丽是她的宝贝。宝贝想要什么，哪怕那样东西是别人的，嬷嬷也愿意帮她弄到手。至于苏埃伦和弗兰克·肯尼迪的权益，嬷嬷才不在意，顶多在心里冷笑几声罢了。斯嘉丽遇到了麻烦，正在奋力解决。斯嘉丽是埃伦小姐的孩子，嬷嬷随时随地都会毫不犹豫地站在她这边。

斯嘉丽感觉到了这份沉默的支持，全身也因脚下的热砖暖和起来。回家途中在马车上挨冻时生出的那丝微弱希望，此刻已经熊熊燃烧，烧遍全身，烧得她心脏狂跳、热血奔涌，又有了力量。这股无所顾忌的兴奋之意让她恨不能放声大笑，欣喜若狂地想：“我还没被打败！”

“嬷嬷，把镜子给我。”斯嘉丽说。

“别把肩膀露出来。”嬷嬷命令道，递过镜子，厚厚的嘴唇弯出一个笑容。

斯嘉丽打量着自己。

“我真是白得像鬼，”她说，“头发乱得像马尾。”

“是没以前漂亮了。”

“呃……外面雨下得大吗？”

“可不是吗，瓢泼大雨！”

“好吧，那你还是得替我进城一趟。”

“下这么大的雨，我不去。”

“好吧，你不去，我就自己去。”

“就不能等一等吗？我看你今天也够累的了。”

斯嘉丽端详着镜中的自己：“我想买瓶科隆香水。你可以帮我洗洗头发，再往上面喷点科隆香水。再给我买瓶榅桲胶，把头发弄平整些。”

“我才不会在这种天气给你洗头。而且，你也不必跟那些荡妇似的，往头发上喷科隆香水。只要我还有口气，就不会让你这么干！”

“哦，不，我就要。去我钱包里拿个五美元的金币，赶紧进城。还有——呃，嬷嬷，到了城里，再给我带盒胭脂吧。”

“带什么？”嬷嬷怀疑地问。

斯嘉丽看向嬷嬷，眼中带了种她自己都未曾察觉的冷意。她从不知道，嬷嬷到底能被逼到什么地步。

“你别管，直接说要买胭脂就行。”

“不知道的东西，我才不买。”

“哎呀，怎么如此好奇，就是种颜料，抹脸用的！别像只蛤蟆似的，气鼓鼓地站在那儿。快去呀！”

“颜料！”嬷嬷惊呼道，“抹脸用的！哼，你长大啦，我打不动你了是吧！我还从没如此丢脸呢！你真是疯了！埃伦小姐这会儿在坟墓里都不得安宁！你居然要把脸抹得跟个……”

“你明明非常清楚，罗比亚尔外婆也会擦胭脂，而且……”

“没错，小姐，她不仅只穿一条衬裙，还往裙子上洒水，好现出腿形。但这并不意味着你也可以这么干！老小姐年轻时世风开放，但现在不同了呀，她们……”

“天哪！”斯嘉丽终于发火了，大叫着掀了毯子，“你还是赶紧回塔拉去吧！”

“除非我自愿，否则你不能把我赶回去。我是自由的……”嬷嬷气呼呼地道，“我就要待在这儿。回床上去！你想得肺炎吗？把紧身胸衣脱了！赶紧脱了，亲爱的。好啦，斯嘉丽小姐，这种天气，你哪儿也不许去。天哪！但你真像你爸！赶紧回床上躺好——我才不会给你买什么抹脸的东西！大家要是知道我给自家孩子买那种东西，那我真是羞死算了！斯嘉丽小姐，你又甜美又漂亮，根本不必抹什么颜料。亲爱的，只有坏女人才用那种东西。”

“但她们抹了之后很好呀，不是吗？”

“天哪，听听这说的什么话！宝贝儿，别再说这种糟糕的话啦。宝贝儿，把湿袜子脱下来。你可不能自己去买那东西，埃伦小姐的魂魄会来找我算账的。回床上去。我这就去买，没准儿还能找到一家谁都不认识我的店。”

那天晚上，范妮的婚礼在埃尔辛太太家如期举行。老利瓦伊和其他乐手为演奏舞曲调音时，斯嘉丽快活地环顾四周。又能在舞会上跳舞，多激动人心呀！受到热烈欢迎，也让斯嘉丽心花怒放。她挽着弗兰克的胳膊进屋时，每个人都喜笑颜开地冲过来表示欢迎，又是亲吻，又是握手，说他们有多想念她，还让她一定别再回塔拉了。男士们殷勤备至，似乎都忘了她过去如何死命伤他们的心。姑娘们也不计较她曾拐跑自己的情郎。就连战时对她颇为冷淡的梅里韦瑟太太、怀廷太太、米德太太等诸位老贵妇，也忘了她曾经的轻浮行径和自己对她那些不以为然的批评，只记得她也跟大伙一样经历了战败，只记得她是佩蒂的侄媳妇和查尔斯的遗孀。她们吻她，含着泪柔声提起她亲爱母亲的离世、细细询问她父亲和妹妹的情况。每个人都问起玫兰妮和阿希礼，想知道他们为何没回亚特兰大。

受到欢迎虽然很开心，但斯嘉丽还是有丝极力想掩饰的窘迫。这份窘迫来自她那条天鹅绒裙。虽然嬷嬷和厨娘又是用水壶烫，又是拿干净的发梳刷，又是在炉火边拼命翻烤，裙子膝盖以下仍湿乎乎的，裙边也有点点污渍。斯嘉丽生怕有人注意到她衣服脏了，从而猜出她只有这一条好裙子。但看到很多客人的裙子比她的差远了，她总算稍微开心了些。那些裙子很旧，显然都是仔细补缀和熨烫过。她的裙子虽然有点湿，至少完完整整、崭新崭新的。其实，除了范妮那件白缎结婚礼服是新的，全场只有斯嘉丽穿新裙子。

想起佩蒂姑妈说过的埃尔辛家近况，斯嘉丽很纳闷他们哪儿来的钱买白缎礼服、茶点和婚礼装饰，又是哪儿来的钱请乐队。这些肯定得花不少钱。或许是借的吧，要么就是整个埃尔辛家族都出了力，只为给范妮一场奢华的婚礼。斯嘉丽觉得，如此艰难时世还办这样的婚礼，简直跟塔尔顿兄弟的墓碑一样，都是极端浪费的行为。因此，她也跟站在塔尔顿家墓地时一样，既愤怒，又冷漠。可以任意挥霍金钱的日子已经过去，这些人干吗非得摆出旧日排场？

但她耸耸肩，立刻抛开了这瞬间的不快。花的又不是她的钱，干吗要生他人的气，毁了自己今晚的快乐？

斯嘉丽发现，新郎原来是老熟人——斯巴达的汤米·韦尔伯恩。一八六三年他肩膀受伤时，还是她照顾的呢。当时，他还是个身高六英尺的英俊小伙，放弃了医学院的学业，加入骑兵团。如今，他却像个小老头，因为臀部的伤身形佝偻。正如佩蒂姑妈所说，他走路有些困难，叉着腿，模样很难看。但他似乎完全没意识到这点，或者说压根不在意，一副仿佛对任何人都无所求的模样。他已经彻底放弃继续学医的愿望，如今是名承包商，正指挥着一群爱尔兰人建造一座新旅馆。斯嘉丽虽纳闷他这身体状况如何承担如此繁重的工作，却什么也没问，只不无讽刺地想："生活所迫，什么都能干。"

汤米、休·埃尔辛和小猴子似的勒内·皮卡德跟斯嘉丽站在一起聊天。椅子和家具都被挪到墙边，为跳舞做准备。休没多大变化，仍跟斯嘉丽一八六二年最后一次见他时一样瘦削敏感，前额照旧垂着一绺淡棕色的头发，手也还是精致细嫩，不像能干什么活的样子。但跟上次休假回来娶梅贝尔·梅里韦瑟时相比，勒内倒变了不少。他那双黑眼睛虽仍似高卢人般闪闪放光，内心也怀着克里奥尔人对生活的热忱，开怀大笑时的神情仍和原初一样，却让人感受到了些许战争初期不曾有过的艰难严峻。而当年那副穿着惹眼的义勇军军装、高傲优雅的派头，早已荡然无存。

"脸如玫瑰，眸似翡翠。"勒内边说，边亲吻斯嘉丽的手，赞美她脸上的红晕，"就跟我第一次在义卖会上见着你时一样漂亮。你还记得吧？我永远忘不了，你手一抛，就把婚戒扔进了我的篮子。哈，多英勇啊！不过，没想到都过去这么久了，你竟还没为自己弄到第二枚戒指！"

他顽皮地眨了眨眼睛，用胳膊肘撞了下休的胸口。

"勒内·皮卡德，真没想到你也会赶馅饼车。"斯嘉丽说。自己这有失身份的职业被人点破，勒内不以为耻，反倒哈哈大笑着直拍休的背。

"一针见血！"他大声道，"这是岳母梅里韦瑟太太分派的差事，可是我这辈子干的第一份活计。我——勒内·皮卡德——本打算养养赛马、拉拉小提琴终老此生的！如今，我却拉起馅饼车。

可我喜欢这差事！我那岳母大人有本事让男人干任何事。汤米，她若做了将军，我们估计都能打胜仗，对吧？”

哼！斯嘉丽想，他家曾经在密西西比河沿岸有十英里土地，在新奥尔良也有座大房子，如今却说喜欢赶馅饼车？！

“要是让咱那岳母参了军，我们肯定一周就能打败北佬。”汤米附和道，眼睛扫向自己那位苗条坚毅的新岳母，“我们之所以能坚持这么久，全都是因为后方这些女士没有放弃哪。”

“她们永不放弃。”休纠正道。他笑得一脸骄傲，却也带了点讽刺意味，“无论自家男人在阿波马托克斯[1]干了什么，今晚在场的女士没有一个投降的。她们比我们难过得多。我们至少还能在战斗中出出气。”

“女人们只有恨。”汤米下了结论，“是吧，斯嘉丽？看到自己的男人沦落到如此地步，女士们比我们更焦心吧。休本想当律师，勒内本该为欧洲各国首脑演奏小提琴——”他闪开勒内挥来的拳头，“我本来要当医生，现在却——”

“给我们点时间！”勒内大声道，“我一定能成为南方的馅饼大王！休老弟就当木柴大王！至于汤米老兄，没了黑奴，还有一群爱尔兰奴隶嘛！这变化多大，多有趣啊！斯嘉丽小姐和玫兰小姐，你们干什么？会挤牛奶、摘棉花吗？”

“当然不干！”斯嘉丽冷冷地说，真不明白勒内怎能欣然接受艰苦生活，“那些活我们家的黑人会干。”

“听说玫兰小姐给儿子起名叫‘博勒加德’，你告诉她，我——勒内很欣赏这个名字，并且认为除了‘耶稣’外，再没有比这更好的名字啦。”

1　美国弗吉尼亚州中南部的一个县，1865 年 4 月 9 日，李将军在此向北军投降，结束了南北战争。

提到路易斯安那这位闯劲十足的英雄，他虽在微笑，眼里却闪着骄傲的光芒。

“呃，还有‘罗伯特·爱德华·李’呢。”汤米说，“我虽然不想降低老博的声望，但我的大儿子得叫‘鲍勃·李·韦尔伯恩’。”

勒内哈哈大笑，耸了耸肩。

“跟你们说个笑话，但这是真的。你们知道克里奥尔人是怎么看待我们英勇的博勒加德将军和你们的李将军吗？在一辆快驶到新奥尔良的火车上，李将军手下的一个弗吉尼亚兵遇到了博勒加德将军手下的一个克里奥尔兵。弗吉尼亚兵滔滔不绝地讲述李将军各种丰功伟绩，克里奥尔兵一面礼貌地倾听，一面皱眉苦思，然后微笑着说：‘李将军！啊，没错！我想起来了！李将军！就是博勒加德将军夸奖过的那位！’”

斯嘉丽很想礼貌地跟着笑，却实在不明白这故事到底什么意思。在她看来，克里奥尔人不就跟查尔斯顿和萨凡纳人一样傲慢吗？再说，她一直以为阿希礼的儿子应该跟父亲同名才对。

乐手们调好音，突然奏响了《老丹·塔克》。汤米转向斯嘉丽：“想跳舞吗，斯嘉丽？我虽然没法请你跳，但休或勒内——”

“不了，谢谢。我还在为母亲守孝。”斯嘉丽连忙道，“我坐在旁边看就好。”

她目光一扫，在人群中找到了坐在埃尔辛太太身边的弗兰克·肯尼迪，立刻招呼他过来。

“我去那边凹室坐坐，你给我拿些点心过来，我们好好聊聊。”三个男人走后，她对弗兰克说。

弗兰克匆匆去为她端葡萄酒、拿切得极薄的蛋糕，斯嘉丽在客厅尽头的一间凹室坐下，小心翼翼地藏起裙子最脏的部分。见到这么多人，还有听到了音乐，她兴奋得把早晨在瑞德那儿受到的羞辱都抛诸脑后了。明天回顾瑞德的所作所为和自己的耻辱时，再来痛苦吧。明天，她再来想自己是否已经给弗兰克那颗受伤而困惑的心留下了什么印象。不是今晚。今晚，她要连指尖都充满活力，所有感官都充满希望，双眼也闪闪发光。

她从凹室望向偌大的客厅，看人们跳舞，想起自己战时初到亚特兰大时，这间客厅是何等美丽。当时，硬木地板光亮如镜，头顶那盏枝形吊灯的数百个小棱镜捕捉并投射出几十支蜡烛的每道光芒，仿佛钻石、火焰和蓝宝石般，照亮整个房间。墙上的老肖像高贵优雅地俯视着来宾，显得温和而好客。红木沙发非常柔软，其中最大的一张就放在她此刻坐着的这间尊贵凹室里。每次参加舞会，斯嘉丽都最爱坐这儿。从此处望出去，能看到客厅和那头餐厅的所有愉快景色。餐厅里，椭圆形的红木餐桌能坐二十人。二十张细腿餐椅端庄矜持地靠墙放着。巨大的餐具柜和碗橱里摆着沉甸甸的银器、若干“七枝”烛台、高脚酒杯、调味品瓶、细颈盛水瓶和亮闪闪的小玻璃杯。战争打响后的头几年，斯嘉丽经常坐在这张沙发上，身边总有某位英俊的军官作陪，跟她一起听小提琴、低音提琴、手风琴和班卓琴演奏，听那些舞动的双脚在打过蜡、抛过光的地板上发出令人兴奋的嗖嗖声。

如今，枝形吊灯暗淡无光，歪歪斜斜地挂着，大部分棱镜都碎了。北佬入侵者们似乎把这些美丽的东西视作了皮靴蹂躏的目标。此刻，屋里只点了一盏油灯和几支蜡烛，室内照明大半靠大壁炉里熊熊燃烧的火。跳动的火光中，暗淡的老地板伤痕累累，早已无法修复；褪色的墙纸留下的一块块方形痕迹，表明墙上曾挂过肖像画；灰泥墙上一条条宽大的裂缝，让人想起围城期间一枚炮弹在此处炸开，掀掉了部分屋顶和二楼地板。摆着蛋糕和细颈盛水瓶的厚重老红木桌虽仍立在空荡荡的餐厅里，却已满是划痕，桌腿的断裂处也明显看得出拙劣的修补痕迹。餐具柜、银器和细腿餐椅都已消失无踪。客厅后部那些拱形法式长窗上挂的暗金色锦缎帷幔也不见了，只剩几扇虽然干净却显然补缀过的花边窗帘。

从前她很喜欢的那张弧形沙发已被一张很不舒服的硬木长凳取代。她尽量优雅地坐在凳子上，心想若裙子不脏该多好，这样自己就能去跳舞了。能再有机会跳舞多开心哪！不过，相比气喘吁吁地跳里尔舞，待在这间僻静的凹室，她能跟弗兰克做更多事，比如佯装着迷地听他说话，鼓励他干出更大的蠢事。

可音乐真诱人哪。她穿着便鞋的脚也忍不住跟老利瓦伊张开的大脚打拍子。老利瓦伊正卖力地把班卓琴弹得震天响，招呼众人跳舞。大家面对面排成两列，后退、旋转、抬起手臂搭出拱门，舞步沙沙，时而唰地擦过地面，时而和着节拍踢踏。

老丹·塔克喝醉了——
（请舞伴们转一圈！）
跌进火堆，踢起一个木块！
（女士们，请跳一下！）

在塔拉庄园过了几个月沉闷无聊、精疲力竭的日子，能再听到音乐和舞步的声音，看到一张张熟悉友善的笑脸在昏暗的灯光下说着陈年笑话、喊着往日口号，互相打趣、鼓劲和调情，真好哪！这感觉真如死而复生，仿佛五年前明媚灿烂的日子又回来了。只要闭上眼，不去看那些改了又改的旧衣裳、打了补丁的靴子和便鞋；只要不回想那些没法来跳里尔舞的小伙子，斯嘉丽几乎觉得一切都未曾改变。但她放眼望去，瞧见聚在餐厅那些细颈盛水瓶旁、倚墙聊天的老头，手里连把扇子都没有的主妇，以及身姿摇曳、轻歌曼舞的年轻人时，心中却突然升起一股冰冷的恐惧，觉得一切都已天翻地覆，眼前这些熟悉的身影不过鬼魂而已。

他们虽还是从前那副老面孔，给人的感觉却不一样了。是什么变了？只是因为长了五岁吗？不，除了时间的流逝，还有别的。他们身上失去了某样东西，他们的世界也失去了某样东西。五年前，有种安全感将他们温柔地包裹起来。在那柔和得令人毫无察觉的庇护中，他们茁壮成长。如今，这种感觉烟消云散。往日在这个角落的激动、欢愉和兴奋之情，以及旧时那令人迷醉的生活方式，也随之而去了。

斯嘉丽知道自己也变了，但改变的方式跟他们不一样。为什么呢？她坐在那儿看着众人，觉得自己好似一个陌生又孤独的异类，仿佛来自另一个世界，跟他们完全语言不通。然后，她意识到面对阿希礼时，她也是这种感觉。她的世界里，大部分都是阿希礼及其同类。这个世界有某种她无法理解的东西，这种东西让她生出了格格不入之感。

大家的面孔几乎没有变化，行为举止更是一如往常。但她似乎觉得，老朋友们身上也就只剩下这两样东西了——永恒的尊严和一贯的殷勤有礼丝毫不变，至死都不会改变。但他们也将带着这永恒的、深重得难以言说的痛苦进入坟墓。他们都是声音柔和却又凶猛好斗，而且疲惫不堪的人。他们已被打败，可不愿承认失败，纵使颓丧伤残，仍旧昂然挺立。他们溃不成军、孤立无援，是被征服之地的人民。他们看着心爱的家园被敌人践踏，看着本州的律法被无赖们肆意嘲笑，看着从前的奴隶威吓自己，看着男人被剥夺公民权、女人被侮辱。他们想到了死亡。

旧世界的一切都变了，只剩下些旧形式。但旧习俗还得延续，因为他们只剩这些了。他们紧紧抓住自己过去最熟悉、最珍视的东西：从容不迫的举止、礼貌、与人交往时的那份愉悦悠闲，以及最重要的一点——男人对女人的保护姿态。他们恪守从小遵循的传统，对女人温柔有礼，几乎成功创造出一种保护氛围，让自己的女人看不到任何艰难苦楚和不合宜之事。斯嘉丽觉得，这点简直荒谬至极。因为在过去的五年中，哪怕最与世隔绝的女人，也什么都见到了。她们护理伤员，合上将死之人的眼睛，饱受战火之苦，尝尽恐惧、逃难和饥饿的滋味。

但这些人无论见过何等景象、干过何等卑贱的活计，他们依旧是绅士淑女，纵使颠沛流离，也是庄严贵族。虽痛苦、超脱、冷漠，他们仍关爱彼此，如钻石般坚毅，如头顶那破败的枝形吊灯般明亮易碎。昔日岁月一去不复返，他们依然故我，仿佛过去那种悠闲迷人的日子还在。他们打定主意绝不放弃旧日之道，不像北佬般横冲直撞、为蝇头小利争抢奔忙。

斯嘉丽知道自己也变了，否则不仅干不出离开亚特兰大后的一切，如今也不会煞费苦心地筹谋。但她的坚强与这些人不同。至于到底有何不同，她一时半会儿也说不清楚。或许，区别在于她什么事都能做，这些人却有很多宁死也不肯做的事。或许，区别在于他们哪怕绝望，仍能笑对生活，冲其优雅地鞠上一躬，然后从旁经过。而她斯嘉丽，可做不到这个。

她没法无视生活，反而必须过下去。生活太残酷、太不友善，所以她连用微笑掩饰一下都做不到。斯嘉丽一点也看不到朋友们身上的温和、勇气和不屈的骄傲，只看到一种愚蠢的倔强。这种倔强让那些人纵然看到事实，却不敢正视，反而一笑置之。

斯嘉丽看着那些跳舞跳得满脸通红的人，好奇他们是否也如自己一般，被各种事物逼迫：情人殒命、丈夫残废、子女挨饿、田地丧失、心爱的家园住进陌生人。当然，他们也遭到了这些逼迫！斯嘉丽对他人境况的了解，只比自己的稍欠些许。他们失去的，她也曾失去；他们的贫困，也如她的贫困；他们遇到的问题，她也遇到了。然而，这些人就此做出的反应，却跟她不同。她在客厅看到的这些面孔都不是真实的，不过假面而已，是他们永不愿摘下的完美假面。

但他们若跟她一样，饱尝艰难生活之苦，如何还能维持这副轻松愉快的模样？他们当然跟她一样！他们究竟为何如此？她完全不能理解这些人，甚至心中隐有怒意。她无法跟他们一样，无法如此漠然随意地审视这个破碎的世界。她就像只被追捕的狐狸，跑得心脏几欲炸裂，只盼能在被猎狗追上前逃入地洞。

她突然开始痛恨所有人。因为他们与自己不同；因为他们接受失败的态度她永远学不会，也不想学。她恨他们，恨这些面带微笑、脚步轻盈的陌生人；恨这些骄傲的傻瓜竟以失去某物为荣，仿佛失去反而更值得骄傲一般。虽然每日都在干粗活，还不知道自己何时才能再有新衣，这些女人仍打扮得跟淑女似的。全是淑女！尽管穿着天鹅绒长裙，头发上喷了香水，出身高贵，也曾拥有傲人的财富，但斯嘉丽不觉得自己是淑女。跟塔拉庄园的红土地打交道的艰难岁月，已经夺走她身上的文雅高贵。除非桌上摆满银器和各色水晶器具，除非吃上热气腾腾的丰盛佳肴，除非马厩里有自己的马和马车，除非在塔拉摘取棉花的是黑人而非白人，她才会再觉得自己是淑女。

“啊！”斯嘉丽愤怒地吸了口气，“差别就在这儿！她们虽然穷，却仍觉得自己是淑女。我做不到。这些傻瓜怎么就是不懂，没有钱，如何做得了淑女！”

哪怕在这刹那的顿悟时刻，斯嘉丽也隐隐觉得她们看起来虽蠢，态度却没错。埃伦也会跟她们一样。这个认知让斯嘉丽不安。她知道自己应该跟她们感同身受，可她办不到。她知道自己应该跟她们一样，坚信出身高贵的淑女永远都是淑女，哪怕沦落到贫困不堪的境地，也照样是淑女。然而，她现在没法逼自己相信这点。

有生以来，她一直听人们大肆嘲笑北佬，说他们以财富，而非出身充高贵。此时此刻，虽然这个观点无异于歪理邪说，斯嘉丽还是觉得：北佬哪怕在其他所有事上都错了，这事却没说错。有钱才能当淑女。她知道埃伦若听到女儿这么说，定会晕过去。无论多穷，埃伦都不会觉得羞耻。羞耻！没错，这便是斯嘉丽的感觉。贫穷，穷到纡尊降贵，穷到干本该黑奴们干的活，还不羞耻吗？

斯嘉丽恼火地耸耸肩。或许这些人是对的，她错了。可对错有何关系？这些骄傲的傻瓜不像她一样朝前看，只是绷紧每根神经，甚至不惜用自己的荣誉和名声冒险，去夺回失去的东西。他们很多人都认为努力挣钱有失体面。但世事维艰，若想不被生活打倒，就得粗鲁艰难地拼搏斗争。斯嘉丽知道，他们中的很多人都会在家族传统的阻碍下，拒绝参与这种旨在赚钱的斗争。他们都觉得毫不掩饰地赚钱，甚至谈钱，都粗鄙至极。当然，凡事有例外。比如梅里韦瑟太太烤馅饼、勒内赶车叫卖、休·埃尔辛劈柴卖柴、汤米当包工头、弗兰克大胆开店。但同阶层的其他人呢？种植园主守着几英亩薄田，过得穷困潦倒；律师和医生重操旧业，等待或许永不再来的顾客。剩下那些曾靠产业悠闲度日的人，他们又有怎样的未来？

不过，她才不会一辈子受穷。她不会坐以待毙，耐心等待奇迹相助。她要冲进生活，抢夺能抢到的一切。爸爸起步时不过是个移民穷小子，最后不也挣下塔拉广袤的土地吗？他能做到的事，他女儿也能做到。她不像那些人，能为了一个值得牺牲的伟大目标，就赌上全副身家。那些人从过去汲取勇气，她却要从未来汲取勇气。如今，弗兰克·肯尼迪就是她的未来。至少，他有店铺，还有现金。若嫁给他，弄到他的钱，她就能让塔拉再撑一年。在那之后，弗兰克必须买下锯木厂。她都能看出城市重建的速度有多快。趁几乎还没竞争，现在谁来开锯木厂，都等于有了一座金矿。

这时，记忆深处传来战争初期，瑞德就封锁线说过的话。当时，她没费神去理解那番话的含义，如今想来，意思真是再明白不过。当时为何没赞赏那番精辟言论，估计是她太年轻，要么就是太愚蠢吧。

"文明破灭时与文明创建时一样，都能赚大钱。"

"这便是他预见的破灭之时，"斯嘉丽想，"他说得对。只要不怕干活，或者说不怕去争抢，任谁都能搞到很多钱。"

她看到弗兰克穿过客厅朝自己走来，立刻扯出笑容。弗兰克一只手端了杯黑莓酒，另一只手托着个放了片小蛋糕的碟子。为了塔拉嫁给此人是否值得？她从未想过质疑这个决定，一旦认为值得，便不愿再琢磨。

她啜着酒，仰头冲他微笑，知道自己的脸肯定比任何一个跳舞的人更粉、更诱人。她挪了挪裙子，让他坐在自己身边，还懒懒地挥动手帕，好让淡淡的科隆香水味钻入他鼻间。她很为这香水得意，因为除了她，屋里再无其他女人喷香水。弗兰克也注意到了这点，竟大起胆子轻声奉承了一句，说她跟玫瑰花般粉嫩芬芳。

他若不这么腼腆就好了！他这模样让斯嘉丽想起从前在田里

见过的一只老棕兔。他要是有塔尔顿兄弟的殷勤和热忱，甚至瑞德·巴特勒的厚脸皮，该有多好！但他若真有这些品质，或许早就看出她那故作害羞的扑闪双眸下潜藏着的绝望。其实，他不怎么了解女人，甚至不曾怀疑过她的动机。这是斯嘉丽的幸运，却并未让她更尊重他半分。

第三十六章

经过一阵旋风般猛烈的追求，斯嘉丽于两周后嫁给了弗兰克·肯尼迪。她红着脸对他说，他的追求简直令人透不过气，自己着实无法再抗拒他的热情。

弗兰克不知道，这两周里，斯嘉丽每晚都在房间里走来走去，为他的迟钝咬牙切齿，也恨他怎么就领会不到自己的暗示。同时，她也在默默祈祷，但愿苏埃伦别不合时宜地给他写信，坏了自己的计划。谢天谢地，妹妹向来最不爱写信，只乐意收信，自己才不动笔。但多少个长夜，她在睡裙外紧紧裹着埃伦那条披巾，于卧室冰冷的地板上来回踱步时，依旧惴惴不安，就怕事情总有万一。万一苏埃伦写信了怎么办？弗兰克不知道斯嘉丽曾收到一封威尔寄来的短信。信上说，乔纳斯·威尔克森又去了一趟塔拉，发现斯嘉丽去了亚特兰大，立刻暴跳如雷。最后，还是威尔和阿希礼把他硬生生赶了出去。威尔的来信再次提醒她那个再清楚不过的事实——补税的最后期限越来越近。看着日子一天天溜走，斯嘉丽真是绝望至极，恨不能抓住沙漏，不让沙砾落下去。

但斯嘉丽将情绪掩藏得太好，把自己的角色也扮演得太好。弗兰克毫不起疑，只看到表象——查尔斯·汉密尔顿漂亮又无助的年轻寡妇每晚都在佩蒂帕特小姐的客厅里接待自己，屏息凝神、钦佩不已地听他讲述经营店铺的假话，以及买下锯木厂后他能赚到多少钱。她双眼放光，对他说的每一句话，都表现出令人愉悦的同情和兴趣，深深抚慰了“苏埃伦变心”造成的创伤。苏埃伦的行为让他心痛又困惑，但他明白作为一个中年光棍，自己在女人眼中的确没有吸引力。虽然敏感羞怯的虚荣心深受伤害，但他不能给苏埃伦写信，谴责她的不忠。这念头他想都不敢想。然而，跟斯嘉丽谈论苏埃伦，却能缓解心中伤痛。斯嘉丽没说一句责备苏埃伦不忠的话，只说她明白妹妹待他有多糟糕，还说他值得一个能欣赏他的好女人真心相待。

年轻的汉密尔顿太太真是个脸颊粉红的漂亮姑娘。她时而想起自己悲惨的境地，忧伤地连连叹气；时而又被弗兰克的小笑话逗乐，发出一连串银铃般的笑声。那条绿裙子如今已经被嬷嬷洗得干干净净，完美勾勒出她纤细柔美的腰肢。而总是萦绕在她手帕和头发上的淡淡香味，多么迷人哪！如此年轻漂亮的女人却孤苦无依地生活在世上，真是一大憾事！世道如此艰难，她甚至还不了解生活有多严苛无情。弗兰克觉得对一个独身女人来说，这世界着实太残酷。对于这种看法，斯嘉丽由衷地默默赞同。

弗兰克每晚都会来，因为佩蒂家的气氛愉快又舒心。嬷嬷在前门迎接他时，总会露出专属于贵客的笑容；佩蒂不仅用加了白兰地的咖啡招待他，还围着他忙这忙那。而斯嘉丽呢，更是对他说的每句话都倾耳细听。有时，他下午出门忙生意，也会带斯嘉丽乘车一道去。这样的同行往往非常愉快，因为斯嘉丽总有很多傻问题。他则得意地暗自思忖：“女人就是这样。”斯嘉丽在生意上的无知总让他忍不住哈哈大笑，而她自己也会跟着笑：“哎呀，你当然不能指望我这样的傻女人懂得男人的事吧！”

斯嘉丽让这个拘谨了大半辈子的老男人生平第一次觉得自己是个被上帝眷顾的堂堂男儿，甚至比其他男子更高大伟岸，生来就是为了保护无依无靠的傻女人。

两人终于站在一起举行婚礼，弗兰克握住斯嘉丽信任的小手，看着她低垂的浓黑睫毛在粉红的脸颊上投下新月般的暗影时，依然不明白这一切是怎么回事。他只知道，自己生平第一次做了件浪漫又兴奋的事。他——弗兰克·肯尼迪，竟让一个可爱的美人倾心不已，投入自己有力的怀抱。这种感觉真让人激动哪！

没有一个亲戚朋友参加他们的婚礼，证婚人都是从街上随便拉来的陌生人。斯嘉丽坚持如此，他也只得勉强让步。其实，他本打算把琼斯伯勒的妹妹和妹夫请过来的。若能在佩蒂小姐的客厅招待一些朋友，让他们给新娘祝祝酒，他肯定非常高兴。然而，斯嘉丽甚至不愿请佩蒂小姐来参加婚礼。

“弗兰克，就我俩！”她攥着他的胳膊哀求，“跟私奔一样。我一直期望能跟谁私奔结婚呢！求你了，亲爱的，就算为了我吧！”

他至今仍记得那情意绵绵的称呼，也记得她仰面哀求，那双淡绿色的眼睛泪光闪闪的模样。他终究还是妥协了。毕竟，男人理应迁就自己的新娘，尤其在婚礼这件事上。因为，这种与感情相关的事，女人向来十分看重。

于是，弗兰克还没来得及弄清怎么回事，便结了婚。

弗兰克给了斯嘉丽三百美元。起初他很不情愿，因为如此一来，想立马买下锯木厂的希望就落空了。但她甜言蜜语地连连催促，直把他绕得晕头转向。再说，他也不能眼睁睁看着妻子的家人被驱逐啊。见斯嘉丽喜笑颜开、兴高采烈的模样，他的失望很快淡了下去。而她对他的慷慨表现出的缠绵爱意，更是令他不快尽消。弗兰克还从未令哪个女人如此“感激涕零”，于是觉得这笔钱终究还是花得很值。

斯嘉丽立刻派嬷嬷回塔拉办三件事：把钱交给威尔；宣布她的婚事；把韦德接到亚特兰大。两天后，威尔寄来一张便条。她把便条随身带着，看了一遍又一遍，越看越高兴。威尔说税金已缴，乔纳斯·威尔克森听到消息后“火冒三丈”，但目前还未做出其他威胁举动。末了威尔祝她幸福，但那只是一句简短的客套话，并未多说什么。斯嘉丽知道威尔明白她做的事，也理解她为何这么做，所以并未批评或赞扬。但阿希礼会怎么想？斯嘉丽焦躁不安：“不久前，我还在塔拉的果园跟他说了那番话，现在他该怎么看我？”

斯嘉丽还收到一封苏埃伦的来信。信上错字连篇，言辞激烈，脏话不断，还有点点泪痕。信中全是恶毒的语言和如实揭露她本性的话，简直令她毕生难忘，也让她永远无法原谅写信人。但就算苏埃伦那些话，也无法冲淡她的快乐。塔拉安全了，至少眼下不会再有什么危险。

要认识到如今她将长居亚特兰大，而非塔拉，真是不容易。拼命筹集税金时，她脑中除了塔拉和它即将受到威胁的命运，再没想过别的事。即便结婚的那一刻，她也没想到保住家园的代价，竟是永远离开它。如今事已办成，她才在一阵难以排遣的思乡之情中意识到这点。可木已成舟，既然交易已成，她只能遵守契约。她非常感激弗兰克救了塔拉，不由得对他生出温暖柔情，并下定决心绝不让他后悔娶了自己。

亚特兰大的太太们对邻居家的事，向来跟自家事一样清楚，且兴趣更高昂。他们都知道弗兰克·肯尼迪这些年来早跟苏埃伦·奥哈拉有了“默契”。事实上，弗兰克曾局促不安地说自己想在来年春天娶妻。因此，他跟斯嘉丽默默成婚的消息一传开，就引起大量谣言、猜测和深深的怀疑，便不足为奇了。梅里韦瑟太太是个好奇心不满足，就绝不罢休的人。她直截了当地问弗兰克为何跟妹妹订婚，到头来却娶了姐姐？后来，她跟埃尔辛太太转述此事时，说弗兰克一脸傻样，压根没回答。但就算梅里韦瑟太太这般勇猛强悍的人，也不敢拿这事去问斯嘉丽。这些日子以来，斯嘉丽虽显得娴静又甜美，但她眼中自鸣得意的欣喜神色简直惹人生气，全身上下那副好斗架势，也让人不想轻易招惹。

斯嘉丽知道全亚特兰大的人都在议论自己，但她不在乎。毕竟，嫁人又不是什么道德败坏之事。塔拉安全了。他们想议论，就议论去吧，她还有很多别的事要操心呢。当务之急是如何巧妙地让弗兰克明白，他那间店应该赚更多钱。被乔纳斯·威尔克森恐吓后，除非她和弗兰克先攒下一部分钱，否则她真是再难安宁。而且，就算不出什么紧急状况，弗兰克也得多挣点钱，好让她攒够明年的税金。再说，她也惦记着弗兰克说过的锯木厂。锯木厂能让弗兰克赚大钱。木材这么贵，谁要有锯木厂，都能发财！斯嘉丽暗暗发愁：怎么付完塔拉的税金，弗兰克的钱就不够了，没法再买下锯木厂呢？所以，她打定主意，一定要设法让小店尽快多挣点钱。如此一来，弗兰克才能赶在其他人之前，买下锯木厂。斯嘉丽看得出，这可是笔好买卖。

她若是男人，哪怕要把店铺抵押出去筹钱，她也会先买下锯木厂。但婚后第二天，她小心翼翼地向弗兰克暗示此事时，他却笑着说她漂亮的小脑瓜不必操心生意上的事。他很惊讶斯嘉丽居然知道何谓“抵押”，真是有趣。但婚后没几天，这份有趣便被震惊取代。一次，弗兰克不小心说漏嘴，告诉斯嘉丽有人欠他钱。

不过，他谨慎地并未透露那些人的名字，只说他们目前还不上，他当然也不愿逼迫这些老友和绅士。弗兰克真后悔自己提起这事，因为从那以后，斯嘉丽就一遍又一遍地催问不休。她总装出一副再天真迷人不过的样子，说自己只是好奇，很想知道哪些人欠了他钱以及欠了多少。弗兰克只能尽力回避，一边紧张地咳嗽，一边连连摆手，又搬出“漂亮小脑瓜”那套讨厌的说辞。

当他渐渐明白这颗漂亮的小脑瓜其实“精于计算”，甚至比他的脑袋好用得多时，他终于不安起来。斯嘉丽能飞快地算出一长串数字的总和，而他只要碰到超过三位的数字，就得动用纸笔。而且，分数对斯嘉丽来说也是小菜一碟。弗兰克对此大吃一惊，并觉得一个女人懂分数和生意之类的事着实不合礼节。他还觉得：一个女人哪怕生来就不幸地精通此等有失贵妇身份之事，也该装作不懂才对。弗兰克婚前有多享受跟斯嘉丽谈生意，如今就有多厌恶此事。当时，他以为她一点都不懂，所以跟她细细解释是种愉悦的享受。现在，他才明白她其实样样精通。对于女人的这种表里不一，他生出了男人常有的愤慨。而发现女人居然有头脑，他也尝到了男人常有的幻灭感。

没人知道弗兰克到底在婚后多久才明白斯嘉丽骗婚。或许是那位显然未婚的托尼·方丹来亚特兰大办事时，向他透露了真相吧。也可能是他在琼斯伯勒的妹妹惊闻哥哥的婚事后，直接写信告诉他的。消息当然不会来自苏埃伦本人。苏埃伦从不给他写信，他自然也不会去信解释什么。他毕竟已经结婚，解释有何益？但一想到苏埃伦永远无法得知真相，永远都会认为是他无情地抛弃了自己，他心里就痛苦不堪。没准儿大家都这么想，且全都在批判他。这当然将他置于尴尬境地，但他没法澄清自我。因为，男人总不能到处说他为一个女人昏了头。再说，绅士也不能宣称自己其实是听信了妻子的谎言，中了她的圈套吧。

斯嘉丽是他妻子，妻子有权要求丈夫忠诚。再说，他怎么也不肯相信她对自己冷酷无情，随随便便就嫁给了他。男人的虚荣不允许这样的念头在脑中待太久。想象她是突然爱上他，所以才愿意撒谎得到他，显然更令人愉快。但这也让人费解。对于一个聪明漂亮、年龄比自己小一半的女人，他哪儿有什么吸引力？但弗兰克是位绅士，所以把疑虑都藏在了心里。斯嘉丽是他妻子，他怎能用这些尴尬的问题去侮辱她？再说，如今就算问清楚，亦于事无补。

弗兰克其实也没多想弥补什么，因为他的婚姻看起来还算幸福美满。斯嘉丽是最迷人、最活泼的女人，在他眼中几乎十全十美，只是过于固执。婚后不久，弗兰克便发现只要事事由着她，生活就非常愉快。可一旦跟她对着干……依着她，她就开心得像个孩子，成天笑声不断，开些愚蠢的小玩笑，坐在他膝头揪他的胡子，直揪到他发誓觉得自己年轻了二十岁。斯嘉丽出人意料地甜美体贴：他晚上回家时，会发现自己的拖鞋已经烤在炉边；若发现他湿了脚或没完没了地伤风感冒，她会温柔亲切地忙来忙去。她记得他爱吃鸡胗，也记得他的咖啡要加三勺糖。没错，只要凡事依着斯嘉丽，跟她生活真是甜美又舒心。

婚后两周，弗兰克染上流感，米德医生命他卧床休息。开战第一年，弗兰克曾因肺炎住院两个月。从那以后，他就生怕再得这种病，所以这次很乐意裹上三床毯子发汗。嬷嬷和佩蒂姑妈每小时端来的热汤药，他也乖乖喝下。

这么一天又一天地病下去，弗兰克越来越担心店里的生意。如今，店里的事都由柜台伙计管。伙计虽每晚都到家里汇报当天的营业情况，弗兰克还是不满意，整个人越来越焦躁。终于，始终在等这么一个机会的斯嘉丽伸出一只凉凉的手，按在他额头上："好啦，亲爱的，你要再这样，我也要恼火了。我进城一趟，去看看生意如何吧。"

斯嘉丽用微笑按下他有气无力的反对，终究还是去了。婚后三周，她一直很想看弗兰克的账簿，弄清楚他到底有多少钱。他如今卧床不起，她可真幸运哪！

店铺在五角广场附近，新屋顶被烟熏过的旧墙砖一衬托，显得格外醒目。临街的一侧，木质遮阳棚一直遮到人行道上。连接立柱的几条长铁杆拴了几匹骡子和马。蒙蒙冷雨中，它们全耷拉着脑袋，背上搭着破破烂烂的毯子和被褥。店内跟布拉德在琼斯伯勒的店一样，只是炽热的炉火旁，少了群削烟块、朝沙箱啐烟液的闲人。这个店比布拉德的店大，却要昏暗许多。木质遮阳棚挡住了冬日的大半阳光，室内昏暗肮脏，只有边墙上几扇蝇屎斑大的小窗透进来几缕亮光。地板上满是沾着烂泥的木屑，到处都灰扑扑、脏兮兮的。店前部还稍微整齐些，高高的货架直伸到暗影里，货架上堆放着一匹匹鲜艳的布、瓷器、炊具和其他各种小件日用品。但隔墙后的店后方，就是一片狼藉了。

隔墙后没有地板，硬邦邦的地上乱七八糟地堆放着各种东西。半明半暗中，斯嘉丽看到成箱成袋的货物、犁、挽具、鞍具和便宜的松木棺材。暗影里还码放着各种二手家具，从便宜的橡胶木家具到桃花心木和红木家具，应有尽有。闪着微光的织锦和马鬃毛坐垫椅华丽却破旧，与昏暗肮脏的环境格格不入。瓷便盆、瓷碗和瓷罐散了一地。四面墙边全是又大又深的箱子。光线实在太暗，斯嘉丽把灯举到箱子上方，才看清里头放的是种子、铁钉、门闩和各种木匠工具。

“我还以为，弗兰克这种跟老姑娘一样挑剔的男人会收拾得干净些呢。”斯嘉丽边想，边用手帕擦了擦被弄脏的双手，“这儿真像个猪圈，怎能如此开店！他若将这些东西掸干净，放到前头去让顾客们瞧见，出货速度肯定快得多。”

存货尚且如此，那他的账目真是可想而知！

“我现在就去瞧瞧他的账簿！”斯嘉丽这么想着，提起灯朝前堂走去。柜台伙计威利不情愿地把那本背面脏兮兮的大账簿递给了她。他虽年轻，却显然跟弗兰克观点一致，认为女人不该管生意。但斯嘉丽一句话就把他喝住了，让他出门去吃午饭。伙计反对的态度让斯嘉丽恼火，所以他走后，她情绪反而好了些。炉里的火烧得正旺，斯嘉丽在炉边一张椅子上坐下。椅垫已经破了，她蜷起一条腿，在膝上翻开账簿。正值午饭时间，街上空荡荡的。没有顾客光临，整间店都是她的。

斯嘉丽慢慢翻页，仔细查看那一行行名字和数字。弗兰克字虽工整，却写得密密麻麻。事实如她所料，看到弗兰克生意不精的最新证据，她不由得皱起眉头。未追回的欠款至少有五百美元，有些已经拖欠数月，欠债人的名字她还相当熟悉，比如梅里韦瑟家、埃尔辛家，等等。瞧弗兰克那副不愿提起那些人名字的模样，她还以为数额很小。没想到，竟是这么一大笔钱！

“他们若付不起账，干吗还一直买个不停？”斯嘉丽恼火地想，“而弗兰克既然知道他们付不起账，干吗还不断卖东西给他们？只要去催，其中很多人还是付得起的呀。埃尔辛家既然能给范妮买新缎面礼服、筹办昂贵的婚礼，那肯定还得起钱。弗兰克就是心太软，大家才都来占他便宜。哼，这些欠款若能收回一半，他不光买得起锯木厂，还能轻轻松松留出我的税金。”

她随即又想：“哼，弗兰克还想经营锯木厂！见鬼去吧！这么一间店铺都被他开成了慈善机构，还能指望他靠锯木厂赚钱？不出一个月，厂子就归县治安官了吧。哼，让我来经营这间店，我定能管得比他好！而且，就算我对木材生意还一窍不通，我开锯木厂也肯定比他开得好！”

斯嘉丽从小接受的传统教育都是“男人无所不能，女人则没一个聪明的”。因此，生出“女人也能像男人一样打理好生意，甚至干得比男人更好”的念头，对斯嘉丽来说无疑是既大胆，又极具革命性。她当然已经发现传统观念并不完全正确，却只把这个愉快的念头藏在心里，此前从未宣之于口。她一动不动地坐着，任由那本厚厚的账簿摊在腿上。她吃惊地微张着嘴，回想过去那缺衣少食的几个月里，她不就在塔拉干着男人的活，还干得很不错吗！就算从小受的教育让她坚信女人单枪匹马什么事都办不成，可没有男人相助，在威尔到来前，她不照样管好了种植园吗！“没错，没错，”她断断续续地想，“我相信，就算没有男人相助，女人也什么事都能做成。除了——生孩子。但天知道，如果可以，哪个脑子正常的女人想生孩子呀？”

想到自己也跟男人一样能干，她顿觉无比骄傲，心中也猛地升起一股强烈的愿望，想证明自己也能跟男人一样挣到钱。这些钱都是她的，她既不用伸手向男人讨要，也无须交代要怎么花。

“真希望我有足够的钱，能自己买下那间锯木厂。”她大声叹道，“我一定能把厂子开得红红火火，一块木片都不许赊账。”

她又叹了口气。根本无处搞钱，这办法行不通。弗兰克只需收回欠款，就能买下锯木厂。这才是可靠的赚钱之道。等他买下锯木厂，她定要想办法让他提高管理水平，至少要把厂子经营得比这家店好。

她从账簿后面撕下一页纸，开始抄数月未还钱的欠款人名单，打算一回家就跟弗兰克讨论此事。她要让他明白，哪怕这些人是老朋友，哪怕催款很难为情，也得让这些人还钱。弗兰克为人怯弱，又爱听好话，很可能为此苦恼。他面皮薄，宁肯亏钱，也不愿公事公办地去讨债。

而且，他很可能跟她说大家都没钱还账。呃，或许这是真的。对她来说，贫穷当然不是什么新鲜事。但几乎人人都存了些银器、珠宝或依旧留有一点不动产。他们可以用那些东西抵现金。

她想象得到，若跟弗兰克提这种主意，他准会唉声叹气，说怎能去抢朋友们的珠宝和财产！哼，她耸耸肩，他想叹气就去叹好了，反正我要挑明他可以为朋友受穷，我可不行。弗兰克若不拿出点魄力来，永远别想干成什么事。他必须得有所成就！他得赚钱，哪怕要我当家做主逼着他干。

她绷着脸，咬紧牙关奋笔疾书。前门突然开了，一股冷风灌进店里。一位高个男人迈着印第安人的轻快步伐，走进脏兮兮的小店。她抬头一看，竟是瑞德·巴特勒。

他一身华丽的新衣。厚重长大衣外还披了件时髦的斗篷，遮住结实的肩膀。两人目光相遇时，他摘下高顶礼帽，一只手按在洁白无瑕的衬衣胸口，深深鞠了一躬。他大胆地扫视着她，褐色脸庞衬得一口白牙闪闪发光。

“亲爱的肯尼迪太太，”他朝她走来，“亲爱的肯尼迪太太呀！”他边说，边快活地哈哈大笑。

起初，斯嘉丽吓了一跳，还以为店里进了鬼。然后，她飞快放下蜷起的腿，坐得笔直，冷冷地瞪了他一眼。

“你来干什么？”

“我去拜访佩蒂帕特小姐，得知你结婚了，所以赶紧来道喜呀。”

想起上次在他手下受的侮辱，斯嘉丽顿时羞得满脸通红。

“真不明白，你怎么还有胆来见我！”她嚷道。

“恰恰相反！你怎么还有胆见我？”

“噢，你真是最——”

“我们休战好吗？”他微笑着俯视她，那个灿烂的微笑一闪而逝，里头有放肆无礼，却无自我羞愧或谴责她的意思。斯嘉丽也不由得笑了，却是个苦涩又不安的怪笑。

“他们没绞死你，真遗憾！”

“恐怕其他人也有同感。好啦，斯嘉丽，放轻松，别一副吞了通条的模样，很不体面哦！你当然有时间忘掉我那个小……小玩笑吧？”

“玩笑？哈！我这辈子都忘不掉！”

“噢，忘得掉，你能忘掉。你摆出这副怒气冲冲的模样，不过是觉得这样才体面合宜。我能坐下吗？”

“不行。”

他在她身旁的一把椅子上坐下，咧嘴笑了。

“听说，你连两星期都不愿等我。”他嗤笑着叹了口气，“女人真善变哪！”

见她没吭声，他继续道：“告诉我，斯嘉丽，就当朋友般说说——就当亲密无间的老友一样说说，等我出狱再说，难道不是更明智的做法吗？或者，你觉得跟老弗兰克·肯尼迪结婚，比跟我偷情更诱人？”

他的嘲讽一如既往地引起她满腔怒火，让她总想以大笑来反击他的无礼。

“别胡说八道。”

“这段时间我始终在琢磨一件事，你能不能满足一下我的好奇心？嫁给根本不爱，甚至毫无好感的男人，嫁了一个不够，还要嫁第二个，你到底有没有一点女人的厌恶和柔弱退缩？还是我误解了南方女人的柔弱？”

“瑞德！”

“我自有答案。哪怕自小所受教育告诉我女人脆弱、娇柔又敏感，我也始终觉得：女人有种男人不了解的坚毅和耐力。但按欧洲大陆的礼仪，夫妻相爱可是件非常糟糕的事。没错，糟糕透了。我向来觉得，欧洲人在此事上的观点很正确——为生活便利结婚，为逍遥快活恋爱。你难道不觉得，这制度很合情合理吗？你比我想象中更接近老国家的观念。”

若能对他大吼一声“我不是为了便利结婚”，该多痛快！但她已不幸地被瑞德拿捏住，若再为自己的无辜受害辩驳，只会引出他更多尖刻讥讽。

“你还有完没完？”她冷冷地道，急于换个话题，问道，“你是怎么出狱的？”

“噢，那个！”他摆出一副满不在乎的姿态，“没费多少事。他们今早就把我放了。我有个朋友在华盛顿议会身居高位，我只是巧妙地讹诈了他一下。那可是个大好人，是联邦的忠实拥护者之一。从前，我经常从他那儿为邦联买滑膛枪和裙箍。他一听说我的窘境，就赶紧利用权势把我放了。斯嘉丽，权势就是一切。你若被捕，千万要记住这点。权势就是一切，有罪没罪，不过是个学术问题罢了。”

“我敢发誓，你绝不清白。”

“没错，既然现在已经出狱，坦白承认也无妨——我跟该隐[1]

1 《圣经·旧约》中亚当和夏娃的长子，杀害了自己的亲弟弟亚伯。

一样有罪。那黑鬼的确是我杀的。他对一位淑女傲慢无礼，南方绅士岂能容忍这种事？既然在招认罪行，还有一桩也不能漏掉——我在一家酒吧跟一个北佬骑兵发生口角，于是一枪崩了他。这桩小过失倒没人找我算账，估计早有哪个可怜的倒霉鬼，替我上了绞刑架吧。”

能如此漫不经心地说起杀人，斯嘉丽简直不寒而栗。道德训斥都到嘴边了，她却突然想起塔拉那团斯卡珀农葡萄藤下的北佬。她对那人没有丝毫愧疚，打死他，还不是跟踩死一只蟑螂似的？既然跟瑞德同罪，她就没资格审判他。

“看来，我似乎已向你坦白一切。那我还得告诉你一个最高机密，你可千万别让佩蒂帕特小姐知道！我的确拿到了那笔钱，现在都安全地存在利物浦的一家银行里。”

“那笔钱？”

“没错，就是那些北佬无比渴望的钱。斯嘉丽，我并非吝啬，不愿给你钱。我若开出支票，不就被他们逮住线索了吗？恐怕，你到时候一个子儿也捞不到。我只有什么都不做，才能抱有一线希望。我知道那笔钱非常安全。哪怕发生最坏的情况，他们要夺走那笔钱，我还能一一指控战时卖给我子弹和武器的北佬爱国者。他们中的某些人如今在华盛顿身居高位，到时候可要声名狼藉。其实，我这次能出来，全靠这番诚心揭发的威胁之词。”

“你是说，你——你真拿了联邦的金币？”

“没拿完。天哪，当然没拿完！除了我，当初跑封锁线的商人还有五十多个呢。人人都在拿骚、英国和加拿大存了一笔。南部的人虽然不怎么喜欢我们，但他们可没我们圆滑。我差不多有五十万美元。想想看，斯嘉丽，五十万！你若稍微克制下火暴脾气，没着急再嫁多好！”

五十万美元。一想到这么多钱，斯嘉丽就跟生了病般难受。真难相信，这艰难困苦的世界竟还有这么多钱。这么多钱，多到数不清，却属于别人，属于一个并不需要，却轻易得到它的人。而她，却只得到一个病恹恹的老丈夫和这间脏兮兮的小店。除此之外，便只有一个充满敌意的世界。瑞德·巴特勒这种恶棍有那么多钱，她肩挑重担，却几乎两手空空，多不公平啊！她恨他，恨他穿得像个花花公子般坐在那儿奚落自己。嗯，她才不会赞扬他机智，助长他的嚣张气焰。她搜肠刮肚，想找些刻薄话刺刺他。

"依我看，你估计觉得联邦这笔钱正该拿吧。哼，才不是。你清楚得很，这是偷窃。我才不要这种昧良心的钱。"

"天哪！今天的葡萄真酸呀！"瑞德惊呼着皱起脸，"我偷了谁的钱啊？"

斯嘉丽没吭声，努力琢磨这究竟算偷了谁的钱。但归根结底，弗兰克做的也是这种事，只不过规模小些罢了。

"其中一半是我老实挣来的，"瑞德继续道，"是那些忠诚的联邦爱国者帮我堂堂正正赚来的。他们自愿在背地里出卖联邦，因为他们出的那些货利润高达百分之百。我有一部分钱是战争初期投资棉花赚的——低价买进棉花，等到英国那些磨坊急需棉花时，再以一美元一磅的价格卖出去。还有一部分是倒卖粮食赚的。我的劳动果实，为何要任由那些北佬夺走？但除开这些，其余的钱都来自邦联。是我设法穿越封锁线，把邦联的棉花在利物浦卖出天价赚的。政府诚心把棉花交给我卖，再拿赚到的钱买皮革、枪支和机器。我都一一办到了。我奉命把金币存入英国的几家银行，以建立起良好的个人信用。你还记得吧，封锁线收紧后，一艘船都没法进出邦联港口，所以只能把那些金币留在英国。我能怎么办？像个傻瓜一样从银行把钱提出来，设法将其运进威尔明顿，让北佬都抢去吗？封锁线收得那么紧，难道还是我的错？我们的伟大目标落空，难道是我的错？那笔钱是属于邦联，可邦联如今在哪儿？不过，反正你也是听别人说，从来不知道邦联在哪儿。我该把钱给谁？北佬政府？我可不想被人骂成贼。”

他从口袋里掏出一个皮夹，从皮夹里取出一支长雪茄，赞赏地闻了闻，同时佯装焦急地盯着她，仿佛在等她回答。

“这遭瘟的家伙，”斯嘉丽想，“总是抢先我一步。他的说辞虽总有纰漏，我却怎么也抓不住。”

她郑重其事地说：“或许你可以把这笔钱分给需要的人。邦联虽然不在了，但还有很多邦联人民和他们的家人在挨饿。”

瑞德脑袋一扬，粗鲁地哈哈大笑。

“你装出这副伪善模样时，就是最迷人，也最可笑之时。”他显然很开心，“斯嘉丽，时刻都得说实话呀。你不会撒谎。这世上就数爱尔兰人最撒不来谎。好啦，坦白点。你才不关心什么该死的邦联，更不会关心邦联人民在挨饿。我要真提出把钱都散出去，你肯定尖叫着反对。除非，我把最大的一份留给你。”

“我才不想要你的钱。”她开口道，竭力维持冷静端庄的模样。

“噢，是吗？此时此刻，你的手掌已经开始痒了吧。我若拿出一枚二十五美分的硬币，你肯定会扑上去。”

“你若是到这儿来侮辱我、笑话我穷的，那就请回吧。”她一面反驳，一面把沉甸甸的账簿从膝上拿开，好站起来，让自己的话听起来更有气势。可他立刻起身，笑着将她推回椅子上。

“你什么时候才能听到真话不发火啊？你从不介意听到关于他人的真相，怎么换成自己，就受不了了呢？我没有侮辱你，反倒觉得‘贪婪’是项很好的品性。”

她虽不太理解“贪婪”为何意，却为他的赞扬稍微消了点气。

“我不是来笑你穷，而是祝你健康长寿、婚姻美满。顺便问一句，你这种盗窃行为，苏埃伦妹妹怎么看哪？”

“我的什么？”

“你把弗兰克从她眼皮子底下偷走了。”

“我没有——”

“好吧，我们不争论字眼。她对此怎么说？”

“她什么都没说。”斯嘉丽道。他目光灼灼，似已戳穿她在撒谎。

“那她可真无私。好啦，咱们来聊聊你到底有多穷。鉴于不久前你才来探过监，我有权知道这点。弗兰克的钱没你预料中的多吧？”

他的厚颜无耻简直让人躲都躲不开。她要么忍受，要么赶他走。眼下，她却并不想赶他走。他这些话虽尖刻，却句句一针见血。他知道她做过的事，明白她的动机，并且似乎并未因此看轻她。虽然提问直截了当得令人不快，却仿佛都出自友善的关切。他是一个可以告知真相的人。她已经很久没对任何人坦诚过个人情况和行事动机，若能跟他讲，也是件令人宽慰的事。她每次袒露心事，旁人似乎都很震惊。跟瑞德讲话的感觉，却好比穿着过紧的鞋子跳完舞后，刚换上旧拖鞋般舒适放松。

“你没搞到税金吗？别告诉我，塔拉的众人还在挨饿。”他说这话时，音调都变了。

她抬起头，对上他那双黑眸。他的神情先是让她吓了一跳，随即又让她困惑不解。然后，她突然笑了，笑得甜美又迷人。真是很久没这么笑过了啊！这家伙真是个任性的坏蛋，有时却又无比好心！她这下总算明白，他真不是来笑话自己的，而是来确定她得到了急需的那笔钱。她这下总算明白，他一出狱就赶来了。

虽然装得一点都不着急，其实却急急忙忙地赶来。若她还需要钱，他立马就会借给她。但他依然要折磨、羞辱她，哪怕被她叱骂，也拒不承认自己的真实意图。这个人真难懂哪！他真喜欢她吗？比他愿意承认的更喜欢？还是他另有所图？斯嘉丽想：多半是后者吧。但谁说得清？有时，他尽干怪事。

“没，”她说，“塔拉没人再挨饿。我——我有钱了。”

“但肯定费了不少劲儿。你一直忍到戴上结婚戒指才开口的，对吧？”

他把自己的行为归纳得如此精准，斯嘉丽虽忍着没笑出声，却还是露出酒窝。他又坐了下来，舒舒服服地伸展开双腿。

“好啦，跟我说说你有多穷。弗兰克那蠢货用前景误导你了吗？他若如此利用一个无依无靠的女人，那可真该狠狠挨顿鞭子。说吧，斯嘉丽，把一切都告诉我。你不该对我有秘密，反正你最糟糕的事我都知道。”

“噢，瑞德，你真是最坏——哎呀，真不知道该怎么说！不，确切地说，他没骗我，但是——”她突然乐意吐露心事，“瑞德，弗兰克若能讨回众人的欠账，我就什么都不担心了。但瑞德，有五十个人欠他钱，他脸皮太薄，压根不催讨，说什么绅士不能为难绅士。或许我们得花好几个月才能讨回那些钱，也可能永远都讨不回。”

“呃，讨钱干什么？他若讨不齐，你就连吃饭的钱都不够了？”

“那倒不是，但——唉，其实，我现在有点想用钱。”一想到锯木厂，她就两眼放光。或许……

“要钱干吗？还得缴税？”

“关你什么事？”

“当然关我的事，因为你正打算找我借。噢，你的心思我全知道。亲爱的肯尼迪太太，我会借给你的，而且——还不用附加你前不久才提出的迷人条件。当然，除非你坚持要给。”

“你真是最最粗俗——”

“没有的事，我不过想让你放宽心罢了。我知道你会担心那点。虽然不会太担心，但多少会有些不安。我愿意借钱给你，但得知道你打算怎么花。这点知情权，相信我还是有的吧。若是拿去买漂亮衣裳或马车，那我乐意奉上。但若是给阿希礼·威尔克斯买新裤子，恐怕就只能让你失望了。”

斯嘉丽顿时火冒三丈，气得结结巴巴，半天说不出话。

“阿希礼·威尔克斯从没找我要过一个子儿！他就算挨饿，也不肯要我的钱！你不了解他，不知道他是多么高傲体面的人！你当然不了解他，你这种——”

“别骂人。要想骂你，我有的是话，而且肯定不会比你骂我的差。别忘了，我一直通过佩蒂帕特小姐了解你的情况。对所有富于同情心的听众，那亲爱的老小姐都无话不说。我知道阿希礼从罗克艾兰回来后，就一直住在塔拉。我还知道，你甚至容忍他妻子也住在塔拉。想来，你肯定忍得很辛苦吧。”

“阿希礼是——”

“哦，没错，”他无所谓地摆摆手，“阿希礼无比高尚，远非我这等凡夫俗子能懂。但别忘了，你跟他在十二橡树园那柔情款款的一幕，我可是个很感兴趣的目击者。某些迹象告诉我，从那之后他一点都没变。你也没变。如果我记得没错，他那天可没多高尚。而且，我也不认为他如今能高尚到哪儿去。干吗不带着妻儿搬出塔拉，去外头找份工作？为何非要住在塔拉？当然，这不过是我一时瞎想的，我也不打算借给你一个子儿，让你拿去塔拉养活他。让女人养活自己的男人，我们男人说起来，骂得可难听啦。”

“你怎么敢说出这种话？他跟下地干活的黑人一样，一直在劳作！”盛怒中，斯嘉丽又心痛地想起阿希礼劈栅栏的样子。

“我敢说，他干活是把好手，肯定也会撒粪肥，而且——”

“他是——”

“噢，好啦，我知道。就算他尽了全力，我也不觉得他能帮上多大忙。威尔克斯家哪儿有会干农活的人。或者说，其他任何有用之事，他家谁能干？他们那种人纯属摆设。好啦，消消气，我对骄傲又尊贵的阿希礼说了些粗话，你别放在心上。真奇怪哪，你这么精明实际的女人，竟也满脑子幻想！你想要多少钱？拿来干吗？”

见她不答，瑞德又问了一遍：“你拿钱来做什么？看看你能不能跟我讲真话吧。说真话跟撒谎一个效果。其实，你讲真话更好，因为你若撒谎，我肯定瞧得出来。想想看，那该多尴尬哪。斯嘉丽，永远记住一点，你干什么我都能忍，除了撒谎。你讨厌我、脾气坏、撒泼……这些我都能忍，但撒谎不行。好啦，你要钱干什么？”

听到他攻击阿希礼，斯嘉丽一气之下，恨不能直接啐他一口，骄傲地驳回他借钱的提议，以回敬他那张嘲讽的脸。一时间，她差点就付诸行动了，但常识伸出冷静的手，制止了她。她有些失态地咽下怒气，努力装出一副愉快庄重的模样。瑞德靠在椅子上，朝炉子伸展双腿。

“这世上最让我乐不可支的事，”他道，“就是看到原则遇到金钱之类实际问题时，你展开思想斗争的样子。当然，我知道你终究还是会向现实屈服，但我还是要守在你身边，瞧瞧你美好的天性能不能胜利一回。那天若真的到来，我就收拾行李，永远离开亚特兰大。世上让美好天性占上风的女人太多太多……好啦，言归正传，你想要多少钱？拿来干吗？”

“我也不太清楚自己需要多少，”斯嘉丽闷闷不乐地说，“但我想买一间锯木厂——应该能便宜买下。我还需要两辆马车和两头骡子，要好骡子。另外，我自己还得有一匹马和一辆轻便马车。”

“锯木厂？”

“嗯，如果你能借钱，我可以分一半产权给你。”

“我拿锯木厂来干吗？”

“赚钱呀！我们可以赚很多钱呢。要不，我付你利息。我们商量商量，利息多少比较好？”

“百分之五十相当不错。”

“五十——噢，你在开玩笑吧！别笑啦，坏蛋！我是认真的。”

“所以我才笑啊。我想，除了我，估计没人知道你脑袋里到底在想什么吧。他们都被你这张漂亮脸蛋骗啦。”

“哼，管他呢！瑞德，好好听着，看这对你来说算不算一桩好买卖。弗兰克告诉我，桃树街上有间小锯木厂着急出手。那人急需现金，所以会便宜卖。眼下，周围并没有多少锯木厂，可大家都在忙着重建。所以，我们就能高价卖木材啊。那人愿意留下来领工资，帮忙经营锯木厂。弗兰克全都跟我说了。要是有钱，他就把那厂子买下来了。我猜，他给我的那些税金，原本就是打算用来买厂子的。”

“可怜的弗兰克！等你告诉他你从他眼皮子底下买走了那家厂，他会说什么？而且，你如何解释向我借钱的事，才能不败坏自己的名声？”

斯嘉丽一心想着锯木厂能赚多少钱，压根没想过这点。

“呃，那我就不告诉他。”

“他迟早会知道你的钱不是从林子里捡的。”

“那我还是告诉他吧。嗯，这样，我就说我把钻石耳环卖给你了。我真可以把耳环卖给你。就算是我的抵……那叫抵什么来着？”

“我不要你的耳环。”

“我也不想要，我不喜欢。反正也不是我的耳环。”

“那是谁的？”

回忆骤然袭来，往事历历在目：炎热的午后，塔拉周围的乡野一片寂静，穿蓝军装的死人瘫在客厅……

“是……是一个死掉的人留给我的。好吧，就算是我的吧。拿去。我不想要了。我宁愿把它们换成钱。”

“天哪！”瑞德不耐烦地嚷道，“除了钱，你脑子里就没点别的东西吗？”

“没有。”斯嘉丽很坦白，转过一双绿眸，恶狠狠地瞪着他，“你若有过我的经历，你也会跟我一样。我发现，这世上最重要的东西就是钱。上帝做证，我再也不想过没钱的日子了。”

她又想起那天在十二橡树园的废墟后，头顶是热辣辣的太阳，晕乎乎的脑袋下是松软的红土地，黑人的气味从棚屋里传来，而她怦怦直跳的心，则在一遍又一遍地重复：“我再也不要挨饿。我再也不要挨饿。”

“总有一天，我会有钱，有很多钱，想吃什么就吃什么。到时候，我的餐桌绝不会再有牛奶玉米片粥或干豌豆。我会有很多漂亮衣裳，全是绸子做的……”

“全部？”

“全部，”她应得十分干脆，甚至压根不为他的言外之意脸红，

“我会有足够的钱，再也不怕北佬把塔拉抢走。我要给塔拉换个新屋顶，盖座新谷仓，再买几头上好的骡子犁地，还要种很多棉花，比你从前见过的都多。韦德永远不用品尝缺乏必需之物的滋味，永远！这世间的一切他都能得到。而我所有家人，他们也不用再挨饿。我说真的，句句认真！你这种自私自利的家伙肯定无法理解。你没被拎毯制手提包的投机家驱赶过、没挨过冻、没穿过破衣烂衫，也没为了不饿死而拼命干活。”

瑞德平静地道：“我在邦联军队待了八个月，要想知道挨饿的滋味，还有什么地方比得过那儿？”

“部队？呸！你从没摘过棉花，也没给谷物除过草。你从来——不准笑话我！”

见她提高嗓门，声音都刺耳起来，他赶紧伸出双手，按住她的手。

“我笑的不是你，而是你外表和内在的差异。我还记得在威尔克斯家的烤肉宴上，第一次见到你的情景。你穿着绿裙和绿鞋，陷在男人堆里，春风得意。我打赌，那时候你肯定不知道一美元是多少美分，满脑子只有一个念头——缠住阿希……”

斯嘉丽猛地抽回手。

“瑞德，若还想谈下去，就别再说阿希礼·威尔克斯。我们总是一提到他就吵，因为你无法理解他。”

“这么说，你很了解他？”瑞德不怀好意地问，“不，斯嘉丽。你若想找我借钱，我就要保留讨论阿希礼·威尔克斯的权利。我可以不要利息，但一定要保留这项权利，而且，那个年轻人身上还有很多我想知道的事呢。”

“我没必要跟你讨论他。”斯嘉丽断然拒绝。

“噢，但你不得不讨论！你瞧，钱袋子握在我手上。等你哪天富了，也有权这么对付其他人……显然，你还惦记着他——”

“我没有。”

“你如此着急地为他辩护，这不是明摆着的事吗，你——”

“我不会任由朋友被人嘲笑！”

“好吧，我们暂时不讨论这个。他还喜欢你吗？还是罗克艾兰已经让他忘了你？或者，他可能已经明白自己有位多么可贵的妻子？”

听他提起玫兰妮，斯嘉丽顿时呼吸急促，差点忍不住大声嚷嚷，把一切抖落干净。她很想说阿希礼是为了名誉才没抛弃玫兰妮，但刚张开嘴，又闭上了。

“噢，这么说，他还是没充分意识到威尔克斯太太有多可贵？而狱中的艰难日子，也没减轻他对你的热情？”

“我觉得没必要讨论这个话题。”

“我想讨论。”瑞德说。他低沉的嗓音里有某种斯嘉丽虽听不明白，却不怎么喜欢的东西，“而且，老天做证，我想讨论，也希望你作答。所以，他还爱着你吗？”

“哼，是又怎样？”斯嘉丽恼火地嚷道，“我不喜欢跟你讨论他，因为你不了解他，也不了解他心中的爱情。你了解的爱情只有——哼，跟沃特林那种女人在一起的爱情。”

“噢，”瑞德柔声道，“这么说，我只懂肉欲？”

“是啊，你心里难道不清楚？”

“现在，我总算明白你为何不想跟我讨论这种事了。很好，我的脏手和脏嘴会玷污他纯洁的爱情嘛。”

“呃，是啊，差不多就这意思。”

“我对这纯洁的爱情很感兴趣……”

“瑞德·巴特勒，别这么讨人嫌。你若真卑鄙地认为我们之前有什么不干不净——"

"噢，我从没那么想过，真的。所以我才对这事如此感兴趣哪。你俩为何没做出什么不干不净的事呢？"

"你要是觉得阿希礼会——"

"啊，这么说，努力保持纯洁的是阿希礼，不是你啊！说真的，斯嘉丽，你不该这么容易就露了马脚。"

斯嘉丽困惑又愤怒地看向他那张既平静，又难以捉摸的脸。

"别说啦！我不想找你借钱了。滚出去！"

"噢，不，你想找我借钱。都聊了这么久啦，干吗半途而废呢？既然其中并无任何不干不净之事，讨论一段纯洁的田园爱情能有何害处？这么说，阿希礼爱的是你的头脑、灵魂和高尚的品格？"

这话让斯嘉丽痛苦不已。阿希礼当然是因为这些东西才爱她。正是因为明白这点，她才觉得生活还能忍受。她知道阿希礼被名誉所缚，只能远远地爱她，为这些深藏于她内心、仅他才看得到的美好而爱她。但这些东西被瑞德挑明，尤其被他以那种佯装平静、实则暗含讥讽的语气说出口，似乎就显得没那么美了。

"这肮脏俗世竟有此等爱情，简直让我想起小时候的理想了。"瑞德继续道，"所以说，他对你的爱完全跟肉体无关？如果你丑，也没这身白皮肤，他照样爱你？如果没那双男人瞧见就忍不住琢磨'若揽你入怀，你会做何反应'的绿眼睛，他照样爱你？如果你不会把屁股扭得九十岁以下的男人都招架不住，他照样爱你？还有你那两片嘴唇——哎呀，我绝不能让自己的肉欲闯进来捣乱。阿希礼对这些都视而不见？或者就算他瞧见了，也照样毫无冲动？"

斯嘉丽不由得想起那天在果园的情景。当时，阿希礼搂着她的双臂都在颤抖，而他炽热的唇落到她唇上时，就跟再也不会放开她一样。回忆令她面颊绯红，而这红晕自然没逃过瑞德的眼睛。

“好吧，”他声音发颤，似隐含怒气，“我明白了，他爱你，纯粹是爱你的心灵。”

他怎敢伸出肮脏的手指刺探她，还让她此生唯一美好神圣的东西显得如此污秽不堪？他冷静又坚定地摧毁她最后的防线，眼看就要得到想要的信息。

“没错，他就是！”斯嘉丽吼道，不再去想阿希礼的双唇。

“亲爱的，他甚至不知道你有没有心灵。若吸引他的真是你的心灵，他又何必拼命躲着你，才能维持这种——所谓‘神圣’的爱情？他完全可以放轻松嘛，毕竟，一个男人尽可以爱慕一个女人的心灵，同时保有绅士的体面和对妻子的忠诚。但阿希礼既要维持威尔克斯家的名誉，又要觊觎你的身体，的确过得不容易哪。”

“你自己心思龌龊，就觉得人人都心思龌龊。”

“噢，我觊觎你的身体，如果你指的是这点，那我可从没否认过。但谢天谢地，我不用操心名誉之类的事。我想要的东西，只要能弄到，就绝不会手软。因此，我用不着跟天使或魔鬼较量。你给阿希礼造了座多么快活的地狱哪！我都要为他难过了。”

“我——我给他造了座地狱？”

“没错，就是你！对他来说，你的存在就是一种永恒的诱惑。可跟大部分同类一样，他宁肯要所谓的名誉，也不要半点爱情。在我看来，这可怜的家伙如今既无爱情，也没名誉来温暖自身！”

“他有爱情！……我是说，他爱我！”

“真的吗？那回答我一个问题，今天的谈话就到此结束，你也可以拿到钱。就算你把这些钱扔进排水沟，我也不管。”

瑞德起身，把抽了一半的雪茄扔进痰盂。他的动作带了种异教徒的率性和压抑的力量，有些邪恶，也有点吓人，跟斯嘉丽在亚特兰大陷落那晚看到的一样。“他要是爱你，为何任由你跑到亚特兰大来筹税金？我若任由自己心爱的女人去做这种事，我不如——”

“他不知道！他不知道我要……”

“你就没想过他应该知道？”瑞德声音中那股野性几乎难以压制，“他若真像你说的那般爱你，就该知道走投无路之下，你会做出什么事。他若真爱你，就该宁肯杀了你，也不让你跑到这儿来——尤其不该来找我！天哪！”

“可他不知道！”

“你不说他就猜不到，那他永远别想了解你和你那宝贵的心灵！”

他真不公平！好像阿希礼非得洞穿人心不可！好像阿希礼若知道此事，就能阻止她似的！不，她突然意识到，阿希礼的确能阻止她。那天在果园，他哪怕稍微给点暗示，说境况指不定哪天就好起来了，她都绝不会想着去找瑞德。上火车前，若能听到一句柔声关怀，甚至得到一个离别爱抚，她都会留下。可他只会谈声誉。但——但瑞德就说对了吗？阿希礼真该了解她的心思吗？她赶紧抛开这不忠的念头。他当然没起疑。阿希礼永远不会怀疑她居然想做如此不道德的事。阿希礼太高尚，根本生不出这些念想。瑞德只是想破坏她的爱情，想摧毁她最珍视之物。她恨恨地想：总有一天，等店铺运转正常，锯木厂经营顺当，她就有钱了。瑞德·巴特勒此刻加诸她身上的痛苦和耻辱，届时一定要通通还给他。

瑞德站在斯嘉丽面前，有些好笑地俯视着她。刚才让他那般激动的情绪，已经消散。

“无论如何，这一切关你什么事？”斯嘉丽问，“这是我和阿希礼之间的事，跟你无关。”

他耸耸肩。

“就一点，斯嘉丽。我深刻且客观地佩服你的忍耐力。我真不想看到你负担太重，最后精神崩溃。那是塔拉庄园，是一副该由男人挑起的重担。你父亲病了，再也无法帮上你什么忙。还有那几个姑娘和黑奴。如今，你又多了个丈夫，或许还要加上佩蒂帕特小姐。哪怕不需要负担阿希礼·威尔克斯一家，你身上的担子也够重了。”

“他不是我的负担，他还帮——”

“噢，天哪，”瑞德不耐烦地打断道，“我们不用再谈这个了吧。他帮不了你什么。他只能靠你，将来也靠你或别的什么人，到死为止。就我个人而言，我真是烦透了他，不想再说啦……你到底需要多少钱？”

斯嘉丽差点破口大骂。他对自己百般羞辱，将她心中最珍视的东西拖出来践踏，竟还以为她会要他的钱。

可话到嘴边，她又生生咽了回去。鄙视他的钱，喝令他滚出店去的确痛快，但只有真正富裕和真正无忧的人，才能有这般奢侈的享受。只要她还穷着，就只能被迫忍受眼前的场景。可她什么时候才能有钱？——噢，多么美好而温暖的畅想哪！等有了钱，她就再也不用忍受任何不喜欢的事，也不会失去任何渴望之物。就连要不要礼貌待人，也可以看对方是否讨她欢心。

“我要叫他们通通见鬼去！”她想，“首当其冲的就是瑞德·巴特勒！”

这愉快的念头让她绿眸一闪，唇边也带起浅浅的笑容。瑞德也笑了。

“斯嘉丽，你很美，”他说，“琢磨坏点子时更美。就凭这酒窝，只要你想，我给你买上一打骡子又何妨。”

前门被推开，柜台伙计走了进来，手里拿着根羽毛管剔牙。斯嘉丽起身，裹好披巾，系紧颌下帽带。她已经打定主意。

“你今天下午忙吗？能不能跟我走一趟？”她问。

“去哪儿？”

“我想请你驾车送我去锯木厂。我答应过弗兰克不独自乘车出城。”

“下雨也要去？”

“嗯，趁你还没改变主意，我想现在就把它买下来。”

瑞德哈哈大笑，伙计在柜台后吓了一跳，好奇地望向他。

“你难道忘记自己再婚了？肯尼迪太太竟跟被上等人家拒之门外的恶棍巴特勒乘车外出，你能承担这个后果？名誉还要不要了？”

“名誉是什么鬼东西！我要在你改变主意，或被弗兰克发现之前，买下那间锯木厂。瑞德，别磨蹭啦，这点雨算什么？赶紧走吧。”

锯木厂！弗兰克每次想起它就唉声叹气，只恨自己干吗跟妻子提起这事。把耳环卖给巴特勒船长（那么多人，怎么偏偏卖给他！）已经够糟，她还买下了锯木厂，都不跟自己丈夫商量一下。可更糟的是，她竟不让他来经营厂子。这可真不妙，似乎她并不信任自己的丈夫或丈夫的能力啊。

弗兰克跟他认识的所有男人一样，觉得妻子应该顺从丈夫，全听丈夫的，不能自行其是。大多数女人想干什么，他都可以迁就。女人这种有趣的小东西，纵容一下她们小小的心血来潮不会有什么坏处。生性温和有礼的弗兰克并不愿过多否定妻子。他会乐意满足这个娇小美人儿的傻念头，顶多爱怜地责怪她几句太傻、太浪费。可斯嘉丽决意要做的事，简直太不可思议。

比如那间锯木厂。斯嘉丽微笑着告知此事，还说打算亲自去经营时，他真是这辈子都没如此震惊过。她原话是这么说的："我要自己做木材生意。"弗兰克永远忘不了听见这句话时的惊恐。她要去做生意，简直不可思议。亚特兰大还没有女人做生意呢！事实上，弗兰克从未听说哪儿有女人做生意的。在这艰难时世，就算女人不幸被迫赚钱贴补家用，也是默默做些女人的活计，比如像梅里韦瑟太太那样烤馅饼，或如埃尔辛太太和范妮那样画瓷器、做针线活、收房客。再不然就学邦内尔太太，教教音乐什么的。这些太太虽然都在挣钱，但始终本分地待在家里。然而，一个女人选择离开家庭的庇护，冒险闯入粗野的男人世界，跟他们交往、抢生意，受人侮辱和非议……尤其，她并非被迫如此，丈夫完全有能力供养她啊！

弗兰克希望她只是逗逗自己，跟自己开个玩笑，一个并不合宜的玩笑。但很快，他便发现她说话算话，是真要去经营锯木厂。早晨她比他起得早，起来就驾车去桃树街，晚上他都关店去佩蒂姑妈家吃晚饭了，她才回到家。去锯木厂有好几英里远，一路上要穿过满是被解放的黑奴和垃圾北佬的树林，可除了对此事颇不赞同的彼得大叔，再无旁人护送她。弗兰克全部时间都用来经营店铺了，没法陪她去，可他只要抗议，斯嘉丽就立马反驳："我要不盯着约翰逊那狡猾的坏蛋，他就会偷木材去卖，把钱装进自己腰包。等我找到一个靠得住的人经营厂子，我就不用去这么勤啦。到时候，我便去城里卖木材。"

在城里卖木材！那简直糟糕透顶。她的确经常抽出一天不去厂里，而是去兜售木材。每每此时，弗兰克真恨不得躲进店铺黑黢黢的后堂，谁也不见。他妻子居然在卖木材！

众人风言风语地议论她，没准儿还会牵连他，说他竟允许妻子做如此不合宜之事。每次在柜台前听到顾客们说“刚才我还看到肯尼迪太太在……”，他都尴尬不已。人人都不厌其烦地向他报告斯嘉丽的所作所为。人人都在谈论那处新建旅馆之地发生的事。他们说，汤米·韦尔伯恩正准备从另一个男人那儿买些木材，就见斯嘉丽驾车赶来。她把车停在一群打地基的粗野爱尔兰砖瓦匠跟前，一下来就直截了当地跟汤米说别上当。她说她的木材质量更好，价钱更便宜，还当场算了一大串数字，给他估了个价。闯进一群粗鲁的陌生工人中间已经够糟，她竟还当众展示自己会算账。汤米接受她的报价，把订单给了她后，她没有乖乖地赶紧离开，反而磨磨蹭蹭地留在那儿，跟爱尔兰工头约翰尼·加勒格尔聊天。那家伙是个顽强的小矮子，名声极差。这事全城足足议论了好几个星期。

但最重要的是，斯嘉丽真靠锯木厂赚到了钱。妻子干如此不适合女人干的事，还干成功了，没有哪个男人会心情舒畅。何况她赚的钱压根没给他用来经营店铺，大部分都寄回了塔拉。此外，她还没完没了地给威尔·本廷写信，告诉他钱应该怎么花。更过分的是，她告诉弗兰克，等塔拉庄园修缮完毕，她打算把这些钱借出去做抵押贷款。

“天哪！天哪！”弗兰克一想到这事就叹气。女人压根不该知道什么叫“抵押”。

这些日子以来，斯嘉丽满脑子都是各种计划。但在弗兰克眼中，这些计划似乎一个比一个糟糕。她甚至说想建个酒馆，就建在她被舍曼军队烧掉的那座货栈地皮上。弗兰克虽非绝对的戒酒主义者，却还是强烈反对这个计划，说经营酒馆不是正经生意，会走霉运，几乎跟租房子给人开妓院一样糟糕。但为何这事糟糕，他却跟她解释不清。面对他蹩脚的辩驳，斯嘉丽只甩下一句话——“胡说八道！”

“酒馆向来好招租，亨利伯父都这么说。”斯嘉丽对弗兰克道，“那些人总是按时交租。听着，弗兰克，我可以用卖不掉的次等木材建一座便宜酒馆，然后高价租出去。有了租金、锯木厂的收益和放贷的钱，我就能再买下几间锯木厂。”

“亲爱的，你不需要更多锯木厂！”弗兰克吓得大叫，“反而该把手上的这间卖掉。它会把你累垮的。而且，你也知道雇那帮被解放的黑奴干活有多麻烦……”

“被解放的黑人的确不中用，”斯嘉丽附和道，却完全无视他暗示卖厂的话，“约翰逊先生都说他早晨来上班时，压根搞不清那帮黑人是否到齐。黑人再也不可信。他们干一两天活便停工，直到工资花完才回来。没准儿一夜之间，他们所有人就跑光了。解放黑奴这事，我真是越想越觉得是桩罪过，简直毁了黑人。成千上万的黑人不干活，我们锯木厂雇的那些也是懒得不行、得过且过，根本不值得雇用。你若为他们好，别说稍微打几下，就是多骂上几句，自由人管理局那帮家伙都会像鸭子扑向六月鳃金龟般冲过来。”

“亲爱的，你没让约翰逊先生打那些——”

“当然没有，”斯嘉丽不耐烦地应道，“我不是刚刚才说过，我要这么干了，会被北佬抓进监狱吗？”

“我敢打赌，你爸这辈子也没打过黑人。”弗兰克说。

“呃，打过一次。有天捕猎回来后，马童没替他把马刷干净。

但弗兰克，那时候情况不同。被解放的黑奴完全是另一种人，对他们当中的某些人来说，好好挨顿鞭子其实很有好处。”

弗兰克不仅对妻子的观点和计划吃惊，也对两人成婚以来，她身上的变化惊讶不已。这已经不是他娶的那个娇柔甜美、富有女性气质的妻子。短暂的追求期内，看到她对待生活时表现出的无知、羞怯和无助，让他觉得她真是自己见过最有女性魅力的姑娘。现在，虽然依旧脸颊粉红，有酒窝和美丽的笑容，她的各种反应却都像个男人：说话干脆坚决、做决定果断迅速，没有半点姑娘家的犹豫不决。一旦知道自己想要什么，她便立刻如男人般，用最简便的方式去获取，而非走女人那种躲躲藏藏、迂回曲折的路线。

弗兰克从前并非没见过有决断的女人。亚特兰大和南方所有城市一样，也有不少没人敢惹的有钱贵妇。要论有决断，没人比得上矮胖的梅里韦瑟太太；要论专横，文弱的埃尔辛太太最厉害；要论为达目的谁的手腕最高明，当属满头银丝、声音甜美的怀廷太太。但这些太太无论怎么达成目的，她们采取的仍是女人的手段。不管听不听男人的，她们好歹对男人们的意见表现得毕恭毕敬，面上仍礼貌遵循。这点至关重要。斯嘉丽却自行其是，干什么都一副男人做派，所以才会被全城议论。

“而且，”弗兰克痛苦地想，“说不定我也会被人议论，因为我居然任由她办事如此不像女人。”

还有那个巴特勒。他经常去佩蒂姑妈家，这真是最令家庭蒙羞之事。弗兰克向来不喜欢那家伙，甚至战前跟他做生意时，他就讨厌他。弗兰克经常后悔，觉得那天真不该带瑞德去十二橡树园，还把他介绍给朋友们。弗兰克鄙视瑞德：一是因为他战时冷血地做投机生意，二是他没参军。只有斯嘉丽一人知道瑞德在邦联军队里服役了八个月。因为瑞德曾佯装害怕地恳求她，别让任何人知道这桩“丢脸事”。弗兰克最鄙视瑞德的一点，是他霸占着南方邦联的金币不还。要知道，海军上将布洛克和其他情况类似的正直之士，都还了联邦国库一大笔钱。但无论弗兰克喜欢与否，瑞德都是佩蒂家的常客。

瑞德表面是来看望佩蒂小姐，后者自然傻乎乎地信以为真，还装模作样地摆架子。但弗兰克觉得吸引瑞德前来的未必是佩蒂小姐，所以心里很不舒服。小韦德在大多数人面前都怯生生的，却偏偏很喜欢瑞德，还叫他“瑞德叔叔”，也让弗兰克恼火不已。弗兰克记得战争期间，瑞德曾殷勤备至地陪在斯嘉丽身边，引起不少议论。弗兰克想，如今关于他俩的闲话说不定更多。朋友们虽然对斯嘉丽经营锯木厂之类的事直言不讳，却都不敢跟弗兰克提这方面的事。然而，邀请自己和斯嘉丽吃饭和参加宴会的人越来越少，家里的访客也日渐稀疏。大多数邻居斯嘉丽都不喜欢，而她喜欢的那些人，她也因为忙着锯木厂的事，压根顾不上去见。因此，弗兰克虽敏锐地感觉到邻里走动变少了，斯嘉丽对此却一点也不烦恼。

弗兰克这辈子，无时无刻不被这句话支配：“邻居们会怎么说？”而妻子一次又一次不顾体面的行为，引起的震惊着实让他招架不住。他觉得人人都不赞成斯嘉丽，也瞧不起他任由妻子越来越“不像个女人”。在他看来，斯嘉丽做了太多丈夫不该允许的事。但他若命令她停手，跟她争辩，甚至批评她，又会招来一阵风暴。

“天哪！天哪！”他无助地想，“她发作起来速度之快，胜过我见过的任何女人。”

就算最快活的时候，只要他说一句“亲爱的，我若是你，我就不会——”，这温柔调皮、哼着小曲在屋里转悠的妻子立马就能彻底变成另外一个人。暴风雨说来就来。

这种时候，斯嘉丽鼻子上方的两道黑眉会陡然拧出一个尖角，骇得弗兰克明显开始哆嗦。斯嘉丽的脾气堪比鞑靼人，发起怒来活像只野猫，似乎压根不管自己说了什么，也不管这些话会对别人造成多大伤害。每每此时，屋里都阴云密布。弗兰克一大早就赶去店铺，很晚才回来。佩蒂则像只逃入洞中的兔子，急急忙忙地钻回自己卧室。韦德和彼得大叔退进马车房，厨娘则一直待在厨房里，连唱赞美诗都不敢提高音量。只有嬷嬷能平和泰然地容忍斯嘉丽的脾气。因为，她已经被杰拉尔德·奥哈拉的火暴性子训练了很多年啦。

斯嘉丽并非故意暴躁，她是真想做弗兰克的好妻子，因为她喜欢他，也感谢他帮忙救下了塔拉。但他总有无数种方法，异常频繁地挑战她的耐心，让她忍无可忍。

斯嘉丽永远无法尊重任凭摆布的男人。而每有不快，无论对她，还是对别的人，他怯懦、犹豫的态度都会让她忍不住火冒三丈。她本可忽视这些，因为钱方面的问题现下总算已经解决，但总有接连不断的事表明弗兰克自己做不好生意，还要阻止她把生意做好，所以她真是难免不生气。

正如斯嘉丽所料，她若不催，弗兰克就不去收账。哪怕去了，他也一副半心半意、颇感抱歉的模样。由此，斯嘉丽总算确定：除非亲自去赚决意要赚的钱，否则肯尼迪家永远只能勉强糊口。她终于明白，只要能守着那间脏兮兮的小店懒散度日，弗兰克这辈子就满足了。他似乎意识不到家里这点微薄收入实在算不上什么保障，也不明白时局动荡不安之际，赚更多钱有多重要。眼下这世道，只有钱才能应对新的灾难。

斯嘉丽觉得，在战前的安逸日子里，弗兰克或许还能做个成功的商人，但在老规矩和旧时光都一去不复返的今日，他还顽固不化地遵循老规矩，简直是守旧得令人生厌。严酷的新时代需要锐意进取，而他恰恰缺乏这点。哼，不管他喜不喜欢，反正她有这种精神，也乐意好好发扬一番。他们需要钱，而她正在赚钱。赚钱不易，她觉得弗兰克至少不该干涉自己那些行之有效的计划。

斯嘉丽缺乏经验，经营一间新锯木厂本就不易，何况，如今的竞争比刚开始时更激烈，所以她晚上回家时，经常疲惫、焦虑又暴躁。这时候，弗兰克若抱歉地咳一声，说“亲爱的，我可不会干这事”或“亲爱的，如果我是你，可不会干那事儿”，她顶多只能强忍怒气不发作，但也经常忍不住。他若没魄力出去赚钱，就别总挑她的错呀。而他唠唠叨叨数落她的那些事，简直愚蠢透顶！如今这年头，她行为举止不像个女人又能怎样？尤其她这家由女人经营的锯木厂，正赚来他们急需的钱。她、这个家、塔拉和弗兰克，谁不亟须用钱？

弗兰克想要的是休息和安静。他全心投入的那场战争已经毁掉他的健康、花光他的财产，把他变成了一个老头。对此，他无怨无悔。但经过四年的战争，如今他只祈求生活安宁和睦，周围都是亲切关怀的面庞，耳边全是朋友的赞扬。很快，他便发现家宅安宁需要付出代价。这份代价就是无论斯嘉丽想干什么，都由着她。他既然累了，那便以满足她的条件，换来自身安宁吧。有时，看着她在寒冷的暮色中打开前门，冲他展颜一笑，亲吻他的耳朵、鼻子或其他不合适的地方；或者夜里在温暖的被窝中，感觉到她的脑袋昏昏欲睡地偎在自己肩头，他便觉得付出这样的代价也很值得。斯嘉丽顺心顺意时，家庭生活真是快乐又舒心。但他得到的这份安宁内里空空，只能算徒有其表。因为，他付出的代价是放弃婚姻中所有他认为正确之事。

“女人应该更关注家庭和家人，不该像男人一样到处跑，”弗兰克想，“现在，如果她能有个孩子的话——”

一想到孩子，弗兰克就忍不住微笑。近来，他经常想到孩子。斯嘉丽虽再明白不过地宣称不想要孩子，但孩子若要来，哪儿需要请？弗兰克知道很多女人都说自己不想要孩子，但那不过是出于愚蠢和恐惧罢了。斯嘉丽若有了孩子，肯定会很爱他，也会跟其他女人一样乐意待在家里带孩子。到时候，她就不得不卖掉锯木厂，他的难题也随之而解。所有女人都需要孩子让自己幸福快乐。弗兰克知道，斯嘉丽并不快乐。虽然对女人缺乏经验，但她有时不快乐，他不至于瞎得看不出来。

有时夜半醒来，他能听到枕畔压抑的啜泣声。第一次被震动的床惊醒，发现感觉到床因斯嘉丽的抽噎震动不已时，他曾惊恐地询问：“亲爱的，怎么了？”得到的回答却是一声暴喝：“噢，别管我！”

没错，一个孩子就能让她开心，让她顾不上去想那些本不该她瞎管的事。有时，弗兰克会叹一口气，心想自己捉到了一只如火焰和宝石般绚烂夺目的热带鸟。可对他来说，一只鹪鹩就够了，说不定还更好。

第三十七章

四月，一个风雨交加的夜晚，托尼·方丹骑着一匹大汗淋漓、累得半死的马从琼斯伯勒赶来敲门，把斯嘉丽和弗兰克从梦中惊醒。两人吓得心都提到了嗓子眼。四个月来，斯嘉丽第二次敏锐地感受到重建时期[1]意味着什么，也更全面地理解了威尔那句“我们的麻烦才刚刚开始”为何意。此外，她也明白阿希礼在塔拉寒风凛冽的果园中说的那些凄凉话语全是真的：“我们如今要面对的情况比战时更糟、比我在监狱时更糟——对我来说，这简直比死还糟……”

斯嘉丽第一次面对“重建”这个词，是她得知乔纳斯·威尔克森可以在北佬的帮助下，将她赶出塔拉。但托尼此次到来，则是以一种可怕得多的方式，让她深刻体会到该词的含义。托尼摸黑冒雨而来，几分钟后便又消失在夜色里。可就在这片刻间，他拉起帷幕，让斯嘉丽看到了新的恐怖景象，并绝望地感到这帷幕永远不会再落下。

这个狂风暴雨的夜晚，来人那般急促地敲门，斯嘉丽攥着晨

1　南北战争后，1865—1877 年的南部重建时期。

衣，站在楼梯平台上，俯视下方厅堂，才瞥见一眼托尼黝黑阴郁的脸庞，托尼就倾身吹灭了弗兰克手中的蜡烛。斯嘉丽赶紧摸黑下楼，一把抓住托尼湿冷的手，听见他悄声说："他们在追我……我得去得克萨斯……马都快累死了……我也快饿死了。阿希礼说你们——别点蜡烛！别吵醒黑人……如果可以，我不想给你们惹麻烦。"

直到放下厨房的百叶窗，又拉上所有窗帘，托尼才同意点亮一盏灯。他急急忙忙、断断续续地跟弗兰克讲话，斯嘉丽则忙着给他弄吃的。

托尼没穿大衣，浑身湿透。他也没戴帽子，黑发全贴在脑袋上。但他大口灌下斯嘉丽递来的威士忌后，那双闪烁的小眼睛虽略带沮丧，却再次流露出方丹家小伙的那股快活劲儿。佩蒂帕特姑妈在楼上打鼾，未受丝毫打扰，斯嘉丽真是谢天谢地。她若看到幽灵般的方丹，肯定会晕倒。

"又少了个该死的南方佬。"托尼端起玻璃杯，表示还要点酒，"我拼命赶路，不然非被人扒了皮不可，不快点离开这儿，小命都保不住。但这一切都值得。老天，太值了！我打算去得克萨斯州藏起来。阿希礼跟我一起去的琼斯伯勒，是他让我过来找你们的。弗兰克，给我换匹马，再给点钱。一路狂奔到此，马都快累死了。我也真是个大傻瓜，简直像从地狱里飞出来的蝙蝠一样，没穿大衣、不戴帽子，还一个子儿都没拿就出门。不过，我家也没多少钱了。"

他一边大笑，一边大口吃面上抹了层厚白油的冷玉米面包和芜菁叶。

"你可以把我的马骑走，"弗兰克平静地说，"我身上只有十美元。但你如果能等到早上……"

“地狱着火啦，我可等不了！”托尼快活地强调，“他们说不定就跟在我后头呢。我动身不是太及时。要不是阿希礼把我拖出来，让我上马，我说不定还跟个傻瓜似的待在那儿，此刻脖子多半都套上绞索啦。阿希礼真是个好兄弟。”

所以，阿希礼也卷入了这个可怕的谜团。斯嘉丽浑身发冷，一只手按住喉咙。北佬已经抓住阿希礼了吗？弗兰克怎么都不问问出了什么事？他怎么如此冷静，就跟什么事都没发生一样？斯嘉丽决定努把力，自己提出这个问题。

“什么——”她开口道，“谁——”

“你爸从前那个监工——那该死的——乔纳斯·威尔克森。”

“你把他——他死了？”

“天哪，斯嘉丽·奥哈拉！”托尼气冲冲地道，“我要想宰了谁，你不会以为我只拿刀背刮他几下就算了吧？不，老天，我把他剁成了碎片。”

“不错，”弗兰克随口道，“我向来不喜欢那家伙。”

斯嘉丽看向弗兰克。这可不是她熟悉的那个性情温顺、一紧张就揪胡子、可以由她欺负的弗兰克。面对眼前的紧急情况，他变得干脆、冷静，一句废话都没有。他是个男人，托尼也是个男人。这种暴力行为是男人的事，没女人参与的分。

“但阿希礼——他有没有——”

“没，他虽然也想杀掉那家伙，但我说那是我的权利，因为萨莉是我弟媳。最后，他总算想通，只陪我一起去琼斯伯勒，以防威尔克森那家伙先对我动手。但我觉得，这事不会给阿希礼带来什么麻烦。但愿不会。还有果酱抹抹玉米面包吗？另外，能不能给我打包点吃的带走？”

“你要不把一切都说清楚，我就放声尖叫。”

“等我走了，你想叫就叫吧。趁弗兰克在套马鞍，我便给你讲讲。那该死的威尔克森早就作恶多端。你知道的吧，你家的税金就是他动的手脚。这还只是他干下的众多坏事之一。他最可恶的一点，是不停煽动那些黑鬼造反。真没想到，我这辈子也有痛恨黑鬼的一天！他们可真该死，那帮无赖说什么都信，却把我们待他们的好忘得一干二净。如今，北佬在说要给黑鬼选举权，却不给我们。凡是加入过邦联军队的都没选举权。哼，如今全县有选举权的民主党人屈指可数。黑鬼们若都有了选举权，我们岂不完蛋？该死，这是我们的州，不是北佬的！天哪，斯嘉丽，这哪儿忍得下去！忍不下去啊！我们得做点什么，哪怕再打一仗也行。要不了多久，我们就该有黑人法官、黑人议员……全是些丛林里跑出来的黑猿猴——”

“求你——快告诉我！你到底干了什么？”

“面包再给我咬一口，你再包起来。呃，有人说，威尔克森搞那套黑人平等的事，搞得越来越过火。噢，没错，他整小时整小时地跟那些黑蠢货宣扬这些事儿。他竟敢——”托尼说得唾沫横飞，没奈何地道，“竟敢说黑鬼有权跟——跟白人女性——”

“噢，托尼，不！”

“老天在上，他就是这么说的！你看起来脸色不太好，但我也不奇怪。斯嘉丽，地狱已经着火，这话你不会没听过吧。在亚特兰大，他们不也一直这么说的！”

“我——我不知道。”

“呃，那肯定是弗兰克瞒着你。总之，从那以后，我们都觉得该哪天晚上私下会会这位威尔克森先生，好好收拾收拾他。可我们还没来得及动手——你还记得那个叫尤斯蒂斯的黑鬼吗？就是我家从前那个工头。”

“记得。”

“今天，萨莉正在做午饭，那家伙跑到厨房门口，不知道跟她说了些什么。我估计永远无法知道了。但他定是说了什么，我听到萨莉尖叫，立马冲进厨房。那狗娘养的醉鬼还在那儿——抱歉，斯嘉丽，我说漏嘴了。”

“继续讲。”

“我一枪崩了那家伙。妈妈冲进来照顾萨莉，我就骑上马，去琼斯伯勒找威尔克森算账。这事全赖他。要不是他挑唆，那该死的傻黑鬼哪儿能想到干这种事。经过塔拉时，我碰到了阿希礼。他当然就跟我一道去了。他说，就凭威尔克森对塔拉做的那些事，都该他来动手。我没同意，因为萨莉是我亡弟的妻子，所以这事得由我来干。一路上，阿希礼都在跟我争这事。天哪，斯嘉丽，我们到那儿后，我才发现自己气疯了，竟把枪落在马厩，压根没带出来。”

他停下来，咬了口硬邦邦的玉米面包。斯嘉丽瑟瑟发抖。方丹家的人发起怒来那股要杀人的劲儿，早已全县闻名。

“于是，我只好操刀子收拾那家伙。我在一家酒吧找到了他，把他逼进一个角落，阿希礼则拦着其他人。我说明了来意才动的手。一转眼就把他了结了！”托尼回忆道，“等我回过神来，只记得阿希礼把我推上马背，叫我来找你们。紧要关头，阿希礼真是好样的，始终保持镇静，临危不乱。”

弗兰克走了进来，把搭在胳膊上的大衣递给托尼。这是他唯一的一件厚大衣，但斯嘉丽并未反对。她似乎是个局外人，认为这纯属男人的事。

“但托尼——家里也需要你啊。当然，你若能回去解释清楚——”

“弗兰克，你真是娶了个傻瓜，”托尼咧嘴一笑，费劲地穿上大衣，“她以为一个男人保护自家女人不受黑鬼欺负，能得到北佬嘉奖呢。哦，他们当然有奖赏，赏速裁法庭和一根绞索。斯嘉丽，吻我一下吧，弗兰克不会介意的。我恐怕再也见不到你啦。得克萨斯多远哪。我也不敢写信。请转告我的家人，迄今为止我都很安全。”

斯嘉丽让方丹亲了一下。两个男人走进雨中，站在后门廊上聊了一会儿。然后，斯嘉丽突然听到一阵马蹄溅起的水声，托尼走了。她把门打开一条缝，瞧见弗兰克把那匹喘着粗气、踉踉跄跄的马牵进马厩。她再次关上门，坐了下来，双膝颤抖。

这下，她总算知道“重建”意味着什么。这好比家被一群赤身裸体、只在下身挂了块遮羞布的野蛮人团团围住。此时此刻，许多近来不甚在意的小事纷纷涌入脑中：那些她听到，却从未细想的谈话；男人们见她进来，立马打住话头的讨论；当时看来并不觉得严重的小事；弗兰克徒劳的警告，让她别驾车去锯木厂，身边只有一个老弱的彼得大叔护送。此时，把这些事拼凑起来，竟成了一幅恐怖的画面。

黑人打头阵，北佬的刺刀在后面给他们撑腰。她可能被杀，也可能被强奸。而且，就算出了事，多半也不了了之。任何敢为她报仇的人，都会被北佬绞死，甚至不用经过法官和陪审团的裁决。那些对法律一窍不通，也压根不在乎犯罪情节的北佬军官，估计随便审判一下，就会把绞索套上南方人的脖子。

“我们能做什么？”斯嘉丽无助又害怕，痛苦地绞着手，“就因保护自家女人杀了个喝醉的黑鬼和卑鄙的无赖，托尼那样的好小伙就要被绞死。我们该如何对付这些魔鬼？”

“这哪儿忍得下去！”托尼的呐喊没错。忍不下去！但除了忍受，无助的他们还能怎么办？她开始发抖，生平第一次正视除自己之外的人和事，也清楚地看到惊恐又无助的斯嘉丽·奥哈拉其实无足轻重。整个南方，还有成千上万跟她一样害怕又无助的女人。同时，也有成千上万已在阿波马托克斯放下武器的男人，如今又要拿起武器，随时准备冒着生命危险，保护自己的女人。

托尼脸上的神情弗兰克脸上也有，她最近在亚特兰大看到的其他男人脸上，也有这种神情。之前，她虽看到，却并未费心琢磨。这是一种迥异于疲惫和无助的神情，南方投降后，那些从战场上回家的男人脸上就没有这种神情。那些人什么都不在乎，一心只想回家。如今，他们显然又开始在意什么事，一度麻木的神经又恢复知觉，昔日精神也开始燃烧。他们怀着冷酷无情的悲痛，又开始在意。和托尼一样，他们想的都是："这哪儿忍得下去！"

斯嘉丽见过南方的男人，战前柔声细语、危险迷人；战争快结束的那段绝望日子里，他们无所顾忌、冷酷无情。但不久前在烛火下相对而视的两个男人，脸上的神情又有了变化。那神情虽令她振奋，却也让她害怕——那是一种言语难以形容的愤怒、一种万事无法阻挡的决心。

生平第一次，斯嘉丽觉得周围这些人是自己的同胞，觉得自己也感受到了他们的恐惧、痛苦和决心。不，这哪儿忍得下去！南方如此美丽，怎能毫不挣扎就轻易放手？南方如此可爱，怎能任由痛恨南方人、恨不能将所有南方人都碾入尘土的北佬践踏？南方是挚爱的家园，怎能交到愚昧无知、沉醉于威士忌和自由的黑鬼手中？

一想到托尼的突然到访和匆匆离去，斯嘉丽便觉得他似乎成了自己的亲人。因为她想起爸爸当年逃离爱尔兰，也是在杀人后这般仓促地漏夜出行。其实，对他或他的家族来说，那其实算不上一桩谋杀事件。她身上流着杰拉尔德的血，充斥着暴力的血。她想起自己开枪打死那个抢劫的北佬后，心中腾起的激烈快意。他们的血液中都有暴力因子。它们危险地接近表面，就藏在温和有礼的外表下。她认识的所有男人，甚至包括眼神迷蒙的阿希礼和婆婆妈妈的老弗兰克，都有这种必要之时就会立刻爆发、取人性命的暴力因子。哪怕瑞德那没良心的无赖，也会因一个黑鬼“对淑女傲慢无礼”而杀掉他。

见弗兰克浑身滴水，咳嗽着走进屋，斯嘉丽顿时跳了起来。

“噢，弗兰克，这种情况还要维持多久？”

“亲爱的，只要北佬还恨我们，这种情况就不会结束。”

“没人能做点什么吗？”

弗兰克伸出一只疲倦的手，扯了把湿淋淋的胡子：“我们正在想办法呢。”

“什么？”

“干吗不等弄出点名堂后，再跟他们谈？这可能需要很多年。或许——或许南方就一直这样下去了。”

“噢，不！”

“亲爱的，上床去吧。你肯定冻坏了，浑身都在哆嗦。”

“这日子什么时候才是个头？”

“亲爱的，等我们重新拥有选举权，一切就好了。等所有为南方而战的人都能给南方人和民主党人投票时，一切就好了。”

“选举权？”斯嘉丽绝望地嚷道，“黑鬼们都失去理智了，要选举权有什么用？北佬毒害了他们，让他们起来反对我们。”

弗兰克耐着性子继续解释，但选举权能解决问题这事过于复杂，斯嘉丽根本听不懂。她满心感激乔纳斯·威尔克森再也不会威胁到塔拉，同时也想起了托尼。

"噢，可怜的方丹家！"她感叹道，"只剩亚历克斯，而米莫萨还有那么多事要做。托尼就不能有点脑子，趁晚上没人瞧见时再动手吗？春耕时他若在家，而非在得克萨斯，岂不是好很多？"

弗兰克伸手搂住斯嘉丽。通常，他总是搂得小心翼翼，生怕被她不耐烦地挥开。但今晚，他眼神悠远，胳膊紧紧环住她的腰。

"亲爱的，如今有比耕种更重要的事。比如，吓退黑鬼和教训那帮南方佬。只要还有托尼那种好小伙，我们应该就不用太担心南方。上床去吧。"

"但弗兰克——"

"只要团结一致，对北佬寸步不让，我们总有一天会胜利。亲爱的，你这漂亮脑袋就别想这种事啦，让男人们去操心吧。就算我们这代看不到，但这天终究会到来。等北佬明白他们甚至无法削弱我们的力量，就会厌烦老是如此纠缠。到时候，我们就能在一个合宜得体的世界里生活、养育子女了。"

斯嘉丽想起韦德，以及一个默默藏在心里好些天的秘密。不，她才不愿自己的孩子们在这个平静表面下，其实充满仇恨、动荡、痛苦和暴力的世界生活，也不愿他们贫苦交加、毫无安全感地长大。她希望自己的孩子们永远不用知道这些事。她想要一个秩序井然的安全世界，一个有盼头、能确定未来安全，孩子们只知道柔和温暖、能吃好穿好的世界。

弗兰克以为只要有选举权，这一切就会实现。选举权？关选举权什么事？南方的好人再也没有选举权了。要抵挡命运带来的灾难，只能靠金钱。斯嘉丽狂热地想："他们必须有钱，有很多很多钱，才能抵御灾难。"

但突然之间，斯嘉丽告诉弗兰克——她怀孕了。

托尼逃跑后，一连几个星期，佩蒂姑妈家不断有北佬士兵来搜查。一天中，随时有人毫无预警地闯进屋，冲入各个房间，盘问各种问题，又是开衣柜，又是捅洗衣篮，甚至床底都要窥探一番。军事当局听闻有人建议托尼投奔佩蒂小姐，便笃定他肯定还藏在那儿或附近某处。

结果，佩蒂姑妈因为不知道何时又有某个军官带着一群士兵推门闯进自己的卧室，始终处于彼得大叔所谓的“萎靡状态”。弗兰克和斯嘉丽都没提托尼的短暂到访，所以老太太毫不知情，就算想透露，也说不出什么来。她慌慌张张、情绪激动地抗议，说她这辈子只在一八六二年的圣诞节见过托尼一次，真是一点也没撒谎。

“而且，”为了表示自己愿意配合，她还上气不接下气地向北佬士兵补充道，“那次，他醉得一塌糊涂。”

处于孕早期的斯嘉丽常常恶心想吐，心情也不好。她一方面痛恨闯进来的北佬士兵看中什么心仪的小玩意儿就顺手牵羊，另一方面也担心托尼会牵连全家。如今监狱人满为患，那些人犯的事可比他们轻得多。斯嘉丽清楚，只要查出一丁点不利于他们的证据，不仅她和弗兰克，就连无辜的佩蒂也得坐牢。

近来，华盛顿一直有人鼓吹要没收“反叛分子”的全部财产，以偿还内战造成的债务。为此，斯嘉丽一直忧心忡忡、痛苦不堪。现在亚特兰大又谣言四起，说所有触犯军法的人一律没收财产。斯嘉丽吓得瑟瑟发抖，生怕她和弗兰克不仅要失去自由，连房子、店铺和锯木厂也保不住。就算财产不被军方没收，只要她和弗兰克进了监狱，生意没人料理，照样完蛋。

斯嘉丽真恨托尼给他们带来这样的麻烦。他怎能如此对待朋友？阿希礼怎能让托尼来找他们？如果要引得北佬如黄蜂般涌来，那谁的忙她都不愿再帮了。没错，不管谁来求助，都拒之门外。当然，除了阿希礼。托尼短暂到访后的几周，外面有任何声响，都会将斯嘉丽从不安的睡梦中惊醒。她一直担心阿希礼因为帮过托尼，也可能被迫逃去得克萨斯，然后途经此处。因为信件可能被北佬截获，给塔拉带去麻烦，所以他们不敢往塔拉写信，提及托尼半夜造访的事。但几周过去，没听到什么坏消息，他们便知道阿希礼应该平安无事。后来，北佬也终于不再上门骚扰了。

但自从托尼半夜敲门那一刻起，斯嘉丽就一直生活在恐惧中。这种恐惧不仅比围城炮弹引起的震动更可怕，甚至也比战争末期舍曼的士兵更可怕。那个风雨交加的夜晚，托尼的出现仿佛拉开了挡在她眼前的慈悲眼罩，强迫她看清真实的生活有多动荡难料。

一八六六年的料峭春日，斯嘉丽环顾四周，终于明白她和整个南方要面对的是什么。她是可以盘算谋划、干活比她的任何黑奴更卖力；她也可以克服所有困难，凭借坚强的意志，解决早年不曾学过该如何应对的问题。但她凭借劳力、牺牲和智谋，付出巨大代价才换来一份刚刚起步的家业。然而，这份家业却随时都可能被夺走。一旦被抢，除了托尼咬牙切齿提起的速裁法庭和那些专横霸道的军事法庭，她无法享有任何合法权利，也得不到任何法律赔偿。如今，只有黑鬼们享有合法权利，也只有他们才能得到补偿。北佬将南方踩在脚下，并且打算一直保持这种状态。南方仿佛被一只邪恶的巨手按倒，从前统治这片土地的人，现在比昔日的黑奴更虚弱无助。

佐治亚被重兵把守，亚特兰大的屯兵数量更是超过应有配比。北佬军队在各地的指挥官都有绝对权力，甚至当地居民的生杀大权都掌握在其手中。而且，他们真的在行使这项权力：罗织罪名或毫无理由地让人下狱、夺走人民的财产，再将其绞死；制定各种互相矛盾的规章骚扰、折磨百姓。比如如何经商、应付仆人多少工资、公开和私下场合应该谈论什么以及报纸上应该刊登怎样的消息等。他们规定必须于何时何地倾倒垃圾，以及前邦联成员的妻女应该唱什么歌。于是，唱《迪克西》或《美丽的蓝旗》便成了堪比叛国的重罪。所有不宣誓效忠的人，都无法到邮局取信。有时，甚至新婚夫妇都得先发那该死的誓言，才能领到结婚证。

报业鸦雀无声，根本不敢公开抗议军方的不公或劫掠行为。而那些个体抗议的声音，也因害怕被捕入狱而沉寂。监狱里满是知名人士，他们看不到半点能早日审判的希望。陪审团制度和人身保护权都已形同虚设。民事法庭虽还在受理案件，但一切都得按军方的意愿行事。军方可以干涉裁定结果，所以不幸被捕的公民全凭军方摆布。被捕的人实在太多：涉嫌反对政府的煽动性言论，哪怕只有一星半点，就会被抓起来；涉嫌参与三K党活动，或被某个黑鬼控诉有骄横傲慢行为的白人，无须任何人证物证，只需有人控告，就可立即逮捕。因为自由人管理局的煽动，总能找到乐意告状的黑鬼。

黑人虽然还未获得选举权，北方却已决定赋予他们这项权利，同时决定他们的选票必须倾向北方。确定这点后，对黑人再好也不为过。黑人们无论做什么，背后都有北佬士兵撑腰。白人若敢抱怨黑人，无论哪种形式的抱怨，立马惹祸上身。

从前的奴隶如今翻身做了主人。有北佬相助，最低贱、最愚昧的黑人都爬到了上层。黑人中阶层较高的那部分瞧不起这种自由，宁愿跟从前的白人主子吃苦受累。因此，这些旧奴隶中最体面的数千“家养黑奴”，如今仍留在白人主子家，干着昔日凭他们的身份，根本不用干的体力活。很多忠诚的农场黑奴也拒绝接受这种有利于他们的新自由。但惹出大部分麻烦的“无用自由黑鬼”，大多仍来自农场黑奴。

蓄奴时期，家养黑奴都瞧不起低贱的农场黑奴和庭院黑奴，认为他们没什么用。南方其他种植园的女主人也跟埃伦一样，会让那些黑人小孩经过一系列训练和筛选，最后挑出最优秀的担当重任。被打发下地的那些，则是最不愿学习、学得最差、最懒、最不诚实、最不可靠、心眼最坏也最粗野的黑人。如今，让南方人过得苦不堪言的，正是这些最卑贱的黑人。

自由人管理局被那些肆无忌惮的投机家掌管。这些昔日的农场黑奴有他们相助，又被北方对南方近乎宗教般狂热的仇恨情绪煽动，突然之间，便发现自己爬到了高位。智力如此低下的一群人会如何行事，自然可想而知。跟猴子或小孩被放入他们无法理解的宝贝中一样，这些人也肆无忌惮、无法无天，要么以故意破坏为乐，要么纯粹出于无知而闯祸。

哪怕把最最愚昧无知的黑人包括在内，真正心思歹毒的也只是极少数。而这极少数人，在蓄奴时期往往也是“卑鄙的黑鬼”。但他们作为一个阶层，都是些思想幼稚、容易受人摆布、早已养成听命行事习惯的人。从前，给他们发号施令的是白人主子。如今，他们有了新主子——自由人管理局和拎毯制手提包的投机家们。而新主子的命令是：“你们跟任何白人一样棒，所以尽可以像他们那般行事。等到能为共和党人投票的那天，你们立刻就能得到白人的财产。其实，那些财产现在就是你们的了。只要能拿到，就尽管去拿！”

受这些鬼话蛊惑，自由成了一顿永远也吃不完的野餐，一场每周七天、天天都有的烤肉宴，一场游手好闲、偷鸡摸狗、傲慢无礼的狂欢。乡下的黑人涌入城市，留下成片田地无人耕种。亚特兰大已挤满黑人，仍有成百上千人不断涌来。受这种新教条的鼓吹，那些人个个懒惰又危险。他们挤在肮脏的木屋里，其中很多人都染上了天花、伤寒和肺结核。因为做奴隶时习惯了女主人的照顾，他们不知道如何料理自己的病。过去，老老小小都靠主人照料。如今，他们自然对这些无依无靠的人毫无责任心。自由人管理局只对政治有兴趣，哪儿会像昔日的种植园主般照料他们。

被遗弃的黑人小孩如惊恐的动物般满城乱窜，直到被好心的白人领回自家厨房养活。被子女遗弃的年迈乡下黑人在这喧嚷的城市中困惑又惊慌，只能坐在路缘上，冲过往的太太们哭喊："太太，求求您，替我给费耶特维尔的老主人写封信，告诉他我在这儿。他会来把我这老黑奴领回去。天哪，这种自由我真是受够啦！"

涌入城中的黑人数量之大，终于让自由人管理局的人心生恐惧，为时已晚地意识到自己决策有误，转而想方设法地将他们往老主人家中送。他们对黑人说，哪怕回去，他们也是自由的工人，受白纸黑字的契约保护，每天都能领工资。老黑人开心地回去了。贫困潦倒的种植园主们虽再添重负，却不忍心把他们赶出去。不过，年轻的黑人留在了亚特兰大。他们不想干活，哪儿的活都不想干。既然肚子填饱了，干吗还干活？

生平第一次，黑人们想喝多少威士忌，就能喝多少威士忌。蓄奴时期，除非圣诞节领礼物时，他们才能喝上"一口"威士忌。现在，他们不仅有自由人管理局的煽动者和拎毯制手提包的投机家鼓动，还有威士忌的刺激，肆无忌惮的暴行自然无可避免。不受法律保护、生命和财产都受其威胁的白人惊恐万状。白人男性在街头被喝醉的黑人侮辱；房屋和谷仓在夜里被烧毁；马、牛和鸡光天化日之下被偷走……种种罪行层出不穷，却几乎没有罪犯被绳之以法。

但这些耻辱和危险跟白人女性遇到的险事相比，根本算不得什么。很多女人因为战争失去男人，独自住在城市偏远地区或人迹稀少的路旁。正是对女性的大量暴行，令南方男人始终担心妻女的安全，让他们心中腾起冰冷又颤抖的怒意，从而一夜之间成立了三 K 党。北方的报纸闹得最厉害，说要取缔这个夜间组织。可他们从未意识到该组织必然会出现的悲剧根源。北方人恨不得将每个三 K 党成员抓捕归案、通通绞死，因为他们竟敢在南方所有正常法律程序和秩序都被入侵者推翻的情况下，擅自惩治罪犯。

于是，出现了一幅令人震惊的景象：同一民族中的一半人用刺刀逼着另一半同胞接受黑人的统治。而那些黑人中，很多离开非洲丛林还不满一代。黑人必须拥有选举权，可他们从前的主人，却大多都丧失了这项权利。南方必须被压制，而压制南方的方法之一，便是剥夺白人的选举权。大多数为邦联战斗过、在邦联政府中任过职、为邦联政府提供过帮助和便利的人都没有选举权，不能参与选拔公务员，只能完全处于外来者的统治之下。很多人清醒地想起李将军的言论和榜样，愿意宣誓重新成为公民，忘掉过去，结果北佬却不同意。可那些可以宣誓的人却激愤地表示拒绝，不屑向一个故意施暴、有意侮辱他们的政府效忠。

“他们若行为得体，南方刚投降那会儿，我就宣完那个该死的誓了。但天哪，我可以重新当个合众国的公民，但不能以如此‘重建’的方式进去！”这些话斯嘉丽听了一遍又一遍，简直要忍不住放声尖叫。

日子令人焦虑不堪，斯嘉丽每天都被恐惧撕扯折磨，时刻担心无法无天的黑人和北佬士兵要没收她的财产。哪怕在睡梦中，她也深恐还有更可怕的事发生。想到自己、朋友们乃至整个南方都无能为力，她就沮丧不已。而她近来经常想起托尼·方丹那句慷慨激昂的“这哪儿忍得下去！忍不下去啊！”就不足为奇了。

虽然经历了战争、大火和重建，亚特兰大仍再度兴旺繁荣起来。从很多方面来看，这儿都跟邦联初期那个繁忙的新兴城市很相似。唯一的问题是：满街士兵穿的军服不对；掌握钱财的人不对；黑人悠闲度日，他们昔日的主人却要艰难求生、忍饥挨饿。

哪怕亚特兰大表象之下是痛苦和恐惧，从外观看来，这仍是一座欣欣向荣的城市，是一座迅速从废墟上重建起来的喧嚣繁忙之城。似乎无论环境如何，亚特兰大必须一直这般匆忙。萨凡纳、查尔斯顿、奥古斯塔、里士满和新奥尔良就永远都不匆忙。匆忙是缺乏教养和北佬化的表现。但在这段时期，亚特兰大缺少教养和北佬化的程度，堪称空前绝后。“新人”从四面八方涌入城内，街上从早到晚都吵吵嚷嚷，挤满了人。北佬军官太太们和拎毯制手提包的投机家们坐着亮闪闪的马车，把泥水溅到当地人破破烂烂的四轮单马轻便马车上。外来富人华丽俗气的新房子，挤在老市民庄重朴实的住宅间。

战争的确确立了亚特兰大在南方事务中的重要地位，让这个默默无闻之地变成如今闻名遐迩的著名城市。舍曼为之战斗了整个夏天，并折损了数千人的铁路，现在也恢复使用，重新为城市带来生机。亚特兰大又如被毁灭之前那样，成为一片广阔区域的活动中心。这座城市每天都要接纳大量受欢迎，或不受欢迎的新市民。

入侵的投机家们把亚特兰大变成他们的总部，在街上推搡南方最古老家族的代表们。他们也刚迁进这座城市。舍曼行军期间，把乡下很多宅邸付之一炬。这些人再无黑奴耕种棉花度日，只能到亚特兰大来谋生活。每天都有人从田纳西和南、北卡罗来纳涌入亚特兰大。那几个州的重建手段，比佐治亚更厉害。很多爱尔兰人，还有曾受雇于联邦军队、现已退役的德国人也到亚特兰大定居。北佬驻军的家眷好奇南方经过四年战争后变成了什么样，也跑来充实此处的人口。各种冒险家蜂拥而至，希望能发财。而乡下的黑人，照旧成百上千地涌来。

城市在咆哮，仿佛一个边境村庄般门户洞开，毫不掩饰各种丑恶和罪行。一夜之间酒馆四起，每条街区都有两三家。入夜后，街上全是醉汉，黑人、白人，在墙壁和路缘间东倒西歪，来回晃荡。

恶棍、扒手和娼妓潜藏在没有路灯的小巷和阴暗的街道。赌场喧声震天，几乎每晚都有枪击案件或持刀闹事的。正派的市民愤慨地发现亚特兰大竟有了一大片无比繁荣的红灯区。其占地面积和兴旺程度，远超战前。关上的百叶窗后，丁零当啷的钢琴声、粗俗的歌声和大笑声整夜不断，偶尔还传出尖叫声和枪声。住在这些地方的娼妓比战时的那些更大胆，竟厚颜无耻地从窗口探出头，招徕路人。周日下午，老鸨们更是坐着漂亮的有篷马车穿过主街，车上满是锦衣华服、时不时就掀起丝帘透口气的姑娘。

贝尔·沃特林就是臭名昭著的老鸨之一。她自己新开了间妓院，足有两层高，把周围的几座房子衬得好似破旧的养兔场。妓院底楼是一个长长的酒吧，墙上优雅地挂着许多油画，每晚都有黑人乐队演奏。据说楼上的家具全都配上了最好的长毛绒罩垫。墙上挂着厚实的花边窗帘，室内摆着全进口的镀金框镜子。十二个年轻漂亮的姑娘盛装打扮，举止也比其他妓院的姑娘娴静文雅。至少，贝尔很难得叫警察上门解决纠纷。

这间妓院是亚特兰大主妇们偷偷议论的话题，也是神父们传道时，竭力反对之所，说那是藏垢纳污、该受唾弃和谴责的罪恶之地。人人都知道贝尔那种女人仅靠自己，绝对开不起如此豪华的妓院。她背后肯定有靠山，还是个有钱的靠山。而瑞德·巴特勒从不避讳与她的往来，所以这靠山显然就是他，绝非旁人。贝尔乘有篷马车出门，驾车的是个无礼又卑怯的黑人。人们偶尔瞥见她一眼，都会发现她一派华丽富足的模样。沿街所有小男孩看到那对枣红色骏马拉的车经过，都会甩开母亲，跑上前偷看，然后兴奋地窃窃私语："是她！是贝尔！我瞧见她的红头发啦！"

与那些满是弹痕、由旧木头和熏黑的砖块修修补补的老房子并排而立的，是一幢幢带复折式屋顶、山墙、角楼、彩色玻璃窗和大草坪的新房子。那些房子属于投机家和发战争财的人。夜复一夜，新房子的窗后都透出明亮的煤气灯灯光，音乐声和舞步声在空中飘荡。女人们穿着鲜艳挺括的丝绸裙，在长长的游廊上漫步，穿晚礼服的男人们殷勤地伴护左右。香槟瓶塞砰砰地打开，铺着蕾丝桌布的餐桌上，晚餐的七道佳肴依次排开。红酒浸火腿、法式榨鸭、肥鹅肝酱，以及各种当季和反季的珍稀水果，满满摆了一桌。

老房子破旧的大门后，却是贫困和饥饿。越是出身高贵英勇的人，日子就越苦。因为面对物资匮乏，他们面上还要装出毫不在乎的傲然模样。这些从堂皇大宅搬到家庭旅馆，又从家庭旅馆搬到后街肮脏小屋的家庭有过哪些不堪经历，米德医生都能一一道来。他有很多女病人患有"心脏衰弱"和"肺病"，他和病人都清楚，这些都是慢性饥饿造成的结果。米德医生还知道全家得肺结核的例子。从前只有穷苦白人才会得的糙皮病，如今在亚特兰大最好的家庭也能见到。有些孩子一生下来就双腿佝偻，母亲还没有奶水喂他们。从前，老医生每次接生一个孩子，都要恭敬地感谢上帝。如今，他却觉得新生命并非什么恩惠了。对小婴儿来说，这真是个艰难的世界。太多孩子仅仅活了几个月，便夭折了。

艳俗大宅里是华灯、美酒、小提琴、舞蹈、锦缎和绒面呢，可仅仅绕过街角，便是慢性饥饿和寒冷受冻。征服者们傲慢冷酷，被征服者却忍受着痛苦、仇恨满腹。

第三十八章

斯嘉丽将这一切看在眼里，白天活在其中，夜里带着入睡，时刻担心或有不测。她知道，因为托尼，她和弗兰克已经上了北佬的黑名单，随时可能大难临头。可现在，她真受不了功亏一篑——现在，一个孩子即将出生，锯木厂刚刚开始赚钱，秋天棉花收获前，塔拉都得靠她拿钱维持。噢，要是什么都没了怎么办？要是一切都得从头再来怎么办？就靠她那点微不足道的武器，对抗这个疯狂的世界吗？就用朱唇、碧眼和狡猾浅薄的脑子，对抗北佬和北佬主张的一切吗？惊惧交加之下，她觉得若真要从头开始，不如一死了之算了。

一八六六年这个一片破败和混乱的春天，斯嘉丽一心一意地设法让锯木厂赚钱。亚特兰大有钱可赚。重建浪潮给了她梦寐以求的机会。她知道，只要不被抓进监狱，就能赚到钱。但她反复告诫自己办事要随和、谨慎，被侮辱了也要逆来顺受，遭遇不公能忍则忍。无论黑人还是白人，哪怕有可能伤害到她，也绝不可冒犯。跟任何人一样，她也痛恨那些刚获得自由、放肆无礼的黑人。每次从那些人旁边经过，听到他们的污言秽语和高声大笑，她都气得浑身起鸡皮疙瘩。然而，她从未轻蔑地瞥过他们一眼。

虽然痛恨拎毯制手提包的投机家和南方佬们轻而易举就发家致富，自己却要这般苦苦挣扎，她还是没说一句谴责他们的话。亚特兰大没人比她更讨厌北佬，她一看到蓝军装就怒火中烧，但哪怕在家中，她也绝口不提那些人。

斯嘉丽坚定地想："我才不当多嘴的傻瓜，其他人要为旧时光和回不来的人心碎，就由他们去吧。谁要为北佬的统治和失去选举权愤怒，那就愤怒去吧！谁要直言不讳进监狱，或加入三K党被绞死，那就去吧！"斯嘉丽觉得，三K党这名字真可怕，简直跟"黑鬼"一样可怕。还有那些为自己丈夫加入三K党骄傲的女人，让她们骄傲去吧！谢天谢地，弗兰克从未跟他们搅到一起！让别人去为那些无可奈何的事担忧、愤怒、谋算和策划吧。跟紧张的现在和难测的未来相比，过去算什么？有面包吃、有房子住、别被抓进监狱才是现下最要紧的问题，选举不选举有什么关系？噢，上帝，求求您，别让我在六月前惹上麻烦！

只需坚持到六月！斯嘉丽知道，到时她只能被迫待在佩蒂姑妈家，足不出户地等到孩子出生为止。如今，已经有人责备她不该怀着孕还东奔西走，哪个孕妇会抛头露面啊？弗兰克和佩蒂也求她别再出门，免得她和他们都被人笑话。最终，她答应六月就停止工作。

只需坚持到六月！到六月，锯木厂肯定已经被经营得很好，就算她不在也能正常运转。到六月，她肯定已经赚够至少遇到灾祸时，能稍微提供些保护的钱。要做的事那么多，时间却这么少！她争分夺秒地拼命赚钱，赚得越多越好，真恨不得一天能多出几个小时。

怯懦的弗兰克在她絮絮叨叨的责备下，如今也把小店经营得更好，甚至还收回了一些旧账。不过，斯嘉丽的希望主要还是寄托在锯木厂上。近来，亚特兰大这棵被砍倒的大树焕发新生，长出了更茁壮的嫩芽、更厚实的树叶和更浓密的枝条。建筑材料供不应求，木材、砖头和石料价格飞涨，斯嘉丽的锯木厂黎明开工，一直干到傍晚掌灯时分。

每天，斯嘉丽都会在厂里待一段时间，亲自过问大小事务，尽力防范偷盗行为。但大多数时候她都乘车在城里奔走，跟建筑工人、承包商和木匠打交道。若听说谁要盖房子，哪怕根本不认识对方，也找上门去，哄得对方答应只买她的木材。

很快，斯嘉丽就成了亚特兰大街头一道熟悉的风景——坐着四轮单马轻便马车，一双戴着手套的小手交叠在膝上，旅行毛毯拉得高高的，身旁是一脸反对之色、神情庄重的黑人老车夫。佩蒂姑妈为她做了件漂亮的绿色短斗篷遮掩身形，还做了顶绿扁帽。那帽子跟她的绿眸很相配。斯嘉丽每次出门做生意，都是这身漂亮装扮。双颊擦点胭脂，身上再洒点科隆香水，当真十分迷人。只要不下车，就不会显露身形。其实，她的确不必下车，只需微笑着招招手，男人们就会飞快地跑到马车旁。哪怕让他们光着脑袋冒雨来谈生意，也是常有的事。

斯嘉丽不是唯一看到木材生意能赚钱的人，但她不惧对手。她为自己的精明能干颇感自豪，自认不输任何人。她是杰拉尔德的亲女儿，那与生俱来的经商天赋，如今更是被现实需求打磨得更加敏锐。

起初，其他商人都笑话她。因为怀着女人做不了生意的念头，这些人的嘲笑还带了些许和善的轻视之意。但现在他们不笑了，一看到她乘车经过，就默默咒骂。事实上，女性身份经常有利于斯嘉丽。因为她只要装出一副柔弱无依、渴望帮助的模样，人们往往就心软了。她甚至不用开口，便能轻易给人留下一种印象，让对方觉得她是个勇敢但怯弱的女人，只是迫于生计，才不得不从事这惹人厌恶的职业。若真不买她的木头，她这无助的小女子或许就得挨饿了。但淑女风度不奏效时，她会立刻冷淡下来，转而讲求实际，不惜开出比竞争者更低的价格，只为招徕新顾客。只要觉得不会露馅，她就毫无顾忌地以次充好，还恶意诋毁其他木材商。她唉声叹气，一副吞吞吐吐、难以启齿的模样，向可能成交的顾客揭露令人不快的事实，说同行的木材不仅价格太高，还都是些布满节孔、糟糕透顶的烂木头。

斯嘉丽第一次撒这种谎，还觉得仓皇内疚——仓皇是因为谎言竟如此轻易地脱口而出；内疚是因为突然想起一句话：“妈妈若泉下有知，该怎么说？”

埃伦会对一个撒谎和不择手段盈利的女儿说什么，斯嘉丽当然非常清楚。吃惊和不可置信之后，埃伦定会语气温和地说出尖锐的话，比如说起荣誉、诚实、真理，以及对邻居的责任等，刹那间，斯嘉丽想起妈妈的脸，不由得瑟缩了一下。然后，那张脸慢慢消失，被一种冷酷、无耻和贪婪的冲动抹掉了。这种冲动诞生于塔拉那段匮乏岁月，又在眼下这种难料无常的生活中越变越强。因此，斯嘉丽也跨过了这块里程碑，就如从前跨过其他里程碑一样——一边叹息自己无法如埃伦所愿，一边耸耸肩，重复一遍她永远起效的咒语：“这些事我以后再想。”

但做生意时，她再没想起过埃伦。无论用什么手段抢夺其他木材商的生意，她也没再内疚过。她知道就算诋毁同行，自己也绝对安全。南方人的骑士精神保护了她。南方淑女可以造绅士的谣，南方绅士却不能造淑女的谣，更不能说哪位淑女是骗子。其他木材商只能生闷气，或在自己家人面前愤怒宣称但愿上帝能将肯尼迪太太变成男人，哪怕五分钟也行。

有个穷苦白人在迪凯特街开了间锯木厂。他曾试图拿起斯嘉丽那套武器，宣称她是个满口谎言的骗子。结果，这么做非但毫无助益，还适得其反。人人都大感震惊，怎么一个穷苦白人都敢如此中伤出身良好的淑女？哪怕她行事再不像女人，也不能这样呀！斯嘉丽先是端庄地默默忍受，接着渐渐开始全力对付他和他的顾客。她一边暗暗心疼，一边毫不间断地以比他低的价格出售上好木材，以证明自己的正直。很快，那人就破了产。她得意扬扬地开了个价，接过他的锯木厂，让弗兰克大吃一惊。

厂子到手后，就得头疼上哪儿去找可靠的人来管理。斯嘉丽不想再雇一个约翰逊那样的人。她知道尽管自己盯得这么紧，他仍在背地里偷卖她的木材。找到合适的人应该不难，谁不是穷光蛋？满大街的人，其中不是有部分从前有钱，如今却没了工作的吗？弗兰克哪天不给某个饥肠辘辘的退伍士兵钱？佩蒂和厨娘哪天不给骨瘦如柴的乞丐包点吃的？

但不知为何，斯嘉丽并不想要那些人。“失业超过一年的人我都不想要，”她琢磨道，“他们如果还没有适应和平的日子，那也无法适应我的要求。而且，他们看起来全都一副卑怯的失败样。我不想要失败的家伙，我想要个聪明机灵、精力充沛的人，比如勒内、汤米·韦尔伯恩、凯尔斯·怀廷、西蒙斯家的小伙，或任何一个他们那样的人。南方投降后，有些士兵脸上成天一副‘什么都不在乎’的神情，而他们不仅没有那般，反倒是一脸‘很多事都非常重要’的模样。”

西蒙斯家的几个小伙子刚办起砖窑。凯尔斯·怀廷在卖他妈妈在厨房里配出的制剂。据说，那东西只要抹六次，不管黑人的头发有多卷，都能变直。斯嘉丽惊讶地发现：他们都面带微笑、礼貌地拒绝了她的雇用。她又找了十几个人，结果也一样。绝望地提高工资后，依然惨遭拒绝。梅里韦瑟太太有个侄子傲慢地表示：就算不怎么喜欢赶大车，但那好歹也是他自己的车。他宁愿给自己打工，也不愿为斯嘉丽干活。

一天下午，斯嘉丽的马车追上勒内·皮卡德的馅饼车。瘸腿的汤米·韦尔伯恩搭朋友的便车回家，所以也在。斯嘉丽跟两人打招呼。

“嘿，勒内，干吗不到我这儿来干活？经营一家锯木厂总比赶馅饼车受人尊敬吧？我还以为你会觉得自己很丢人呢。”

“我？我有什么好丢人的。”勒内咧嘴一笑，“谁还会受尊重？从前我一直很受人尊重，可战争一打响，我就跟黑鬼一样自由了。我再也不想受人尊敬，过那种无聊透顶的日子。我要像鸟儿一样自由！我喜欢馅饼车，喜欢这头骡子。我喜欢亲爱的北方佬，他们好心买我岳母的馅饼。不，斯嘉丽，我就要当上馅饼大王啦。瞧瞧我这命，简直跟拿破仑一样呀。我得追随命运之星。”说着，他夸张地扬起鞭子，兴奋地连连挥舞。

“但父母把你养这么大，不是让你卖馅饼的。汤米生来也不是为了跟这些粗野的爱尔兰砖瓦匠打交道的。我的工作更——”

“这么说，你生来就是为了经营锯木厂的？”汤米撇撇嘴，“没错，我都看到小斯嘉丽在妈妈膝头，口齿不清地嚷嚷：‘只要烂木头能卖好价钱，就千万别把好木头卖出去！’”

勒内放声大笑，一双小猴眼乐得直闪光，使劲拍了一下汤米弓着的背。

“别这么无礼。”斯嘉丽冷冷地说，一点不觉得汤米这话好笑，“我当然不是生来就开锯木厂的。”

“我不是故意无礼，但不管你是不是生来如此，你的确正在经营一家锯木厂啊。呃，就我目前看来，我们当中也没有谁正在做自己应该做的事。但我想，大家还是会继续做下去。如果因为生活不能完全如意就坐下来哭鼻子，那才是可怜虫，是可怜的民族。斯嘉丽，你干吗不去找个拎毯制手提包的投机家帮你经营厂子？天哪，林子里多的是这种人。”

“我不想找他们。但凡没有烧得通红或钉死焊牢的东西，那种人都会偷。但凡之前有点积累，他们都会待在原地，不至于一路跑到这儿来跟我们抢东西。我想从好人堆里挑个好人，一个聪明、正直、充满活力，还——”

“这要求不高啊。但你开的工资可找不到这种人。符合条件的人除非严重伤残，否则早就有活干了。他们就算没做合适的工作，那也是在工作。干自己的活，总比给一个女人打工强。”

“都陷入人生最低谷了，你们男人还这样，真不理智，不是吗？”

“或许是吧，但我们还是很有自尊心的。”汤米冷静地道。

“自尊心！自尊心味道真不错啊，尤其薄皮裂开时，还能裹上一层蛋白筒呢。”斯嘉丽讥讽道。

两个男人有些勉强地笑了，斯嘉丽却觉得他们是故意联手反对自己。但她在脑中过了一遍已经找过和打算去找的那些人，又觉得汤米说得没错。大家都很忙，忙着卖力地干某事。战前，他们只怕做梦都不会想到自己有朝一日会如此卖力地干活。他们或许并未做自己愿意干、最容易干，或曾被培养要干的事，但他们都在干着什么事。世事太艰难，容不得人挑三拣四。若要为破灭的希望或逝去的生活方式悲哀，那除了他们自己，也没人知道这份悲哀。他们正在打一场新的战争，一场比之前更艰苦的战争。就算战争将他们的生活一切为二，他们还是带着跟战前同样急迫和热烈的心，开始重新关注生活。

“斯嘉丽，”汤米尴尬地说，“刚才对你无礼，我实在不好意思再求你帮忙。不过，我还是说了吧，或许这也能帮到你。我内弟休·埃尔辛叫卖柴火的生意不大好。除了北佬，人人都自己捡柴火。埃尔辛全家过得很艰难。我——我能做的都做了，但你瞧，我得养范妮，还有我在斯巴达的母亲和两个寡姐。休是个好人，而你正想找个好人。你知道的，他出身好，为人也正直。”

“可是——呃，休进取心不足，否则柴火生意也不会这么差。”

“斯嘉丽，你看人可真狠。”汤米说，“但还是考虑考虑休吧。你可以继续找，但找到的可能比他更糟。我想，他只要诚实肯干，也能弥补进取心的不足啊。”

因为不想显得太没礼貌，斯嘉丽没吭声。但在她看来，进取心不足，几乎没有其他品质可以弥补。

斯嘉丽寻遍全城也没找到合适人选，又拒绝了很多胡搅蛮缠、迫不及待的投机家后，终于决定采纳汤米的建议，雇用休·埃尔辛。战争期间，休虽是个闯劲十足、机敏多谋的军官，但两次重伤和四年的战斗似乎已经榨干了他所有才智。面对严酷的和平时期，他反而像个困惑的孩子，这些天沿街叫卖柴火时，眼里都有种落水狗般的神色。所以，他根本不是她想找的那种人。

“这人太蠢，”她想，“对生意一窍不通。我敢打赌，他连二加二等于几都不清楚，恐怕也学不会。但他至少诚实，不会欺骗我。”

这些日子以来，斯嘉丽虽然自己不诚实，但她越不这么要求自己，就越希望他人诚实。

“真可惜，约翰尼·加勒格尔给汤米·韦尔伯恩盖房子去了。”斯嘉丽想，“我就想要他那种人，铁石心肠，又滑溜如蛇。但只要钱给到位，他也能老老实实。我懂他，他也懂我，我们联手做生意肯定能很红火。或许旅馆建好后能把他聘过来，但在此之前，我只能用休和约翰逊了。要是让休负责新锯木厂，由约翰逊继续管老厂，我就能待在城里卖木材，让他俩专管木头加工和运输。请到约翰尼之前，我如果整天待在城里，还是得冒被约翰逊偷木材的风险。我一定能在查尔斯留的那块地上一半建贮木场，一半建酒馆！要是弗兰克别那么抱怨连连，反对我建酒馆就好了！哼，管他怎么想，等我赚够钱，一定立马建酒馆。要是弗兰克脸皮没那么薄该多好！噢，要是老天别让我在这时候生孩子就好了！再过不久，肚子就该大得出不了门啦。噢，天哪，要是能不生孩子就好了！噢，天哪，要是该死的北佬不来找我麻烦就好了！要是——”

要是！要是！要是！生活中有很多假设，却没有一样是确定无疑、绝对安全的。人总要担心失去一切，再过上挨饿受冻的日子。当然，弗兰克现在也能稍微多赚点钱，但他总是感冒，经常被迫卧床，一躺就是好多天。他要是哪天成废人了怎么办？不，她不能太依赖他，得靠自己。别人都指望不上，只能靠自己。可她能赚到的钱，似乎还是少得可怜。噢，要是北佬来把一切都抢走了，她该怎么办？要是！要是！要是！

她每月赚的钱，一半都要寄到塔拉给威尔，再拿出一部分还给瑞德，剩下的才存起来。没有哪个守财奴数钱数得像她那么勤，也没有哪个守财奴，比她更怕失去钱。她不肯把钱存进银行，因为怕银行倒闭或被北佬没收。因此，她尽量把钱带在身上，比如塞进紧身胸衣。此外，她也会把钞票一小沓一小沓地卷起来，在屋里到处藏：壁炉松动的砖头下、碎布包或《圣经》里。她的脾气周周见长，因为她每攒下一美元，都意味着灾祸降临时，会多失去一美元。

弗兰克、佩蒂和仆人们极尽温和地容忍她，觉得她是因为怀孕才脾气差，从未猜到真正原因。弗兰克知道必须迁就孕妇，于是忍气吞声，不再说她都这时候了还不像个女人，又是经营锯木厂，又是在城里到处乱跑。虽然向来为斯嘉丽的行为尴尬难堪，但他觉得自己还能再忍段时间。等孩子出生，她一定能变回他追求的那个既甜美，又富有女人味的姑娘。然而，无论他如何迁就让步，斯嘉丽依旧不停地发脾气，常让他纳闷她是不是中了邪。

似乎没人知道她到底中了什么邪，到底被什么东西逼成了疯婆子。其实，她只是迫切希望在闭门不出前将一切都安排妥当，并尽可能多攒些钱，以筑起一道坚实的金钱堤坝，抵御北佬的仇恨狂潮。这些天来，她满脑子只有钱，每次想到孩子，都会暗恨他来得真不是时候。

"死亡、税金和孩子！每一样都来得不是时候！"

女人经营锯木厂，斯嘉丽从一开始就受尽流言蜚语。但随着时间流逝，亚特兰大人觉得没这女人干不出来的事。她做生意的那股精明劲儿令人震惊，尤其她可怜的母亲还出自罗比亚尔家族。而在人人都知道自己有身孕的情况下，还在街上到处乱跑，也着实不成体统。任何体面的白人女性，甚至包括不少黑人，从知晓自己怀孕的那一刻起，都会足不出户。梅里韦瑟太太愤愤地宣称：斯嘉丽再这样下去，说不定要把孩子生在大街上。

但过去对她的所有批评跟如今传遍全城的风言风语相比，真是不值一提。斯嘉丽不仅跟北佬做生意，还一副相当乐意的模样！

梅里韦瑟太太和很多南方人虽然也跟北方来的新移民做生意，但显然并不乐意，或表现得不乐意。斯嘉丽却很乐意，至少表面看来很乐意。这多糟糕啊！她甚至真去北佬军官家里，跟他们的太太喝茶。事实上，除了没把那些人请进自己家门，别的事她几乎全干了。城里人都猜测，要是没有佩蒂姑妈和弗兰克，她估计早请了。

斯嘉丽知道城里人在议论什么，但她不在乎，或者说在乎不起。她依然痛恨北佬，跟他们试图烧掉塔拉那天一样恨。但这种恨意不能表现出来。她知道自己若想赚钱，就得从北佬身上赚。而用微笑和好听的话奉承他们，最能为锯木厂拉到生意。

等她有朝一日富了，也把所有钱都藏好，不会让北佬找到，她就要当面告诉那些人自己有多痛恨、多厌恶、多鄙视他们。那该多痛快啊！但在此之前，跟他们好好相处是再明白不过的常识。如果这叫伪善，那亚特兰大人就该好好利用这种伪善。

她发现，和那些北佬军官交朋友跟打地上的鸟一样容易。他们就像一群孤独的流放者，来到这片充满敌意的土地。很多人极其渴望与城里有教养的女士们来往。但体面女人一看到他们，不是提起裙摆侧身走过，就是一副恨不能啐上一口的表情。只有妓女和黑人女性对他们和颜悦色。但斯嘉丽显然是位出身良好的淑女，就算目前在干这行当，只要她展颜一笑，或绿眸里闪动起快活的光芒，就够他们激动的了。

斯嘉丽经常坐在车里跟北佬们交谈，还现出一对迷人的酒窝。但内心的反感如此强烈，简直让她恨不能当面叱骂开来。不过，她终究还是忍住了。她发现把这些北佬玩弄于股掌之间，并不比对付南方男人困难。只不过，从前这么干开心快活，如今却成了件讨厌的糟心事。她扮演的角色是甜美高雅、陷入困境的南方贵妇。端庄的神态让她与这些上当受骗的家伙保持了合适的距离，但她的亲切和蔼，又让这些北佬军官一想起肯尼迪太太就心生暖意。

正如斯嘉丽所愿，这种暖意对她极为有利。驻扎在亚特兰大的很多官员因为不知道还要在这儿待多久，纷纷接来妻儿。旅馆和可寄宿的家庭旅馆都住满了，他们只得自己建小屋，且都乐意找亲切的肯尼迪太太买木材。因为她待他们，比城中其他任何人都温和有礼。拎毯制手提包的投机家和南方佬用新积累起的财富修建漂亮家宅、商店和旅馆，也发现跟斯嘉丽做生意比跟那些邦联老兵更愉快。后者虽彬彬有礼，那份谦恭客气，却比公开言明的仇恨更拘谨冰冷。

因为斯嘉丽的美丽迷人、时而还一副无助凄苦的模样，他们都很乐意照顾她的木材生意，并连带光顾弗兰克的小店。他们都觉得应该帮这个勇敢的小女人一把，毕竟除了一个得过且过的丈夫，她显然再无人可依。斯嘉丽看着生意越来越红火，觉得不仅现在能赚到北佬的钱，将来还能靠北佬朋友们帮忙。

跟北佬军官们保持一定关系比她预想的容易，因为他们似乎对南方淑女怀有敬畏之意。但斯嘉丽很快发现，跟军官们的妻子打交道，却遇到了始料未及的麻烦。其实，她并不打算跟北佬女人打交道，若能避开求之不得。可她避不开，因为那些女人非找她不可。她们对南方和南方女人无比好奇，而斯嘉丽是满足这份好奇心的第一个机会。亚特兰大的其他女人都不跟她们打交道，甚至在教堂碰见也不会打招呼。因此，斯嘉丽因为生意自动送上门时，就好比她们的祈祷终于得到了回应一般。斯嘉丽坐在马车上，在某个北佬家门口跟男主人讨论直柱和木瓦之类的事时，女主人往往也会跑出来插嘴，或执意请她进屋喝茶。斯嘉丽无论多讨厌这种提议，也很少拒绝。因为，她始终希望能有个机会，巧妙地暗示她们去弗兰克店里买东西。但她的自制力经常受到严峻考验，因为太太们不仅总问私人问题，还老是一副自鸣得意、纡尊降贵的模样，似乎南方的一切都入不了她们的眼。

这些北佬女人把《汤姆叔叔的小屋》视为仅次于《圣经》的启示录，很想知道是不是每个南方人都会养寻血犬，以追踪逃跑的黑奴。斯嘉丽说自己这辈子只见过一条又小又温顺、压根算不上凶恶大狗的寻血犬时，她们又不相信。她们想知道种植园主是否真会往奴隶脸上烙可怕的烙印，以及打死黑奴的九尾鞭又是什么样子。而她们对黑奴姘居表现出的浓厚兴趣，让斯嘉丽觉得无比龌龊、粗野。尤其北佬士兵驻扎下来后，亚特兰大的黑白混血儿数量激增，更令她厌恶上述话题。

其他亚特兰大女人听到这种偏执愚昧的话定会勃然大怒，斯嘉丽却忍住了。因为她对那些女人的鄙视大于愤怒。她们毕竟是北佬，北佬能好到哪儿去？因此，她们的轻率虽侮辱了斯嘉丽所在的州、本州的人民和此处的道德观念，斯嘉丽还是能不屑一顾，只暗暗嗤之以鼻。直到后来发生了一件事，让她终于怒不可遏，深刻意识到（如果有必要认识到这点的话）南北之间有条多么无法跨越的鸿沟。

一天，跟彼得大叔驾车回家时，斯嘉丽经过一幢北佬的房子，住在里头的三户都是北佬军官家庭。这房子正是用斯嘉丽的木材建的。三位太太正好站在门前车道上，见斯嘉丽乘车经过，便挥手叫她停下。三人走到停车台前跟她打招呼，那口音难听得让斯嘉丽觉得除此之外，她几乎能原谅北佬的一切。

“肯尼迪太太，我正想见你呢。”一个来自缅因州的瘦高女人说，“我想跟你打听点这个愚昧城市的情况。”

斯嘉丽鄙夷地忍下她对亚特兰大的侮辱，努力挤出最灿烂的笑容。

“你想打听什么？”

“我的保姆布里奇特回北方了。她说再也没法在这群‘黑鬼’中待下去。没错，她就是这么叫那些人。家里的几个孩子真是快把我逼疯了！快跟我说说，上哪儿才能再找个保姆，我不知道该去哪儿找。”

“这事不难，”斯嘉丽笑道，“只要能找到一个刚从乡下过来，还没被自由人管理局宠坏的黑女人，那她就是最棒的保姆。你就站在门口，但凡有黑女人经过就问上一问，我保证——”

三个女人顿时气得哇哇大叫。

“你觉得我会放心把孩子们交给黑鬼带？”缅因女人嚷道，“我想要个爱尔兰的好姑娘。”

“恐怕亚特兰大找不到爱尔兰女仆。”斯嘉丽冷冷地应道，“就我个人而言，我从没见过白人女仆，也没想过要往家里雇一个。而且，”她已经掩饰不住声音中的那丝讽刺意味，“我向你保证，黑人不吃人，很靠得住。”

“天哪，不行！我家里可不要黑鬼。馊主意！”

“我看到他们就讨厌，怎么信任得起来？更别说让他们带孩子了……”

斯嘉丽想起嬷嬷那双指节粗大的手。那双手因伺候埃伦、她和韦德而粗糙，但始终那般“温柔慈爱”。这些外乡人哪儿知道黑人的手有多亲切、多舒服、多可靠？她们哪儿知道黑人多会哄你、拍你、爱抚你？想到这儿，斯嘉丽笑了。

“你们解放了黑人，却如此看待他们，真够奇怪的。”

“天哪！亲爱的，我可没解放他们！”缅因女人大笑道，“我上个月才到南方，在此之前可一个黑人都没见过。他们简直让我起鸡皮疙瘩，我才不会信任任何一个……”

斯嘉丽感觉彼得大叔呼吸粗重、坐得笔直、眼睛死死瞪着马耳朵。他这样已经有好一会儿了。那缅因女人突然放声大笑，指着彼得招呼两个同伴看。于是，斯嘉丽的注意力也只得转到彼得大叔身上。

“瞧那老黑鬼，眼睛鼓得跟只蛤蟆似的，”她咯咯笑着道，“我敢说，他肯定是你家的老宝贝，是吧？你们这些南方人真是不懂如何对待黑鬼，简直把他们宠坏啦。”

彼得大叔深吸了口气，额上的皱纹更深了，眼睛却还直视前方。他这辈子还没被一个白人叫过“黑鬼”。没错，别的黑人这么叫过他，但白人从没有。他——彼得，给汉密尔顿家当了一辈子受人尊敬的顶梁柱，如今竟被人质疑“不可靠”，还被人喊作“老宝贝”！

与其说斯嘉丽看到，不如说她是感觉到老人的黑下巴在颤抖。彼得的自尊心受到了伤害，斯嘉丽也怒火中烧。斯嘉丽可以冷静地听那些女人轻视邦联军队、臭骂杰斐逊·戴维斯、指控南方人谋杀和折磨黑奴。若对自己有利，她甚至可以容忍她们侮辱她德行有亏、为人不诚。但听到这些伤害忠诚老黑仆的蠢话，她却仿佛被火柴点燃的火药。她盯着彼得腰带上那把大马枪看了一会儿，手痒得简直想把它拔出来。这些傲慢无知、狂妄自大的征服者真该杀。但她咬紧牙关，下颌肌肉都鼓了起来，不断提醒自己还不到跟这些北佬摊牌的时候。天哪，但总有一天她要说出心中所想，总有一天！可现在还没到时候。

“彼得大叔是我们的家人。”斯嘉丽声音颤抖地道，“再见。彼得大叔，我们走吧。”

彼得突然抽了一鞭，受惊的马猛地向前一跃，马车跟着一颠，动了起来。斯嘉丽听到那个缅因女人困惑地说：“她的家人？是说亲戚吗？可他那么黑。”

该死的家伙！她们真该通通消失。等我赚够了钱，一定要朝她们脸上吐口水！我一定要……

斯嘉丽瞥了眼彼得，瞧见一滴泪顺着他的鼻梁滚了下来。她的心顿时软了，为他的受辱难过不已，觉得自己的双眼也刺痛起来，就像看到某人肆意虐待小孩一般。那些女人伤害了彼得大叔。随老汉密尔顿上校经历墨西哥战争的是彼得；将死去主人搂在怀里的是彼得；养大玫兰和查尔斯的是彼得；照料没用又愚蠢的佩蒂帕特，逃难时“保护”她，南方投降后“弄到”马护送她穿过饱受战争蹂躏的乡野，从梅肯一路回家的，也是彼得。可她们却说，绝不信任黑人！

“彼得，”斯嘉丽伸出一只手，搭在他细瘦的胳膊上，声音颤抖地说，“哭什么，真丢人！干吗在意这些？她们不过是该死的北佬罢了！”

“她们当着我的面这么说，好像我是头骡子，什么都听不懂似的。好像我是非洲人，就不明白她们在说什么一样……她们叫我黑鬼。从没有白人叫我黑鬼。还说我是老宝贝，说黑人都不值得信任！我不值得信任？哼，老上校咽气前还跟我说：‘彼得，孩子们就交给你照顾了。年轻的佩蒂帕特小姐也交给你了……因为她真没比蚱蜢聪明多少。’而我呢，这些年来一直把她照顾得很好——”

“除了大天使加百利，没人能比你做得更好。”斯嘉丽安慰道，“没有你，我们都不知道怎么活了。”

“你能这么说真好，谢谢你，小姐。这点我知道，你也知道，但北佬不知道，也不想知道。斯嘉丽小姐，他们干吗要管我们的事？他们压根不懂我们南方人。”

斯嘉丽没吭声，因为没当着那几个北佬女人爆发出来的怒气，仍在她胸中燃烧。两人默默驾车回家。彼得不再抽鼻子，但下嘴唇渐渐撇了出来，还越撇越长，最后简直到了令人吃惊的地步。起初的伤心渐渐消退，他心中的怒火却越烧越旺。

斯嘉丽心想："这些该死的北佬真是怪！那几个女人似乎觉得彼得大叔是黑人，所以耳朵听不见？还觉得他的心也没她们那般柔软，不会难过受伤？北佬不知道要温柔地对待黑人，要把他们当孩子般引导、赞美、爱抚和批评。北佬不懂黑人，也不懂黑人与白人主子之间的关系，却要发动一场战争来解放黑人。而解放了黑人后，除了利用他们恐吓南方人，北佬也不想跟他们有其他瓜葛。北佬不相信黑人，不信任黑人，不懂黑人，却不停叫嚣南方人不知如何跟黑人相处。"

不要信任黑人！斯嘉丽对黑人的信任远远超过对白人，当然也超过对北佬。黑人忠诚、坚韧、仁爱，这些品质任何压力都无法摧毁，再多钱也无法收买。她想起北佬入侵时仍留在塔拉的几个忠仆。他们本可以逃走或加入军队过悠闲日子，却留了下来。她想起迪尔西跟自己在棉花田干苦活，想起波尔克冒着生命危险去邻居鸡舍偷鸡给全家吃，想起嬷嬷为了不让她做错事，就一路陪到亚特兰大来。她还想起邻居家的一些黑奴如何忠诚地守在白人主子身边。男主人上了前线，他们就保护家中女眷，在恐怖的战争中护送她们逃难；他们照料伤者、掩埋死者、安慰丧失亲人的生者；为了保证餐桌上的吃食，他们干活、乞讨、行窃。哪怕现在自由人管理局许下各种惊人承诺，他们仍坚定不移地跟着白人主子，而且干起活来比蓄奴时期更辛苦。然而，北佬不明白这些，也永远不会懂他们。

"可他们解放了你们。"斯嘉丽大声说。

“不，小姐！他们没有解放我。我才不要那帮垃圾来解放……我依旧属于佩蒂小姐。我死后，她还要把我葬入汉密尔顿家的墓地，我属于那儿……小姐要是知道你怎样让那些北佬女人侮辱我，一定会非常生气。”

“我可没干这种事！”斯嘉丽吃惊地嚷道。

“你干了，斯嘉丽小姐。”彼得的嘴唇拉得更长，“关键是，无论是你还是我，都没必要跟北佬打交道。不打交道，她们就侮辱不到我头上。你如果没跟她们说话，她们就没机会说我是骡子或非洲人。而且，你也没为我说话。”

“我说了啊！”斯嘉丽被他的批评刺痛了，“我难道没跟她们说你是我们的家人？”

“那不算，因为这是事实啊……斯嘉丽小姐，你不该做生意，不该跟北佬打交道。哪家太太会干这种事？佩蒂小姐根本不会理那帮垃圾。她要是听到那些话，肯定不高兴。”

彼得这番批评比弗兰克、佩蒂姑妈或其他邻居的话更让斯嘉丽恼火。她真想使劲摇晃这个老黑人，一直摇到他闭上那张没牙的嘴为止。虽然彼得说的话没错，但她不想从一个黑人、一个家养黑人口中听到这样的话。对南方人来说，在仆人心中失去威望是件很丢脸的事。

“老宝贝！”彼得嘟囔道，“佩蒂小姐要是听到这话，再也不会让我给你赶车。再也不会，小姐！”

“佩蒂姑妈还是会一如既往地让你给我赶车。”斯嘉丽严厉地说，“所以，别再提这事啦！”

“我背疼得厉害……我现在背疼得厉害，坐都坐不直了。我要是身体不舒服，小姐可不会让我赶车……斯嘉丽小姐，如果自家人都反对，那些北佬和白垃圾再怎么尊敬你，也没什么好处。”

这话精准概括了斯嘉丽目前的处境，气得她哑口无言。没错，征服者们赞同她，家人和邻居们却不赞同。她知道全城的人怎么议论自己，如今连彼得也反了，不愿再跟她抛头露面。这无异于压死骆驼的最后一根稻草。

在此之前，她一直不在乎公众舆论，不仅不在乎，还有点鄙视那些言论。但彼得的话让她怒火中烧，将她逼到防御姿态，让她突然像讨厌北佬一样讨厌邻居。

“他们干吗要管我做什么？”斯嘉丽想，“他们肯定以为我很乐意跟北佬打交道，也很乐意像下地干活的黑奴一样做苦工吧。他们让我本就不易的生活变得更艰难。但我才不管他们想什么，我不能让自己在意这种事。现在，我根本在意不起。但总有一天——总有一天——”

噢，总有一天！等她的生活重新有了保障，她一定放松下来，交叠双手，像埃伦从前那样做个贵妇。她会像贵妇一样柔弱无依地闭门不出，让人人称颂。噢，等重新有了钱，她一定会变得庄重娴雅！届时，她就像埃伦从前那样，温柔亲切、为他人着想，行为举止也都合乎礼仪。她再也不用日夜担惊受怕，生活也会变得平静悠闲。她将有时间陪孩子们玩耍，监督他们做功课。温暖悠长的午后，太太们登门造访。一片塔夫绸裙的窸窣声和棕榈扇尖细又有节奏的噼啪声中，她会吩咐人奉上茶水、美味的三明治和蛋糕，然后跟她们悠闲地聊天度日。她会对遭遇不幸的人很好，会给穷人送去一篮篮吃食，给病人送汤和肉冻，请那些没那么幸运的人坐上自己的漂亮马车“摆摆阔”。她会像妈妈从前那样，做个真正的南方淑女。届时，人人都会像爱埃伦一样爱她，夸她无私，管她叫“慷慨女士”。

虽然知道自己并没有无私、慷慨或友善待人的意愿，对未来的这些幻想还是让她很开心。其实，她想要的不过是这些品质带来的好名声。但她那“筛孔”太大、“线条”太粗的脑子根本分不出如此细小的差别。她只知道，等有了钱，就能人人夸赞，那便足够了。

终有这么一天，但不是现在。现在，别人想说她什么就说吧。现在，还不是当淑女的时候。

彼得的话没错。佩蒂姑妈果然焦躁不安，彼得的背痛也一夜之间加重，再也无法驾车出门。因此，斯嘉丽只得自己驾车出门，掌心又开始磨出茧子。

春天的几个月就这样过去了，四月的冷雨停歇，温暖抚慰的青葱五月随之而来。斯嘉丽整日忙得不可开交，烦心事不断，身子也因怀孕日渐不便。老朋友们越来越冷淡，家人们则越来越温和亲切、忧心忡忡，也越发不解她到底为何这般拼命干活。在这焦虑不安、苦苦挣扎的日子里，只有一个人可以依靠，也只有一个人能理解她。此人便是瑞德·巴特勒。说来也怪，所有人中，偏偏只有他如此。这人像水银一样善变，跟刚从地狱爬出来的恶魔般倔强，却能给予她同情。这种同情她从未在任何人身上得到，也从未期盼能从他那儿得到。

瑞德经常出城去奥尔良，行事神秘，从不做任何解释。斯嘉丽有些嫉妒地想，他多半是去看一个女人，或者还不止一个。但自从彼得大叔拒绝为她驾车，瑞德留在亚特兰大的时间就越来越长。

只要没出城，瑞德大部分时候都在“时代女郎沙龙”楼上赌钱，或在贝尔·沃特林的酒吧跟那些比较有钱的北佬和投机商讨论赚钱大计。这让城里人对他的厌恶，比对他那些狐朋狗友更甚。

如今他并不登门，多半是出于对弗兰克和佩蒂的尊重。因为斯嘉丽如今情况微妙，男人前来拜访，定会让弗兰克和佩蒂火冒三丈。但斯嘉丽几乎每天都能偶遇瑞德。她独自穿过僻静的桃树街和锯木厂所在的迪凯特街时，总会一次又一次地碰到瑞德骑马追上来。每每此时，瑞德都会拉住缰绳跟她说说话，有时还会把马拴在车后，替她驾车去巡视两间锯木厂。近来，斯嘉丽虽不愿承认，但她真的比过去更容易疲倦，所以瑞德接过缰绳，她都会暗暗感激。瑞德虽然每次都在回城前离开，但全城的人还是知道了两人相会的事。于是，斯嘉丽冒犯礼仪的长清单上，又添一道新闲话。

斯嘉丽偶尔也会琢磨这一切是否真是巧合。几星期过去，城里氛围随黑人暴行增多而越发紧张时，她碰到瑞德次数也越来越多。但斯嘉丽不明白，他为何要在自己最丑的时候来找她？就算他从前对她有过企图，现在也肯定没了。而从前是否真有过，斯嘉丽如今也开始怀疑。两人在北佬监狱那恼人的一幕，他已经很久没拿出来打趣过她。他再没提过阿希礼，没提过她对阿希礼的爱，更没说一句“垂涎她”之类缺乏教养的粗话。斯嘉丽觉得多一事不如少一事，因此也没要他解释两人为何频频相遇。最后，斯嘉丽断定，瑞德是因为除了赌博再没什么事可干，加之在亚特兰大好友甚少，才来找她做伴。

无论瑞德为何如此，斯嘉丽都觉得自己最欢迎他来作陪。他会听她抱怨顾客流失、呆账难收、约翰逊如何狡猾诡诈和休多么无能，等等。她生意谈成了，瑞德会鼓掌，弗兰克却宠溺地微笑，佩蒂则只会惊讶地喊一声“天哪”。斯嘉丽觉得，瑞德肯定经常帮她招揽生意，因为他跟所有有钱北佬和投机家都熟。然而，他却总是否认自己帮了忙。斯嘉丽清楚他的为人，从不信任他，但一看到他骑着那匹大黑马拐了个弯，便出现在林荫道上时，就总忍不住欢欣雀跃。当他爬上马车，接过她手里的缰绳，冲她说上几句无礼的话，哪怕满心忧虑，肚子也一天比一天大，她还是会觉得自己又年轻快活、富有魅力了。她几乎什么事都能跟瑞德说，完全不用隐藏动机或内心的真实想法。若必须对自己诚实坦白，那她对弗兰克，甚至对阿希礼，都有过无话可说的时候，对瑞德却总有说不完的话。但出于声誉，跟阿希礼说话当然有太多事不能提，结果连带着一些别的事也完全不能说。有一个瑞德这样的朋友真是令人欣慰。出于某种莫名其妙的原因，瑞德如今对她甚是规矩。这让斯嘉丽非常惬意，因为近来她的朋友实在太少。

彼得大叔发出最后通牒后不久，斯嘉丽怒气冲冲地问："瑞德，城里那些人干吗这么卑鄙，总对我说三道四？他们是不是很难抉择谁最糟糕——我？还是那些拎毯制手提包的投机家？我一门心思做生意，从没干过任何坏事，而且——"

"你若没干过任何坏事，那只是因为你还没碰到机会。他们多半已经隐隐意识到这点。"

"噢，严肃点！他们简直快把我逼疯啦！我做这些，不过就是想多赚点钱，想——"

"你做的一切都跟其他女人不同，偏偏还做出了点成绩。我从前就告诉过你，这事在任何社会，都是无法饶恕的罪过。谁要与众不同，谁就罪该万死！斯嘉丽，对每个经营锯木厂失败的男人来说，你的成功都是一种侮辱。记住，教养好的女人应该待在家里，对这忙碌又野蛮的世界一无所知。"

"可我要是待在家里，恐怕早就没有家了。"

"照理说，你就该骄傲又体面地饿死。"

"噢，胡说八道！瞧瞧梅里韦瑟太太。她卖馅饼给北佬，这不比经营锯木厂更糟糕？还有埃尔辛太太，不光做针线活，还收房客！范妮画瓷器，难看得谁都不想要，但为了帮助她，人人都买，还有——”

“但亲爱的，你没抓住要点。她们都没成功，所以并未冒犯南方男人强烈的自尊心。男人们依旧可以说：‘可怜又甜美的傻女人，干得多卖力啊！唉，就让她们觉得自己帮上了忙吧。’再说，你提到的这些女士并不享受工作。她们向众人表明，自己之所以坚持，只是为了等某个男人来卸下这并不适合女人的重担。因此，人人都同情她们。但你显然很喜欢自己干的事，并且明摆着不打算让任何男人替你料理生意，所以没人会同情你。而且，亚特兰大人永远不会原谅你这点。同情他人多愉快啊！”

“有时，我真希望你能认真点。”

“你有没有听过一句东方谚语：‘尽管狗群乱吠，旅行队照常前行’？斯嘉丽，由他们吠去吧。我想，恐怕任何东西都挡不住你的旅行队。”

“我就是挣点钱，他们干吗这么介意？”

“斯嘉丽，别想着样样占尽。你要么像现在这样，不守女子本分地挣钱，上哪儿都受冷遇；要么体面地受穷，拥有很多朋友。你已经做出选择。”

“我不想受穷。”斯嘉丽连忙道，“但——我选对了路，是吧？”

“如果你最想要的是钱，那就对了。”

“嗯，我爱钱，胜过爱世上任何别的东西。”

“那你就只有一种选择，但它会带来一项惩罚，正如你想要的大多数东西都会有附带品一样。这项惩罚便是孤独。”

斯嘉丽闻言沉默了一会儿。没错。她停下来一想，发觉自己真有点孤独——因缺乏女性朋友而孤独。战争期间，她难过了还能去找埃伦。虽然除了塔拉的艰苦劳作，她跟玫兰妮再无共同之处，但埃伦死后，玫兰妮始终陪在她身边。现在，她却一个伴儿也没了。因为佩蒂姑妈除了一个说闲话的小圈子，对生活根本毫无概念。

“我想——我想，”斯嘉丽犹犹豫豫地道，“我在女人圈子里向来孤独，亚特兰大的这些女人不喜欢我，并非仅仅因为我的工作。不管怎么说，她们就是不喜欢我。除了妈妈，没有哪个女人真心喜欢过我，甚至包括我的妹妹们。我也不知道原因，但甚至在战前，在我嫁给查理之前，无论我做什么，女士们似乎都不赞同……”

“你忘了威尔克斯太太，”瑞德说，眼里闪过不怀好意的光芒，“她向来完全赞同你。我敢说，除了杀人，你干什么她都赞成。”

斯嘉丽冷冷地想：“她连杀人都赞成呢。”然后，她便轻蔑地大笑起来。

“噢，玫兰！”斯嘉丽叹了一声，随即悲哀地说，“如果只有玫兰一个女人赞同我，当然算不上多么光彩的事。因为她那脑子估计比珍珠鸡的强不到哪儿去，如果她有脑子的话——”斯嘉丽突然困惑地住了嘴。

“她若有脑子，早就该明白有些事不该赞成，”瑞德替她把话说完，“呃，这点你知道的当然比我多。”

“哼，你这该死的记性！你真是太无礼啦！”

“我就不计较你的粗鲁无礼了，反正是错的，不值得反驳。还是说回我们之前的话题。记住：你只要与众不同，就会被孤立。不仅被同龄人，也被父母辈和子女辈的人孤立。他们永远不会理解你；无论你做什么，他们都会震惊。但你祖父祖母那一辈人，很可能为你骄傲，还会说：‘是咱家的种！’而你的孙子孙女们则会一边羡慕地感叹‘奶奶当年一定非常了不起’，一边努力向你学习。”

斯嘉丽被逗得哈哈大笑。

“有时，你还真是一语中的！我外婆罗比亚尔就是这样。过去，我每次淘气，嬷嬷都拿外婆吓唬我。外婆像冰锥一样冷，严格要求自己和其他每个人的行为举止。但她结过三次婚，还不知引得多少男人为她决斗。她擦胭脂，裙子领口低得吓人。还有——呃……唔，裙下还不穿内衣。”

“你非常敬佩她，面上却在努力模仿你妈！我爷爷当过海盗。”

“真的吗？会走跳板[1]的那种？”

“我敢说，只要能赚到钱，他就会逼着人走跳板。总之，他赚的钱足够我爸当上大富翁。不过，家里人提到他，总是小心翼翼地管他叫‘船长’。他在一次酒馆械斗中被人杀了，那时离我出生还早着呢。不用说，他的死让子女们大松了口气。因为老先生一天大部分时候都醉醺醺的，而且一喝醉就忘了自己的身份是已经退休的‘船长’，一个劲儿地回忆往事，把子女们吓得毛骨悚然。但我很钦佩他，一心以他、而非我爸为榜样。因为，我爸就是个温和绅士，浑身磊落性情，满嘴虔诚语录——斯嘉丽，我觉得你的子女肯定不赞同你，就跟现在梅里韦瑟太太、埃尔辛太太等她们那类人不赞同你一样。你们的子女多半都是温顺拘谨的家伙。但凡吃过苦的人，子女往往如此。而更糟的是，你估计也跟其他每位母亲一样，打定主意不让他们再吃苦。这大错特错。困难既能毁掉一个人，也能造就一个人。因此，只能等孙子辈来赞同你了。”

“不知道我们的孙子孙女会是什么样？”

1　海盗处死俘虏的一种方法。

“你这个‘我们’，是指我和你会有共同的孙子孙女吗？哎哟哟，肯尼迪太太！”

斯嘉丽突然意识到自己失言，脸顿时红了。与其说她是因他这些玩笑话害羞，不如说是因为她突然意识到自己还大着肚子。两人从未暗示过她的身体情况，跟他在一起时，哪怕天气暖和，她也总是把旅行毛毯高高地拉到腋窝，并以一般女人的方式自我安慰，相信只要盖好，别人就看不出来。此刻，她却突然为自己的身孕难受起火，也为他知道这事而羞愧。

“你这思想龌龊的流氓，滚下去！”斯嘉丽声音都在颤抖。

“我才不下去，”瑞德平静地说，“你还没到家，天就黑了。有批新来的黑人在下一眼泉边搭了些帐篷和小木屋，便住下了。我听说，那可全是些卑鄙下流的黑鬼。我不明白，你干吗要给冲动的三 K 党一个今晚就穿上他们那种衬衫式长睡衣，骑马出去的理由呢？”

“下去！”斯嘉丽喝道，用力拉扯缰绳，却突然感到一阵恶心。瑞德连忙拉住马，塞给她两块干净手帕，然后熟练地托着她的脑袋，转到车外。傍晚的阳光低低地穿过枝头新发的嫩叶。一时间，斯嘉丽眼前只看得到一个金绿交加的旋涡，转得她难受至极。眩晕过后，她双手捂脸，羞愧大哭。女人呕吐就够难堪了，可她不仅当着一个男人的面吐了，还因此彻底暴露了怀孕这一丢人的事实。她觉得自己再也没脸见他。瑞德向来不尊重女人，结果这种事还偏偏被他碰上！她不停地哭，以为他定会说些粗俗的话打趣自己，让她终生难忘。

“别傻啦，”瑞德轻声道，“你如果因为觉得丢脸哭，那就太傻了。好啦，斯嘉丽，别跟个孩子似的。你当然清楚，我又不瞎，早知道你怀孕了。”

她闷闷地应了声，捂在绯红脸颊上的手指又收紧了几分。“怀孕”这两个字够吓人的。弗兰克提起她的身孕，都尴尬地用“你那情况”来代替。杰拉尔德从前提起此事，也会用“有喜”这种微妙字眼来描述。而上流社会的太太们，则用“身子不太爽利”指代这事。

“你若以为拿条热烘烘的旅行毛毯将自己盖起来我就不知道，那便真是个傻丫头。我当然知道。不然你以为我干吗老是——”

瑞德突然住了嘴，两人一时间默默无言。他拎起缰绳，催马前行。一路上，他平静地说着话，斯嘉丽觉得那慢吞吞的声音听起来真悦耳，于是低垂脸庞上的红晕也渐渐消退了。

“斯嘉丽，真没想到你如此震惊。我还以为你是个明事理的人呢，真叫我失望。你心中难道还有端庄的念头？当面提这种事，恐怕我的确不是绅士。而我知道自己不是绅士，不会因为见到怀孕的女人就尴尬。我觉得孕妇跟常人无异，碰上了完全不必看天、看地、看任何地方，就是不敢看她们的腰身，但随后往往还是要偷偷瞥上一眼。我觉得，最后偷瞄的这眼才是最不礼貌的。我干吗要这样？怀孕不是很正常的事吗！欧洲人就比我们懂事得多。他们若见到准妈妈，还会道喜呢！我虽然不建议开明到他们那种地步，但依然觉得他们的做法远比我们这种假装看不见的行为更合理。怀孕是正常现象，女人应该为此骄傲，而非好似犯了罪般，把自己关在屋里。”

“骄傲！”斯嘉丽仿佛被扼住喉咙般喊道，“骄傲？呸！”

“要有孩子了，你难道不骄傲？”

“噢，天哪，不！我——我讨厌孩子！”

“你是说——讨厌弗兰克的孩子？”

“不——谁的孩子都讨厌。”

意识到自己又说错了话，她再次难过起来。但他的声音依旧轻松随意，仿佛并未在意。

“那我们不一样，我喜欢孩子。”

“你喜欢孩子？”斯嘉丽嚷道。她抬起头，惊讶得一时间都忘了尴尬，“你可真会撒谎！”

“我喜欢婴儿和小孩。等他们长大，学会成人的思维习惯和撒谎骗人的本事，开始变得肮脏后，我就不喜欢了。这事对你来说应该不新鲜。你知道我很喜欢韦德·汉密尔顿，虽然他不该长成现在这副模样。”

这话没错，斯嘉丽顿觉惊讶地想。他似乎真的很喜欢跟韦德玩，还经常给他带礼物。

“现在，既然我们已经把这个可怕的话题挑明，你也承认不久之后便会生下一个孩子，那我就把憋了几个星期的话说出来吧。一共两件事。第一，你独自驾车出门很危险，这点别人不知道对你说过多少回了，你也清楚。哪怕真不担心可能被强暴，你多少也该想想后果吧。因为，你的固执或许会逼迫城中英勇的同胞们为你报仇，吊死几个黑鬼，惹得北佬去抓他们。说不定其中哪个人就被绞死了。你就从没想过，太太们之所以不喜欢你，或许是因为你的行为会害她们的儿子和丈夫掉脑袋？再说，三K党若因此处置更多黑人，北佬就会对亚特兰大采取更严厉的政策。届时两相对比，你可能会觉得舍曼的所作所为都跟天使一样了。我知道自己在说什么，因为我跟北佬关系密切。说来惭愧，他们待我就像自己人。我听他们公开说过，哪怕要再次烧光全城、绞死十岁以上的男人，他们也要镇压三K党。斯嘉丽，这对你来说并不利。你的钱可能就没了。燎原之火一旦燃起，谁说得清它烧到哪儿才会停。没收财产、提高税金、向可疑的妇女征收罚款……这些建议我都听他们提过。还有三 K 党……”

“你认识三 K 党成员吗？汤米 · 韦尔伯恩、休，还有……”

瑞德不耐烦地耸耸肩。

“我哪知道？我是个变节者、叛徒、南北战争后支持联邦重建计划的南方佬，怎么可能知道这些？但我知道北佬一旦怀疑谁，那人只要一犯错，就会被绞死。我知道哪怕害邻居们上绞刑架，你也不会难过。但我相信，如果失去锯木厂，你肯定悔不当初。瞧你这一脸倔强的模样，我就知道你不相信，看来我这些话算是白说了。但我还要再说一句，随时把枪带在身边。而我只要还在城里，便会想法来帮你赶车。”

“瑞德，你真的——是为了保护我才……”

“是啊，亲爱的。我就是出于大肆宣扬的骑士精神，才来保护你。”瑞德那双黑眼睛又闪起嘲讽之光，脸上再无半点诚挚之色，“怎么，肯尼迪太太，难道还能是因为我深爱着你吗？没错，我一直默默渴望着你，恨不能得到你，远远崇拜着你。但我还是要像阿希礼 · 威尔克斯先生一样做个体面人，所以只能将这份感情掩藏起来。唉，如今你已经是弗兰克的太太，为了名誉，我不能跟你说这种话。但就算阿希礼 · 威尔克斯先生那种讲究声誉的人，也偶有出格之时。所以，我现在也出格一回，吐露内心隐秘的热情，我——”

“噢，看在上帝的分上，闭嘴吧！”斯嘉丽打断道。瑞德每次把她弄得像个自负的傻瓜时，她都会恼火不已。而且，她也不想多扯什么阿希礼和他的声誉问题，“你不是还有件事要跟我说吗？什么事？”

“什么？！我正赤裸裸地捧出一颗受伤却深爱着你的心，你却要转变话题？好吧，说说另一件事。”他再次隐去眼中的嘲弄之色，一脸阴沉平静。

“你得管管这匹马。它太倔，牙口简直比铁还硬。你赶它挺累的，对吧？它要是突然跳起来，你根本拉不住。若连人带车翻进沟里，你和孩子说不定都得送命。你该给它换副最重的马嚼子，或者让我给你换匹牙口嫩点、性情温顺些的马。”

斯嘉丽抬头望向他那张平静无波的脸，突然不生气了。就连谈到怀孕引起的尴尬，也一扫而空。她刚才恨不得立马死掉，他好心劝慰，此刻更是愈加温柔，还如此体贴地想到马的问题。斯嘉丽心中顿时涌起一阵感激，纳闷他为何不能一直如此。

“这匹马是不太好赶。”她温顺地赞同道，“因为拉扯它，有时我胳膊整晚都疼。瑞德，你觉得怎样最好，就那么办吧。”

瑞德眼里闪过戏谑之光。

“肯尼迪太太，这话听起来真是非常甜美温柔，完全没有你平时那种专横劲儿。看来，只要方法得当，你也能变得千依百顺嘛。”

斯嘉丽脸一沉，火气又上来了。

“你要再不下车，我就用鞭子抽啦。真不知道干吗容忍你，干吗要对你好！你根本不懂礼貌，还毫无道德，就是个彻头彻尾的——得了，赶紧下去，我没跟你开玩笑！”

瑞德下车，解开绑在车后的马。他站在暮色中的车道上，挑逗地冲她咧嘴直笑时，她也忍不住扑哧一笑，然后才驾着车走了。

没错，他这人粗俗又狡猾，跟他打交道很不安全。你永远说不准递到他手里的钝刀，什么时候就会变成最锋利的武器。但不管怎样，他这人也够刺激，就像——偷喝一杯白兰地般痛快！

这几个月以来，斯嘉丽学会了喝白兰地。傍晚回家，浑身都被雨淋得湿漉漉的，手脚也因长时间的驾车又僵又疼。这时，除了藏在衣柜顶层抽屉的那瓶白兰地，她脑中再无其他念想。为了瞒过嬷嬷那双好窥探的眼，放酒的抽屉上了锁。米德医生压根没想到要警告斯嘉丽孕期不该喝酒。他哪儿料到一位体面女士竟会喝比斯卡珀农葡萄酒更烈的酒。当然，婚礼上喝杯香槟，或重感冒卧床时来杯香甜热酒还是可以的。的确，有些倒霉的女人喝酒后，就跟那些发疯、离婚或受苏珊·B.安东尼小姐蛊惑，主张女人也该有选举权的女人一样，令家族永久蒙羞。米德医生虽然不赞同斯嘉丽的所作所为，却从未怀疑她会喝酒。

斯嘉丽发现晚餐前喝杯纯白兰地舒服极了，喝完嚼点咖啡豆或用科隆香水漱漱口，就能盖住酒味。为何男人可以随时随地酩酊大醉，女人喝点酒，便要惹来那么多蠢话？有时，弗兰克躺在身边打鼾，她却翻来覆去睡不着，担心受穷、害怕北佬、思念塔拉、渴望阿希礼。她觉得，这时候若非还有那瓶白兰地，她非发疯不可。当熟悉而惬意的暖流偷偷流过血管，种种烦恼便开始消散。三杯酒下肚，她便能一如既往地自言自语："等明天更受得住时，我再来想这些事。"

可有几个晚上，就连白兰地也无法平息她心中的痛。这是渴望再见到塔拉的痛，其程度甚至比害怕失去锯木厂更深。亚特兰大的喧闹嘈杂，拔地而起的新建筑，一张张陌生面孔，挤满马匹、马车和熙攘人群的狭窄街道，有时似乎令她窒息。她虽然爱亚特兰大，但——噢，无论生活多么艰难，她都更思念塔拉宁静甜美的乡野、连绵不绝的红土地和周围的郁郁苍松！她还想靠近阿希礼，只要看得到他，听得见他说话，知道他还爱自己，她就能支撑下去！玫兰妮每次来信都说他们很好，威尔的每封短笺都会汇报棉花耕地、播种和生长的情况，让她的思乡之情越发浓烈。

我六月就回去。六月之后，我在这儿就什么也干不了了。斯嘉丽一想到要回家待几个月，心情立刻雀跃起来。六月她的确回去了，情况却并未如她所愿。因为威尔在六月初寄来一封短笺，说杰拉尔德去世了。

第三十九章

火车晚点很多，斯嘉丽在琼斯伯勒下车时，六月深蓝的暮色已渐渐笼罩乡野。村里为数不多的商店和房屋透出昏黄的灯光。主路上被炸过或焚烧过的建筑东一座、西一座，中间往往相距甚远。一座座被毁的房屋在黑暗中默默瞪视着她，有的屋顶上到处都是弹坑，有些半面墙壁都被炸没了。布拉德小店外的木头凉棚下，还拴着几匹美国驯马和一队骡子。灰扑扑的红土路上空无一人、死气沉沉。只有街那头一间酒吧里偶尔传来几声高喊和醉汉的大笑声，划破沉寂的暮色。

车站在战争期间被烧毁后就没再重建，只在原址上搭了个四周无遮无拦的木棚，并不能遮风挡雨。斯嘉丽走进木棚，见里头有几个显然是当座位用的空木桶，便挑了一个坐下。她来回扫了几眼大街，寻找威尔·本廷的身影。威尔本该来这儿接她。他该明白她一接到那封告知杰拉尔德已故的短笺，就很可能乘头班火车回来啊。

她走得很匆忙，小毯制手提包里只有一件睡衣和一把牙刷，连换洗的内衣都没拿。因为来不及做丧服，她便向米德太太借了条黑裙子。但裙子太紧，穿着实在不舒服。米德太太如今瘦了，斯嘉丽又已怀孕数月，所以更觉裙子倍加不适。哪怕正为杰拉尔德的死难过，斯嘉丽也没忘记注意形象。她低头看了自己一眼，真讨厌，身材完全走样，脸和脚踝也肿了。在此之前，她一直不大在乎自己什么模样，但一个小时内，她便要见到阿希礼，所以此刻当然得好好关注一番。哪怕在这心碎时刻，一想到自己要怀着其他男人的孩子见阿希礼，她就一阵畏缩。她爱他，他也爱她，如今这个多余的孩子似乎就是她背弃这份爱的明证。虽然不愿让他看到自己失去纤细腰身和轻盈步伐的模样，但此刻又有何逃避之法？

斯嘉丽不耐烦地拍着脚。威尔该来接了呀。当然，她也可以去布拉德的小店打听打听消息，若弄清他来不了，还可以在那儿雇个人驾车送她回塔拉。但她不想去布拉德的小店。正值周六晚上，全县一半的男人估计都在店里。这裙子太不合身，非但遮不住身形，反而还凸显大肚子，她可不愿把这副样子暴露人前。而且，她也不想听众人因杰拉尔德的事大表同情。她不想被同情。只怕一有人提到父亲的名字，她就会失声痛哭。她不想哭。她知道一旦哭了，就再也止不住。就像亚特兰大陷落的那个可怕夜晚，瑞德在城外黑漆漆的大道上撇下她，她抱着马脖子哭得撕心裂肺，怎么也止不住一样。

不，她不能哭！喉咙似乎又被什么东西堵住了。自从接到消息，她就经常这样。但哭有什么用，只会让她混乱、软弱。噢，为什么，为什么威尔、玫兰妮或妹妹们不写信告知杰拉尔德生病了？她可以乘头班火车回塔拉照顾他，如有必要，还能从亚特兰大带个医生回去。蠢货——他们全都是蠢货！怎么离了她，就什么事都办不成？她不能同时待在两个地方，老天做证，她哪怕在亚特兰大，也在全心全意地为他们操心呀！

斯嘉丽在木桶上扭来扭去，越来越焦躁不安。威尔怎么还不来？他到底在哪儿？然后，她听见后方铁轨间的煤渣被踩得嘎嚓作响。她转过身，看见亚历克斯·方丹扛着一袋燕麦，穿过铁轨朝一辆马车走去。

“天哪，这不是斯嘉丽吗！”亚历克斯扔下麻袋，就冲过来握住她的手，那张凄苦黝黑的小脸顿时一片喜色，“见到你太高兴了。我刚才瞧见威尔在铁匠铺打马掌。火车晚点，他还以为赶得及呢。要我跑去接他吗？”

“好呀，谢谢，亚历克斯。”斯嘉丽虽然悲伤，还是露出笑容。能再看到老乡，毕竟是件开心的事。

“噢——呃——斯嘉丽，”亚历克斯仍握着她的手，尴尬地开口道，“你爸爸的事，我很难过。”

“谢谢。”斯嘉丽真希望他别提这事。他一提，她眼前顿时清晰地浮现出杰拉尔德那张红润的脸，耳畔也响起爸爸洪亮的声音。

“斯嘉丽，我们这儿的人都为他骄傲。但愿这话多少能让你欣慰些。”亚历克斯松开她的手，继续道，“他——呃，我们都觉得他死得像个战士。他是战死的！”

斯嘉丽困惑了，他这话是什么意思？战士？有人冲他开枪了？难道他也跟托尼一样，跟支持联邦的南方佬打起来了？但她不能再听下去，若再让他继续说爸爸的事，她肯定会哭。得安全坐上威尔的马车，驶到乡间没人瞧见的地方，她才能哭。威尔就像哥哥，让他瞧见没关系。

“亚历克斯，我不想谈这事。”斯嘉丽直截了当地说。

“没关系，斯嘉丽。”亚历克斯怒火升腾，脸都气红了，“若是我妹妹，我——唉，斯嘉丽，我这辈子还没说过一句女人的坏话，但我觉得，真该有人拿生牛皮鞭，好好抽苏埃伦一顿。”

斯嘉丽糊涂了，他到底在说什么蠢话啊？这关苏埃伦什么事？

“抱歉，但县里每个人都这么看她。只有威尔还袒护她——啊，当然，还有玫兰妮小姐。她就是个圣人，眼中看不到任何人的缺点……”

“我说了，我不想再谈这事。”斯嘉丽冷冷地道，亚历克斯却似乎不以为意，仿佛知道她为何如此粗鲁。这让斯嘉丽更加恼火了。她不想听外人讲自家人的坏话，也不想让他察觉自己对家中的事一无所知。威尔写信，干吗不讲清所有细节？

斯嘉丽真希望亚历克斯别再这么紧盯着自己不放。他多半已经看出她的情况了吧，真尴尬！在暮色中盯着她瞧的亚历克斯，却在想怎么斯嘉丽的脸全变了，自己刚才还能认出她呢？或许是因为她就要生孩子了吧。这种时候，女人的确看起来跟魔鬼似的。当然，她肯定很为老奥哈拉先生伤心，她毕竟是他的掌上明珠。但是，不，变化远不止这些。跟上次见到她时相比，如今她看起来的确好些了，至少三餐应该能吃饱，从前眼里那种饿鬼似的神情早已不见。从前那双满是惊恐和绝望的眼，如今变得坚定而精明，哪怕微笑时，也有种指挥若定、坚决果断之意。看来，她肯定领着老弗兰克过得很开心！没错，她变了。毫无疑问，她还是个美人。但除了美丽，她脸上再无从前的甜美温柔和抬眼看向男人时的殷勤妩媚。他比全能的上帝还清楚的那种媚态，已经荡然无存。

呃，大家也都变了，不是吗？亚历克斯低头看了眼自己的粗布衣裳，脸上又现出平时的那种凄苦模样。有时夜里睡不着，他就琢磨如何才能让妈妈做上手术、乔留下的小儿子如何才能上学，或者怎样才能弄到钱再买头骡子。他真希望还在打仗，希望战争永远不停。当时，他们并不知道自己有多幸运。在军中总有东西吃，哪怕吃的不过是玉米面包。那时也总有人下命令，不用被解决不了的问题如此折磨。在军中，除了考虑保命问题，其他什么都不用操心。然后，亚历克斯想起迪米特·芒罗。真想娶她啊！可他不能，因为还有那么多人得靠他养活。他爱了她那么久，如今她脸上的红润逐渐褪去，眼中的喜悦也渐渐消失了。托尼要是没逃去得克萨斯就好了。家里多一个男人，情况肯定大不一样。他那坏脾气的可爱弟弟，身无分文地逃到西部某处。没错，大家都变了。为何不变呢？他重重地叹了口气。

“我还没感谢你，谢谢你和弗兰克帮了托尼。”亚历克斯说，“是你们帮他逃走的，不是吗？你们真是太好了。我间接打听到，他在得克萨斯平安无事。我没敢写信问你们——对了，你或弗兰克借钱给他了吗？我来还……”

“噢，亚历克斯，求你别说了！现在别说了！”斯嘉丽大声道。生平头一回，她完全没把钱放在心上。

亚历克斯沉默了一会儿。

“我去替你把威尔叫来，”他说，“我们明天都会来参加葬礼。”

亚历克斯扛起那袋燕麦，转身走了。这时，一辆摇摇晃晃的马车拐出小路，吱吱呀呀地朝他们驶来。威尔在车座上大喊：“斯嘉丽，抱歉，我来晚啦。”

威尔笨拙地爬下车，跛着腿，脚步沉重地走过来，俯身亲了下她的脸。威尔从未亲过她，叫她时也从没忘记加上“小姐”二字。斯嘉丽惊讶之余，心头也格外温暖喜悦。威尔小心翼翼地扶她上了车。斯嘉丽低头一看，发现这竟是自己之前逃离亚特兰大时驾的那辆车。这摇摇晃晃的老马车，居然过了这么久还没散架？威尔肯定精心修理过。再看到这辆车，想起那晚的情景，斯嘉丽不禁有些难过。哪怕少穿一双鞋，或让佩蒂姑妈的餐桌少些吃食，她也要给塔拉买辆新马车，把这辆旧的烧了。

威尔起初什么也没说，让斯嘉丽很是感激。威尔把自己的破草帽扔到车后，便打马前行。他还是老样子，瘦长难看、粉色头发、眼神温和，像耕畜一样耐心。

他们驶出村庄，转入通往塔拉的红土路。天边仍有一抹淡淡的粉色，羽毛般厚实蓬松的云朵带着金色和淡绿色。静谧的乡间暮色渐渐将他们笼罩，给人一种祈祷般的安宁之感。斯嘉丽不禁纳闷：没有乡间的新鲜空气、见不到翻耕的土地、闻不到夏夜香甜的气息，自己这几个月到底是怎么挨过来的？红土潮湿的气味多么芬芳、多么熟悉、多么亲切呀。她真想下车，抓一把土搁在手里。路旁犁开的红土沟里，枝叶交错、青翠欲滴的忍冬密密匝匝，如往常一样，在雨后散发出醉人的浓香，简直能胜过这世上最好的香水。突然，一群刺尾雨燕从他们头顶掠过。后来，一只受惊的兔子蹿过路面。白色的兔尾巴上下摆动，活像个鸭绒粉球。斯嘉丽高兴地看到棉花长势喜人。车子穿过耕地，就见一丛丛碧绿的棉花苗在红土上茁壮成长。这一切真美呀！湿软的滩地笼在轻薄的灰雾中，满眼红色的土地和茁壮的棉株。斜坡上的田地里是一排又一排弯弯曲曲的绿色庄稼。而一棵棵挺拔劲松，则宛如一堵深褐色的墙，屏障般守在后方。她怎能在亚特兰大待这么久？

“斯嘉丽，我要在到家前把一切都告诉你。但你现在应该是一家之主了，有件事我要先听听你的意见，再跟你说奥哈拉先生的事。”

“什么事，威尔？”

他转向她，温和又严肃地看了她一会儿。

“请你同意我娶苏埃伦。”

斯嘉丽惊得差点仰倒，连忙抓紧座位。娶苏埃伦！自从她抢走弗兰克·肯尼迪，就再没想过还有谁会娶苏埃伦。谁会想娶苏埃伦？

“天哪，威尔！”

“这么说，你不介意？”

“介意？不，但——威尔，你真是吓了我一跳！干吗要娶苏埃伦？威尔，我一直以为你喜欢的是卡伦。”

威尔始终盯着马，然后又抖了抖缰绳。虽然从侧面看他并无动作，但斯嘉丽觉得他轻叹了口气。

“或许是喜欢过吧。”他说。

“呃，她不肯接受你？”

“我没问过她。”

“噢，威尔，你这傻瓜。去问她呀。她可比得上两个苏埃伦！”

“斯嘉丽，塔拉发生的很多事你都不知道。过去这几个月里，你都没怎么关心过我们。”

“不关心？我不关心？”斯嘉丽怒了，“你以为我在亚特兰大干什么？坐着四轮大马车到处闲逛，参加舞会吗？我难道不是每月给你寄钱？我难道没付税金、没修屋顶、没买新犁和骡子？我难道没……”

“好啦，别发火，收起你那爱尔兰脾气，”威尔冷静地打断道，“要是还有谁知道你做了什么，那个人就是我。你干了两个男人的活。”

斯嘉丽这才稍稍平复了些，问道：“那你什么意思？”

“嗯，你让我们有吃有住，这点我不否定。但住在塔拉的这些人脑子里都在想什么，你却不怎么关心。斯嘉丽，我并不是在责备你。你就是这样。你向来不怎么关心别人的想法。但我想说的是，我之所以从未问过卡伦，是因为我知道问了也白问。卡伦更像我的小妹妹。我想，她对我，比对世上其他任何人更坦白。但她从未忘掉那个阵亡的小伙，永远都忘不了。现在，我不妨跟你直说了，她打算去查尔斯顿当修女。”

“你在开玩笑吧？”

“呃，我知道这会让你吃惊。但斯嘉丽，我求你，别跟她吵、别骂她，也别笑话她。让她去吧。如今，她就想做这事。她的心已经碎了。”

“可上帝啊！多的是人心碎，他们也没往修道院跑啊。看看我，我都死了一个丈夫啦！”

“但你没心碎。”威尔平静地说，从车板上捡起一根稻草，放在嘴里慢慢嚼着。斯嘉丽无言以对。每次听到实话，无论多么难听，诚实的本性都会迫使她承认事实。她沉默了一会儿，努力让自己接受卡伦要当修女的事。

“答应我，别去烦她。”

“噢，好吧，我答应。”她看向他，似乎对他有了新的认识，对他这个人也更觉惊奇。威尔爱过卡伦，爱到赞同她的决定，还要帮她轻松隐退。然而，他想娶的却是苏埃伦。

“好啦，苏埃伦又是怎么回事？你不喜欢她，对吧？”

“噢，不，从某些方面来看，我还是喜欢她的。”他拿出稻草，仿佛很有兴趣地细细打量起来，“苏埃伦并非你想的那么坏，斯嘉丽。我们应该能相处得非常愉快。苏埃伦唯一的问题，就是需要一个丈夫和几个孩子。哪个女人不需要呢？”

马车在满是车辙的路上颠簸着，一时间两人都默默无言。斯嘉丽脑子飞转。事情肯定不如表面看到的这般简单，多半还有更深层、更重要的原因。否则，性情温和、柔声细语的威尔，为何要娶唠唠叨叨、抱怨连连的苏埃伦？

“威尔，你还没跟我说实话。如果我是一家之主，那我有权知道真正的原因。”

“没错，”威尔说，“我猜你会理解的。我离不开塔拉。斯嘉丽，它就是我的家，我所知唯一的家。我爱塔拉的每一块石头。我干起活来，也觉得是在为自家干活。你若是为什么事出过力，你也会爱上它。你懂我的意思吗？”

斯嘉丽明白他的意思。自己最爱的东西，他说他也爱，她心中顿时升起一股暖流，觉得自己更喜欢他了。

“我是这么想的，你爸去世，卡伦去当修女，这儿就剩下我和苏埃伦。如果不娶苏埃伦，我便无法继续住在塔拉。你知道的，别人会说闲话。”

“可——可威尔，还有玫兰妮和阿希礼啊……”

听到阿希礼的名字，威尔转头看向斯嘉丽，淡色的眼眸显得高深莫测。斯嘉丽再次觉得，她和阿希礼之间的事，威尔全知道，也全明白。不过，他既不指摘，也不赞同。

“他们很快就要走了。”

“走？去哪儿？塔拉是你的家，也是他们的呀。”

“不，这儿不是他们的家。阿希礼一直为此忧心忡忡。这儿不是他的家，他也不觉得自己在干活谋生。他知道自己干农活糟糕透顶。老天做证，他的确尽了全力，但的确天生不是这块料。这点他跟我一样清楚。他劈起柴来，指不定就要把自己的脚砍下一块。让他扶犁耕地，结果还不如小博扶得直。而说到种地，他不懂的东西都能写满一本书。这不是他的错。他只是天生不是这块料而已。想到自己堂堂男儿，靠一个女人的善心住在塔拉，却给不出任何回报，他就很难过。”

“善心？他这么说过——”

“不，他从没说过一个字。你了解阿希礼。虽然他没说，但我看得出来。昨晚，我们给你爸守夜时，我告诉他我向苏埃伦求婚，她答应了。然后，阿希礼便说他总算宽心了。因为他始终觉得自己像条狗一样住在塔拉，也明白奥哈拉先生去世后，为了不让别人说我和苏埃伦的闲话，他和玫兰妮只能继续住下去。因此，他当时就告诉我，打算离开塔拉去找工作。”

“工作？什么工作？去哪儿？”

“具体我也不清楚，但他说他打算北上。他在纽约的一个北佬朋友写信过来，叫他去那儿的一家银行上班。”

“噢，不！”斯嘉丽这句呐喊简直是从心底发出。威尔又像之前那样看了她一眼。

“他去北方，或许对大家都更好。”

“不！不！我不觉得。”

斯嘉丽脑子飞转、心烦意乱。阿希礼不能去北方！她可能再也见不到他了。哪怕几个月都没见他，哪怕自果园那次决定性的见面后就再也没单独跟他说过话，她也没有一天不想念他，没有一天不为他还住在自己家中而高兴。想到她寄给威尔的每一美元，都能让阿希礼生活得更舒适，她就开心不已。当然，阿希礼不是个好农夫。可她骄傲地想：“阿希礼是为做更好的事而生的。他是天生的管理者，应该住大房子、骑骏马、读诗集、指挥黑人干活。虽然大宅、骏马和黑奴都没了，书也没剩几本，但他并未改变。阿希礼不是为耕地和修栅栏而生。难怪他想离开塔拉。”

可她不能让阿希礼离开佐治亚。若有必要，她可以逼弗兰克辞了柜台伙计，给阿希礼一份工作。但是，不行——如果让阿希礼站在柜台后，岂不是跟扶犁差不多？威尔克斯家的人站柜台！噢，绝对不行！肯定有什么事是适合他做的……呀，当然是她的锯木厂！一想到这儿，她大大地松了口气，露出笑容。可他会接受自己提供的工作吗？他会觉得这也是一种施舍吗？她一定要想办法，让他认为这是在帮她的忙。辞退约翰逊，让阿希礼管旧厂，让休管新厂。她就这么跟阿希礼解释：弗兰克身体很差，又忙着店里的事，根本无暇帮她。而且，怀孕也是另一个需要他帮助的理由。

她要设法让他觉得，眼下若没有他帮忙，她就应付不过来了。只要他愿意接手，她可以让出锯木厂的一半产权。只要能把他留在身边，只要他脸上还能露出灿烂的笑容，只要还有机会看到他眼中无意间流露出的爱意，她什么都愿意给。但她向自己保证，永远，永远不再试图刺激他表达心中所爱，也不再逼他抛弃声誉。毕竟，他珍视声誉胜过爱情。她必须巧妙地让他明白自己的新决定，否则他很可能因为害怕上次那可怕的一幕重演，就拒绝她。

“我可以在亚特兰大帮他找份工作。”斯嘉丽说。

“好吧，那便是你和阿希礼之间的事了。”威尔又把那根稻草叼进嘴里，“驾，舍曼！听着，斯嘉丽，提起你爸之前，我还有件事要告诉你。请你别骂苏埃伦。无论她做了什么，都已既成事实。就算你把她的头发扯光，奥哈拉先生也活不过来了。再说，她是真的想尽力把事情办好。”

“我正想问你这事呢。苏埃伦到底做了什么？亚历克斯就跟打哑谜一样，说该有人好好抽她一顿。她到底做了什么？”

“没错，大家都很生她的气。今天下午我在琼斯伯勒遇到的每个人都说下回见着她，一定要把她的脑袋拧下来。不过，他们总会消气。好啦，先答应我你不骂她。奥哈拉先生的遗体还躺在客厅，今晚我可不想再听到任何争吵。”

他不想听任何争吵！斯嘉丽愤愤地想，好像塔拉已经是他的了一样。

然后，她想起躺在客厅、已经断气的杰拉尔德，顿时哭了起来，哭得肝肠寸断、大口大口地抽噎。威尔抱住她，让她靠着自己，也好感觉舒服些。然而，他却什么都没说。

马车沿着越来越黑的道路，缓缓颠簸前行。斯嘉丽把头靠在威尔肩上，帽子歪向一边。近两年里，她都忘了杰拉尔德的模样，只记得一个神思恍惚的老绅士呆呆地盯着大门，等待一个永远不会再进屋的女人。斯嘉丽记得老人生机勃勃、富有男子气概时，那头白鬈发又长又浓、声音洪亮快活、穿着皮靴走起路来咚咚作响；她还想起他那些笨拙的笑话和慷慨的性情。她想起小时候，她觉得爸爸就是全世界最了不起的人。这个嗓门奇大的爸爸会把她抱上马鞍，让她坐在自己身前，带着她纵马跃过栅栏；淘气时，爸爸会把她扭过来就打。她被打得哇哇大叫，他也跟着叫，然后又给她几个二十五美分的硬币，哄她安静下来。她记得爸爸从查尔斯顿和亚特兰大回家，总是带回很多礼物，却没有一件合她心意。她还想起每逢琼斯伯勒的开庭日，爸爸总要凌晨才回家。虽然喝得酩酊大醉，他还是快活地放声高唱《披上绿衣》，骑马跃过栅栏。而次日清晨面对埃伦，他又会羞得无地自容。斯嘉丽想到这儿，泪眼蒙眬中也不禁露出一丝笑意。唉，现在他跟埃伦在一起了。

“爸爸病了，你怎么没写信告诉我？那我肯定会快点赶回来——”

“他没病，从头到尾都没生过病。给，亲爱的，把我的手帕拿去，听我把一切都告诉你吧。”

斯嘉丽用他的扎染印花大手帕擤了擤鼻子。从亚特兰大走得太急，她连一张手帕都没带。然后，她重新偎进威尔怀中。威尔真好呀，遇到什么事都不慌乱。

“是这样的，斯嘉丽。你一直寄钱给阿希礼和我。呃，我们付了税金，买了骡子和种子之类的东西，还买了几头猪和几只鸡。玫兰小姐特别会养鸡，没错，她是真在行。玫兰小姐是个好女人。总之，我们为塔拉买完这些东西后，就没剩多少钱，不能再买那些华而不实的小玩意儿。但谁都没抱怨，除了苏埃伦。

“玫兰妮小姐和卡伦小姐待在家，穿旧衣裳也觉得很骄傲。但斯嘉丽，你了解苏埃伦，没有新衣裳，她一直受不了。我每次带她去琼斯伯勒或费耶特维尔，只能穿旧衣裳都让她很不高兴。尤其那些投机家的太太——呃，不，女人——尤其那些女人总是花枝招展地招摇过市。还有打理自由人管理局的那帮该死的北佬，他们的妻子也穿得那么漂亮！总之，穿最差的裙子进城似乎成了件很光荣的事。县里的体面太太们都以此表明自己非但不在乎衣着，还要以穿旧衣为荣。但苏埃伦不行。她想要一匹马，还想要大马车。她说，因为你都有马车。”

“我哪儿有大马车，只有辆破旧的小马车而已。”斯嘉丽气愤地说。

“呃，不管是什么车吧。我还要告诉你，你嫁给弗兰克·肯尼迪的事，苏埃伦一直没释怀。我觉得这也不能怪她，你毕竟对妹妹耍了卑鄙手段。”

斯嘉丽顿时坐直身子，愤怒得好似一条随时准备发动攻击的响尾蛇。

“卑鄙手段，哼！威尔·本廷，我真是谢谢你说话这么有礼貌！弗兰克宁愿娶我也不要她，我有什么办法？”

“斯嘉丽，你是聪明人。我的意思是说……没错，你可以让他更喜欢你。姑娘们总有办法。但我猜，你多少还是引诱了他吧。只要愿意，你的魅力无人能挡。但不管怎样，他终究是苏埃伦的未婚夫。你去亚特兰大前一周，苏埃伦还收到弗兰克的一封信。他在信中对她甜蜜如昔，还说再挣点钱他们就结婚。她把信给我看过，所以我知道这事。”

斯嘉丽沉默了。因为她知道威尔说的是事实，所以无言以对。她从未想过所有人中，到头来坐下来审判自己的居然是威尔。她对弗兰克撒的那些谎，从没让她良心不安。一个姑娘若连自己的未婚夫都留不住，那只能说她活该！

“好啦，威尔，别这么刻薄，”斯嘉丽说，“苏埃伦若嫁了他，你觉得她会给塔拉或我们中的任何人一个子儿吗？”

“我是说，只要愿意，你想迷倒谁都能成功。”威尔转向她，平静地咧嘴一笑，“没错，我们的确别想见到老弗兰克一个子儿。但卑鄙手段就是卑鄙手段，这点你还是逃不掉。若想用目的为手段辩护，那与我无关，我也犯不着抱怨，对吧？但不管怎样，从那以后，苏埃伦就成了只大黄蜂。依我看，她并没有多喜欢老弗兰克，只是虚荣心受了伤害。她一直说你有好衣裳穿，有大马车坐，还住在亚特兰大，她却只能隐居在塔拉。你知道她有多爱走亲访友、参加宴会、穿漂亮衣裳。我也不能责怪她，女人都这样。

“大约一个月前，我带她去琼斯伯勒。到了那儿以后，她去拜访朋友，我则去办事。后来接她回家时，她安静得像只老鼠。但我看得出，她其实心花怒放，激动得都快忍不住了。我还以为她是听到某人要——或者就是听到什么有趣的闲话。总之，当时我并没多在意。回家后，她大约有一周都情绪高昂、兴致勃勃，却并没多说什么。其间她去看望了凯瑟琳·卡尔弗特。斯嘉丽，你若见到凯瑟琳小姐，定会号啕大哭。可怜的姑娘，嫁给希尔顿还不如死了的好。知道吗，那优柔寡断的北佬把宅子抵押出去，结果收不回来，他们马上就要搬走了。”

“不，我不知道，我也不想知道。我要听我爸的事。”

“嗯，我正要说呢，”威尔不慌不忙地道，“苏埃伦从他家回来后，就说我们都错看了希尔顿。她管他叫希尔顿先生，还说他是个聪明人。但我们都笑话她。从那以后，她就老在下午带你爸出门散步。我从地里回家时，经常看见她带着你爸坐在墓地的围墙上，手舞足蹈地跟他聊得起劲。老绅士则困惑地看着她，不时摇摇头。斯嘉丽，你爸的情况你是知道的。他越来越迷糊，似乎不知道自己身在何处，也不怎么认得出我们是谁。一次，我瞧见她指着你妈妈的墓，老绅士就哭了起来。她一脸兴奋快活地进屋时，我非常严厉地对她说：‘苏埃伦小姐，干吗要拿你妈去折磨你可怜的爸爸？大多数时候，他都不知道她已经死了，你却非要戳人痛处。’苏埃伦却只是一甩头，笑着说：‘少管闲事。总有一天，你们都会为我做的事高兴。’昨晚，玫兰小姐说苏埃伦曾告诉过她自己的计划，但她当时没想到苏埃伦是认真的。玫兰小姐还说，因为一想到那事就心烦意乱，所以她也没告诉别人。”

“什么计划？你能不能有话直说？路程都过半啦。我要听我爸的事！”

“我不正在跟你讲吗？”威尔说，“既然就快到家了，那我还是先把车停下，说完再走吧。”

他拉住缰绳，马打着响鼻停下了。他们停在一片久未修剪、四处蔓生的山梅花树篱前。这道树篱是麦金托什家产业开始的标志。斯嘉丽朝幽暗的树林下瞥了一眼，依稀可辨高高的烟囱幽灵般耸立在寂静的废墟上。她真希望威尔另选一个停车之处。

“总而言之，她的计划就是让北佬赔偿他们烧掉的棉花、赶走的牲畜、拆掉的栅栏和谷仓。”

“北佬？”

“你难道没听说？北佬政府宣称愿意赔偿所有支持联邦的南方人的财产。”

“当然听说了，”斯嘉丽道，“但那跟我们有何关系？”

“照苏埃伦的意思，关系大着呢。我带她去琼斯伯勒那天，她碰上了麦金托什太太。两人闲聊时，苏埃伦难免留意到她身上的漂亮衣裳，就忍不住询问了一番。麦金托什太太摆足了架子，大谈特谈她丈夫如何向联邦政府索赔的经历。她说，她丈夫作为联邦的忠实拥护者，从未给邦联提供过任何形式的帮助和支持。所以，联邦理应赔偿他们被毁掉的财产。”

“他们谁都没帮过，”斯嘉丽厉声道，“这帮在北爱尔兰定居的苏格兰人！”

“呃，或许你说得对。我不认识他们。总之，政府给了他们——呃，好几千美元吧，具体多少我也忘了，反正是很大一笔钱。于是，苏埃伦便动了心。她琢磨了整整一周，因为知道我们只会哈哈大笑，所以什么都没跟我们说。但她总得找个人谈谈，于是去了凯瑟琳小姐家。希尔顿那该死的白垃圾给她出了不少新点子。他说你爸甚至没出生在这个国家，不仅自己没参战，也没有儿子参战，更没有在邦联政府手下做过事。希尔顿说，只要引申发挥一番，就能将奥哈拉先生说成是联邦的忠实拥护者。那家伙给苏埃伦灌了一脑袋这类鬼话，结果她一到家就开始在奥哈拉先生身上下功夫。斯嘉丽，我敢打赌，你爸至少一半时候不知道她在说什么。她打的就是这主意，让你爸稀里糊涂地宣‘绝对忠诚誓词’。”

“让我爸宣‘绝对忠诚誓词’！”斯嘉丽嚷道。

“唉，近几个月他脑子越来越糊涂，我猜，苏埃伦就指望着利用这点呢。说真的，对此我们都没起疑。虽然知道苏埃伦在计划什么，但我们不知道她在利用你去世的妈妈指责你爸爸，说他本可以从北佬那儿拿到十五万美元，却还让女儿们穿破衣烂衫。”

“十五万美元。”斯嘉丽嘟囔着，对宣誓的恐惧减轻了不少。

真是一大笔钱哪！只需向联邦政府签一张效忠誓词，表明自己一向支持政府，不曾给其敌人提供帮助。十五万美元！撒一个小谎，就能得到那么大一笔钱！啊，她不能怪苏埃伦。天哪！亚历克斯就是因为这事，便想用生牛皮鞭抽苏埃伦？县里那些人也是因为这个，就想把她的脑袋拧下来？蠢货，个个都是蠢货。这么多钱，她还有什么事办不到！县里任何人有了这笔钱，都不会再有办不到的事啊！撒个这么小的谎有什么关系？毕竟，北佬给的可是真金白银，怎么弄到手的有何关系！

“昨天，大约中午时分，阿希礼和我正在修围栏，苏埃伦驾着这辆马车，带上你爸，就出发去县城了，什么都没跟我们说。玫兰小姐虽然知道内情，却只是暗暗祈祷苏埃伦能改变主意，所以也没跟我们其他人说什么。她就是弄不明白，苏埃伦怎么会做这种事。

“今天，我才听到事情的全部经过。那个优柔寡断的希尔顿在县里那些支持联邦重建计划的南方佬和共和党人中有点影响力，而且苏埃伦答应给他们一些钱（具体数额我不清楚），只要他们能对奥哈拉先生成为联邦忠实公民的事睁一只眼闭一只眼，好好利用他是爱尔兰人且并未参战之类的事实，在推荐信上签名就行。你爸只需宣誓和签字，这份宣誓书就能送去华盛顿了。

“他们把誓词念得飞快，你爸什么都来不及说，一切进行得很顺利。直到苏埃伦让你爸签字，这位老绅士突然清醒了一会儿，于是连连摇头。我想，他还是什么都不明白，只是不喜欢那事。苏埃伦总是惹他生气。苏埃伦费尽周折，最后关头出这样的纰漏，简直把她急疯了。她把你爸带出办公室，坐着马车在街上来回转悠，不停地跟他说明明能让孩子们丰衣足食，却偏要任他们受苦，你妈在坟墓里都会哭泣。人们告诉我，你爸坐在马车上，跟每回听到你妈名字时一样，哭得像个孩子。县里的每个人都看见了。亚历克斯·方丹上去询问情况，苏埃伦大骂了他一通，叫他少管闲事。他只能火冒三丈地走了。

“我不知道她是从哪儿想出来的点子。但当天下午，她弄来一瓶白兰地，然后又把奥哈拉先生带去办公室，开始给他灌酒。斯嘉丽，塔拉已经一年没有烈酒，只有迪尔西自己酿的一点黑莓酒和斯卡珀农葡萄酒。奥哈拉先生已经喝不惯白兰地，结果真的喝醉了。苏埃伦吵吵嚷嚷地又磨了他几个小时后，他终于让步，说让他签什么都行。那帮人又拿出誓词，奥哈拉先生拿起笔正要签字，苏埃伦却犯了个错。她说：‘好啦，这下斯莱特里和麦金托什那些人休想再在我们面前摆谱！’知道吗，斯嘉丽，斯莱特里家为他们那间被烧掉的小棚屋，向北佬索要了一大笔赔偿金。埃米的丈夫已经帮他们把索赔申请送到了华盛顿。

“他们告诉我，苏埃伦一提到这两个名字，你爸立刻坐直身子，挺起肩膀，目光锐利地盯着她，清楚明白地说：‘斯莱特里和麦金托什也签了这个东西？’苏埃伦一时紧张，结结巴巴地一会儿说是，一会儿说不是。你爸立马吼道：‘快说，那帮该死的奥伦治会会员和穷白佬到底签过这种东西没有？’希尔顿那家伙顺口就道：‘是的，先生，他们都签了，得到一大笔钱。您也会有的。’

"老绅士发出一声公牛般的咆哮。亚历克斯·方丹说他在街那头的酒馆都听到了那吼声。奥哈拉先生用浓重的爱尔兰土腔嚷道：'你们以为，塔拉的奥哈拉会跟该死的奥伦治会会员和穷白佬一样被糊弄？'他一把将那张纸撕成两半，丢到苏埃伦脸上，吼了句'你不是我女儿'，一转眼就冲出了办公室。

"亚历克斯说，他瞧见奥哈拉先生跑到街上，公牛似的横冲直撞。他说，自从你妈去世，老绅士第一次恢复了往日模样，醉得东倒西歪，扯着嗓子破口大骂。亚历克斯还说，他从没听他骂得那般痛快。亚历克斯的马就拴在旁边，你爸招呼都不打一声，骂骂咧咧地骑上马就跑了，扬起一片能呛死人的灰尘。

"太阳快下山时，阿希礼和我坐在前门台阶上，望着大路，忧心忡忡。玫兰小姐上楼在她床上哭，什么也不肯跟我们说。突然，我们听见路上传来重重的马蹄声和大喊声，那喊声就跟有人在猎狐一样。阿希礼说：'奇怪！像是奥哈拉先生的声音啊？战前他骑马来看我们时，经常这么大喊大叫。'

"然后，我们就瞧见他从牧场那头过来了。他肯定是跃过了那儿的栅栏。然后，他风驰电掣般冲上山坡，扯着嗓子，毫无顾忌地放声高歌。我不知道你爸还有副这么好的嗓子。他唱的是《矮背车上的佩格》，还边唱边用帽子打马。马也疯了般往前冲。快到坡顶时他也不拉缰绳，看来是打算跃过牧场围栏。我们见状吓得半死，立刻跳了起来。接着，就听他大喊一声：'瞧，埃伦！看着我跳过这道栏！'可马跑到围栏跟前突然屁股一撅，停下不肯跳。你爸顿时从马头上摔了出去。他没受什么罪。我们赶到时，他已经咽了气，估计是摔断了脖子。"

威尔等了一会儿，以为斯嘉丽要说什么。见她没开口，才抓起缰绳，吆喝道："驾，舍曼！"马迈步前行，朝家奔去。

第四十章

那晚，斯嘉丽几乎没怎么睡。黎明破晓，太阳从黑乎乎的松林后爬上东边群山时，她从凌乱的床上爬起来，坐在床边的一张小凳上，疲惫的脑袋枕着胳膊，目光越过谷仓旁的场地和塔拉的果园，向棉花田望去。一切都那般鲜嫩清新，露珠莹莹，一片静谧，绿色的棉田为她伤痛的心带来些许慰藉。虽然主人已死，朝阳下的塔拉依旧可爱安宁，一副有人精心照料的模样。低矮的鸡舍和牲口棚用白涂料刷得干干净净，还都糊了一层黏土，防止老鼠和鼬钻进去。菜园里玉米成行、南瓜金黄，利马豆和芜菁都除了草，用劈好的橡木条整整齐齐地围起来。果园里没有任何灌木，一长排一长排的果树下只有雏菊绽放。半掩在绿色枝叶间的苹果和毛茸粉桃在阳光下微微反着光。远处是一排排弯弯曲曲的棉花，绿色棉苗静静地立在清晨金色的天空下。鸭子和鸡摇摇摆摆、趾高气扬地朝田野而去。因为那些翻耕过的松软土地下，有最肥美的蚯蚓和蛞蝓。

斯嘉丽满心欢喜，对威尔充满感激。这一切都是威尔的功劳。就算对阿希礼痴心不改，她也坚信塔拉这派欣欣向荣绝非他的功劳。因为塔拉的繁荣不可能来自一个当种植园主的贵族，而是一个热爱这片土地、埋头苦干、不知疲倦的“小农”所为。这是个“两匹马”农场，并非往日那个满牧场骡子、骏马，棉花和玉米种得一眼望不到边的宏伟种植园。不过，如今剩下的这部分也不错。等日子更好过些，就可以再将休耕地重新利用起来。休耕一段时间，那些地还会更肥呢。

威尔做的事，不仅仅是耕种了几英亩田地而已。他还严格控制住了佐治亚种植园主们的两大劲敌：松树苗和黑莓。这两样东西悄悄潜入菜园、牧场、棉田、草坪，甚至大胆地从后方逼近门廊。全州无数种植园被它们侵袭，塔拉却成功将其阻挡在外。

一想到塔拉差点就要变成荒野，斯嘉丽心中一阵后怕。她和威尔齐心协力，总算成果不错。他们挡住了北佬、拎毯制手提包的投机家和大自然的侵袭。最棒的是，威尔告诉她秋天收了棉花后，除非哪个投机家觊觎塔拉，大幅度提高税金，不然她就不用再寄钱回来了。斯嘉丽知道没了自己帮忙，威尔会过得很艰难。但她欣赏并尊重他的独立精神。只要还是雇工，他就可以接受斯嘉丽的钱。但如今他即将成为她的妹夫，成为一家之主，那他就要靠自己的努力过活。没错，威尔真是上天送来的宝贝。

头天晚上，波尔克便在埃伦墓旁挖好了新穴。此刻，他正手拿铁锹站在那堆潮湿的红土后，等着一会儿把土铲回去。斯嘉丽站在他旁边，头顶枝叶低垂、节节疤疤的雪松投下斑驳的阴影。六月清晨热辣辣的太阳斑斑点点地落到她身上。她努力不去看面前那条红土沟。吉姆·塔尔顿、小休·芒罗、亚历克斯·方丹和老麦克雷最小的孙子用两根橡木条抬着杰拉尔德的灵柩，缓慢而笨拙地走出屋子，沿着小径而来。一大群邻居和朋友穿着破旧的衣裳，默默地跟在后面，零零散散地与灵柩保持着一段距离，以示尊重。众人沿着阳光下的小径穿过菜园而来，波尔克垂下头，靠在铁锹把上哭了。不经意间，斯嘉丽吃惊地发现波尔克那头鬈发竟已灰白。她几个月前去亚特兰大时，他的头发还乌黑发亮呢。

斯嘉丽疲惫地感谢上帝。因为昨晚就把所有眼泪哭干，此刻她只能直挺挺地站在那儿，再也哭不出来。苏埃伦的哭声就在身后，烦得她几乎忍受不住，全靠攥紧拳头，才没转过去抽那张肿胀的脸一耳光。无论有意无意，爸爸的死都是她造成的，所以在心怀敌意的邻居们面前，她都应该克制自己，保持体面。那天早晨，没有一个人跟她说话或同情地瞥她一眼。大家默默亲吻斯嘉丽，跟她握手，低声宽慰卡伦，甚至对波尔克都好言好语。但所有人都直接忽视苏埃伦，就当根本没她这个人一般。

众人觉得，苏埃伦的所作所为比谋杀父亲更恶劣。她竟试图让父亲对南方不忠。对这一紧密团结的坚定团体来说，她的所作所为，无疑是在企图背叛集体荣誉，并打破全县向外界展示的坚固防线。为了从北佬政府弄到钱，她跟拎毯制手提包的投机家和南北战争后对支持联邦重建计划的南方佬同流合污。相比北佬士兵，这两种敌人更可恨。苏埃伦出身于坚决拥护邦联的老种植园主家庭，竟投奔敌人，让全县每户人家蒙羞。

送葬的人个个心中激愤，悲伤不已，尤其是其中的三人：杰拉尔德多年前从萨凡纳到这儿来后，便成为他好友的麦克雷老头，因杰拉尔德是埃伦丈夫而喜欢他的方丹奶奶以及待杰拉尔德比任何邻居更亲近的塔尔顿太太。塔尔顿太太常说，全县只有杰拉尔德分辨得出牡马和骟马。

杰拉尔德躺在昏暗的客厅里时，这三人阴沉的脸色就让阿希礼和威尔有些不安。两人当时还退入埃伦的账房，商量了一番对策。

“他们中准有人会说苏埃伦的事，”威尔一口把稻草秆咬成两段，立时下了断言，“他们肯定理应说点什么。或许是吧。我没资格说什么。但阿希礼，不管他们对不对，我们是家里的男人，得表示反对才行，不然会惹出麻烦的。麦克雷老头耳朵聋得什么也听不到，就算旁人叫他闭嘴也没用。方丹奶奶若要表达什么想法，世上也没人拦得住。至于塔尔顿太太，你瞧见没，她每次看向苏，那双赤褐色的眼睛都滴溜溜打转？她等不及了，现在可什么都听不进去。他们若要说什么，我们一定得打断。塔拉如今的麻烦已经够多，不能再跟邻居们不和。”

阿希礼忧心忡忡地叹了口气。他比威尔更清楚这些邻居的脾气。按县里传统，人们通常都会在灵柩前为死者说几句话。战前，半数口角和好几起枪击事件都由这一传统引起。通常，人们对死者都极尽赞美之能事，但也偶有例外。有时，死者那些过于紧张的亲戚会误读别人无比尊敬的话，于是最后几铁锹土都还没盖上，坟前纠纷就开始了。

因为没有神父，只得由阿希礼拿着卡伦那本祈祷书主持葬礼。琼斯伯勒和费耶特维尔的循道宗和浸礼会牧师倒是愿意帮忙，但被他们婉言谢绝了。卡伦比两位姐姐更笃信天主教，对斯嘉丽没从亚特兰大带回一位神父相当不满。后来有人提醒她，说神父来为威尔和苏埃伦主持婚礼时，也能为杰拉尔德祈祷，卡伦才稍微宽心了些。之前，也是卡伦反对让附近的新教牧师来祈祷，非要让阿希礼主持仪式，并在祈祷书上选了几段让他念。阿希礼靠在那张旧写字台上，深知自己肩负避免纠纷的责任。他也知道县里那些人一触即发的火暴脾气，内心着实茫然，不知该如何是好。

“威尔，没用的。”阿希礼扒拉着光亮的头发，“我既不能揍翻方丹奶奶或麦克雷老头，也不能去捂塔尔顿太太的嘴。他们若开了口，最温和的话恐怕都是‘苏埃伦是杀人犯、是叛徒，要不是她，奥哈拉先生就不会死’。这该死的习俗，干吗非要在死人坟前发言？真是太野蛮了。”

“听着，阿希礼，”威尔慢悠悠地说，“不管他们怎么想，我不愿让任何人数落苏埃伦的不是。这事就交给我吧。你念完祷文后便看着我说‘谁想说几句吗’，那我就可以第一个发言。”

然而，斯嘉丽看着几个扈棺人抬着灵柩费力地挤进狭窄的墓地入口，根本没想到葬礼后还会有麻烦。她沉重的心里只有一个念头：埋葬了杰拉尔德，她与昔日快活无忧的生活的最后一丝联系，也随之埋葬了。

几个扈棺人终于将灵柩放在墓旁，站在旁边攥起拳头又松开，活动酸疼的手指。阿希礼、玫兰妮和威尔依次走进墓地，站在奥哈拉三姐妹身后。近邻们也挤了进来，站在他们身后，其他人则站在砖墙外。斯嘉丽这才第一次看到他们，发现竟来了这么多人，心中既惊讶又感动。出行如此不便，来的人已经算得上很多了。到场的有五六十人，有些还是远道而来。斯嘉丽纳闷他们到底是如何得到消息，还能及时赶来的。有些不仅全家从琼斯伯勒、费耶特维尔和洛夫乔伊赶来，还带了几名黑奴随行。很多住在河对岸的小农、边远蛮荒林区赶马车的贫苦白人和散居沼泽的人也大老远地赶来了。沼泽地的男人又高又瘦，满脸大胡子，头戴浣熊毛皮帽，身穿土布衣，步枪随意地挎在胳膊上，嘴里嚼着烟叶。他们的妻子也跟来了，一个个赤脚踩在松软的土地上，下嘴唇也满是鼻烟。阔边遮阳女帽下的脸灰黄灰黄的，就跟得了疟疾似的。不过，她们身上的印花棉布衣倒是刚熨烫过，干净得发亮。

附近的邻居全来了。满脸皱纹、干瘪枯黄、活像只掉毛老鸟的方丹奶奶拄着拐杖站着，她身后是萨莉·芒罗·方丹和年轻的方丹小姐。两人低声恳求，甚至拽着老太太的裙子，让她坐在砖墙上，但老太太就是不肯。方丹奶奶的丈夫——老方丹医生没来。他两个月前去世了。从那以后，老太太眼中那种幸灾乐祸调侃生活的亮光，也暗淡了不少。凯瑟琳·卡尔弗特·希尔顿独自站在一旁，因为，眼前这场悲剧，她丈夫也有责任。她垂着头，褪色的阔边遮阳女帽挡住了她的脸。斯嘉丽惊讶地发现凯瑟琳的细棉布裙上居然有油渍，一双手也脏兮兮的，不仅满是雀斑，指甲缝里还有黑垢。如今的凯瑟琳再也没有昔日的淑女风范，看起来就像个赶马车的贫苦白人，甚至更糟。她已是一副穷白佬模样，得过且过、不修边幅、懒懒散散地混日子。

“就算现在还没开始，估计再过不久，她也要开始嚼鼻烟。”斯嘉丽惊恐地想，“天哪！竟沦落到这种地步！”

意识到上等人和穷白佬之间的距离竟如此之近，斯嘉丽打了个寒战，不再去看凯瑟琳。

“我可真有进取心。”想到南方投降后，自己和凯瑟琳都从同一种境地开始拼搏，只能凭一双手和各自的头脑干活，斯嘉丽就感到一阵骄傲。

“我干得还不赖。”这么想着，斯嘉丽微笑着抬起了下巴。

可一瞧见塔尔顿太太愤愤地盯着自己，斯嘉丽又赶紧收敛笑容。塔尔顿太太眼睛都哭红了，责备地瞪了斯嘉丽一眼后，又转向苏埃伦。那怒气冲天的瞪视可不是好兆头。塔尔顿家的四姐妹站在父母身后，她们那满头红鬈发跟这庄严肃穆的场合格格不入，一双双赤褐色的眼睛也仍像小动物的眼睛，生气勃勃、勇敢又危险。

阿希礼捧着卡伦那本破旧的祈祷书上前时，人们都停下脚步，摘下帽子，交叠双手，裙子的窸窣声也没了。阿希礼垂头静立片刻，阳光照得他那头金发闪闪发亮。人群一片静默，太静了，静得微风吹动木兰树叶的沙沙声都清晰可闻。远处那只嘲鸫反反复复的鸣叫，响亮悲伤得令人难以忍受。阿希礼开始祈祷，众人垂下头，听他洪亮悦耳的嗓音抑扬顿挫地念出简短庄严的祷词。

“噢！”斯嘉丽喉头发紧，“他的声音真好听！如果真要找个人为爸爸主持葬礼，那我很高兴这个人是阿希礼。我宁愿要他，也不要牧师。我宁愿爸爸被自己人，而非陌生人来埋葬。”

阿希礼念到炼狱里的灵魂时，突然合上了书。卡伦专门标出这段让他念，所以只有她注意到这一疏漏，困惑地抬头看他。这时，阿希礼已经开始念主祷文。阿希礼知道在场的人有一半都没听说过炼狱，他若暗示奥哈拉先生这样的好人不能直接进天堂，哪怕只是在祈祷中暗示，那些人也会觉得这是一种人身侮辱。因此，为遵从民意，他干脆完全不提炼狱。众人热情地跟着他诵读主祷文，但他开始念《万福玛利亚》时，大家的声音越来越低，终于尴尬地完全沉寂下来。他们从未听过这段祷文，偷偷地面面相觑。只有奥哈拉三姐妹、玫兰妮和塔拉庄园的仆人们予以回应：“为我们祈祷吧，直至我们死亡的那刻。阿门。”

然后，阿希礼抬起头，犹疑不定地站了一会儿。邻居们都期待地看着他，纷纷换了个舒服点的站姿，等着听他的长篇大论。大家都在等他继续主持仪式，谁都没想到这场天主教祈祷仪式已经结束了。县里的葬礼向来冗长。浸礼会和循道宗的牧师们都没有固定祷词，而是根据情况即席发言，而且一般都要说到所有送葬者泪流满面，死者家属中有女眷悲痛号哭为止。邻居们若发现他们挚爱朋友的葬礼竟如此简单，念几句祷词就算完事，一定会震惊、难过，又气愤。这点阿希礼比谁都清楚。人们一定会在晚餐桌上讨论好几周，全县都会认为奥哈拉姐妹对父亲不够尊重。

于是，阿希礼充满歉意地瞥了卡伦一眼，然后又低下头，开始凭记忆背诵圣公会的葬礼祷词。从前在十二橡树园为黑奴举行葬礼时，他就经常念这段祷词。

“我是复活之主，永生之主……无论何人……信我者得永生。”

阿希礼记不太清了，所以念得很慢，偶尔还停下来，回忆片刻再接着背。但这从容不迫的节奏反而让他的话更具感染力，之前还没哭的送葬者们都纷纷掏起手帕来。这些人都是坚定的浸礼会和循道宗教徒，起初还以为天主教的仪式都遵循冷冰冰的教皇制度，此刻才改变看法。斯嘉丽和苏埃伦也茫然无知，只觉他念的那些词既抚慰人心，又优美动听。只有玫兰妮和卡伦知道一个笃信天主教的爱尔兰人，正被以英国圣公会的仪式安葬。卡伦目瞪口呆、悲痛欲绝，又为阿希礼的背叛伤心不已，一时间竟也无力阻止。

阿希礼念完后，一双悲伤的灰眸睁得大大的。他环顾众人，顿了顿，迎上威尔的目光，说：“有谁想说点什么吗？”

塔尔顿太太紧张地哆嗦了一下，可还没等她开口，威尔便迈开那条假腿，脚步沉重地走到灵柩前，说了起来。

“朋友们，”他语气平淡地道，“大家或许会觉得我太自大，竟第一个发言。你们都跟奥哈拉先生有二十多年的交情了，我认识他却才不过一年。但我既然上前，自然有我的道理。他若再多活个把月，我就有权叫他一声岳父了。”

人群里顿时响起一片惊讶的感叹声。但他们都很有教养，并未交头接耳，只是变换了一下站姿，看向垂着头的卡伦。谁不知道，威尔默默地爱着卡伦。威尔看到众人视线所向，却熟视无睹地继续往下说。

“等亚特兰大的神父一到，我就和苏埃伦小姐成婚。所以，我想我有权第一个发言。”

他话还没说完，人群中便响起一阵轻微的骚动，好似有一群愤怒的蜜蜂飞过。声音中有气愤，也有失望。人人都喜欢威尔，尊敬他为塔拉做的一切。大家也都知道他爱慕卡伦，所以乍听他要娶邻里都蔑视的苏埃伦，顿时个个心里都不是滋味。正直善良的威尔，怎么会娶那个肮脏鬼祟的苏埃伦·奥哈拉！

周围的气氛顿时紧张起来。塔尔顿太太双眼冒火，嘴唇翕动，似乎想说什么。静默中，只听麦克雷老头在大声问孙子威尔刚才都说了什么。威尔面对众人，依旧一脸温和，但那双淡蓝色的眼睛却似在警告他们，看谁敢说他未婚妻一句坏话。一时间，大家心中都矛盾不已，既喜爱正直的威尔，又蔑视苏埃伦。最后，终究还是威尔赢了。他继续往下说，仿佛刚才只是很自然的停顿。

"我不像大家，见过年轻力壮的奥哈拉先生。我只认识一个善良体面，但有些糊涂的老绅士。但他从前什么样儿，我都听大伙说过了。我想说的是，奥哈拉先生是个爱尔兰战士，是位南方绅士，也是忠诚的邦联支持者。能将这三种品质集于一身，再没有比这更优秀的了。我们也不太可能再见到多少像他这样的人，因为他们是时代造就，那个时代也跟他们一样，一去不复返了。奥哈拉先生虽身为外国人，但我们今天在这儿埋葬的这个人，比我们更有佐治亚人的品质。他过着跟我们一样的生活，热爱我们的土地。归根结底，他跟士兵们一样，也是为我们的伟大目标而死。他是我们的一员，有我们的优点和缺点，也有我们的长处和短处。他的优点之一，便是一旦下定决心就无所畏惧、势不可当，任何来自外界的力量都休想打败他。

"英国政府要绞死他，他丝毫不惧，反而迅速背井离乡。到了这个国家，他也没有被贫困吓倒，而是努力干活赚钱。印第安人被赶走，这里一片荒芜时，他无所畏惧地在荒野建起一个大种植园。战争爆发后，钱越来越难挣，他也不怕再过穷日子。北佬涌入塔拉，可能将之付之一炬或把他杀掉时，他同样毫不胆怯，未被打败。他就那样稳稳地站在那儿，寸步不让。因此，我才说他具备我们的优点，任何来自外界的力量，都休想打败我们任何人。

“但他也有我们的缺点——可能从内部被瓦解。我的意思是说，虽然整个世界都不能把他怎样，他却可能被内心击垮。奥哈拉太太去世后，他的心也跟着死了，他也被打败了。我们后来看到的他，已不是真正的他。”

威尔停下来，目光平静地扫视了一圈众人。站在烈日下的他们仿佛着了魔一般，无论对苏埃伦有何怨恨，此刻也忘得一干二净了。威尔的目光在斯嘉丽身上停了片刻，眼角微皱，像是在用内心的微笑安慰她。一直强忍泪水的斯嘉丽的确感觉到了慰藉。威尔的话句句实在，没有“要在另一个更美好的世界团聚，或要服从上帝”之类的话。而斯嘉丽，总能从实在的话语中得到力量和安慰。

“我希望大家不要因为他后期所受的挫折而轻视他。你们大家和我，都跟他一样。我们都有一样的缺点和短处。任何两条腿走路的人，北佬也好，拎毯制手提包的投机家也罢，都既不能打败我们，也不能打败他。苦日子、高税金，甚至极度饥饿也不行。但我们一旦被自己内心的弱点蒙蔽双眼，那迟早会溃败。导致这点的原因并非都如奥哈拉先生一样，失去某个挚爱之人。每个人的主发条都不同。我想说的是，谁身上的主发条断了，那还不如死了的好。因为在如今这时候，世上再也没有他们的容身之处，他们死了反而更快活……因此，我才说你们现在不必为奥哈拉先生悲伤了。舍曼打过来和他失去奥哈拉太太的日子，才是该悲伤的时候。现在，他已身心合一，除非我们自私透顶，否则便再无理由伤悲。我这样说，是因为我像爱自己的父亲一样爱着他……如果大家不介意，我要说的就是这些。家属们都悲痛得听不下去了，再说就不够仁慈啦。”

威尔住了嘴，转向塔尔顿太太，压低声音道：“太太，能请你扶斯嘉丽回屋吗？她不该在太阳底下站这么久的，方丹太太看起来精神也不太好。不过，我这话绝对没有冒犯之意。”

听见威尔突然从赞颂死者转到自己身上，斯嘉丽不由得吃了一惊。而瞧见大家的目光齐齐转来，斯嘉丽顿时尴尬地羞红了脸。威尔干吗要提她已经显怀的大肚子？她羞愤交加地瞪了威尔一眼，后者却还是平静温和地看着她，用目光压下她的愤怒。

“请吧，”他的目光似乎在说，“我知道自己在做什么。”

他已经成为一家之主，不想闹出什么难堪场面。斯嘉丽无助地转向塔尔顿太太。不出威尔所料，这位太太突然撇下苏埃伦，将注意力转到向来感兴趣的生育之事上。无论是动物还是人，只要与此有关，她都感兴趣。于是，她挽起斯嘉丽的手臂。

“亲爱的，回屋吧。”

塔尔顿太太一脸关切和饶有兴趣的模样，斯嘉丽只得由她挽着，穿过大家让出的狭窄小路。一路上有不少同情的低语，还有几只手轻拍了她几下，以示安慰。斯嘉丽走到方丹奶奶跟前时，老太太伸出一只皮包骨头的手，说：“孩子，挽着我。”然后，她严厉地瞪了萨莉和小方丹太太一眼，“你们别跟来。我不需要你们。”

三人缓缓穿过人群，沿着林荫道往屋里走去。她们一走，人群又再次围拢。塔尔顿太太过于热心，托着斯嘉丽胳膊肘的那只手力气极大。斯嘉丽每走一步，几乎都要被她抬起来。

“唉，威尔干吗要这么做呀？”走到人群听不见的地方，斯嘉丽激动地嚷道，“他简直在说：‘快看看她！她就要生啦！’”

“怎么，你要生了呀，难道不是吗？”塔尔顿太太道，“威尔做得对。在大太阳下站着的确太蠢，你很可能晕倒或流产。”

“威尔才不是担心她要流产。”方丹奶奶吃力地穿过前院朝台阶走去，有些上气不接下气地说。她脸上现出一抹严厉而了然的微笑。“威尔很聪明。比阿特丽斯，他不希望我俩再待在墓地，生怕我们说出些什么。他知道，这是打发我们的唯一办法……不仅如此，他还不想让斯嘉丽听见土块落到灵柩上的声音。他做得对。斯嘉丽，记住，只要没亲耳听到那声音，哪怕逝者已逝，你也不会觉得他们真的死了。但你一旦听到……啊，那是世界上最可怕的终结之声……孩子，扶我上台阶。搀我一把，比阿特丽斯。斯嘉丽不需要你扶，也不需要拐杖。但威尔说得没错，我精神的确不大好了……威尔知道你是你爸的掌上明珠，事情已经这样，他不想让你更难过。他觉得，你那两个妹妹估计会比你好受些。苏埃伦有羞耻心撑着，卡伦有上帝。但你没有任何支撑，对吧，孩子？”

“嗯。”斯嘉丽应道，扶老太太上台阶。老太太尖细苍老的声音竟一语中的，让她有些吃惊，“我没有任何支撑——除了妈妈。”

“但你失去她后，却发现靠自己也能独活，不是吗？啊，有些人就不行，比如你爸。威尔说得没错。你也别伤心了。没了埃伦，你爸也活不下去。他现在反倒更快活。正如跟老医生团聚时，我也会更快活一样。”

方丹奶奶这话没有任何寻求同情的意思，于是两人也并未表露什么。她说得轻松又自然，仿佛丈夫还活着，就在琼斯伯勒。只要坐上小马车，要不了多久便能回来跟她团聚。方丹奶奶已经太老，见过太多东西，早就不怕死了。

“可——你不是靠自己也能独活吗？”斯嘉丽说。

老太太鸟一般的眼睛快活地瞥了她一眼。

“没错，但有时候，这么活着真不舒服。”

“听着，奶奶！”塔尔顿太太插嘴道，“你可不该对斯嘉丽说这种话，她已经够难过啦。大老远赶回来，穿了条这么紧的裙子，心里难过、天气炎热，这些足以让她流产，你还在这儿说什么哀伤、悲痛的事呀。”

“天哪！”斯嘉丽气愤地嚷道，“我没难过！而且，我才不是弱不禁风，这样就会流产的笨蛋！”

“那可说不准，”塔尔顿太太一副事事通晓的模样，“看到一头公牛刺伤了我家的一个黑奴，我头胎就流产了。你还记得我那匹红牝马吧，就是叫内莉的那匹？你肯定找不到比它更健壮的牝马，但它很紧张，非常敏感。我要不守着它，它就——”

“比阿特丽斯，闭嘴，”方丹奶奶说，“我敢打赌，斯嘉丽才不会流产。我们就坐在门厅吧，这儿有穿堂风，凉快。比阿特丽斯，你去厨房瞧瞧，要是有酪乳的话，就给我俩端一杯过来。或者去配餐室看看有没有酒。我现在能喝一杯。我们就坐在这儿等大家回来，跟他们告别后再走。”

“斯嘉丽应该卧床。”塔尔顿太太上下打量了她一番，那副内行模样仿佛能把她的预产期算得分毫不差。

“去吧。”方丹奶奶用拐杖戳了塔尔顿太太一下，后者随手把帽子放在餐具柜上，双手扒拉了一下潮湿的红发，朝厨房走去。

斯嘉丽仰靠在椅子上，解开巴斯克衫最上面的两颗扣子。门厅天花板很高，凉爽幽暗，阵阵穿堂风从屋后吹来。晒了那么久太阳，这会儿更觉凉爽。斯嘉丽的目光穿过门厅，望向客厅。杰拉尔德之前就躺在客厅。她努力不去想爸爸，抬眼看向壁炉上方罗比亚尔外婆的画像。画像虽被刺刀划伤，画中人仍鬓发高耸、酥胸半露、神情淡漠高傲，也一如既往地让她精神大振。

“真不知道哪件事让比阿特丽斯·塔尔顿更难受，失去儿子，还是失去马。”方丹奶奶说，“要知道，她从不怎么关心吉姆或几个女儿。她就是威尔说的那种人——主发条断了。有时我都琢磨，她会不会像你爸一样变糊涂。除非马或人当着她的面产下后代，否则她永远不会开心。可她那几个女儿都没嫁人，也不太像能在县里找到丈夫的样子，所以她没有操心之事了。若非她本质上是个淑女，她早就是个十足的俗人……威尔说要娶苏埃伦，是真的吗？”

“嗯。”斯嘉丽直视着方丹奶奶的眼睛说。天哪，她还记得从前一见这老太太，自己就吓得要死！嗯，她如今成长了。老太太如果要管塔拉的闲事，她就叫她见鬼去。

“他完全可以娶个更好的。”方丹奶奶直言不讳地说。

“是吗？”斯嘉丽桀骜不驯地应道。

“小姐，收起你那副高傲的神情。”老太太语气尖刻，“我不会说你那宝贝妹妹的坏话。若真要说，刚才在墓地就开口了。我的意思是，附近男人供不应求，大部分姑娘都能随威尔挑。比如比阿特丽斯家那四只小野猫、芒罗家的姑娘，还有麦克雷家的……”

“他要娶苏，就这样。”

“能嫁给他，她可真幸运。”

“塔拉有他，也很幸运。”

“你爱这地方，不是吗？”

“当然。”

“正因为你如此爱这里，所以只要能有个男人料理塔拉，你压根不在意妹妹低嫁？”

“低嫁？”这想法让斯嘉丽吃了一惊，“低嫁？如今还有什么阶级之分。姑娘只要能找到个能照料自己的丈夫，不就行了？”

“这是个值得讨论的问题，”老太太说，“有些人认为你说的是常识，其他人则觉得你降低了本该寸步不让的标准。威尔当然不是上等人，但你家的人是。”

她锐利的老眼瞥向罗比亚尔外婆的肖像画。

斯嘉丽想起瘦长难看的威尔，他平平无奇、性情温和，嘴里永远嚼着稻草秆，整个人看起来毫无活力，跟大多数赶马车的穷苦白人一个样。他没有富裕、显赫、高贵的祖先。他家族第一批踏上佐治亚土地的先辈，甚至可能欠了奥格尔索普的钱，要不就是个无工资的奴仆。威尔没上过大学，这辈子只在某个边远蛮荒林区的学校念过四年书。他诚实可靠、吃苦耐劳，但的确并非上等人。按罗比亚尔家的标准，苏埃伦配他确实是低嫁。

“这么说，你同意威尔成为你们家的人？”

“嗯。”斯嘉丽凶巴巴地应道，随时准备把老太太的谴责顶回去。

“那你可以亲我一下了。”老太太带着无比赞同的微笑，出人意料地说，“斯嘉丽，我从没像此刻这般喜欢你。你向来跟山核桃一样硬，从小就固执。我不喜欢性格太硬的女人——我自己除外。但我的确喜欢你的处事方式。遇到无可奈何，甚至不合心意的事，你从不大惊小怪。你就像个好猎手，把防御工作做得干净利落。”

老太太那张满是皱纹的脸凑了上来，斯嘉丽犹疑不定地乖乖亲了一下。又听到赞美之词当然令人开心，哪怕她压根没听懂对方在夸什么。

“你让苏嫁给一个穷白佬，附近很多人都会议论的。虽说大家都喜欢威尔，但他还是穷白佬。他们可以在夸赞他是个好人的同时，感叹奥哈拉家的小姐下嫁真可怕。不过，你不必为那些话心烦。”

“我从来不在乎别人说什么。”

“这事我倒是有所耳闻。”苍老的声音带着一丝尖刻之意，“嗯，别管他人说什么。这很可能是门非常美满的婚姻。当然，威尔还是会一副穷白佬模样，婚姻无法让他在文法上有何进步。哪怕他赚到一大笔钱，也不可能像你爸一样，为塔拉增添一丝光彩。穷白佬哪儿有光彩。但威尔骨子里是绅士，本性正直。只有天生的绅士，才能像他刚才在墓地里那样，一针见血地指出我们的缺点。全世界都无法打败我们，但我们若太渴求再也无法挽回的东西，老惦记着不放，就可能不攻自破。没错，对苏埃伦和塔拉来说，选择威尔都很不错。”

“这么说，你赞成我让他娶她？”

“天哪，不！”老太太的声音疲惫又痛苦，却强劲有力，“赞成穷白佬娶名门世家的女儿？呸！我会赞成劣种马跟纯种马相配吗？噢，穷白佬虽然正直、可靠、诚实，但——”

“可你刚才还说，觉得这将是门美满的婚姻！”斯嘉丽困惑地嚷道。

“噢，我是觉得苏埃伦嫁给威尔不错。因为她如此迫切地想要个丈夫，但能上哪儿去找？除了这儿，她还能去哪儿找？而你，还能去哪儿找个这么好的管家料理塔拉？但这并不意味着我比你更喜欢眼下这种情况。”

“但我喜欢啊。”斯嘉丽努力琢磨老太太的意思，“我很高兴威尔要娶她。她干吗觉得我该介意此事？她凭什么理所当然地认为，我就得跟她一样？”

斯嘉丽困惑不解，还有些羞愧。每每有人将自己的情感和动机强加到她身上，认为她也应该感同身受时，斯嘉丽都会如此。

方丹奶奶摇着棕榈扇，继续尖刻辛辣地说："跟你一样，我不赞成这门婚事。但我也跟你一样务实。如果遇到某件并不合意，又无能为力的事，我觉得尖叫哭闹都没用。人生总有盛衰沉浮，尖叫哭闹解决不了问题。我之所以明白这点，是因为我的家庭和老医生的家庭经历的起起落落，比我们更多。要说我们有什么座右铭，那便是：'别抱怨，笑一笑，时机终会来到。'我们靠此挺过了很多难关，笑一笑，静待属于我们的时机。我们已经是幸存专家了。必须如此哪！我们总是押错宝——跟胡格诺派教徒逃出法国、跟保王党成员逃出英国、跟邦尼查理王子逃出苏格兰，然后被黑人赶出海地，如今又被北佬打败。但要不了多少年，我们就能东山再起，你知道这是为何吗？"

老太太昂起头。斯嘉丽觉得她真像一只什么都知道的老鹦鹉。

"不，我不知道，真不知道。"斯嘉丽礼貌地应道，其实心里烦透了，就跟那天听老太太唠叨克里克人暴动一样烦。

"原因嘛，就是我们会向不可避免之事低头。我们是荞麦，而非小麦！风暴一来，所有成熟的小麦都倒了。因为小麦是干的，没法随风弯曲。但荞麦成熟后还有水分，仍能弯曲。等风过去，荞麦几乎能跟之前一样坚挺结实。我们不是倔强的人，狂风大作时都很柔软灵活。因为，我们知道这样做值得。麻烦来了，我们二话不说，立马向不可避免之事低头。我们埋头苦干，微笑应对，静待时机。我们与地位更低的人周旋，从他们身上得到能得到的一切。等到足够强大，我们就踢开昔日那些垫脚石。孩子，这便是幸存的秘密。"老太太顿了顿，继续道，"我把它传授给你啦。"

老太太咯咯笑了起来，仿佛被自己的话逗乐了，全然不顾其中的恶意。她似乎在等斯嘉丽发表几句看法，但斯嘉丽根本没听懂多少，自然无言以对。

“不，”老太太继续道，“我们倒下还能再站起来，但我要说，附近的很多人就爬不起来了。瞧瞧凯瑟琳·卡尔弗特，你看到她如今变成什么样了吧，穷白佬！比她嫁的那个男人更卑贱。瞧瞧麦克雷家，一败涂地、无依无靠、不知道该做什么，也不知道怎么做，甚至试都不肯试一下，成日抱怨连连，回忆过去的好日子。再看看——看看县里任何一家，除了我家的亚历克斯和萨莉，除了你、吉姆·塔尔顿和他家的几个女儿，还有几个重新站起来的人？其他人全垮了，身上再无半点活力，因为他们没有再站起来的魄力。那些人就知道钱和黑奴。如今钱和黑奴都没了，他们的下一代全都得当穷白佬。”

“你忘了威尔克斯家。”

“不，我没忘。我只是觉得阿希礼毕竟是你家的客人，我应该礼貌些，别提他们。但既然你提起——那就说说吧！我听说，英迪亚已经成了个干瘪的老小姐。因为斯图尔特·塔尔顿被杀，她既不想忘掉他，也不想另嫁他人。她的确上了年纪，但只要想，还是能找个大户人家的鳏夫吧？可怜的霍尼想男人都快想疯了，但她那脑子比珍珠鸡聪明不到哪儿去。至于阿希礼，瞧瞧他！”

“阿希礼很好。”斯嘉丽激动地道。

“我从没说过他不好，但他跟四脚朝天的乌龟一样没用。如果威尔克斯家能熬过艰难时世，那靠的全是玫兰，而非阿希礼。”

“玫兰！天哪，奶奶！你在说什么啊？我跟玫兰同住了那么久，对她可了解得很。她胆小多病，连嘘鹅的胆子都没有。”

“可现在到底还有谁会嘘鹅？依我看，这纯属浪费时间。她或许不敢嘘鹅，但只要她心爱的阿希礼、儿子或她坚信的高贵文雅受到威胁，她就敢嘘这个世界、嘘北佬政府，或其他任何东西。斯嘉丽，她遵循的生活方式跟你不同，也跟我不同。如果你妈还活着，她俩走的倒是同一条路。玫兰让我想起你妈年轻的时候……或许，她能带领威尔克斯家渡过难关。”

“噢，玫兰就是个好心的小笨蛋。但你对阿希礼很不公平，他——”

“噢，胡扯！阿希礼生来只会读书，别的什么都干不了。我们如今所处的困境，光靠读书可摆脱不了。我听说，他犁地全县最差！你只需要拿他跟我家的亚历克斯比比就行了！战前，亚历克斯是天底下最没用的花花公子，只知道买新领带、喝得烂醉、朝别人开枪、追跟他一样没出息的姑娘。但瞧瞧现在的他！都学会种地了！不得不学啊，他若不学，我们都得饿死。现在，他能种出全县最好的棉花——没错，小姐！比塔拉的棉花更好！他还知道怎么养猪、养鸡。哈！除了脾气坏，他可是个好小伙。他知道如何静候时机，懂得随机应变。等艰苦的重建时期一过，我的亚历克斯就会成为他爸和他爷爷那样的有钱人。但阿希礼——”

斯嘉丽听到她如此贬低阿希礼，心里难受极了。

“这些话对我来说没什么意义。”她冷冷地说。

“啊，不应该呀，”方丹奶奶目光锐利地紧盯着她，“你去亚特兰大后，走的不正是这条路？噢，没错！就算待在闭塞的乡下，我们也听说了你那些荒唐事。你也随着时代的改变变了。我们听说，你巴结北佬、白垃圾和新近发财的投机家，赚他们的钱。我听说，你面上还故作老实呢。好啦，继续这么干，能从他们身上赚多少就赚多少。等你赚够了钱，再把他们一脚踢开便是。反正，到时候那帮人也没用了。一定得踹开，而且要断得干净妥帖。因为，若被穷鬼缠上，你可就完了。”

斯嘉丽皱眉看着她，想努力消化这番话。她依旧没怎么明白。

但老太太把阿希礼比作四脚朝天的乌龟，她还在生气。

“我觉得，你对阿希礼的看法不对。”她突然道。

“斯嘉丽，你真是不太聪明。”

“那只是你的看法。”斯嘉丽粗鲁地说，心想要是能给这老太婆一巴掌就好了。

“噢，你赚起美元和美分来，倒是够聪明。但一遇到男人的问题，就不够聪明了。你根本不会看人。”

斯嘉丽的眼睛眼看着就要冒出火来，双手攥紧又松开，松开又攥紧。

“我把你气坏了，是吧？”老太太笑着问，“啊，我故意的。”

“噢，你故意的，是吗？为什么？”

“理由很多啊，而且全都很正当。”

老太太靠回椅子里，斯嘉丽突然发现她看起来疲惫至极、老态龙钟。一双爪子般的小手交叠着搭在扇子上，蜡黄得犹如死人的手。斯嘉丽顿时怒气全消，生出一个念头。她倾身向前，抓起老太太的一只手。

“你可真是个可爱的老骗子。”她说，“你这些话都是胡扯的吧。你只是想让我不去想爸爸，对吗？”

“别糊弄我！”老太太气鼓鼓地抽回手，“那只能算一部分原因，还因为我跟你说的这些都是实话，你却蠢得听不懂。”

但斯嘉丽微微一笑，并不觉得老太太这话刺耳。她为阿希礼生的那些气，也已烟消云散。知道老太太那番话当不得真，的确令人高兴。

“不过，还是要谢谢你。谢谢你跟我说这番话。就算——就算很多人都不赞同威尔和苏埃伦的婚事，但你跟我看法一样，我就很高兴。”

塔尔顿太太端着两杯酪乳回来了。她什么家务都不会干，奶洒了一路。

“我一直走到冷藏室才弄到，”她说，“快喝吧，他们马上就要从墓地回来了。斯嘉丽，你真要让苏埃伦嫁给威尔？倒不是他配不上她，但你知道的，他是个穷白佬，而且——”

斯嘉丽和方丹奶奶四目相对。老太太那双老眼闪过一丝顽皮的光芒，斯嘉丽眼中也一样。

第四十一章

送走最后一位客人，等最后一辆马车的车轮声和马蹄声消失后，斯嘉丽才走进埃伦的账房，从写字台鸽笼式分类架里那些泛黄的文件中取出一个亮闪闪的东西。这是她昨晚藏在那儿的。听到波尔克吸着鼻子在餐厅摆饭，她便喊了他一声。波尔克应声来了，一张黑脸愁苦凄凉，犹如丧家之犬。

“波尔克，”斯嘉丽厉声道，“你要是再哭，我——我也要哭了。别哭啦。”

“是，小姐。我努力克制了，但一想到杰拉尔德先生，我就——”

“那就别想。别人哭我都能忍，但我受不了你哭。听着，”她的声音突然柔和下来，“你还不明白吗？因为我知道你有多爱他，所以才受不了你哭。波尔克，擤擤鼻涕，我送你件礼物。”

波尔克大声擤了擤鼻涕，眼里闪过一丝兴味。但与其说他感兴趣，不如说是出于礼貌。

“还记得你那晚去人家鸡舍偷鸡，结果挨了一枪的事吗？”

“天哪，斯嘉丽小姐，我从没——”

“你有！事情都过去这么久了，别跟我撒谎啦。你还记得我说过要给你一块表，奖励你的忠心吗？”

“嗯，小姐，我记得。我还以为你已经忘了。”

“不，我没忘。拿去吧。”

她递给他一块大金表，表壳上的精美浮雕繁复厚重，表链上还挂了不少饰物和图章。

“天哪，斯嘉丽小姐！”波尔克惊叫道，“这是杰拉尔德先生的表！我见他看这块表看过千百回！”

“嗯，是爸爸的表。波尔克，我把它给你了，拿着吧。”

“噢，不！”波尔克惊得连连后退，“这是白人绅士的表，是杰拉尔德先生的东西。斯嘉丽小姐，你怎么能把它送给我？它当然是韦德·汉密尔顿少爷的。”

“它是你的。韦德·汉密尔顿为我爸做过什么？爸爸生病衰弱时，他照顾过他吗？他给爸洗过澡、穿过衣服、刮过胡子吗？北佬来时，他有陪在爸爸身边，为他偷过东西吗？别傻啦，波尔克。要说谁配得上这块表，那这人就是你。我知道，爸爸也一定会同意。拿着。”

她拉起那只黑手，把表放在他掌心。波尔克恭敬地看着那块表，脸上慢慢露出喜色。

“真的给我吗，斯嘉丽小姐？”

“嗯，当然是真的。”

“那——那谢谢你，小姐。”

“愿不愿意让我把它拿到亚特兰大刻几个字？”

“刻字是什么意思？”

“就是在背面刻几个字，比如‘奥哈拉赠善良又忠诚的仆人波尔克’。”

“不——不用了，谢谢你，小姐。不用费心刻字。”波尔克紧紧攥着那块表，往后退了一步。

斯嘉丽微微一笑。

“怎么了，波尔克？怕我不给你带回来啊？”

“不，我相信你——只是，呃，有时候，你会改变主意。”

“不会的。”

“呃，你可能会把它卖掉。这值不少钱呢。”

“你觉得，我会卖掉爸爸的表？”

“是啊，小姐，如果你需要钱的话。”

“波尔克，你说这话，真该挨顿揍。我想把表收回来啦。”

“不，小姐，你不会的。”波尔克悲痛憔悴了一天的脸，总算第一次露出点笑意，“我了解你……再说，斯嘉丽小姐——”

“怎么了，波尔克？”

“你对白人要是有对黑人一半好，这世上的人都会对你好得多。”

“人们对我够好了，”斯嘉丽道，“好啦，去把阿希礼先生找来，跟他说我在这儿等他，叫他马上就来。”

阿希礼坐在埃伦那张小写字椅里，颀长的身子把椅子衬得更小了。斯嘉丽提起锯木厂的事，说要把一半产权分给他。他一次都没看她的眼睛，也没出言打断。他只是坐在那儿，低头盯着自己慢慢翻转的双手，先仔细打量手心，然后是手背，仿佛从未见过它们一般。他虽然在干粗活，这双手仍修长灵敏，保养得很好，压根不像个农夫的手。

见他垂头不语的模样，斯嘉丽有些不安，于是更加卖力地描述锯木厂，把它说得十分诱人。她也使出浑身解数，又是微笑又是抛媚眼，却都白费了，因为他始终没抬眼。他要是看她一眼就好了！她没提已经从威尔那儿得知他决定去北方的事，言语间似乎已经断定没有任何障碍能阻止他接受自己的计划。然而，他还是不开口。斯嘉丽终于说不下去，只好慢慢住了嘴。他瘦削的肩膀挺得很直，让她吃了一惊。他当然不会拒绝！他有什么理由拒绝？

“阿希礼。”斯嘉丽再次开口，但又打住了。她不想用怀孕当借口，甚至一想到让阿希礼瞧见自己如此臃肿丑陋的模样，就要退缩。可其他理由似乎都不奏效，她终究还是决定——打出最后一张底牌，用自己的“无依无靠”来说服他。

“你一定要来亚特兰大。现在我真的非常需要你帮忙，因为我自己没法再料理锯木厂。或许还得好几个月，我才能——因为——你也瞧见了——呃，因为……”

“求你别说了！”他粗鲁地打断她，“天哪，斯嘉丽！”

他起身，突然走到窗边，背对着她，望向排成一队、大摇大摆穿过谷仓前空地的鸭子。

“就是因为——因为这个，你才看都不肯看我一眼吗？”斯嘉丽悲戚地问，“我知道我这模样看起来——”

他猛地转过身，灰眸热切地盯着她，那目光让她不禁伸手捂住了喉咙。

“什么模样不模样的！”他说得又狠又急，“你知道的，在我眼里你一直都很美。”

斯嘉丽一阵狂喜，眼里都漾出了泪来。

“你这么说真是太好了！因为让你瞧见我这副模样，我真是很不好意思——”

“不好意思？你干吗不好意思？该不好意思的是我。要不是我的愚蠢，你何苦落到这种境地。你根本不用嫁给弗兰克。去年冬天，我就不该让你离开塔拉。噢，我真是个笨蛋！我应该知道——知道你绝望了，绝望得——我应该——应该去——”他一脸憔悴。

斯嘉丽的心狂跳不止。他在后悔没跟自己私奔！

“你收留我们这些穷光蛋，我至少该为你弄到税金，哪怕去拦路抢劫或杀人也行啊。噢，我把一切都搞砸了！”

斯嘉丽失望得心都揪紧了，幸福感大减。她想听的可不是这些话。

“不管怎样，我还是得去，”她疲惫地说，“我不能让你做那种事。无论如何，事情已经这样了。”

“是啊，已经这样了。”阿希礼痛苦地低语道，“你不让我做任何有损声誉之事，却将自己出卖给一个并不爱的男人，还——还怀上了他的孩子，好让我们一家不挨饿。你真是太好了。我孤苦无助时，是你为我提供了避难所。”

阿希礼语中带刺，显然是内心还未愈合的伤口在隐隐作痛。他的话也让她眼中露出羞愧之色。但他很快察觉到这点，面色顿时温和下来。

“你不会觉得我在责备你吧？天哪，斯嘉丽！我没有。你是我见过最勇敢的女人，我是在责备自己。”

他转过身，再次望向窗外。在她看来，那副肩膀似乎没有刚才那么挺了。斯嘉丽默默等了很久，希望阿希礼能恢复刚才夸她漂亮时的情绪，也希望他多说几句能让她珍藏心底的话。真是太久没见到他了呀！这期间，她只能靠回忆活着，但到了最后，回忆也变得稀薄了。她知道他仍爱着自己。这点显而易见，他身上的每一根线条、每句痛哭自责的话、对她怀着弗兰克孩子的愤恨，都清楚明白地表明了这点。她多希望他能亲口说出这些话，也希望自己可以说点能激他表白的话，可她不敢。她想起去年春天自己许下的诺言，再也不主动招惹他。她很难过，却知道若想把阿希礼留在身边，自己就必须信守诺言。一句爱的呼唤或一个渴望他怀抱的眼神，他们就彻底完了，阿希礼也肯定会去纽约！绝不能让他走。

“噢，阿希礼，别怪自己！怎么会是你的错？你会到亚特兰大帮我的，对吗？”

“不。”

“可阿希礼，”她又痛苦又失望，都有些语不成调了，“但我还得指望你啊。我真的很需要你。店里实在太忙，弗兰克帮不了我。你若不来，我真不知道该去找谁！亚特兰大但凡聪明点的，个个都在忙自己的事，剩下的压根没能力，而且——”

“没用的，斯嘉丽。”

“你是说，你宁愿去纽约，跟北佬混在一起，也不肯来亚特兰大？”

“谁告诉你的？”他转身面对她，有些不悦地皱起前额。

“威尔。”

“没错，我决定去北方。有个战前跟我一起参加大旅行的朋友为我提供了一个职位——去他爸的银行上班。斯嘉丽，我还是去那儿比较好。我对木材生意一无所知，帮不了你什么。”

“可银行业务你了解得更少。而且，那些东西还更难学！而你缺乏经验，我总能比北佬更容忍你吧！”

阿希礼身子一缩，斯嘉丽明白自己说错话了。他转过身，再次望向窗外。

“我不需要你容忍我。我想自力更生。迄今为止，我这辈子有何成就？是时候做出点什么了，哪怕到头来一败涂地。我靠你养活，已经靠得够久。”

“可阿希礼，我要把锯木厂一半的产权都给你啊！你能自食其力，因为——瞧，它不也是你的事业吗？”

“没有区别。那一半产权不是我买的，它依然是你的赠予。斯嘉丽，你已经给了我太多礼物——食物、住所，就连我、玫兰妮和孩子穿的衣服，都是你给的。我呢，却没有回报你任何东西。”

“噢，你回报了！威尔不可能——”

“现在，我劈柴倒是劈得很好。”

“噢，阿希礼！”斯嘉丽绝望地大叫，两眼因他讥讽的腔调蓄满泪水，“我走后你到底出了什么事？怎么说起话来如此尖酸刻薄！你以前不是这样的呀。”

“出了什么事？斯嘉丽，是有件很重大的事。我一直在思考。从南方投降到你离开这儿的那段时间里，我的确没有好好思考过。当时，我脑子完全停摆，只要有点吃的，有张能睡觉的床就足够了。但你去亚特兰大后，我挑起男人的重担，才发现自己远远算不上一个男人——甚至远远及不上一个女人。明白了这些，日子可就不太好过了，我也不打算再这么过下去。可那些从战场归来时处境比我还差的男人，瞧瞧他们现在什么样！所以，我要去纽约。”

“但——我不明白！你要是想工作，在亚特兰大工作，跟去纽约工作不是一样的吗？而且，我的锯木厂——”

“不，斯嘉丽。这是我最后的机会。我要去北方。如果跟你去亚特兰大，为你干活，我就永远完了。”

“完了——完了——完了。”这骇人的词仿佛在她心中敲响了丧钟。她飞快地望向他，发现他那双水晶般清澈的灰眸睁得大大的，正透过自己，望向某种她看不见也理解不了的命运。

“完了？你是说——你做了什么会让亚特兰大那些北佬抓你的事？我是说，跟帮助托尼逃跑有关吗——还是——还是——噢，阿希礼，你不会加入了三K党吧？”

他缥缈的目光重新回到她身上，面上微微一笑，眼中却无半点笑意。

“我忘了你总爱从字面意思理解问题。不，我怕的不是北佬。我是说，如果去了亚特兰大，再次接受你的帮助，我就永远没有自力更生的机会了。”

“噢，”斯嘉丽顿时松了口气，“原来是这样啊！”

“嗯。”阿希礼又笑了，但这个笑容比之前的更冷，“就是这样。只是因为我作为男人的骄傲和我的自尊。或者，如果你愿意的话，可以说是我不朽的灵魂在作祟。”

“但是，”斯嘉丽话锋一转，又绕了回来，“你可以慢慢从我手中把锯木厂买过去，等它变成你的了，就……”

“斯嘉丽，”他厉声打断，“我说了，不行！还有别的原因。”

“什么原因？”

“什么原因，你比谁都清楚。”

“噢——那个？但——不会有问题的。”她飞快地承诺道，“我保证过啦。你知道的，去年冬天在果园时，我就打算信守诺言，而且——”

“这么说，你对自己比对我更有把握？我可不指望自己能信守那样的承诺。虽然不该说这种话，但我必须让你明白。斯嘉丽，我不想再谈这事了，到此为止吧。等威尔和苏埃伦完婚，我就去纽约。”

他双眼大睁，情绪激动，盯着她看了一会儿，便飞快地穿过房间，握住了门把手。斯嘉丽痛苦地盯着他。谈话结束，她输了。

头天经历的紧张和悲伤突然让她浑身发软，她终于崩溃，尖叫一声“噢，阿希礼”，便扑倒在沙发上，号啕大哭。

她听到他迟疑的脚步声离开门边。头顶响起他无助的声音，一遍又一遍地叫着她的名字。走廊里，传来一阵急促的脚步声。玫兰妮从厨房冲进屋，睁大的眼里满是惊恐。

“斯嘉丽……孩子没事吧……？”

斯嘉丽仍把脑袋埋在满是灰尘的软垫上，继续尖叫。

“阿希礼——他太坏了！坏透了——太可恨了！”

“噢，阿希礼，你把她怎么了？”玫兰妮扑倒在沙发边的地板上，把斯嘉丽搂进怀里，“你在说什么啊？你怎么啦？会影响到孩子的！好啦，亲爱的，把头靠在我肩上！出什么事啦？”

“阿希礼——他真是太——太固执、太可恨啦！”

“阿希礼，你真让我吃惊！她这副身子，奥哈拉先生又刚刚过世，你还把她气成这样！”

“你别怪他！”斯嘉丽语无伦次地嚷道，突然抬起埋在玫兰妮肩上的脑袋。她粗糙的黑发从发网里散落，脸上满是泪痕，“他有权爱做什么就做什么！”

“玫兰妮，”阿希礼脸色煞白，“听我解释。斯嘉丽好心为我提供了一份亚特兰大的工作，让我去她的一间锯木厂当经理……”

“经理！”斯嘉丽气愤地嚷道，“我是要给他一半产权，他——”

“我告诉她我已经做好安排，我们要去北方，她就——”

“噢，”斯嘉丽大叫一声，又抽噎起来，“我一遍又一遍地说我有多需要他——我找不到人管理锯木厂——眼看着就要生孩子了——可他还是不来！现在——现在，我只能卖掉锯木厂。肯定卖不到好价钱。我就要赔钱了，或许我们都得挨饿，他却不在乎。

他太坏了！”

她又把头埋到玫兰妮细瘦的肩上，心里重新闪起希望的火花，真真切切的痛苦倒是减弱了几分。她能感觉到，一片真挚的玫兰妮是自己的盟友。谁若把斯嘉丽惹哭了，玫兰妮定会发火，哪怕那人是自己心爱的丈夫。玫兰妮像只坚定的小鸽子般扑向阿希礼，生平第一次啄起他来。

“阿希礼，你怎么能拒绝她？她为我们做了这么多！你这样显得我们多忘恩负义啊！她现在无依无靠，还怀着……你真是太没骑士精神啦！我们需要帮助时，她帮了我们。现在她需要你，你却拒绝她！”

斯嘉丽偷偷打量阿希礼，瞧见他盯着玫兰妮气愤的黑眼睛，一脸惊讶和迟疑。斯嘉丽也很吃惊，完全没想到玫兰妮竟如此凶狠。因为她知道玫兰妮向来认为妻子不该指责丈夫，除了上帝，就数丈夫的决定最神圣。

“玫兰妮……”阿希礼唤了一声，就无力地双手一摊，不说话了。

“阿希礼，你还犹豫什么？想想她为我们——为我做的事！要是没有她，我在亚特兰大生小博时就死了！她还——对了，为了保护我们，她还杀了一个北佬。你知道那事吗？她为我们杀了一个人。你和威尔回家前，为了我们能有口吃的，她像奴隶一样拼命干活。我一想到她犁地、摘棉花，我就——噢，亲爱的！”她低下头，热烈又忠诚地亲吻斯嘉丽乱蓬蓬的头发，“现在她第一次求我们帮忙——”

“你不必再告诉我她为我们做了什么。”

“阿希礼，想想看！除了帮她，我们还能住在亚特兰大，跟我们自己人，而非北佬生活在一起。想想看，这意味着什么！姑妈、亨利伯父和所有朋友都在，小博将有很多玩伴，还能上学。我们若去了北方，就不能让他上学，总不能让他跟北佬的孩子和黑人小孩同班吧！我们只能请家庭教师，真不知道能不能负担得起……"

"玫兰妮，"阿希礼的声音异常平静，"你真这么想去亚特兰大？我们讨论去不去纽约时，你可没说过这些话啊。你从没暗示过——"

"噢，可我们聊起去纽约的事时，我还以为你在亚特兰大找不到事情做。而且，我也不该说什么。丈夫去哪儿，妻子就该跟到哪儿。但现在斯嘉丽这么需要我们，还有个只有你能胜任的职位，我们不是正好可以回家吗！回家啊！"她攥着斯嘉丽，声音里满是狂喜，"我又可以见到五角广场、桃树街和——和——噢，我真想它们呀！或许，我们还能盖一座自己的小屋。再小再简陋我都不介意，那——那可是我们自己的家！"

她满眼热忱和喜悦，另外两人盯着她，阿希礼奇怪又震惊，斯嘉丽惊讶又羞愧。她从没想过玫兰妮如此想念亚特兰大，这么想回去，想有一个属于自己的家。她似乎一直对塔拉很满意，所以斯嘉丽见她这么想家，心中着实意外。

"噢，斯嘉丽，你真是太好了，为我们安排好一切！你知道我有多想回家！"

和往常一样，面对玫兰妮这种硬要为他人并无好意的行为安高尚动机的习惯，斯嘉丽觉得羞愧又恼火，突然间竟不敢再看阿希礼或玫兰妮的眼睛。

"我们可以盖一座自己的房子。你没发现结婚五年了，我们还没有自己的家吗？"

"你可以跟我们住在佩蒂姑妈家，那儿就是你们的家啊。"斯嘉丽嘟囔着，故意拿过一个靠垫摆弄，依旧垂着眼，藏住渐渐流露出的得意之色。形势已对她非常有利。

“不，但还是谢谢你，亲爱的。我们再住进去就太挤了。我们要自己盖座小屋——噢，阿希礼，快答应了吧！”

“斯嘉丽，”阿希礼闷闷地说，“看着我。”

斯嘉丽抬起头，看向那双满是痛苦、疲惫和无奈的灰眸。

“斯嘉丽，我去亚特兰大……我斗不过你俩。”

他转身走出房间。斯嘉丽心中的得意被一种纠缠不休的恐惧冲淡了不少。他说这话时的神情，跟刚才说若真去亚特兰大，他就全完了时一模一样。

苏埃伦和威尔结婚，卡伦动身去查尔斯顿的修道院，阿希礼、玫兰妮和小博则去亚特兰大。他们也把迪尔西带上了，让她做饭和看孩子。普利西和波尔克留在塔拉，直到威尔找到其他黑人帮忙下地干活，他们再进城。

阿希礼在常春藤街的一座小砖房安顿下来。那座房子就在佩蒂姑妈家背后，两家后院相连，中间只隔了一道杂草丛生的水蜡树篱。玫兰妮选中这儿，就是因为这点。回到亚特兰大的第一个早晨，玫兰妮就搂着斯嘉丽和佩蒂姑妈又哭又笑，说跟心爱的人们分开太久，住得再近也不为过。

房子原本有两层，但二楼在围城中被炮弹炸毁。南方投降后，归来的原主人没钱修葺，便在剩下的一楼上盖了个屋顶。结果房子显得又平又矮，比例失调，活像小孩用鞋盒搭起来的玩具房。因为建在一座大地窖上，这房子离地很高。一道又长又弯的楼梯通进地窖，看起来有些滑稽。但屋前有两棵老橡树，前门台阶旁还有一丛木兰花。橡树形态优美，绿叶成荫。木兰花叶子虽落了灰，却开出点点白花，多少遮掩了部分房子的丑态。草坪宽大，茂密的苜蓿绿油油地铺成一片。草坪边就是那道枝叶蔓生、无人修剪的水蜡树篱，篱笆上还缠了不少芬芳的忍冬藤。草坪上，处处都有玫瑰从断裂的老枝重新绽放，粉的、白的紫薇竞相怒放，仿佛头顶从未开过战，北佬的战马也从未啃食过它们的枝叶。

斯嘉丽觉得她真是从没见过这么丑的房子。玫兰妮却觉得就算十二橡树园最富丽堂皇时，也没这儿美。这里是家。她、阿希礼和小博终于在自家屋檐下团聚了。

英迪亚·威尔克斯从梅肯回来了。一八六四年起，她就跟霍尼住在梅肯，如今回来跟哥哥同住，顿时让这座小屋子显得很拥挤。但阿希礼和玫兰妮都很欢迎她。时代变了，钱少了，但南方的生活准则没变——对贫困或未出嫁的亲戚，家家都很乐意腾出房间接纳。

霍尼已经出嫁。英迪亚说，她下嫁给一个粗俗的西部人。那家伙从密西西比到梅肯定居，红脸膛、大嗓门，干什么都很快活。英迪亚不赞成那门婚事，也因反对在妹夫家住得并不愉快。听说阿希礼如今有了自己的家，她自然开心地搬了出来。这样，她既能离开那个不合心意的环境，也不用心烦成日看着妹妹和一个压根配不上她的男人在一起，还成天傻乐。

家里其他人私下里却觉得，头脑简单、老是咯咯傻笑的霍尼简直干了件出乎他们意料的好事。她竟然也能抓住一个男人，多不可思议啊。她丈夫是位绅士，也有些产业。但对佐治亚出生、按弗吉尼亚传统长大的英迪亚来说，东海岸以外的人都是乡巴佬和野蛮人。霍尼的丈夫说不定也很高兴英迪亚终于离开，因为这些日子以来，跟她住在一起着实不易。

她现在完全一副老小姐模样。二十五岁了，看起来也是这年纪，所以她再无必要想方设法吸引别人。她那双没有睫毛的淡色眼眸坚定地直视世间万物，两片薄唇总是倨傲地紧抿着。如今，她身上有种端庄骄傲的神色。说来也怪，这气质竟比从前在十二橡树园时，她身上那种坚定而友善的少女气更适合她。现在，她的身份跟寡妇差不多。人人都知道，如果斯图尔特·塔尔顿没在葛底斯堡战死，肯定会娶她为妻。于是，她受到了一个寡妇应有的尊重。因为就算她没结婚，曾经也是个有人想娶的女子。

很快，常春藤街上这座小房子的六个房间便摆上了少量家具——都是弗兰克店里最便宜的松木和橡木家具。因为阿希礼身无分文，只能赊账，他便只肯要最便宜的，也只买最需要的。这让向来喜欢阿希礼的弗兰克很尴尬，也引得斯嘉丽苦恼不已。她和弗兰克都想把店里最好的桃花心木家具和雕花红木家具送给他们，分文不取，却被威尔克斯夫妇坚定地拒绝了。他们的房子光秃秃的，真是太难看了。斯嘉丽真不愿阿希礼住在没有地毯和窗帘的屋子里。可他似乎根本不介意居住环境。玫兰妮婚后第一次有了自己的家，不仅欢天喜地，甚至还很为那地方骄傲。要是被朋友们发现自家没有厚窗帘、地毯、靠垫，或椅子、茶杯和调羹不够用，斯嘉丽就会觉得无比丢人。但玫兰妮恭敬待客时，那神情却好似家里挂着长毛绒窗帘，摆着锦缎沙发一样。

玫兰妮面上看着快乐，身体却不好。生小博伤了身体，孩子出生后在塔拉干的那些苦活，让她的健康状况变得更糟。她很瘦，瘦得好似那身小骨头随时可能刺破白皙的皮肤。在后院跟孩子嬉笑玩耍时，远远看去，她就像个小女孩，腰身细得不可思议，整个人完全没有女性的线条。她没胸，屁股几乎跟小博的一样平。在斯嘉丽看来，她既没傲气，也没品位；既不在紧身巴斯克衫上饰褶边，也不往紧身胸衣背后加衬垫，结果让自己的消瘦暴露无遗。和身体一样，她的脸也又瘦又苍白，两弯细眉纤柔得好似蝴蝶触须，被苍白的肤色一衬，显得格外黑。她脸小，眼睛便大得算不上好看，加上黑眼圈，就更是大得显眼。但她仍跟少女时一样，眼中尽是无忧无虑的神色。战争、接连不断的痛苦和艰苦劳作，都没能夺走她眼中那份甜美静谧。这是双幸福女人的眼睛，这种女人哪怕经历狂风暴雨，内心也依旧祥和安宁。

斯嘉丽嫉妒地看着玫兰妮，纳闷她为何能保持那样的眼神。斯嘉丽知道，自己有时会露出饿猫般的眼神。瑞德有次说起过玫兰妮的眼睛，是说了几句它们好似烛光之类的傻话吧？噢，没错，说仿佛是这邪恶世界中的两道善良之光。嗯，它们像烛光一样，还是任何风都吹不灭的烛光。因为又回到家、回到朋友们中间，所以那两道幸福柔和的烛光又亮起来了。

小屋里总是挤满客人。玫兰妮从小就讨人喜欢。城里人听说她回来了，纷纷登门欢迎。大家为这座小房子带来各种礼物：小摆件、图画、一两把银汤匙、亚麻枕套、餐巾、小地毯等。这些小东西都是他们在舍曼的洗劫中设法藏下，珍惜至今的。现在送出来，倒是个个都发誓说这些留着也没用了。

跟她父亲一起参加过墨西哥战争的老人们特意带着客人上门，说要见见“汉密尔顿老上校的宝贝女儿”。她母亲的老朋友们也喜欢围在她身边。如今这种疯狂岁月，年轻人似乎都忘了规矩礼仪，玫兰妮却还对老一辈毕恭毕敬，老贵妇们自然甚感欣慰。跟玫兰妮同辈的年轻主妇、母亲和寡妇们也很喜欢她，因为她们都受过同样的苦，玫兰妮却从不满腔怨愤，反而总是愿意同情地听她们倾诉。年轻人也会来做客，因为他们在这儿过得很愉快，还能见到想见的朋友。

围绕乖巧谦逊的玫兰妮，很快形成一个有老有小的社交圈。

这些人是亚特兰大战前的精英，虽囊中羞涩，却都为自己的家世骄傲，顽固地坚持着旧社会的种种传统。仿佛被战争打得四分五裂、被死亡耗得人丁凋零、被变化迷得不知所措的亚特兰大社交界，又围绕着玫兰妮这个顽强不屈的核心，得以重组。

那些旧时代的幸存者始终严阵以待。玫兰妮虽年轻，却有他们赞赏的所有品质：贫穷、在贫穷中保持骄傲、不抱怨的勇气、乐观、好客、善良等。还有最重要的一条——忠于所有旧时传统。玫兰妮拒绝改变，甚至拒绝承认在一个不断变化的世界，有任何改变的理由。旧日时光仿佛在她家重现，人们鼓起勇气，更加蔑视席卷投机家和共和党新暴发户们的疯狂奢靡之风。

人们从玫兰妮年轻的脸上看到对旧时代坚定不移的忠诚，一时间便忘了自己阶层内部的叛徒，也忘了由叛徒引起的愤怒、恐惧和心碎。叛徒其实很多。那些人出身良好，穷得走投无路，便投靠敌人，成了共和党人。他们接受征服者提供的职位，好让家人不再靠救济为生。积累财富往往需要数年，一些之前参过军的年轻人因为缺乏勇气面对如此漫长的岁月，就学瑞德·巴特勒的样，跟拎毯制手提包的投机家们勾结，干些无耻的赚钱勾当。

最可恶的叛徒是亚特兰大最显赫家族的女儿们。那些姑娘在南方投降后才成年，对战争只有点滴记忆，缺乏长辈们那种切肤之痛。她们没有失去过丈夫或情人，对过去的财富和荣耀印象不深。而北佬军官们，却那般英俊、衣着讲究、快活无忧。他们会举办盛大的舞会、骑高头骏马，还一心爱慕着南方的姑娘们！军官待那些姑娘犹如王后，小心翼翼地不伤害她们敏感的自尊。既然如此，干吗不跟他们来往呢？

城里的本地青年衣着寒酸、神情严肃，干活辛苦，几乎没有时间玩乐。相比之下，北佬军官可有吸引力多了。于是，出了不少姑娘跟北佬军官私奔，让亚特兰大的家人心碎神伤的事。兄弟在路上遇到这样的姐妹，招呼都不打一声就擦身而过；父母也绝口不提这种女儿的名字。一想起这些悲剧，那些以“绝不投降”为座右铭的人都觉得血管阵阵发凉。可他们一看到玫兰妮温柔的脸，恐惧立马烟消云散。正如贵妇们所说，玫兰妮就是城中年轻姑娘们的典范，而且，因为她从不炫耀自身美德，所以也不会惹姑娘们怨愤。

玫兰妮从没想过自己能成为一个新社交圈的领袖，只当人们都好心来看望她，邀她加入他们人数不多的缝纫组、交谊舞俱乐部和音乐社。虽然南方部分姐妹城市讥讽亚特兰大缺乏文化，但亚特兰大人向来喜欢音乐，也爱好乐曲。如今，随着世道越来越艰难，局势越来越紧张，人们又对音乐生出浓厚兴趣。听音乐时，他们更容易忘掉街上那些厚颜无耻的黑人和穿蓝军装的驻军。

玫兰妮发现周六晚上的音乐社竟以自己为首时，不禁有些难为情。她不明白自己是如何被推举到这个位置的，她只是能为大家弹钢琴伴奏而已，甚至能为不辨音高，却偏爱二重唱的麦克卢尔姐妹伴奏。

其实，玫兰妮巧妙地将女子竖琴社、绅士合唱团、少女曼陀林协会、吉他协会和周六晚上的音乐社合并，终于让亚特兰大有了值得一听的音乐。事实上，很多人觉得合并后的乐团演奏的《波希米亚姑娘》，水平甚至超过纽约和新奥尔良的专业乐团。玫兰妮设法把女子竖琴社合并进来后，梅里韦瑟太太就对米德太太和怀廷太太说，她们一定要让玫兰妮当乐团领袖。梅里韦瑟太太断言，玫兰妮既然能跟竖琴手相处融洽，就一定跟任何人都合得来。梅里韦瑟太太自己就在循道宗教堂为唱诗班演奏管风琴。身为一名风琴手，她当然看不上竖琴或竖琴手。

玫兰妮还当选了“阵亡烈士墓地美化协会”和“邦联遗孤遗孀缝纫协会”的秘书。这项新荣誉是两个团体上次开会时决定的。那场会议异常激烈，双方争执不休，差点断了双方终生不渝的友情。争端起因是要不要为那些挨着邦联士兵墓地的北佬士兵墓地清理杂草。杂草丛生的北佬墓地若不清理，太太们美化己方将士墓地的努力，就付诸东流了。紧身胸衣下憋着的怒火顿时爆发，双方怒目而视、剑拔弩张，缝纫协会主张一并清除杂草，美化协会则强烈反对。

米德太太表达了美化协会的观点：“为北佬的坟除草？只要给我两美分，我就能把他们的坟全刨了，遗骨直接扔进城里的垃圾堆！”

听到如此慷慨激昂的发言，双方顿时哗然，每位太太都站起来各抒己见，谁也不肯听谁的。会议在梅里韦瑟太太家的客厅举行。据被赶到厨房的梅里韦瑟爷爷说，当时客厅的吵闹声堪比富兰克林战役的开战炮声。爷爷还说，要听那响声，估计待在战场上都比待在客厅安全。

玫兰妮想方设法挤进激动的人群中央，又费了好大劲儿，才让闹哄哄的各位听她讲话。虽然心都吓得提到嗓子眼儿，她还是用惯常的温柔口吻，声音发颤地对这群愤怒的太太喊“女士们！请听我说！”直到大家终于安静下来。

“我想说——我的意思是，这事我已经考虑了很久——我们不仅应该除掉杂草，还该种上花——我——我不管你们是怎么想的，但我每次为亲爱的查理带去鲜花，都会给旁边那个陌生的北佬墓上也放一些。那——那个坟看起来太凄凉了！”

众人又一阵骚动，声音比刚才还响，这次双方倒是意见一致。

“给北佬的墓放花！噢，玫兰，你怎能干这种事！”“是他们杀了查理！”“他们还差点杀了你！”“哼，小博刚出生时，也差点被北佬杀了呢！”“他们还想一把火烧掉塔拉，把你们都赶出去！”

玫兰妮抓着椅背撑住身体，差点被这平生未见的激烈反对压垮。

“噢，女士们！”她大声哀求，“请让我把话说完！我知道这事自己无权发言，因为除了查理，我没有别的亲人死在战场上。感谢上帝，我也知道查理葬在何处！但今天在场的各位，很多都不知道自己的儿子、丈夫或兄弟埋骨何方，而且——”

她声音哽咽，屋里顿时一片死寂。

米德太太冒火的眼睛暗了下去。战后，她大老远地跑去葛底斯堡，想带回达西的遗体，但没人说得清他葬在何处。或许就是在敌方地盘挖了条深沟，便匆匆掩埋了。艾伦太太嘴唇颤抖。她的丈夫和弟弟随倒霉的摩根将军向俄亥俄州发动突袭，她得到的最后消息是：北佬骑兵冲上来时，他们倒在了河岸上，最后葬在哪儿不得而知。艾利森太太的儿子死在北方的一个战俘营，作为穷人中的穷人，她无力将儿子的尸体运回来。在场还有些人，送自家男人开赴前线后得到的最后消息，只是在伤亡名单上读到一句“失踪——相信已阵亡”。

她们转向玫兰妮，眼里似乎都在说：“你干吗又把这些伤口撕开？不知他们葬在何处，就是永远无法愈合的伤口。”

一片静谧中，玫兰妮的声音渐渐有力起来。

“他们的坟墓就在北佬那边的某个地方，正如这些北佬的坟墓在我们这边一样。如果哪个北佬女人说要把他们挖出来——那多可怕啊！”

米德太太惊恐地低叫了一声。

“但如果哪位好心的北佬女人——那边儿肯定也有好心的女人。别人怎么说我不管，但她们肯定不会都坏！如果她们为我方士兵的坟墓除草、为他们送去鲜花，就算她们是敌人，这也是件多么美好的事啊。如果查理死在北方，有人为他做这些事的话，不管你们会如何看我，我都觉得很安慰。”玫兰妮再次哽咽，“你们这两个协会我都退出。我——我要为能找到的每座北佬坟墓除草，拔掉每一根野草，种上鲜花。我——我看你们谁敢拦我！”

说完这番违抗之语，玫兰妮一下子哭了起来，踉踉跄跄地朝门口走去。

一小时后，梅里韦瑟爷爷安然地坐在时代女郎沙龙的男士活动区，向亨利·汉密尔顿伯父汇报情况，说听完玫兰妮那番话，所有人都哭着跟她拥抱。会议在一片相亲相爱的氛围中结束，玫兰妮成了两个协会的秘书。

“她们要去除草。糟糕的是，多莉说反正我也没什么别的事可做，所以肯定特别乐意帮忙。我倒没多讨厌北佬，也觉得玫兰小姐说得对，其他那些野猫似的女人倒是都错了。但我这把年纪，还有腰痛，居然要去除草！”

玫兰妮是孤儿之家女管理委员会的委员之一，还帮新成立的青年图书协会征集图书。就连悲剧演员们一个月一次的业余演出，也吵着要请她去。她太羞怯，不敢在煤油灯当舞台脚灯的舞台上露面。但就算只有麻袋这一种料子，她也能用它做出戏服。莎士比亚阅读会上，也是她投出决定性的一票，建议阅读会多样化一些，加上狄更斯先生和布尔沃·利顿先生的作品，但并未接受一个年轻会员的建议，读拜伦爵士的诗。玫兰妮暗暗担心，怕那小伙是个风流的单身汉。

夏末的夜晚，玫兰妮昏暗的小客厅总是坐满客人。椅子总是不够用。女士们经常坐在前门台阶上，她们周围的男士就坐在栏杆、货箱或下方草坪上。威尔克斯家只有茶水招待来客，有时斯嘉丽看着客人们坐在草坪上喝茶，真纳闷玫兰妮怎能如此不知羞耻地暴露自家这副穷样。斯嘉丽觉得，若不能把佩蒂姑妈的房子布置得跟战前一样，不能给客人们提供上好的葡萄酒、冰镇薄荷酒、烤火腿和冷鹿腰腿肉，她就不想在家宴请宾客，尤其是玫兰妮请的那些贵宾。

佐治亚州的大英雄约翰·B. 戈登将军经常携全家去玫兰妮那儿做客。邦联的著名诗人——瑞安神父只要路过亚特兰大，也必定登门拜访。在座宾客都为他的风趣和魅力倾倒。不用多催促，他就开始朗诵自己所作的《李将军之剑》或他的不朽名篇——《被征服的旗帜》，把倾听的女士们感动得泪流满面。邦联前副总统亚历克斯·斯蒂芬斯每次进城，同样会来做客。人们一听说他在玫兰妮家，也会纷纷赶来，把屋子挤得满满当当，一坐就是几个小时，痴迷地听那体弱老头洪亮的发言。通常，现场都有十几个早该上床睡觉的孩子在父母怀里打瞌睡。谁家都不愿让孩子错过这种机会。数年后，那些孩子都可以夸耀说自己被领导了南方伟大事业的副总统吻过，或跟他握过手。每个到亚特兰大的重要人物，都会到威尔克斯家做客，还常常留宿。小小的平顶屋因此拥挤不堪，英迪亚被迫在给小博当保育室的小房间里打地铺。而迪尔西则常常受命穿过后院篱笆，飞快地跑去找佩蒂姑妈的厨娘借鸡蛋做早餐。尽管如此，玫兰妮招待客人的那副殷勤劲儿，仿佛她家还是富丽堂皇的大宅一般。

玫兰妮从不觉得人们就像围着一面挚爱的破旧旗帜般，围在自己周围。因此，米德医生某天晚上的举动着实令她又惊讶又尴尬。那晚，米德医生一直很愉快。出色地念完一段《麦克白》后，他拉起她的手吻了一下，然后用当初宣布南方伟大目标的口吻发了一通言。

“亲爱的玫兰妮小姐，到你家做客总是荣幸又愉快。因为你，以及如你一般的女士们，就是我们的勇气，是我们仅剩的一切。他们夺走了我方男人的青春年华、夺走了我方姑娘的欢声笑语。他们损害了我们的健康、颠覆了我们的生活、扰乱了我们的习惯。他们破坏了我方繁荣，让我们倒退五十年。孩子本该上学，老人本该在太阳下打瞌睡，如今却要挑起他们压来的那副过于沉重的担子。但因为有跟你们一样的勇气，我们定能重建家园。只要拥有这份勇气，北佬抢走其他的一切都没关系！”

斯嘉丽和弗兰克经常溜过后院篱笆，加入玫兰妮家门廊上的这些夏夜聚会。直到佩蒂姑妈那条大黑披巾都无法遮掩身形，斯嘉丽才不再过去。参加聚会的那些日子里，斯嘉丽总是坐在灯光照不到的地方。藏进阴影不仅不引人注目，还可以在没人注意到的情况下，尽情凝望阿希礼的脸。

吸引斯嘉丽前来的其实只有阿希礼，那些谈话都让她既厌烦又难过。人们发言总是一个模式——先说世事艰难，再谈政治情况，接着全都不可避免地聊战争。女人们为飞涨的物价痛哭流涕，问绅士们好日子还会不会回来。而无所不知的绅士们总是回答“一定会回来，不过是时间问题，世事艰难只是暂时的”。女人们知道他们在撒谎，绅士们也明白对方知道他们在撒谎，但还是快活地继续撒谎，女人们也继续假装深信不疑。其实，人人都知道：苦日子还长着呢。

聊完世事艰难，女人们便开始说黑人如何越来越无礼，拎毯制手提包的投机家多么肆无忌惮，以及北佬士兵如何厚颜无耻地在城中每个角落闲逛。她们问绅士们到底知不知道北佬对佐治亚州的重建何时结束。绅士便安慰地说重建很快就会结束——等民主党人重新获得选举权，重建就结束了。于是，女人们也足够体贴地不再追问民主党人何时才能再有选举权。聊完这些政治话题，人们便开始聊战争。

无论在何处，只要两个前邦联成员碰到一起，都只有一个话题。若十几个或更多人聚在一起，那必然会得出一个结论：应该精神饱满地再打一仗。而接下来的谈话中，他们最爱说的字眼总是“如果”。

“如果当时英国承认了我们……”“如果杰斐逊·戴维斯下令征集所有棉花，并在封锁线收紧前将其运到英国……”“如果朗斯特里特将军在葛底斯堡服从命令……”“如果马尔斯·鲍勃求援时，杰布·斯图尔特没去打那场突击战……”“如果我们没有失去‘石壁’将军杰克逊……”“如果维克斯堡没有陷落……”“如果我们能再坚持一年……”，以及永远少不了的那句“如果多尔顿那仗是胡德，而非约翰斯顿指挥……”。

如果！如果！他们在安静的黑夜中越说越激动，原本慢条斯理的轻柔嗓音也变得急促——步兵、骑兵、炮兵，都在回忆那热血沸腾的年代，犹如在寒冬凄凉的日落中回忆炽热的仲夏。

“他们就不能聊点别的吗？”斯嘉丽想，“除了战争还是战争，永远没有别的，只聊战争，看样子要一直聊到死。”

斯嘉丽环顾四周，瞧见小男孩们躺在爸爸的臂弯，呼吸急促、双眼发亮地听那些半夜突袭、疯狂的骑兵冲锋陷阵，把旗帜插在敌方胸墙上的往事。他们仿佛也听到了战鼓声、号角声和叛方成员[1]们的呐喊声，看见了脚痛的士兵们歪歪斜斜地打着破碎的旗帜，冒雨前行。

“这些孩子将来也不会聊别的，只会觉得打北佬，然后瞎眼瘸腿地回来，甚至压根回不来，是件既光荣又了不起的事。他们都喜欢回忆和谈论这场战争，我却不喜欢，甚至想都不愿意想起。如果可以，我真想忘了它——噢，要是真能忘掉就好了！”

斯嘉丽听玫兰妮讲述塔拉的往事，总听得浑身起鸡皮疙瘩。玫兰妮老爱把她描述成女英雄，说她怎样从入侵者手中救下查尔斯的军刀，还夸耀她扑灭大火。对于这些往事，斯嘉丽既不开心，也不骄傲，压根不愿想起。

“噢，他们为何就不能忘掉？为何不能往前看，反而老是回忆过去？我们打那场仗真是蠢透了，越快忘掉越好。”

但似乎除了她，没人想忘。因此，斯嘉丽后来很高兴自己能跟玫兰妮说实话，表示哪怕在黑暗中，她也不好意思露面。对此，玫兰妮倒是很理解。跟生育有关的任何事，她都非常敏感。玫兰妮很想再生个孩子，但米德医生和方丹医生都说过，再生孩子会要了她的命。于是，不甘心彻底认命的她便大部分时候都跟斯嘉丽待在一起，借他人怀孕尽情享受各种乐趣。而斯嘉丽并不怎么想要这个即将到来的孩子，觉得他到得真不是时候，所以自然觉得玫兰妮这种情感愚蠢至极。不过，斯嘉丽又在内疚中暗自高兴，因为医生已经明言：阿希礼最好别再跟妻子同房。

如今，斯嘉丽经常见到阿希礼，却再没跟他独处。阿希礼每天从锯木厂回家，都会先到斯嘉丽这儿来汇报一天的工作情况。不过，弗兰克和佩蒂姑妈通常都在，或者更糟——玫兰妮和英迪

1　南北战争中北方联邦主义者对南方邦联成员的称谓。

亚也在。所以，她只能问些实际问题，提几句建议，然后说："谢谢你来这趟，再见。"

她要是没孩子就好了！那样，每天早晨，她都可以跟他一起乘车去锯木厂，穿过僻静的树林、远离窥探的目光，想象他们又回到战前那悠闲的乡村生活。这简直是天赐良机啊！

不，她不会再让他说一句示爱的话！无论如何，她都不会再提爱。她已经向自己发过誓，再也不那样做。但是，若真有机会再跟他独处，他或许会摘掉到亚特兰大后戴在脸上的假面，不再那般谦恭有礼，而是变回从前的模样，变成那次烤肉宴之前的阿希礼。那时，两人还未表露过爱意。如果他们不能成为爱人，那就重新做朋友吧。她冰冷孤独的心，能靠他的友谊重新温暖起来。

"要是能赶紧把孩子生下来就好了，"斯嘉丽不耐烦地想，"那样，我就可以每天跟他乘车出门，我们也能聊……"

斯嘉丽因不能出门而焦急无奈，想跟阿希礼一道出门并非唯一的原因。两间锯木厂也需要她。自从她不再直接管理，而是让休和阿希礼负责经营以来，两间厂子一直在亏损。

休虽然非常卖力，却实在无能。他不会做生意，更不会当老板。谁都能杀他的价。若哪个狡猾的承包商说木头质量不够好，不值报价，休就会觉得作为绅士，此时理应道歉和降低价格。休有次卖掉一千英尺地板料，斯嘉丽听到售价后直接气哭了。那是厂里质量最好的地板料，休卖的价格几乎等于白送！而且，他也管不住厂里的工人。黑鬼们非要每天发工资，一拿到钱就喝得烂醉，于是第二天早上便不来上班。遇到这种情况，休只能被迫寻找新工人，开工时间也得推迟。因为这类麻烦，休已经好多天没法进城卖木材。

斯嘉丽眼睁睁地看着利润从休的指尖溜走，被自己的无能为力和休的愚蠢气得发狂。她打算孩子一生下来就回去上班，开除休，另雇他人。任何人都比他好。而且，她再也不想被那些自由黑鬼糊弄。那些总是说旷工就旷工的家伙，能指望他们干出什么活儿？

有次，休前来报告没上工的工人。斯嘉丽冲他发了一通脾气后，说："弗兰克，我基本已经决定，我要雇几个囚犯去厂里干活。不久前，我跟汤米·韦尔伯恩的工头约翰尼·加勒格尔说起雇黑鬼干活遇到麻烦的事。当时，他就问我干吗不雇几个囚犯。这主意听起来不错。他说，我可以从别人那儿转租几个，花不了多少钱，而且只要给他们非常便宜的饭菜就行。他还说，我想让他们怎么干活都行，根本没有自由人管理局的家伙像大黄蜂似的涌过来多管闲事。约翰尼·加勒格尔跟汤米的合同一到期，我就把他请过来，管理休那间锯木厂。一个管得住那些野蛮爱尔兰人的家伙，当然能让囚犯拼命干活。"

囚犯！弗兰克一句话都说不出来。斯嘉丽那些疯狂计划中，租借囚犯简直是最糟糕的一条，甚至比建酒馆还糟糕。

至少，弗兰克和他那个保守圈子里的人认为这事似乎更糟糕。因为战后州政府很穷，养不起囚犯，雇用囚犯的新制度才应运而生。政府把囚犯租给那些需要大量劳动力的人，让他们去修铁路、采松脂、伐木。弗兰克和他那些安安静静去教堂做礼拜的朋友虽明白该制度的必要性，仍旧哀叹连连。他们中的很多人连奴隶制都不信，当然会觉得这种做法糟糕得多。

斯嘉丽竟想租囚犯！弗兰克知道，若真让她这么干了，自己再也别想抬起头。这比让她拥有并亲自经营锯木厂或干其他任何事都糟糕得多。过去他反对什么事，还会问一个问题："别人会怎么说？"可这件事远远不止担心公众舆论。他觉得这简直就是买卖人口，跟开妓院差不多，若真由她去干，那将成为他灵魂上的罪孽。

既然坚信此事大错特错，弗兰克便鼓起勇气阻止斯嘉丽。他口气之强烈，让斯嘉丽大吃一惊，一时间竟哑口无言。最后，为了让弗兰克平静下来，她只得温言细语地说自己并非真要那么做，只是太气休和那些自由黑鬼，所以才大发雷霆。其实，她仍在心里暗暗琢磨此事，多少渴望能付诸实践。用囚犯干活能解决她最大的难题，但弗兰克若还要如此激烈地反对……

斯嘉丽叹了口气。两间锯木厂，哪怕只有一间盈利，她也能挺住。然而，阿希礼经营锯木厂，并没比休好到哪儿去。

起初，阿希礼并没有立刻管好厂子，赚的钱没能比她经营时赚的翻上一倍，斯嘉丽已经觉得既惊讶，又失望。阿希礼如此聪明，又读了那么多书，没理由不成功啊。他应该经营得红红火火，赚到很多钱才对。然而，他并没比休好到哪儿去。他缺乏经验、老是犯错，完全没有商业判断力。跟休一样，对于快要谈成的生意，他也经常良心不安。

因为爱情，斯嘉丽总能飞快地为阿希礼找到理由。她觉得这两人就是不同，休笨得无可救药，但阿希礼只是因为刚开始做生意，对业务不熟。不过，斯嘉丽仍不由自主地认为，阿希礼永远无法像她一样，通过快速心算就给出正确报价。她有时也会琢磨，他到底还能不能学会辨认铺板和底木？因为自己是个值得信赖的绅士，阿希礼便以为上门的每个无赖也可信。好几次要不是她巧妙干涉，又得亏不少钱。此外，阿希礼若喜欢谁，就能不假思索地将木材赊给对方，压根不觉得该去打听一下此人有没有银行存款或不动产。看样子，他喜欢的人还相当多！在这点上，他真是跟弗兰克一样糟糕。

但他一定能学会！而阿希礼学习期间，斯嘉丽就像个宠溺孩子的母亲，耐心地包容他所有错误。每天晚上，阿希礼疲惫又沮丧地来到家里，斯嘉丽都不知疲倦地提出各种机敏又有用的建议。但无论她如何鼓励、安慰，阿希礼眼中总有种死气沉沉的古怪神色。她不理解，却很害怕。他变了，变得跟以前大不一样。如果能跟他单独谈谈，她或许能找出原因。

这种情况让她好多天都睡不着觉。她担心阿希礼，知道他不开心，也知道这份不悦无法帮助他成为一个好木材商。把锯木厂交到休和阿希礼这两个毫无经商头脑的人手中，眼睁睁地看着竞争者把最好的一批顾客抢走，对她来说真是莫大的折磨。那些顾客都是她花了几个月，仔细盘算、费尽心思才拉来的啊。噢，她要是能回去工作就好了！她会手把手地教阿希礼，一定能让他学会。约翰尼·加勒格尔管另一间锯木厂，销售她来负责，那样一切都会好起来。至于休，若还想为她干活，就去赶送货马车吧。他擅长的只有这种活。

当然，加勒格尔如此精明，的确很像个肆无忌惮的家伙。但——除了他，她还能雇谁？那些既聪明又诚实的人，为何坚决不给她干活？只要现在有一个这样的人肯代替休的位置，她都不必如此操心，可——

人们说，汤米·韦尔伯恩虽因伤残疾，却是全城最忙碌的承包商，发了大财。梅里韦瑟太太和勒内生意也很好，已在市中心开了间面包店。勒内以地道法国人的勤俭精神经营店铺，梅里韦瑟爷爷也很高兴再也不用缩在壁炉角，而是可以去赶勒内那辆馅饼车。西蒙斯家的几个小伙也很忙，成天三班倒地经营砖窑。凯尔斯·怀廷靠他那些直发剂也赚了不少钱，因为他对那些黑人说，若老让头发那么乱七八糟地卷着，他们永远没法给共和党人投票。

斯嘉丽认识的所有年轻人，只要聪明能干，医生、律师、零售店店主……无不忙忙碌碌。战后萦绕周身的漠然之气，全都彻底消失了。他们忙着自己赚钱，谁都没空来帮她赚钱。而不忙的，都是休或——阿希礼那样的人。

又要做生意，又要生孩子，真是糟透了！

"我再也不生孩子了！"斯嘉丽下定决心，"我才不会学其他女人，每年都生一个孩子。天哪，生孩子就意味着一年得有六个月不能去锯木厂。现在我算明白了，我离不了锯木厂，哪怕一天也不行。我要明明白白地告诉弗兰克，再也不生孩子！"

弗兰克想要个大家庭，但她总能想出办法说服他。她主意已定。这是她最后一个孩子，锯木厂比孩子重要得多。

第四十二章

斯嘉丽生了个女儿。小家伙脑袋光溜溜的，丑得像只没毛的猴子，模样极似弗兰克。除了满心宠溺的父亲，谁也不觉得她好看。但邻居们很好心，说所有丑娃娃最后都会变漂亮。孩子名叫埃拉·洛雷娜。“埃拉”是为了纪念外婆埃伦，选择“洛雷娜”，则因为这是当时最时髦的女孩名字。正如白人男孩流行叫“罗伯特·E. 李”和“石壁杰克逊”，黑人男孩要叫“亚伯拉罕·林肯”和“解放”一样。

埃拉生于星期三。那周，亚特兰大仿佛笼罩在一片狂暴之气中，气氛紧张得似有什么灾难要降临。一个夸口说强奸了白人妇女的黑人被逮捕，但没等开庭受审，他就被闯入监狱的三 K 党悄悄绞死了。三 K 党之所以这么干，是为了让还未暴露姓名的受害者不必出庭做证。她的父兄宁肯一枪崩了她，也不愿让她宣扬自己的耻辱。因此，城里人都认为私刑处死那个黑人合情合理，也是唯一体面的解决办法。然而，军事当局暴怒，认为那姑娘没有不出庭做证的理由。

士兵们到处搜捕，发誓就算要把亚特兰大每个白人男性通通关进监狱，也要彻底消灭三 K 党。黑人们又惊又气，嘟囔着要烧房子报复。一时间谣言四起，有的说北佬一抓到犯事的，就会把他们集体绞死；有的说黑人要发起暴动，反对白人。全城的人都紧闭门窗，足不出户；男人们担心女人和孩子无人保护，连班都不敢去上。

斯嘉丽筋疲力尽地躺在床上，虚弱地默默感谢上帝。幸亏阿希礼非常理智，弗兰克又穷又胆小，所以他俩都不会加入三K党。否则，北佬随时可能冲进来抓人，那多可怕啊！三K党里那些疯狂又愚蠢的小伙子为何就不能别招惹北佬呢？说不定那姑娘压根没被强奸，只是被吓傻了。可现在，很多男人都可能因她送命。

气氛紧张得好似目睹一根点燃的导火索慢慢烧向一桶火药。然而，斯嘉丽却在这种氛围中快速恢复着体力。曾帮她在塔拉挺过艰难时世的旺盛活力，如今再次起了大作用。生下埃拉不到两周，斯嘉丽就能坐起来了，还为自己只能卧床焦躁不已。到了第三周，她便下地，说一定要去料理锯木厂。因为休和阿希礼都不敢整天撇下家人，所以两间厂子都停产了。

然后，打击来了。

刚做父亲的弗兰克骄傲无比，鼓足勇气禁止斯嘉丽在如此危险的时候出门。斯嘉丽本来可以完全不理会他的命令，径自做她的生意，但弗兰克把她的马和马车都送去了出租车行，并吩咐除他本人，谁也不能动用它们。更糟的是，他和嬷嬷趁斯嘉丽虚弱至极，耐心地搜遍全屋，把她藏的那些钱全找了出来。弗兰克把钱以自己的名义存入银行。于是，斯嘉丽现在连租马车都办不到了。

斯嘉丽先是对弗兰克和嬷嬷大发雷霆，然后改为苦苦哀求，最后像个受挫的孩子般号啕大哭了一个上午。但她的所有痛苦只换来一句“哎呀，宝贝儿！你还是个虚弱的小姑娘呢”。或者“斯嘉丽小姐，你要是再哭下去，奶水都要变酸了，孩子喝了会急腹痛。这点我可错不了”。

斯嘉丽火冒三丈地穿过后院，冲进玫兰妮家，扯着嗓子诉苦，宣称要步行去厂里，还要告诉每个人自己嫁了个多么可恶的家伙。她才不愿被人当作淘气又天真的小孩。她会带上手枪，打死所有胆敢威胁她的人。她已经打死过一个人，很乐意——没错，她很乐意再打死一个！她要——

连自家前门廊都不敢去的玫兰妮听了这番威吓，简直吓坏了。

“噢，你可千万别冒险啊！你若出了事，我也活不成了！噢，求求你——”

“我要去！要去！我就要走着去——”

玫兰妮看着斯嘉丽，明白这不是一个产后仍虚弱的女人在歇斯底里地发疯。斯嘉丽脸上那种不管不顾、一意孤行的坚决神情，跟打定主意的杰拉尔德·奥哈拉一模一样。玫兰妮经常在杰拉尔德脸上看到这种神情，于是连忙紧紧搂住斯嘉丽的腰。

“都是我的错。我没能跟你一样勇敢，又成日把阿希礼留在家中。他应该去锯木厂的。噢，天哪！我真是个笨蛋！亲爱的，我这就去告诉阿希礼我一点也不害怕，我去你那儿，跟你和佩蒂姑妈待在一起，让他回去工作——”

斯嘉丽其实明白阿希礼没法独自应对眼下的局面，但哪怕对自己，她也不愿承认这点。她大声道：“你不能这么做！阿希礼如果每时每刻都在担心你，他还能干出什么活？每个人都这么可恶！就连彼得大叔也不跟我出门！但我不在乎！我一个人去，一步一步地走着去，要是在哪儿碰上一群黑鬼——”

“噢，不！绝对不行！你很可能会出事的。他们都说，迪凯特街的木屋区全是卑鄙的黑人，你非经过那儿不可。让我想想——

亲爱的，答应我今天什么都别干，让我想想办法。答应我，回家去躺下。你看起来苍白又憔悴。答应我！”

斯嘉丽气得精疲力竭，只好沉着脸应下，然后回了家。但面对家人的求和，她一律高傲地拒绝了。

那天下午，一个陌生人脚步沉重地穿过玫兰妮家的树篱，走进佩蒂姑妈的后院。显然，他是嬷嬷和迪尔西口中那种“玫兰妮小姐从街上捡回来，让睡在她家地窖的家伙”。

玫兰妮家的地窖有三个房间，之前两间给用人住，一间用来放红酒。如今迪尔西住一间，另外两间给那些破衣烂衫的可怜过客暂住。除了玫兰妮，谁都不知道那些人从何而来、将去向何处。只有玫兰妮知道她从什么地方领回了这些人。或许家中的黑人说得对，那些人都是玫兰妮从街上捡回来的。但正如大人物和比较重要的人都被吸引到玫兰妮的小客厅一样，那些不幸的人也想方设法地找到她家地窖来。在这里，他们有饭吃、有床睡，临走还能带包食物上路。通常，住在那两个房间的都是既粗俗，又没文化的前邦联士兵。他们无家可归，没有亲人，在城里四处流浪，寻找工作。

黝黑干瘪的农村妇女也常带着一群头发蓬乱、默不作声的孩子到这儿过夜。这些女人在战争中成了寡妇，又失了田地，如今四处寻找失散的亲人。有时，邻居们震惊又愤慨地发现还有外国人。那些人只会说一点英语，或压根不会英语，都是被南方好挣钱的花言巧语哄骗来的。有次，一个共和党人在这儿过夜。至少，嬷嬷一口咬定他是个共和党人，还说她闻得出共和党人的气味，就像马闻得出响尾蛇的气味一样。但谁都不相信嬷嬷的说辞，因为玫兰妮哪怕做善事，也肯定有限度。至少，人人都抱着这样的希望。

十一月灰白的太阳下，斯嘉丽抱着孩子坐在侧廊上，心想："没错，他就是玫兰妮那些瘸腿狗之一。真是个瘸子呢！"

跟威尔·本廷一样，那人也装了条假腿，脚步笨重地穿过后院。他是个又高又瘦的老头，脏兮兮的秃头红得发亮，一把灰白胡子长得能塞进腰带。从那张满是皱纹的坚毅脸庞来看，他应该六十多岁了，身体却不显老态。虽瘦长难看，还装了条木头假腿，此人行动却如蛇般迅捷。

他登上台阶，朝她走来。刚一开口，斯嘉丽就从那带着浓重鼻腔的卷舌音听出这是个山地人。因为，生活在低地的人很少有这种口音。和大多数山地人一样，他虽然穿得又脏又破，沉默中却有股强烈的骄傲，不容他人随意欺辱愚弄。他胡子上沾了嚼鼻烟分泌出的棕褐色口水，嘴里那一大块烟叶也把脸撑变了形。他的鼻子细长，满是皱纹；浓密的眉毛拧到一起，活像巫婆的鬈发；两只耳朵毛发浓密，看起来就像一对猞猁耳朵。眉毛下有只眼窝是空的，一道伤疤由上而下划过面颊，斜插进胡子里。另一只眼睛很小，冰冷暗淡，机警无情。他腰带上明晃晃地别了把沉甸甸的手枪，破靴子里露出一把单刃猎刀的刀柄。

他冷冷地对上斯嘉丽的目光，冲栏杆外啐了口唾沫，才开口说话。那只独眼带着轻蔑，但并非针对她，而是针对所有女人。

"威尔克斯太太让我来给你干活。"他只说了这么一句，声音嘶哑，好似不习惯说话般，说得又慢又吃力，"我叫阿奇。"

"抱歉，阿奇先生，但我没活给你干。"

"我叫阿奇，不是姓阿奇。"

"抱歉，那你姓什么？"

他又啐了一口唾沫，道："那不管你的事。反正，你就叫我阿奇好了。"

“我管你姓什么！我没活给你干。”

“我想，你应该有。威尔克斯太太听说你要像个傻瓜似的自己赶车出门乱跑，非常担心，所以派我来给你赶车。”

“是吗？”斯嘉丽嚷道，为这人的粗鲁和玫兰妮的多事生气。

独眼迎上她的目光，那只眼里尽是无情的敌意。“没错。男人努力保护自己女人时，女人就不该再到处惹麻烦。如果你非要出去瞎转悠，那我可以给你赶车。我恨黑鬼，也恨北佬。”

他把嘴里嚼着的烟草换到另一边，没等她邀请，便自顾自地在最高一级台阶上坐了下来。“我不喜欢给女人赶车，但威尔克斯太太对我很好，让我睡在她家地窖。是她叫我来给你赶车的。”

“可以——”斯嘉丽刚无奈地开口，就住了嘴。她打量了他一会儿，笑了。虽然不喜欢老头一副亡命之徒的模样，但这样子正好解决问题。有他在身边，她就能进城、去锯木厂、拜访顾客。跟他在一起，谁还会担心她的安全！而他这副模样，也不会引起任何闲话。

“那就这么定了，”她说，“当然，要是我丈夫同意的话。”

弗兰克跟阿奇私下聊了聊，便勉强同意了，吩咐出租车行把马和马车放出来给斯嘉丽用。成为母亲也没能改变斯嘉丽，弗兰克既受伤，又失望。不过，既然斯嘉丽决意要回那该死的锯木厂，阿奇倒是个天赐的好跟班。

起初，看到阿奇和斯嘉丽这对怪异的搭档，亚特兰大再次全城震惊。一个是肮脏野蛮的老头，把一条木头假腿直挺挺地伸到挡泥板外；一个是衣着整洁的年轻太太，心不在焉地蹙着眉。城里城外，人们随时能看到他们的身影。两人很少说话，显然都不喜欢对方，却因为各自的需要凑到一起——他为钱，而她需要保护。城里的太太们说，斯嘉丽这样，总比成天厚颜无耻地跟巴特勒到处乱转要好。众人都好奇瑞德这段时间去哪儿了。三个月前，那家伙突然消失，就连斯嘉丽都不知道他的下落。

阿奇沉默寡言，别人不跟他说话，他绝不先开口。哪怕开口，他也常咕咕哝哝。每天早晨，他从玫兰妮的地窖出来，就坐在佩蒂姑妈家的前门台阶上，边嚼烟草边吐唾沫，等斯嘉丽出门，也等彼得大叔把马车赶出马厩。除了魔鬼和三K党，彼得大叔最怕他。就连嬷嬷，从他身边走过也是蹑手蹑脚、战战兢兢。他痛恨黑鬼，黑人们都知道这点，也很怕他。除了之前的手枪和单刃猎刀，阿奇又添了把手枪。其实，他在黑人中非常有名，根本不用拔枪，甚至手都不用摸皮带，单是那副架势就足以威慑他们。阿奇能听得见的范围内，黑人连笑都不敢笑一声。

一次，斯嘉丽好奇地问阿奇为何恨黑人，竟意外得到回答。因为通常来说，他都只会回一句“那是我的事”。

“我恨他们，就像所有山地人都恨他们一样。我们向来不喜欢黑人，也从不买黑奴。战争就是因他们而起。就为这个，我也恨他们。”

“可你也参战了。”

“我觉得参战是男人的特权。我也恨北佬，比恨黑鬼更恨，就跟恨多嘴的女人一样。”

阿奇这种毫不掩饰的粗俗常把斯嘉丽气得哑口无言，恨不得早点摆脱他。但没了他，她该怎么办？还有什么别的办法，能让她这般行动自由？他粗鲁、肮脏，偶尔还一身臭味，但他有用。他赶车送她来回锯木厂，还送她到处见顾客。她跟顾客谈合同时，他就一边啐唾沫，一边盯着远方出神。只要她下车，他也会下去，紧紧跟随，寸步不离。她若处在粗野的工人、黑鬼或北佬士兵中，他更是必定守在她身侧。

很快，亚特兰大的人看习惯了斯嘉丽和她的保镖。从那以后，女人们便开始羡慕斯嘉丽能自由行动。自从三K党以死刑绞死人后，女人们几乎都被关了禁闭。除非三五成群，否则连进城买东西都不行。于是，这群天生好交际的女人越来越焦躁不安，终于放下骄傲，纷纷来求斯嘉丽把阿奇借给她们用用。而斯嘉丽倒也大方，不需要阿奇时，总是很乐意把他借给其他太太。

阿奇很快成了亚特兰大炙手可热的人。太太们争先恐后地抢占他的空闲时间。几乎每天早晨都有一个孩子或黑仆人送来字条：“如果你今天下午用不到阿奇，请一定要借给我。我想乘车去公墓献花。”“我一定要去买顶帽子。”“我得去趟彼得斯大街，爷爷不太舒服，不能送我去。能让阿奇……”

无论姑娘、太太还是寡妇，阿奇给所有人赶车，也坚定地鄙视每一个人。他显然不喜欢除玫兰妮之外的任何女人，对她们的态度没比对黑人和北佬好多少。女士们起初被他的粗鲁震惊，后来也慢慢习惯了。因为他只偶尔吐吐嚼鼻烟分泌出的棕褐色口水，其余时候异常沉默，大家便理所当然地将他看作拉车的马，完全忘了他的存在。事实上，梅里韦瑟太太把侄女坐月子的全过程详详细细地跟米德太太讲完后，才想起阿奇就坐在前座上赶车。

若换个时候，肯定不会出现这种情况。战前，女士们甚至连厨房都不会让阿奇这种人进，只会从后门递点吃的，就打发他去干活。但现在，大家都欢迎阿奇在场，觉得有他在，所有人都安心。他虽粗鲁、无知、肮脏，却是一座挡在女士和重建时期种种恐怖事件间的堡垒。他既不是朋友，也算不上仆人。他是个雇来的保镖。男人们白天工作或夜里外出时，他们的女人就由阿奇保护。

斯嘉丽觉得，自从阿奇为她工作，弗兰克夜里就频频外出，说什么得去店里对账。因为现在生意太好，白天几乎没时间干这事。有时，他得出去照顾生病的朋友。每周三晚上民主党人都要集会，讨论重新获得选举权的事，弗兰克也场场不落。斯嘉丽觉得，这种组织除了反复争论"约翰·B.戈登将军的功绩仅次于李将军"，或"什么时候还该再打一仗"之类的话题，根本不会商量别的。她当然不觉得夺回选举权这事能有何进展。但弗兰克显然很喜欢那些会议，每次开会都要待到最后才回家。

阿希礼也总是熬夜照顾病人，也参加民主党人的集会，往往还是跟弗兰克同一天晚上出去。每每此时，阿奇就护送佩蒂、斯嘉丽、韦德和小埃拉穿过后院去玫兰妮家，然后两家人便一起消磨这个夜晚。女士们缝纫，阿奇就平躺在客厅沙发上打呼噜，花白胡子随着鼾声一起一伏。没人请他用那张沙发，因为那是屋里最好的一件家具。看着他躺下去，靴子就搁在漂亮的垫子上，女士们都心疼得暗暗悲叹。但没人敢表示反对。尤其他说过能轻松入睡真是幸运，否则听到一帮女人像群珍珠鸡似的唠唠叨叨，他非发疯不可。

有时，斯嘉丽很想知道阿奇到底从何而来，住进玫兰妮家地窖前以何为生。但一看到他那张阴沉的独眼面孔，她就没了提问的勇气。她只从口音听出他是北方山地人，曾参过军，在南方投降前不久失去了一条腿和一只眼睛。一天，她冲休·埃尔辛发了一通火，反倒引得阿奇讲出身世。

一天早晨，老头驾车送斯嘉丽去休那间锯木厂，结果发现厂子停工、黑人全跑了，休泄气地坐在树下。工人早晨没出现，他茫然无措，不知该如何是好。斯嘉丽火冒三丈，想都没想就把气撒到了休身上。她刚刚拿到一张大单，而且还是张加急单。她费尽心思，施展魅力，经过好一通讨价还价才拿下这张订单。现在，锯木厂却安安静静地停了工。

“送我去另一间厂。”她吩咐阿奇，“嗯，我知道这会花很长时间，我们连午饭都吃不上。但我花钱雇你，不就是为了这个？我得让威尔克斯先生暂停手中的活，先把这批木料赶出来。不过，估计他那边的工人也没干活。该死！我真是从没见过休·埃尔辛这种笨蛋！约翰尼·加勒格尔一盖完那些店铺，我就立刻开除休。加勒格尔的确在北佬军中待过，那有什么关系？他能干活。我还从没见过一个懒惰的爱尔兰人。我真是受够了那些被解放的黑人。他们根本不可靠。我要雇用约翰尼·加勒格尔，再去借几个囚犯。他会让那些人干活的。他会——”

阿奇转过来，恶狠狠地瞪着她，嘶哑的声音冰冷又愤怒地道：“你哪天租囚犯，我就哪天走。”

斯嘉丽吃了一惊。“天哪！为什么？”

“我知道租囚犯是怎么回事。那简直跟杀了他们一样。像买卖骡子般买卖活人，对他们比对骡子还不如。谁会管囚犯是不是挨了打、饿肚子，或被杀掉？州政府才不在乎，只要拿到租赁的钱就行。那些租到囚犯的人也不会在乎，只知道给点便宜饭菜，尽量逼他们多干活。见鬼！太太，我向来看不起女人，现在更看不起了！”

“这关你什么事？”

“当然关我的事，”阿奇顿了顿，“我当了将近四十年的囚犯。”

斯嘉丽倒抽一口凉气，身子后缩，靠在垫子上。原来，这就是阿奇的秘密。他不愿说出自己的姓氏、出生地或过去的任何片段；难怪他说话困难，对世界充满冰冷的仇恨。四十年！他入狱时肯定还很年轻。四十年！唉——他肯定被判了无期徒刑。而无期徒刑犯是……

“是……谋杀？”

“嗯。”阿奇一抖缰绳，答得很干脆，“我老婆。”

斯嘉丽惊恐得拼命眨眼睛。

胡子下的嘴似乎动了动，他仿佛在嘲笑她的恐惧。“太太，别担心，我不会杀你。我杀女人只有一个理由。”

“你杀了你老婆。”

“她跟我兄弟乱搞。男的跑了。我一点也不后悔杀了她。放荡的女人就该杀。法律无权为这事把男人关进监狱，我却被关了起来。”

“可是——你怎么出来的？越狱还是被赦免了？”

“算是赦免吧。”他浓密的灰白眉毛拧到一起，仿佛很难把要说的话串联起来。

“舍曼一八六四年打过来那次，我已经在米利奇维尔监狱待了四十年。典狱长把所有囚犯叫到一起，说北佬打过来了，正在外面杀人放火。要说相比黑鬼或女人，我更恨谁，那就是北佬。”

“为什么？你——你之前认识北佬？”

“不认识。但我听说过他们。我听说，他们总是爱管闲事。我痛恨爱管闲事的人。他们跑佐治亚来干吗？为啥要来解放我们的黑奴、烧掉我们的房子、宰杀我们的牲口？总之，典狱长说军队急需更多士兵，任何参战的人，只要战争结束时还活着，都能获得自由。可我们全是无期——我们都是谋杀犯。典狱长说，军队不想要我们，要把我们转到另一个监狱。但我说我跟其他被判无期的囚犯不同，我只是杀了自己的老婆，而且她也该杀。我想去打北佬。典狱长觉得我说得有道理，便偷偷把我塞进其他囚犯里，一起放了。”

他顿了顿，咕哝了一声。

“哼，真好笑。他们因为谋杀把我抓进监狱，现在又给了我一杆枪和一张赦免令，让我去杀更多人。我们米利奇维尔监狱出来的都很会打仗，也很会杀人。呃——我们中也有不少人被杀了。但我从没听过谁当了逃兵。南方投降后，我们就自由了。我丢了一条腿，瞎了一只眼，但我不后悔。”

“噢。”斯嘉丽有气无力地应了一声。

她努力回想当时邦联绝望之下，释放米利奇维尔监狱的囚犯来抵挡舍曼大军的事。一八六四年的圣诞节，弗兰克提过这事。他当时怎么说的来着？可她对那段时期的记忆太混乱，只是仿佛再次感觉到对那段日子的极端恐惧，听到围城的炮声，看见驶过红土路的一队队马车一路滴着血。她又看到地方志愿军开拔，队伍里全是菲尔·米德那样的军校学员和半大小子，以及亨利伯父、梅里韦瑟爷爷那样的老头。囚犯们也在行军队伍中，在邦联黄昏将至时去送死，在田纳西最后一战的雨雪中冻僵。

一时间，斯嘉丽觉得他真是个傻老头，竟为关了自己四十年的州政府打仗。佐治亚州为了一桩在他看来根本不算罪过的事，夺走了他的青年和中年。他却自愿为佐治亚牺牲一条腿和一只眼睛。耳边又响起瑞德在战争初期说过的那些尖刻话语。她记得他说过绝不为一个抛弃了自己的社会而战。但紧急关头，他还是为这样一个社会而战了。就连阿奇，也是这样。斯嘉丽觉得：无论高低贵贱，南方所有男人都像感情用事的傻瓜，把几句空话看得比自己的命还重。

斯嘉丽看着阿奇那双苍老粗糙的手、他那两把手枪和猎刀，心头又是一阵恐惧。像阿奇这样被邦联赦免的囚犯到底还有多少？这些曾经的谋杀犯、暴徒和小偷，如今都自由了。唉，街上碰到的任何陌生人，都可能是谋杀犯！弗兰克若知道阿奇的底细，那就糟了！而佩蒂姑妈——她会吓死的。玫兰妮嘛……斯嘉丽真想把阿奇的事告诉玫兰妮。活该，谁让她在街上乱捡垃圾，还塞给亲戚朋友。

“阿奇，你……很高兴你告诉了我这些。我……我不会说给别人听的。如果威尔克斯太太或其他女士知道，肯定会吓一大跳。”

“呃，威尔克斯太太知道。她让我睡在地窖的第一天晚上，我就告诉她了。你不会觉得我会对那么好心的太太隐瞒真相吧？”

“圣徒保佑我们！”斯嘉丽惊骇地大声道。

玫兰妮知道他是谋杀犯，杀的还是个女人，结果非但没有把他拒之门外，还把自己的儿子、姑妈、小姑子和所有朋友都托付给他。而且，她这个最最胆小的女人，居然不怕单独跟阿奇待在家！

“威尔克斯太太虽然是女人，却很明理懂事。她知道我是好人，也知道骗子会撒一辈子谎，小偷会偷一辈子东西，但有些人一生只杀一个人。而且，她觉得不管是谁，只要为邦联打过仗，之前的过错就能一笔勾销。我虽然不觉得杀了老婆有什么错……好吧，总之威尔克斯太太虽然是女人，却很明理懂事……我说了，你哪天雇囚犯，我就哪天走。”

斯嘉丽没吭声，心里却想：“你越早走，我越放心。谋杀犯！”

玫兰妮怎么能这样……怎么能一声不吭地收留这个老恶棍，却不告诉朋友们他是个囚犯？在军队服过役，就能抹掉过去的所有罪孽！玫兰妮把参军跟受洗混为一谈了嘛！一旦触及邦联和老兵之类的事，她就愚蠢至极。斯嘉丽暗暗咒骂北佬，又在心上给他们添了一笔账。让一个女人被迫把谋杀犯留在身边保护自己，这都是北佬的错。

寒冷的暮色中，阿奇赶着车送斯嘉丽回家。经过时代女郎沙龙时，斯嘉丽瞧见那儿聚了不少上了鞍具的马、四轮单马轻便马车和四轮运货马车。阿希礼坐在马上，神情紧张、一脸警觉。西蒙斯兄弟从马车里探出身子，拼命打着手势。休·埃尔辛也在挥舞双手，一绺垂下的棕发遮住了眼睛。梅里韦瑟爷爷的馅饼车停在中央。又靠近了些后，斯嘉丽看见汤米·韦尔伯恩和亨利·汉密尔顿伯父也挤在梅里韦瑟爷爷车上。

斯嘉丽恼火地想："但愿亨利伯父别坐那辆破车回家。要是被人看见，他该觉得丢人才是。他又不是没自己的马，之所以如此，不就是为了能每天晚上都跟那老头去酒馆吗？"

斯嘉丽的车驶到人群旁边时，迟钝如她，也感受到了在场的紧张气氛，心中顿时涌起一阵恐惧。

"噢！"斯嘉丽想，"别是又有谁被强奸了吧！三K党要是再敢私下处决一个黑鬼，北佬就会把我们都杀光！"她对阿奇说："停车，出事了。"

"你不是真要在酒馆外面停车吧。"阿奇说。

"听我的，停车。晚上好，各位。阿希礼——亨利伯父——出什么事了吗？你们看起来都——"

众人转向她，纷纷推了推帽子，微笑致意。不过，他们眼中都兴奋异常。

"可以说出了事，也可以说没出事。"亨利伯父大声道，"取决于你怎么看。依我看，州议会只能这么办。"

州议会？斯嘉丽松了口气。她对立法不感兴趣，觉得这对她毫无影响。北佬士兵若再横冲直撞，她才会害怕。

"州议会怎么了？"

“他们断然否决了修正案。”梅里韦瑟爷爷骄傲地说，“可算给了北佬点颜色瞧瞧。”

“该死，这会付出代价的——抱歉，斯嘉丽。”阿希礼说。

“噢，是修正案吗？”斯嘉丽努力装出一副明白的模样，开口问道。

她不懂政治，也很少会浪费时间考虑那些。之前什么时候，似乎批准过第十三号还是十六号修正案来着，但她不懂修正案是什么意思。男人总是为这些起劲。看到她脸上的困惑表情，阿希礼笑了。

“就是让黑人拥有选举权的修正案。”他解释道，“该修正案提交州议会后，他们没批。”

“他们真蠢！要知道，北佬肯定会强迫我们接受啊！”

“所以我才说他们将付出代价。”阿希礼道。

“我为立法机关骄傲，有胆量！”亨利伯父大声道，“我们若不接受，北佬强迫也没用。”

“北佬一定会，也肯定能逼我们接受。”阿希礼的声音虽平静，眼里却满是担忧，“而且，那会让我们的日子更难过。”

“噢，阿希礼，肯定不会！我们现在已经够难过了，还能难到哪儿去！”

“不，情况会更糟，甚至比现在更糟。想想看，要是州议会里都是黑人怎么办？要是州长是黑人怎么办？要是军事管理比现在更严怎么办？”

斯嘉丽听明白这话后，惊恐地睁大双眼。

“我一直在努力思考什么情况才算对佐治亚最好，对我们最好，”阿希礼板着脸，“像州议会这样跟北佬对着干，激得北方再来对付我们，真是最明智的做法吗？北佬军队会不会再杀过来，不管我们愿不愿意，都得被迫接受黑人拥有选举权的事实？或者——我们是否可以咽下骄傲，优雅让步，尽量轻松地解决这事？反正，到头来结果都一样。我们无能为力，只能吞下他们硬塞过来的苦药。或许，顺从地接受对我们更好。”

他说的话，斯嘉丽几乎没听进去什么，对个中含义更是毫无领会。她知道阿希礼向来都从两方面看问题，可她只看一面——州议会如此打北佬的脸，如何才能不影响到她？

“阿希礼，你这是要变成激进派，投票给共和党人吗？”梅里韦瑟爷爷厉声问道。

一阵沉默，气氛顿时紧张起来。斯嘉丽看到阿奇的手飞快朝手枪伸去，但又停住了。阿奇经常说梅里韦瑟就是个爱夸夸其谈的老头，他才不想让他侮辱玫兰妮小姐的丈夫，哪怕她丈夫像个傻瓜一样乱说话。

阿希礼眼中的困惑立刻被怒火取代。但他还没来得及开口，亨利伯父便骂了起来。

“天哪——你这该死的——抱歉，斯嘉丽——但老爷子，你这蠢货，怎么能这样说阿希礼！”

“不用你帮腔，阿希礼也能自我辩护。”老头冷冷地说，“他说这些话，跟支持联邦重建的南方佬有什么区别。顺从，呸！抱歉，斯嘉丽。”

“我不相信脱离联邦，”阿希礼气得声音发颤，“但佐治亚脱离时，我也跟着脱离了。我不相信战争，但我也参战了。北佬已经很疯狂，我不相信把他们逼得更疯狂有什么好处。但州议会若决议如此，我也会站在他们那边。我——”

“阿奇，”亨利伯父突然道，“送斯嘉丽小姐回家。这儿不是她该待的地方。无论如何，女人都别过问政治，这儿随时都能脏话连篇地吵起来。走吧，阿奇。再见，斯嘉丽。”

马车沿着桃树街行进，斯嘉丽的心仍吓得怦怦直跳。州议会这种愚蠢的行为会不会影响到她的安全？会惹怒北佬，他们会让她失去锯木厂吗？

“呃，”阿奇嘟囔道，“我虽然听过兔子冲斗牛犬啐口水的事，但直到今天才算真正见到。州议会不如直接高喊‘杰斐逊·戴维斯和南部邦联万岁’。反正，喜欢黑鬼的北佬已经打定主意，要让他们爬到我们头上。不过，州议会真有胆量，佩服！”

“佩服他们？真讨厌！佩服他们？他们该挨枪子儿！这会让北佬像鸭子扑六月鳃金龟一样扑向我们。他们为何不能批——批——那什么东西来着？批了才好平息北佬的怒火啊，怎么反而还要再次惹怒他们？他们迟早会让我们屈服，我们还不如趁早屈服的好。”

阿奇冷冷地瞪着她。

“不打就屈服？女人真是跟山羊一样没自尊。”

***

斯嘉丽租了十个囚犯，两间锯木厂各五个。阿奇说到做到，从此再不为她赶车。无论玫兰妮如何恳求，也不管弗兰克如何承诺再提工钱，他都不肯再拿起缰绳。他乐意护送玫兰妮、佩蒂、英迪亚和她们的朋友进城，就是不肯送斯嘉丽。如果斯嘉丽跟其他太太同坐车上，他就都不护送。这老暴徒竟公然审判起她来了，这场面可真尴尬。更尴尬的是，她的家人朋友全站在老头那边。

弗兰克恳求她别走到这步。阿希礼起初拒绝让囚犯干活，斯嘉丽哭泣哀求，保证日子好过些了就雇自由黑人，他才违心地勉强答应。邻居们都毫不掩饰地表示反对，弗兰克、佩蒂和玫兰妮全都觉得抬不起头。就连彼得和嬷嬷都说租囚犯干活会倒霉，肯定不会有好结果。人人都说，利用他人的悲惨和不幸是不对的。

“让奴隶干活，你们怎么不反对！”斯嘉丽愤愤不平地嚷道。

啊，但那不一样啊。奴隶既不悲惨，也算不上不幸。黑人当奴隶时，可比如今这样的自由身好过得多。斯嘉丽若不信，看看周围就明白了啊！但和往常一样，越有人反对，斯嘉丽就越坚定自己的做法。她不让休继续管理锯木厂，打发他去赶木材车，并确定了雇用约翰尼·加勒格尔的所有合同细节。

斯嘉丽认识的所有人中，似乎只有约翰尼·加勒格尔赞成用囚犯干活。他点了点圆脑袋，说这是个好法子。斯嘉丽看着这位前职业赛马师。他个子矮小，两条短短的罗圈腿却站得很稳，侏儒似的脸上一副坚毅务实的神情。斯嘉丽想：“谁要把马给他骑，那就真是不在乎马的死活。我的任何一匹马，他都得离十英尺远才行。”

但把一帮囚犯交给他管，她倒是毫不内疚。

“这些人都随我处置吗？”他问，眼珠如灰玛瑙般冰冷。

“随你处置。只要你能保证锯木厂正常运转，我要木材时，无论想要多少，你都给得出来就行。”

“我跟着你了。”约翰尼直截了当，“我会告诉韦尔伯恩先生，我不给他干了。”

斯嘉丽看着他穿过木匠和搬运灰泥的砖瓦工，顿觉松了口气，精神也好起来了。约翰尼的确适合跟着她。他强壮坚毅，不容任何人胡闹。弗兰克曾轻蔑地说他是“住棚屋的爱尔兰佬，一心追名逐利”，斯嘉丽却正因这点赏识他。她知道，不管个人性格如何，一个决心要干出点什么名堂的爱尔兰人，就是值得珍惜的人。

而且，因为约翰尼明白金钱的价值，所以斯嘉丽觉得跟他，反倒比跟同阶层的很多男人更亲近。

约翰尼接手锯木厂的第一周，就满足了她的所有期待。因为，他用五名囚犯干的活，比休用十个自由黑人干的还多。不只如此，斯嘉丽从去年到亚特兰大以来，还从未有这么多空闲时间。因为，约翰尼坦率地表示不喜欢她到厂里来。

“你负责卖木头，我负责木料加工，”他说得干脆利落，“囚犯聚集营不是淑女该待的地方，如果还没人提醒你这点，那我约翰尼·加勒格尔现在就告诉你。我一直在源源不断地运木头给你，不是吗？但我不想像威尔克斯先生那样，成天被打扰。他需要人盯着，我不需要。”

斯嘉丽虽不情愿，也只好远离约翰尼的厂子，生怕自己去得太频繁，惹得他撒手不干，那就全完了。他那句“阿希礼需要人盯着”刺痛了她，因为就算不愿承认，她也知道这话没错。阿希礼用囚犯干活，并没有比用自由黑人好多少。但问他原因，他却说不出来。而且，他似乎羞于跟囚犯共事，近来几乎没什么话对斯嘉丽说。

阿希礼身上的变化让斯嘉丽很担心。如今，他那闪亮的头发出现了白发，肩膀也疲惫地垮了下去。他很少笑，再也不像多年前引她倾心的那个温雅青年。他仿佛被某种难以忍受的痛苦暗暗啃噬着，嘴角那抹严厉之色令她既困惑，又难受。她真想狠狠把他的脑袋按到自己肩上，摩挲着那渐渐花白的头发，大声说：“你在担心什么，告诉我！我来解决！我会帮你解决！”

然而，他周身客套疏离的气息，让她始终无法靠近。

第四十三章

这是十二月的一天，太阳暖得几乎跟小阳春时差不多，真是难得的好天。佩蒂姑妈后院的橡树上，干枯的红叶仍未掉落。渐渐枯黄的草坪仍执着地泛着淡淡绿意。斯嘉丽抱着小宝宝来到侧廊，坐进阳光下的一张摇椅。她穿了条绿色的新印花薄裙。裙子上镶了一码又一码黑色荷叶边。佩蒂姑妈为她做了顶新花边帽。她知道这两样东西都跟自己很配，所以非常高兴。丑了那么多个月，终于能重新漂亮起来，感觉真棒！

她抱着孩子一边摇摇椅，一边兀自哼着歌。听到小街传来一阵马蹄声，她好奇地透过门廊上纠缠盘绕的枯藤蔓望过去，发现原来是瑞德·巴特勒骑马来了。

他离开亚特兰大已经好几个月，他走时杰拉尔德刚去世，小埃拉·洛雷娜也还远未出生。斯嘉丽想念过他，现在却非常希望能有什么办法避而不见。事实上，一看到他那张黝黑的脸，她心中便内疚又恐慌。有件跟阿希礼有关的事一直令她良心不安。她不想跟瑞德讨论此事。但她知道无论多不情愿，瑞德也会逼得她非谈不可。

瑞德在门口拉住缰绳，轻巧地跃下地。斯嘉丽紧张地盯着他，觉得他真像韦德书中一张插图上的人。韦德老拿那本书来烦她，要她大声念给他听。

“戴副耳环，嘴里再叼把短弯刀就够了。”斯嘉丽想，“哼，不管是不是海盗，都得尽量别叫他割了我的喉咙才好。”

瑞德沿着小道走来，斯嘉丽堆出最甜美的笑容，大声冲他打招呼。她穿着新裙子、戴着新帽子，看上去如此漂亮，真幸运哪！瑞德飞快地上下扫视了她一眼，她知道他也觉得自己漂亮。

“一个新宝宝！呀，斯嘉丽，这可真令人惊喜！”瑞德笑着俯下身，拉开毯子，露出埃拉·洛雷娜那张丑丑的小脸。

“别傻了，”斯嘉丽红了脸，“瑞德，你好吗？你走了好长时间啊。”

“是啊。斯嘉丽，让我抱抱宝宝。噢，我知道怎么抱孩子。我还有很多特别的本领呢。啊，他长得真像弗兰克。除了没八字须，其他都一样。但假以时日，他也会长出来的。”

“但愿别，这是女孩。”

“女孩？那更好。男孩都是讨厌鬼。斯嘉丽，别再生男孩了。”

她差点尖刻地脱口而出不会再生一个孩子，无论男孩还是女孩。不过，好在她及时忍住，只是微笑着飞快地在脑中寻找话题拖延时间，免得他提起那件她害怕的事。

“瑞德，旅途还愉快吧？这次你去哪儿了？”

“噢，去了古巴——新奥尔良——还有一些别的地方。给，斯嘉丽，把孩子抱过去吧。她开始淌口水了，我这样拿不到手帕。她当然是个可爱的娃娃，但她把我的衬衣胸口弄湿了。”

斯嘉丽把孩子抱回自己膝上，瑞德懒懒地靠着栏杆，从银烟盒里取出一支雪茄。

“你老是去新奥尔良。”斯嘉丽微噘着嘴道，“而且永远不告诉我去那儿干吗。”

“斯嘉丽，我是个勤奋的男人。去那儿，或许就是为了做生意嘛。”

“勤奋！你？”斯嘉丽很不礼貌地放声大笑，“你这辈子什么时候干过活？你多懒啊！就只资助过那些投机家，让他们干完偷鸡摸狗的事后把利润分给你一半吧。要么就是贿赂北佬军官，跟他们合伙来抢我们这些纳税人的钱。”

瑞德仰头大笑。

“你是有多想攒够钱，也好像我一样去贿赂那些军官！”

“你怎能这么想——”斯嘉丽立刻恼了。

“但总有一天你能攒够钱，贿赂一大批军官。靠那些租来的囚犯，说不定你都能发财。”

“噢，”斯嘉丽有些窘迫地道，“你怎么这么快就知道我租了那么一帮人？”

“我昨晚到的，在时代女郎沙龙待了一晚上，全城的消息就都知道了。那儿可是个闲话交流中心，消息比太太们的缝纫协会还灵通。每个人都告诉我你租了一帮囚犯，让加勒格尔那小个子无赖监督着干活，一直干到死。”

“胡说！”斯嘉丽气愤地道，“他才不会让他们干到死。我会照看着的。”

“是吗？”

“当然！干吗要旁敲侧击地提这些事？”

“噢，抱歉，肯尼迪太太！我知道，你的动机向来无可指摘。不过，我还从没见过约翰尼·加勒格尔那样冷血的小个子无赖。你还是盯着他好点，否则督察员一来，你可就麻烦了。”

“管好你自己的事，我的事自己会管。”斯嘉丽愤愤地道，

“我不想再谈囚犯的事了。每个人都讨厌他们。我租囚犯是我的事——你还没告诉我，你去新奥尔良干什么呢。你去得那么勤，人人都说——”她突然住了口，不愿再多说什么。

“他们说什么了？”

“呃——他们说，你有个情人在那儿。还说你要结婚了。是吗，瑞德？”

斯嘉丽对这事已经好奇了很久，忍不住直截了当地问出了口。一想到瑞德就要结婚，她不禁嫉妒得心头一痛。但为何会生出这种感觉，她也不清楚。

瑞德温和的眼突然警觉起来，迎上她注视的目光，跟她对视了很久，直看到她双颊微微泛红。

“这事对你很重要吗？”

“呃，我不想失去你这个朋友。”斯嘉丽努力装出一副漠不关心的样子，一本正经地说。然后，她俯身拉了拉毯子，把埃拉·洛雷娜的脑袋盖得更严实些。

瑞德突然哈哈笑了几声：“斯嘉丽，看着我。”

她不情愿地抬起头，脸更红了。

“你可以告诉那些好奇的朋友，除非没有别的办法得到我想要的那个女人，否则我绝不可能结婚。但迄今为止，我还没有对哪个女人渴望到想娶了她。”

这下，斯嘉丽真是既困惑，又窘迫。因为，她想起围城那天晚上，也是在这道门廊，他曾说过他这人不结婚，还漫不经心提议让她做他的情妇……她也想起那天去监狱探望他的可怕经历，顿时羞愧更甚。瑞德读懂了她的目光，脸上缓缓浮现出不怀好意的笑容。

“但既然你如此直接地问我，我就满足你这粗俗的好奇心吧。

我去新奥尔良不是为了什么情人，而是去看望一个小男孩。”

“小男孩！”如此出人意料的答案让斯嘉丽大吃一惊，反而不觉得困惑了。

“没错，我是他的法定监护人，有责任照料他。他在新奥尔良上学，我经常过去，就是为了看他。”

“会给他带礼物吗？”斯嘉丽想，正因为如此，他才总是知道韦德喜欢什么吧！

“嗯。”瑞德勉强应了声。

“噢，我真是一直不知道呢！他漂亮吗？”

“太漂亮了，已经漂亮到反而对自己不好的地步。”

“是个听话的好孩子吗？”

“不，他是个捣蛋鬼。他要是没出生就好了。男孩总是惹人讨厌。你还想知道什么？”

瑞德突然生起气来，眉头紧锁，仿佛后悔说起这事。

“你要不想说，那我也没什么可问的了。”斯嘉丽高傲地说，但她其实很想接着听，“不过，你当监护人是什么模样，我实在想象不出。”她哈哈大笑，心想他会不会因此仓皇失措。

“嗯，你视野有限，的确想象不出。”

瑞德不再说话，默默抽了会儿雪茄。斯嘉丽很想不客气地回敬他一句，却想不出该说什么。

“如果你能保守秘密，那我感激不尽。”瑞德终于开口，“不过，希望一个女人守口如瓶，几乎不可能。”

“我能保守秘密。”斯嘉丽觉得自尊心受到了伤害。

“是吗？了解朋友的新情况可真好。哎呀，斯嘉丽，别噘嘴了。抱歉刚才失礼了，但也怪你这么刨根问底。笑一笑，高兴一会儿吧，然后我就要提出一个不那么高兴的话题了。”

“噢，天哪！”斯嘉丽想，“他要说阿希礼和锯木厂的事了！”她连忙笑了笑，现出酒窝转移他的注意力。“瑞德，你还去过什么别的地方？你这次没有一直待在新奥尔良，不是吗？”

“没有。上个月我一直在查尔斯顿。我爸去世了。”

“噢，我真难过。”

“不必难过。我看他自己都不难过，我当然也不会为他的死难过。”

“瑞德，你怎能说这么可怕的话！”

“要是明明不难过，还要假装难过，那才可怕，不是吗？我们之间向来没多少亲情。印象中，那位老绅士对我做的每件事都表示反对。我太像他爸，而他打心底里不赞成他爸。我一天天长大，他对我的不赞同慢慢变成彻头彻尾的厌恶。我承认，我也没有改变什么。爸爸想让我做的事都无聊透顶。终于，他把我扫地出门。我身无分文，也没接受过什么训练，只能当个查尔斯顿绅士——使得一手好枪法，打得一手好扑克。我没饿死，反倒靠打扑克赌钱过上好日子，爸爸估计觉得这是对他莫大的侮辱。巴特勒家的人竟成了赌徒，他面上多无光啊！所以我第一次回家时，他不让我妈见我。战时我闯封锁线出入查尔斯顿，妈妈得撒谎，才能溜出来见我。所以，这自然不能增加我对爸爸的感情。”

“啊，我不知道这些！”

“他就是所谓的老派绅士，虽然善良，却无知顽固、为人褊狭，只会按其他老派绅士那样思考问题。他把我扫地出门，权当我死了，人人都对他钦佩不已。‘若是你的右眼叫你跌倒，就剜出来丢掉。[1]’我这个长子就是他的右眼，所以他就狠狠地把我剜

---

1 见和合本《圣经·新约·马太福音》第5章第29节。

掉了。”

瑞德微微一笑，冷酷的双眼因回忆透出几分兴味。

“这些我都可以原谅，但战后他对妈妈和妹妹的态度，我永远无法原谅。他们几近赤贫。种植园的房子被烧掉了，稻田变回了沼泽地。城里的房子卖了缴税，全家人只能住在黑鬼都不住的两间屋子里。我寄钱给妈妈，却被爸爸退了回来。瞧瞧，他嫌我的钱不干净呢！我去查尔斯顿那几次，每次都偷偷给妹妹钱，但爸爸总能发现，然后冲她大发雷霆，骂得她几乎活不下去，可怜的妹妹啊！最后，钱都会退回来。我真不知道他们靠什么生活……不，其实我也知道。我弟弟虽然没多少钱，还是尽量帮衬他们。他也不肯要我一分一毫。瞧瞧，拿投机商的钱要倒霉呢！此外，他们就靠朋友们救济。你姨妈厄拉利心肠很好。要知道，她是我妈最好的朋友之一。她给他们衣服，还有——天哪！妈妈竟得靠救济过活！”

斯嘉丽很少见到瑞德摘下面具，眼前算得上一回。他脸上全是对父亲深切的仇恨和对母亲的悲伤。

“厄拉利姨妈！但是，天哪，瑞德，除了我寄给她的东西，她也没什么别的！”

“啊，原来都出自你这儿啊！亲爱的，你真没教养，怎么当着我的面说这些。你肯定想让我偿还吧！”

“非常乐意。”斯嘉丽突然咧嘴一笑，瑞德也回以微笑。

“啊，斯嘉丽，你真是一想到美元，就两眼放光！你确定除了爱尔兰血统，你真没点苏格兰或犹太血统？”

“别惹人讨厌！我并不是有意要在你面前提起厄拉利姨妈。但说实话，她还以为我是印钞票的呢，总写信来要钱。天哪，就算不养活那些在查尔斯顿的人，我的开销也够多啦。你爸怎么死的？”

“我猜，是体面地饿死吧——但愿如此。他就该如此。他也想让妈妈和罗斯玛丽一起饿死吧。现在他死了，我可以帮助她们了。我给她们在巴特雷买了座房子，还雇了用人照料她们。不过，当然，不能让人知道钱是我给的。”

“为什么不能？”

“亲爱的，查尔斯顿人的德行你还不清楚吗！你去过那儿的啊。我家或许穷，但还是得维持往日的地位。如果被人知道这些都是赌博赢来的钱、投机商和拎毯制手提包的投机家的钱，那还怎么维持地位？当然不行！她们对外说我爸留了一大笔人寿保险金，说他宁愿穷得跟乞丐一样，宁愿自己饿死，也一直按时缴纳保金。所以，他死后，她们就得到了那笔钱。如此一来，他这老派绅士的名头便比生前更响了……俨然成了为全家牺牲的烈士。希望他若得知妈妈和罗斯玛丽如今过得很舒服，在地下也不得安宁……从某些方面来看，我还是为他的死难过。因为他想死——非常乐意赴死。”

“为什么？”

“噢，李将军投降时，他其实就死了。你知道这种人的，永远适应不了新时代，成天念叨过去的好日子。”

“瑞德，老人都那样吗？”斯嘉丽想起杰拉尔德和威尔说他的那些话。

“天哪，当然不是！就举两个例子吧——瞧瞧你家亨利伯父和梅里韦瑟爷爷那只老野猫。在我看来，从跟地方志愿军开拔时起，他们就越来越年轻，越活越有味儿了。今天早晨，我还碰到梅里韦瑟爷爷赶着勒内的馅饼车，跟军队里的赶骡人一样冲那马骂骂咧咧呢。他对我说自从逃出家门，摆脱儿媳的关照，在外面赶车以来，他觉得自己简直年轻了十岁。而且，你家亨利伯父很享受在法庭上为孤儿寡母辩护，跟北佬或投机客唇枪舌剑。依我看，他恐怕连钱都不收。若没有战争，他估计早就退休，将养风湿病去了。因为再次变得有用，又觉得自己被别人需要，所以他们又年轻了。他们喜欢这个给老人机会的新时代。但斯嘉丽，有很多人，很多年轻人仍跟我爸和你爸一样，不能，也不愿适应新时代。说到这儿，我就要跟你讨论一个不怎么愉快的话题了。”

见他突然转换话题，斯嘉丽顿时结巴起来：“什——什么——”同时，她也在心中暗暗叫苦：“噢，天哪！来了。如何才能应付得了他啊？”

“我对你这般了解，真不该指望你会说真话或公平待我。然而，我还是蠢得相信了你。”

“你在说什么啊？”

“我想，你知道我在说什么。不管怎样，你看起来相当内疚。刚才，就在来看你的路上，我骑马经过常春藤街时，听到有人在树篱后叫我。原来，是阿希礼·威尔克斯太太！我当然停下来跟她聊了几句。”

“是吗？”

“是啊，我们聊得很愉快。她说一直想告诉我：她觉得我能在最后关头为邦联而战非常英勇。”

“噢，胡说八道！玫兰就是个傻瓜。她很可能因为你那晚的英勇行为丢掉小命。”

“即便如此，她也会觉得自己是为那个伟大目标牺牲。我问她来亚特兰大干吗时，她为我的无知大吃一惊。她告诉我他们现在都住在这儿，你还好心地让威尔克斯先生当上了锯木厂的合伙人。”

“怎么了？”斯嘉丽反问道。

“我借钱给你买锯木厂时可定了个条件，你也同意了。我的条件就是——这个厂子不能用来供养阿希礼·威尔克斯。”

“你真无礼。我已经把钱还给你了，现在厂子归我，我爱怎么办都是我的事。”

“那你能不能告诉我，你是如何挣到钱来还账的？”

“当然是卖木材啊。”

“你靠着我借给你的钱起家——这才是你该说的话。而我的钱，竟用来供养阿希礼！你这毫无信誉的女人！你若还没还清借款，我一定现在就追债。你若还不起，我就把你公开拍卖了。”

他语气轻佻，双眼却气得冒火。

斯嘉丽连忙把战火引向敌方阵地。

“你干吗这么恨阿希礼？我看是嫉妒他吧。”

话一出口，她就恨不得咬掉自己的舌头。因为瑞德立刻仰头大笑，直笑得她羞愧难当、满脸通红。

“不仅失信，还很自负。”瑞德道，“你永远忘不掉自己是县里的美人，对吗？永远认为自己是那个穿着皮鞋、最可爱的漂亮姑娘，遇到的每个男人都爱死你了，对吗？”

“我没有！都没有！”斯嘉丽愤怒地大喊，“但我就是见不得你这么恨阿希礼。我只能想到这个解释。”

“啊，小美人，那就想点别的，因为这解释不对。至于恨阿希礼——我不恨他，但也不喜欢他。其实，我对他和他那种人只有一种感觉——怜悯。”

“怜悯？”

“没错，还有点瞧不起。好啦，尽管像只公火鸡一样发火吧，对我说他抵得上一千个我这样的无赖，我怎敢如此放肆地怜悯或瞧不起他。等你骂完，如果还感兴趣，我可以跟你解释解释。”

“哼，我才不听。”

“但我还是要告诉你，因为我受不了你继续愉快地幻想我在嫉妒。我可怜他，是因为他该死却没死；我瞧不起他，是因为他不知道旧世界消亡后，他该拿自己怎么办。”

他这观点听起来有些耳熟。斯嘉丽混乱的记忆中似乎听过类似的话，但到底是何时何地听到的，她想不起来了。因为正在气头上，她也不愿多想。

“如果照你的意思，那南方所有正派男人都该去死。”

“我想，如果顺阿希礼那种人的意，他们都宁愿去死。死后还能在坟前立块干净的石碑，上面写着‘一位为邦联捐躯的士兵长眠于此’或‘为国捐躯’之类的话。”

“我不明白为什么要这样！”

“要是不用一英尺高的字母写下来，推到你鼻子下，你估计什么都不明白，对吧？他们若死了，麻烦就没了，也不再需要面对任何无法解决的问题。而且，他们的家族还会世世代代以其为傲。我听说，死人都很快乐。你觉得阿希礼·威尔克斯现在快乐吗？”

“怎么？当然——”斯嘉丽刚一开口，想起阿希礼近来的眼神，又打住了。

“他、休·埃尔辛或米德医生快乐吗？比我爸和你爸更快乐吗？”

“呃，或许没有料想中那么快乐，因为他们没钱了吧。”

瑞德哈哈大笑。

“亲爱的，不是因为他们没了钱。我告诉过你的，是因为他们的世界没了——那个将他们养大成人的世界没了。他们就像离开水的鱼或长出一对翅膀的猫。那个世界本要将他们培养成某种人，让他们做某些事，占据某种地位。李将军抵达阿波马托克斯时，那些人、事和地位就永远消失了。噢，斯嘉丽，别一副蠢样！阿希礼原本要做的事已经没了，他的家没了，种植园被拿来抵了税。如今二十个他这样的体面绅士，都不值一美分。他能靠自己的头脑和双手干活吗？我敢打赌，从他接管那间锯木厂起，你就在亏钱。”

“我没有！”

“很好。那哪个周日晚上你若有空，能把账簿拿给我看看吗？”

“见你的鬼去吧，别什么有空没空。我不管，现在你可以走了。”

“亲爱的，我已经见过鬼，那家伙相当乏味。哪怕是为了你，我也不会再去见他……你急用钱时，拿走我的钱用了。那笔钱该怎么用我们有言在先，你却违反了协议。我心爱的小骗子，记住，总有一天，你会想找我借更多钱，还想让我以极低的利息借给你。这样，你就能买下更多锯木厂和更多骡子，建起更多酒馆。到时候，你可休想拿到钱。”

“等我需要钱时，我就去找银行借，谢谢。”斯嘉丽语气冰冷，却满腔怒火，气得胸脯一起一伏。

“是吗？那试试看。我有大量银行股份。”

“真的吗？”

“嗯，我对正当企业也有兴趣。”

“还有别的银行——”

“很多，但只要我想办法，你就休想从任何一家银行借到钱。你若真想借钱，可以去找那些放高利贷的投机家。”

“我会高高兴兴地去找他们。”

“等你知道他们的利息，你就高兴不起来了。美人，做生意若不老实，是要受罚的。你本该老老实实地对我。”

“你是个好人，不是吗？有钱又有权，干吗非要跟阿希礼和我这种潦倒的人过不去！”

“别把自己跟他归为一类。你可不潦倒。什么事都无法让你潦倒。但他一旦潦倒，就会一直潦倒下去，除非背后有某个精力充沛的人一辈子扶持他、引导他、保护他。我可不想拿自己的钱去帮扶这种人。”

“可我潦倒时，你并不介意帮我，而且——”

“亲爱的，帮你虽然有风险，但很有趣。为什么？因为你不依靠家里的男性亲戚，也不为过去哭哭啼啼。你走出家门奔波忙碌。如今，你靠一个死人钱包里的钱和从邦联偷来的钱站稳了脚跟。你杀人、偷别人的丈夫、试图与人私通、撒谎、做生意狡猾诡诈、做了无数经不起仔细检查的勾当，真是样样都值得称赞哪。你干的所有事都令人钦佩。它们表明你是个有精力、有决心的人，值得冒险投资。帮助自助者是件乐事。梅里韦瑟太太虽是个信奉天主教的老遗孀，但我愿意借一万美元给她，还不用写借据。她从一篮馅饼开始，瞧瞧人家现在什么样！都有一间雇了五六个人的面包房了！她家老头赶送货马车赶得多开心啊。就连勒内那懒惰的小个子克里奥尔人，都干得那般卖力，并乐在其中……还有汤米·韦尔伯恩那可怜鬼，半个人的身子，却干了两个人的活，还干得那么好！行啦，我不说了，再说你该烦了。”

“你的确让我厌烦，我都烦得要发疯啦。”斯嘉丽冷冷地说，想惹恼他，好让他别再说阿希礼有多么多么不幸。但他只是笑笑，并不接招。

“他们那样的人值得帮助。但阿希礼·威尔克斯——呸！在如今这个天翻地覆的世界，他那种人既无用，又无价值。无论何时，只要发生天翻地覆的变化，他这种人都最先灭亡。为什么不呢？他们不配幸存，因为他们不奋斗，也不知道该如何奋斗。这不是第一次世道大变，也不会是最后一次。之前变过，以后还会变。每每此时，人人都会失去一切，所以人人平等。所有人都得一无所有地从头再来。除了狡猾的头脑和有力的双手，每个人都再无其他倚仗。但某些人，比如阿希礼这样的人，既不狡猾，也没力气。就算有这两样东西，他们也瞻前顾后地不肯用。因此，他们只能潦倒，也应该潦倒。这是自然规律，没了他们，世界会变得更好。但假以时日，总有一些吃苦耐劳的人能挺过去，恢复以往的地位。”

“你也穷过！你刚才还说你爸把你赶出家门时，你身无分文！”斯嘉丽气愤地道，“我还以为，你能理解和同情阿希礼呢！”

“我的确理解，”瑞德说，“但我若同情他，那可糟糕透了。南方投降时，阿希礼的境况可比我被扫地出门时强得多。他至少有朋友收留，我却是以实玛利[1]。可阿希礼为自己做了什么？”

“你这自负的家伙，怎么能拿他跟你比。哎——他跟你可不一样，谢天谢地！他不会像你那样玷污自己的双手，跟拎毯制手提包的投机家、支持联邦重建计划的南方佬和北佬合伙捞钱。他有良心、有顾忌，为人诚实正直！”

“但接受一个女人的帮助和金钱，算不得多有良心、多诚实正直吧？”

“那他还能干什么别的事？”

“我怎么能评价呢？我只知道我干了什么，知道我被赶出家门

---

1 《圣经》故事人物。亚伯拉罕和使女夏甲所生之子，后来与母亲一起被父亲摒弃。

时干了什么，如今又干了什么。我只知道其他男人干了什么。我们在一种文明毁灭时看到了机会，于是充分加以利用，直到如今仍在用。有些人手段光明，有些人的手段却见不得人。但世上的阿希礼们虽有同样的机会，却将其白白放过。斯嘉丽，他们就是不聪明。只有聪明人，才配幸存。”

他在说什么，斯嘉丽几乎都没听进去。因为几分钟前他刚开口时那几句嘲讽逗弄的话，让她清清楚楚地想起一件事。她想起冷风刮过塔拉的果园，阿希礼站在一堆栅栏边，眼神悠远的模样。他说——说什么了？说了个滑稽的外国词，那词听起来就像渎神之语。他还说到世界末日。斯嘉丽当时糊里糊涂，并不明白他的意思，只觉得疲惫又难受，此刻却有些懂了。

“唉，阿希礼说过——”

“说过什么？”

“有次在塔拉，他说了些关于——众神的黄昏和世界末日之类的傻话。”

“啊，‘众神的黄昏’！”瑞德顿时来了兴趣，双眼发亮地问，“还有什么别的吗？”

“噢，我记不太清了，当时没怎么在意。但——嗯——还说了什么强者幸存，弱者被淘汰的话。”

“啊，他都知道啊。那他就更难过了。他们中的大多数人不明白，并且永远都不会明白，只会一直纳闷那些美好的东西都去哪儿了。他们只会默默承受，既骄傲，又无可奈何。但阿希礼明白。他知道自己被淘汰了。”

“噢，他没有！只要我还有口气，他就不会被淘汰！”

瑞德平静地看着她，棕色的脸上毫无表情。

“斯嘉丽，你是怎么让他同意到亚特兰大接管锯木厂的？他努力抗争过吗？”

斯嘉丽立刻想起在杰拉尔德葬礼后，阿希礼跟她谈话的情景。

“当然没有，”她愤愤地应道，“我说需要他的帮助，因为我不信任那个管锯木厂的无赖，弗兰克太忙，我又要——呃，要生埃拉·洛雷娜了。然后，他便非常愉快地答应来帮我了。”

“母亲的身份真好用！原来，你是这么说服他的啊。现在，你终于把他弄到你想让他待的地方了。可怜虫，他被你的恩惠锁住，就像那些囚犯被铁链锁住一样。但愿你俩都开心吧。但亲爱的两面派太太，正如我一开始所说，因为那些并不淑女的阴谋算计，你再也不能从我这儿得到一个子儿。”

斯嘉丽又气又失望。因为她的确琢磨了一阵，想再向瑞德借点钱，买下市中心的一块地，在那儿建个贮木场。

“不用你的钱，我也能办成！”斯嘉丽嚷道，“约翰尼·加勒格尔那间厂子会赚钱，赚很多钱。现在我不用自由黑人，做抵押贷款也赚了些钱。而且，我们店里跟黑人做买卖，也赚了不少！”

“嗯，我听说了。骗孤儿寡母、无知无助的人，你可真聪明！但斯嘉丽，你若非要偷，干吗不偷富裕强壮之人，反而对贫穷体弱之人下手？从罗宾汉时代到现在，劫富济贫才是高尚之举。”

“因为，”斯嘉丽直截了当地道，“因为‘偷’——姑且就用你说的这个字好啦，偷穷人更容易，也更安全。”

瑞德无声地笑了，笑得肩膀直抖。

“斯嘉丽，你真是个老实称职的无赖！”

无赖？真奇怪，这个词竟让她觉得伤心。她激动地对自己说：“我不是无赖！”至少，她不想当无赖，她想成为一个了不起的淑女。一时间，记忆飞速往前，她仿佛又看到妈妈裙摆窸窣地走来走去，闻到香囊散发出的淡淡香气。她看到妈妈忙碌的小手不知疲倦地帮助他人，并得到众人的爱戴、尊敬和珍视。斯嘉丽的心顿时难受起来。

“你如果想戏弄我，”她疲惫地道，“那就别白费力气了。我知道这些日子来，我——有些无所顾忌，不像从小受的教育那般善良温和、讨人喜欢。但我忍不住。瑞德，说实话，我真的忍不住。不这样，我还能怎样？北佬闯进塔拉时，我要是还温柔善良，那我、韦德、塔拉和其他人会怎么样？我是应该——但我连想都不愿想了。乔纳斯·威尔克森要霸占我家时，我如果还——温和善良、拘谨有礼，我们会怎么样？一家人现在上哪儿去住？如果我没有佯装天真单纯地缠着弗兰克收回烂账——噢，算了。或许我是个无赖，但瑞德，我不会永远当无赖。但过去这几年——甚至现在——我还有什么别的办法？我还能做成什么别的事？我感觉自己仿佛顶着暴风雨，拼命划一条负重满满的船。仅是让船浮在水面都不容易，我哪儿还能操心其他无关紧要的东西。良好礼仪之类的东西，我可以轻易丢开，毫不牵挂。我太害怕船会沉，所以就把最不重要的东西扔掉了。”

“骄傲、声誉、诚实、美德、善良，”瑞德轻声细语地一一数来，“斯嘉丽，你做得对。船都要沉了，它们的确都不再重要。但看看你周围的朋友们。他们如果不能将满船货物安全送到岸边，便会心满意足地扬起所有旗帜，让船沉没。”

“他们就是一群傻瓜，”斯嘉丽直截了当地说，“所有事都得讲究时机。等我赚到很多钱，我也能成为你喜欢的那种好人。到时候，我也能装出一副老实样，一定能！”

“你的确可以——但你不会变成那样。已经丢弃的货物难以打捞，就算捞上来，往往也坏得无法修复。恐怕等你有能力捞起被丢掉的声誉、美德和善良时，你会发现它们早已被海水泡变了形，变成某种滑稽又怪异的东西……”

瑞德突然起身，拿起帽子。

“你要走了？”

“嗯。你不觉得松了口气吗？你的良心若还有剩，我就把你留给那点良心吧。”

他顿了顿，低头看向孩子，伸出一根手指让孩子抓。

“我想，弗兰克肯定很为她骄傲吧？”

“噢，当然。”

“应该为她做了不少计划？”

“噢，哎呀，你知道男人对待自己的孩子有多愚蠢。”

“嗯，那告诉他——”瑞德刚开口，又突然顿住，脸上神情怪异，“告诉他如果想实现自己对这个孩子的规划，晚上最好待在家里，而非频频外出。”

“什么意思？”

“字面意思。叫他待在家里。”

“噢，你这讨厌鬼！你是在暗示可怜的弗兰克会——”

“噢，天哪！”瑞德哈哈大笑，“我可没说他会跟女人乱来！弗兰克！噢，天哪！”

他走下台阶，一路笑个不停。

第四十四章

一个三月的下午，天气很冷，风也大。斯嘉丽把旅行毛毯拉到腋下，赶车驶出迪凯特街，朝约翰尼·加勒格尔的锯木厂而去。近来，独自驾车出行很危险，她也知道这点。因为黑人已经完全失控，所以如今比以往更危险。正如阿希礼所言，州议会拒绝通过修正案果然招致严重后果。他们的断然拒绝犹如给了愤怒的北佬一记耳光。报复很快就来了。北方决定强行赋予黑人选举权，并宣布佐治亚州为叛区，对其施行最严格的军事管制。佐治亚州不复存在，成为继佛罗里达和亚拉巴马之后的“第三军管区”，接受一位联邦将军的管辖。

如果此前的生活已经不安又骇人，那如今的情况就是加倍糟糕。去年民众们眼中无比严厉的军管条例，跟如今波普将军颁布的法令一比，真是显得温和多了。眼看全州即将被黑人统领，未来真是一片黑暗、希望渺茫。人们只能在痛苦中无助地挣扎。黑人们感受到自己地位上升，知道有北佬军队做后盾，越发肆无忌惮、横行霸道起来。有他们在，城里谁都不安全。

如此疯狂又恐怖的时候，斯嘉丽也害怕。但她虽然害怕，却已下定决心，所以把弗兰克的手枪塞进马车坐垫下，就独自出门了。她暗骂州议会给大家惹来更大的灾难。这高尚英勇的行为，人人夸耀的壮举，到底带来什么好处了？结果只会把事情弄得更糟。

斯嘉丽眼看着就要驶进一条小路。从那条路穿过几棵光秃秃的树，就是小溪洼地的棚屋区。她吆喝了一声，催马快跑。每次路过此处，她都心神不宁。这儿到处都是被军队丢弃的帐篷和木板屋，又脏又乱，住的都是脏兮兮的黑人流浪汉、黑人妓女和最下等的穷苦白人。亚特兰大城内外，就数这儿名声最差，据说无论黑人白人，犯了事都往此处躲。所以，北佬士兵若想抓谁，也会先到这儿来搜查。动刀动枪在这儿是家常便饭，当局懒得费心调查，通常就任由这些贫民窟居民自行解决他们那些见不得人的勾当。林子背后还有间制造劣质玉米威士忌的酒厂。入夜后，洼地的这些木板屋里，醉鬼们的吆喝声和叫骂声此起彼伏。

就连北佬也承认这是片灾祸之地，应该铲除，但他们并未采取任何行动。城内必须往返于亚特兰大和迪凯特的居民怨声载道。男人路过这片贫民窟，都会把手枪皮套解开；正派女人哪怕有自家男人保护，也不愿路过这里。这是因为常有醉醺醺的黑人妓女坐在路旁，大声辱骂她们，满嘴不堪入耳的脏话。

有阿奇陪着时，斯嘉丽根本没把这儿当回事。因为，就连最放肆的黑女人，也不敢在她面前笑一下。但自从被迫独自赶车，惹人气恼和愤怒的事便接踵而来。无论何时赶车经过，那些黑婊子似乎都要来招惹她。她别无他法，只能置之不理，暗自生气。她甚至不能向邻居或家人诉苦，从他们那儿寻求安慰，因为邻居们只会得意扬扬地说：“啊，那你还想指望什么？”家人呢，又会惊骇莫名地拼命阻止她，而她依旧打算出门。

谢天谢地，今天街边没有衣衫褴褛的女人！斯嘉丽驶过那条通向贫民窟的小路时，厌恶地瞥了眼前方空地。午后阴郁的斜阳下，是一片低矮的木屋。寒风吹过，一阵烧木头、煎猪肉和没冲洗过的厕所味便扑鼻而来。斯嘉丽头一扭，利落地抽了下马背，催它加快速度，好赶紧在前方路口转弯。

斯嘉丽刚松了口气，就见大橡树后突然悄无声息地闪出一个大块头黑人，吓得她心都提到了嗓子眼。好在她并没失去理智，飞快勒住马，一把抓起弗兰克的手枪。

“你想干什么？”斯嘉丽尽量厉声喝道。大块头黑人赶紧躲到树后，惊恐地应道：“天哪，斯嘉丽小姐。我是大个儿萨姆！”

大个儿萨姆！斯嘉丽一时间似没听懂他的话。大个儿萨姆，塔拉庄园的工头！她最后一次见他，还是在围城那会儿。他究竟……

“快出来，让我瞧瞧你是不是真的大个儿萨姆！”

那人犹犹豫豫地从藏身之处溜出来。这大个子穿得破破烂烂，光着脚，下身是粗斜棉布马裤，上身是件联邦军军服。这衣服穿在他这么大块头的人身上，显得太短，也太紧。看清真是大个儿萨姆，斯嘉丽把枪塞回垫子下，开心地笑了。

“噢，萨姆！见到你真高兴！”

萨姆飞快地跑到马车跟前，骨碌碌乱转的眼里满是喜悦，一口白牙闪闪发光，两只大如火腿的黑手一把攥住斯嘉丽探出来的那只手。西瓜瓤般粉红的舌头伸了出来，身子扭来扭去，开心得活像只欢蹦乱跳、滑稽可笑的大驯犬。

“天哪，再见到家人的感觉真棒！”他嚷嚷着使劲捏紧斯嘉丽的手，直捏得她感觉骨头都快裂了，“斯嘉丽小姐，你咋这么坏，也使起枪来了？”

“萨姆，这年头坏人太多，我不得不带啊。你可是个体面的黑人，跑到这个贫民窟一样的脏地干吗？还有，你怎么不来城里找我？”

“斯嘉丽小姐，我不住这儿，只是暂时待几天。就算不要钱，我也不住在这儿。我这辈子都没见过那么懒的黑人。我不知道你在亚特兰大，还以为你在塔拉呢。我正打算一有机会就赶紧回塔拉。”

“围城之后，你就一直住在亚特兰大吗？”

“没有，小姐！我一直到处跑！”他松开她的手。斯嘉丽连忙活动了一下被捏痛的手指，看骨头是否还完好，“你还记得上次见我的情景吗？”

斯嘉丽想起围城之前那个大热天，她和瑞德坐在马车上，碰到大个儿萨姆打头的一帮黑人。他们列队走过尘土飞扬的大街，高唱着《去吧，摩西》，朝散兵壕而去。

“我拼命挖胸墙、装沙袋，直到邦联军队离开亚特兰大。负责管我们的那个上尉被打死了。没人告诉大个儿萨姆该怎么办。于是，我只好躲进林子。我想过回塔拉，却听说乡下都被烧了。而且，我也没法回去，怕被巡逻队的抓住，因为我没有通行证。后来，北佬来了。有个北佬上校看中我，要我给他喂马、擦靴子。

“没错，小姐！我一下子神气起来，觉得自己跟波尔克一样，是个贴身男仆啦。毕竟，我原来不过是个在地里干活的黑人。我没告诉那上校我是下地黑奴，可他——哎呀，斯嘉丽小姐，北佬什么都不懂，根本分不清贴身男仆和下地黑奴有什么区别！反正，我就这么跟了他。舍曼将军去萨凡纳，我也跟着上校去了萨凡纳。天哪，斯嘉丽小姐，那一路上真是好吓人，他们又偷又抢，还到处放火——斯嘉丽小姐，塔拉被烧掉了没有？”

“他们点了火，但被我们扑灭了。”

“啊，听到这消息真高兴。塔拉是我的家，我还要回去呢。战争结束后，上校对我说：‘萨姆，跟我回北方，我给你很多工钱。’呃，跟其他黑人一样，当时我也想尝尝自由的味道再回家，便跟着上校去了北方。嗯，我们去了华盛顿、纽约和波士顿。上校一家就住在波士顿。没错，小姐，我也是个走过很多地方的黑人啦！斯嘉丽小姐，北佬的大街上好多马和车，数都数不清！我成天害怕被车撞死！”

“萨姆，你喜欢北方吗？”

萨姆挠挠满头鬈发的脑袋。

“呃，喜欢——也不喜欢。上校是个好人，明白我们黑人的心思。可他太太不行。她头一回见到我，就喊我‘先生’。她老这么叫我，我真是别扭极了。后来，上校告诉她叫我‘萨姆’，她才终于改口。但所有北佬第一次见到我，都叫我‘奥哈拉先生’，还请我跟他们坐在一起，就像我跟他们一样好似的。呃。我这辈子都没跟白人平起平坐过，现在也老得再也学不会这点。小姐，他们待我倒是不错，就是打心底里不喜欢我——不喜欢黑人。他们怕我，因为我块头太大。他们老是问我有没有被寻血犬追过，有没有挨过打。唉，天哪，斯嘉丽小姐，我这种黑人怎么会挨打！你知道的，像我这么贵的黑人，杰拉尔德先生才不会让任何人打我！

“我告诉他们埃伦小姐待黑人有多好，还说我得肺炎时，太太如何守了我一星期。可他们不信。斯嘉丽小姐，我好想埃伦小姐，也想塔拉，于是再也待不下去啦。一天晚上，我偷偷溜出来，上了一辆货车，一路回到了亚特兰大。要是你能给我买张去塔拉的车票，我就能回家啦。一想到能再见埃伦小姐和杰拉尔德先生，我就开心。自由的味道我已经尝够啦。我还是想有人天天给我饭吃，告诉我该干什么，不该干什么。要是病了，也有人照顾我。我如果再得肺炎怎么办？那北佬太太会照顾我吗？不可能。她虽喊我‘奥哈拉先生’，却不会照顾生病的我。但埃伦小姐会照顾我——你怎么啦，斯嘉丽小姐？”

“萨姆，我爸妈都去世了。”

“去世？斯嘉丽小姐，你在跟我开玩笑吧？这么捉弄我可不好！”

“我没开玩笑，是真的。舍曼的人闯进塔拉时，妈妈就去世了。爸——是去年六月走的。噢，萨姆，别哭啊。求你别哭！你要是哭，我也会哭的。萨姆，别哭啦！我受不了。我们现在别谈这个，以后我再慢慢告诉你……苏埃伦小姐在塔拉，她嫁了个非常好的男人，叫威尔·本廷。卡伦小姐，她在一间——”斯嘉丽住了嘴。面对一个痛哭流涕的大个子，她怎么可能解释得清什么叫修道院，“她如今住在查尔斯顿。但波尔克和普利西都在塔拉……好啦，萨姆，擦擦鼻涕。你真的想回家吗？”

“是啊，小姐。但埃伦小姐不在，家跟我想象的不一样了——”

“萨姆，你愿意留在亚特兰大，为我干活吗？我需要一个车夫。近来坏人太多，我太需要一个车夫了。”

“是啊，你是需要一个车夫。斯嘉丽小姐，我一直想说你不该独自赶车到这一带来。你都不知道如今的黑人有多坏，尤其是住在贫民窟的黑人。你这样可不安全。我虽然到这儿才不过两天，但已经听人说起过你。昨天你经过这儿，有几个黑婊子冲你嚷嚷时，我就认出你了。但你的车跑得太快，我没追上。不过，我揍了那几个黑婊子一顿。真的！瞧，今天就没人敢出来了。”

“我看到了，谢谢你，萨姆。那么，你愿意替我赶车吗？”

“谢谢你，斯嘉丽小姐，但我还是回塔拉更好。”

萨姆低下头，光着的脚趾在地上乱画，脸上隐有不安之色。

“啊，为什么？我可以给你很多工钱。你一定要留在我身边。”

那张黑黑的大脸傻乎乎的，跟孩子的脸一样好懂。他抬头看向斯嘉丽，脸上满是恐惧。他走近了些，趴在车边小声道：“斯嘉丽小姐，我得离亚特兰大远点，最好还是回塔拉去。这样，他们才找不到我。我——我杀了个人。”

“黑人？”

“不，白人，一个北佬士兵。他们正到处找我呢，所以我才躲到了贫民窟来。”

“怎么回事？”

“那人喝醉了，说了很多蠢话。现在，我最受不了这个，于是掐住他的脖子——斯嘉丽小姐，我没想杀他的，但我手劲太大。反应过来时，他已经死了。我吓坏了，完全不知道该怎么办，所以才躲到这儿来。昨天见你经过，我就想：‘谢天谢地！那不是斯嘉丽小姐吗！她会照顾我，不让我被北佬抓走。她一定能送我回塔拉。’”

“你说他们在追捕你？他们知道是你干的？”

“是啊，小姐。我块头这么大，他们不会认错。我估计是全亚特兰大块头最大的黑人。昨晚他们已经到这儿来找过我，一个黑人姑娘把我藏在林中的一间木屋里，我一直躲到他们走了才出来。”

斯嘉丽皱眉坐了一会儿。萨姆杀了人她一点不惊慌，也没觉得沮丧。但不能让萨姆当车夫，让她很失望。如果有个萨姆这么大块头的黑人当保镖，那简直跟有阿奇一样好。不过，她一定要设法将他安全送去塔拉，绝不能让当局把他捉走。他这么宝贵的黑人，不能被绞死。他可是塔拉有史以来最棒的工头！斯嘉丽一点没觉得萨姆已经获得自由，反而认为他仍属于她，就跟波尔克、嬷嬷、彼得大叔、厨娘和普利西一样。他仍是“我们大家庭的一员”，所以必须受到保护。

“我今晚就送你去塔拉，”终于，斯嘉丽道，“好了，萨姆。我得再赶一段路，但日落之前应该就能回来。你就在这儿等我回来。别告诉任何人你要去哪儿。还有，如果有帽子的话就戴上，把脸遮住。”

“我没帽子。”

“喏，这是二十五美分。去找那些木屋里的黑人买一顶，然后到这儿来等我。”

“好的，小姐。”又有人告诉他该做什么，萨姆顿时松了口气。

斯嘉丽心事重重地赶车前行。塔拉能添一个下地干活的好手，威尔肯定欢迎。波尔克向来不擅长地里的事，以后也不会有什么进步。有了萨姆，波尔克就能到亚特兰大来，跟迪尔西重逢。这也是杰拉尔德去世时，斯嘉丽答应过他的事。

斯嘉丽抵达锯木厂时，太阳已经开始落山。时间比她预料的晚。约翰尼·加勒格尔站在一间简陋的棚屋前。这间棚屋是锯木厂的厨房，旁边那间细长的棚屋是工人的寝室。屋前有根圆木，五个囚犯中的四个都坐在那根木头上。他们又脏又臭，大汗淋漓，疲惫的身子一动，脚镣就哐啷作响，周身都是冷漠又绝望的气息。斯嘉丽目光锐利地瞥了一眼，觉得他们又瘦又不健康。但不久前租下这些囚犯时，他们明明都很挺拔健壮的啊。斯嘉丽从马车上下来，那几人甚至都没抬眼看她。但约翰尼转向她，漫不经心地扯掉帽子。跟她打招呼时，那张棕色的小脸跟坚果一样硬。

“我不喜欢他们这副样子。”斯嘉丽生硬地说，“他们看起来很不好。还有一个人呢？”

“说是病了。”约翰尼干脆利落地道，“在棚屋里。”

“什么病？”

“多半是懒病吧。”

“我去看看他。”

“别去。他很可能光着身子。我会管的。他明天就复工。”

斯嘉丽犹豫了。只见有个囚犯抬起疲惫的脑袋，无比痛恨地看了约翰尼一眼，随即又低头俯视地面。

“你打过这些人吗？”

“好啦，肯尼迪太太。抱歉问一句，是谁在管理这间锯木厂？你让我负责，叫我管理，说随我怎么管。现在你又来冲我抱怨，是吧？我为你创造的利润，难道不是埃尔辛先生的两倍吗？”

“没错，你是。”斯嘉丽虽这么说，却像有鹅走过自己墓地一样[1]，禁不住打了个冷战。

这几间丑陋棚屋所在之地透着股不祥，跟休·埃尔辛管理时的氛围大不一样。斯嘉丽感到一种孤寂隔离，顿觉周身发寒。这些囚犯远离外部的一切，完全受约翰尼·加勒格尔支配。约翰尼若要鞭打、虐待他们，她可能永远都不会知道。囚犯们害怕在她走后遭到更严厉的惩罚，所以不敢向她抱怨。

“这些人看起来好瘦。你给他们吃饱了吗？上天做证，我给够了饭钱，足以把他们喂得跟猪一样肥。光面粉和猪肉，每个月就得花掉三十美元。你晚餐给他们吃什么？”

她走进厨房的那间棚屋查看。一个穆拉托胖女人正倾身凑在一口生锈的旧炉子前。见斯嘉丽进来，她微微弯腿行了半个屈膝礼，便接着搅拌锅里正煮着的黑眼豆。斯嘉丽知道约翰尼·加勒

1　一种西方的迷信说法，用来解释无故打冷战。

格尔跟这女人同居，但觉得自己最好还是装作不知道。她看到除了黑眼豆和一盘纯玉米面包，再没准备其他食物。

“没别的东西给这些人吃了？”

“没有，太太。”

“这些豆子里加熏猪肉了吗？”

“没有，太太。”

“煮豆子不放熏猪肉？但没有熏猪肉，黑眼豆一点都不好吃啊。吃了也不长力气。为什么不放点熏猪肉？”

“约翰尼先生说，放熏猪肉没用。”

“你放点熏猪肉进去。吃的东西都搁哪儿了？”

黑女人惊恐地转了转眼珠，朝充作配餐室的小房间瞅了一眼。斯嘉丽一把拉开门。地上有桶打开的玉米粉、一小袋面粉、一磅咖啡、一点糖、一加仑芦黍糖浆和两条火腿。其中一条火腿刚刚煮好，搁在架子上，只切下来一两片。斯嘉丽生气地转向约翰尼·加勒格尔，正好迎上他冰冷愤怒的眼。

“我上周送来的五袋白面粉呢？那袋糖呢？咖啡呢？我送了五条火腿、十磅熏猪肉，还有天知道多少蒲式耳番薯和白马铃薯。哼，东西都去哪儿了？就算给他们一天吃五顿饭，一周也吃不完那么多吧。你把东西卖了！肯定卖了，你这个贼！卖掉我送来的好吃食，把钱装进自己口袋，就给这些人吃干豆子和玉米面包。难怪他们看起来那么瘦。滚开！”

她愤怒地经过他身边，朝门口走去。

“你，最后头那个——对，就是你！过来！”

那人起身，笨拙地朝斯嘉丽走来，脚镣哐啷作响。她看到他光裸的脚踝已经被铁链磨破皮，又红又肿。

“你上次吃火腿是什么时候？”

那人盯着地面。

"快说！"

那人仍绝望无助地站在那儿，一声不吭。终于，他抬起眼，哀求地瞅了斯嘉丽一下，又垂头盯着地面。

"不敢说，是吧？好吧，去配餐室，把架子上的火腿拿出来。丽贝卡，把你的刀给他。把火腿切了，分给那些人。丽贝卡，再去给他们做些饼干和咖啡。多放点芦黍糖浆。马上去，我好看着你做。"

"可那是约翰尼先生的面粉和咖啡。"丽贝卡惊恐地嘟囔道。

"去你的吧，约翰尼先生的！是不是火腿也成了他的？照我说的做，赶紧！约翰尼·加勒格尔，出来，跟我去马车那儿。"

斯嘉丽大步穿过杂乱的庭院，爬上马车，看着那些囚犯撕扯着火腿，拼命往嘴里塞，生怕随时被别人抢走的模样，总算消了气。

"你真是个少见的无赖！"她愤怒地吼道。约翰尼站在车旁，脸色阴沉，帽子推到了脑后，"把我买吃食的钱交出来。以后，我每天送吃的来，不会一次订购一个月。那样，你就没法再骗我。"

"以后我不在这儿干了。"约翰尼·加勒格尔说。

"你是说你要辞职？"

一时间，斯嘉丽简直想脱口而出"你滚蛋了才好"，但她冷静一想，还是谨慎地没开口。约翰尼若不干了，她怎么办？他出产的木材是休的两倍。她刚刚签下一个大订单，是开厂以来最大的一个订单，而且要得很急。她必须把木材运到亚特兰大。约翰尼若不干了，她找谁来接管锯木厂？

"没错，我不干了。你让我全权负责此处，告诉我只要能尽量多出木材就行。你可没跟我说该怎么做事。而且，我现在也不打算受你管制。我怎么出产木材跟你没关系，你也不能说我违反了协议。我替你赚到了钱，该拿属于我的那份工资。而且，就算我顺便捞了点外快，那也是我应得的。现在，你却跑到这儿来干涉我，东问西问，破坏我在那些人面前的威严，这让我以后还怎么维持纪律？那些人偶尔挨顿打怎么了？这帮懒骨头还该教训得更狠点。不让他们吃饱又怎么了？他们不配吃好的。要么你管好自己的事，别来插手我的，要么我今晚就走。”

他冷酷的小脸看起来比以往任何时候都强硬。斯嘉丽顿时手足无措起来。他要是今晚走了，她怎么办？总不能整晚待在这儿监管那批囚犯吧！

约翰尼看到她眼中的为难之色，表情微变，不再那般强硬，再开口说话，口气也和缓了很多。

“肯尼迪太太，天色越来越晚了，你最好赶紧回家。我们不会为这点小事翻脸，对吧？这样，你从我下个月的工资里扣十美元，我们就扯平了，怎么样？”

斯嘉丽不情愿地看了眼那帮啃火腿的可怜家伙，还想起那个躺在漏风棚屋里的病人。她应该解雇约翰尼·加勒格尔。他是个小偷，还冷酷又残忍。她不在时，谁说得清他到底如何对待那些囚犯？但从另一方面来说，他很能干。老天做证，她需要一个能干的人。好吧，现在不能让他走。他在为她赚钱。总之，她日后负责让囚犯们吃上该吃的东西就行。

“我要扣你二十美元，”斯嘉丽直截了当地说，“而且，我明天上午还来，再跟你好好谈谈这事。”

斯嘉丽拎起缰绳。但她知道，他们不会再继续讨论这个话题。她知道，此事已经到此为止。她也知道，约翰尼同样清楚这点。

斯嘉丽赶着车，驶上通往迪凯特街的那条小路，良心和对金钱的渴望展开激烈搏斗。她知道，不该把几条人命交到那个冷酷无情的小个子手中。他若弄死其中的一个，她也同样有罪。因为她知道了此人的残忍粗暴后，还让他继续管理厂子。但话说回来，从另一方面来看，人就不该犯法。他们如果触犯法律被抓，那如今这番遭遇也是活该。这么想虽然让她良心稍安，但赶车前行的一路上，她总是想起那几个囚犯麻木瘦削的脸。

“噢，我以后再考虑他们吧。”斯嘉丽下定决心后，便把锯木厂的事抛到脑后，不再想了。

斯嘉丽抵达贫民窟上方那个路口时，太阳已经下山。周围的林子一片黑暗。没了阳光，暮色笼罩下的世界透着种入骨的寒意。一阵冷风刮过幽暗的树林，光裸的枝干噼噼啪啪，枯叶也沙沙作响。斯嘉丽从未独自在外待到这么晚，心中不安，真想快点回家。

到处都没有大个儿萨姆的身影。她拉住缰绳等他，越等越担心，生怕北佬已经把他抓走了。然后，她听到棚屋那边传来脚步声，不由得松了口气。萨姆竟让她等，待会儿非狠狠骂他一顿不可。

然而，拐弯走来的不是萨姆。

是个衣衫褴褛的白人和一个矮胖的黑人。那人的肩膀和胸膛简直跟大猩猩一样。斯嘉丽赶紧抖动缰绳狠抽马背，同时攥紧手枪。马刚开始小跑，就被那白人一只手拦了下来。

“太太，”那人说，“能给点小钱花花吗？我饿死啦。”

“滚开！”斯嘉丽喝道，尽量保持声音平稳，“我没钱。驾！”

那男人行动飞快，猛地拉住了马笼头。

“抓住她！”他冲黑人喊，“她很可能把钱藏在怀里。”

对斯嘉丽来说，接下来的事仿佛一场噩梦。一切都太快了。

她飞快地举起手枪，本能告诉她不能朝白人开枪，免得打到马。黑人冲马车跑来，扭曲的黑脸笑得无比下流。斯嘉丽冲他开了枪。虽然不知道打没打中，但下一刻，枪就离了手。有人攥住她的手，力气大得几乎拧断她的手腕。那黑人就在她旁边，近得能闻到那一身臭味。他想把她拉下车。斯嘉丽用另一只手拼命抵挡，猛抓那人的脸。然后，她感觉喉咙被一只大手扼住。随着一阵布料撕裂声，她的巴斯克衫被撕开，从领口一直敞到腰间。然后，一只黑手在她双乳间乱摸。前所未有的恐惧和厌恶蹿过全身，让她发疯般尖叫起来。

“捂住她的嘴！把她拖下来！”那个白人大声道。黑手在斯嘉丽脸上摸索了一阵，最后捂住了她的嘴。斯嘉丽使出全力狠狠咬下，又尖叫起来。尖叫中，她听到那白人的咒骂声，明白这条昏暗的小路上又有人来了。黑手松开了她的嘴，那黑人也跳开了，原来是为了躲避扑上来的大个儿萨姆。

“快跑，斯嘉丽小姐！”萨姆大喊一声，跟那黑人扭打成一团。斯嘉丽浑身颤抖，尖叫着抓起缰绳和马鞭，一齐打在马背上。马猛地一跃，跑了起来。斯嘉丽感觉到车轮碾过一个软软的障碍物。是那个被萨姆打倒的白人。

斯嘉丽都快吓疯了，一个劲儿地抽马。马被抽得脚步踉跄，马车也跟着左摇右晃。惊恐中，她听到后面有奔跑的脚步声，尖叫着催马再跑快些。她宁愿去死，也不愿被那黑猩猩再碰一下。

一个声音在后面喊她：“斯嘉丽小姐！停下！”

斯嘉丽丝毫不敢放松，但还是哆嗦着转头看了一眼，发现原来是大个儿萨姆在后面追，那两条长腿好似拼命转动的活塞。斯嘉丽拉住缰绳，萨姆追来，跳上马车，庞大的身躯顿时把她挤到了一边。汗水混着血水，淌下萨姆的脸。他喘着气问：“受伤没？

他们伤到你没？”

斯嘉丽什么话都说不出来。但瞧见萨姆看过来，又立刻转开目光，她才发现自己的巴斯克衫已经开到腰间，露出赤裸的胸脯和紧身胸衣。她颤抖着一只手，抓拢被撕开的两片衣襟，低头放声大哭。

“把缰绳给我。”萨姆说着，一把夺过缰绳，“驾！快跑！”

马鞭啪的一声落下，受惊的马发疯般跑了起来，速度快得随时可能把车甩进沟里。

“但愿那黑鬼被我弄死了。但我没看清就跑了。”萨姆喘着气说，“但斯嘉丽小姐，他若伤了你，我定要回去把他宰了。”

“不——不用了——快走吧。”斯嘉丽抽噎着说。

第四十五章

当天晚上，弗兰克把斯嘉丽、佩蒂姑妈和孩子们安顿在玫兰妮家，就跟阿希礼骑马出去了。斯嘉丽又气又难过，几乎要大发雷霆。今天晚上还去参加什么政治集会？政治集会！今晚她刚被人攻击，差点出事啊！弗兰克真是冷酷又自私！而且，从萨姆把哭哭啼啼、巴斯克衫被撕裂到腰际的她扶进屋里起，弗兰克始终极其平静。她哭着诉说事情经过，他连胡子都没捋一下，只轻声细语地问了句：“亲爱的，你受伤了吗？吓着了没？”

斯嘉丽泪流满面，气得根本说不出话。萨姆主动代她开口，说她只是吓着了。

“没等他们扯掉她的衣服，我就赶到了。”

“真是好样的，萨姆。我不会忘记你做的这些，你要有什么需要我帮忙的——”

“嗯，先生。你把我送回塔拉吧，越快越好。北佬正在抓我。”

弗兰克照样平静地听完他的经历，什么问题都没问。他脸上的神情跟托尼那晚来敲门时很像，仿佛这就是一件男人的事，处理起来应该尽量少说话、少动感情。

“你上马车去。我让彼得今晚便送你去拉夫雷迪。你可以在林子里躲到天亮，然后一早坐火车去琼斯伯勒。这样更安全……好啦，亲爱的，别哭了。事情已经过去，你也没真的受伤。佩蒂小姐，能把你的嗅盐给我用用吗？嬷嬷，给斯嘉丽小姐倒杯葡萄酒来。”

斯嘉丽又放声大哭，但这次是气哭的。她想要安慰，希望弗兰克怒火中烧，扬言要为她报仇。哪怕他冲自己发火，说他早就警告过她可能会出这种事，也比如此漫不经心，将她的安危当成小事好得多。他当然温柔又体贴，却心不在焉，仿佛在惦记着什么重要得多的事。

而他心中的大事，原来就是一场小小的政治集会！

听到弗兰克叫自己换条裙子，准备好被他送去玫兰妮家待着时，斯嘉丽简直不敢相信自己的耳朵。他肯定知道今晚的事让她多么痛苦，也肯定知道她不想去玫兰妮家待一晚上。疲惫的身体和受到刺激的神经让她只想躺在温暖柔软的床上，盖好毯子，脚下垫块热砖，再来杯香甜热酒，好好压压惊。他若真爱她，今晚无论为了什么事，都不会离开她半步。他应该待在家，握着她的手，一遍又一遍地说她若出了什么事，他也不活了。等他回来，两人单独在一起时，她一定要把这些话都告诉他。

弗兰克和阿希礼每次夜里外出，女人们都聚在一起做针线活。玫兰妮的小客厅一如既往地宁静。炉火映照下的房间显得温暖又快活。桌上的灯投下安宁的黄光，照在四个女人光洁的头上。她们都埋头做针线活，四条裙子端庄地微微起伏着，八只小脚优雅地搁在小踏脚凳上。透过育儿室敞开的门，韦德、埃拉和小博轻柔的呼吸声传了过来。阿奇背靠壁炉，坐在一张凳子上，含了满嘴烟草，正卖力地削一块木头。蓬头垢面的老头和四个整洁讲究的女士两相对比，差距大得好似一条凶恶的老看门狗守着四只小猫咪。

玫兰妮轻柔的嗓音略带愤慨、絮絮叨叨地说着女子竖琴社最近闹矛盾的事。她们与绅士合唱团没能就下次音乐会的节目表达成一致，于是一行人当天下午就找到玫兰妮，扬言要集体退出音乐圈。玫兰妮使出浑身解数，才说服她们暂缓行动。

斯嘉丽实在太累，紧张得恨不能放声尖叫：“噢，去他的女子竖琴社！”她想聊聊自己的可怕经历，等不及要详细述说一番，也好通过吓唬他人，减轻点自己心头的恐惧。她想说自己有多勇敢，也好用自己的声音向自己证明——她的确非常勇敢。可她每次提起这个话题，玫兰妮都会巧妙地转向其他无关紧要的琐事。斯嘉丽越来越气，几乎到了无法忍受的地步。她们简直跟弗兰克一样可恶。

她刚刚逃脱那般可怕的劫难，她们怎么如此平静沉着？就连听她诉诉苦、解解压的基本礼貌都欠奉吗？

傍晚的遭遇让斯嘉丽极为震动，影响之大连她自己都不愿承认。每次想起暮色中，林间小道暗影里凝视着自己的那张恶毒黑脸，她就瑟瑟发抖。而想到那只在胸口乱抓的黑手，再想如果大个儿萨姆没有及时出现，可能发生什么样的事，她就不由得把头垂得更低，紧紧闭上眼睛。斯嘉丽默不作声地坐在安静的客厅里，努力做着针线活，听着玫兰妮的声音。但这样坐得越久，她的神经就绷得越紧，仿佛马上就要听到神经如班卓琴琴弦般，砰的一声绷断。

阿奇削木头的声音烦得斯嘉丽冲他直皱眉。她突然很奇怪，他干吗坐在那儿削木头？往常夜里担任守卫时，他都是平躺在沙发上呼呼大睡、鼾声如雷，沉重的呼吸能吹起长长的胡须。更奇怪的是，玫兰妮和英迪亚也没暗示他该往地上铺张纸，接住凌乱的木屑。壁炉前的地毯已经被他弄得一团糟，她们却似乎没瞧见。

斯嘉丽盯着阿奇看，只见他突然转过身，冲炉火啐了一串嚼鼻烟分泌出的棕褐色口水。声音之大，英迪亚、玫兰妮和佩蒂都吓得跳了起来，就像听到炸弹爆炸一般。

“用得着吐这么响吗？”英迪亚嚷道，紧张又恼火的声音听起来沙哑刺耳。英迪亚向来稳重自持，斯嘉丽惊讶地看了她一眼。

阿奇瞥了英迪亚一眼。

“嗯，我看用得着。”他冷冷地回了一句，又啐了一口。玫兰妮皱起眉，也瞥了英迪亚一眼。

“亲爱的爸爸从来不嚼烟叶，我真是太高兴了。”佩蒂开口道。玫兰妮的眉头皱得更紧，猛地转向姑妈，用斯嘉丽从未听过的严厉语气道：“噢，姑妈，闭嘴！你真是太不会说话了！”

“噢，天哪！”佩蒂把针线往腿上一放，受伤地噘起嘴，“我不知道你们今晚都是怎么了。你和英迪亚怎么像两个老傻瓜一样暴躁易怒？”

没人回应。玫兰妮甚至没为自己的无礼道歉，又做起针线活来，只是力气稍微有点大。

“你那针脚都有一英寸长啦！”佩蒂有些得意地嚷道，“得全拆了重做。你到底怎么啦？”

玫兰妮还是不应声。

斯嘉丽想，她们真出什么事了吗？是她只顾着自己害怕，所以没注意到？没错，玫兰妮虽然努力让今晚也跟她们共度的其他五十个夜晚一样，但气氛真的不一样了。空气中的紧张感似乎并非完全来自这天傍晚让大家震惊、忧虑的那件事。斯嘉丽偷偷瞥了同伴几眼，有一次还跟英迪亚目光相撞。英迪亚盯着她看了很久，冰冷的目光中似乎包含了某种比痛恨更强烈、比轻蔑更无礼的情感，让她很不舒服。

“难不成，她觉得这一切都怪我？”斯嘉丽愤愤地想。

英迪亚转开眼，又去看阿奇，脸上恼恨之色尽消，目光中隐有焦急的询问之意。但阿奇并未看她，反而看向斯嘉丽，目光跟刚才英迪亚的一样冰冷坚硬。

玫兰妮没继续说话，屋里一片晦暗的沉默之气。静寂中，斯嘉丽听到外面起风了，突然觉得这真是一个最不愉快的夜晚。现在，她已经感觉到周遭的紧张气氛，心想是否整晚都是这样，刚才只是自己太沮丧，所以才没注意。阿奇一脸警惕，似在等待什么。那双毛茸茸的老耳像猞猁的耳朵一样竖了起来。玫兰妮和英迪亚仿佛也在拼命压抑着心中的不安。但路上一传来马蹄声、光秃秃的枝干每次在凄风中呜咽悲鸣、草坪上的枯叶每次沙沙翻滚，她们都会放下针线活，抬头倾听。壁炉里燃烧的木头每次轻微爆裂，也会吓她们一跳，仿佛那是谁偷偷潜入的脚步声。

斯嘉丽想：出事了！但出了什么事呢？那事还没完，她却不知道是什么事。她瞥了眼佩蒂姑妈单纯的胖脸。瞧她那副仍噘着嘴的模样，就知道这老太太跟自己一样，什么都不知道。但阿奇、玫兰妮和英迪亚知道。静默中，她几乎能感觉到英迪亚和玫兰妮的脑子仿佛在笼中疯跑的松鼠般，飞快地旋转着。她们虽然努力让一切看起来和往常一样，但她们知道什么，也正在等待着什么。她们内心的不安已经告诉了斯嘉丽这点，让她也变得更加紧张。斯嘉丽笨拙地走针，一不小心扎了大拇指，顿时痛得轻呼出声，把大家吓了一跳。斯嘉丽挤了挤手指，一滴鲜红的血冒了出来。

“我太紧张，缝不下去了。”斯嘉丽嚷嚷着，把要补的东西扔到地上，“我紧张得简直想放声尖叫。我要回家上床睡觉。弗兰克明明知道，就不该出门。只会成天说要保护女人不受黑鬼和投机家们欺负，可真需要他保护时，他跑到哪儿去了？在家照顾我吗？不，他在外面跟其他啥事都不会干，只会瞎扯的男人闲逛——”

斯嘉丽闪亮的目光落到英迪亚脸上，顿时住了嘴。英迪亚呼吸急促，那双没有睫毛的淡色眼眸极其冷漠地盯着斯嘉丽的脸。

“英迪亚，你若不是太为难，”斯嘉丽突然讥讽地说，“能告诉我为何整晚都瞪着我吗？那我真是感激不尽。我是脸色发青还是怎么了？”

“不为难，我可以告诉你，乐意之至。”英迪亚目光灼灼地道，“我讨厌你贬低肯尼迪先生那样的好人，你要是知道——”

“英迪亚！”玫兰妮出声警告，双手紧紧攥着针线。

“我想，我比你更了解自己的丈夫。”斯嘉丽从未跟英迪亚吵过架。眼看就要迎来第一次，她顿时来了精神，一下子不紧张了。玫兰妮与英迪亚四目相对，英迪亚不情愿地闭了嘴。但她随即又说了起来，冰冷的声音里满是仇恨。

“斯嘉丽·奥哈拉，你简直让我恶心。竟还在这儿说什么要人保护！你才不在乎有没有人保护！你若真这么想，这几个月就不会到处乱跑，花枝招展地满城转悠，向陌生男人卖弄自己，希望他们都为你着迷！今天下午的事都是你活该。按道理，你该吃更大的苦头。”

“噢，英迪亚，闭嘴！”玫兰妮嚷道。

“让她说，”斯嘉丽大声道，“我很爱听呢。我知道她向来恨我，就是虚伪得不愿承认。她若觉得哪个男人喜欢她，估计能在大街上光着身子从早走到晚呢！”

英迪亚猛地站起来。受此侮辱，她瘦削的身体气得发抖。

“我的确恨你，”她声音虽颤抖，却清晰明白，“但我不是因为虚伪才沉默，而是因为某种你无法理解的东西沉默。你连——连最基本的礼节都不懂，还缺乏教养。如果不能团结一致，抛开个人恩怨，我们如何打败北佬！但你连这点意识都没有，你——你不遗余力地破坏体面人的声誉，跑出去工作，让好丈夫蒙羞，给北佬和那乌合之众机会，让他们笑话我们、侮辱我们缺乏教养。北佬不知道你并非我们中的一员，一直都不是。北佬的见识也不足以让他们意识到你根本没有教养。而你在林子里乱闯，让自己暴露在他人的攻击之下，其实也等于将城中每个教养良好的女人都暴露在他人的攻击之下。那些黑鬼和下流的白垃圾，也会想各种办法对她们下手！而且，你还让我们的男人冒生命危险，因为他们得——”

“天哪，英迪亚！”玫兰妮大叫一声。而斯嘉丽虽仍旧满腔怒火，听到玫兰妮如此随便地大喊上帝，还是惊呆了，“你闭嘴！她什么都不知道，她——你闭嘴！你答应过的……”

“噢，姑娘们！”佩蒂帕特姑妈嘴唇颤抖地哀求。

“我不知道什么？”斯嘉丽也站了起来，愤怒地盯着一脸冰冷、怒火中烧的英迪亚和满脸恳求的玫兰妮。

“一群珍珠鸡！”阿奇突然轻蔑地说了一句。没等其他人指责，他突然猛地抬起花白的脑袋，匆匆起身，“有人来了。不是威尔克斯先生。你们别吵了！”

他声音里带着男性的威严，几个女人站在那儿，顿时都闭上了嘴。看着阿奇脚步沉重地穿过客厅朝门口走去，她们脸上的怒气迅速消失。

“谁？”来人还没敲门，阿奇就发问了。

“巴特勒船长。让我进去。”

玫兰妮连忙跑过去，圈撑晃得厉害，连下面卷到膝盖的宽松长裤都露出来了。阿奇还没碰到门把手，她已经猛地拉开了门。瑞德·巴特勒站在门口，黑色的阔边毡帽低低地压在眉上。狂风把他的斗篷吹得四下翻飞，啪啪作响。这一次，他没了平日的好礼仪，既没脱帽，也顾不上跟屋里的任何人说话。他盯着玫兰妮，招呼都没打一声，劈头就问："他们去哪儿了？快告诉我。人命关天！"

斯嘉丽和佩蒂吓了一跳，困惑地面面相觑。英迪亚则像只精瘦的老猫，一下子蹿到玫兰妮身边。

"什么都别告诉他，"英迪亚飞快地嚷道，"他是奸细，是支持联邦重建计划的南方佬！"

瑞德看都懒得看她一眼。

"快点，威尔克斯太太！现在或许还来得及。"

玫兰妮似乎吓瘫了，只呆呆盯着他的脸。

"究竟怎么——"斯嘉丽开口。

"闭嘴！"阿奇喝道，"玫兰小姐，你也是。你这该死的南方佬，滚出去！"

"不，阿奇，别这样！"玫兰妮一边大喊，一边伸出一只颤抖的手按在瑞德胳膊上，仿佛要保护他不受阿奇伤害，"出什么事了？你——你怎么知道？"

瑞德黝黑的脸上一片焦急，却仍努力维持礼貌。

"天哪，威尔克斯太太，他们所有人一开始就被怀疑了。只是今晚之前，他们足够机灵才没被——我怎么知道？我跟两个喝醉的北佬上校打扑克，他们说漏嘴的。北佬知道他们今晚要惹事，早已做好准备。那些傻瓜正往人家圈套里钻呢！"

一时间，玫兰妮如遭重击，身子摇摇晃晃。瑞德忙搂住她的腰，她才没摔倒。

“别告诉他！他在套你话！”英迪亚喊道，愤怒地盯着瑞德，“你没听他说，他今晚跟北佬军官在一起吗？”

瑞德还是没看她，目光始终牢牢盯着玫兰妮苍白的脸。

“告诉我，他们去哪儿了？他们有集会地点吗？”

斯嘉丽虽然害怕，也不明白怎么回事，还是觉得自己从未见过瑞德像此刻这般茫然、呆板。但玫兰妮显然从他脸上看出了别的东西，某样让她交付信任的东西。她挣开扶住自己的那条胳膊，挺直瘦小的身体，语带颤抖地轻声道：“贫民窟附近的迪凯特街。他们在沙利文种植园的地窖碰头，就是那个被烧掉一半的老种植园。”

“谢谢，我快马加鞭赶过去！北佬要是到这儿来，你们就说什么都不知道。”

他走得飞快，黑斗篷转眼便消失在夜色里。直到听见全速奔跑的马蹄踩得砾石乱飞，几人才意识到瑞德真的来过这里。

“北佬会来？”佩蒂惊呼一声，小脚一软，整个人瘫倒在沙发上，吓得哭都哭不出来。

“到底出了什么事？他什么意思？你再不告诉我，我就要疯了！”斯嘉丽抓住玫兰妮使劲摇晃，仿佛只要用力，就能从她身上摇出一个答案似的。

“意思？意思就是，阿希礼和肯尼迪先生很可能因为你丢掉性命！”英迪亚虽然备受恐惧煎熬，口气中还是带了丝得意之色，“别摇玫兰妮啦，她都快晕了。”

“不，我没有。”玫兰妮轻声道，紧紧抓住椅背。

“天哪，天哪！我不明白！害阿希礼丢掉性命？拜托，有谁能告诉我是怎么回事——”

阿奇仿佛生锈铰链般的声音打断了斯嘉丽的话。

“坐下，”他大喝一声，“拿起你们的针线活，像什么都没发生过一样，接着干。我们只知道，北佬很可能从入夜后就开始监视这座房子。没听到吗？坐下，继续缝。”

女士们哆嗦着依言而行，就连佩蒂也捡起一只袜子，握在颤抖的手中。但她的眼睛像惊恐的孩子般瞪得老大，扫视了一圈众人，希望得到一个解释。

“玫兰，阿希礼在哪儿？他出什么事了？”斯嘉丽大声问道。

“你丈夫在哪儿？你难道不关心他吗？”英迪亚淡色的眼眸满是疯狂的怨恨，手里正在缝补的一条破毛巾被她揉拢又拉直。

“英迪亚，求你了！”玫兰妮虽控制住声音，但她那张苍白的脸在颤抖，痛苦的双眼表明她正备受煎熬，“斯嘉丽，我们或许应该告诉你，但是——但是——今天下午你已经遭了那么大罪，我们——弗兰克就想先别——再说，你向来公开反对三 K 党——”

“三 K 党——”

斯嘉丽仿佛从未听过这个词般重复了一遍，一副根本没理解其含义的模样。接着，她几乎放声尖叫：“三 K 党！阿希礼没有加入三 K 党！弗兰克也不可能是三 K 党！噢，他答应过我的！”

“肯尼迪先生当然是三 K 党，阿希礼也是。我们认识的所有男人都是。”英迪亚嚷道，“他们都是男人，不是吗？是白人男性，是南方人！你应该为他骄傲，而非逼得他偷偷摸摸溜出家门，仿佛要去干什么羞耻之事一般，而且——”

“你们早就知道这事，我却不——”

“我们怕你苦恼。”玫兰妮难过地说。

“所以，他们一直打着政治集会的幌子，其实是去那儿了？噢，他答应过我的啊！现在，北佬要来收走我的锯木厂和店铺，把他抓进监狱了——噢，瑞德·巴特勒刚才那些话是什么意思？”

英迪亚无比惊恐地与玫兰妮四目相对。斯嘉丽站起身，把手中的针线扔到地上。

“你们要是不告诉我，我就进城去自己找，见人就问，直到找着为止——”

“坐下。”阿奇死死盯着她，“我告诉你。因为你的过错——今天下午出去乱跑，惹上麻烦，威尔克斯先生、肯尼迪先生和其他先生就要今晚出去杀了那个黑鬼和那个白人。如果找得到，他们就会杀了那两人，然后铲平贫民窟。要是刚才那个南方佬的话不假，北佬早已起疑，那他们定会埋伏军队，等着把先生们一网打尽。我们的人正在步入陷阱。如果巴特勒敢撒谎，那他就是奸细，肯定会向北佬告发他们。这样，我们的人也会丧命。巴特勒如果真告密，就算赔掉这条老命，我也要宰了他。我们的人如果躲过杀身之祸，也得立刻逃去得克萨斯藏身，没准儿再也回不来。这全都是你的错。你的双手沾满鲜血！”

见斯嘉丽渐渐明白了，玫兰妮脸上的忧色被愤怒取代。然后，愤怒迅速变成惊恐。她站起身，一只手按在斯嘉丽肩上。

“阿奇，你要再敢说一句这样的话，就从这儿出去。”玫兰妮厉声道，“这不是她的错。她只是做——做了她认为自己非做不可的事。我们的男人做的也是他们认为非做不可的事。人人都有各自非做不可的事。大家想法不一样，行为不一样，所以用自己的标准去——去衡量别人是不对的。你和英迪亚怎能说出如此残酷的话。这时候，她丈夫和我丈夫或许……或许……”

“听！”阿奇突然轻声打断，“太太们，坐下。有马蹄声。”

玫兰妮跌进椅子里，拿起一件阿希礼的衬衫低头摆弄，竟不自觉地把褶边都撕成了小布条。

马蹄声越来越响，马就快跑到门口了。接着是一阵丁零当啷的马嚼子声、拉扯皮缰绳的声音和说话声。马蹄声在前门停了，有个人发号施令，声音比其他人都大。然后，屋里的人便听见一串脚步声穿过侧院，朝后门廊而去。四个女人觉得仿佛有一千只恶毒的眼睛透过前面没拉窗帘的窗户，往屋里窥探。她们吓得低下头，拼命做针线活。斯嘉丽的心在胸腔里尖叫："我杀了阿希礼！我杀了他！"而如此疯狂的时刻，她却想都没想自己也可能害死弗兰克。她脑中再也装不下别的，只有一个画面：阿希礼躺在北佬骑兵脚下，一头金发沾满鲜血。

门口传来粗暴又急促的敲门声。斯嘉丽看了眼玫兰妮，发现她紧张的小脸也显出一种前所未见的表情。那表情跟刚才瑞德·巴特勒脸上的一样——空洞而麻木。仿佛一个玩扑克的赌徒只拿到一对"两点"，却还要不动声色地虚张声势。

"阿奇，开门。"玫兰妮平静地说。

阿奇往靴子里塞了把刀，又松开腰带上的手枪，才脚步沉重地走过去，打开了门。佩蒂看到门口站着一个北佬上尉和一队穿蓝军装的士兵，顿时像只被捕鼠夹夹住的老鼠般，轻轻尖叫了一声。不过，其他人都一声不吭。斯嘉丽看到那名军官，稍稍松了口气。来人是瑞德的朋友——汤姆·贾弗里。她还卖过木材给他盖房子，知道他是个绅士。或许，正因为他是绅士，所以不会把他们拖进监狱。上尉很快认出斯嘉丽，立刻脱帽鞠躬，还显得有些不好意思。

"晚上好，肯尼迪太太。请问哪位是威尔克斯太太？"

"我就是。"玫兰妮应声站了起来。她虽然个子娇小，整个人却显得无比端庄，"你们凭什么闯进我家？"

上尉飞快地扫视一圈，目光在每个人脸上都停留了片刻。然后，他又看向桌子，接着转向帽架，仿佛在寻找男人的踪迹。

“抱歉，我想跟威尔克斯先生和肯尼迪先生谈谈。”

“他们不在。”玫兰妮声音轻柔、语气冰冷。

“你确定吗？”

“难道你还怀疑威尔克斯太太的话不成？”阿奇气得胡子都翘起来了。

“抱歉，威尔克斯太太，我没有不敬之意。只要你保证，我就不搜屋子。”

“我保证。但你想搜就搜吧。他们去肯尼迪先生店里开会了。”

“他们不在店里，今晚也没有会。”上尉板着脸道，“我们在外面等他们回来。”

他微微鞠了一躬，出去了，还随手带上了门。屋里的人听到有人厉声下令，只是风太大，声音被压低了不少：“包围这座房子。每扇窗户和门都得有一个人守着。”接着，便是一阵沉重的脚步声。斯嘉丽模模糊糊地看到窗口有张满是胡子的脸在窥视他们，拼命压抑内心的恐惧。玫兰妮坐下，伸出一只不再颤抖的手，拿过桌上的一本书。破烂的封皮上写着《悲惨世界》。邦联士兵们很喜欢这本书，围在营火旁读，还苦中作乐地管它叫《李将军的悲惨世界》。玫兰妮翻到中间，用清晰单调的声音念了起来。

“接着缝啊。”阿奇嘶哑地低声命令道。三个女人从玫兰妮冷静的声音中获得勇气，纷纷拿起针线活，埋头做了起来。

玫兰妮在那圈人的监视下念了多久，斯嘉丽已经说不清了，感觉仿佛过了好几个钟头一般。玫兰妮念了什么，她一个字也没听进去。现在，她不仅想到阿希礼，也开始想弗兰克。弗兰克今晚表现得如此平静，原来如此啊！他曾经向她保证，绝不跟三K党扯上半点关系！噢，这就是她最害怕的那种麻烦事！过去一年的辛苦工作，全都要白费了。她在凄风苦雨中的所有挣扎、恐惧和付出，都白费了。谁能想到沉闷沮丧的老弗兰克，竟跟那帮鲁莽冲动的三K党搅和到一起？此时此刻，他甚至可能已经丧命，就算没死，也肯定被北佬抓住了。他会被绞死。阿希礼也一样！

她的指甲掐进掌心，直掐出四个鲜红的月牙印。阿希礼面临被绞死的危险，玫兰妮怎么还能如此平静地读书？他会不会已经死了？然而，玫兰妮用冷静轻柔的声音读起冉阿让的悲惨遭遇，却让斯嘉丽镇静了下来，也让她没有跳起来尖叫。

斯嘉丽的思绪飞快地回到托尼·方丹来找他们的那晚。当时，身无分文的托尼被追捕得精疲力竭。他若没来要钱换马，说不定也早就被绞死了。弗兰克和阿希礼这次若还活着，估计处境就跟托尼一样，或者只会比他更糟。屋子被士兵团团围住，他们如果回来拿钱和衣服，肯定会被捕。说不定，这条街每户人家都被北佬监视起来了，所以他们也不能找朋友们帮忙。或许，他们此刻已经策马狂奔，连夜逃向得克萨斯。

但瑞德——或许瑞德及时赶到了他们那儿。瑞德口袋里总有很多现金，说不定借出的钱，也足以让他们渡过难关。但这事还是很奇怪啊。瑞德干吗费神关心阿希礼的安全？他当然不喜欢他，甚至说过鄙视他。那干吗——但她又开始为阿希礼和弗兰克的安全担忧，顾不上去解这个谜题了。

“噢，都是我的错！”斯嘉丽在心中哀号，“英迪亚和阿奇说得没错。都是我的错。但我从没想过他俩会蠢得参加三K党！我也从没料到自己真会遇到这种祸事！但我还能怎么办？玫兰说得对。人人都有非做不可的事。我得让锯木厂正常开工！我得赚钱！现在，我说不定要失去一切。但不管怎么说，都是我的错！”

过了很久，玫兰妮的声音磕磕绊绊地低下去，直至彻底沉默。她转头看向窗户，死死盯着那儿，仿佛窗外没有北佬士兵回瞪过来一样。其他人也抬起头，见玫兰妮一副倾听的模样，便也跟着竖起耳朵。

外面传来一阵马蹄声，还有歌声。那声音虽然被紧闭的门窗和大风削弱不少，仍清晰可闻。是支最令人深恶痛绝的歌——歌颂舍曼军队的《进军佐治亚》。瑞德·巴特勒在唱。

他刚刚唱完头几句，另外两个醉醺醺的声音便响了起来。那两人在骂他，满嘴蠢话，说得结结巴巴、含混不清。贾弗里上尉飞快地下了道命令，前门廊上响起一片沉重而纷乱的脚步声。但甚至在这些声音响起之前，屋里的几个女人就面面相觑地吓呆了。因为，劝诫瑞德的那两个醉汉，正是阿希礼和休·埃尔辛。

前门小径上的声音越来越大，有贾弗里上尉简短的盘问声、休尖细的傻笑声、瑞德低沉粗鲁的声音，也有阿希礼近乎不真实的古怪吼声："该死的！该死的！"

"那不可能是阿希礼！"斯嘉丽狂乱地想着，"他从来不会喝醉。还有瑞德——唉，瑞德要是喝醉，反而更安静，越来越安静，从不会这样大声嚷嚷！"

玫兰妮站起身，阿奇也跟着站了起来。他们听到上尉严厉的喝声："这两个人被捕了。"阿奇的手按在了手枪柄上。

"不，"玫兰妮坚定地低声道，"别，让我来。"

斯嘉丽看到玫兰妮此刻脸上的表情，就跟她那天在塔拉庄园的楼梯顶上，俯视那个北佬尸体时一样。当时，她握着沉甸甸的军刀，无力的手腕抬都抬不起来。如此温柔胆小的人，却被环境逼成了一头机警又愤怒的母老虎。玫兰妮一把推开前门。

"巴特勒船长，把他带进来。"她口气凶狠、清楚明白地喊道，"我看，你又把他灌醉了。把他带进来。"

风中，那个北佬上尉站在黑乎乎的小径上，大声道："抱歉，威尔克斯太太，你丈夫和埃尔辛先生被捕了。”

“被捕？为什么？醉酒吗？要是得把每个在亚特兰大喝醉的人抓起来，那北佬驻军应该一直都有人进监狱吧。好啦，巴特勒船长，快把他带进来——如果你自己还能走的话。”

斯嘉丽的脑子转得不够快，一时间根本弄不明白怎么回事。她知道瑞德和阿希礼都没醉，也明白玫兰妮知道他们没醉。可平时温文尔雅的玫兰妮，此刻却当着北佬们的面，泼妇般尖声叫嚷，说他俩都醉得走不动路。

接着是一阵短暂又含混的争辩，其间还夹杂了几句咒骂，然后便是一阵踉跄的脚步声。有人登上了台阶。阿希礼出现在门口，脸色苍白、脑袋低垂，一头金发乱七八糟，颀长的身子从脖子到膝盖，都裹在瑞德的黑斗篷里。休·埃尔辛和瑞德也有些站不稳，但他俩还是一边一个地扶着阿希礼。若非如此，阿希礼非摔倒不可。那个北佬上尉既疑惑又饶有兴趣地跟在三人身后，站在敞开的门口。他那些部下则越过他的肩膀，好奇地张望着。冷风呼呼地往屋里灌。

斯嘉丽又惊恐又困惑，瞥了眼玫兰妮，目光又落回浑身瘫软的阿希礼身上，突然有些明白了，差点脱口大喊“但他不可能喝醉”。还好，她及时忍住了。她明白他们都在演戏，演一出生死攸关的戏。她自己和佩蒂姑妈都不是戏中人，但其他人是。他们像演员一样互相暗示，上演一场早已排练好的戏。她虽半懂不懂，但也足够明白——自己得保持沉默。

“把他放在椅子上。”玫兰妮气愤地吼道，“而你，巴特勒船长，立刻离开这儿！又把他灌成这样，你怎么还有脸上门！”

两个男人慢慢把阿希礼扶进摇椅，瑞德身子踉跄，抓住椅背才勉强站稳。然后，就听他恼火地冲上尉道：“我就得到这样的感谢，真是太棒了，不是吗？没让警察把他抓走，把他送回了家，他还一路冲我大叫大嚷，又抓又挠！”

“还有你，休·埃尔辛，我真为你害臊！你那可怜的妈妈会怎么说？不仅喝醉，还跟——跟巴特勒船长那种喜欢北佬的南方佬出去！噢，威尔克斯先生，你怎能做出这种事！”

“玫兰，我没有多醉。”阿希礼含混不清地嘟囔着，面朝下扑倒在桌上，脑袋埋在双臂间。

“阿奇，送他回卧室，赶紧上床——就跟平时一样。”玫兰妮下令，“佩蒂姑妈，请快去帮他铺床，还有，噢！”她突然哭了，“噢，他怎么能这样？他答应过我的呀！”

阿奇已经把手伸到阿希礼腋下，佩蒂则害怕得手足无措，刚站起身。这时，上尉插嘴道：“别碰他。他被捕了。中士！”

中士端着枪走进屋时，瑞德显然还在努力站稳身形，一只手搭上上尉的胳膊，费了老大劲儿，双眼才算勉强对上焦。

“汤姆，你抓他干吗？他也不是太醉，比他更醉的家伙我也见过。”

“该死，我管他醉不醉！”上尉吼道，“他就算醉倒在阴沟里，也不关我的事。我又不是警察。他和埃尔辛先生参加了今晚三K党袭击贫民窟的事，把一个黑鬼和一个白人杀了，所以我要逮捕他。威尔克斯先生就是领头的！”

“今晚？”瑞德放声大笑，笑得跌坐在沙发上，双手捧住脑袋，“汤姆，今晚不可能，”缓过气后，他说，“这两人今晚都跟我在一起——从八点到现在。别人还以为他们去开会了呢。”

“跟你在一起？但是——”上尉皱起眉，不确定地看着鼾声大作的阿希礼和他那泪如雨下的妻子，“但——你们在哪儿？”

“我不想说。”瑞德醉醺醺地瞥了玫兰妮一眼，眼里尽是狡黠。

“你最好老实交代！”

“我们去门廊上，我在那儿告诉你。”

“现在就说。”

“怎好当着女士们的面说？不然，就请女士们先出去——”

“我不走，”玫兰妮气呼呼地用手帕擦了擦眼睛，嚷道，“我有权知道。我丈夫到底去了哪儿？”

“贝尔·沃特林的妓院。”瑞德一脸窘迫地说，“他、休、弗兰克·肯尼迪、米德医生，还有——还有一大群人。在那儿开宴会。很大的宴会。有香槟、有姑娘……”

“在——贝尔·沃特林那儿？”

玫兰妮的声音越来越高，最后痛苦地嘶哑了，惊得所有人都连忙转向她。只见她一只手抓住胸口，还没等阿奇扶住，就晕了过去。接着便是一片混乱。阿奇把她扶起来，英迪亚冲进厨房倒水，佩蒂和斯嘉丽又是扇风，又是拍她的手腕。休·埃尔辛则一遍又一遍地吼：“看看你们干的好事！看看你们干的好事！”

“这下全城都要知道了，”瑞德凶巴巴地说，“汤姆，你满意了吧。明天，全亚特兰大的主妇都不会搭理自己的丈夫了。”

“瑞德，我没想到——”虽然冷风从敞开的门口直吹到上尉背上，他仍冒起汗来，“听着！你能发誓他们刚才就在……在……贝尔那儿吗？”

“该死，当然！”瑞德怒吼道，“你要不信，就自己去问贝尔。现在，让我把威尔克斯太太送回房间。阿奇，把她给我。嗯，我抱得动她。佩蒂小姐，提盏灯走在前面。”

他轻轻松松地从阿奇怀里接过全身瘫软的玫兰妮。

“阿奇，你把威尔克斯先生送上床。今晚之后，我可再也不想看到他，也不想再碰他一下。”

佩蒂的手抖得厉害，结果那盏灯着实威胁到了房屋安全。但她终究还是提稳了，快步走在前头，朝黑乎乎的卧室而去。阿奇不满地咕哝了一声，伸出一条胳膊架起阿希礼。

“可是——我要逮捕这两人！”

瑞德从昏暗的走廊转过身。

“那就早上再来抓。他们这样子也跑不掉。我从来不知道，在妓院喝醉酒也犯法。天哪，汤姆，有五十个目击者能证明他们在贝尔那儿。”

“要证明一个南方人在某个他根本没出现过的地方，总能找到五十个目击者。”上尉气哼哼地说，“埃尔辛先生，你跟我走。既然有人给威尔克斯先生担保，我就同意假释——”

“我是威尔克斯先生的妹妹。我保证他会到案。”英迪亚冷冷地说，“这下你们可以走了吗？你们今晚惹的麻烦还不够多吗？”

“我非常抱歉。”上尉尴尬地鞠了一躬，“我只是希望他们能证明自己今晚真的在——呃——在沃特林太太那儿。请转告你哥哥，明天早晨务必来宪兵司令部接受询问，行吗？”

英迪亚冷冷地欠了欠身，一只手按在门把手上，默默暗示他赶紧离开。上尉和中士带着休·埃尔辛退了出去。英迪亚在他们身后摔上门，看都没看斯嘉丽一眼，飞快查看了一遍所有窗户，放下百叶窗。斯嘉丽双膝颤抖，抓着阿希礼刚才坐过的那张椅子支撑身体。她低头一看，发现椅背靠垫上有块比她巴掌还大的湿印子。她疑惑地伸手摸了摸，惊恐地发现掌心黏糊糊的——是血迹！

“英迪亚，”她低声唤道，“英迪亚。阿希礼——受伤了！”

“蠢货！你以为他真喝醉了？”

英迪亚啪地拉下百叶窗，冲向卧室。斯嘉丽紧紧跟了上去，心都提到了嗓子眼。瑞德高大的身躯挡在门口，但越过他的肩膀，斯嘉丽还是看见阿希礼脸色苍白、一动不动地躺在床上。玫兰妮刚刚还晕过，此刻却出奇地麻利，正操着尖头小剪刀剪开他被血浸透的衬衫。阿奇一只手低低地掌灯照明，另一只粗糙的手按着阿希礼的脉搏。

“他死了吗？”两个姑娘异口同声地问道。

“没有，只是失血晕过去了。肩膀中了一枪。”瑞德说。

“你这蠢货，干吗带他回家？”英迪亚嚷道，“让我过去！让我过去！干吗把他带回来让人抓？”

“威尔克斯小姐，他太虚弱了，没法赶路，也没别的地方可去。再说——你想让他像托尼·方丹一样四处流亡？你想让十几个邻居都隐姓埋名地去得克萨斯过下半辈子？我们有机会让他们都撇清干系，只要贝尔——”

“让我过去！”

“不行，威尔克斯小姐。你还有事要干。你得去找个医生——米德医生不行。他也卷了进来，随时可能接受北佬盘问。另外找个医生。晚上独自出门，你害怕吗？”

“不怕。”英迪亚的淡色眼眸闪闪发亮，“我不怕。”她拿起玫兰妮挂在门厅的连帽披肩，“我去请老迪安医生。”她的声音不再激动，已努力平稳下来，“抱歉，我刚才说你是奸细和蠢货。是我不了解情况。非常感谢你为阿希礼做的一切——不过，我还是瞧不起你。”

“我欣赏你的坦率，也谢谢你直言不讳。”瑞德鞠了一躬，嘴唇勾起，扯出一抹兴味十足的微笑，“好啦，赶紧去吧。走后门。回来时若发现附近有士兵，就别进屋了。”

英迪亚痛苦地最后瞥了眼阿希礼，裹紧披肩，轻轻跑过走廊，从后门出去，悄无声息地消失在夜色中。

斯嘉丽拼命越过瑞德朝屋里瞅，看到阿希礼睁开眼睛，她的心又怦怦跳了起来。玫兰妮从洗脸架上扯下一条叠好的毛巾，按在阿希礼流血的肩膀上。阿希礼虚弱地笑了笑，让她放心。斯嘉丽感觉到瑞德洞察一切的目光正落在她身上，也知道自己的心思多么明白地写在了脸上，但她不在乎。阿希礼正在流血，或许马上就要死了。她如此爱他，却害他肩膀上被打出一个洞。她真想冲到床边跪下来，将他紧紧揽入怀中。但她双膝颤抖，根本进不了屋，只能一只手捂着嘴，看着玫兰妮又换了条毛巾压在他肩上使劲按，仿佛如此这般，便能将鲜血按回他体内一样。然而，毛巾又像着了魔似的变红了。

一个人怎么流了这么多血，还能活着？但谢天谢地，他嘴里没冒血沫。噢，那些红色泡沫是死亡的前兆。这点斯嘉丽再清楚不过。桃树溪谷那可怕的一役，很多死在佩蒂姑妈家草坪上的伤兵就是满嘴血沫。

“振作点，”瑞德略带嘲讽地说，“他死不了。好啦，接过那盏灯，给威尔克斯太太照着，我需要阿奇去办点事。”

阿奇隔着灯，看了一眼瑞德。

“我可不听你吩咐。”他就回了一句，然后把嘴里的烟叶换到另一边继续嚼。

“照他说的做，”玫兰妮厉声道，“动作快点。巴特勒船长说的每件事，你都要照办。”

斯嘉丽上前接过灯，双手举着，以免掉下来。阿希礼的眼睛又闭上了。他裸露的胸膛慢慢隆起，又飞快凹下去。鲜血从玫兰妮细瘦又紧张的手指间汩汩渗出。斯嘉丽隐隐听见阿奇脚步沉重地穿过房间，走到瑞德跟前。然后，她又听到瑞德飞快地低低吩咐了几句。她的思绪全挂在阿希礼身上，瑞德那些低语只模糊地听到前几句："骑上我的马……就拴在外面……要快……"

阿奇咕咕哝哝地问了个问题，斯嘉丽听见瑞德回答："沙利文家的老种植园。袍子都塞在最大的那根烟囱里。把它们烧掉。"

"嗯。"阿奇应了一声。

"还有两个人——在地窖里。你尽量想办法把他们弄上马背，送到贝尔家后面的那片空地。就是她家和铁路之前的那片空地。小心点。你要是被谁瞧见，那就得跟我们一起被绞死。把那两人放到空地后，再在他们身边各放一把枪——不，还是塞他们手里吧。给——把我的枪拿去。"

斯嘉丽从卧室这头望过去，看见瑞德从外衣后襟下摸出两把左轮手枪。阿奇接过枪，塞进腰带。

"每支放一枪，要弄得像普通枪击事件一样，明白吗？"

阿奇点点头，一副完全懂了的模样，冰冷的独眼里也不情愿地露出钦佩之光。但斯嘉丽什么也没懂。过去半小时发生的事犹如一场噩梦，让她觉得自己再也无法弄明白任何事。不过，如此扑朔迷离的情况似乎全在瑞德掌握之中，于是她又稍稍放宽了心。

阿奇转身欲走，但接着又回过头，独眼疑惑地盯着瑞德的脸。

"他？"

"没错。"

阿奇咕哝了一声，冲地上啐了口唾沫。

"真麻烦。"说着，他便咚咚咚地穿过走廊，朝后门而去。

最后这几句低声交谈让斯嘉丽又生出些许恐惧和怀疑，胸中仿佛有个冰凉的水泡。那泡泡越来越大，越来越大，终有一刻会啪地爆掉——

"弗兰克呢？"她大声问道。

瑞德飞快走到床边，行进间，高大的身躯如猫般轻盈无声。

“别急，”他微微一笑，说，“斯嘉丽，掌好灯。你不想烧到威尔克斯先生吧。玫兰小姐——”

玫兰妮仿佛一个等待命令的优秀士兵般，立刻抬起头。情况如此紧急，她都没发现瑞德第一次如家人和老友般，直呼她的名字。

“抱歉，我是说，威尔克斯太太……”

“噢，巴特勒船长，不用抱歉！你要是喊我‘玫兰’，把‘小姐’二字也去掉，我就更荣幸了！我觉得你就像我的——哥哥，或者说表兄。你人这么好，还这么聪明！我真不知道该怎么感谢你才够。”

“谢谢，”瑞德说，一时间几乎有些不好意思，“我不应该这么冒昧，但玫兰小姐，”他的声音满是歉意，“抱歉，我只能说威尔克斯先生在贝尔·沃特林的妓院。抱歉，我把他和其他人卷入这样一场……一场……但从这儿骑马离开后，我冥思苦想，只想出这个点子。我知道他们会相信我的话，毕竟我有很多北佬军官朋友。他们几乎将我当作自己人，所以大家都怀疑我的名声。他们也知道在城里人心中，我……算是‘不受欢迎’吧。你瞧，今晚早些时候我一直在贝尔那儿打扑克。十几个北佬军官都看到了。贝尔和她的姑娘们很乐意面不改色地当着北佬的面撒谎，说威尔克斯先生和其他那些人整晚都在楼上。北佬会相信她们。北佬就是这么奇怪，从来想不到干那种营生的女人也有强烈的忠诚感或爱国心。北佬要想知道他们想抓的那些人行踪如何，亚特兰大的正派女士们说什么他们都不信，却会相信那些妓女的话。我想，有了我这个南方佬和十几个妓女的证词，我们或许有希望让大家逃脱干系。”

瑞德说到最后几句话时，嘲讽地咧嘴一笑。但看到玫兰妮仰起的脸上满是感激之色，他又连忙敛了嘲讽。

“巴特勒船长，你太聪明了！只要能救他们，你就算说他们今晚在地狱，我也不介意！因为我和其他每个相关之人都知道我丈夫从来不去那种可怕的地方。”

“呃……”瑞德尴尬地开口道，“其实，今晚他真在贝尔那儿。”

玫兰妮冷冷地直起身子。

“我绝不会相信这种谎言！”

“玫兰小姐，请听我解释！我赶到沙利文家那座老种植园时，发现威尔克斯先生受了伤。跟他在一起的还有休·埃尔辛、米德医生和梅里韦瑟爷爷。”

“那老家伙怎么也在！”斯嘉丽嚷道。

“男人不会因为老了就不犯傻。你那亨利伯父也在——”

“噢，天哪！”佩蒂姑妈大叫一声。

“和军队交火后，人就散了。还留在那儿的几人跑进沙利文家的种植园，把袍子藏进烟囱，然后赶来看威尔克斯先生伤势如何。要不是因为他受了伤，他们此刻肯定已经逃往得克萨斯了。所有人都会走。但威尔克斯先生没法骑马远行，大家又不愿丢下他。因为需要证明他们不在出事现场，所以我赶紧带他们抄近路去了贝尔·沃特林那儿。”

“噢——我明白了。巴特勒船长，请原谅我的无礼。现在我明白了，是有必要带他们去那儿，但——巴特勒船长，肯定有人看见你们进去吧！”

“没人瞧见。我们从自家用的后门进去的。那道门对着铁路，一向锁着，周围也很黑。”

“那你们怎么进去——？”

“我有钥匙。”瑞德直截了当地说，坦然地迎上玫兰妮的目光。

玫兰妮充分领会到这句话的含义后，觉得尴尬不已，手下也顿时乱了章法，捂住伤口的毛巾也滑下来。

“我不是要刺探——”玫兰妮含混不清地嘟囔道，苍白的脸渐渐红了。她连忙拿起毛巾，重新按住伤口。

“跟一位淑女说这种事，我真抱歉。”

“原来一切都是真的！”斯嘉丽怪异地心头一痛，“这么说，他真跟那个可怕的沃特林住在一起！她那房子都是他的！”

“我看到贝尔，跟她解释了一下情况。我们给了她一张今晚参加行动的人员名单。她和她的那些姑娘都会证明大家今晚都在她那儿。然后，为了离开时更惹人注目，她还让维持场子的两个亡命之徒把我们拖下楼，边走边打，经过每个酒吧间，最后将我们扔到大街上，完全把我们当醉酒闹事的人处理。”

瑞德回忆起当时的情景，咧嘴一笑：“米德医生装醉装得可真不像。甚至到那种地方，都让他觉得有失尊严。但你那亨利伯父和梅里韦瑟爷爷倒是装得炉火纯青。他们没登台，真是戏剧界的两大损失。他们似乎很享受那一过程。梅里韦瑟爷爷演得太投入，恐怕亨利伯父的一只眼睛都被他打青了。他——”

后门砰地打开，英迪亚走了进来。老迪安紧随其后。医生长长的白发乱七八糟，破旧的皮包从斗篷下鼓了出来。他微点了下头，没跟在场的人说一句话，就快步走到阿希礼身边，掀开他肩上的毛巾。

“位置很高，没伤到肺。”医生说，“要是没打碎锁骨，就不算严重。女士们，再多拿些毛巾过来。如果有棉花和白兰地，也拿点过来。”

瑞德拿过斯嘉丽手中的灯，放到桌上。玫兰妮和英迪亚听从医生吩咐，飞快地出去了。

“你在这儿帮不上任何忙，去客厅的炉火边待着吧。”瑞德拉起斯嘉丽的胳膊，把她推出卧室，动作和声音都难得地温柔，“你今天糟透了，不是吗？”

斯嘉丽任由自己被带进前厅。但站在壁炉前的地毯上时，她却开始浑身哆嗦。如今，胸中那团怀疑的泡泡涨得更大，已经不是怀疑，而是几乎演变成一种笃定，一种可怕的笃定。她仰头盯着瑞德平静的脸，好半天都说不出话。然后，她问：“弗兰克在——贝尔·沃特林那儿吗？”

“没有。”

瑞德生硬地道：“阿奇正在把他搬到贝尔家附近的空地上。他死了。一枪爆头。”

第四十六章

因为三 K 党遭殃和瑞德设法营救的消息迅速地悄悄传开，那晚城北几乎没哪家人安然入眠。英迪亚·威尔克斯幽灵般溜进各家后院，透过厨房门，急切地低声告知情况，随即又溜出去，没入寒风呼啸的夜色中。她所经之处，只留下恐惧和渺茫的希望。

从外面看，各家各户一片漆黑、寂静无声，似乎都已沉沉入睡。其实，人们压低声音，热切地交谈到天明。不仅是参与那晚袭击的人，所有三 K 党成员都做好了逃亡准备。桃树街上，几乎每家马厩里的马都已趁着夜色上好马鞍，手枪装进皮套，食物也放入了鞍囊。全靠英迪亚悄悄传递的消息，才阻止了一场集体大逃亡："巴特勒船长说别逃跑。各条大路都被人监视着呢。他已经跟那个叫沃特林的女人安排好啦——"昏暗的房间里，男人们交头接耳："但我怎能相信巴特勒那个该死的南方佬？这可能是个陷阱！"女人们低声哀求："别走！他既然救得了阿希礼和休，就可能救得了所有人。如果英迪亚和玫兰妮相信他——"于是，别无他法的众人便将信将疑地留下了。

那晚早些时候，已经有士兵挨家挨户地走了十几户，但凡说不出或不愿说当晚去向的人，都被逮捕了。在监狱过夜的人中，有勒内·皮卡德、梅里韦瑟太太的一个侄子、西蒙斯兄弟和安迪·邦内尔。他们都参加了那场倒霉的突袭，但交火后就跟其他人分散了。他们策马狂奔回家，还没来得及得知瑞德的计划，便被抓了起来。好在众人口径一致，都说当晚在哪儿是他们自己的事，不归任何该死的北佬管。于是，他们被关了起来，等待天亮后进一步审问。梅里韦瑟爷爷和亨利·汉密尔顿伯父厚颜无耻地宣称他们当晚在贝尔·沃特林的妓院。而贾弗里上尉愤怒地说他们已经老得干不了那种事时，他们还想跟他打架呢。

贝尔·沃特林被贾弗里上尉传来问话。但上尉还没来得及开口，她便大叫大嚷地说今晚妓院关门。因为天刚黑，就有一群吵吵嚷嚷的醉鬼冲进来闹事，把她那儿砸得稀巴烂。那帮家伙不仅打碎了最好的镜子，还把年轻姑娘们吓坏了。所以，晚上只能停业。但贾弗里上尉若想喝一杯，酒吧间倒还开着——

贾弗里上尉非常清楚，手下的人都在等着看笑话。他觉得自己如堕雾中，干什么都徒劳无功，于是生气地嚷嚷既不想要年轻姑娘，也不想喝酒，只一个劲儿问贝尔知不知道搞破坏的都是谁。贝尔当然知道，因为那些人都是常客，每周三晚上都去她那儿，还自称“周三民主党人”。不过，她不明白这是什么意思，也不想弄明白。如果那些人不赔偿楼上大厅的镜子，她就要告他们。她开的是高级妓院，而且——噢，他们的名字？贝尔一口气报出十二个怀疑对象的名字。贾弗里上尉苦笑。

“这帮该死的反叛者！组织性简直跟我们的特务机关一样高效。”他说，“你和你的姑娘们明天都得来宪兵司令部候审。”

“司令会叫他们赔我镜子吧？”

“别提你那些该死的镜子了！让瑞德·巴特勒赔啊。那地方不是他的吗？”

黎明前，城里每个前邦联家庭都了解了一切。虽然主人并未透露分毫，各家的黑人也什么都知道了，因为他们自有一套白人弄不懂的秘密传播途径。人人都清楚了突袭的所有细节，也知道弗兰克·肯尼迪和瘸腿的汤米·韦尔伯恩被杀，阿希礼在搬运弗兰克尸体时中了枪。

这场悲剧因斯嘉丽而起。女人们原本恨透了她，但一想到她死了丈夫，连认尸的可怜安慰都得不到，她们的恨意又稍微缓和了几分。天亮后，当局自然会发现那两具尸体。而在当局通知斯嘉丽之前，她必须装作一无所知。弗兰克和汤米冰凉的手中各握着一把枪，身体僵硬地躺在空地的枯草中。北佬会说他们死于一场普通的酒后争执。两人为了抢贝尔店里的一个姑娘，开枪打死了对方。汤米的妻子范妮刚生完孩子不久，大家都很同情她。但谁都不敢趁夜偷偷溜去安慰她，因为一队北佬早已将她家包围，就等着汤米回去。还有一队北佬也把佩蒂姑妈家围了起来，等着弗兰克回去。

黎明前，要举行军事问询的消息慢慢传开了。失眠的市民们焦急地等待着，都知道城里最有名望的公民危在旦夕，身家性命全指望三件事：阿希礼·威尔克斯能全须全尾地站在军事委员会前，除了宿醉的头痛，再无什么别的大问题；贝尔·沃特林能证明那些男人整晚都在她的妓院；瑞德·巴勒特能证明他一直跟那些人在一起。

最后两点让全城的人痛苦不堪！贝尔·沃特林！那些男人的命竟得靠她来救！这简直忍无可忍！女人们从前一看到贝尔走来，都会趾高气扬地过街避开她。如今，这些女人都担心她是否还记得那些事，担心得心头发颤。男人们倒不觉得靠贝尔这样的女人救命有什么丢人的，因为很多男人都觉得她是个好人。但一想到自己的性命和自由是瑞德·巴特勒这种投机商和南方佬的功劳，他们就痛苦不已。贝尔和瑞德，一个是城里最有名的妓女，一个是最让人头痛的男人。如今，大家却都得承他们的情。

还有件事也让众人痛苦无奈——北佬和那些拎毯制手提包的投机家肯定会嘲笑他们。噢，他们定会哈哈大笑！城里最有名望的十二个公民如今通通曝光，原来个个都是贝尔·沃特林妓院的常客！其中两人为了个卑贱的小姑娘争风吃醋，在决斗中双双殒命；其他人醉得连贝尔都无法容忍，被她差人赶到门外。还有几个因拒不坦白行踪被捕，结果到头来丑事还是尽人皆知！

亚特兰大人担心会被北佬嘲笑，其实是有道理的。北佬长期受南方人的冷眼和蔑视，如今简直乐翻了天。军官们纷纷叫醒同僚，传播这条新闻。做丈夫的天刚拂晓就喊醒妻子，把一切能体面告知的事全说了出来。女人们则匆匆穿上衣服，敲开邻居家的门，忙不迭地传播消息。北佬女人个个心花怒放，笑得眼泪直流。原来，这就是所谓的南方骑士精神和豪侠风度啊！没准儿那些高昂着头，对一切友好邀约都不屑一顾的南方女人，今后再也不能如此傲慢自大。因为，如今人人都知道她们丈夫所谓的政治集会是怎么回事。政治集会！得了吧，真是笑死人了！

但她们嘲笑归嘲笑，还是为斯嘉丽的悲惨遭遇表示遗憾。毕竟，斯嘉丽是位淑女，也是亚特兰大极少数对北佬友善的太太之一。因为丈夫不能或不愿供养她，所以她只能自己外出做生意。这点已经赢得了她们的同情。就算丈夫不是个好东西，但得知丈夫对自己不忠，对那可怜的女人来说也是个可怕的消息。而同时得知丈夫的死讯和不忠行为，这可怕程度无疑翻了倍。毕竟，一个糟糕的丈夫，还是好过没有丈夫。北佬太太们决定，一定要对斯嘉丽格外好。至于其他人，米德太太、梅里韦瑟太太、埃尔辛太太、汤米·韦尔伯恩的寡妇，尤其是阿希礼·威尔克斯太太，她们一定要见一次就当面嘲笑一次，也好教教她们懂点礼貌。

那天晚上，城北大多数昏暗的房间里，讨论的也是这个话题。亚特兰大的女人们激动地告诉丈夫，说她们一点也不在乎北佬们怎么想。但内心深处，她们又觉得宁愿受鞭笞，也不愿忍受被北佬嘲笑的折磨，还不能说出丈夫的真实情况。

米德医生怒不可遏，没想到瑞德竟把大家骗入毫无尊严的境地。他对米德太太说，若非这事还牵扯别人，他宁愿坦白后被绞死，也不愿说自己当时在贝尔的妓院里。

“太太，这是对你的侮辱。”米德医生气愤地说。

“但人人都知道你没去那儿，因为——因为——”

“北佬不知道。我们若想保住性命，就得让他们相信。他们会哈哈大笑。一想起有人不仅相信这种事，还会放声大笑，我就火冒三丈。而且，这对你也是侮辱，因为——亲爱的，我向来对你忠贞不贰啊！”

“我知道。”黑暗中，米德太太微笑着伸出一只细瘦的手，握住医生的手，然后说道，“但我宁愿你真去了贝尔那儿，也不愿你有丝毫性命之忧。”

“太太，你知道自己在说什么吗？”医生嚷道，万万没想到妻子如此现实，不由得惊骇莫名。

“嗯，我明白。我已经失去达西和菲尔，只剩你一个了。只要不会失去你，哪怕你在那儿长住我也可以接受。”

“你疯啦！知道自己在说什么吗！”

“你这老傻瓜。”米德太太温柔地依偎在他肩头。

米德医生气得说不出话，抚摩着妻子的脸，沉默了一会儿后，又发作了：“还要欠巴特勒的人情！相比而言，还是绞死我更舒服些。不，就算他救了我一命，也别想我对他客客气气。他傲慢至极，一想起他那些无耻的投机倒把，我就火冒三丈。我这条命竟是一个从没参过军的男人救的——”

“玫兰说，他在亚特兰大陷落后参了军。”

“撒谎。任何无赖的花言巧语，玫兰小姐都会信。我不明白他干吗做这些，干吗费劲救我们。有些事我真是不想说，但他跟肯尼迪太太的闲话一直没断过。去年，我就经常看到他俩一起赶车回来。他这么做，肯定是为了她。”

“如果是为了斯嘉丽，他才不会插手，反而乐得看着弗兰克·肯尼迪被绞死。我想，他是为了玫兰——”

“太太，你不是在暗示他俩有什么不清不楚吧！”

“噢，别傻了！自从战争期间瑞德想方设法把阿希礼换回来，玫兰就开始莫名其妙地喜欢他。我也得为他说句公道话，跟玫兰在一起时，他从不会龌龊讨好地笑，而是尽量友善又体贴，简直跟换了一个人似的。从他跟玫兰相处时的样子可以看出，他若愿意，也是可以做个体面人的。好啦，我觉得他之所以这么做，就是因为——”她突然顿住，“医生，我这想法你肯定不喜欢。”

“但凡跟这件事有关的想法，我都不喜欢。”

“呃，我觉得他这么做一方面是为了玫兰，但主要还是想趁此机会给我们开个大玩笑。我们过去那般毫不掩饰地讨厌他，他现在总算可以让我们左右为难：要么承认去了沃特林的妓院，在妻子和北佬面前颜面扫地，要么说实话被绞死。他知道，我们宁愿被绞死，也不愿欠他和他那——情妇的人情。噢，我打赌，这事肯定让他很开心。”

医生哼了一声：“到那儿后，他带我们上楼时，的确很开心。”

“医生，”米德太太迟疑地问道，“那儿什么样？”

“太太，你在说什么啊？”

“她的妓院啊。到底什么样？有没有雕花玻璃枝形吊灯？有没有红长毛绒窗帘和几十面镀金框穿衣镜？还有姑娘们——她们都光着身子吗？”

“天哪！”医生大吃一惊，万万没想到一个贞洁女人对其不贞的姐妹们，竟有如此强烈的好奇心，“你怎么能问这种不知羞耻的问题？简直不像你了。我给你调点镇静剂吧。”

“我不要镇静剂，我就是想知道。噢，亲爱的，要了解那种不正经的地方，你是我唯一的机会。现在你却这么可恶，怎么都不肯告诉我！”

“我什么都没注意到。真的！去那种地方太尴尬了，我根本没注意周围什么样。”医生一本正经地说。相比这晚之前的种种遭遇，意外发现妻子从未暴露过的性格，让他觉得更心烦意乱，“抱歉，我想睡会儿。”

“那你睡吧。”米德太太失望地应了声。医生俯身脱鞋时，她又重新快活起来，“多莉估计已经从梅里韦瑟爷爷那儿全问出来了，她会告诉我的。”

“天哪，太太！你是在说，好女人们竟会聚在一起谈论这种事——”

“哎呀，睡觉去吧！”米德太太道。

第二天，雨雪交加。但冬日黄昏渐近时，天上不落雪粒子，转而刮起冷风。裹着斗篷的玫兰妮跟着个陌生的黑人车夫，困惑地沿着屋前小道往外走。这人神秘兮兮地来找她，将她引向一辆等在屋前的有篷马车。玫兰妮一走近，门就打开了。她看见昏暗的车厢内有个女人。

“威尔克斯太太，请上来陪我坐会儿吧。”车厢深处传来一个窘迫却有些熟悉的声音。

“噢，你是沃特林小姐——太太！”玫兰妮大声道，“我正想见你呢！你一定要进屋坐坐。”

“威尔克斯太太，这可不行。”听贝尔·沃特林的声音，她显然很镇静，“还是你上车来，跟我坐一会儿吧。”

玫兰妮上了马车，车夫关上门。她靠着贝尔坐下，拉起她的手。

“今天的事我真不知道该怎么感谢你！我们大家怎么感谢都不够啊！”

“威尔克斯太太，你今早不该给我送字条的。收到你的字条我当然骄傲，但我真怕它落入北佬手中。你说要登门致谢——哎呀，威尔克斯太太，你准是疯了！怎么能生出这种念头！所以，天一黑我就赶紧过来，就想告诉你，千万别做这种事。哎呀，我——哎呀，你——很不合适啊！”

“我登门感谢一个好心的女人救了我丈夫的性命，很不合适吗？”

“噢，不合适，威尔克斯太太！你知道我什么意思！”

玫兰妮沉默片刻，被她的言外之意弄得有些尴尬。然而，这个坐在昏暗马车里的女人面容姣好、衣着端庄，无论看样貌，还是听谈吐，都不像她想象中的坏女人，也不像妓院老鸨。她说起话来虽然有些平庸，还土里土气，为人却善良又热心。

“沃特林太太，你今天在宪兵司令部表现得太棒了！你和其他——你那些——年轻姑娘，救了我们所有男人的命哪。”

“威尔克斯先生才棒。我真没想到他竟能站着讲完一切，更别提神情还那般沉着冷静。昨晚我看见他时，那血真是哗哗地流啊。

威尔克斯太太，他还好吧？”

“还好，谢谢。医生说他虽然流了不少血，但只伤了皮肉。今天早上他——唉，全靠白兰地撑着呢，不然哪儿有力气应付自如。但救了他们的，还是你——沃特林太太。你疯了一样说起那些被打碎的镜子时，真是太——太有说服力啦！”

“谢谢你，太太。但我——我觉得巴特勒船长表现得也不错。”贝尔的腼腆中不无骄傲。

“噢，他真是太棒了！”玫兰妮热切地大声道，“北佬没法不相信他的证词。这事他从头到尾都干得非常漂亮。我真是怎么感谢他都不够——你也是！你们真是太好了！”

“威尔克斯太太，谢谢你这么友善。我很乐意效劳。我——我说威尔克斯先生是我那儿的常客，没有让你难堪吧？你知道的，他从没——”

“嗯，我知道。不，一点都不难堪。我对你只有感激。”

“我敢打赌，其他太太肯定不感激我。”贝尔突然怨恨地说，“我敢打赌，她们也不会感激巴特勒船长，反而只会更恨他。我敢打赌，你甚至是唯一一个跟我道谢的人。她们若在街上碰到我，肯定瞧都不会瞧我一眼。但我不在乎。就算她们的丈夫全被绞死，我也不在乎。但我在乎威尔克斯先生。战争期间，你帮我把捐款送到医院，我永远不会忘记你的好意。这城里还有哪位太太像你一样待我好？我不会忘记你的好意。我一想到威尔克斯先生若被绞死，你就成了寡妇，还带着个那么小的儿子——威尔克斯太太，你儿子真是个可爱的小男孩，真的。我也有个儿子，所以——”

“噢，是吗？他住在——呃——”

“噢，没有！他没在亚特兰大，也永远不会到这儿来。他在外上学，很小的时候就没在我身边了。我——呃，总之，巴特勒船长让我为那些男人撒谎时，我问了名单，一听到威尔克斯先生也在里面，就再没犹豫，立马告诉姑娘们：‘你们要不特别强调整晚都跟威尔克斯先生在一起，小心天亮后挨揍。’”

“噢！”玫兰妮惊呼一声。贝尔这般随口提起她那些“姑娘”，让她觉得更不好意思了，“噢，你——还有她们——都太好了。”

“为你做这些，都是应该的。”贝尔热切地道，“但若换成其他任何人，我才不管。要是换成那个肯尼迪太太的丈夫，无论巴特勒船长说什么，我都不会动一根手指。”

“为什么？”

“哎呀，威尔克斯太太，干我们这行的，知道的事情可多啦。很多好人家的太太们如果知道我们有多了解她们的事，肯定大惊失色。威尔克斯太太，肯尼迪太太可不是什么好人。她丈夫和韦尔伯恩家那个好小伙都是她害死的，那简直跟她开枪打死他们没有区别。她独自在亚特兰大到处乱跑，招惹黑鬼和白垃圾，一切不都得赖她吗？我那些姑娘没有一个会——”

“不准说我嫂子的坏话。”玫兰妮冰冷生硬地道。

贝尔连忙示好般地伸出一只手搭在玫兰妮胳膊上，又匆匆收了回来。

“威尔克斯太太，请别对我这么冷淡。你之前还那么温和可亲，突然这样我真受不了啊。我忘了你有多喜欢她，抱歉刚才说了那些话。可怜的肯尼迪先生因此丢了性命，我也很难过。他是个好人。我过去为店里添置东西时，经常光顾他那儿，他一直对我很好。但肯尼迪太太——呃，威尔克斯太太，她跟你就不是一种人。她真是相当冷血的女人，我实在忍不住这么想……肯尼迪先生什么时候下葬？”

“明天上午。你这么说肯尼迪太太可不对。眼下她悲痛欲绝，都起不来了。”

“或许吧。”贝尔显然不信，“啊，我要走了。如果再待下去，恐怕会被人认出这辆马车，那对你可不好。威尔克斯太太，你若在街上碰到我，也——也不用跟我打招呼。我理解的。”

“我会非常骄傲地跟你说话。能蒙你帮助，受你恩惠，我很骄傲！希望——希望我们还能再见面。”

“不，”贝尔说，“那不合适。再见。”

第四十七章

斯嘉丽坐在自己卧室里，一边听屋外呼啸的风声，一边无精打采地吃了点嬷嬷用托盘端来的晚饭。屋里静得可怕，比几小时前弗兰克的遗体搁在客厅时还要静。当时还能听见轻轻的脚步声、压低嗓门的说话声、前门闷闷的敲门声、邻居们匆匆赶来同情的低低慰问声，以及弗兰克从琼斯伯勒来参加葬礼的妹妹时不时的抽泣声。

可现在，屋子一片寂静。斯嘉丽的房门虽然开着，她却听不到半点声音从楼下传来。弗兰克的遗体送回家后，韦德和小宝宝便去了玫兰妮家。斯嘉丽想念男孩的脚步声和埃拉咯咯的笑声。厨房也悄无声息，听不到彼得大叔、嬷嬷和厨娘的争吵。甚至在楼下藏书室的佩蒂姑妈考虑到斯嘉丽的悲痛，也不再摇摇椅。

没人打扰她，大家都相信她悲伤得宁愿独处。然而，斯嘉丽最不愿意一个人待着。如果只有悲伤，那她还能像忍受其他悲伤一样忍住。但弗兰克的死不仅让她震惊失落，也让她恐惧、后悔以及受突然觉醒的良心折磨。生平第一次，她为自己的所作所为后悔。悔恨中还带了种强烈又迷信的恐惧，令她朝自己跟弗兰克共枕的卧床瞥了好几眼。

她杀了弗兰克。当然是她杀了他，这简直跟她亲手扣动扳机打死他一样。他求过她别一个人到处乱跑，可她就是不听。现在他死了，被她的固执害死了。上帝会因此惩罚她的吧。但还有件令她更良心不安、比害死他更令她恐惧的事。之前，她从未为此苦恼过，直到看见他躺在灵柩里的脸，她才突然感觉那张平静的脸上有种无奈又可悲、仿佛在谴责她的神色。他爱的其实是苏埃伦，嫁给他的却是她。上帝会为此惩罚她！将来接受审判时，她只能瑟瑟发抖地交代从北佬营房坐他马车回来的路上，在车里撒过的谎。

就算斯嘉丽现在争辩，说为达目的可以不择手段，说她骗他是迫不得已，说她有太多人要养活，所以没法考虑他或苏埃伦的权利和幸福，也无济于事。事实明明白白地摆在眼前，她却不敢看。她冷酷无情地嫁给了他，也冷酷无情地利用了他。过去的六个月里，她本可以让他很开心，结果却恰恰相反。她没有对他更好，反而欺负他、刺激他、冲他大发脾气、说话尖酸刻薄、让他疏远朋友，还干出经营锯木厂、建酒馆和租囚犯等种种让他蒙羞的事。上帝一定会为这些惩罚她。

她知道自己让他很不开心，但他还是像个绅士般容忍了这一切。她只做过一件让他真正快乐的事——生下埃拉。她知道，如果有办法不要孩子，埃拉根本不会出生。

她颤抖、惊恐，希望弗兰克还活着，那她一定会好好待他，好到能弥补过去的一切。噢，上帝如果能别那么愤怒，也别报复她该多好！噢，如果时间别过得这么慢，屋里也别这么安静就好了！如果她不是一个人就好了！

玫兰妮若能过来作陪，肯定能平复她的恐惧。但玫兰妮在家照顾阿希礼。一时间，斯嘉丽想把佩蒂帕特姑妈叫来，也好让她分散些许良心带来的折磨。但她有些犹豫，怕佩蒂上来后，情况可能变得更糟。因为佩蒂是真心悼念弗兰克。比起斯嘉丽，弗兰克跟佩蒂更像同辈人，所以佩蒂向来真心待他。佩蒂觉得“家里得有个男人”，而弗兰克完美扮演了这一角色。他会给佩蒂带小礼物、告诉她无伤大雅的闲话、跟她开玩笑、给她讲故事、每晚为她读报，并在她补袜子时，把当天发生的事解释给她听。佩蒂也格外关心他，不仅专门吩咐厨娘做他爱吃的菜，还会在他无数次感冒时悉心照料。现在，佩蒂特别想念他，擦着红肿的眼睛，一遍又一遍地念叨：“他要是没跟三K党出去该多好！”

要是有人能安慰安慰她、消除她的恐惧就好了。这些令人困惑的恐惧压在斯嘉丽心头，让她的心沉得直往下坠，冷得几乎作呕！要是有人能为她解释清楚这到底是什么恐惧就好了。要是阿希礼——但她立刻打消了这个念头。她杀了弗兰克，也差点杀了阿希礼。阿希礼要是知道真相，明白她如何用谎言把弗兰克骗到手，又如何苛待他，肯定再也不会爱她了。阿希礼那般正直、诚实、善良，看问题也那般准确清晰，他若知道前因后果，定然什么都明白了。噢，没错，他一定会理解得非常透彻！但他再也不会爱她。所以，绝不能让他得知真相，因为他必须继续爱她。他的爱就是她秘密的力量之源，一旦失去，她该怎么活？然而，要是能靠着他的肩膀哭泣，卸下心头的愧疚，那该是多么令人宽慰的事啊！

屋里静悄悄的，死亡的气息压在斯嘉丽孤寂的心头，终于令她再也承受不住。她小心翼翼地起身，半掩房门，从梳妆台底层抽屉的内衣下掏出一个她偷偷藏在这儿的瓶子。那是瓶佩蒂姑妈拿来“治头晕”的白兰地。斯嘉丽把瓶子举到灯下，发现酒几乎只剩半瓶了。她昨晚竟喝了这么多，不可能啊！她往自己的水杯里倒了一大杯，一口灌下肚。天亮前，她得把瓶子灌满水，放回酒柜。葬礼前，几个扈棺人想喝一口，嬷嬷已经在到处找酒瓶子了。嬷嬷、厨娘和彼得大叔互相猜疑，把厨房里的气氛弄得好不紧张。

白兰地带来一股火辣辣的快感。需要时，别的真是什么都比不上它。其实，白兰地几乎任何时候都不错，比淡而无味的葡萄酒好得多。为何女人只能喝葡萄酒，喝烈酒就不合规矩？葬礼上，梅里韦瑟太太和米德太太显然闻出了她身上的酒气，她还瞧见那两人得意扬扬地交换了一下眼神呢。真是两个坏老太婆！

斯嘉丽又倒了一杯。今晚就算喝醉点也没关系，反正她很快就会上床睡觉。只要在嬷嬷上楼来替她宽衣前，用科隆香水漱漱口就行了。她希望自己能像杰拉尔德过去在开庭日时一样，喝得酩酊大醉，什么都不用想。那样，她或许就能忘掉弗兰克那张凹陷的脸，忘掉那张脸上谴责她毁了他生活、害了他性命的神情。

不知城里是不是人人都觉得是她杀了弗兰克。当然，参加葬礼的人都对她相当冷淡。只有跟她做过生意的北佬军官太太们暖心地对她表达了些许同情。哼，城里人怎么说她，她才不在乎。和要跟上帝交代的事相比，那些人说什么都无关紧要！

想到这儿，斯嘉丽又喝了一口。热辣辣的白兰地灌下喉咙，引得她浑身一颤。现在她觉得身子很暖，但还是没法不去想弗兰克。男人都是蠢货，竟说什么烈酒能忘忧！除非喝到人事不省，否则她始终能看见弗兰克那张脸。那张脸上的神情仍跟他最后一次恳求她别独自赶车出去时一样：腼腆、责备、充满歉意。

前门传来沉闷的敲击声。声音在寂静的屋里回荡。斯嘉丽听见佩蒂姑妈摇摇晃晃地穿过走廊，打开了门。接着是一阵打招呼的声音和模糊不清的低语。又有邻居上门要么聊葬礼的事，要么就是送牛奶冻来。佩蒂倒是很欢迎这种事。她很喜欢跟前来吊唁的人聊天，并从中得到了莫大的安慰。

斯嘉丽好奇来的是谁。直到一个洪亮的男声慢悠悠地盖过佩蒂悲伤的低语，她终于听出那人是谁，心中顿时欢喜又宽慰。是瑞德。自从他把弗兰克的死讯告诉她之后，她便再没见过他。内心深处，她觉得他就是今晚能帮助到自己的人。

“我想，她会见我的。”瑞德声音传上楼来。

“巴特勒船长，可她现在已经睡下，谁都不会见。这可怜的孩子啊，已经精疲力竭了。她——”

“我觉得，她会见我的。请告诉她我明天一早就走，或许过段时间才会回来。我现在有很重要的事想跟她说。”

“可是——”佩蒂帕特姑妈激动起来。

斯嘉丽跑到走廊，惊讶地发现自己竟有些站立不稳，连忙倚在栏杆上。

“瑞德，我马上下来。”她大声道。

她瞥了眼佩蒂帕特姑妈仰起的胖脸。姑妈那双眼睛瞪得像猫头鹰的眼睛一般，里头尽是吃惊和反对之色。斯嘉丽想：“这下，全城都会知道我在丈夫出殡当天就行为不检了。”她匆匆返回卧室，梳了梳头，穿上黑色巴斯克衫，扣子一直扣到下巴，最后将佩蒂帕特的丧服胸针别在衣领上。她凑向镜子照了照，心想：“我看起来不是太漂亮，太苍白，也太惊恐。”一时间，她的手不自觉地伸向藏着胭脂的带锁箱，但终究还是忍住了。她若面色红润、光彩照人地下楼，可怜的佩蒂帕特姑妈肯定惊慌失措。斯嘉丽拿起科隆香水瓶，含了一大口香水仔细漱了好一会儿，才冲污水坛吐掉。

她朝楼下的二人冲去。他们仍站在门厅，斯嘉丽的所作所为让佩蒂帕特心烦意乱，所以她都忘了请瑞德坐下。瑞德一身得体的黑丧服，带褶边的亚麻衬衫刚刚浆洗过。他举止得体，完全符合老朋友深切吊唁逝者遗孀的形象。事实上，他表现得太完美，完美得都有几分滑稽之意。不过，佩蒂帕特并没看出这点。瑞德先是礼貌地为打扰斯嘉丽道歉，接着遗憾地表示因为得赶在出城前了结生意，所以没能赶来参加葬礼。

"他到底来干吗？"斯嘉丽纳闷，"真是满嘴没一句实话。"

"虽然很不想在这时候打扰你，但我有桩生意要跟你讨论，实在等不及。之前，肯尼迪先生本打算跟我——"

"我竟不知道你跟肯尼迪先生还有生意往来。"佩蒂帕特几乎要愤愤不平起来，似乎在怪弗兰克有事瞒着她。

"肯尼迪先生兴趣很广泛。"瑞德恭敬地说，"我们能去客厅吗？"

"不行！"斯嘉丽大叫一声，瞥了眼那两扇关着的折叠门。她仿佛还能看见灵柩停在那儿，再也不想踏进去。这一次，佩蒂虽不大情愿，但总算领会到她的暗示。

"去藏书室吧。我得——得上楼把衣服补完。天哪，那东西搁了整整一星期了。我敢说——"

佩蒂上楼去了，中途回头责备地瞥了一眼。但斯嘉丽和瑞德都没注意到她的目光。瑞德闪到一旁，让斯嘉丽先进藏书室。

"你和弗兰克做了什么生意？"斯嘉丽劈头就问。

瑞德凑近了些，低声道："什么生意都没有。我只是想把佩蒂小姐支开。"他顿了顿，倾身又靠近了她一些，"斯嘉丽，没用的。"

"什么？"

"科隆香水。"

"我不知道你在说什么。"

“你肯定知道。你喝得可真不少啊。”

“哼，那又怎样？关你什么事？”

“哪怕悲痛欲绝，也要注意礼貌啊！斯嘉丽，别一个人喝酒。总会被发现的，那你的名声就全完了。再说，一个人喝酒也不是什么好事。亲爱的，怎么啦？”

他把她领到红木沙发旁，她默默地坐了下来。

“我可以关门吗？”

斯嘉丽知道，嬷嬷若看到门关了，肯定震惊又愤慨，准会教训、唠叨上好几天。但嬷嬷如果偷听到他们讨论喝酒，尤其在那瓶白兰地找不着了的情况下，结果肯定更糟。她点点头，瑞德拉上了门。他回身在她旁边坐下，一双黑眼睛警惕地扫视她的脸。他周身的活力驱散了死亡的气息，屋里似乎又有了快活的家庭气氛，灯光也变得明亮又温暖。

“亲爱的，怎么了？”

这世上再无人能像瑞德一般，将这傻傻的爱称喊得如此宠溺。哪怕开玩笑时，也不例外。但现在，瑞德看起来并不像在开玩笑。斯嘉丽抬起痛苦的眼，望向他的脸。不知怎的，她竟在那张毫无表情、深不可测的脸上得到了安慰。他是个如此易变又冷酷的人，所以斯嘉丽也不明白为何会这样。或许，正如他经常所说——他们太相像。有时，她觉得自己认识的所有人都很陌生，除了瑞德。

“不能告诉我吗？”瑞德异常温柔地拉起她的手，“不只是老弗兰克离开了你吧？需要钱吗？”

“钱？天哪，不！噢，瑞德，我好害怕。”

“别怕，斯嘉丽。你这辈子从没怕过。”

“噢，瑞德，我怕！”

无数的话从心里冒出来，快得她都来不及说出口。她可以告诉他。她可以告诉瑞德任何事。他一直这么坏，绝不会审判她。当世上满是不愿撒谎拯救自身灵魂和宁肯饿死也不愿干坏事的人，知道还有个又会骗人又会撒谎的无耻坏蛋，感觉真好啊！

“我怕死后会下地狱。”

他若哈哈大笑，她真的会立马死掉。可他没有笑。

“你很健康——而且，或许根本没有地狱。”

“噢，有的，瑞德！你知道一定有！”

“我知道有，但并不在活人的世界，也不在死后的世界。斯嘉丽，我们死后，就什么都没有了。斯嘉丽，你现在就在地狱里啊。”

“噢，瑞德，你这话亵渎上帝！”

“却特别能安慰人。告诉我，你为何要下地狱？”

斯嘉丽虽然从那双闪烁的眼睛里看出他又在打趣自己，却并不介意。他的手真温暖，真有力。抓着这样一双手，让人觉得很安慰。

“瑞德，我不应该嫁给弗兰克。这事错了。他是苏埃伦的未婚夫，他爱的是她，不是我。我却向他撒谎，说苏埃伦要嫁给托尼·方丹。噢，我怎么能做这种事？”

“啊，原来是因为这个要下地狱啊！我也一直在琢磨这事呢。”

“然后，我还让他过得如此痛苦，逼他做各种他不愿做的事，比如催那些其实还不起债的人还债。我经营锯木厂、建酒馆和租囚犯，也深深地伤害了他，让他羞愧得几乎抬不起头。瑞德，我还杀了他。没错，就是我！我不知道他加入了三K党。我做梦都想不到他竟有如此胆量。可我早该明白过来的。我杀了他。”

“‘大洋中的水，能洗净我手上的血迹吗？[1]’”

1　引自莎士比亚悲剧《麦克白》第2幕第2场。

“什么？”

“没什么。你继续说。”

“继续说？没了。这些还不够吗？我嫁给他、让他不开心，最后还杀了他。噢，天哪！我真不明白自己怎能做出这种事！我对他撒谎，骗他娶我。当初这么做时，觉得一切似乎都很正当，如今回头看，我真是大错特错啊。瑞德，那些事似乎都不是我干的。我怎能如此苛待他，我不是个卑鄙的人啊。我从小到大受的教育，并不是要把我培养成一个卑鄙的人。妈妈——”斯嘉丽突然顿住，吞了口口水。她始终避免想起埃伦，现在却怎么也无法忽视妈妈那张脸了。

“我常常想，你妈到底是个什么样的人。我觉得，你实在太像你爸。”

“妈妈是——噢，瑞德，我第一次高兴妈妈已经去世，这样她就看不到我了。她并不想把我培养成一个卑鄙的人。她对每个人都那么温柔、那么友善。她宁愿我饿死，也不希望我做出这种事。我也很想处处像她，结果却没一处像。之前因为有太多别的事要考虑，我从未想过这点，但我真的很想像她，而不想像爸爸。我爱爸爸，但他实在——实在太蠢笨。瑞德，有时我真的很努力地对他人好，对弗兰克好，可那噩梦老是回来吓我，吓得我只想冲出门抢钱，不管那钱是不是我的。”

脸上不自觉地淌下泪来。她紧紧攥着瑞德的手，力气大得指甲都掐进了他肉里。

“什么噩梦？”瑞德声音平静而抚慰。

“噢——我忘了你还不知道。呃，我每次想好好对待别人，告诉自己金钱不是一切时，睡着后便会做那个梦。梦中，我又回到妈妈去世，北佬刚走时的塔拉。瑞德，你想象不到——每次想起那个梦，我就浑身发冷。我看到所有东西都被烧了，周围一片死寂，什么吃的都没有。噢，瑞德，我又在梦中挨饿。”

“继续说。”

“我饿，每个人都饿——爸爸、妹妹、黑人们都饿得直叫唤，一遍又一遍地嚷嚷‘我们好饿’。空空的肚子好疼，我好害怕，脑中一直在想：‘要是能摆脱这种日子，我永远永远不要再挨饿。’然后，梦境中出现一片灰蒙蒙的雾，我在奔跑，在雾中奔跑。我拼命奔跑，跑得心怦怦直跳。有什么东西在追我。我跑得上气不接下气，心里却想着只要赶到那个地方，我就安全了。但我不知道自己到底要去哪儿。然后，我便醒了，吓得浑身冰冷，生怕再挨饿。从梦中醒来，我就觉得似乎赚再多钱，也无法消除我对饥饿的恐惧。这种时候，每每听到弗兰克拐弯抹角、慢条斯理地说话，我就气不打一处来，结果便忍不住冲他发脾气。我想，他根本不明白怎么回事。我也没法让他明白。我一直在想：有朝一日，等我们有钱了，等我不再害怕挨饿，我就弥补他。现在，他死了，一切都太迟了。噢，当初做那事时觉得再正当不过，现在看来真是大错特错。噢，要是能重来一次就好了。那样，我一定换种做法。”

“嘘，”瑞德挣开她紧握着自己的手，从口袋里掏出一块干净手帕，“擦擦脸。没必要哭得这么死去活来。”

斯嘉丽接过手帕，擦了擦自己湿乎乎的脸颊，不由得暗暗感觉轻松了些，仿佛自己身上的重担，已经分了一些到他宽阔的肩膀上。他看起来那样能干、平静，就连轻轻一撇嘴，都能给她以安慰，让她觉得自己似乎真没必要痛苦和困惑。

“这会儿感觉好些了吗？那我们就来把这件事彻底弄明白。你说如果再来一次，肯定会换种做法。真的吗？现在好好想想，你真的会换种做法？”

“呃——”

“不，你还是会那么干。当时，你还有别的选择吗？”

“没有。”

“那你还难过什么？”

“我太卑鄙。如今他死了。”

“他若没死，你还是会那么卑鄙。依我看，你并不后悔嫁给弗兰克，不后悔欺负他，也不后悔无意间害死了他。你只是害怕会因此下地狱，对吗？”

“呃——我都听糊涂了。”

“你的道德标准本就相当混乱。你就好比被当场逮住的小偷——不为偷东西后悔，却为即将进监狱追悔莫及。”

“小偷——”

“噢，别纠结字面意思！换句话讲，如果没有这个下地狱受永恒之火焚烧的傻念头，你会觉得终于摆脱弗兰克，真是太好了。”

“噢，瑞德！”

“噢，得了吧！你在忏悔，或许也可以把事实当成一个得体的谎言。你……呃……当初想用比生命还珍贵的宝贝换三百美元呢，有没有……良心不安？”

此刻，白兰地的酒劲上来，斯嘉丽开始头晕目眩，也生出了些许不顾一切的念头。跟他撒谎有什么用？他似乎总能看透她的心思。

“当时，我真的没怎么考虑上帝……或地狱。我做那事时，只觉得……觉得上帝会理解的。”

“但你不相信上帝能理解你为何嫁给弗兰克？”

“瑞德，你根本不信上帝，干吗还这么说？”

“但你相信上帝会发怒，现在这点很重要。为何上帝就无法理解呢？塔拉依然归你所有，没有任何拎毯制手提包的投机家住进去，你很后悔吗？你没再挨饿，也没再穿破衣裳，你后悔吗？”

“噢，不！”

“那好，当初除了嫁给弗兰克，你还有其他选择吗？”

“没有了。”

“他不是非娶你不可，对吧？男人都是自由的。虽然你逼他干他不想干的事，但他也不是非干不可，对吗？”

“呃——”

“斯嘉丽，干吗为此烦恼呢？如果再来一次，你还是会撒谎，骗他娶你。你还是会让自己陷入陷阱，他也一定会为你报仇。他若娶了你妹妹苏埃伦，虽然或许不会为她丢了性命，但也可能被她弄得更不快活。从头来过，结果也会一样。”

“但我本可以对他好一些。”

“你若变成另外一个人，那或许可以。不过，你生来就是欺负别人的人，欺负那些会任由你欺负的人。强者生来就会欺负弱者，而弱者生来就会屈服。弗兰克没拿马鞭抽你，完全是他自己的错……斯嘉丽，你活到这岁数了还能长出良心，可真叫我吃惊。你这样的机会主义者，就不该有良心。”

“什么是机——机什么来着？”

“一个会利用各种机会的人。”

“利用机会不对吗？”

“人们向来认为这么做不光彩——在那些有同样机会，却并没有抓住的人眼里，更是如此。”

“噢，瑞德，你在开玩笑吧，我还以为你是来对我好的。”

“我对……自己很好。斯嘉丽，亲爱的，你现在的问题是……

你喝醉了！”

“你竟敢——”

“嗯，我敢。你眼看着就要成‘哭包’了，我还是换个话题，给你打打气，讲点会让你觉得有趣的新闻吧。其实，我今晚就是为这事来的。走之前，我得把我的新闻告诉你。”

“你要去哪儿？”

“英国，或许会在那儿待好几个月。斯嘉丽，忘了良心这回事吧。我不想再跟你讨论灵魂安康之类的事。你不想听点新闻吗？”

“可是——”斯嘉丽有气无力地开口，又打住了。白兰地抚平了悔恨尖锐的棱角，瑞德的话虽嘲讽，却也抚慰人心。在这二者的共同作用下，弗兰克苍白的幽魂渐渐消失了。瑞德或许是对的，说不定上帝真的能理解。她情绪恢复了些，至少恢复到足以让她做出决定：“明天再来想这事吧。”

“你有什么新闻？”斯嘉丽费力地问道，用她的手帕擤了擤鼻涕，又把散乱的头发往后拢了拢。

“我的消息……”瑞德冲她咧嘴一笑，“我依然想要你，胜过想要我见过的其他任何女人。现在弗兰克已经不在了，我想，你会对这消息感兴趣的。”

斯嘉丽猛地抽回被他握住的手，一下子跳了起来。

“我——你简直是全世界最没教养的男人，这种时候还跑来说如此下流……我早该知道你根本劣性难改。弗兰克尸骨未寒！你要是还懂点礼仪……就马上离开……”

“小声点，不然佩蒂帕特小姐随时都会下来。”瑞德并未起身，却伸手握住她那双拳头，“恐怕你没明白我的意思。”

“没明白你的意思？我什么都明白。”斯嘉丽使劲挣扎，想把手抽出来，“放开我，你出去！我从没听过这么不成体统的话，我——”

“嘘，”瑞德道，“我在向你求婚呢。是要我跪下来，你才会相信吗？”

斯嘉丽气喘吁吁地“啊”了一声，重重跌坐在沙发上。

她目瞪口呆地盯着他，纳闷是不是白兰地在跟自己开玩笑。她不知不觉地想起瑞德嘲弄地说：“我难道没告诉你，我不结婚吗？”她醉了，不然就是他疯了。但他看起来不像疯了啊，冷静得就像在谈论天气，那拉长调子的平稳声音落入她耳中，并未特别加重语气。

“斯嘉丽，我一直想要你。自从在十二橡树园第一次看到你，瞧见你又摔花瓶又骂人，证明你不是个淑女，我就想要你了。我一直想方设法地要得到你。但既然你已经跟弗兰克赚到一点钱，我就知道你再也不会被迫来找我，向我提出借贷和抵押之类的有趣条件。所以，我看，我只能娶你了。”

“瑞德·巴特勒，这是你的一个恶毒玩笑吗？”

“我在向你袒露真心，你竟然还怀疑！不，斯嘉丽，这是真诚又光荣的表白。我承认，这时候来并不是最佳时机，但我如此缺乏教养有个很好的理由。我明天就走，很长时间才会回来。我怕等到回来再说，你又嫁给另外一个稍微有点钱的家伙了。所以我想，干吗不选我和我的钱？真的，斯嘉丽，我不能一辈子都这样，等着在你的一个个丈夫间寻找抓住你的机会。”

他是认真的，毫无疑问！斯嘉丽明白他话中之意后，不由得嘴巴发干。她吞了口口水，盯着他的眼睛，想找出点线索。那双眼中满是笑意，却也深藏着某种她之前从未看出的东西，一种不容分析的光芒。瑞德坐姿随意，一副漫不经心的模样。她却觉得他像只猫，正警惕地盯着老鼠洞。他平静的外表下隐藏着一股蓄势待发的气势，让她退缩，也让她有点害怕。

他真在向她求婚，真的在干一件不可思议的事。她曾经盘算过，等他求婚，她一定要好好折磨他一番。她曾经想过，他只要说出那些话，她定要好好挫挫他的锐气，让他知道她的厉害，也算好好地出口恶气。此时此刻，他真说出来了，她却没想起之前的计划，因为他从未将自己置于她之下。事实上，局势完全在他的掌控之中，她反而成了那个初次接受别人求婚，慌慌张张、满脸通红、结结巴巴的小姑娘。

“我——我再也不嫁了。”

“噢，不，你会。你生来就是嫁人的。干吗不嫁给我？”

“可瑞德，我——我不爱你啊。”

“那也不算什么退步。你前两次婚姻也没多少爱情。”

“噢，你怎能这么说？你知道我喜欢弗兰克！”

瑞德没吭声。

“我喜欢！就是喜欢！”

“好了，我们不争这个。我离开这段时间，你能不能考虑一下我的提议？”

“瑞德，我不喜欢拖拖拉拉，不如现在便告诉你。我马上就要回塔拉了，英迪亚·威尔克斯会留下来陪佩蒂帕特姑妈。我想回家长住。而且，我——我不想再嫁人。”

“胡说，为什么？”

“噢，哎呀——别管为什么啦，我就是不喜欢结婚。”

“但可怜的孩子，你还没真正结过婚呢，怎么知道自己喜不喜欢？我承认，你的确运气不好——一次为了赌气，一次为了钱。你想过——只是为了开心而结婚吗？”

“为了开心！说什么傻话。结婚有什么好开心的。”

“没有吗？怎么会没有？”

斯嘉丽稍微平静了些，耿直的天性也被白兰地勾了出来。

“对男人来说的确开心——但天知道为什么，我反正从不理解。但女人在婚后就是有口饭吃，却要干很多活，还得忍受男人的愚蠢——以及每年一个孩子。”

瑞德哈哈大笑，声音在寂静的屋里回荡。斯嘉丽听到厨房门开了。

“嘘！嬷嬷的耳朵跟猞猁的一样灵，这时候大笑可不礼貌，刚刚举行过……别笑啦！你知道这就是事实。开心！胡扯！”

“我说你运气不好，你刚才这番话恰恰证明了这点。你先后嫁给了一个男孩和一个老头。而且，我打赌你妈肯定跟你说过，女人必须忍受‘这些东西’，因为做母亲的乐趣可以弥补一切。唉，全错啦。干吗不试试嫁给一个虽然名声不好，却年轻优秀、很懂如何应付女人的男人呢？一定很有趣的。”

“你真粗俗，还傲慢！我看，我们真是扯远了。真是太……太粗俗！”

“还很讨人喜欢，不是吗？我打赌，你肯定没跟男人聊过婚姻，甚至包括查尔斯或弗兰克。”

她冲他皱起眉。瑞德知道得太多了。他到底从哪儿了解到那么多女人的事？真不体面！

“别皱眉。斯嘉丽，说个日子吧。为了你的名声，我不催你立马嫁给我。我们可以等过那段‘体面的过渡期’。顺便问一句，‘体面的过渡期’有多长？”

“我没说要嫁给你。甚至这时候讨论这种事，就很不体面。”

“我已经告诉你为何要现在说这事。我明天就走了，而我这么热切的爱慕者，再也无法压抑心中的感情。不过，我这婚是求得太仓促了。”

他突然滑下沙发，跪倒在地，吓了她一跳。他一只手优雅地按在心口，飞快地念道：“亲爱的斯嘉丽——不，亲爱的肯尼迪太太，原谅我狂热的爱让你受惊。你应该注意到了，我对你的友情已经日益加深，发展为一种更深沉、更美好、更纯洁、更神圣的感情。我敢不敢向你吐露这种感情呢？啊！是爱，让我如此大胆！”

“快起来，”她恳求道，“你看起来像个傻瓜，如果嬷嬷进来看到了怎么办？”

“那她肯定会非常吃惊，不相信我也能如此优雅。”瑞德边说，边轻巧地站了起来，“好啦，斯嘉丽，你不是小孩子了，也不是女学生，别拿体面之类的借口打发我。快说你会嫁给我——等我回来就嫁给我。否则，上帝做证——否则我便不走了，就待在这儿，每晚在你窗下弹吉他，扯着嗓门唱歌，直到你答应为止。到时候，为了挽救自己的名声，你也只能嫁给我。”

“瑞德，讲点道理。我谁也不想嫁。”

“不想？真正的理由是什么，你没跟我说吧。肯定不是女孩的羞怯，那是因为什么？”

斯嘉丽突然想起阿希礼，仿佛清晰地看见他站在自己身旁：阳光般灿烂的金发、慵懒的双眼、满身庄严气派，跟瑞德完全不同。虽然她并不讨厌瑞德，有时还真心喜欢他，但阿希礼才是她不想再嫁的真正原因。她属于阿希礼，永远，永远。她从不属于查尔斯或弗兰克，也绝不会真正属于瑞德。她的每一部分、做过的每件事、努力追求和得到的一切，都属于阿希礼。她所做的一切，也都是因为爱阿希礼而做。她属于阿希礼和塔拉。她给予查尔斯和弗兰克的每一个微笑、大笑和亲吻，都是阿希礼的，哪怕他从未向她索取，也永远不会向她索取。她内心深处始终有个愿望：哪怕阿希礼永远不会要她，她也要将自己留给他。

她不知道自己神情有变，不知道回忆让她现出瑞德之前从未见过的柔情。瑞德盯着那双眼梢微翘的绿眸，睁得那样大，眼神却蒙蒙眬眬。而那双唇，则勾起温柔的弧度。一时间，瑞德的呼吸都要停了。可他随即便猛地拉下嘴角，火冒三丈地急急吼道："斯嘉丽·奥哈拉，你真是个傻瓜！"

斯嘉丽还没来得及收回飘远的思绪，瑞德的双臂已经抱住了她。跟很久以前在通往塔拉的那条幽暗大道上一样，斯嘉丽被他紧紧抱住，又一次觉得自己无依无靠、逐渐沉沦，因那股席卷全身的热流而四肢绵软。阿希礼·威尔克斯平静的脸渐渐模糊、消失不见。瑞德让她的脑袋靠在自己臂弯，就吻了上去。起初，他吻得轻柔，接着越吻越急切、越吻越热烈，直吻得她紧紧攥着他，把他当作眩晕世界里唯一的实体。他坚持不懈的嘴终于分开她颤抖的双唇，将疯狂的战栗传遍她每根神经，唤起她从未体验过的激情。斯嘉丽还没从这天旋地转的感觉中回过神来，她便知道，自己已经在回吻他了。

"停下——求你，我要晕了！"她低声道，无力地试图偏过头去。他将她的头紧紧按在自己肩上，她晕乎乎地瞥了一眼他的脸。他眼睛睁得老大，目光异常明亮，双臂抖得令她害怕。

"我就是要让你晕，我就是要让你晕！这么多年了，你早该有这种感觉。你认识的那些蠢货有谁这样吻过你？有谁？你心爱的查尔斯、弗兰克，还是你那个愚蠢的阿希礼——"

"求你——"

"我就说你那个阿希礼是蠢货。这些绅士——他们了解女人吗？他们了解你吗？我了解你。"

瑞德又吻住了她，她毫无反抗地屈服了，甚至连扭头的力气都没有。其实，她也不想扭头，心怦怦直跳，带着全身震颤不已。她害怕他的力量，浑身绵软无力。他想干什么？若再不停下，她就要晕了。他要是能停下就好了——或者，他永远别停。

“说愿意！”他的嘴就在她双唇上方，他的眼睛也离她很近，大得似乎装下了全世界，“说愿意，该死的，否则——”

她不假思索地轻轻吐出“愿意”，仿佛这两个字是遵循他的意愿出口，而非她的。但即便如此，话一出口，她的情绪也突然安定下来，头不再眩晕，就连白兰地带起的酒劲也减轻了。她根本不想许诺，却答应嫁给了他。虽然几乎不明白这一切是怎么回事，但她不后悔。此时此刻，说“愿意”似乎是非常自然的事——几乎像是神的指示，仿佛有一只比她的手更有力的手介入她的生活，为她解决了种种难题。

听到斯嘉丽说愿意，瑞德立刻吸了口气，垂头似乎又要去吻她。她闭上双眼，仰起脑袋，他却退开了，让她有些失望。被人这样吻的感觉真奇怪，却有些刺激。

瑞德一动不动地坐了一会儿，始终让她的头靠在自己肩上。他似乎也在努力克制，双臂终于不再颤抖。他把她推开了些，低头看她。斯嘉丽睁开双眼，发现他脸上那吓人的光彩已经消失，但不知怎的，她还是不敢直视他的目光，连忙慌乱地垂下眼帘。

瑞德再次开口，声音已经变得非常平静。

“你说话算话？不会食言吧？”

“不会。”

“不会只是因为我——那句话怎么说的来着——不会只是因为我的热情让你‘太过激动’吧？”

斯嘉丽哑口无言，因为她不知道该说什么，也不敢看他的眼睛。瑞德一只手托住她的下巴，让她仰起了脸。

“我告诉过你，你做什么我都能忍，除了撒谎。现在，我也只想听实话。你为什么说‘愿意’？”

斯嘉丽依然开不了口，但情绪总算又镇定下来。她故作害羞地垂下眼，嘴角勾起一抹浅笑。

“看着我。是因为我的钱吗？”

“哎呀，瑞德！你问的什么话！”

“抬起头，别想用甜言蜜语哄我。我可不是查尔斯、弗兰克或其他乡下小伙，你眨眨眼就神魂颠倒了。是因为我的钱吗？”

“呃……嗯，是有这个原因。”

“是有这个原因？”

他似乎并不恼，反而飞快地吸了口气，竭力抹去因她的话而变得急切的眼神。其实，斯嘉丽因为太困惑，根本没看到他眼中的急切。

“呃，”斯嘉丽无助地支吾道，“瑞德，你知道的，钱当然有用。天知道，弗兰克其实并没留下太多钱。不过——呃，瑞德，我们合得来。我认识的男人中，只有你受得了女人说真话。有个不觉得我是傻瓜，还不指望我撒谎的丈夫，还是挺不错的。还有……呃……我喜欢你。”

“喜欢我？”

“呃，”斯嘉丽烦躁地道，“如果我说爱你爱得发狂，那不是撒谎吗？再说，你也不会信。”

“宝贝儿，有时候，我觉得你说真话真是说过头了。你难道不觉得，哪怕是谎言，哪怕你言不由衷，说句‘瑞德，我爱你’才更合适吗？”

斯嘉丽越想越糊涂：他到底什么意思？他看起来真奇怪，热切、伤感，又一脸嘲讽。他抽回双手，深深地插进裤兜。斯嘉丽发现，他攥紧了拳头。

“哪怕失去一个丈夫，我也要说实话。”斯嘉丽下定决心，情绪又被他激了起来。

“瑞德，那不是撒谎吗？我们何必干蠢事？就像我说的，我喜欢你。你知道这是怎么回事。你曾对我说过你不爱我，但我们有很多相似之处。照你的说法，我们都是无赖——”

“噢，天哪！”瑞德低呼一声，转过头去，“真是掉进了自己挖的陷阱。”

“你说什么？”

“没什么。”他看着她大笑起来，却笑得并不开心，“亲爱的，说个日子吧。”他又笑了，俯身亲吻她的双手。看到他坏情绪消失，显然又开心起来，她也笑了。

瑞德又抚弄了一会儿她的手，然后冲她咧嘴一笑。

“你读过的小说里，有没有冷漠妻子终于爱上丈夫的情节？”

“你知道我不读小说的。”斯嘉丽也像他一样，打趣般地道，“而且，你有次说过，丈夫和妻子相爱是非常糟糕的事。”

“该死，我从前真是说太多了！”瑞德突然回了句嘴，然后站了起来。

“别说脏话。”

“那你可得适应一下，并且也学着骂骂人。你得适应我所有的坏习惯，这是你喜欢我、伸出漂亮小爪子来抓我钱的代价之一。”

“哼，别因为我没撒谎或没满足你的自负心，就冲我撒气。你也不爱我，不是吗？那我干吗要爱你？”

“不，亲爱的，我不爱你，就跟你不爱我一样。就算我爱，我也绝不会告诉你。愿上帝保佑那个真正爱你的人。亲爱的，你让他心碎。你可真是只残忍又极具破坏力的小猫，如此漫不经心、胆大妄为，甚至连爪子都懒得收回去。”

瑞德一把拉起她，又吻了起来。但这次他的唇变了，变得不再关心自己会不会伤到她——反而似乎就想伤害她、侮辱她。他的唇顺着她的脖颈一路往下，最后紧紧贴在她胸前的塔夫绸上，贴得那样紧、那样久，呼吸都让她肌肤发烫了。斯嘉丽挣扎着抬手推开他，一脸端庄又气愤的模样。

“你不能这样！太放肆了！”

“你心跳得跟兔子一样快，”瑞德嘲讽道，“太快了。我要是自负点，都要觉得你不只是喜欢我而已。别生气了，也不用摆出这副姑娘做派。说吧，要我从英国给你带什么回来？一枚戒指？喜欢什么样儿的？”

斯嘉丽顿时犹豫起来，一方面为他最后那句话来了兴趣，另一方面又很想多演一会儿女人生气的戏码。

“噢——钻戒吧。对了，瑞德，要买一枚超大的！”

“好让你在那些穷朋友面前说：‘瞧瞧我弄到了什么！’很好，那就给你买个大的，大得让你那些没这么幸运的朋友只能悄声嘀咕‘戴那么大的钻戒真俗气’，并以此自我安慰。”

瑞德突然起身，穿过房间就朝紧闭的房门走去。斯嘉丽赶紧跟上。

“怎么了？你要去哪儿？”

“回去收拾行李。”

“噢，但是——”

“但是什么？”

“没什么。祝你一路顺风。”

“谢谢。”

瑞德打开门，踏进走廊。斯嘉丽有些失落地跟在后头，为这令人扫兴的收场生出几分失望。瑞德穿上外套，拿起手套和帽子。

“我给你写信。如果你改变主意，就告诉我。”

“你难道不——”

“什么？”瑞德似乎急着要走。

“你难道不跟我吻别？”斯嘉丽低声道，生怕被家里其他人听见。

“你不觉得我们一晚上已经吻得够多了吗？”瑞德回嘴，低头冲她咧嘴一笑，“想想看，一个端庄又有教养的年轻女人——我告诉过你那会很有趣，不是吗？”

“噢，你这人真讨厌！”斯嘉丽愤怒地吼道，压根不在乎会不会被嬷嬷听到，“你就算再也不回来了，我也不在乎。”

她转身就朝楼上冲，还以为他温暖的手会拽住她的胳膊，让她停下。然而，他只是推开前门，任由一股冷风冲进屋里。

“但我还会回来。”瑞德说着，走了出去，撇下她独自站在最后一级台阶前，盯着已经关上的大门。

瑞德从英国带回的戒指的确很大，大得斯嘉丽都不好意思戴。她虽然喜欢华丽昂贵的珠宝，但听到人人都说戒指俗气，她也会心生不安。毕竟，这枚戒指的确俗气。戒指中央有颗四克拉的钻石，周围是圈绿宝石，戒指大得盖住整整一个指节，让人觉得她的手似乎都被压得直往下坠。斯嘉丽怀疑瑞德定是费了很大力气定做的这枚戒指，而且没安好心，故意做得如此惹人注目。

瑞德返回亚特兰大，把那枚戒指套上她手指之前，她没向任何人透露此事，包括家人。她一宣布订婚消息，立刻引起轩然大波，各种尖刻的流言传得沸沸扬扬。自从那次三K党事件以来，瑞德和斯嘉丽就成了除北佬和投机家外，全城最不受欢迎的人。斯嘉丽很久之前脱掉为查理·汉密尔顿穿的丧服时，就已引起众人反对。而她经营锯木厂、孕期抛头露面等众多行为，更是惹来诸多非议。但她给弗兰克和汤米惹来杀身之祸，并危及其他十几个人的性命，终于让大家对她的厌恶演变成公开谴责。

至于瑞德，他从战时做投机生意时起，就一直饱受众人憎恶。而他与共和党人狼狈为奸，就更不讨市民们欢心了。但奇怪的是，他救了亚特兰大最有名望的那些绅士，反倒激起亚特兰大淑女们最强烈的憎恨。

女人们倒不是遗憾自己的丈夫依然活着。让她们愤恨不已的有两件事：救命恩人竟是瑞德这样的人；获救方式着实令人难堪。一连几个月，她们都在北佬的嘲笑和鄙视中痛苦煎熬着。这些女人认为瑞德若真为三 K 党着想，就该想个更体面的法子。她们不仅这么想，对外也这么说。她们说他是故意把贝尔·沃特林扯进来，让城里有头有脸的人颜面扫地。因此，他救人之事不配得到感谢，其过往的罪孽也不配得到宽恕。

这些女人做起善事来毫不犹豫，伤心起来柔肠百结，困难时期不屈不挠。但她们有一套不成文的道德标准，谁若敢打破其中的任何一个小条款，她们都会像对付变节者般怒不可遏、绝不宽宥。这套道德标准很简单，即，崇敬邦联、以老兵为荣；忠于旧式生活；为贫穷而骄傲；对朋友慷慨相助；永远仇恨北佬。在她们眼中，斯嘉丽和瑞德违反了上述每一条。

瑞德救下的那些男人出于体面和感激，劝自家女人闭嘴，却并不成功。斯嘉丽和瑞德宣布婚讯之前，他们已经很不受欢迎，但众人好歹还维持着表面和气。现在，就连这点冷漠的客套，也不复存在了。他们订婚的消息犹如炸雷，出人意料、惊天动地，震动全城。就连最温和的女人们，也愤怒地说出心中所想。弗兰克去世还不到一年，她又要结婚了。况且，弗兰克还是她害死的！而她要嫁的，竟是巴特勒！那家伙不仅有一家妓院，还跟北佬和投机家干下种种骗钱勾当！两人不结合，大家还能勉强容忍，可现在，斯嘉丽和瑞德这两个厚颜无耻的家伙竟然要结婚，这可让人怎么受得了！那两人真是又粗鄙又可恶，真该把他们赶出城去！

他俩若换个时间宣布婚讯，亚特兰大人或许还能宽容些，但眼下，可敬的市民们从未这般痛恨瑞德结交的那些投机家和南方佬。随着佐治亚对抗北佬统治的最后一座堡垒陷落，公众对北佬及其同盟的反抗也空前激烈。四年前，舍曼从多尔顿南下引起的这场旷日之战，此刻终于达到高潮，全州蒙受的耻辱无以复加。

重建已经进行了三年，民众也接受了三年的恐怖统治。人人都觉得局势已到了最糟糕的地步，可现在，佐治亚人发现“重建”时期最糟的阶段才刚刚开始。

三年来，联邦政府一直在强迫佐治亚人接受不同的观念和统治方式，因军队支持推行得还算成功。但新政权只有军事力量支持，州政府虽然由北佬统治，却并未得到全州人民的支持。佐治亚州的领导们始终在为以自己的理念统治本州而斗争，全力抵制种种强迫他们低头的压力，拒绝把华盛顿的命令当作本州法律。

佐治亚政府虽然从未停止反抗，其在公务上的斗争却都徒劳无功、屡战屡败。这场战斗虽注定失败，却至少推迟了某些不可避免之事。南方其他很多州已经让目不识丁的黑人担任政府要职，州议会也被黑人和拎毯制手提包的投机家把持。但佐治亚靠自身的顽强抵抗，还远未走到如此堕落的最后一步。这三年的大部分时间里，州议会主要还是掌握在白人和民主党人手中。因为到处都有北佬士兵，州政府的官员们除了抗议和抵制，几乎没法再有其他作为。他们掌握的权力有名无实，但至少让州政府仍控制在土生土长的佐治亚州人这边。如今，就连这最后的堡垒，也陷落了。

正如十年前约翰斯顿率部队节节败退至亚特兰大，一八六五年以来，佐治亚的民主党人也在节节败退。联邦政府在处理州内事务和掌握本州公民生杀大权方面的权力日益增大。政府的强制手段越来越严厉，军事法令越颁越多，行政当局的权力越来越弱。最后，随着佐治亚成为军管区，无论州法允许与否，黑人都获得了选举权。

斯嘉丽和瑞德宣布婚讯前一周，州内举行了一场州长选举。南方民主党人推举其最受爱戴和尊敬的公民——约翰·B. 戈登将军为候选人。将军的对手是个名叫布洛克的共和党人。选举持续了整整三天，而非一天。一列列满载黑人的火车从一个城市匆匆赶往下一个城市。这些人一路投票，最后布洛克当然大获全胜。

如果说舍曼占领佐治亚给人民带来痛苦，那州政府被投机家、北佬和黑人占领，就更是给全州带来了前所未有、无以复加的痛苦。亚特兰大和整个佐治亚州群情激愤，人人怒气冲天。

而瑞德·巴特勒，竟与那个人人憎恨的布洛克是朋友！

向来只对跟前事有兴趣的斯嘉丽，根本不知道州内举行了选举。瑞德没有参与选举，他跟北佬们的关系也跟以往并无不同。但事实就是事实，瑞德是个支持联邦重建计划的南方佬，也是布洛克的朋友。如果两人真的结婚，斯嘉丽也会变成这样的南方佬。亚特兰大人再无心情容忍或宽宥任何处于敌方阵营的人。因此，他们订婚的消息一传出，全城人都想起这对男女的种种恶行，却将他们的善行忘得一干二净。

斯嘉丽知道全城震动，却没意识到公众愤慨到了何种程度。直到有一天，梅里韦瑟太太在教友的敦促下，决定为了她好，亲自登门规劝她一番。

“斯嘉丽，因为你亲爱的妈妈已经去世，佩蒂小姐又因为未婚而没这个资格……呃，总之，这事就由我来跟你谈。我觉得，我有必要警告你，任何出身良好的女人，都不会嫁给巴特勒船长那种人。他是个——”

“他想方设法救了梅里韦瑟爷爷和你侄儿的命。”

梅里韦瑟太太顿时来了气。不到一小时前，她才跟梅里韦瑟爷爷不欢而散。老头说，就算瑞德·巴特勒是支持联邦重建计划的南方佬和无赖，但她若对其没有半点感激之情，那就是不重视他这老头子的命。

“斯嘉丽，他那么做不过是跟我们所有人开了个下流的玩笑，让我们所有人在北佬面前颜面尽失。”梅里韦瑟太太继续道，“你跟我一样清楚，那人就是个无赖。他一直都是无赖，如今更是坏透了。体面正派的人绝不能嫁他那样的。”

“不能吗？梅里韦瑟太太，那就怪了。战争期间，他不是常去你家做客吗？梅贝尔结婚时的白缎礼服都是他给的呢，不是吗？要不，就是我记错了？”

“打仗的时候哪儿能一样。体面正派的人也得跟很多那样的人联合起来……都是为了我们的伟大目标，当然没什么不合适的。你肯定也不愿嫁给一个没入过伍，还肆意嘲笑参战者的男人吧？”

“他入过伍。他在军队待了八个月，还参加了在富兰克林的最后一战。约翰斯顿将军投降时，他就在他军中。”

“我可没听说过这事，”梅里韦瑟太太显然不信，还得意扬扬地补了一句，“但他没负伤。”

“很多人都没负伤。”

“每个出名的都负伤了。我认识的人里，还没有哪个没负伤的。”

斯嘉丽顿时来了火。

“那我猜，你认识的男人都是蠢货，不管是碰到阵雨，还是碰到米尼式枪弹雨，都不知道躲。好啦，听着，梅里韦瑟太太，你可以把我这些话带回去告诉你那帮爱管闲事的朋友。我就要嫁给巴特勒船长，哪怕他站在北佬那边，我也不在乎。”

那可敬的太太火冒三丈地出了门，气得遮阳帽都抖个不停时，斯嘉丽才意识到她现在多了个公开的敌人，而非一个对自己不以为然的朋友。但她不在乎。梅里韦瑟太太不管说了什么、做了什么，都伤害不了她。任谁说什么她都不在乎——除了嬷嬷。

宣布婚讯后，斯嘉丽忍受了佩蒂的晕厥、硬起心肠看着阿希礼骤显老态，也看着他避开自己的目光，祝她幸福。保利娜姨妈和厄拉利姨妈从查尔斯顿的来信看得她又好气，又好笑。两位姨妈被这消息吓坏了，严词反对这场婚事，说她毁掉的不仅是自己的社会地位，也危及了她们的。玫兰妮忧心忡忡地皱着眉，衷心地说：“巴特勒船长当然比大多数人认为的好。他想方设法救出阿希礼，就说明他既善良，又聪明。况且，他的确为邦联打过仗。但斯嘉丽，你难道不觉得自己最好别这么快下决定吗？”看到她这副样子，斯嘉丽也只是一笑了之。

不，任谁说什么她都不在乎，除了嬷嬷。嬷嬷的话让她最生气，也最伤心。

“你做的很多事，埃伦小姐要是知道，肯定会伤心的。我也很难过。但你干的这件事最糟糕。嫁给一个垃圾！没错，小姐，我说的就是垃圾！别跟我说他出身好。有什么区别？就算出身高贵，他照样跟那些下流坯一样，是个垃圾！没错，斯嘉丽小姐，我看着你从霍尼小姐手中抢走查尔斯先生，但你压根不爱他。然后，我又看着你从自己妹妹手中抢走弗兰克先生。你干了这么多事，我可一声都没吭。你把烂木头当好木头卖；说同行的坏话；一个人赶着车到处乱跑；招惹那些自由黑人，害弗兰克先生丢了性命；你还不让囚犯吃饱，差点把他们饿死。这些事我可一声都没吭。就算埃伦小姐在天堂说：‘嬷嬷，嬷嬷！你没管好我的孩子！’没错，小姐，以前我什么都忍了，但这次我忍不了。斯嘉丽小姐，只要我还有口气，你就不能嫁给那个垃圾！”

“我想嫁谁就嫁谁，”斯嘉丽冷冷地说，“嬷嬷，我看你是忘了自己的身份。”

“现在是我说话的时候了！我要是不跟你说这些，谁还会跟你说？”

“嬷嬷，我仔细考虑过，已经下定决心。我觉得，你最好还是回塔拉去。我会给你一些钱，还有——”

嬷嬷顿时无比庄重地挺直了身子。

“我是自由的，斯嘉丽小姐。你没法把我送到我不想去的地方。我回塔拉时，你也得跟我一起回去。我不会撇下埃伦小姐的孩子，谁也别想让我走。我也不会撇下埃伦小姐的孙子孙女，让一个垃圾后爹养大。我就待在这儿，哪儿也不去！”

“我不会让你留在我的家，对巴特勒船长不敬。我要嫁给他，不必多说什么啦！”

“要说的事还多着呢。”嬷嬷慢吞吞地反击，昏花的老眼亮起战斗之光。

“我还从未想过要对埃伦小姐的任何孩子说这种话。不过，斯嘉丽小姐，你听好了：你不过是头套上马具的骡子，虽然可以擦亮蹄子、刷光皮毛、往马具上挂满铜饰，再套上一辆漂亮的马车，但骡子就是骡子，骗不了人。你虽然可以穿上丝绸裙，又是开锯木厂又是开店，赚很多钱，一副好马的派头，但你骨子里依旧是骡子，骗不了人。还有那个巴特勒，虽然身在好马厩，打扮得也跟赛马一样，但他跟你一样，依然是头套在马具里的骡子。”

嬷嬷目光锐利地盯着女主人。斯嘉丽哑口无言，气得浑身发抖。

“你说要嫁给他，那就一定会嫁给他，因为你跟你爸一样倔。但记住，斯嘉丽小姐，我不会离开你，我就待在这儿，一直看着！”

嬷嬷没等斯嘉丽回应，转身就走，仿佛刚才说的话比“等着瞧”还凶狠。

两人在新奥尔良度蜜月时，斯嘉丽把嬷嬷的话说给瑞德听，结果又惊又气地发现，瑞德竟被嬷嬷那番骡子套上马具的言论逗得哈哈大笑。

“我还从没听过谁用如此简洁明了的话，表达出这么深刻的道理。”瑞德说，“嬷嬷真是个聪明的老太太。我很想得到几个人的尊敬和善意，嬷嬷算是其中之一。但既然我是头骡子，恐怕永远得不到她的尊重和善意了。婚礼后，作为新郎的我头脑一热，拿出十美元金币给她，她都不肯收。我很少看到不见钱眼开的人，但她直视着我的眼睛，道了声谢，接着便说她不是自由黑人，不需要我的钱。”

“她干吗要这样？为何每个人都跟珍珠鸡似的，喋喋不休地骂我？我嫁给谁，嫁几回，都是我自己的事。我向来只管自己的事。其他人为什么不能也只管自己的事？”

“宝贝儿，世人几乎能原谅一切，除了那些只管自己事的人。

但你干吗像只被烫到的猫一样尖叫？你以前不是常说，不管别人怎么说，你都不在乎吗？干吗不证明这点？你其实知道，自己因为很多小事遭人批评。碰上这么大的一件事，还能指望逃脱流言蜚语？你知道若嫁给我这样的坏蛋，定会遭人非议。我要是个出身卑贱、穷困潦倒的坏蛋，人们估计还不会如此气愤。但作为一个富有又成功的坏蛋——当然就不可饶恕啦。”

“我真希望有时候你能正经点。”

“我很正经啊。虔诚之人见不虔诚的人像月桂树一样青翠茂盛，总会恼火的。斯嘉丽，开心点，你不是跟我说过，想要很多钱的主要原因，就是让每个人都见鬼去吗？现在，你的机会来啦。”

“但我主要还是想叫你见鬼去。”斯嘉丽哈哈大笑。

“你现在还想让我见鬼去？”

“呃，不像以前那么想了。”

“你什么时候想说了只管说，只要你开心。”

“让你见鬼去并不会让我特别开心。”斯嘉丽说着，俯身漫不经心地吻了吻他。瑞德漆黑的眸子飞快地扫过她的脸，想从她眼中找到某种东西，结果却没找到，于是短促地笑了几声，道：“忘掉亚特兰大。忘掉那群老猫。我带你来新奥尔良是找乐子的，所以，你一定要好好开心开心。”

第五卷

第四十八章

斯嘉丽的确很开心。自那年春天开战以来，她还从未如此开心过。新奥尔良真是个奇特又迷人的地方，斯嘉丽就像个突然获释的无期徒刑犯般纵情享乐，玩得痛快极了。这座城市惨遭投机家劫掠，很多诚实正直的人流离失所，下一顿饭都没有着落。而副州长的宝座，竟是一个黑人在坐。不过，瑞德在新奥尔良带斯嘉丽光顾的场所，都是她从未见过的快活之地。她见到的那些人似乎都有花不完的钱，个个无忧无虑。瑞德将她介绍给几十个女人。那些女人无一不衣着亮丽，素手纤纤，绝无半点干过粗活的痕迹。她们无论听到什么都言笑晏晏，而且从不谈论愚蠢严肃的事或世道艰难。至于斯嘉丽见到的男人——真是太令人兴奋了！他们跟亚特兰大的男人大不一样，都争着跟她跳舞，用最华丽的词语赞美她，仿佛她还是个年轻的美人。

这些男人跟瑞德一样，脸上都有种坚定又无所顾忌的神情。他们目光机警，仿佛长期生活在危险中，再难有随意快活之时。他们似乎既没有过去，也没有未来。斯嘉丽为寻找话题，每每问起他们到新奥尔良之前住在哪儿或从事什么工作，对方都会礼貌地岔开话题。这可真奇怪，因为在亚特兰大，每个正派体面的新来者，无不急着介绍自己、骄傲地提起家境门第，不厌其烦地细数迷宫般错综复杂、足以覆盖整个南方的亲戚关系网。

然而，这儿的男人却大多沉默寡言，说起话来字斟句酌，相当谨慎。有时，瑞德单独跟他们在一起，隔壁的斯嘉丽能听到一群人有说有笑。偶尔，她还能捕捉到一些听不明白的只言片语或令人迷惑的名字，比如封锁期间的古巴和拿骚、淘金热、强夺他人采矿权、军火走私和阻挠议事的行动、尼加拉瓜、威廉·沃克[1]，以及此人如何在特卢克西罗撞墙而死，等等。有一次，男人们正在谈匡特里尔手下的游击队，斯嘉丽突然闯进屋，谈话戛然而止。结果，她只听到弗兰克·詹姆斯和杰西·詹姆斯这两个名字。

不过，这些男人都彬彬有礼、衣着考究，并且显然很欣赏她。因此，他们选择活在当下，斯嘉丽便一点都不介意了。重要的是，他们都是瑞德的朋友，也都有华丽的房屋和漂亮的马车。他们带她和瑞德出门兜风，邀请他们共进晚餐，还为他们举办宴会。斯嘉丽非常喜欢他们。她把这点告诉瑞德时，瑞德觉得有趣极了。

“我就知道你会这样。”他哈哈大笑着说。

“为什么不呢？”斯嘉丽听到他笑，一如既往地起了疑。

“他们都是二流货、害群之马、无赖，全是冒险家或拎毯制手提包的投机贵族。跟你亲爱的丈夫一样，他们要么靠粮食投机发财，要么就是靠跟政府签的那些有问题的合同或其他经不起调查的阴暗勾当致富。”

“我不信！你在开玩笑吧。他们都是最正派的人……”

“城里最正派的人都优雅地住在棚屋里挨饿呢，”瑞德说，“我

---

1 美国冒险家、海盗。

真怀疑他们会不会在棚屋里招待我。亲爱的，战争期间我曾在这儿干过一些邪恶勾当，这些人记性特别好，过多久都不会忘！斯嘉丽，你真是一直能让我开心，总是喜欢那些不该喜欢的人和事。”

“可他们都是你的朋友啊！”

“噢，但我喜欢无赖。我年轻那会儿就在一条内河船上靠赌博为生，我理解那种人，但也很清楚他们的本质。而你——”瑞德又笑了，“你压根没有识人的本领，分不出高低贵贱。有时，我觉得你接触过的淑女恐怕只有你妈和玫兰小姐。可她们似乎也没能影响到你分毫。”

“玫兰！她寒碜得像只旧鞋子，衣服总是破破烂烂，而且对任何事情都说不出什么自己的看法！”

“太太，收起你的嫉妒心吧。美貌不能让人成为淑女，伟大的女性也并非由衣着造就！”

“噢，是吗！瑞德·巴特勒，你等着瞧，我会证明给你看的。现在我有——我们有钱了，我要成为你平生所见的女人中，最伟大的那个！”

“那我就兴致高昂地等着吧。”瑞德说。

瑞德带斯嘉丽见的那些人固然让她兴奋，但瑞德给她买的衣服更让她兴奋。所有衣服的颜色、料子和设计，全由他亲自挑选。如今已经不流行圈撑了，新样式是把裙摆从前往后在腰后衬垫处收拢，做出褶裥隆起，并在衬垫上配花环、蝴蝶结和串串花边装饰。斯嘉丽想起战争期间最朴素的圈撑，觉得新裙子完全暴露了腹部轮廓，着实有些难为情。而且，如今那些可爱的小遮阳帽根本算不得真正的帽子，就是个斜扣在一只眼睛上的扁平小玩意儿，上面装饰些果啊、花啊，飘动的羽毛和随风飞舞的丝带，等等！

斯嘉丽原本买了些假发卷来丰富自己的长直发，那些发卷要是没被瑞德傻乎乎地烧掉，就能从这些小帽子后面露出来了！还有修女做的那些精致内衣，多可爱啊，她有好多套！女式无袖宽内衣、睡衣、衬裙，全是最好的亚麻布料，缀上精美的花边和细密的褶裥。瑞德还给她买了很多双缎面鞋！鞋跟足有三英寸高，搭扣上的人造宝石闪闪发亮。她的长筒丝袜足有十几双，没有一双是棉袜头！多阔气！

斯嘉丽大手大脚地给家人买礼物：毛茸茸的小伯纳德犬给渴望已久的韦德；一只小波斯猫给小博；一只珊瑚手镯给小埃拉；一条沉甸甸的、带月长石垂饰的项链给佩蒂姑妈；《莎士比亚全集》给玫兰妮和阿希礼；一套漂亮的男仆号衣给彼得大叔，外加一顶带小刷子的丝质高顶礼帽；迪尔西和厨娘每人一块衣料。塔拉的每个人都有昂贵的礼物。

“你给嬷嬷买了什么？”瑞德把小狗、小猫赶进梳妆室，看着旅馆客房床上摊开的一大堆礼物，问道。

“什么都没买。她太可恶。都管我们叫骡子了，干吗还给她买礼物？”

“宝贝儿，你怎么听到实话也能气成这样？必须给嬷嬷带件礼物。你要是不送，她会心碎的。她的心那般珍贵，可不能碎啊！”

“我一样都不给她。她不配。”

“那我给她买一件。我记得，我的嬷嬷总说上天堂前，想要一条塔夫绸裙。这种料子够挺，用它做的裙子自己都能立起来，行走间窸窣作响，上帝肯定会认为那是用天使翅膀做的。我就给嬷嬷买块红色塔夫绸，让她做条优雅的裙子吧。”

“你给的她才不会要，宁死都不会穿的。”

“这我相信，但还是得表示表示嘛。”

新奥尔良的商店物品丰富，同瑞德购物简直跟冒险一样令人兴奋。跟他吃饭也像一场冒险，而且是比购物更激动人心的冒险。因为他不仅知道该点什么菜，还知道那些菜该怎么做。斯嘉丽只喝过家酿黑莓酒、斯卡珀农葡萄酒和佩蒂姑妈治“头晕”的白兰地，所以觉得新奥尔良的葡萄酒、甜酒和香槟真是既新奇又刺激。噢，对了，还有瑞德点的那些菜！新奥尔良最出名的就是美食。想起在塔拉挨饿的苦日子和之后那段拮据生活，斯嘉丽觉得眼前这些美味佳肴真是怎么吃都吃不够。秋葵汤、克里奥尔虾、酒渍鸽、牡蛎奶油肉饼、蘑菇杂碎烩火鸡肝，以及用石灰精心烤制的油纸包鱼等。斯嘉丽总是胃口很好，因为一想起塔拉的干豌豆和番薯，她就恨不得再来一盘克里奥尔虾。

“你每顿饭都吃得跟最后一顿似的。”瑞德说，“斯嘉丽，别刮盘子。厨房里肯定还有，只需把侍者叫来就成。你要是一直这么狼吞虎咽，很快就会胖得跟古巴女人一样，那时我可要离婚啦。”

但斯嘉丽只是冲他吐吐舌头，立马又点了份裹了厚厚一层巧克力的蛋白糖霜糕饼。

想花多少钱就花多少钱，不用精打细算地惦记着要省钱缴税或买骡子，真开心哪！跟快活又富有，而非亚特兰大那些故作高雅的人在一起，多高兴哪！穿着窸窣作响、显出婀娜腰身的织锦裙，露着脖子、胳膊和一大片胸脯，引男人倾心的感觉多棒啊！想吃什么就吃什么，没有吹毛求疵的人批评你有失淑女风度，这感觉多舒爽！各种香槟，想喝多少有多少，痛快！斯嘉丽第一次喝醉时，就坐在敞篷马车里一路高唱《美丽的蓝旗》，穿过新奥尔良的大街小巷回旅馆。第二天头痛欲裂地想起这事，她还挺不好意思。她连微醺的淑女都没见过，至于喝醉的女人，估计就只有在亚特兰大陷落那天见到的沃特林了。斯嘉丽觉得自己真是丢尽了脸，几乎不敢面对瑞德。瑞德却只觉得这事很有趣。无论斯嘉丽干什么，他似乎都觉得有趣，仿佛她就是只活蹦乱跳的小猫。

瑞德长相英俊，跟他一同出门也是件令人兴奋的事。不知怎的，斯嘉丽以前竟从未注意过这点。在亚特兰大时，人们只顾盯着他的缺点，哪儿还顾得上讨论他的长相。但在新奥尔良，斯嘉丽看得出其他女人如何被他吸引得目不转睛，也瞧见他俯身亲吻那些女人的双手时，她们有多雀跃。想到别的女人被自己丈夫吸引，或许还很嫉妒她，斯嘉丽就觉得跟他出双入对甚是骄傲。

“哎呀，我俩真是男俊女俏的一对呢。”斯嘉丽快活地想。

没错，瑞德之前说得没错，结婚真的可以很开心。不仅开心，她还学会了很多东西。真奇怪，斯嘉丽还以为生活再也无法教给她更多东西了。现在，她觉得自己就像个孩子，每天都有新发现。

首先，她发现嫁给瑞德跟嫁给查尔斯或弗兰克大不一样。他们两个尊重她，怕她发脾气。他们都在祈求她的青睐，她若开心，就赏些恩惠。瑞德却不怕她，她还经常觉得瑞德也不怎么尊重她。他想干什么就干什么，她若不喜欢，他就笑话她。她不爱他，却觉得跟这样一个人过日子很刺激。最刺激的是，哪怕他有时勃然大怒显得很凶狠，有时让人又好气又好笑，但他总能像套了马嚼子般控制住自己。

“估计是因为他并非真的爱我吧。”斯嘉丽心满意足地想，“他若真的完全失控，我肯定会讨厌他。”不过，想到他有失控的可能，斯嘉丽还是既好奇又兴奋。

斯嘉丽本以为自己已经足够了解瑞德，但两人真住到一起后，她才发现他身上还有好多新东西。她发现，他说起话来既可以如猫的皮毛般顺滑，也能转眼就开始厉声喝骂；他提起去过的各种奇异之地，可以用真诚和赞许的口气讲述那里关于勇气、荣誉、美德和爱情的故事，但紧接着就会用最冷酷悲观的口吻，大谈各种下流之事。斯嘉丽知道丈夫不该给妻子讲这些，可这些故事真有趣，似乎还能引出她身上粗俗、现实的一面。瑞德时而热切得几乎算得上一个温柔的恋人，但下一刻又能变成满嘴嘲讽的魔鬼，把她那火药桶般的脾气揭开盖子、点燃引线，享受随后的爆炸。斯嘉丽明白他的恭维向来都是把双刃剑，哪怕他说出最温柔的话语，也值得怀疑。其实，在新奥尔良的两周里，她已熟知他的一切，只是仍不清楚他到底是个什么样的人。

有时，瑞德一早就支开女佣，亲自用托盘把早点送到她面前，像喂孩子般一口口地喂她吃。他也会抢过她手中的梳子，替她梳理那头乌黑的长发，梳得头发直噼啪作响。但有些早晨，他又会一把掀开所有被子，去挠她的光脚丫，粗暴地把她从沉睡中吵醒。有时，他会一本正经、饶有兴趣地听她聊生意上的各种琐事，还点头称赞她聪慧精明；但也有些时候，他会说她那些可疑的交易就像在“捡垃圾”“拦路抢劫”和“敲诈勒索”。他带她去看戏，却又冲她耳语，说上帝估计不赞成这种娱乐，惹得她恼怒不已；他带她去教堂，却悄悄讲有趣的下流笑话，然后责备她不该笑。他鼓励她直言不讳，行事大胆、轻浮。她从他那儿学会了一些刺痛和嘲弄他人的字眼，也学会了从中取乐。但她学不会他恶毒中自带的那几分幽默，也学不会他看似自嘲，实则在嘲笑别人的本事。

瑞德让斯嘉丽玩乐，而她却几乎忘了该怎么玩乐。一直以来，生活都如此严峻而凄苦。瑞德知道如何玩乐，便带着她一起玩乐。但他从不会玩得像个孩子，不管做什么，都不会让她忘了他是个成年男人。女人们看到内心其实还是男孩的男人们做出古怪夸张的动作，总会忍不住莞尔。她却不能带着这种女人的优越感居高临下地笑话瑞德。

斯嘉丽每次想到这点，都不禁有些恼火。要是能在瑞德面前有优越感，那多开心哪！她认识的其他所有男人，她都能半带轻蔑地斥一句“真是个孩子”，就将对方打发掉了。比如她爸；塔尔顿家那对爱捉弄人、又喜欢挖空心思搞恶作剧的双胞胎；暴躁易怒、爱耍小孩脾气的小个子方丹们；查尔斯；弗兰克；以及所有在战争期间追求过她的人——每个人，除了阿希礼。只有阿希礼和瑞德让她捉摸不透、控制不了。因为他们都是成年人，身上没有半点孩子气。

斯嘉丽不懂瑞德，也不想费神去弄懂他，虽然他身上时不时就有让她迷惑不解之处。比如他以为她没注意，便偷眼看她的样子。每每此时，她若飞快转过头，就能发现他在看她，眼中尽是机警、热切和期盼之色。

“干吗那样看我？”她有次恼火地问，“就像只盯着老鼠洞的猫！”

瑞德却立马变了脸色，笑而不答。她也很快忘了这事，不再为此困惑，也不再费心琢磨任何跟他有关的事。瑞德太变幻莫测，不费心琢磨他，日子多快活！只不过，她偶尔还是会想起阿希礼。

瑞德实在让她太忙了，忙得并不能经常想起阿希礼。白天，她几乎没想过他，但夜里跳舞跳累了，或喝香槟喝得头晕目眩时，她就会想起阿希礼。昏昏欲睡地躺在瑞德怀中，看着洒了满床的月光，她就会想：如果是阿希礼这般紧紧搂着自己；如果是阿希礼撩起自己脸上的黑发，绕到自己颈间，生活该多完美哪！

一次，她这么想着，叹了口气，扭头望向窗户。不一会儿，她便感觉到脖子下那条沉重的胳膊仿佛变得跟铁一样硬。寂静中，瑞德的声音响起：“你这可恶的小骗子，愿上帝罚你永远下地狱！”

然后，他起身穿上衣服，扬长而去，压根不理会她惊诧的抗议和质问。第二天早晨，她在屋里吃早饭时，他又回来了，头发蓬乱、烂醉如泥、极尽嘲讽挖苦之能事，既不道歉，也不为昨晚去了哪里做解释。

斯嘉丽什么都不问，对他异常冷淡，就像个受了委屈的妻子一样。瑞德用布满血丝的眼睛瞪着她吃完早饭、穿好衣服，然后径自出门逛街。她回来时，瑞德又已经出门了，直到晚饭才回来。

吃饭时，两人都默不作声。斯嘉丽竭力克制脾气，因为这是她在新奥尔良的最后一顿晚餐，她想好好品尝淡水螯虾的滋味。可一直被瑞德这么盯着，她实在吃得不痛快。不过，她还是吃掉了一只大虾，还喝了不少香槟。或许，这两样东西混在一块儿起了作用，那天晚上，她又做了过去那个噩梦。她从梦中惊醒，浑身冷汗，抽抽搭搭哭了起来。她又回到了塔拉，一片荒凉的塔拉。妈妈死了，带走了世间所有的力量和智慧。世上再无人可求助，也无人可依靠。有个可怕的东西一直在追她，她跑啊、跑啊，跑得心脏都要炸开了。她跑进一片令人眩晕的浓雾，边跑边喊，在周围的浓雾中盲目地寻找那个既不知名也毫无了解的安全港湾。

她醒来时，瑞德正俯身瞧她。然后，他什么也没说，就把她搂进了怀里，仿佛抱小孩般紧紧搂着她。他坚实的肌肉真让人安心，而他的喃喃轻哼也那般抚慰。终于，斯嘉丽不再抽噎。

“噢，瑞德，我好冷、好饿、好累，我找不到那儿！我在雾里跑啊、跑啊，但就是找不到。”

“亲爱的，找什么？”

“不知道，我要是知道就好了。”

“又是之前那个梦？”

“噢，是啊！”

瑞德轻轻地将她放到床上，在黑暗中摸索了一会儿，点燃一根蜡烛。烛光中，他那张双目充血、线条冷硬的脸简直跟石头一样难以解读。他的衬衣敞到腰间，露出古铜色的胸膛和浓密的黑色毛发。斯嘉丽依旧吓得发抖，她觉得那胸膛可真强壮结实，于是轻声道：“瑞德，抱着我。”

“亲爱的！”瑞德连忙唤了一声，抱着她坐进一张大椅子，让她紧紧贴着自己。

“噢，瑞德，挨饿太可怕了。”

“刚吃完七道菜的晚餐，其中还包括一只巨大的淡水螯虾，紧接着就做这种梦，的确够可怕的。”他笑着说，但眼里一片温柔。

“噢，瑞德，我跑啊、跑啊，四处寻找，却不知道自己究竟在找什么。那东西一直藏在雾中。我知道要是找到它，我就永远安全了，再也不会挨饿受冻。”

“你找的是人还是东西？”

“不知道。我从没想过那是什么。瑞德，你觉得如果我找到了那个安全的地方，还会再做这个梦吗？”

“不会了。”瑞德为她抚平头发，“我觉得不会。梦不是这么做的。但我的确认为，如果你习惯了安全、温暖、吃得饱的日常生活，就不会再做那个梦了。斯嘉丽，我一定会让你过上安全稳定的生活。”

“瑞德，你真好。”

“财主太太，谢谢你桌上的面包屑[1]。斯嘉丽，我希望你每天早晨醒来都对自己说：‘只要瑞德在身边，联邦政府还能维持下去，

1　典出《圣经·旧约·路加福音》，指一名乞丐每日靠财主桌上掉下来的面包屑充饥。

我就再也不会挨饿，也不会受到任何伤害。'”

“联邦政府？”斯嘉丽惊讶地坐直身子，脸上泪痕犹在。

“我那笔前邦联的钱如今已经变成‘正派女人’啦，一大半都被我用来买了政府债券。”

“天哪！”斯嘉丽大叫着在他腿上坐直，把刚才的恐惧全忘了，“你是说，你把钱借给北佬了？”

“利息很不错。”

“就算是百分之百的利息我也不在乎！你必须立马卖掉。竟让北佬用你的钱，亏你想得出来！”

“那我该怎么处理这笔钱？”瑞德微笑着问，发现她已经不再惊恐地瞪大双眼。

“可以——可以去五角广场买地啊。我敢打赌，你那些钱可以把五角广场都买下来。”

“谢谢，但我不想买下五角广场。如今，拎毯制手提包的投机家政府已经真正掌控佐治亚，谁说得清会发生什么事。成群的红头美洲鹫从四面八方向佐治亚扑来，我可不想给他们提供吃食。我可以像每个支持联邦重建计划的优秀南方佬一样跟他们周旋，但我不信任他们。我才不投资房地产呢，宁愿买政府债券。债券可以藏起来，地产可没那么好藏。”

“你觉得——”斯嘉丽想到自己的锯木厂和店铺，脸都发白了。

“我不知道。但别吓成这样，斯嘉丽。咱们迷人的新州长是我的好朋友。只是眼下局势太不稳定，我不想太多钱被房地产套牢。”

他把她挪到另一边膝上，往后一仰，伸手拿了支雪茄点燃。斯嘉丽坐在他腿上，晃荡着一双光脚丫，看着他古铜色的胸膛肌肉起伏，顿时什么都不怕了。

“斯嘉丽，既然我们谈到房地产，”瑞德说，“我要盖一座房子。你可以欺负弗兰克，让他住进佩蒂小姐家，我可不行。她那一天三次的自吹自擂，我可受不了。再说，估计不等住进汉密尔顿神圣的宅邸，我就被彼得大叔暗杀了。佩蒂小姐可以让英迪亚·威尔克斯小姐陪她同住，就什么妖魔鬼怪都不用怕了。回亚特兰大后，我们先住国立酒店的新婚套房，等自家房子盖好再搬出去。离开亚特兰大之前，我已经讨价还价买下桃树街的一大片地，就是靠近莱登家的那块，你知道我说的是哪儿吧？”

“噢，瑞德，太棒了！我真想有自己的房子，一座大房子。”

“终于碰到一件我俩意见一致的事了。盖座白灰泥带锻铁栏杆的怎么样？就像这儿的那些克里奥尔式房子一样。”

“噢，不，瑞德。不要新奥尔良的这些老式房屋。我知道我想要什么样的。要最新式的，我看过图片啦！让我想想……我在《哈勃周刊》上看到的。仿的瑞士小别墅式样！”

“瑞士什么？”

“别墅。”

“你把这词拼给我瞧瞧。”

斯嘉丽照做了。

“噢。”瑞德边说边捋了捋胡子。

“太漂亮了。高高的复折式屋顶，带一圈尖桩篱栅，两头各有一座漂亮的木瓦塔。塔上装着红蓝两色的玻璃窗，看起来可时髦啦。”

“门廊栏杆还带锯齿造型吧？”

“嗯。”

“门廊屋顶垂下一排涡卷木饰？”

“没错。你肯定见过这种房子。”

“见过，但不是在瑞士。瑞士人非常聪明，在建筑审美方面十分敏锐。你真想要一座那样的房子？”

“噢，是啊！”

“我还指望跟我在一起，你的审美或许能有所提高呢。干吗不建一座克里奥尔式房子，或是带六根白圆柱的殖民地式房子？”

“我说过了呀，不想要任何俗气又老式的房子。室内我要用红墙纸，每扇折叠门都要挂红天鹅绒门帘。噢，还要买很多昂贵的胡桃木家具，铺华丽的厚地毯——噢，瑞德，要让每个看到我们家的人都眼红得不得了。”

“真有必要让人人都眼红吗？好吧，你要是高兴，就让他们眼红吧。但斯嘉丽，你就不觉得别人都那么穷的时候，我们还把家里搞得那么豪华，有点儿没品位吗？”

“我就要那样！”斯嘉丽固执地道，“我要让每个苛待过我的人难受。到时候，我们要举行一场盛大的招待会，让全城人都后悔他们曾经说过那么难听的话。”

“可是，谁会来赴我们的宴会？”

“当然每个人都会来呀。”

“我表示怀疑。保守派可是宁死不屈的。”

“噢，瑞德，你怎么老说这种话！只要有钱，就总能讨人喜欢。”

“这套对南方人行不通。投机商的钱要想流入上流人家的客厅，那可比让骆驼穿过针眼还难[1]。至于南北战争后支持联邦重建计划的南方佬——比如你和我，宝贝儿——我们要是没被人吐口

1　谚语，源自《马太福音》，指富人进不了天堂。

水，就已经算幸运了。但亲爱的，你若真想试试，我一定支持。你操办的这事肯定能让我很开心。既然谈到钱，那我可得把话说清楚了。如果花在房子和穿衣打扮上，你爱花多少花多少。你若想买珠宝也可以，但得由我来挑。宝贝儿，你品位太差。要想给韦德或埃拉买什么，你也尽管买。如果威尔·本廷棉花收成不好，我也乐意帮上一把，替他把克莱顿县的那些白色累赘卖出去。毕竟，那是你的心爱之物。我这么做够公平了吧？”

“当然，你的确非常大方。”

“但听好了，一美分也不能花在你的店铺和锯木厂上！”

“噢！”斯嘉丽的脸顿时垮了下来。整个蜜月期她都在盘算如何开口要一千美元，好再买五十英尺地，扩大贮木场。

“你不是向来夸口宽宏大量吗？我还以为你不在乎别人说我出门做生意呢。原来，你还是跟其他男人一样——那么怕别人说我当家呀。”

“巴特勒屋里谁当家，这点任何人都不会怀疑，”瑞德慢吞吞地道，“我才不管傻瓜们说什么。其实，我这么缺乏教养的人，有个聪明的老婆，骄傲还来不及呢。你可以继续开店办厂，那些都是你两个孩子的产业。韦德长大后，若不想让继父养活，就可以接手你的生意。但我的钱，一个子儿也不能投入这两项生意中。”

“为什么？”

“因为我不想养活阿希礼·威尔克斯。”

“你又要说这事啊？”

“不。但你问我原因，我如实回答而已。还有一点，别想着给我报假账，从买衣服和家用的开销里挪出钱，拿去买更多骡子或者为阿希礼再买一间锯木厂。我会仔细核查你的开销，各种东西值多少钱我可清楚得很。噢，别觉得受到侮辱，你肯定会干这种事。你这人可不能太放任不管。其实，但凡跟塔拉或阿希礼有关的事，我都不会任你行事。我必须跟阿希礼划清界限。宝贝儿，我不会把你身上的缰绳拉太紧，但别忘了，马嚼子和马刺都还是我在操控呢。”

第四十九章

埃尔辛太太竖起耳朵，倾听走廊上的动静。她听到玫兰妮进了厨房，脚步声终于消失了。接着，厨房响起碗碟和银器的碰撞声。看来，玫兰妮在准备点心。埃尔辛太太这才转过头，冲客厅里围坐成一圈、膝上还放着缝纫篮的几位太太轻声说起话来。

“就我个人而言，无论现在，还是将来，我都不想去拜访斯嘉丽。”她说。比起平日，那张冷淡优雅的脸更冷了几分。

邦联遗孤遗孀缝纫协会的其他几位成员连忙放下针线活，把摇椅拉近了些。这些人早就想议论斯嘉丽和瑞德，但都碍于玫兰妮在场，所以没开口。两天前，那对夫妇从新奥尔良回来了，住进了国立酒店的新婚套房。

“休说因为巴特勒船长救了他的命，出于礼貌，我都该去拜访一次。”埃尔辛太太继续道，“可怜的范妮也站在他那边，说她也会去。我对她说：‘范妮，要不是斯嘉丽，汤米现在还活得好好的。你去看望他们，都是对汤米亡魂的侮辱。’范妮却蠢得只会说：‘妈，我要拜访的可不是斯嘉丽，而是巴特勒船长。他已经尽力救汤米了，没救回来也不是他的错啊。’”

“年轻人真蠢！”梅里韦瑟太太道，“竟然要去拜访他们，真是的！”想起自己那次去劝斯嘉丽别嫁给瑞德，结果却被那般粗暴对待，她胖乎乎的胸脯就气得直鼓，“我家的梅贝尔也跟你的范妮一样傻。她说因为巴特勒船长，勒内才不用上绞刑架，所以她和勒内也要去。我说，要不是斯嘉丽抛头露面，勒内根本不会遇到任何危险。梅里韦瑟爷爷也要去，还说哪怕我不感激那个无赖，他也会感激。真是老糊涂了！我发誓，梅里韦瑟爷爷自打去了沃特林那婊子的妓院，就变得不要脸了！竟然要去拜访他们，真是的！斯嘉丽竟然嫁给那种男人，真是不成体统。他简直坏透了，战时干投机的勾当，利用我们饿肚子赚钱。如今又勾结投机家和支持联邦重建计划的南方佬，还跟那个可恶的坏蛋州长布洛克称兄道弟。竟然要去拜访他们，真是的！”

邦内尔太太叹了口气。她一头褐发，圆润丰满，总是笑眯眯的。

“多莉，他们只会出于礼貌去一次。我看也没什么好责怪的。我听说参加了那晚行动的所有男人都打算去拜访他们，他们也应该去。但不知怎的，我就是很难想象，斯嘉丽的妈妈居然生出她这样的孩子。在萨凡纳时，我跟埃伦·罗比亚尔是同学。她是班上最可爱的姑娘，对我也很好。要是她父亲没反对她嫁给表哥菲利普·罗比亚尔就好了！那小伙子也没什么大问题，年轻时难免放荡不羁嘛。可埃伦非得跟奥哈拉那老头子私奔、结婚，然后生下斯嘉丽这样的女儿！但说真的，我觉得就算看在埃伦的面子上，我也得去拜访一次。”

“如此感情用事，简直荒唐！”梅里韦瑟太太重重地哼了一声，“姬蒂·邦内尔，你真要去拜访一个丈夫死了还不到一年，就改嫁的女人？一个——”

“而且，肯尼迪先生就是她害死的。”英迪亚插嘴道，声音冰冷又尖刻。每次想起斯嘉丽，她都会想到斯图尔特·塔尔顿，所以连维持基本礼貌都很难做到。“而且，我一直觉得在肯尼迪先生被害之前，她就跟巴特勒关系匪浅，他俩的亲密程度肯定比大多数人怀疑的更深。”

一个出身名门的未婚女子竟说出这种话，真是把太太们惊住了。众人还没回过神，玫兰妮已经站在门口。闲言碎语说得太起劲，谁都没听到玫兰妮轻盈的脚步声。此刻被女主人撞破，她们就像窃窃私语时被老师抓包的女学生一样。看到玫兰妮变了脸色，惊愕的几人又多了分惊恐。玫兰妮气得满脸通红，鼻孔翕动，温柔的眼里满是怒火。谁都没见过玫兰妮动怒，在座的太太们都以为她根本不会生气。大家都非常喜欢她，觉得她是最甜美、最柔顺的年轻人，没有主见，素来尊敬长辈。

“英迪亚，你怎么敢说这种话？”玫兰妮压低声音，语带颤抖地问，“嫉妒到这种地步？真丢人！”

英迪亚的脸一下子白了，头却昂得高高的。

“出口的话，我不会收回！”她断然道，内心却翻腾不已。

“我真的在嫉妒吗？”她想起斯图亚特·塔尔顿、霍尼和查尔斯，难道她不该嫉妒斯嘉丽？难道她不该恨她？尤其是现在她还怀疑斯嘉丽想方设法地让阿希礼也陷入她的罗网。英迪亚想：“阿希礼和你珍视的斯嘉丽，他俩之间我可有不少话可说。”英迪亚左右为难，一方面想闭口不言，保护阿希礼；另一方面又想把所有疑心之事告诉玫兰妮和其他人，让斯嘉丽再也没法缠着阿希礼。但她还没找到确凿证据，所以现在还不是时候。

“出口的话，我不会收回！”英迪亚又重复了一遍。

“那么，幸好你不住在我家了。”玫兰妮冷冷地说。

英迪亚顿时跳了起来，灰黄色的脸涨得通红。

“玫兰妮，你——你是我嫂子，怎能为那个贱货跟我吵架——”

“斯嘉丽也是我嫂子。”玫兰妮和英迪亚瞪着彼此，都像在看陌生人，“而且，她跟我比其他亲姐妹更亲。你可以忘了她对我的好，我忘不了！围城时期，她本可以回家，却始终陪在我身边。哪怕佩蒂姑妈都逃去梅肯了，她也没走。北佬就快打进亚特兰大时，她为我接生。后来，她本可以把我留在医院任北佬处置，结果却不顾路途艰辛，带上我和小博，千辛万苦地回到塔拉。哪怕疲惫不堪、饥肠辘辘，她仍旧照料我、养活我。因为我体弱生病，塔拉最好的床垫给了我。能下地行走后，唯一一双完好的鞋也给了我。英迪亚，你可以忘记她为我做的那一切，但我忘不了。阿希礼回来后，生着病，心灰意冷、身无分文，她又像亲妹妹一样收留他。而我们觉得不得不去北方，又心碎得不忍离开佐治亚时，斯嘉丽出手相助，把锯木厂交给阿希礼打理。巴特勒船长也好心好意地救了阿希礼的命，他可不欠阿希礼什么情！我满心感激，感激斯嘉丽和巴特勒船长。可你，英迪亚！怎能忘记斯嘉丽待我和阿希礼的好？怎能如此诋毁你哥哥的救命恩人？你就如此看轻你哥哥的性命？你就算跪下来感谢巴特勒船长和斯嘉丽都不够！”

“好啦，玫兰，”梅里韦瑟太太恢复平静，插嘴道，“别这么说英迪亚啦。”

“我也听见你说斯嘉丽的那些话了。”玫兰妮转身面对这位矮胖的老太太，大声道。她那神情仿佛在跟人决斗，刚拔剑击倒一个对手，又迫不及待地冲向另一个。“还有你，埃尔辛太太。我不在乎你那狭隘的脑子如何看待斯嘉丽，那是你的事，但在我家说她的不是，还让我听到，那就是我的事了。你们怎能生出如此可怕的念头，更别提还要说出口！你们丈夫的命就这么廉价？宁愿让他们死，也不愿看到他们活着吗？一个冒着生命危险去救他们的男人，你们就真的毫不感恩？如果真相大白，北佬很可能将他也视为三K党成员，没准儿也会把他绞死。然而，他还是冒着生命危险救了你们的男人。梅里韦瑟太太，他救了你公公、女婿和两个侄儿。邦内尔太太，他救了你的兄弟！埃尔辛太太，他还救了你的儿子和女婿！忘恩负义，你们简直忘恩负义！我要求你们道歉！”

埃尔辛太太站起来，紧闭双唇，把针线塞进盒里。

“玫兰，怎么就没人告诉过我，你竟如此缺乏教养——不，我不道歉。英迪亚没错。斯嘉丽就是个愚蠢又轻浮的婊子。她在战争期间的所作所为，我可忘不了。我也不会忘记她赚到点儿钱，就跟穷白佬那种垃圾一样——”

“你忘不了的，是她因为休没本事管好锯木厂，降了他的职！”玫兰妮插嘴道，握起两只小拳头，叉在腰间。

“玫兰！”其他人顿时嚷了起来。

埃尔辛太太头一扬，就朝门口走去。刚抓到前门门把手，她又停下脚步，转过头来。

“玫兰，”她口气缓和了些，“亲爱的，你这么说我真伤心。我是你妈妈最好的朋友，我还帮着米德医生为你妈妈接生，像爱亲生女儿一样爱你。如果真是什么要紧事，被你这么说一通倒也不难接受。但为了斯嘉丽·奥哈拉那种女人……只怕她很快就会像对付我们一样，狠狠伤害你——”

听到埃尔辛太太的前几句话，玫兰妮眼泪都涌了出来。但听到最后，她却沉下了脸。

“我就明说了吧，”玫兰妮道，“不去拜访斯嘉丽的，今后也别再登我家的门。”

屋里顿时一片哗然，太太们都乱哄哄地站了起来。埃尔辛太太的针线盒掉在地上，她又走回屋里，头上的假刘海儿都晃歪了。

“我不接受！”她嚷道，“我不接受！玫兰，你昏头了吧。我不怪你，我们还是朋友，不能因为这件事翻脸啊。”

说完，她就哭了。不知怎的，玫兰妮也抱着她哭了起来，边哭边说自己的话句句当真。另外几位太太也哭了。梅里韦瑟太太抱住埃尔辛太太和玫兰妮，用手帕捂着脸号啕大哭。目睹事情经过、一直目瞪口呆的佩蒂姑妈突然瘫倒在地。这是她一生中为数不多的真正晕厥。众人乱作一团，有的在哭，有的在互相亲吻，有的到处找嗅盐瓶和白兰地。只有一个人始终面色平静，没有流半滴眼泪。谁都没有注意到，英迪亚·威尔克斯已经悄然离去。

几小时后，梅里韦瑟爷爷在时代女郎沙龙碰到亨利·汉密尔顿伯父，于是把上午从梅里韦瑟太太那儿听到的事告诉了他。老头儿讲得津津有味，很开心终于有人敢跟他那厉害的儿媳摊牌。他自己当然没这个胆量。

“那帮蠢货最后到底打算怎么办？”亨利伯父恼火地问。

“我也不太清楚。”梅里韦瑟爷爷说，“但依我看，这次玫兰似乎占了上风。他们肯定会登门，至少去一次。亨利，大伙儿还挺重视你那侄女的。”

“玫兰是傻瓜，太太们说得对。斯嘉丽就是个狡猾的婊子，真不明白查理当初干吗娶她。”亨利伯父失望地道，“但从某种程度上来说，玫兰说得也对。巴特勒船长救过的那些先生，的确应该出于礼貌登门拜访。我倒不是太讨厌巴特勒。那晚他想方设法救了大家，说明他也是个好人。斯嘉丽才像是粘在我衣摆上的苍耳。这女人聪明反被聪明误。算啦，反正我要去拜访他们。管她是不是支持联邦重建计划的南方佬，她毕竟是我侄媳妇。我打算今天下午就去。”

“亨利，我跟你一起去。多莉要是听说我去了，非火冒三丈不可。等等，我再喝一杯。”

“别喝了，我们去喝巴特勒船长的酒。我得夸一句，他那儿向来都有好酒。”

瑞德说保守派永不屈服，还真没说错。他知道仅仅几人登门拜访没多大意义，他也知道那些人为何会来。参加了三 K 党那次倒霉突袭的人家最先来，但之后显然就不常来了。而且，他们也没有邀请巴特勒夫妇去自己家中做客。

瑞德说，要不是怕玫兰妮发火，那些人根本不会来。斯嘉丽虽然不知他从哪儿得来的消息，却不屑理会这种不值一提的琐事。玫兰妮怎么可能影响得了埃尔辛太太和梅里韦瑟太太那样的人？她们不再登门，斯嘉丽也毫不在意。因为他们的套房总是挤满另一类客人，所以斯嘉丽其实根本没注意之前那些人不来了。亚特兰大本地人管那些人叫“新来的”。其实，他们还有更不礼貌的称呼呢。

很多“新来的”都住在国立酒店。跟瑞德和斯嘉丽一样，他们也在等自家房子完工。这些人跟瑞德在新奥尔良的朋友很像——快活、富裕、衣着高雅、出手大方，对家世讳莫如深。他们都是共和党人，“来亚特兰大与联邦政府做生意”。至于做的什么生意，斯嘉丽不知道，也不想知道。

瑞德其实就能告诉她实情——那些人干的勾当，跟红头美洲鹫对垂死动物们干的事一样。他们老远闻到死亡的气息，便准确无误地扑过来，准备饱餐一顿。由本州公民管理的佐治亚政府已经名存实亡，全州陷入无能为力的境地，冒险家们自然蜂拥而至。

瑞德那些南方佬和投机家朋友的家眷成群结队地登门拜访，找斯嘉丽买过木料盖房子的“新来的”也纷纷上门。瑞德说既然跟人家有生意上的往来，她理应接待他们。斯嘉丽接待了这些客人之后，就发现跟他们在一起很愉快。这些人衣着光鲜，从不聊战争或苦日子，只谈时尚、丑闻和惠斯特牌[1]。斯嘉丽之前从没打过惠斯特牌，这会儿很开心地玩起来，很快成了高手。

只要斯嘉丽待在酒店，她的套房里就总有一群惠斯特牌牌友。但这些天她忙着盖新房，并不常在酒店招待客人。最近她也不在乎来客是多是少，只想把自己的社交生活推迟到新家落成的那天。届时，等她成为亚特兰大最大宅邸的女主人，再来举办全城最盛大的宴会。

在那些漫长而温暖的日子里，斯嘉丽看着红石墙、灰木瓦的房子拔地而起，比桃树街上其他任何房子都高。她把店铺和锯木厂都忘了，成日待在空地上，一会儿跟木匠争论，一会儿同砖瓦匠吵嘴，一会儿又去催促承包商。看着一面面墙飞快地立起来，斯嘉丽得意地想：等到完工，这就是全城最大、最漂亮的房子，甚至比附近布洛克州长刚刚买下用来做官邸的詹姆斯府更宏伟。

州长官邸的栏杆和屋檐也大胆地用了锯齿形图案，但斯嘉丽家精巧繁复的涡卷装饰让其相形见绌。州长官邸有间舞厅，但跟斯嘉丽家占据三楼整层楼面的巨大舞厅相比，那儿简直就跟台球桌一样小。其实，无论从哪方面看，斯嘉丽的新家都胜过州长官邸，或城里任何一座房屋。穹顶、角楼、尖塔、阳台、避雷针都比别家多，彩色玻璃窗更是多得多。

屋子周围有一圈游廊，四面各有一道台阶通往楼上。庭院开

1　一种类似桥牌的纸牌游戏。

阔青翠，其间零星散落着几张朴素的铁凳。庭院里有座铁质的花园凉亭，按眼下时髦的叫法，可称作“观景楼”。有人向斯嘉丽保证，亭子是正宗的哥特式风格。此外，院里还有两尊大铁像，一尊是牡鹿，一尊是跟设得兰矮种马一般大小的大驯犬。如此宽敞华丽、时髦幽暗的新家让韦德和埃拉有些眼花缭乱，反而院子里这两只铁动物，叫他俩欢喜非常。

屋内陈设完全按照斯嘉丽的意愿布置。每间屋子都铺着厚厚的红地毯，门上挂着红天鹅绒门帘。最新款的黑胡桃木家具上了层天然清漆，能雕花的地方全部精雕细刻；马鬃毛坐垫油光水滑，女士们若不当心，准会从上面滑下来。墙上到处挂着镀金框的镜子和长长的窗间镜，数量多到瑞德有次都懒懒地说赶得上贝尔·沃特林妓院了。镜子之间还有装在沉重画框里的钢板印刷画，有的长达八英尺，是斯嘉丽特地从纽约订购回来的。墙上全是华丽的深色墙纸，天花板很高，屋里总是很暗，因为窗户上都挂着紫红色的长毛绒窗帘，将大部分阳光都挡在了外面。

总之，这座宅子任谁看了都会艳羡不已。斯嘉丽无论是踏在柔软的地毯上，还是陷入厚厚的羽毛床垫里，都会想起塔拉冰冷的地板和塞满稻草的褥套，然后便觉得无比满足。她认为这是她见过的最漂亮、装潢最高雅的屋子，瑞德却说它可怕得像场噩梦。不过，只要她高兴，大可尽情享受。

“一个陌生人看到这座房子，哪怕不跟他说我们的任何情况，他也看得出盖房子的钱肯定来路不正，”瑞德道，“斯嘉丽，要知道，不义之财永远结不出好果，这座房子就是明证。只有投机商才盖得出这种房子。”

但骄傲又快活的斯嘉丽心里盘算的都是等一切尘埃落定，她要如何在这儿大宴宾客。因此，她只是顽皮地揪住他的耳朵道：

"胡说八道！别唠叨个没完啦！"

如今斯嘉丽已经知道，瑞德就爱杀她的威风，一有机会就会扫她的兴，所以压根不能认真听他的嘲讽。她若认真，非跟他吵起来不可。她可不想跟他唇枪舌剑，因为到头来落败的总是她。因此，无论瑞德说什么，她都不认真听。遇到非听不可的，她就权当玩笑话。至少，有段时间她就是这么干的。

蜜月期间和住在国立酒店的大部分时间，他们都相处融洽。但等搬进新居，斯嘉丽身边聚起一批新朋友后，两人便常常说吵就吵。每次争吵的时间都不长，因为跟瑞德吵架根本持续不下去。无论斯嘉丽言辞多么激烈，瑞德总能冷静淡漠地静候时机，一逮到她的纰漏就猛刺一句。斯嘉丽大吵大嚷，瑞德却不吵，只清楚明白地就她、她的所作所为、新房子和新朋友们发表看法。有时，他的看法一针见血，让斯嘉丽没法再当成笑话置之不理。

比如，斯嘉丽想把"肯尼迪杂货店"这个招牌换了，换个更吸引人的名字。她让瑞德帮忙起个带"商场"二字的店名，瑞德提议就叫"Caveat Emptorium[1]"，还向她保证这名字跟她店里的货是绝配。斯嘉丽觉得这两个词听起来很不凡，甚至还命人按此重漆了招牌。后来，阿希礼·威尔克斯尴尬地译出真正含义，斯嘉丽暴跳如雷，瑞德却乐得放声大笑了一场。

瑞德对待嬷嬷的态度也让斯嘉丽恼火。嬷嬷始终寸步不让，认为瑞德就是套着马具的骡子。她对瑞德虽然礼貌，却很冷淡，总是喊他"巴特勒船长"，从不叫他"瑞德先生"。瑞德送她红裙子，她连个屈膝礼都没有，之后也从没穿过那条裙子。虽然韦德非常喜欢瑞德叔叔，瑞德显然也很喜欢他，但只要有机会，嬷嬷

---

1 拉丁词，意为"一经售出，概不退换"。

就让埃拉和韦德远离瑞德。然而，瑞德非但没有辞退、非难或苛待嬷嬷，反而对她十分恭敬，比对斯嘉丽新交的那些太太客气多了。瑞德总要征得嬷嬷的允许，才会带韦德去骑马；就连给埃拉买个洋娃娃，都要先问问嬷嬷的意见。然而，嬷嬷始终对他不怎么客气。

斯嘉丽觉得瑞德作为一家之主，应该对嬷嬷严厉些。瑞德却只是笑笑，说嬷嬷才是真正的一家之主。

有一次，瑞德冷静地说共和党对佐治亚的统治过几年就会结束，届时民主党卷土重来，斯嘉丽的日子就要难过了，也惹得斯嘉丽火冒三丈。

“等民主党人有了自己的州长和议会，你那些粗俗的共和党新朋友就都得滚蛋，都得重操旧业，干起开酒吧或倒泔水的行当。到时可就只剩你一个，既没有民主党朋友，也没有共和党朋友。算啦，明天的事，现在何必去想。”

斯嘉丽哈哈大笑。她会发笑也不无道理，因为当时布洛克的州长位置坐得稳稳当当，议会里已经有二十七名黑人，而佐治亚州成千上万的民主党人早已被剥夺选举权。

“民主党人永远别想卷土重来。他们做的事只会让北佬更疯狂，推迟自己重新上台的时间。他们只会吹牛和大晚上出去干三K党的勾当。”

“他们会回来的。我了解南方人，也了解佐治亚人。他们坚强倔强，如果卷土重来需要再打一场仗，那他们就会再打一场。如果需要像北佬一样买黑人选票，他们也会照做。如果需要效仿北佬，让上万死人参加投票，他们也会把佐治亚每座墓地的尸体都弄到投票站。在我们那好朋友鲁弗斯·布洛克宽厚的统治下，局势越来越糟，佐治亚人终有一日会把他赶出去。”

“瑞德，别用这么难听的字眼！”斯嘉丽嚷道，“你说得好像我不高兴看到民主党人重新上台一样！你知道我不是这意思！他们若能回来我开心得很。你以为我乐意看着那些士兵在街上走来走去，随时提醒我——你以为我喜欢呀——哼，我也是佐治亚人！我很乐意看到民主党人重新执政。但他们上不了台，永远没戏。就算他们上台了，对我那些朋友又能有什么影响？他们的钱还是他们的，不是吗？”

“如果他们守得住的话。但我怀疑，照他们目前的花法，谁都维持不了五年以上。来得容易去得快。他们的钱不会给他们带来什么好处，正如我的钱也没给你带来任何好处一样。我漂亮的骡子太太，我的钱肯定还没把你变成一匹马，不是吗？”

最后一句话让两人吵了好几天。见斯嘉丽一连四天闷闷不乐、一言不发，显然是想要他道歉，瑞德不顾嬷嬷反对，干脆带着韦德去了新奥尔良，直到斯嘉丽气消了才回来。不过，没能让他低声下气，始终是斯嘉丽心中的一根刺。

瑞德心平气和地从新奥尔良回来，斯嘉丽也只能尽量压抑怒火，想着还是今后再找他算账，眼下真不想为不愉快的事伤神。她满脑子都是要在新家举办第一次宴会的事，所以一定要心情愉快。那将是一场盛大的晚宴，要摆上棕榈树、请乐队、游廊全铺上帆布，还要有她一想起就会流口水的各种点心。她要把亚特兰大认识的所有人都请来，包括所有老朋友和度蜜月回来后认识的那些漂亮新朋友。大部分时候，准备宴会的兴奋感足以让她忘掉瑞德那些刺耳的话。筹备期间她很快活，多年来头一次这般快活。

噢，有钱多有意思啊！有钱就能不计开销地举办宴会！有钱就能买最贵的家具、裙子和吃食，压根不用考虑账单！能给查尔斯顿的保利娜姨妈和厄拉利姨妈，以及塔拉的威尔寄去大额支票的感觉多美妙啊！噢，只有满心嫉妒的傻瓜才会说钱不是万能的！瑞德竟然说钱没给她带来任何好处，简直就是故意跟她作对！

斯嘉丽向所有朋友和熟人都发了请帖，甚至包括她不喜欢的人，就连上次到国立酒店看她时态度几近粗暴的梅里韦瑟太太和冷淡到极点的埃尔辛太太都没漏掉。斯嘉丽还邀请了米德太太和怀廷太太，虽然她知道这两人不喜欢自己，也知道她们没有像样的衣服来赴宴，肯定会很尴尬。斯嘉丽这场乔迁宴——或者按眼下对晚宴的时兴叫法——“大聚会”，一半是宴会，一半是舞会，是迄今为止亚特兰大最盛大的聚会。

当晚，室内和铺了帆布的游廊上宾客如云。大家喝着斯嘉丽用香槟调制的潘趣酒，吃着她准备的小馅饼和奶油牡蛎，踏着乐队演奏的舞曲起舞。乐队前面还仔仔细细地立起一排棕榈树和橡胶树，以作遮挡。但除了玫兰妮、阿希礼、佩蒂姑妈、亨利伯父、米德医生夫妇和梅里韦瑟爷爷，瑞德口中的“保守派”一个都没来。

很多“保守派”其实经过一番犹豫后，都决定来参加这场“大聚会”。有些人因为玫兰妮的态度接受邀请，另一些人觉得瑞德毕竟对自己或亲人有救命之恩。但宴会开始前两天，有谣言称布洛克州长也在受邀之列。保守派们立马寄来卡片，说非常遗憾不能接受斯嘉丽善意的邀请。还有一小部分老朋友虽然到场，可一看到州长踏进斯嘉丽的房子，就尴尬但坚决地告辞了。

遭遇如此轻慢，斯嘉丽既困惑又愤怒，觉得这简直彻底毁了宴会。多么高雅的“大聚会”啊！她如此煞费苦心地策划，就是想让大家瞧瞧宴会有多么精彩盛大，结果到场的老朋友只有几个，宿敌更是一个都没来！黄昏时分，送走最后一位客人后，斯嘉丽恨不得大哭大闹一场，却又怕瑞德哈哈大笑，也怕他虽嘴上不说，那双闪烁的黑眼睛也会说“我早告诉过你啦”。于是，斯嘉丽咽下愤怒，勉强装出一副优雅淡漠的模样。

第二天早晨见到玫兰妮时，斯嘉丽才终于忍不住，把心中怨气一股脑儿都发泄了出来。

“玫兰·威尔克斯，你侮辱了我，还让阿希礼和其他人也侮辱我！你知道的，要不是你拉他们走，他们肯定不会走得那么快。噢，我看见你了！我刚想带布洛克州长过来见你，你就跟兔子似的跑了！”

“我原本不相信——不相信他真会来，”玫兰妮不悦地道，“虽然人人都说——”

“人人？这么说，每个人都在我背后喋喋不休地嚼舌根，对吗？”斯嘉丽愤怒地吼道，“你是想告诉我，如果早知道州长会来，你就不来啦？”

“嗯。”玫兰妮盯着地板，轻声道，“亲爱的，我真的不能来。”

“见鬼！所以，你也像其他所有人一样侮辱我？”

“噢，天哪！”玫兰妮难过地大声道，“我不是故意伤害你的。亲爱的，你是我的姐妹，还是查理的遗孀，我——”

她怯生生地伸出一只手，搭在斯嘉丽胳膊上，却被后者甩开了。斯嘉丽真想跟杰拉尔德从前发火时一样放声大吼，但玫兰妮选择直面她的怒火。看着斯嘉丽冒火的绿眸，她单薄的肩膀挺得笔直，周身的庄重神气简直跟她那稚气的脸庞和身材毫不相称。

“亲爱的，抱歉伤害了你，但我不能见布洛克州长或任何共和党人和支持联邦重建计划的南方佬。无论是你家，还是别人的家，我都不会见他们。不见，哪怕不得不——不得不——”玫兰妮搜肠刮肚，想找出一个分量最重的词，“哪怕不得不粗俗无礼。”

“你在批评我的朋友？”

“不，亲爱的。但他们是你的朋友，不是我的。”

“你是在批评我不该把州长请到家里来？”

玫兰妮虽被逼得没了退路，依旧毫不动摇地直视着斯嘉丽的眼睛。

“亲爱的，你做什么事都有你的道理。我爱你，信任你，不会出言指责你，也不会允许别人指责你。可是，噢，斯嘉丽！”玫兰妮突然滔滔不绝起来，言辞激烈，带着不可动摇的仇恨，低声道，“你能忘记那些人对我们做过的事吗？你能忘记查理的死、阿希礼被毁掉的健康和付之一炬的十二橡树园吗？噢，斯嘉丽，你难道忘了那个攥着你妈妈的针线盒，被你开枪打死的可怕北佬吗！你不会忘记舍曼的人闯进塔拉，连我们的内衣都要偷走吧！他们差点儿烧掉塔拉，还想抢走我爸爸的军刀！噢，斯嘉丽，你请来参加宴会的，不正是这群抢劫我们、折磨我们、任由我们挨饿的人吗！也是这群人煽动黑奴造反，至今依旧继续抢劫我们，不让我们的男人投票选举！我忘不了，也不会忘。我不仅不会让小博忘记这些事，还要让我的孙子孙女们继续仇恨那些人——只要上帝让我活着，我就要教会子子孙孙仇恨那些人！斯嘉丽，你怎能忘记？”

玫兰妮停下来喘气，斯嘉丽瞪着她，被她颤抖却激烈的声音吓了一跳，顿时没了火气。

“你以为我是傻瓜吗？”斯嘉丽不耐烦地质问道，“我当然记得！但玫兰，一切都过去了。我们现在得尽量利用局势，随遇而安，我正在努力这么做。只要利用得好，布洛克州长和其他好一些的共和党人能帮我们很多忙。”

“共和党里没有好人。”玫兰妮断然道，“而且，我也不想要他们的帮助。如果局势都是北佬的局势，那我一点也不想利用。”

“天哪，玫兰，干吗发这么大火？”

“噢！”玫兰妮似乎有些良心不安，“看我都说了什么！斯嘉丽，我不是有意伤你的心，也不是来指责你的。各人想法不同，人人都有权保有自己的想法。好啦，亲爱的，我爱你。你知道我爱你，无论你做什么，我对你的爱都不会改变。你也依然爱我，不是吗？斯嘉丽，我没惹你恨我吧，有吗？斯嘉丽，我俩若有了什么嫌隙，我可受不了——我们一起吃了多少苦啊！快说，我俩还跟从前一样好。”

“玫兰，你胡扯什么呀，真是小题大做。”斯嘉丽勉强回道，但这次并未甩开对方偷偷揽上自己腰肢的手。

“嗯，我们重归于好了！”玫兰妮很开心，却还是轻声补了一句，“亲爱的，希望我们还像往常一样互相走动。你只需告诉我共和党人和支持联邦重建计划的南方佬什么时候来看你，那些日子我就待在家中好了。”

“你来不来我才不在乎。”斯嘉丽戴上遮阳帽，气呼呼地进了屋。看到玫兰妮一脸伤心的模样，斯嘉丽受伤的虚荣心总算得到些许补偿。

***

举办了第一场宴会后的几周里，斯嘉丽发现要对公众舆论摆出一副毫不在乎的模样真是非常困难。除了玫兰妮、佩蒂、亨利伯父和阿希礼，老朋友们都不再登门，也不请斯嘉丽去参加他们那些并不奢华的聚会。这时，斯嘉丽心里真是既困惑又受伤。难道她没有诚心和解，没有表明自己并不怨恨他们的流言蜚语和背后诽谤吗？他们当然知道她跟他们一样不喜欢布洛克州长，她之所以对此人示好，不过是权宜之计而已。一群蠢货！如果人人都对共和党人笑脸相迎，佐治亚很快就能摆脱她如今所处的这种困境。

当时斯嘉丽并不明白：自己与旧生活和老朋友之间脆弱的联系，已经被她永远切断。哪怕有玫兰妮的影响，也无法修复那细若蛛丝的联系。玫兰妮虽困惑又心碎，却依旧忠于斯嘉丽，但无意修补那破碎的联系。哪怕斯嘉丽想恢复旧日生活，回到老朋友身边，如今也再无转圜的可能。面对她，全城的人都如花岗岩般冷硬无情。包围着布洛克政权的恨，也将她团团围住。这种恨里几乎没有怒火，却冰冷刺骨、无法平息。斯嘉丽已经将自己的命运跟敌人的绑在了一起。无论她出身如何，有什么样的家庭关系网，现在也已被划入变节者的行列，成了一个同情黑人解放运动的人、叛徒和共和党人，更是一个支持联邦重建计划的南方佬。

斯嘉丽难过了一阵子，先前假装的不在乎就变成了真正的不在乎。她从不会为人们的异常行为忧虑多久，也不会因一次失败就一蹶不振。很快，她便不在乎梅里韦瑟家、埃尔辛家、怀廷家、邦内尔家、米德家和其他人家如何看待自己。至少，玫兰妮会登门，还会带着阿希礼一起来。阿希礼才是最重要的人。此外，还有很多人比那些迂腐保守的老母鸡和蔼得多。无论什么时候，只要她想宾客盈门，立马就能如愿以偿。相比拘谨古板、总是反对她的老傻瓜们，这些客人不仅穿得更漂亮，也更讨人喜欢。

这些人都是亚特兰大的新来者，有些是瑞德的老朋友；有些是瑞德口中的“生意”往来对象——他所谓的这些“生意”，就是他做过的那些神秘勾当；有些是斯嘉丽住在国立酒店期间结识的夫妻；还有一些是布洛克州长的下属。

斯嘉丽如今交往的人五花八门，比如在十几个州都住过的格勒特一家——显然，每次布下的骗局被识破，这家人就匆匆逃离；来自某个偏远州的康宁顿夫妇——他们曾跟当地的自由人管理局有些关系，于是借此从本该受其保护的无知黑人身上大发横财；靠卖“纸板”鞋给邦联政府牟利的迪尔夫妇——战争最后一年，他们被迫躲去欧洲；在不少城市都有违法记录，却常常在政府合同中成功中标的亨登夫妇；以赌博起家的卡拉汉夫妇——如今，他们正利用州政府的钱修建并不存在的铁路，以牟取更多财富；弗莱厄蒂夫妇——一八六一年，他们以每磅一美分的价格买入食盐，一八六三年以每磅五十美分的价格售出，赚了一大笔；巴特夫妇——战时在北方某个大都市开过一间当地最大的妓院，如今两人已跻身一流投机家之列。

如今，这种人都是斯嘉丽的密友。不过，她举办的那些大宴会，还是有不少出身名门，有文化又有教养的人参加。除了拎毯制手提包的投机家，北方一些有钱人也被亚特兰大重建和扩张时期源源不断的生意吸引而纷纷赶来。富裕的北佬家庭将年轻子弟送到南方，让他们在新的地区开疆辟土。退伍的北佬军官也在这座曾经艰苦奋战才成功占领的城市定居。起初，富裕又好客的巴特勒太太举办豪华宴会，这些人还会因为人生地不熟而乐意前来。但很快，他们便退出了斯嘉丽的圈子。他们都是正派人，只要与这些投机家及其统治政权稍一接触，就会跟佐治亚本地人一样厌恶他们。很多人甚至变成民主党，比南方人更像南方人。

其他仍留在斯嘉丽社交圈的人，在别处也不受欢迎。他们倒愿意去保守派安静的客厅，却根本接不到邀请。这些人中有一些是北方小城镇的女教师。她们怀着提高黑人文化水平的愿望而来。还有一些是支持联邦重建计划的南方佬——他们本是出色的民主党人，但南方投降后转而加入了共和党。

不切实际的北佬女教师和转投共和党的南方佬，很难说本地人更讨厌二者中的哪一种。相比之下，应该后者更招人厌。对于女教师，一句话就能将其摒除脑海：“得了，这种爱黑鬼的北佬，你还能指望什么？她们当然觉得黑鬼跟她们一样好！”但对那些为个人利益转投共和党的佐治亚人，就找不到任何借口了。

“既然我们都能饿肚子，你们应该也能。”这便是保守派们的想法。很多前邦联老兵明白看到家人缺衣少食的人心中有多害怕，所以对为了让家人有饭吃而改变政治阵营的前战友更宽容。保守派的女人们却不这么想，她们是社会势力背后最无法安抚、最坚定不移的力量。在她们心中，那个已经落空的伟大目标比起最辉煌时更强大、更珍贵，如今已经变成她们崇拜的对象。跟伟大目标相关的一切都是神圣的，比如为它牺牲的战士之墓、战场、破碎的旗帜、厅堂里交叉悬挂的军刀、褪了色的前线来信，以及老兵们。对于昔日的敌人，这些女人绝不提供帮助、安抚或宽恕。如今，斯嘉丽也被划入敌人之列。

在这个随各种紧急的政治形势应运而生的杂糅社会中，只有一点是共同的——金钱。战前，其中的大部分人这辈子从没一次性拥有过二十五美元，如今，他们挥金如土，其奢靡放纵之气，在亚特兰大真是前所未见。

随着共和党执掌政权，全城进入一段铺张浪费的时代。一层薄薄的文雅虚饰，掩住底下的邪恶与粗俗。贫富差距从未如此悬殊。身处上层的人根本不关心下面那些不够富裕的人。当然，黑人除外。黑人一定要得到最好的：学校、住宅、衣服、娱乐，全都要最好的。因为他们是一股政治力量，他们投出的每张票都是有用的。至于最近陷入贫困的亚特兰大居民，就算全都饿死街头，那些新近发迹的共和党人也不会在乎。

斯嘉丽在这庸俗浪潮的波峰志得意满、趾高气扬。她是个刚结婚的新娘，一身华服美裳，明艳动人，还有瑞德的钱做坚实后盾。这是一个适合她的时代——粗陋、炫目、艳丽又俗气，满是衣着过于讲究的女人、陈设过于奢华的房屋，还有太多珠宝、太多马匹、太多食物和太多威士忌。斯嘉丽偶尔静下心来思考，便明白按照埃伦的严格标准，她新结识的那些女人，没有一个符合淑女的标准。虽然已经过去很久，但从她站在塔拉的客厅，决定当瑞德的情妇那天起，埃伦的这套标准她就已经打破了太多太多次。现在，她也不会经常感到良心不安了。

严格说来，这些新朋友或许真不是淑女、绅士，但跟瑞德在新奥尔良的朋友一样，他们都很有意思！跟初来亚特兰大时结识的那些柔和顺从、按时去教堂做礼拜、爱读莎士比亚作品的朋友相比，现在这些人有趣得多。除了短暂的蜜月期，斯嘉丽已经有很长时间既不开心，又没有安全感。如今，生活安定了，她就想跳舞、玩乐、纵情狂欢、大吃大喝；她想穿丝绸锦缎、想在柔软的羽绒被褥里打滚儿，还想给各种上好的家具换上新衬垫。这一切她都如愿以偿。摆脱了童年束缚，甚至连对贫穷的最后一丝恐惧也不复存在后，斯嘉丽在瑞德饶有兴趣的宽容下，终于实现了从前梦想过很多次的生活——想干什么就干什么，谁若反对，就直接叫他见鬼去！

如今，跟赌徒、骗子、礼貌的女投机家，以及所有靠耍花招成功的人一样，斯嘉丽也体会到了那种愉快的陶醉感。这些人的生活，无疑是故意给了组织良好的社会一记耳光。斯嘉丽随心所欲地说话做事，很快就变得傲慢无礼、目空一切。

对新结识的共和党和南方佬朋友，斯嘉丽毫不迟疑地摆出一副傲慢模样。但她对北佬驻军军官及其家眷更粗鲁无礼。各种涌入亚特兰大的人中，斯嘉丽偏偏不接待也不容忍军人，甚至还故意冲他们发脾气。无法忘记蓝军装意味着什么的，并非只有玫兰妮一人。对斯嘉丽来说，那套军装和那些金色纽扣永远意味着围城的恐惧、逃亡的可怖，意味着掠夺和焚烧、极度贫困和在塔拉的艰苦劳作。现在她有钱了，又结交了州长和众多共和党显要，所以完全有能力冒犯每个穿蓝军装的人。而且，她也正在这么做。

有一次，瑞德懒洋洋地向斯嘉丽指出：如今聚到家中的男客，不久前都还穿着那身蓝军装。但她回嘴说北佬只有穿上蓝军装才像北佬。对此，瑞德只耸耸肩，回了一句："如此言行一致，你可真是个宝贝。"

斯嘉丽讨厌那身刺眼的蓝军装，很喜欢怠慢他们。那些人对此越困惑不解，她就表现得越轻慢。驻军家属感到困惑也很正常，因为她们大多都是安安静静、教养良好的人，在备受敌意的陌生土地上孤独寂寞，一心想返回北方的家乡，而且被迫支持一帮乌合之众的统治，多少也有些羞愧。相比斯嘉丽交往的狐朋狗友，这些人显然优秀得多。看到时髦漂亮的巴特勒太太竟与俗不可耐、一头红发的布里奇特·弗莱厄蒂推心置腹，却故意怠慢自己，军官太太们自然费解。

然而，甚至斯嘉丽推心置腹的那些太太，也得受她的气。不过，她们忍得心甘情愿。对那些女人来说，斯嘉丽不仅代表着财富和优雅，也代表着旧制度，代表着过去那些显赫的姓氏、古老的家族和旧传统。她们热切希望自己也能攀上这一切。她们如此渴望的旧家族只怕早已将斯嘉丽排除在外，新贵族阶层的太太们却并不知道这点。她们只知道斯嘉丽的父亲是个大奴隶主，母亲来自萨凡纳的罗比亚尔家族，丈夫是查尔斯顿的瑞德·巴特勒。

对她们来说，知道这些就够了。斯嘉丽是她们挤进那个旧社会的敲门砖。那个圈子里的人鄙视她们，从不登门回访，在教堂遇见也不过冲她们冷淡地欠欠身而已。事实上，斯嘉丽不仅仅是她们试图打入那个圈子的敲门砖。对这些刚刚发迹的女人来说，斯嘉丽本人就代表了那个圈子。这些人本就是冒牌淑女，根本看不出斯嘉丽的伪装，不知道她也是冒牌淑女。斯嘉丽自命不凡，她们就真以为她不凡，于是对她一忍再忍。斯嘉丽无论装腔作势、故作优雅、傲慢无礼，还是粗暴地直接批评她们的缺点，这些太太都忍了下来。

她们都是新近才发迹，对自己没有信心，所以更是加倍地想要表现得温文尔雅，不敢动怒或与人顶嘴，唯恐被人认为她们没有淑女风范。她们一定要当淑女，花多大代价都在所不惜。于是，这些人装得无比柔弱、谦逊和天真。听她们说话，真叫人觉得她们不是没腿、天生身体不健全，就是对这邪恶的世界一无所知。没人想得到那个一头红发、无论怎么晒都是一身白皮肤、操一口浓重爱尔兰土腔的布里奇特·弗莱厄蒂竟是偷了父亲的私房钱偷偷来到美国，在纽约的一家旅馆做女服务员。再瞧瞧娇滴滴的西尔维娅·康宁顿（原名萨迪·贝尔）和玛米·巴特，谁料得到前者其实在鲍厄里她爸开的酒馆里长大，生意一忙就得当女招待。至于后者，据说原先就是其丈夫妓院里的一名妓女呢。不过，如今她们都成了受人庇护的娇贵太太。

男人们虽然有了钱，却不容易学会新的生活方式，也可能是他们没耐心满足成为新绅士的要求。他们在斯嘉丽的宴会上痛饮美酒，喝得酩酊大醉。每次宴会结束，总有一两个烂醉如泥的客人留下来过夜。这些人喝起酒来，一点都不像斯嘉丽做姑娘时遇到的那些男人，而是越喝越迷糊、蠢笨，结果丑态百出、粗俗不堪。而且，不管斯嘉丽在他们面前放多少个痰盂，次日清晨，地毯上还是会有不少烟草汁。

斯嘉丽虽然看不起他们，却又喜欢他们作陪。因为喜欢，所以她总请他们到家里来；但因为蔑视，她又总在被惹恼后叫他们通通见鬼去。不过，他们都能容忍她。

他们甚至能容忍更难忍受的瑞德。他们也知道瑞德看穿了他们，因为他哪怕在自己家中，也会毫不犹豫地说揭短就揭短，往往说得他们毫无还口之力。瑞德并不以自己财路不正而羞耻，因此也假装认为他们同样如此，于是一有机会就大发议论，将他们一致认为最好避而不谈的隐秘揭露无遗。

谁都不知道瑞德何时就会端着一杯潘趣酒，亲切友善地说："拉尔夫，我要是聪明点儿，当初就该跟你一样，向孤儿寡母兜售金矿股票，而不是去跑封锁线。你这招毕竟安全得多啊。""哎呀，比尔，我瞧见你又买了对共轭马啊。是不是那子虚乌有的铁路债券又卖出去几千啊？干得好啊，伙计！""阿莫斯，恭喜！又拿下一份州政府的合同。但要为此贿赂那么多人，真是太不划算了。"

女士们觉得瑞德可恶至极、粗俗得简直令人难以忍受。男人们在背后骂他猪猡、杂种。这些亚特兰大的新居民和老亚特兰大人一样讨厌瑞德。瑞德无意安抚二者，依旧我行我素，对周遭的议论不屑一顾，充耳不闻。他待人极其谦恭有礼，反倒让人觉得这种谦恭本身就是一种冒犯。对斯嘉丽来说，瑞德依旧是个谜，但她已经不想费神解谜。她深信这世上从未有能让他快活的事，将来也不会有。要么就是他很想得到某样东西，却无法如愿；要么他根本一无所求，所以才对什么都无所谓。他嘲笑她做的每件事，鼓励她铺张浪费、傲慢无礼，讥讽她虚伪做作，却又为她付清所有账单。

第五十章

瑞德向来沉着冷静，哪怕两人最亲密的时刻也不例外。但斯嘉丽总觉得他在偷偷观察自己，知道若猛地一转头，就能惊异地对上他那充满揣测和等待的眼神。那眼神中有种几近可怕的耐心，让斯嘉丽完全无法理解。

有时，跟瑞德生活在一起非常惬意。因为他不允许任何人在他面前撒谎、装模作样或夸夸其谈。他会听斯嘉丽讲店铺、锯木厂、酒馆、囚犯及其伙食费的问题，并给出精明又实际的建议。对斯嘉丽热爱的跳舞和宴会，他似乎也有用不完的精力。偶尔两人单独在家消磨黄昏，等晚餐桌收拾干净，摆上白兰地和咖啡，他便有说不完的粗俗故事逗她开心。斯嘉丽发现，无论自己想要什么，想知道什么，只要直截了当地提出来，瑞德都会满足她。可她若拐弯抹角，耍些女人欲擒故纵的把戏，他就什么都不给。他总能看穿她，然后放肆地哈哈大笑，让她窘迫又挫败。

斯嘉丽想起他总是这般温文、淡漠地对她，虽谈不上多么好奇，却也不由得纳闷他干吗娶自己。男人娶女人，无非是为了爱情、组建家庭、生儿育女或谋取钱财，但她知道，瑞德娶自己，跟上述几条都没关系。他当然不爱她。他说她漂亮的新居是座可怕的建筑，说自己宁愿住在井井有条的旅馆，也不想住在这样的家里。而且，他从未像查尔斯和弗兰克那样，暗示她生儿育女。有一次跟他调情时，她问他为何娶自己，结果他满眼打趣地回了句“亲爱的，我娶你，就是为了把你像宠物一样养在身边”，气得她火冒三丈。

没错，瑞德娶她，的确并非出于任何男人娶妻的惯常理由。他娶她，只是因为想要她，又没别的方法将她弄到手。向她求婚的那晚，他基本就已经承认了这点。他想要她，跟想要贝尔·沃特林一样。这可不是个令人开心的念头，简直算得上赤裸裸的侮辱。但斯嘉丽对此并不在乎。她已经学会对所有不愉快的事，都采取不予理睬的态度。两人总归做成了一笔交易，斯嘉丽对自己这方面的情况很满意，也希望他同样满意。不过，他到底满不满意，她其实并不怎么关心。

然而，一天下午，斯嘉丽因为肠胃不适去看米德医生，结果却得知一件令人不快却又无法不在乎的事。黄昏时分，她两眼冒火地冲进卧室，愤恨地告诉瑞德她又要生孩子了。

当时，瑞德正穿着丝绸睡衣，懒洋洋地抽着烟。一听这话，他立马目光锐利地盯着她的脸，却什么也没说。他默默地看着她，似乎很紧张地等待她继续往下说，斯嘉丽却又气又绝望，什么也顾不得想，也一句话都说不出来了。

“你知道我不想再生孩子，我从来都不想生孩子！每次过得稍微顺心点儿，我就要生孩子。噢，别坐在那儿笑啦！你也不想要孩子吧。噢，天哪！”

若说他在等她开口，那等的可不是这样一番话。他脸色微沉，双眼露出茫然之色。

“呃，干吗不送给玫兰小姐？你不是跟我说，她还鬼迷心窍地想再要一个孩子吗？”

“噢，我要杀了你！我不生，我跟你说过了，我不生！”

“不生？那现在怎么办，你继续说。”

“噢，有办法的。我才不是过去那个傻乎乎的乡下姑娘。如今，我知道一个女人如果不想生孩子，就有法子不生！有东西可以——”

瑞德猛地起身，一把揽过她的腰，脸上露出异常惊恐的神色。

“斯嘉丽，你这傻瓜，跟我说实话！你还没做什么吧？”

“嗯，还没有，但有这打算。我好不容易才又有了腰身，正打算好好快活快活，你以为我还会再把它毁掉？”

“这主意你是从哪儿听来的？谁跟你说的这些事？”

“玛米·巴特——她——”

“只有妓院老鸨才知道这种把戏。那女人今后都不准进我们家的门，听明白没？这是我家，我才是一家之主。以后，你连话都别再跟她说。”

“我爱怎样就怎样。放开我。你干吗在意这个？”

“你生一个孩子，还是生二十个，我都不管。但我得管你的死活。”

“死活？我？”

“没错，会死人的！玛米·巴特估计没告诉你女人干这种事得冒多大的风险吧？”

“没有。”斯嘉丽支支吾吾地道，“她只说这样能解决问题。”

“天哪，我要宰了她！”瑞德气得脸都黑了，怒吼道。低头瞧见斯嘉丽泪水涟涟的脸，他才稍微消了点儿气，但仍绷着脸。突然，他将她一把拥进怀里，坐到椅子上，紧紧搂着她，仿佛怕她离开一样。

“听着，宝贝儿，我不会让你拿自己的性命冒险，听见了没？天哪，我跟你一样不想要孩子，但我养得起。别再让我听到你说这种蠢话，你要是敢——斯嘉丽，我曾见过有姑娘因此丧命。她才——唉，真是个漂亮丫头。死得很痛苦，我——”

“哎呀，瑞德！”斯嘉丽大喊道，被他的语气惊得都忘了难过。她从未见他如此激动。“在哪儿——是谁——”

“在新奥尔良——噢，很多年前的事了。我当时很年轻，很容易就动了情。”他突然低下头，嘴唇贴到她头发上，“斯嘉丽，就算未来九个月我得用手铐把你铐在我手腕上，你也得生下这个孩子。”

斯嘉丽坐在他膝上，一脸好奇地盯着他。她的凝视仿佛有魔法，让他平静淡然，眉毛扬起来了，嘴角也拉下了。

“我对你有这么重要？”斯嘉丽边问，边垂下眼帘。

瑞德冷静地瞥了她一眼，似在估量这问题有多少调情意味。领会到个中真意后，他漫不经心地答道：“嗯，是啊。瞧，我在你身上投资了这么多钱，的确不想全打了水漂。”

斯嘉丽生了个女儿。玫兰妮从她房里出来，虽精疲力竭，却开心得流下眼泪。瑞德紧张地站在走廊上，周围落了一圈雪茄头，把精美的地毯烧出好几个洞。

“巴特勒船长，你现在可以进去了。”玫兰妮羞怯地说。

瑞德连忙越过她进了屋。米德医生关上门之前，玫兰妮瞥见他冲嬷嬷腿上那个光溜溜的小宝宝俯下了身。玫兰妮窝进一张椅子，想起刚才无意中瞥见的亲密场景，不禁有些难为情。

“啊！”她想，“多甜蜜呀！可怜的巴特勒船长竟担心成那样！这阵子他一直滴酒不沾！多好的男人哪。很多男人在孩子出生时都酩酊大醉。现在，恐怕他很想来一杯。我要去斗胆提醒一句吗？不行，那也太冒失了。”

玫兰妮满心感激地又朝椅子里缩了缩。这些天来她一直腰酸背痛，觉得腰简直要断成两截。噢，斯嘉丽多幸运啊，生产期间，巴特勒船长始终守在她门外！小博出生那天，要是阿希礼也在自己身边该多好！那样的话，她一定能少受一半的罪。那紧闭的房门后的小女孩若是她的，而非斯嘉丽的该多好！“噢，我真坏！”玫兰妮内疚地想，“斯嘉丽对我这么好，我怎能觊觎她的孩子？主啊，饶恕我吧。我不是真想要斯嘉丽的孩子，但——但我多希望能自己生一个啊！”

玫兰妮往发痛的后背塞了个小垫子，她无比渴望能再生个女儿。但生育这件事，米德医生依旧坚持之前的看法。而且，虽然她很愿意冒生命危险再怀一个孩子，阿希礼却不肯。一个女儿。要是能再生个女儿，阿希礼不知会多疼爱呢！

一个女儿！天哪！玫兰妮慌忙坐起身。“我还没告诉巴特勒船长生的是女儿！他肯定想要个儿子。噢，真糟糕！”

玫兰妮知道，对女人来说，生儿生女都一样欢喜。但对男人来说，尤其是巴特勒船长这种执拗的人，生个女儿肯定是种打击，有损他的男子气概。噢，上帝只允许她生一个孩子，她就生了个男孩，真是谢天谢地！她想，要是嫁给那可怕的巴特勒船长，与其头胎给他生个女儿，倒不如死在产床上更好。

不过，嬷嬷咧着嘴摇摇晃晃地从屋里出来，倒让玫兰妮放下了心。不过，玫兰妮也不由得纳闷：这个巴特勒船长到底是个什么样的人啊？

“刚才我给那娃娃洗澡，”嬷嬷道，“边洗边跟瑞德先生告罪，说抱歉生的不是男孩。但是，天哪，玫兰小姐，你猜他怎么说？他说：‘嘘，闭嘴，嬷嬷！谁想要男孩啊？男孩多没意思，尽惹祸。女孩才讨人喜欢。给我一打男孩来换我这女孩，我都不干！’然后，他就想从我手中把那光溜溜的娃娃抢过去。我一巴掌拍在他手腕上，说：‘规矩点儿，瑞德先生！什么时候我要告诉你生了个男孩，你指不定会乐成什么样呢。’他咧嘴一笑，摇摇头说：‘嬷嬷，你真是个傻瓜。男孩有什么用。我不就是个现成的例子吗？’没错，玫兰小姐，这次他表现得真像个绅士……或许，我真是错怪瑞德先生了。玫兰小姐，我今天可真快活。我为三代罗比亚尔小姐包了尿布呢，今儿真是个快活的好日子。”

“噢，没错，嬷嬷，今天真快活。有宝宝降生的日子，都是最快活的日子。”

屋里只有一个人觉得今天不是好日子。韦德·汉密尔顿不仅挨了骂，这一天大部分时候还无人理睬，只能痛苦地在餐厅消磨时光。一大早，嬷嬷就突然把他叫醒，为他匆匆穿上衣服，然后就把他和埃拉送去佩蒂姑妈家吃早餐。大人只跟他说妈妈不舒服，怕他玩耍起来吵到妈妈。佩蒂姑妈家一片混乱，因为斯嘉丽不舒服的消息让老太太顿时也躺倒在床上，由厨娘照料。于是，孩子们只吃了点儿彼得大叔草草做出的早餐。随着上午慢慢过去，韦德越来越害怕。妈妈要是死了怎么办？有些男孩的妈妈就死了。他见过灵车从那些人家里开出来，也听到过小伙伴们的啜泣声。妈妈要是死了怎么办？韦德虽然很怕妈妈，却也非常爱她。一想到她要被黑马拉着的黑色灵车拉走，马笼头还插着黑色羽毛，韦德小小的胸口就疼得喘不过气来。

中午，彼得在厨房忙个不停，韦德偷偷溜出前门，撒开两条小短腿就往家跑。恐惧让他越跑越快。瑞德叔叔、玫兰姑妈或嬷嬷肯定会告诉他真相。然而，瑞德叔叔和玫兰姑妈不见踪影，嬷嬷和迪尔西拿着毛巾、端着一盆盆热水，急匆匆地在后面楼梯跑上跑下，压根没注意他在前厅。楼上的一扇门每次打开，他都能听到米德医生简短的吩咐。有一次，他听到妈妈的呻吟，立马抽抽搭搭地哭了起来。他知道，妈妈一定是就要死了。他主动去逗躺在前厅窗台上晒太阳的那只蜜色老猫，以寻求些许安慰。老猫汤姆上了年纪，不乐意被打扰，尾巴一甩，呜呜直叫。

终于，嬷嬷从前面楼梯下来了。她的围裙皱巴巴的，满是污渍，头巾也歪了。看到韦德，嬷嬷顿时沉下脸。嬷嬷向来都是韦德最大的靠山。此刻她一皱眉，他吓得身子都开始哆嗦了。

“你这坏小孩！”嬷嬷喝道，“我不是把你送去佩蒂小姐家了吗？快回去！”

“妈妈要——要死了吗？”

“真没见过你这么麻烦的小孩！死？天哪，不！天哪，男孩真折磨人。真不明白上帝干吗要让人生下男孩。好啦，赶紧走。”

但韦德没走。他躲进走廊的门帘后，对嬷嬷的话半信半疑。嬷嬷说男孩麻烦的话让他很受伤，因为他一直在努力做个乖孩子呀。半小时后，玫兰姑妈匆匆下了楼。她脸色苍白、神情疲惫，却满脸笑容。瞧见帘子后愁眉苦脸的他，她似乎吃了一惊。平时，玫兰姑妈总是一直陪着他，从不会像妈妈一样，老是说“现在别烦我，我忙着呢”或“韦德，走开，我在忙”。

但这天早晨，玫兰姑妈却说：“韦德，你真淘气。干吗不待在佩蒂姑婆家呀？”

“妈妈要死了吗？”

“天哪，不，韦德！傻孩子。”然后玫兰姑妈温和地说，“米德医生刚刚帮你妈妈接来一个非常漂亮的小宝宝。以后，便有个甜美的小妹妹陪你玩了。如果你乖乖的，今晚就能看到她。好啦，出去玩吧，别吵。”

韦德溜进静悄悄的餐厅，觉得自己那个本就不安全的小天地摇摇欲坠。如此阳光明媚的大晴天，大人们怎么如此奇怪？而一个忧心忡忡的七岁小男孩，就真的没地方可去了吗？韦德坐在凹室的窗台上，看见阳光下摆了盆野芋，便咬了一口。不料这东西着实太辣，辣得他眼泪直流，哇哇大哭。妈妈可能要死了，没人管他，大家都围着一个新生的女娃娃转。韦德不喜欢小宝宝，对女孩更是不感兴趣。他熟悉的小女孩只有埃拉。但迄今为止，埃拉还没做出任何能赢得他尊敬或好感的事。

过了好久，米德医生和瑞德叔叔从楼梯上下来，在走廊上小声说话。医生关门走后，瑞德叔叔冲进餐厅，拿起细颈瓶就给自己倒了一大杯，然后才瞧见韦德。韦德吓得直往后缩，生怕又有人骂他淘气，要他回佩蒂姑婆家。然而，瑞德叔叔非但没骂他，反而冲他笑。韦德还从未见他笑得如此开心过，于是胆子也大了，跳下窗台朝他跑来。

"你有妹妹了！"瑞德紧紧搂住韦德道，"天哪，你肯定没见过那么漂亮的娃娃！哎呀，怎么哭了？"

"妈妈——"

"你妈妈正在吃大餐，有鸡肉、米饭，还有肉汤和咖啡。过会儿我们再给她买点冰激凌。你要是想吃，也可以来两份。我还要让你看看小妹妹。"

韦德浑身无力，总算松了口气。他很想对新妹妹客气些，却失败了。人人都对这个女孩兴趣浓厚，再也没人关心他，甚至玫兰姑妈和瑞德叔叔也不例外。

"瑞德叔叔，"韦德开口道，"相比男孩，人们都更喜欢女孩吗？"

瑞德放下玻璃杯，看向那张笑脸，眼中顿时有了了然之色。

“不，我觉得不是这样的。”瑞德答得很认真，仿佛在认真思考这个问题，“只是女孩比男孩麻烦，大家总会更操心麻烦些的孩子。”

“妈妈说男孩就很麻烦。”

“呃，那是妈妈心情不好，随口说说而已，当不得真。”

“瑞德叔叔，相比小男孩，你是不是更想要小女孩？”韦德满怀希望地问。

“不是。”瑞德连忙答道。看见男孩沉下脸，他又补了一句：“哎呀，我都有一个男孩了，干吗还要男孩？”

“你已经有了？”韦德惊得张大嘴，高声问道，“在哪儿？”

“不就在这儿吗！”瑞德说着，抱起孩子，让他坐在自己膝上，“我有你这个男孩就够了，你就是我的儿子。”

一时间，重新被需要的安全感和幸福感如此强烈，让他几乎又要哭出来。他喉咙动了动，把头靠在瑞德的西装背心上。

“你就是我的儿子，不是吗？”

“一个人能当——呃，两个男人的儿子吗？”韦德问。他矛盾了，一方面想忠于从未见过的生父，另一方面又很想爱这个抱着自己，还如此理解自己的继父。

“嗯，”瑞德坚定地说，“就像你可以是妈妈的孩子，也可以是玫兰姑妈的孩子一样。”

韦德琢磨了一下这句话，觉得有道理，笑了笑，在瑞德怀里害羞地扭着身子。

“瑞德叔叔，你了解小男孩，对吗？”

瑞德黝黑的脸一沉，现出平日里那一道道粗糙皱纹，嘴唇也绷了起来。

“嗯，”他苦涩地说，“我了解小男孩。”

韦德顿时又害怕起来，既害怕又突然有些嫉妒。瑞德叔叔想的不是他，而是别人。

“你没有其他小男孩，对吧？”

瑞德放下他，让他自己站着。

“韦德，我要再去喝一杯，你也来吧。这是你的第一杯酒。为你的新妹妹干一杯。”

“你没有其他——”韦德话没说完，便瞧见瑞德伸手去拿那个装着红酒的细颈瓶。想到自己马上能跟大人一样举杯庆祝，他顿时兴奋得忘了继续往下说。

“噢，不行，瑞德叔叔！我答应过玫兰姑妈，大学毕业前都不喝酒。如果我做到了，她会送我一块表。”

“那我送你一条表链——你要是喜欢，我就把现在用的这条送给你。”瑞德说着，又笑了，“玫兰姑妈做得很对，但她说的是烈酒，不是红酒。儿子，你必须学会像个绅士一样喝红酒。现在学再好不过。”

瑞德拿过一瓶水，熟练地往红酒里兑。直到酒液变成淡红色，他才把杯子递给韦德。这时，嬷嬷走进餐厅。她已经换上礼拜天才穿的那套最好的黑衣裳，围裙和头巾也换了，干净又挺括。她一摇一摆地走来，裙子发出窸窸窣窣的摩擦声。她脸上忧虑尽消，咧着一张几乎没牙的嘴，笑得无比灿烂。

“瑞德先生，来份生日礼物！”她说。

韦德酒杯都已端到唇边，闻言不由得顿住了。他知道嬷嬷向来不喜欢继父，总管他叫“巴特勒船长”，对他虽恭敬，却始终冷冰冰的。此刻，她却笑容满面地歪着身子，还叫他“瑞德先生”！今天可真混乱！

“相比红酒，你估计更想喝朗姆酒吧。”瑞德说着从酒柜里拿出一个矮胖的酒瓶，“嬷嬷，她真是个漂亮的宝宝，对吧？”

“当然。”嬷嬷接过酒杯，咂着嘴道。

“你见过更漂亮的吗？”

“呃，嗯，斯嘉丽小姐刚出生时也很漂亮，但比她……还是要差点儿。”

“嬷嬷，再来一杯？对了，嬷嬷——”瑞德的声音严肃起来，眼睛却闪闪发光，“刚才那窸窸窣窣的是什么声音啊？”

“天哪，瑞德先生。还能有什么，就是我那条红色绸衬裙嘛！”嬷嬷咯咯笑着，硕大的身子摇来晃去。

“不是别的，真是你那条衬裙！我不信。听起来就像干树叶摩擦的声音。你把裙子撩起来给我瞧瞧。”

“瑞德先生，你真坏！哎呀，噢，天哪！”

嬷嬷轻轻地尖叫一声，后退一步，把外面的裙子微微提起来一点儿，露出下面的红色塔夫绸衬裙。

“过了这么久才穿哪。”瑞德嘟囔道，但黑眼睛里跳动的全是笑意。

“嗯，是够久的。”

然后，瑞德说了句韦德听不懂的话。

“没有套马具的骡子了吧？”

“瑞德先生，斯嘉丽小姐真坏，竟把这话也告诉你啦！你不会怪我这黑老太婆吧。”

“不，我不会抓着这事不放，只是想知道罢了。嬷嬷，再来一杯。整瓶都干了吧。韦德，喝！为我们干杯。”

“为妹妹干杯！”韦德大声道，一口干了那杯酒，呛得又是咳嗽又是打嗝。两个大人哈哈大笑，连连给他拍背。

女儿出生后，瑞德的行为就让所有人困惑起来。全城的人和斯嘉丽对瑞德的看法其实早就固定了，但他如今的所作所为，却打破了那些看法。谁能想到，那么多人，偏偏他对当父亲这件事无比骄傲，甚至到了厚颜无耻的地步？尤其尴尬的是：他的第一个孩子并非儿子，而是女儿。

瑞德当父亲的新鲜感久久不退。很多女人不由得暗暗羡慕，因为早在孩子接受洗礼前，她们的丈夫就将生儿育女视作理所当然的事了。瑞德无论在街上遇见谁，连一句类似“我知道人人都觉得自家孩子聪明，但……”的客套话都不说，就强拽着对方，事无巨细地讲述自己的女儿又有了什么奇迹般的进步。他认为自己的女儿非凡出众，哪是其他小孩能比的。而且，他也不在乎别人知道他的这些想法。一次，一个新来的保姆让宝宝咂了几口肥肉，结果竟引起孩子第一次急腹痛。瑞德的反应让有经验的父母哈哈大笑。他匆匆请来米德医生和另外两名医生会诊。而且众人拼命阻拦，才没让盛怒之下的他抽那保姆一顿。那个保姆立刻被解雇了，在这之后又接连请了好多个保姆，但最长的也没干够一星期——瑞德那些苛刻的条件，谁都满足不了。

嬷嬷看着来来去去的保姆，也挺不高兴。因为任何新来的黑人，她都嫉妒。她不明白自己为何不能同时照料小宝宝、韦德和埃拉。但嬷嬷显然年纪大了，风湿病让她行动更加迟缓。瑞德没敢用这些理由另雇新人，只是对嬷嬷说他这种地位的男人，家里不能只有一个保姆，那样看起来太不体面。他会再雇两人干重活，让嬷嬷管着。对此，嬷嬷非常理解。跟瑞德一样，对她来说也是仆人越多越光彩。不过，她态度坚决地告诉瑞德，刚解放的那些垃圾黑人绝不能进她的育儿室。于是，瑞德只能派人去塔拉接普利西。他知道这丫头毛病不少，但她毕竟是家奴。此外，彼得大叔有个名叫卢儿的侄孙女。佩蒂小姐有几个姓伯尔的表兄，卢儿之前就是其中一家的黑奴。

斯嘉丽甚至还没法四处走动时，就发现瑞德过于关注宝宝。瞧他那副当着客人的面吹嘘女儿的样子，她都觉得恼火又尴尬。男人爱自己的孩子固然很好，但他如此表露爱意，就显得有些缺乏男子气概。他应该像其他男人一样自然随意些。

“你这样真傻！”斯嘉丽恼火地说，“为什么啊？”

“不明白？嗯，你的确不明白。因为她是第一个完全属于我的人。”

“她也属于我。”

“不，你已经有两个孩子了。她是我的。”

“好极了！”斯嘉丽说，“孩子是我生的，不是吗？再说了，亲爱的，我也属于你啊。”

瑞德的目光越过宝宝乌黑的脑袋，冲她古怪地笑了笑。

“是吗，亲爱的？”

这些天来，两人实在太容易吵架。幸好玫兰妮走了进来，否则多半又要爆发一场来得快、去得也快的激烈争执。斯嘉丽压下怒气，看着玫兰妮抱起孩子。原本已经商定给宝宝取名为“尤金妮亚·维多利亚[1]”，但那天下午玫兰妮无意间说出的一个名字，竟取代了之前的名字。正如当初“佩蒂帕特”一下子就取代了“萨拉·简”一样。

瑞德俯身凑向宝宝，说：“她的眼睛将来一定跟豌豆一样绿。”

“才不会！”玫兰妮愤愤地嚷道，忘了斯嘉丽的眼睛几乎也是这个颜色，“肯定是蓝色的，跟奥哈拉先生的眼睛一样蓝——就像

1　尤金妮亚是拿破仑三世之后，维多利亚是英国女王。

美丽[1]的蓝旗一样蓝。”

“邦妮·布卢[2]·巴特勒。”瑞德哈哈大笑，从玫兰妮手中接过宝宝，仔细打量那双小眼睛。于是，宝宝从此就叫“邦妮”。后来，甚至她的父母都忘了，他们曾打算用一位王后和一位女王的名字为她命名。

1　Bonnie 在英文中有“美丽”之意。

2　在英文中，该词发音与“蓝色”相同。

第五十一章

斯嘉丽终于又能出门时，让卢儿帮她系胸衣，吩咐绳子能拉多紧就拉多紧。然后，她用皮尺量了量自己的腰围。二十英寸！斯嘉丽大声叹息。生完孩子，身材就会变成这样！她的腰都快跟佩蒂姑妈和嬷嬷一样粗了！

“卢儿，再拉紧点儿。看能不能拉到十八英寸半，不然我的衣服就都穿不上了。”

“再拉绳子就断了，”卢儿说，“斯嘉丽小姐，你的腰就是粗了，一点办法都没有。”

“有办法。”斯嘉丽边想，边粗暴地把衣服接缝扯开，以尽量多放些尺寸出来，“我再也不生孩子了。”

邦妮很漂亮，当然也让她面上有光。瑞德非常喜欢这孩子，但斯嘉丽再也不想生孩子了。她不知道如何才能做到这点，因为她不能像对付弗兰克那样对付瑞德。瑞德可不怕她。瞧瑞德待邦妮那傻样，说不定他明年就想要个儿子，虽然他说过若生了儿子，非拿来溺死不可。哼，不管是儿子还是女儿，她都不生了。对任何女人来说，三个孩子都够多啦。

卢儿缝好被撕开的接缝，熨烫平整，然后帮斯嘉丽穿上，扣好扣子。斯嘉丽叫人备好马车，就出发去锯木厂了。一出门，她便来了精神，把腰围的事也忘了。因为她要去锯木厂找阿希礼，约他一同对账。如果幸运，她或许还能单独跟他在一起。从邦妮出生前好久，她便再没见过阿希礼。在她非常显怀那会儿，一点也不想见阿希礼。她多想念每天都能看到阿希礼的那些日子啊，哪怕当时总有别人在场。闭门不出那么久，她也很惦记木材生意，觉得那是生活中很重要的活动。当然，现在她并不是非工作不可，完全可以很容易地卖掉两间锯木厂，把钱拿来给韦德和埃拉做投资。但那样的话，除非在周围有很多人的社交场合，否则她几乎不可能再见到阿希礼。然而，跟阿希礼一起工作，是她最大的乐趣。

赶车来到锯木厂，看到堆得高高的木材，又看到那么多顾客站在木材堆间跟休·埃尔辛说话，斯嘉丽真是开心极了。还有六队骡子拉的大车。黑人们正在往车上装木材呢。“整整六队，”斯嘉丽骄傲地想，“这些全是我挣来的！”

阿希礼走到小办公室门口。又看见斯嘉丽，他眼里顿时流露出欣喜之色，伸手把她扶下马车，仿佛迎接女王般将她迎进办公室。

但看完账簿，再一对比约翰尼·加勒格尔那间厂子，斯嘉丽就开心不起来了。阿希礼勉强收支相抵，约翰尼却赚了一大笔。斯嘉丽看着两本账簿，还没开口，阿希礼已经读懂她的脸色。

“斯嘉丽，抱歉。我只能说，希望你让我雇用自由黑人，换掉这些囚犯。我相信，如此一来，我就能干得更好。”

“黑人！哼，他们的工钱会把我们拖垮。囚犯多便宜。如果约翰尼都能靠他们赚这么多——”

阿希礼的目光越过她的肩膀，望向某个她看不见的东西。他眼中欣喜的光芒消失了。

“我无法像约翰尼·加勒格尔那样使唤囚犯。我不会强迫人。”

“天哪！约翰尼对此可太在行了。阿希礼，你就是心太软。你应该让他们多干点活的。约翰尼告诉我，每次有人装病不想干活，一跟你说，你就给他们放一天假。天哪，阿希礼！这样可赚不到钱。抽几鞭子，他们就什么毛病都没了，只要别打断腿——”

“斯嘉丽！斯嘉丽！闭嘴！我受不了你这样说话，”阿希礼的目光回到她身上，那副凶狠的模样让她立刻住了嘴，“你难道不明白他们也是人——生病的，没吃饱的，痛苦的和——噢，天哪，他怎么把你变得如此残忍，我真受不了，你向来那么甜美——”

“谁怎么我了？”

“虽然我没有任何权利，但我还是要说。我一定要说出来。就是你那位——瑞德·巴特勒。他碰到的一切都会中毒。你原先脾气虽大了些，却甜美、慷慨又温柔。瞧瞧他对你做了什么——跟他沾上边后，你就变得铁石心肠、冷酷无情。”

“噢。”斯嘉丽吸了口气，内疚又欣喜地想，阿希礼竟对她如此深情，还觉得她甜美温柔。谢天谢地，他以为她如今的吝啬都是瑞德的错。瑞德当然与此毫无关系，毕竟，一切都是她的错。不过，就算瑞德再多个污点，也不会对他造成什么伤害。

“要是换成其他任何人，我都不会如此担心——瑞德·巴特勒！他对你做了什么我都看到了。不知不觉中，你的思想就被引到他那条无情之路上去了。噢，没错，我知道自己不该说这个——他救了我的命，我很感激，但我真的祈求上帝，换成其他任何人都行，除了他！我无权这样跟你说话——”

“噢，阿希礼，你有权——除了你，其他还有谁能这样说！”

“我告诉你，我就是受不了。我没法看着你优雅美好的一切被他变得粗俗不堪，无法忍受你的美貌和魅力就托付给了这样一个男人——而一想到他还会碰你，我就——”

“他要吻我了！”斯嘉丽心头狂喜，“而且，这不是我的错！”她冲他凑过去，他却突然后退，仿佛意识到自己说了太多原本并不打算说的话。

“斯嘉丽，非常抱歉。我——我竟暗示你丈夫不是绅士。我说的这些话，证明我也不是绅士。谁都无权当着一位妻子的面批评她的丈夫。我没有理由，只是——只是——”他越说越结巴，脸也扭曲起来。斯嘉丽屏住呼吸，等着他继续往下说。

“我找不到任何理由。”

回家这一路上，斯嘉丽坐在马车里，心念电转。没有理由，除了——除了他爱她！所以一想到她躺在瑞德怀里，他就怒火中烧！这不可能吧！呃，似乎也能理解。要不是知道他跟玫兰妮的关系已经跟兄妹无异，她肯定也会备受煎熬。所以说，瑞德的拥抱让她变得粗俗、残忍！呃，阿希礼若这么想，那她以后不让他抱了就是。虽然她和阿希礼都跟别人结了婚，但若两人都默默为对方守身，多甜蜜、多浪漫啊！这念头让斯嘉丽浮想联翩，越想越开心。而且，这么做也有实际意义。因为如此一来，她就再也不会生孩子了。

到家后，她让人赶走马车。想到要跟瑞德提出分房睡，还要面对由此而来的一系列事情，因阿希礼那番话而高涨的情绪就开始渐渐消退了。这事难办。而且，她该怎么告诉阿希礼，自己因他所愿，拒绝跟瑞德同床共枕？如果做了牺牲却无人知晓，那岂不是什么好处都没捞到？羞怯和娇柔，真是一副重担哪！如果跟阿希礼说话也能像跟瑞德那般坦白直率就好了！算了，没关系，总能想出办法暗示阿希礼，让他明白事实真相。

斯嘉丽上楼，推开育儿室的门，发现瑞德坐在邦妮的小床边，膝上抱着埃拉，正瞅着韦德把自己兜里的东西一样样地掏给他看。瑞德喜欢孩子，也宠孩子，真好啊！对妻子前夫留下的孩子，有些继父苛待得很呢。

“我想跟你谈谈。”斯嘉丽边说，边朝他们的卧室走去。既然已经决意不再要孩子，那就最好趁阿希礼的爱还在给她力量时，早点解决此事。

“瑞德，”他刚关上卧室门，她就突然开口道，“我已经决定，再也不生孩子了。”

就算被她突如其来的宣言惊到，他也没表现出来。他懒洋洋地坐进椅子，往后一靠。

“宝贝儿，邦妮出生前我就告诉过你，你是生一个孩子，还是生二十个，我都无所谓。”

如此轻巧就避开了问题，这人真可恶！仿佛生不生孩子，以及孩子到底是如何来的，都跟他毫无关系似的。

“我觉得三个已经足够，不想再每年生一个。”

“三个看起来是差不多了。”

“你非常清楚——”斯嘉丽一开口就尴尬得脸都红了，“你懂我的意思？”

“当然。但你不让我享受结婚的正当权利，我可以跟你离婚，你明白吗？”

“就会想那种事，你这人真下流！”斯嘉丽嚷道，恼怒事情并未如自己计划的那样发展，“你若还有点骑士精神，你就——就该像——呃，瞧瞧阿希礼·威尔克斯。玫兰妮不能再生孩子，他就——”

“阿希礼可真是个小绅士呀，”瑞德的双眼异常明亮，“请继续说。”

斯嘉丽却噎住了，因为想说的话已经说完，她再无话可说。这下，她才发现自己有多蠢，竟指望温和友善地跟瑞德这种自私下流的家伙解决如此重大的问题。

“你今天下午去锯木厂办公室了，对吧？”

“那跟这事有什么关系？”

“斯嘉丽，你喜欢狗，对吧？你是喜欢它们待在狗窝，还是马槽[1]？”

斯嘉丽又气又失望，竟没听懂这句话。

瑞德轻轻起身，走到她跟前，伸手猛地托起她的下巴，让她仰脸对着自己。

“真是个孩子！都跟过三个男人了，依旧不懂男人本性，似乎还觉得他们就像过了更年期的老太太一样清心寡欲。”

瑞德顽皮地捏了下她的下巴，松开手，一边黑眉扬起，俯身冷冷地看了她好久。

“斯嘉丽，听清楚了，只要你和你那张床依旧对我有吸引力，上锁也好，恳求也罢，都无法阻止我靠近。我这人做什么都不要脸，因为我们早已达成交易——只要我还遵守协定，你就不能违约。亲爱的，守住你贞洁的床吧。”

“你是在告诉我，”斯嘉丽气愤地嚷道，“你不在乎——”

“你已经厌倦我了，是不是？可是，男人总是比女人更容易厌倦。斯嘉丽，守住你的贞洁吧。反正苦不到我，没关系。”他耸耸肩，咧嘴一笑，“幸好这世上到处都是床——而且，大多数床上都多的是女人。”

---

1 英文谚语，意为“占马槽的狗，占着茅坑不拉屎的人”。

“你是说，你真的要——”

“我亲爱又天真的宝贝儿！不过，当然！在此之前我若没走偏，那才是奇迹呢。我从不觉得忠贞是美德。”

“以后我每晚都锁门！”

“干吗费这个劲？我若想要你，什么锁都别想把我拦在外面。”

他转身走出房间，仿佛这个话题已经结束。斯嘉丽听到他回了育儿室，赢得孩子们的一致欢迎。斯嘉丽猛地坐下。她如愿以偿了。这是她想要的，也是阿希礼想要的。可她并不开心，虚荣心受到了伤害。一想到瑞德如此不在意，而且还不想要她了，竟将她跟其他床上的女人相提并论，她就觉得屈辱。

她本想巧妙地告诉阿希礼她和瑞德已不再是真正的夫妻，但现在，她知道自己办不到。如今，一切都乱了套。她真有些后悔了，早知道压根就不该提这事。她会怀念跟瑞德在床上的那些长谈——一边看着他的雪茄头在黑暗中闪闪发光，一边听那些有趣的话。她也会怀念瑞德舒适的怀抱——每次从那个在冰冷迷雾中奔跑的噩梦中惊醒，都是瑞德在安慰她。

突然，她觉得好难过，脑袋往椅子扶手上一靠，放声大哭起来。

第五十二章

邦妮刚过周岁的一天下午，天下起了雨。韦德闷闷不乐地在客厅转来转去，时不时就跑到窗前，把鼻子贴在外面滴着水的窗玻璃上。他瘦小又难看，实在不像八岁的孩子。他沉默寡言，性格腼腆，旁人若不跟他说话，他绝不先开口。此时他觉得很无聊，显然不知该玩什么才好。埃拉在屋角玩洋娃娃。斯嘉丽坐在桌前，对着一长串数字，嘟嘟囔囔地算总账。瑞德躺在地板上，拎着表链晃动怀表，引邦妮来抓，却又刚好让她抓不到。

韦德捡起几本书，又砰地全给掉在地上。他重重地叹了口气，斯嘉丽恼怒地转头看他。

“天哪，韦德！出去玩！”

“出不去，在下雨呢。”

“是吗？我没注意。呃，那就找点事做，别晃来晃去的，惹我心烦。叫波尔克准备好马车，送你去找小博玩。”

“他不在家，”韦德叹了口气，“他去参加拉乌尔·皮卡德的生日宴会了。”

拉乌尔是梅贝尔和勒内·皮卡德的小儿子。斯嘉丽觉得那就是个讨厌的小顽童，简直像只猴子。

“那你想找谁就去找谁。让波尔克带你去。”

“没人在家，”韦德答道，“都去参加宴会了。”

那句“都去了——除了我”虽没说出口，意思却再明白不过。但斯嘉丽一心扑在账簿上，压根没注意。

瑞德坐起身，说：“儿子，你怎么没去？”

韦德凑到他身边，来回划拉着一只脚，一脸不高兴。

“先生，我没接到邀请。”

瑞德把表塞到邦妮那专毁东西的手里，轻巧地站了起来。

“斯嘉丽，别管你那些该死的数字了。韦德为何没接到邀请？”

“天哪，瑞德！现在别打扰我。阿希礼把这些账弄得一团糟——噢，那个宴会啊？韦德没接到邀请有什么奇怪的。就算他接到了，我也不会让他去。别忘了，拉乌尔是梅里韦瑟太太的外孙。只有等梅里韦瑟太太将自由黑鬼请进她家客厅了，才会放我们家的人进去。”

瑞德若有所思地观察着韦德的脸，瞧见男孩一脸畏缩。

“过来，儿子，”他把男孩拉到身边，“你想去参加那场宴会吗？”

“不想，先生。”韦德说得无畏，却垂着眼。

“嗯，告诉我，韦德，你去过小乔·怀廷、弗兰克·邦内尔或——其他任何小朋友的生日宴会吗？”

“没有，先生。很多宴会我都没接到邀请。”

“韦德，你撒谎！”斯嘉丽转头嚷道，“上周你才去过三场小孩的宴会——巴特家、格勒特家和亨登家。”

“你可真是把套上马具的骡子也拉来凑数。”瑞德拖长调子柔声道，“你在那些宴会上玩得开心吗？说！”

“不开心，先生。”

“为什么不开心？”

“我——我也不知道，先生。嬷嬷——嬷嬷说，他们都是白垃圾。”

“我现在就去剥了嬷嬷的皮！”斯嘉丽嚷道，一下子跳了起来，“至于你，韦德，竟敢这么说妈妈的朋友——”

“孩子没说错，嬷嬷也没错。”瑞德道，“不过，当然，就算在路上碰到真理，你也认不出来……别担心，儿子。你不想去的宴会，今后都可以不去了。拿着，”他从口袋里扯出一张钞票，“叫波尔克套好车，带你进城。你自己去买点糖果吧——买很多很多，足够吃到你肚子疼那么多。”

韦德喜笑颜开地把钞票揣进兜里，紧张地看向妈妈，想征求她的同意。斯嘉丽却皱眉瞪着瑞德。瑞德从地板上抱起邦妮，搂在怀里哄，让她的小脸贴着自己的脸。斯嘉丽看不到他的脸，但他眼里却有种近乎恐惧的神色——既恐惧，又自责。

韦德被继父的慷慨鼓舞，害羞地朝他走来。

“瑞德叔叔，我能问你一个问题吗？”

“当然，”瑞德把邦妮的脑袋又揽近了些，神情有些紧张，“韦德，你想问什么？”

“瑞德叔叔，你——你打过仗吗？”

瑞德顿时警觉起来，目光锐利，但声音依旧随和。

“儿子，干吗问这个？”

“呃，乔·怀廷说你没打过仗，弗兰克·邦内尔也这么说。”

“啊，”瑞德道，“那你怎么说的？”

韦德一脸不高兴。

“我——我说——我不知道。”然后，他又急忙补充道，“但我不在乎，我揍了他们。瑞德叔叔，你打过仗没有？”

“打过。”瑞德突然激动起来，“我打过仗，在军队待了八个月。我从洛夫乔伊一路打到田纳西州的富兰克林。约翰斯顿将军投降时，我就在他军中。”

韦德骄傲地直扭身子，斯嘉丽则哈哈大笑。

“我还以为你为自己这段参战经历感到羞耻呢，”斯嘉丽道，“你不是不让我说出去吗？”

“嘘。”瑞德利落地阻止道，“韦德，这下你满意了吗？”

“噢，当然，先生！我知道你也打过仗，也知道你不像他们说的那般胆小。但是——你为何没跟其他小男孩的爸爸待在一起呢？”

“因为其他小男孩的爸爸都太蠢，只能当步兵。我是西点军校毕业的，所以当了炮兵。我加入的是正规炮兵部队，不是地方志愿军。韦德，得很有见识的人才当得了炮兵。”

“那当然！”韦德整张脸都在发光，“瑞德叔叔，你受过伤吗？”

瑞德犹豫了。

“告诉他你得过痢疾。”斯嘉丽嘲讽道。

瑞德小心翼翼地把宝宝放在地板上，从腰带里扯出衬衫和内衣。

“韦德，过来，瞧瞧我的伤口。”

韦德激动地走过去，盯着瑞德手指的位置。一条长长的、隆起的伤疤划过他古铜色的胸膛，一直延伸到肌肉发达的腹部。那是他在加利福尼亚金矿区操刀子跟人打架留下的，但韦德并不知道。小家伙快活得直喘粗气。

“瑞德叔叔，你肯定跟我爸爸一样勇敢。”

"差不多，但还是比不上他。"瑞德边说边把衬衫扎进腰带，"好啦，赶紧去把你那张钞票花掉吧。以后要是哪个小子再说我没打过仗，你就狠狠揍他。"

韦德连蹦带跳、开开心心地跑了，边跑边喊波尔克。瑞德又抱起宝宝。

"勇敢的大兵兄弟，干吗跟他扯这通谎言？"斯嘉丽问。

"男孩总得为父亲——或者继父骄傲。我不能让他在别的小崽子面前觉得羞愧。小孩也是很残忍的生物。"

"噢，胡说八道！"

"我从未想过这事对韦德意味着什么，"瑞德慢悠悠地道，"也没想过他会有多难受。不能让邦妮将来也受这样的罪。"

"什么罪？"

"你以为我会让邦妮为自己的爸爸感到羞愧吗？等她九岁或十岁时，也不能参加生日宴会？你以为我会让她像韦德一样，因为你我，而非她自己的过错受到羞辱？"

"哎呀，不过是小孩子的宴会罢了。"

"先是小孩的宴会，然后就是年轻姑娘们初入社交圈的宴会。你以为，我会让女儿从小到大都被亚特兰大上流圈子排除在外吗？我不会因为她不被这儿、查尔斯顿、萨凡纳或新奥尔良的人接受，就送她去北方上学或游玩。我也不会眼睁睁地看着她因为妈妈是傻瓜、爸爸是无赖，没有体面的南方家庭愿意娶她进门，从而被迫嫁给北佬或外国人。"

这时，韦德已经回到门边。这番话他听得津津有味，却也迷惑不解。

"瑞德叔叔，邦妮可以嫁给小博呀。"

瑞德转向小男孩，脸上怒意全消。显然，他一如既往地认真琢磨了孩子的话。跟孩子们打交道，他向来如此。

“没错，韦德。邦妮可以嫁给博·威尔克斯。但你能娶谁呢？”

“噢，我谁都不娶。”韦德自信地说，尽情享受着跟一个大人坦率交流的快乐。除了从不指责他，并且总是鼓励他的玫兰姑妈，瑞德是唯一一个这般跟他说话的大人。“我要去哈佛大学，当律师，然后像爸爸那样，成为一名勇敢的士兵。”

“真希望玫兰闭上嘴。”斯嘉丽嚷道，“韦德，你不会去哈佛。那是所北佬的学校，我才不会让你进北佬的学校。你该去佐治亚大学，毕业后回来帮我管店。至于你爸爸那个勇敢的士兵——”

“嘘！”瑞德连忙打断。韦德刚才说起爸爸时眼中亮起的光芒，他永远都忘不了。“韦德，你长大后就当个你爸爸那样勇敢的人。一定要努力变成他那样，因为他是个英雄，要是谁敢胡说八道，就让他闭嘴！你爸爸娶了你妈妈呢，不是吗？这点足以证明他的英雄品质啦。而且，我也会让你进哈佛大学，然后当上律师。现在，赶紧去找波尔克，让他带你进城吧。”

“你若让我自己管教孩子们，我会谢谢你的。”韦德听话地跑出屋后，斯嘉丽嚷道。

“你管得糟糕透顶。你已经毁掉了埃拉和韦德的机会，我可不会让你再用那套来管邦妮。邦妮要成为人人渴求的小公主，她想去哪儿就能去哪儿。天哪，你以为我会让她在满屋的渣滓中长大，任由她跟那些人交往？”

“对你来说，那些人够好了——”

“宝贝儿，他们那样对你来说的确很好，但对邦妮不行。你以为我会任她嫁给某个成天跟你混在一起的浪荡子？追名逐利的爱尔兰人、北佬、白垃圾、投机商暴发户——我的邦妮可有巴特勒家族和罗比亚尔家族的血统——”

“还有奥哈拉家——”

“奥哈拉家在爱尔兰或许也曾煊赫一时，但你爸不过是个精明又逐利的爱尔兰人罢了。你也没好到哪儿去——不过，我也有错。我就像地狱飞出来的蝙蝠一样胡乱过日子，因为觉得一切都无关紧要，所以向来什么都不在乎。但邦妮很重要。天哪，我以前多傻啊！无论我妈、你的厄拉利姨妈或保利娜姨妈如何努力，查尔斯顿都不会接纳邦妮。除非我们赶紧做点什么，否则——这儿也不会接纳她。”

“噢，瑞德，你把这事看得太严重啦，真滑稽。凭我们手里的钱——”

“什么我们的钱，通通见鬼去吧！我们的钱买不到我想给她的东西。我宁肯邦妮受邀去皮卡德的破屋子和埃尔辛太太家那摇摇欲坠的谷仓啃干面包，也不想让她成为共和党就职舞会上的美人。斯嘉丽，你真是个傻瓜。你应该几年前就开始为自己的孩子在社交圈谋一个位置的——可你非但没有，还连自己原有的位置也懒得保住。现在就算你想迷途知返，也太晚了。你太想赚钱，也太爱欺负别人。”

“我看这事就是你小题大做。”斯嘉丽冷冷地说，把账簿翻得哗哗响，表示她不想再讨论这个话题。

“只有威尔克斯太太能帮助我们，你却还竭尽所能地疏远她、侮辱她。噢，以后别再跟我说她穷、衣着寒酸之类的话。亚特兰大最优秀的那批人，都以她为灵魂、为核心。谢天谢地，还有她在。她会帮我解决这个问题。”

“你要干吗？”

“干吗？我要与城中每一个保守派母夜叉搞好关系，尤其是梅里韦瑟太太、埃尔辛太太、怀廷太太和米德太太。就算每个讨厌我的胖老太婆都要我匍匐在她面前，我也会照做不误。我要顺从地忍受她们的冷淡，真心忏悔以前犯下的种种罪行。我要给她们该死的慈善事业捐款，还要去她们那该死的教堂。我要承认并吹嘘自己为邦联效过的力。而且，若真到了一筹莫展的时候，我还会加入那该死的三 K 党。不过，但愿仁慈的上帝别用如此残酷的惩罚来让我赎罪。我还会毫不犹豫地提醒那帮傻瓜我救过他们的命，他们还欠我一份人情。而你，夫人，请行行好，千万忍住，别在背后拆我的台。对于我正在讨好的人，请你别取消他们赎回抵押品的权利、别卖烂木头给他们，也别以任何其他方式侮辱他们。从此以后，布洛克州长再也不准进我家的门，听见了吗？你结交的那帮优雅贼人，也一个都不准来。你若再不顾我的要求邀请他们，就别怪我到时候给你难堪——让这个家再没有男主人。他们只要一进这个门，我就立马去贝尔·沃特林的酒吧间，跟那儿所有愿意听我说话的人说——我不愿跟那些人待在同一个屋檐下。”

斯嘉丽被这番话刺痛，干笑了两声。

“这么说，曾经内河船上的赌徒和投机家，如今要改邪归正了！那好，你向体面人迈进的第一步，最好就是卖掉贝尔·沃特林的那幢房子。”

她这句话纯属瞎猜，因为她始终无法肯定那幢房子是瑞德的。瑞德仿佛看透了她的心思，突然大笑起来。

“谢谢你的建议。”

瑞德试图重获体面的社会地位，却选了个最艰难的时期。如今，正是共和党人和支持联邦重建计划的南方佬名声最臭之时，投机家政权的腐败程度也已达顶点。而且，南方投降以来，瑞德的名字就与北佬、共和党和支持联邦重建计划的南方佬紧密相连。

一八六六年，无助又愤怒的亚特兰大人以为军事管制就是最糟的情况，没想到，如今布洛克的统治竟然比之前更糟。共和党人及其盟友靠着黑人的投票，牢牢把持政权，骑在虽已无权，却仍在顽强反抗的少数派头上作威作福。

黑人中流传着一种言论，说《圣经》上只有两大政治派别——一种是税吏[1]，一种是罪人。黑人们都不愿加入一个全由罪人组成的政党，于是纷纷加入了共和党。新主子们一次又一次地鼓励他们投票，选举穷白人和支持联邦重建计划的南方佬担任要职。那些位居高位的人中，甚至有些还是黑人。这些黑人坐在议会里的大部分时间不是在吃花生，就是在穿脱新鞋来放松实在不习惯的脚丫子。刚刚离开棉花田和甘蔗地的他们，几乎没几个能读会写的。然而，他们有权投票决定征多少税、发行多少债券，以及给自己和共和党的朋友们划拨巨额开支。他们当然会投票批准这一切。全佐治亚州被税收压得步履蹒跚。纳税人得知大部分作为公共工程的税款最后都入了私人腰包时，缴税时个个满腔怒火。

一大群推销商、投机家、寻求政府合同的人和其他企图从政府的大肆挥霍中牟利的人将州议会大厦团团围住。其中很多人正在厚颜无耻地发家致富。他们以修铁路、买车厢和火车头、修公共建筑等名义，轻而易举就从州里骗到钱。其实，一切计划都只存在于那些人脑中，永远不会付诸实践。

政府发行了数百万美元的债券，其中大部分都是非法、骗人

1　在英文中，该词与“共和党人”只差两个字母。

的，却照样成功发行。州财政部部长虽是共和党人，却为人正派，不仅反对这一违法行为，还拒绝签署发行令。然而，虽然他和另外一些官员奋力抵制各种滥用职权的行为，却终究挡不住汹涌的腐败潮流。

州属铁路曾是本州一大资产，如今却成了一大负担，欠债高达百万美元。它已不再是一条铁路，而成了个巨大的无底洞，任由一群猪猡在里头狼吞虎咽、纵情打滚。铁路线上的官员任命更多出于政治原因，而不考虑其是否懂得相关运营知识。铁路职工人数达到实际所需人数的三倍。共和党人凭通行证可免费乘车。一车厢一车厢的黑人也兴高采烈地免费乘车，在同一场选举中到州内各地反复投票。

州属铁路的管理不善让纳税人尤为愤怒。因为铁路收益是免费学校的资金来源。铁路没了收益，只剩下负债，免费学校就办不成了。几乎没有多少家庭能将子女送进自费学校，一代儿童将在无知中长大，然后连续数年继续散播无知的种子。

但跟浪费、管理不善和贪污受贿相比，人们更深恶痛绝的是州长在北方对本州人民的恶意中伤。佐治亚人强烈反对腐败时，州长匆匆北上，在国会面前控诉白人凌辱黑人、说佐治亚人又在策划另一场叛乱，所以有必要在该州施行严厉的军事管制。没有一个佐治亚人还想打仗，也没人想要或需要“刺刀下的统治”。佐治亚人只想不受打扰，也好让本州休养生息、恢复元气。但在州长“诽谤工厂”的运转下，北方只看到一个需要施以高压手段的反叛之州，于是采取了一系列强硬措施。

对扼住佐治亚喉咙的那帮坏蛋来说，这真是一场值得称颂的狂欢。除了肆无忌惮地巧取豪夺，还有政府要员明目张胆地盗窃，到处弥漫着一股冰冷的犬儒之风。抗议和任何努力都无济于事，因为州政府有联邦军队支持。

亚特兰大人诅咒布洛克，诅咒他手下那些南方佬和共和党人，也诅咒任何跟那些家伙有关系的人。而瑞德就跟他们有关系。人人都说，那些家伙的所有阴谋诡计，瑞德都参与了。但现在，瑞德却转而要抵制这股他前不久还随波逐流的浪潮，开始费劲地逆流而上。

瑞德缓慢而巧妙地展开行动，不让亚特兰大人起疑他这头豹子怎么一夜之间改了身上的斑点。他开始避免接触那些不大可靠的老友，也不再同北佬军官、支持联邦重建计划的南方佬和共和党人一同出现。他参加民主党的集会，惹人注目地投票给民主党。他不再参加赌金高昂的牌局，喝酒也相对节制起来。若去贝尔·沃特林的妓院，他也跟体面的城里人一样夜里偷偷去，而非像以前那般大下午就把马拴在妓院门口，让人一看就知道他在里头。

每次圣公会教堂做礼拜，瑞德都会牵着韦德的手晚到。他们蹑手蹑脚地走进去，回回惊得众人差点儿从凳子上跌下来。大家看到韦德跟看到瑞德一样吃惊，因为小家伙本应是天主教徒。至少，斯嘉丽是天主教徒，或者应该算是。不过，斯嘉丽已经多年不进教堂，早把信仰和埃伦的很多其他教诲一起抛诸脑后。人人都觉得斯嘉丽忽略了儿子的宗教教育，而瑞德如今在设法弥补。就算瑞德带孩子来圣公会教堂，而非天主教教堂，也依然值得嘉许。

瑞德如果能管住舌头，黑眼睛别老是跳动着恶意嘲讽的光芒，他还是能显得既稳重又迷人的。他已经多年不这样，现在却又端起这副稳重、迷人的架势，就连穿西装背心，也要挑更严肃持重的颜色。结交那些被他救过性命的先生并不难，因为他们早就表达过感激，只是瑞德不当回事而已。如今，休·埃尔辛、勒内、西蒙斯兄弟、安迪·邦内尔和其他人都发现瑞德很讨人喜欢。大家表达感谢时，他还有些不好意思，一副谦虚内敛的模样。

“没什么，”他总是自谦，“你们若处在我的位置，也会这么做。”

他为修缮圣公会教堂捐了一大笔钱，还给阵亡烈士墓地美化协会也捐了一笔数额不小，但又不至于太过招摇的款。他特意找到埃尔辛太太，把捐款交给她，还不好意思地恳求她保守秘密。不过，瑞德很清楚如此一说，她反而会大肆宣扬此事。埃尔辛太太其实很不愿收下这笔“投机商”的钱，无奈协会亟须资金。

“真不明白你干吗捐钱。”埃尔辛太太尖酸刻薄地说。

瑞德严肃庄重地告诉她，自己捐款是为了纪念在军中那些比他更勇敢，却没他幸运的战友。他们如今长眠地下，却连块碑都没有。听完这话，埃尔辛太太高贵的下巴顿时沉了下来。多莉·梅里韦瑟曾告诉她，斯嘉丽说巴特勒船长参过军。这事她当然不信，谁都不会信。

“你参过军？在哪个连——哪个团？”

瑞德报上番号。

“噢，炮兵团！我认识的人不是在骑兵团，就是在步兵团。那么，原来——”她突然住了嘴，窘迫不堪，还以为他眼中又要闪过恶意之光，但他只是低头把玩表链。

“我本来也想当步兵，”他完全没在意对方的暗讽，“但他们发现我是西点军校出身后，就把我编入炮兵团——是正规炮兵团，不是民兵团。但埃尔辛太太，因为我当年幼稚胡闹，所以没能从军校毕业。最后一役中，他们需要有专业技能的人。你知道之前伤亡有多惨重，很多炮兵都阵亡了。我在炮兵团相当孤独，一个认识的人都没有。整个服役期，我连一个亚特兰大人都没见着。”

“啊！”埃尔辛太太困惑了。他若真参过军，那自己之前岂不是弄错了。她言辞激烈地骂了他那么多，说他是胆小鬼。想起这些，她不由得有些内疚。“哎呀！你干吗不告诉别人自己参过军呢？你表现得好像这事很可耻似的。”

瑞德直视着她的双眼，一脸为难之色。

“埃尔辛太太，”他热切地说，“请相信我，能为邦联服役是我这辈子最自豪的事，胜过我从前干过和将来要干的所有事。我觉得——我觉得——”

“呃，那你干吗还藏着掖着？”

“鉴于——我从前的某些所作所为，我就没脸提这事。”

埃尔辛太太把捐款和这次谈话的事详详细细地告诉了梅里韦瑟太太。

“多莉，我向你保证，他说到‘没脸’时，眼眶里都有泪水了！真的，有眼泪！我自己都差点哭了。”

“胡扯！”梅里韦瑟太太根本不信，大声道，“我既不相信他会掉眼泪，也不信他参过军。这事我很快就能查出来。他若真在哪个炮兵团待过，我肯定能查出来。因为指挥炮兵团的卡尔顿上校是我姑婆的女婿，我写信问问他。”

梅里韦瑟太太给卡尔顿上校写了封信，结果收到一封令她瞠目结舌的回信。上校在信中明确赞扬了瑞德在军中的表现，称他是个天生的炮兵、一个勇敢的士兵、一位毫无怨言的绅士，以及一个甚至连军衔都不要的谦逊之人。

“很好！”梅里韦瑟太太把信拿给埃尔辛太太看，“你可真让我吃惊！或许，我们说那无赖没当过兵，的确是错怪他了。或许我们应该相信斯嘉丽和玫兰妮的话——他在本城陷落那天报名参了军。尽管如此，他还是个支持联邦重建计划的南方佬，也是个无赖，我不喜欢他！”

“不知怎的，”埃尔辛太太犹疑地道，“不知怎的，我觉得他也没那么坏。一个曾为邦联而战的男人，不会坏得一无是处。真正坏的是斯嘉丽。多莉，你知道吗，我真相信他——呃，他为斯嘉丽感到羞耻，但碍于绅士风度，所以不曾表现出来。”

“感到羞耻！呸！他俩就是一种人。你这傻念头是从哪里冒出来的呀？”

“这不是傻，”埃尔辛太太愤愤地道，“昨天下那么大雨，他带着三个孩子——你知道吗，甚至包括那个小宝宝——坐着马车在桃树街上来回转悠，还顺便把我送回了家。我问他：‘巴特勒船长，你疯了吗，下这么大的雨还把孩子们带出来？干吗不把他们送回家啊？’他一脸尴尬，什么也没说。但嬷嬷大声道：‘满屋子都是白垃圾，让孩子们冒雨出来，也比待在家里好。’”

“他怎么说？”

“还能怎么说？他只是冲嬷嬷皱了皱眉，权当没听见。原来，斯嘉丽昨天下午请了好多人到家里打惠斯特牌，那些俗气的女人都去了。我猜，瑞德大概不想让那些人亲他女儿吧。”

“嗯。”梅里韦瑟太太动摇了，却依旧固执己见。但一个星期后，她也投降了。

如今，瑞德在银行有张办公桌。但困惑的银行职员们并不知道他到底在那张桌前办什么公。不过，他是银行的大股东，没人敢反对他去那儿。一段时间后，因为他一直安静有礼，又真懂一些银行和投资方面的业务，众人便把自己曾反对他来的念头忘了。至少，他成天坐在桌前，一副勤恳忙碌的样子。而他也正希望自己能跟受人尊敬的市民们一样既有工作，也在努力工作。

梅里韦瑟太太欲扩大她那家蒸蒸日上的面包房，便想用自家房子做抵押，向银行借两千美元。因为她那房子已经有两笔抵押贷款，所以银行拒绝了她的贷款申请。这位矮胖结实的老太太火冒三丈地冲出银行时，被瑞德拦住了。问明缘由后，瑞德不安地说："梅里韦瑟太太，肯定是哪里搞错了。真是个严重的错误。你这种身份的太太，还要什么抵押？嘿，只要你一句话，我立马借钱！任何一位太太，只要能将生意做成你这样，都是最值得冒险投资的顾客啊！银行就想借钱给你这样的人。好啦，你在我的椅子上坐会儿，我这就去给你办贷款。"

瑞德回来时满脸笑容，说不出他所料，刚才的确是弄错了。现在，两千美元已经备好，她随时可以提取。"至于你的房子——在这儿签个字好吗？"

梅里韦瑟太太既生气，又觉得受到了冒犯。生气是因为这人她既不喜欢，又不信任，却还接受了他的帮助。以至于最后道谢时，她也没表现得多么亲切有礼。

瑞德却毫不在意，一路把她送到门口，最后还说："梅里韦瑟太太，我一向佩服你见多识广，不知能不能向你请教一件事？"

梅里韦瑟太太微微点了下头，遮阳帽上的羽毛都没怎么动。

"梅贝尔小时候也会吮大拇指吧？你当时是怎么纠正她的？"

"什么？"

"我家邦妮老是吮大拇指，怎么管都管不住。"

"你得让她改掉这毛病，"梅里韦瑟太太坚决地说，"不然她的嘴型可就毁了。"

"是啊！是啊！她的嘴多漂亮啊！但我不知道该怎么办。"

"斯嘉丽应该知道，"梅里韦瑟太太不耐烦地道，"她都生过两个孩子了。"

瑞德低头看着鞋子，叹了口气。

“我试过往她指甲上抹肥皂。”瑞德说，略过了她说斯嘉丽的话。

“肥皂？呸！肥皂有什么用。我往梅贝尔大拇指上抹了奎宁。巴特勒船长，她立马就不吮大拇指啦。”

“奎宁！我怎么没想到！太谢谢你了，梅里韦瑟太太。这事真让我伤脑筋哪！”

瑞德冲她露出一个无比感激、无比快活的微笑，让梅里韦瑟太太站在那儿，一时间竟不知如何是好。但向他道别时，她也笑了。虽然不愿向埃尔辛太太承认自己看错了人，但梅里韦瑟太太为人诚实，说一个爱自己孩子的人，总归还是有优点的。斯嘉丽居然连邦妮这么漂亮的小家伙都不管，多遗憾哪！一个大男人得独自抚养小女儿，真可怜！瑞德非常清楚这么做肯定能引人同情，所以就算抹黑斯嘉丽也无所谓。

孩子会走路后，瑞德走哪儿都把她带着，有时父女俩坐马车，有时就让孩子坐在他的身前。他下午从银行回家，就牵着女儿的手走过桃树街，不仅放慢脚步配合她摇摇晃晃的步伐，还耐心回答她那些没完没了的问题。邦妮一头浓密的黑鬈发，一双眼睛明亮湛蓝。日落时分，人们总是待在前院或门廊上。瞧见如此漂亮可爱的小宝宝，谁都忍不住跟她说上两句。瑞德从不打扰这样的对话，只站在一旁，为女儿赢得的这番关注流露出父亲的骄傲和满足。

亚特兰大人记性很好，疑心也重，并不容易改变。世事艰难，任何与布洛克及其同伙有关系的人，人们都恨之入骨。但邦妮融合了斯嘉丽和瑞德最大的优点，因此成了瑞德打破亚特兰大人冰冷屏障的楔子。

邦妮长得很快，越来越像外公杰拉尔德·奥哈拉。她两条腿又短又结实，一双蓝色的大眼睛一看就是爱尔兰人，小小的方下巴透着果断坚决，一看就是个我行我素的家伙。跟杰拉尔德一样，她也是个急脾气，发起火来大叫大嚷，可愿望一旦得到满足，火气立马烟消云散。而只要爸爸在身边，她的愿望总能迅速得到满足。无论嬷嬷和斯嘉丽如何劝阻，瑞德仍一味宠着女儿，因为小家伙处处都讨他欢喜，只有一件事除外——怕黑。

两岁前，邦妮同韦德和埃拉一起睡在育儿室，一直很容易入睡。后来，不知为何，嬷嬷只要提着灯摇摇摆摆地走出育儿室，邦妮就开始抽抽搭搭地哭。后来，她又发展到半夜醒来，惊恐地放声尖叫，不仅吓醒哥哥姐姐，还把全屋的人都吵醒。有一次，他们不得不请来米德医生。医生诊断后说孩子只是做了噩梦，瑞德却很不高兴。但无论谁问，邦妮都只回答一个字："黑。"

斯嘉丽被女儿闹得烦不胜烦，恨不能打她一顿屁股。她可不想迁就她，因为在育儿室彻夜点灯，韦德和埃拉就睡不着了。瑞德虽苦恼，态度却还是很温柔。他打算多了解一下女儿，冷冷地说如果真要打谁的屁股，那他很乐意亲自动手，先把斯嘉丽打一顿。

结果，邦妮从育儿室搬到瑞德如今一个人睡的卧室。邦妮的小床就放在瑞德的大床边，桌上整夜都点着一盏加了灯罩的灯。这事传开后，城里人议论纷纷。无论如何，哪怕女儿只有两岁，睡在爸爸的卧室也不成体统。流言主要从两方面指责斯嘉丽：首先，此事证明她显然已跟丈夫分居两室，真是令人震惊；其次，大家都觉得，如果孩子害怕独自睡觉，那也该由妈妈陪睡。斯嘉丽既不能向众人解释房间里亮着灯她也睡不着，亦不能说是瑞德不让孩子跟她睡。

"她不尖叫你就醒不过来。而且，你就算醒了，也很可能给她一巴掌。”瑞德断言。

瑞德过分看重邦妮的夜惊之症，让斯嘉丽很是恼火。但她还是觉得自己终究能解决此事，让女儿重回育儿室。所有孩子都怕黑，坚定是唯一的解决办法。瑞德故意在这事上跟她作对，让她显得像个坏妈妈，其实不过是报复她将他赶出卧室罢了。

从斯嘉丽告诉瑞德不想再生孩子的那晚起，他就再没进过她的房间，甚至连门把手都不曾碰一下。直到出了邦妮这事，他才重新留在家中。在此期间，他经常不回家吃晚饭，有时甚至夜不归宿。斯嘉丽在上了锁的房间里无法入眠，听着嘀嗒的钟响到天明，琢磨他到底在哪儿，回想他曾经说过的那句话："亲爱的，这世上到处都是床。"虽然她一想起这话就痛苦不已，却无能为力。她什么也不能说，否则肯定会引起争吵。到时候，他势必会提起她锁门的事，没准儿还会牵连阿希礼。没错，他让邦妮睡在点着灯的房间，而且还是他自己的房间，分明是在卑鄙地报复她。

斯嘉丽一直不明白瑞德对邦妮的宠爱行为愚蠢到了何种地步，也没充分意识到他究竟有多迁就女儿。直到一个全家都无法忘记的可怕夜晚，斯嘉丽才意识到问题的严重性。

那天，瑞德碰到一个之前也闯封锁线的同行，两人有说不完的话，于是一同出去聊天喝酒。斯嘉丽虽然不知道他们去了哪儿，但怀疑多半就是在贝尔·沃特林的妓院。那天，瑞德既没有下午回来带女儿散步，也没有回家吃晚饭。邦妮整个下午都不耐烦地等在窗边，急着想把一堆缺胳膊少腿的甲虫和蟑螂拿给爸爸看。终于，卢儿不顾她大叫大嚷地抗议，让她上床睡觉了。

不知是卢儿忘了点灯，还是灯自己灭了。谁都不知到底是怎么回事。总之，瑞德终于酩酊大醉地回来时，屋里已经乱成一团。他甚至还没进马厩，就听见了邦妮的尖叫声。邦妮在黑暗中醒来，大喊爸爸，爸爸却不在。那小脑瓜里所有无名的恐惧顿时猛地攫住了她。斯嘉丽和仆人们点了好几盏灯，哄来哄去也哄不好。瑞德三步并作两步地冲上楼，表情就跟见到死神一般。

他把女儿搂进怀里，听着她抽抽搭搭地只说得出一个字——“黑”，立马怒不可遏地转向斯嘉丽和几个黑人。

“谁熄的灯？谁把她一个人留在黑暗中的？普利西，我要扒了你的皮，你——”

“天哪，瑞德先生！不是我！是卢儿！”

“看在上帝的分上，瑞德先生，啊——”

“闭嘴。你知道我的规矩。上帝做证，我要——滚出去。别再回来。斯嘉丽，给她点钱，让她在我下楼前滚蛋。好了，出去，所有人都出去！”

黑人们落荒而逃，不幸的卢儿撩起围裙掩面痛哭。但斯嘉丽没走。她看到自己最喜欢的孩子在自己怀中叫得那般可怜，被瑞德抱着却能渐渐安静下来，心里实在不是滋味。刚才她无论怎么哄，也没能让女儿说出一句完整的话。此刻，那小小的胳膊却搂着爸爸的脖子，抽噎着说有东西把她吓坏了。

“所以，它就坐在你胸口？”瑞德柔声道，“它大吗？”

“噢，大！大极了。还有爪子。”

“噢，爪子。嗯，好啦，我今晚都不睡了，它一来，我就一枪打死它。”瑞德的声音充满关切和抚慰，邦妮渐渐不哭了。她用一种只有爸爸听得懂的话，详细描述她那位怪物来客，越讲越顺畅，抽噎声也越来越小。听着瑞德煞有介事地跟女儿讨论，仿佛真有怪兽一般，斯嘉丽恼了。

“看在上帝的分上，瑞德——”

瑞德却做了个噤声的手势。邦妮终于睡着，他将她放在小床上，替她拉好被子。

“我要活剥了那黑鬼的皮，”瑞德轻声道，“你也有错。干吗不上来瞧瞧灯有没有亮着？”

“别傻了，瑞德，”斯嘉丽也小声道，“都是你惯的，她才会这样。很多孩子都怕黑，但最终都自己克服了。韦德也怕，可我就没惯着他。你如果让她尖叫哭闹个一两晚——”

“让她尖叫哭闹！”一时间，斯嘉丽还以为他要打她，“你要不是蠢货，就是我见过最狠心的女人。”

“我可不想让她长大后变得神经兮兮、胆小如鼠。”

“胆小如鼠？见鬼！她一点都不胆小！不过，你当然毫无想象力，所以无法体会有想象力的人遭受的折磨——尤其是有想象力的小孩。如果一只长角带爪的怪物蹲在你胸口，你就不会大叫大嚷地让它见鬼去？你肯定会！太太，别忘了，我可见过你像只被烫到的猫一样大叫大嚷地醒来，就因为做了个在雾中奔跑的梦。而且，这事还没过去多久吧！”

斯嘉丽吃了一惊，因为她从来不愿想起那个梦。而且，想起瑞德当初也像安慰邦妮那样安慰自己，她就尴尬不已。于是，她话锋一转，换了个角度发动反击。

“你就是太惯着她了，而且——”

“我乐意一直惯着她。只要我继续这么做，她就能慢慢克服，最终忘掉这事。”

“那好，”斯嘉丽刻薄地说，“你要是想当保姆，就得改改毛病，晚上最好清醒地回家。”

“我可以早早回家，但只要我想，还是会喝个痛快。”

从那以后，他回家的确早了，比邦妮上床睡觉的时间早很多。他会坐在女儿身边，握着她的手，一直等她睡着后自己放开他的手。直到那时，他才踮着脚下楼，让屋里的灯亮着，门也半开着，这样她如果醒来后害怕，他也能听见。他再也不想让女儿因为黑暗而恐惧。全家人也格外留意那盏亮着的灯，斯嘉丽、嬷嬷、普利西和波尔克常常蹑手蹑脚地上楼，确定灯还亮着。

瑞德也不再醉醺醺地回家，但这倒不是斯嘉丽的功劳。一连几个月，虽然不曾真正醉过，但他一直没少喝。一天晚上，他抱起邦妮，把她扛到肩上："能给亲爱的爸爸一个吻吗？"但他满嘴浓重的威士忌酒味儿，邦妮皱皱挺翘的小鼻子，扭着身子想挣脱他的怀抱。

"不要，"小家伙毫不掩饰地说，"臭！"

"什么？"

"你闻起来好臭。阿希礼叔叔就不臭。"

"噢，那我真该死。"瑞德懊悔地说，把她放到地上，"真没想到，我家偏偏出了个提倡禁酒的！"

但从那以后，瑞德便只在晚餐后喝一杯葡萄酒。他也总会让邦妮尝尝最后几滴酒，好让她不再讨厌酒味。结果，他那原本已经开始发肿的脸颊渐渐恢复以往棱角分明的轮廓，黑眼睛下的眼圈也没之前那么黑、那么显眼了。因为骑马时，邦妮喜欢坐在他身前，他待在户外的时间也多了。那张黝黑的面孔晒得更黑，整个人看起来也更健康了。他更爱笑了，又变回战争初期那个精力充沛、勇闯封锁线、让亚特兰大群情激昂的年轻小伙。

那些从未喜欢过他的人如今看到他骑马从旁经过，马鞍前总坐着个小娃娃，都不禁露出微笑。在此之前认为跟他在一起就不安全的女人们，如今也会在街上停下脚步，跟他聊会儿天，再赞美邦妮几句。就连最严厉古板的老太太们，也觉得一个能讨论孩子病痛和各种麻烦的男人，绝不可能是个彻头彻尾的坏蛋。

第五十三章

今天是阿希礼的生日，玫兰妮决定晚上为他举办一场惊喜宴会。除了阿希礼，人人都知道宴会的事，甚至包括韦德和小博。两个小家伙发誓要保守秘密，还为此骄傲不已。亚特兰大所有体面人士都接到了邀请，并答应前来。戈登将军及其家人亲切有礼地接受了邀请，亚历克斯·斯蒂芬斯答应如果健康状况允许，自己一定出席。就连在邦联素有“风雨海燕”之称的鲍勃·图姆斯，也在受邀之列。

整个上午，斯嘉丽、玫兰妮、英迪亚和佩蒂姑妈都在那座小房子里忙来忙去，指挥黑人们把刚洗好的窗帘挂起来、擦亮银器、给地板打蜡，以及烹制、搅拌和品尝各种点心。斯嘉丽从未见过玫兰妮如此兴奋和高兴。

“你瞧，亲爱的，阿希礼很久没办过生日宴了。自从——你还记得在十二橡树园举办的那次烤肉宴吗？就是我们听到林肯先生号召人们志愿参军的那天？嗯，从那以后，阿希礼便再没办过生日宴。他工作太辛苦，晚上回家都筋疲力尽了，压根没想起今天是自己的生日。晚饭后大家成群结队地涌进来，一定能让他大吃一惊！”

“草坪上的那些灯笼怎么办？威尔克斯先生回家吃晚饭时，肯定会瞧见的呀。”阿奇气呼呼地问道。

他一上午都坐在那儿看众人做准备，虽嘴上不承认，其实心里也感兴趣。他从未见过城里人大办宴会，所以着实觉得新鲜。虽然毫不掩饰地批评女人们就因为要接待几个客人，就忙得跟家里着了火似的，但他其实很乐意看她们忙碌，哪怕来几匹野马，也别想把他拽走。埃尔辛太太和范妮亲手为生日宴会制作、上色的彩纸灯笼让阿奇尤为着迷，因为他还从没见过如此精巧的玩意儿。灯笼就藏在地窖里——他的房间中，让他仔仔细细地看了个够。

“天哪！我怎么没想到这个！”玫兰妮嚷道，“阿奇，幸好有你提醒！天哪，天哪！我该怎么办？灯笼得挂在灌木丛和树上，还得插上蜡烛，客人们到来时就得点亮。斯嘉丽，能不能让波尔克趁我们吃晚饭时办好这事？”

“威尔克斯太太，你虽然比大多数女人聪明，但也很容易犯糊涂。”阿奇说，“波尔克那蠢货怎么弄得来那些精巧玩意儿，肯定会一把火将它们全烧了。那些灯笼——真漂亮啊，”他总算不情不愿地松了口，“你和威尔克斯先生吃饭时，我来挂吧。”

“噢，阿奇，你真好！”玫兰妮天真的眼里满是对他的感激和信赖，“没有你，我真不知道该怎么办了。你可以现在就去把蜡烛插上吗？那样的话，到时候就能省不少工夫。”

“呃，好吧。”阿奇粗声粗气地应了声，便脚步沉重地朝地窖楼梯而去。

“要想做成一件事，方法可多的是呢！”看着那满脸胡须的老头咚咚咚地走下楼梯，玫兰妮咯咯笑着道，“我早就想让阿奇去挂那些灯笼，但你知道他这人什么样。若直接叫他做什么事，他反而不会做。这下总算能把他打发走一会儿。黑人们都怕他，他在这儿碍事，他们大气都不敢出，还怎么干活。”

“玫兰，我才不会让那个老亡命徒待在我家。”斯嘉丽生气地说。她跟阿奇相互憎恶，两人几乎不说话。除了玫兰妮家，有斯嘉丽在的其他场合阿奇掉头就走。就算在玫兰妮家，那老头也会一脸怀疑和鄙视地冷眼瞪着斯嘉丽。“听着，他肯定会给你惹麻烦。”

“噢，你只要夸他几句，做出很依赖的样子，他就不会有什么恶意，”玫兰妮说，“而且，他对阿希礼和小博忠心耿耿，有他在身边，我一直都觉得很安全。”

“玫兰，你是说他对你忠心耿耿吧。”英迪亚说。她冰冷的脸显出一丝笑意，双眼温柔地盯着嫂子，“我相信，自从他老婆……呃……死了以后，你就是那老暴徒钟情的第一个人。我估计他巴不得有人冒犯你，好让他杀了那些人，以表达自己对你的敬意。”

“天哪，英迪亚，你在说什么啊！”玫兰妮红着脸说，“你知道的，他把我当大傻瓜呢。”

“哼，那又臭又老的乡巴佬想什么有何要紧。”斯嘉丽突然插嘴道。她一想起阿奇就囚犯那事指责自己，就火冒三丈。“我得走了。吃完午饭，我还得去店里给伙计们发工钱，然后去锯木厂给车夫和休·埃尔辛付薪水。”

“噢，你要去锯木厂？”玫兰妮问，“下午晚些时候，阿希礼也要去那儿见休。你能找理由托住他，让他留在厂里，五点再放他回家吗？他若回来早了，肯定会瞧见我们做蛋糕什么的，那就没惊喜了呀。”

斯嘉丽暗暗高兴，心情又好了起来。

“好，我去拖住他。”她说。

说这话时，斯嘉丽发现英迪亚那双没睫毛的淡色眼眸锐利地盯着自己，心想："怎么我一提到阿希礼，她就这么古怪地看着我？"

"总之，你尽量把他留到五点后，"玫兰妮说，"然后，英迪亚会赶车去接他回来……斯嘉丽，今晚一定要早点儿来，生日宴会你可一分钟都不能错过。"

斯嘉丽乘车回家，一路上闷闷不乐地想："她一分钟都不想让我错过是吗？那她干吗不邀请我跟她、英迪亚和佩蒂姑妈一起迎接客人？"

通常，玫兰妮那些小宴会请不请她，斯嘉丽都不在意。但玫兰妮操办过的宴会里，这是最盛大的一场，还是阿希礼的生日宴会。斯嘉丽真想站在阿希礼旁边，跟他一起迎接客人。但自己并未受邀迎接客人，她也知道个中原因。就算她不明白，瑞德那番直白的评论也够清楚了。

"这么多前邦联要员和民主党人都要来，怎么会让一个支持联邦重建计划的南方佬迎接宾客？你的想法虽可爱，却愚蠢透顶。你能受邀，只是玫兰小姐对你不离不弃罢了。"

那天下午，斯嘉丽比平时更刻意地打扮了一番，才动身去店铺和锯木厂。她穿了条暗绿色的新塔夫绸裙，裙子在某些光线下呈淡紫色。她戴了顶淡绿色、帽檐镶了圈暗绿色羽毛的新遮阳帽。瑞德不准她在前额蓄刘海儿和鬈发，不然戴上这帽子肯定能好看得多！他说，她若敢在额前蓄刘海儿，非把她头发剃光不可。他最近脾气火暴，没准儿真干得出这种事。

下午天气很好，阳光灿烂，却并不炎热；光线明媚，却并不刺眼。温暖的微风吹得桃树街两旁的树木沙沙作响，也吹得斯嘉丽帽子上的羽毛跳动不已。跟往常要见到阿希礼时一样，她的心也跟着起舞。如果早点给队里的车夫和休付完薪水，等他们回家后，她就能跟阿希礼单独待在锯木厂中央的那间小办公室里。这些天来，能单独见阿希礼的机会实在太少。想想看，玫兰妮竟请她拖住阿希礼！真好笑！

斯嘉丽雀跃地来到店里，给威利和其他几个柜台伙计发了工钱，连今天生意如何都没问。这天是周六，一周中最红火的日子，所有农民都会在今天进城，斯嘉丽却什么也没问。

去锯木厂的路上，斯嘉丽停下来十几次，跟投机商太太们打招呼聊天。她高兴地想：就算这些女人衣着华丽，比起自己还是要差一点。红土飞扬的路上，还有不少男士冲她脱帽致意，她也停车还礼。真是个美丽的下午，她心情愉快、光鲜亮丽、派头十足。因为路上的耽搁，到达锯木厂的时间比她预计的晚了些，休和队里的车夫已经坐在一堆低矮的木头上等着了。

“阿希礼在吗？”

“嗯，在办公室。”休说。看到斯嘉丽明媚快活的眼睛，他脸上惯常的忧色一扫而光。“他正在努力……我是说，他在查账。”

“噢，今天不用费神干这事。”斯嘉丽说道，然后她又压低声音，“玫兰派我来拖住他，好让家里人有时间为今晚的宴会做准备。”

休笑了，因为今晚他也会去。他喜欢宴会，猜测斯嘉丽下午如此开心，多半也是为了这事。斯嘉丽把薪水付给车夫和休，然后立马朝办公室走去，那神情显然是不想有人跟着。阿希礼在门口迎接她，一头金发在下午的阳光下闪闪发亮。他嘴角微弯，勾起一抹几乎算得上露齿的微笑。

“咦，斯嘉丽，今天都这时候了，你怎么还跑这儿来？干吗不在家里帮玫兰准备惊喜宴会？”

“哎呀，阿希礼·威尔克斯！”斯嘉丽气呼呼地嚷道，“你怎么知道的。你要是不吃惊，玫兰该多失望。”

“噢，我不会表现出来。我会成为全亚特兰大最吃惊的男人。”阿希礼的眼里满是笑意。

“哼，谁这么坏，居然告诉你了？”

“玫兰邀请的每位先生都告诉我了。戈登将军是第一个。他说，根据他的经验，男人决定擦亮家里的所有枪时，女人们就要办惊喜宴会。然后，梅里韦瑟爷爷也来警告了我一番。他说，有一次梅里韦瑟太太为他举办惊喜宴会，结果自己反倒大吃一惊。因为老爷子为了治疗风湿病，偷喝了一瓶威士忌，结果醉得根本下不了床。噢，每个经历过惊喜宴会的男人，都跑来告诉我啦。”

“真是群缺德鬼！”斯嘉丽嚷道，却也忍不住笑了。

他一露出这种笑容，斯嘉丽就觉得他又是从前十二橡树园的那个阿希礼了。如今，他已经很少这么笑。空气如此柔和，阳光如此温煦，阿希礼笑得如此快活，他们聊得如此畅快，斯嘉丽心里幸福极了。幸福在膨胀，那满腔的喜悦直胀得胸口都开始发疼，眼里也满是幸福、快乐但并未流出的热泪。她觉得自己一下子又回到了幸福的十六岁，激动得都有点喘不上气了。她真想一把掀掉遮阳帽，扔向空中，大喊一声“万岁！”可想到自己若真这么干了，阿希礼会有多吃惊，她不由得放声大笑，笑得眼泪直流。阿希礼也仰头大笑，仿佛很喜欢斯嘉丽这么笑，并以为她之所以如此开怀，是因为那些泄露了玫兰秘密的好心先生。

“进来吧，斯嘉丽。我正在看账簿。”

斯嘉丽走进洒满夕阳的小办公室，坐在卷盖式桌子前的一张椅子里。阿希礼也跟了进来，坐在一张粗木桌的一角，随意地晃悠着长腿。

“噢，阿希礼，今天下午还摆弄什么账簿！我就不想费那个神。戴上这顶新帽子，我脑中的所有数字似乎都跑光啦。”

“帽子这么漂亮，数字当然都不见了。”他说，“斯嘉丽，你真是越来越漂亮啦！”

阿希礼滑下桌子，笑着拉开她的双手，好仔细瞧瞧她的裙子。“你真漂亮！我觉得你真是一辈子都不会老！”

被阿希礼一碰，斯嘉丽顿时觉得自己期盼的正是这事。整个愉快的下午，她都在期盼他温暖的双手、温柔的眼神，以及一句能表示关切的话语。在塔拉果园的那个寒冷冬日见过面后，这还是他俩第一次单独相处，也是除正式场合外，他们第一次握住对方的手。斯嘉丽已经盼望了好多个月，想跟他有更亲密的接触，但现在——

他双手的碰触竟没让她感到激动，真奇怪！曾经，只要他一靠近，她就浑身颤抖。如今，她却只感到一种奇妙而温暖的友善和满足。他的双手没有传来炽热的感觉。被这双手握住，她心中只有愉快的安宁之感。她迷惑了，还有些仓皇失措。他依然是她的阿希礼，是她光彩明媚的心上人，她爱他甚于自己的生命，那为何——

不过，斯嘉丽抛开这个念头。只要跟他在一起，只要他还握着自己的手微笑，虽然笑得温和友善，一点也不紧张或激动，那也足够了。想到两人之间所有未说出口的话，眼前这样的情景真是不可思议。他望着她，眼神清澈明亮，脸上也仍是她从前喜欢的那种笑容。看着这笑容，仿佛两人之间除了快乐，从未有过别的东西。如今，他们眼中都没有隔阂，也没有疏离困惑之感。斯嘉丽哈哈大笑起来。

“噢，阿希礼，我越来越老啦。”

“啊，那不过是表象！斯嘉丽，就算你六十岁，在我眼里也跟从前一样。我一直记得在最后一次烤肉宴上，你坐在一棵橡树下，被十几个小伙子围着的模样。我甚至能说出你当时的装束，一条白底绿碎花裙，肩上裹了条带花边的白色披巾。脚上是一双镶黑色花边的小巧的绿便鞋，头上是顶意大利麦秆缏式的宽边草帽，帽子上还垂着长长的绿飘带。那身打扮我记得非常清楚。当我被关在战俘营，情况变得无比糟糕时，我就像翻看画片一样回忆往事，品味每一个细节——”

他突然顿住，脸上热切的神情变得黯然。他轻轻松开她的手。她坐下来，等着他继续说。

“斯嘉丽，那天之后，我们走过一条漫长的路，我俩都是，对吧？我们走了一条预料之外的路。你健步如飞、径直朝前，我却步伐缓慢、犹疑不定。”

他又坐到桌子上，看着她，脸上浮起一抹微笑。但这是凄惨的微笑，并非刚才那种令她无比快乐的笑容。

“没错，你走得飞快，还把我绑在你的车轮上拖着走。斯嘉丽，有时我不由得突发奇想，如果没有你，不知我会怎样。”

斯嘉丽连忙替他辩护，尤其想起瑞德就这事说过的话，她便更加急切了。

“阿希礼，可我从没为你做过什么啊。没有我，你还是一样。总有一天，你会成为一个有钱人，成为你原本就要成为的伟人。”

“不，斯嘉丽，我身上从无伟人的种子。我想，若没有你，我早就像可怜的凯瑟琳·卡尔弗特，以及众多其他名门望族一样，被世人遗忘了。”

“噢，阿希礼，别这么说。你听起来太悲伤。”

“不，我不悲伤。再也不悲伤了。曾经——曾经我很悲伤。现在，我只是——”

他又顿住了。斯嘉丽突然明白他在想什么。这是阿希礼那双水晶般清澈的眼睛透过她，现出茫然之色时，她第一次明白他在想什么。当激烈的爱情撞击着她的心房时，他却对她关上了心门。现在，平静的友谊在两人之间流淌，她却稍稍走进了他的心，多少明白了点他的想法。他已不再忧伤。南方投降时，他忧伤过；她哀求他来亚特兰大时，他也忧伤过。现在，他只是听天由命。

“阿希礼，我不喜欢你这样说话。”她激动地道，“你怎么跟瑞德一副口吻。他总是喋喋不休地说什么适者生存之类的话，我真是烦透了，烦得恨不能放声尖叫。”

阿希礼笑了。

“斯嘉丽，你有没有想过，其实瑞德和我本质上很相似？”

“噢，不！你这么优秀、正直，他——”斯嘉丽心中困惑，突然顿住了。

“但我们很相似。我们出身相同，接受的教育相同，也养成了同样的思考方式。但在人生路上，我们走着走着，却选择了不同的方向。我们依然所见略同，只是做出的反应不同。比如，我们都不相信战争，我入伍打仗，他却直到战争快结束时才入伍。我们都知道这场战争是错误的，也知道它终究会败。我愿意去打一场必败之仗，他却不愿意。有时，我觉得他是对的，但后来又——”

“噢，阿希礼，你何时才能别什么问题都要看两面？”斯嘉丽问，但口气并不像从前那样不耐烦，“凡事都看两面的人，最后什么都干不成。”

“没错，但——斯嘉丽，你到底想得到什么？我经常纳闷。你瞧，其实我从未想过要干成什么事。我只是想做自己罢了。”

她想得到什么？这问题真蠢。当然是想要钱和安全哪。不过——她开始琢磨。她已经有了钱，生活也很有保障。在这个动荡的社会，她已经拥有众人期望得到的东西。但现在想来，还是不太够。她仔细琢磨，觉得这两样东西虽然让她对明天少了一些烦恼和恐惧，却并未让她特别开心。“我想要的，就是金钱、安全感和你。”她无比渴望地看着他，却不敢说出这些话，生怕打破两人之间的吸引力，也怕他又对自己关闭心门。

“你只是想做自己？”斯嘉丽放声大笑，笑声中带着些许悲伤，“我最大的烦恼，就是不能做自己！要说我想得到什么，嗯，我差不多已经得到了。我想变得有钱、想生活平安，还想——”

“但斯嘉丽，你就没想过，我其实并不在意自己富不富裕吗？”

不，她从没想过世上竟有人不想变富。

“那你想要什么？”

“现在，我也不知道。我以前知道，但现在已经忘得差不多了。大概是能独处、不被不喜欢的人打扰、不被逼着干自己不想做的事。或许——我希望能再过上昔日的生活，但那种生活已经一去不返。我老是回忆过去，耳边总会响起旧世界崩塌的轰鸣。”

斯嘉丽倔强地紧闭双唇。她并非听不懂他的话，他的声音最能勾起她对往昔岁月的回忆，让她骤然心口剧痛。因为，她也想起了那一切。但自从难受又孤独地躺在十二橡树园的菜园里，对自己说出那句“我绝不回头”后，她就再也不回忆往事了。

“我更喜欢现在。”她说。但说这话时，她没有看他的眼睛。“现在总有令人激动的事，比如宴会之类的。每样东西都闪闪发光，哪儿像过去那般无趣。”（噢，慵懒的旧时光，温暖宁静的乡间晨光！各处宅邸传出响亮而温柔的笑声！那时的生活多么灿烂温暖，明天是多么安稳舒适啊！我怎能对你否定那一切？）

“我更喜欢现在。”她又声音发颤地说了一遍。

阿希礼滑下桌子，不相信地柔声笑了。他抬起她的下巴，让她仰起脸面对自己。

“啊，斯嘉丽，你真不会撒谎！没错，如今的生活闪闪发光——闪着某一种光。但它的弊端也在于此。过去的日子虽然不会发光，却有种迷人、美丽、悠闲而缓慢的魅力。”

思绪被扯向两个不同的方向，斯嘉丽垂下眼睑。阿希礼的声音和他的碰触，正轻轻打开已被她永远关闭的门。那些门后是美丽的旧时光，以及她心中对其悲伤的渴望。但她知道，无论旧时光多么美丽，也只能留在过去。没人能背负着痛苦的记忆前行。

阿希礼不再托着斯嘉丽的下巴，双手温柔地握住她的一只手。

“你还记得吗？”他刚一开口，斯嘉丽脑中就警铃大作：别回头！别回头！

但幸福的感觉涌遍全身，让她很快便不再理会那警告。她终于能理解他，两人终于心意相通。这一刻太珍贵，绝不能失去，哪怕事后会痛苦。

“你记得吗？”他的声音似有魔力，这小小办公室的墙壁消失了，时光倒流，他们又回到那个早已消逝的春天，沿着一条乡间小路骑马并行。他说着说着，起初轻握住她的手变紧了。跟那些已被遗忘大半的老歌一样，他的声音里也有种悲伤又迷人的意味。他们又骑马穿过山茱萸林，去参加塔尔顿家的野宴。斯嘉丽听见了辔铃叮当，也听见了自己无忧无虑的笑声。她看见太阳在阿希礼头上照出点点银光，也看见了他骄傲地坐在马上那随意又优雅的身姿。他的话还带来了音乐，他们在那已经消逝的白房子里，和着小提琴和班卓琴的琴声翩翩起舞。清凉的秋月下，幽暗的沼泽远远传来几声狗吠。她闻到了圣诞节时蛋奶酒的芬芳。酒碗上缠着冬青枝，不论黑人白人，个个脸上都笑盈盈。老朋友们也都回来了，仿佛这么多年来，他们并未离开人世：长腿红发、老爱搞恶作剧的斯图尔特和布伦特；跟小马驹一样野的汤姆和博伊德；黑眼睛热情如火的乔·方丹；懒散优雅的凯德·卡尔弗特和雷福德·卡尔弗特；还有约翰·威尔克斯和喝白兰地喝得满脸通红的杰拉尔德。那轻声细语，周身散发着香气的是埃伦。这一切之上，是一片安宁，让人觉得明天依旧会如此幸福。

阿希礼不再说话。他们默默地对视良久，两人之间是那阳光般灿烂，却早已逝去的青春，是他们曾那般漫不经心地共享过的青春。

"现在，我知道你为何不开心了。"斯嘉丽悲伤地想，"以前，我始终不懂你，也不懂自己为何不开心。但——哎呀，我们怎么像老头老太太一样说话！"斯嘉丽又惊讶又沮丧地想，"老人才会回顾五十年前的事。我们还没老啊！只是这些年发生了太多事。一切都天翻地覆，所以看起来就像过了五十年一样。但是，我们还没老呢！"

她看向阿希礼，却发现他已不再年轻，也没了昔日的光彩。他垂着头，茫然地看着她那只仍被自己握着的手。斯嘉丽发现，他曾经明亮的金发，如今已经泛起灰白，仿佛月光洒在平静水面时的那种灰白。不知怎的，四月午后这明媚的美丽从她心中褪去，回忆带来的悲伤甜蜜，也苦如胆汁。

"我不该由着他带我回忆往昔，"斯嘉丽绝望地想，"我说自己从不往回看，真没说错。回忆太伤人，它拽住你的心，直到让你除了回忆，再也干不了任何事。阿希礼的问题就在这儿。他再也无法向前看。他害怕未来，所以只能回忆过去。从前，我一直不明白这点，一直没有真正弄懂阿希礼。噢，阿希礼，亲爱的，你不该再回忆过去了！回忆能带来什么好处？我真不该由着你诱我聊起过去。回忆过去的幸福日子，只能得到痛苦、心碎和不满。”

斯嘉丽站起身，但一只手仍被他握着。她得走了。她不能待在这儿回忆过去，也不想再看到他如今这张疲惫、哀伤又阴郁的脸。

“阿希礼，我们已经走过一段漫长的道路。”她努力忍住喉头的哽咽，让声音显得平稳些，“我们曾有过美好的愿望，不是吗？”然后，她又急忙补充道，“噢，阿希礼，到头来，一切都事与愿违。”

“永远无法如愿，”阿希礼说，“生活没有义务满足我们的愿望。我们得到什么就是什么，情况没有变得更糟，就该谢天谢地了。”

想到在那之后走过的漫长道路，斯嘉丽的心突然隐隐作痛。她觉得好累。脑中又想起曾经那个斯嘉丽·奥哈拉，那个斯嘉丽爱英俊小伙和漂亮衣裙，还打算有朝一日，定要成为埃伦那样了不起的贵妇。

眼泪毫无预警地涌上眼眶，沿着面颊缓缓淌下。斯嘉丽麻木地看着阿希礼，就像个受到伤害、不知所措的孩子。阿希礼什么也没说，温柔地揽过她，让她靠在自己肩上，然后也俯下身，贴上她的面颊。她在他怀中放松下来，双臂也环住他的身躯。阿希礼的双臂给了她安慰，让她突然止住哭泣。啊，这样待在他怀里的感觉真好，没有激情，也不紧张。他们只是一对挚友。只有阿希礼分享过她的回忆和青春，也只有他懂得她的过去和现在。

斯嘉丽听到门外有脚步声，却并未在意，只当是车夫们准备回家了。她静静地站着，聆听阿希礼缓慢的心跳声。然后，阿希礼突然一把推开她，动作猛烈得令她困惑。她惊讶地抬头望向他的脸，他却并未看她，而是越过她的肩膀看向门口。

斯嘉丽转过身，瞧见一脸煞白、一双淡色眼眸似要冒出火来的英迪亚。她旁边是一脸凶狠，仿佛独眼鹦鹉般的阿奇。两人身后站着埃尔辛太太。

斯嘉丽已经不记得自己是如何离开那间办公室的了。她只记得在阿希礼的吩咐下，她飞快地离开了，只留他和阿奇在小房间里严肃地交谈。英迪亚和埃尔辛太太则背对着她站在屋外。羞愧和恐惧让她匆匆往家赶，心中只觉得那蓄着胡子、仿佛主教般的阿奇，活脱脱就是《旧约》里的复仇天使。

家里一个人也没有。四月的夕阳下，屋里一片静谧。所有仆人都去参加葬礼了。孩子们则在玫兰妮家的后院玩耍。玫兰妮——

玫兰妮！斯嘉丽上楼朝卧室走去，想到玫兰妮，她不由得浑身冰凉。玫兰妮会听说这事。英迪亚说了她会转告她。噢，英迪亚肯定会大肆宣扬，丝毫不在意抹黑阿希礼的名声，也不在乎这么做会伤害玫兰妮，只要能伤害到斯嘉丽就行！埃尔辛太太站在办公室的木门外，完全被英迪亚和阿奇挡在了身后，其实什么都没瞧见，但她还是会嚼舌根。到晚饭时间，这事就会传遍全城。而明天早饭时，这事就尽人皆知了，甚至连黑人也不例外。今晚的宴会上，女人们会聚在角落窃窃私语、幸灾乐祸。趾高气扬的斯嘉丽·巴特勒终于栽了个大跟头！而且，这事还会愈演愈烈，根本没有办法阻止。传闻绝不会仅止于现实——阿希礼将哭泣的她搂进怀里。不等天黑，人们就会传她通奸被抓。其实，他们的拥抱多么纯洁，多么甜蜜啊！斯嘉丽疯狂地想：要是他圣诞节休假那次，我跟他吻别时被人撞破……要是在塔拉的果园，我求他跟我私奔时被人撞破……噢，我们若真有罪时被撞破，都不会像现在这么糟！可现在！现在！我只是像朋友般抱着他啊——

但没人会信。没有一个朋友会站在她这边，没有一个声音会大声道："我相信她没做错事。"她早已把老朋友得罪光，如今再也找不到一个支持者。新朋友在她的傲慢无礼之下敢怒不敢言，巴不得有个能骂她两句的机会呢。不，没人会相信她说的任何话，但他们或许会遗憾阿希礼·威尔克斯这么正派的人，竟卷入如此肮脏的丑闻。人们会照例将过错全推到女人身上，对男人的过失则耸耸肩一笑置之。而这次的事，他们肯定也没料错——肯定是斯嘉丽主动投怀送抱。

噢，如果必须面对那些人，他们对她视而不见也好，轻视她，或暗中嘲笑她也罢，她都能忍受。城里人爱说什么就说吧，她都可以不在意。但唯独玫兰妮不行！噢，不能是玫兰妮！斯嘉丽也不知道自己为何这么怕玫兰妮知道，其他任何人知道这事，她都不会怕成这样。她实在太害怕，对过去的愧疚感重重压在心头，让她完全没法琢磨个中原因。但一想到英迪亚告诉玫兰妮她撞见阿希礼深情地抱着斯嘉丽，玫兰妮会露出的眼神时，斯嘉丽顿时眼泪都掉下来了。玫兰妮知道这事后会怎么做？离开阿希礼？若想维持尊严，她不这样，还能怎样？到时候，阿希礼和我怎么办？斯嘉丽狂乱地想着，眼泪滚滚而下。噢，阿希礼会羞死的，也会痛恨我为他惹来这种麻烦。突然，她不哭了，惊恐至极地想：瑞德呢？他会怎么做？

或许，他永远不会知道。那句嘲讽人的老话怎么说的来着？"妻子若偷情，丈夫最后知。"或许，没人告诉他。毕竟，瑞德有先开枪再问话的恶名，谁敢告诉他这种事！上帝啊，求求您，别让任何人有胆子告诉他！然而，她想起阿奇在锯木厂办公室里的那张脸，以及那只冰冷、苍白、无情、痛恨她和所有女人的独眼。阿奇不怕上帝，也不怕任何人。而且，他痛恨放荡的女人，恨到已经动手杀了一个。他说过他会把这事告诉瑞德。不管阿希礼如何劝阻，他还是会说。除非阿希礼杀了他，否则阿奇肯定会告诉瑞德，并觉得这是他作为基督徒应尽的义务。

斯嘉丽脱掉衣服，晕头转向地躺在床上。要是能锁上房门，永远待在这个安全之地，再也不用见任何人就好了。或许，瑞德今晚不会发现此事。她就说自己头痛，不想去参加生日宴会。明天早上，她肯定能想出其他借口，某个站得住脚的借口。

“我现在不想这事。”她绝望地说着，将脸埋进枕头，“我现在不想这事了。等我承受得住了再想。”

夜幕降临，斯嘉丽听到仆人们回来了。她觉得大家准备晚饭的动作都很轻，还是因为她自己心中有愧，所以才有此错觉？嬷嬷来敲门，她却说自己不想吃饭，把她打发走了。时间一点点过去。终于，她听到瑞德朝楼上走来。听见他走到楼上过道，斯嘉丽顿时紧张起来，鼓足所有勇气准备面对他。然而，他却走了过去，进了自己房间。斯嘉丽松了口气。他还没听说。谢天谢地，他依旧遵守她那条冷冰冰的要求，再也不踏入她卧室半步。因为他若现在瞧见她，肯定能从她脸上看出端倪。她必须鼓足勇气，告诉他自己身体不适，不能去参加生日宴会。嗯，还有时间冷静下来。真的还有时间吗？从下午那可怕的一刻起，时间似乎就失去了作用。她听见瑞德在自己房间走来走去，走了好久，还间或跟波尔克说了几句话。可她还是没勇气喊他。黑暗中，她只能继续躺在床上瑟瑟发抖。

很久之后，瑞德敲响她的房门。她竭力控制声音，说了句：“进来。”

"我真的有幸进入这圣所?"瑞德边问边推开了门。黑暗中，斯嘉丽看不清他的脸，也没听出什么弦外之意。瑞德走进房间，关上门。

"准备好去参加宴会了吗?"

"抱歉，我头痛。"奇怪，她的声音竟非常自然！谢天谢地，屋里一片黑暗！"我想，我就不去了。瑞德，你去吧，代我向玫兰妮道个歉。"

过了好半天，瑞德才拖长调子，尖刻地开口道："你可真是个胆小怯懦的贱货。"

他知道了！她躺在床上瑟瑟发抖，一句话都说不出来。然后，她听见他在黑暗中摸索着划燃一根火柴，屋里顿时亮了。他走到床边，俯视着她。她这才瞧见，他已经换好晚礼服。

"起来，"他的声音非常平静，"我们去参加宴会。你得快点儿了。"

"噢，瑞德，我不能去。你瞧——"

"我瞧见了，起来。"

"瑞德，阿奇竟敢——"

"阿奇当然敢。他可是个相当勇敢的人。"

"撒这种谎，你应该宰了他才对——"

"我这人很奇怪，从来不杀说真话的人。没时间了，快起来。"

斯嘉丽拥着被子坐起来，眼睛在他脸上扫来扫去。这是一张黝黑的脸，泰然自若、毫无表情。

"瑞德，我不去。这——这误会澄清之前，我不能去。"

"你今晚如果不露面，那这辈子都别想在城里露面。我可以忍受一个不贞的妻子，但绝不容忍胆小鬼。就算从高高在上的亚历克斯·斯蒂芬斯开始数，其下的每个人都不理你，就算威尔克斯太太赶我们出门，今晚你也得去！”

“瑞德，听我解释。”

“我不想听。没时间了。快去换衣服。”

“他们误会了——英迪亚、埃尔辛太太和阿奇都误会了。他们那么恨我，英迪亚尤其恨我，只要能抹黑我，她甚至不惜造她哥哥的谣。你就听我解释一下吧——”

“噢，天哪，”斯嘉丽痛苦地想，“他准会说‘好，解释吧！’那我该说什么？我该怎么解释？”

“他们会向每个人造谣。我今晚不能去。”

“你必须去，”瑞德道，“就算得拽着你的脖子，一步步踢着你的屁股，我也会把你弄去。”

瑞德眼神冰冷地将她一把拽了起来，然后捞起紧身胸衣丢到她面前。

“穿上。我给你系带子。噢，没错，所有带子我都会系。不，我不会叫嬷嬷上来帮你，也不会让你锁着门，像个胆小鬼一样躲在这儿。”

“我不是胆小鬼。”斯嘉丽被刺痛了，一时间都忘了恐惧，大吼道，“我——”

“噢，别再跟我提你打死北佬和直面舍曼军队的英雄事迹了。你就是个胆小鬼——在其他所有方面，你都是个胆小鬼。就算不为自己，为了邦妮，你今晚也得去。你怎能继续毁掉她的机会？穿上胸衣，快！”

斯嘉丽连忙脱下晨衣，只着无袖内衣站在那儿。瑞德若此时看她一眼，就会发现她这么穿有多美，或许也就敛去那吓人的表情了。毕竟，他已经很长时间没见过她只穿内衣的模样了。可他并未看她，而是在衣橱里匆匆翻找裙子。他找了一阵儿，拉出一条新做的翠绿色波纹绸裙。裙子领口开得很低，一个巨大的衬垫把裙裾高高托起，衬垫上还扎了一簇大大的粉色天鹅绒玫瑰。

“穿这件。”瑞德说着，把裙子往床上一扔，就朝她走来，“不用像主妇那样端庄朴素，穿鸽灰和淡紫色的衣服。你今晚必须要像被钉在桅杆上一样显眼，否则你肯定一蹶不振。多擦点儿胭脂。与法利赛人[1]通奸的女人，我想脸色不会这么苍白。转过去。”

瑞德拉起胸衣带子，用力一拽。斯嘉丽疼得大叫，心里又羞又怕，也被如此粗鲁的动作弄得尴尬不已。

“疼，是吧？”瑞德冷笑一声，但斯嘉丽看不见他的脸，“真可惜，勒的不是你的脖子。”

玫兰妮家每间屋子都灯火通明，他们还在街上就远远听见了音乐声。来到正门时，更是听到欢欣雀跃的声音。屋里宾客盈门，走廊上都挤满了人。很多人就着院里昏暗的灯笼，坐在凳子上。

“我不能进去——不能。”斯嘉丽坐在马车里，把手帕攥成一团，“不能。我不去。我要跳车，跑得远远的。去哪儿都行，就逃回塔拉吧。瑞德干吗非要让我来这儿？人们会怎么对付我？玫兰妮会怎么对付我？她会摆出什么样的面孔？噢，我无法面对她。我要逃走。”

瑞德仿佛看透了她的心思，一只手紧紧拽着她的手臂。他就像个冷漠的陌生人般粗暴，简直要把她的手捏出瘀青。

“我从没见过胆小的爱尔兰人。你大肆夸耀的勇气哪儿去了？”

“瑞德，求求你，让我回家吧，我能解释。”

“你多的是时间解释，但上竞技场当殉难者，只有今晚。亲爱

1　公元前 2 世纪至公元 2 世纪犹太教的一派，标榜墨守传统礼仪。

的，下来吧，让我瞧瞧你怎么被一群狮子吃掉。下来！”

斯嘉丽也不知自己是如何走上那条小径的。她觉得自己挽着的不是手臂，而是坚硬的花岗岩。这多少给了她一些勇气。天哪，她能面对众人，她就要对面他们了。他们算什么？不过是一群乱叫乱挠、对她心生嫉妒的猫罢了。她会让他们瞧瞧，她才不在乎他们怎么样。只有玫兰妮——只有玫兰妮。

两人踏上门廊。瑞德把帽子拿在手里，冲左右两边频频点头，声音清冷而柔和。他们一进屋，音乐戛然而止。斯嘉丽脑中一片混乱，只觉得人群如咆哮的海浪般朝自己涌来，然后又渐渐退去，声音越来越小，越来越小。每个人都要无视她吗？哼，见鬼，他们爱怎样就怎样吧！斯嘉丽抬起下巴，扯出笑容，笑得眼角都皱了起来。

她还没来得及跟最靠近门边的人打招呼，就见一个身影从人群中挤出来。斯嘉丽顿时心头一紧，觉得周遭静极了。是玫兰妮迈开小脚，急急赶了过来，赶到门边来迎接斯嘉丽。她要抢在其他人之前先跟她说话。玫兰妮挺起细瘦的肩膀，愤慨地绷紧小小的下巴，仿佛眼中除了斯嘉丽，再没有其他客人。她走到斯嘉丽身边，一只手揽住她的腰。

“亲爱的，这裙子真漂亮。”她的声音细小而清晰，“当回天使好吗？英迪亚今晚没法来帮我，你跟我一起迎接客人好吗？”

第五十四章

安全回到自己房间后，斯嘉丽一头扑倒在床上，完全不顾身上的波纹绸裙、衬垫和玫瑰花结。一时间，她只能一动不动地躺在那儿，回想自己站在玫兰妮和阿希礼中间迎接客人。多可怕啊！她宁愿再面对舍曼的军队，也不愿刚才那幕重演！过了一会儿，她从床上起来，紧张地来回踱步，边走边脱衣服。

紧张过后的反应渐渐显现，她开始颤抖。发夹从指尖滑落，叮叮当当地掉到地上。她想照例梳头一百下，梳子背面却打在太阳穴上，砸得生疼。她一次又一次踮着脚走到门口，来回十几次听楼下的动静，但下方走廊毫无动静，仿佛一片黑暗的深渊。

瑞德没等宴会结束，便用马车把她单独送回了家。能得此缓刑，她真是感谢上帝。瑞德还没回来。谢天谢地，他还没回来。今晚她又羞又怕，浑身颤抖，根本没法面对他。可他去了哪儿？估计又去找那女人了。斯嘉丽生平第一次高兴世上有贝尔·沃特林这号人，也高兴瑞德那凶狠暴烈、杀气腾腾的脾气消下去前，他除了这个家还有别处可去。这念头不对，哪有妻子开心丈夫逛妓院的，可她实在忍不住。只要别让她今晚见到他，即使他死了，她估计也会开心。

明天——嗯，明天又是新的一天。明天，她就会想出借口，想出辩驳的理由，想出让瑞德承担过错的办法。明天，今晚这些可怕的记忆就不会再强烈到让她发抖。明天，她眼前就不会老是浮现出阿希礼那张尊严受损、羞愧难当的脸。他的耻辱是她造成的，他自身其实并无责任。现在，他会恨她吗？她亲爱的、可敬的阿希礼，会因为她令他蒙羞而恨她吗？他现在当然会恨她。多亏玫兰妮愤然挺起细瘦的肩膀、多亏她言语中的爱和毫无保留的信任、多亏她穿过光滑的地板挽住斯嘉丽的胳膊，直面满心好奇、恶毒和隐有敌意的众人，才保住了斯嘉丽和阿希礼的颜面。玫兰妮干脆利落地制止了那些流言蜚语，整个可怕的晚上都陪在斯嘉丽身边！众人虽有些冷淡、困惑，但始终还算有礼。

噢，最大的耻辱莫过于躲在玫兰妮裙后，让那些痛恨她的人没法用窃窃私语将她撕成碎片！全靠玫兰妮盲目的信任——所有人中，保护她的偏偏是玫兰妮！

斯嘉丽想到这儿，不由得打了个寒战。她得喝一杯，不，得多喝几杯，否则别想躺下睡着。她在睡衣外披了件晨衣，匆匆穿过黑乎乎的走廊，没有后跟的便鞋在寂静中带起一片响亮的啪嗒声。

下楼下到一半，她看向关着的餐厅门，发现一道亮光从门缝透出来，心跳顿时漏了一拍。她回来时餐厅就已经亮着灯了吗？她刚才太心烦，所以没注意？还是瑞德已经回来了？他完全可以悄悄地从厨房的门进来。如果瑞德回来了，她还是踮着脚回床上吧，不管多需要，都别喝白兰地了。只有这样，她才不用面对他。一旦回到卧室，她就安全了。因为，她可以把门锁上。

她俯身脱鞋，以便悄无声息地快速溜回去。这时，餐厅的门突然打开，瑞德站在门口，昏暗的烛光从背后映出他的身形。他看起来真高大，比她平日里瞧见的更魁梧。脚边那无脸的黑色巨影轻轻晃动着，十分吓人。

“巴特勒太太，进来吧。”他有些口齿不清地道。

他喝醉了，并且醉态毕露。无论他喝多少，斯嘉丽还从未见他醉过。她犹豫不决地顿住脚步，一声不吭。瑞德抬起胳膊做了个命令的手势，粗鲁地喝道：“该死，下来！”

“我必须让他知道，我不怕面对他。”斯嘉丽想着，紧紧攥着晨衣领子，昂着头朝楼下走去，还故意用便鞋后跟弄出很大的声响。

瑞德让到一边，故意鞠了一躬迎她进门，那嘲讽的意味令她身子一缩。她看到他没穿外套，领带耷拉在敞开的领口边，衬衫也敞着，露出浓密的黑色胸毛。他头发蓬乱，布满血丝的双眼眯成一条缝。桌上燃着一根蜡烛，那点小小的火花却在高高的天花板上投下各种可怖的影子，也让巨大的餐具柜和碗橱活像静静蹲伏的猛兽。桌上的银餐盘里立着个细颈酒瓶，雕花玻璃瓶塞已被拔下，酒瓶周围摆了几个玻璃杯。

“坐下。”瑞德跟着她进了餐厅，只说了这么一句。

一股新的恐惧爬上斯嘉丽心头。相比这种恐惧，刚才害怕见他的恐惧顿时显得微不足道。瑞德的表情、言语和动作都像个陌生人。她从未见过如此粗鲁的瑞德。从前，哪怕是两人最亲密的时刻，他也顶多表现淡漠。就算动怒，他也只是文雅地嘲讽人，喝了威士忌也不过让这些特性更突出一些罢了。起初，这让斯嘉丽很恼火。她曾尝试着打破他那副无动于衷的模样，但很快便发现接受反而更方便。多年来，她一直觉得：对瑞德来说，什么东西都不会太重要，生活中包括她在内的一切，都不过是些讽刺的笑话而已。但此刻与他隔桌相对，她不安地意识到，终于有件事让他在乎，非常在乎。

“哪怕我没教养到这会儿就回家，你也没理由不喝睡前酒。”瑞德说，“要我为你倒一杯吗？”

“我不想喝，”斯嘉丽僵硬地回答，“我听到响动，就来——”

“你什么都没听到。你若以为我在家，就不会下来了。我坐在这儿，听见你在上头来回乱窜呢。你肯定很想来一杯。拿着吧。”

“我不——”

瑞德拿起细颈酒瓶，哗啦啦地倒了一杯，酒水四溅。

“拿着，”他把酒杯塞到她手里，“你浑身都在发抖。噢，别装腔作势了。我知道你总是偷偷喝酒，也知道你有多能喝。有段时间，我一直想告诉你别那么煞费苦心地装模作样，想喝就大大方方地喝。你以为你若喜欢白兰地，我会在意？”

斯嘉丽端过湿漉漉的杯子，心中暗暗把他骂了个遍。瑞德向来对她了如指掌。而世间众人，她偏偏想对他隐瞒内心的真实想法。

“我说，喝吧。”

她端起杯子，像杰拉尔德喝纯威士忌那样，突然手臂一扬，手腕都没动一下，就把一杯酒全干了，压根没想这动作看起来有多熟练、多不适宜。瑞德没错过她喝酒的动作，嘴角顿时拉了下来。

“坐，我们来场愉快的家庭会谈，聊聊刚刚参加的那场优雅宴会吧。”

“你喝醉了，”斯嘉丽冷冷地道，“我也要睡觉去了。”

“我是醉得厉害，今晚还打算更醉些。但你别想上床睡觉——还不到时候。坐下。”

虽然瑞德依旧如往常那般拖着调子慢吞吞地说话，但她能感觉到一股几欲发作、残酷得犹如一记响鞭的暴力。她稍一犹豫，他已来到身边，一只手攥住她的胳膊，捏得她生疼。他轻轻一扭，她轻呼一声痛，赶紧坐了下来。这下，她真的害怕了，一辈子都没这么怕过。他倾身凑过来，她瞧见那张黝黑的脸涨得通红，那双眼也依旧闪着令人恐惧的光芒。他眼底深处有某种她无法理解的东西，那东西比愤怒更深沉、比痛苦更强烈，它驱使着他，让他双眼如烧红的炭火般闪亮。他俯视她良久，直到她挑衅的目光变得游移不定、继而垂下，他才重重地坐进她对面的一把椅子，给自己又倒了杯酒。斯嘉丽思绪飞转，想找出几句反驳的话。可对方不开口，她不知道该说什么，因为她不知道他打算如何指责自己。

瑞德慢悠悠地喝着酒，眼睛从杯子上方打量着她。斯嘉丽绷紧神经，竭力控制着身体不发抖。好一会儿，他脸上的表情都没有丝毫变化。后来，他总算笑了，但眼睛仍盯着她不放。听到这笑声，她再也止不住地颤抖起来。

“今晚这出喜剧真有趣，不是吗？”

斯嘉丽一声不吭，只使劲蜷起宽松便鞋里的脚趾，竭力控制身体的颤抖。

“真是场令人开心的喜剧，一个角色都没漏掉。全村聚到一起，朝那个做错事的女人扔石头。女人受屈的丈夫履行绅士职责，支持自己的妻子。同样受屈的情夫的妻子怀着基督徒的精神，以自己素日里纯洁无瑕的名声，遮掩这桩丑事。至于那个情夫——”

“求你别说了。”

“求我也没用，今晚我就要说。太有趣了。那情夫看起来活像个该死的傻瓜，他估计恨不得死掉吧。亲爱的，一个你痛恨的女人支持你，替你遮掩罪行，这滋味如何？坐下。”

斯嘉丽坐了下来。

“但我想，你并不会因此更喜欢她。你在琢磨她是否知道你和阿希礼之间的所有事。纳闷她若知道，干吗还这么做，只是为了保全自己的面子吗？你在想哪怕她救了你，但她这么做，依然是个傻瓜——”

“我不想听——”

“不，你要听。而且，我跟你说这事，是要减轻你的烦恼。玫兰小姐虽然是傻瓜，却不是你以为的那种傻瓜。显然，有人已经告诉她了，但她不信。就算亲眼看到，她也不会信。她这人太高尚，因此无法想象她所爱的任何人会做出丢脸之事。我不知道阿希礼·威尔克斯对她撒了什么谎，但无论多么拙劣的谎言都有用。因为她爱阿希礼，也爱你。我真不明白她为何会爱你，但她就是爱。就让这份爱成为你要背负的一个十字架吧。”

“你要是没有喝醉，说话别这么侮辱人，这一切我都可以解释。”斯嘉丽找回了些许尊严，“但现在——”

“我对你的解释不感兴趣，我比你更清楚真相。天哪，你要是再敢从那把椅子里站起来——

“我还发现一个甚至比今晚这场喜剧更有趣的事实。你一方面以我的种种不端行为为借口，贞洁地不肯跟我同床共枕。但另一方面，你又在心里意淫阿希礼·威尔克斯。‘心里已经与他犯奸淫’[1]，这话说得真好，不是吗？那本书里的好句子多着呢，不是吗？”

“什么书？什么书？”斯嘉丽思绪飞转，愚蠢又慌乱地四下扫视，徒劳地环顾周围，只觉得那些巨大的银器在昏暗的烛光下显

1　出自《圣经·新约·马太福音》第 5 章第 28 节。

得模糊不清，那些幽暗的角落也恐怖骇人。

“因为我粗俗的情欲配不上你的高雅，也因为你不想再生孩子，我就被关在门外。亲爱的，这让我多难过！多受伤啊！于是，我只能出去找安慰，让你守着自己的高雅。而你呢，就利用这段时间追求长期忍受煎熬的威尔克斯先生。该死，那家伙到底在烦恼什么？既不能在精神上忠于妻子，也不能在肉体上忠于自己。他为何就是下不了决心？你不反对为他生儿育女，对吧——然后，假装那些孩子是我的？”

斯嘉丽惊叫一声，猛地站起来。瑞德也从座位上冲出来，还轻笑了几声，吓得她浑身冰凉。他伸出棕色的大手把她按回到椅子里，俯身看着她。

“亲爱的，看看我的手，”他把手伸到她眼前，攥成拳又放开，“我不费吹灰之力，就能用这双手把你撕成碎片。要是这样能把阿希礼从你脑中赶走，我就动手了。可惜不能。所以，我打算换种方式，把他从你脑中永远抹除。就像这样，两只手夹住你的脑袋，像夹核桃一样夹碎你的头骨，把他彻底抹除。”

他双手搁在她头上，伸入她蓬松的头发，用力地抚摩着，还抬起她的脸，让她面对自己。她仿佛看到一张陌生人的脸。这是个喝醉了酒、拖长调子说话的陌生人。她从不缺乏勇气。危急关头，勇气更是如一股热流涌过血管，让她挺直脊梁、眯起眼睛。

“你这喝醉的蠢货，”她说，“把手拿开！”

她吃惊地发现，他真放开了手，一屁股坐在桌沿上，又给自己倒了杯酒。

“亲爱的，我向来欣赏你这种精神。尤其此刻你走投无路之下的表现。”

斯嘉丽裹紧晨衣。噢，要是能回卧室，立马锁上结实的房门，一个人待着就好了。她必须想办法甩开他，胁迫他屈服。她从没见过这样的瑞德。虽然双膝颤抖，她依旧不慌不忙地起身，裹紧晨衣下摆，把脸上的头发甩到脑后。

“我没有走投无路，”她厉声道，“瑞德·巴特勒，你永远无法把我逼到走投无路的地步，也吓不倒我。你不过是喝醉的禽兽，长年跟坏女人厮混，什么都不懂，只有满脑子坏水。你不懂阿希礼，也不懂我。你在烂泥里生活了太久，已经谁都不懂了。你就是嫉妒自己无法理解的东西。晚安。”

她从容转身，朝门口走去，却被一阵大笑声止住脚步。她转过身，就见瑞德摇摇晃晃地穿过房间，朝她走来。天哪，让他赶紧闭嘴，别再发出那种可怕的笑声！这些有什么好笑的？瑞德步步逼近，她只能往门口退，一直退到墙边，最后被瑞德伸手抓住肩膀，重重按到墙上。

“别笑啦！”

“我真为你难过，所以我才会笑。”

“为我——难过？为你自己难过去吧！”

“没错，亲爱的。天哪，我就是为你难过，漂亮的小傻瓜。这就让你受伤了，是吗？你既受不了嘲笑，也受不了同情，对不对？”

瑞德不笑了，身子前倾，用力按住她的肩膀，都把她按疼了。他的脸色骤变，人也凑得极近，浓重的威士忌酒味让她扭开了头。

“嫉妒，我会嫉妒？”他说，“为何不嫉妒？噢，没错，我嫉妒阿希礼·威尔克斯。为何不呢？噢，别试图说什么，不用解释。我知道你没有肉体出轨。你想说的就是这个吗？噢，这事我一直知道，这么多年都知道。我怎么知道的？噢，因为我了解阿希礼·威尔克斯，也相信他的品性。我知道他是个正人君子。亲爱的，就这点而言，你我都比不上。我们不是正人君子，我们压根没有声誉可言，不是吗？因此，我们才像绿色的月桂树一样枝繁叶茂。”

“放开我。我才不想站在这儿被你羞辱。”

“我没羞辱你。我在赞美你保住了肉体的贞洁。斯嘉丽，你觉得男人都是傻瓜，但我一点都没上当。低估对手的力量和智慧可没好处。而且，我不是傻瓜。你躺在我怀里，把我当成阿希礼·威尔克斯，你以为我不知道吗？”

斯嘉丽目瞪口呆，脸上又惊又怕。

“这事真有趣。简直跟闹鬼一样。就像本该只有两个人的床上，却躺了三个人。”瑞德轻轻摇晃着斯嘉丽的肩膀，打着嗝，露出嘲讽的微笑。

“噢，没错，因为阿希礼不能要你，所以你对我一直都是忠贞的。但是，该死，我并不吝于给他你的肉体。肉体算什么——尤其是女人的肉体。但我吝于给出你的心，你那颗宝贵、坚硬、无耻、顽固的心。傻瓜，他不想要你的心，而我不想要你的肉体。女人的肉体，我不用花多少钱就能买到。但我想要你的情、你的心，却永远得不到。你也得不到阿希礼的心。所以，我才为你难过。”

“为我——难过？”

“没错，我为你难过，因为你真是个孩子，斯嘉丽。一个嚷着要月亮的孩子。这孩子若真把月亮摘下来了，又能拿它怎么办？你若真得到阿希礼，又能拿他怎么办呢？没错，我为你难过——看着你抛掉手中的幸福，偏要去追求某样永远不会让你幸福的东西，我为你难过。你真是个傻瓜，不懂物以类聚才能得到幸福，我为你难过。如果我死了，玫兰小姐也死了，让你得到你那珍视又可敬的爱人，你以为跟他在一起就能幸福？见鬼，不会！你永远不了解他，不知道他在想什么。你永远无法懂他，就像你不懂音乐、诗歌、书籍或任何并非美元和美分的东西一样。但亲爱的太太，你要是肯给咱俩一点点机会，我们都有可能幸福美满，因为我们太像了。斯嘉丽，我们都是无赖。我们若想得到什么，就一定会弄到手。斯嘉丽，我们本可以幸福，因为我爱你，也懂你，对你了如指掌。阿希礼永远无法这样懂你，他若真懂了，就会鄙视你……可你偏不，非要一辈子追逐一个永远弄不懂的男人。而我，亲爱的，只能继续去找妓女。但我敢说，我们比大部分夫妻好点。”

瑞德突然放开她，踉踉跄跄地朝细颈酒瓶走去。一时间，斯嘉丽仿佛脚下生了根，脑子飞转，各种念头骤然闪现，又倏而消散，快得来不及抓住任何一个细细琢磨。瑞德说他爱她。这是真话，还是醉话？抑或又是一个可怕的玩笑？阿希礼——月亮——嚷着要月亮。她冲进黑乎乎的走廊，仿佛身后有魔鬼在追。噢，只要跑回自己房间就好了！脚踝扭了，便鞋也掉了一只。她停下来，使劲踢腾，想把另一只也甩掉。黑暗中，瑞德却像印第安人般轻巧敏捷地赶到她身边。他灼热的呼吸喷到她脸上，双手粗暴地探进她的晨衣，贴上了她赤裸的肌肤。

“你把我赶进城里，却去追求他。天哪，今晚，我床上只能有两个人。”

瑞德一把抱起斯嘉丽，就朝楼上走去。斯嘉丽的头紧紧贴在他胸口，耳中全是他怦怦的心跳声。他把她弄疼了，她却只能害怕地发出闷闷的惊叫声。他一步步登上楼梯，朝那片漆黑走去。她惊恐万状、心乱如麻。他就像个发了疯的陌生人，她从未见过如此黑暗，简直比死亡还要黑。他就是死神，正抱着她离去，抱得她浑身都疼。她放声尖叫，但离他太近，声音变得闷闷的。他突然在楼梯平台上停下脚步，将她翻了个身，接着低头吻她，吻得粗暴又彻底，吻得她忘记一切，只知道自己正朝黑暗坠落，只知道自己被他吻着。他浑身颤抖，仿佛站在强风中一般。他的唇从她的唇一路往下，吻过滑落的晨衣，吻上她柔软的肌肤。他喃喃自语，她却一句也没听清，只觉得那嘴唇正在唤醒她从未有过的激情。她陷入黑暗，他也陷入黑暗，此前的一切都不复存在，只有黑暗和他亲吻她的嘴唇。她想说话，他的唇却再次落到她唇上。突然间，她体会到一种从未有过的狂野的震颤，快乐、恐惧、疯狂、刺激，让她甘心屈于那太过强壮的臂膀，太过有力的双唇和太过多变的命运。生平第一次，她遇到某个比她更强的人，一个她无法欺凌、无法打败，只能任由对方欺凌和打败的人。不知不觉间，她搂住了他的脖子，嘴唇也在他的唇下颤抖。他们再次一点点走入黑暗，走入那片令人眩晕、笼罩一切的柔和黑暗。

次日清晨，斯嘉丽醒来时，瑞德已经不见了。要不是身旁那皱巴巴的枕头，她定会觉得昨夜的欢愉是一场狂野又荒谬的梦。此刻想来，她不禁羞得满脸绯红，把被单一直拉到脖子下。她躺在阳光中，努力整理纷乱的思绪。

首先想到两件事。她已经跟瑞德生活了很多年，跟他同床共枕、同桌吃饭，跟他吵架，还跟他生了个孩子。然而，她依旧不了解他。昨夜那个将她抱上黑暗楼梯的分明是个陌生人，一个她做梦都没想过的陌生人。此时此刻，她虽然努力恨他，努力生气，却发现自己办不到。他羞辱她、伤害她、在那样一个疯狂的夜晚如此野蛮地对待她，她却欣喜若狂。

噢，她应该羞愧，应该忘掉那片令人眩晕的炽热黑暗！经历了那样一个夜晚，一个淑女、一个真正的淑女再也抬不起头。但比羞耻更强烈的，是那无尽的欢愉和屈服的狂喜。生平头一次，她觉得自己充满活力，感受到激情席卷全身。那滋味就像逃出亚特兰大那晚的恐惧，也像击毙北佬时那令人眩晕的甜蜜和心头涌起的冰冷仇恨。

瑞德爱她！至少，他说他爱她，现在她还有什么可怀疑的？他竟然爱她，太奇怪、太令人迷惑、太让人不可思议了。这个冷漠地跟她共同生活的野蛮陌生人，竟然爱她！她还不确定自己对这一发现有何感想，但一想到这个念头，她不禁哈哈大笑。他爱她。所以，她终究还是俘虏他了。她都快忘了她早先曾企图诱骗他爱上自己，好让她冲那颗傲慢的黑脑袋扬起鞭子。此刻再回想起这个念头，顿时让她无比满足。她虽然任他摆布了一晚上，此刻却洞悉了他盔甲下的弱点。从现在开始，她想怎么拿捏他就可以怎么拿捏他。被他嘲笑了这么长时间，现在，她终于可以举起铁环，想让他怎么钻，就让他怎么钻。

一想到又要与他相见，面对面、清醒地在白天相见，紧张尴尬之余，她又激动喜悦不已。

“我紧张得就像个新娘，”她想，“而且，是为了瑞德紧张！”想到这儿，她又咯咯地傻笑起来。

但午饭时瑞德并未出现，晚餐桌上也没有他的身影。一晚上就这样过去了。漫漫长夜，她一直躺到天明，始终竖着耳朵，听是否有他的钥匙转动锁孔的声音。但他没有回来。又过了一天，他依旧音信全无。斯嘉丽又失望又害怕，整个人都要发狂了。她去了银行，但他不在那儿；她去了店里，对每个人都异常严厉。每次店门被打开，进来一个顾客，她都会心慌意乱地抬起头，希望来人是瑞德；她又去了锯木厂，结果折腾得休躲到一堆木材后不敢出来。然而，瑞德也没到这儿来找她。

她放不下身段向朋友打听是否有瑞德的下落，也不肯问仆人他的消息。但她觉得他们肯定知道一些她不知道的事。黑人向来什么都知道。这两天嬷嬷异常沉默，她从角落里盯着斯嘉丽，却什么也没说。第二晚过后，斯嘉丽决定去报案。瑞德或许出了意外，可能摔下马背，正无助地躺在某条阴沟里。或许——噢，这年头太可怕——或许，他已经死了。

第二天早晨，斯嘉丽吃过早饭，正在卧室系遮阳帽，就听见楼梯上传来一阵轻快的脚步声。她心中总算有了些许安慰，刚颓然地倒在床上，瑞德就进来了。他刚修过面，剃了胡子，做了按摩，也没喝酒。但他双眼充血，脸也因为饮酒过度有些浮肿。他冲她挥了挥手，说："噢，你好啊。"

一个一句解释都没有就消失两天的男人，竟只有一句"噢，你好啊"？他们已经共度那样一个夜晚，他怎能如此若无其事？他不该，除非——除非——她脑中突然蹦出一个可怕的念头。除非他经常这样放纵。一时间，她竟不知该说什么，所有想好要对他展示的姿态和微笑都忘得一干二净。他甚至没走过来像往常那样随意地吻她一下，而是站在那儿看着她，手里夹着根冒烟的雪茄，咧嘴而笑。

"你——你去哪儿了？"

"别告诉我你不知道。我想，这会儿肯定全城都知道了。或许除了你，大家都知道。你知道那句老话：'丈夫若偷情，妻子最后知。'"

"你什么意思？"

"我还以为，前天警察去了贝尔那儿后——"

“贝尔——那——那个女人！你一直跟——”

“当然。否则我还能去哪儿？但愿我没让你担心。”

“你刚撇下我，就去——噢！”

“好啦，好啦，斯嘉丽！别装得跟受了骗的妻子一样。你肯定早就知道贝尔那事。”

“你撇下我去找她，那——那样之后——”

“噢，那事啊。”他无所谓地摆摆手，“我为那晚的行为道歉，我失礼了。我醉得厉害，又被你迷得神魂颠倒。这点你应该很清楚，需要我细数一下你的迷人之处吗？”

她突然很想哭，想倒在床上没完没了地哭一场。他没变，一点都没变。她真是个傻瓜，一个愚蠢、自负、荒谬的傻瓜，竟以为他爱她。那不过是他喝醉后又一个令人生厌的笑话而已。他喝醉了，就占有她、折腾她，跟对待贝尔妓院里的任何一个女人一样。现在他回来了，照样出言不逊、冷嘲热讽、遥不可及。她咽下泪，重新打起精神。绝不能让他知道自己心中所想。他要是知道了，不知道会如何嘲笑呢！嗯，绝不能让他知道。她飞快地抬起头望向他，又在那双眼中看到了熟悉的神情——困惑、警觉、急切，仿佛在等着她说下去，希望她会——他在期盼什么？希望她大吼大叫地出丑，让他可以借机嘲笑吗？不，她才不会！她斜斜上挑的眉毛冷冷地皱了起来。

“我自然怀疑你跟那女人有染。”

“只是怀疑吗？干吗不直接问我来满足你的好奇心？我肯定告诉你。自从你和阿希礼·威尔克斯决定你我应该分房睡，我就一直跟她睡在一起。”

“你竟敢站在这儿跟我吹嘘这事，当着你妻子的面，说什么——”

“噢，别对我道德说教。只要我付清家里的账单，你才不管我干什么呢。你也知道，我最近可不是什么天使。至于你是我妻子这事——邦妮出生后，你真算得上是我妻子吗？斯嘉丽，在你身上投资真亏啊，还不如把钱投到贝尔身上。”

“投资？你是说，你给她——”

“我想，正确的说法应该是‘资助她做生意’。贝尔是个聪明的女人。我乐意见她成功，她需要的不过是开店资金。你应该知道，女人有了钱后能创造出怎样的奇迹。看看你自己。”

“你竟敢拿我跟她比——”

“怎么，你们都是精明成功的女商人。当然，贝尔比你强点儿，因为她心地善良，脾气也好——”

“出去！”

瑞德懒洋洋地朝门口走去，嘲讽地挑起一边眉毛。斯嘉丽愤怒又痛苦地想：他怎么能如此羞辱她？一想到他这是在故意伤害她、羞辱她，斯嘉丽就痛苦不已。亏得她还一直盼他回家，他却在妓院买醉，还跟警察大吵大闹。

“出去，永远别再进我的房间。我之前就说过，你不是个绅士，话都听不懂。从今往后，我会锁门。”

“不用麻烦。”

“我就要锁！那晚你简直混账——喝得烂醉，那么恶心——”

“好啦，亲爱的！肯定不恶心吧！”

“出去！”

“别担心，我这就走，保证再也不来烦你。就这么着。我还想对你说，如果实在受不了我无耻的行为，你可以离婚。只要把邦妮给我，我绝无异议。”

“我不能离婚来让家族蒙羞。”

“玫兰小姐如果死了，你很快就会让家族蒙羞，不是吗？一想到届时你会多么着急跟我离婚，我头都晕了。”

“你走不走？”

“嗯，这就走。我回来就是要告诉你，我要去查尔斯顿和新奥尔良，噢，对了，这将是场漫长的旅程。我今天就走。”

“噢！”

“而且，我要把邦妮也带走。让普利西那傻丫头给她收拾些衣服。我要把普利西也带上。”

“永远别想把我的孩子带出这个家。”

“巴特勒太太，她也是我的孩子。我带她去查尔斯顿看奶奶，你肯定不会介意吧？”

“看奶奶，去你的吧！你以为我会让你把孩子带出家门？你夜夜喝醉，还很有可能把她带去贝尔那儿——”

瑞德猛地扔掉雪茄，羊毛地毯顿时被烫焦了，发出刺鼻的气味。瑞德几步冲到她面前，气得脸色铁青。

“你要是个男人，我立马拧断你的脖子。既然你是个女人，那我只好说闭上你该死的嘴。你以为我不爱邦妮，会将她带去那种——她可是我的女儿！天哪，你这蠢货！至于你，还是少摆母亲的架子。哼，母猫都比你称职！你为孩子们做过什么？韦德和埃拉怕你怕得要死。要不是玫兰妮·威尔克斯，他们永远不知道何谓爱和关怀。但邦妮，我的邦妮！你以为我照料她没你照料得好？你以为我会任你威吓她，吓破她的胆，就像吓破韦德和埃拉的胆一样？该死，不！一小时内打包好她的东西，否则跟我要做的事相比，那晚的事什么都算不上。我早就想用马鞭好好抽你一顿了，说不定能对你大有好处。”

说完，他转身就走，没等她开口便已出了房间。她听见他穿过走廊，去了孩子们的游戏室。门一开，便是激动又欢快的童声。她听见邦妮的声音压过了埃拉的。

“爸爸，你去哪儿了？”

“去找兔子皮，好把我的小邦妮裹起来呀。邦妮，快给你最亲爱的爸爸一个吻——还有你，埃拉。”

第五十五章

“亲爱的，我不想要任何解释，也不需要你给我一个解释。”玫兰妮一边坚决地说，一边伸出一只小手，温柔地捂住斯嘉丽那痛苦的嘴唇，不让她继续说下去。“若觉得我们之间还需要什么解释，你就是在侮辱自己、阿希礼和我。怎么，我们三个已经——已经像战友般在这世界上战斗了这么多年，真不敢相信，你竟以为一点闲言碎语就能离间我们的关系。你以为我会相信你和我的阿希礼——哎呀，怎么会有这种念头啊！你难道不觉得，这世上没有人比我更了解你吗？你以为我忘了你为我、阿希礼和小博做的这些令人惊叹又毫无私心的事吗？从你救我性命，到让我们全家免于挨饿，这桩桩件件，你以为我都忘了吗？你以为我忘了你几乎光着脚、双手满是血泡地跟在北佬那匹马后犁地，就为了让宝宝和我有口饭吃？你怎么会相信那种可怕的流言？斯嘉丽·奥哈拉，我不想再听你说话，一个字都不听。”

“可是——”斯嘉丽琢磨着想说点什么，却又住了口。

一个小时前，瑞德带着邦妮和普利西出城了。这下，斯嘉丽不仅觉得羞耻、愤怒，还感到孤独了。再加上她对阿希礼的歉疚和玫兰妮的维护，这样的重担简直令她承受不住。玫兰妮若相信了英迪亚和阿奇，在宴会上对她视而不见，甚至冷若冰霜，她都能高昂起头，使出浑身解数反击。但现在，一想到玫兰妮就如一把闪亮的薄刀刃，挡在她和舆论非议之间，一想到玫兰妮眼里满是信任和战斗之光，她就觉得自己除了忏悔，再无其他诚实之事可做。没错，她要把一切都交代清楚，就从那年在塔拉阳光明媚的门廊上发生的事说起。

斯嘉丽的天主教良心虽压抑已久，却尚未泯灭。受这良心的驱使，她要坦白一切。在这紧急关头，耳边又响起埃伦曾教导她上百次的话："承认你的罪过，用悲伤和痛悔来悔过。"埃伦曾经的宗教训诫又浮现在她脑海中，将她牢牢攫住。她要忏悔——没错，她什么都认。每一个对视、每一句话，以及那屈指可数的几次爱抚……上帝会减轻她的痛苦，给她安宁。而因为她的悔过，玫兰妮的脸色肯定会从钟爱和信任变成难以置信的惊恐和厌恶。噢，她痛苦地想：这样的惩罚真是太重了。她不得不终生记住玫兰妮那张脸，明白玫兰妮已经知道她所有的偏狭和卑鄙，知道她有多么两面派、多么不忠和虚伪。

曾经，一想到可以一股脑儿地把事实摆到玫兰妮面前，看着她那愚蠢的天堂分崩离析，她就陶醉不已，觉得为此失去一切也在所不惜。可现在，一夜之间，她的想法便天翻地覆，转而认为这是她最不想做的事。个中原因她自己也弄不明白。脑中有太多互相矛盾的念头，她还没理出头绪，只知道她曾经希望自己在妈妈心中是谦逊、善良、心地纯洁的女儿，所以如今也热切地盼望玫兰妮对她评价颇高。她只知道，全世界的人怎么看她、阿希礼或瑞德怎么看她都无所谓，但玫兰妮对她的看法一定不能变。

她害怕告诉玫兰妮真相，但诚实的本能又罕见地冒出头来，让她无法欺骗这个维护自己的女人。因此，这天早晨瑞德和邦妮前脚刚走，她便匆匆赶到玫兰妮面前。

可她刚急急忙忙说出一句“玫兰，我必须解释一下那天的事——”就被玫兰妮厉声打断。斯嘉丽面带愧色地看着那双闪烁着爱与愤怒的黑眸，心不断地往下沉。她知道，坦白过后，她再也别想得到平静和安宁。玫兰妮的第一句话就彻底掐断了她的念头。斯嘉丽少有的成熟情感让她意识到，通过吐露心事来消除自己心里的负担，是种彻头彻尾的自私行为。她这是要卸下自己的负担，将其加诸到一个清白无辜、全然信任自己的人身上。玫兰妮的仗义相助让她又欠了她一笔情，唯一的偿还方式就是保持沉默。用如此讨厌的事实毁掉玫兰妮的生活，告诉她丈夫不忠，与之有染的还是她的挚友，这种偿还方式多残酷啊！

“我不能告诉她，”斯嘉丽痛苦地想，“哪怕被良心折磨死，我也绝不能说。”她突然无端想起瑞德的那句醉话：“她无法想象她所爱的任何人会做出丢脸之事……就让这份爱成为你要背负的一个十字架吧。”

没错，这将成为她要背负的十字架，她到死都只能默默忍受这份煎熬，穿着这件扎人的耻辱之衣。之后的数年，每次接收到玫兰妮温柔的眼神或动作，她都会如芒在背，却永远只能压抑内心大喊的冲动：“别对我这么好！别为我而战！我不值得！”

“你要不是这种傻瓜，不是这种甜美可爱、轻信于人、头脑简单的傻瓜就好了，那事情就不会如此难办，”斯嘉丽绝望地想，“我挑过很多累人的重担，但这一副真是最重、最累人的。”

玫兰妮坐在她对面的一张矮椅里，双脚紧紧蹬在一张软垫凳上。软垫凳太高，她的膝盖像孩子般隆起。要不是气得忘了规矩，她肯定不会如此失礼。她正在织一条梭结花边，这会儿闪闪发亮的针来回穿梭，动作激烈得仿佛那是一把决斗用的双刃长剑。

斯嘉丽若气成这样，肯定会跺着脚，像杰拉尔德最年富力强那会儿一样，扯着嗓门大喊上帝，让他来瞧瞧人类这种可恶的欺诈行为，再说些令人毛骨悚然、扬言要报复的话。但玫兰妮只会用那根闪闪发亮的棒针和紧锁的秀眉表示内心的极度愤慨。她声音平静，用词比平时更干脆利落。但玫兰妮向来很少发表意见，从不说一句刻薄话。听她此刻这般强有力的言辞，斯嘉丽突然意识到：相比奥哈拉家的人，威尔克斯家和汉密尔顿家的人发起火来，真是有过之而无不及。

“亲爱的，那些人批评你的话，我实在听厌了。”玫兰妮道，“这真是压死骆驼的最后一根稻草，我一定要做点什么了。他们之所以批评你，都是因为嫉妒。因为你这么聪明，这么成功。你干成的这些事，很多男人都失败了。亲爱的，我这么说你别生气。我说这话并不像很多人所说的那样是嫌你不守妇道或不像女人。你不是的。人们只是不懂你，他们受不了女人如此聪明。但不能因为你聪明成功，他们就有权说你和阿希礼——老天爷！”

最后那句感叹若出自哪个男人之口，顶多算是一句温和的感叹，带着些许不敬之意。但从玫兰妮口中说出，就是前所未闻的让斯嘉丽目瞪口呆之语了。

“阿奇、英迪亚和埃尔辛太太居然编造出如此污秽的谎言，还跑来告诉我！他们怎么敢？当然，埃尔辛太太并没登门。嗯，她没来，估计没这勇气。但亲爱的，她向来讨厌你，因为你比范妮更受欢迎，而且你降了休的职，不让他继续管理锯木厂，她也一直耿耿于怀。但你降他的职一点都没错。他就是个微不足道、一事无成的废物！”玫兰妮仅一句话，就把童年时的玩伴和少女时代的男友打发了。“阿奇的事也怪我。我就不该收留那个老恶棍。人人都这么跟我说，我却不肯听。亲爱的，因为囚犯的事，他不喜欢你，但他有什么资格批评你？一个谋杀犯，杀的还是个女人！我为他做了这么多，他竟跑来跟我说你——阿希礼就算一枪打死他，我也不会有丝毫难过。哼，我跟你说，我已经狠狠教训了他一顿，把他赶走了。这会儿，他已经出城。

“至于英迪亚那恶毒的家伙！亲爱的，我第一次见你俩在一起，就发现她嫉妒你、讨厌你。因为你比她漂亮得多，还有那么多仰慕者。因为斯图尔特·塔尔顿，她更是恨透了你。她倾慕斯图亚特，想到了郁郁寡欢的地步——唉，虽然不想这么说阿希礼的妹妹，但我觉得她的脑子都被那种单相思弄坏了！否则，还有什么理由可以解释她的行为……我叫她再也别进我家的门。我若再听到她哪怕含沙射影地说这种恶毒话，我都要当众骂她骗子！”

玫兰妮突然住了嘴，脸上的愤怒变成悲伤。佐治亚人都有强烈的家族观，玫兰妮更是忠于这种传统。因此，一想到这场家庭纠纷，她就心痛。她犹豫了一会儿，还是觉得斯嘉丽最亲、最重要，于是忠诚地继续道：“亲爱的，因为我最爱你，英迪亚一直心存嫉妒。她再也不会走进这所房子。谁家若接待她，我就再也不进那家的门。阿希礼同意我的做法，但他实在心碎，没想到自己的亲妹妹竟会说出那种——”

一听到阿希礼的名字，斯嘉丽过于紧张的神经顿时崩溃，眼里一下子流出泪来。难道她就没一直伤他的心？虽然她只想让他幸福安宁，但每一次似乎都伤害了他。她毁了他的生活，打破他的骄傲和自尊，粉碎了他以内心完整为基础的平静。如今，她又让他疏远了自己深爱的妹妹。为了保住她的名誉和自己妻子的幸福，他只能牺牲英迪亚，被迫让她成为一个满嘴谎言、疯疯癫癫、心怀妒忌的老姑娘。其实，英迪亚藏于心中的每个怀疑、出口的每句谴责都有理有据。阿希礼每次正视英迪亚的双眼，都会看到那里面闪着真理与谴责之光，以及威尔克斯家的人最擅长的冰冷的蔑视。

斯嘉丽知道阿希礼把名誉看得比生命还重，所以他肯定很痛苦。和斯嘉丽一样，他也被迫躲在玫兰妮的庇护之下。斯嘉丽虽然知道有必要这么做，也知道主要是因为她，他才会落到这般有违自身操守的境地。但——但从女人的角度来看，阿希礼若一枪打死阿奇，向玫兰妮和公众承认一切，她或许会更敬重他。斯嘉丽知道自己这么想不公平，但她已经痛苦得顾不上这些。她想起瑞德曾经的一些奚落嘲讽之语，心里纳闷阿希礼在这事上的表现是否真的不像个男人。自爱上他的那天起，她第一次觉得笼罩在他头上的闪亮光环开始悄然淡去。耻辱和内疚将她层层包裹，也将他层层包裹。她想奋力赶走这个念头，结果却哭得越发伤心。

“别哭了！别哭了！”玫兰妮丢下梭结花边，扑到沙发边，把斯嘉丽的头按在自己肩上。“我就不该说这些，让你这么难过。我知道你有多害怕，以后咱们再也不提了。不，不仅我俩之间不提，对别人也不提了。就当从没有过这事。但，”她恶狠狠地轻声道，“我要让英迪亚和埃尔辛太太瞧瞧是非曲直是什么样，才好知道以后休想再造我丈夫和我嫂子的谣。我一定要把这事办妥，让她们在亚特兰大再也抬不起头。任何相信她们的话，或还接待她们的人，都是我的敌人。”

想到今后漫长的岁月里，这座城市和这个家庭都将迎来绵延数代的分裂之争，而引起这场纷争的就是自己，斯嘉丽便悲伤难抑。

玫兰妮说到做到。她再也没对斯嘉丽或阿希礼提过这事，也没对其他任何人提起。谁若敢当面暗示此事，她就立马冷脸，摆出一副淡漠拘谨的模样。她筹办的那场惊喜生日宴后，瑞德神秘失踪。一连几周，城里流言四起，立场不同的人展开激烈争辩。诋毁斯嘉丽的人，无论是不是她的老友或亲人，她都一概不予宽恕。总之，她不说话，只付诸行动。

玫兰妮就像苍耳般黏在斯嘉丽身侧。她让斯嘉丽照常去店铺和锯木厂，每天早晨斯嘉丽出门，她也跟着去。斯嘉丽其实很不想面对城里人热切又好奇的注视，但玫兰妮不仅每天下午都非让她乘车上街，还跟她并排坐在马车里。下午的一些正式的社交活动，玫兰妮也会带上斯嘉丽，温柔却坚定地把她推入那些她两年不曾踏足的客厅。而玫兰妮跟大惊失色的女主人们交谈，脸上一副“你得爱屋及乌”的坚定表情。

这些午后聚会，玫兰妮回回都让斯嘉丽早早到场，却待到最后才离开，让太太们没机会聚众议论或揣测，所以还是引起了一些不满。斯嘉丽虽然觉得这些聚会是莫大的折磨，却不敢拒绝玫兰妮。她讨厌坐在那群暗暗揣测她到底有没有通奸的女人中间；也讨厌她们完全是因为喜欢玫兰妮，不愿失去玫兰妮的友谊，才跟自己说话的事实。但斯嘉丽也清楚，那些女人既然重新接受了她，今后便不能不理睬她。

大家对斯嘉丽维护也好，批评也罢，都不是基于她的个人品质做出的反应。众人普遍觉得“她的事我可不想多管”。斯嘉丽树敌太多，所以如今没多少支持者。她的言行伤了太多人的心，所以这桩丑闻会不会伤害到她，大家其实并不关心。但每个人都非常关心玫兰妮或英迪亚，生怕伤害到她俩。因此，成为风暴中心的不是斯嘉丽，反倒是她俩。众人关注的焦点只有一个：“英迪亚撒谎了吗？”

那些站在玫兰妮那边的人得意扬扬地指出：玫兰妮近来跟斯

嘉丽形影不离。玫兰妮这种极有道德的人，怎会支持一个有罪的女人，尤其那女人的暧昧对象还是她自己的丈夫？不，绝对不可能！英迪亚不过是个道德败坏、痛恨斯嘉丽的老姑娘，她肯定撒了谎，还骗得阿奇和埃尔辛太太信了她的鬼话。

然而，英迪亚的支持者们认为斯嘉丽若无辜，那巴特勒船长哪儿去了？他为何不留在妻子身边，为她撑腰？这个问题无法回答。但数周后，又传出一个谣言，称斯嘉丽怀孕了。这下，支持英迪亚的那些人都满意地频频点头，说孩子肯定不是巴特勒船长的。因为两人不和、早已分室而居的事尽人皆知。

流言四起，全城的人分成了两派。就连一些原本紧密结合的家族，如汉密尔顿家、威尔克斯家、伯尔家、怀特曼家和温菲尔德家，也纷纷被迫站队。没有中间派。冷静端庄的玫兰妮和尖刻怨愤的英迪亚负责让众人做出选择。但亲戚们不论选择支持哪一边，都对斯嘉丽愤恨不已，因为致使家族不和的源头就是她。所有人都觉得不值得为她如此。无论他们选择哪方，亲戚们都由衷哀叹，觉得英迪亚不该家丑外扬，把阿希礼卷入这桩丑闻。但英迪亚既然话已出口，很多人还是赶着为她辩护，跟她一起反对斯嘉丽。而喜欢玫兰妮的那部分人，则站在她和斯嘉丽那边。

亚特兰大一半的人都跟玫兰妮和英迪亚沾亲带故，或声称跟她们有亲戚关系。有表亲、表亲的表亲、姻亲，以及各种关系密切的亲戚。除了土生土长的佐治亚人，谁都厘不清这些错综复杂的亲戚关系。这些人向来家族观念极强，无论对内部哪个成员有什么个人意见，艰难时刻他们总能一致对外，举起手中的盾牌，交叠成牢不可破的抗敌方阵。多年来，家族内部的和睦关系从未公开破裂，佩蒂姑妈和亨利伯父的游击战式的吵闹，不过是大家族内引人开心的笑柄罢了。所有人都温文尔雅、轻言细语、矜持寡言，甚至大多数亚特兰大家族都有的亲热口角，在该家族中也鲜少发生。

但现在，这个家族却一分为二，在这场亚特兰大有史以来最令人震惊的丑闻中，让全城人目睹那些五服六服的表亲各自加入不同阵营。至于城中跟两人没有亲戚关系的那一半人，他们若想在这场纷争中表现得机敏宽容，也相当困难。因为，英迪亚和玫兰妮这两大阵营之争，几乎给每个社会团体都造成了裂痕。喜剧社、邦联遗孤遗孀缝纫协会、阵亡烈士墓地美化协会、周六晚上的音乐社、妇女交谊舞社团和青年图书协会全被卷了进来，就连四个教会及其下属的妇女救援会和传教会都未能幸免。各组织都小心翼翼，生怕将敌对阵营的人安排在一处。

亚特兰大的太太们下午四点到六点均痛苦万分。按照惯例，这是客人们登门拜访的时间。大家都怕玫兰妮和斯嘉丽来访时，会正巧碰到英迪亚及其忠实亲戚也在场。

家族中最难过的当属可怜的佩蒂姑妈。佩蒂别无所求，只盼能舒舒服服地生活在亲友们的关爱中。就这件事而言，她相当乐意既跟野兔逃跑，又跟猎狗追捕。但无论野兔，还是猎狗，都不允许她这样。

英迪亚跟佩蒂姑妈同住。佩蒂若按自己所愿支持玫兰妮，英迪亚就会搬走。而英迪亚要是走了，可怜的佩蒂该怎么办？她没法一个人住，要么找个陌生人同住，要么锁了屋子，搬去跟斯嘉丽住。佩蒂姑妈隐隐觉得巴特勒船长不喜欢自己搬过去。再不然，她还可以搬进玫兰妮家，住在之前给小博当育儿室的那个小房间。

佩蒂不怎么喜欢英迪亚，因为她冰冷倔强，对事态度偏激，令她害怕。但有她在，佩蒂才能维持自己舒适的小天地。而相比道德问题，佩蒂向来更注重个人舒适。于是，英迪亚便留了下来。

但有英迪亚在，佩蒂姑妈家就成了风暴中心。因为斯嘉丽和玫兰妮都认为，这意味着佩蒂站在英迪亚那边。斯嘉丽干脆表示：英迪亚一日不走，她就不会再接济家用。阿希礼每周都送钱给英迪亚，却都被英迪亚骄傲地默默退回，让老太太又惊讶又遗憾。要不是亨利伯父插手相助，这座红砖房里的人就要陷入悲惨境地了。然而，花亨利伯父的钱，又让佩蒂觉得丢脸。

这世上除了自己，佩蒂最爱的就是玫兰妮。如今，玫兰却像个冷漠有礼的陌生人。虽然她其实就住在佩蒂家后院，却再也没有穿过那道树篱。从前，她可是要来来回回十几趟的。佩蒂去拜访她，哭哭啼啼地声明自己有多爱她、多忠于她，玫兰妮却拒绝讨论这件事，也从不回访。

佩蒂很清楚自己欠了斯嘉丽很多，几乎欠了她一条命。战后那段暗无天日的时光，佩蒂曾经面临的抉择是：要么投靠哥哥亨利，要么饿死。最后，是斯嘉丽为她撑起这个家，给她吃穿，让她在亚特兰大社交圈抬得起头。斯嘉丽婚后搬进了自己的家后，依然对她十分慷慨。而那位吓人又迷人的巴特勒船长常常跟斯嘉丽登门拜访。每次他们走后，她都能在螺形托脚小桌找到塞满钞票的崭新钱包，或在针线盒里找到用手帕包着、悄悄塞进来的金币。瑞德每次都赌咒发誓地说他对此一无所知，还老是不正经地说她多半有个神秘的仰慕者，说不定就是那个满脸络腮胡子的梅里韦瑟爷爷。

没错，玫兰妮给了佩蒂爱，斯嘉丽保证了她的安稳生活。英迪亚给了她什么？什么都没有，除了用陪伴让她继续现在的愉快生活，以及万事不用自己拿主意。佩蒂这辈子都从未自己做过什么决定，凡事都交给别人处理。她觉得眼前这事太恼人，也太粗俗，但大部分时间都只能伤心落泪，无人安慰。

最后，一些人终于全心全意地相信斯嘉丽是无辜的。这倒不是因为他们相信她的个人品德，而是因为玫兰妮相信这点。有些人虽心里持保留意见，但面上还是对斯嘉丽以礼相待，甚至会登门拜访她。因为他们都爱玫兰妮，希望能保有她的爱。英迪亚的支持者们见到斯嘉丽只会冷冷地欠欠身，少数几个公然对她视而不见。最后这种人令斯嘉丽最尴尬恼火，但她也知道，没有玫兰妮的陪伴和果断行事，全城的人都会跟她作对，将她抛弃。

第五十六章

瑞德已经走了三个月，其间斯嘉丽没收到他只言片语。她既不知道他去了哪儿，也不知道他何时回来。其实，她根本不知道他还会不会回来。这些日子以来，斯嘉丽高昂着头，为生意四处奔忙，心里却一直很难过。她身子也不太舒服，但还是被玫兰妮逼着天天去店里，也装出一副对锯木厂仍感兴趣的样子。但她第一次觉得店铺令人厌倦。虽然营业额比去年提高了两倍，钱财滚滚而来，但她还是觉得兴味索然，动不动就发火训那几个伙计。约翰尼·加勒格尔那间锯木厂很是兴旺，贮木场很容易就能卖掉他产出的所有木材。但约翰尼无论说什么或做什么都无法让她高兴，同为爱尔兰人的约翰尼面对她的喋喋不休，终于勃然大怒，还威胁要撒手不干。他言辞激烈地跟斯嘉丽发了一通火，最后道："太太，去你的吧，诅咒你跟克伦威尔一样！"结果，斯嘉丽不得不低声下气地道歉，才把他安抚好。

斯嘉丽再没去过阿希礼那间锯木厂，去贮木场那间办公室也是估摸着阿希礼不在才去。她知道阿希礼在躲自己，也知道自己在玫兰妮那让人无法逃避的邀请下经常去他家，对他来说是一种折磨。两人再没单独说过话，她却很想问问他如今恨不恨自己，以及他到底是如何跟玫兰妮解释的。然而，他总是与她保持一定距离，默默哀求她别问。看到他那张苍老、憔悴、满是悔恨的脸，斯嘉丽心头的负担更重了。而且，他那间锯木厂每周都在亏钱，也让她暗自恼恨不已。

阿希礼在现实面前那种无能为力的模样让斯嘉丽很恼火。她虽然不知道他要怎么做才能改善局面，但依然觉得他该做点什么。瑞德肯定会做点什么。瑞德向来都会采取行动，哪怕是错误的行动。虽不愿承认，但她还是很佩服他这点。

现在，她对瑞德的怒气已消，也不再介意他对她的那些侮辱，便开始想念他。因为一直杳无音信，她对他的想念与日俱增。他离开时，她心里五味杂陈，既有狂喜、愤怒和心碎，也觉得自尊心受到了伤害。如今，这些情绪都烟消云散，只剩沮丧如黑兀鹫般压在她肩头。她想念瑞德，想念他用轻率的口吻说那些逸闻趣事逗她开怀大笑，想念他嘲讽地咧嘴而笑排解她心中的烦恼。她甚至想念他那些刺痛了她，令她愤怒回嘴的讥诮嘲弄。但她最想念的，还是在他面前畅所欲言。瑞德是最让她满意的听众，她可以毫不害臊、得意扬扬地向他吹嘘自己如何盘剥他人，听得他拊掌叫好。而她若跟别人讲这些事，肯定会把对方惊得目瞪口呆。

瑞德和邦妮不在，斯嘉丽觉得很孤单。她没想到自己竟如此想念女儿。想起瑞德最后批评她苛待韦德和埃拉的话，她闲时便努力陪伴他们，结果毫无用处。瑞德的话和孩子们的反应让她惊讶地发现了一个恼人的事实：她在两个孩子的婴儿时期太忙，太为钱操心，也太严厉、太容易发火，因此并未得到他们的信任或依恋。如今再来争取这两样东西，要么太迟，要么就是她既没耐心，也没智慧深入他们幼小而隐秘的内心。

埃拉！斯嘉丽恼火地发现埃拉是个蠢孩子，这点毋庸置疑。

她那小脑瓜儿无法专注于任何事，就像小鸟没法在一根树枝上停留太久一样。斯嘉丽试着给埃拉讲故事，可她总幼稚地打岔，问些跟故事毫不相关的问题。可没等斯嘉丽回答，她又把自己的问题忘了。至于韦德——也许瑞德说得对。韦德可能真的怕她。这可真奇怪，也让她很受伤。为什么她的儿子、唯一的儿子会怕她？每次问他什么，他就睁着那双跟查尔斯一样柔和的棕眸，尴尬地扭着身体、不停地绞着双脚。但跟玫兰妮在一起时，他却滔滔不绝，还把口袋里的所有东西都掏出来给她看。从钓鱼用的蚯蚓到各种旧绳子，通通掏出来。

玫兰妮对付小孩很有一套，这点谁都没法否认。她的小博是全亚特兰大最听话、最可爱的孩子。斯嘉丽跟小博相处得比跟自己的孩子更好，因为小博没有大人的拘谨，每次一见到她就不请自来地爬上她的膝头。这一头金发的小男孩多漂亮啊，简直跟阿希礼一模一样！要是韦德也能跟小博一样——当然，玫兰妮之所以能为小博做这么多，是因为她就只有这一个孩子。而且，她也不用像斯嘉丽一样操心工作。至少斯嘉丽努力用这个借口为自己开脱，但诚实又让她不得不承认：玫兰妮爱孩子，再来一打她也欢迎。而她那满溢而出的母爱，就倾注在了韦德和其他邻居的孩子们身上。

斯嘉丽永远也忘不了那天乘车去玫兰妮家接韦德的情形。刚踏上前门车道，她就听见儿子模仿南方士兵战斗时的呐喊声。在家里，韦德向来安静得跟老鼠一样。接下来那声充满大丈夫气概的尖声高叫，是小博在附和韦德的呐喊。斯嘉丽走进客厅，便瞧见两个男孩手持木剑在沙发上对战。一见她进来，两人立刻不好意思地住了嘴。蹲在沙发后的玫兰妮捏着发夹，鬈发散乱地笑着站了起来。

“这是葛底斯堡，”玫兰妮解释道，“我是北佬，当然被打得最惨。这是李将军，”她指指小博，然后一只手揽住韦德的肩膀说，“这是皮克特[1]将军。”

没错，玫兰妮应付起孩子来，总有一套斯嘉丽永远无法理解的办法。

“至少，”斯嘉丽想，“邦妮爱我，也喜欢跟我玩。”但她又不得不老实承认：相比她，邦妮无疑更喜欢瑞德。而且，她或许再也见不到邦妮了。据她所知，瑞德可能在波斯或埃及，并打算永久定居在那儿。

米德医生告诉斯嘉丽她怀孕了，斯嘉丽惊得目瞪口呆，因为她一直以为自己只是肝胆不适或神经紧张。然后，她想起那个疯狂的夜晚，顿时满脸绯红。原来，孩子诞生于那般销魂蚀骨的时刻。就算那段欢愉的记忆已经被之后发生的种种冲淡了不少，斯嘉丽依旧生平第一次为怀孕开心。如果是个男孩就好了！一个健康结实的男孩，别跟韦德似的没精打采。她一定会好好照料他！现在，她有时间宠溺一个孩子，也有钱为他铺平道路。她真开心呀！冲动之下，她真想立刻写信给瑞德在查尔斯顿的妈妈，让她代为转达。天哪，他一定会立刻回家！如果孩子都出生了，他还在外面可不行！那她永远也解释不清了。但如果她写信，他定会觉得她希望他回家，然后开心不已。绝不能让他知道她想念他或需要他。

斯嘉丽很高兴自己压下了这一冲动。因为查尔斯顿的保利娜姨妈来信说瑞德在查尔斯顿探望他妈妈。这还是瑞德走后，斯嘉丽第一次得到他的消息。哪怕保利娜姨妈的信让人火冒三丈，但

---

1 美国南北战争时期南方联盟军将领。

知道瑞德仍在美国，依旧让她大大松了口气。瑞德带邦妮去看望她和厄拉利姨妈，信中全是对那孩子的夸赞。

“真是个漂亮的小丫头！长大后肯定是个美人。但我想，你肯定知道谁要敢追求她，巴特勒船长肯定会跟他大战一场。因为我从没见过那般疼爱女儿的爸爸。好啦，亲爱的，我得跟你坦白一件事。没见到巴特勒船长前，我一直觉得你跟他的婚姻极不相配。在查尔斯顿没人听过半句他的好话，人人都为他家感到惋惜。其实，厄拉利和我还犹豫过要不要接待他。不过，那可爱的小丫头毕竟是我们的侄孙女。于是，他就这样登门了。我们真是又惊又喜，最高兴的莫过于发现听信谣言是多么不文明。他真是太迷人了，不仅英俊、庄重、有礼，还那么爱你和孩子。

“好啦，亲爱的，我必须写信告诉你，我们听到一件事。起初，厄拉利和我都不愿相信那是真的。当然，我们已经听说肯尼迪先生留了间店铺给你，你有时会亲自照管。当然，我们也听到一些流言，但我们一个字也不信。我们知道，在战后初期那段可怕的日子里，情况如此糟糕，你或许真有必要外出工作。但现在，你就没必要继续下去了吧。据我所知，巴特勒船长相当有钱，而且也完全有能力替你经营所有生意，管理或许属于你的那点产业。我们有必要了解那些谣言的真相，于是只得就令我们最苦恼的问题，直接向巴特勒船长打听。

“他不情愿地告诉我们，你上午待在店里，不让其他任何人插手账目。他还说，你对一家（或许还不止一家）锯木厂感兴趣。乍听这一消息，我们真是难过极了，所以并未逼他细说。你每天都独自赶车出去，要不就让一个恶棍替你赶车。巴特勒船长已经明确告诉我们，那家伙是个谋杀犯。看得出，这事让他很痛心，但他真是个最宽容的丈夫，实在太宽容了！斯嘉丽，你必须立刻停手。你妈不在了，我就得代她管教你。想想看，孩子们越来越大啦，他们若发现你在做生意，会怎么想！你抛头露面地跟粗人打交道，受他们侮辱，冒着被人随意议论的风险去锯木厂，孩子们多丢脸啊！如此不守妇道——”

斯嘉丽还没读完，就骂骂咧咧地把信朝地上一扔。她仿佛已经看到保利娜姨妈和厄拉利姨妈坐在炮台街那间破房子里批评她。要不是她每月寄钱过去，她们早就饿死了。不守妇道？天哪，若非她不守妇道，保利娜姨妈和厄拉利姨妈或许此刻连个安身之所都没有。该死，瑞德竟把店铺、管账和锯木厂的事都告诉她们了！不情愿，他会不情愿？她太清楚他糊弄老太太那套，在她们面前装得庄重有礼、优雅迷人，一副深情丈夫和慈爱父亲的模样。他肯定喜不自胜地把她开店、经营锯木厂和酒馆的事细细讲给她们听了。真是个魔鬼，怎么就喜欢干这种坏事取乐呢？

然而，没过多久，这点怒气也淡了。近来，很多从前无比热衷的事，她都没了兴趣。要是能重新焕发激情、让阿希礼容光焕发该多好！要是瑞德能回家，逗她开心该多好！

父女俩没有提前通知就回来了。他们到家的第一个提示，即行李砰地砸在前厅走廊上的声音和邦妮扯着嗓子喊“妈妈！”。

斯嘉丽急忙从自己屋里出来，赶到楼梯顶，就瞧见女儿正拼命迈开胖胖的小短腿儿，奋力朝楼上爬，怀里紧紧搂着一只温顺的条纹小猫。

“这是奶奶给我的。”她拎起猫咪的后颈，兴奋地大叫。

斯嘉丽将女儿一把搂进怀里，连连亲吻，感谢孩子的出现让她免于单独面对瑞德。她越过邦妮的脑袋往下看，瞧见瑞德正在楼下门厅付钱给车夫。他抬头看见她，夸张地脱下帽子，像往常一样鞠躬行礼。对上他那双黑眸，斯嘉丽的心怦怦直跳。无论他是什么样的人，无论他做了什么，只要回来了，她就开心。

“嬷嬷呢？”邦妮在斯嘉丽怀里扭着身子问。斯嘉丽只好不情愿地放开她。

要足够随意地跟瑞德打招呼，又要告诉他怀孕的事，这可比斯嘉丽料想的更难办！瑞德上楼时，她一直盯着他的脸，那张黝黑的脸冷然淡漠，那般无动于衷、毫无表情。不，她还是等等再告诉他吧，不能立马就说。不过，这种事就该首先告诉丈夫，因为做丈夫的听到后都会很开心。然而，她觉得他未必会高兴。

斯嘉丽站在楼梯平台上，倚着栏杆，心想他会不会吻自己。他没有，只是说：“巴特勒太太，你看起来有些苍白，没胭脂啦？”

没有一句想念她的话，哪怕真不想，装装样子也好啊。嬷嬷带着邦妮顺着楼下走廊朝育儿室走去，瞧见瑞德，她行了个屈膝礼。当着嬷嬷的面，他至少该吻她一下吧。可他只是挨着她站在楼梯平台上，随意地打量着她。

“瘦了这么多，是想我想的吗？”他问。虽然嘴角勾起微笑，但他眼中却毫无笑意。

所以，他就是这种态度？真是一如既往的可恶。她突然觉得腹中的孩子成了令人讨厌的负担，而非让她高兴的宝贝。而这个把宽边巴拿马帽按在臀边，随意地站在她面前的男人成了她的死对头，她一切麻烦的起源。她目露凶光地开口回答，眼中无比分明的恶意让人完全无法忽视。瑞德立刻收敛笑容。

“我要是脸色苍白，那也是你的错，但不是因为想念你这个自负的家伙，而是——”噢，她不能就这样告诉他。但激烈的话语已经冲到嘴边，也不管仆人们会不会听见，她冲口而出，“因为我又怀孕了！”

瑞德倒吸一口凉气，两眼迅速地上下打量了她一番。他飞快地上前一步，似乎想拉她的胳膊，却被她扭身躲开了。被她如此仇视地瞪视着，他沉下脸来。

“是吗？”他冷冷地道，“哼，那谁是那幸福的爸爸呢？阿希礼吗？”

斯嘉丽猛地攥住楼梯端柱，直攥得浮雕狮子的耳朵扎痛掌心。哪怕如此了解他，她也没料到会遭此侮辱。他当然是开玩笑，但有些玩笑可怕得令人难以承受。她真想用尖利的指甲戳进他的眼窝，把那阴阳怪气的目光给抠掉。

“该死！”她气得声音发颤，“你——你知道这是你的。我比你更不想要他！没——没有女人想为你这种无赖生孩子。我希望——噢，上帝啊，这孩子不管是谁的，都比是你的好！”

她瞧见他黝黑的脸骤然变色——除了愤怒，还有某种她看不懂的神色，一种仿佛被针刺痛后的抽搐。

“好啊！”盛怒之下，她又生出一股狂喜，“好啊！我总算刺痛他了！”

但他很快又戴上那副无动于衷的老面具，扯了扯八字须。

“开心点，”他转身朝楼上走去，“不然很可能流产。”

一阵头晕目眩中，她想起生孩子意味着什么，想起那折磨人的孕吐、冗长乏味的等待、日渐走形的身材，以及数小时的阵痛……男人永远体会不到这些。他竟还敢开玩笑！她绝不能放过他。只有把那张黑脸挠出血，才能解她心头之恨。她猫一般敏捷地扑向他，但他惊讶中微一闪身，一边横跨一步躲开，一边抬手挡开了她。她站在刚打过蜡的最高一级台阶上，全身的重量都在伸出的那条胳膊上，被他抬臂一挡，她顿时失去平衡。她疯狂地去抓楼梯端柱，却没抓住，就那样仰面摔了下去。身子着地时，她感到肋骨传来一阵剧痛，晕得完全无法稳住身子，就那么滚下楼梯。

除了生孩子，这是斯嘉丽生平第一次病倒。不过，生孩子不算生病。她从未像现在这般沮丧惊恐、虚弱无力、疼痛难忍、不知所措。她知道自己病得很重，以至于大家都不敢跟她说实话。她虚弱地觉得自己或许快死了，每一次呼吸，都觉得摔断的肋骨刺痛难忍。脸也青，头也痛，全身似有恶魔拿着火烫的钳子不停地拧、操着钝刀子不断地割。偶尔间断一小会儿，她就觉得浑身的力气都被抽干。不等她重新积蓄起力量，下一轮折磨又开始了。不，生孩子都没这么痛苦。韦德、埃拉和邦妮出生前两小时，她都还有力气大吃特吃。可现在，除了凉水，其他任何东西都让她恶心。

生一个孩子多容易，但失去一个孩子多痛苦啊！奇怪的是，知道自己无法生下这个孩子，为何如此心痛？更奇怪的是，这是第一个她真正想要生下的孩子。她努力思考自己为何想生下他，却累得没法思考。她的脑子太累了，除了对死亡的恐惧，已经无法思考其他任何事。死神就在这个房间，她却没有力气去面对他，将他击退。她害怕，多希望有个强壮的人站在她身边，握住她的手，在她积攒起足够力量自己抗争前，替她击退死神。

愤怒被疼痛消弭，她很希望瑞德能陪着自己。可他不在，她又不想差人去喊他。

她对他最后的记忆是他在楼梯口阴暗的过道上抱起她，脸色煞白、满面惊恐，声音沙哑地喊嬷嬷。然后，她隐约记得自己被抱上楼，随即便陷入一片黑暗。再往后就是疼，越来越疼。房间里闹哄哄的，有佩蒂帕特姑妈的抽噎声，有米德医生气急败坏的命令声，还有人匆忙上下楼梯和踮着脚穿过楼上走廊的声音。接着，她仿佛看见一道炫目的亮光，明白自己就要死了。恐惧突然让她想尖声喊出一个名字，然而，出口的尖叫也不过是微弱的低喃而已。

但黑暗中，这悲苦的低喃立刻引来回应，一个轻柔的声音从床边传来，仿佛唱催眠曲般哄道："亲爱的，我在呢。我一直都在这儿。"

当玫兰妮拉起她的手，轻轻贴在自己凉凉的面颊上，死神和恐惧便悄然退去了。斯嘉丽努力转头去看她的脸，却动不了。玫兰在生孩子，北佬就要来了。全城都着了火，她得快点，再快点。可玫兰在生孩子，她快不了啊。她必须守着她，直到孩子生下来。她要坚强，因为玫兰还需要她的支持。玫兰很疼——仿佛有火烫的钳子在夹她，有钝刀子在割她，疼痛一波又一波地袭遍全身。她得握住玫兰的手。

但毕竟还有米德医生。他来了，虽然车站的士兵也很需要他，但他还是来了。因为她听见他说："她在说胡话呢。巴特勒船长在哪儿？"

那晚时而一片漆黑，时而又亮起来。一会儿是她在生孩子，一会儿又是玫兰妮在大喊大叫。但玫兰一直都在身边，她的手好凉，但她既没有无谓焦躁，也没有像佩蒂姑妈一样哭哭啼啼。斯嘉丽每次睁开眼睛，唤一声"玫兰？"，她都会立刻应声。斯嘉丽也常常轻唤："瑞德……我想要瑞德"，但随即又如梦初醒般记起瑞德并不想要她，瑞德那张脸跟印第安人一样黑，讥讽人时露出一口白牙。她想要他，他却不想要她。

有一次，她唤了声"玫兰？"，却听见嬷嬷说："是我，孩子。”嬷嬷往她额头上放了块冷毛巾，她烦躁地喊了一遍又一遍“玫兰——玫兰妮”，但等了很久玫兰妮也没来。因为玫兰妮正坐在瑞德床边。瑞德喝醉了，瘫倒在地，头埋在玫兰妮膝上呜咽。

玫兰妮每次走出斯嘉丽房间过来看瑞德，都能瞧见他房门大开，人就坐在床上，眼巴巴地望着走廊对面的房门。他的房间凌乱不堪，四下都是雪茄烟头和一盘盘碰都没碰过的饭菜。床铺没有整理，也乱糟糟的。他就坐在床上，没完没了地抽烟。他没刮胡子，整个人似乎突然就憔悴了。每次看见玫兰妮，他并不开口问什么。玫兰妮往往也只在门口站一会儿，转达一下最新情况：“抱歉，她更严重了。”或“不，她还没问起你。你瞧，她还在说胡话。”要么就是“巴特勒船长，你绝不能放弃希望。我给你端杯热咖啡，再弄点吃的来吧。你这样会生病的”。

玫兰妮虽然精疲力竭，昏昏欲睡，几乎什么都没法思考，心中却依然很同情瑞德，很为他难过。大家怎能说那么多坏话？怎能说他残忍、缺德、对斯嘉丽不忠呢？他就在她面前肉眼可见地消瘦了下去，那张脸多痛苦啊！玫兰妮虽然累，但每次从病房过来报信，她都会尽量对他更好些。他看起来就像个等待审判的罪人，也像一个突然发现周遭都充满敌意的孩子。然而，对玫兰妮来说，每个人都像孩子。

不过，她终于开心地去他房间，想告诉他斯嘉丽好转的消息时，却让她大吃一惊。床头柜上的威士忌还剩半瓶，屋里的气味浓烈刺鼻。他抬起头，目光炽热地看着她，虽尽力控制，下巴仍止不住地颤抖。

“她死了？”

“噢，没有。她好多啦。”

他叹了声“噢，上帝”，就双手掩面，宽阔的肩膀不停地哆嗦，就跟在打寒战一般。玫兰妮同情地看着他，发现他在哭，心中的怜悯顿时变成惊恐。玫兰妮从没见过男人哭，尤其瑞德这样文雅温和、喜欢嘲弄别人、始终信心十足的男人。

他绝望的哽咽声把玫兰妮吓坏了。她惊恐地觉得他应该是喝醉了，而她最害怕醉汉。可他抬起头，她只瞥了那双眼睛一下，就飞快地踏进屋，轻轻带上门，径直走到他身边。虽然从未见过男人哭，但她安慰过很多哭泣的孩子。玫兰妮还没回过神，已经坐在床边。瑞德瘫倒在地，头埋在她膝上，双手疯狂地攥着她，攥得她发疼。

她抚摩着那一头黑发，温柔地安慰道："没事了！没事了！她好起来了。"

听到这话，瑞德便抓得更紧了，同时喋喋不休地讲了起来，声音沙哑，仿佛面对着一座永远不会泄密的坟墓，生平第一次无情地剖析自我，将一切都展露在玫兰妮面前。起初，玫兰妮完全听不明白，只是慈母般静静听着。他说得断断续续，头在她膝上越埋越深，手紧紧攥着她的裙褶。他的声音时而模糊沉闷，时而清晰得刺耳。他在忏悔，言辞激烈、毫不留情、态度谦卑。有时，他说的那些事，就连女人也从未跟玫兰妮提过。玫兰妮被某些私密之事羞得满脸通红，不由得庆幸他埋着头。

她像哄小博一样拍着他的头说："嘘！巴特勒船长！你不该跟我说这些！你太反常啦，嘘！"可瑞德还是说个不停，紧紧攥着她的裙子，仿佛那就是生命的希望。

瑞德谴责自己做过的那些事，玫兰妮一点都听不懂。他还嘟囔着贝尔·沃特林的名字。然后，他突然用力摇晃着她，大喊道："是我杀了斯嘉丽，是我杀了她。你不明白。她不想要这个孩子，而且——"

“赶紧闭嘴！你太反常了！不想要孩子？每个女人都想要孩子——”

“不！不！你想要孩子，可她不想。不想要我的孩子——”

“住口！”

“你不懂。她不想要我的孩子。这——这个孩子——都是我的错。我们早就不同床了——”

“嘘，巴特勒船长，跟我说这些不合适——”

“我喝醉了，整个人都疯了，就想伤害她——因为她伤害了我。我想——于是我就做了——可她不想要我。她从来都不想要我。从来都不想要。我努力了——我很努力，但是——”

“噢，求你了！”

“我不知道她怀孕了，直到那天——她从楼梯上摔下来。她不知道我在哪儿，没法写信告诉我——可她就算知道，也不会写信。我跟你说——我跟你说，我若知道这事，不管她想不想让我回家，我肯定都会立刻赶回来……”

“噢，没错，我知道你一定会！”

“上帝，这几个星期我真是疯了，疯疯癫癫、烂醉如泥！她站在楼梯上告诉我这事，可我做了什么？说了什么？我笑话她，说：‘开心点，说不定你会流产呢。’她就——”

玫兰妮的脸倏而煞白。她惊恐地瞪大眼睛，看着在自己膝上痛苦扭动的黑脑袋。午后的阳光透过打开的窗户照进来，她突然发现，他那双褐色的手多么粗大结实啊，手背上黑色的汗毛也那般浓密。她不由得往后缩了缩。这双看起来如此凶恶无情的手，却这般软弱无助地拉扯着自己的裙子。

他会不会是听信了斯嘉丽和阿希礼那个荒谬的谣言，所以心生嫉妒？没错，丑闻爆发后，他立刻就出了城。可——不，不可能。巴特勒船长出行向来突然。他不可能相信那些流言蜚语。他多理智啊。若真是因为那事，他还不一枪崩了阿希礼？不然，他至少也会找阿希礼讨个说法？

不，不可能是因为那事。他就是喝醉了，精神过于紧张，满脑子胡思乱想，就像神志失常的人一样，满嘴胡话罢了。男人跟女人一样，精神过于紧张也会承受不住。他准是有什么烦心事，或许跟斯嘉丽小吵了一架，却把问题放大化了。或许，他说的某些可怕之事是真的，但肯定不可能都是真的。噢，最后一件事肯定不是真的！没人会对心爱的女人说出那样的话，他是爱斯嘉丽的呀。玫兰妮从未见识过邪恶和残忍，如今头一次见识到，却又觉得不可思议、无法相信。他就是醉了、病了，而生病的孩子一定要好好哄着。

“好啦！好啦！”她轻声哄着，“嘘，别说了。我都懂。”

瑞德猛地抬起头，布满血丝的眼睛望着她，狠狠甩开她的手。

“不，天哪，你不懂！你什么都不懂！你——你太善良，善良得不可能懂这些。虽然你不相信，但我说的都是真的。我就是个卑鄙小人。你知道我为何那么做吗？我疯了，嫉妒得发了疯。她从来都不在乎我。我以为自己能让她在乎，可她从来都不在乎。她不爱我，从来没爱过。她爱的是——”

他热切激动、满眼醉意地盯着她，突然不说了，大张着嘴，仿佛这才头一次明白自己在跟谁说话。玫兰妮的脸色苍白紧张，眼睛却坚定、甜美，充满怜悯和怀疑。那双眼清澈宁静，柔和的褐眸深处一派天真单纯。他仿佛迎面挨了一记耳光，酒劲都消退了不少，狂乱的思绪瞬间停滞，连带即将出口的话也戛然而止。他嘟囔了几声，眼睛不再看她，眼皮飞快地眨着，努力想让自己清醒过来。

“我是个无赖，”他喃喃着，脑袋再次疲惫地落到她膝上，“但也不是太无赖。就算我告诉你，你也不会相信我的，对吧？你太善良，善良得不可能相信我。我从未见过比你更善良的人。你不会相信我的，对吧？”

“嗯，我不会相信你。”玫兰妮又开始抚摩他的头发，安慰道，“她会好起来的。好啦，巴特勒船长！别哭了！她会好起来的。”

第五十七章

一个月后，瑞德将苍白消瘦的斯嘉丽送上了前往琼斯伯勒的火车。韦德和埃拉跟她一起去。两个孩子看着妈妈平静又苍白的脸，都默不作声，惴惴不安地紧贴着普利西。因为就连他们幼小的心灵也感受到妈妈和继父间冰冷淡漠的气氛中，有某种可怕的东西。

斯嘉丽虽然虚弱不堪，却还是要回塔拉。她觉得再在亚特兰大多待一天，她都会窒息而死。她身陷困境，无法自拔，疲惫的脑子却止不住在那些徒劳的念头里反复打转。她身体病了，精神疲惫，仿佛一个在噩梦中迷失的孩子，找不到任何熟悉的路标指引自己。

跟曾经赶在亚特兰大被军队入侵前逃离该城时一样，她再次强迫自己抛开烦恼，用老办法给自己打气："我现在不想这事。等我承受得住了再想。等明天回到塔拉再想。明天又是新的一天。"仿佛只要回到安宁的家乡，回到那片绿油油的棉田，她就能烦恼尽消，就能理清破碎的思绪，想出继续活下去的办法一样。

瑞德目送火车远去，一脸若有所思的愁苦表情。直到再也看不见火车，他才叹了口气，打发走马车，跨上马背，沿着常春藤街朝玫兰妮家驶去。

这是一个温暖的早晨。玫兰妮坐在葡萄藤遮阴的门廊上，缝补篮里堆着老高的袜子。看见瑞德下马，把缰绳往路边那个结实的黑孩子胳膊上一扔，玫兰妮顿时惊愕万分，不知该如何是好。从那个斯嘉丽病重，他酩酊大醉的可怕的日子起，她便再没单独见过他。玫兰妮甚至不愿想起“醉”这个字。斯嘉丽康复期间，她只跟他说过几次话，而且每次都不敢看他的眼睛。但他始终泰然自若，言谈举止间，仿佛两人不曾有过之前那一幕。阿希礼曾经告诉她，男人往往不记得醉酒后说过的话和做过的事。因此，玫兰妮衷心祈祷，但愿巴特勒船长也不记得那天发生的事。玫兰妮宁愿羞死，也不愿他还记得自己说过什么。瞧见他沿小路而来，玫兰妮又羞又窘地涨红了脸。不过，他或许只是来叫小博陪邦妮玩一天。他当然不会粗俗地前来感谢她那天做的一切吧！

她起身迎接他。见如此魁梧的男人脚步竟这般轻快，她再次如往常一样惊讶不已。

“斯嘉丽走了？”

“嗯，回塔拉对她有好处，”他微笑着说，“有时，我觉得她就像巨人安泰[1]，每次碰到大地母亲，都会变得更有力。斯嘉丽不能远离心爱的红土地太久。让她瞧瞧茁壮生长的棉花，比吃米德医生的补剂还有效。”

“你不坐下来吗？”玫兰妮双手微颤地说。瑞德太魁梧，这样的男人总是令她心慌。这样的男人仿佛在释放一种力量和生命力，让她觉得自己更加渺小软弱。他黝黑又可怕，肩上结实的肌肉把白色亚麻上衣撑得鼓鼓的，她看着都害怕。她竟目睹这份力量和

1　希腊神话中的利比亚巨人，只要身体不离土地，就百战百胜。

傲气跌到谷底，那颗黑脑袋还曾伏在她膝上，真是太不可思议！

“噢，天哪！”她一想起这事就难过，脸又红了。

“玫兰小姐，”他柔声道，“我惹你心烦了吧？你是不是觉得我还是赶紧离开的好？有话就直说吧。”

“噢！”玫兰妮想，“他记得！他知道我有多难受！”

她哀求地抬头看他，突然就不觉得尴尬和困惑了。他的眼睛那般平静温和、善解人意，她怎能还傻得焦虑紧张呢？她吃惊地发现，他一脸疲惫，还有些悲伤。她怎会以为他会粗鲁到重提那双方都恨不得忘记的旧事？

“可怜的人哪，一直都在操心斯嘉丽。”玫兰妮这么想着，努力挤出一个笑容：“坐吧，巴特勒船长。”

瑞德重重坐下，看着她拿起要织补的袜子。

“玫兰小姐，我来是想请你帮个大忙，”他嘴角一撇，笑了，“我想请你帮我骗回人。但我也知道，你不愿做这种事。”

“骗——骗人？”

“嗯，其实，我是来跟你谈生意的。”

“噢，天哪。那你最好找威尔克斯先生。我对生意一窍不通，我可不像斯嘉丽那么聪明。”

“恐怕斯嘉丽是太聪明了，聪明得反而对自己不利。”瑞德说，“而我正要跟你说这事。你知道她——她之前病得多厉害。等她从塔拉回来，又要拼死拼活地料理店铺和那些锯木厂。我真希望那些生意哪天晚上炸了才好。玫兰小姐，我很担心她的健康。”

“嗯，她着实干得太多，你必须让她停手，好好保重身体。”

瑞德哈哈大笑。

“你知道她有多固执，我甚至没想过跟她争辩。她就像个执拗的孩子，不让我帮忙——不让任何人帮忙。我曾试图说服她卖掉锯木厂的股份，她却不肯。好啦，玫兰小姐，我还是言归正传吧。我知道斯嘉丽只肯将股份卖给威尔克斯先生，其他谁都不行。我希望威尔克斯先生能买下那些股份。”

“噢，天哪！那倒是件好事，可——”玫兰妮突然不说了，咬住嘴唇。怎能跟外人讨论钱的事。不知怎的，无论阿希礼从锯木厂赚回多少钱，他们似乎永远不够用，积蓄一直少得可怜，让她很是烦恼。钱到底花哪儿去了？阿希礼给了她足够的家用，但一遇到额外开销，他们就常常捉襟见肘。当然，她看病花了不少。阿希礼从纽约订购的家具和书籍也得付钱。而且，他们还要给住在地窖的流浪儿提供衣食。任何加入过前邦联军队的人来找阿希礼借钱，他都有求必应。还有——

“玫兰小姐，我可以借钱给你。”瑞德说。

“你太好了，但我们或许永远都还不清。”

“不用还。别生气，玫兰小姐！请听我把话说完。知道斯嘉丽不必每天精疲力竭地赶着车，奔波于一间又一间锯木厂，就相当于你们已经还清我的钱了。那家店铺足够她忙，也足以让她开心……你还不明白我的意思吗？”

“呃——明白了——”玫兰妮不确定地说。

“你想给儿子买匹马驹，对吧？你想让他上大学，去哈佛，也去欧洲参加大旅行，对吧？”

“噢，当然。”和往常一样，一提起小博，玫兰妮的脸立马亮了，“我想给他一切，但——呃，如今人人都这么穷——”

“总有一天，威尔克斯先生能靠这些锯木厂赚大钱。”瑞德说，“我希望小博该有的一切，一样都不少。”

“噢，巴特勒船长，你真滑头！”玫兰妮微笑着大声道，“竟然用这招呀，唤起母亲的骄傲！我可把你看透了。”

“但愿没有，”瑞德眼中这才第一次闪过亮光，“好啦，那你愿意让我借钱给你们吗？”

“但骗人一事从何说起？”

“我们得串通一气，骗过斯嘉丽和威尔克斯。”

“噢，天哪！我办不到！”

“斯嘉丽要是知道是我在她背后搞鬼，就算是为了她好——噢，你知道她那脾气的！而且，我也怕威尔克斯先生拒绝我借出的钱。因此，绝不能让他们知道钱是从哪儿来的。”

“噢，但威尔克斯先生如果明白事情缘由，肯定不会拒绝。他很喜欢斯嘉丽。”

“嗯，的确。”瑞德圆滑地道，“但他还是会拒绝。你知道威尔克斯家的人有多骄傲。”

“噢，天哪！”玫兰妮苦恼地嚷道，“希望——哎呀，巴特勒船长，我真的无法欺骗自己的丈夫。”

“哪怕为了帮助斯嘉丽也不行吗？”瑞德显得很受伤，“她那么喜欢你！”

玫兰妮的眼泪在睫毛上打战。

“你知道的，我可以为她做任何事。她为我做的那些，我连一半都没还清。”

“那好，”瑞德干脆地道，“我知道她为你做了什么。你就不能告诉威尔克斯先生，那些钱是某个亲戚留给你的遗产吗？”

“噢，巴特勒船长，我那些亲戚可没有一个拿得出钱给他！”

“那如果我从邮局匿名给威尔克斯先生汇一笔钱，你能不能想办法让他拿去买锯木厂，而不是——呃，散给那些穷困的前邦联士兵？”

起初，玫兰妮似乎被他最后那几句话刺伤了，觉得这是在暗暗批评阿希礼。但见瑞德一脸理解的笑容，她也回以笑脸。

“当然可以。”

“所以，就这么说定了？这是我们的秘密，对吧？”

“不过，我跟我丈夫从来没有秘密！”

“这话我信，玫兰小姐。”

玫兰妮看着他，心想自己真是一直没有看错人，怎么其他那么多人都看错了呢？大家都说他残忍、爱嘲讽、脾气坏，还不老实。尽管如今很多最体面的人都承认自己看走了眼。哼！她从一开始就知道他是好人。他待她向来亲切周到、恭恭敬敬、体贴宽容！而且，他多爱斯嘉丽啊！如此直截了当地设法减轻斯嘉丽肩上的重担，多甜蜜啊！

冲动之下，玫兰妮脱口而出：“斯嘉丽能有你这么个体贴的丈夫，她可真幸运！”

“你是这么想的？她若听到这番话，恐怕不会赞同。而且，玫兰小姐，我也想对你好。我现在要给你的，比给她的更多。”

“给我？”玫兰妮困惑了，“噢，你是说小博。”

他拿过帽子，起身俯视了一会儿那张普通的心形脸，看了看那长长的美人尖和那双庄重的黑眼睛。真是张不谙世故、对生活中的一切都不设防的脸呀。

“不，不是小博。我要给你某样比小博更重要的东西，不知你是否想象得到。”

“不，我想不到。”玫兰妮又困惑了，“除了阿希——除了威尔克斯先生，哪儿还有比小博更重要的？”

瑞德默默俯视着她，黝黑的脸一片平静。

“巴特勒先生，你真是太好了，还想着要为我做事。但说真的，我已经非常幸运，女人想要的一切，我都有了。”

“很好，”瑞德突然板起脸，“但愿你能保住这些。”

斯嘉丽从塔拉回来时，苍白的病容已经消失，脸颊又圆润起来，还泛着淡淡的粉色。那双绿眸也再次机警又明亮。瑞德带邦妮到车站接她、韦德和埃拉。数周以来，她第一次开怀大笑，笑得既恼火又开心。瑞德的帽檐上插着两根晃悠悠的火鸡羽毛，邦妮穿着礼拜日盛装，但衣服上破了个大洞。她脸上画了两条靛蓝色的对角线，鬈发里还插了根足有她一半高的孔雀翎。显然，接站时间快到时，父女俩正在玩印第安人游戏。看瑞德古怪又无可奈何的表情和嬷嬷那一脸愠怒就知道，邦妮哪怕来接妈妈，也不肯梳洗打扮一番。

斯嘉丽叱了声“脏丫头”，便亲亲女儿，然后转过脸让瑞德吻了一下。车站人多，否则她才不会做出这般亲昵的举动。虽然觉得邦妮这模样颇有些尴尬，她还是不禁注意到周围的每个人瞧见这对父女的模样都面露微笑——不是嘲笑，而是充满兴味和友善的笑。人人都知道斯嘉丽的小女儿最能拿捏爸爸，全亚特兰大的人都觉得这事既有趣又值得称赞。瑞德对孩子的宠溺大大改善了公众对他的评价。

回家路上，斯嘉丽滔滔不绝地讲着满肚子的乡下见闻。炎热干燥的天气让棉花疯长，几乎都能听到它们往上猛蹿的声音，但威尔说今年秋天棉花价格会跌。苏埃伦又要生孩子了，这句话斯嘉丽是一个字母一个字母拼着说的，免得被孩子们听懂。此外，埃拉拿出罕见的勇气，咬了苏埃伦的大女儿一口。不过，在斯嘉丽看来，小苏茜那是活该，谁叫她越长越像她妈。不过，苏埃伦火冒三丈，结果像过去一样，跟斯嘉丽大吵了一架。韦德独自打死了一条水蝮蛇。塔尔顿家的兰达和卡米拉在学校教书，真好笑，不是吗？塔尔顿家的人连“猫”这个词都拼不出来！贝齐·塔尔顿嫁了个洛夫乔伊来的独臂胖子。夫妻俩跟赫蒂和吉姆·塔尔顿在费尔希尔庄园种了片很好的棉花。塔尔顿太太有了匹传种母马和一只公驹，开心得跟赚了一百万似的。卡尔弗特家的老宅已经住进黑人！一大群黑人。事实上，那屋子已经归他们所有，是他们在县里的拍卖会上拍下的。房子已经破破烂烂，叫人看了就想哭。没人知道凯瑟琳和她那没用的丈夫去哪儿了。亚历克斯娶了哥哥的遗孀萨莉！想想看，他们在同一屋檐下生活了那么多年，这会儿居然结婚了！人人都说这是桩利益婚姻，因为老太太和少奶奶去世后，剩他俩单独住在一起，外面就开始传他们的闲话。这桩婚事让迪米特·芒罗伤透了心。但她也是活该。她若稍微有点勇气，早就另外寻得丈夫，何苦一直等亚历克斯赚够了钱再来娶她？

斯嘉丽快活地说个不停，但也压下了县里不少想来就让人伤心的事。她曾跟威尔赶着车去县里转过一圈，努力忘掉那数千英亩肥沃良田里如今已没有绿油油的棉花苗。现在，一座又一座种植园再次变回林地，寂静的废墟周围和老棉田悄悄长出金色的须芒草、矮栎和矮小的松树。如今还在耕种的良田不到昔日的一成，乘车在县里转悠就跟进了片死地一般。

“这一带要想恢复原貌，起码需要五十年。”威尔曾经说过，“斯嘉丽，多亏了你我，塔拉是全县最好的农场。但它依然是农场，一座只有两头骡子的农场，而非种植园。塔拉之后是方丹家，然后是塔尔顿家。他们虽然没赚多少钱，但还能勉强过活，而且他们有进取心。但其他大部分人和大部分农场——”

不，斯嘉丽压根不愿回想县里那片荒凉景象，跟亚特兰大的繁忙兴旺相比，回忆似乎显得更加凄凉。

“这儿没什么事吧？”终于到家，众人在前门廊上坐下后，斯嘉丽问。回家的路上，她一直语速飞快地说个没完，生怕冷场。自从那天摔下楼梯，她就再没单独跟瑞德说过话。此刻，她也紧张得没法跟他独处。虽然他在她痛苦的康复期一直很温和，但那是一种陌生人般淡漠的温和。他总是预先考虑到她的各种需要，不让孩子们打扰她，替她打理店铺和锯木厂。但他从未说“对不起”。哼，或许他根本不觉得歉疚，或许他依然觉得那个没出世的孩子不是他的吧。她怎么知道那张满不在乎的黝黑脸庞后，到底藏着什么心思？不过，他的确有意表现得谦恭有礼，似乎想就这样生活下去，权当两人之间并未发生过任何不愉快的事。结婚以来，这种情况还是头一遭。但斯嘉丽郁郁不乐地想，真能当什么事都没发生过吗？好吧，如果他想这样，她也能扮演好自己的角色。

“一切都还好吗？”她又问了一遍，“你给店铺换新瓦了吗？骡子换了吗？天哪，瑞德，把你帽子上那些羽毛摘下来。真傻！再忘记摘下来，你估计就这么戴着它们进城了。”

“不能摘！”邦妮拿起爸爸的帽子，护着它说。

“这儿一切都好极了，”瑞德回答，“邦妮和我过得很开心。但我想，自从你走后，她就一直没梳过头。亲爱的，别嘬那些羽毛，那东西怕是不干净啊。嗯，瓦换了，骡子也换得很划算。不，其实真没什么新鲜事，一直都沉闷得很。”

然后，他仿佛想起什么似的，补充道：“昨晚，尊敬的阿希礼来了一趟。他想知道你是否愿意把你的锯木厂和你在他那间厂子所占的股份都卖给他。”

斯嘉丽正摇着摇椅，扇着火鸡尾羽扇，一听这话立马顿住了。

“卖？阿希礼从哪儿弄来的钱？你不是知道，他们家一个子儿也没有了啊？玫兰妮花钱的速度跟他赚钱一样快。”

瑞德耸耸肩：“我一直以为她是个节俭的女人，但威尔克斯家的事，我哪儿像你那么清楚。”

瑞德从前那股嘲讽人的劲儿似乎又回来了，斯嘉丽恼火起来。

“亲爱的，先去一边玩。”她对邦妮说，“妈妈想跟爸爸说说话。”

“不要。”邦妮断然拒绝，爬到瑞德腿上。

斯嘉丽皱眉看着女儿，邦妮板着脸瞪回来，那表情简直跟杰拉尔德·奥哈拉一模一样，让斯嘉丽差点笑出声。

“就让她待在这儿吧，”瑞德惬意地道，“至于那笔钱，好像是罗克艾兰某个被他照料过的人寄的。听到依然有人知恩图报，倒让我对人性恢复了几分信念。”

“谁寄的？我们认识吗？”

“信没署名，是从华盛顿寄来的。阿希礼也没猜出是谁。但阿希礼这种慷慨无私的人周游世界，做了那么多好事，哪儿能指望他记住所有人。”

在塔拉时，斯嘉丽就决定再也不为阿希礼的事跟瑞德吵架。此时若非对阿希礼这笔意外之财太过惊讶，她多半又要跟瑞德开战。就这件事而言，眼下她还不知道该选择怎样的立场。不想好该站在谁那边，她绝不轻易表态。

“他想买我的股份？”

“嗯。不过，我当然已经告诉过他你不会卖的。”

“少管我的事。”

“哎呀，你就是舍不得那两间锯木厂。我告诉过他了，他跟我一样清楚，你这人最爱管闲事。如果把厂卖给他，你还怎么对他指手画脚，告诉他该如何料理自己的生意？”

“你竟敢对他这么说我？”

“为何不敢？事实如此，不是吗？我相信，他由衷地赞同我。不过，他当然会绅士得多，不像我这么直截了当地说出来。”

“胡扯！我偏要卖给他！”斯嘉丽愤怒地嚷道。

在此之前，她压根没想过卖掉锯木厂。她有好几个留下厂子的理由，钱是最无足轻重的。过去的几年里，她随时都能卖掉厂子赚一大笔钱，但她拒绝了所有开价。她单枪匹马、排除万难才办成这两间锯木厂。它们是她成功的明证。她为厂子，也为自己骄傲。最重要的是，它们是她与阿希礼接触的唯一途径。若锯木厂脱离她的掌控，那就意味着她将很难有机会见到阿希礼，更可能永远没法跟他单独相处。她再也受不了现在这种状况，迫不及待地想知道他对自己的感觉，想知道玫兰妮操办生日宴会的那个可怕之夜后，他对她的爱是否已在羞愧中消磨殆尽。如果继续经营生意，她总能找到很多机会跟他交谈，而不会让任何人觉得她是特意去找他。而且，假以时日，她一定能在他心里重新夺回失地。可是，如果卖掉锯木厂——

不，她不想卖。但一想到瑞德已经当着阿希礼的面那般坦率精准地将她暴露无遗，她一受刺激，反而立马下了决定。她应该把锯木厂卖给阿希礼，而且，售价之低，一定会让他明白她有多慷慨。

“我卖！”她愤怒地嚷道，“现在，你还有什么话说？”

瑞德俯身给邦妮系鞋带，眼中闪过一丝胜利之光。

“我想你会后悔的。”他说。

她已经开始为这冲动出口的话后悔了。如果听到这话的是其他任何人，而非瑞德，她肯定厚颜无耻地食言。干吗这么着急呀？她愤怒地皱眉看着瑞德，又瞧见他之前那副猫守老鼠洞般的机警眼神。看到斯嘉丽皱眉，瑞德突然放声大笑，一口白牙闪闪发光。斯嘉丽隐隐觉得他是不是给自己下了个套，骗她往里钻呀？

“你跟这事有什么关系吗？”她猝不及防地问道。

“我？”瑞德双眉一挑，佯装惊讶地问道，“你还不了解我？但凡躲得过，我无论去哪儿都不会做好事。”

那天晚上，她把两间锯木厂和自己的所有股份都卖给了阿希礼。因为阿希礼拒绝接受她一开始报的低价，所以价钱上她并未吃亏，最终以她曾经得到过的最高报价成交。她签完文件，锯木厂就真的不再属于她了。玫兰妮递给阿希礼和瑞德两小杯葡萄酒，庆祝交易成功。斯嘉丽觉得孤寂又凄凉，就跟卖掉了自己的孩子一般。

锯木厂曾是她的宝贝、骄傲，是她紧紧攥在自己那双小手里的胜利果实。亚特兰大还在奋力从废墟和灰烬中挣扎着站起来的那段黑暗岁月里，她从一间小小的锯木厂干起。那时候，厂子可能被北佬没收，资金短缺，精明能干的男人也纷纷创业失败，她奋力拼搏、苦心筹谋，终于将厂子开了起来。如今，亚特兰大的伤疤渐渐愈合，到处都有新建筑拔地而起，每天都有外来人涌入城中。如今，她有两间上好的锯木厂、两个贮木场、十二支骡队，还有一帮廉价囚犯为她干活。告别这一切，就像将自己生活的某一部分永远封存。那部分生活虽然苦涩严酷，回味起来却让她留恋又满足。

这是她亲手创立的产业，如今却被她卖了。而且，她确定没有自己掌舵，阿希礼肯定会把她创立的这一切都断送得干干净净。她真难过啊！阿希礼相信每一个人，至今仍分不清二英寸乘以四英寸的木板和六英寸乘以八英寸的木板。如今，她再也不能给他出主意，因为瑞德已经告诉他，她这人就爱指手画脚、主宰一切。

“噢，该死的瑞德！”斯嘉丽越瞧他，越觉得他就是这一切的幕后主使。至于他为何这么做，具体又是怎么做的，她不知道。此刻，他正在跟阿希礼说话。她侧耳一听，顿时来了气。

“我想，你会立刻遣返那些囚犯吧？”瑞德说。

遣返囚犯？干吗要遣返他们？瑞德明明知道，锯木厂的庞大利润正是囚犯们的廉价劳动换来的啊。瑞德为何对阿希礼今后的行动如此笃定？他了解他什么？

“嗯，会立刻遣返他们。”阿希礼回答，避开了斯嘉丽惊讶的瞪视。

“你疯了吗？”斯嘉丽嚷道，“那合同期内的钱就白给了。再说，你又能找到什么样的劳动力？”

“我会雇自由黑人。”阿希礼说。

“自由黑人！胡扯！你知道他们工资有多高，而且，北佬时时刻刻都会盯着你，看你有没有一天三顿都给他们鸡肉吃，晚上有没有给他们盖鸭绒被。你要是敢抽哪个偷懒的黑鬼几鞭子，催他动作快点，北佬就会大喊大叫着从这儿一直闹到多尔顿，最后把你抓入监狱。哎呀，只有囚犯才是——”

玫兰妮盯着自己纠缠在一起的双手。阿希礼一脸不快，却固执己见。他沉默了一会儿，然后瞅了瑞德一眼，似乎从他的眼神中得到了理解和鼓励。这一幕斯嘉丽并没错过。

“斯嘉丽，我不会雇囚犯干活。”阿希礼平静地说。

“很好，先生！”斯嘉丽激动得气都快喘不上来了，“为什么不？害怕别人像议论我一样议论你？”

阿希礼抬起头。

“只要我做得对，我就不怕别人议论。但我从不觉得雇囚犯干活是对的。”

“可为什么——”

“我不能靠他人的强制劳动和痛苦赚钱。”

“但你从前不是还有奴隶！”

“他们不痛苦。而且，就算战争没有解放他们，爸爸死后，我也会给他们自由。但斯嘉丽，雇囚犯这事完全不一样。这种制度容易引起太多虐待、伤害事件。你或许不知道，但我知道。我非常清楚，约翰尼·加勒格尔在他的工棚至少杀过一个人，也可能更多。囚犯多一个少一个，谁会在乎？据他说，那人试图逃跑所以才被杀。但我从别处听说，事实并非如此。我还知道，他逼迫重病的囚犯干活。你可以说我迷信，但我不相信靠别人的痛苦赚来的钱，能让人得到幸福。”

“天哪！你是说——天哪，阿希礼，你不会全盘接受了华莱士牧师那套‘钱都肮脏’的鬼话吧？”

“我不需要接受他那套。早在他宣扬那番言论前，我就已经相信这点。”

“那你肯定觉得我的钱全是肮脏的吧，”斯嘉丽开始发火嚷道，“因为我雇囚犯干活，还开酒馆——”她突然住口，因为威尔克斯夫妇一脸尴尬，瑞德却咧嘴笑得欢。斯嘉丽火冒三丈地想：该死，这家伙和阿希礼肯定都觉得我又在插手别人的事。我真恨不得敲碎他俩的脑袋！她强忍怒气，努力摆出毫不在乎的端庄神色，却失败了。

“当然，这不关我的事。”她说。

“斯嘉丽，别觉得我在批评你！我没有。只是我们看问题的角度不同，对你有好处的事未必对我也有益。”

斯嘉丽突然希望他俩能独处，她热切希望瑞德和玫兰妮若能远在天边就好了，这样她就能大声说："但我想以你的角度看问题！告诉我你到底什么意思，让我理解你，也跟你一样！"

但玫兰妮在场，正看着眼前的一幕瑟瑟发抖；瑞德也在，正懒洋洋地咧嘴冲她笑。她只能尽量冷静自持地说："阿希礼，怎么经营当然是你的事，不用我多嘴。但我得说，我不理解你的态度，也听不懂你这些话到底什么意思。"

噢，他们若能独处就好了。那她就不用被迫说这种冷冰冰、又让他不高兴的话。

"斯嘉丽，抱歉冒犯了你，但我不是故意的。你一定要相信我，原谅我。我的话也没什么高深莫测之处。只不过，我相信通过某些方式赚来的钱，很少能让人幸福。"

"可你错了！"斯嘉丽再也忍不住，大声道，"看看我！你知道我的钱是怎么来的，也知道我有钱之前是什么状况！你还记得那年冬天在塔拉的情况吧，天那么冷，我们割开地毯做鞋。吃的也不够。我们还成天愁小博和韦德今后该怎么接受教育。你记——"

"我记得，"阿希礼疲惫地说，"但我宁愿忘记。"

"哼，你总不能说我们当时很幸福，对吧？看看我们现在的情况！你有了漂亮的家和不错的未来。至于我，谁家的房子比我家更漂亮？谁的好衣裳和骏马比我多？谁家的餐桌都没我家的丰盛，谁家的宴会都没我家的盛大。而且，我的孩子们想要什么就有什么。哼，我做这些的钱从哪儿来的？从树上掉下来的吗？不，先生！是靠雇囚犯、酒馆租金和——"

"别忘了，杀掉那个北佬你也赚了一笔，"瑞德轻声道，"你的启动资金，可都是他给的呢。"

斯嘉丽猛地转向他，暴怒的话已经到了嘴边。

“而且，钱让你非常、非常幸福，对吗，亲爱的？”瑞德口气甜蜜，却恶意满满。

斯嘉丽顿时语塞，大张着嘴，飞快地扫了其他三人一眼。玫兰妮已经尴尬得快哭了，阿希礼脸色骤然阴沉，也不说话了。瑞德叼着雪茄，不动声色但兴味十足地盯着她。她很想冲口而出：“当然，钱让我幸福！”

但不知怎的，她就是说不出口。

第五十八章

生了那场病后，斯嘉丽就发现瑞德变了。她也不确定自己喜不喜欢他的这种变化。瑞德不再喝酒，变得沉默寡言、心事重重。如今，他经常回家吃晚饭，对仆人们更和气，对韦德和埃拉也更宠溺。他从不提过去的事，开心的事、不开心的事通通不提，似乎也默默暗示她别提。斯嘉丽乐得清净，因为顺其自然总是更容易。于是，从表面上看，日子过得很平顺。她康复期间，瑞德对她一直淡漠守礼，如今也一样。他不再拖长调子、轻声细语地讥讽她，也不会挖苦刺痛她。她现在才明白，过去他之所以恶语相向地激怒她，气得她激动反驳，都是因为他关心她的言行举止。如今，她做什么，他还会关心吗？他彬彬有礼，却冷漠疏离。她想念他从前的那种关心，哪怕这期间他总是跟她作对，她也想念过去吵过的嘴和争论过的话题。

如今，他对她客客气气，几乎当她是个陌生人。不过，他那双一度紧盯着她的眼睛，如今转而盯上了邦妮。他的生命之河仿佛已经转向，流入一条狭窄的河道。有时，斯嘉丽想：瑞德若能把倾注在邦妮身上的关注和柔情分一半到她身上，生活都会截然不同。有时，听到人们说“巴特勒船长真宠那孩子啊！”她连笑都笑不出来。可她若不笑，人们又会觉得奇怪。哪怕是对自己，斯嘉丽也不愿承认她嫉妒一个小女孩，而这女孩还是她最宠爱的孩子。斯嘉丽向来希望身边的人都把她放在第一位。但现在，瑞德和邦妮显然才是彼此心中最重要的人。

瑞德虽然好些晚上都回来得挺迟，不过却并未喝醉。斯嘉丽常常听见他轻轻吹着口哨，经过自己紧闭的房门。有时，他会在深夜带几个人一起回来，然后跟他们在餐厅里边喝白兰地边聊天。来客早已不是他们刚结婚那几年里他常邀回来共醉的那些人。如今，他已经不请有钱的投机家、支持联邦重建计划的南方佬或共和党人了。斯嘉丽会蹑手蹑脚地溜到楼道栏杆边偷听，经常听到勒内·皮卡德、休·埃尔辛和西蒙斯兄弟的声音。梅里韦瑟爷爷和亨利伯父回回都在。有一次，她竟听到米德医生的声音，不由得大吃一惊。从前，这些人都认为就算绞死瑞德，都是便宜他了呢！

在斯嘉丽心中，这群人永远都与弗兰克的死脱不了干系。瑞德近来数度晚归，也让她想起害弗兰克丧命的那场三 K 党突袭。她担忧地想起瑞德曾说过的话："如果加入该死的三 K 党才能得到尊重，那我会加入。但愿仁慈的上帝别用如此残酷的惩罚来让我赎罪。"要是瑞德也像弗兰克一样——

一天夜里，瑞德回来得比平时更晚。斯嘉丽终于沉不住气。一听到钥匙插进锁孔的刮擦声，她就披上晨衣，冲进点着煤气灯的走廊，在楼梯顶堵到了他。他原本一脸心不在焉、若有所思的神情，看到站在面前的她，顿时露出惊讶之色。

"瑞德，我得知道！我一定要知道，你是不是——是不是三 K 党？所以你才回来这么晚？你是不是加入了——"

摇曳的煤气灯下，瑞德漫不经心地瞅着她，微笑着开口。

"你可真落伍，"他说，"亚特兰大现在已经没有三K党了，或许整个佐治亚都没了。你那帮南方佬和投机家朋友，一直在跟你说三K党的暴行吧。"

"没有三K党了？你是想安慰我，故意撒谎吧？"

"亲爱的，我什么时候安慰过你？不，现在已经没有三K党了。大家已经认定该组织弊大于利，只会煽动北佬，给布洛克州长的造谣工厂提供更多原料。他知道，只要能向联邦政府和北佬报界证明佐治亚到处都在叛乱，每一片灌木后都藏了个三K党人，他就能稳坐州长之位。为了能继续当权，他一直在拼命编造各种三K党的暴行，说什么忠诚的共和党人被捆着大拇指活活吊死，老实的黑人以强奸罪被私刑处死。不过，他自己也知道，这些都是无中生有、胡乱放箭。谢谢你的关心，但在我不当支持联邦重建计划的南方佬，转而成为谦恭的民主党人后不久，城里就再也没有三K党活动了。"

他说布洛克州长的那些话，斯嘉丽大多数都一只耳朵进，一只耳朵出了。她满脑子都是再也没有三K党，不由得大大松了口气。如此一来，瑞德就不会像弗兰克那样被杀，她也不会失去店铺或瑞德的钱。不过，他刚才用的一个词突然引起她的注意。他说"大家"，这岂不是自然而然地将自己和从前他口中那些"保守派"划到一起了吗？

"瑞德，"她突然问，"三K党解散这事，跟你有关系吗？"

他看了她好一会儿，目光闪烁。

"亲爱的，有关系。这事主要就是阿希礼·威尔克斯和我促成的。"

"阿希礼——和你？"

"嗯，'政治让陌生人结盟'，这话虽老掉牙，却千真万确。虽然阿希礼和我都不怎么把对方当盟友，但——阿希礼因为反对任何形式的暴力，所以向来不相信三K党。我也不信，因为那该死的组织蠢透了。要想达到我们的目的，像他们那么搞绝对不行。三K党的存在只会让北佬永远骑在我们脖子上，直到我们通通上天堂。阿希礼和我让那群冒失鬼相信：要想更进一步，靠密切注视、耐心等待和勤奋工作，都比穿着衬衫式长睡衣和点燃十字架有用。”

“你是说，那些人真的听你劝？你可是——”

“是投机家？支持联邦重建计划的南方佬？北佬同伙？巴特勒太太，你忘了，我现在可是个模范民主党人，可以为了把我们热爱的州从掠夺者手中抢回来，流干最后一滴血呢！我的建议很好，他们接受了。我对其他政治问题的见解也很好。如今，州议会里已是民主党人占多数席位，不是吗？亲爱的，我们很快就能把亲爱的共和党朋友送进监狱。他们最近着实有点太贪婪、太明目张胆了。”

“你会帮忙把他们送进监狱？为什么？他们都是你的朋友啊！他们让你参与铁路债券交易，你不是还从中赚了好几千吗？”

瑞德突然咧嘴笑了，就是他从前那种嘲讽的笑容。

“噢，我对他们可没坏心。但我如今站在另一边，他们若注定要进去，我能帮的话还是会帮一把。那会大大提高我的声誉！他们那些交易的内幕我足够清楚。等州议会开始调查，我了解的信息将很有价值。现在看来，离调查的日子不远了。他们还要调查州长，如果可以，也会让他进监狱。最好跟你那些好朋友打个招呼，比如格勒特家和亨登家。让他们赶紧做好准备，一有动静就立刻出城。因为如果连州长都要被抓，他们当然也会被抓。”

斯嘉丽已经目睹共和党人在北佬军队的支持下掌控佐治亚多

年，所以根本不信瑞德这番信口胡诌。州长地位根深蒂固，议会如何撼动？更别提把他送进监狱了。

“胡扯什么呀。”她道。

“他就算不进监狱，至少也不会再连任。下次，我们要换个民主党州长。”

“我想，这事你也会出力？”她讽刺地问道。

“亲爱的，当然。我眼下就正在出力呢，所以夜里才回来得这么晚。我正努力组织选举，比从前拿铁锹挖金矿还卖力。而且——巴特勒太太，我知道这话会伤害到你，但我为此捐了一大笔钱。还记得多年前你在弗兰克的店里跟我说过的话吗？你说，我不交出邦联的金币是不诚实。现在，我终于赞同你的说法，邦联的金币正在帮助邦联成员重新掌权。”

“你竟把钱往老鼠洞里扔！”

“什么？！你管民主党叫老鼠洞？”瑞德眼带嘲讽地看着她，然后平静又淡然地说，“谁赢得这场选举跟我毫无关系。重要的是，人人都知道我为此出了力、花了钱。这点若被记住，将来就是邦妮身上的亮点。”

“听你说得这么虔诚，我还以为你换了副心肠呢。但现在看来，你对民主党还不是跟对其他任何东西一样，一点都不诚心。”

“心肠没换，倒是换了张皮。这就好比你可以擦掉豹子身上的斑点，但它依然是从前那头豹子。”

邦妮被走廊上的说话声吵醒了，迷糊却骄横地喊道：“爸爸！”瑞德立刻从斯嘉丽身边走了过去。

“瑞德，等等，我还有件事要跟你说。下午不准再带邦妮去参加政治集会。看起来多不像话。小丫头怎么能去那种地方！而且，你看起来也很傻。我真是做梦都没想到你会带她去那儿，要不是亨利伯父提起这事……他似乎还以为我知道呢，而且——”

瑞德猛地转过身，一脸严肃。

“爸爸跟朋友说话时，女儿坐在爸爸膝上，有什么不对？你可以觉得这样看起来很傻，但我不觉得。多年后，人们都会记得我帮着把共和党人赶出本州时，邦妮就坐在我膝上。这事人们能记很多年——”他脸上的表情放松下来，眼里闪起恶毒的光芒。“你知道吗，人们问邦妮最爱谁，她回答‘爸爸和民主党’，问她最恨谁，她回答‘南方佬’。谢天谢地，人们专会记住这些话。”

斯嘉丽气得提高嗓门：“依我看，你一定跟她说我就是个南方佬吧！”

“爸爸！”那细小的声音此刻已经有了怒气。瑞德哈哈笑着，穿过走廊朝女儿走去。

那年十月，布洛克州长卸任，逃出佐治亚。他在任期间，滥用公款和贪污浪费等行为之严重，终于让其彻底垮台。民怨沸腾、群情激奋，就连共和党内部也发生分裂。如今，民主党在议会里占据多数席位，便意味着他迟早得下台。布洛克知道自己要接受调查，也担心被弹劾，不敢再等，赶紧仓皇潜逃。并预先安排妥当，要等他安全抵达北方后，再宣布他辞职的消息。

他逃走一周后，消息正式宣布，亚特兰大一片欢腾。人们纷纷涌上街头，男人们哈哈大笑着互相握手道贺，女人们哭着亲吻彼此。人人都在家中举办宴会，小男孩欢天喜地地点燃篝火，害得消防队员到处灭火，忙得不可开交。

眼看着就要脱离困境啦！重建时期就快结束了！当然，代理州长仍是共和党人，但十二月的大选即将到来，结果如何人人心知肚明。等选举开始，不管共和党人如何疯狂挣扎，佐治亚都会选出一位民主党州长。

全城又是一片欢天喜地、激动人心的场面，但此刻的喜悦跟布洛克逃走后，席卷全城的那种喜悦不同。这是一种更清醒的喜悦，是发自内心的快活和源于灵魂深处的感恩。教堂里挤满了人，牧师虔诚地感谢上帝，感谢他终于解救了佐治亚州。得意扬扬、兴高采烈的人们也无比骄傲，骄傲佐治亚终于重新回到佐治亚人手中。不管华盛顿如何施政，无论军队、拎毯制手提包的投机家、支持联邦重建计划的南方佬和本土共和党人如何阻挠，佐治亚依然回到了自己人民手中。

国会曾七次通过反对佐治亚州的严厉法案，要将该州一直划为被占领区。军队曾三度置民法于不顾。黑人通过议会胡作非为，贪婪的外来者胡乱管理州务，不少人挪用公款发家致富。佐治亚曾被钉得不能动弹，只能无助地受尽折磨和虐待。但现在，一切都结束了。佐治亚人通过自己的努力，重新赢回了佐治亚州。

并非人人都对共和党的突然倒台欢欣鼓舞。支持联邦重建计划的南方佬、拎毯制手提包的投机家和共和党人一片惊惶。格勒特家和亨登家显然在布洛克辞职的消息公之于众前便得到风声，突然出城，消失得无影无踪。其他没走的投机家和南方佬犹犹豫豫、惊恐万分，常聚在一起互相安慰，担心州议会的调查会不会曝光什么与其隐私有关的事。如今，他们再也没法傲慢无礼，个个目瞪口呆、惊恐困惑。那些来拜访斯嘉丽的太太一遍又一遍地唠叨："但谁想得到事情会变成这样呀，我们还以为州长一手遮天，肯定不会走。我们还以为——"

尽管瑞德早有预警，局势突变还是让斯嘉丽困惑不已。她倒不是遗憾布洛克跑了，民主党重新掌权。虽然说出来或许没人信，但北佬的统治终于被推翻，她其实非常高兴。她在重建初期的艰苦拼搏、担心自己的钱财和产业会被士兵和投机家没收的恐惧，她都记忆犹新。她记得自己无依无靠之时，心中所有的恐慌和无助；她也记得自己有多痛恨北佬，恨他们将这种侮辱人的制度强加于南方人头上。她一直痛恨北佬。但为了充分利用机会，得到足够的安全感，她跟征服者们打得火热。无论多不喜欢他们，她还是让那些人簇拥在自己周围，不仅跟老朋友们断了来往，还改变了旧有的生活方式。如今，征服者们的统治已经结束。她曾把赌注押在布洛克政权的长治久安上，结果输了个精光。

十几年来，一八七一年的这个圣诞节是本州人民最快乐的一个圣诞节。斯嘉丽环顾四周，满心焦虑不安。她眼睁睁地看着瑞德这个曾经在亚特兰大最遭人厌恨的家伙，如今却成为最受欢迎的人。因为他谦卑地摒弃了共和党那套异端邪说，不遗余力地贡献时间、金钱和精力，帮助佐治亚绝地反击。他骑马上街，让一身蓝衣的邦妮坐在自己前面，一路微笑着向他人举帽致意时，人们也都回以微笑，热情地跟他说话，并爱怜地看向那小姑娘。而她，斯嘉丽——

第五十九章

虽然大家都知道邦妮·巴特勒越来越野，该好好管教管教了，但人人都宠她，谁都不忍心严加管教。邦妮就是在跟爸爸外出旅行的那几个月里开始不服管束的。她和瑞德在新奥尔良和查尔斯顿期间，瑞德任她高兴，想玩到多晚就玩到多晚，有时在剧院、饭店或牌桌旁困了，她就睡在爸爸怀里。从那以后，不用点强制手段，绝不可能让她跟听话的埃拉同时上床睡觉。跟瑞德出门期间，她爱穿什么就穿什么。从那以后，嬷嬷每次让她穿条格麻纱罩衣和围裙，不让她穿花边领蓝塔夫绸裙，她就大发脾气。

这孩子先是离家几个月，后来又遇到斯嘉丽生病、病愈后回了塔拉。她在此期间养成的坏习惯，似乎真的再难纠正过来。随着邦妮一天天长大，斯嘉丽也试过给她立规矩，想让她别太桀骜不驯，也别太过骄纵，结果却收效甚微。瑞德总是站在女儿那边，不管她的要求多么荒唐，行为多么蛮横。他鼓励她说话，把她当大人看待，严肃认真地听她发表意见，还装出一副依言行事的模样。结果，在大人说话时，邦妮想插嘴就插嘴，还常常反驳爸爸，杀他威风。瑞德对此都只是笑笑，就连斯嘉丽要打小丫头手心以示惩戒他都不许。

"她要不是个甜美可人的小丫头，肯定惹人讨厌。"斯嘉丽悲哀地想，明白自己有个跟自己一样倔的孩子。"她崇拜瑞德。瑞德若愿意，定能让她规矩些。"

可瑞德并无调教邦妮的意思。她做什么都是对的，就算她想要天上的月亮，如果办得到，他也会摘下来给她。女儿的美貌、鬈发、酒窝和种种优雅姿态，都让瑞德骄傲不已。他爱她的无礼骄横、高昂的情绪，也爱她以种种稀奇古怪、甜美动人的方式向自己表达爱意。她虽然骄纵任性，却那般可爱，他真是不忍心管束她。他就是她的上帝，是她小小世界的中心。对他来说，女儿实在太宝贵。哪能冒失去这一切的危险去斥责她？

邦妮像个影子似的时刻跟着爸爸。早晨，瑞德还想睡，她却早早将他叫醒。吃饭时，她也要坐在爸爸身边，吃一口自己盘子里的东西，再吃一口他盘子里的。爸爸骑马，她就坐在马鞍前面。睡觉时，邦妮也只允许瑞德替她脱衣服，把她抱进他床边的小床。

见小女儿竟能这般将爸爸牢牢控制在掌心，斯嘉丽觉得既有趣又感动。谁想得到，瑞德这种人做起父亲来，竟会如此认真？但有时，斯嘉丽又会心生嫉妒，因为还不到四岁的邦妮居然比她更了解瑞德，也比她擅于驾驭他。

邦妮满四岁后，嬷嬷便开始抱怨："小姑娘叉开腿骑坐在爸爸前面，裙子飞得老高，简直不像话。"瑞德向来重视嬷嬷教育小女孩的话，这次也不例外。结果，他买了匹褐白相间、鬃毛和尾巴又长又光滑的设得兰矮种小马驹，还配了一副带银饰的小女鞍。从表面上看，马驹是买给三个孩子的，瑞德也为韦德配了个马鞍。但韦德更喜欢他那只圣伯纳德狗，埃拉则什么动物都怕。因此，马驹成了邦妮一个人的。她还给它起了名，叫它"巴特勒先生"。得到小马驹的邦妮非常高兴，唯一的缺憾是她不能像爸爸一样跨骑在马鞍上。但听完瑞德那番骑女鞍困难得多的解释后，她便心满意足，也很快学会了骑女鞍。瑞德看着她漂亮的坐姿和灵巧的双手，真是骄傲极了。

“等她大到可以狩猎，”瑞德夸口道，“猎场上肯定没人比得过她。到时候，我要带她去弗吉尼亚。那儿才是真正打猎的地方。还要去肯塔基，那儿的人都欣赏好骑手。”

到了该做女式骑装的时候，邦妮照例自己选颜色，结果当然又选了蓝色。

“但亲爱的，别选那种蓝色天鹅绒！那料子是我要拿来做晚礼服的，”斯嘉丽笑着说，“小姑娘就该穿上好的黑绒面呢骑装。”看着两道小小的黑眉皱起，斯嘉丽赶紧又道，“天哪，瑞德，赶紧告诉她这种料子多不合适，多不耐脏！”

“噢，让她用蓝色天鹅绒吧。要是弄脏了，我们就再给她做一套。”瑞德随口道。

于是，邦妮便有了一套蓝色天鹅绒骑装，裙摆在小马身侧飞扬。受玫兰姑妈那一系列杰布·斯图尔特将军故事的启发，她的黑帽子上也插了根红羽毛。天清气朗的好日子里，父女俩便沿着桃树街骑马同行。瑞德总是勒着大黑马的缰绳，让它跟邦妮那匹胖乎乎的小马步调一致。有时，他们纵马奔过城中安静的街道，惊得鸡飞狗跳，吓得小孩们四散奔逃。邦妮挥着马鞭抽打“巴特勒先生”，蓬乱的鬈发迎风飘飞。每当此时，瑞德就紧紧拉住自己的马，让她以为“巴特勒先生”赢了比赛。

瑞德确定女儿已经坐得十分稳当、双手能握好缰绳，胆色也过关后，便决定是时候教她跳低栏了。跨栏高度以“巴特勒先生”短腿所及的高度为准。为此，瑞德在后院筑了道跳栏，又以每天二十五美分的价钱雇来彼得大叔的小侄子沃什，让他教“巴特勒先生”跳栏。起初，横杆离地仅两英寸，后来渐渐增加到一英尺。

与此最相关的三方人员——沃什、“巴特勒先生”和邦妮都很不满。沃什怕马，只是因为酬劳丰厚才揽下这差事，每天教那匹倔强的小马跳几十次栏；“巴特勒先生”并不介意小主人老是拉它的尾巴、查看它的蹄子，却认为造物主造出它这匹马驹，并不是为了让它腾起胖胖的身躯跳栏；邦妮受不了其他任何人骑自己的小马驹，所以“巴特勒先生”学习期间，她一直在旁边不耐烦地蹦来跳去。

瑞德终于认定小马通过训练，可以让邦妮骑时，小丫头简直兴奋得无以复加。她首次试跳便大获成功，从此以后，跟爸爸骑马外出对她都失去了吸引力。看着父女俩骄傲又热切的模样，斯嘉丽不由得觉得好笑。但她始终觉得，等这股新鲜劲儿过去，邦妮就会转而对别的事感兴趣，届时街坊邻居就能清净些了。但邦妮竟对这项运动百玩不厌，后院尽头的凉亭到跳栏那段路，硬是让她踩出一条光秃秃的跑道。整整一上午，院子里都是兴奋的叫嚷声。据曾在一八四九年横穿大陆的梅里韦瑟爷爷所言，那叫嚷声就跟阿帕切族人[1]成功剥下一张头皮时一样。

刚过了一周，邦妮便央求升高横杆，要升到离地一英尺半。

“等你六岁再说，”瑞德道，“那时你个头够高了，才能跳更高的栏。我还会给你买匹更大的马。‘巴特勒先生’的腿不够长。”

“够啦！我已经跳过玫兰姑妈家的玫瑰花丛，那花丛可高啦！”

“不行，得再等等。”瑞德第一次坚决地道。但邦妮持续不断地胡搅蛮缠、大发脾气，原本坚定的瑞德还是渐渐让了步。

---

1 美国西南部一印第安部族。

“噢，好吧，”一天早晨，瑞德笑着把那根细细的白色横杆调高了些，“要是摔下来，你可别哭着怪我！”

“妈妈！”邦妮转头冲上方斯嘉丽的卧室尖叫，“妈妈！看着我！爸爸说我能跳啦！”

正在梳头发的斯嘉丽走到窗边，冲下方那个兴奋的小小身影微笑，心想：她那身脏兮兮的蓝色骑马装可真滑稽。

“我真该给她另做一套新的了，”斯嘉丽想，“不过，天知道如何才能让她脱掉这身脏衣服。”

“妈妈，快看！”

“我看着呢，亲爱的。”斯嘉丽微笑道。

瑞德把孩子抱上马驹，斯嘉丽看着她挺直脊背，昂首坐在马上的模样，心中不由得涌起一股自豪，于是大声喊道：“宝贝，你漂亮极啦！”

“你也是。”邦妮大方地应道，脚跟朝“巴特勒先生”肋间一踢，就奔过庭院，朝凉亭而去。

“妈妈，看着我跳过这道栏！”她边喊边猛抽马鞭。

“看着我跳过这道栏！”

记忆深处突然警铃大作，这句话有什么不祥之兆？是什么？她怎么想不起来？斯嘉丽看着下方的小女儿，她骑在马上的姿势多么轻盈啊！马驹朝前飞奔，斯嘉丽皱起眉，心头突然蹿过一股凉意。邦妮纵马疾驰，黑色的鬈发迎风飞扬，蓝眼睛闪闪发光。

“那是爸爸的眼睛。”斯嘉丽想，“是爱尔兰人的蓝眼睛。她处处都像他。”

想到杰拉尔德，苦苦搜寻的记忆突然如夏日闪电般骤然出现，清晰得令人心跳骤停。刹那间，整片田野变得异常明亮。她仿佛又听见有个爱尔兰人在放声歌唱，听见那迅疾而沉重的马蹄声冲上塔拉庄园前面那片草坡，听见有个鲁莽的声音如邦妮般高喊：“埃伦！看着我跳过这道栏！”

“不！”斯嘉丽放声大喊，“不！噢，邦妮，停下！”

可就在她探出窗户的一刹那，下方突然传来一阵可怕的木杆断裂声，还有瑞德嘶哑的吼声。只见一团蓝色天鹅绒瘫在地上，还有四只乱蹬乱踹的马蹄。然后，“巴特勒先生”挣扎着站了起来，托着一副空马鞍跑开了。

邦妮死后的第三天晚上，嬷嬷摇摇摆摆，慢吞吞地爬上玫兰妮家厨房的台阶。她裹着黑头巾，一身丧服，脚上穿了双男人的大鞋。鞋头开了条口子，好让脚趾舒服些。那双昏花的老眼布满血丝，眼眶通红，山岳般的身躯处处透着悲痛。她的脸皱得好似一只困惑的老猿猴，下巴却透出坚定之色。

她跟迪尔西轻轻说了几句话，后者温和地点了点头。两人仿佛默默达成了休战协议，多年宿怨就此一笔勾销。迪尔西放下晚餐盘，默默穿过配餐室朝餐厅走去。不一会儿，玫兰妮走进厨房。她手里捏着餐巾，满脸焦急之色。

“斯嘉丽小姐没有——”

“和往常一样，斯嘉丽小姐还挺得住。”嬷嬷沉痛地说，“玫兰小姐，我本不想打扰你吃晚饭。但我实在等不及了，我想把心里的话都跟你说说。”

“晚饭可以等会儿再吃，”玫兰妮说，“迪尔西，你去伺候其他人吃饭吧。嬷嬷，跟我来。”

嬷嬷摇摇摆摆地跟着她穿过走廊，经过餐厅。门内，阿希礼坐在餐桌上首，小博坐在他旁边，斯嘉丽的两个孩子坐在他对面。韦德和埃拉把汤匙碰得叮当响，满屋子都能听到他俩欢快的说笑声。能在玫兰姑妈家待这么久，对他们来说简直跟参加野餐一样。玫兰姑妈向来和蔼，如今更是如此。小妹妹的死对他们几乎没什么影响。两人只知道邦妮从马驹上摔下来，妈妈哭了很长时间，然后玫兰姑妈便把他们接过来在后院跟小博玩。而且，他们想什么时候吃茶点心都行。

玫兰妮把嬷嬷领进四面都是书的小起居室，关上门，示意嬷嬷在沙发上坐下。

“我本打算吃完晚饭就过去，”玫兰妮说，“现在巴特勒船长的妈妈已经到了，估计葬礼就在明天上午吧。”

“葬礼，玫兰小姐，我就是为了这事来的……我们都没法子了，我就是来找你帮忙的。真是事事都叫人心烦，烦透了。”

“斯嘉丽崩溃了？”玫兰妮担忧地问，“自从邦妮——我就再没见过她。她一直待在自己房间里，巴特勒船长又不在家。而且——”

嬷嬷那张黑脸庞突然流下泪来。玫兰妮在她身边坐下，轻拍着她的手臂。过了一会儿，嬷嬷撩起裙摆，擦干眼泪。

“玫兰小姐，你一定要来帮帮我们。我已经尽力了，但一点用都没有。”

“斯嘉丽小姐——”

嬷嬷坐直身子。

“玫兰小姐，你跟我一样了解斯嘉丽小姐。这孩子需要承受什么，仁慈的上帝都给了她力量。这件事让她伤透了心，但她挺住了。我是为瑞德先生来的。”

“我一直很想见他，但我每次过去，他不是进城了，就是把自己锁在房里。而且，斯嘉丽也像个幽灵似的不说话——嬷嬷，快说吧。只要我能办到，我一定帮忙。”

嬷嬷用手背擦了擦鼻子。

“我说斯嘉丽小姐能靠上帝给的力量挺过去，是因为她已经受了很多苦，但瑞德先生——玫兰小姐，他从未被迫承受过什么，一次也没有。所以，我是为了他才来找你。”

“可是——”

“玫兰小姐，你今晚一定要跟我回去。”嬷嬷急迫地说，“瑞德先生或许会听你的话。他向来看重你的意见。”

“噢，嬷嬷，到底出了什么事？你在说什么啊？”

嬷嬷挺直肩膀。

“玫兰小姐，瑞德先生疯——疯了。他不让我们安葬小小姐。”

“疯了？噢，嬷嬷，不会吧！”

“我可没撒谎，这事千真万确。他不让我们把孩子下葬，他亲口对我说的，说完还不到一个钟头呢。”

“可他不能——他不是——”

“所以我才说他疯了嘛。”

“可为什么——”

“玫兰小姐，我就什么都跟你说了吧。这话本不该对任何人说，但你是自家人，我也只能跟你说。我把一切都告诉你。你知道他有多疼那孩子。无论黑人白人，我从没见过有谁那么疼孩子的。米德医生告诉他孩子摔断了脖子，他立马发了疯，抓起枪就冲出去把那匹小马驹打死了。天哪，看那模样，我真怕他也开枪把自己打死。斯嘉丽小姐晕过去了，我当时正忙着照顾她。左邻右舍全来了，屋里屋外都是人。瑞德先生抱着孩子，我想洗洗那张小脸上的血迹他都不让。后来，斯嘉丽小姐醒了过来。我就想：谢天谢地，他们终于可以互相安慰一下了。”

嬷嬷又流下泪来，这次，她却连擦都顾不上擦。

“可斯嘉丽小姐一醒来就冲进瑞德先生的房间，冲抱着邦妮小姐的他放声大喊：‘你杀了我女儿，你还我女儿。’”

“噢，不！她不会说这话！”

“没错，她就是这么说的。她说：‘你杀了她。’瑞德先生活像条挨了鞭子的猎狗，可怜极了。瞧他那模样，我也忍不住哭了。我说：‘把孩子交给嬷嬷吧，可不能让我的小小姐听到这些啊。’我从他怀里接过孩子，抱到她的屋子里梳洗。其间，我听到他们吵架，那些话简直让我全身的血都凉了。斯嘉丽小姐骂瑞德先生是谋杀犯，说就是他让孩子跳那么高的栏，才害她送了命；瑞德先生说斯嘉丽小姐从不关心邦妮小姐，也不关心另外两个孩子……”

“嬷嬷，别说了！别再对我说这些。你跟我说这些话不合适！”玫兰妮叫嚷起来，嬷嬷话中描绘的那些场景令她的心阵阵发紧。

“我知道我不该对你说这些，但我心里憋得慌，也不知道可以跟谁说。后来，瑞德先生自己把孩子抱去了殡葬处，随后又抱了回来，把她放在他房间的那张小床上。斯嘉丽小姐说该放进客厅里的棺材时，瑞德先生那样子简直像要动手打她。他立刻冷冰冰地甩下一句‘她就该留在我的房间里’。然后，他回头冲我说：‘嬷嬷，我出去一下，你确保她留在这儿。’”他骑马出了门，直到太阳下山才回来。他进屋时，我瞧出他喝了不少，但仍像平时一样，并没有东倒西歪。他一冲进来就朝楼上跑，甚至没跟斯嘉丽小姐、佩蒂小姐或屋里在场的太太们说一句话。他推开自己的房门就扯着嗓子喊我。我用最快的速度跑上楼，瞧见他站在床边。屋里很黑，百叶窗都拉下来了，我几乎看不清他在哪儿。

“他凶巴巴地冲我吼：‘拉开百叶窗，这里太黑了。’我急忙拉开百叶窗，发现他盯着我瞧。天哪，玫兰小姐，他那模样怪极了，吓得我膝盖都软了。然后他说：‘拿灯来，多拿几盏。把这儿照亮。不准拉窗帘，也不准把百叶窗放下来。你们不知道邦妮小姐怕黑吗？’”

玫兰妮惊恐地瞪大双眼，与嬷嬷四目相对。嬷嬷不祥地点了点头。

“他就是那么说的：‘邦妮小姐怕黑。’”

嬷嬷浑身颤抖。

“我拿了十二根蜡烛上去，他说了声‘出去’，就把门锁上了，坐在里头守着小小姐。斯嘉丽小姐拼命拍门喊他，他也不开门。就这样过了两天。他压根不提下葬的事，只早晨锁好门就骑马进城，太阳下山后醉醺醺地回来，然后又把自己锁在屋里，不吃也不睡。现在，他妈妈老巴特勒太太从查尔斯顿赶来参加葬礼，苏埃伦小姐和威尔先生也从塔拉来了，但瑞德先生谁都不理。唉，玫兰小姐，这可真糟糕！看样子还会越来越糟，人家要开始说闲话啦。”

“今天傍晚，”嬷嬷顿住，又用手擦了擦鼻子，“今天傍晚，斯嘉丽小姐在楼上走廊碰到他，便跟他一起进了屋。她一进去就跟他说：‘葬礼定在明天上午。’他却说：‘你明天要敢办葬礼，我就宰了你。’”

“噢，他肯定是疯了！”

“没错。他们的说话声越来越小，之后的事我没听太清。只听他又说什么‘邦妮小姐怕黑，墓里非常黑。’过了一会儿，斯嘉丽小姐说：‘你倒好，为了自己的虚荣心害死她，现在却来伤心。’他说：‘你这人就没有一点儿慈悲心吗？’斯嘉丽小姐又说：‘没有，孩子都没了，还要什么慈悲心？瞧瞧邦妮死后你那副德行，全城的人都在背后议论你。你成天酗酒，你要是以为我不知道你这些天在哪儿过的，那你就是个傻瓜。我知道，你一直待在贝尔·沃特林那贱货家里。’”

“噢，嬷嬷，不！”

“没错，她就是这么说的。玫兰妮小姐，她也没说错。我们黑人的消息比白人灵通，我知道他去了那儿，但我没说。他没否认，说：‘是啊，太太，我就是找她去了。你犯不着冲我发火，因为你压根不在乎。当自己家成了地狱，我可不就只能去妓院避难。贝尔是全天下心肠最好的人，不会责怪我害死了自己的孩子。’”

“唉。”玫兰妮惊呼一声，心痛极了。

她自己的生活如此快活安宁，周围都是爱她的、对她无比关切之人。嬷嬷说的这些话，简直令她无法理解，难以置信。不过，她突然想起一件事，但随即又匆匆抛开那个念头，就像不愿想起他人赤身裸体一样。瑞德埋头在她膝上哭泣那天，曾提过贝尔·沃特林。可他爱斯嘉丽啊。这点她绝不会弄错。当然，斯嘉丽也爱他。他俩到底怎么了？夫妻怎能用那般锋利的刀将对方砍成碎片？

嬷嬷继续沉重地往下说。

“过了一会儿，斯嘉丽小姐走出房间。她脸色煞白，但牙关紧咬。她见我站在那儿，说了句‘嬷嬷，明天下葬’，就幽灵般从我身边过去了。我的心七上八下，因为斯嘉丽小姐向来说到做到。可瑞德先生也说一不二啊。他说了她若敢那么做，就宰了她。玫兰小姐，有件事一直让我良心不安，我真是再也承受不住了。玫兰小姐，小小姐怕黑，都是被我吓的。”

“噢，嬷嬷，但现在——这已经没关系了。”

“不，有关系。坏就坏在这儿。我觉得最好还是告诉瑞德先生，哪怕他要杀了我，因为我良心不安哪。于是，我趁他还没锁门，赶紧溜了进去，说：‘瑞德先生，我要跟你认罪。’他猛地转过身，疯了一般冲我吼：‘出去！’噢，天哪，我从没那么害怕过，但我还是说：‘求你了，瑞德先生，让我告诉你吧。我实在忍不住了。小小姐怕黑，全都是被我吓的。’玫兰小姐，我说完就垂下脑袋，等着他来打我。可他一声不吭。于是，我接着说：‘我不是有意害她。但瑞德先生，那孩子胆子太大，什么都不怕，她总是在大家都睡着后，光着脚在屋里到处跑。我很担心，生怕她伤到自己，就对她说黑暗中有鬼怪。’

“然后——玫兰小姐，你知道他做了什么吗？他的脸色顿时温和起来，还走上前轻轻拉住我的胳膊。他之前可从没做过这种举动。他说：‘她真勇敢，不是吗？除了黑，什么都不怕。’见我哭了，他又拍着我说：‘好啦，嬷嬷，别这样哭了。很高兴你把这事告诉了我。我知道你爱邦妮小姐。既然你爱她，那就没关系了。对一个人来说，心好不好才是最要紧的。’见他和蔼多了，我的胆子也大了起来，于是鼓起勇气说：‘瑞德先生，你看葬礼的事怎么办？’可他立马又疯了似的瞪着我，目光灼灼地说：‘天哪，我还以为就算别人都不理解，你至少能理解！她那么怕黑，你觉得我还会把她送到那么黑的地方去吗？现在，我都能听见她在黑暗中惊醒的尖叫声。我不会让她再受惊吓。’玫兰小姐，我这才明白他是真疯了。他就只会喝酒，可他也需要吃饭睡觉啊。他完全疯了，一边把我往外面推，一边嚷嚷：‘滚出去！’

“我只好下楼，心里想着他说不下葬的事。可斯嘉丽小姐说明天要下葬啊。他说她若敢那么做就宰了她。所有亲戚和邻居都在议论此事，叽叽喳喳地就像一群珍珠鸡。于是，我想到了你，玫兰小姐。你快来帮帮我们吧。”

“噢，嬷嬷，我不能插手这事！”

“如果你都不能，还有谁能？”

“可我能做什么呢，嬷嬷？”

“玫兰小姐，我不知道。但你总能帮上忙。你可以跟瑞德先生谈谈，或许他会听你的。玫兰小姐，他一向看重你。你可能不知道，但他真的很看重你。我听他说过好多回，说他认识的女人中，你是最了不起的。”

“可是——”

玫兰妮困惑地站起身，一想到要见瑞德，心里就直发怵。一想到要去劝嬷嬷口中那个悲伤到发疯的男人，她就浑身发凉。一想到要走进那间灯火通明的屋子，看到她深爱的小姑娘躺在床上，她就心痛如绞。她能做什么？她能跟瑞德说什么才能减轻他的悲伤，让他恢复理智？一时间，玫兰妮犹豫不决地站在那儿。这时，紧闭的门后传来小博响亮的笑声。一个念头突然如冰冷的利刃般扎在心头——如果是小博浑身冰冷、一动不动地躺在楼上，再也不会笑了呢？

“啊。”她惊恐地大叫一声，在心中紧紧搂住儿子。她明白瑞德的感觉了。如果小博死了，她怎能撇下他，任他孤零零地在黑暗中承受风雨？

“噢！可怜——可怜的巴特勒船长！”她大声道，“我这就去找他，立马就去。”

玫兰妮匆匆回到餐厅，轻声跟阿希礼说了几句话，然后紧紧抱了抱小博，还热切地吻了吻他的金色鬈发，倒让那孩子吃了一惊。

玫兰妮连帽子都没戴就出了门，手里仍攥着那张餐巾。她走得飞快，可怜嬷嬷两条老腿根本追不上。踏进斯嘉丽家前门走廊，瞧见受惊的佩蒂帕特小姐、庄重的老巴特勒太太、威尔和苏埃伦等一行人都聚在藏书室，她只冲他们微微欠了欠身，就飞快地上楼了。嬷嬷气喘吁吁地跟在后头。片刻后，她停在斯嘉丽紧闭的房门前，但嬷嬷悄声道："嘘，别，别进去。"

玫兰沿着走廊往前走，此时的脚步已经放慢了很多。她在瑞德门口停下，犹豫了一会儿，仿佛想逃跑一样。接着，她鼓起勇气，像个踏入战场的小士兵般，敲响房门，并轻声唤道："巴特勒船长，请让我进去。我是威尔克斯太太，我想见见邦妮。"

门立刻开了。嬷嬷连忙躲进走廊暗处。明亮的烛光中透出瑞德高大的暗影。他脚步踉跄，嬷嬷都能闻到浓烈的威士忌酒味。他低头看了玫兰一会儿，然后拉着她的胳膊进了屋，随手关上了房门。

嬷嬷侧着身子蹭到门边的一把椅子旁，疲惫地坐下，胖乎乎的身子立刻把椅子占满了。她一动不动地坐着，默默流泪祈祷，时不时拉起裙摆擦擦眼睛。虽然拼命竖起耳朵听，但除了低沉断续的嗡嗡声，她什么话也没听清。

过了好久，门吱呀一声开了，现出玫兰苍白而紧张的脸。

"给我端壶咖啡来，快！再拿几块三明治。"

遇到紧急情况，嬷嬷简直能灵巧得像个十六岁的黑丫头。而且，想去瑞德房里一探究竟的好奇心，也让她手脚更加麻利。然而，玫兰只把门拉开一条缝，就把托盘接了进去，让嬷嬷大失所望。她又竖起耳朵听了很久，但只听到银器碰撞瓷器的声音和玫兰妮低沉轻柔的说话声。然后，她听见床嘎吱一声响，有个沉重的身躯倒在了上面，紧接着是靴子落地的声音。片刻后，玫兰妮出现在门口。嬷嬷竭力朝屋内张望，但玫兰妮挡在门口，她什么也看不见。玫兰妮一脸疲惫，睫毛上还闪着泪珠，但面色已经恢复平静。

“去告诉斯嘉丽小姐，巴特勒船长非常愿意明天上午举行葬礼。”她轻声道。

“感谢上帝！”嬷嬷惊呼道，“你到底——”

“别这么大声，他快睡着了。嬷嬷，告诉斯嘉丽小姐，今晚我整夜都守在这儿。你也给我端点咖啡吧，就送到这儿来。”

“送到这个房间？”

“嗯，我已经答应巴特勒船长，他要是睡着了，我就整夜守着邦妮。好啦，快去告诉斯嘉丽小姐，让她别再担心啦。”

嬷嬷沿着走廊离开了，沉重的身体踩得地板直晃悠。她宽慰的心在默默高唱“哈利路亚！哈利路亚！”走到斯嘉丽门外，嬷嬷停下脚步想了一会儿，激动的心里又感激又好奇。

“玫兰小姐到底怎么做到的。肯定有天使在旁边帮助她。我要告诉斯嘉丽小姐明天可以举行葬礼，但最好还是别说玫兰小姐要为小小姐守夜的事，斯嘉丽小姐听了肯定会不高兴。”

第六十章

世界仿佛不对劲了。某种阴沉又可怖的邪物好似一团无法穿透的迷雾，在万物中弥漫，也悄悄地将斯嘉丽笼罩其中。这迷雾一样的东西甚至比邦妮的死更令人难以承受。如今，最初的丧女之痛已经渐渐淡化，变成了无奈的屈从。但这种灾难将至的恐惧感依旧挥之不去，仿佛某个戴着风帽的黑妖怪就站在她肩上，又仿佛只要踩踩脚下的大地，它就会化作流沙一般。

斯嘉丽此前从未体会过这种恐惧。她一辈子始终踏踏实实地靠常识办事，只怕过看得见摸得着的东西，比如伤痛、饥饿、贫穷和失去阿希礼的爱。她向来不善分析，现在细究钻研，也是徒劳。虽然失去了最亲爱的女儿，她还是挺了过来，就像设法挺过其他沉重打击一样。她还健康，也如愿有了很多钱。而且，虽然近来跟阿希礼见面的机会越来越少，但她还没失去他。玫兰妮办的那场倒霉的惊喜生日宴后，两人关系变得有些紧张，她也没烦心。因为她知道，这一切终会过去。不，她不怕伤痛、饥饿或失去爱。她从未被这些恐惧压垮，如今这种恐惧却不一样。这种似能毁灭一切的恐惧太古怪，就跟她熟悉的那个噩梦一般。她又在一片游动的浓雾中奔跑，跑得心都要炸开了，仿佛一个迷路的孩子，怎么都找不到避难所。

她想起从前说起这些恐惧时，瑞德总是哈哈大笑；她想起他古铜色的宽阔胸膛和强壮臂膀带来的安慰。于是，几个星期以来，她第一次转向丈夫，认真打量他，结果震惊地发现这个男人不笑了，也不会安慰她了。

邦妮死后的一段时间里，她一直很生他的气，也一直陷在自我悲痛中，只有当着仆人们的面才跟他客套几句。她一直忙着回忆邦妮的小脚飞奔时的啪嗒声和她咯咯的笑声，根本想不到瑞德或许也在回忆这些，并且比她更痛苦。那几周里，两人碰面和交谈都谦恭有礼，仿佛同住一间饭店的陌生人——虽待在同一个屋檐下，在同一张桌上吃饭，却从不交流想法。

如今，她因为恐惧和孤独，想打破这道屏障，却发现他似乎刻意保持距离，并不想跟她说话。如今，她已经不生他的气，很想告诉他邦妮的死不怪他。她也想扑进他怀里痛哭一场，告诉他女儿的马术也让她骄傲；女儿甜言蜜语、撒娇耍赖的请求，她也会纵容。如今，她愿意低声下气地承认自己只是太悲伤，才会通过斥责他来减轻痛苦。但她似乎一直找不到合适的机会说出这些话。他那双黑眼睛总是茫然地望着她，不给她任何开口的机会。而道歉这种事一旦被耽搁，就会变得越来越难开口，最后便彻底说不出了。

她也不知道事情怎么会变成这样。瑞德是她丈夫，两人之间有种牢不可破的牵绊，他们曾同床共枕，共同孕育一个可爱的孩子，也一起过早地失去了她，即将看着她躺入黑暗。两人只有分享回忆、互述悲伤，才有可能走出最初的悲痛，渐渐治愈心伤。但如今两人这般情况，相比他，她宁肯投入一个完全陌生的人怀里。

他难得在家。两人哪怕坐下来共进晚餐，他也常常喝醉。过去，他酒喝得越多，举止就越文雅，被酒劲儿一刺激，就说些刻薄恶毒的逗趣话，逗她笑得前仰后合。如今，他却一声不吭地喝闷酒，而且一天比一天喝得多，直喝到烂醉如泥。有时，天没亮她便听见他骑马冲进后院，去敲仆人的门，让波尔克扶他从后楼梯上楼回屋睡觉。竟然还要人扶上床！瑞德向来都是面不改色地灌醉别人，还能将他们扶上床的啊。

他曾经衣冠楚楚，如今却不修边幅。就连波尔克想让他在晚饭前换件亚麻衬衫，也得费神争论一番。威士忌的影响已经在他脸上显现出来：脸颊浮肿，曾经棱角分明的下颌不见了；眼睛布满血丝，眼袋越来越明显；原本结实鼓胀的肌肉变得松弛疲软，腰围也越来越粗。

他经常不回家，有时夜不归宿，甚至懒得派人送个口信回来。当然，他很可能就在某间酒馆上面的房间里醉醺醺地打呼噜。但每每此时，斯嘉丽总觉得他肯定在贝尔·沃特林的妓院。有一次，她在一家商店碰到贝尔，发现她已经变成一个粗俗臃肿的胖女人，昔日的美貌几乎荡然无存。虽然浓妆艳抹、衣着华丽，但这大胸脯的女人终究还是一副妇人模样了。其他轻浮女人碰到淑女，要么垂下眼皮，要么挑衅地怒目而视。贝尔却跟她们不一样，看到斯嘉丽，非但不怕与她对视，还用一种热切到近乎同情的目光上下打量她的脸，直看得她面红耳赤。

然而，斯嘉丽现在不能责怪瑞德、不能冲他发火、不能要求他忠诚，也不能想方设法羞辱他。正如她无法鼓起勇气向他道歉，承认自己不该指责他害死邦妮一样。她陷入一种令人困惑的漠然状态，感觉到一种自己也无法理解的愁苦。这种愁苦前所未有地深重。她很孤独，从未如此孤独。或许，在此之前，她根本没体会过何谓孤独。她孤独又害怕，觉得除了玫兰妮，再无人可依。如今，就连她的主要支柱——嬷嬷，也回塔拉了，而且一去不返。

嬷嬷走时什么也没解释，一双疲惫的老眼悲伤地看着斯嘉丽，跟她要钱买火车票。无论斯嘉丽如何流泪，哀求她别走，嬷嬷都只说："我好像听到埃伦小姐对我说：'嬷嬷，回家吧，你要干的事已经干完了。'所以，我要回家了。"

瑞德听到两人谈话，给了嬷嬷路费，还拍了拍她的胳膊。

"你说得对，嬷嬷。埃伦小姐是对的。你在这儿的事已经干完了。回家吧。如果需要什么，尽管跟我说。"斯嘉丽顿时又来了火，喝道："闭嘴！你这个蠢货！让她走！现在谁还想待在这所房子里？"

瑞德目露凶光，吓得斯嘉丽连连后退。

"米德医生，你觉得他——他会不会真疯了？"后来，斯嘉丽无助地跑去问医生。

"不会，"医生道，"但他喝酒喝得太厉害，再这样下去会送命的。斯嘉丽，他太爱那孩子。依我看，他就是想喝醉，好忘了她。小姐，我劝你还是赶紧再给他生个孩子吧。"

"啊？"斯嘉丽苦恼地离开诊所。这事说起来容易做起来难。只要能消除瑞德眼中那种神色，将自己心中这些苦痛填平，她也乐意再生一个，几个都行。生个像瑞德那般英俊黝黑的男孩，再生个女孩。噢，再生个女孩，一个活泼漂亮、倔强又爱笑的女孩，别像埃拉那么浮躁。为什么，噢，如果上帝非要带走她的一个孩子，为何不带走埃拉？如今邦妮死了，埃拉一点都不能安慰到她。不过，瑞德似乎并不想要其他孩子。至少，虽然她现在再也不锁房门，还常常故意留缝，似是邀请他进来，可他从未进来过。如今，除了威士忌和那个邋遢粗俗的红发妓女，他仿佛对其他任何东西都没兴趣。

从前，哪怕出言嘲讽，他也会让人觉得愉快，如今却只剩尖刻激烈；从前，哪怕挤对别人，他也说得幽默风趣，如今却只剩蛮横粗野。曾经，他跟女儿相处的迷人风度赢得了很多邻居太太的好感。邦妮死后，这些体面的太太都迫切地向他表达善意，不是在街上叫住他，向他表示同情，就是隔着自家篱笆跟他说话，表示她们理解他的心情。但邦妮已死，他也没了维持礼貌的理由，于是常常粗鲁地打断她们好心好意的慰问。

但奇怪的是，被打断的太太们并不恼，反而理解，或自认为理解瑞德。黄昏时，瑞德骑马回家，醉得几乎坐不稳马鞍，见谁跟自己说话都怒目而视，太太们却只感叹一声“可怜的人”，然后对他加倍温和友善。她们为他难过，因为他心碎地骑马回家，从斯嘉丽那儿也得不到安慰。

人人都知道斯嘉丽有多冷酷无情。从表面上看，斯嘉丽似乎已经从邦妮的死恢复过来。人人对此惊骇不已，却既未意识到，也不关心她需要费多大努力才能表现得这般若无其事。瑞德得到了全城人最温柔的同情，他既不明白，也不在乎；斯嘉丽遭全城人厌恶，但这次她却很想得到老朋友们的同情。

如今，除了佩蒂姑妈、玫兰妮和阿希礼，家中再无老朋友登门。只有一些新朋友坐在他们闪亮的马车里，急迫地向她表达同情，等不及用其他新朋友的闲话来转移她的注意力。然而，斯嘉丽对那些人压根不感兴趣。所有“新朋友”都是外地人，无一例外！她们现在不了解她，也永远不可能了解她。如今，斯嘉丽的确安稳又奢华地住在桃树街的大房子里，可她之前的生活怎么样，她们一无所知。那些人如今都穿挺括的锦缎，坐骏马拉的维多利亚马车，同样不愿谈论自己过去的生活。她们不知道斯嘉丽如何拼搏奋斗、忍饥挨饿，才有了如今的华丽大宅、漂亮衣裳、各色银器和豪华宴会。她们不知道，也不在乎。这些天晓得从哪儿来的人仿佛一直浮于表面，既没有关于战争、饥饿和奋斗的共同回忆，也没有扎在同一片红土地的根。

如今，斯嘉丽孤独极了，真想跟梅贝尔、范妮、埃尔辛太太、怀廷太太，甚至那个厉害的老斗士——梅里韦瑟太太一起消磨午后时光。不然跟邦内尔太太，或从前任何一个老友、老邻居待着都行。因为她们能理解她。她们知道战争、恐惧和大火；她们见过亲人早早离世；她们尝过饥饿的滋味，也曾衣衫褴褛、穷困潦倒。而如今，她们也都在废墟上重建家业。

当年在舍曼大军入侵前的疯狂大逃亡中，梅贝尔也埋葬过一个夭折的孩子。如果能跟她坐下来聊聊，也是一种安慰。斯嘉丽知道，军事管制下的那段黑暗日子里，范妮和她都失去了丈夫。如果能跟范妮待在一起，她也会觉得安慰。亚特兰大陷落那天，她还记得埃尔辛太太焦急地挥鞭驾马，赶车穿过五角广场，结果车上抢来的军用物资掉了一地。如果跟埃尔辛太太一起回忆这段往事，她俩准会觉得又惨又好笑。如果跟梅里韦瑟太太争着讲述往事，肯定也很有趣。如今，老太太的面包店蒸蒸日上，她常常快活地说："你还记得刚投降那会儿有多惨吗？我们连上哪儿能弄到双新鞋都不知道。看看现在的日子！"

没错，如果能跟她们待在一起，肯定很快乐。现在斯嘉丽才明白，为何两个前邦联士兵一碰面，就会那般有滋有味、骄傲又怀念地谈起战争。那些岁月虽让他们的心备受煎熬，但他们终究挺过来了。他们都是老兵。她也是。然而，她没有可以一同回忆往日战斗的密友。噢，若能重新跟有共同经历、共同伤痛的自己人相聚，那该多好！对一个人来说，这些战友是生命中多么重要的一部分啊！

但不知怎的，这些人都已悄然离去。斯嘉丽明白，一切都得怪自己。从前她一直不在乎，直到现在才幡然醒悟。现在，邦妮死了。她孤独又害怕，望向闪亮的餐桌对面，却只能瞧见一个黝黑、迟钝、日渐颓废的陌生人。

第六十一章

斯嘉丽在玛丽埃塔收到瑞德的加急电报。十分钟后正好有一列开往亚特兰大的火车。为了赶上这趟车，她连行李都没拿，只拎了个手提网兜，还把韦德和埃拉都撇在旅馆让普利西照看。

亚特兰大离玛丽埃塔其实只有二十英里，但在那个潮湿的初秋下午，火车却一直龟爬似的慢慢腾腾，每个小站都要停靠，好让乘客上下车。瑞德的电报让斯嘉丽惊慌失措，发疯般地想让火车开快点，所以每次停车她都几欲尖叫。火车缓慢而吃力地轰隆向前，穿过一片又一片微微泛黄、令人厌倦的森林；经过一座又一座红土坡——这些土坡上还留着一道道弯弯曲曲的胸墙，看上去活像一道道伤疤。火车也经过了一座座旧炮台和一个个已长出杂草的弹坑。它就沿着当年约翰斯顿部队殊死抵抗、狼狈撤退的道路，步步向前。途经的每个车站和每个交叉路口，列车员都会报出一次战役或小规模战斗的名字。曾经，这些名字会勾起斯嘉丽的可怕回忆，此刻，她却完全顾不上那些了。

瑞德的电报上写着：

“威尔克斯太太病危，速归。”

火车驶入亚特兰大时，已是夜幕时分。一场细雨模糊了城市的轮廓。煤气街灯发出朦胧的光，仿佛雾中一个个昏黄的小点。瑞德已经找来马车在车站等她。乍看他的脸，斯嘉丽觉得比读到他发来的电报更可怕。她从没见过那般木然呆板的脸。

“她还没——”斯嘉丽惊叫道。

“没，她还活着。”瑞德把她扶进马车便吩咐车夫，“去威尔克斯太太家，越快越好。”

“她怎么了？我没听说她病了啊。上周不还好好的吗？是出什么意外了吗？噢，瑞德，情况没你说的那么严重吧——”

“她快死了。”瑞德的声音跟他的脸色一样木然呆板，“她想见你。”

“不会的！噢，玫兰不会死的！她到底怎么了？”

“她流产了。”

“流——流产，她——”斯嘉丽张口结舌，这个极其可怕的消息简直令她窒息。

“你不知道她怀孕了？”

斯嘉丽甚至连头都没法摇一摇。

“啊，没错，我想你也不知道。她估计谁都没说，就想给大家一个惊喜。但我知道。”

“你知道？她肯定也没告诉你吧！”

“不用她告诉我。我就是知道。她近来——近两个月来那么开心，我就知道肯定不是为了别的任何事。”

“但瑞德，医生说过，她要是再怀孕，就会送命啊！”

“的确会送命。”瑞德道。然后他又冲车夫喊：“天哪，你就不能再快点吗？”

“可是，瑞德，她不会死吧！我——不就没有——”

“她没你那份力量。她从来都没什么力量。除了一颗善良的心，她什么也没有。”

马车在一座小小的平房前猛然停住，瑞德把斯嘉丽扶下车。斯嘉丽瑟瑟发抖，突然感到一阵孤独，不由得攥紧了他的胳膊。

“瑞德，你也会进去的，对吧？”

“不。”说完他又回到车里。

斯嘉丽冲上前门台阶，穿过门廊，一把推开门。阿希礼、佩蒂姑妈和英迪亚坐在昏黄的灯光下。斯嘉丽想：“英迪亚到这儿来做什么？玫兰妮不是让她永远别进这个家门吗。”一看到她，三人都站了起来。佩蒂姑妈紧咬嘴唇，想止住颤抖；英迪亚悲痛万分地盯着她，眼里已没有恨意；阿希礼看起来活像个呆滞的梦游人。他迎上前，伸手拽住她的胳膊，说起话来也如梦呓一般。

“她想见你，”他说，“她想见你。”

“我现在可以见她吗？”斯嘉丽转头望向玫兰妮关着的房门。

“不行，米德医生在里面。斯嘉丽，真高兴你来了。”

“我是尽快赶回来的。”斯嘉丽脱掉遮阳帽和斗篷，“火车——她真的不行——阿希礼，快告诉我她好些了，是不是？快说啊！别这样！她真的不——”

“她一直想见你。”阿希礼看着她的眼睛。从那双眼中，斯嘉丽看到了答案。一时间，她仿佛心跳都停了。然后，一股奇怪的恐惧在她胸口跳动，那感觉比焦虑和悲伤更强烈。她一边努力压抑这股恐惧，一边激动地想：“不可能是真的，医生也会误诊。我不信。一定不能让自己相信这是真的。如果信了，我肯定会放声尖叫。我得想点别的事。”

“我不信！”她怒吼道，一脸挑衅的模样瞪着眼前那三张垮下来的脸，似料定他们不敢反驳，“玫兰妮为什么没告诉我？我如果知道，绝不会去玛丽埃塔。”

阿希礼清醒过来，眼里满是痛苦。

“斯嘉丽，她谁都没说，尤其不会告诉你。她怕你知道了会责怪她。她想等三个月——等到她觉得稳住了，再给大家一个惊喜，然后笑着说医生们都错了。她多开心哪。你知道她有多想要孩子——尤其想要个小女孩。一切都很顺利，直到——然后，突然无缘无故的——”

玫兰妮的房门轻轻打开了，米德医生走出来，又随手关好门。他默默站了一会儿，灰白的胡子垂在胸前，看着四个突然呆住的人。最后，他的目光落到斯嘉丽身上，朝她走来。斯嘉丽发现，他眼中有悲伤，还有一种厌恶和不屑，心中的惊恐顿时被内疚取代。

“你终于到了。”医生说。

没等她回答，阿希礼便朝紧闭的房门走去。

“还没轮到你，”医生说，“她有话跟斯嘉丽说。”

“医生，”英迪亚伸手拉住他的衣袖，虽然声音单调沉闷，却比任何响亮的请求都诚恳，“让我见见她吧。我早上就来了，一直等着，可她——让我见见她吧。我想告诉她——必须告诉她——有些事——我错了。”

说这番话时，她没看向阿希礼或斯嘉丽，医生却冷冷地瞥了眼斯嘉丽。

“我知道了，英迪亚小姐，”他简短地应道，“但你得向我保证，别用认错这类话耗光她的力气。她知道你错了，听你道歉只会让她更烦恼。”

佩蒂怯怯地开口道：“米德医生，求求你——”

“佩蒂小姐，你会尖叫、晕倒，你自己也明白这点吧。”

佩蒂挺起矮胖的小身子，迎上医生的目光。她的眼睛是干的，脸上的每根线条都透出端庄之色。

“好吧，亲爱的，待会儿。”医生的语气温和了些，“来吧，斯嘉丽。”

两人轻轻穿过走廊，朝那扇紧闭的房门而去。医生的手用力抓住斯嘉丽的肩膀。

“听着，小姐，”医生低声快速地吩咐道，“不准歇斯底里，也别做临终忏悔。否则，老天在上，我定会拧断你的脖子！别这么无辜地看着我，你知道我的意思。让玫兰小姐平静地离去，别为了减轻自己良心上的负担就跟她说什么阿希礼的事。我还没伤害过女人，但你现在若敢说什么——那就等着瞧。”

医生没等她应声便打开门，把她推了进去，接着又关上了门。小小的房间里摆着几件廉价的黑胡桃木家具。灯上都罩着报纸，屋里半明半暗。这是个整洁的小房间，就像女学生的寝室：一张窄窄的低背小床，一顶朴素的纱帐用绳环挽起，地上干净的碎呢地毯已经褪色。与斯嘉丽奢华卧室里那些高耸的雕花家具、粉色织锦帷幔和玫瑰花纹地毯相比，真有天壤之别。

玫兰妮躺在床上，被单下的身子单薄瘦小得像个小女孩。两条黑辫子垂在脸颊两侧，紧闭的眼睛已经深陷紫色的眼窝里。斯嘉丽一看到她，顿时呆立当场，倚在门上动弹不得。尽管屋内昏暗，她仍能看出玫兰妮脸色蜡黄，毫无血色，就连鼻子都萎缩了。在此之前，斯嘉丽还在希望是米德医生弄错了。但现在，她明白医生没错。战争期间，她在医院见过太多这种消瘦凹陷的脸，知道它预示着怎样不可避免的结局。

玫兰妮要死了，但斯嘉丽一时间仍拒绝接受这个事实。玫兰妮不能死，她怎么可能会死。只要她——斯嘉丽还如此需要她，上帝就不会让她死。直到此刻，斯嘉丽才意识到自己需要玫兰妮。

但现在，灵魂最深处浮现出一个事实：她始终在依靠玫兰妮，哪怕依靠自己时，她也在依靠玫兰妮。然而，她从未明白这点。现在，玫兰妮快死了，斯嘉丽才明白，失去她，自己就活不下去了。此时此刻，她踮着脚穿过房间，朝那安静的人儿走去时，内心惊恐万分。她现在才明白，玫兰妮一直是她的剑和盾，是她的慰藉和力量！

“我必须抓住她，不让她走！”斯嘉丽这么想着，颓然地坐在床边，裙裾带起一片沙沙声。她一把握住床单上那只无力的手，被那冰凉的触感吓了一跳。

“玫兰，是我。”她道。

玫兰妮微微睁开眼，见真是斯嘉丽，似乎很满意，又闭上了眼。过了一会儿，她吸了口气，轻声道：“能答应我吗？”

“噢，什么都行。”

“小博——帮我照料他。”

斯嘉丽喉头发紧，只能点头。她轻轻捏了捏那只手，表示同意。

“我就把他交给你了。”她脸上闪过一丝几不可察的微笑，“从前，我就拜托过你一回……还记得吗？就在他出生前。”

她记得吗？她怎能忘了那次！一切都历历在目，那可怕的一天似乎又回来了。她又感觉到九月午后的闷热、想起对北佬的恐惧、听到部队撤退时沉重的脚步声，也想起玫兰哀求自己若她死了，一定要把孩子带走的声音……她还记得，那天她真是恨死了玫兰妮，巴不得她死掉。

“是我杀了她，”一种迷信让斯嘉丽痛苦地想，“过去我老盼着她死，上帝定是听见了，所以来惩罚我了。”

“噢，玫兰，别这么说！你知道自己能挺过去——”

“不，快答应我。”

“你知道我答应了。我会像亲生儿子一样待他。”

“上大学？”玫兰妮声音平静，气若游丝。

“噢，是的！上大学，上哈佛大学。去欧洲，他想干什么都行。还——还——还有小马驹——音乐课——噢，求你，玫兰，一定要挺住！努把力啊！”

屋里再次陷入沉默。从玫兰妮的脸色来看，她似乎在努力积蓄再次开口的力量。

“阿希礼，”她说，“阿希礼和你——”她的声音断断续续，又消失了。

听到阿希礼的名字，斯嘉丽的心骤然停滞，如花岗岩般冰冷。玫兰妮什么都知道。斯嘉丽伏在床单上一阵抽噎，仿佛有一只残忍的手扼住她的喉咙。玫兰妮知道。此时此刻，斯嘉丽已顾不上羞愧，她什么都顾不上了，只剩万分悔恨，恨自己竟伤害了这个温柔的女人这么多年。玫兰妮早就知道了——却还一直做她忠实的朋友。噢，要是过去那些年能从头活过就好了！那她肯定再也不看阿希礼一眼。

“噢，上帝啊，”斯嘉丽急忙祈祷，“求求您，让她活下去吧！我会补偿她。我一定对她非常好。只要您让她活下来，我这辈子都不再跟阿希礼说话！”

“阿希礼。”玫兰妮虚弱地开口道，伸手去摸斯嘉丽垂下的头，用拇指和食指拉了拉她的头发，但使出的力气还比不过一个婴儿。斯嘉丽明白，玫兰妮想让她抬起头。可她不能，她没法面对玫兰妮的眼睛，也不敢去看那双眼里的了然神色。

“阿希礼。”玫兰妮又轻唤了一声。斯嘉丽拼命克制住自己。即使在审判日上从上帝眼中看到他对自己的判决，恐怕也不会比现在更糟。她的灵魂在蜷缩，她的头却抬了起来。

她看见的，仍是那双跟从前一样的黑眸——虽因死亡而凹陷、模糊，却依旧充满爱意。她还看见那张跟从前一样的嘴——虽疲惫而痛苦地拼命呼吸，却依旧温柔亲切。没有责备、没有指控，也没有恐惧。只有焦急，担心自己或许没力气把话说完。

一时间，斯嘉丽过于惊慌失措，竟不觉得心中宽慰。接着，她把玫兰妮的手握得更紧，一股对上帝的感激之情温暖地流遍全身。生平头一次，她谦卑而无私地祈祷："谢谢您，上帝。我知道我不配，但谢谢您，没让她知道。"

"玫兰，阿希礼什么？"

"你会——会照顾他吧？"

"噢，会的。"

"他那么容易——感冒。"

一阵沉默。

"照顾——他的生意——明白吗？"

"嗯，我明白。我会的。"

玫兰妮费了很大劲儿。

"阿希礼不——不切实际。"

若非将死，玫兰妮绝不肯批评丈夫一句。

"照顾他，斯嘉丽——但——别让他知道。"

"我会照顾他和他的生意，绝不让他知道。我只温和地给他提建议。"

玫兰妮再次与斯嘉丽四目相对，努力挤出一丝微笑。这是胜利的微笑。她们在对视中达成协议，保护阿希礼·威尔克斯不受这严酷世界伤害的重任，从一个女人身上转移到了另一个女人身上。为了保护阿希礼男人的自尊心，这件事永远不会让他知道。

于是，那张疲惫的脸再无挣扎之色。仿佛有了斯嘉丽的承诺，她便放心了。

“你这么聪明——这么勇敢——还一直对我这么好——”

一听这话，哽咽差点儿冲出喉头，斯嘉丽连忙用手捂住嘴巴。此时此刻，她真想如孩子般大喊大叫：“我是个魔鬼！我对你那么坏！我从没为你做过任何事！都是为了阿希礼。”

斯嘉丽突然起身，咬住大拇指，拼命克制自己。瑞德的话又在她耳边响起：“她爱你，就让这份爱成为你要背负的一个十字架吧。”此刻，这个十字架更沉了。她曾想方设法要把阿希礼从她身边抢走，但如今，盲目信任了她一辈子的玫兰妮，到死都还这般爱她、信任她，真是让她更加难受。不，她什么都说不出口，甚至连再说一句“努力活下去”都办不到。她必须让她平静地走，没有挣扎、没有眼泪、没有悲伤。

门被轻轻推开，米德医生站在门口，迫切地招呼她出去。斯嘉丽逼回眼泪，俯身拉起玫兰妮的一只手贴在自己脸上。

“晚安。”她的声音比自己料想的平稳些。

“答应我——”那低语变得更微弱了。

“亲爱的，我什么都答应。”

“巴特勒船长——好好待他。他——那么爱你。”

“瑞德？”斯嘉丽困惑不解，完全不懂这句话的含义。

“嗯，我会的。”她脱口而出，轻轻吻了吻那只手，然后将它放回到床上。

“叫女士们立刻进来。”医生在斯嘉丽出门时低语道。

泪眼蒙眬中，她看到英迪亚和佩蒂跟着医生进了屋。她们拢着裙摆，以免发出声响。门在他们身后关上了，屋里一片寂静。阿希礼不见踪影。斯嘉丽像个缩在角落的顽童般，把头靠在墙上，揉着发疼的喉咙。

那扇门后，玫兰妮就要走了。跟她一同离开的，还有这么多年来斯嘉丽不知不觉中依靠的那个力量。为什么，噢，为什么她直到此刻才明白自己有多爱玫兰妮、多需要玫兰妮？但谁又想得到，瘦小、普通的玫兰妮竟是擎天之柱？在陌生人面前会羞得落泪的玫兰妮；说话从不敢提高嗓门的玫兰妮；生怕老太太们反对的玫兰妮；胆子小得连鹅都不敢赶的玫兰妮。然而——

斯嘉丽回想起多年前那个炎热的午后，一缕灰烟还在塔拉地板上那个穿蓝军装的尸体上缭绕，玫兰妮握着查尔斯的军刀，站在楼梯顶。斯嘉丽还记得自己当时的想法："真傻！玫兰甚至举不起那把刀！但她现在明白了，如有必要，玫兰妮肯定会冲下去杀了那个北佬——或被对方杀掉。"

没错，那天玫兰妮就站在那儿，小手握着刀，准备为她而战。现在，斯嘉丽悲伤地回首往事，发现原来玫兰妮一直握着刀，如影子般默默站在她身旁，爱着她，以盲目而热烈的忠诚为她而战。她为她对抗北佬、大火、饥饿、贫困、社会舆论，甚至包括挚爱的血亲。

意识到那把在自己和世界之间闪闪发光的军刀将永远收入刀鞘时，斯嘉丽顿觉周身的勇气和自信都悄然流逝。

"玫兰是我唯一的女性朋友，"斯嘉丽绝望地想，"除了妈妈，只有她真心爱我。她也像母亲一样，每个认识她的人都知道她可以依赖。"

突然，斯嘉丽觉得那扇关着的门后躺的是埃伦，这是她第二次离开这个世界。突然间，斯嘉丽仿佛又站在塔拉，凄清孤寂、一筹莫展。她知道，这个柔弱、文雅、温柔的人儿具有惊人的力量。失去她的支持，自己将完全无法面对生活。

斯嘉丽站在走廊上，犹豫不决、惊恐万分。客厅的熊熊火光在她周围的墙上投下高大的暗影。屋里一片死寂，这死寂仿佛冷雨，浸入她的身体。阿希礼！阿希礼在哪儿？

斯嘉丽朝客厅走去，仿佛一只挨冻的动物寻找火堆般寻找阿希礼。她必须找到他。她刚意识到玫兰妮的力量，以及自己有多依赖这份力量，便失去了她。但还有阿希礼。阿希礼强壮、聪明、能给人安慰。阿希礼和他的爱就是力量，能让她克服软弱。他那儿有可以赶走她的恐惧的勇气，也有能抚慰她的悲伤的舒适。

斯嘉丽觉得他肯定在自己的卧室，于是踮着脚穿过走廊，轻轻敲响房门。没人回应，她推开了门。阿希礼站在梳妆台前，正盯着一双玫兰妮补过的手套。他先是拿起一只，像从未见过般端详着，然后将它轻轻放下，仿佛那是玻璃做的。接着，他拿起另一只。

斯嘉丽声音颤抖地喊道："阿希礼！"他慢慢转身看向她，那双灰眸里再无沉寂超然之色，反而毫无掩饰地睁得很大。斯嘉丽在那双眼中看到与自己一样的恐惧，比她更软弱的无助，以及她见过最深切的困惑。斯嘉丽看着那张脸，觉得刚才在走廊上感到的那股恐惧变得更深了。她朝他走去。

"我害怕，"她说，"噢，阿希礼，抱抱我。我好害怕。"

阿希礼一动不动，直瞪着她，双手紧紧攥着那双手套。斯嘉丽伸手握住他的胳膊，轻声问："这是什么？"

他热切地在她脸上搜寻，绝望地搜寻着某种东西，却没找到。终于，他开口了，声音却不像是他的。

"我需要你，"他说，"想跑去找你，就如想寻求安慰的孩子般跑去找你——可我找到了一个孩子，一个比我更害怕、跑来找我的孩子。”

“你不——不会害怕，”斯嘉丽嚷道，“你从没怕过任何东西。但我——你向来那么坚强——”

“若说我坚强，那都是因为有她在背后支持。”他声音嘶哑，低头看着那只手套，抚平那几根布指套，“而且——而且——我曾有过的所有力量都将随她而去。”

阿希礼低沉的声音里满是绝望，斯嘉丽放下握着他胳膊的手，后退一步。两人陷入深深的沉默中。生平第一次，斯嘉丽觉得自己真正了解他了。

“为什么——”她慢慢开口，“为什么，阿希礼，你爱她，对吧？”

阿希礼仿佛很吃力地道：“她是我唯一的梦，活生生的、会呼吸的、在现实中不会消失的梦。”

“梦！”斯嘉丽又像过去那样怒了，“这人一直在做梦，永远这么不切实际！”

她怀着沉重又有些苦涩的心情道：“阿希礼，你真是个傻瓜。你怎么就看不出她比我好上百万倍？”

“斯嘉丽，求你！你要是知道我经历了什么，自从医生——”

“你经历了什么？！你难道以为我——噢，阿希礼，你早该知道，多年前就该知道你爱的是她，而不是我！你为何不知道呢？那一切都会大不一样，会——噢，你早该知道，就不会用什么名誉和牺牲的说辞让我一直为你悬心！你若早几年跟我说，我会——就算我会生不如死，但还是能想办法挺过去。可你一直等到现在，等到玫兰妮快死了才明白这点。现在，做什么都太迟了。噢，阿希礼，男人应该明白这些事，但女人不懂啊！你早该明白你始终爱着她，你需要我只不过像——像瑞德需要那个叫沃特林的女人一样！”

阿希礼闻言身子一缩，但眼睛仍盯着她，眼里满是无言的祈求，祈求她别再说了，祈求她给些安慰。他脸上的每根线条都承认她的话句句正确，那垮下去的肩膀也表明他的自责比她的责备严厉得多。他默默站在她面前，紧紧攥着那只手套，仿佛那是一只能理解他的手。斯嘉丽说完那些话后，怒气渐渐消退，取而代之的是怜悯和轻蔑。她良心不安起来，觉得自己实在不该打击这个无助的男人，尤其她还答应过玫兰妮要照顾他。

“我刚刚才答应她，转眼就对他说出如此刻薄又伤人的话。我根本没必要说这些，谁都没必要说。他其实知道真相，并正为此伤心欲绝。”斯嘉丽沮丧地想，“他还没长大。跟我一样，他就像个孩子，因为害怕失去她而难受。玫兰知道他会变成什么样——玫兰对他的了解比我深得多。因此，她才会要我照料他和小博。阿希礼如何承受得住？我能挺住，我什么事都能挺住，我已经挺过了那么多事。可他不能——没了她，他什么都挺不住。”

“原谅我，亲爱的。”她展开双臂柔声道，“我知道，你肯定很痛苦。但记住，她什么都不知道——她甚至从未怀疑过——上帝对我们太仁慈了。”

他快速走到她跟前，不管不顾地一把将她搂进怀里。她踮起脚，用自己温暖的面颊贴上他的脸，同时伸出一只手，抚平他脑后的头发。

“亲爱的，别哭了。她希望你勇敢。她待会儿就要见你，你必须勇敢。千万别让她看出你哭过，她会担心的。”

他紧紧抱着她，紧得让她觉得都透不过气来。他在她耳边哽咽着说：“我该怎么办？我——我离了她可怎么活！”

“离了她我也活不了。”斯嘉丽一想到未来的漫长岁月里再也没有玫兰妮的陪伴，就禁不住浑身战栗。但她拼命克制住自己。阿希礼依赖她，玫兰妮也依赖她。就像曾经在塔拉的那个月夜，她喝得烂醉，精疲力竭时想到的：“所谓担子，就得由足够强壮的肩膀来挑。”她的肩膀足够强壮，阿希礼的却不行。她挺起肩膀，准备挑起这副重担，然后以一种她自己都远没料到的平静，吻了吻他湿漉漉的脸颊。这个吻没有激情，只有冷静的温柔。

“我们能挺过去——总有办法的。”她说。

一扇门突然被推开，米德医生急促而锐利的声音传入走廊：“阿希礼！快！”

“天哪！她要离开了！”斯嘉丽想，“阿希礼还没跟她道别！不过，或许——”

“快啊！”见他仍目瞪口呆地站在原地，斯嘉丽大吼一声，就把他往外推。

她拉开门，把他推了出去。被她的话一刺激，阿希礼这才冲进走廊，手里仍紧紧攥着那只手套。斯嘉丽听到他飞奔的脚步声，然后是关门声。

她又叹了声“天哪！”随即慢慢走到床边坐下，双手捂住垂下的头。她突然觉得好累，一辈子都没这么累过。随着刚才那道关门声，心头那根一直给她力量、让她苦苦支撑的弦终于断了。她只觉得身心俱疲、情感枯竭，既感觉不到悲伤、悔恨，也不害怕、不惊惶。她累了，脑子就像壁炉上的钟，只会机械而沉闷地跳动。

沉闷中，心头涌起一个念头。阿希礼并不爱她，也从未真正爱过她。但知道了这一点，她竟不觉得受伤。她应该伤心，应该觉得孤独心碎，应该冲命运尖叫才对啊。她依赖着他的爱过了这么多年。他的爱支撑她挺过那么多艰难困苦。然而，事实就是这样——他不爱她，而她也不在乎。她之所以不在乎，是因为她也不爱他。正因为不爱，所以无论他做什么、说什么，都伤不到她。

她在床上躺下，脑袋疲惫地靠在枕头上。反驳这念头没什么用，对自己说“但我爱他，爱了好多年。爱情不会转眼就变成漠然”这样的话也没用。

但爱情会变，它也的确变了。

“除了我的想象，他从未真实存在过。”她疲惫地想，“我爱上的只是自己虚构出来的一个人，一个没有生命的人，跟如今的玫兰一样。我为它做了套漂亮衣裳，然后就爱上了它。阿希礼骑马而来，那般英俊、那般与众不同，我一瞧见他，就替他穿上了那套衣裳，也不管合不合他的身。然后，我就再也看不清他真正的模样。其实，我爱的一直是那身漂亮衣裳，而非他这个人。”

此时此刻，斯嘉丽回首往事，又看见自己穿着那身绿花麻纱裙站在阳光下的塔拉。看到那年轻骑手的一头金发在阳光下好似戴了顶银色头盔，她便怦然心动。现在，她才清楚地认识到，他不过是她幼稚的幻想，跟她当年央求爸爸买下的那对蓝宝石耳环一样。耳环一到手，便丧失了原有的价值。对她来说，除了钱，其他任何东西只要一到手，就会丧失原有的价值。阿希礼也一样。如果当初他向她求婚，满足了她拒绝嫁他的虚荣心，他也会变得一文不值。他若跟其他小伙一样任她摆布，先是对她越来越狂热，继而纠缠不休、争风吃醋、闷闷不乐、苦苦哀求，她对他的那种疯狂的迷恋就会如薄雾遇到阳光和轻风般，在遇到另一个男人后消失无踪。

“我真是个傻瓜，”斯嘉丽苦涩地想，“现在，我要为此付出代价。盼了那么多次的事终于要成真了。我老盼着玫兰死掉，自己好得到阿希礼。现在她死了，我可以得到他了，我却不想要了。

他定会出于那该死的名誉，来问我愿不愿意跟瑞德离婚，然后嫁给他。嫁给他？就算把他放在银托盘上送来，我也不要。但不管怎样，我这辈子都要把他拴在脖子上了。只要我活着，就得照顾他，不让他挨饿、不让别人伤害他的感情。他就像另一个拽着我裙子不放的孩子。我没了爱人，却多了个孩子。要不是已经答应玫兰，我——就算再也不见他，我也无所谓了。”

第六十二章

斯嘉丽听到外面有人低语，便走到门口。只见几个黑人惊恐地站在后面走廊里。迪尔西抱着睡着的小博，胳膊被压得直往下坠。彼得大叔在哭，厨娘也正在用围裙擦着那张湿漉漉的宽脸。三个人望向她，无声地询问他们此刻该做什么。斯嘉丽顺着走廊望向客厅，瞧见英迪亚和佩蒂姑妈一言不发地站着。两人手拉着手，英迪亚那副倔强的神情总算不见了。和几个黑人一样，她们也满眼哀求地望向她，希望她能给出什么指示。她走进客厅，两个女人立刻凑了过来。

“噢，斯嘉丽，怎么——”佩蒂姑妈那孩子般的小胖嘴颤抖地道。

“别跟我说话，否则我会尖叫的。”斯嘉丽道。过于紧张的神经让她的声音变得尖厉。她的双手紧攥成拳，放在身侧。一想到现在讨论玫兰妮，就势必要讨论她死后的种种事宜，斯嘉丽又喉头发紧了。“我不想跟你俩说话。”

两人一听她这命令的口吻，齐齐退了一步，脸上显出无助又受伤的表情。“我不能在她们面前哭，”斯嘉丽想，“现在绝不能崩溃，否则她俩会跟着哭，那几个黑人也会放声尖叫，就全乱套了。

我要振作起来，还有那么多必做之事。要见殡仪员、安排葬礼、找人把屋子打扫干净、跟前来抱着我痛哭的人交谈。阿希礼做不了这些事，佩蒂和英迪亚也不行，还得由我来。噢，这担子真累人哪！我怎么老遇到如此累人的重担，还都是替别人挑的。”

看到英迪亚和佩蒂脸上茫然又受伤的神情，斯嘉丽不由得心中懊悔。玫兰妮不会喜欢自己对爱她的人如此严厉。

“抱歉，我刚才发脾气了。”斯嘉丽艰难地说，“我只是——抱歉，姑妈，我不该发脾气。我去外面门廊上待会儿。我得一个人待会儿。等我回来，我们再——”

她拍了拍佩蒂姑妈，然后快步越过她，朝前门走去。她知道，若再在屋里多待片刻，她就会忍不住失声痛哭。她得独自待会儿，得哭一场，否则心真要碎了。

斯嘉丽踏上幽暗的门廊，随手关上门，任由潮湿的夜风凉凉地吹到脸上。雨已经停了，万籁俱寂，只偶尔有几滴水从屋檐上落下来。世界被裹在一片浓雾中，这微凉的雾气似带了些许岁暮年终的气息。街对面的房子全都黑乎乎的，只有一扇窗户透出灯光。那光落在街上，无力地与浓雾斗争，无数金色微粒在光线中飘浮、游动。整个世界仿佛都裹上了一条凝滞不动的灰色雾毯。一片沉寂。

斯嘉丽把头靠在一根挺直的廊柱上，准备大哭一场，却怎么也哭不出来。这场灾难过于沉重，已无法用眼泪消解。她浑身都在颤抖。生命中两大固若金汤的堡垒同时坍塌、化为齑粉，轰鸣之声似还在她耳边回响。她站了一会儿，试图唤起往日那道“护身符”：“我明天再来想这些，到时候我就挺得住了。”但这次，符咒却失效了。有两件事她必须现在就考虑：一是玫兰妮，她要想想自己有多爱她、多需要她；二是阿希礼，她要想想自己为何固执又盲目地拒绝看清他到底是个什么样的人。她知道，无论是明天，还是今后的每一天，思考这两件事都会让她很受伤。

“现在，我不能回去跟他们说话。”她想，“今晚我无法面对阿希礼，也无法安慰他。今晚不行！我明天早点来做这些非做不可的事、说那些非说不可的安慰之语吧。今晚不行。我办不到。我要回家。”

她家离这儿只有五个街区。她不想等呜咽的彼得套上马车，也不想等米德医生赶车送她回家。她受不了前者的眼泪，也受不了后者无声的谴责。她快步走下黑乎乎的前门台阶，没穿大衣，也没戴帽子，就那么走进了雾色深重的夜。她转过街角，踏上通向桃树街的长坡。走在这静谧潮湿的世界，就连她的脚步，也如置身梦境般悄然无声。

她顺着斜坡一路往上，只觉胸口被哭不出的泪水憋得生疼。她渐渐生出一种不真切的感觉，觉得自己曾到过这昏暗幽冷之地，置身于相似的环境——不止一次，而是很多次。“我真傻。”她不安地想着，加快了脚步。肯定是神经出问题了吧？可那种感觉挥之不去，偷偷地在心中蔓延开来。她疑惑地四下张望，那感觉更强烈了，诡异而熟悉。她像一只嗅到危险的动物般，猛地扬起头。“我太累了，”她试图安慰自己，“这个夜晚太怪异，雾真大啊。我从没见过这么浓的雾，除了——除了！”

她忽然明白了，顿时惊恐万分。现在，她什么都明白了。那个做了千百次的噩梦中，她就是在这样的浓雾里奔逃，在一个鬼影幢幢、没有路标、只有冰冷浓雾的乡间奔逃，周围全是张牙舞爪的鬼怪和幽灵。她又做梦了吗？还是那个噩梦成真了？

一时间，她脱离现实，彻底迷失了。往日噩梦中的感觉袭遍全身，比任何一次都强烈。心开始狂跳。跟上次在塔拉时一样，她又一次置身死亡和寂静中。世上一切重要的东西都不见了，只剩一片废墟。恐慌如一阵冷风，从她心头呼啸而过。恐惧就在雾中，雾就是恐惧——这恐惧死死拽住了她。她开始奔跑，就像千百次在梦中奔跑一样。她开始奔跑，盲目地飞奔，不知要奔向何处，只是在一种无名恐惧的驱使下，于灰雾中寻找某个安全之所。

她埋头在昏暗的大街上飞奔，心跳如鼓。夜晚的空气沾湿了她的双唇，头顶的树枝气势汹汹地向她逼近。这潮湿寂静的荒地，总有个避难所吧！她气喘吁吁地跑上长坡，湿漉漉的裙子凉凉地贴在脚踝上，肺好像快炸了，紧身胸衣的带子简直要把肋骨勒进心脏。

然后，眼前隐隐出现一盏灯，接着是一排灯，昏暗摇曳，却是实实在在的灯。噩梦中，她从没见过一盏灯，只有灰雾。她立刻满脑子都是那些灯。灯意味着安全、人群和现实。突然，她不跑了，双手握拳，拼命让自己从恐惧中挣脱出来。她热切地盯着那排煤气灯，那些灯让她明白这里是亚特兰大的桃树街，并非满是鬼怪的灰色梦境。

她坐在一个停车台上喘气，竭力拽住自己的神经，仿佛它们是一根根从她手中飞快溜走的绳子。

“我一直在跑——像个疯子一样跑！”她想。虽然没那么害怕了，但身子仍在颤抖，怦怦直跳的心也让她难受不已。“但是，我要跑到哪儿去呢？”

呼吸渐渐平稳下来。她叉腰坐在那儿，仰头眺望桃树街。她的家就在山坡顶上，看起来似乎每个窗口都亮着灯。那些灯明亮得足以穿透浓雾。家！它是真实的！她望着远处屋子模糊的轮廓，心中充满感激和期待，精神似乎也平静下来。

家！那便是她想去的地方，是她奔向的地方。回家去找瑞德！

意识到这点，她就仿佛挣脱了枷锁一般，那在梦中挥之不去的恐惧也消失了。从跌跌撞撞返回塔拉，发现旧世界不复存在的那个夜晚起，那个噩梦便一直纠缠着她。在返回塔拉的最后那段路上，她早已失去安全感，也失去了所有体现在埃伦身上、曾是她少女时期生活支柱的东西——所有的力量、智慧、充满柔情的关爱和理解。虽然那晚之后，她得到了物质上的保障，但梦中，她仍是那个受惊的小孩，在那失落的世界中寻找失去的安全。

现在，她才知道自己在梦中寻找的那个温暖安全、总是隐于迷雾里的避难所是什么。不是阿希礼——噢，从来都不是阿希礼！他能给出的温暖还比不过沼泽里的磷火，待在他身边就如置身流沙，根本没有多少安全感可言。是瑞德——是能用强壮的臂膀抱住她、有宽阔的胸膛给她疲惫的脑袋当枕头、用嘲讽的大笑帮助她理顺繁杂事务的瑞德。瑞德有透彻的理解力，因为他跟她一样，都是实事求是的人，不会受不切实际的名誉、牺牲或对人性的高度信任阻碍。他爱她！她怎么没意识到他爱她呢，就因为他满口嘲讽地说反话吗？玫兰妮就看出来了，临终前还劝她“好好待他”。

“噢，”她想，“愚蠢的睁眼瞎不止阿希礼一个，我也是。”

多年来，她一直背靠着瑞德坚如石墙般的爱，却像接受玫兰妮的爱一样，理所当然地接受他的爱，然后扬扬得意地认为她的力量全是源于自身。虽然今晚早些时候她才明白，她与生活对抗的艰苦斗争中，玫兰妮一直跟她并肩作战，但直到此刻，她才明白瑞德也默默站在她身后，爱她、理解她、随时准备帮她。义卖会上，瑞德看懂了她眼中的渴望，所以设法让她领跳里尔舞；是瑞德帮她摆脱丧服的束缚；亚特兰大陷落那晚，是瑞德护送她穿过大火和爆炸；是瑞德借给她钱，助她开创自己的事业；夜里，她惊恐地大叫着从噩梦中醒来，是瑞德给她安慰——唉，一个男人若非爱一个女人爱到发狂，怎会做出这些事！

树上的露珠落到她身上，她却浑然未觉。雾气在她身边流转，她也毫不在意。因为一想到瑞德，想起他那黝黑的脸、闪亮的牙齿和机警的黑眼睛，她便浑身战栗。

“我爱他。”她想。和往常一样，她并没有多惊讶，就像小孩收下一件礼物般接受了这个事实。“虽然不知道我已经爱他多久了，但我爱他。要不是阿希礼，我早就明白了。因为阿希礼挡在眼前，我从未真正看清这个世界。”

她爱瑞德，爱这个无赖、恶棍，爱他无所顾忌、不讲名誉——至少不像阿希礼那般看重名誉。“让阿希礼的名誉见鬼去吧！”她想，“阿希礼的名誉总是让我失望。没错，一开始就是这样。他虽然经常来看我，却知道家里只会让他娶玫兰妮。瑞德却从不让我失望，哪怕玫兰妮举办生日宴的那个可怕夜晚，他本该拧断我的脖子，却还是没让我失望。亚特兰大陷落那晚，就算他半道撇下我，也是确信我已经安全，能设法回家才那么做。那次在北佬营房，我找他借钱，他虽提出要用我的身子做担保，其实也不会真那么做，不过是逗我而已。他一直爱我，我却对他如此刻薄。我一次又一次地伤害他，他都骄傲得不肯表露半分。而邦妮死时——噢，我怎么能那样对他？”

斯嘉丽站直身子，望向坡顶的房子。半个小时前，她还觉得自己在这世上除了钱，已失去一切。生活中令人向往的一切都没了——埃伦、杰拉尔德、邦妮、嬷嬷、玫兰妮和阿希礼。她只有失去了他们所有人，才能发现自己爱着瑞德。她爱他，因为他强壮、肆无忌惮、热情、实际——就跟她一样。

“我要告诉他一切，”她想，“他会明白的。他一直都能明白。我要告诉他我真是个傻瓜，还要告诉他我有多爱他。我要弥补他。”

突然间，她觉得自己又强壮又快活。她不再害怕黑暗或迷雾，高兴得心都在歌唱。她再也不会怕那些东西了。今后无论迷雾如何将她团团围住，她都知道自己的避难所在何方。她脚步轻快地朝家走去，却觉得大街似乎很长。家好远，太远了。她拎起裙子，一直提到膝盖，然后轻快地跑了起来。这一次，她并不是因为害怕才跑。她奔跑，是因为瑞德的怀抱就在这条街的尽头。

第六十三章

前门微微敞开着，斯嘉丽一路小跑，气喘吁吁地冲进门厅，在枝形吊灯五颜六色的灯光下站了一会儿。屋里虽灯火通明，却十分安静，不是人们入睡后那种安详的宁静，而是一种充满戒备、倦怠之后的平静，隐隐透着不祥之感。斯嘉丽瞥了一眼就看出瑞德不在客厅或藏书室，心顿时沉了下去。他出去了吗？去找贝尔了？还是去了每次不回家吃晚饭时去的地方？这情况她倒是没料到。

她刚想上楼去找他，便瞧见餐厅的门关着。她心头一紧，看着那扇关闭的门，羞愧地想起去年夏天瑞德无数次独自坐在里面喝酒，一直喝得烂醉如泥，等波尔克来催他上床睡觉。这都是她的错，但她会改的。从现在开始，一切都会改变。但是，上帝啊，求求您今晚别让他喝得太醉。他如果太醉，就不会相信我，只会哈哈大笑，那我会心碎的。

斯嘉丽轻轻地把餐厅门推开一条缝，朝里张望。瑞德果然在桌旁，正歪在椅子里，面前放着满满一瓶还没开塞的酒，玻璃杯是空的。感谢上帝，他没醉！她拉开门，努力克制自己才没向他跑过去。可当他抬头看向她，那目光却把她钉在门口，什么话都说不出来了。

那双黑眼睛坚定地看着她，眼里带着浓浓的倦意，早无半点跳动的光芒。斯嘉丽的头发散落在肩上，气喘吁吁，胸口一起一伏，裙子上的泥点一直溅到膝盖。瑞德脸上却没有丝毫变化，没有惊讶，亦无询问之色，也没有嘲讽地撇嘴。他就瘫在椅子里，凌乱的衣服皱皱巴巴地贴在日渐粗壮的腰身上。他身上的每根线条都表明优美的身形已崩坏，这张坚毅的脸庞也已粗糙。酗酒和放荡无度的生活改变了他原本优美的外形。如今，他不再像新铸币上的年轻异教王子的头像，而变成用了很久的旧铜币上那疲惫不堪的恺撒。他看着站在那里一只手放在胸前的斯嘉丽，面色平静得几近温和，反而让她觉得害怕。

“过来坐，”他说，“她死了？”

她点点头，犹豫地朝他走去，被他脸上的那种新表情弄得迟疑不定。他没起身，只用脚推出一把椅子，她便坐下。斯嘉丽希望他别太快提到玫兰妮，她现在不想谈玫兰妮，免得又经历一小时前的痛苦。她余生有的是时间谈玫兰妮。在一种强烈欲望的驱使下，她似乎现在就想大声喊出“我爱你”几个字，仿佛只有今晚、只有此刻，才能向瑞德吐露衷肠。但玫兰妮尸骨未寒，他脸上又露出某种令她不敢轻举妄动的神情，她突然就羞于启齿了。

“啊，愿上帝让她安息，”瑞德沉痛地说，“我认识的所有人中，只有她是十全十美的好人。”

“噢，瑞德！”斯嘉丽痛苦地大喊道。因为他的话立刻让她无比清晰地想到玫兰妮为她做的所有好事，“你为何不跟我一起去？那太可怕了——我很需要你！”

“我受不了。”说完这句，他就沉默了。过了一会儿，他才又费劲地轻声道：“她是一个非常了不起的女人。”

他忧郁的目光越过了她，这眼神跟她在亚特兰大陷落那晚的火光中看到的眼神一模一样。那时，他说自己要跟撤退的部队一起离开。这个男人对自己了解得十分透彻，却意外发现他身上还有忠诚和激情。于是，他做出这个意外之举，还对此生出些许自嘲之意。

瑞德忧郁的双眼越过斯嘉丽的肩膀，仿佛看到玫兰妮默默穿过房间，朝门口走去。他一脸告别的神情，却没有悲伤和痛苦，只有一种对自己的思索和惊异，一种童年结束时就消逝的强烈悸动。他又说了一遍："一个非常了不起的女人。"

斯嘉丽浑身颤抖，心中的热情、温暖和驱使她飞奔回家的那股卓然光华，都消失不见了。她只能大致揣测瑞德心中所想，觉得他在跟世上唯一尊敬之人道别。她心中又生出孤寂凄凉之感，以及一种不再是个人情绪的可怕的失落。虽然不能完全理解或分析他的感觉，但她似乎跟他一样，也感觉到玫兰妮窸窣的裙裾轻轻扫过，最后一次温柔地碰触她。透过瑞德的双眼，她看见的不是一个女人的逝去，而是一个时代的终结。正是这些温柔、谦逊却钢铁般坚强的女人，在战时让南方保住家园；战败后，也是她们展开骄傲又充满关爱的怀抱欢迎南方将士归来。

瑞德的目光回到斯嘉丽身上，口气变得轻松又冷淡。

"现在她死了。你也好办事了，不是吗？"

"噢，你怎么能说这种话！"斯嘉丽嚷道，她被刺痛，眼里迅速涌上泪水，"你知道我有多爱她！"

"不，我不知道。这真是最出人意料的事。鉴于你向来喜欢白垃圾，现在终于明白她的好，倒还值得称赞。"

"你怎么能说这种话？我当然知道她的好！你才不知道。你没我了解她！你怎么会理解她——她多好啊——"

“真的吗？未必如此吧。”

“她为每个人着想，除了自己——还有，她临终前最后几句话还说到了你。”

瑞德转身看向她，眼中闪过真挚之色。

“她说什么了？”

“噢，瑞德，现在不能告诉你。”

“快说。”

他声音冰冷，抓住她手腕的那只手捏得她生疼。她不想说，不想以这样的方式吐露爱意。然而，他手上的力道真大，仿佛在催她快说。

“她说——她说——‘好好待巴特勒船长，他那么爱你。’”

他瞪着她，放开她的手腕，垂下眼帘，黝黑的脸上一片茫然。突然，他起身走到窗边，拉开窗帘，专注地望向窗外，仿佛那儿除了迷雾，还有什么别的东西。

“她还说了别的吗？”他头也不回地问。

“她要我照顾小博，我说我会将他当作亲生儿子。”

“还有呢？”

“她说——阿希礼——她还要我照顾阿希礼。”

瑞德沉默片刻，然后轻笑出声。

“得到前妻的许可就方便多了，不是吗？”

“你什么意思？”

他转过身。她虽困惑不解，却惊讶地发现他脸上并无嘲讽之色，也没有半点感兴趣的样子，就像在看一场乏味透顶的喜剧，且已经看到了最后一幕。

“我想，我的意思已经足够清楚。玫兰小姐死了。你当然有的是理由跟我离婚，反正你的名誉所剩无几，离婚也不会造成多大伤害。你的宗教信仰没剩下多少，教会自然也不重要。那么——就带着玫兰小姐的祝福，和阿希礼美梦成真吧。”

“离婚？”斯嘉丽惊呼出声，“不！不！”一时间她语无伦次，猛地跳起来冲到他面前，一把抓住他的胳膊，“噢，你完全弄错了！大错特错。我不想离婚——我——”她不知该怎么说，只好打住。

瑞德伸手抬起斯嘉丽的下巴，轻轻扬起她的脸转向灯光，凝视了一会儿她的眼睛。她仰望着他，心意全在眼中，双唇颤抖着，努力想说点什么，却一个字也说不出来。因为她正在他脸上寻找某种回应的情绪，某种跳动的希望与喜悦之光。现在，他肯定明白了！然而，她疯狂寻觅的目光仍然只看到一张平静无波、毫无表情，还经常令她困惑的黑脸。他松开她的下巴，转身走回椅子，又疲惫地瘫坐进去。下巴垂在胸前，双眼从黑眉下冷淡地打量着她。

她走到他椅子旁，绞着双手站在他面前。

“你错了，”她再次开口，边说边思考该怎么说，“瑞德，今晚我一想明白，就一路跑回家要告诉你。噢，亲爱的，我——”

“你累了。”瑞德仍盯着她道，“最好上床睡觉。”

“可我必须告诉你！”

“斯嘉丽，”他沉重地说，“我不想听——什么都不想听。”

“可你还不知道我要说什么呢！”

“宝贝儿，你想说的都明明白白地写在脸上了。估计有什么事或什么人，让你明白那个倒霉的威尔克斯先生不过是颗巨大的死海之果[1]，大得连你都吞不下。所以，你突然又觉得我新鲜可人、

1　华而不实之物。

充满吸引力。”他轻轻叹了口气，“现在说这些都没什么用了。”

斯嘉丽惊讶地倒抽了一口凉气。当然，他总能轻易看穿她。在此之前，她特别恼恨这点，但现在，在最初的震惊后，她反而很高兴自己如此好懂，满心喜悦和欣慰。他明白，他懂，那她要做的事就容易多了。说这些都没什么用了！她的长期冷淡当然会让他痛苦，而她突然的转变当然也会让他怀疑。她还得温柔地哄他，用倾泻而出的满腔爱恋让他相信。噢，做这些事多快活啊！

“亲爱的，我要把一切都告诉你，”斯嘉丽双手抓住他椅子的扶手，倾身凑向他，“一直以来我都错了，我真是个傻瓜。”

“斯嘉丽，别说了。别在我面前低三下四，我受不了。给我俩留点尊严，少说几句，也给这场婚姻留些美好的回忆。最后这幕就免了吧。”

她突然直起身。最后这幕就免了？“最后”是什么意思？最后？这是第一幕，是他们的开始啊！

“但我还是要告诉你，”她急忙开口，仿佛生怕他用手捂住她的嘴不让她说，“噢，瑞德，我很爱你，亲爱的！我肯定已经爱了你很多年。我真是个傻瓜，竟然不知道。瑞德，你一定要相信我！”

瑞德盯着站在自己面前的斯嘉丽看了一会儿，那悠长的目光仿佛一直看到她内心深处。她看得出他信了，却并不感兴趣。噢，他偏偏要在这时候刻薄她、折磨她、以牙还牙地报复她吗？

“噢，我相信你，”瑞德终于开口道，“但阿希礼·威尔克斯怎么办？”

“阿希礼！”斯嘉丽做了个不耐烦的手势，“我——我觉得自己应该早就不在乎他了。只是——呃，只是被某些少女时代养成的习惯蒙蔽了双眼。瑞德，我若知道他实际上是个什么样的人，估计早就不在乎他了。他就是个无助又懦弱的家伙，只会胡扯些真理、名誉之类的东西——”

“不，”瑞德道，“如果你非要看清他到底是个什么样的人，那就公平地去看。他只是一个无法融入当今社会的绅士，还在拼命用旧世界的规则苦苦挣扎。”

“噢，瑞德，我们别说他了！现在他还有什么要紧的？你难道不开心吗，知道——我是说，我现在——”

他疲惫的双眼迎上她的目光，她顿时如初恋中的姑娘般羞涩尴尬。他要是别这么为难她该多好啊！他要是张开双臂该多好啊！那样，她就能满心感激地坐到他腿上，将头依偎在他胸前。只要吻住他，肯定比这般结结巴巴地说话更有效。可她看着他时才发现，他之所以没有刻薄地与她保持距离，只是因为他已经精疲力竭，无论她说什么都没有任何意义了。

“开心？”瑞德道，“过去若听到你说这些，我一定感谢上帝，斋戒示恩。但现在，不重要了。”

“不重要了？你在说什么呀？这当然重要！瑞德，你是在乎的，不是吗？你必须在乎。玫兰说过你爱我。”

“嗯，就她所知道的而言，她说得没错。但斯嘉丽，你就从没想过，哪怕最永恒的爱，也会消磨殆尽？”

她张着嘴，哑口无言地看着他。

“我的爱已经消磨殆尽，”他继续道，“被阿希礼·威尔克斯和你那股疯狂的固执消磨殆尽。你这人一旦想要什么，就像斗牛犬一样咬住不松口……我的爱已经消磨殆尽。”

“可爱情不会消磨殆尽的啊！”

“你对阿希礼的爱不就消磨殆尽了？”

“可我从没真正爱过他！”

“那在今晚之前，你装得可真像。斯嘉丽，我不是在谴责你、指控你、呵斥你。那种阶段已经过去了，所以你不用争辩，也别解释。你要是能好好听我说几分钟，别打断我，我就解释给你听。虽然天知道，事实如此清楚，根本无须解释。”

斯嘉丽坐了下来，刺眼的煤气灯照在她那张苍白又困惑的脸上。她看着那双自己如此熟悉却又很不理解的眼睛，听着他平静地说些起初她根本听不懂的话。瑞德第一次用这种口气跟她说话，就像一个人跟另一个人说话，就像跟其他任何人说话一样，没有无礼、嘲弄，也不打哑谜。

“你有没有想过，我爱你，已经达到一个男人爱一个女人的极限？你有没有想过，我得到你之前，已经爱了你很多年？战争期间，我转身离开，想忘掉你，可我却忘不掉，结果总是回来找你。战后，我冒着被捕的风险回来找你。我太爱你，弗兰克·肯尼迪如果没死，我多半也会杀了他。我爱你，却不能让你知道。斯嘉丽，你对爱你的人那般残忍。你抓住他们的爱，像鞭子一样举在他们头顶。”

斯嘉丽觉得，这些话里有意义的只有一点——他爱她。听到他声音中淡淡回响的激情，喜悦和兴奋再次爬上她心头。她屏息凝神地坐着，静静倾听。

“我知道，我娶你时，你并不爱我。瞧，我知道阿希礼的事。但我多傻啊，还以为能让你爱上我。你要想笑就笑吧，但我想照顾你、宠你、给你想要的一切。我想娶你、保护你、给你随意做任何事的自由——就像我对邦妮那样。斯嘉丽，你也经历过一番奋斗。没人比我更清楚你熬过了怎样的艰难困苦。我不想让你再继续奋斗，就让我替你奋斗吧。我想让你像孩子那样尽情玩乐。因为你本来就是个孩子，一个受过惊吓，却依然勇敢、固执的孩子。我想你现在依然是个孩子。只有孩子才会如此倔强、如此迟钝。”

他的声音平静而疲惫，其中却有什么东西隐隐勾起了斯嘉丽的一段回忆。她从前似乎听到过这样的声音，在某个危急时刻。到底在哪儿听过呢？也是一个男人的声音。那人面对着自己和这个世界，没有感觉、无所畏惧、不抱希望。

啊——啊——是阿希礼。那年冬天，在塔拉寒风肆虐的果园里，他说生活好比一场皮影戏。当时他也是这般疲惫又平静地述说，但那声音比任何绝望苦涩的言语更决绝。虽然听不懂阿希礼在说什么，但他的声音当时就令她不寒而栗。所以此时此刻，瑞德的话也让她的心不住地往下沉。瑞德的声音、神态比他出口的那些话更令她心慌意乱，让她明白刚才那阵短暂的兴奋愉悦实属太早。不对劲，非常不对劲。但她不知道是什么不对劲，只能绝望地继续听，眼睛盯着他黝黑的脸庞，希望听到能驱散她的恐惧的话。

“我们显然是天生一对。我明明是唯一一个知道你真面目还会爱你的男人。跟我一样，你也坚强、贪婪，肆无忌惮。我爱你，所以想碰碰运气，以为你会慢慢忘掉阿希礼。然而，”他耸耸肩，“我什么法子都试过了，却毫不奏效。斯嘉丽，我多爱你啊。只要你肯给我机会，我完全可以如一个男人爱一个女人那样，温柔缠绵地爱你。但我不能让你知道，因为我明白你一旦知道，就会觉得我软弱可欺，就会用我的爱来对付我。而且，阿希礼始终——始终都在。这简直要把我逼疯了。我不能再每晚坐在餐桌对面，因为我知道你其实希望阿希礼坐在我的位置上；夜里我也无法抱你，因为我知道——唉，现在这些都不重要了。现在我常常想，干吗为此伤心呢？于是我就去找贝尔，跟一个全心爱我、尊重我、将我视为绅士的女人待在一起，哪怕她是个目不识丁的妓女，也能让我体会到某种粗鄙的安慰，能让我的虚荣心得到慰藉。亲爱的，你向来不会安慰人。”

“噢，瑞德……”每次听到贝尔的名字，她都难过不已。但她刚开口，就被瑞德挥手制止，示意她继续听他说。

“然后，那天夜里，我把你抱上楼——我想——我希望——我满心期望，第二天早晨我却不敢看你的脸，生怕我又错了，其实你并不爱我。我太害怕你笑话我，所以我出门喝得酩酊大醉。再回来时，我靴子里的脚都在发抖。那时你哪怕上前几步迎向我，给我一点暗示，我估计都能趴下来亲吻你的脚。但你没有。”

“噢，可是瑞德，我那会儿真的需要你，但你满嘴污言秽语！我当时是真的想要你！我想——没错，那肯定是我第一次意识到我爱你。阿希礼——从那以后，阿希礼就再没让我快乐过。但你当时满嘴胡话，我——”

“噢，好吧，”他说，“看来我们总是互相误解，不是吗？但现在，这些都不重要了。我只是把一切都告诉你，省得你以后再琢磨。你病了，那全都是我的错。我站在你门外，希望你能喊我一声，但你没有。那时候我才明白，我一直都是个傻瓜，一切都完了。”

他停下来，像从前阿希礼常做的那样，目光穿过她，看向某种她看不到的东西。而她只能瞪着那张沉思的脸，什么话都说不出来。

“但那会儿还有邦妮，所以我觉得总算还有希望，并非一切都完了。我喜欢把邦妮当作你，你又变成了小姑娘，回到战前，回到那个还没有被贫困折磨过的时代。她真像你啊，那么执拗、那么勇敢，开心快活、精力充沛。我可以宠她、溺爱她，就像我想宠你一样。但她有一点不像你——她爱我。老天垂怜，我能把你不要的爱都给她……她死了，把一切都带走了。”

斯嘉丽突然很为他难过，难过得都忘记了自身的痛苦，也忘了为他话中之意感到恐惧。这是她生平第一次不带任何鄙夷地为别人难过。因为，这也是她生平第一次真正了解另一个人。她能理解他这些狡黠的小心思。跟她一样，他也固执又骄傲，因为害怕拒绝，便一直不承认心中所爱。

“啊，亲爱的。”她走上前，希望他能张开双臂，让她坐到他膝上，“亲爱的，非常抱歉。但这一切我都会弥补你！我们能过得非常幸福，现在知道了真相——瑞德——看着我，瑞德！还——还能有其他孩子——虽然不像邦妮，但——”

“谢谢你，不用了。”瑞德说，仿佛在拒绝一片面包，“我不会再拿我的心冒第三次险。”

“瑞德，别说这种话！噢，我要怎么说你才能明白？我已经告诉你我有多抱歉——”

“亲爱的，你真是个孩子。你以为说句‘对不起’，这么多年来的过错和伤害便都能痊愈，都能从心上抹除？所有旧伤口里的毒液，都能排干净……斯嘉丽，把我这块手帕拿去。你这辈子无论哪个危机关头，我都没见过你有手帕。”

她接过手帕，擤擤鼻子，坐了下来。他显然不愿拥她入怀。她这才开始明白，他这番爱她的话，其实毫无意义。他就像在讲一段陈年旧事，一段仿佛从未发生在他身上的事。多可怕啊。他几乎算得上温柔地看着她，满眼沉思。

“亲爱的，你多大了？你还从没跟我说过呢。”

“二十八。”她用手帕捂着嘴，闷闷地应道。

“不算太大。此时得到全世界，失去自己的灵魂，你依旧很年轻，不是吗？别那么害怕。我没说你跟阿希礼的事会让你受地狱之火。我就是打个比方。自从我认识你以来，你就只想要两样东西。一是阿希礼，二是变得足够有钱，让全世界都见鬼去。啊，你现在已经够有钱了，可以对全世界出言不逊。而且你也能得到阿希礼，如果你还想要他的话。但现在看来，这两样东西不够了吧？”

她很害怕，却不是怕地狱之火。她想的是：“但瑞德才是我的灵魂，我就要失去他了。如果失去他，朋友、金钱，或是——或是别的一切，都无关紧要了。只要还有他，哪怕再变穷我也无所谓。不，我不在乎重新挨饿受冻。但他不会真是那个意思吧——噢，绝对不能！”

她擦擦眼睛，绝望地道：“瑞德，既然你曾那样深爱我，心里总归还对我有些留恋吧！”

“我所有的爱只剩下两样东西，两样你最痛恨的东西——怜悯和奇怪的善意。”

怜悯！善意！“哦，天哪！”她满心绝望。什么都行，除了怜悯和善意。每次对谁生出这两种感情，她肯定也会瞧不起那人。他也瞧不起她了吗？任何情感都比这两样好。哪怕战争期间那种孤傲冷漠的嘲讽，哪怕那晚驱使他将她抱上楼的酒后疯狂，哪怕他粗暴的手指弄得她满身瘀青，哪怕他拖长调子、话中带刺。现在她才明白，那些行为之下原来都藏着苦涩的爱。任何情感都好，除了他脸上这份清楚明白、无动于衷的善意。

“这么说——这么说，我毁了一切——你再也不爱我了？”

“没错。”

“但是，”她固执地开口，像孩子一般，觉得只要说出愿望就能如愿以偿似的，“但是我爱你啊！”

“那就是你的不幸了。”

她急切地抬起头，想看看这句话背后有没有嘲讽意味，结果发现没有。他就是在陈述一个事实，但她仍旧不愿相信这个事实——无法相信。她眼梢微翘地盯着他，眼睛里燃烧着绝望的固执，下巴突然绷紧，连带柔软的面部线条也变硬了。那下巴简直跟杰拉尔德的一模一样。

“别傻了，瑞德！我会——”

他扬起一只手装作害怕的样子，两道黑眉一挑，又弯出过去那种嘲讽意味十足的新月形。

“斯嘉丽，别这么笃定！你吓到我了。我看出来了，你正在盘算着把你那暴风骤雨般的热烈情感从阿希礼身上转移到我身上，可我害怕失去自由和内心的安宁。不，斯嘉丽，我可不愿像倒霉的阿希礼那样被人追求。再说，我马上就要走了。”

斯嘉丽还没来得及咬紧牙关，下巴已经开始颤抖。走？不，干什么都行，就是不能走！没了他，这日子怎么过？每个人都离开她了，除了瑞德，每个重要的人都走了。他不能走。但她如何才能拦住他？面对他冷酷的心和冷漠的话，她无能为力。

“我要走了。你从玛丽埃塔回来时，我就想告诉你的。”

“你要抛弃我？”

“斯嘉丽，别一副弃妇模样。这角色不适合你，你也演不像。我明白了，这么说你不想离婚，连分居也不想？那好，我就尽可能常回来，不让别人说闲话就成。”

“该死，谁爱说闲话就说好啦！”斯嘉丽厉声道，“我想要的是你。带我一起走！”

“不行。”他的声音异常坚决。一时间，她差点像个孩子似的号啕大哭起来。她可以扑倒在地，用脚后跟跺地板，咒骂尖叫。

但仅存的自尊和常识拦住了她。她想："我若真那样闹，他只会哈哈大笑，或就那样看着我。我不能闹，也不能哀求，不能做任何会让他鄙视我的事。他必须尊重我，就算——就算他不爱我了。"

她抬起下巴，尽量平静地问："你要去哪儿？"

他眼里闪过一抹赞许之光，答道："可能去英国，或者巴黎。但也可能回查尔斯顿，想办法跟家人和解。"

"但你恨他们！我听你嘲笑过他们那么多次，而且——"

他耸耸肩。

"我依然会笑——但斯嘉丽，我已经结束流浪。我都四十五岁啦。男人到了这个年纪，就会开始珍视年轻时轻易抛弃的东西，比如家族观念、名誉、安全感，以及那源远流长的根。噢，不！我没有公开认错，也不后悔曾经做过的一切。我一直过得非常快活，快活得都有些腻味了。现在，我想换种活法。不，我想换掉的不过是身上的'斑点'，我想模仿一下过去熟悉的东西，比如极其无聊的'体面'。宝贝儿，是别人的体面，不是我的。我想重温一下和蔼绅士们过的那种平静、体面的生活，以及已经不复存在的旧时文雅风度。从前我虽过过那种日子，却没品出其中舒缓迷人的滋味——"

斯嘉丽的思绪又回到塔拉的果园。那天寒风凛冽，当时阿希礼眼中的神色如今也出现在瑞德眼中。阿希礼说过的话还言犹在耳，仿佛此刻说话的也是他，而非瑞德。只言片语在她耳边响起，她鹦鹉学舌般说了出来："它就像希腊艺术品……富有魅力、完美匀称。"

瑞德厉声道："你怎么会说这个？我就是这个意思。"

"这是——是阿希礼说的，说过去那些日子。"

他耸耸肩，眼中的光灭了。

“又是阿希礼。”他叹了一声，好半天都不说话。

“斯嘉丽，等你四十五岁时，估计就会明白我说的话。到时候你或许也会厌倦故作高雅、虚情假意和廉价的情感，不过，我也持怀疑态度。我想，相比真金，你永远更容易被闪亮的光彩吸引。反正，我活不到那时候，看不到啦。我不想再等。我对此没兴趣了。我要去古镇旧城寻觅寻觅，看还能不能找到些许旧时代的踪迹。我太多愁善感，对我来说，亚特兰大太粗俗、太新潮了。”

“别说了。”斯嘉丽突然喊道。他说的这些，她几乎都没听进去。她心里当然不接受这些。但她知道，自己再也受不了这种没有任何爱意的声音。

他停下来，疑惑地看着她。

“所以，你已经明白我的意思了，对吗？”他边问边站了起来。

她冲他伸出一只手，掌心向上，做出一副古老的哀求姿态。她的心意再次明明白白地写在脸上。

“不，”她喊道，“我只知道你不爱我，你要走了！噢，亲爱的，你要是走了，我怎么办？”

他一时间犹豫起来，仿佛在挣扎：一个善意的谎言和真相，从长远看，哪个更温和友好？然后，他耸耸肩。

“斯嘉丽，我从来不是那样的人，我不会耐心地捡起碎片，粘好后对自己说修好的东西依然完美如新。东西碎了就是碎了——我宁愿记住它曾经完好的模样，也不愿修修补补，然后余生都得盯着那些裂缝过活。或许，我要是年轻几岁——”他叹息道，“但我太老，已经老到不相信‘尽释前嫌、从头再来’之类多愁善感的话。我太老，老到承受不起没完没了的谎言，也无法继续活在彬彬有礼的幻梦中。我不能既跟你生活在一起，又对你撒谎。当然，我也不能对自己撒谎。甚至现在，我也不能对你撒谎。真希望我还会在乎你要做什么或要上哪儿去，但我做不到。”

他轻轻吸了口气，轻松却温柔地道：“亲爱的，我一点也不在乎了。”

***

斯嘉丽默默看着他上楼，喉咙痛得简直要窒息。随着他的脚步声渐渐消失在楼上走廊，她觉得自己在世上看重的最后一样东西也消失了。现在她终于明白，任何情感或理由都无法撼动那颗冷静头脑做出的决定。现在她终于明白，他说的每句话都是认真的，哪怕有些话说得轻松，却都是认真的。她明白，因为她感觉到了他身上那种顽强坚定、不屈不挠、绝不改变的品质。她一直在阿希礼身上寻找这些品质，却从未找到。

她从不了解自己爱过的这两个男人，所以到头来两个都失去了。现在，她隐隐觉得，自己当初若真了解阿希礼，就绝不会爱上他；而她若了解瑞德，就绝不会失去他。她凄凉地想，这世上到底有没有人是她真正了解过的？

不幸中的万幸，此刻她脑中一片麻木。但根据以往的经验，她明白这种麻木很快会变成尖锐的疼痛。就像肌肉组织被外科医生的刀划开，短暂的麻木后，就会开始剧痛。

“我现在不想这事。”她坚定地暗想，再次唤出昔日那道护身符，“若现在去想要失去他了，我肯定会发疯。我明天再想。”

“但是，”她的心却抛开这道符咒，痛得大喊，“不能让他走！肯定还有办法！”

“我现在不想，”她又大声重复了一遍，努力把痛苦抛到脑后，努力筑起防波堤来抵挡痛苦的浪潮。“我要——噢，我明天就回家，回塔拉。”她的精神稍稍振奋了些。

曾经，她在惊恐和失败中回到塔拉，在它的庇护下重新变得强壮，并全副武装取得了胜利。从前做过的事，现在——上帝啊，求求您，让我再来一次！怎么做，她还不知道。她现在不愿考虑这事，只想有个喘息之地来承受痛苦、有个安静之所来舔舐伤口、有个能计划战斗方案的避难所。她想到塔拉，顿觉有只温柔清凉的手悄悄抚过她的心。她仿佛又看到渐渐变红的秋叶后，那座闪亮的白房子在欢迎她回家。她仿佛感觉到乡间安宁的暮色缓缓落下，将她包裹，为她祝福。她仿佛感觉到露珠落入连绵数英里的绿色灌木丛，羊毛般雪白的棉桃点缀其中。她还看到一座座蜿蜒起伏的山坡上，天然状态下的红土地和幽暗美丽的松林。

这幅景象让她隐隐感到安慰，恢复了些许力气，心头的伤痛和强烈的悔恨也减轻了几分。她站了一会儿，回忆起各种细节：通往塔拉的那条雪松林荫道多么阴凉宜人、满是茉莉花丛的河岸、映着白墙的那片青翠草地、飘飞的白色窗帘。嬷嬷也在那儿。她突然无比想念嬷嬷，就像小时候需要她那样。她想把头埋进那宽阔的胸膛，任她粗糙的手抚摩自己的头发。嬷嬷是她与旧时光相连的最后一环。

就算与失败面对面，她家族的人都从不知何谓失败。抱定这种精神，她扬起下巴。一定能赢回瑞德。她知道自己一定办得到。只要她认定的男人，还没有得不到的。

“我明天再来想这事，回塔拉再想。明天，我就能想出赢回他的办法。毕竟，明天又是新的一天。”